M. KÜBLE/H. GERLACH
In Nomine Diaboli

WOLGEMUT Oktober 1414. Tausende Menschen strömen zum Konzil nach Konstanz: König und Papst, Kardinäle, Bischöfe, Handwerker, Gaukler und Dirnen. Doch mit ihnen hält auch der Tod Einzug in die Stadt. Eine unheimliche Serie von Mordfällen überschattet die ersten Monate der großen Kirchenversammlung: Ein Mann wird erhängt aufgefunden, ein anderer kommt durch Gift ums Leben, eine Frau stürzt von der Stadtmauer. Der Stadtvogt steht vor einem Rätsel, und die Bürger glauben, der Teufel sei am Werk, denn auf den ersten Blick scheint die Toten nichts zu verbinden. Doch der schwäbische Bäckergeselle Cunrat Wolgemut, dessen Freund ermordet wurde, beginnt gemeinsam mit seinem venezianischen Kollegen Giovanni Rossi und dem Humanisten Poggio Bracciolini Nachforschungen anzustellen. Dabei werden die drei in einen Strudel von Ereignissen gezogen, der die Grundfesten des Konzils zu erschüttern droht, und als sie erkennen, welch perfider Mörder hier am Werk ist, ist es schon fast zu spät.

Monika Küble stammt aus Oberschwaben und hat Germanistik, Romanistik und Kunstgeschichte in Perugia und Konstanz studiert. Neben Publikationen zu oberschwäbischer Literatur und italienischer Architektur hat sie unter dem Pseudonym Helene Wiedergrün drei Oberschwabenkrimis geschrieben: »Der Tote in der Grube«, »Der arme schwarze Kater« (beide als E-Book bei Gmeiner) und »Blutmadonna« (Gmeiner 2013). Sie arbeitet außerdem als Italienischlehrerin und Dolmetscherin.

Henry Gerlach kam schon als Student aus Hamburg an den Bodensee, wo er Germanistik, Philosophie und Kunstgeschichte studiert hat. Er ist Experte für das Konzil von Konstanz und hat gemeinsam mit Monika Küble den Konzilsroman »In Nomine Diaboli« veröffentlicht, der 2013 beim Gmeiner-Verlag erschien.

M. KÜBLE / H. GERLACH

In Nomine Diaboli

Historischer Kriminaloman

Die automatisierte Analyse des Werkes, um daraus Informationen insbesondere über Muster, Trends und Korrelationen gemäß § 44b UrhG (»Text und Data Mining«) zu gewinnen, ist untersagt.

Bei Fragen zur Produktsicherheit gemäß der Verordnung über die allgemeine Produktsicherheit (GPSR) wenden Sie sich bitte an den Verlag.

Immer informiert

Spannung pur – mit unserem Newsletter informieren wir Sie regelmäßig über Wissenswertes aus unserer Bücherwelt.

Gefällt mir!

Facebook: @Gmeiner.Verlag
Instagram: @gmeinerverlag

Besuchen Sie uns im Internet:
www.gmeiner-verlag.de

© 2013 – Gmeiner-Verlag GmbH
Im Ehnried 5, 88605 Meßkirch
Telefon 0 75 75/20 95-0
info@gmeiner-verlag.de
Alle Rechte vorbehalten
13. Auflage 2025

Lektorat: Claudia Senghaas, Kirchardt
Satz: Mirjam Hecht
Umschlaggestaltung: U.O.R.G. Lutz Eberle, Stuttgart
unter Verwendung des Bildes »Cappella tornabuoni, Annuncio dell'angelo a San Zaccaria« von Domenico Ghirlandaio;
http://commons.wikimedia.org/wiki/File:Domenico_ghirlandaio,_cappella_Tornabuoni,_annuncio_dell%27angelo_a_zaccaria,_detail.jpg
Druck: Custom Printing Warschau
Printed in Poland
ISBN 978-3-8392-1465-7

Inhaltsverzeichnis

Venedig, September 1414	7
Weinmond	11
Nebelmond	42
Julmond	92
Eismond	189
Narrenmond	281
Lenzmond	361
Ostermond	479
Venedig, im April 1415	520
Weidemond	522
Venedig, im Juni 1415	568
Brachmond	571
Heumond	642
Erntemond	761
Herbstmond	768
Fiktion und Realität – Historische Bemerkungen zum Roman	773
Glossar	785
Personen	790

Venedig, September 1414

NEBEL LIEGT ÜBER DER STADT und der Lagune, wälzt sich wie kalter Rauch die Kanäle entlang, dringt mit Geisterfingern in die schmalen, hohen Gassen ein, verhüllt mit feinem Gespinst die Kuppeln und den Campanile von San Marco.

Langsam pendelt im Morgennebel ein Leichnam hin und her, dreht sich dann und wann gemächlich um sich selbst. An einem Fuß aufgehängt, wie ein geschlachtetes Schwein, baumelt er von einem Gerüst zwischen den beiden Prunksäulen auf der Piazzetta, der kleinen Schwester der Piazza San Marco. Am Hals des Toten dunkle Male, offenbar wurde er erwürgt. Vorher aber hat man ihn gefoltert, sein geschundener Körper ist übersät mit Wunden, die ihm zugefügt wurden beim Versuch, ihn zum Reden zu bringen.

Nach und nach belebt sich der Platz, Menschen kommen vorbei, ein paar Fischer zunächst, dann eilige Händler auf dem Weg zu den Kontoren, Frauen, die schon früh zum Markt wollen. Beim Anblick des Toten verlangsamen sie ihren Schritt, verharren einen Moment und bekreuzigen sich, doch dann senken sie die Augen und gehen rasch weiter. Niemand weiß, wer da am Gerüst hängt, und niemand wird es je erfahren. Der Rat der Zehn hat wieder zu Gericht gesessen.

Andrea Dandolo eilt die Stufen des Dogenpalastes hinauf. Den Toten hat er durch den Nebel schemenhaft von Weitem hängen sehen und einen Augenblick gelächelt. Wieder ein Verräter bestraft. Das wird die anderen hoffentlich abschrecken. Im ersten Stock hastet er an den ›Löwenmäulern‹ vorbei, den Briefschlitzen mit der Aufschrift *Denontie secrete*, anonyme Anzeigen, dann läuft er weiter bis ins dritte Obergeschoss. Dort reißt er eine Tür neben dem Senatssaal auf und tritt ein. Zwei Männer erwarten ihn bereits. Sie sind ebenso prächtig gekleidet wie er, mit seidenem Wams, eleganten roten und schwarzen Beinlingen und kostbaren Samtmänteln, deren Ärmel mit Arabesken aus Goldfäden bestickt sind. Venedig ist das Zentrum der Welt, der Handelswelt zumindest, und hier gibt es alles zu kaufen, was ein wertvolles Gewand ausmacht. Einer der beiden Männer trägt über dem kurzen schwarzen Haar ein grünes Barett, das zur Farbe seines Mantels passt. Die Haare des zweiten sind länger und rötlich-weiß. Das Alter und die Strenge haben tiefe Furchen um seinen Mund gegraben.

»Ihr seid spät, Dandolo!«, eröffnet der Rote missmutig das Gespräch.

Dandolo lächelt maliziös.

»Im Gegensatz zu Euch, Venier, habe ich hin und wieder Pflichten zu erfüllen, die mich etwas länger ans Bett fesseln. Aber nun bin ich ja hier.«

Der Schwarzhaarige wird ungeduldig.

»Ihr wisst, worum es geht. Der Senat muss unserem Vorschlag zustimmen, sonst stehe Gott uns bei!«

»Lasst Gott aus dem Spiel!«, winkt der Alte ab. »Das hier ist unsere Sache.«

»Habt Ihr mit ihm gesprochen, Prioli?«, will Dandolo wissen.

Der Schwarze nickt.

»Wie viel will er haben?«

»35.000. Die Hälfte als Anzahlung, den Rest danach.«

Dandolo pfeift durch die Zähne. Mit 35.000 Gulden kann man drei prächtige Paläste am Canal Grande bauen. Oder eine ausgedehnte Grafschaft auf der Terraferma erwerben. Oder zehn Galeeren ausrüsten. Nicht viele Kaufleute in Venedig besitzen so viel Geld. Sie werden dem Senat gute Argumente liefern müssen. Aber dafür sind sie da, die drei *Capi*, die Köpfe des Rats der Zehn.

»Und er braucht Zeit«, fährt Prioli fort.
»Was heißt das, er braucht Zeit? Er soll seinen Auftrag so schnell wie möglich ausführen! So war es vereinbart!«, faucht der Alte den Schwarzen an.
»Venier, beruhigt Euch, er braucht Zeit, um alles so gründlich vorzubereiten, dass ihm selbst nichts geschieht. Aber er wird den Auftrag erledigen.«
»Wegen mir kann er danach zum Teufel gehen!«
»Ihr wisst, er hat gute Referenzen. Es gibt keinen Besseren.«
»Es gibt keinen anderen!«, pflichtet Dandolo dem Schwarzen bei.
Venier murrt noch eine Weile, dann sind sie sich einig.

Als Dandolo am späten Nachmittag den Dogenpalast nach der Senatssitzung verlässt, ist er zufrieden. Es ist ihnen gelungen, die Regierenden Venedigs zu überzeugen, dass 35.000 Gulden nicht zu viel sind für die Sicherheit der Serenissima. Fast einstimmig haben die Senatoren die Ausgabe gebilligt. Dandolos Blick fällt erneut auf die Leiche des bestraften Verräters, was seine Genugtuung noch erhöht. Da hängt der tote Beweis für die Effizienz der venezianischen Geheimpolizei und ihrer Führer, des Rates der Zehn. Sie sind es, die die Republik vor allen Feinden schützen, äußeren wie inneren. Alle sollen vor ihnen erzittern, alle ohne Ausnahme!

Leichten Herzens geht er über die Piazza San Marco, durch das enge Gassengewirr bis zum Canal Grande, wo der Palast steht, der schon seit den Zeiten des großen Enrico Dandolo, des blinden Dogen und Eroberers von Konstantinopel, seiner Familie gehört. Dort wartet Violetta auf ihn. Es wird wieder eine lange Nacht werden.

Weinmond

ALS CUNRAT WOLGEMUT ZUM ERSTEN MAL die Augen aufschlug, war er gestorben. Gottes Thron stand vor ihm, und der himmlische Vater hielt ihm das Kreuz vor Augen, mit seinem daran genagelten Sohn, über allem schwebte der Heilige Geist, und um den Thron flogen Engel mit Schriftbändern, die sangen »Siehe, dies ist mein eingeborener Sohn, an dem ich mein Wohlgefallen habe.«

Dann trat eine Heilige zu Cunrat, mit lieblichem Antlitz und sanftem Blick, und ihre milde Stimme fragte ihn, ob ihn dürste. Cunrat nickte, und sie reichte ihm einen himmlischen Trunk, der allerdings recht sauer schmeckte, und er wunderte sich, dass es selbst im Paradies Knechtewein gab. Doch er war's zufrieden, denn er hatte nicht damit gerechnet, überhaupt ins Paradies zu kommen, nach all den Predigten, denen er bei den Barfüßern und den Dominikanern gelauscht hatte, über die Bestrafung der Sünder in der Hölle, und nach allem, was er getan hatte. Gottvater sah weiterhin huldvoll auf ihn herab, die Heilige lächelte ihn an, und da lächelte er auch und war glücklich.

Als Cunrat das zweite Mal die Augen öffnete, war Gottvater mitsamt seiner Engelsschar verschwunden. Ein weißes Gewölbe erstreckte sich über ihm, und um ihn herum tönte lautes Stöhnen. Er versuchte sich aufzurichten, doch in diesem Augenblick kam der Schmerz über ihn. Und mit dem Schmerz die Erinnerung.

Die Ledi glitt über den Bodensee. Ihr einziges Segel war hart gespannt vom Wind und trieb das Schiff von Meersburg in Richtung Costentz, sodass die Ruderer kaum etwas zu tun hatten. Der Lastkahn war schwer beladen, Fässer mit Wein und Getreide stapelten sich auf dem Deck, und Cunrat saß mit zwei weiteren Passagieren auf einem Brett am Heck, direkt vor dem Steuermann.

Es war ein sonniger Herbsttag mit kräftigem Wind, der die Wasseroberfläche kräuselte und die Männer frösteln ließ. Cunrat zog seinen Wollmantel enger um sich und die Gugel tiefer ins Gesicht, und er war nicht böse, dass er in der Mitte saß, sodass die beiden anderen ihm etwas von ihrer Wärme abgaben. Allerdings war der Mann rechts neben ihm so dick, dass Cunrat sich fragte, ob es für die Sicherheit des Bootes und seiner Ladung nicht besser gewesen wäre, ihn in die Mitte zu setzen. Doch der Steuermann, der ihnen die Plätze zugewiesen hatte, würde schon wissen, was er tat.

Der Dicke war Weinhändler aus Costentz und prahlte damit, was für ein Geschäft er mit den Gästen des Konzils machte, dass er den Knechtewein um das Doppelte verkaufte als zu gewöhnlichen Zeiten und den Rheinwein um das Dreifache. Normalerweise fuhr er auch nicht selbst mit, wenn Wein geholt wurde auf der anderen Seeseite in Meersburg, Überlingen oder Hagnau, aber heute hatte er zwei Winzer besucht, um mit ihnen über größere Lieferungen zu verhandeln.

»Die Pfaffen saufen, was das Zeug hält. Ich kann gar nicht so viel heranschaffen, wie sie hinabschütten!«

Er lachte dröhnend, dann zog er einen Weinschlauch unter seinem Mantel hervor und nahm einen kräftigen Schluck. Offenbar war er sich selbst ein guter Kunde.

»Trink mit mir, langer Lulatsch, das ist ein feiner Tropfen aus dem Elsass, nicht so ein saurer Dreimännerwein wie in den Fässern hier!«, sagte er zu Cunrat und klopfte ihm dabei so freundschaftlich auf den Rücken, dass der junge Mann zu husten anfing. Cunrat war an allerlei Spottnamen gewöhnt, denn die Natur hatte ihn nicht gerade mit Wohlgestalt gesegnet. Alles an ihm schien zu groß geraten, die Zähne, die Nase, die Ohren, ja der ganze Kerl überragte seine Mitmenschen um Haupteslänge. Man konnte ihn nur schwerlich beleidigen, und einen Schluck

Elsässer war's allemal wert. Also ließ er sich nicht zweimal bitten. Süß und stark rann der Wein durch seine Kehle, und er fühlte sich etwas wärmer.

»Da, Geselle«, wandte sich der Weinhändler nun an den Dritten, einen mürrisch dreinblickenden Mann mit langem, grauem Haar, dichtem Bart und einer Narbe über dem rechten Auge, der ein großes Bündel bei sich trug. Aber der winkte ab, ohne ein Wort zu sagen.

»Gewiss ein Ausländer!«, raunte der Dicke Cunrat ins Ohr. »Versteht wahrscheinlich unsere Sprache nicht. Komm, trink du noch einen Schluck!«

Und Cunrat trank, während der Weinhändler – »Johann Tettinger ist mein Name!« – ihm vom Concilium erzählte und wie die vielen Ausländer die Stadt unsicher machten, aber die Frauen – und hier begannen seine Augen zu leuchten – , die gemeinen Frauen, hohoho, da waren die welschen allen anderen vorzuziehen, und er verdrehte die Augen bei der Erinnerung an unerhörte Vergnügungen, die er Cunrat ins Ohr flüsterte. Dessen Ohren und Gesicht färbten sich langsam rot, ob vom Gehörten oder vom Wein, wusste er selber nicht recht, jedenfalls war ihm nun mehr heiß als kalt.

»Und? Was sagst du zu meinem Elsässer?«, fragte Tettinger. Cunrat sagte nie viel, er vermied es zu sprechen, wo immer möglich, denn zu seinem unschönen Äußeren hatte ihm Gott auch noch einen Sprachfehler aufgebürdet. Bisher hatte Tettinger das noch nicht bemerkt, denn er hatte selber ununterbrochen erzählt. Aber jetzt wartete er auf Antwort. Cunrat räusperte sich, dann sagte er knapp: »G... gut!«, und nickte fachmännisch.

»G... gut!«, äffte ihn der andere nach und lachte lauthals. Cunrat wurde noch röter als zuvor. Doch da klopfte ihm der Weinhändler gutmütig auf die Schulter und drängte ihm einen weiteren Schluck Wein auf. »Der ist nicht g... gut, sondern seeehr gut! Bei Meister Tettinger bekommst du nur reinsten Wein, nicht so gepanschtes Zeug wie in den anderen Weinstuben!«

Cunrat trank und fasste Mut.

»Herr, w... was ist ein D... dreimännerwein?«

Wieder lachte Tettinger und schüttelte den Kopf über so viel Unwissenheit. Dann zeigte er auf die Fässer.

»Das da ist Dreimännerwein aus Überlingen, so sauer, da braucht's drei Männer, um ihn zu trinken, denn wenn ein Mann den trinken soll, müssen ihn zwei festhalten, und der Dritte muss ihm das Gesöff reinleeren!«

Der Weinhändler schüttete sich aus vor Lachen über seinen Witz, und Cunrat lachte verschämt mit.

»Ach so!«

»Der ist für die Knechte, mein Freund«, flüsterte Tettinger und deutete mit dem Kopf auf die Seeleute. »Aber wir, wir trinken den Elsässer! Vivat Concilium!« Und noch einmal hielt er dem Jungen seinen Schlauch hin: »Möge der heilige Otmar dafür sorgen, dass er immer gefüllt bleibe!«

Der Wind flaute langsam ab, und die Ruderer am Bug mussten sich nun kräftig ins Zeug legen, um den schweren Kahn voranzubringen. Schlag für Schlag umrundete die Lädine das waldig grüne Horn vor Costentz, man sah das Frauenkloster von Münsterlingen auf der südlichen Seeseite liegen, und dahinter, als ob er kaum eine halbe Tagesreise entfernt wäre, türmte sich der Säntis auf mit seiner Doppelspitze. Sie war bereits in Schnee gehüllt, denn Mitte Oktober war es plötzlich kalt geworden.

Und dann sahen sie Costentz.

Wie das himmlische Jerusalem lag die Stadt vor ihnen in der Morgensonne, umschlossen von hohen Mauern und zahlreichen Türmen, die zinnenbekrönt waren oder spitz bedacht, und darüber erhoben sich die mächtig aufragenden Zwillingstürme der Bischofskirche, gegen die alle anderen klein schienen, der Säntis unter den Türmen. An der Ostfassade des Münsters blinkten vier runde Kupferscheiben im Sonnenlicht wie goldene Münzen, als ob sie weithin rufen wollten: Komm Freund, hier ist gut Geld verdienen!

Darum war auch Cunrat unterwegs nach Costentz. Er war Bäckergeselle, aus dem Dorf des Prämonstratenser Klosters Weißenau, und als nun das große Concilium bevorstand, war eine Nachricht seines Onkels aus Costentz gekommen, dass er Hilfe brauche und Cunrat bei ihm einen schönen Batzen Geld verdienen könne. Der strenge Zunftzwang in der Stadt sei für die Zeit des Conciliums aufgehoben, nun könne jeder Handwerker nach Costentz kommen und seine Dienste anbieten, und so solle auch Cunrat nur schnell herüberkommen, er werde ihm die Fahrt bezahlen. Der Onkel war der Vetter seiner Mutter und besaß schon seit vielen Jahren eine Bäckerei in Costentz.

Cunrat, der noch nie am Bodensee gewesen war, hatte sich nicht lang bitten lassen. Er war 21 Jahre alt und lebte allein mit seiner Mutter. Sein Vater war lange tot, und der einzige Bruder war Schuhmacher geworden und nach Ravensburg gezogen, um dort eine Schuhmachermeisterstochter zu heiraten.

Die Mutter hatte bei Cunrats Abschied sehr geweint, aber er hatte ihr versprochen, sobald wie möglich wieder heimzukommen und ihr einen ordentlichen Beutel Geld mitzubringen, der die Not ihrer alten Tage lindern würde. So saß er nun mit seinem Bündel auf dem Schiff und schaute fasziniert auf die Stadt, die für die kommende Zeit sein Zuhause werden sollte.

Der Weinhändler bemerkte seine Begeisterung.

»Nun, was meinst du zu unserer schönen Stadt?«, fragte er mit einem Stolz in der Stimme, als ob er selbst sie eigenhändig bis zum höchsten Turme erbaut hätte, und sein Blick ging von Cunrat zu dem Fremden, der daneben saß und auf die Stadt starrte, aber immer noch den Eindruck erweckte, als ob er nichts verstünde.

»W... wunderbar!«, war alles, was Cunrat herausbrachte.

»W... wunderbar!«, kam das Echo von Tettinger. Dann erzählte er selber weiter. Dass der spitze Turm links vom Münster zu Sankt Stephan gehörte und der rechts davon zu Sankt Johann, und dass der Stadtturm ganz außen links der Raueneggturm war, wo die bösen Buben einsaßen, und der ganz rechts der Rheintorturm, und davor lag das Inselkloster der Dominikaner und hinter diesem die Niederburg, und da gab es die meisten Frauenhäuser. Und er begann mit so detaillierten Beschreibungen, dass Cunrat aus dem Rotwerden gar nicht mehr herauskam. Der Mann neben ihm schaute verächtlich zur Seite. Vielleicht verstand er ja doch Deutsch.

»Siehst du, und gleich da vorn, das große Haus in der Mauer, das ist das Kaufhaus. Da legen wir jetzt an und laden die Fässer aus. Und dann gehen wir einen trinken!«

Das Kaufhaus schob sich wie ein mächtiger Riegel vor die Stadt, mit drei Stockwerken, auf denen ein riesiges Dach noch einmal drei Fensterreihen zeigte. Cunrat hatte außer dem Kornhaus in Ravensburg noch nie ein so großes Gebäude gesehen.

»Gewaltig, nicht wahr?«, dröhnte die mächtige Stimme von Tettinger. »Das haben sich die Costentzer einiges kosten lassen. Steht auf 1000 Eichenpfählen! Da haben so viele Waren Platz, das kannst du dir gar nicht vorstellen.«

Sie fuhren durch die enge Lücke im Palisadenzaun, der die gesamte Seeseite der Stadt vor räuberischen Wellen und feindlichen Angreifern schützte, dann legten sie neben dem Kaufhaus am Landesteg an, der vom Konradstor ins Wasser hineinragte, der sogenannten Fischbrücke. Dort hatten bereits andere Schiffe festgemacht, und Cunrat sah beeindruckt, wie viele Waren ausgeladen wurden: Tuchballen und Pelze, Fässer mit Wein, Getreide, Salz oder Heringen, ganze Stöße von Rebstangen und allerlei mehr. Träger und Karrenschieber eilten auf dem schmalen Steg hin und her, schrien und fluchten und transportierten alles Gut durch das Stadttor und dann über eine steinerne Brücke, die das Tor mit dem Kaufhaus verband, um es in den weitläufigen Lagerräumen und Dachböden zu lagern, bis es weiter zu den Lagerstätten und Kellern in der Stadt gebracht würde.

Nachdem ihr Schiff angelegt hatte, kamen sofort einige Männer herbeigelaufen, um die neue Ware in Empfang zu nehmen. Ächzend stieg der Weinhändler zwischen zwei Fässern aus, was ohne die Hilfe der Träger beschwerlich gewesen wäre, und auch Cunrat balancierte mühsam vom Rand der Lädine auf den Steg und blieb dann erst einmal stehen, denn ihn schwindelte, ob von der ungewohnten Fahrt übers Wasser oder vom Wein, war ihm selbst nicht ganz klar. Der dritte Mann packte seinen Reisesack, machte einen Satz auf den Steg und ging ohne Gruß davon.

»Ich muss da hinauf!«, sagte Tettinger und wies auf den Fachwerkaufbau des Tores. »Steueramt!«, fügte er zur Erklärung hinzu und machte dabei ein Gesicht, als ob er in einen sauren Apfel gebissen hätte. Cunrat verstand. Hier musste der Weinhändler seine Ware verzollen, bevor er sie in den heimischen Keller bringen durfte.

Cunrat marschierte mit ihm durch das Tor. Auf der Stadtseite ging der See noch weiter, das Wasser drängte unter der steinernen Brücke ein Stück zwischen die Häuser hinein bis zu einem kleinen Platz. Dort standen einige hölzerne Marktbuden.

»Der Fischmarkt!«, erklärte Tettinger und wandte sich zur Treppe, die auf der Rückseite des Tores in den Turm hochführte.

Da bemerkte Cunrat in der Mitte des Platzes einen seltsamen mannshohen Käfig, wie für Vögel, nur viel größer.

»H… herr, w… was ist das?«, rief er Tettinger zu, »g… gibt es hier w… wilde Tiere?«

Er hatte auf einem Markt in Ravensburg einmal einen Bären gesehen, der Kunststücke vorführte.

Der Weinhändler lachte. Er schien sich sehr über den jungen Burschen zu amüsieren.

»Ja, die gibt es hier haufenweise! Aber solche mit zwei Beinen. Und wenn sie erst einmal drei Maß von meinem Wein getrunken haben, dann werden sie zu Bestien. Dann sperrt man sie hier ein. Und du kannst hingehen und sie ein wenig anspucken. Oder den Käfig drehen. Das gefällt ihnen besonders! Da spucken sie dann zurück, soviel sie getrunken haben! Hahaha! Pass nur auf, dass du nie in die Trülle kommst!«

Dabei hielt er Cunrat noch einmal seinen Weinschlauch hin, der unerschöpflich schien.

»Noch einen Schluck zum Abschied!«

Der junge Bäcker hatte aber schon genug getrunken, dafür, dass erst Mittag war, und die Trülle machte ihm Eindruck. So dankte er dem Weinhändler und ließ sich von ihm noch den Weg zur Bäckerei von Meister Katz erklären. Nach all den Schilderungen hatte er schon einen regelrechten Stadtplan im Kopf, allerdings einen, der Cunrats Mutter wohl nicht gefallen hätte, denn sie war eine fromme Frau und hatte ihren jüngsten Sohn in der Furcht des Herrn erzogen.

So schüttelten sich Cunrat und Tettinger zum Abschied die Hand, und der Dicke lud ihn ein, möglichst bald in seiner Weinstube *Zur Haue* vorbeizuschauen.

»Du bist ein rechter Kerl, mit dir ist gut reden!«, sagte er herzlich. »Wirst dein Glück machen hier in Costentz!« Dann wandte er sich zum Gehen.

Cunrat lachte: »G… gewiss, mein Herr!«, und schaute freudig auf die leuchtende Stadt, die ihn erwartete.

Zur selben Zeit hielt der Tod Einzug in Costentz. Kaum einer nahm Notiz von ihm, und diejenigen, die ihn sahen, erkannten ihn nicht.

Cunrat stapfte indes über eine weitere Brücke zum Fischmarkt hinüber. Auch hier waren viele Menschen unterwegs, und während er noch um sich schaute, rief ihn einer der Karrenschieber, die mit ihren zweirädrigen Wagen Fässer transportieren, laut an, er solle Platz machen. Cunrat wich zur Seite und stieß dabei an den Verkaufsstand einer Fischhändlerin. Diese keifte hinter ihrem Tisch hervor, er solle gefälligst aufpassen, wo er hintrete, er bringe ja ihre Ware durcheinander. Neugierig begutachtete der

Bäcker, was für Fische sie zum Verkauf anbot: Kretzer und Felchen, Hechte und Aale, alles Fische vom Bodensee, doch dem Oberschwaben unbekannt. Daneben lagen, oder besser gesagt: saßen in zwei Reihen eine ganze Anzahl grüner Frösche, die so lebendig aussahen, als ob sie gleich davonhüpfen würden. Und ganz am Rand des Tisches räkelten sich in einer Schale unter- und übereinander Dutzende von Schnecken. Cunrat wurde flau im Magen. Solche Dinge hatte er im Kloster Weißenau nie gegessen, dort hatte es nur Forellen aus dem Mühlbach gegeben, und diese waren den Mönchen vorbehalten gewesen. In einer hölzernen Tonne neben dem Tisch lagen silbern glänzende Heringe, von grobem Salz bedeckt. Der an sich nicht unangenehme Geruch der Fische wurde überdeckt vom Gestank der Fischabfälle, die von den Händlern achtlos auf den Boden geworfen wurden und vor sich hin zu stinken begannen, während sie darauf warteten, dass die Stadtknechte den Marktplatz am Abend sauber fegten. Ein paar Katzen balgten sich darum.

Cunrat hielt sich die Nase zu und ging rasch zwischen den Ständen hindurch, in die Gasse zu seiner Linken, die hinter dem großen Kaufhaus vorbeiführte, dann stieg ihm endlich ein angenehmer und vertrauter Duft in die Nase: Er kam zur Marktstätte, dem großen Marktplatz, an dessen unterem, seezugewandtem Teil die Verkaufsstände der Bäcker aufgereiht waren, alle von gleicher Art, mit einer Tür und einem Fenster mit einem hölzernen Laden, den man zum Verkauf wie ein Vordach hochklappte. Cunrat spürte gleichzeitig den Hunger und den Wein. Die Wegzehrung, die seine Mutter ihm in das Bündel gepackt hatte, war längst aufgegessen. Seiner schlaksigen Gestalt sah man den Appetit nicht an, der ihn ständig plagte. Hier würde er bestimmt auch den Marktstand von Meister Katz finden, und der Onkel würde ihm ein Stück Brot nicht verweigern.

Am ersten Stand wies man ihn weiter, und schließlich fand er den Laden von Bäcker Katz, in dem zu Cunrats Überraschung eine Frau hinter dem Tisch stand. Sie war nicht mehr ganz jung, hatte die blonden Haare zu einem Zopfkranz geflochten und darunter ein rundes Gesicht mit kleinen Schweinsäuglein. Als sie ihn anlächelte und fragte, was er wünsche, sah er, dass ihr oben ein Zahn fehlte und unten zwei schwarze Stümpfe ihr Lächeln verunstalteten. Cunrat musste an seine Mutter denken, die, obwohl sie schon eine alte Frau von fast 50 Jahren war, noch alle Zähne besaß. Sie hatte ihm beigebracht, für die Gesundheit seiner Zähne nach jedem Essen den Mund auszuspülen und am Abend Kräuter zu kauen, Petersilie, Minze oder Liebstöckel. Er fragte sich, ob man diese Regeln hier nicht kannte. Stotternd erklärte er, wer er war, worauf das Lächeln noch breiter wurde und eine weitere Zahnlücke entblößte.

»Cunrat! Willkommen in Costentz! Ich bin Barbara, die Tochter von Hans Katz, deine Base. Mein Vater ist über Mittag nach Haus gegangen, zum Imbiss und um sich ein wenig auszuruhen. Wir haben so viel Arbeit! Gott sei Dank bist du da!«

Der junge Bäcker dankte für den Willkommensgruß und fragte dann vorsichtig, ob er vielleicht ein Stück Brot haben könne, er sei so hungrig. Barbara sah sich kurz im Laden um, wo in Holzregalen verschiedene Brote gestapelt waren, Pfundbrote und Kränze, weißes und dunkles Brot. Schließlich griff sie nach einem kleinen, spitzen Brotstück.

»Aber natürlich, nimm den hier«, sie reichte ihm den Pfennigwecken, »aber dann geh gleich nach Haus, dort wollen sie jetzt essen, da kannst du richtig mitessen, Fleisch und Suppe und Wein, aber nein, warte, ich mache den Laden zu und komm mit dir, du weißt ja den Weg nicht ...«

Sie klappte den Holzladen herunter, verriegelte den Stand und ging Cunrat voraus durch die Stadt, wobei sie in einem fort redete. Die Costentzer scheinen gern zu schwätzen, dachte sich Cunrat, ob Weinhändler oder Bäckerstochter, mir soll's recht sein, da muss ich selber nicht so viel von mir geben.

Barbara – »sag Bärbeli!« – führte ihn die Marktstätte hoch, wo rechter Hand das Spital zum Heiligen Geist und links der mächtige Kornspeicher lagen. Beide trugen denselben Treppengiebel und dasselbe Glockentürmchen und waren mit dem Costentzer Wappen – einem schwarzen Kreuz auf weißem Grund – geschmückt, sodass Cunrat gleich begriff, dass beide der Stadt gehörten. Am Kornspeicher konnte er die eingeritzten Vorlagen für die verschiedenen Costentzer Brote erkennen, an deren Ausmaße die Bäcker sich zu halten hatten.

Vor ihnen erhob sich mitten auf dem Platz die Große Metzig, und die beiden gingen links daran vorbei weiter die Marktstätte hinauf, auf der sich eine Krämerbude an die nächste reihte. Überall waren Menschen unterwegs, reiche Bürgersfrauen mit langen, farbigen Mänteln und hohen Hauben, Mägde in einfachen Gürtelkleidern und wollenen Übermänteln, Kaufleute mit pelzbesetzter Cotte und schweren Geldbörsen am Gürtel, Kleriker in schwarzem, weißem oder braunem Habit, und dazwischen Träger und Karrenfahrer, Wahrsagerinnen, Gaukler und Bettler.

Entlang der Metzig waren die Fleischstände aufgebaut. Auf den Holzbänken lagen Vögel jeder Art, Amseln, Drosseln, Enten und Gänse, daneben Fleisch vom Rind, Lamm oder Schwein. Über jeder Fleischbank war eine Querstange befestigt, an der die Waage hing, daneben baumelten Schenkel von Geißen und Schafen. Ein Metzger zerlegte mit einem mächtigen Beil gerade einen großen Hirsch, und – noch viel aufregender – am Stand daneben wurde Fleisch von einem Bären feilgeboten, Tatzen, die noch bluteten, und auf dem Tisch lag sein Kopf mit aufgerissenem Rachen.

Cunrat stand immer wieder still und staunte, ihm lief das Wasser im Munde zusammen, doch Bärbeli zog ihn rasch am Arm weiter. Schließlich bog sie links in die Mordergasse ein, die von stattlichen Bürgerhäusern gesäumt war. Da trat aus einem Hauseingang ein Mann mit einer seltsamen Kopfbedeckung: Wie ein umgekehrter Trichter saß sein Hut auf dem Kopf. Dazu trug er einen feinen, knielangen Mantel, und sein schwarzer Bart hing über die Brust herab. Cunrat starrte ihn überrascht an, doch den Mann schien das nicht zu stören. Er grüßte freundlich und ging an ihnen vorbei. Als Cunrat ebenfalls zum Gruß nickte, stieß Bärbeli ihn an und bekreuzigte sich.

»W... wer war das?«, wollte er wissen.

»Das war ein Jud!«, antwortete sie mit Abscheu in der Stimme.

»Ach?« Cunrat hatte von den Juden reden gehört, meist nichts Gutes, aber er hatte noch nie einen gesehen.

»Ja«, sprach Bärbeli wichtig weiter, während sie sich der Kirche des Augustinerklosters näherten, »in dem Haus wohnt der Gutman, da kam er wahrscheinlich her. Man sagt, hier war früher auch die Judenschule, aber die ist jetzt in der Sammlungsgasse. Die nehmen Wucherzinsen, mein Vater kann dir ein Lied davon singen! Als er einen neuen Ofen gebaut hat und Geld brauchte, da hat er ihnen ein großes Stück Land verschreiben müssen. Und außerdem haben sie unseren Herrn Jesus ans Kreuz geschlagen!«

Es kam Cunrat seltsam vor, dass der freundliche Mann mit dem Trichterhut den Herrn Jesus ans Kreuz geschlagen haben sollte, aber was wusste er schon von den Juden!

Gegenüber der Fassade der Augustinerkirche lag ein prächtiges Haus, gemauert und verputzt im unteren Teil, mit Fachwerk versehen im Obergeschoss. Auf der Traufseite, die der Straße zugewandt war, war dem Dach ein kleiner Giebel vorgebaut, durch dessen Fenster man Waren in die Lagerräume im Dachgeschoss hochziehen konnte. Sie standen vor dem Haus des Bäckermeisters Katz.

Bärbeli ging voraus durch das breite Portal und die Treppe hoch in den ersten Stock, wo die Stube lag. Im ganzen Haus duftete es nach Mehl und Brot, und Cunrats Magen knurrte heftig. Der Pfennigwecken hatte nicht viel ausgerichtet. Als er in die Stube trat, die von einem Kachelofen beheizt wurde, und die reich gedeckte Tafel vor sich sah, lief ihm erneut das Wasser im Munde zusammen. Doch zunächst stellte Bärbeli ihn triumphierend allen vor, die am Tisch saßen.

Der Bäcker Hans Katz war ein kahlköpfiger, kleiner Mann, der Cunrat fest die Hand drückte und ihm sagte, wie froh er sei, dass er endlich gekommen war. Auch ihm fehlten einige Zähne. Von Mutter Katz hatte Bärbeli ihre Rundungen geerbt, sie lachte genauso breit und freundlich, und vermutlich hätte sie Cunrat mütterlich an ihre Brust gedrückt, wäre er nicht viel zu groß dafür gewesen. Die Eheleute Katz hatten außer Barbara keine weiteren Kinder. Wie Cunrat von seiner Mutter wusste, waren ihnen sechs gestorben, zwei schon im Kindbett, drei im Kindesalter. Der einzige Sohn, der das Gesellenalter erreicht hatte, hatte Anfälle bekommen vom Mehlstaub, wie es hieß, er bekam dann keine Luft mehr, und selbst eine Wallfahrt nach Einsiedeln hatte keine Hilfe gebracht. Vor vier Jahren war er bei einem solchen Anfall erstickt.

So saßen am Tisch nur noch zwei weitere Gesellen und ein Lehrbub von etwa 14 Jahren, der müde aussah und Cunrat mit einem Kopfnicken begrüßte. Die Gesellen schienen nicht sonderlich begeistert zu sein über seine Ankunft. Mürrisch nannten sie ihre Namen, Uli Riser und Joß Vogler.

Aber Cunrat interessierte sich sowieso viel mehr für das, was auf dem Tisch stand als für die, die drumherum saßen. Die Tafel war weiß gedeckt mit einem Leinentuch, durch das sich eine blaue Borte zog. In der Mitte stand ein Weinkrug, auf zwei Platten lag gesottenes Fleisch, »Hammel oder Rind, ganz wie du willst, Cunrat!«, daneben ein großer Laib dunkles Brot. So reichlich zu essen hatte es bei seinem Bäckermeister in Weißenau nie gegeben, jedenfalls nicht für die Gesellen.

Joß und Uli rückten nun auf der Bank zusammen, und Bärbeli holte schnell irdene Becher für sich und den neuen Tischgenossen. Der Meister schnitt zwei große Brotscheiben ab, die er den beiden reichte als Unterlage für das Fleisch.

»Greif zu, Cunrat!«

Der ließ sich nicht zweimal bitten. Er zog sein Messer aus dem Gürtel, spießte sich ein ordentliches Stück Rindfleisch auf das Brot, das sich vollsog mit dem Fleischsaft, und begann unter lautem Schmatzen zu essen. Das war das Zeichen für die anderen, ebenfalls die unterbrochene Mahlzeit wieder aufzunehmen, und erst, als Platten und Krüge restlos geleert und die safttriefenden Finger abgeschleckt waren, wurde die Tafel aufgehoben. Der junge Mathis musste mit der Meisterin das Geschirr in die Küche tragen und säubern.

Barbara hatte Cunrat während des ganzen Essens immer wieder stolz angeschaut wie eine Trophäe, die sie von der Jagd mit nach Hause gebracht hatte, und dabei hatte sie fast ununterbrochen geredet, sodass Cunrat sich sehr wunderte, wie das möglich war, gleichzeitig zu sprechen und zu essen; er hätte das nie gekonnt, tat er sich doch bei leerem Mund schon schwer mit der Aussprache. Sie hatte von der Bäckerei erzählt, wie gut sie lief, dass ein Mann hier wohl sein Auskommen haben konnte, und vom Konzil, das jeden Tag neue Prälaten nach Costentz führte, mit vielen Pferden und Knechten, sodass die Stadt all die Menschen kaum fassen konnte, und dass in wenigen Tagen der Papst erwartet wurde und der König, ja, ein richtiger König würde nach Costentz kommen, mit seiner Königin, die auch Barbara hieß, so wie sie! Königin Bärbeli! Sie kicherte.

Schließlich wurde sie von ihrem Vater mit rüden Worten ermahnt, endlich still zu sein, damit Cunrat erzählen konnte, wie seine Fahrt hierher gewesen war und wie es seiner Mutter ging. Der junge Bäcker mühte sich redlich ab, ohne Stocken zu berichten, aber je mehr er sich anstrengte, umso mehr fing er an zu stammeln. Die Gesellen lachten heimlich und stießen sich unter dem Tisch an, wofür sie böse Blicke von Bärbeli ernteten.

Diese wurde schließlich wieder zur Brotlaube geschickt, während Meister Katz den älteren Gesellen, Joß, anwies, Cunrat sein Bett zu zeigen, damit sie anschließend an die Arbeit gehen konnten. Er selbst legte sich zum Schlafen hin.

Die Schlafkammer für die Gesellen lag in einem Anbau an der Rückseite des Hauses. Sie mussten durch die ebenerdig gelegene Backstube in den Hinterhof gehen, wo einige dunkelborstige

Schweine herumliefen, und von dort eine Holztreppe hoch zu einer Galerie. Linker Hand, zum Ehgraben hin, befand sich der Abtritt, rechter Hand die aus grobem Holz gezimmerte Gesellenkammer. Hier gab es keine Butzenglasfenster wie in der Stube, sondern nur mit geöltem Pergament bespannte Lichtöffnungen. Natürlich war die Kammer nicht beheizt, und da es kalt war, hatten die Gesellen die Holzläden an der Innenseite der Fenster gar nicht erst aufgemacht. Das einzige Licht fiel von der Tür ein, aber was Cunrat auch ohne Licht sofort bemerkte: Es stank hier nach Schweiß und dreckigen Füßen. Und von draußen kam der Geruch des Abtritts und der Schweine und ihres Misthaufens dazu. Nun war es nicht so, dass Cunrat nicht an Gestank gewöhnt gewesen wäre, auch da, wo er herkam, gehörte übler Geruch zum Alltag. Doch hatte er zu Hause in der Küche geschlafen, nur seine Mutter hatte eine eigene Kammer gehabt. Und dort in der Nähe des Herdfeuers roch es nach Rauch und nach Essen. Den Geruch von anderen Menschen in einem so kleinen Raum war er nicht gewöhnt. Er hielt sich die Nase zu, was der Geselle, der ihn hergebracht hatte, mit einem Grunzen quittierte; er schien genauso maulfaul zu sein wie Cunrat selber. Der ließ die Tür offen stehen, um frische Luft einzulassen, aber auch, damit er überhaupt etwas sehen konnte. Vier Bettgestelle aus rohen Brettern standen in dem kleinen Raum, jedes mit Strohsack, Kopfkissen und Pfühl, und dazwischen kleine Truhen aus ebenso roh behauenem Holz. An der Wand boten ein paar hölzerne Haken die Möglichkeit, Mantel und Kapuze aufzuhängen.

»Das da hinten ist dein Bett, Stammler!«, wies ihn Joß an. Er war wohl schon über 30, hatte graue Haare und einen schmutzigen Bart, und wie der Lehrjunge wirkte er müde.

Cunrat reagierte nicht auf den neuen Spitznamen, er legte sein Bündel auf die Truhe neben dem Bett und hängte den Mantel an einen Haken. Dann besah er sich kritisch die Bettdecke und den Strohsack. Wenn er richtig gesehen hatte, waren ein paar Wanzen weggelaufen, als er die Decke gehoben hatte. Angewidert ließ er sie wieder fallen. Seine Mutter hielt das Bettzeug immer durch Ausräuchern sauber.

Joß hatte seinen Gesichtsausdruck bemerkt, aber er sagte nur: »Du wirst sowieso nicht viel Zeit darin verbringen.«

Dann wandte er sich zum Gehen, für Cunrat das Zeichen, sich ebenfalls an die Arbeit zu machen. Sie schlossen die Tür und gingen durch den Hof zurück in die Backstube, die mit den Lagerräumen und der Verkaufstheke das gesamte Erdgeschoss des Hauses einnahm. Bis zum späten Abend schleppten sie Mehlsäcke, bereiteten Teig und formten große und kleine Brote, die früh am nächsten Morgen gebacken werden sollten. Müde aßen sie dann ihr Vesper, ein Stück Speck mit Brot und Wein. Müde befeuerten sie anschließend den Ofen, damit die Glut rechtzeitig bereit sein würde. Und todmüde gingen sie schließlich zu Bett.

Diese Nacht war für Cunrat noch kürzer als Bäckersnächte es ohnehin sind. Er konnte nicht einschlafen, denn Joß und Uli schnarchten zum Balkenbiegen, während der Lehrjunge Mathis sich in den Schlaf weinte. So viele Dinge zogen im Dunkel an seinen Augen vorüber: die unendlichen Wellen des Bodensees, der Säntis, das gutmütige Gesicht des Weinhändlers und der große Käfig auf dem Bleicherstaad, das Lückenlachen von Bärbeli, der Trichterhut des Juden, die prächtigen Häuser von Costentz und die staubige Backstube mit dem gewaltigen Ofen, der unersättlich schien. So viele neue Dinge gab es zu bedenken und zu begreifen. So viele fremde Gerüche und Geräusche und Gefühle. Und dazu die Wanzen, die ihn zwickten.

Er wollte wieder nach Hause.

~⊙~

»Er kommt, er kommt!«

Bärbeli schrie aufgeregt und hüpfte ständig auf und ab, weil ihr die vielen Menschen die Sicht versperrten.

»Cunrat, siehst du schon etwas?«

Cunrat war so groß, dass er über alle Köpfe hinweg schauen konnte.

»N... nein, noch n... nichts!«

Sie hatten sich in der Nähe der St.-Pauls-Kirche aufgestellt, um den Einzug des Papstes zu beobachten. Es war ein Sonntag Ende Oktober um die Mittagszeit, und der Himmel war grau und verhieß nichts Gutes. Dennoch war die ganze Stadt in Erwartung des höchsten Herrn der Christenheit zusammengeströmt. Sogar Bäckermeister Katz, seine Frau und der kleine Mathis waren mitgekommen, nur die Gesellen hatten es vorgezogen, an ihrem freien Tag in die Trinkstube zu gehen.

Man hatte bereits vernommen, dass dem Papst auf seinem Weg von Italien nach Costentz ein Missgeschick passiert war, an seinem Wagen war auf der Fahrt über den Arlbergpass ein Rad gebrochen, der Karren war umgekippt und der Papst in den Schnee gefallen. Zum Glück war ihm weiter nichts passiert, am Samstag war er im Kloster Kreuzlingen angekommen, um jetzt am Sonntag mit seinem Gefolge in der Konzilsstadt Einzug zu halten. Alle Kleriker der Stadt und der Umgebung waren ihm entgegengezogen bis vor das Kreuzlingertor, und nun zogen sie wieder zurück und dem Papst voraus in einer langen Prozession durch den Vorort Stadelhofen und durch das Schnetztor, das Eingang in den inneren Mauerring gewährte, dann ging es vorbei an der St.-Pauls-Kirche und weiter durch die Plattengasse bis zum Münster.

Dicht an dicht drängten sich die Menschen, und Cunrat ließ seinen Blick über die Menge schweifen. Da entdeckte er plötzlich ein bekanntes Gesicht. Es war der dritte Passagier der Lädine, mit der er nach Costentz gekommen war. Das hagere Gesicht mit dem grauen Bart und der Narbe blickte immer noch gleich mürrisch wie bei seiner Ankunft in der Stadt. Dann schien auch er den Bäckergesellen wiederzuerkennen, seine Augen weiteten sich, und Cunrat wollte ihm schon grüßend zulächeln, doch da wandte sich der andere rasch ab und verschwand hinter den Rücken der Umstehenden.

In diesem Augenblick begann die Menge um Cunrat laut zu rufen: »Vivat, Papa!« Die Costentzer Fahne mit dem schwarzen Kreuz auf weißem Grund, die dem Zug vorangetragen wurde, erschien im Schnetztor, und die Stadtwache blies ihre grellen Trompetensignale. Die Stadtknechte hatten trotz ihrer Harnische alle Mühe, das Volk zurückzuhalten. Die Leute mussten sich jedoch in Geduld üben, denn als Erste kamen die kleinen Domschüler durch das Tor, danach die Franziskaner, dann die Augustiner und die Dominikaner, alle in ihrem jeweiligen Habit und mit ihren Standarten. Es folgten die größeren Schüler, die Kapläne der Stadt, die Chorherren von Sankt Stephan, Sankt Johann und Sankt Paul, dann die Benediktiner, die Domherren mit ihren Chorkappen und schließlich alle Äbte und Pröpste der städtischen und umliegenden Klöster.

Schließlich wurden neun weiße Pferde vorbeigeführt, von denen acht das Gepäck des Papstes trugen. Das neunte hingegen, an dessen Hals ein Silberglöcklein unablässig bimmelte, war mit einem roten Tuch bedeckt, von dem sich eine goldene Monstranz erhob. Sie wurde von brennenden Kerzen auf Silberständern erleuchtet, und vor und hinter den Pferden marschierten Zunftleute und Domherren mit weiteren Kerzen auf hohen Stangen.

Und dann kam er.

Der Papst ritt auf einem prachtvollen Schimmel, der fast gänzlich unter einem goldbestickten, roten Tuch verschwand. Das Pferd wurde von zwei Gefolgsleuten, dem Vernehmen nach zwei Grafen, am Zaum geführt. Papst Johannes hatte sein Priestergewand angelegt und trug eine schlichte weiße Inful auf dem Haupt. Cunrat war insgeheim ein wenig enttäuscht. Er hatte sich den Papst als großen, würdevollen Mann vorgestellt, aber unter der Inful schaute ein kleiner, feister Kerl mit Doppelkinn und abstehenden Ohren heraus, der mit dicken, behandschuhten und beringten Fingern das Volk segnete.

Über dem Papst erhob sich ein Baldachin aus goldenem Tuch, der von vier städtischen Patriziern getragen wurde: dem Bürgermeister Heinrich von Ulm, dem Vogt Hanns Hagen, dem Ammann Heinrich Ehinger und dem Kaufmann Heinrich Schiltar. Bäcker Katz kannte sie alle und wurde nicht müde, Cunrat zu erklären, wer wer war. Der Baldachin war ein Geschenk der Stadt Costentz an den Papst.

Das Schönste aber war, dass neben dem Papst ein Priester ritt, der Pfennige unter die Leute warf. Alle reckten sich nach dem silbernen Regen, und an manchen Stellen konnten die Stadtknechte das Volk kaum mehr in Schach halten.

»Ich hab einen, ich hab einen!«, freute sich Bärbeli, dabei hatte sie den Pfennig nur ergattern können, indem sie rücksichtslos den jungen Mathis zur Seite gestoßen hatte, sodass er zu Boden fiel und fast zertrampelt worden wäre. Cunrat konnte ihn gerade noch am Arm packen und hochziehen.

»Er g… gehört ihm!«, sagte er zu Bärbeli.

Die sah ihn entrüstet an. »Bist du verrückt geworden? Den hab ich gefangen!« Und sie steckte den Pfennig in ihren beachtlichen Ausschnitt.

Da griff Cunrat nach seinem Beutel und gab dem Jungen einen Pfennig von seinem eigenen Geld. Mathis strahlte ihn an, Bärbeli zog eine verächtliche Schnute. Auch Meister Katz, der die Szene beobachtet hatte, schien nicht sehr erbaut über Cunrats Großzügigkeit.

Doch der glanzvolle Zug war noch nicht zu Ende. Hinter dem Papst ritt auf einem mächtigen Ross ein Mann in glänzender Rüstung, der eine dicke, hohe Stange vor sich auf dem Sattel hielt. Von dieser Stange spannte sich ein Schirmdach aus rotem und gelbem Stoff über Reiter und Pferd, so groß, dass noch fünf weitere Pferde darunter Platz gefunden hätten. Oben auf der Stange befand sich ein goldener Knopf und darauf stand ein goldener Engel mit einem goldenen Kreuz in der Hand. Der Schirm war das Symbol des Papstes, das nun in der Bischofskirche aufgestellt werden würde.

Nach dem Reiter mit dem Schirm kamen die Kardinäle, neun an der Zahl, auf Pferden oder Maultieren. Sie waren in scharlachrote Mäntel gekleidet, die so weit über ihre Reittiere herabhingen, dass sie die Erde berührten. Auf dem Kopf trugen sie rote Kappen und darüber breitrandige rote Hüte mit seidenen Schnüren.

Den Abschluss bildete die lange Reihe von Gefolgsleuten der hohen Würdenträger, Soldaten und Pferdeknechte, Schreiber und Sekretäre, Köche und Diener. Unter diesen fiel ein Mann Cunrat besonders auf. Er hatte dunkles lockiges Haar, das an den Schläfen schon ergraut war, eine hohe Stirn mit vielen Falten vom Denken und eine etwas spitze Nase. Sein Gewand unter dem Reisemantel war rot wie das der Kardinäle, und auf dem Kopf trug er eine pelzverbrämte Mütze. Sein Maultier hatte an Gepäck schwer zu tragen, denn die Satteltaschen waren voller Bücher. Mit klugen Augen und einer Spur Verachtung blickte er über die Menge. Als er Cunrat sah, der einen Kopf größer war als die anderen, schaute er ihn einen Moment lang erstaunt an, dann begann er zu lächeln und schüttelte leicht den Kopf, als wundere er sich über den Anblick eines seltsamen Tieres.

Schließlich war der Zug zu Ende, und die Menschen folgten den Prälaten zum Münster, wo ein *Tedeum* angestimmt und die Vesper gelesen wurde. Alle Glocken läuteten. Doch die Bischofskirche war mehr als voll mit den Vertretern des Klerus, sodass die Menge sich zerstreute. Es war ja auch genügend andere Kurzweil geboten: Verkaufsstände aus Holz oder Zeltbahnen säumten den Münsterplatz, Spielleute unterhielten das Volk mit Puppenspielen und musikalischen Darbietungen, Wahrsager zogen die Aufmerksamkeit der Leichtgläubigen auf sich.

Bäcker Katz schickte Cunrat und Mathis, sie sollten schnell Körbe mit Wecken und Kuchen holen, denn viele Leute hatten jetzt Hunger, und nach der Freigebigkeit des Papstes saß auch bei ihnen das Geld locker.

Zäh drängten sich die beiden durch die Menge und rannten am Ende noch das Stück bis zur Backstube, um die Chance auf einen guten Verkauf nicht zu verpassen. Als sie zurück zum Münsterplatz kamen, hatten sie schon die Hälfte ihrer Waren verkauft, der Rest wurde ihnen fast aus den Körben gerissen, und am Ende konnte Cunrat dem Meister einen gut gefüllten Beutel Geld übergeben.

Bärbeli hingegen war selig über ihren eroberten Pfennig.

»Den werde ich mir um den Hals hängen, der wird mir Glück bringen!«, jubelte sie und sah dabei Cunrat erwartungsvoll an.

Dann bummelten die Frauen über den Krämermarkt beim Münster. Dort gab es alles zu kaufen, was sie begehren konnten: Kleider und Stoffe, Gürtel und Schnallen, Schuhe, Hauben, Taschen und Schmuck, außerdem seltene Gewürze und orientalische Duftöle. Meister Katz ging drei Schritte hinter ihnen und schaute missmutig drein. An seinem Gürtel baumelte der braune Lederbeutel mit den Einnahmen aus dem Brotverkauf.

⁂

Die Tage eines Bäckergesellen sind lang und die Nächte kurz. Zwischen Mehlstaub, Ofengluthitze und schweren Säcken fristet er sein Dasein; seine einzigen Freuden sind ein üppiges Essen, der Gang zur Badstube am Sonnabend, der Besuch der Messe am Sonntag und hin und wieder ein Abstecher in die Weinstube.

Cunrat gewöhnte sich langsam an die schwere Arbeit in der Backstube von Meister Katz, die so ganz anders war als in der beschaulichen Klosterpfisterei in Weißenau. Er war am Abend nicht mehr ganz so müde wie zu Beginn, und so ließ er sich von Joß und Uli öfters in eine Trinkstube mitnehmen. Deren gab es Unzählige in der Stadt, und auch wenn sie als Gesellen nicht zu allen Zutritt hatten, so konnten sie sich dennoch nicht über mangelnde Auswahl beklagen. Einmal fragte er sie nach der Weinstube *Zur Haue* von Meister Tettinger. Seine beiden Genossen kannten auch diese. Sie befand sich direkt neben dem größten Stadttor von Costentz, dem Hägelins- oder Rindportertor. Außerhalb dieses Tores, auf dem Brüel, lagen die Wiesen, Felder und Stallungen der Costentzer Bürger und des Bischofs, dort befanden sich auch die Schießstände der Bogen- und Armbrustschützen, wo regelmäßig Turniere abgehalten wurden, hier hatten die meisten Konzilsgäste ihre Pferde untergestellt. Diese Vorstadt, die von einem Wall umfangen war, wurde das ›Paradies‹ genannt, nach einem kleinen Frauenkloster, das hier vor langer Zeit gestanden hatte. Den frommen Klarissen war es jedoch offenbar vor den Toren der Reichsstadt zu turbulent geworden, und so hatten sie ihren Konvent rheinabwärts an einen stillen Ort bei Schaffhusen verlegt. Der Name indes war geblieben, und vom Paradies führte die Weiße Straße hinaus zum bischöflichen Schloss Gottlieben und weiter nach Schaffhusen oder Zürich.

Wegen des regen Verkehrs, der durch das Rindportertor flutete, hatte die Weinstube *Zur Haue* immer eine große Menge Kundschaft, weltliche wie geistliche. Die Schankstube mit dem breiten Holztresen und der vom Kaminrauch geschwärzten Balkendecke war auch bei den Stadtwachen beliebt, die vor ihrem Dienst am Stadttor gern noch bei Tettinger einkehrten. Er war bekannt dafür, dass sein Wein besonders gut schmeckte und nicht zu teuer war. Außerdem gab es in dem mehrstöckigen Haus eine ordentliche Anzahl von Schlafkammern, die an erlauchte und weniger erlauchte Konzilsgäste vermietet waren. Auch sie suchten in der Schänke Zuflucht vor der Kälte ihrer Schlafräume und der Einsamkeit in der fremden Stadt.

Als Cunrat mit seinen Kumpanen zum ersten Mal dort auftauchte, begrüßte ihn der dicke Wirt freundschaftlich.

»He, langer Lulatsch!«, schrie er ihm durchs ganze Lokal entgegen, »so sieht man sich wieder! Komm, ich spendier dir einen Krug!«

Joß und Uli sahen Cunrat erstaunt und bewundernd an, während er sich unbehaglich fühlte ob der plötzlichen Aufmerksamkeit. Sie setzten sich an einen Tisch, und der Wirt brachte vier Becher und einen Krug. Dann schenkte er ein, stieß mit allen an und hub laut zu einem Trinkspruch an: »Das ist mein Freund …« Hier stutzte er, offenbar hatte er den Namen seines Freundes vergessen.

»C…cunrat«, half der ihm schüchtern auf die Sprünge.

»Das ist mein Freund Cunrat aus Weißenau, der das beste Brot in der ganzen Stadt backt! Vivat!«

»Vivat!«, stimmten die anderen ein, dann fuhr Tettinger leiser fort: »Im Ernst, Cunrat, wie ist es dir denn bisher ergangen in Costentz? Hast du dich bei Meister Katz gut eingelebt?« Bevor Cunrat antworten konnte, fuhr er mit zweideutigem Grinsen fort: »Und das Bärbeli?«, er knuffte ihn freundschaftlich in die Seite, »wie ist die so? Hm?«

Dann warf er einen Seitenblick auf Joß: »Oder hat bei der Bäckerstochter schon jemand anderes sein Brot im Ofen?« Er lachte dröhnend über seinen Witz, Cunrat lachte ein bisschen mit, obwohl er den Sinn wieder einmal nicht recht verstand, während Joß seinen Becher hinabstürzte.

»He, Wirt!«, rief es da von einem anderen Tisch, »wir sind am Verdursten!«

»Ja, ja, bin schon unterwegs!«, antwortete Tettinger und stand schulterzuckend auf. »Wir sehen uns noch!«

Cunrat musste seinen Mitgesellen nun stotternd erklären, woher er den Weinhändler kannte, und da sie seinetwegen zu einem kostenlosen Trunk gekommen waren, verzichteten sie sogar auf bissige Kommentare und Nachäffereien wegen seiner Stammelei. Tettinger brachte später unaufgefordert einen weiteren Krug Wein, dann zog Joß ein Kartenspiel aus der Tasche, mischte und teilte aus.

»Ist d… das nicht verb… boten?«, fragte Cunrat ängstlich, denn wo er herkam, wurde jegliche Art von Spiel streng bestraft. Er hatte sich ohnehin schon gewundert, dass an den Nebentischen auch Tricktrack gespielt wurde.

»Keine Angst«, gab ihm Uli zur Antwort, »solange der Einsatz nicht mehr als einen halben Pfennig beträgt, hat der Rat das Spielen erlaubt. Nur um höhere Summen zu würfeln ist verboten.«

Sie erklärten Cunrat, wie das Spiel funktionierte, dann legten sie los. Der Geselle aus Oberschwaben hielt sich tapfer. Doch während sie spielten, erhoben sich plötzlich laute Stimmen am Tresen.

»Ist gut Fiorin, gut Gold! Viel teuer, viel guttǃ«, schrie ein Soldat, offenbar ein Italiener mit dunklen Locken und Bart, und hieb mit der Faust auf den Tresen. Cunrat meinte, ihn im Gefolge des Papstes gesehen zu haben bei dessen Einzug in Costentz.

»Fiorin hin, Gold her, ich kann dir den nicht wechseln. Wer meinen Wein trinken will, muss mit Costentzer Pfennigen bezahlen, verstehst du?«, dröhnte Tettingers Bass durch die Stube.

»Ich nix Pfennige, ich gute Fiorin! Ist so wie undertfümzik Pfennige!« Dabei unterstrich der Soldat mit eindringlichen Gesten seiner Hände den gewaltigen Wert des Goldflorins, mit dem er seine Zeche bezahlen wollte.

Tettingers Stimme nahm einen gefährlich freundlichen Ton an: »Mein Freund, das mag sein, dass dein Florin 150 Pfennige wert ist, das ändert aber nichts daran, dass ich ihn nicht nehmen kann! Du bekommst erst dann deinen Wein, wenn du mir hier Pfennige auf den Tisch legst, verstanden?«

»Eh, porcamadonnasanta, ma chi crede di essere questo cretino, ist gutte Fiorin, mannaggia te, mannaggia!«, fluchte der Italiener und hieb noch einmal auf den Tisch. Einige Gäste waren bereits aufgestanden, um besser zu sehen, was da vor sich ging und im Zweifel mitzumischen, wenn es zu Handgreiflichkeiten kommen sollte.

Tettinger, der ein paar Brocken Italienisch verstand, brüllte nun ebenfalls: »Ich darf dir deinen Florin nicht wechseln, du Hund, das hat der Rat verboten, und beschimpfen lass ich mich von einem Aas wie dir schon gar nicht! Geh auf die Plattengasse zu einem Wechsler, und wenn du gute Costentzer Pfennige hast, komm wieder. Ansonsten lass dich hier nicht mehr blicken!«

Und zur Bekräftigung schlug er ebenfalls mit der Faust auf den Tresen, dass die Krüge klirrten.

Ob er nicht verstanden hatte, dass der Wirt sein Goldstück nicht nehmen durfte oder ob er wegen der Schimpfworte beleidigt war – jedenfalls zog der Welsche sein Schwert. Ein Aufschrei ging durch die Weinstube – »ruft die Wache« – Tettinger griff nach einem Holzknüppel, den er für alle Fälle unter dem Tresen aufbewahrte, und einen Augenblick lang sah es so aus, als ob es zum Kampf kommen würde. Cunrat hielt den Atem an.

Doch da erhob sich vom hintersten Tisch, an dem er ganz allein gesessen und eine Bohnensuppe verspeist hatte, ein Mann. Er war groß und kräftig, trug ein grünes Wams, einen feinen Ledergürtel mit Kupferscheiben und lederne Beinlinge. Seine dunklen Haare und der graumelierte Bart waren akkurat geschnitten.

Er legte dem Soldaten die Hand auf die Schulter, der wirbelte herum und hielt nun dem Fremden sein Schwert entgegen.

»Senti«, redete ihn dieser mit ruhiger Stimme in seiner Sprache an, »l'oste non ti può cambiare il fiorino, è una legge del consiglio comunale, devi andare ad un banco per cambiare.«

An der Miene des Soldaten konnte man erkennen, dass der Mann ihm offenbar erklärt hatte, warum es nicht möglich war, dass Tettinger seinen Goldflorin nahm. Dennoch protestierte er wegen der Schimpfworte weiter, wenn auch etwas weinerlich: »Ma mi ha insultato, mi ha detto parolacce ...«

»Non ti ha insultato, ha solo cercato di spiegarti la cosa. Dai, ti invito io!«

Nach einem Moment des Zögerns steckte der Soldat sein Schwert in die Scheide zurück, um die Einladung anzunehmen, der Fremde klopfte ihm auf die Schulter und wandte sich an den Wirt: »Herr Tettingerr, bitte gebben Sie uns eine Karaffa Wein von Rhein. Ick bezahle.« Damit legte er einen Haufen Pfennigmünzen auf den Tresen.

Tettinger verwahrte den Knüppel wieder unter dem Tisch. Er würde ihn gewiss noch öfter brauchen. Dann schenkte er einen Krug vom teuren Rheinwein ein und stellte ihn den beiden hin.

»Zum Wohlsein, Herr Conte!«

Die beiden Fremden standen noch eine ganze Weile am Tresen und unterhielten sich in ihrer Sprache, während in der Gaststube das Gemurmel wieder einsetzte.

Als Tettinger sich später noch einmal zu Cunrat und seinen Kumpanen gesellte, brannte er darauf, ihnen zu erzählen, dass der Herr der Conte Alessandro Sassino war, der mit seinem Diener bei ihm wohnte. Er stammte aus San Marino und war vom dortigen Fürsten zum Konzil nach Costentz gesandt worden. Er sei ein sehr frommer, gebildeter Herr, der viele Bücher dabei habe und immer studiere. Auch spreche er 15 Sprachen und kenne sich gar in den Gesetzen der Alchimie aus.

»Vielleicht hat er sogar den Stein der Weisen bei sich und kann Gold machen!«, flüsterte der Wirt ihnen hinter vorgehaltener Hand zu. Die drei Bäckergesellen blickten bewundernd auf den Conte.

»W… was ist d… denn ein C… conte?«, wollte Cunrat wissen.

»Zu Deutsch: ein Graf, ein edler Herr!«, antwortete Tettinger. Die drei nickten andächtig.

Von da an war Cunrat ein regelmäßiger Gast in der Weinstube *Zur Haue*, auch wenn er fortan seinen Wein selber bezahlen musste und sich deshalb meist nur den billigen Knechtewein leisten konnte. Er verstand sich gut mit dem Wirt, der offenbar einen Narren an dem langen Bäckergesellen gefressen hatte – »wenn ich einen Sohn hätte, müsste er so sein wie du!« – und ihm wenigstens ab und zu einen Becher Rheinwein spendierte.

»Was soll's?«, rief der Dicke fröhlich, wenn seine Schwester Karolina, Herrin am Herd über Bratspieß und brodelnde Dreifußtöpfe, ihn dabei ertappte und mit strengen Blicken strafte. Doch im Grunde hatte auch sie den jungen Bäcker in ihr Herz geschlossen, und Cunrat, der immer wieder vom Heimweh geplagt wurde, fühlte sich bei den beiden ein wenig zu Hause.

»Bald hab ich Geld im Überfluss!«, versicherte der Wirt ihm mehr als einmal im Vertrauen. »Das Konzil macht uns reich, nicht wahr?« Dann klopfte er dem Gesellen auf den Rücken, und Cunrat lachte und verschluckte sich und hustete auf sein Wohl. Bis zu jenem Tag im November.

Poggio Bracciolini an Niccolò Niccoli, am 31. Oktober, dem Tag des Heiligen Quintinius, im Jahre des Herrn 1414

Ich, Poggio, entbiete Dir, meinem Niccolò, einen herzlichen Gruß!

Vor drei Tagen sind wir in Costentz eingetroffen, unser Herr Papst und mit ihm ein großes Gefolge. Von des Papstes Missgeschick am Arlbergpass hast Du wohl schon vernommen, dass an der Kutsche ein Rad abbrach und er in den Schnee fiel. Was du vielleicht nicht weißt, ist, wie unser Herr darauf reagiert hat: »Jaceo hic in nomine diaboli! Ich liege hier im Namen des Teufels!«, hat er ausgerufen, als wir herbeigelaufen sind. Natürlich haben einige Leute im Gefolge getuschelt, dies sei ein böses Omen, und man solle den großen Widersacher nicht herausfordern. Ich glaube eher, dass hier wieder einmal das alte Ego unseres Herrn Papstes sich Bahn gebrochen hat, aus der Zeit, als er noch mit einem Piratenschiff die Meere befuhr und einen raueren Umgang pflegte als Pfaffen und Schreiber.

Bei unserem Einzug in der kleinen schwäbischen Stadt wurden wir von einer gewaltigen Volksmenge empfangen. Die Leute drängten sich in den engen Gassen, um uns willkommen zu heißen. Es lebt hier ein seltsamer Menschenschlag, rotgesichtig und derb, echte Barbaren. Allerdings sah ich auch manche Rose unter all den Dornen, hin und wieder gewahrte man doch ein hübsches Frauengesicht in der Menge. Außerdem mangelt es auch nicht an unendlichen Frauen, die von überall her dem Papst vorausgeeilt sind und die Stadt bevölkern, und unter diesen gibt es ebenfalls viele recht ansehnliche, Schwarze, Rote, Blonde …

Gleich nach unserer Ankunft entstand ein heftiger Streit um des Papstes prächtigen Schimmel. Nachdem unser Heiliger Vater vor dem Dom abgestiegen war, wollte sein Marschall den Hengst in den Stall bei der Bischofspfalz führen, da kamen plötzlich die Söhne des Bürgermeisters Heinrich von Ulm mit ein paar Knechten und forderten das Pferd ein. Es sei der Brauch, dass dem Bürgermeister als dem obersten Stadtherrn diese Gabe zustehe. Zunächst glaubte ich, dass sie anfangen würden zu kämpfen, aber schließlich gaben der Marschall und seine Leute nach. Es ist ja wichtig, dass wir zur Stadtregierung ein gutes Verhältnis wahren.

Doch will ich Dir nun ein wenig von Costentz berichten. Das Städtchen ist zwei Bogenschuss lang und einen Bogenschuss breit. Es liegt nicht nur an einem, sondern gleich an zwei Wassern, nämlich dem großen Costentzer See und dem Rheinstrome. So eingekeilt, birgt es in seinen Mauern Platz für etwa 5000 Seelen, also etwa ein Zehnteil der Bürger von Florenz. Wenn man bedenkt, dass unsere Stadt vor der großen Pest doppelt so viele Einwohner hatte wie heute, dann magst du ermessen, wie klein dieser schwäbische Flecken ist. Ich frage mich nur, wo all die Teilnehmer des Conciliums Platz finden sollen, die noch erwartet werden. Unser Heiliger Vater wohnt ja in der bischöflichen Pfalz beim Dom, wir Schreiber und Sekretäre in der Küsterei direkt daneben. Aber es treffen täglich neue Delegationen ein, und jeder hohe Herr glaubt, nicht ohne eine beträchtliche Anzahl an Reitern und Fußvolk hier erscheinen zu können. Gerade heute sind wieder sechs Kardinäle angekommen – alle Anhänger unseres Papstes – und sie hatten nicht weniger als 272 Reiter bei sich sowie 20 Saumpferde. Von überall strömen die Menschen herbei, Handwerker,

Kaufleute, Wechsler und was sich sonst noch Gewinn verspricht vom Konzil. Die Preise in den Herbergen sind schon ins Unermessliche gestiegen. Ich weiß nicht, wie das noch werden soll.

Unser Gastgeber, der Bischof Otto, ist ein Sohn des Markgrafen Rudolf von Hachberg. Er ist einäugig und liebt den Prunk seines Amtes, das ihm – so verriet mir ein Sekretär im Vertrauen – von seinem Vater gegen gutes Geld erkauft wurde. Er hat es noch nicht einmal geschafft, sich zum Priester weihen zu lassen, obwohl ihn der Papst schon mehrfach dazu aufgefordert hat. Aber vielleicht ergibt sich ja während des Konzils eine Möglichkeit dazu. Er war jedenfalls sehr freundlich zu unserem Herrn Papst, hat sogar seine Räumlichkeiten noch prächtig ausstatten lassen für den Heiligen Vater, dann hat er die Pfalz verlassen und ist in das Haus eines reichen Bürgers umgezogen. Der vorherige Bischof Blarer hingegen, der sich eigentlich schon länger zurückgezogen und sein Amt abgetreten hat, lebt dennoch weiterhin hier in der Pfalz, wo er seine eigenen Räume besitzt. Diese muss er nun allerdings mit einigen Leuten aus dem Gefolge des Papstes teilen. Von ihm munkelt man übrigens, er habe während seiner Bischofszeit mehrere Leute umbringen lassen. Ahimé, es sind überall die gleichen Zustände!

Heute wurde auch die Rota eingerichtet, unser päpstliches Gericht. In der Kirche zum Heiligen Stephan, der Leutkirche von Costentz, wurden zwölf Gerichtsstühle aufgestellt, und von nun an werden dort jeden Montag, Mittwoch und Freitag die zwölf päpstlichen Richter Tribunal halten. Alle großen und ernsten Fälle sollen hier abgehandelt werden.

Darüber hinaus gibt es in Costentz noch das bischöfliche Gericht und das Gericht des Stadtrates. Jedes dieser Gerichte hat andere Zuständigkeiten, und du kannst dir vorstellen, dass die Stadt ein Tummelplatz geworden ist für die Herren Advokaten, die nun von allen Seiten nach Costentz strömen, um bald diesen, bald jenen vor irgendeinem Gericht in irgendeiner Causa zu vertreten und dafür gutes Geld zu kassieren.

Aber ich wollte dir ja Costentz beschreiben. Die Stadt hat schöne Häuser, allerdings nicht alle aus Stein erbaut wie bei uns, sondern viele mit Holzwerk ausgestattet. Wälder gibt es hier ja genug. Für die Häuser, die aus Stein errichtet sind, verwendet man einen grauen Sandstein aus einem Orte namens Rorschach am südöstlichen Ufer des Costentzer Sees. Die Fassaden sind bunt bemalt, was der Stadt insgesamt ein recht freundliches Aussehen verleiht.

Allerdings sind die Straßen bis auf eine nicht gepflastert, und da es hier viel regnet, kann man kaum ohne hölzerne Überschuhe ausgehen und muss immer darauf achten, nicht in tiefen Pfützen zu versinken oder von vorbeifahrenden Karren angespritzt zu werden. Auch ist es jetzt, Ende Oktober, bereits empfindlich kalt, und ich kann nur in der Nähe des Ofens schreiben, weil sonst meine Finger zu klamm werden. Diese Öfen sind übrigens eine wunderbare Erfindung, die wir in Italien noch nicht kennen. Das Kaminfeuer ist sozusagen eingemauert und die Ofenwände sind mit Kacheln aus glasierter Terrakotta verziert. Diese verteilen die Wärme langsam in der Kammer. Die Brandgefahr ist hiermit nicht so groß, weil die Funken nicht frei fliegen können, was angesichts der Holzhäuser wichtig ist. Außerdem ist die Öffnung zum Beheizen draußen vor der Stube, sodass man auch nicht ständig husten muss vom Rauch. Wahrlich eine treffliche Sache!

Das Essen ist recht ordentlich hier am Costentzer See, auch wenn aufgrund der Kälte keine Ölbäume gedeihen. Es gibt jedoch Händler, die um Wucherpreise Baumöl verkaufen, das aus Italien über die Berge hergekarrt wird. Unser Koch weiß zum Glück immer eine Quelle. Auch den hiesigen Wein kann man nicht trinken, so sauer schmeckt er, man tut besser daran, auf sonnengewärmte, südliche Tropfen auszuweichen. Aber wenn auch Bacchus dem Costentzer See nicht wohl gesonnen ist, so führen doch Ceres, Diana und Neptun ein lustiges Regiment, denn es gibt wohlfeil jede Menge an feinem Brot, Käse, Fleisch,

Milch, Eiern und Fischen. Auch Obst, vor allem Äpfel und Birnen, gedeiht hier reichlich.

Nun soll auch bald der König kommen, und dann hoffe ich, dass Papst Johannes rasch bestätigt wird in seinem Amte, damit wir dieses trotz Öfen für mich zu kalte Gestade möglichst schnell wieder verlassen und in die sonnigen italischen Gefilde zurückkehren können.

Für heute will ich es dabei belassen. Ich denke an Dich, mein Niccolò, und werde Dir weiter Bericht erstatten vom Concilium zu Costentz.

Dein Poggio

Nebelmond

Cunrat lag auf der hölzernen Bank. Besonders bequem war sie nicht, aber auf alle Fälle besser als das wanzenverseuchte Bett. Er hatte den Gestank und das Ungeziefer und das Schnarchen nicht mehr ertragen, und sich deshalb die Erlaubnis des Meisters geholt, in Zukunft in der großen Stube zu schlafen. Dort roch es immer noch köstlich nach dem Rinderbraten, den die Meisterin heute mit viel Wein und Gewürzen zubereitet hatte. Und es war warm. Die Glut im Ofen war noch nicht erloschen, und auch der Backofen im Untergeschoss trug dazu bei, dass in der Stube wohlige Temperaturen herrschten.

Cunrat war gerade eingedöst, als er plötzlich aufschreckte. Etwas hatte ihn im Schlaf berührt, und nun atmete jemand direkt neben seinem Gesicht.

»W... wer...«

Der Jemand hielt ihm den Mund zu. So sehr Cunrat die Augen aufriss, er konnte in der Finsternis nicht sehen, wer oder was ihn da heimsuchte.

»Psst!«

Da erkannte er den Geruch. Seit der Ankunft des Papstes und dem Bummel über den Krämermarkt am Münster beträufelte sich Bärbeli mit Unmengen von Lavendelöl. Es nahm ihm den Atem, und er versuchte sich aufzusetzen.

»W... was ist los?«

Sie drückte ihn wieder zurück auf die Bank.

»Psst!«, machte sie noch einmal, während sie mit einer Hand auf seine Brust drückte und mit der anderen anfing, sein Gesicht zu streicheln.

»W... was machst d... du da?«

Sie kicherte leise. Ihre Hand verschwand von seinem Gesicht und arbeitete sich langsam den Körper entlang nach unten.

»B… bärbeli …«, versuchte er zu protestieren, und sein ganzer Körper verspannte sich. Aus dem Dunkel tauchten vor seinem inneren Auge ihre Zahnlücken und die schwarzen Zahnstümpfe auf, und ihn ekelte.

»Schschscht …«, wisperte sie mit ungewohnter Zärtlichkeit, wie wenn eine Mutter ihr Kind beruhigt. Dabei lag ihre zweite Hand wie ein schweres Gewicht auf seiner Brust, und schließlich blieb er einfach liegen.

Als ihre Finger bei seiner Bruche angekommen waren, zuckte er zusammen und machte einen letzten Versuch, sich aufzurichten. Aber da nahm ihre andere Hand seine Linke und führte sie unter ihr Hemd an den Busen. Als er ihre pralle, warme Brust mit der steifen Warze zwischen den Fingern spürte, richtete sich seine Rute wie von selbst auf. Bärbeli nestelte die Bruche auf, ergriff sein Schwert und begann, auf und ab zu reiben, bis es in die Höhe stand wie in der Hand eines Kriegers vor dem Sturmangriff. Da waren alle inneren Bilder verschwunden, und Cunrat begann schwer zu atmen. Auch Bärbeli stöhnte bei jedem Druck ihrer Brustwarzen auf. Sie versuchte, sich auf ihn zu setzen, aber die Bank war zu schmal dafür, und beinahe wäre sie herabgefallen.

»Komm, komm …«

Nun zerrte sie ihn hoch in sitzende Position. Dann riss sie sich das Hemd über den Kopf und stellte sich breitbeinig über ihn. Der Lavendelgeruch bekam einen Stich ins Fischige. Als er jedoch in ihren warmen, feuchten Schoß eindrang, glaubte er, im Paradies zu sein. Er stöhnte laut auf, packte mit beiden Händen ihren Hintern und schaukelte sie mit seinen kräftigen Armen auf und ab, auf und ab, sie ächzte bei jedem Stoß in die Tiefe, ihre Brüste klatschten gegen die Rippen, er schnappte im Dunkeln mit den Zähnen nach den Brustwarzen, was ihr leise Schreie entlockte, er stöhnte, auf und ab, auf und ab, bis er plötzlich das Gefühl hatte, zu explodieren und lauter rote Sterne im Dunkeln sah. Mit Mühe unterdrückte er einen lauten Schrei. Dann sackte er in sich zusammen.

Bärbeli blieb einen Augenblick ganz ruhig, dann begann sie zu jammern: »Viel zu früh, viel zu früh! Warum hast du nicht gewartet?«

Er verstand nicht, was sie meinte, als sie anfing, mit Fäusten auf ihn einzuschlagen.

»Du Teufel, du Stammler, du Scheißinbrunnen, warum hast du nicht gewartet?«

Er versuchte, sie festzuhalten und an sich zu drücken. Da fing sie an zu weinen.

»Bärbeli, was ist denn? Was hab ich getan?«

Langsam kam er wieder zu sich, und nun kehrten auch die inneren Bilder zurück. Er stellte sie sich vor, wie ihr die Tränen über die feisten Wangen liefen, und es wäre ihm lieber gewesen, wenn sie schnell gegangen wäre. Sie jedoch klammerte sich an ihn und schluchzte. Cunrat war nun so müde, dass er im Sitzen einschlief. Als sie es bemerkte, gab sie ihm eine Ohrfeige, die ihn im Dunkeln jedoch nur halb traf und nur halb weckte, dann sammelte sie ihr Hemd auf und ging zurück in ihre Kammer. Cunrat rutschte langsam auf die Bank zurück und sank in tiefen Schlaf wie lang nicht mehr.

In den nächsten Tagen versuchte er, der Bäckerstochter so gut es ging auszuweichen. Sie verfolgte ihn mit hungrigen Blicken, aber er brauchte sie nur anzusehen, ihre drallen Wangen, ihre schlechten Zähne und ihre fordernden Schweinsäuglein, dann wurde ihm heiß und kalt, und er fragte sich, wie er sich hatte hinreißen lassen können, mitten in der Nacht, auf der Bank … Manchmal rutschte sein Blick dann jedoch ein wenig tiefer, auf ihren Ausschnitt mit den weichen Rundungen, und da regte sich dann plötzlich etwas zwischen seinen Beinen, sodass er sich schnell abwenden musste.

Aber es war nicht nur ihre Hässlichkeit, die ihn von Bärbeli fernhielt, es war auch ihr Vater, den er fürchtete. Was würde passieren, wenn sie den Eltern erzählte, was in dieser Nacht in der Stube geschehen war? Wie würde der alte Bäcker reagieren? Würde er ihn vors Gericht bringen, weil er seine Tochter geschändet hatte? Aber es hatte nicht den Anschein, als ob Bärbeli jemandem von dem nächtlichen Stelldichein berichtet hätte, denn Meister Katz und seine Frau waren wie immer sehr freundlich zu Cunrat, womöglich sogar noch eine Spur herzlicher als sonst. Vor allem die Meisterin sah ihn öfters wohlwollend an, und wenn er ihren Blick erwiderte, schaute sie schnell weg, als ob er sie bei etwas Ungehörigem ertappt hätte.

Zwei Nächte lang geschah nichts mehr, und Cunrat schwankte zwischen der Hoffnung, dass Bärbeli ihn aufgegeben hatte, und dem Bedauern darüber, dass ihm das Vergnügen, ihre festen Pobacken in die Hände zu nehmen und ihren Leib gegen den seinen zu drücken, nicht noch einmal zuteil würde.

In der dritten Nacht kam sie wieder. Nun wusste er schon Bescheid, er fing von selber an, ihre Brüste zu streicheln und zu küssen, seine Rute reagierte wie beim ersten Mal, nur konnte er diesmal ihren Schoß viel länger genießen, sodass auch Bärbeli am Ende laut aufstöhnte und nicht mehr mit ihm schimpfte, sondern ihm durch die Haare fuhr und vor sich hinmurmelte: »Cunrat, mein Liebster, mein Schwertträger ...«

Aber auch diesmal war ihm danach wie nach einem Rausch, wenn ein schaler Geschmack im Mund und ein flaues Gefühl im Magen zurückbleiben. Am liebsten hätte er sie von sich gestoßen, doch als er sich aufrichtete, um sie wegzuschieben, da berührte er ungewollt ihre Brust, und als ob es einen eigenen Willen hätte, stellte sich sein Schwert wieder auf, was Bärbeli mit einem wohligen Stöhnen beantwortete, da er noch immer in ihr war. Also führten sie einen zweiten Waffengang, der noch länger dauerte als der erste, und Cunrat hatte das Gefühl, dass er immer besser verstand, was er mit welchem Körperteil anstellen musste, damit sie laut stöhnte, was ihn noch mehr erregte.

Als es vorbei war, war er so erschöpft, dass er fast augenblicklich in Schlaf sank. Am nächsten Tag taten ihm alle Glieder weh von der ungewohnten Anstrengung auf der harten Holzbank, und er musste aufpassen, dass er beim Teigkneten nicht im Stehen einschlief.

Bärbeli kam nun fast jede Nacht, doch im Dunkeln sah er nicht sie vor sich, sondern irgendeine Frau, manchmal eine, die in die Backstube gekommen war, um Brot zu kaufen, oder eine der gemeinen Frauen, die er auf der Straße gesehen hatte, und zu denen er sich nicht zu gehen getraute.

Am Tage war sie ihm weiterhin eher zuwider. Er brachte die schwatzhafte Bäckerstochter, die ihn mit Blicken umgarnte, nicht mit der nächtlichen Besucherin zusammen, und manchmal fragte er sich, ob es nicht der Teufel war, der ihn mit Stimme und Gestalt von Bärbeli des Nachts heimsuchte. Aber wenn er dann in ihrem Schoß versank, glaubte er eher an einen Engel des Paradieses, der gekommen war, um ihm unendliche Freuden zu bereiten.

Die nächtlichen Besuche hinterließen jedoch ihre Spuren. Bei Bärbeli weniger, sie konnte am Morgen etwas länger im Bett bleiben, bevor sie den Laden an der Brotlaube aufmachte, aber er musste noch vor Sonnenaufgang aufstehen und in die Backstube gehen. So wurde er immer bleicher, unter den Augen bildeten sich dunkle Ringe, und seine lange Gestalt wurde noch hagerer, auch wenn das kaum möglich schien. Die anderen Gesellen begannen hinter seinem Rücken zu tuscheln. Ob sie etwas ahnten? Uli machte manchmal obszöne Gesten und lachte dreckig und wissend, während Joß immer finsterer dreinblickte und kaum noch ein Wort mit Cunrat wechselte. Aber der nahm ohnehin nicht mehr wahr, was um ihn herum vorging, sein Leben bestand fast nur noch aus Arbeit und nächtlichem Liebesrausch.

Bis zu jenem Tag Mitte November, an dem Mathis mit einer schrecklichen Nachricht von einem Botengang zurückkehrte.

»Der Weinhändler Tettinger hat sich aufgehängt!«

»Was?«

Cunrat konnte es nicht glauben. Wegen seiner nächtlichen Umtriebe war er schon einige Zeit nicht mehr in der Weinstube gewesen, aber als er seinen dicken Freund das letzte Mal gesehen hatte, war dieser noch glänzender Laune, ja geradezu euphorisch gewesen, wegen des Reichtums, den er sich erhoffte. Und nun sollte er sich erhängt haben?

Der Bäckergeselle band seine Schürze ab, warf sich einen Wollmantel über und lief in Windeseile die Mordergasse entlang, über die Marktstätte, vorbei am Brunnen, dann unter den Säulen hoch zum Oberen Markt. Dort warf er einen kurzen Blick auf den großen Pranger in der Mitte des Platzes. Ihn fröstelte bei diesem Anblick, aber auch vor Kälte und aus Beklemmung wegen dem, was ihn erwartete.

Etwa gleichzeitig mit Cunrat traf der Stadtvogt Hanns Hagen ein, den Cunrat als Baldachinträger für den Papst gesehen hatte. Er war ein kräftiger Mann in einem roten Wams, mit breiten Schultern und einem Gesicht unter den flachsfarbenen, kurz geschnittenen Fransen, das Cunrat ein wenig so vorkam, als ob es aus Brotteig geknetet wäre. Ein Blick von ihm genügte jedoch, um jedem Übeltäter klarzumachen, dass mit dem obersten Befehlshaber der Stadtwache nicht zu spaßen war. Neben ihm ging eine kleine, schmale Gestalt, in einen vornehmen Mantel gehüllt: der Stadtarzt Heinrich Steinhöwel.

Vor der Weinstube *Zur Haue* hatte sich bereits eine Menschenmenge versammelt.

»Geht zur Seite! Macht Platz!«, rief der Vogt mit schneidender Stimme und half mit den Ellbogen nach, wo die Neugierigen nicht weichen wollten. Zusammen mit dem Arzt und zwei bewaffneten Stadtwachen betrat er die Weinstube, und Cunrat hielt sich dicht hinter ihnen. Wegen seiner Größe ließen die Leute ihn ohne Weiteres durch.

Karolina lehnte weinend am Tresen. Der Conte Sassino stand bei ihr und tröstete sie. Als Hanns Hagen sie rüde anfuhr, wo denn nun der Erhängte sei, zeigte sie nur in Richtung Kellertreppe und schniefte etwas Unverständliches. Der Vogt ging mit seinen Begleitern durch eine Tür neben dem Tresen, und Cunrat und die Menschenmenge, die sich in der Gaststube versammelt hatte, drängten nach.

Ein Knecht leuchtete ihnen mit einer Fackel, und so gelangten sie über eine kurze, steile Wendeltreppe aus Stein in den Keller. Der war unvermutet groß, aber das musste er wohl sein für eine Weinstube. Von einem Mittelgang gingen mehrere Kellerräume ab. Sie hatten keine Türen, man konnte in jedem die ordentlich aufgestapelten großen und kleinen Fässer bestaunen. Am Ende des Ganges führten ein paar Treppenstufen hoch zur Gasse hinter dem Haus. Von dort wurden die Fässer angeliefert, und die steinernen Pfosten der schweren Holztür hatten bogenförmige Aussparungen, damit auch größere Fässer hindurchpassten. Die Tür war mit einem teuren Metallschloss verriegelt.

Der Knecht führte den Vogt zum ersten Kellerraum gleich links nach der Treppe. Hier wurden die kleinen Fässer mit dem teuren Elsässer und Rheinwein gelagert. Sie waren an beiden Seiten ordentlich aufgestapelt, mit hölzernen Keilen dazwischen, damit sie nicht wegrollen konnten. Eines der Fässer lag in der Mitte des Raumes, umgestoßen, und darüber hing an einem kräftigen Haken Meister Tettinger von der Mitte des niedrigen Steingewölbes. Seine Füße pendelten knapp über dem Boden; Cunrat hätte sich hier nicht erhängen können. Tettingers dicker Hals war in der Seilschlinge dünn und sein Körper im Tod birnenförmig geworden. Die Augen waren hervorgequollen, sein Gesicht war blau und die Zunge hing dickgeschwollen aus dem Mund. Er sah aus wie eine jener armen, von Teufeln geplagten Seelen, die Cunrat beim Jüngsten Gericht über dem Eingang der Peterskirche jenseits des Rheins gesehen hatte. Er wandte sich ab und schluchzte auf. Der Tote war einer seiner wenigen Freunde in Costentz gewesen, ja mehr noch, er hatte in ihm den Vater wiedergefunden, den er so früh verloren hatte. Und nun hing er hier von der Decke und hatte sich im Tod noch nass gemacht, weshalb es in dem kleinen Raum ekelhaft stank. Nach Seiche und nach … Cunrats feine Nase nahm noch einen anderen Geruch wahr, den er aber nicht recht einordnen konnte. Es war nicht der übliche Weinkellerschimmelmuff, sondern ein geradezu teuflischer Gestank. Hatte der Prediger bei den Dominikanern nicht vor Kurzem erst gesagt, dass der Teufel einen ekelerregenden Geruch verbreite? Womöglich hatte sich Tettinger gar nicht selber erhängt, sondern war vom Teufel umgebracht worden? Hatte er deswegen eine solch entsetzliche Todesfratze? Cunrat lief ein Schauer über den Rücken.

Inzwischen hatten die Stadtknechte den Toten abgeschnitten, und der Vogt und der Stadtarzt beugten sich über ihn. Steinhöwel schloss ihm die Augen, wofür Cunrat dankbar war, während er sich gleichzeitig über die Kaltblütigkeit des Mannes wunderte, der den Toten mit so viel distanziertem Interesse musterte wie ein Metzger einen Bärenschinken.

Zuerst untersuchte er den Hals, in den der Hanfstrick eine tiefe, rote Furche eingegraben hatte. Dann lockerte er das Seil und besah sich den Knoten im Nacken.

»Kunstvoll!«, kommentierte er mit Blick auf den Vogt.

Als er den Kopf des Toten zur Seite drehte, murmelte er vor sich hin: »Verfluchte Fledermäuse!«

»Fledermäuse?« Der Vogt sah verblüfft auf. »Hier gibt es keine Fledermäuse!«

»Muss es aber. Oder wie wollt ihr euch das sonst erklären?«

Der Arzt bog ein Haarbüschel hinter dem Ohr des Toten auseinander und zeigte Hanns Hagen zwei kleine dunkle Löcher mit geronnenem Blut.

»Ratten können wohl kaum so hoch fliegen, oder?«

Sie bogen nun beide den Kopf zurück und suchten mit den Augen das niedrige Kellergewölbe ab, aber nirgends waren Spuren von Fledermäusen zu sehen. Der Arzt zuckte mit den Schultern. »Werden vor den vielen Leuten abgehauen sein.«

Also wandten sie sich wieder der Untersuchung des Leichnams zu. Hanns Hagen besah sich die Hände. Sie waren leicht gekrümmt und in den Handflächen wächsern gelb, während sie außen auf dem Handrücken ein paar Schrammen aufwiesen.

»Keine blutigen Finger. Seltsam, meistens versuchen sie im Todeskampf doch noch das Seil zu lockern. Er wohl nicht. Aber woher kommen die Schrammen außen?«, fragte er den Arzt.

»H... herr, v... vielleicht war es d... der T... teufel!«, traute sich nun Cunrat einzuwerfen.

»Was?« Hagen und Steinhöwel sahen beide auf und schienen erst jetzt die anderen Menschen wahrzunehmen, die neugierig in den Kellerraum drängten, allen voran Cunrat.

Der Arzt wurde ärgerlich. »Ach was, Teufel, er hat sich selbst aufgehängt!«

Hanns Hagen hob eine Augenbraue.

»A... aber der G... geruch!«, insistierte Cunrat.

»Wer bist du überhaupt? Was hast du hier zu suchen? Los, schafft ihn raus!« Steinhöwels Stimme nahm einen schrillen Tonfall an.

Die Stadtwachen versuchten, Cunrat gegen den Widerstand der Menge hinauszudrängen, aber der wehrte sich und protestierte: »H... herr, er war m... mein F... freund!«

Der Vogt schien etwas gutmütiger als der Arzt und wies die Wachen mit einer Geste an, Cunrat loszulassen. Dann antwortete er, während er den Strick von Tettingers Hals nahm und zusammenrollte: »Schöner Freund! Ein Weinfälscher war er! Vorgestern ist er angezeigt worden, und gestern hat der Visierer den Weinkeller hier durchsucht. Einen Schwefelmörser hat man gefunden und Weidasche und Scharlachkraut. Wer weiß, was er sonst noch alles in den Wein geschüttet hat! Die Schänke sollte geschlossen werden, den Wein wird man in den Rhein kippen, und er hätte die Stadt verlassen müssen. Und womöglich hätte man ihm vorher die Hand abgehackt. Das scheint mir Grund genug, sich aufzuhängen!«

»A... aber das ist n... nicht wahr! Er w... war kein P... panscher! Er hatte g... guten W... wein.«

Cunrat war schockiert von dieser Neuigkeit. Er erinnerte sich, wie er Tettinger auf der Ledi kennengelernt und ihm der Weinhändler versichert hatte, dass sein Wein nicht gepanscht sei. Er hatte ihm geglaubt und er glaubte ihm immer noch. Niemals hatte er Kopfschmerzen bekommen nach seinen Besuchen in der Schänke *Zur Haue*, niemals hatte er erbrechen müssen oder Nierenkoliken gehabt, wie er es von anderen gehört hatte, die gepanschten Wein getrunken hatten.

»Er war k… kein P… panscher!«, wiederholte er trotzig. »Und er h… hat sich n… nicht selbst umgebracht.«

Der Vogt sah ihn nun beinahe mitleidig an, während der Stadtarzt nur ironisch meinte: »Dann hat ihn halt der Teufel geholt!«

Als Cunrat nichts mehr erwiderte, murmelte der Vogt: »Vielleicht hast du sogar recht.«

Die Stadtwachen legten den Toten auf eine Bahre; er würde als Selbstmörder kein christliches Begräbnis erhalten, sondern vor den Toren der Stadt irgendwo verscharrt werden. Im Hinausgehen zeigte der Vogt auf die hintere Tür des Kellers und fragte: »Wohin führt dieses Tor?«

Cunrat fühlte sich angesprochen und antwortete: »Auf die G… gasse, Herr.«

»Welche Gasse?«

»Die k… kleine G… gasse, die z… zum Oberen Markt g… geht.«

»Aha, und das Tor ist verschlossen, nehme ich an? Da ist ja ein richtiges Eisenschloss angebracht! Der Wirt hat sich die Sicherheit seiner Weinfässer etwas kosten lassen!«

Cunrat lief die Stufen hoch und hob den Riegel. Das Tor war offen.

»Seltsam, dass er das nicht verschlossen hielt.« Der Vogt schüttelte den Kopf.

Der Knecht mit der Fackel sagte: »Normalerweise ist hier immer verschlossen. Nur wenn Wein kommt, öffnet Meister

Tettinger mit dem großen Schlüssel, aber er schließt danach immer ab.«

Der Vogt sah plötzlich nachdenklich drein.

»Wenn die Tür offen steht, bedeutet das also, dass Tettinger sie für jemanden geöffnet hat. Und zwar für jemanden, der nicht zur normalen Schänkentür hineingehen wollte. Aber für wen? Und warum? Und warum hat er sie nicht mehr geschlossen? Hatte er keine Möglichkeit mehr dazu?«

Alle sahen ihn ratlos an.

»Wo bewahrte er den Schlüssel auf?«

»Er trug ihn bei sich am Gürtel.«

Die Stadtwachen, die mit der Bahre stehen geblieben waren, setzten diese ab, und Hanns Hagen untersuchte den Toten nach dem Schlüssel.

»Er trug sogar immer mehrere Schlüssel an seinem Gürtel«, fuhr der Knecht fort.

Schließlich hörte man in der Hand des Vogtes etwas klappern.

»Hier sind drei Schlüssel an einem Ring, ein kleiner und zwei große«, stellte er fest und löste den Ring vom Gürtel des Toten.

Der Knecht nickte. »Der größere ist für dieses Tor, der kleinere für die Tür der Schänke.«

»Der Schlüssel wurde also nicht gestohlen. Warum hat er dann nicht mehr abgeschlossen? Was ist hier gestern Nacht passiert?«

»Ein Weinpanscher hat sich aufgehängt, das ist passiert!«

Der Arzt schien verärgert, dass Hanns Hagen an seiner Version vom Selbstmord Tettingers noch Zweifel hegte.

Eine der Stadtwachen fragte: »Herr, sollen wir ihn jetzt fortbringen?«

»Ja, tut das. Du!« Er sprach den Knecht von Tettinger an. »Hilf Andres, den Toten wegzutragen, und du, Heinrich, bleibst hier. Ich will noch mit der Schwester des Toten sprechen.«

»Herr Vogt, ich nehme an, dass Ihr meine Dienste nicht mehr benötigt?«, warf Steinhöwel dazwischen. »Ihr solltet wissen, dass ich im Hause der Mundprats erwartet werde.«

Die Mundprats waren die reichste Familie der Stadt und wohnten in direkter Nachbarschaft der *Haue* am Oberen Markt.

»Dann will ich Euch nicht länger aufhalten bei Euren wichtigen Geschäften, Herr Medicus!«, antwortete der Vogt mit spöttischer Stimme.

Der Arzt sagte nichts mehr, beleidigt zog er seinen Mantel um sich und ging fort.

Wie ein schweres Fass trugen die Knechte den Weinhändler durch die Weinlieferantentür hinaus. Als der Vogt mit seinem Gefolge die Treppe zur Schankstube hochging, kam ihm Karolina entgegen.

»Herr, wo bringt Ihr ihn hin?«, fragte sie schniefend.

»Sie bringen ihn fort, er wird außen an der Mauer beim Schottenfriedhof begraben.«

Sie fing an zu schluchzen. Da hielt ihr der Vogt den Ring mit den drei Schlüsseln hin.

»Wofür sind die Schlüssel?«

Sie wischte sich die Tränen an der Schürze ab, dann antwortete sie stockend: »Der große ist für das Weintor und der andere für die Schänkentür hier vorn. Und der dritte ...« Sie zögerte einen Moment. »Ich weiß nicht, Herr, vielleicht für eine Truhe.«

Hanns Hagen legte den Schlüsselring auf den Tisch und fragte: »Wann hast du deinen Bruder zuletzt gesehen?«

»Gestern Abend, Herr«, antwortete Karolina und begann erneut zu weinen. »Aber sagt, warum hätte er sich umbringen sollen? Es ging uns doch gut!«

»Wegen seiner Weinpanscherei zum Beispiel?«

»Er hat den Wein nicht gepanscht! Das sind alles Verleumdungen! Er hat niemals etwas Unrechtes getan!«

»Ihr seid seine Schwester, nicht wahr?«

Sie nickte.

»Habt Ihr eine Vorstellung, wen er gestern Abend in den Weinkeller eingelassen haben könnte?«

»In den Weinkeller? Ich weiß nicht, Herr, die Schänke war voll, aber im Weinkeller habe ich niemanden gesehen.«

»Es tut mir leid für Euch, aber ich denke, Ihr müsst euch mit der Tatsache abfinden, dass er selbst seinem Leben ein Ende gesetzt hat.«

»Nein!«, rief sie verzweifelt. »Jemand hat ihn umgebracht! Er ist kein Selbstmörder!«

»Aber warum sollte ihn jemand umbringen? Hatte er denn mit jemandem Streit?«

Sie überlegte ein wenig.

»Mit einem Welschen vor einigen Wochen. Weil der keine Pfennige hatte. Und ein Schuhmachergeselle, der ist verschwunden, ohne zu bezahlen. Mein Bruder ist ihm nachgelaufen und hat ihn gestellt. Er wollte ihn beim Rat verklagen. Der hatte noch die Frechheit gehabt, teuren Elsässer zu verlangen! Und mit einem Basler hat er gestritten, weil der behauptet hat, unser Elsässer Wein sei kein Elsässer, sondern Oberberger, weil er vom südlichen Rheintal kommt. Aber wie sich dann gezeigt hat, sagen sie in Basel halt anders.«

Der Vogt winkte ab.

»Das sind doch nur die wirtshausüblichen Streitereien. Deshalb bringt man niemanden um.«

Damit schien für ihn die Sache erledigt, und er verließ die Schänke mit seinem Wachmann.

An der Schwelle drehte er sich noch einmal um und fragte: »Habt Ihr eigentlich Fledermäuse im Keller?«

»Im Keller?« Karolina sah ihn verwirrt an. »Warum denn im Keller? Hier drüben, im Rindportertor sind natürlich welche, und ganz oben unter dem Hausdach, aber warum denn im Keller?«

Der Vogt hob grüßend die Hand und ging.

Karolina setzte sich an einen der Tische und schluchzte vor sich hin. Die Neugierigen verließen einer nach dem anderen das Wirtshaus, bis nur noch der Conte und Cunrat übrig waren.

»Karrolina, vielleickt er war schockiert von die Entdeckung von seine Weinpanscherei. Vielleicht er war in Panico!«, versuchte der Conte sie zu trösten.

»W… war er d… denn anders als sonst?«, fragte Cunrat.

Sie zuckte mit den Schultern und sagte schluchzend: »Natürlich war er schockiert wegen der Anklage! Er hat doch nie so etwas gemacht!«

»A… aber sie haben Sachen g… gefunden, im K… keller.«

Sie weinte noch heftiger, und schließlich ließ Cunrat sie mit dem Conte allein. Er musste zurück zur Backstube.

—⚜—

Am folgenden Sonntag ging Cunrat mit der ganzen Familie Katz zur Kirche der Barfüßer. Normalerweise pflegte der Bäckermeister den Gottesdienst in der Augustinerkirche zu besuchen, die direkt gegenüber seinem Haus lag. Aber in der Stadt wurde seit Tagen davon gesprochen, dass die Franziskaner für viel Geld einen Prediger hatten kommen lassen, der auf Deutsch predigte und der die Menschen mit seinen Worten so packte, dass sich schon viele Sünder bekehrt hatten. So wurde die Barfüßerkirche von Tag zu Tag voller, denn alle Menschen wollten den berühmten Stephan von Landskron hören.

Als Hans Katz mit seinem Anhang eine Stunde vor Beginn des Gottesdienstes eintraf, war die Kirche bereits mit Gläubigen gefüllt. In den Stuhlreihen vor der Kanzel, die am ersten Pfeiler des linken Seitenschiffes angebracht war, hatten sich die Frauen der Patrizier niedergelassen, für die diese Sitzgelegenheiten reserviert waren. Meister Katz ging umher und begrüßte ein paar Zunftgenossen, während die Meisterin und Bärbeli sich mit einigen Nachbarinnen unterhielten und dabei hin und wieder zu Cunrat herüberblickten. Sie hatten ihre Kirchenstühle in der Augustinerkirche und mussten hier bei den Franziskanern ebenso stehen wie die Männer.

Cunrat lehnte an einer der bemalten Sandsteinsäulen, die das Hauptschiff der Kirche vom Seitenschiff trennten, und besah sich die farbigen Bilder, mit denen die Kirchenwände über und über bedeckt waren. Die Muttergottes mit dem Kind und verschiedenen Heiligen erschien mehrmals, aber viele Heilige waren auch allein dargestellt, während ihres Martyriums oder zumindest mit ihren Martersymbolen: die Heilige Lucia mit ihren Augen auf einem Tablett und der Heilige Lorenz auf dem Bratrost, Sebastian mit Pfeilen gespickt und natürlich immer wieder Franziskus, der Heilige aus Assisi und Patron der Barfüßer, wie er mit den Vögeln sprach, wie er eine heilige Quelle entspringen ließ, wie er die Wundmale erhielt. Manchmal kniete verschämt und winzig ein Stifter oder eine Stifterin vor dem übergroßen Heiligen, denn jeder, der es sich leisten konnte, bei den Franziskanern eine Grabstelle zu kaufen, durfte seinen Schutzheiligen auf der Wand verewigen lassen, das heißt, für die Ewigkeit waren die Gemälde nicht geschaffen, denn wenn kein Platz mehr war, wurden einfach ältere Bilder übermalt. So zeigten die Wände der Kirche ein buntes Mosaik unterschiedlichster Heiligenbilder aus allen Epochen seit ihrer Erbauung vor beinahe 200 Jahren.

Cunrat schloss die Augen. Fast augenblicklich verschwanden die Heiligen, und er sah wieder den toten Heinrich Tettinger von der Decke baumeln und ihm die Zunge herausstrecken, diese Zunge, die so gern geredet hatte zu Lebzeiten und die nun für immer verstummt war. Fast kam es Cunrat vor, als ob sie ihm noch etwas hätte sagen wollen, wie und warum sein Freund gestorben war, aber eine so geschwollene Zunge kann nichts mehr sagen. Es sind nur noch die Dinge drum herum, die sprechen können, die verschrammten Hände, das offene Tor, der teuflische Gestank. Doch Cunrat verstand ihre Sprache nicht, die Frage quälte ihn weiter, warum der Weinhändler sich aufgehängt und ob er es überhaupt getan hatte. Auch Karolina glaubte nicht daran. Wenn Tettinger tatsächlich Hand an sich gelegt hatte, dann war er verloren, verbannt in die tiefste Hölle. Und wenn nicht? Dann konnte man immerhin für ihn beten, um ihm eine Erleichterung seiner Fegefeuerstrafen zu verschaffen und ihm schneller ins Paradies zu verhelfen. Doch das würde bedeuten, dass er von jemand anderem getötet worden war. War der Teufel wirklich heraufgestiegen und hatte den dicken Mann mit einem Strick an den Haken gehängt? Cunrat hatte schon viele Geschichten über die Macht des Teufels gehört, aber diese kam ihm nun doch zweifelhaft vor. Und dennoch, dieser Gestank …

Ob der Vogt sein Unbehagen teilte? Was hatte er gemeint damit, dass Cunrat vielleicht recht hatte? Hatte er die Sprache der Dinge verstanden? Und wenn ja, was hatten sie ihm mitgeteilt?

Die Stimmen der Umstehenden vermischten sich langsam zu einem gleichförmigen Gemurmel. Unaufhaltsam verschwand das Bild des Erhängten vor Cunrats innerem Auge, der Gestank verwandelte sich in Lavendelduft, Cunrat saß wieder auf der Bank in der Stube mit Bärbeli über sich und wiegte sie auf seinem Schoß. Erregung und Ekel ließen ihn gleichermaßen erschauern.

Doch plötzlich schreckte er aus dem Halbschlaf hoch. Die Donnerstimme des Predigers hallte durch das Kirchenschiff.

»Welche Strafe werden die Wollüstigen erleiden? Die Liebessünder? Die Schamlosen?«

Cunrat hatte den Beginn des Gottesdienstes verschlafen, doch nun war er auf einen Schlag hellwach. Stephan von Landskron hatte offenbar die Sünde der Unkeuschheit zum Thema seiner Predigt gewählt. Der Bäckergeselle schluckte.

»Hat der Heilige Franz sich jemals zu so niederem Tun hinreißen lassen? War seine Freundschaft mit Klara von Offreduccio nicht von reinsten Gedanken beseelt? Welche Frau kann sich mit ihr vergleichen?«

Cunrat blickte zu den Wänden des Langhauses hoch, wo zwischen den kleinen Rundbogenfenstern die Lebensgeschichte der heiligen Klara in bunten Bildern dargestellt war. Mit schmalem, bleichem Gesicht pflegte sie Kranke, vertrieb mit der Monstranz die Sarazenen und betete verzückt im Kreise ihrer Ordensschwestern. Dann fiel sein Blick auf Bärbeli, die ihre Augen starr nach vorn auf den Prediger gerichtet hatte.

»Lasset euch nicht verführen vom Weibe! Unzucht und Hurerei sind des Satans Übel! Schon Paulus schreibt: Flieht die Hurerei! Alle Sünden, die der Mensch tut, bleiben außerhalb des Leibes; wer aber Hurerei treibt, der sündigt am eigenen Leibe!«

Dem Bäckergesellen wurde heiß. Landskron war ein hagerer, hochgewachsener Mann. Mit seiner Tonsur und dem schmalen, dunklen Bart sah er ein wenig so aus, wie man den Heiligen Paulus von Bildern her kannte, auf denen er neben seinem weißbärtigen Gefährten Petrus die himmlische Herde leitete.

»Eng gegürtete Kleider mit Ausschnitten, die kaum die weibliche Blöße bedecken, teure Stoffe, Pelze, Schmuck und Hauben, die sich gen Himmel türmen wie der Turm zu Babel ...«

Nach einem beachtlichen Crescendo, das die Kirchenhalle erzittern ließ, machte der Prediger eine bedeutungsschwangere Pause.

»Und was steckt dahinter? Ich frage euch, wer steckt hinter all der Pracht und dem Prunk? Die teuflische Schlange! Der alte Feind, der schon mit Eva den Adam verführte!«

Ein Zischen und Tuscheln ging durch die Reihen, und ein paar Frauen in prächtigen Gewändern mit gelben Tüchern am Ärmel, die vorher noch den Männern kokett zugezwinkert hatten, verließen die Kirche. Der Prediger sah es wohl und schien's zufrieden.

»Ich aber sage euch: Seid nicht wie Adam! Lasst euch nicht von den Schlingen des Weibes fangen! Haltet stand, wenn sie euch locken mit ihren weißen Brüsten wie Äpfel des Paradieses! Haltet stand! Wer Hurerei treibt, sündigt am eigenen Leibe!«

Cunrat war es, als blitzten die flammenden Augen ihn persönlich an. Dann senkte Stephan von Landskron die Stimme. Es wurde ganz still in der Kirche.

»Und wisst ihr, was mit diesem sündigen Leib geschieht, wenn er in die jenseitige Welt hinübergeht? Wisst ihr, welch grauenvolles Schicksal diese Sünder erwartet?«

Man hätte eine Feder zu Boden gleiten hören können, so gespannt lauschten nun alle Gläubigen. Dann rollte es wie Donner über sie hinweg.

»In die tiefste Hölle werden sie geworfen, in Schwefel und siedendes Pech gestoßen, sie werden sich im Kot wälzen, und Luzifers Knechte werden sie mit ihren Spießen über dem Feuer rösten, langsam, ganz langsam,« – ein Stöhnen ging durch die Menge – »und die sündigen Teile werden abgehackt und auf glühende Kohlen gelegt,« – die Männer ächzten – »und die Frauen werden vom dreiköpfigen Höllenhund zerfleischt und ihre Sündenwerkzeuge von giftigen Schlangen zerfressen« – schrille Schreie wurden laut – »und ihre Qualen werden dauern bis in alle Ewigkeit! Amen!«

Eine Frau fiel in Ohnmacht, andere weinten und einige weitere verließen die Kirche. Dann strömten viele nach vorn zum Altar, um sich von Stephan von Landskron segnen oder die Beichte abnehmen zu lassen, gegen ein gutes Entgelt, versteht sich, das einer der Franziskanerbrüder in einem Lederbeutel sammelte.

Cunrats Kehle war wie zugeschnürt, der Schweiß lief ihm in Strömen den Rücken hinab und er glaubte schon die glühenden Zangen zu spüren, doch da packte ihn Bärbeli am Arm und rauschte mit hocherhobenem Haupt aus der Kirche.

»Diese barfüßigen Heuchler, diese Kuttenbrüder, diese Genshenker …«, schimpfte sie vor sich hin und stürzte Cunrat damit in höchste Verwirrung.

»B… bärbeli, so d… darfst du nicht reden. D… das ist d… doch Sünde!«

»Ach was, Sünde«, eiferte sie sich mit hochrotem Kopf, »Sünde ist, wenn sie uns am Tage die Höllenstrafen predigen und nachts heimlich zu den Huren gehen! Aber mir können sie nichts vormachen. Maria Magdalena war auch eine Sünderin, und Jesus hat ihr verziehen!«

Cunrat war nicht überzeugt. Der Prediger war ein berühmter Mann, der würde doch nicht einfach etwas erzählen, wenn es nicht stimmte. Was wusste Bärbeli schon vom Jenseits und der Bestrafung der Sünden? Hatte sie ihn nicht genauso verführt, wie Landskron es geschildert hatte? War er nicht wie Adam der teuflischen Schlange zum Opfer gefallen?

»Da gehe ich doch lieber zu dem böhmischen Prediger in der Pfisterin Haus!«, fuhr Bärbeli wütend fort. »Der nennt wenigstens die richtigen Sünder beim Namen, diese scheinheiligen Pfaffen und fetten Prälaten, die nur unser Geld wollen!«

Nun kamen auch Hans Katz und seine Frau aus der Kirche. Mutter Katz schien Bärbelis Meinung über Stephan von Landskron zu teilen.

»Der stellt alle Frauen so hin, als ob wir Huren wären!«, schimpfte sie. Zum ersten Mal fiel Cunrat auf, was für eine prächtige Haube die Bäckersfrau trug, mit einem roten, perlenbestickten Samtwulst, um den kunstvoll ein weißes Tuch drapiert war, das in unzähligen Falten über den Nacken hinab fiel.

»Sei doch still!«, antwortete ihr Mann. »In diesen Zeiten muss man vorsichtig sein, da kommt man leicht in den Geruch der Ketzerei! Außerdem hat er von den Huren gesprochen und nicht von den braven Bürgersfrauen. Und Huren gibt es wahrlich genug in dieser Stadt! Du hast ja gesehen, wie schnell sie die Kirche verlassen haben.«

Aber Mutter Katz war sich mit ihrer Tochter einig in der Beurteilung des Barfüßer-Predigers. Es schien fast, als ob sie sich selbst getroffen fühlte, so wie Bärbeli sich getroffen fühlen musste von Landskrons Worten. Hatte Cunrat sich nicht schon manches Mal über seltsame Geräusche gewundert, ein Stöhnen und Ächzen, dem seinen bei Nacht nicht unähnlich, das aus der Schlafkammer kam, wenn Meister Katz und Bärbeli an der Brotlaube waren? Und hatte er nicht schon mehrfach Fremde über den Hof verschwinden sehen? Gab sich die Meisterin womöglich anderen Männern hin? Plötzlich schaute Cunrat Mutter Katz an, wie man eine Frau anschaut: Obwohl sie wohl schon über 40 Jahre alt war, trug sie unter ihrem Mantel ein gegürtetes Kleid mit tiefem Ausschnitt, das ihre Rundungen unter- und oberhalb der Taille weidlich zur Geltung brachte. War er in ein Hurenhaus geraten?

Noch am selben Tag überredete Cunrat den jungen Mathis, bei ihm in der Stube zu schlafen. Dieser folgte ihm ohnehin auf Schritt und Tritt wie ein Hündlein, seit er den Pfennig bekommen hatte, und wie ein Hündlein legte er sich in der folgenden Nacht brav zu Cunrats Füßen auf die lange Bank, sodass Bärbeli sich nicht getraute, ihrem Schwertträger einen Besuch abzustatten. Cunrat hatte lange nicht mehr so viel geschlafen wie in dieser Nacht, aber dafür hatte er auch lange nicht mehr so schlecht geträumt, von Frauen, die sich in Schlangen verwandelten und von dreiköpfigen Teufeln mit glühenden Spießen, und dazwischen streckte ihm eine Fratze die Zunge heraus.

Als er am nächsten Morgen erwachte, dankte er Gott, dass er ihn in dieser Nacht vor der Sünde bewahrt hatte, und gelobte eine Wallfahrt nach Einsiedeln zur Sühne der vorhergehenden Nächte. Außerdem würde er versuchen, einen Ablass für Tettinger zu bekommen, der gewiss im Fegefeuer saß.

Poggio Bracciolini an Niccolò Niccoli, am 23. November, dem Tag des Heiligen Clementius, im Jahre des Herrn 1414

Ich, Poggio, entbiete Dir, meinem Niccolò, einen herzlichen Gruß!

Die Einheimischen nennen den November den Nebelmond, und nun verstehe ich auch, weshalb. Unaufhörlich ziehen vom Rhein und vom See graue Schwaden empor, die Luft ist feuchtigkeitsgeschwängert und kalt, die Fensterläden bleiben den ganzen Tag geschlossen, um die schlimmste Feuchte abzuhalten, aber den-

noch zieht sie durch alle Ritzen und lässt Holztruhen, Kisten, Schränke aufquellen.

Viel ist geschehen in den letzten Wochen, viel gab es zu schreiben. Der Papst hat unaufhörlich meine Dienste in Anspruch genommen für Briefe, Notizen und Urkunden, sodass ich kaum Zeit fand, mich um meine eigene Korrespondenz zu kümmern. Doch nun will ich dir Neuigkeiten vom Concilium berichten.

Der König lässt auf sich warten. Eigentlich sollte er längst hier sein, aber er hat es vorgezogen, sich zunächst in Aachen offiziell krönen zu lassen. Anscheinend fürchtet er ohne Krone um seine Autorität bei der Kirchenversammlung.

Dafür sind in der Zwischenzeit viele weitere Konzilsteilnehmer eingetroffen. Endlich hat die Stadt auch auf eindringliche Bitten des Papstes Höchstpreise und Vorschriften für die Herbergen erlassen. Ein Bett für zwei Schläfer mit allem Zubehör kostet mithin 2 Rheinische Gulden im Monat. Dafür muss die Bettwäsche nach 14 Tagen gewaschen werden. Wie lange sich die Wirte an diese Vorschriften halten werden, weiß aber kein Mensch.

Unter den neu eingetroffenen Gästen befindet sich auch der Böhme Jan Hus, der ehrwürdige Rektor der Universität zu Prag. Er ist ein Anhänger Wyclifs und gilt als Ketzer, aufgrund seiner Ideen, die sich vor allem gegen den Ämterschacher in der Kirche und den Reichtum der Prälaten richten. Einige Kardinäle würden ihn am liebsten auf dem Scheiterhaufen sehen, aber König Sigismund hat ihm einen Geleitbrief ausgestellt, sodass er unantastbar ist. Er hat auch gleich an allen Kirchen Anschläge machen lassen, in denen er seine Gedanken erläutert, und zwar auf Deutsch, so wie er auch auf Deutsch predigt, ganz privatim, in den Räumen seiner Wirtin. Damit macht er überdeutlich, wo er sein Publikum sieht: nicht bei den Theologen und Kirchenvertretern, sondern bei den Bürgern und einfachen Leuten, die nur der Volkssprache mächtig sind. Mein Diener Antonio, der zeitweise mit einem Söldnertrupp deutscher Lanzknechte unterwegs war und bei ihnen halbwegs Deutsch gelernt hat, hat mir eines der Pamphlete mitgebracht und die wichtigsten Stellen erläutert. Wir frommen Christen sollen die Wahrheit suchen, lernen, lieben, sprechen und bis zum Tode verteidigen, fordert der Böhme, denn die Wahrheit werde uns vor Sünde, Teufel und ewigem Tod bewahren.

So ein Tor, der glaubt, die Wahrheit wissen zu können! Sagt uns doch schon Cicero, dass, wer von sich annimmt, die Wahrheit zu kennen, sich in gefährlicher Sicherheit wiegt, denn wir können der Wahrheit nur nahe kommen, sie aber niemals erreichen. Wenn Hus sich nur nicht zu sicher fühlt!

Zur Eröffnung des Conciliums, die aus den obgenannten Gründen ohne den König stattfinden musste, gab es eine prächtige Prozession um den Dom, den man hier Münster nennt. Hinter dem Papst gingen 15 Kardinäle, 23 Erzbischöfe und 27 Bischöfe, außerdem Äbte, Theologen, Studenten und Schüler. Danach hat man die Bischofskirche für die Sessionen umgebaut. Im Grunde ist es eine recht armselige Kirche, ganz im alten Stil gebaut, eine Basilika, dreischiffig, mit Holzdecken und ohne Gewölbe. Im Langhaus hat man ein hölzernes Gestühl errichtet sowie zwei Throne, einen für den Herrn Papst und einen für den König, wenn er dann erscheinen wird. So ist genügend Platz für all die Kardinäle und Bischöfe, die noch erwartet werden.

Bei der ersten Session am 16. des Monats waren aber noch überall Lücken, und es wurde daher nicht viel beratschlagt. Unser Herr Papst hat gewisse allgemeine Regeln erlassen, die für alle Konzilssitzungen Gültigkeit haben sollen. Besonders wichtig erschien ihm, dass die Teilnehmer der Sitzungen ihre Anliegen – welcher Art sie auch seien – in Ruhe vorbringen und diskutieren mögen. Wer diese Regel nicht einhält, soll die Sitzung verlassen und für drei Tage exkommuniziert werden. Ich hoffe nur, dass er sich nicht einmal selbst des Saales verweisen muss, bei seinem Temperament!

Inhaltlich konnte ohnehin nicht viel besprochen werden, weil eine große Anzahl wichtiger Teilnehmer noch fehlt, so die Dele-

gation aus Paris, Herzog Friedrich von Tirol oder der Deutsche Orden. Damit war auch hier das einzige Thema, das zur Sprache kam, die Häresie von Wyclif. Darin war man sich immerhin einig, dass er ein Ketzer gewesen sei.

Der St.-Martins-Tag brachte eine besondere Freude für den Herrn Papst, weil fünf Kardinäle eintrafen mit der Nachricht, dass die Stadt Rom, die bisher dem Gegenpapst Gregor anhing, sich nun auch unter die Obödienz seiner Heiligkeit, des Papstes Johannes, begeben hat. Vor Freude ließ er dreimal die Glocken läuten. Auch mich hat diese Nachricht froh gestimmt, denn je schwächer seine Gegner werden, umso schneller wird ihn das Konzil als den einzigen rechtmäßigen Papst bestätigen, und wir können endlich nach Hause zurückkehren.

Allerdings sind vor drei Tagen die Gesandten des Kardinals Dominici hier angekommen, der, wie du weißt, sich immer noch zu Gregor bekennt. An ihrer Spitze ritt der Dominikaner Giovanni Benedetti, Gregors venezianischer Camerar und Erzbischof von Ravenna. So sehr ich Dominici schätze – ich kenne ihn noch recht gut aus meiner Florentiner Zeit – so unangenehm ist mir Benedetti, dieses Exemplum von einem Venezianer, eitel, heuchlerisch und voller Tücke. Bei seiner Ankunft ist ihm jedoch ein rechtes Missgeschick widerfahren. Der Konzilsvogt hatte Dominici und seinem Gefolge das Augustinerkloster als Quartier zugeteilt, und so war bereits vor Tagen Gregors Wappen am dortigen Tore angeschlagen worden, um die Herberge für alle sichtbar zu reservieren. Aber stell dir vor, irgendwelche Spitzbuben haben das Wappen abgerissen, sodass man Dominicis Leuten das Quartier streitig machte. Am Ende konnten sie zwar doch bei den Augustinern einziehen, aber erst nach etlichen Querelen und Ärgernissen. Welcher Fuchs hinter diesem bösen Streich steckte, werden wir wohl nie erfahren!

Inzwischen sind auch einige Franzosen eingetroffen, darunter Pierre D'Ailly, der Kardinal von Cambrai. Er ist ein Parteigänger von Johannes, doch wie du wohl weißt, hat er eindeutig Stel-

lung bezogen gegen Jean Petit und den Burgunderherzog Johann Ohnefurcht in der Frage, ob der Mord am Bruder des französischen Königs durch den Herzog im Jahre 1407 ein gerechtfertigter Tyrannenmord gewesen sei oder nicht. So fürchte ich, dass auch dieses unselige Thema noch einmal hier vom Konzil behandelt werden wird, was uns zusätzliche Tage in Costentz kosten dürfte.

Ach, und zu übler Letzt noch eine Geschichte, die sich vor einer Woche, am Tag vor Sankt Otmar, ereignet hat. Ein Weinhändler wurde tot aufgefunden, erhängt, ein fetter Kerl, dass man sich wundern muss, dass der Strick nicht gerissen ist unter seinem Gewicht. Die Schwester hat ihn gefunden und ein großes Geschrei gemacht. Es scheint, dass er der Weinfälscherei bezichtigt worden war, und dies ist ein Vergehen, das hier streng bestraft wird, mit gutem Recht, mein lieber Niccolò, denn ich erinnere mich noch mit Grausen an die Folgen, als ich in Florenz vor etlichen Jahren einen gepanschten Rebensaft zu mir genommen habe! Allerdings muss ich sagen, dass ich auch einmal in der Trinkstube des erhängten Wirtes zu Gast war und danach keinerlei Unwohlsein verspürt habe. Dennoch glauben die meisten Leute, dass er schuldig sei und sich selbst umgebracht habe, um seiner gerechten Strafe zu entgehen. Einige andere verbreiten hingegen das Gerücht, er sei vom Teufel erwürgt worden. Wie ich von einem Knecht erfahren habe, ist sogar der Stadtvogt, Hanns Hagen, nicht ganz überzeugt, dass er sich eigenhändig getötet habe, aber das darf er natürlich nicht offen sagen, denn sonst gäbe es einen Aufruhr unter den Leuten, dass die Stadt ihre Bürger und Gäste nicht richtig schützen könne. Und die einfachen Seelen in Costentz würden sich erst recht vom Teufel bedroht fühlen. Selig die Armen im Geiste! Doch man weiß wirklich nicht, was man davon halten soll. Scheint es dir nicht auch seltsam, dass ein Mann, dem höchstens die Stadtverweisung und eine Geldstrafe drohen, es vorzieht, sich selber mit dem Tode zu bestrafen?

Nun grüße ich Dich aus dem nebligen Costentz im Monat des Nebels!

Dein Poggio

⚬

Cunrat und Joß waren mit einem Handkarren unterwegs zum Kornhaus. Wie alle Bäcker in Costentz musste auch Meister Katz sein Mehl dort einkaufen. Als sie am Brunnen zwischen Metzig und Kornhaus ankamen, hielt Joß seinen Kollegen am Ärmel zurück.

»Die Welschen!«, knurrte er, »mit ihren verdammten Stoßkärrlin!«

Vom Oberen Markt her kam ein Trupp junger Männer ebenfalls zum Kornhaus gefahren. Einer von ihnen zog einen Lastkarren, dem von Joß und Cunrat nicht unähnlich, zwei andere jedoch führten auf einem großen, zweirädrigen Stoßkarren einen fahrbaren Ofen mit sich, der aus Ziegeln und Lehm auf die Ladefläche gemauert war. Vor allem aus Italien waren einige Bäcker mit solchem Gerät nach Costentz gekommen, denn der Rat hatte für die Zeit des Konzils allen auswärtigen Handwerkern erlaubt, sich wie eigene Bürger in der Stadt aufzuhalten und ihrer Tätigkeit nachzugehen.

»Mit ihren neumodischen Backwaren nehmen sie uns alle Kunden weg, diese Hunde!«, stieß Joß wütend hervor.

Cunrat wusste, dass das nicht ganz der Wahrheit entsprach, denn durch die vielen Auswärtigen in Costentz hatten auch sie alle Hände voll zu tun. Dennoch wurde bei der Arbeit und in den Gesellenstuben häufig über die fremden Bäcker geredet, und meist nichts Gutes, denn diese stellten nicht nur die üblichen Pfennigwecken und hellen oder dunklen Brote her, sondern auch knusprige Pasteten, die mit verschiedenem Fleisch gefüllt waren, sowie die inzwischen überall beliebten Brezeln.

Da konnten die Costentzer Bäcker nicht recht mithalten, und es gab immer wieder böses Blut.

Cunrat und Joß gingen rasch weiter, um noch vor den Italienern zum Tor des Kornhauses zu gelangen, doch deren Karren waren schneller als erwartet, und so stießen sie an der Ecke des großen Gebäudes aufeinander.

»Lasst uns durch, wir waren schneller!«, rief forsch einer der Fremden auf Deutsch, ein kleiner, drahtiger Kerl mit dunklen Locken und blitzenden braunen Augen, den Cunrat schon einmal in der *Haue* gesehen hatte.

»Das glaubst du wohl selber nicht, du welscher Hund!«, antwortete ihm Joß mit grimmiger Stimme und ebensolchem Blick und stieß grob den Handwagen weiter, dem Dunkelhaarigen in die Beine, sodass er zu Fall kam. Er schrie laut auf, und seine Kumpane stürzten sich auf Joß. Zu dritt rissen sie ihn zu Boden und begannen mit Fäusten und Füßen auf ihn einzudreschen.

»He!«, schrie Cunrat und ging dazwischen. Mit seinen langen Armen packte er zwei der Malträtierer, zerrte sie hoch und stieß sie kräftig zur Seite weg. Den Dritten packte Joß selber am Kragen, zog ihn zu sich auf den Boden und versetzte ihm einen kräftigen Faustschlag. Doch als Cunrat seinem Mitgesellen auf die Füße helfen wollte, kam etwas von hinten auf seinen Kopf niedergesaust, und die Welt wurde schwarz.

Als er zum ersten Mal die Augen aufschlug, war er gestorben. Gottes Thron stand vor ihm, mit dem himmlischen Vater und seinem Sohn, mit dem Heiligen Geist und fliegenden Engeln. Dann kam eine Heilige und gab ihm zu trinken. Und obwohl es saurer Wein war, glaubte er im Paradies zu sein, denn er hatte nie etwas Schöneres gesehen als diese Frau. Sie lächelte ihn an, und er lächelte auch und war glücklich.

Als er jedoch das zweite Mal die Augen öffnete, war ein weißes Gewölbe über ihm, er hörte Stöhnen und hatte entsetzliche

Kopfschmerzen. Alles fiel ihm langsam wieder ein, wie er nach Costentz gekommen war, seine sündigen Nächte mit Bärbeli, der tote Tettinger und die Rauferei mit den fremden Bäckergesellen. Er fühlte sich aus dem Paradies vertrieben.

»He du, bist du endlich wach geworden? Na, da bin ich aber froh!«, sagte plötzlich eine muntere Stimme neben ihm. Langsam wandte Cunrat sein Gesicht zur Seite und versuchte den Kopf zu heben, um zu sehen, wer ihn ansprach, aber sofort verstärkten sich die rasenden Kopfschmerzen, und er ließ sich ächzend zurücksinken auf das Kissen.

»Na, nun übertreib mal nicht mit Stöhnen, dein Kumpan hat auch ganz schön zugelangt!«, fuhr die Stimme fort.

Der kleine dunkelhaarige Bäcker aus dem Welschland lag im Bett neben Cunrat, inmitten eines Saales, wo noch viele weitere Betten standen. Wie eine Trophäe hob er seinen linken Arm, der ganz mit Leinenbinden umwickelt war. Außerdem war eines seiner braunen Augen dunkelblau umrandet.

»W... wer bist du? W... wo sind w... wir?«, fragte Cunrat langsam.

»Oweh, ein Stammler! Ich bin Hans Roth von Ulm oder Giovanni Rossi, wie's dir lieber ist. Aus welschen Landen zum Concilium nach Costentz gekommen, aus der schönen Stadt Venedig, wenn du's genau wissen willst. Wohin es mich bei einer Pilgerfahrt vor einem halben Dutzend Jahren verschlagen hat. Bin dort geblieben und hab was Rechtes gelernt, gute Brezen und Pasteten backen, nicht so fades Zeug, wie ihr hier macht. Und befinden tun wir beide uns im Spital zum Heiligen Geist, alldieweil wir in eine schöne Rauferei verwickelt waren, die sich zufällig genau zwischen Kornhaus und Spital ereignet hat. Und diejenigen, die liegen geblieben sind, wurden von den barmherzigen Frauen des Spitals eingesammelt und versorgt. So liegen wir hier seit gestern, erst im Obergeschoss, wo die bunten Malereien sind – hast du die Engel gesehen? – und heute Morgen hat man uns hier runter gelegt, und morgen wird man uns wohl wieder fortschicken. Aber so lang wollen wir das gute Essen und den Schoppen Wein, den sie uns bringen, genießen.«

Cunrat hatte schon geglaubt, sein Nachbar würde nie mehr aufhören zu reden. Sein Kopf schmerzte immer stärker, vom Schlag, den er bekommen hatte und von den vielen Worten, die in seine Ohren drangen, aber wenigstens wusste er jetzt, wo er war und wie er hierher gekommen war. Nun sah er auch wieder den letzten Moment vor sich, bevor ihm schwarz geworden war vor Augen. Er erinnerte sich, wie er Joß gegen die drei fremden Bäckergesellen beigestanden hatte. Der Schwarzhaarige war nicht dabei gewesen.

»H… hast d …du mich niederg… geschlagen?«

Der andere lachte.

»Hab dich gut getroffen mit dem Brett! Das lag da günstig am Wege. Dachte schon, dass du nicht mehr aufwachst, das hätt mich gegrämt, denn dann hätten sie mich womöglich am Galgen aufgeknüpft. Aber es geht dir ja wieder besser, und dein Kumpan hat mir gleich die Antwort gegeben. Er hat nämlich sein Messer gezogen und meinen Arm geritzt und mich dann niedergeschlagen. Die Mäntellerin hat aber gesagt, es sei nicht so schlimm mit meinem Arm. Na, Gott sei Dank, denn den brauch ich, zum Teigkneten und Brezenwinden und Würfelspielen und Mädchenangreifen…«

»H… hans, Giovanni…«

»Aha, das H geht dir nicht gut über die Lippen. Nenn mich Giovanni, wenn dir das leichter fällt. Ich fühl mich hier sowieso mehr als Venediger denn als Deutscher. Kein Wunder, wenn ihr uns so traktiert!«

Cunrat nahm einen neuen Anlauf.

»Giovanni, w… was ist eine M… mäntellerin?«

»Das sind die guten Frauen, die uns hier im Spital versorgen. Beginen aus der Sammlung beim Bleicherstaad, gleich hier um die Ecke. Frag mich nicht, warum sie so genannt werden, vielleicht weil sie graue Mäntel tragen. Da kommt eine! Gott zum Gruß, edle Frau, bringt Ihr uns wieder Wein?«

Es war die Heilige aus Cunrats Paradiesvision, die vor Giovannis Bett trat, und er begriff, dass sie eine der frommen Frauen des Spitaldienstes war. Sie errötete ein wenig, dann sagte sie: »Ich bin keine edle Frau. Ich bin Schwester Margarethe. Wenn Ihr Durst habt, werde ich Euch gern noch etwas Wein bringen.«

»Da sage ich nicht nein. Aber Schwester Margarethe, sagt uns doch, warum man euch Mäntellerinnen nennt. Mein Freund hier ist neugierig.«

Da wandte sie sich zu Cunrat. Unter ihrer grauen Haube sah man ein paar rötlichblonde Haare vorwitzig herauslugen, ihre Augen leuchteten im Fackellicht des Spitalsaales hellgrün, und ihr Mund lächelte ihn voller Güte an. Sie war doch eine Heilige.

»Die gute Frau, die unsere Sammlung gegründet hat, hieß Frau Mäntellerin. Daher tragen auch wir ihren Namen. Wünscht Ihr noch etwas?«

Als Cunrat in seiner Paradieswonne nicht sofort antwortete, fragte sie: »Seid Ihr vielleicht hungrig? Soll ich Euch eine kräftige Suppe bringen?«

»Eine Suppe, ja!«, brachte er nur hervor.

Schwester Margarethe ging davon und kam kurz darauf mit einem Krug in der einen Hand und einer kleinen tönernen Schüssel in der anderen wieder. Den Krug reichte sie rasch Giovanni, dann setzte sie sich auf Cunrats Bett, stellte die Schüssel auf die Bettdecke und hob mit ihrem Arm seinen Kopf an, um ihm Löffel für Löffel die warme Erbsensuppe einzuflößen. Cunrat schaute voller Ehrfurcht die ganze Zeit zu ihrem Gesicht auf. Ab und an erwiderte sie zwischen einem Löffel und dem nächsten seinen Blick, schlug dann aber schnell die Augen wieder nieder auf seinen Mund, damit der Löffel den Weg nicht verfehle. Als Cunrat die Schüssel geleert hatte, ließ sie seinen Kopf langsam auf das Kissen zurücksinken. Dabei lächelte sie ihn liebevoll an, wobei sich in ihren Wangen zwei kecke Grübchen bildeten. Cunrat schloss die Augen und schlief voller Seligkeit ein.

Ein Rütteln und Rufen weckte ihn. »He, Langer, wie heißt du überhaupt?«

Giovanni stand neben seinem Bett, mit der rechten Hand hatte er unsanft seinen Arm gepackt.

»Sie werfen mich raus, Langer, sie sagen, ich war lang genug da, das Spital sei nur für Arme und Mittellose, ich könne wohl für mich selber sorgen. Für dich hat der Bäcker Katz gebeten, dass sie dich noch eine Nacht behalten, seine Tochter war hier und hat an deinem Bett gesessen und geseufzt. Eine dralle Magd, nicht zu verachten. Da wirst du wohl bald zur Familie gehören! Na denn, sei's drum, jeder macht sein Glück, wie er's kann! Aber wie heißt du denn nun?«

»C... cunrat Wolgemut.«

»Cunrat Wolgemut. Schöner Name! So wünsch ich dir denn, dass du immer wohlgemut seiest! Und wenn du mich mal besuchen willst, ich wohne zur Untermiete im *Haus zum Hirschhorn*. Hinter Sankt Johann, direkt neben dem Bischofstörle. Nicht sehr komfortabel, aber mir reicht's. Oder frag im *Lörlinbad* nach mir!« Dann senkte er die Stimme. »Und schau die Mäntellerin nicht so an. Das sind fromme Frauen, die gehören dem da oben.« Dabei zeigte er an die Decke, wohl Gottvater im Stockwerk darüber meinend. »Komm lieber ins *Lörlinbad*, dort sind die Weiber nicht so zimperlich!«

Er versetzte Cunrat noch einen freundschaftlichen Schlag auf die Schulter, dann grüßte er mit einer weiten Armbewegung die anderen Siechen, die im Saal lagen, und verschwand.

Später am Tag kam Margarethe wieder an Cunrats Bett. Seine Augen begannen zu glänzen, als er sie sah, und der Schweiß trat ihm auf die Stirn, so schön kam sie ihm vor.

»Herr, habt Ihr Fieber?«, fragte sie ihn und wischte ihm mit ihrer Schürze die Stirn ab.

»Nein, es ist nichts, es ist nichts.«

Sie nahm seine Hand und hielt sie fest. »Wie heißt Ihr, Herr?«

»Cunrat Wolgemut. Bäckergeselle aus Weißenau. Ich wohne bei Meister Katz vor der Augustinerkirche.«

»Ich weiß, seine Tochter war hier.« Sie senkte die Augen und ließ seine Hand los. In diesem Augenblick trat Joß an sein Bett. Schwester Margarethe erhob sich rasch, grüßte Joß flüchtig und ging fort.

»Hier, soll ich dir bringen.« Der Bäckergeselle legte unwillig und ohne Gruß einen Weißbrotkranz auf Cunrats Decke. »Bärbeli wollte dich eigentlich sofort holen lassen, aber der Meister hat gesagt, wir haben genug Arbeit, da kann sie dich nicht auch noch pflegen. Du sollst bis morgen hier bleiben. Dann bist du ja hoffentlich genesen und kannst wieder arbeiten.«

»Ja, b… bestimmt«, war alles, was Cunrat antwortete.

Cunrat und Giovanni begegneten sich recht bald wieder. Giovanni war von den Stadtwachen nach seiner Entlassung aus dem Spital festgenommen und bis zum Prozess im Raueneggturm eingesperrt worden, und auch Cunrat und Joß mussten sich wegen der Prügelei verantworten, aber für sie hatte Meister Katz gebürgt und ihnen damit den Turm erspart. Der Meister machte ihnen keinerlei Vorwürfe wegen ihrer Auseinandersetzung mit den fremden Bäckern, und Cunrat schien es, als ob er Joß' Ansicht über die Welschen teilte. Giovannis Freunde hatten sich rechtzeitig verdrückt mit ihrem fahrbaren Ofen, sodass schließlich nur die drei vor den Rat zitiert wurden.

Am letzten Montag im November mussten sie im Rathaus beim Konradstor erscheinen. Alle Ratsherren hatten sich im dortigen Saal versammelt und saßen über sie und andere Delinquenten zu Gericht. Cunrat war beeindruckt von der Größe und Ausstattung des Ratssaales. Eine kunstvoll gedrechselte hölzerne Säule in der Mitte trug die Decke, deren mächtige Eichenbalken und Zwischenbretter farbig bemalt waren, mit verschlungenen Pflanzen und Bäumen, und dazwischen prangten Wappenschilder mit den Familienwappen der verschiedenen

Ratsherren. Der mittlere Balken trug oval umrahmt die Bilder von Jesus, Maria und dem Heiligen Cunrat. Die Wände entlang zog sich eine Holzbank, auf der sich die Ratsherren niedergelassen hatten, vor ihnen standen lange Tische. Gegenüber der Eingangstür saß der Vogt Hanns Hagen mit den beiden Gerichtsverwaltern des Rats an einem eigenen Tisch, der mit einem grünen Tuch bedeckt war. Ein Bild des Jüngsten Gerichts hing direkt über seinem Platz als Mahnung für ein gerechtes Verfahren. Cunrat, Giovanni und Joß, die drei Beklagten, wurden von zwei Stadtknechten zu einer Bank neben der Tür geführt, wo sie sich niederließen.

Hanns Hagen erkannte Cunrat wieder.

»Ach, der lange Freund vom Weinhändler Tettinger. Habt ihr euch mit den Welschen angelegt? Das tut nie gut, merkt euch das. Außerdem will der Rat Frieden haben in der Stadt während des Conciliums.«

Bei der Schilderung des Vorgefallenen gerieten Joß und Giovanni noch einmal in Streit, weil jeder dem anderen vorwarf, als Erster angefangen zu haben. Doch einer der Stadtknechte ging energisch dazwischen, und schließlich wurden Giovanni und Cunrat zu einer Strafe von sechs Pfund Pfennig und einem halben Jahr Stadtverweisung verurteilt, Joß hingegen wegen Messerzückens zu zwölf Pfund Pfennig und einem Jahr Stadtverweisung. Außerdem mussten sie Urfehde schwören, also das Gelübde ablegen, sich künftig nicht mehr zu beleidigen und Frieden zu halten.

Cunrat war verzweifelt. Er hatte doch nur Joß beistehen wollen und nicht geahnt, dass er damit eine so schwere Strafe auf sich ziehen würde. Sein ganzes erspartes Geld würde er aufwenden müssen, ja es würde nicht einmal reichen. Es würde ihm nichts anderes übrig bleiben, als den Meister um einen Kredit zu bitten. Aber diesen konnte er wiederum nicht abarbeiten, weil er ja auch noch der Stadt verwiesen worden war. Die einzige Möglichkeit, die ihm blieb, war, zu seiner Mutter zurückzukehren und in den nächsten Jahren durch harte Arbeit das von seinem Onkel vorgestreckte Geld in Raten abzuzahlen. Was würde die Mutter dazu sagen? Sie hatte ihn fortgehen lassen in der Hoffnung, dass er gute Arbeit finden und mit dem ersparten Geld zu ihr zurückkehren würde, um seine und ihre Existenz in Zukunft etwas zu erleichtern. Und nun würde er heimkommen mit einem Berg Schulden, in Schande aus der Stadt Costentz gewiesen! Ihm war zum Heulen zumute.

Der Ratsdiener führte die drei aus dem Saal. Giovanni ging erhobenen Hauptes voran, Cunrat hingegen zog vor Scham den Kopf zwischen die Schultern. Da raunte einer der Ratsherren ihm und Joß zu: »Der Bäckermeister wird euch schon loskaufen von der Verweisung!«

Als sie draußen waren, fragte Cunrat den Ratsdiener, was das zu bedeuten habe.

»Meister Katz wird in diesen Zeiten nicht auf euch verzichten wollen, da zahlt er lieber die Ablöse für die Verweisung.«

»Und die wäre?«, wollte Joß wissen.

»Für den langen Lulatsch schätze ich sechs Pfund Pfennig. Und für dich das Doppelte. Das wird der Rat festlegen, falls der Bäckermeister es so will.«

»Aber das sind noch einmal zwölf Pfund Pfennig!«, empörte sich Joß. »Diese Schulden werde ich ja bis ans Lebensende abstottern! Wir bekommen anderthalb Pfund Pfennig im Monat!« Und zwischen den Zähnen presste er hervor: »Alles nur wegen diesen verdammten Welschen!«

»Halt deine Zunge im Zaum!«, erwiderte Giovanni. »Du hast soeben geschworen, Frieden zu halten. Sonst marschieren wir gleich wieder da hinein«, er wies hinter sich auf die Tür zum Ratssaal, »dann wirst du sehen, wie hoch deine Buße wird!«

Joß starrte ihn hasserfüllt an, sagte aber nichts mehr. Cunrat versuchte abzulenken: »A… aber wenn d… der Meister für uns b… bezahlt, dann m… müssen wir halt noch m… mehr arbeiten. B… besser, als aus der Stadt verwiesen z… zu werden.«

»Du hast gut reden«, versetzte Joß bitter, »du heiratest Bärbeli und bist alle Schulden los. Aber ich? Ich kann schuften, bis ich alt bin!«

Cunrat schluckte. Bärbeli heiraten? Was redete Joß da? Doch als er sich die Geschehnisse der letzten Wochen durch den Kopf gehen ließ, dämmerte ihm langsam, dass der Geselle vielleicht recht hatte, dass Bärbeli tatsächlich die Absicht hatte, ihn zu ehelichen. Und womöglich waren ihre Eltern sogar einverstanden mit ihrer Wahl. Hatte der Bäckermeister ihn deshalb nach Costentz gerufen? Damit er einen männlichen Nachfolger bekam? Wussten ihre Eltern vielleicht sogar Bescheid über Bärbelis nächtliche Treffen mit Cunrat und billigten sie insgeheim, damit er umso sicherer in den Hafen der Ehe einlaufen würde?

Cunrat brauchte eine Weile, sich all diese Fragen durch den Kopf gehen zu lassen, und am Ende kam er zum Schluss, dass es so sein musste. Alle hatten sie darauf hingewirkt, dass er seine Base heiraten würde.

Aber würde er denn Bärbeli heiraten wollen? Joß hatte sicherlich recht, dann wären nicht nur seine momentanen Schwierigkeiten gelöst, sondern er hätte auch eine gute Zukunft vor Augen, eine eigene Familie, den Meistertitel, vielleicht sogar die Möglichkeit, in den Rat gewählt zu werden. Sein Bruder, der Schuhmacher, hatte es vorgemacht, als er eine Ravensburger Schuhmacherstochter geheiratet hatte. War vielleicht sogar seine Mutter eingeweiht in die Pläne der Bäckersfamilie?

Ihn schwindelte und er fühlte sich plötzlich hintergangen. Er versuchte, sich Bärbeli vorzustellen, aber da wurden ihre runden Backen verdrängt von einem ganz anderen Gesicht, schmal mit hohen Wangen, aus dem ihn grüne Augen anlächelten, und mit einem Mal stieg eine ungeheure Wut in ihm hoch, er fühlte sich wie ein wildes Tier, das man in einem Netz gefangen hat, und nun hatte er sich mit seiner Unbedachtheit noch weiter darin verstrickt, hatte sich abhängig gemacht von Meister Katz und dessen Geldsäckel!

»N… niemals!«, stieß er keuchend hervor, und als die anderen ihn verständnislos ansahen, bekräftigte er: »N… niemals w… werde ich B… barbara h… heiraten!«

Joß grinste boshaft: »Du bist ein Narr, Stammler!«

Doch Giovanni sagte: »Das musst du ja vielleicht auch gar nicht. Hört mir mal zu!«

Sie waren inzwischen aus dem Rathaustor getreten und standen am Bleicherstaad vor dem großen Stadthaus des Klosters Salem, dem Salmansweiler Hof.

»Ich hab keine Lust, mir dein Gestammel noch weiter anzuhören, ich marschier jetzt zum Bäcker und frag um das Geld!«, fuhr Joß ihn an.

»Warte doch mal!«, beharrte Giovanni. »Wisst ihr, wer morgen in die Stadt kommt? Eine von den Stadtwachen hat's mir erzählt!«

Die beiden sahen ihn fragend an.

»Graf Hermann von Cilli, der Schwiegervater von König Sigismund!«, sagte Giovanni triumphierend.

»Na und? Glaubst du, der bezahlt unsere Ablöse?«, fragte Joß hämisch.

»Nein, aber mit ihm können wir wieder in die Stadt zurückkehren!«

»Wieso das denn?«

»Man merkt, dass ihr nie in die Welt hinaus gekommen seid!«, bemerkte Giovanni mit einer Spur Herablassung, aber nun hatte er ihre Aufmerksamkeit gewonnen. »Wenn ein großer Herr wie ein König oder ein Herzog in die Stadt kommt, dann steht jeder, der in seinem Gefolge die Stadt betritt, unter seinem Schutz. Für den Schwiegervater des Königs gilt das gewiss auch. Und das heißt, wenn wir es schaffen, mit ihm durch das Tor hereinzukommen, dann ist unsere Verbannung aufgehoben. Da wäre es doch dumm, wenn ihr bei eurem Meister Schulden macht, wo ihr auch so wieder zurückkommen könnt. Und einen Tag wird er auf euch verzichten können, oder?«

Cunrat zögerte keinen Augenblick, ihm war alles recht, wenn es ihn nur vor der Heirat mit Bärbeli bewahrte. Joß war weiterhin skeptisch.

»Wer weiß, was uns der Welsche da erzählt!«

»Ich sage die Wahrheit!« Giovanni legte theatralisch seine Hand auf die Brust.

»Wir brauchen trotzdem Geld, um die Strafe zu bezahlen. Mein Beutel wird nicht ausreichen, und deiner noch weniger, Stammler!«

Und Joß wollte weitergehen zur Brotlaube, wo die Läden alle offen waren. Meister Katz oder Bärbeli waren gewiss im Verkaufsstand. Da hielt ihn Giovanni am Ärmel zurück.

»Warte! Warum leiht ihr euch nicht bei mir das Geld?«

»Bei dir?«, fragten Joß und Cunrat wie aus einem Mund, und vor Überraschung vergaß Cunrat zu stottern. Giovanni lachte.

»Ich habe, na, sagen wir, durch Gottes Hilfe ein ordentliches Sümmchen gewonnen. Wie viel habt ihr gespart? Ein Pfund Pfennige? Zwei? Den Rest kann ich euch leihen. Natürlich müsst ihr mir Zinsen bezahlen, aber eurem Meister seid ihr dann nichts schuldig.«

Joß sah ihn verächtlich an, spuckte aus und ging endgültig seiner Wege. Cunrat blieb einen Moment unschlüssig stehen, dann fragte er vorsichtig: »Ich hab ein Pfund Pfennige. Du müsstest mir fünf Pfund leihen. Könntest du das wirklich?«

»Ja, sag ich doch. Das geht in Ordnung. Hol dein Geld und bring eine Decke und etwas zu essen mit für heute Nacht. Dann treffen wir uns am Rathaus wieder, bezahlen die Strafe und verlassen die Stadt.«

Giovanni wandte sich ab Richtung Münster, doch im Weggehen wies der Welsche noch auf eines der Bürgerhäuser gegenüber dem Salmansweiler Hof.

»Dort, in der Sammlungsgasse, wohnen übrigens die Mäntellerinnen.«

Cunrat hatte eine Weile zu dem Haus hoch gestarrt, an dem man die Fensterreihe eines großen Saales erkennen konnte, vielleicht der Schlafsaal der Beginen. Dann ging er rasch am großen Kaufhaus vorbei zur Marktstätte. Bärbeli stand hinter dem Katz'schen Ladentisch an der Brotlaube, aber er winkte nur kurz und ging weiter.

Im Haus von Bäcker Katz kam ihm Joß schon die Treppe herab entgegen. Er grinste.

»Der Meister war ganz erfreut, dass er mir nur einen Teil der Strafe vorstrecken muss und nicht auch die Ablöse für die Verweisung. Er ist aber weniger erfreut, dass du lieber von fremden Leuten Geld leihst, als von ihm, dazu noch von einem Welschen!«

Cunrat antwortete nichts, er ging gleich weiter in den Hof und zur Knechtekammer. Dort schlief er zwar nicht mehr, aber die Truhe mit seinen wenigen Habseligkeiten stand nach wie vor neben dem vakanten Bett.

Er holte einen Lederbeutel heraus, der seine ganzen Ersparnisse enthielt, ein Pfund Pfennige. Dann schnürte er eine Decke zu einem Bündel, nahm sich aus der Backstube zwei frische Brote mit und verließ das Haus, ohne noch einmal mit Bäcker Katz oder seiner Frau gesprochen zu haben. Draußen wartete Joß auf ihn. Gemeinsam gingen sie zum Rathaus und trafen dort wie vereinbart auf Giovanni. Sie bezahlten ihre Strafe und verließen in Begleitung eines Wächters die Stadt. Durch das Schlachttor gelangten sie am städtischen Schlachthaus vorbei in die Vorstadt Stadelhofen mit dem Rindermarkt und dem Gerberbach, der durch den Stadtgraben floss. Hier stank es gewaltig nach der Lohe, mit der die Gerber ihre Ware bearbeiteten und die sie im Bach auswuschen, aber auch nach den halb verwesten Tierbälgen selber. Auf der alten inneren Stadtmauer war ein großer Lärm, ein Hämmern und Klopfen und Schreien, denn sie wurde höher gebaut, um der Reichsstadt noch mehr Schutz zu bieten. Mit Holzkränen, die auf dem alten Zinnenkranz standen, wurden große Steinquader hochgezogen und zu höheren, breiteren Zinnen aufgemauert.

Überrascht sah Cunrat, dass auf der Mauer auch einige Kleriker an der Arbeit waren. Während die übrigen Maurer nur in Hemd und Bruche arbeiteten, schufteten die Mönche in ihren langen braunen oder grauen Mänteln, die sie beim Gang über die unebene Mauerkrone oder beim Hochheben der Steine manchmal gefährlich behinderten.

»Schaut einmal das Mönchlein dort«, spottete Giovanni, der sie auch entdeckt hatte, »man sieht, dass es nicht gewöhnt ist, Handarbeit zu verrichten.«

In diesem Moment stolperte der junge Franziskaner über seinen Rock und ließ auf der Suche nach einem Halt den Stein, den er festmauern wollte, los, sodass er von der Mauer fiel. Ein Mann, der unten stand, konnte gerade noch zu Seite springen.

»Pass doch auf, du verdammter Pfaffe!«, fluchte er, und die drei Bäcker lachten. Doch dann sagte Joß rasch: »Psst, man darf nicht über sie lachen. Der Rat hat verfügt, dass die Bettelmönche arbeiten sollen, aber man darf sie nicht auslachen. So hat es der Meister erzählt.«

»Nicht über solche Tölpel lachen? Was will der Rat denn noch alles verbieten?« Giovanni schüttelte den Kopf, während der Stadtwächter, der sie bis zum Tor begleiten musste, säuerlich dreinsah.

Dann durchquerten sie den Vorort Stadelhofen über die Rossgasse und verließen schließlich die Stadt durch das Kreuzlinger Tor, wo der Wächter zurückblieb. Auch an der äußeren Mauer waren Bauarbeiten im Gange.

»Jetzt gehen wir zu den Augustinerchorherren ins Kloster, bitten um Unterkunft, und wenn morgen der Graf kommt, drängen wir uns mit seinem Gefolge wieder hinein.«

»Aber w… wenn er nicht k… kommt?«, fragte Cunrat, nun doch wieder bang geworden.

»Er kommt, er kommt bestimmt!«, beruhigte ihn Giovanni. Aber er kam nicht.

Der für die Bettler zuständige Bruder des Klosters Kreuzlingen schickte sie am nächsten Tag unerbittlich weiter. Im Kloster konnten fremde Arme höchstens für eine Nacht Unterkunft bekommen, so war die Regel, nur die Armen der eigenen Herrschaft wurden auch länger beköstigt. Joß hörte nicht auf zu maulen über diese Schnapsidee, die eines Welschen würdig sei, und womöglich müssten sie den halben Winter hier vor der Stadt warten, wo man doch eigentlich jetzt in der warmen Backstube stehen könnte. Cunrat dagegen fühlte sich eher hilflos. Er hatte noch nie eine solche Situation erlebt, war noch nie ohne ein Zuhause gewesen, ohne die gewohnten Menschen, zu denen er gehörte.

»Kommt, ihr Flennbrüder, wenn er heute nicht kommt, kommt er morgen! Der Graf kommt zum Konzil, das ist sicher. Vielleicht gab es zu viel Schnee in den Bergen, sodass er langsamer vorankam, oder eine besonders schöne Wirtin hat ihn unterwegs aufgehalten, aber er wird kommen!« Giovanni ließ sich nicht beirren. »Da vorn ist doch schon das nächste Kloster, da bitten wir um Einkehr für die kommende Nacht!«

Rechts neben der Landstraße Richtung Süden konnte man in einiger Entfernung ein paar Häuser und eine Kirche erkennen, die von einer Mauer umgeben waren.

»Bist du verrückt geworden?«, rief Joß entsetzt. »Das ist das Siechenhaus an der Hochstatt!«

Giovanni blieb wie angewurzelt stehen.

»D... das S... siechenhaus?«, fragte Cunrat.

»Ja, Siechenhaus!«, antwortete Joß ungeduldig. »Sondersieche, Aussätzige, lebende Tote! Hierher kommen die Siechen aus der ganzen Umgebung. Seht ihr, da vor dem Kirchenportal sitzen welche. Ich geh da nicht hin!«

In der Tat konnte man vor der Kirchenfassade, die nach Norden Richtung Costentz den Mauerring unterbrach, ein paar kauernde Gestalten auf den Stufen erkennen. Trotz oder wegen Joß' Warnung neugierig geworden, näherte sich Cunrat den Siechen. Er hatte immer nur vom Aussatz gehört, in Geschichten seiner

Mutter, in denen Jesus einen Mann von dieser Krankheit geheilt hatte, aber er konnte sich nicht vorstellen, was das bedeutete. So ging er vorsichtig auf die Leprakranken zu und erschrak, als sie plötzlich mit einer hölzernen Klapper anfingen, Lärm zu machen. Er blieb stehen und starrte sie an. Es waren zwei Frauen und ein Mann, die auf einer Stufe vor der Kirchentür saßen. Sie waren in auffallende rote Mäntel mit Kapuzen gehüllt, und die Frauen hatten auch noch ihren Schleier vors Gesicht gezogen. Der Mann trug einen Hut mit breiter Krempe, aber sein Gesicht war frei, sodass Cunrat gut die Zeichen des Aussatzes erkennen konnte: Die Nase war nur noch eine kleine Erhebung im Gesicht, als ob sie weggefressen wäre, seine Wangen waren von roten Beulen übersät, und als er die Hand zu einer bittenden Geste erhob, sah Cunrat, dass er keinen einzigen Finger mehr hatte. Nur ein Stumpf bat um eine milde Gabe. Dem Bäckergesellen grauste, und gleichzeitig empfand er unerhörtes Mitleid für die drei Gestalten. Er holte einen Heller heraus und warf ihn vor sie auf den Boden. Ihn direkt zu überreichen traute er sich nicht. Eine der Frauen erhob sich und sammelte mit den Fingern ihrer weitgehend unversehrten linken Hand die Münze ein.

»Mögen Gott, seine Mutter Maria, der Heilige Petrus und der Heilige Johannes dich segnen!« Sie zeigte mit ihrer bindenumwickelten rechten Stummelhand nach oben.

Cunrats Blick folgte ihrer Geste, und er sah, dass an der Kirchenwand auf vier Konsolen über dem Portal Steinfiguren der Genannten über die Kranken wachten. Es waren alte Figuren mit groben Gesichtszügen und Nasen, die denen der Aussätzigen auf unheimliche Weise ähnelten. Ihre Farben waren verblichen, sodass man fast nur noch den grauen Stein sah, aus dem sie gehauen waren. Sie wirkten ganz anders als die neueren Statuen an den Kirchenportalen der Bischofskirche oder bei den Augustinern, die viel feiner gearbeitet und reich bemalt waren, sodass man fast glauben konnte, es handle sich um richtige Menschen. Diese hier ähnelten in der Grobheit ihrer Gesichtszüge

Riesen und in der Gedrungenheit ihrer Leiber Zwergen, Missgeburten, wie man sie hin und wieder bei den Gauklern besichtigen konnte. Ihre großen Augen ohne Farbe schienen blind zu sein, und Cunrat wandte sich schaudernd von den Aussätzigen und ihren Heiligen ab.

»W… wofür hat G… gott sie nur g… gestraft?«, fragte er seine Genossen.

»Für ihre Verderbtheit!«, antwortete Joß gehässig. »Und wenn sie dich anhauchen, bekommst du den Aussatz auch!«

Cunrat musste an seine Nächte mit Bärbeli denken und verstummte.

»Ach was, Verderbtheit!«, entgegnete da Giovanni. »Es sind die schwarzen Gallensäfte, die im Körper überhandnehmen!«

»U… und w… warum?«

»Warum, warum, ich bin kein Arzt, ich weiß nur, dass wir vier verschiedene Körpersäfte haben, und wenn einer überhandnimmt, dann wird der Mensch krank.«

Cunrat bewunderte Giovanni für sein großes Wissen, während Joß den Welschen immer noch misstrauisch betrachtete.

Sie beratschlagten, was sie denn nun tun sollten, da erzählte Joß etwas von einer Hütte in den Obstgärten vor dem Emmishofertor, in der Rebstangen und Rechen aufbewahrt wurden. Tatsächlich fanden sie dort einen Unterschlupf, auch wenn Cunrat dieser Ort unheimlich war, weil nur ein kleines Stück weiter den Hügel hinauf der Galgen stand. Dort hing zwar momentan kein Toter, denn man erwartete ja hohen Besuch und wollte diesem den Anblick eines krähenzerfetzten Leichnams nicht zumuten. Aber Cunrat wusste, dass die früher Erhängten auf dem Schindanger unter dem Galgen begraben worden waren. Er bekreuzigte sich und sprach ein kurzes Gebet für ihre Seelen, auch wenn diese vermutlich zu Höllenqualen verdammt waren.

Die Hütte war recht schief, aus groben Holzbrettern gezimmert, durch die der Wind pfiff, mit einer Tür, die mit einem hölzernen Riegel gesichert war. Rundherum standen Holunderbüsche, die sie im Sommer wahrscheinlich vor den Blicken von der Straße her schützten. Jetzt im Herbst war ihr gelbes Laubkleid dünn geworden, da und dort sah man ein paar Dolden blauschwarzer Beeren zwischen den wuchernden Zweigen schimmern, die der Ernte und den Vögeln entgangen waren. Cunrat musste an den dunklen Sirup denken, den seine Mutter jedes Jahr aus Holunderbeeren kochte, damit er ihn bei Katarrh in den heißen Wein gemischt trinken konnte.

Während Giovanni trotz seines verbundenen Armes unter den Obstbäumen etwas Laub für ihre Bettstatt zusammensuchte und Joß sich in der Hütte auf dem blanken Boden niederließ, hüllte Cunrat seine Decke um die Schultern, setzte sich in den Rahmen der offenen Tür und richtete den Blick von der leichten Anhöhe auf die Stadt Costentz. Er versuchte, nicht an die Toten auf der Galgenhalde und die lebenden Toten im Siechenhaus zu denken.

Die Konzilsstadt kam ihm von dieser Seite ganz anders und neu vor. Der Blick erstreckte sich vom Kreuzlinger Kloster und dem gleichnamigen Tor über das Emmishofertor die Mauer entlang zum Rindportertor – dahinter lag die Schänke von Tettinger – über die Paradieser Vorstadt hinweg mit ihren Gärten, Wiesen und kleinen Gehöften bis zum Bündrichstor und schließlich zum Ziegelturm am Rhein. Hinter den Mauern konnte man in ganz ungewohnter Reihenfolge die Türme von Sankt Lorenz, Sankt Stephan, dem Münster und Sankt Johann erkennen. Das ihnen am nächsten gelegene Emmishofertor schien zum Greifen nahe. Es war ein schöner Herbsttag, die Obstbäume um die Stadt waren rot und gelb gefärbt, und etwas von der freudigen Erwartung, die Cunrat erfüllt hatte, als er mit dem Schiff von Meersburg kommend auf die Konzilsstadt zugefahren war, keimte erneut in ihm auf.

Er würde morgen mit dem Grafen Cilli in die Stadt zurückkehren. Und er würde Bärbeli nicht heiraten. Ob er unter diesen Umständen im Hause Katz bleiben konnte, musste sich noch zeigen. Wenn nicht, würde er sich eine andere Arbeit suchen. Er sah Giovanni an, der mit einem Armvoll Laub daherkam und ein Liedchen vor sich hin pfiff.

Etwas würde sich finden.

Gegen Abend kam wieder Nebel auf. Langsam verschwanden Tore und Türme im grau-milchigen Einerlei, nur die hölzernen Kräne auf der Mauer streckten ihre ausladenden Arme noch lang in den Himmel. Sie erinnerten Cunrat plötzlich an Galgen. Dann waren auch sie verschwunden.

Die drei verkrochen sich vor Nebel, Kälte und Dunkelheit in die Hütte. Sie hatten nun alle Brote aufgegessen und legten sich dicht nebeneinander auf das Laubbett. Ihre Unterhaltung, die den Tag über vor sich hingeplätschert war, verstummte völlig. Langsam kroch in Cunrat wieder das Unbehagen hoch, das er schon bei ihrem Eintreffen in der Hütte angesichts des Galgens verspürt hatte. Um dagegen anzukämpfen, tat er etwas, was gar nicht seiner Art entsprach: Er versuchte, ein Gespräch anzufangen.

»Giovanni, sag, w… wie ist V… venedig?«

Giovanni ließ sich nicht zweimal bitten. Im Dunkeln erzählte er ihnen von der schönsten Stadt der Welt, und bei seinen Worten schien sich die Finsternis aufzulösen in helle Bilder, voller Farben und Wärme.

»Sie schwimmt, nein, sie schwebt über dem Wasser! Wenn man zum ersten Mal mit dem Schiff darauf zu fährt, ist es wie eine Erscheinung!«

»Wie Costentz!«, seufzte Cunrat verzückt.

»Wie Costentz?« Giovanni lachte. »Armer Tor! Wie Costentz! Venedig hat so prächtige Paläste, so viele Kirchen, so zahllose Brücken und Kanäle, dagegen ist Costentz wie eine graue Gans gegen einen stolzen Schwan!«

Und er schwärmte ihnen noch lange vor, von den Marmorpalästen und den prächtigen Schiffen, von den eleganten Kaufleuten und den feinen Damen, die ihre Haare auf den Dachterrassen an der Sonne blondierten, und von den Waren, welche die Händler aus dem Orient in die Stadt brachten, Gold und Samt und Gewürze, und dass allein im Arsenal – »Giovanni, w… was ist ein Arsenal?« – »Eine Schiffswerft!« – dass allein im Arsenal so viele Menschen arbeiteten wie ganz Costentz Einwohner hatte, und dass sie dort in nur zwei Tagen eine komplette Galeere bauen konnten, aber Cunrat dachte am Ende dennoch: wie Costentz! Und er schlief ein, noch während Giovanni erzählte, mit Bildern von Marmorpalästen und goldbehängten blonden Damen im Kopf, was auf jeden Fall besser war als die Bilder von Toten, die am Galgen baumelten.

Mitten in der Nacht wachte Cunrat auf. Es war vollkommen dunkel, und als er mit dem Arm an Giovanni stieß, der dicht neben ihm schlief, glaubte er plötzlich, von draußen Stimmen zu hören. Zunächst war er nicht sicher, ob es nicht die blonde Frau aus seinem Traum war, die schrie, weil ihre Haare in der Sonne Feuer gefangen hatten, aber als er sich aufrichtete, wurde ihm klar, dass die Stimmen nicht in seinem Kopf waren. Sie kamen von draußen: ein Schreien, dann ein Winseln und Tuscheln, ein Flüstern und Stöhnen, wie von verlorenen Seelen. Cunrat wurde starr vor Schreck. Die Toten vom Galgenhügel! Ihre verdammten Seelen hatten die Gräber verlassen und kamen zu ihnen herab. In der Tat schienen sich die Stimmen zu nähern. Er fühlte, dass sich auch Giovanni neben ihm aufsetzte, während Joß weiterschnarchte. Giovanni rüttelte den Gesellen, damit er still war und sie besser hören konnten. Joß röchelte noch ein wenig, dann drehte er sich um und schlief ruhig atmend weiter.

Doch die Stimmen waren nun ebenfalls verstummt. Angestrengt lauschte Cunrat ins Dunkel, und langsam stellten sich seine Nackenhaare auf.

»Giovanni, d… die Toten!«, flüsterte er entsetzt.

»Sei still, das sind keine Toten!«, zischte der zurück.
»Was d… dann?«
»Ich weiß es nicht, Räuber vielleicht. Sei endlich still!«
Cunrat erschrak. Räuber? Daran hatte er überhaupt nicht gedacht. Man hörte zwar immer wieder Geschichten von Reisenden, die auf dem Weg zum Konzil überfallen worden waren, aber so nahe bei der Stadt? Auf den Mauern waren doch die Stadtwachen unterwegs, da würde sich kein Räuber herantrauen! Aber dann musste er an die Stadtwachen denken, die manchmal in der Weinstube *Zur Haue* saßen, und was man sich von ihnen erzählte, dass sie lieber in der Wachstube saßen und Karten spielten, als ihre Rundgänge zu machen, obwohl das natürlich streng verboten war. Ob die Räuber über diese Gewohnheiten auch Bescheid wussten? Und wenn! Was konnte man ihm und seinen beiden Kumpanen schon anhaben? Sie hatten ja nichts, was das Stehlen lohnen würde. Aber waren nicht auch schon Leute gefoltert und erschlagen worden, gerade weil sie nichts bei sich hatten?

Da packte Giovanni seinen Arm. Die Stimmen waren wieder da, und man hörte, dass sie nicht vom Galgenhügel kamen, sondern aus der Richtung der Stadtmauer. Nun konnte man auch deutlich eine Männer- und eine Frauenstimme unterscheiden, die sich offensichtlich stritten. Der Mann schien auf die Frau einzureden, die ihm weinerlich antwortete, als würde sie ihn um etwas bitten. Cunrat bekam eine Gänsehaut, ihm war, als kenne er die Stimme dieser Frau. Die Männerstimme wurde immer schärfer und gleichzeitig leiser, Cunrat versuchte genauer zu hören, was sie sagte, doch er verstand kein Wort. Da schrie plötzlich die Frau kurz und schrill auf. Dann wurde alles still. Cunrat und Giovanni saßen noch einige Zeit im Dunkel, ohne sich zu rühren. Als sich draußen keine neuerlichen Geräusche erhoben, legten sie sich schließlich wieder hin. Cunrat konnte jedoch lange nicht einschlafen; das Gehörte hatte ihm zu viel Angst eingejagt. Er grübelte hin und her, woher er diese Stimme kannte, dieses weinerliche Bitten, aber es fiel ihm nicht ein. Irgendwann war er wieder im Weinkeller und sah Tettinger von der Decke baumeln …

Als der Morgen dämmerte, standen sie auf, packten ihre Bündel und machten sich durch den Nebel auf den Weg zum Kreuzlinger Tor, in der Hoffnung, dass an diesem Tag endlich der Graf Einzug halten würde und sie in ihr normales Leben in der Stadt zurückkehren konnten. Allen Dreien knurrte der Magen.

Um sich im Nebel orientieren zu können, gingen sie zuerst direkt auf das Emmishofertor zu, das ihrer Hütte am nächsten lag, um dann auf dem Wall zum größten südlichen Tor, dem Kreuzlinger Tor, zu marschieren. Doch neben dem Emmishofertor tauchten plötzlich einige Gestalten aus dem Nebel auf, die sich im sumpfigen Graben zwischen Wall und Mauer zu schaffen machten. Als die drei Gesellen den Wall erreichten, sahen sie, dass es Stadtwachen waren, die einen leblosen Körper aus dem Schilf zogen: eine Frau mit langen braunen Haaren. Allerdings konnte man ihr Gesicht nicht erkennen, weil sie auf dem Bauch im Sumpf gelegen hatte und ihre Vorderseite mit braunem Schlamm bedeckt war. Cunrat musste an die Predigt in der Franziskanerkirche denken. »Sie werden sich im Kot wälzen!«, hatte Stephan von Landskron den sündigen Weibern prophezeit. Ob es eine Hure war, die hier im Dreck lag?

Eine der Stadtwachen nahm etwas Schilfstroh und versuchte, das Gesicht vom Schmutz zu befreien.

»K… karolina!« Cunrat sah entsetzt, dass die Tote die Schwester seines verstorbenen Freundes war. Nun wusste er auch, wessen Stimme er in der Nacht gehört hatte.

Die Stadtwache sah auf. Cunrat erkannte den Mann, er war öfter bei Tettinger gewesen.

»Was tut ihr hier?«, rief er die drei an.

In diesem Augenblick ertönten Fanfaren vom Kreuzlinger Kloster her.

»Wir empfangen den Schwiegervater des Königs!«, rief Giovanni und zog die anderen beiden mit sich. Widerwillig folgte ihm Cunrat. Was war mit Karolina geschehen? Im Weggehen hörten sie noch, wie der Oberste der Stadtwache seine Genossen anwies: »Schnell, bringt die Leiche weg! Ohne Aufsehen!«

Giovanni, Cunrat und Joß liefen rasch den Wall entlang, bis sie die Standarten sahen und die Pferde schnauben hörten. Unauffällig mischten sie sich unter die vielen Menschen, die jubelnd den Einzug des Grafen Hermann von Cilli begleiteten. Dieser ritt auf einem braunen Streitross, in einen Pelzmantel gehüllt, der ihn noch größer erscheinen ließ als er ohnehin war. Seine Haare waren grau, ebenso der kurze Bart. Hinter ihm ritt sein Sohn Friedrich, ein gut aussehender Mann in den Dreißigern mit langen dunklen Haaren. Offenbar hatten die Cillier mit ihren über 100 Lanzen am Abend zuvor das Frauenkloster Münsterlingen erreicht und waren von dort am frühen Morgen losgezogen nach Costentz.

Außer Cunrat und seinen Gefährten drängten sich noch weitere Verbannte um das Pferd des hohen Herrn. Cunrat schaute bewundernd zu ihm hoch, während er versuchte, seine Hand auf den Hals des Tieres zu legen. Giovanni hatte ihnen erklärt, dass sie es so machen mussten. Außerdem hatte er ihnen am Vortag erzählt, wie Graf Hermann dem König in der Schlacht gegen die Türken bei Nikopolis das Leben gerettet hatte, und wie die beiden auf dem Schiff des jetzigen Dogen von Venedig, Tommaso Mocenigo, geflüchtet waren. Sigismund hatte daraufhin den Grafen aus Dankbarkeit zum mächtigsten Grundbesitzer Slawoniens gemacht. Aber damit nicht genug. Als die ungarischen Adligen einen Aufstand angezettelt und König Sigismund gefangen gesetzt hatten, war es wiederum Hermann von Cilli gewesen, der die Freilassung des Königs erwirkt hatte. Und so hatte der König schließlich die jüngste Tochter des Grafen, Barbara, geheiratet, »ein rechtes Metzchen«, wie Giovanni grinsend hinzugefügt hatte.

»Und vor zwei Jahren hat Graf Hermann im Namen des Königs Krieg geführt gegen unsere schöne Republik Venedig und am Ende den Waffenstillstand mit zustande gebracht, dank dessen ich und meine Genossen überhaupt hier sein können. Denn eigentlich, so müsst ihr wissen, sind sich Venedig und der König spinnefeind!«

Doch nun half den Dreien die Protektion durch den königlichen Schwiegervater. Es gelang ihnen, in Berührung mit dem Pferd des Grafen zu bleiben, das nervös herumtänzelte, weil ihm von allen Seiten Hände aufgelegt wurden. Hermann von Cilli lachte darüber, er gefiel sich in der Rolle dessen, der mithalf, der städtischen Obrigkeit ein Schnippchen zu schlagen. Die Stadtwachen am Tor salutierten und wagten es nicht, irgendeinem der Verbannten zu nahe zu kommen. So betraten Cunrat, Giovanni und Joß wieder Costentz, die Stadt des großen Conciliums.

Der Graf zog mit seinem ganzen Gefolge zum Münster, wo er schon vom Bischof und den Kardinälen sowie von den Abgesandten der Stadt erwartet wurde. Und natürlich stand viel Volk umher, denn wenn auch täglich hohe Gäste eintrafen, einen dem König so nahe stehenden Menschen zu begrüßen, war immer noch etwas Besonderes.

Unter den Vertretern der Stadt erkannte Cunrat den Vogt Hanns Hagen. Als der sie sah, bekam er einen roten Kopf, wahrscheinlich vor Ärger über die Unverschämtheit der Verwiesenen, die es wagten, die städtische Gerichtsbarkeit auf diese Weise zu unterlaufen.

In der Tat gab Bürgermeister Heinrich von Ulm, nachdem man sich begrüßt und der gegenseitigen Hochachtung versichert hatte, dem Grafen zu verstehen, dass es doch einem so hohen Herrn nicht gut anstünde, gemeine Verbrecher in seinem Gefolge mit in die Stadt zu bringen.

Da lächelte Hermann spöttisch und fragte, wen er denn damit meine, vielleicht seinen Sohn Friedrich?

Erschrocken verneinte Heinrich von Ulm, doch da drängte

Hanns Hagen nach vorn: »Die Kerle, die Euer edles Pferd belästigen, meinen wir, Herr!« Die Verbannten hatten sich angesichts der städtischen Autoritäten alle wieder um Hermanns Hengst geschart.

Der Graf lachte.

»Macht Euch keine Sorgen um meinen Braunen. Er ist schlimmeres Handgemenge gewöhnt.« Er klopfte dem Tier den mächtigen Hals. Dann fragte er: »Welcher Verbrechen werden die Männer denn angeklagt?«

Hanns Hagen zählte auf, was sich das halbe Dutzend Verbannter hatte zuschulden kommen lassen, von Beleidigung über nächtliche Ruhestörung und Würfelspiel bis zu Rauferei und Messerzücken.

»So ist kein Dieb und kein Mörder unter ihnen. Daher bitt ich Euch, diesen Gesellen die Verweisung zu erlassen.«

Die städtischen Würdenträger machten ein saures Gesicht.

Da ertönte plötzlich eine Frauenstimme. »Herr, dieser hier ist sowieso unschuldig. Er hat sich nur gegen die Welschen verteidigt!«

Bärbeli hatte sich durch die Menge gedrängt und packte Cunrat am Arm. Der war peinlich berührt und versuchte sie abzuschütteln. »B... bärbeli, lass d... doch!«

Aber sie ließ seinen Mantel nicht los, sondern zerrte noch mehr daran, worauf das Pferd ungehalten zu schnauben begann. Die Umstehenden lachten, und auch der Graf schien sich zu amüsieren.

»Seht Ihr, Herr Bürgermeister, da hättet Ihr doch beinahe der strammen Dirn ihren edlen Ritter entführt. Nein, Ihr Herren, das wäre nicht recht, das könnt Ihr nicht machen!« Und spöttisch fügte er hinzu: »Auch wenn es ihm selber vielleicht gar nicht so unrecht gewesen wäre!«

Der Bürgermeister hob resigniert die Hände. »Also gut, dann sei es.« Und zu den Verbannten gewandt: »Eure Verweisungsstrafe ist euch erlassen.«

Die Menge jubelte und applaudierte, und Bärbeli umarmte Cunrat, der geniert dastand und sie gewähren ließ.

Giovanni grinste. »Wir sehen uns noch, Langer!« Dann wandte er sich an den Stadtschreiber, der die Namen der vom Bann Gelösten notierte, gab seinen Namen an und verschwand.

Bärbeli sah ihm unwillig nach. »Dieser welsche Schelm, den hätten sie ruhig wieder fortschicken können.«

»S... sei doch s... still, B... bärbeli!«

Sie nahm ihn triumphierend an der Hand und führte ihn unter dem Beifall der Menge fort.

Doch Cunrat konnte sich nicht richtig freuen über seine Befreiung. Er fühlte sich erneut im Netz der Bäckerstochter gefangen. Und immer wieder sah er das schlammverschmierte Gesicht von Karolina Tettinger vor sich.

Julmond

Meister Katz hatte kaum zwei Worte mit Cunrat gewechselt, seit dieser zurückgekehrt war. Wahrscheinlich war er immer noch wütend, weil Cunrat sich Geld bei einem Welschen geliehen hatte. Und auch mit Bärbeli und ihrer Mutter hatte der Geselle nur wenig gesprochen, aber das lag eher daran, dass er selbst ihnen aus dem Weg ging. Er war noch einsilbiger als sonst, weil er ohne Unterlass an die tote Karolina denken musste. Was war mit ihr geschehen? Wer hatte sie von der Mauer gestoßen? Wie war sie überhaupt auf die Mauer gelangt? Ob der Stadtvogt herausfinden würde, was geschehen war?

Am nächsten Tag erzählten ein paar Frauen, die Brot kaufen kamen, dass Karolina sich selbst in die Tiefe gestürzt habe, aus Kummer um ihren toten Bruder. Es liege ein Fluch auf der Familie, sagten sie. Beide seien in die tiefste Hölle verdammt, und die Schänke habe nun einen neuen Pächter.

Cunrat wollte widersprechen, wollte seinen toten Freund und dessen Schwester rechtfertigen, aber dann schien es ihm nicht der Mühe wert wegen ein paar Klatschweibern. Als jedoch auch Meister Katz von der Brotlaube zurückkam und beim Mittagsimbiss vom Selbstmord der Karolina Tettingerin berichtete und dass er diese Information aus erster Hand von einer Stadtwache der Bäckerzunft erhalten habe, da beschloss Cunrat, zu reden. Nicht mit dem Bäcker und seiner Familie, nein, dem Vogt wollte er sein Wissen preisgeben. Ein anfängliches Zögern wegen seiner eigenen Vergehen schob er beiseite. Seine Strafe hatte er bezahlt, und seine Rückkehr war von hoher Stelle abgesegnet. Was also konnte ihm schon passieren? Er war es den Tettingers schuldig, dass der Vogt die Wahrheit erfuhr.

So ging er am darauffolgenden Tag, einem Freitag, zum Rathaus, sobald er sich für einen Augenblick von der Arbeit freimachen konnte. Ein Wächter, der am Eingang des Gebäudes postiert war, wollte ihn zunächst nicht zum Vogt vorlassen, aber Cunrat insistierte stammelnd, dass er wichtige Neuigkeiten für H… hanns H… hagen h… habe. Schließlich gab der Mann nach und ging, um Cunrat anzumelden.

Nach einer Weile kam er wieder und führte den Bäckergesellen nicht wie beim letzten Mal in den Ratssaal, sondern in einen kleinen Nebenraum. Dort saß der Vogt an einem Tisch und schrieb. Die Feder kratzte über das Papier.

Endlich sah er auf und bedeutete der Wache, den Raum zu verlassen.

»Und schließ die Tür hinter dir!«

Cunrat öffnete den Mund, aber Hanns Hagen kam ihm zuvor.

»Schon wieder du, Langer! Was hast du mir zu sagen? Hast du wieder Streit mit den Welschen gehabt?«

»Nein, H… herr. Es ist wegen K… karolina T… tettingerin.«

Der Vogt kratzte sich am Kopf.

»Ah ja? Und was kannst du mir über sie sagen?«

»H… herr, sie h… hat sich nicht selbst umg… gebracht!«

Hanns Hagen lehnte sich zurück.

»Wie kommst du zu dieser Ansicht?«

Cunrat versuchte so gut es ging, dem Vogt die Sache zu erklären. Als er von Giovannis List erzählte, blickte der Vogt ihn finster an.

»Das passt zu diesem Welschen. Aber was ist nun mit dem Tod der Tettingerin? Habt ihr etwas gesehen oder gehört?«

»Herr, d… das haben wir, und seither k… kann ich an nichts anderes m… mehr d… denken.« Das stimmte nicht ganz, es gingen ihm nämlich noch mehr Frauen im Kopf herum, wenn er den Teig knetete und das Brot in den Ofen schob und wieder herausholte, Bärbeli, Margarethe, er war schon ganz wirr, aber dazwischen immer wieder Karolina, ihre Stimme, ihr Schreien.

»Ich h… habe sie schreien g… gehört.«

»Was? Wann?«

»In d... der Nacht, als sie von d... der Mauer g... gestürzt ist.«
»Sie hat geschrien? War sie denn nicht allein auf der Mauer?«
»Nein, H... herr, d... da war noch jemand.«
»Habt ihr jemanden gesehen?«
»G... gehört, H... herr. Einen M... mann, Herr.«
»Was?«
»Einen M... mann, H... herr. W... wir haben seine Stimme g... g... gehört.«

Der Vogt atmete tief durch und fuhr sich mit der Hand über die Augen, wie um das abzuwehren, was Cunrat ihm soeben erzählt hatte.

»Haben deine Kumpane die Stimme auch gehört?«
»N... nur Giovanni, Joß hat g... geschlafen.«
»Und du bist dir sicher, dass es die Tettingerin und ein Mann waren, die du mitten in der Nacht gehört hast?«

Cunrat war seiner Sache plötzlich nicht mehr so gewiss. Und wenn es doch arme Seelen gewesen waren? Er zögerte.

»Aha, du bist dir also nicht sicher! Wäre es nicht möglich, dass ihr einfach ein wenig viel getrunken hattet und euch etwas eingebildet habt, du und dein welscher Freund?«
»I... ich w... weiß nicht, Herr, ich g... glaube nicht ...«
»Du glaubst nicht, du weißt nicht, mir scheint das alles ziemlich vage, was du mir da erzählst. Wäre es möglich, dass du mir etwas verheimlichst? Dass du vielleicht sogar selbst etwas mit dem Tod der armen Frau zu tun hast?«

Cunrat erschrak über die Richtung, die das Gespräch plötzlich nahm.

»N... nein, H... herr, g... gewiss nicht, wir haben g... geschlafen, und d... da waren plötzlich d... diese Stimmen ...«

Da wurde der Vogt laut.

»Hör mir auf mit diesen Stimmen! Geträumt habt ihr!« Cunrat schrak zusammen. »Ich will nichts mehr davon hören, hast du mich verstanden? Wenn du irgendjemandem von diesem Unsinn erzählst, dann lasse ich euch beide in den Turm sperren, dich und deinen Freund! Dann werden wir in einem hochnotpeinlichen Verhör erfahren, ob nicht doch ihr die arme Frau umgebracht und in den Graben geworfen habt!«

Vor lauter Entsetzen über diese Drohung brachte Cunrat nichts mehr heraus.

»Ist das klar?«

Das teigige Gesicht des Vogtes war rot angelaufen, seine Augen schienen Cunrat zu durchbohren.

»J... ja, H... herr!«, war alles, was er noch sagen konnte.

Dann schickte Hanns Hagen ihn fort.

Cunrat war wie vor den Kopf gestoßen. Warum hatte ihm der Vogt nicht geglaubt? Und warum war er plötzlich so wütend geworden und hatte derartige Drohungen ausgestoßen?

»Der wollte dich nur einschüchtern!«, beschwichtigte ihn Giovanni, als sie sich am gleichen Abend in der Schänke *Zur Haue* trafen.

Sie waren sich am Tag zuvor im Kornhaus wieder begegnet, aber diesmal hatte Joß sich zurückgehalten, obwohl Giovanni ihn mit einem provozierenden Spruch begrüßt hatte. Der Altgeselle hatte nur mit den Zähnen geknirscht.

»Die Weinschänke *Zur Haue* hat einen neuen Wirt. Morgen Abend gibt er einen Krug Wein für alle Gäste aus, zum Einstand. Langer, hast du nicht Lust, mit hinzugehen?«, hatte der Welsche sich hingegen freundlich an Cunrat gewandt.

Der war überrascht gewesen, während Giovanni ihn erwartungsvoll ansah. Warum wollte er gerade mit ihm dort hingehen?

Zum Ärger von Joß hatte Cunrat zugesagt, teils aus Neugierde auf den neuen Wirt, teils weil ihm Giovannis Gesellschaft gefiel. Er mochte es, dass der Venezianer so viel zu erzählen wusste und ihn zum Träumen bringen konnte mit seinen Geschichten. Und ein klein wenig machte es ihm Spaß, Joß zu ärgern.

So saßen sie nun in einer Ecke der Schänke neben dem Kamin auf zwei Hockern, einen Krug Wein zwischen sich auf dem Ziegelboden. Das Wirtshaus war brechend voll, an den Tischen drängten sich die Gäste Backe an Backe, andere standen an der Theke oder lehnten an den Wänden. Niemand hatte sich den kostenlosen Becher Wein entgehen lassen wollen, zumal der Weinrufer vor dem Lokal lauthals verkündet hatte:

»Rheinländer ist angekommen,
Davon werdet ihr nie benommen!
Er ist wohlschmeckend, fest und voll,
Geradheraus und lecker, ganz wie er soll!
Ohne Schimmel und Säure ist dieser Wein,
Lasst alles stehn und liegen und kommt herein!«

Auf den Freitrunk folgte einer, den man bezahlte, und dann noch einer und noch einer. Es ging hoch her, vor allem die Soldaten aus aller Herren Länder wurden immer lauter und lustiger, aber da auch vier Mann von der Stadtwache da waren, traute sich niemand zu randalieren.

Der neue Wirt hieß Sebolt Schopper. Er war ein kleiner, geschäftiger Mann, der etwas verschlagen wirkte. An seiner Lederschürze, die von einem breiten Gürtel gehalten wurde, baumelten zwei große Schlüssel, die Insignien seiner neuen Macht.

An einem Tisch etwas abseits saß der Conte, allein. Wie üblich aß er eine Bohnensuppe, die er offenbar allen anderen Gerichten in der *Haue* vorzog. Er nickte Cunrat kurz zu, als sie eintraten, doch es war ein freudloser Gruß. Der Conte sah traurig aus, er hatte Karolina gern gehabt. Als die Betrunkenen schließlich auch an seinen Tisch drängten, stand er auf und verließ die Schänke.

Giovanni und Cunrat hatten sich kaum gesetzt, als der Venezianer von Karolina zu sprechen begann.

»Sag mir, Langer, du hast doch die Tote vor der Mauer erkannt. Es hieß, sie war die Schwester von Meister Tettinger, dem hiesigen Wirt. Dem, der sich erst vor Kurzem aufgeknüpft hat.«

»D... das hat er n... nicht! Und s... sag nicht Langer z... zu mir, ich heiße C... cunrat!«

»Oha, der Herr ist leicht beleidigt! Also gut, Cunrat, wenn Tettinger sich nicht aufgeknüpft hat, dann sag mir doch, wie ist er deiner Meinung nach gestorben? Und seine Schwester? Die Leute in der Stadt sagen auch von ihr, dass sie sich selber umgebracht hat, aber wir beide, du und ich, wissen es besser, nicht wahr? Wir haben die Stimmen gehört, in der Nacht vor der Mauer. Du dachtest, es seien Galgenvögel, und ich dachte, es seien Räuber. Aber es waren die arme Tettingerin in ihrer letzten Stunde und ihr Mörder. Ergo: Sie soll sich umgebracht haben, aber ich sage, das hat sie nicht. Ihr Bruder soll sich umgebracht haben, aber du sagst, das hat er nicht. Freund Wolgemut, was geschieht hier? Mir ist gar nicht wohl bei der Sache! Erzähl mir doch, warum du glaubst, dass Meister Tettinger zu Unrecht vor der Mauer begraben wurde!«

Cunrat hatte schon befürchtet, dass Giovanni ihm nie mehr die Zeit geben würde, auf seine Fragen zu antworten. Dabei war sein Herz voll von Dingen, über die er endlich mit jemandem sprechen wollte. Obwohl er den fremden Bäcker unter denkbar ungünstigen Bedingungen kennengelernt hatte, hegte er Vertrauen zu ihm. Immerhin hatte er es ihm zu verdanken, dass er seine Strafe hatte bezahlen können, ohne in Abhängigkeit von Meister Katz zu geraten. Auch wenn er lieber nicht wissen wollte, woher das Geld stammte.

Nun hatte Giovanni ihn offenbar eingeladen, mit in die *Haue* zu kommen, um etwas von ihm zu erfahren. Und Cunrat war nur allzu gern bereit, seine Neugier zu befriedigen.

So begann er zu erzählen, inmitten des Kneipenlärms, so schnell er konnte, doch in jedem Fall zu langsam für den ungeduldigen Venezianer, der ihn immer wieder unterbrach. Cunrat berichtete, wie er Tettinger auf dem Schiff getroffen hatte und dieser sein väterlicher Freund geworden war, er schilderte dessen Begeisterung für das Konzil und für seinen guten Wein, und welche Hoffnungen er sich gemacht hatte, reich zu werden. Und wie Cunrat dann erfahren hatte, dass der Wirt tot war und sofort zur Schänke gelaufen war, wie er dabei gewesen war, als man den Toten abschnitt und Vogt und Stadtarzt die Leiche untersuchten, und dass es ihm so vorgekommen war, als ob auch Hanns Hagen an einem Selbstmord zweifelte. Außerdem sprach er über die Kellertür, die seltsamerweise offen gestanden hatte, und dass Hanns Hagen vermutete, dass Tettinger jemanden durch die Tür eingelassen hatte. Und am Ende berichtete er von seinem Gang zum Rathaus am Morgen und den Drohungen des Vogts.

»Verstehst du?«, tröstete ihn Giovanni, »er wollte dich einschüchtern. Die Leute in der Stadt sollen glauben, dass Karolina sich umgebracht hat, ebenso wie ihr Bruder. Und wenn man das Volk reden hört, dann haben die Gerüchte ihre Wirkung getan. Ein Fluch laste auf den Tettingern, hieß es gestern im Kornhaus. Und nun stell dir vor, wie die Stadt und ihr Vogt dastünden, wenn bekannt würde, dass es sich nicht um einen Fluch handelt, sondern dass hier ein Mörder sein Unwesen treibt! Und nach allem, was du erzählt hast, glaube ich eher Letzteres.« Mit Blick auf die Stadtwache meinte er dann etwas leiser: »Aber das muss vorläufig unter uns bleiben, Cunrat! Einmal mit dem Turm Bekanntschaft zu schließen, hat mir gereicht, so sauber ist das Stroh dort nicht.«

Sie hatten einen Krug Überlinger Wein bestellt, und obwohl es keine drei Männer brauchte, damit Cunrat ihn trank, dachte er doch mit Wehmut an Johann Tettinger zurück und den Elsässer, den dieser manchmal spendiert hatte.

»Ob der Wein wohl noch aus den Fässern von Tettinger stammt?«, fragte Giovanni. »Oder haben sie die tatsächlich in den Rhein gekippt, und Sebolt Schopper hat seinen eigenen Wein mitgebracht?«

Er schaute in seinen Becher.

»Schlecht schmeckt er nicht. Entweder aus neuen Fässern gezapft, oder der alte Wein war nicht gepanscht.«

»Er w… war nicht g… gepanscht!«

Giovanni lachte. »Du bist ein wirklicher Freund. Sogar für die Toten!«

Cunrat konnte nicht mitlachen. Er hatte sich zwar nun seine Befürchtungen von der Seele geredet, doch die Tatsache, dass er Giovanni damit überzeugt hatte, hatte sie eher noch verstärkt. Der wurde nun auch wieder ernst.

»Aber wenn er nicht gepanscht hat, wer hat dann die Sachen in seinen Keller gebracht, die der Visierer gefunden hat?«

»D… das muss d… der Mörder g… gewesen sein!«

»Wie konnte er in den Keller gelangen?«

»D… das T… tor zur G… gasse war offen. Vielleicht h… hatte Tettinger verg… gessen, es abzuschließen.«

»Aber erst in der Nacht seines Todes. Um die Sachen da reinzubringen, muss sich vorher schon jemand Zutritt verschafft haben. Und ich glaube nicht, dass der Wirt das Tor ständig offengelassen hat. Wer so viel Geld ausgibt für ein eisernes Schloss und die Schlüssel immer mit sich herumträgt, der achtet auch darauf, dass das Tor geschlossen ist. Nein nein, diese Tür hat jemand anderer geöffnet. Dann wurden die Weidasche und das übrige Zeug im Keller deponiert, damit der Visierer etwas findet, was Tettinger so in Verruf bringen würde, dass es als Motiv für einen Selbstmord durchgehen konnte.«

»A… aber wie konnte m… man das Schloss öffnen, w… wenn er d… den Schlüssel am G… gürtel trug?«

Darauf wusste Giovanni nun auch keine Antwort. Cunrat musste an Geschichten vom Teufel denken, die er gehört hatte, in denen mit einem Schlag eine Tür aufsprang, wenn der Leibhaftige davor stand.

»Und w… wenn es der T… teufel war?«

»Ach Cunrat, glaub doch nicht alle Ammenmärchen, die die Betschwestern und Pfaffen erzählen! Der Teufel bringt doch keine Weidasche in Tettingers Keller! Nein, Cunrat, wenn wir herausfinden wollen, wer deinen Freund umgebracht hat, dann sollten wir als Erstes überlegen, wer von seinem und Karolinas Tod einen Nutzen hat.«

In diesem Moment ging der neue Wirt an ihrem Tisch vorbei, um leere Krüge einzusammeln. Sie starrten ihn beide an.

»Noch einen Krug vom Überlinger?«, fragte er sie harmlos. Beide nickten, ohne den Blick von ihm zu wenden.

»Nun trägt er die Schlüssel!«, flüsterte Giovanni, als Schopper ihnen den Rücken gekehrt hatte und weitergegangen war.

»A… aber nur z… zwei. T… tettinger hatte d… drei.«

»Egal wie viele, jedenfalls hat er am meisten vom Tod der Tettingers profitiert. Glaubst du, dass er stark genug wäre, einen Mann zu töten und aufzuhängen?«

Cunrat schüttelte zweifelnd den Kopf. »Nicht einen M… mann wie T… tettinger. Er war g… groß.«

»Aber vielleicht hatte Schopper Gehilfen. Kennst du ihn näher? Hat er Freunde? Verwandte?«

»N… nein, ich k… kenne ihn nicht.«

»Dann müssen wir jemanden suchen, der ihn kennt. Ich hab auch schon eine Idee.«

In der ersten Dezemberwoche kam der Schnee. Zunächst als kalter Regen, der die Straßen aufweichte, sodass Fuhrwerke, Lasttiere und Menschen in tiefem Schlamm versanken. Dann ließ die Nachtkälte die Regentropfen zu Flocken gefrieren, und am nächsten Morgen waren Straßen, Dächer und Bäume unter einer dicken weißen Decke begraben. Die Menschen suchten warme Plätze auf, an Kaminen und Öfen, und man erzählte sich vom Winter vor fünf Jahren, als der Bodensee ganz zugefroren war, und man nicht mehr mit Lädinen und Booten, sondern nur noch mit Fuhrwerken und zu Fuß ans andere Ufer gelangen konnte. Viele Menschen waren damals erfroren, vor allem Arme und Stadtverwiesene, die keine Bleibe finden konnten. Ob es wieder so ein harter Winter werden würde? Auch jetzt waren es die Fremden, die am meisten unter der eisigen Kälte litten, jedenfalls die Ärmeren unter ihnen. Sie suchten Schutz in Ställen und Schuppen, und in den Gasthöfen drängte sich alles um die Herdstellen. Nachdem es zwei Tage geschneit hatte, wurde es erst richtig kalt. Dafür kam für kurze Zeit die Sonne wieder, die den Schnee zum Glitzern brachte.

Cunrat zog Giovanni am Ärmel mit sich das Seitenschiff entlang. Es war der erste Sonntag im Dezember, nach Mittag, und die frühwinterliche Sonne neigte sich schon dem Westen zu, doch ihre Strahlen drangen noch immer durch die Fenster des südlichen Schiffes in die St.-Johann-Kirche ein. Sie ließen die farbigen Glasbilder über den Heiligenaltären leuchten und malten einen bunten Fleckenteppich wie von übergroßen Mosaiksteinen auf den Boden der Kirche.

Zwischen der dritten und der vierten Säule vom Chor aus gesehen blieb Cunrat stehen.

»S... siehst du sie? Erk... kennst du sie? Die w... wunderbare, reine Frau?«, flüsterte er voller Ehrfurcht und blickte hoch zum Fenster.

Darauf war eine weibliche Heilige dargestellt, in grauem Gewand mit einer engen Haube. Sie reichte einem Bettler zu essen. Im gleißenden Nachmittagslicht leuchtete ihr Heiligenschein, als ob er wirklich aus Gold wäre.

»Die Heilige Margarethe von Ungarn. Na und?«, fragte Giovanni wenig erbaut.

»Die H... heilige Margarethe, ja, a... aber siehst d... du nicht, wessen Antlitz sie t... trägt? Siehst d... du nicht die feinen, k... kleinen Lippen, d... das runde Kinn, die artige N... nase und vor allem ihre Augen, w... wie sie d... den Armen anblickt? G... genau so h... hat Schwester Margarethe m... mich angeschaut, als sie mir im Sp... pital zu essen gab.«

Giovanni sah den Freund belustigt an.

»Schwester Margarethe hat eine größere Nase.«

Doch Cunrat ließ sich nicht beirren.

»M... mag sein, doch die edle Stirn ist g... genau wie die Ihre! Und weißt du, Giovanni, d... dass sie ein Wunder an mir g... gewirkt hat?«

»Ein Wunder?« Giovanni lachte laut los, verstummte dann aber rasch, da andere Gotteshausbesucher sich empört nach ihm umdrehten. »Sie hat dir den Kopf verdreht, das ganz ohne Frage!«, flüsterte er mit erhobenem Zeigefinger.

»N... neinneinnein«, schüttelte Cunrat den Kopf. »B... bei ihr k... kann i... ich sprechen ohne zu s... stocken!«

Giovanni sah ihn einen Augenblick verblüfft an, dann sagte er: »Aber es hält nicht an.«

Da ließ Cunrat enttäuscht den Kopf sinken, es war zu offensichtlich, dass Giovanni recht hatte.

Doch dann holte er tief Luft und richtete sich auf. Eigentlich hatte er seinen Freund wegen einer ganz anderen Sache hierhergeführt.

»Giovanni, i... im Angesicht der H... heiligen Margarethe will i... ich ein Gelübde t... tun.«

»Mit Gelübden sollte man vorsichtig sein, mein Lieber. Was willst du denn geloben?«

Da hob Cunrat seine Hand und sagte feierlich: »I... ich gelobe, dass i... ich nicht ruhen w... werde, bis i... ich den Mörder der T... tettingers gefunden h... habe. Er m... muss seine Strafe b... bekommen!«

Giovanni hob die Augenbrauen und runzelte die Stirn. »Den Mörder der Tettingers? Warum nicht gleich die Schergen Christi?«

Doch Cunrat ließ sich nicht beirren. »Mit Gottes und der H... heiligen Margarethe H... hilfe und mit d... deiner Unterstützung werde i... ich es schaffen! Willst d... du mir h... helfen? So schwöre auch d... du!«

»Ich schwöre niemals, Cunrat! Aber ich verspreche, dass ich dir helfen werde, so gut ich eben kann. Wenn ich Zeit habe.«

Dann stieß er den andächtig verharrenden Freund in die Seite.

»Sieh mal, da drüben!«

Er zeigte auf eine Frau, die im linken Seitenschiff kniete, vor einem Altar mit einer Marienstatue aus Stein. Die Madonna trug ein lächelndes Kind auf dem Arm, sie selbst hatte das Haupt leicht zur Betenden herab geneigt, der steingraue Schleier umspielte das Gesicht und fiel ihr weich auf die Schultern, um in einem Gewirr von Falten und Windungen zu ihren Füßen zu enden. Die Frau selbst trug ein wertvolles Gewand mit einem Samtmantel darüber und einen prächtig bestickten Schleier. Um ihren Ärmel war ein gelbes Tuch geschlungen.

»Solchen Frauen macht dein Gestammel nichts aus, Cunrat, lass uns schauen, ob sie nicht Zeit für uns hat.«

Rasch begab sich Giovanni auf die andere Seite der Kirche und lehnte sich an eine Säule hinter der Knieenden. Cunrat folgte ihm. Sie starrten auf den Rücken der Frau.

Als sie die beiden jungen Männer bemerkte, beendete sie ihr Gebet. Sie bekreuzigte sich, stand auf und ging zum Portal. Beim Vorbeigehen warf sie Giovanni einen wütenden Blick zu. Cunrat sah, dass krause Haare unter ihrem Schleier hervorquollen, so schwarz wie ihre Augen. Die Nase war leicht gekrümmt, ihre Lippen voll, fast wie bei einer Mohrin, und auf ihrer Oberlippe wuchs ein feiner, dunkler Flaum. Sie hatte den Mund verzogen, in einem Ausdruck tiefer Verachtung, als sie nun mit einer weiten Geste den Mantel um sich schlang und die Kirche verließ.

Giovanni sprang auf, bekreuzigte sich ebenfalls und eilte ihr nach. Cunrat grüßte mit gebeugtem Knie noch rasch zur Heiligen Margarethe hinüber, dann folgte er seinem Freund.

Die Frau ging schnell die St.-Johann-Gasse entlang, bog links in die Predigergasse ein und passierte dann das Innere Schottentor, auch Bischofstörle genannt.

Die beiden Männer liefen ihr hinterher, wobei sie aufpassen mussten, dass sie mit den Holztrippen, die sie über ihren Lederstiefeln trugen, auf dem gefrorenen Untergrund nicht ausrutschten oder über die eishart gewordenen Unebenheiten stolperten, die die Wagen und Pferde auf der vom Regen bodenlosen Straße zurückgelassen hatten. Schließlich rief Giovanni sie an: »Schöne Frau, so wartet doch einen Augenblick!«

Abrupt blieb sie stehen, ohne sich umzudrehen. Als sie sie einholten, stellte Giovanni sich ihr in den Weg. Doch bevor er ein Wort sagen konnte, versetzte sie ihm eine Ohrfeige.

»Habt Ihr keinen Anstand? Eine Frau sogar in der Kirche zu belästigen? Während sie zur Gottesmutter betet?«

»Aber ...«, Giovanni rieb sich die Wange, doch er kam nicht zu Wort.

»Schämen solltet Ihr euch! Ja, ich bin eine gemeine Frau und man kann mich kaufen, aber alles hat seine Zeit! Heute ist Sonntag, und Ihr wisst, dass auch wir am Sonntag zur Kirche gehen wie alle Christenmenschen. Also lasst mich in Ruhe!«

Dann raffte sie ihren Mantel zusammen und ließ den verdutzten Giovanni stehen. Der besann sich einen Augenblick, dann rief er ihr nach: »Aber wo finde ich euch, wenn kein Sonntag ist?«

Sie gab keine Antwort und verschwand im Ziegelgraben.

Cunrat grinste, als Giovanni langsam zu ihm zurückkam, wütend mit dem Fuß einen Schneeklumpen wegstoßend. »D... die ist dir g... ganz schön übers Maul g... gefahren!«

Giovanni sah ihn einen Moment zornig an, dann begann er zu lachen.

»Ja, die Frau hatte Feuer im Busen! Ein tolles Weib! Die muss ich unbedingt wiedersehen! Morgen gehen wir ins *Lörlinbad* zu Peter Rosshuser, um ihn wegen Sebolt Schopper zu befragen, da tun wir etwas für dein Gelübde, und dann werde ich ihn auch wegen ihr aushorchen. Der weiß gewiss, bei welchem Frauenwirt wir sie finden!«

Cunrat war nicht begeistert.

»Aber Giovanni, d... das war doch bloß eine D... dirne! Was willst d... du denn von d... der?«

Da wurde Giovanni schlagartig ernst.

»Was meinst du damit, *bloß eine Dirne*? Glaubst du, nur weil die Armut oder der Hurenwirt sie zwingt, ihren Leib zu verkaufen, ist sie weniger wert als die braven Bürgersfrauen? Als dein Bärbeli? Ich habe reiche Frauen in Venedig gesehen, die das Schicksal zu Huren gemacht hat, dass ihnen ihr Hochmut vergangen ist!«

Cunrat war überrascht von der heftigen Reaktion seines Freundes und gleichzeitig verunsichert. So hatte er die Sache noch nie gesehen. Seine Mutter hatte ihn immer gewarnt vor den schlechten Frauen, und auch der Prediger bei den Franziskanern hatte die Huren verdammt. Und jetzt sollten sie gleich ehrbar sein wie die anderen Frauen? Beim Gedanken an Bärbeli musste er Giovanni jedoch gegen seinen Willen recht geben.

Der begann nun zu grinsen. »Aber wenn ich sie besuche, dann freuen sie sich. Das ist etwas anderes als die fetten, alten Patrizier oder die schmalbrüstigen Handwerksgesellen, die hier so rumlaufen. Hans Roth weiß, was die Frauen lieben, und darum lieben ihn die Frauen! Und die hier«, – er zeigte in die Richtung, in der die Frau verschwunden war – »die wird mich auch noch willkommen heißen in ihrem Gemach!«

So stapfte Cunrat am nächsten Abend hinter seinem Freund her, durch das Bischofstörle und dann rechts den Ziegelgraben hinab. Das *Lörlinbad* lag genau in der nordwestlichen Ecke der Stadt, dort, wo die Paradieser Stadtmauer beim Ziegelturm an den Rhein stieß. Die eine Seite des Hauses zeigte zum Rhein hin, die andere Richtung Paradies, aber beides konnte man wegen der hohen Stadtmauer nicht sehen. Auf der Rheinseite hatte man den Stadtgraben innerhalb der Mauer entlanggeführt, sodass das Haus zwar nicht am Rhein, aber dennoch direkt am Wasser stand. Der Ziegelgraben war stadtbekannt, weil es in dieser Gasse gleich mehrere Frauenhäuser gab, und außerdem der Scharfrichter hier wohnte. Das *Lörlinbad* war aber nicht nur Bad und Frauenhaus, sondern gleichzeitig die Trinkstube der

Woll- und Leinenweber. Hinter dem Tresen stand der Frauenwirt Peter Rosshuser. Er erinnerte Cunrat ein wenig an seinen verstorbenen Freund Tettinger, weil er ähnlich groß und bullig war. In seinen Augen lag jedoch etwas, was Cunrat nicht gefiel, etwas Lauerndes, Gemeines, nicht der Schalk, den Tettingers Augen versprüht hatten. Quer über Rosshusers linke Wange zog sich eine hässliche rote Narbe, und an seiner Nasenwurzel fehlte ein Stück, sodass der Nasenrücken waagerecht aus dem Gesicht hervorzuspringen schien, bevor er fast senkrecht zum Mund hin abstürzte. Von Giovanni erfuhr er, dass Rosshuser früher Hurenwaibel bei einer Söldnertruppe gewesen war. Irgendwann war ihm das unstete Söldnerleben, bei dem er sich seine Entstellung zugezogen hatte, zu viel geworden, und so hatte er sich in Costentz niedergelassen und das *Lörlinbad* übernommen. Einen Teil seiner Frauen hatte er mitgebracht, einige andere von seinem Vorgänger übernommen.

»Leg dich nie mit ihm an!«, warnte Giovanni seinen Freund, als sie mit einem Krug Wein an einem der Tische in der Nähe des Kaminfeuers saßen. »Er ist freundlich zu allen Leuten, aber wenn er in Wut gerät, dann verliert er die Beherrschung, er tobt und rast, und gnade Gott demjenigen, der dann seinen Weg kreuzt. Er ist immer noch ein starker Kämpfer, aber man sagt, dass sein Geist gelitten habe, weil er im Krieg schreckliche Dinge erlebt hat.« Giovanni beugte sich zu Cunrat vor und flüsterte: »Und sag nie etwas über seine Nase!«

Cunrat hatte absolut nicht vor, über die Nase des Wirts zu sprechen. Er wollte über Frauen sprechen. Über Margarethe, die sein Herz mit Zärtlichkeit erfüllte und über Karolina, die es schwer machte. Wegen Karolina waren sie hergekommen, weil Giovanni der Meinung war, dass Rosshuser ihnen bestimmt etwas über den neuen Pächter der *Haue* sagen konnte.

»Und nachher werde ich ihn bei günstiger Gelegenheit fragen, ob er etwas über die Frau weiß, die wir in Sankt Johann getroffen haben«, fügte er zufrieden hinzu.

Als sie den Wirt beim nächsten Krug Wein nach Sebolt Schopper fragten, erzählte der ohne zu zögern, als ob er nur darauf gewartet hätte, dass ihn endlich jemand fragen würde: »Und ob ich ihn kenne! Er war Wirt in Überlingen. Dort haben sie ihn fortgejagt, weil er Wein gepanscht und in seiner Weinstube Glücksspiel betrieben hat. Und jetzt gibt ihm die Zunft ausgerechnet Tettingers Schänke zur Pacht! Weil man sie bei den vielen Konzilsgästen nicht lang geschlossen halten kann, sagen sie. Wo Tettinger doch auch gepanscht haben soll!«

Cunrat wollte widersprechen, aber Giovanni stieß ihn mit dem Fuß ans Schienbein, damit er den Redefluss des Wirtes nicht unterbrach.

»Der Schopper ist kein Guter. Ich weiß von Bantli Erb, einem Überlinger, der öfter hier einkehrt, dass er ein falscher Hund ist, einer, der es versteht, sich bei den Oberen einzuschmeicheln. Man sagt, er sei nicht nur ein Panscher und Spieler, sondern er habe noch Schlimmeres getan.«

Rosshuser senkte die Stimme.

»Er soll Leute mit einem geheimen Mittel in Schlaf versetzt und dann ausgeraubt haben! Allerdings konnte man es ihm nie nachweisen. Manchmal könnte man fast glauben, dass er mit dem Teufel im Bunde sei, hat der Bantli gesagt!«

Mit dem Teufel im Bund? Cunrat musste an den teuflischen Gestank unter dem Kellergewölbe denken, als sie Tettinger abgehängt hatten, und an die geheimnisvolle offene Tür, die eigentlich hätte verschlossen sein müssen. Hatte er doch recht gehabt?

Er sah Giovanni bedeutungsvoll an, doch der schüttelte nur den Kopf. »Ach was, Teufel!« Dann fuhr er mit Verschwörermiene zu Rosshuser gewandt fort: »Wir haben schon gedacht, ob der Schopper vielleicht hinter den Todesfällen in der Schänke zur *Haue* steckt? Was meint Ihr? Er hat doch den meisten Nutzen davon! Vielleicht haben sich Tettinger und seine Schwester gar nicht selber umgebracht!«

Rosshuser pfiff durch die Zähne. »Das lass aber nicht den Vogt hören. Egli Locher, der Scharfrichter – er wohnt gleich hier nebenan und kommt ab und zu in die Gaststube – hat mir erzählt, dass Hanns Hagen auf keinen Fall will, dass es Aufruhr gibt in der Stadt wegen der Todesfälle. Aber ganz im Vertrauen: Ich hab mir auch schon so etwas gedacht! Und dass der Schopper seine Finger im Spiel hat ... möglich wäre es. Dem ist alles zuzutrauen!«

»Die Frage ist nur, wie er das hätte machen sollen«, warf Giovanni ein. »Er ist nicht besonders groß und kräftig. Und wenn Tettinger sich nicht selbst aufgehängt hat, dann hat es ein anderer getan. Dafür brauchte es einen starken Mann!«

Rosshuser lachte. »Das ist doch für einen wie den Schopper kein Hindernis! Der hat seine Handlanger, die ihm beistehen bei allen finsteren Machenschaften.«

»Wo wohnt denn dieser Schopper?«

»Na, jetzt hat er sich gewiss in der *Haue* eingenistet. Würde mich nicht wundern, wenn er gleich noch ein paar Vögelchen mitgebracht hätte. Obwohl er gar keine Erlaubnis dafür hat!«

»Ihr meint, ein paar Dirnen?«

»Jawohl, das meine ich!«, antwortete Rosshuser aufgebracht. »Apropos!«

Rosshusers Tonfall wechselte von wütend auf schmierig. »Hättet ihr nicht Lust auf ein wenig Frischfleisch? Ich hab ein ganz neues Pferdchen im Stall! Direkt aus Italien, vor drei Tagen hier angekommen!«

Cunrat starrte ihn entgeistert an ob seiner Ausdrucksweise. Als Giovanni seinen Blick sah, musste er lachen.

»Unser lieber Heiliger Cunrat hier hat gewiss kein Interesse an Euren Pferdchen! Er träumt von einem frommen Mägdelein, einer Mäntellerin namens Gretli!«

Cunrat wurde wütend, dass Giovanni sich über ihn lustig machte und vor diesem widerlichen Kerl über Margarethe sprach.

»S... sei st... till!«, zischte er Giovanni an.

Als der merkte, dass Cunrat seine Worte übel nahm, wurde er wieder ernst. »Ist ja schon gut, ich hab's nicht so gemeint!«

Aber Rosshuser hatte ihm ohnehin nicht mehr zugehört, er war zur Tür gelaufen und rief nun im Treppenhaus nach oben: »Lucia!« Und als keine Reaktion kam, noch lauter: »Lucia!«

Alle Männer drehten ihre Köpfe zur Tür, als Schritte auf der Treppe zu hören waren und schließlich eine Frauengestalt im Türrahmen der Wirtsstube erschien.

Ein Raunen ging durch die Schänke, und Giovanni holte tief Luft. Unter der Tür stand die Frau, die ihm eine Ohrfeige versetzt hatte.

Lucia schaute in die Runde, aus der nun johlende Zurufe erklangen, »hei, du Metzchen«, »du würdest meinem Schwert ein schönes Futteral bieten«, »lass mich dein Kätzchen streicheln« und Ähnliches mehr.

Doch der Wirt rief sie an den Tisch, an dem auch Giovanni und Cunrat saßen. Sie ging achtlos an den anderen Männern vorüber und setzte sich zu den dreien, wobei sie Giovanni wütend anfunkelte. Die Haare fielen ihr jetzt ungebändigt in schwarzen Kräuselwellen über die Schultern, und das schöne Sonntagsgewand hatte sie gegen ein einfaches rotes Kleid eingetauscht, dessen Ausschnitt fast nichts mehr verbarg.

»Ist sie nicht ein wildes Rösslein?« Der Wirt fasste ihr in den Haarbusch und zog sie zu sich hin.

»Lasst das!« Sie entwand sich zornig seinem Griff.

Zwei Männer am Nebentisch lachten dreckig, und Rosshuser sagte mit drohendem Unterton in der Stimme: »Bisweilen ein wenig zu wild. Aber auch die wildesten Rösser werden irgendwann eingeritten.«

Da fiel ihm Giovanni ins Wort: »Herr Wirt, Ihr habt uns die Dame noch gar nicht vorgestellt!« Der Wirt sah ihn einen Augenblick verdutzt an, dann lachte er hämisch. »Die Dame! Das wäre mir neu, dass es sich hier um eine Dame handelt. Aber du magst recht haben, Welscher, sie ist jedenfalls etwas für die hohen Herrn, einen Ratsherrn vielleicht oder einen der italienischen Prälaten, dafür hab ich sie angeschafft, damit die Herren aus Rom und Venedig in ihrer Sprache sagen können, was sie von ihr haben wollen. Ich weiß gar nicht, ob du sie dir leisten kannst!«

Er sah sich in der Schänke um, aber offenbar war kein Herr anwesend, der ihm hoch genug erschien. Also bequemte er sich doch, Lucia vorzustellen, und seine Stimme wurde dabei wieder schmierig, die Ware anpreisend.

»Lucia Ringlin. Ein deutscher Name für ein Weib aus dem Süden! Das Temperament hat sie von der sizilianischen Mutter, Sprach und Name vom deutschen Vater. Aber der ist verschollen, und die Mutter tot, und so ist sie halt allein nach Deutschland gekommen. Frisch und jung ist sie, kaum 17 Lenze alt, und doch kennt sie alle Finessen, die einen Mann erfreuen!«

Lucia hatte während dieser Rede finster vor sich hin gestarrt, während Giovanni seine Augen nicht von ihr wenden konnte.

»Aber wie gesagt, Welscher, sie ist nicht billig. Wenn du sie haben willst, musst du einen ordentlichen Batzen hinlegen. Dafür bist du der Erste, der sie hier bekommt.« Dann grinste er Lucia von der Seite an. »Beinahe jedenfalls.«

Sie schwieg und starrte weiter vor sich hin.

Giovanni hielt seinen Blick immer noch auf sie gerichtet, während er an dem Lederbeutel an seinem Gürtel nestelte, um schließlich einen Gulden auf den Tisch zu legen.

»Ist das genug?«

Der Wirt sah ihn ungläubig an. Auch Cunrat war bestürzt. Als Bäckergeselle verdiente er in einem ganzen Monat nur drei Gulden. Woher hatte Giovanni so viel Geld, dass er einfach einen Gulden für eine Dirne hinlegen konnte?

»Für die ganze Nacht!«, ergänzte dieser nun.

Rosshuser biss sich auf die Lippe. »Wir müssen nachts schließen.«

»Von mir aus.«

Der Frauenwirt zögerte noch einen Augenblick, dann steckte er den Gulden rasch ein. »Ist gut!« Er stand auf.

Da hob Lucia den Blick. Sie starrte ihren neuen Kunden mit glühenden schwarzen Augen an und sagte mit fester Stimme: »Ich werde dir das Gesicht zerkratzen!«

Als er das hörte, drehte sich der Wirt, der ihr schon den Rücken zugewandt hatte, um und versetzte ihr von hinten einen Schlag mit dem Handrücken seitlich ins Gesicht, der sie fast vom Stuhl fegte.

Giovanni stieß einen Schrei aus und sprang auf. Er zog sein Messer aus dem Gürtel und wollte sich auf den Wirt stürzen, doch Cunrat hielt ihn zurück. Gegen seine langen Arme konnte Giovanni nichts ausrichten.

»Tut das nie wieder!«, fauchte er dafür den Wirt an, der wütend zurückschrie: »Was glaubt diese Hure eigentlich, wer sie ist? Ich hab teures Geld für sie bezahlt!«

Für einen Augenblick sah es so aus, als ob es zum Kampf zwischen den beiden Männern käme, und die Schänkenbesucher an den anderen Tischen standen bereits auf, um besser sehen zu können. Aber dann überlegte es sich der Wirt. Offenbar waren ihm der Gulden und die Ruhe in der Schänke doch wichtiger als sein Ärger über den jungen Gesellen und die aufsässige Frau. Sollte der Welsche doch sehen, wie er mit ihr fertig wurde!

»Nimm ihn mit nach oben!«, befahl er ihr und begab sich hinter den Tresen. Sie stöhnte und hielt sich die Wange, dann stand sie langsam auf und ging Giovanni voran, folgsam. Doch aus ihren Augen leuchtete blanker Hass.

Cunrat blieb allein am Tisch zurück. Auf einen Wink des Wirtes setzte sich eine der anderen Frauen zu dem einsamen Bäckergesellen. Aber der schüttelte nur den Kopf, sodass sie sich irgendwann ein erfolgversprechenderes Opfer suchte.

Rosshuser stellte ihm noch einen Krug Wein hin. Übertrieben freundlich meinte er: »Mach dir nichts draus, mein Freund, so sind sie halt, die Welschen. Wenn sie einen Rock sehen, vergessen sie jede Freundschaft! Du solltest es ihm einfach gleichtun und nicht so abweisend sein. Ich habe noch viele schöne Frauen hier. Sieh dich nur um!«

Doch Cunrat schüttelte weiterhin nur den Kopf.

»Du denkst an die Mäntellerin? Weißt schon, dass das fromme Frauen sind, die ihr Leben in Gottesfurcht verbringen, oder? Da hat ein Mann nichts zu suchen, wo schon der Heilige Christ der Bräutigam ist.«

Cunrat setzte stumm den Becher an den Mund und trank einen großen Schluck Wein. Er wusste ja, dass der Wirt recht hatte. Schließlich warf er ein paar Münzen auf den Tisch, legte seinen Mantel um und verließ das Lokal. »Die ganze Nacht«, hatte Giovanni gesagt, da brauchte er auch nicht auf ihn zu warten. Wie es seinem Freund wohl erging? Ob Lucia ihm wirklich das Gesicht zerkratzte?

Sein Weg führte ihn durch die dunkle Stadt wie von selbst in die Sammlungsgasse, wo das Haus der Mäntellerinnen stand. Eigentlich hätte er ein Licht mit sich führen müssen, so war es seit Kurzem Vorschrift, wie der Rat verkündet hatte, weil sich so viel Gesindel in der Stadt herumtrieb. Doch Cunrat trug weder Fackel noch Laterne bei sich. So ging er linker Hand im Schatten der Häuser, um sich beim eventuellen Auftauchen eines Nachtwächters in einen Eingang ducken zu können.

Doch bevor er das Beginenhaus erreichte, öffnete sich plötzlich auf der anderen Straßenseite ein Tor. Durch einen Spalt fiel Licht auf die Straße. Cunrat blieb stehen und hielt den Atem an. Im hellen Schein sah er die Umrisse eines bärtigen Mannes und erkannte in ihm den Juden, den er an seinem ersten Tag in Costentz gesehen hatte. Offenbar befand sich hier die Judenschule, von der Bärbeli damals gesprochen hatte. Der Mann schaute vorsichtig die Straße hinauf und hinab. Er schien Cunrat nicht zu bemerken und öffnete die Tür weiter, um einen heimlichen Gast auf die Straße zu entlassen. Dieser verabschiedete sich mit einem »Habt Dank, Meister Ismael!« Die Stimme kam Cunrat vertraut vor. Als der Unbekannte sich zum Gehen wandte, fiel für einen Moment der Lichtschein auf sein Gesicht, bevor das Tor wieder geschlossen wurde. Cunrat war fassungslos. Was hatte Hanns Hagen heimlich mit den Juden zu schaffen?

~~~

Poggio Bracciolini an Niccolò Niccoli, am 17. Dezember, im Jahre des Herrn 1414

Ich, Poggio, entbiete Dir, meinem Niccolò, einen herzlichen Gruß!

Warst du, werter Freund, jemals mitten im Winter auf den Höhen des Casentino, wo sich die Einsiedelei des Heiligen Franziskus befindet? Oder in den wilden Abruzzen? Oder auf den Gipfeln der Dolomiten nördlich von Venedig?
  Denn nur dann kannst du nachfühlen, wie es mir derzeit in Costentz ergeht. Der Winter ist mit aller Macht hereingebrochen, mit Schnee und Eiseskälte, sodass die Wagenspuren in den gefrorenen Straßen gemauerten Gräben gleichen und die Bäume aussehen wie Zuckerwerk. Ich vermeide es, so gut es geht, meine warme Stube mit dem Ofen zu verlassen, und wenn ich mich in die Stadt aufmache, sei es im Auftrag des Papstes oder um einen Gottesdienst zu besuchen, dann muss ich meine wärmsten Kleider und Pelze aus der Truhe holen, meine dicksten Stiefel und Mützen, damit mir nicht untere und obere Extremitäten, sprich Zehen und Ohren abfrieren. Die Nase, für die noch kein Schutz erfunden wurde, ist schon ganz rot geworden und tropft ständig.
  Zu meinem großen Ärger wurde die Konzilsversammlung, die für heute anberaumt war, verschoben auf Januar. Unser Papst Johannes und die italienischen Kardinäle hatten schon am 7. Dezember den Antrag eingebracht, in der nächsten Session die

Beschlüsse der Pisaner Synode zu bestätigen, die Maßnahmen gegen die beiden Gegenpäpste zu verschärfen und dann das Konzil zu beenden. Daraufhin hat plötzlich der Bischof von Cambrai, Pierre D'Ailly, einen Gegenantrag publiziert, in dem er es als Häresie bezeichnet, wenn man die Auflösung des Konzils verlange, bevor die Union der Kirche hergestellt sei. Als ob sie durch das Pisanum nicht schon längst hergestellt worden wäre! Dort wurden ja die beiden anderen Päpste zu Häretikern erklärt und der Vorgänger von Johannes, Alexander V., zum einzigen Vertreter der Kirche gewählt. Doch nicht nur, dass er das Pisanum in Zweifel zieht, D'Ailly hat auch einige Thesen formuliert, die die Vorrangstellung des Papstes über das Konzil in Frage stellen, und zwar mit der Begründung, dass der Papst so wenig unfehlbar sei wie das Konzil, weil sich auch Petrus in manchen Meinungsverschiedenheiten mit Paulus geirrt habe. Wenn das so weitergeht, dann sitzen wir noch an Ostern hier und diskutieren über Union und Reform der Kirche.

Wenn nur der König endlich käme! Es heißt, er sei auf dem Weg von Aachen das Rheintal herauf hierher, aber was bedeutet das schon! Das Rheintal ist lang, vor allem angesichts dieser Wetterlage. Dabei setze ich meine ganze Hoffnung auf Sigismund und Papst Johannes, denn nur diese Beiden haben ein echtes Interesse, das Schisma für beendet zu erklären und damit auch dieses unselige Konzil. Doch bis Sigismund hier eintrifft, wird es wohl Weihnachten werden.

Immerhin sind inzwischen die Vertreter des Deutschen Ordens angekommen, ein großer Tross mit elf Wagen. Allen voran ritt der Erzbischof von Riga, der stolze Johannes von Wallenrode auf einem mächtigen Rappen, eingehüllt in seinen weißen Rittermantel mit dem schwarzen Tatzenkreuz, unter dem das rote erzbischöfliche Gewand hervorleuchtete. Er sah grimmig und furchteinflößend aus, wie er mit über 60 ebenfalls in Rittermäntel gehüllten Soldaten durch die Rheingasse auf den Münsterplatz geritten kam, und ich muss sagen, obwohl er vor zwei Jah-

ren die Obödienz gewechselt hat und nun ein braves Schäflein in der Herde unseres Papstes Johannes geworden ist, habe ich mich angesichts dieses Aufzuges gefragt, ob Johannes sich da nicht einen Wolf im Schafspelz eingehandelt hat.

In seinem Gefolge befand sich auch der Inquisitor Johannes Falkenberg vom Dominikanerorden, der eine erbitterte Kampfschrift gegen die Polen verfasst hat. Die schon lang schwelende Fehde der deutschen Ritter mit dem König von Polen wird sicherlich ebenfalls ein Thema für die Konzilsversammlung werden. O weh, ich sehe schon weitere Tage und Wochen mit Disputationen vergehen, denn natürlich werden auch die Vertreter Polens hier erwartet, dazu die Abgesandten von Litauen, um das sich der Streit vorwiegend dreht. Die Polen und Litauer behaupten, sie seien getaufte Christen, die Herren Ordensritter streiten ihnen dies jedoch ab und pochen auf ihr Recht, sie als Götzendiener und Heiden umzubringen. Der Papst empfängt heute von dieser, morgen von jener Partei Geschenke und weiß nicht, ob er sich nun über die Bekehrung eines ganzen Volkes freuen darf oder nicht. Aber wenn die Ritter im Norden keine Heiden mehr fänden, dann müssten sie sich endlich aufmachen und die echten Ungläubigen bekämpfen, nämlich die Türken, und die Vorstellung, gegen die Krieger mit dem Krummschwert anzutreten, behagt ihnen wohl nicht recht. Da scheint es einfacher, ein paar litauische und polnische Bauern als Heiden abzuschlachten und damit den gottgegebenen Auftrag zu erfüllen.

Doch auch diese Frage – was Heiden seien und was nicht – kann wohl erst entschieden werden, wenn alle Beteiligten anwesend sind. So wird in Costentz weiter über Wyclif und seine Schriften diskutiert, weil andere, wichtigere Themen mangels Anwesenheit der Betroffenen noch zurückgestellt werden müssen.

Wenn ich ganz ehrlich sein will, mein lieber Niccolò, dann öden mich diese scheinheiligen Diskussionen an. Wyclif und Hus werden als Häretiker verschrien, weil sie sich gegen den Ämterschacher wenden. Aber sind diese Ideen denn so neu? Ämterschacher,

Simonie, »là dove Cristo tutto dì si merca«* – *schon unser guter Meister Dante hat sich vor einem Jahrhundert darüber ereifert und Papst Bonifaz deswegen in den 8. Kreis der Hölle verbannt, kopfüber in den Boden gesteckt, die Fußsohlen von Flammen umzüngelt. Dabei war Bonifaz der letzte römische Papst vor dem Avignoneser Exil. Erst nachdem er vom französischen Gesandten geohrfeigt wurde, hat das wahre Unheil seinen Lauf genommen, mit dem Exil der Päpste unter der Ägide des französischen Königs bis zum heutigen Schisma. 100 Jahre sind seit der Ohrfeige von Anagni vergangen, und wohin sind wir gekommen? Nun haben wir drei Päpste, bei denen man sich für gutes Geld zum Kardinal oder Bischof mit einträglicher Pfründe ernennen lassen kann, und den meisten Prälaten geht es damit besser als je zuvor. In der Tat habe ich schon von verschiedenen Seiten – so auch vom Deutschen Orden – hinter vorgehaltener Hand vernommen, dass die Herren lieber 1000 Päpste hätten als einen, weil sie dann ihre Obödienz dem Meistbietenden um Ämter und Pfründen verschachern könnten. Würde Dante heute leben, sein achter Höllenkreis wäre wohl nicht mehr ausreichend, um all die Sünder aufzunehmen!*

Bitte verzeih diese heftige Schelte, ich selbst gehöre ja auch zum Tross eines Papstes und lebe von seinem Gelde, aber ich arbeite auch dafür, und zwar recht ordentlich. Und wenn ich dann hier sitze bei Frost und Kälte und mir vorstelle, welch unnütze Diskussionen um angebliche Häretiker an diesem Ort geführt werden von Menschen, denen am allerwenigsten von allen daran gelegen ist, die gegenwärtige Situation der Kirche zu verändern, dann packt mich manchmal ein heiliger Zorn über so viel Heuchelei und Zeitverschwendung.

Wenn ich nicht Freunde mit mir hätte wie Leonardo Bruni oder Benedetto da Piglio, mit denen ich mich über interessan-

---

* »Wo man Christus den ganzen Tag verschachert« – Hinweis von Dante Alighieri auf Rom, die Stadt des Papstes und der Simonisten. Dante Alighieri, La Divina Commedia, Paradiso, XVII/51.

tere Dinge unterhalten kann als über diesen Häresientrödel, dann würde ich wohl gänzlich hier versauern. Wir Sekretäre und Schreiber treffen uns fast jeden Abend in einer der Kammern der Bischofspfalz zu einem ›Bugiale‹, einer ›Lügenküche‹, wie wir es nennen. Da sitzen wir dann beisammen nach des Tages Arbeit, um auszuruhen von den trockenen Geschäften des Konzils und bringen bei einem Glas Rheinwein manch fröhliche Stunde in angeregter Unterhaltung zu. Es werden Schwänke erzählt und amüsante Geschichten über den oder jenen Kardinal zum Besten gegeben, und manch einer von ihnen gesellt sich sogar zu uns, so Odo Colonna oder Giordano Orsini, zum einen, um an der lustigen Gesellschaft teilzuhaben, gewiss aber auch, weil sie befürchten, dass wir in ihrer Abwesenheit die Zunge an ihnen wetzen könnten.

Gestern Abend ging es wieder einmal gegen die Venezianer, und Marco Barato, ein ehemaliger Schreiber des Erzbischofs Benedetti, der jetzt für Johannes arbeitet, erzählte eine Geschichte, die uns so sehr zum Lachen brachte, dass ich sie Dir nicht vorenthalten will:

Nach Venedig kam einmal ein umherziehender Arzt, ein Scharlatan, der hatte eine Fahne, und auf die war ein Knüppel gemalt, durch Kreise in verschiedene Abschnitte geteilt.

*Nun kam ein Venezianer heran und fragte, was die Abschnitte zu bedeuten hätten. Der Scharlatan sagte, dies sei **sein** Knüppel, und triebe er ihn bis zum ersten Kreis hinein bei einem Weib, so gäbe es Kaufleute, bis zum zweiten, gäbe es Soldaten, bis zum dritten, gäbe es Herzöge und bis zum vierten, Päpste. Die Preise seien natürlich verschieden, je nachdem, was man verlange. Das glaubte dieser Esel alles, besprach die Sache mit seinem Weib, rief den Scharlatan zu sich ins Haus und machte mit ihm den Preis dafür aus, dass er ihm einen Soldatensohn vögle. Wie es nun ans Vögeln ging, tat der Mann so, als ginge er weg, versteckte sich aber hinter dem Bett. Als der Arzt nun in der Schöpfung des Soldatensohns begriffen war, sprang der Esel rasch hervor* *und drückte den Hintern des Scharlatans mit aller Kraft nieder, dass der Knüppel bis zum vierten und letzten Teil hineinging. Dann rief er hocherfreut: »Ein Papst wird's, beim Heiligen Evangelium!«*

Was haben wir gelacht über diesen dummen Venezianer, der glaubte, den Scharlatan übers Ohr gehauen zu haben!

Manchmal wende ich mich zur Abwechslung aber auch den Geschehnissen in der kleinen Stadt zu. Erinnerst du dich an den Wirt, der sich vor einigen Wochen umgebracht hat? Seine Schwester, die die Schänke übernommen hatte, ist ihm in den Tod nachgefolgt. Eines Nachts hat sie sich von der Stadtmauer gestürzt. Sagt man. Doch auch hierüber gibt es anderslautende Gerüchte. Ich habe mir vorgenommen, meinen Knecht ein wenig Auskünfte darüber einholen zu lassen. Antonio hat sich mit einigen Stadtwachen angefreundet, mit denen er hin und wieder Wein trinken geht, und vielleicht lässt sich auf diesem Wege Näheres in Erfahrung bringen. Alles scheint mir momentan interessanter als die Diskussion um einen toten englischen Ketzer.

Wärmesehnsüchtige Grüße sendet Dir aus dem frostigen Costentz

Dein Poggio

~~~

Am nächsten Morgen musste Cunrat in der Niederburg Brot ausliefern. Als er in die Webergasse einbog, blieb er abrupt stehen. Vor dem *Haus zum Fasan* standen zwei Frauen im grauen Gewand, von denen die eine heftig schimpfte und gestikulierte. Mäntellerinnen! Sein Herz begann zu rasen, und er ging langsam näher. War es möglich, dass Margarethe … Da drehte sich die schmalere der beiden um und sah ihn an. Ihre Augen schienen für einen Atemzug größer zu werden, als sie ihn erkannte, dann wandte sie sich schnell ab und wieder dem Streit zu, der sich an der Eingangstür des Hauses abspielte. Cunrat näherte sich und hörte, wie eine männliche Stimme schrie: »Ihr Mäntellerinnen meint, ihr könnt uns ehrbaren Handwerkern die Arbeit wegnehmen, aber da habt ihr weit gefehlt! Webt euer Spinnwerk allein!«

Dann drückte der Mann der älteren Schwester einen groben Korb voll gesponnener Wolle gegen die voluminöse Brust und schlug die Tür zu. Die Schwester wankte ob der Last nach hinten, der Korb glitt zu Boden und die Wolle fiel in den Dreck. Schnell bückte sich Margarethe, um die Wollknäuel wieder einzusammeln, während ihre Mitschwester sich bemühte, das Gleichgewicht wieder zu finden. Dann ballte sie die Faust und schrie zur geschlossenen Tür hin: »Ihr versündigt euch! Gott wird euch strafen, ihr Krautflegel!«

Cunrat lief schnell hinzu und nahm Margarethes Arm, um ihr beim Aufstehen zu helfen. Sie hatte inzwischen die ganze Wolle eingesammelt.

»Schwester Margarethe, was ist denn geschehen?«, fragte er mitleidig-höflich, aber er kam nicht gut an mit seiner Höflichkeit.

»Wer seid ihr?«, schrie die andere, die ihn offenbar für einen Kumpan des Krautflegels hielt. »Wieso bedrückt ihr uns arme Schwestern? Wir haben kaum genug zum Leben, und ihr wollt uns nicht einmal das bisschen Wolle weben! Was seid ihr für herzlose Kreaturen!« Nun verfiel sie in einen weinerlichen Ton. »Herr, es ist doch nur für unsere eigenen Gewänder. Nur für uns selbst!« Dabei hielt sie ihm den Korb mit der Wolle hin, damit er ihn ihr abnehme.

»Schwester, Ihr habt das falsch verstanden, ich bin kein Wollweber, ich bin Bäckergeselle. Ich sah nur zufällig, wie dieser … dieser Krautflegel Euch behandelt hat, und da wollte ich helfen.«

Nun schien ihn die Schwester zum ersten Mal richtig wahrzunehmen und begann, ihn kritisch zu mustern. Margarethe stand still daneben und sah verlegen zu Boden, während Cunrat immer noch ihren Arm hielt. Er hatte nach dem Aufhelfen einfach vergessen, ihn loszulassen.

»Wer ist das? Woher kennt er dich?«, fragte die Ältere nun misstrauisch.

Margarethe räusperte sich. »Schwester Elsbeth, das ist Cunrat, ein Bäckergeselle, den ich im Spital gepflegt habe.«

»Sie hat mit großer Nächstenliebe an mir gehandelt!«, bestätigte Cunrat eifrig und etwas umständlich, was das Misstrauen von Schwester Elsbeth nur noch mehr anfachte.

»So, Nächstenliebe!«, meinte sie spöttisch.

Als er dann auch noch anbot, den beiden Frauen den Korb heimzutragen, wurde sie regelrecht unwirsch. »Wir brauchen Eure Hilfe nicht!«, raunzte sie ihn an, packte Margarethe am Arm und zog sie fort.

In diesem Moment hörte Cunrat, wie oben am Haus ein Fensterladen zugeklappt wurde.

Margarethe blickte indes über die Schulter zurück, ihre Augen klebten an den seinen. Cunrat brachte kein Wort mehr heraus. Als die beiden Mäntellerinnen um die Ecke gebogen waren, begann er zu fluchen. Ihm war nach einem Schoppen Wein, und so beschloss er, ins *Lörlinbad* zu gehen, das gleich um die Ecke lag. Er bestellte einen Krug Überlinger, den er schweigsam und schnell in sich hinein kippte. Peter Rosshuser fragte neugierig: »Was ist denn passiert, Langer? So früh schon hier und so rasch getrunken?«

Cunrat wollte zwar nicht ausgerechnet mit ihm über Margarethe sprechen, aber der Wirt konnte ihm vielleicht erklären, was sich da vorhin abgespielt hatte; immerhin war seine Weinstube die Trinkstube der Wollweber. Und womöglich gab es ja doch eine Möglichkeit, Margarethe – nein, natürlich den Mäntellerinnen – zu helfen.

»Was h… haben die W… wollweber gegen die Schw… western vom M… mäntellerinnenhaus?«, fragte er, und sein Stammeln wurde durch den Trunk noch verstärkt.

»Aha, die Mäntellerinnen! Daher weht der Wind! Hast du die kleine Margarethe wieder gesehen?«

»Sie und Sch… schwester Elsbeth!«, beeilte sich Cunrat zu sagen, damit kein falscher Verdacht aufkam.

»Die Wollweber ärgern sich halt, weil die Schwestern ihnen Konkurrenz machen. Spinnen die Wolle und lassen sie weben, und dann nähen sie Kleider daraus, die sie billig verkaufen. Aber die Zunft hat dem einen Riegel vorgeschoben, die Frauen dürfen jetzt nur noch für den Eigenbedarf spinnen. Ob sie sich immer dran halten … wer weiß. Manche Weber zweifeln daran. Vor allem die, denen es nicht so gut geht.«

»W… wer ist das, im H… haus zum F… fasan? Er sch… scheint mir recht g… gewalttätig zu sein!«

»Ach der Kaspar Knutz. Ein unseliger Tropf. Die Frau ist ihm weggelaufen, mit allen Kindern. Er hat sie böse geschlagen, immer wenn er zu viel Wein getrunken hatte. Und das ist bei ihm oft vorgekommen. Früher war er Stammgast hier. Bis er einmal eine von meinen Frauen geschlagen hat. Da hab ich ihn rausgeworfen. Hier darf er sich nicht mehr blicken lassen. Ich hab gehört, dass es ihm schlecht geht, und wenn er so weitermacht, wird er bald auf der Straße sitzen.«

Cunrat musste an die Szene vom Abend zuvor denken, als der Wirt ohne Skrupel Lucia geschlagen hatte. Aber offenbar erlaubte er ein solches Verhalten nur sich selbst.

Wie es wohl Giovanni ergangen war?

»Ist Giovanni n… noch hier?«

»Heute Morgen ist er gegangen. Unzerkratzt.« Es klang verärgert.

Als Cunrat sich abends auf seine Holzbank in der großen Stube zurückzog, war Mathis nicht da. Er hatte den Lehrjungen den ganzen Tag nicht gesehen, sich aber keine Gedanken darüber gemacht. Wahrscheinlich war er vom Meister auf irgendwelche Botengänge geschickt worden. Nun aber fragte er sich, wo der

Junge wirklich steckte, denn es war Nacht, und er war nicht an seinem Platz auf der langen Bank.

Cunrat überlegte, was er tun sollte, ob er jemanden nach Mathis fragen sollte, aber die anderen schliefen schon, und so ließ er es sein. Bald war er eingeschlafen.

Aus unruhigen Träumen weckte ihn eine lavendelduftende Hand.

»B… bärbeli!«, keuchte Cunrat überrascht und hielt ihre Hand fest, bevor sie heikle Zonen erreichte. »W… wo ist M… mathis?«

Bärbeli lachte.

»Ich komm dich nach langer Zeit wieder besuchen, und du fragst nach Mathis!« Sie versuchte, ihre Hand zu befreien. »So ein dummer Junge, wollte immer unbedingt hier bei dir schlafen, aber Vater hat ihn weggeschickt zum Oheim Hänsli Bertschinger, der die Bäckerei in Stadelhofen hat. Der hat eine Aushilfe gebraucht.«

Cunrat war sich sicher, dass Bäcker Katz nur im Auftrag seiner Tochter gehandelt hatte. Die fing nun an, munter mit ihrer zweiten Hand an seiner Hose zu nesteln.

Cunrat packte auch diese. »B… bärbeli, hör auf. Ich w… will d… das nicht m… mehr!«

Schmeichlerisch antwortete sie, indem sie ihre Wange an seine presste: »Aber Cunrat, sonst hat es dir doch auch gefallen! Hast immer so laut gestöhnt, dass alle im Haus es gehört haben!« Sie kicherte ein bisschen, während er sich schämte bei diesem Gedanken.

»N… nein, d… das ist nicht richtig, B… bärbeli!«

»Aber du willst es doch auch. Hör doch nicht auf diesen heuchlerischen Prediger. Und wenn du willst, Cunrat«, nun flüsterte sie direkt in sein Ohr, »dann können wir ja heiraten, dann ist es auch keine Sünde mehr!«

Da war es heraus, Joß hatte recht gehabt! Cunrat richtete sich ruckartig auf, sodass Bärbeli vom Schwung, mit dem er dabei ihre Arme mit aufrichtete, zu Boden rutschte.

»Au«, jammerte sie, »du tust mir weh! Was hast du denn?«
Cunrat ließ sie los. »Verzeih, B... bärbeli, aber d... das g... geht nicht!«
Bärbeli zog sich an der Bank hoch und setzte sich neben ihn.
»Warum geht das nicht, Cunrat, Liebster, denk doch, dann könnten wir zusammen in der Kammer schlafen, nicht mehr hier auf der harten Bank, und du würdest für immer hier wohnen und Meister werden und die Bäckerei übernehmen. Meister Cunrat, hör doch, wie das klingt, und wir würden Kinder haben, eins, zwei, drei, einen kleinen Cunrat, eine kleine Bärbel, das wäre doch wunderbar, oder?«
Während sie auf ihn einredete, hatte sie seine Hand gepackt und drückte sie fest. Im Dunkeln konnte sie nicht sehen, dass Cunrat immer heftiger den Kopf schüttelte, bis es aus ihm herausbrach: »B... bärbeli, es g... geht nicht!«
»Warum geht es nicht, Cunrat, warum?«
»Es g... geht halt nicht, w... weil, w... weil, ich w... weiß nicht, es g ...geht nicht!«
In diesem Augenblick tat sie ihm sehr leid, denn sie hatte sicherlich lang davon geträumt, einen Mann und Kinder zu haben, und sie hatte sich ihn dafür ausgesucht, aber er konnte sich das Leben mit ihr nicht vorstellen, er wollte nicht für immer bei Meister Katz wohnen, nicht jeden Tag Bärbelis Gesicht sehen, nicht jede Nacht sich in sie versenken – obwohl er sich das vielleicht noch am ehesten ausmalen konnte. Vor allem aber drängte sich in der vollkommenen Dunkelheit mit Macht das Gesicht von Margarethe vor seine Augen.
»Es g... geht nicht.«
Da ließ sie seine Hand los und rückte von ihm ab. Mit kalter Stimme sagte sie: »Dann ist es also wahr!«
»W... was?«
»Das, was Joß gesagt hat. Dass du eine andere hast.«
»W... was? Aber ...«
»Er hat es gesehen im Spital, wie diese Mäntellerin deine Hand

gehalten hat, und heute hat ihm der Weber Kaspar Knutz erzählt, dass du sie beim Brotaustragen im Weberviertel getroffen hast. Willst du das leugnen?«

»B… bärbeli, d… da ist nichts. Ich …«

»Ach, und warum bist du dann so abweisend zu mir? Wo ich doch vor dem Grafen und allen hohen Herren Zeugnis für dich abgelegt und dich so vor der Verbannung bewahrt habe!«

Cunrat wusste nicht, was er auf diese Selbstüberschätzung antworten sollte. Aber sie fuhr schon fort: »Warum weigerst du dich, mich anzurühren, wo du es doch früher selber so gern gewollt hast? Bin ich dir nicht mehr gut genug?«

»N… nein, das n… nicht, es ist n… nur …«

»Was ist es dann?«

Als er einfach still blieb, erhob sich Bärbeli und tastete sich durch die dunkle Stube zur Küchentür. Er hörte, wie sie in der Küche am Herd kramte, und schließlich kam sie wieder in die Stube zurück mit einem Talglicht, das sie an der Herdglut entzündet hatte. Sie stellte es auf den Tisch, dann ging sie zum Bord an der Wand, auf dem in einer verzierten Holzkassette der größte Schatz der Meisterin lag: ein in Leder gebundenes Andachts- und Gebetsbüchlein, das sie von ihrer Tante bekommen hatte, einer Benediktinerin des Klosters Münsterlingen. Bärbeli nahm das Buch aus der Kassette und trug es vorsichtig auf beiden Händen zu Cunrat. In ihrem leinenweißen Nachtgewand, mit den langen offenen Haaren, kam sie ihm im rötlichfahlen Licht der Talglampe vor wie eine Erscheinung. Noch nie hatte er sie nachts gesehen, immer nur gespürt und gerochen.

Nun kniete sie sich vor ihn auf den Boden und hielt ihm das Buch hin.

»Schwöre mir auf dieses heilige Buch, dass das mit der Mäntellerin nicht stimmt, schwöre es beim Leben deiner Mutter, dann glaube ich dir.«

»B… bärbeli, man d… darf nicht schwören, es ist S… sünde, es ist v… verboten!«

»Schwöre!« Ihre Stimme war zu einem lautlosen Zischen geworden.

Doch Cunrat blieb stumm.

Als er den Blick hob und ihre Augen sah, wusste er, dass von nun an Feindschaft zwischen ihnen herrschte.

Am nächsten Morgen, nach dem Brotbacken, bat ihn der Meister in seine Kammer. Er sah verlegen aus.

»Cunrat, hör zu, wir müssen reden. Du bist ein Mann, und ich verstehe, aber … ich …«

Cunrat stand da und sah ihn an. Er konnte ihm auch nicht aus der Verlegenheit helfen. Schließlich gab sich Bäcker Katz einen Ruck.

»Also, es ist wegen Bärbeli. Sie hat mir heute Morgen erzählt, was du mit ihr getrieben hast in den letzten Wochen. Du weißt, dass ich dich dafür anzeigen könnte beim Rat, aber du bist der Sohn meiner Base, und ich will deiner Mutter nicht noch größeren Kummer bereiten, darum frage ich dich jetzt: Bist du bereit, Bärbeli zu ehelichen?«

Cunrat schaute zu Boden und schüttelte langsam den Kopf.

»D… das g… geht nicht.«

Der Bäcker war offenbar schon von Bärbeli ins Bild gesetzt worden und hatte mit dieser Antwort gerechnet. Er seufzte tief und sagte: »Dann musst du mein Haus verlassen.«

Cunrat nickte. »V… verzeiht mir, Meister Katz.«

Der Bäcker wandte sich grußlos ab. Cunrat ging in die Knechtekammer und packte sein Bündel. Joß kam zur Tür herein und sah ihm zu. »Du bist ein Narr, Stammler!«

Cunrat erwiderte nichts. Stumm nahm er seinen Mantel und ging an Joß vorbei zur Tür hinaus. Ihm war zum Heulen zumute. Er hatte die Arbeit verloren und sein Zuhause. Er hatte alle enttäuscht, Bärbeli, den Bäckermeister, die Mutter, die sicher bald davon erfahren würde. Aber er hatte nicht anders handeln können. Margarethe ging ihm nicht mehr aus dem Kopf, auch wenn es keine Hoffnung gab, dass er jemals mit ihr zusammenkommen würde. Er wäre sich wie ein Lügner vorgekommen, wenn er mit Bärbeli die Ehe vor Gott geschlossen hätte. Allerdings war er nun vollkommen ratlos, wie es weitergehen sollte. Würde er sich in die große Masse der Bettler einreihen müssen? Derjenigen, die ohne Dach über dem Kopf und ohne Einkommen waren? Die vor den Kirchen saßen und auf die Mildtätigkeit der Gläubigen hofften?

Als er an der Marktstätte anlangte, kam aus einer Seitengasse Mathis herbeigelaufen. Er brachte einen Korb voll Brot zur Brotlaube, wo auch sein neuer Meister einen Verkaufsstand hatte.

»Cunrat, Cunrat!«, rief er laut. »Ich bin für ein paar Tage bei Meister Bertschinger. Die Meisterin ist eine gute Frau, da muss ich nicht so viel schuften wie bei der Katzin. Willst du nicht auch kommen?«

Cunrat musste lachen bei der Vorstellung, ausgerechnet beim Schwager des Bäckers anzufangen, der ihn gerade vor die Tür gesetzt hatte.

»Sch... schön wärs, M... mathis, aber ich m... muss mir etwas anderes s... suchen.«

Mathis blieb stehen.

»Warum denn, Cunrat, bist du nicht mehr bei Meister Katz?«

»N... nein.«

Mathis sah ihn betroffen an.

»Es ist wegen Bärbeli, gell?«

Cunrat kam sich unendlich dumm vor. Sogar der junge Lehrbub hatte begriffen, was vor sich ging, nur er nicht.

»Aber Cunrat, mach dir nichts draus, es werden so viele Bäcker gebraucht! Die Welschen sind auch nirgends fest und ziehen durch die ganze Stadt. Da ziehst du halt mit denen! Dann komm ich mit dir!«

Cunrat sah den Jungen liebevoll an. Er musste an seine eigene Lehrzeit beim Bäckermeister in der Klosterpfisterei denken, an all die Schläge und die Schufterei. Nur zu gut verstand er den

Freiheitsdrang von Mathis. Andererseits konnte der Junge nur zum richtigen Gesellen werden, wenn er seine Lehre ordentlich machte. Das Konzil würde bald wieder vorbei sein, und dann musste er unter normalen Umständen weiterleben. Sollte er jetzt von seinem Lehrmeister davonlaufen, würde sein Leben danach sehr schwer werden.

»D… das d… darfst du nicht m… machen, Mathis«, widersprach er ihm daher. »Ich h… habe mich n… nicht richtig verhalten, d… darum hat M… meister K… katz mich wegg… geschickt. D… du bist ein b… braver Junge, d… du musst b… bleiben.«

Er wunderte sich selbst über seine lange Predigt und fühlte sich ganz väterlich.

Da antwortete Mathis: »Ach Cunrat, dass er dich wegen dem bisschen Vögeln mit Bärbeli fortschickt, ist nicht richtig. Das hat doch Joß früher auch gemacht. Aber sag mir auf jeden Fall, wo du hingehst, dann werd ich dich besuchen!« Und er hüpfte davon mit seinem Brotkorb, wobei er fast einen Wecken verloren hätte.

Cunrat stand wie vom Donner gerührt. Er hatte sich so schlecht gefühlt, weil er geglaubt hatte, dass er für Bärbeli der Einzige gewesen wäre, dass sie ihn geliebt und er sie maßlos enttäuscht hätte mit seiner Absage. Und nun musste er erfahren, dass vor ihm Joß an seiner Stelle gewesen war. Manches im Verhalten des Gesellen konnte er nun besser verstehen, auch dass er ihn verraten hatte.

Aber was ihn fast noch mehr erschütterte, war, mit welcher Selbstverständlichkeit der junge Lehrbub über diese Dinge sprach. Er merkte immer deutlicher, dass hier in der Stadt einiges anders war als in dem Klosterdorf, in dem er aufgewachsen war. Er hatte mit seiner Mutter und dem Bruder in einem kleinen Häuschen, eigentlich eher einer Holzhütte, am Rande des Dorfes beim Mühlbach gewohnt. Dort waren sie vom Abt einquartiert worden, nachdem sein Vater, der Klosterbäcker, bei einem Brand in der Mühle ums Leben gekommen war. Cunrat war damals ein Kind von zehn Jahren gewesen, sein Bruder etwas älter. Dass seine Mutter nicht ins Armenhaus kam, sondern ein eigenes Häuschen bekam und hier mit Unterstützung des Klosters von etwas Spinnarbeiten und Krankenpflege leben konnte, verdankten sie der gütigen Herrschaft des Abtes. ›Unter dem Krummstab ist gut leben‹, lautete ein Sprichwort, und im Kloster Weißenau stimmte dieser Satz. Als Sohn des früheren Bäckers durfte Cunrat eine Bäckerlehre beginnen, aber er blieb im Haus seiner Mutter wohnen und zog nicht in die Pfisterei. Hier in der Stadt dagegen lebten alle unter einem Dach, und unter diesem Dach gab es keine Geheimnisse.

Kopfschüttelnd ging er weiter. Mathis war nicht auf den Kopf gefallen. Vielleicht hatte er recht mit seiner Idee, dass Cunrat sich den fremden Bäckern anschließen konnte. Er beschloss, sich auf die Suche nach Giovanni zu machen.

Durch das Menschengetümmel ging Cunrat zum Münster und von dort in die Niederburg. Giovanni hatte ihm das Haus genannt, in dem er zur Untermiete wohnte, das *Haus zum Hirschhorn* direkt neben dem Bischofstörle. In der Tat fand er in der St.-Johann-Gasse seitlich neben dem Hauptbau den Holzschuppen, in dem der Venezianer und noch drei weitere welsche Bäckergesellen Zuflucht gefunden hatten. Doch keiner von ihnen war zu Hause. Also trottete er langsam durch die Stadt zurück zur Marktstätte, immer Ausschau haltend nach dem rollenden Backofen. So gelangte er schließlich zum Kornhaus. Doch die Männer, die dort das Mehl austeilten, schüttelten den Kopf auf seine Nachfrage nach den fremden Bäckern. Sie hatten sich heute noch nicht blicken lassen.

Nun stand Cunrat ratlos vor dem großen Tor des Kornspeichers. Da fiel sein Blick auf das gegenüberliegende Spitalstor.

Es schien ihm Ewigkeiten her zu sein, dass er dort drin gelegen und dass ihm eine Heilige Wein gereicht hatte. Ob Margarethe an diesem Tag auch Dienst hatte? Ohne groß zu überlegen, trat er durch die Tür in den großen Saal des Spitals ein, der von Talglichtern und Kerzen beleuchtet war. Am hinteren Ende erkannte er Schwester Elsbeth, die gerade einem Kranken Suppe reichte. Cunrat nahm all seinen Mut zusammen und ging auf die Frau zu.

»Sch… schwester!«

Sie drehte sich um, doch kaum hatte sie ihn erkannt, begann sie loszukeifen.

»Du wagst es, hierher zu kommen? Du Tölpel, du Nasshans, du unseliger Schelm! Wegen dir musste die arme Margarethe fortgehen! Du bist schuld, dass sie das Mäntellerinnenhaus verlassen musste, mein armes kleines Gretli!« Dann brach sie in Tränen aus.

Cunrat verstand überhaupt nichts mehr. Margarethe hatte die fromme Frauensammlung verlassen müssen? Aber warum denn? Und was hatte er damit zu tun?

Er blieb einfach stehen und wartete, bis der Gefühlssturm von Schwester Elsbeth vorüber war. Dann fragte er vorsichtig: »Sch… schwester, w… was ist d… denn p… passiert?«

Schwester Elsbeth schnäuzte sich die Nase in ihre Schürze, sie hatte sich wieder gefangen. Dann sah sie ihn einen Moment überrascht an.

»Du bist ja ein Stammler! Das ist mir beim letzten Mal gar nicht aufgefallen.« Sie schüttelte den Kopf. »Was das Gretli nur an dir findet. So ein Holzklotz!«

Doch schließlich fing sie an zu erzählen, dass die Frau von Bäckermeister Katz am selben Morgen in das Haus der Beginen am Bleicherstaad gekommen war und sich bei der Oberin über Margarethe beschwert hatte.

»Sie hat gesagt, dass das Gretli ihrer Tochter den Mann weggenommen hat, dass du ihrem Bärbeli die Heirat versprochen hast und jetzt nicht mehr willst. Und dass sie eine Anzeige beim Rat machen wird, wenn Gretli nicht auf der Stelle weggeht.«

»W… weggeht? W… wohin?«

»Weg! Fort aus Costentz!«

»F… fort aus C… Costentz?«

Schwester Elsbeth sah ihn nun fast mitleidig an.

»Sie musste sofort ihr Bündel packen. Aber weißt du, sie war sehr tapfer. Sie hat nicht geweint, und wenn ich es mir recht überlege, hatte ich fast das Gefühl, dass sie erleichtert war. So eine Närrin!« Erneut schien sie die Wut zu packen. »Sie war so gut aufgehoben bei uns nach dem Tod ihrer armen Eltern. Und nun lässt sie alles hinter sich für eine ungewisse Zukunft!«

Ein Narr und eine Närrin, dachte Cunrat, wir passen gut zusammen.

Schwester Elsbeth begann wieder zu weinen.

»Sch… schwester, ich sch… schwöre Euch …«

»Hör auf!« Ihre Stimme wurde schrill. »Du sollst nicht schwören! Schwören ist Sünde, und außerdem, was könntest du mir schon schwören. Heiraten kannst du sie ohnehin nicht, mittellos und ohne Stand, wie du bist!«

Cunrat schwieg betroffen. Sie hatte ja recht. Als einfacher Geselle konnte er nicht so ohne Weiteres heiraten; dazu brauchte er die Einwilligung seines Meisters und genügend Einkommen, um eine Familie zu ernähren. Und von beidem war er momentan so weit entfernt wie nie zuvor im Leben.

Traurig ging Cunrat durch die Stadt. Die hohen Steinhäuser in den engen Gassen lasteten trotz ihrer Farben mit einem Mal drückend und schwer auf ihm, und zum ersten Mal seit seiner Ankunft in Costentz fühlte er sich vollkommen verlassen und hilflos. Margarethe war verschwunden, genau so in die Welt außerhalb ihrer Gemeinschaft geworfen wie er, nur dass er an seinem Schicksal selbst schuld war, während sie keinerlei Unrecht begangen hatte. Er war der Verantwortliche für ihrer beider Situation. Wenn er nur gewusst hätte, wo er sie finden konnte! Vielleicht war sie Richtung Stadelhofen gegangen, um die Stadt durch das Kreuzlingertor zu verlassen. Von dort aus eine Meile den See entlang lag das Frauenkloster Münsterlingen, und womöglich hoffte sie, dort Aufnahme zu finden. Aber warum glaubte er, dass sie in einem Kloster Zuflucht suchen würde? Hatte Schwester Elsbeth nicht gesagt, sie sei erleichtert gewesen, die Sammlung verlassen zu können? Vielleicht wollte sie gar nicht zurück in eine Frauengemeinschaft, sondern war auf der Suche nach ... – er wagte den Gedanken kaum zu denken – ... nach ihm?

Er hätte so dringend jemanden gebraucht, um darüber zu sprechen, aber Giovanni war nirgends auffindbar. Cunrat sehnte sich zurück nach seinem Dorf, nach dem Kloster, nach seiner Mutter. Dort, in Weißenau, war die Welt überschaubar gewesen. Hier war alles eine große Verwirrung wie in der Hölle auf den Bildern vom Jüngsten Gericht.

Er ließ sich ziellos durch die Stadt treiben, mit den Augen immer auf der Suche nach dem grauen Mäntellerinnenumhang. Irgendwann stand er vor der St.-Johann-Kirche. Er trat ein und ging langsam durch das Seitenschiff bis zum Margarethenfenster. Doch der Tag war wolkenverhangen, und die Heilige Margarethe schien ihm unter ihrer Haube so traurig zu sein wie er selbst. Selbst der Heiligenschein war matt und trübe. Er ließ sich neben einer Säule auf die Knie nieder und versuchte zu beten. Aber ihm kamen keine passenden Worte, und irgendwann wurde sein langer, hagerer Körper von Schluchzern geschüttelt. Langsam sank er zu Boden, wo er einfach sitzen blieb.

Cunrat wusste nicht mehr, wie lang er so gekauert hatte, als ihm jemand auf die Schulter tippte.

»He, Langer, ich hab mir gedacht, dass ich dich hier finde!«

Er blickte zu Giovanni auf und wischte sich mit dem Ärmel die Nase.

»Komm, steh auf!«

Im ersten Moment konnte er sich kaum auf den Beinen halten, so steif waren seine Knie geworden.

»Komm mit.«

Sie gingen zusammen zu Giovannis Unterkunft in der Gasse hinter der Kirche.

»Es ist nicht sehr komfortabel, aber ein Bett zum Schlafen und ein Dach überm Kopf. Und unser Ofenkärrlin passt auch noch rein, damit es über Nacht keiner stiehlt. Der Herr Sebald Pirckamer, unser Hausbesitzer, war einverstanden, noch eine Bettstatt dazuzustellen, und die übrigen Gesellen auch. Er ist dafür sogar ein wenig mit dem Preis runtergegangen, ein Rheinischer Gulden pro Monat für jeden. Das ganz links ist deins.«

In dem engen Bretterverschlag standen drei Betten mit dem üblichen Bettzeug – Strohsack, Pfühl und Kissen – direkt nebeneinander auf der gestampften Erde, an der gegenüberliegenden Wand befanden sich eine Truhe und ein kleines Fass als Tisch für ein Wachslicht. Die Ecke gegenüber der Tür war frei. Offenbar stand hier des Nachts das Ofenkärrlin. Es war bitterkalt.

»Hier!« Giovanni reichte ihm eine Brezel. Da spürte Cunrat erst, wie hungrig er war und dachte mit Bedauern an die stets reich gedeckte Tafel im Hause Katz. Giovanni wies auf die Truhe.

»Da kannst du deine Sachen unterbringen.«

Cunrat legte seine paar Habseligkeiten zu denen der anderen.

»Giovanni, ich w... wollte ...«

»Ist schon gut, Cunrat, ich hab Mathis getroffen in der Stadt, der hat mir erzählt, dass der Bäcker dich wegen Bärbeli rausgeworfen hat. Und da hab ich mir gedacht, du könntest wahrscheinlich eine Unterkunft gebrauchen. Und wir können noch einen guten Bäcker gebrauchen. Also, wenn du bei uns mitarbeiten willst ...«

Cunrat wusste gar nicht, was er stottern sollte vor lauter Dankbarkeit. Nun gehörte er wieder zur Welt!

»A... aber Giovanni, M... margarethe, sie haben sie f... fortgeschickt!«

»Was?«

Mühsam berichtete Cunrat dem ungeduldigen Freund, was mit Margarethe geschehen war, und dass er in der ganzen Stadt nach ihr Ausschau gehalten, sie aber nicht gefunden hatte. Giovanni kratzte sich am Kopf. Nun schien auch er ratlos.

»Sie könnte überall hingegangen sein. Ob sie die Stadt verlassen hat? Ich weiß nicht. Hättest du das an ihrer Stelle getan? Aber wer weiß schon, wie die Frauen denken! Vor allem so sanfte Frauen wie dein Gretli! Wenn da so eine Furie von Bäckermeisterin ankommt, dann nimmt sie vielleicht schon Reißaus!«

Cunrat fühlte plötzlich einen Stich von Eifersucht. Woher wusste Giovanni, dass Gretli so sanft war? Aber dann fiel ihm ein, dass sie ja auch ihn gepflegt hatte, damals im Spital, vor so langer Zeit!

Doch soviel sie auch beratschlagten, es kam ihnen keine Idee, wo sie nach ihr suchen konnten.

Von da an arbeitete Cunrat mit den welschen Bäckern zusammen. Giovanni stellte ihm Antonello, Gentile und Jacopo vor, alle aus Venedig stammend, die ihn freundlich begrüßten. Allerdings erschöpfte sich damit auch schon weitgehend ihre Konversation, denn die drei konnten außer ein paar auswendig gelernten Sätzen wie »Guten Tak«, »Bitte serr?« und »Es kost swei Fennick« kaum Deutsch. Cunrat war das nicht unrecht, ihm reichte es, wenn er ein freundliches Lächeln und ein Kopfnicken erhielt. Dafür waren die Venezianer beliebt bei der italienischen Kundschaft, die inzwischen zahlreich vorhanden und dankbar für ihre gewohnten Backwaren war. Cunrat hingegen fiel neben Giovanni der Part zu, die deutschen Kunden anzulocken. So musste er nicht nur lernen, wie man gefüllte Pasteten buk und Brezeln und andere Leckereien, die er bisher nicht gekannt hatte, sondern darüber hinaus auch noch, wie man all die Köstlichkeiten möglichst stotterfrei anpries.

Die Gesellen suchten sich für jeden Tag einen festen Platz, wo sie ihren rollenden Ofen und den Verkaufstisch aufstellen konnten, meist in der Nähe der Brotlaube oder bei der Stephanskirche. Dann teilten sie sich die Arbeiten auf: Brennholz am Oberen Markt besorgen, Mehl und andere Zutaten kaufen, den Ofen anheizen, das Backwerk auf einem mitgeführten Holzbrett vorbereiten, in den Ofen schieben und wieder herausholen, die Ware auslegen und verkaufen. Die Einnahmen kassierte Giovanni und verteilte sie jeden Abend unter den Fünfen. Cunrat wunderte sich, wie viel für ihn dabei übrig blieb, obwohl er weniger bekam als die anderen, »bis du dich richtig eingearbeitet hast«, hatte Giovanni gesagt. Von diesem Verdienst versuchte er, seine Schulden bei Giovanni abzuzahlen.

Ihr Essen bestand tagsüber vor allem aus Brot und völlig verkochtem Fleisch aus den Garküchen, die auf allen Plätzen der Stadt ihre befeuerten Kessel aufgebaut hatten. Abends ging Cunrat mit Giovanni und den anderen in ein Gasthaus, weil es dort warm war und sie eine richtige Mahlzeit bekamen. Erst spät in der Nacht kehrten sie zurück in den eiskalten Schuppen, der ihr Heim war, und legten sich sofort zu Bett, wobei Gentile sich mit Antonello ein Bett teilte und Giovanni mit Jacopo. Cunrat hatte sein Bett für sich, aber das war bei seiner Größe auch nötig, denn er musste die Knie anziehen, um nicht mit seinen langen Beinen über das Fußbrett hinauszuragen. Während er frierend unter seinem Federbett lag, wünschte er sich sehnlichst auch einen Bettgenossen. Allerdings dachte er dabei eher an etwas Weibliches.

Als sie am ersten Abend im Gasthaus saßen, fragte Cunrat nach Giovannis Nacht mit Lucia. Die anderen Bäckergesellen verstanden ja kein Deutsch, daher scheute er sich nicht, ein so delikates Thema in ihrer Anwesenheit zur Sprache zu bringen. Giovannis Augen fingen an zu leuchten.

»Oh, Lucia, das Licht, die Strahlende, sie ist ein Wunder, weißt du, ein Juwel, ein Edelstein, gegen den alle anderen Frauen hier nur graue Flusskiesel sind ...«

Cunrat war überrascht von Giovannis Lobrede, klangen ihm doch noch dessen spöttische Worte in den Ohren hinsichtlich Cunrats Begeisterung für Margarethe. Außerdem schien ihm die Beschreibung Lucias eine wenig übertrieben, denn seiner Ansicht nach konnten auch graubemantelte Flusskieselfrauen wunderschön sein. Es lag ihm bereits auf der Zunge, eine Bemerkung zu Lucias krummer Nase oder ihrem dunklen Bartflaum zu machen, aber er wollte den Freund nicht verletzen. Immerhin konnte er es sich nicht verkneifen, zu fragen: »Und s… sie hat d… dich nicht g… gekratzt?«

Giovanni lachte in der Erinnerung.

»Zuerst hat sie gesagt, wenn ich sie berühre, würde ich es bereuen. Aber ich hatte ja die ganze Nacht Zeit. Also hab ich sie beruhigt, hab ihr erklärt, dass ich nur mit ihr reden will, weil sie doch auch aus Italien kommt. Wir haben Italienisch gesprochen, und das hat ihr gefallen, da ist sie langsam aufgetaut. Und dann hat sie mir erzählt, wie es ihr ergangen ist. Ihr Vater stammte aus Ravensburg, er war der Vertreter der großen Handelsgesellschaft im Kontor in Mailand. Von dort aus hat er manchmal Handelsreisen unternommen, unter anderem nach Sizilien. So hat er ihre Mutter kennengelernt und mit nach Mailand gebracht. Lucia ist praktisch im Kontor aufgewachsen. Oh, sie ist sehr klug, kann schreiben und rechnen und spricht vier Sprachen.«

»V… vier? Welche d… denn?«

»Also, Deutsch und Italienisch natürlich, und dann noch Lateinisch, sie kann ja schreiben, und Katalanisch. In Sizilien herrschen die Aragonesen. So hat sie von ihrer Mutter auch noch Katalanisch gelernt.«

»Und w… warum ist sie jetzt eine, eine …«

Giovanni funkelte ihn gefährlich an.

»Eine Hure, meinst du? Fortuna war ihrer Familie wahrlich nicht wohlgesinnt. Das Schiff ihres Vaters ist vor drei Jahren bei einer Reise nach Palermo von Piraten überfallen worden. Dabei wurde er getötet. Lucia hat ihn sehr geliebt und betet jeden Tag für ihn. Sein Stellvertreter, ein junger Deutscher, wollte ihn in Kontor und Bett beerben, aber Lucias Mutter war nicht einverstanden. So hat er mit den Ravensburgern eben nur einen Kontrakt fürs Kontor ausgehandelt, und die Mutter musste mit Lucia das Haus verlassen. Da ihre Eltern nicht mehr lebten, war sie mit ihrer Tochter auf sich allein gestellt. Sie sind wohl eine Zeitlang mit einer fahrenden Truppe herumgereist. Lucia hat gesagt, ihre Mutter konnte gut singen. Aber dann ist sie krank geworden, ihre Stimme war nicht mehr schön, und da musste sie eben …«

Cunrat wagte nicht zu sagen, was ihm auf der Zunge lag, nämlich, dass also auch ihre Mutter schon eine Hure gewesen war, und in der Tat hatte er besser daran getan, es für sich zu behalten, denn Giovanni fuhr nun sehr ernst fort: »Weißt du, Cunrat, ich kenne das. Meine Mutter war eine fromme Frau, ich schwöre es dir, aber als mein Vater starb, da hatte sie keine andere Wahl, wir waren noch klein, meine Geschwister und ich, und wir hatten immer Hunger, sie versuchte alles, Spinnen, Hausarbeiten bei den braven, ach so ehrbaren Bürgersleuten, um einen Hungerlohn, sie wollte nicht, dass wir betteln gingen, aber es hat einfach nicht gereicht, und ich weiß noch, wie wir alle zusammen auf der Bank in der Stube saßen und uns auf die Fäuste bissen, während in der Kammer nebenan fremde Männer Dinge mit unserer Mutter taten, die wir nicht verstanden, aber sie hat es für uns getan, wovon hätten wir denn leben sollen …«

Cunrat musste daran denken, wie seine Mutter nach dem Tod des Vaters im Klosterdorf ihr Auskommen gefunden hatte und wie glücklich er und sein Bruder trotz des Unglücks aufgewachsen waren.

»Es t… tut mir leid, Giovanni.«

Doch dem war sein Mitleid lästig, er winkte ab und bemerkte sarkastisch: »Du siehst, wir passen gut zusammen, Lucia und ich.«

Nach einem kräftigen Schluck Wein fuhr er fort: »Als ich alt genug war, bin ich fort gegangen aus Ulm, nach Venedig, und von da an ging es mir besser.«

»Und d… deine M… mutter? Und d… deine Geschwister?«

Giovanni zuckte die Achseln.

»Ich hab nur gehört, dass Mutter gestorben ist, an einer Seuche, schon vor ein paar Jahren. Meine Brüder und Schwestern sind in alle Welt verstreut. Ich war nicht mehr in Ulm seitdem.«

»Und L… lucia? W… warum ist sie h… hier?«

»Ihre Mutter ist im vorigen Winter am Fieber gestorben. Sie selbst hat die schöne Stimme von ihr geerbt und war zunächst Sängerin bei den Fahrenden. Dann hat sie wohl für kurze Zeit einen festen Verehrer gehabt, einen Kaufmann aus Ferrara, und sogar gehofft, dass er sie heiraten würde. Doch der hat Bankrott gemacht und sie dann einfach an Peter Rosshuser verkauft, dieser Schuft! Nun muss sie zumindest so lang hier bleiben und für ihn anschaffen, bis ihr Kaufpreis abgearbeitet ist. Außerdem müssen ihm die Frauen Mietzins und Geld für die teuren Kleider bezahlen.«

»W… wie hoch w… war denn ihr K… kaufpreis?«, fragte Cunrat vorsichtig nach.

Giovanni schaute ihn an. »100 Gulden. Sagt Rosshuser.«

Cunrat verschlug es die Sprache.

»D… d… das ist ja unglaublich v… viel!«, wagte er nach einer Weile zu sagen. Und er wusste, dass nicht jeder Gast einen Gulden für ein Stelldichein bezahlte, auch wenn es für eine ganze Nacht war. Der normale Preis betrug drei bis sechs Pfennige.

»Ja, mein Freund, und wenn sie es zu Rosshusers Bedingungen abarbeiten muss, dann wird sie eine alte Frau sein, ehe alles bezahlt ist. Aber das werde ich nicht zulassen!«

Margarethe blieb verschwunden, obwohl Cunrat beständig nach ihr Ausschau hielt und alle möglichen Leute nach ihr fragte. Bei jedem grauen Mantel in der Menge machte sein Herz einen Sprung, aber es gab zu viele graue Mäntel, und vielleicht hatte sie dieses Symbol der Mäntellerinnen ja auch abgeben müssen und trug nun eine ganz andere Farbe. Wenn sie überhaupt noch in Costentz war. So träumte er nur von ihr, wenn er nicht einschlafen konnte, weil die italienischen Bäcker genauso laut schnarchten wie die deutschen.

Eines Nachts, als er noch wach lag, hörte er, wie Giovanni sich im Bett neben ihm erhob, leise die Stiefel anzog, seinen Mantel nahm und den Schuppen verließ. Die anderen schliefen, nur Cunrat hatte sein Verschwinden bemerkt. Wo ging er um diese Zeit noch hin? Ins *Lörlinbad*? Aber ins *Lörlinbad* hätte er doch nicht heimlich nachts zu gehen brauchen. Cunrat konnte sich keinen Reim darauf machen. Er schlief ein, bevor Giovanni zurück war.

Am nächsten Morgen lag er neben ihm, als ob nichts geschehen wäre. Als Cunrat ihn fragte, wo er denn in der Nacht gewesen sei, reagierte er erstaunt. »Du hast geträumt, Langer, wo soll ich denn bei dieser Kälte noch gewesen sein?«

Doch Cunrat wusste, dass er nicht geträumt hatte.

Zwei Tage vor Heilig Abend saß Cunrat auf dem Marktplatz zwischen der Stephanskirche und dem Barfüßerkloster hinter dem Verkaufsstand. Der bestand aus einem runden Brett mit drei Löchern, in das sie Holzfüße steckten. Diesen einfachen Tisch konnten sie immer mit sich führen und dort aufbauen, wo es ihnen gerade zupasskam. Wie sie aus dem Ofen kamen, wurden die knusprigen Brezeln und dampfenden Pasteten dort ausgelegt, und meist lagen sie nicht lang. Extra für das Weihnachtsfest hatte Giovanni außerdem bei einem Töpfer irdene Model besorgt, mit denen sie nun süße Kuchen in Form des Jesuskindes und eines Engels backen konnten. Die Leute rissen sie ihnen aus den Händen.

An diesem Morgen hatte sich eine Traube von Menschen vor ihrem Stand gebildet, die darauf wartete, dass die nächste Fuhre Kuchen aus dem Ofen kam. Giovanni, Antonello und Gentile waren unterwegs, um Holz und Mehl einzukaufen. Alle Leute harrten ungeduldig darauf, dass Jacopo endlich die Ofentür öffnete und mit der Schaufel die nächsten Engel und Jesuskinder auf Cunrats Verkaufstisch kippte. Schließlich war es so weit. Doch gerade in dem Augenblick, als die Leute noch näher zum Tisch drängten, weil jeder der Erste sein wollte, der den dampfenden Kuchen in Empfang nahm, ertönte plötzlich ein Schrei aus der Menge:

»Ein Dieb! Mein Beutel ist weg!«

Cunrat richtete sich abrupt zu ganzer Länge auf und sah noch aus dem Augenwinkel einen dunkelhaarigen Jungen rasch hinter der nächsten Krämerbude verschwinden.

»D… da …« Er zeigte in die Richtung des Jungen, und der Bestohlene lief mit ein paar weiteren Männern los, um den Dieb zu stellen. Doch es waren so viele Menschen zwischen den Ständen unterwegs, dass sie den Beutelschneider nicht mehr erwischten. Fluchend kehrten sie nach einer Weile zurück und fragten Cunrat, ob er den Dieb erkannt habe. Doch der konnte ihnen nur sagen, dass es ein Junge von vielleicht 12, 13 Jahren mit schwarzen Locken gewesen war. Diese Beschreibung war zu vage, als dass sie etwas genützt hätte. Doch nun hatten die Umstehenden, die schon wieder auf die nächsten Kuchen warteten, ein Gesprächsthema gefunden, das ihnen die Wartezeit verkürzte. Überall in der Stadt waren in den letzten Wochen Diebe aufgetaucht, trotz der Abschreckungsmaßnahmen der Obrigkeit. Noch keiner war gefasst worden, und man munkelte, dass es sich um eine organisierte Bande handle. Jeder kannte eine Geschichte von irgendjemandem, dem Beutel, Messer, Gürtel oder Schmuck gestohlen worden war, meist inmitten vieler Menschen, sodass es versierte Diebe von besonderer Dreistigkeit sein mussten. Die Stadtwachen waren hilflos, denn wenn man den Diebstahl auch meldete, so konnten sie doch nichts unternehmen. Die einzige Maßnahme, die die Stadt ergriffen hatte, waren regelmäßige Ausrufe durch den Herold, dass die Menschen auf ihr Hab und Gut besser achtgeben sollten sowie das Hängenlassen des letzten Diebes am Galgen trotz der Ankunft hoher Gäste.

Cunrat tat der Bestohlene leid, er schenkte ihm ein besonders schönes Kuchenjesuskind.

Da kam von der Plattengasse her eine junge Frau in einem einfachen Wollmantel raschen Schrittes auf ihn zugelaufen. Cunrat glaubte, sie wisse vielleicht etwas über den Dieb, aber sie fragte ihn: »Seid Ihr Cunrat Wolgemut?«

»J… ja, der b… bin ich!«

Da senkte die Frau die Stimme und sagte: »Hört zu, mich schickt Margarethe Sibenhar, ich soll Euch ausrichten, dass Ihr in der Heiligen Nacht zur Mette in die Kirche der Barfüßer kommen sollt. Sie wird da sein.«

Cunrat war wie vor den Kopf gestoßen. Er dachte zwar viel an Gretli, aber sie war für ihn schon fast ein Traumbild geworden, er hatte gar nicht mehr damit gerechnet, sie in Wirklichkeit noch einmal zu treffen.

»W... was? A... aber w... wo in d... der Kirche? W... wie finde ich s... sie?«

In der Christnacht waren die Kirchen für gewöhnlich recht voll, und jetzt während des Konzils würde es sicher ein Gedränge geben.

»Schaut nach dem Kind in der Krippe!«

Dann drehte sich die Frau um und verschwand so rasch, wie sie gekommen war. Cunrat wäre ihr gern nachgelaufen, um sie auszufragen, wo Gretli war und warum sie nicht selbst gekommen war und wie es ihr ging, aber er konnte seine Kuchen nicht im Stich lassen.

Was hatte das zu bedeuten, ›schaut nach dem Kind in der Krippe‹? Das klang fast wie die Aufforderung des Engels an die Hirten, nach Bethlehem zu gehen, aber warum sollte er, Cunrat, nach dem Kind in der Krippe schauen? Und was hatte Gretli bei den Barfüßern zu tun? War sie doch in ein Kloster geflüchtet? In ein Männerkloster? Das konnte er sich nicht vorstellen.

Doch wie auch immer, er würde Gretli wiedersehen! Das war das Einzige, was zählte!

Als er später Giovanni von dem seltsamen Gespräch berichtete, erzählte ihm der, dass es in der Barfüßerkirche an Heilig Abend eine lebende Krippe geben würde, mit Joseph und Maria und dem Jesuskind und vielen weiteren Figuren. Ein Franziskaner, der Brot bei ihm kaufen wollte, hatte davon erzählt.

Als der nächste Barfüßer vorbeikam, hielt Cunrat ihn auf, um ihn genauer auszufragen. Bereitwillig gab der Bruder Auskunft

»Das hat der Heilige Franz vor langer Zeit in Greggio eingeführt, einem Dorf in Umbrien in der Nähe von Assisi, wo er herstammte. Und hier in unserem Konvent wird diese Tradition fortgeführt!«, erläuterte er nicht ohne Stolz. »Viele Familien nehmen daran teil, und es ist eine große Ehre, wenn man die Jungfrau Maria sein darf oder der Heilige Joseph.«

»Und das K… kind?«

»Man nimmt eines der letztgeborenen Kinder, es muss ein gesunder Junge sein, nicht älter als vier Wochen. Dieses Jahr hatten wir zwei zur Auswahl, aber unser ehrwürdiger Prior hat sich für den Sohn von Heinrich Tettikover entschieden.«

Cunrat fragte sich, was Gretli mit dem Kind von Tettikover zu schaffen hatte, aber nun wusste er wenigstens, wo er sie treffen würde.

Sein wichtigstes Bestreben in den verbleibenden zwei Tagen war es, ein Geschenk für sie zu finden. Wann immer möglich strich er um die Krämerbuden, um sich Hauben und Gürtel, Schmuck und Kleider anzuschauen, aber das meiste war für seinen Beutel zu teuer.

Am Ende entschied er sich für einen kleinen Anhänger aus grünem Stein, der ihn an Gretlis leuchtendgrüne Augen erinnerte. Er hing an einem Samtband, und Cunrat stellte sich vor, dass sie ihn unter dem Gewand an ihrem Busen tragen würde. Allein der Gedanke machte ihn glücklich.

Am Tag vor Weihnachten schlug das Wetter um. Der Wind hatte gedreht und kam nun von Osten, sodass es etwas wärmer wurde, aber dafür jagte ein feuchter Sturm vom See hoch durch die Gassen der Stadt und ließ die Menschen erzittern und die Fensterläden schlagen. Da der nächste Tag viel Arbeit bringen würde, waren die Bäckergesellen an diesem Abend ungewöhnlich früh zu Bett gegangen, aber Cunrat konnte vor Aufregung und wegen des Sturmpfeifens nicht einschlafen.

Da hörte er, wie Giovanni wieder aufstand. Mochte es auch

beim letzten Mal ein Traum gewesen war, diesmal war Cunrat sich sicher, dass er seinen Sinnen trauen konnte, und er wollte wissen, was seinen Freund in einer solchen Nacht bewog, das warme Bett zu verlassen und in die Stadt zu gehen.

Als Giovanni den Schuppen verlassen hatte, zog Cunrat rasch seine Stiefel an, warf den Mantel über und trat auf die Gasse. Er sah den anderen Richtung Münster gehen und folgte ihm.

Es waren nicht mehr viele Menschen unterwegs. Der Wind trieb wilde Wolken über den Himmel, die manchmal den Mond bedeckten, um ihn dann in rasendem Lauf wieder freizugeben. In solchen Momenten konnte man bis in die letzten Winkel der Gassen sehen, weil beinahe Vollmond war. Dann wurde es plötzlich wieder stockdunkel.

Entgegen den Vorschriften trugen sie beide kein Licht mit sich, Giovanni hastete im Dunkeln durch die Gassen, die wieder matschig geworden waren, vorbei an den geschlossenen Buden auf dem Münsterplatz und weiter in die Plattengasse, die Hauptstraße von Costentz, die noch von alter Zeit her mit Steinplatten bedeckt war. Cunrat folgte ihm in einigem Abstand und duckte sich immer wieder in einen Hauseingang oder hinter eine Budenecke, wenn der Venezianer seinen Schritt verlangsamte, weil er einer Pfütze ausweichen musste.

Am Oberen Markt war die dunkle Gestalt plötzlich verschwunden. Cunrat beschleunigte seinen Schritt und sah gerade noch, wie sein Freund, der am Haus *Zum Hohen Hafen* in den Laubengang abgebogen war, vor dem Hintereingang der Weinstube *Zur Haue* stand, jenem Eingang, der für Weinfässer gedacht war und zum Abtransport des toten Weinhändlers gedient hatte, jenem Tor, das rätselhafterweise in Tettingers Todesnacht offen gestanden hatte. Giovanni schien durch die geschlossene Tür ein paar Worte mit jemandem zu wechseln, dann wurde das Holztor ein Stück weit geöffnet, und er schlüpfte hinein.

Cunrat war wie vor den Kopf gestoßen. Was hatte sein Freund hier zu suchen? Wollte er Nachforschungen zu Sebolt Schopper anstellen? Aber es hatte so ausgesehen, als ob der ihn eingelassen hätte. Kannte er Schopper doch näher? Gehörte er womöglich gar zu den Handlangern, die hinter dem Mord an Tettinger steckten? Das wollte Cunrat nicht glauben. Andererseits, was wusste er schon von ihm? Giovanni, der Heißsporn, der mit dem Messer auf Rosshuser losgegangen war – was, wenn er wegen Lucia Pläne schmiedete gegen den Frauenwirt? Und dabei gemeinsame Sache machte mit einem Mörder?

Cunrat kauerte sich in einen der Toreingänge unter den Lauben und wartete. Der Wind pfiff auch hier um die Häuserecken, aber unter dem Gewölbe war er einigermaßen geschützt. In seinen Wollmantel gehüllt, döste der Bäckergeselle vor sich hin. Er würde auf Giovanni warten und ihn zur Rede stellen, und wenn es die ganze Nacht dauern sollte.

Als Cunrat das metallene Geräusch des Türschlosses hörte, das sich öffnete, befand sich der Mond schon weit jenseits der Stadt und ihrer Dächer, aber die Wolken waren verschwunden, und so war es dennoch nicht völlig dunkel. Er hörte gedämpfte Stimmen, dann näherte sich rasch ein Schatten und huschte an ihm vorbei, noch ehe er ganz auf den Beinen war.

»He!«, rief er ihn an.

Die Gestalt blieb stehen und drehte sich langsam um.

»Giova …«

Bevor Cunrat das Wort beenden konnte, stürzte der Schatten auf ihn los, eine Hand packte seinen Hals und drückte ihn gegen das Tor, dass er keine Luft mehr bekam, in der anderen blitzte ein Messer auf.

»Wer bist du? Was tust du hier?«, fragte Giovanni mit einer Stimme, die Cunrat Angst einjagte. Dann schien er ihn zu erkennen.

»Cunrat?«

Langsam lockerte er seinen Griff.

»Hast du mir nachspioniert? Tu das nie wieder! Hörst du? Nie wieder!«

»A… aber Giovanni! W… was tust d… du hier bei Sch… schopper? W… was hast d… du mit ihm z… zu schaffen? H… hat er etwas zu t… tun mit dem T… tod von T… tettinger?«

Giovanni zupfte Cunrats Mantel zurecht, der durch seine Attacke verrutscht war.

»Deine Stammelei geht mir langsam auf die Nerven, weißt du das, mein Freund? Schopper hat gar nichts zu tun mit Tettingers Tod. Er hatte einfach Glück, dass er zu rechten Zeit nach Costentz gekommen ist, als die Schänke hier frei wurde, das ist alles.«

»W… warum b… bist du d… dann hier?«

Giovanni schien einen Moment zu überlegen. Dann zog er einen kleinen Lederbeutel aus der Hosentasche und schüttete den Inhalt auf seine geöffnete Hand. Im fahlen Nachtlicht schimmerte es elfenbeinweiß: Fünf kleine Würfel lagen da.

»Weißt du, was das ist, Meister Wolgemut? Nein, wie sollst du das auch wissen, du armer Tropf aus einem Klosterdorf! Das ist mein Kapital! Die sind vom besten Würfelmacher Venedigs, und sie gewinnen immer! Natürlich muss ich auch manchmal verlieren, sonst würden die hohen Herren, die zu Sebolt Schoppers Würfelrunde kommen, irgendwann Lunte riechen, aber bisher haben meine kleinen Freunde hier immer zuverlässig ihren Dienst getan. Durch unser ehrliches Bäckerhandwerk werden wir niemals reich werden, Cunrat, aber ich brauche Geld, verstehst du? Ich will Lucia freikaufen!«

Nun war wenigstens das Geheimnis um Giovannis Geldquelle gelüftet.

»Und w… wie lange tr… treibst du d… das schon?«

»Seit ein paar Wochen. Schopper hat extra einen speziellen Raum eingerichtet, wo sich die Spieler treffen. Damit wir nicht zufällig einer Stadtwache über den Weg laufen!« Giovanni lachte. »Aber du würdest dich wundern, wer sich dort alles zum Spiel einfindet!«

Dann legte er freundschaftlich seinen Arm um Cunrat, und zusammen gingen sie zurück zu ihrer Unterkunft. Als Cunrat zitternd vor Kälte und überstandener Todesangst unter sein Federbett kroch, dachte er an die Geldsumme, die Giovanni ihm noch zu Lebzeiten Karolinas geliehen hatte. Sein Freund hatte ihm nicht die ganze Wahrheit gesagt.

Endlich war der Heilige Abend da. Die Menschen in Costentz warteten schon seit Tagen ungeduldig auf König Sigismund und sein Gefolge. Gespannt verfolgte man die Berichte der Boten, nun sei er in Stuttgart, dann in Rottweil und endlich, am Tag der Geburt des Herrn, in Überlingen eingetroffen. Die Stadt Costentz hatte ihm Schiffe entgegengeschickt, die Herren Kardinäle und Bischöfe und ihr Gefolge sowie die wichtigsten Vertreter der Stadt versammelten sich schon weit vor Mitternacht im Münster zur Mette, an der der König teilnehmen sollte, und die Menschen strömten zu den Gottesdiensten in den verschiedenen Kirchen der Stadt.

Cunrat und seine Genossen hatten bis spät in den Abend hinein ihr Backwerk verkauft, vor allem süße Kuchen und Zuckerwerk. Dann machten auch sie sich bereit für die Mitternachtsmette.

Giovanni und die Venezianer würden zur Kirche des Heiligen Johannes in der Niederburg gehen, »weil er mein Patron ist und weil die Frauen vom *Lörlinbad* auch dorthin gehen«. Cunrat hingegen machte sich auf zu den Barfüßern.

Als er die Kirche eine Stunde vor Mitternacht betrat, war sie schon brechend voll. Offensichtlich zog das Mysterienspiel der Franziskaner viele Menschen in seinen Bann. Die meisten Gläubigen trugen Kerzen, die man am Eingang um zwei Pfennige kaufen konnte, sodass der dreischiffige Raum von einem Lichtermeer erfüllt war. Die Kirche kam Cunrat ganz anders vor als an dem Tag, an dem Stephan von Landskron seine Predigt gehalten hatte, warm und friedvoll. Zu seinem Erstaunen sah er, dass im Chorraum eine Hütte aufgebaut worden war, eine Art Stall, und dass man daneben die gemalte Holzkulisse eines Bürgerhauses mit der Inschrift ›Herberge zur Guten Hoffnung‹ aufgestellt hatte, die das Chorgestühl zum Teil verdeckte. Im Stall waren bereits ein Ochse und ein Esel an die Futterkrippe gebunden und fraßen, unbeeindruckt von der fremden Umgebung und den vielen Menschen, seelenruhig ihr Heu. Als der Esel den Schwanz hob und mit lautem Furzen einen Haufen dunkler Kugeln auf den Kirchenboden fallen ließ, erhob sich ein Lachen in der Menge. Ein Bruder im braunen Habit lief rasch herbei, um den Mist mit einer Holzschaufel aufzunehmen und wegzutragen, bevor ein paar Spitzbuben auf die Idee kommen konnten, mit den Bollen eine weihnachtliche Schlacht in der Kirche auszutragen. Joseph, Maria und das Kind sowie die anderen Personen der Weihnachtserzählung waren nirgends zu sehen. Vermutlich würden sie aus der Sakristei kommen, deren Eingang sich im linken Seitenschiff neben dem Hauptchor befand.

Cunrat versuchte, in der Menge Gretli zu entdecken, aber die Frau hatte vom Kind gesprochen, also musste er wohl darauf warten, dass das Kind erscheinen würde. Er drängte sich so weit durch das Menschengewimmel, dass er in der Nähe der Sakristeitür zu stehen kam, und lehnte sich dort an die Seitenschiffwand neben einen großen Altar. So war er niemandem im Wege, aber aufgrund seiner Größe konnte er den Chorraum gut überblicken. Die Flügel des Altars standen zur Feier des Tages offen, sodass man im Inneren eine farbstrahlende Figurengruppe mit der Schutzmantelmadonna vor einem leuchtend goldenen Hintergrund bewundern konnte. Die Figuren in den beiden Flügeln waren ebenfalls geschnitzte Heilige, während die Heiligen auf den Werktagsseiten, die jetzt zur Wand zeigten, nur gemalt waren. Der Flügel, neben dem Cunrat sich platziert hatte, zeigte auf der Wandseite zwei heilige Frauen: die Heilige Katharina mit dem Rad und die Heilige Margarethe, die einen Drachen besiegte. Cunrat nahm es als gutes Zeichen.

Es schien ihm unendlich lang zu dauern, bis die Franziskaner durch eine Tür im Chorraum in feierlicher Prozession die Kirche betraten und im Chorgestühl neben und hinter den Kulissen Platz nahmen. Der Klostervorsteher begann auf Lateinisch die Messe zu singen, und die Brüder und die Gläubigen antworteten ebenfalls singend. Der Bruder, der die schönste Stimme hatte, sang schließlich die lateinische Version jenes Abschnittes aus dem Lukas-Evangelium, in dem der Evangelist über die Geburt Christi berichtet.

Danach sprach der Prior zu den Menschen in der Kirche: »Geliebte Gläubige, so wie unser von Gott ins Licht seiner Weisheit erhobene Vater und Patron dieser Kirche, der Heilige Franziskus, seine Gesänge in der Volkssprache geschrieben und den Menschen mitgeteilt hat, und nach dem Vorbild, das er uns im Dorfe Greggio in seiner Heimat Umbrien gegeben hat, werden wir euch nun die Geschichte der Geburt Jesu in unserer Volkssprache zu Gehör bringen und mit lebenden Personen darstellen!«

Nachdem er geendet hatte, begann der Priester also erneut die Weihnachtsgeschichte zu lesen, diesmal auf Deutsch.

»Es begab sich aber zu der Zeit ...«

Da öffnete sich die Tür der Sakristei und heraus schritten – von Engeln begleitet – Maria und Joseph. Er war ein graubärtiger, würdiger Mann, den Cunrat schon in der Stadt gesehen hatte, vermutlich aus einem vornehmen Patriziergeschlecht. Maria hingegen wurde von einem sehr jungen Mädchen mit liebreizendem Gesicht dargestellt. Sie trug ein rotes Gewand und einen prächtigen, blauen Mantel darüber. Es war deutlich zu sehen, dass sie schwanger war; offenbar hatte man ihr ein dickes Kissen unters Kleid gepackt. Die beiden gingen langsam im Seitenschiff nach hinten, während die Engel mit goldenen Stäben die Menge zur Seite drängten, damit das heilige Paar seinen Gang durch die volle Kirche nehmen konnte. In einem Wechselgesang erzählten sie, wie müde Maria war, weil sie schon so lang unterwegs wären, und wie schwer es wäre, eine Herberge zu finden. Nachdem sie im Mittelschiff zum Chorraum zurückgeschritten waren, hielten sie vor der gemalten Herberge an und begehrten Einlass. Aus der Kulisse trat nun ein als Wirt verkleideter Mann hervor, dem man mit Kohlestift hässliche Narben und einen schwarzen Bart ins Gesicht gemalt hatte. Sein Haar war zerrauft, seine Schürze schmutzig und zerrissen, aber um sein böses Naturell noch deutlicher zu machen, tauchte plötzlich hinter ihm eine Teufelsfigur auf, mit Hörnern und Kuhschwanz. Einige Frauen schrien entsetzt auf, was den Teufelsdarsteller veranlasste, sich zu ihnen zu wenden und sie mit breitem Grinsen und einem »Bäh!« noch mehr zu erschrecken.

Maria und Joseph begannen nun mit dem Wirt einen gesungenen Wortwechsel, in dem sie um Herberge baten, die er ihnen jedoch verweigerte. Immer flehentlicher wurden ihre Bitten, der Wirt aber blieb hart, und, angestachelt vom Teufel, steigerte er sich mit abweisenden Gesten und Worten immer mehr in seine Boshaftigkeit hinein.

»Nein, so ein Gelichter und Gesindel kommt mir nicht in mein Haus, geht dort in den Stall, wie es euch gebührt!«

Da begann es in der Menge zu rumoren.

»Scheiß Wirt!« »Hurensohn!« »Genauso sind sie, diese Halunken!« »Bruder, wo hast du die Eselsäpfel hingebracht?«

Als die Ersten tatsächlich anfingen, den Wirtsdarsteller mit Mist zu bewerfen, den sie von ihren Stiefeln gekratzt hatten, gab ihm der Prior schnell ein Zeichen zu verschwinden. Den Teufel nahm er gleich mit. Zum Abschied hob der noch seinen Kuhschwanz und furzte kräftig ins Publikum.

Nur langsam beruhigte sich die Menge wieder. Maria und Joseph begaben sich in den Stall, der mit Stroh und Holzkisten ganz annehmlich ausgestattet war. Sie setzten sich auf zwei Kisten, und die beiden Tiere beschnupperten sie neugierig und schnaubten.

Da öffnete sich erneut die Tür der Sakristei, und nun brachte ein Engel das Christuskind heraus. Cunrat sah den Gottesboten erwartungsvoll an, aber es war nicht Gretli, sondern ein Mädchen mit langem blonden Haar, das einen kleinen Jungen auf den

Armen vor sich hertrug. Er war mit feinen weißen Leinenbinden umwickelt. Während sie sang »In dulci jubilo, nun singet und seid froh …«, nahm sie denselben Prozessionsweg durch das Seitenschiff und zurück durch das Mittelschiff bis zum Chorraum wie vor ihr Maria und Joseph. Doch diesmal waren keine Engel nötig, um den Weg freizumachen; angesichts des lebendigen Jesuskindes, das mit neugierig wachen Augen um sich blickte, bildeten die Menschen von selber eine Gasse, sie fielen auf die Knie und bekreuzigten sich.

Maria hatte sich inzwischen auf wunderbare Weise ihres Schwangerenbauches entledigt und ein großes Kissen auf das Stroh zwischen sich und Joseph gelegt, auf dem der Engel vorsichtig das Kind niedersinken ließ.

In diesem Moment wurde Cunrat, der fasziniert das Schauspiel verfolgte, von jemandem in die Seite gestoßen.

»Cunrat!«

»Gretli!«

Mit ihren langen, roten Haaren stand sie neben ihm, ohne Haube, in einen schwarzen Wollmantel gehüllt.

»Ist der kleine Franz nicht ein schönes Kind?«

»Wer?«

»Das Jesuskind. Der kleine Franz Tettikover!«

Cunrat war so in das Spiel vertieft gewesen, dass er einfach das Christuskind gesehen und gar nicht daran gedacht hatte, dass dies ein Menschenkind war mit einem menschlichen Namen. Fast war er ein wenig enttäuscht, dass sie ihn der Illusion beraubt hatte. Aber dann dachte er nur noch daran, wie selig er war, sie wieder zu sehen.

»Ja, ein wunderschönes Kind. Gretli, wo bist du nur gewesen? Was ist dir geschehen? Ich hab dich überall gesucht!«

»Ach, Cunrat, ich weiß, Schwester Elsbeth hat es mir gesagt, als ich sie beim Krämer getroffen habe.« Und dann, als ob sie ihm eine Neuigkeit mitteilte: »Ich bin nicht mehr bei den Mäntellerinnen.«

Er lächelte. »Ich weiß.«

Und nun bedauerte er nur noch ein kleines bisschen, dass man sie dort weggeschickt hatte. Wegen der Schande, die es für sie bedeutet haben musste. Das tat ihm leid. Aber dass sie jetzt hier war, anstatt im Spital, das tat ihm nicht leid.

»Wo wohnst du denn jetzt?«

Doch in diesem Moment hatten Maria und Joseph ihre Zwiesprache über das neugeborene Kind beendet, und die Tür der Sakristei ging erneut auf. Die Hirten waren an der Reihe. Ein ganzer Trupp von ihnen kam – begleitet von Schafen und Ziegen – ins Seitenschiff, sodass die Gläubigen erneut eine Gasse bilden mussten. Cunrat umschloss Gretli rasch mit seinem Mantel und seinen Armen, um sie vor der zurückdrängenden Masse in Sicherheit zu bringen. Sie ließ ihn gewähren.

Die Hirten gingen bis zum Ende des Seitenschiffes, von dort ins Mittelschiff, und hier, im Westteil der Kirche, kam ihnen der Engel entgegen, der das Jesuskind gebracht hatte, um ihnen die frohe Botschaft zu verkünden. Die hatte Cunrat nun aber schon vernommen, und so gab es für ihn Wichtigeres zu erfahren.

»Gretli, sag mir doch, wo du wohnst!«

Sie sah zu ihm hoch und er zog sie hinter den Altarflügel, damit die Umstehenden von ihrer Unterhaltung nicht gestört wurden. Die Heilige Margarethe schaute freundlich auf sie herab.

»Ich bin bei Heinrich Tettikover untergekommen. Seine Frau hat ihr drittes Kind geboren, und schon bei den ersten zwei hatte ich, als Mäntellerin, die Pflege übernommen. Sie ist eine gute Frau, und sie war gleich einverstanden, dass ich ihr wieder beistehe im Kindbett. Darum bin ich heute auch hier, mit Fränzli, sie selber war noch zu schwach. Den Mäntellerinnen war es natürlich nicht recht, dass ich dort ohne ihr Habit arbeiten kann, aber gegen den Tettikover trauen sie sich nichts zu sagen, und auch Bäckermeister Katz wird seinen Mund halten.«

»Und wo finde ich dich?«

»Dort, im Hause der Tettikovers, im *Hohen Haus* am Fischmarkt.« Sie stockte einen Moment, dann sah sie ihm in die Augen und sagte mit fester Stimme: »Cunrat, es macht mir nichts mehr aus, dass ich von den Mäntellerinnen fortgehen musste.«

»Ach, Gretli!«

Plötzlich war eine große Klarheit in ihm, er beugte sich zu ihr hinab, berührte mit seinen Lippen zärtlich ihren Mund, und seine Zunge stockte nicht und fand ihren Weg, und seine Hände stockten nicht und fanden ihren Weg, über ihre Wangen, ihr rotes Haar, ihren Nacken, und nach einer langen Zeit öffnete Cunrat wieder seine Augen, da lag ihr Kopf schwer in seiner Hand und ihre Augen blickten ihn ernst und strahlend an.

»Mein Herzenslieb!«, flüsterte er und drückte vorsichtig seine Wange an die ihre. Unter dem Mantel schmiegte sie ihren Körper fest an den seinen, während um sie herum die Menschen mit den Hirten feixten und lachten, die nun zur Krippe gingen, um dem Jesuskind ihre Geschenke zu bringen. Dabei schlich wohl eine neugierige Ziege zu dicht an den kleinen Jesus heran, denn plötzlich begann das göttliche Kind ganz menschlich zu schreien. Sofort drehte sich Gretli um und drängte hinter dem Altarflügel hervor.

»Franz, Fränzli!« Und zu Cunrat gewandt: »Sie haben ihn erschreckt!«

Maria versuchte verzweifelt, den Kleinen wieder zur Ruhe zu bringen, aber es dauerte eine unendliche Weile, in der Cunrat glaubte, Gretli werde davonlaufen, bis es der Gottesmutter schließlich gelang, den widerspenstigen Erlöser zu beruhigen. Einige Frauen aus der Menge fauchten die Hirten an: »Ihr Rüpel, könnt ihr nicht besser auf euer Viehzeug aufpassen? Das Jesuskind so zu erschrecken!« Die so Gerügten mühten sich nach Kräften, ihre Tiere einzufangen, dann knieten sie sich brav vor die Heilige Familie und brachten ihre Gaben dar. Da fiel Cunrat ein, dass er ja auch eine Gabe hatte, für Gretli.

Aus seinem Beutel zog er das Band mit dem grünen Steinanhänger hervor.

»Schau, das ist für dich, zum Heiligen Christ!«

Gretli sah ungläubig auf das Schmuckstück, dann zu ihm auf.

»Für mich? Aber … Cunrat, das ist wunderschön… Ich habe noch nie so ein Geschenk bekommen!«

Ihre Augen begannen heftig zu glänzen, und sie rieb sich schnäuzend mit dem Handrücken die Nase. Cunrat legte ihr den Anhänger um, und sie barg ihn unter ihrem Kleid, gerade so, wie er es sich vorgestellt hatte.

Doch da öffnete sich erneut die Tür der Sakristei, und nun kamen die Vertreter aller Zünfte, die dem Gottesknaben ihre Geschenke darbringen wollten, die Schmiede und Gerber, Bäcker und Metzger, Apotheker und Wechsler und viele andere mehr. Jeweils drei Zunftvertreter waren gekommen, sie trugen ihre Zunftstandarte mit sich und ein Geschenk, das zu ihrem Handwerk passte. Vor dem Jesuskind sagten sie einen kleinen Spruch auf, während sie ihre Gaben überbrachten, und nach jedem Spruch sang die Menge eine Strophe aus dem Weihnachtslied. Es war eine lange Prozession, die nur hin und wieder durch Lachen oder Kommentare der Gläubigen unterbrochen wurde, wenn ein besonders witziger oder seltsamer Spruch vorgetragen wurde.

Als sich vor den ersten Zünftigen die Menge teilte, drängte Gretli ganz von selbst zu Cunrat hin, und er nahm sie wieder unter seinen Mantel. Wärmend umfasste er sie mit seinen Armen, drückte sie an sich und roch ihr kastanienduftendes Haar. Vor sich sah er die kerzenerleuchtete Kirche, Maria, Joseph und das Erlöserkind, das nun allerliebst in die Runde lächelte, und er hörte die Stimmen der singenden Gemeinde. Cunrat hatte sein Paradies wieder gefunden.

In dieser Nacht geschah ein Wunder.

Der König kam endlich in Costentz an, und mit ihm die Königin Barbara, auf die Bärbeli so sehnsüchtig gewartet hatte, außerdem die Königin von Bosnien. Aber das war nicht das Wunder.

In der St.-Johann-Kirche sang während der Mette eine Frau mit so betörend schöner Stimme, dass alle Gläubigen überzeugt waren, ein Engel sei vom Himmel herabgestiegen, um ihnen die frohe Botschaft zu verkünden. Da verfing sich Hans Roth aus Ulm endgültig in den Fallstricken der Liebe. Aber auch das war kein Wunder.

Das Wunder war, dass der Heilige Geist über den Bäckergesellen Cunrat Wolgemut kam, in Gestalt der ehemaligen Mäntellerin Margarethe Sibenhar und ihrer Zunge, und ihn ein für alle Mal vom Stottern heilte.

Poggio Bracciolini an Niccolò Niccoli, am Tag des Heiligen Stephanus, im Jahre des Herrn 1414

Ich, Poggio, entbiete Dir, meinem Niccolò, einen herzlichen Gruß zum Feste des Heiligen Christ!

Nicht wenige Male schon habe ich Dir geschrieben, wie sehr ich mir das Kommen des Königs herbeigesehnt habe, damit dieses Konzil endlich beginnen könne. Nun ist er tatsächlich in Costentz eingetroffen, aber die Umstände seiner Ankunft waren solcher Art, dass ich froh gewesen wäre, wenn ich nicht hätte dabei sein müssen.
Höre nur!

Am 24. Dezember, dem Tag der Geburt unseres Herrn Jesus, hieß es endlich, der König sei mit seinem Gefolge in Überlingen, einer Stadt auf der anderen Seite des Costentzer Sees, angekommen. Also schickte ihm der hiesige Rat alle städtischen Schiffe und Schiffsleute entgegen, um ihn und die Seinen sicher über das Wasser in die Konzilsstadt zu bringen. Des Königs Schwiegervater, Graf Hermann von Cilli, führte die Flotte an.

Die Boten hatten den Papst im Namen Sigismunds ausdrücklich gebeten, mit der Weihnachtsmesse zu warten, bis auch er daran teilnehmen könne. Dies konnte Johannes ihm schlecht verweigern, ja er wartete sogar mit der Matutin, die ja der Messe vorangeht. Dennoch versammelten sich alle Kardinäle, Bischöfe, Äbte, Chorherren, Priester, Theologen und natürlich auch wir Sekretäre und Schreiber etwa eine Stunde vor Mitternacht im Münster, um bereit zu sein für den Römischen König.

Nun ist zwar in den letzten Tagen die heftige Kälte dem etwas wärmeren Ostwind gewichen, doch dessen Feuchtigkeit lässt Pelze und Mäntel klamm und die Knochen steif werden, sodass die geringere Kälte dem Körper umso beißender erscheint. Man saß also auf den hölzernen Tribünen in dem riesigen Kirchenraum, wir Sekretäre ganz unten, mit den Füßen auf dem kalten Steinboden. Manche hatten sich Kissen und Decken mitgebracht – die Glücklichen! Es waren Kohlebecken aufgestellt worden, aber diese reichten kaum für die Nächstsitzenden zum Händewärmen. Die anderen versuchten sich warmzuhalten, indem sie eng zusammenrückten, mit den Füßen stampften und in die Hände klatschten. Auch Kerzen gab es nur wenige, denn diese sollten von den städtischen Würdenträgern beim Einzug des Königs mitgeführt werden. So saßen wir also fast völlig im Dunkeln und in der Kälte – von den Mündern stiegen bei jedem Atemzug Nebelwölkchen gen Himmel – und warteten, warteten auf die Ankunft des Königs wie auf das Kommen des Erlösers.

Erst gestern habe ich dann erfahren, was sich zu jener Zeit auf der anderen Seite des Costentzer Sees und hernach in der Stadt selber abgespielt hat.

Mit dem König waren nach Überlingen gekommen seine Frau Barbara, die Tochter des Grafen von Cilli, deren Schwester Anna, dann seine Nichte, die Gräfin Elisabeth von Württemberg sowie Herzog Rudolf von Sachsen. Außerdem führte er zwei vornehme türkische Kriegsgefangene mit sich. Doch die hohen Herren oder wohl vor allem die Damen waren erschöpft von der Reise und wollten nicht gleich wieder von Überlingen aufbrechen. Sie mussten sich erst ein wenig erholen und legten sich daher – eben zu der Zeit, als wir uns ins Münster begaben – für eine Stunde zum Schlafen nieder.

Währenddessen wurden die Schiffe beladen mit Pferden, Wagen und Menschen, den Dienern und ungarischen Soldaten des Königs, zuletzt das größte, das Schiff für Sigismund und seine Familie. Als alles parat war, wurden die hohen Herrschaften geweckt, und nach einem Imbiss fuhren sie schließlich gen Costentz. Beim herrschenden Ostwind mussten die Schiffe, die nur ein Segel tragen, immer wieder kreuzen und zeitweise sogar gerudert werden, sodass sie endlich gegen die zweite Stunde nach Mitternacht im Costentzer Hafen eintrafen.

Unterdessen saßen wir immer noch erwartungsvoll in der bischöflichen Basilika. Der Hausherr selbst wie auch einige andere hohe Kleriker waren gegen Mitternacht verschwunden und tauchten erst mit dem König wieder auf. Es war ihnen wohl zu kalt geworden. Wir anderen aber, einschließlich des Papstes und der Kardinäle, hielten uns tapfer, wir beteten, sangen, redeten, doch die meisten schliefen. Ein kräftiges Schnarchen hallte von den Wänden des Kirchenschiffs wider.

Inzwischen war die Ratsstube eingeheizt und heißer Malvasier bereitgestellt worden. So begaben sich Sigismund und sein Gefolge nach ihrer Ankunft zunächst ins Rathaus beim Hafen, um sich zu stärken und die Geschenke der Stadt entgegenzunehmen: zwei vergoldete Tücher, die bei der anschließenden Prozes-

sion zur Kirche als Baldachine über dem König und der Königin getragen wurden.

Bei der Botschaft von der Anlandung des Königs mit seinem Gefolge, die uns ein Diener von Papst Johannes überbrachte, atmeten die im Münster Ausharrenden kurz auf, doch als wir hörten, dass sie zuerst im Rathaus empfangen würden, da schwand unsere Hoffnung auf einen baldigen Beginn der Matutin, denn jeder weiß, wie sich solche Empfänge in die Länge ziehen, vor allem wenn mehrere Frauen beteiligt sind, die für alle Verrichtungen noch länger brauchen als die Männer. Meine Füße fühlten sich an wie Eisblöcke, das heißt, im Grunde fühlte ich nichts mehr in ihnen. Ein kleiner Rundgang durch das Kirchenschiff ließ das Blut wieder fließen, doch ich verfluchte meine Eitelkeit, derentwegen ich nur meine Lederstiefel angezogen und keine Pelze um die Füße gewickelt hatte, wie es die Barbaren tun.

Nachdem die königlichen Damen und das ganze Gefolge sich erholt und gewärmt hatten, ging es schließlich unter dem Jubel der inzwischen herbeigelaufenen Menschenmenge durch die Stadt Richtung Münster. Gegen die vierte Stunde hörten wir die Trompeten der Prozession näher kommen. Das Portal der Bischofskirche tat sich auf, und die Orgel begann zu spielen. Sie füllte das Kirchenschiff mit ihrem Klang, während nun als Erste die städtischen Würdenträger eintraten. Sie trugen Kerzen, die endlich den Raum erleuchteten und wenigstens ein Gefühl von Wärme verbreiteten. Danach kamen einige von Sigismunds Soldaten in voller Rüstung, und schließlich schritt der Römische König selbst unter dem goldenen Baldachin herein, so sehnsüchtig erwartet in jener Nacht wie der Sohn Gottes. Es waren die nämlichen Männer, die den Baldachin für Papst Johannes getragen hatten, welche nun auch Sigismund zu Diensten waren: der Bürgermeister, der Ammann, der Vogt und einer der Ratsherren. Als Begleiter gingen dem König zwei Kurfürsten mit Zepter, Reichsapfel und Reichsschwert voraus, während hinter ihm sein persönlicher Leibwächter, der Spataferarius, marschierte.

Ich muss gestehen, dass ich von des Königs Erscheinung beeindruckt war. Er ist ein stattlicher Mann mit einem langen Bart, der früher wohl rötlich war, inzwischen jedoch vom Alter grau geworden ist, was ihm einen Ausdruck von Würde und Weisheit verleiht.

Unter dem zweiten Baldachin betrat Königin Barbara das Münster. Die Träger waren vier Costentzer Patrizier, die ich vor Kurzem bei einem Bankett kennengelernt habe, Conradus Mangolt, Caspar Gumpost, Conradus in der Bünd und Heinrich von Tettikoven. Vor allem der Letztere ist ein für hiesige Verhältnisse sehr gebildeter Mann, mit dem ich an jenem Bankett-Abend ein interessantes Gespräch geführt hatte.

Die Königin trug ein prächtiges Kleid und einen hermelinbesetzten Purpurmantel mit einer langen Schleppe. Im Lichte der vielen Kerzen sah man trotz der Anzeichen von Müdigkeit deutlich ihre Jugend – sie ist ja nur halb so alt wie Sigismund – und ihre Schönheit. Manches Gerücht über ihr eheliches Betragen in seiner Abwesenheit wurde bei diesem Anblick begreiflich, und für einen Augenblick vergaß ich sogar meine vom Frost geschwollenen Füße. Mit Barbara kamen, ebenfalls reich gekleidet, ihre Schwester Anna sowie die Nichte Sigismunds, Elisabeth von Württemberg.

Nach den Fürsten und ihrem Gefolge drängten auch die Costentzer in die Kirche. Die Patrizier und hohen Zünftler wurden noch eingelassen, aber danach war der Kirchenraum bereits überfüllt, und das Volk wurde von den Ordnern mit Stangen zurückgehalten.

Als alle im Münster Platz genommen hatten, begannen die Begrüßungszeremonien zwischen König und Papst. Du kannst Dir vorstellen, mein lieber Niccolò, dass diese, bei all den vorausgegangenen Schwierigkeiten zwischen den beiden Fürsten, sehr umständlich und langwierig ausfielen. Ich will Dir nicht schildern, wie viel Zeit allein die fünf zeremoniellen Küsse in Anspruch nahmen, Handkuss, Fußkuss und Mundkuss zwischen

König und Papst sowie Handkuss und Fußkuss der Königin. Bis sich alle gesetzt hatten und bereit waren für die Matutin, waren wir in der fünften Stunde des Weihnachtstages angekommen. Endlich war die Kirche hell erleuchtet und der letzte Kardinal aus dem Schlaf erwacht, sodass die Gottesdienste beginnen konnten.

Auf die Matutin folgte die erste Weihnachtsmesse. Während die Königin sich auf einem eigens für sie herbeigeschafften Thronsessel niederließ, gab der König den Messdiener für den Papst. Auf dem Altar waren alle Heiltümer des Bischofs, die goldenen Reliquiare, Schreine, Kelche und Monstranzen aufgestellt, und als es zur Lesung des Weihnachtsevangeliums nach Lukas ›Factum est autem in diebus illis, exiit edictum a Caesare Augusto, etc.‹ kam, stieg der König selbst auf die Kanzel und verlas den Text, der mit dem Edikt des Kaisers Augustus beginnt. Wenn Du mich fragst, hat Sigismund uns alle so lange in der Kälte warten lassen, nur um diese Worte zu sprechen und damit den Kaiser Augustus zu mimen. So glaubt er wohl, seinen Anspruch auf den Kaiserthron vor aller Welt deutlich machen zu können!

Nach der Ersten Messe kamen die Laudes, die sich bis gegen acht hinzogen, dann kam die Zweite Messe, danach wurden Prim, Terz und Sext gesungen, bevor schließlich die Dritte Messe, das feierliche Hochamt, begann. Gegen die elfte Stunde war auch dieses beendet.

Ich weiß nicht, wie oft ich während der ganzen Gottesdienste eingenickt und dann wieder aufgeschreckt bin, wenn plötzlich die Chorherren mit ihrem Gesang einsetzten oder gar Trompeten durch das Kirchenschiff schmetterten. Vor allem hatte ich aber Mitleid mit der Königin und ihren Damen, die – dem schwächlichen Naturell der Frauen gemäß – noch viel mehr unter diesen Strapazen leiden mussten. Manchmal hatte ich fast den Eindruck, dass sie einer Ohnmacht nahe waren, aber wahrscheinlich waren sie nur kurz eingeschlafen.

Meine Füße waren anschließend voller Frostbeulen, die schmerzten, als ich sie endlich in warmem Wasser baden konnte, und die mich heute noch jucken, sodass ich Mühe habe, meine Stiefel anzuziehen.

Verstehst Du jetzt, Niccolò, was ich damit gemeint habe, dass ich es vorgezogen hätte, nicht bei diesem Empfang des Römischen Königs dabei zu sein, der sich über zwölf Stunden hinzog? Nun hoffe ich nur, dass die Konzilsversammlung recht bald zusammentritt, um Johannes als Papst zu bestätigen und sich dann endgültig aufzulösen.

Ich grüße Dich, mit Sehnsucht nach den warmen Gefilden Italiens!

Dein Poggio

～☙～

»Und nun trägt sie den Stein immer an ihrem Busen!«

Voller Begeisterung und ohne Stottern hatte Cunrat seinem Freund Giovanni von der wundersamen Weihnachtsmette und seiner Begegnung mit Gretli erzählt. Er redete immer noch langsam, denn seine Gedanken, die zuvor mehr Zeit gehabt hatten, sich zu sammeln, bevor er sie aussprach, mochten nicht so schnell auf die Zunge kommen, wie diese sie jetzt in Worte verwandeln konnte. Dennoch schaute ihn Giovanni bewundernd an und schüttelte immer wieder den Kopf.

»Es ist kaum zu glauben, wirklich kaum zu glauben! Kein Stammeln mehr! Entweder ist sie eine Heilige oder eine Hexe.«

Auf Cunrats bösen Blick fügte er lachend hinzu: »Gut, eine Heilige! Trinken wir auf die Heiligen, ob sie nun Margarethe oder Lucia heißen!«

Die beiden saßen in der Schänke *Zur Haue* auf zwei Hockern in ihrer Ecke neben dem Kamin, aßen einen Eintopf und tranken Wein. Obwohl Cunrat dem Wirt nicht recht trauen mochte, hatte er sich von Giovanni überreden lassen, zum Essen hierher zu gehen, »damit ich hinterher noch ein Spielchen machen kann«, wie er anfügte.

Es war der Tag des Heiligen Stephanus. Die beiden Bäckergesellen hatten vorher noch keine Zeit gefunden, sich ihre Weihnachtserlebnisse zu erzählen. Denn nicht nur Cunrat hatte in der Heiligen Nacht sein Paradies wieder gefunden, auch Giovanni war überzeugt, dass Gott ihm einen Engel geschickt hatte.

»Ich muss sie da raus holen, verstehst du?« Seine Fröhlichkeit verschwand. Er hatte Lucia seit der Christmette nicht mehr gesehen, denn die Bordelle waren an Sonn- und Feiertagen geschlossen. »Ich halte das nicht aus, mir vorzustellen, wie ein anderer mit ihr im Bett liegt, ich ertrage das nicht, verstehst du, Cunrat?« Giovanni ballte die Faust und sah aus, als ob er gleich in Tränen ausbrechen würde.

Cunrat verstand ihn gut. Er wagte es nicht sich auszumalen, wie er sich gefühlt hätte, wenn Gretli bei einem anderen Mann gelegen hätte. Aber was konnte man tun? 100 Gulden waren 100 Gulden, die konnte Giovanni auch mit Spielen nicht so einfach auftreiben.

Während sie da saßen und tranken und zwischen Liebessehnsucht und Zorn schwankten, betrat ein vornehmer Herr mit einigen Dienern und Soldaten den Schankraum. Er trug eine Pelzmütze und ein teures, pelzverbrämtes Wams. Mit grimmigem Blick musterte er das Lokal und die Menschen, die sich darin aufhielten, Cunrat und Giovanni, den Conte, der hinter seinem Tisch an der Seite saß, einen Trupp ungarischer Soldaten aus dem Gefolge König Sigismunds, ein paar Kleriker in langen Kutten, einige Ratsknechte und andere Trinker. Sebolt Schopper lief den Eintretenden untertänig buckelnd entgegen, um sie zu begrüßen. Der Mann antwortete auf Italienisch, und einer der Diener übersetzte in holpriges Deutsch, dass sein Herr Ser Martinus heiße und etwas zu essen haben wolle.

Schopper führte die Gruppe an einen Tisch in der Nähe des Kamins, an dem die Ratsknechte beisammensaßen. Er bat diese, den Tisch freizumachen, damit der hohe Herr einen Platz fände, und versprach dafür jedem einen Becher Wein. Maulend willigten sie ein, sodass die Italiener sich ins Warme setzen und Fleisch und Wein bestellen konnten.

Giovanni saß mit dem Rücken zu den Neuankömmlingen, sodass er gut mithören konnte, worüber sich die Welschen unterhielten. Übertönt vom Kneipenlärm übersetzte er das Gehörte dann für Cunrat, der ihm gegenüber auf seinem Hocker saß und nun näher heranrückte, während er wiederum genau beobachtete, was sich an dem Tisch abspielte.

So erfuhren sie, dass Ser Martinus der Abgesandte des Herzogs Filippo Maria Visconti aus Mailand war, und dass König Sigismund ihn hatte als Spion gefangen nehmen lassen.

»Wie einen Hasen!«, lamentierte er. »Mich! Den Abgesandten eines der größten Herren der Christenheit!«

Doch dann hatte man ihn überraschend wieder freigelassen.

»Wahrscheinlich hat der Ungar kapiert, dass er das mit uns Italienern nicht machen kann. Wenn sich das herumspricht, werden viele gar nicht erst anreisen, dann kann er sein Konzil allein abhalten!«

Die Welschen tranken einen Krug Rheinwein nach dem anderen und aßen Berge von Rindfleisch und Geflügel, das ein Knecht von Sebolt Schopper auf großen Platten heranschaffte.

Als Cunrat aufstand, weil er austreten musste, schloss sich ihm der Übersetzer von Ser Martinus an.

»Du gehen Abort?«

»Ja.«

»Auch ich.«

Gemeinsam mit dem Mailänder stand Cunrat gleich darauf vor dem runden Holzloch des Aborts, aus dem es teuflisch hochstank. Dem Bäckergesellen wurde ein wenig übel, und er fragte sich, ob dieses Gefühl von den Dünsten herrührte, die aus der Tiefe zu ihnen aufstiegen, oder ob er schon zu viel Wein getrunken hatte. Während ihrer beider Strahl dampfend in die Tiefe rauschte, sah der Welsche zu ihm herüber. Er lachte. »Mamma mia, du große Speer!«

Cunrat wurde verlegen. Doch bevor er etwas erwidern konnte, fragte der Welsche: »Wie eisst du?«

Erleichtert ob des Themenwechsels nannte Cunrat seinen Namen.

»Ah, Cunrat, Corrado. Ho capito. Ick bin Ambrogio. Aus die Stadt von Heilig Ambrogio.«

Dann gingen die beiden erleichtert in die Gaststube zurück, wo sich inzwischen Ser Martinus immer mehr in Rage geredet hatte wegen seiner ungerechtfertigten Gefangennahme.

»Er schimpft auf Sigismund, das sollte er besser nicht tun!«, erklärte Giovanni seinem Freund die Lage und zeigte auf die ungarischen Soldaten in der anderen Ecke der Schänke. Hatten diese schon beim Eintreten der Welschen angefangen zu rumoren, so wurde ihr Gesprächston nun immer erregter, als sie den Namen ihres obersten Herrn auf so verächtliche Art aussprechen hörten. Vielleicht verstand ja auch einer von ihnen Italienisch.

»Lass uns verschwinden!«, schlug Giovanni vor. »Hier geht's gleich rund.«

Doch bevor die beiden ihre Zeche bezahlen und aufbrechen konnten, eskalierte die Situation. Einer der Ungarn, ein unrasierter, breitschultriger Kerl, konnte ein paar Brocken Deutsch, die er nun dem Dolmetscher von Ser Martinus an den Kopf warf.

»Irr Welschmann, was sprrechen bese von allerrrhechste remisch Küng Sigismund?«, fragte er zornig.

Der Übersetzer versuchte ihn zu beruhigen, doch sein Herr antwortete auf Italienisch mit einer Schimpftirade, deren Wortlaut der Ungar zwar nicht verstand, aber der Tonfall genügte ihm und seinen Genossen. Sie stürzten sich brüllend auf die Italiener, die sich gar nicht so schnell von ihren Bänken erheben konnte. Die Soldaten des Mailänders versuchten ihren Herrn zu schützen, der vor dem Kamin stand und weiter auf die Ungarn einschrie. Fäuste flogen in Gesichter, und Hände rissen an Kleidern und Haaren. Die anwesenden Ratsknechte bemühten sich, die Streithähne zu trennen, bevor diese zu Messer und Schwert greifen konnten, doch am Ende rief Sebolt Schopper verzweifelt nach den Stadtwachen. Zwei von ihnen, die am Rindportertor Dienst hatten, kamen in die Schänke gestürzt, und schließlich gelang es ihnen gemeinsam mit den Ratsdienern, das Handgemenge zu beenden. Schimpfend und fluchend verließen die Ungarn das Lokal, und auch Ser Martinus warf nur noch zornig ein paar Münzen auf den Tisch, dann verschwand er mit seiner Truppe. Der Übersetzer Ambrogio winkte Cunrat zum Abschied kurz zu.

Die beiden Bäckergesellen hatten sich an die Wand gedrückt, um nicht in die Rauferei hineingezogen zu werden. Als sich alles wieder beruhigt hatte, bestellten sie noch einen Krug Wein.

»Man weiß nicht, wer verrückter ist«, sagte Cunrat und schüttelte den Kopf, »die Ungarn oder ihr Welschen.«

Giovanni lachte. Als der Krug leer war, wünschte er Cunrat eine gute Nacht und verließ die Schankstube durch die Hintertür. Cunrat trat allein den Heimweg an.

Der nächste Tag war ein Donnerstag, und die Bäcker hatten sich ausnahmsweise am Oberen Markt postiert, nicht weit von der Plattengasse, durch die sich der werktägliche Verkehr wälzte. Hier kreuzte sich die alte Römerstraße mit der Weißen Straße, die vom Untersee her durch das Paradies in die Stadt führte. Bauern trieben ihre Rinder, Schweine und Schafe durch das Rindportertor zur Marktstätte in die Metzig, Mägde brachten Körbe mit Wintergemüse oder Eiern zum Markt, vom Schnetztor her fuhren schwere Wagen mit Fässern und Ballen heran und bogen ab in Richtung Kaufhaus, Reiter, in dicke Mäntel und Pelze gehüllt, lenkten ihre Pferde vorsichtig um Verkaufsstände und kauernde Bettler herum.

In der Mitte des Oberen Markts stand neben dem Brunnen der städtische Pranger. Dort sollte heute eine Strafe vollzogen werden, und solche Spektakel zogen immer viele Leute an, Kundschaft also für die Bäcker. Das war der Grund gewesen, warum Giovanni ihren heutigen Standort ausgewählt hatte, dort, wo normalerweise der Holzmarkt stattfand. In der Tat begann sich der Platz schon eine Stunde vor Beginn der Veranstaltung zu füllen, und Brezeln und Pasteten fanden reißenden Absatz.

Um die zehnte Stunde hörte man dumpfen Trommelschlag sich von der Marktstätte her nähern. Der Delinquent war im Anmarsch. Auf Cunrats Frage an einen der brezelkauenden Stadtwächter vom Rindportertor, warum der Übeltäter zur Prangerstrafe verurteilt worden war, flüsterte der Mann ihm verschämt ins Ohr, es handle sich bei dem zu Strafenden um einen Gotteslästerer der schlimmsten Sorte.

»Beim Fudloch der Gottesmutter hat er geschworen! Und das, wo so viele fromme Herren in der Stadt sind! Einer von diesen hat ihn angezeigt.«

Aus der Gasse Unter den Säulen tauchte nun als Erstes ein Ratsknecht mit einer Trommel auf. In langsamem Rhythmus ließ er immer wieder einen einzelnen Schlag ertönen, der dumpf von den Laubengewölben widerhallte. Dann folgte der Vogt Hanns Hagen mit einigen Stadtwachen. Hinter ihm ging ein bulliger Mann in grünem Rock und rotem Mantel. Auf dem Kopf trug er eine rote Kapuze, die sein Gesicht verdeckte. Danach führten zwei Ratsknechte den gefesselten Missetäter zur Vollstreckung der Strafe. Es handelte sich um einen der fahrenden Spielleute, die wegen des Konzils in die Stadt gekommen waren, um zur Zerstreuung der hohen Herren zwischen den Sitzungen beizutragen. Er besaß keinen Heller und konnte daher die ihm auferlegte Geldstrafe nicht bezahlen. Deshalb würde er nun an den Pranger gestellt. Als der ärmlich gekleidete Mann den Oberen Markt erreichte, begannen die Leute ihn zu beschimpfen und einige spuckten ihn an. Trotzig schaute er vor sich auf den Boden.

»Der im roten Mantel ist Egli Locher, der Henker!«, flüsterte Giovanni Cunrat zu. Egli Locher ging leicht gebückt wie einer, der eine schwere Last zu tragen hat, dabei trug er weder Schwert noch Beil mit sich, nur einen Ledersack über dem Rücken. Cunrat fragte sich, was der Henker bei einer Prangerstrafe zu suchen hatte.

Der Schandpfahl bestand aus einer hohen Säule mit überdachter Plattform auf halber Höhe. Dort hinauf musste der Verurteilte nun mit einer Leiter steigen. Einer der Ratsknechte ging ihm voraus und hielt den Strick fest, mit dem die Hände des Sünders gefesselt waren, der andere folgte ihm nach, während Hanns Hagen das Urteil verlas.

»Peter Froschmaul aus Buchhorn ist von einem ehrbaren Rat wegen freventlichen Geredes zu einer Buße von einem halben Pfund Pfennig verurteilt worden. Da er diese nicht bezahlen kann, wird er nun für eine Stunde an den Pranger gestellt. Doch weil er besonders schlimm unsere liebe Gottesmutter mit Flüchen beleidigt hat ...«

Die Umstehenden begannen lauter zu murren, und ein fauler Apfel flog zu Peter Froschmaul hoch, traf aber einen der Ratsknechte, der wütend den Matsch vom Gewand streifte. Hanns Hagen hob die Hand, denn er war noch nicht fertig.

»Weil er besonders schlimm unsere liebe Gottesmutter beleidigt hat, wird er außerdem am Ende mit der Zunge an den Pfahl genagelt und muss solang ausharren, bis er sich selber losgerissen hat.«

»Neiiin!«

Peter Froschmaul schrie auf und zerrte an seinen Fesseln, aber der neben ihm stehende Wächter gab ihm einen Schlag mit dem Handrücken ins Gesicht, sodass er in sich zusammensank. Die Menge applaudierte. »Richtig so!« »Gotteslästerer!« »Bindet ihn fest, das Schwein!«

Da legten ihm die beiden Knechte den Eisenring um den Hals sowie die eisernen Fußfesseln um die Knöchel. Dann stiegen sie rasch wieder die Leiter hinab, denn jetzt begann ein wahrer Schwall an Mistbollen, faulen Äpfeln und stinkenden Eiern zu dem Verurteilten hinauf zu regnen. Anfänglich duckte er sich noch vor den Geschossen, aber sie kamen von allen Seiten, und irgendwann stand er nur noch in sich gesackt da und ließ die Schmach über sich ergehen, wohl wissend, dass ihm das Schlimmste noch bevorstand. Nun verstand Cunrat auch, warum der Henker mitgekommen war: Leibesstrafen zu vollziehen war seine Sache.

»Un poveraccio, ein armer Kerl«, bemerkte der Conte, der an den Stand der venezianischen Bäcker getreten war, um eine Pastete zu kaufen. Sie hatten sich mit ihrem Tisch wohlweislich in genügendem Abstand zum Schandpfahl postiert, direkt an den Lauben des Hauses *Zum Hohen Hafen*, wo sie in Sicherheit waren vor den übel riechenden Geschossen.

Hanns Hagen ließ die Menge gewähren, bis sich ihr Zorn über den Missetäter entladen hatte. Dann schlenderte der Vogt zum Bäckerstand herüber.

»Cunrat Wolgemut, so seid Ihr immer noch in der Stadt!«, begrüßte Hagen den langen Bäcker mit einer Mischung aus Wohlwollen und Missbilligung. »Und habt Euch mit den Welschen zusammengetan. Na, wenn das nur gut geht!«

Cunrat war überrascht, dass der Vogt sich an seinen Namen erinnerte, aber offenbar hatte er Eindruck auf ihn gemacht. Plötzlich fiel ihm wieder Hagens vertraulicher Abschied von dem Juden Ismael ein. Natürlich hätte er es niemals gewagt, ihn darauf anzusprechen, aber es war ganz offensichtlich gewesen, dass der Vogt im Schutz der Dunkelheit etwas zu verbergen gehabt hatte.

»Gebt mir eine von den Pasteten. Mit Huhn!«

Seine Amtsausübung hatte Hanns Hagen offenbar hungrig gemacht. Cunrat servierte ihm die Pastete, die noch warm war und dampfte.

»Wohl bekomms!«

»Das schmeckt doch recht annehmbar«, antwortete der Vogt, als er hineingebissen hatte, und ihm der Saft am Kinn hinablief.

»Ihr solltet auch eine probieren, Egli Locher!«, fügte er zum Henker gewandt hinzu, der ein wenig abseits stand. Doch der schüttelte mit trauriger Geste den Kopf.

»Nicht jetzt.«

Im Gegensatz zum Vogt schlug ihm sein Amt anscheinend auf den Magen. Vielleicht hatte er auch nur keine Lust, bei der Kälte die Kapuze abzunehmen.

Giovanni indes freute sich, dass dem Vogt die Pastete schmeckte.

»Herr, wir Venezianer machen noch viel mehr Backwerk, das man hier nicht kennt. Ihr könnt gern noch weitere Kostproben versuchen.«

»Ich danke, für heute hab ich genug. Bis die Stunde um ist, werde ich mir einen Becher heißen Wein genehmigen. Hier auf dem Platz ist es mir zu kalt.«

Natürlich hatte auch Sebolt Schopper sein Lokal geöffnet, das sich ja nicht weit vom Oberen Markt befand. Die Menschen, die nun ihre Munition losgeworden waren, strömten dorthin ins Warme.

Zurück blieben der Delinquent, der schmutzig, stinkend und zitternd an der Säule lehnte, die zwei Stadtwachen und die Bäcker, die ständig neue Brotwaren in ihren Ofen steckten und wieder herausnahmen. Dabei wurden ihnen wenigstens die Hände warm. Ein kalter Wind zog vom See herauf und ließ die städtische Fahne mit dem schwarzen Kreuz oben auf dem Pranger heftig flattern. Cunrat schaute hinauf zu dem Verurteilten. Obwohl er wusste, dass der seine Strafe verdient hatte, tat er ihm leid. Seiner Meinung nach war er genug gestraft. Außerdem hatte er ihn schon singen gehört, fröhliche Trinklieder und traurige Balladen über die Liebe, und es war klar, dass er mit gespaltener Zunge niemanden mehr mit seiner Kunst erfreuen würde. Aber was konnte ein Bäckergeselle wie Cunrat schon tun? Hier konnte nur noch Gott helfen. Und da der Buchhorner Gottes Mutter beleidigt hatte, würde der wohl keinen Grund sehen, ihm das Zungenschlitzen zu ersparen. Doch die Güte des Herrn kennt bisweilen keine Grenzen.

Vom Münster her kam ein Mann die Straße entlang geschlendert. Er hatte ein breites Gesicht, einen langen, geflochtenen Bart und nur ein Auge, wie der Costentzer Bischof. Sein vornehmes Gewand wirkte ein wenig zerrittten. Er warf einen Blick auf den Pranger, dann trottete er gemächlich zum Bäckerstand herüber. Wie der Vogt verlangte er eine Hühnerpastete. Danach stellte er sich so hin, dass er den Pranger im Blick hatte, und aß genüsslich Bissen für Bissen sein dampfendes Gebäck. Schließlich wandte er sich an Giovanni und fragte: »Wer ist der Kerl da oben? Was hat er getan?«

»Das ist ein Spielmann, Herr, aus Buchhorn, mit Namen Peter Froschmaul. Er hat die Muttergottes gelästert, mit üblen Worten, heißt es. Gleich kommt der Henker und wird ihm seine vorwitzige Zunge an den Pfahl nageln.«

Der Mann schüttelte langsam den Kopf.

»Peter Froschmaul! Sein Gesicht macht dem Namen alle Ehre. Armer Teufel! Ein Spielmann! Was hat er denn so Schlimmes gesagt über die Gottesmutter, dass er seine Zunge dafür drangeben muss?«

Giovanni flüsterte es ihm ins Ohr. Der Mann lachte rau und sagte dann: »Als ob sie das nicht auch gehabt hätte! Diese Pfaffen! Die müssten einmal an einem Kreuzzug ins Heilige Land teilnehmen, da würden sie nicht mehr wegen solchen Kleinigkeiten einem armen Wicht das Handwerk nehmen! Ein Spielmann braucht seine Zunge!«

Die Stunde war bald abgelaufen, und langsam kam die Menge wieder auf den Platz geflutet, um dem Höhepunkt des Spektakels beizuwohnen. Schließlich verließ auch Hanns Hagen die warme Gaststube und begab sich mit dem Henker und den Ratsknechten zum Pranger. Aus seinem mitgebrachten Sack zog Egli Locher Hammer und Nagel hervor.

Peter Froschmaul, der Gotteslästerer, wurde starr und sah mit vor Angst geweiteten Augen um sich. Der Henker zog Lederhandschuhe über und schickte sich an, die Leiter zu ersteigen.

»Herr Vogt, auf ein Wort!«, ließ sich da plötzlich der Einäugige vernehmen.

Egli Locher hielt inne.

»Wartet!«, wies ihn Hagen an. Der Henker setzte den Fuß wieder zu Boden.

Die Blicke der Umstehenden richteten sich zornig auf den Störenfried, der sich nun einen Weg durch das Getümmel bahnte.

»Wer seid Ihr? Habt Ihr etwas vorzubringen?«

»Ja, Herr Vogt. Ich bin der Herr von Wolkenstein, ein Gefolgsmann des Herzogs Friedrich von Tirol und des Römischen Königs, ein Ritter und Kreuzfahrer. Und bei Gelegenheit auch Dichter und Spielmann, so wie der arme Kerl dort oben.«

»Das ist kein armer Kerl!« »Er hat die Gottesmutter beleidigt!« »Nagelt ihn endlich fest!«, ertönten Rufe aus der Menge. Die Menschen wurden ungeduldig. Zu lang schon hatten sie in der Kälte ausgeharrt, jetzt wollten sie endlich mit dem versprochenen Schauspiel belohnt werden.

»Ich grüße Euch, Herr von Wolkenstein«, antwortete jedoch respektvoll Hanns Hagen. »Was habt Ihr für ein Begehr, das nicht noch eine halbe Stunde aufgeschoben werden kann?«

»Ich wünsche, für den Mann da oben zu bürgen.«

Hanns Hagen erschrak. Das hatte er nicht erwartet.

»Herr, er ist wirklich ein schlimmer Sünder. In Gegenwart einiger Kleriker hat er unsagbare Worte über die Muttergottes geäußert!«

»Und die haben ihn dann angezeigt. Das kann ich mir vorstellen! Sei's drum! Was muss ich tun, damit er freikommt?«

Der Vogt fühlte sich unbehaglich. Die Menschenmenge drängte immer lauter auf die Vollstreckung des Urteils. Er hatte ein Exempel statuieren wollen, damit alle Konzilsbesucher sähen, dass die Stadt rigoros gegen Missetäter vorging. Jedenfalls gegen die fluchenden. Die Diebesbande, die Costentz unsicher machte, und den Mörder, der sein Unwesen trieb, hatten sie noch nicht dingfest machen können. Aber dass es einen Mörder in der Stadt gab, wusste ohnehin nur er. Andererseits war Oswald von Wolkenstein tatsächlich eine wichtige Person im Gefolge des Königs. Man munkelte, er bekomme 300 Gulden Jahresgehalt von Sigismund, und der König wolle ihn für diplomatische Dienste einsetzen, weil er ein weitgereister Mann war, der viele Sprachen verstand.

Hanns Hagen rief den Henker zu sich und wechselte ein paar Worte mit ihm. Dann wandte er sich wieder an Wolkenstein: »Herr, das kann ich hier nicht entscheiden. Der Delinquent kommt wieder in den Turm, und ich werde die Sache dem Rat vortragen.«

Egli Locher steckte seine Marterwerkzeuge zurück in den Sack, während ein Stadtknecht die Leiter hochstieg, um dem Spielmann Peter Froschmaul die Eisen zu lösen. Die anderen Knechte hatten alle Mühe, die Menge zurückzudrängen, die wütend protestierte.

»Panem et circenses!«, murmelte kopfschüttelnd ein fein gekleideter Herr mit angegrauten Locken, der zum Bäckerstand getreten war und sich eine Pastete genehmigte. »Die Menschen wollen Blut sehen.«

Dann fügte er ironisch lächelnd zu Giovanni und Cunrat gewandt hinzu: »Ich hoffe nur, dass die Leute auch genügend Brot gekauft und euch ein gutes Geschäft beschert haben!«

Er redete Italienisch, und Giovanni übersetzte es für Cunrat. Da erinnerte sich der lange Bäckergeselle, dass er den feinen Herrn im Gefolge des Papstes gesehen hatte, bei dessen Einzug in Costentz. Er war derjenige gewesen, dessen Maultier so viele Bücher hatte schleppen müssen.

Alle drei atmeten auf, als der arme Sünder von zwei Stadtwachen zum Turm geführt wurde, verängstigt und durchgefroren, aber mit heiler Zunge.

Giovanni übersetzte dem Bücherfreund, was Oswald von Wolkenstein gesagt hatte.

»Der Herr von Wolkenstein hat ein barbarisches Aussehen, aber ein großes Herz!«, kommentierte der feine Herr die Handlung des Tirolers, ohne zu bemerken, dass in diesem Augenblick der Einäugige hinter ihm an den Bäckerstand trat.

»Hütet Eure Zunge, Ihr habt gesehen, wie schnell man sie in dieser Stadt verlieren kann!«, drohte Wolkenstein gutmütig auf Italienisch, und zu Giovanni gewandt fügte er hinzu: »Gib mir noch eine Pastete!«

Etwas verlegen drehte sich der feine Herr um und streckte dem Wolkensteiner die Hand hin. »Poggio Bracciolini, Sekretär des Papstes Johannes! Ich freue mich, Euch kennenzulernen, Herr von Wolkenstein!«

Der andere packte die ausgestreckte Hand und schüttelte sie kräftig, was ein gequältes Lächeln bei Bracciolini hervorrief.

»Freut mich ebenfalls! Soso, Sekretär des Papstes. Ihr findet also, dass ich ein großes Herz habe. Sagen wir, ich habe ein Herz für arme Kerle, die zu Unrecht von den Pfaffen malträtiert werden.«

Bracciolini überhörte den Spott.

»Ihr sprecht gut Deutsch, Herr von Wolkenstein.«

»Mein lieber Herr Papstsekretär, Deutsch ist meine Muttersprache, aber wir Tiroler beherrschen auch die Sprache von Dante, Petrarca und Boccaccio ganz annehmlich, wie Ihr hört.«

»So kennt Ihr unsere großen Dichter?«

»Im Winter sind die Tage und Nächte lang auf einer Tiroler Burg, da hat man viel Zeit zum Lesen.«

»Ich habe gehört, Ihr seid selber ein Dichter.«

»Dichter und Spielmann, wie ich dem Vogt gesagt habe. Bezahlt mir einen Krug Wein, dann trage ich Euch vielleicht ein paar Lieder vor.« Doch dann wurde der Ausdruck von Wolkensteins Auge herablassend. »Ach, ich vergaß, dass Ihr ja kein Deutsch versteht!«

Bracciolini erwiderte pikiert: »Wenn Ihr wirklich beide Sprachen so gut beherrscht, dann könnt Ihr mir Eure Lieder ja übersetzen! So werden wir sehen, ob sich Eure Dichtung mit derjenigen der Italiener messen kann. Und auf diese Weise lerne ich womöglich auch ein wenig Deutsch.«

Da klopfte Wolkenstein dem Papstsekretär lachend auf die Schulter.

»Abgemacht! Dort drüben ist eine Weinstube. Da lasst uns anfangen mit dem Deutschstudium!«

Cunrat und Giovanni sahen den beiden neiderfüllt nach, sie mussten weiter in der Kälte ausharren, denn ihr Tagwerk war erst beendet, wenn alle Backwaren verkauft waren.

So hörten sie erst zwei Tage später wieder von dem Dichter. Es hieß, er habe vor dem versammelten Costentzer Stadtrat ein Liedchen zum Besten gegeben, das den Herren außerordentlich gefiel und rasch von allen Spielleuten in Costentz nachgespielt wurde. Und das ging so:

O wonnigliches Paradies,
zu Costentz hab ich gfunden dich!
Für alles, was ich hör, seh, lies,
mit gutem Herzen freust du mich.
Innen, außen, überall,
zu Münsterlingen, anderswo,
regiert dein adeliger Schall.
Wer möcht da jemals werden gram?

Viel Augenweid
in manchem Kleid
schlicht, zierlich, stolz,
sieht man zu Costentz prangen,
von Mündlein rot,
ohn alle Not

bin ich bedroht
von rosenroten Wangen.

Gebärd, Wort, Weise tadellos
sieht man im hügeligen Tritt
von mancher stolzen Frauen groß.
Sankt Peter lässt mich lügen nit
des Lob ich immer preisen soll
andächtiglich in meim Gebet,
denn er ist aller Ehren voll,
und wär mir leid, wer anders redt.

Viel Augenweid
in manchem Kleid
schlicht, zierlich, stolz,
sieht man zu Costentz prangen,
von Mündlein rot,
ohn alle Not
bin ich bedroht
von rosenroten Wangen.

Viel zarte, engelhafte Weib,
durchleuchtend schön, mit lichtem Glanz,
besessen haben meinen Leib,
dort in der Katzen bei dem Tanz,
die ich ja nicht vergessen will;
das macht ihr liebliche Gestalt.
Mit Ehren lustig Freudenspiel
findt man zu Costentz mannigfalt.

Viel Augenweid
in manchem Kleid
schlicht, zierlich, stolz,
sieht man zu Costentz prangen,

von Mündlein rot,
ohn alle Not
bin ich bedroht
von rosenroten Wangen.

Man erzählte, die Ratsherren seien so begeistert gewesen, dass sie Peter Froschmaul ohne weitere Auflagen freigelassen hätten. Andere Stimmen wollten hingegen wissen, dass der Wolkensteiner nicht nur das halbe Pfund Pfennig Strafe, sondern zusätzlich noch ein viertel Pfund Ablöse bezahlt habe, damit der Spielmann seine Freiheit unversehrt wieder erhielt.

Die Menschen jedoch, die am Oberen Markt um ihr blutiges Spektakel betrogen worden waren, beruhigten sich nicht so leicht. Sie strömten in die Weinschänken, und bevor es Abend war, mussten die Stadtwachen mehrere Schlägereien schlichten. Manch einer landete im Turm, und Cunrat und seine Freunde waren nicht verwundert, dass auch die Ungarn wieder in die Raufhändel verwickelt waren.

»Diese hunnischen Horden kennen keine Sitten und keine Gesetze!«, meinte Giovanni weltmännisch.

Und sie wunderten sich auch nicht, als sie am nächsten Morgen hörten, es habe einen Toten gegeben. Man habe ihn am Tümpfel beim Bischofsspital gefunden, erstochen mit einem ungarischen Messer, erzählte ein Italiener aus dem Gefolge des Kardinals Orsini, der drei Pasteten für den Mittagsimbiss holte. Ein anderer berichtete später, bei dem Ermordeten habe es sich um einen Gefolgsmann des Mailänder Gesandten gehandelt. Und eine Frau wusste es schließlich ganz genau: »Einer, der auch Deutsch gesprochen hat und immer übersetzen musste!«

Als er das hörte, fühlte Cunrat ein leichtes Grauen in sich hochsteigen. Der mailändische Übersetzer Ambrogio! Gemeinsam mit dem Toten hatte er am Abortloch gestanden, hatte ihn in einer verletzlichen und gleichzeitig vertraulichen Situation kennengelernt, die eine gewisse Nähe zwischen ihnen beiden geschaffen hatte. Und nun war er tot, ermordet von den Ungarn. Cunrat glaubte, den ekelhaften Gestank noch wahrzunehmen, der aus dem Loch hochgestiegen war, so wie der Gestank um den toten Tettinger noch tagelang seine Nase heimgesucht hatte. Der teuflisch stinkende Tod. Zog er ihn an? War er verflucht?

~~~

Poggio Bracciolini an Niccolò Niccoli, am Tag des Heiligen Sylvester, im Jahre des Herrn 1414

Ich, Poggio, entbiete Dir, meinem Niccolò, einen herzlichen Gruß zum neuen Jahr!

Heute muss ich Dir einen besonders langen Brief schreiben. Ich will Dir nämlich berichten, auf welch seltsame Art das alte Jahr für mich zu Ende gegangen ist, wie ich einen lebenden Dichter kennengelernt und einen Kontrakt mit ihm geschlossen habe, wie ich voller Hoffnung das Predigerkloster allhie zu Costentz aufgesucht habe in Erwartung etwelcher Buchschätze von toten Dichtern, welch große Enttäuschung mir bereitet ward, und was für ein Missgeschick mich auf dem Heimweg ereilte.

Wie in allen Städten, so gibt es auch hier in Costentz einen großen Pranger, an dem vor wenigen Tagen, am Fest des Heiligen Johannes, ein armer kleiner Spielmann seine Zunge lassen sollte. Es war um die elfte Stunde, als der Henker sich anschickte, sein trauriges Werk zu verrichten, doch just in diesem Moment kam ein Mann des Weges, der nur über ein Auge verfügt, ansonsten aber viele Talente in sich vereint. Er nennt sich Oswald von Wolkenstein und hat seine Stammburg im Süden Tirols, nicht weit von der Bischofsstadt Brixen. Besagter Oswald steht nicht nur mit dem Schwert seinen Mann, wie man mir erzählt hat, sondern er spricht auch viele verschiedene Sprachen, weshalb der König ihn in seine

Dienste genommen hat. Außerdem ist er ein Jünger Apolls, der in der deutschen Volkssprache recht unterhaltsame Lieder verfasst. Nun wirst du dich verwundert fragen, seit wann ich die deutsche Sprache beherrsche, um ein solches Urteil fällen zu können.

Ich bin noch weit davon entfernt, sie zu beherrschen, doch höre, was mir an diesem Tag widerfahren ist.

Während also noch der Verurteilte auf die Spaltung seiner Zunge wartete, verhandelte der Herr von Wolkenstein mit dem Stadtvogt, denn er war der Meinung, dass ein Spielmann seiner Zunge bedürftig sei. Am Ende stimmte der Vogt zu, die Vollstreckung des Urteils zu vertagen, damit der Casus noch einmal geprüft werden könne. Mir gefiel die Argumentation des Wolkensteiners, und so bot ich ihm an, ihn auf einen Krug Wein einzuladen. Hocherfreut stimmte er zu, und als wir in der Weinstube saßen und ich ihm einen Wein aus dem Rheinlande offerierte, da begann er seine Lieder vorzutragen. Wie nicht anders zu erwarten, verstand ich zunächst kein Wort von dem, was er sang, doch die Art, wie er die Leier spielte, und seine tiefe Bassstimme waren sehr gefällig anzuhören. Offenbar lag ihm jedoch viel an meinem Urteil über die dichterische Qualität seiner Werke, und so übersetzte er mir ein Lied um das andere, er erklärte mir einzelne Wendungen, ich half ihm, nach entsprechenden Worten im Italienischen zu suchen, und am Ende hatte ich das meiste verstanden. Viele seiner Lieder sind voller Ironie und komischer Wendungen, so, wenn er den sauren Wein dieser Gegend beschreibt oder die Hässlichkeit mancher Dirnen. Besonders gelungen sind seine Liebeslieder, die sich natürlich nicht mit denen von Catull, Horaz oder Ovid messen können, ja nicht einmal an unseren italischen Dichter Petrarca heranreichen, doch sind sie für ihre Verhältnisse reizende kleine Schöpfungen der Volksdichtung.

Als wir beim zweiten Krug Wein angelangt waren, erzählte mir der gute Dichter, dass er beabsichtige, den verurteilten Spielmann bei der nächsten Gerichtssitzung durch ein besonders schönes Lied über die Konzilsstadt Costentz auszulösen. Zunächst schien mir diese Idee abwegig, aber dann musste ich daran denken, aus welchen Leuten sich dieses Ratsgremium zusammensetzt: einfache Zunfthandwerker und örtliche Krämer, biedere Patrizier und geschäftige Kaufleute. Diese Versammlung mochte sich durch ein wohlgefälliges Lied über ihr Städtchen durchaus beeindrucken lassen. So ersannen wir gemeinsam Zeile für Zeile, Becher um Becher, ein reizendes Gedicht, zu dem Herr Oswald eine eingängliche Melodie komponierte.

Wie ich gehört habe, hat das Lied seinen Dienst getan und den Spielmann aus der Gefangenschaft befreit, für mich aber hatte diese Begegnung noch andere Folgen: Da unsere dichterische Zusammenarbeit so fruchtbar war und ich zum ersten Mal der deutschen Sprache etwas abgewinnen konnte, habe ich mit dem Herrn von Wolkenstein vereinbart, dass wir uns, so lange dieses Konzil andauert und wir beide hier anwesend sein müssen, regelmäßig treffen und er mir Gedichte vorträgt und übersetzt, sodass ich mich nach und nach diesem Idiom annähern kann.

Doch mit dem Vorsatz, eine barbarische Sprache zu lernen, waren dieser Tag und dieses Jahr für mich noch nicht zu Ende. Es harrte meiner noch der Besuch bei den Dominikanern.

Das Kloster der Dominikaner liegt auf einer kleinen Insel, die der Stadt Costentz vorgelagert und mit einer Brücke dem Festland verbunden ist. Vor rund 200 Jahren hat der Costentzer Bischof die Prediger in seine Stadt geholt, um dem verderbten Volk das Wort Gottes näher zu bringen, und ihnen die kleine Insel übergeben, auf der sie ihr Kloster errichteten. Aus seinen Mauern gingen viele Prediger hervor, darunter wohl der berühmteste Heinricus Suso zu nennen ist, der sich selbst als der ›Diener‹ bezeichnet in seinen Schriften, worin er mystische Visionen beschreibt. Sie sind allerdings meistenteils auch in der hiesigen Volkssprache verfasst, weshalb ich noch nicht viel davon gelesen habe. Es scheint, dass vor allem Frauen sie gern zur Lektüre nehmen, so es auch eine Sammlung von Frauen nicht weit von der Rheinbrücke gibt, die zu besagtem Orden gehören. Sie nennen sich die frommen Frauen von Zofingen. Aber ich schweife ab.

In meinem Brief vom Tage des Heiligen Stephanus hatte ich dir bereits beschrieben, wie der Römische König Sigismund in der Nacht des Weihnachtsfestes uns alle viele Stunden auf seine Ankunft hatte warten lassen wie auf das Kommen des Erlösers, wie er endlich weit nach Mitternacht in Costentz eingetroffen, sich zunächst in der Ratsstube gestärkt und dann mit seiner Gemahlin Barbara in die Bischofskirche eingezogen ist, wo er unter dem Beisein einer großen Menge von geistlichen und weltlichen Herren bei der Weihnachtsmesse dem Papst als Messdiener amtete. Nach der letzten Messe, um die elfte Stunde am Weihnachtstag, gab Papst Johannes dem ganzen versammelten Volke seinen Segen, während Prälaten, Fürsten und hochgestellte Bürger sich noch in die Pfalz begaben, um sich dort mit einem kräftigen Imbiss zu stärken. Bei dieser Gelegenheit kam ich ins Gespräch mit dem Prior des genannten Predigerklosters mit Namen Gallus Stechelin, benamst nach dem Heiligen, der in der Einöde südlich des Costentzer Sees das erste Kloster errichtet hat. Ich berichtete ihm, dass ich eben dieses Kloster bereits aufgesucht hatte, um seine Bücherschätze zu bewundern, und dabei manches Kleinod entdeckt hatte, da schien den guten Prior der Neid zu packen, und er lud mich ein, auch einmal in das Inselkloster zu kommen, um seine Bibliothek zu besichtigen. Er tat sich recht wichtig und behauptete gar, dass in der ganzen Stadt keine Bibliothek der seinen gleiche, nicht einmal die der Benediktiner auf der anderen Rheinseite, in des Petrus Haus. Du kennst mich, mein treuer Niccolò, und weißt, dass ich ein solches Angebot nicht zweimal überdenken musste, eher musste ich an mich halten, nicht sofort am nächsten Tage zu erscheinen und dadurch womöglich aufdringlich zu wirken. So vereinbarten wir meinen Besuch für den Tag des Heiligen Johannes um die vierte Stunde nach Mittag, und ich konnte es kaum erwarten, denn das Costentzer Predigerkloster beherbergt zwar kein Generalstudium wie in Köln, aber hier wer-

den die Novizen auf das Studium vorbereitet, und dafür braucht es doch eine wohlgefüllte Bücherstube. Außerdem rühmen sich die Dominikaner allzeit ihrer Wissenschaftskenntnis, mit der sie glauben, jeder Häresie Einhalt gebieten zu können – wie reich mochte also die Klosterbibliothek bestückt sein!

Im Übrigen haben die Domini Canes, die Hunde des Herrn, wie sie sich selber nennen, in ihrem Eifer, die Schäflein der Kirche in einer Hürde beisammen zu halten, gerade dieser Tage einen besonders bösen Wolf erbeutet und in ihrem Kloster gefangen gesetzt, einen, den ich jedoch eher einen armen Vogel nennen würde, wie auch die Bedeutung seines Namens in seiner Muttersprache ›Gans‹ ist: Magister Johannes Hus, der ja mit Gottes und des Königs Segen hierher kam, aber schon bald vom König fallen gelassen und seinen Feinden in den Rachen geworfen wurde. So weit hat ihn seine Wahrheitsliebe geführt! Nun sitzet der arme Mann aus Böhmen hier im Inselkerker, während die Herren Kardinäle darüber beraten, was mit ihm zu tun sei. Da das Konzil wegen der Abwesenheit wichtiger Delegationen immer noch nichts Wesentliches disputieren und entscheiden kann, beschäftigt man sich also weiterhin vorwiegend mit der Wyclif-Häresie, und manche sehen in Hus geradezu die Wiedergeburt des von ihnen verteufelten Engländers. Daran ist er auch selbst nicht ganz unschuldig, denn nach seiner Ergreifung sind überall Maueranschläge voller Drohungen wegen des Vorgehens gegen Hus aufgetaucht, die den Papst und die Kardinäle schwer erzürnt haben. Aber ich schweife schon wieder ab.

Nun denn, ich begab mich also wie verabredet am Tag des Heiligen Johannes um die vierte Stunde nach Mittag ins Predigerkloster, nachdem ich vorher noch einen kleinen Schlaf gehalten hatte, um die Geister des deutschen Weines und der deutschen Lieder ein wenig zu verscheuchen. Nun musst du wissen, dass die Pfalz des Bischofs, in welcher der Herr Papst und wir als sein Gefolge residieren, auf dem höchsten Punkte der Stadt liegt (der allerdings im Vergleich zum Kapitolshügel eher von gerin-

ger Höhe ist). So musste ich durch das Viertel, das die Niedere Burg heißt, zunächst durch die Rheingasse und dann die Predigergasse hinab zur Stadtmauer gehen, die dort der Linie des Seeufers folgt. Man gelangt hernach durch das Innere Predigertor zu einer Brücke – eben die Predigerbrücke genannt – und schließlich durch das Äußere Predigertor zur Insel. Ich verweile so ausführlich bei der Beschreibung dieses Weges, weil er für die späteren Ereignisse von Bedeutung ist.

Der Erste, dem ich dort im Kreuzgang begegnete, war der Wolf im Schafspelz, von dem ich dir gesprochen habe, der Deutschritter und Erzbischof von Riga, Johann Wallenrode. Auf mein verwundertes Fragen gab er mir zu verstehen, dass er als Wächter des armen Gänsleins Hus auserkoren ward. So rasch als möglich verabschiedete ich mich von ihm und begab mich in Begleitung eines Klosterbruders in die Räumlichkeiten des Priors.

Dieser bereitete mir einen äußerst freundlichen Empfang, mit heißem, ordentlich gewürztem Wein, den ich trotz meiner Befürchtung, er werde mir wieder die Sinne benebeln, gerne nahm, war das Wetter doch sehr unfreundlich, mit Schneeregen und Wind, der vom See eine Kälte herüber trug, die durch jeden Mantel drang.

So saßen wir und plauderten über das Concilium und den Herrn Papst und den König (nicht jedoch über Hus), und fast schien es mir, als habe der gute Prior vergessen, dass er mir die Bibliothek zeigen wollte. Nach vielem Räuspern von meiner Seite besann er sich schließlich und führte mich zunächst in die Kirche des Klosters, deren Wände mit schönen Malereien bedeckt sind, recht ansprechend in Farben und Formen. Allerdings sind nur lange Reihen von Heiligen und deren Martyrien dargestellt, was den Betrachter auf Dauer wohl ein wenig ermüden wird. Die Kirche ist dem Heiligen Nikolaus geweiht, sodass ich dort ganz besonders deiner gedachte, zumal das Konterfei des Heiligen an der Ostwand der Kirche dem deinen nicht unähnlich war!

Dann führte mich der gute Prior, der etwas fettleibig ist, sodass er bei geringster Mühe schwer atmet, durch eine schmale Tür im Chor über eine steinerne Wendeltreppe ins erste Geschoss des Klosters. Durch eine weitere Tür gelangten wir in einen Raum, der zum See hin liegt und durch seine großen Fenster viel Licht erhält. Das Kloster muss wohl ausgestattet sein, können sie sich doch echte kleine Glasscheiben in Bleirahmen leisten.

Der typische Bibliotheksgeruch nach getrocknetem Hopfen schlug mir schon auf der Treppe entgegen (dem Herrn sei gedankt für dieses übel riechende Pflänzlein, das die Bücher vor dem Austrocknen, schlimmen Pilzen und gierigen Insekten bewahrt!), und als wir den Raum betraten, blieb ich einen Augenblick stehen, um die Schönheit dieser Studierstube auf mich wirken zu lassen.

Der Schneeregen hatte aufgehört, und die Wolken waren vom Wind aufgerissen worden. Im Westen war die Sonne noch einmal durchgebrochen, bevor sie endgültig hinter dem Horizont versinken würde, und nun malte sie im Osten, wohin unser Blick durch die kleinen Scheiben gelenkt wurde, einen weiten, leuchtenden Regenbogen vor den bereits sich verdunkelnden Himmel. Ich schwöre dir, mein Niccolò, es war, als ob Christus selber jeden Augenblick zu uns herabsteigen und uns seinen Segen erteilen würde! Die Studenten, die Patres, die Schreiber, alle, die sich in der Bibliothek befanden, hielten in ihrer Tätigkeit inne, um sich an diesem Anblick zu erfreuen. Doch dann verschwanden plötzlich Sonne und Regenbogen und es wurde dunkel in der Stube. Nun befinden wir uns ja leider in der Zeit des Jahres, da die Nächte länger sind als die Tage, und so verfluchte ich insgeheim den heißen Wein, der uns so lange im Gespräch festgehalten, wo wir doch hier geistige Labsal hätten bekommen können. Doch der Prior ließ Lampen anzünden, und so konnte ich wenigstens im Groben einen Eindruck des Raumes und seines Inhaltes bekommen.

Der Bibliothekssaal ist länger als breit und erstreckt sich über eine Länge von etwa 50 Fuß. Auf beiden Seiten befinden sich

Fenster, die linker Hand nach Westen zum Kreuzgang gehen und rechter Hand auf den See, wie schon berichtet. Unter jedem Fenster ist ein Schreibplatz eingerichtet, während in die Wände zwischen den Fenstern Nischen eingelassen wurden, in die man wiederum vier- bis fünfgeschossige Buchgestelle eingefügt hat. In der Mitte des Raumes stehen aufgereiht Tische mit wertvollen Teppichen verhüllt, auf denen die Patres die Bücher ablegen können, um sie eingehender zu studieren.

Die Decke des gesamten Raumes ist mit grünen Blättern und Ranken bemalt, in welche Schriftrollen mit weisen Sprüchen eingeflochten sind, gerade so, als ob man in einen himmlischen Wald der Weisheit geraten wäre, und zwischen den Ranken sind Medaillons mit dem Abbild Jesu, Mariae und etlicher Heiliger eingebettet, die dem Studierenden beim Lesen recht freundlich über die Schulter blicken.

Ein wirkliches Kleinod, diese Bibliothek, mein Niccolò, und der eindrucksvolle Raum ließ mich glauben und hoffen, dass nun womöglich auch sein Inhalt meinen erhabenen Erwartungen entsprechen würde.

Welch herbe Enttäuschung harrte jedoch meiner, Freund!

Neben der Heiligen Schrift und den Legendenbüchern fand ich selbstverständlich die Werke des Aquinaten und Meister Eckharts, die ja demselben Predigerorden angehörten, auch die Schriften des genannten Heinricus Suso, ja sogar unseren Dante mit seinen Höllenversen (wobei ich mich gefragt habe, wer von den Brüdern hier überhaupt unsere Sprache lesen kann!), aber meine geliebten Antiken waren nur durch Vergil vertreten. Kein Cicero, kein Ovid, ja nicht einmal Statius oder Flaccus! Meine Hoffnung, vielleicht ein Manuskript aus der Zeit der Alten zu finden, wurde rasch zunichte. Als ich an einer Stelle einen verheißungsvollen Buchrücken entdeckte und das Werklein aus dem Regal zog, hatte ich an den Händen zwar Krumen vom Hopfen, den man fein säuberlich hinter die Buchreihen gestreut hatte, aber in den Händen hielt ich nur ein Jahrzeitbuch mit endlosen

Listen verstorbener Klosterbrüder. Doch was hatte ich in einem Mendikantenkloster anderes erwartet?

Dem Prior war es nun ein Arges, mir den Suso ans Herz zu legen, ja, er erklärte sich bereit, mir in der eigenen Schreibstube eine Abschrift von dessen wichtigstem Werke, dem ›Exemplar‹, fertigen zu lassen, in welchem der Mystiker seinen Weg zum Heil beschreibt. Ich aber lehnte dankend ab mit dem Hinweis, dass ich der hiesigen Volkssprache nicht mächtig sei. Ganz ehrlich gestanden, mein lieber Niccolò, steht mir der Sinn nicht danach, mich mit den Schriften eines Predigerbruders abzumühen, der, so sagte man mir, nur gefastet und seinen Körper kasteit hat. Was Wunder, dass er Visionen bekam! Da sind mir beim Wein verfasste deutsche Lieder doch bedeutend lieber!

Nachdem ich mich rasch vom Prior verabschiedet hatte, machte ich mich auf den Weg zurück zum Münsterhügel. Es war nun stockdunkle Nacht geworden und hatte wieder zu schneien begonnen. Der Bruder Pförtner hatte mir auf Anweisung des Priors eine Lampe mitgegeben, die ich mit der Rechten vor mir hertrug. Meinen Mantel wickelte ich fest um mich und zog mir die Kapuze über den Kopf.

Schon als ich das Predigertor passiert hatte und die ebenso benannte Gasse hinauf lief, war mir, als ob ich Geschrei hörte. Es waren nicht mehr viele Menschen unterwegs, wohl wegen des schlechten Wetters, dieweil sonst bis in den späten Abend hinein in der Niederen Burg allerlei Verkehr herrscht, führt hier doch die große Straße vom Rheintor hoch zur Burg des Herrn Bischofs. Viel Gesindel hält sich auch in diesem Teil der Stadt auf, gemeine Frauen, fahrendes Volk, unehrliche Leute. Kaum ein Haus, in dem man nicht eine Weinstube oder sonstige Freuden findet, und die Straßen werden, wie in der ganzen Stadt, gesäumt von den Ständen der Krämer, die alles feilbieten, was Orient und Okzident an Schätzen besitzen, sei es echt oder gefälscht. Doch heute waren die Buden verschlossen, denn kein Mensch wollte bei ihnen verweilen, um etwas zu kaufen, jeder trachtete nur danach, von seinen Erledigungen so schnell als möglich nach Haus und unter Dach zu kommen. Dafür waren die Wirtshäuser bereits um die sechste Stunde nach Mittag gut gefüllt, und so glaubte ich auch, das Geschrei komme ganz gewiss aus einem derselben. Weit gefehlt, mein lieber Niccolò!

Nun musst du wissen, dass der Römische König Sigismund mit einem ganzen Tross ungarischer Reiter nach Costentz geritten kam, die ihrem Gebieter treu ergeben, aber an Wildheit barbarischer sind als alle Nordmänner es jemals sein könnten. Allein schon ihre Sprache scheint mehr die von Tieren als von vernunftbegabten Menschen zu sein, und vielleicht ist dies ja auch ein Grund für ihr Gebaren, dass sie sich hier von niemandem verstanden fühlen und sowohl Freude wie Unmut mit keinem Menschen als ihresgleichen teilen können. So sammeln sich die Gallensäfte in ihnen an, bis sie zum Ausbruch kommen, und ebendies schien nun geschehen zu sein. Ich weiß nicht, ob einer von ihnen ein Weib nicht bekam, welches er begehrte, oder ob er sich von einem Wirt ungebührlich behandelt fühlte, in jedem Falle hatte sich die Wut eines dieser Ungarn entzündet, und wie eine Lunte, an eine Kanone gehalten, eine heftige Explosion hervorruft, so brach sich der angestaute Zorn der königlichen Soldaten Bahn in lautem Getöse und Geschrei, und in ihrer Raserei fielen sie über Unschuldige her, ja, sie begannen sogar, Jagd auf Frauen und Männer zu machen, die sie zu Boden rissen, wonach sie die Männer übel zurichteten, und was sie mit den Frauen taten, will ich lieber nicht näher beschreiben. So hat man mir jedenfalls heute berichtet.

Als ich von der Predigerinsel kam, ahnte ich noch nicht, welch eine Woge der Gewalt auf mich zurollte, ich hörte, wie gesagt, zunächst nur ein Geschrei, das ich für fröhlichen Wirtshauslärm nahm. Wie ich jedoch die Rheingasse erreichte, an der mich mein Weg nach links zur bischöflichen Burg führen sollte, sah ich im Halbdunkel von rechts Leute herbeilaufen, um Hilfe schreiend und verfolgt von den Mord schnaubenden Soldaten Sigismunds.

Ich wollte nun ebenfalls davonrennen, zur Bischofsburg linker Hand, aber da kam plötzlich auch von dieser Seite ein Trupp Ungarn herangelaufen, sodass mir kein anderer Ausweg blieb, als mich den Fliehenden anzuschließen und geraden Wegs zum Bischofstörlein zu rennen. Mein schwerer Samtmantel war mir durchaus hinderlich beim Laufen, ebenso die hölzernen Trippen, die ich unter meine spitzen, roten Stiefel geschnallt hatte, die ich mir, wie du weißt, in Bologna gekauft und für die ich einen ordentlichen Batzen bezahlt habe. Aber da die Soldaten bereits recht stark dem Wein zugesprochen hatten und ihrerseits eine schwere Ausrüstung trugen, gelang es mir, mit einigen anderen bis zum Tor zu gelangen und nach links in die Straße zu biegen, die nach dem Heiligen Johannes benannt ist. Dort waren schwere Ketten gespannt, eben um solche Aufläufe zu verhindern, aber mit einiger Mühe gelang es uns, diese zu überwinden. Dicht hinter uns hörten wir die Ungarn grimmig ausrufen, und auch wenn ich ihrer Sprache nicht mächtig bin, so schien es mir doch, als ob sie mit jedem ihrer Worte unseren Tod beschrien. Ich schwöre dir, mein Niccolò, solche Angst habe ich seit unserer Flucht vor dem römischen Pöbel bei der Plünderung Roms durch den König Ladislaus von Neapel nie wieder gehabt! Aber Gottes Wege sind wundersam, und höre nur, wie es mir ergangen ist!

Als ich schon glaubte, dass mein letztes Stündlein geschlagen hätte, und ich bereits den Atem dieser Bestien in meinem Nacken zu spüren vermeinte, da öffnete sich plötzlich die Tür eines Bretterverschlages, der an das Gebäude neben dem Bischofstor angebaut war und den ich wegen seiner Unscheinbarkeit vorher gar nicht wahrgenommen hatte. Ein solches Gebäu wird zu normalen Zeiten als Schweinestall oder zum Stapeln von Feuerholz verwendet, nun aber ist keine normale Zeit, es ist Konzilszeit, und da vermieten die ehrbaren Costentzer Bürger jeden Raum, und sei er noch so klein, um teuren Zins, als ob es sich um das schönste Schlafgemach der Königin handle.

Unsanfte Hände packten mich, und ich fragte mich, ob ich nun vom Regen in die Traufe gekommen wäre, und statt von Ungarn erschlagen von einem gewöhnlichen Meuchelmörder erdolcht würde. Von der Wucht meines eigenen Laufs und dem kräftigen Griff des Unbekannten befördert, fiel ich der Länge nach in den Schuppen hinein und wäre unweigerlich zu Boden gestürzt, hätten mich nicht starke Arme festgehalten. Ich wagte mich nicht zu rühren vor Angst, als die Tür rasch und leise wieder geschlossen wurde. In diesem Augenblick hörte ich draußen die Soldaten aufschreien, denn offenbar waren einige von ihnen im Dunkeln gegen die Ketten gerannt und kopfüber in den Dreck der Gasse gefallen. Dann hatten sie sich wieder aufgerafft und ich hörte sie vorbeirennen mit Geschnaufe und Gebrüll, so nahe, dass ich kaum glauben wollte, eine feste Bretterwand zwischen uns und ihnen zu haben. Doch die List war gelungen, sie hatten die Witterung ihrer Beute verloren oder jagten einem anderen armen Wild hinterher.

Als alles wieder still war und ich nur noch meinen eigenen heftigen Atem hörte, begann ich mich zu rühren. Mein Retter, so muss ich ihn wohl nennen, zündete ein Talglicht an, und so sah ich, wo und in wessen Gesellschaft ich mich befand. Bot der Verschlag schon ein Bild der Armseligkeit, ausgestattet nur mit drei dürftigen Betten, einem Schemel, einer grob geschnitzten Truhe und einem alten Weinfass als Tisch, so war der Anblick des Bewohners geradezu erschütternd. Ich wäre wohl zurückgezuckt vor so viel Hässlichkeit, hätte dieser Mensch mir nicht gerade das Leben gerettet. Er war groß, ich sage besser, lang gewachsen, sodass er sich in der niederen Hütte ducken musste, um nicht an die Decke anzustoßen, aber so dürr, als ob nicht genug Fleisch für diesen langen Körper zur Verfügung gestanden hätte. Sein blonder Schopf war nach Bauernart rund um den Schädel geschnitten, seine Stirn und das Kinn fliehend, die Augen schweinegleich, die Nase wie eine Rübe und der Mund wie das Maul eines Pferdes, mit mächtigen Schaufelzähnen. Glaubst du mir nun, dass ich mich erschrocken habe, als ich mit dem Licht des Lämpchens ein solches Ungeheuer vor mir auftauchen sah? Auch schien er ein rechter Tölpel zu sein, er lachte mich an und sagte etwas auf Deutsch, das ich nicht verstand. So lächelte ich einfach zurück, um ihn nicht zu erzürnen, wusste ich doch immer noch nicht recht, ob er mir nicht gleich an den Beutel gehen würde, aber er lächelte immer weiter. Offenbar lag es nicht in seiner Absicht, mir Böses anzutun.

Da hielt ich es für angebracht, zumindest meinen Namen zu nennen und ihm zu danken. Er hatte wohl verstanden, denn er entblößte sein Pferdegebiss zu einem noch größeren Lächeln und stellte sich ebenfalls vor, mit einem langen, typisch deutschen Namen mit vielen harten Konsonanten, den ich schon wieder vergessen habe. Und nun fiel mir auch ein, dass ich ihn schon einmal gesehen hatte, jedoch bei Tageslicht, das bekanntlich allen Dingen ein freundlicheres Antlitz verleiht als die nächtliche Finsternis. Er war einer der fahrenden Bäckergesellen, der einzige Deutsche in einer Gruppe von Italienern, bei denen ich mir hin und wieder eine Pastete nach italischer Art gönne. An ihrem Stand hatte ich am selben Morgen den Sänger Oswald von Wolkenstein getroffen.

Da draußen nun alles still blieb, wandte ich mich zum Gehen. So schnell als möglich wollte ich diesen ungastlichen Ort und diesen zwar gastlichen, aber ungehobelten Kerl verlassen. Er hatte mich verstanden und begleitete mich als ein Ehrenmann noch bis zur Tür seiner Behausung, das heißt, er machte einen Schritt in meine Richtung und, stell dir vor, dabei trampelte er auf meinen teuren Mantel, du weißt schon, den Pariser Mantel aus grünem Sammet! Kann man sich einen größeren Ochsen denken? Der Boden der Hütte war nur gestampfter Lehm, und seine Schuhe starrten vor Schmutz. Ich musste an mich halten, ihn nicht laut auszuschelten, aber da er so freundlich zu mir gewesen war, schluckte ich meine Schimpfworte wie eine Kröte hinunter, während er, als er das Missgeschick bemerkte, erschrocken zurückwich, dabei nun tatsächlich mit dem Kopf an die Schräge des Daches prallend und einen Wehlaut ausstoßend, worauf ich die Tür aufriss und ins Freie lief, um endlich den Weg in die Küsterei der Bischofsburg anzutreten. Wo ich dann auch ohne weitere unerquickliche Begegnungen heil anlangte.

Doch stell Dir nur vor, welches Entsetzen, als am Tage danach ein toter Mann gefunden wurde, nicht weit vom Inselkloster, am sogenannten Tümpfel, einer sumpfigen Bucht des Stadtgrabens vor dem bischöflichen Spital. In der Brust des armen Verblichenen steckte ein ungarisches Messer! Es heißt, er sei der Übersetzer von Ser Martinus gewesen, dem Abgesandten des Grafen Visconti von Mailand. Dieser Ser Martinus wiederum war noch am Tage des Heiligen Stephanus von Sigismunds Männern als Spion verhaftet worden. Doch nicht nur unser Papst, auch einige Kardinäle und andere hohe Herren haben dem König deutlich gemacht, dass ein solches Vorgehen gegen jede Vernunft ist, denn keiner würde mehr zum Konzil reisen, wenn bekannt würde, dass hier solche Willkür herrscht. Auch müsste der König wohl die Hälfte der bereits Anwesenden in den Turm sperren lassen, wollte er sich aller Spione entledigen! Nun denn, der Mailänder wurde wieder freigelassen, und vielleicht hat auch dies Sigismunds Soldaten geärgert, dass ihr oberster Gebieter sich den Vernunftstimmen des Klerus beugen musste, sodass sie sich am Diener des Mailänders schadlos hielten. Stell Dir nur vor, in ihrem Zorn hätten sie mich erwischt! Vielleicht wäre dann ich mit einem Messer im Herzen am Stadtgraben gefunden worden!

Was für ein Tag, mein Niccolò, was für eine Stadt und vor allem, was für Menschen in dieser Stadt! Möge das neue Jahr mich mit Gottes Hilfe endlich in mein geliebtes Italien zurückführen! Dafür verzichte ich auch gerne auf das weitere Studium der deutschen Sprache.

Dein Poggio

Eismond

MIT DEM EISMOND KAM AUCH DER EISIGE WINTER ZURÜCK. Straßen und Tümpel gefroren erneut, und es hieß, die klirrende Kälte lasse nun auch den See zwischen der Klosterinsel Richenow und dem Städtchen Allenspach allmählich mit Eis zuwachsen. So hatte der städtische Totengräber Stoffel Zip keine leichte Pflicht, als er den Auftrag erhielt, ein Grab für den toten Mailänder auszuheben. Der Friedhof befand sich im Paradies beim Schottenkloster, und dort sollte der Ermordete am ersten Sonntag im Januar, dem Tag der Heiligen Drei Könige, zur letzten Ruhe gebettet werden. Der Totengräber bat seinen Freund Egli Locher, den Henker, und dessen Knecht um Hilfe, und zu dritt gelang es ihnen, mit Spaten, Schaufeln, Brecheisen und unter Zuschütten von heißem Wasser eine Grube aus dem Boden zu hacken, die groß genug sein würde, um den Toten aufzunehmen.

Am Sonntag Epiphanie zog also um die dritte Stunde nach Mittag ein Trauerzug von der St.-Johann-Kirche, wo man die Totenmesse gehalten hatte, durch das Bischofstörle und das Schottentor zum Friedhof hinaus. Ein eisiger Wind fegte vom Rhein her über den Gottesacker und heulte um die Schottenkapelle. Dennoch hatten sich viele Menschen der Prozession angeschlossen, um für das Seelenheil des Toten zu beten und damit ein Werk der Barmherzigkeit zu begehen, das ihnen einen guten Ablass ihrer Sünden sichern würde. Daneben hatten sie die Neugierde hergetrieben und die Hoffnung, womöglich aus erster oder zumindest zweiter Hand etwas über die Umstände des Verbrechens zu erfahren. Wie das Summen eines Bienenschwarmes schwebte leises Gemurmel über dem Zug, Gebete, die zum Himmel stiegen, gemischt mit Fragen und Mutmaßungen zum Wie und Warum der bösen Tat.

Ser Martino und die übrigen Mailänder standen mit finsteren Gesichtern an der vorbereiteten Grube. Nachdem man den Leichnam – in ein weißes Leinentuch gehüllt – hinabgelassen hatte, sprach der venezianische Erzbischof Benedetti die Totengebete am offenen Grab, was allgemein Verwunderung auslöste, war der Tote doch nur ein einfacher Sekretär gewesen. Man erklärte sich die Geste Benedettis damit, dass der Verblichene eines plötzlichen und grausamen Todes gestorben war, und der Dominikaner Mitleid mit seinem Schicksal verspürte, da er ohne Beichte und Letzte Ölung vor seinen Schöpfer hatte treten müssen. Nach den Vorstellungen der Kirche bedeutete das die Verdammung, aber vielleicht konnten ja die Gebete eines so großen Herrn die Hölle erweichen.

Unter den Menschen, die den Ermordeten auf seinem letzten Gang begleiteten, befand sich auch Cunrat. Er fühlte sich auf geheime Weise mitschuldig am Tod Ambrogios, aber das war ein Gefühl, das er nicht einmal Gretli erklären konnte, die ihn begleitete. Cunrat hatte sie gebeten, mit ihm zu kommen, als sie am Vortag an seinem Stand Brot eingekauft hatte. Da die Beerdigung an einem Sonntag stattfand, war ihre Herrin, die Tettikoverin, einverstanden gewesen. So hatte der Tod des Übersetzers den beiden eine Gelegenheit beschert, sich zu treffen, aber ihr Wiedersehen war nicht so, wie Cunrat es sich gewünscht hätte. Zwar stotterte er nicht mehr, aber dennoch fühlte er sich unsicher, als Gretli nun scheu neben ihm herging und Gebete für den Toten vor sich hinmurmelte. Was sollte er zu ihr sagen? Worüber sprach man mit einer Frau wie Gretli, die vor Kurzem noch in einer Sammlung frommer Beginen gelebt hatte? Am liebsten hätte er gar nichts geredet, sondern sie einfach umarmt und an sich gedrückt, aber das war hier vor allen Leuten nicht möglich, und vielleicht wollte sie das ja auch gar nicht mehr. Dabei dünkte sie ihm so schön wie nie zuvor. Sie trug einen einfachen, dunklen Schleier über ihren roten Haaren und war wieder in den schwarzen Mantel gehüllt, den sie auch in der Christnacht getragen hatte. Von oben versuchte er zu erspähen, ob sie seinen Anhänger trug, und als sich einmal der Mantel ein wenig öffnete, sah er das Sammetband, das in ihrem Ausschnitt verschwand. Sein Mut stieg wieder ein wenig, und er versuchte, sich auf die Totengebete zu konzentrieren. Alles andere verschob er auf später.

Als Cunrat schließlich mit gesenktem Haupt am Grab stand und ein Vaterunser sprach, hatte er plötzlich das Gefühl, dass ihn jemand beobachtete. Er hob den Kopf und sah direkt in die kühlen Augen von Hanns Hagen. Der Vogt war mit weiteren Vertretern der Stadt beim Leichenbegräbnis erschienen, und nun hatte er Cunrat ins Visier genommen. Sein Blick verhieß nichts Gutes, und der Bäckergeselle bemerkte, dass er mit einem Stadtwächter flüsterte, der neben ihm stand, und dabei auf ihn wies.

Dann entdeckte Cunrat in der Reihe der Trauernden noch ein anderes bekanntes Gesicht. Erst nach einigen Augenblicken erinnerte er sich, woher er den Mann kannte, der mit düsterem Blick in die Totengrube starrte: Es war der dritte Passagier, der mit ihm und Tettinger auf der Lädine nach Costentz gereist war.

Als die Trauerfeier zu Ende ging, machten sich die Leute zitternd vor Kälte auf, in den Schankstuben Wein und Wärme zu suchen. Cunrat und Gretli schlossen sich ihnen an. Sie wollten zuerst ins nahe *Lörlinbad* gehen, weil sie dort vielleicht auch Giovanni treffen würden. Doch dann fiel Cunrat ein, dass Frauen bei Rosshuser nicht erwünscht waren, und so gingen sie weiter zum nächsten Lokal, in die Schänke *Zum Lamm*, die gleich nach dem Bischofstörle in der Webergasse lag. Nebenan befand sich das Haus *Zum Fasan*, vor dem Cunrat einst Gretli und Schwester Elsbeth mit einem Korb gesponnener Wolle getroffen hatte. Das Wirtshaus *Zum Lamm* gehörte schon seit vielen Jahren einem Wirt namens Ruof Lämbli, dessen Name auf das Lokal übergegangen war. Dieser Lämbli war ein jovialer Mann, der gern Spielleute in seine Wirtsstube lud, und auch heute waren ein Lautenspieler und ein Schlagwerker am Musizieren. Cunrat erkannte in dem Mann mit der Laute den Musikus Froschmaul, der so knapp dem Zungenschlitzen entkommen war.

Doch Cunrat und Gretli staunten nicht schlecht, als sie Giovanni dort sitzen sahen, allein an einem Tisch, vor einem Krug Wein. Missmutig stierte er vor sich hin. Cunrat drängte das Mädchen auf einen Hocker an Giovannis Tisch und setzte sich neben sie. Da hob der Venezianer den Kopf, und der Missmut fiel ein wenig von seinem Gesicht ab, als er sie ins Auge fasste.

»So, du hast dein Gretli mitgebracht. Sie ist wirklich eine hübsche Dirn!«, bemerkte er mit Kennerschaft, doch seine Stimme klang traurig. Cunrat lächelte stolz, während Gretli schüchtern zur Seite sah.

»Gretli, du kennst ja Giovanni. Vom Spital her.«

»Ja, ich erinnere mich an Euch. Was macht Euer Arm?«

»Meinem Arm geht's gut, aber mich hat eine andere Krankheit ergriffen, und dagegen könnt auch Ihr nichts ausrichten.« Er klopfte mit der Hand auf seine Brust, um zu zeigen, wo es ihn schmerzte. »Die Spielleute hier haben ein wenig Balsam für meine Seele. Traurige Lieder, wie für mich geschrieben.«

Gretli fragte mitfühlend: »Was ist denn geschehen?« Cunrat brauchte nicht zu fragen, er konnte sich vorstellen, was in Giovanni vorging. Seit Tagen hatte der Venezianer Lucia nicht mehr zu Gesicht bekommen. Als er nach Weihnachten zum ersten Mal wieder ins *Lörlinbad* gekommen war, hatte Rosshuser ihm herablassend erklärt, sie sei belegt. Dabei hatte er dreckig gelacht und gesagt, ihr Gesang in der Weihnachtsmette in Sankt Johann habe die Freier scharenweise ins *Lörlinbad* getrieben, hohe Herren seien gekommen, sogar ein Graf, sodass sie nun genug zu tun habe und nicht mehr auf fahrende Bäckergesellen angewiesen sei.

Wahrscheinlich war er auch heute von Rosshuser abgewiesen worden.

Giovanni sah Gretli an und schien zu überlegen, ob er ihr wirklich von seinem Schmerz erzählen sollte. Doch dann schüttelte er den Kopf.

»Wollte Gott, dass ich so viel Glück hätte wie Cunrat! Froschmaul, spiel noch ein Lied für mich!« Er warf dem Lautenspieler eine Münze zu, die dieser geschickt auffing. Dann begann er nach einer traurigen Melodie zu singen, während der Trommler leise den Takt dazu schlug:

»Ich sah die Boten des Sommers, das waren Blumen so rot.
Weißt du, schöne Herrin, was dir ein Ritter entbot?
Heimlich seine Dienste. Das größte Glück ihn umfing.
Sein Herz ist ihm traurig, seit er vor Kurzem von dir ging.
Nun richte seinen Lebensmut auf für diese Sommerzeit.
Froh wird er nimmer,
Eh er nicht in deinem Arm
so richtig warm und wohlig leit.«

Cunrat legte seinen Arm um Gretli, die sich verstohlen die Augenwinkel wischte. Sie tranken einen Krug Wein mit Giovanni, und um ihn abzulenken, wurde Cunrat gegen seine Gewohnheit zum Erzähler. Er berichtete, wie er an jenem Abend, an dem Ambrogio ermordet worden war und die anderen Bäckergesellen noch in der Schänke saßen, den italienischen Herrn aus dem Gefolge des Papstes vor den Ungarn gerettet und sich dabei eine Beule geholt hatte, denselben Herrn, der eine Pastete bei ihnen gekauft hatte, als der Spielmann Froschmaul von dem anderen, dem feinen Herrn Spielmann aus Tirol vom Pranger ausgelöst worden war, und dass er sich ihm sogar vorgestellt hatte. Er hieß Potscho Pratschini oder so ähnlich, danach schilderte er seinem Freund die Beerdigung des mailändischen Übersetzers und erzählte, wie er ihn im Abort kennengelernt hatte, was ein schüchternes Lächeln von Gretli hervorrief.

»Und wisst ihr, wen ich heute auch wieder gesehen habe? Den Mann, der mit mir und Tettinger auf der Lädine nach Costentz gekommen ist! Er stand am Grab des Mailänders und schaute ganz böse in die Grube. Und der Vogt war auch da, der hat böse nach mir geschaut. Wahrscheinlich ist er immer noch verärgert, weil wir ihm ein Schnippchen geschlagen haben, als wir mit dem Grafen Cilli in die Stadt zurückgekommen sind, nicht wahr, Giovanni?«

Dem entschlüpfte nun immerhin ein kleines Lächeln bei dieser Erinnerung, dabei sah er seinen Freund verwundert an, und Cunrat wunderte sich selber, wie viel er plötzlich reden konnte und wie schnell. Eigentlich hatte er Giovanni damit aufheitern wollen, aber ein wenig wollte er auch Gretli beeindrucken mit seinen Erlebnissen.

Doch schließlich war sein Pulver verschossen, ihm fiel nichts mehr zu erzählen ein. So verabschiedeten sie sich von Giovanni, der einen weiteren Krug Wein bestellte.

Als sie vor der Schänke auf der Straße standen, wurde Cunrat wieder still und unsicher. Am liebsten hätte er Gretli einfach umarmt, doch er getraute sich nicht. Da nahm sie seine Hand.

»Cunrat, begleitest du mich noch zum Hohen Haus? Es wird bald dunkel, und wer weiß, was sich alles in den Straßen herumtreibt!«

Froh und stolz, dass sie die Initiative ergriffen und ihn zu ihrem Beschützer erkoren hatte, legte er den Arm um ihre Schulter. Da hörten sie, wie am Haus *Zum Fasan* im oberen Stock ein Fenster geöffnet wurde. Der Weber Kaspar Knutz schaute mit grimmigem Gesicht zu ihnen herab, dann murmelte er einen Fluch, und im nächsten Augenblick ergoss sich ein Schwall gelber Brühe aus seinem Brunzhafen auf die Straße, sodass sie gerade noch zur Seite springen konnten.

»Flegel!«, schimpfte Cunrat nach oben, doch da hatte sich das Fenster schon wieder geschlossen.

»Er ist einfach ein ungehobelter Klotz. Seit seine Frau fort ist, geht es mit ihm bergab, das hat auch Schwester Elsbeth gesagt«, meinte Gretli, dann machten sie sich auf den Weg zum Fischmarkt. Sie schlenderten über den Münsterplatz zwischen den vielen Menschen an den Krämerbuden vorbei durch die Plattengasse und dann Richtung See hinab, bis sie ohne weitere Zwischenfälle in der Fischmarktstraße vor dem *Hohen Haus* standen, dessen Giebel weit in den Himmel ragte. Dort nahm Cunrat sein Mädchen fest in den Arm und küsste sie sacht, bevor sie ihm eine gute Nacht wünschte und im Hauseingang verschwand.

Am nächsten Morgen standen die Bäcker unter den Lauben am Stephansplatz. Gentile knetete Teig, Antonello und Jacopo waren fort, um Mehl zu holen, während Giovanni mit bleichem Gesicht am Verkaufstisch saß und noch halb zu schlafen schien. Er war erst spät in der Nacht in ihr gemeinsames Schlafquartier heimgekehrt, und Cunrat fragte lieber nicht, wo er sich die halbe Nacht herumgetrieben hatte. Er holte gerade die ersten Brezeln aus dem Ofen, als zwei Stadtwachen auf ihn zukamen.

»Cunrat Wolgemut, Ihr seid verhaftet!«

Cunrat stand wie vom Schlag gerührt, und sogar Giovanni schien plötzlich aufzuwachen.

»Wieso verhaftet?«

»Im Auftrag des Stadtvogts Hanns Hagen müssen wir Euch mitnehmen!«

»Was hat er denn getan?«, fragte Giovanni, doch die Wachen gaben ihm keine Antwort. Sie nahmen den Bäckergesellen rechts und links an den Armen, und als er sie unwillig abschüttelte, zückten sie bedrohlich ihre Lanzen.

»Ist schon gut, ich komme mit!«, gab Cunrat klein bei. »Aber fasst mich nicht an!«

Angesichts seiner Größe waren die Wächter froh, dass er sich freiwillig fügte, und brachten ihn ohne weitere Handgreiflichkeiten zum Rathaus.

Dort führten sie ihn in die Stube, in der Cunrat schon einmal bei einem Gespräch mit Hanns Hagen gesessen hatte. Nur war er damals freiwillig hier gewesen, während diesmal die Stadtwachen vor der Tür standen, um ihn, wenn nötig, an der Flucht zu hindern.

Der Vogt saß wie damals hinter seinem breiten Tisch.

»Herr, was werft Ihr mir vor? Warum hat man mich hierher gebracht?«, wollte Cunrat wissen.

Der Vogt bedeutete ihm, sich zu setzen, und sah ihm fest in die Augen.

»Cunrat Wolgemut, was habt Ihr mit den drei Toten zu schaffen?«

Der Bäckergeselle schluckte. *Drei* Tote? Aber es war doch nur einer beerdigt worden!

»Herr, ich verstehe nicht!«

»Du verstehst nicht, soso, dann will ich dir helfen zu verstehen! Der Erste war Johann Tettinger, gestorben unter seltsamen Umständen, vielleicht weil er sich aufgehängt hat, vielleicht an einem Fledermausbiss, und du warst in der Nähe! Seine Schwester Karolina Tettingerin, von der Mauer gefallen oder doch gestoßen? Oder auch an einem Biss gestorben? Und wer war zugegen, als sie aufgefunden wurde? Cunrat Wolgemut! Und nun. Ein Mailänder, der angeblich von einem ungarischen Soldaten niedergestochen wurde. Aber soll ich dir etwas sagen? Auch er trug das Mal der Fledermaus! Und wen sehe ich an seinem Grab? Meinen langen Freund Cunrat Wolgemut. Das kann doch kein Zufall sein, oder?«

Cunrat schwirrte der Kopf. Wovon redete der Vogt? Natürlich stimmte es, er war immer zugegen gewesen, aber aus purem Zufall. Oder etwa nicht? War sein Gefühl doch richtig gewesen? War er verflucht? Drohte den Menschen in seiner Umgebung der Tod? Aber wenn der Vogt von einem Fledermausbiss sprach, dann konnte das nur bedeuten, dass der Teufel hinter allem steckte. Jeder wusste, dass Fledermäuse teuflische Wesen waren.

»Herr, es muss der Teufel sein!«, sagte er daher ernsthaft.

Hanns Hagen bekam ein rotes Gesicht.

»Ach was, Teufel! Ein Mörder aus Fleisch und Blut treibt hier sein Unwesen, und du musst etwas darüber wissen, denn du warst jedes Mal dabei!«

»Nein, Herr, ich weiß gar nichts, ich war nicht dabei, ich bin immer erst später hinzugekommen!«, wehrte sich Cunrat. »Nach dem Tod von Karolina hab ich mich doch freiwillig hierher begeben, um Euch zu sagen, was ich weiß! Und über den Mord an dem Mailänder weiß ich nur, was die Leute erzählen!«

»Und was erzählen die Leute?«

»Dass es ein Soldat aus Sigismunds Gefolge war, der ihn niedergestochen hat.«

Der Vogt seufzte tief auf: »Wenn es nur wahr wäre!« Dann wurde er wieder laut: »Es war keiner von Sigismunds Soldaten, und der König weiß das inzwischen auch und ist schon außerordentlich erzürnt. Er hat die Stadt verlassen, um einen Volksauflauf zu vermeiden, aber er will, dass der Mörder so schnell wie möglich gefunden wird, verstehst du?«

Ja, diesmal verstand Cunrat. Der Vogt brauchte einen Täter, den er dem König präsentieren konnte, und da hatte er sich ihn ausgesucht, weil er mit allen drei Opfern zu tun gehabt hatte.

»Herr, woher wisst Ihr, dass es keiner von den Ungarn war? Hat man nicht ein ungarisches Messer in seiner Brust gefunden?«

Der Vogt musterte ihn einen Augenblick. Dann antwortete er: »Der Mörder war klug. Vielleicht in der Tat zu klug, als dass du es gewesen sein könntest. So ein Messer kann man einfach besorgen, wenn man es braucht. Und einem Toten in die Brust gesteckt, lässt es schnell einen falschen Verdacht aufkommen!«

»Aber Herr, so glaubt Ihr, dass Ambrogio gar nicht erstochen wurde?«

In dem Augenblick, als er den Namen ausgesprochen hatte, wusste Cunrat, dass er einen Fehler gemacht hatte, und in der Tat stürzte sich der Vogt auf diesen Hinweis wie ein Falke auf den Hasen.

»Ambrogio? Woher kennst du seinen Namen?«

»I... ich ... Herr ...«

Hanns Hagen hieb mit der Faust auf den Tisch.

»Hör auf zu stammeln, spiel mir kein Theater vor, du kannst doch ganz normal sprechen! Sag mir, was du mit dem Mailänder zu schaffen hattest!«

Cunrat senkte den Kopf.

»Ich war mit ihm auf dem Abort.«

Der Vogt sprang auf.

»Willst du mich verpoppeln?«, brüllte er erregt.

»Nein, Herr«, Cunrats Stimme klang jämmerlich, »es ist wahr!«

Plötzlich glomm etwas auf in den Augen des Vogts. Überfreundlich fragte er: »Und was habt ihr da gemacht, auf dem Abort, du und der welsche Übersetzer?«

»Gebrunzt, Herr.«

»Mehr nicht?«

»Nein, Herr.«

»Und woher weißt du dann seinen Namen?«

»Er hat ihn mir gesagt.«

»Beim Brunzen?«

»Ja, Herr.«

»Und das soll ich dir glauben?«

»Herr, es war so.«

Hanns Hagen überlegte einen Moment. Auch wenn er Cunrat der Sodomie mit dem Mailänder hätte überführen können, so erklärte das noch nicht die beiden anderen Morde. Und im Grunde sah ihm der schwäbische Bäckergeselle nicht aus wie einer, der die widernatürliche Liebe pflegte.

Cunrat jedoch fühlte sich in die Enge getrieben. Er wusste nicht genau, worauf der Vogt hinauswollte und was die letzten Fragen bedeuteten, aber er spürte, dass er sich durch die Nennung des Namens in eine schwierige Situation gebracht hatte. Was würde Giovanni jetzt wohl tun?, überlegte er, der hätte bestimmt einen Ausweg gefunden! Und dann fiel ihm selber etwas ein.

»Herr, was habt Ihr neulich bei dem Juden Ismael gemacht?«

Der Vogt, der gerade zu einer erneuten Frage angesetzt hatte, wurde bleich. Er setzte sich und starrte Cunrat an.

»Woher weißt du …«

Er stockte, denn ihm wurde bewusst, dass er sich verraten hatte. Es spielte keine Rolle, woher der Bursche wusste, dass er bei dem jüdischen Arzt gewesen war, entscheidend schien ihm, dass er nun einen Mitwisser hatte. Er war sicher gewesen, dass seine Besuche unbemerkt geblieben waren, aber da hatte er sich offenbar getäuscht. Leichthin antwortete er: »Es geht dich nichts an, wenn ich zu einem Arzt gehe.«

»Ich habe Euch nachts gesehen.«

Cunrat hatte nichts mehr zu verlieren. Vielleicht war Hanns Hagens nächtlicher Besuch in der Sammlungsgasse tatsächlich ganz harmlos gewesen, aber die Reaktion des Vogtes sprach eine andere Sprache. Und vielleicht würde er mit sich handeln lassen: die Bewahrung seines Geheimnisses gegen Cunrats Freilassung. Doch dann sah er, wie die Farbe der Wut in Hanns Hagens Gesicht zurückkehrte.

»Du bist doch nicht so dumm, wie es den ersten Anschein hat!«, knirschte er zwischen den Zähnen hervor. »Aber wenn du glaubst, mich erpressen zu können, dann hast du dich getäuscht! Der Jude ist ein Meister seines Fachs, er hat bei arabischen Ärzten studiert und kann die Körper der Toten lesen wie die Pfaffen ein Buch. Das war der Grund, dass ich ein paar Mal bei ihm war, in Ausübung meines Amtes! Daher weiß ich, was die Fledermausbisse zu bedeuten haben und dass das ungarische Messer nicht die Ursache war für den Tod des Übersetzers. Ismael kann erkennen, ob ein Messer vor oder nach dem Tode seinen Weg in das Herz genommen hat, er ist nicht so ein tumber Esel wie unser Stadtarzt, der eingebildete Doktor Steinhöwel. Fledermäuse! Ha!«

Er schüttelte den Kopf. »So ein Tölpel! Fledermäuse! Hier sind ganz andere Kräfte am Werk! Und du«, er sah Cunrat hart in die Augen, »du, mein Freund, hast irgendetwas damit zu schaffen, dessen bin ich mir sicher, und du wirst mir sagen, was du weißt!«

Cunrats Taktik war nicht aufgegangen.

»Herr, ich weiß nichts!«

»Dann werden meine Wachen dich jetzt in den Turm begleiten. Bei Kälte und magerer Kost fällt dir vielleicht doch noch etwas ein!«

So kam Cunrat in den Raueneggturm, der an der südlichen Ecke der Stadtmauer direkt am Seeufer stand. Der Vogt hatte nicht zu viel versprochen, und der Turm machte seinem Namen alle Ehre. Das kleine vergitterte Fenster hatte keinen Holzladen, und vom Wasser her pfiff ein bitterkalter Wind herein. Es war nur ein wenig altes Stroh auf den Boden gebreitet, und das Essen bestand aus dünner Kohlsuppe, die in einem Holznapf gereicht wurde. Seine Notdurft musste Cunrat in einer Ecke des Verlieses verrichten. Er versuchte, sie mit etwas Stroh abzudecken. Dann kauerte er sich in die andere Ecke auf den Boden und deckte sich so gut es ging mit seinem Wollmantel zu. Doch der Mantel konnte nicht verhindern, dass er zitterte vor Kälte und Angst. Angst vor dem, was auf ihn zukommen würde.

༺༻

Poggio Bracciolini an Niccolò Niccoli, am 7. Tag im Januar, dem Tage nach Epiphanie, im Jahre des Herrn 1415

Ich, Poggio, sende Dir, meinem Niccolò, einen herzlichen Gruß zum Neuen Jahr! Mögen die Magier auch Dir ihre Gaben gebracht haben!

Wie das alte Jahr zu Ende ging, hast du von mir vernommen. Ich hoffe, dass ich dir in diesem Jahr mehr erfreuliche Dinge berichten kann! In der ersten Woche hat sich noch nicht viel ereignet. Die Gesandten der Stadt Köln und des Königs von Dänemark sind mit großem Gefolge eingetroffen, während der König schon wieder aus der Stadt fortgezogen ist. Hals über Kopf hat er sie nach dem Mord an dem Mailänder mit seinen Horden verlassen, sonst hätte sich wohl die gesamte Bürgerschaft gegen ihn empört. Zwar hat er sich nicht weit weg begeben, nur in den Vorort Petershausen jenseits des Rheinflusses, doch dieser untersteht nicht mehr der Gerichtsbarkeit der Stadt Costentz, sondern dem dortigen Benediktinerkloster.

Die Domus Petri soll übrigens an die Basilika des Apostels Petrus in der heiligen Stadt Rom erinnern. Ein hiesiger Bischof mit Namen Cunrat, inzwischen der Heilige Cunrat genannt, ließ sie wohl vor vielen Hundert Jahren zusammen mit vier weiteren Gotteshäusern nach römischem Vorbild errichten. So gibt es eine Kirche für den Heiligen Johannes, die unser San Giovanni in Laterano in Erinnerung rufen soll, die Bischofskirche wiederum ist der Muttergottes geweiht wie Santa Maria Maggiore in Rom, Sankt Lorenz wurde neu gebaut, und außerhalb der Mauer hat man – wie bei uns – Sankt Paul errichtet, nur dass die Stadtmauern inzwischen die St.-Pauls-Kirche in ihren Schutz heimgeholt haben. Man hat mir erzählt, dass jeder Pilger, der diese Kirchen besucht, einen vollkommenen Ablass erhalte, so als ob er dieselben Kirchen in Rom besucht hätte, ein nicht unkluger Schachzug des damaligen Bischofs! Denn mangels eines richtigen Heiligen (es gab zu jener Zeit hier wohl nur die Gebeine eines Heiligen namens Pelagius, der aber nicht sehr bedeutend war und ist) bot dies die einzige Möglichkeit, Pilger in die Seestadt zu locken. So hat der Bischof Cunrat Gutes für seine Herde getan, und sie hat also gut daran getan, ihn zum Heiligen erheben zu lassen.

Sigismund sitzt nun im Hause des Petrus und muss sich überlegen, wie er den Costentzer Rat und den Mailänder Gesandten beruhigen kann. Er hat sich bereits für den Vorfall bei Ser Martino entschuldigt, aber ob das genügt? Wenn er den Schuldigen nicht bald benennen kann, dann wird wohl das ganze Konzil gefährdet sein. Am gestrigen Sonntag, dem Tag Epiphanie, fand die Beerdigung des armen Ermordeten statt, und stell dir vor, der Erzbischof Benedetti hat an seinem Grab die Gebete *gesprochen! Gott allein weiß, was den intriganten Venezianer dazu getrieben hat, denn ich kann mir nicht vorstellen, dass er von irgendjemandem gut dafür bezahlt wurde. Aber ich war nur kurz zugegen, da es mir bald zu kalt wurde.*

So furchtbar diese Kälte auch ist, so gewährt sie doch auch manche Freuden, von denen ich dir noch berichten will!

Mit einigen Prälaten und deren Gefolge bin ich vor zwei Tagen bei strahlendem Sonnenschein zur Insel Augia Maior, die die Einheimischen Richenow nennen, gefahren, mit einem Schiff den Fluss entlang, denn die Insel liegt rheinabwärts, dort wo der Strom wieder breit wie ein See wird. Die Lädine – so heißen hier die großen Lastschiffe, mit denen man alles transportiert – brachte uns mit der Strömung rasch zur Südseite der Insel, wohin uns der Abt des dortigen Benediktinerklosters seine Diener mit zwei großen Pferdeschlitten entgegen gesandt hatte. Diese führten uns zum Kloster, wo er uns in seinen Räumlichkeiten mit heißem Wein und Gebäck einen herzlichen Empfang bereitete.

Es heißt, dass dieser Konvent einst eine der wichtigsten Abteien im Reiche des großen Karl gewesen sei. Sie habe nicht nur ein bedeutendes Skriptorium und eine prächtige Bibliothek beherbergt, sondern gar ein wahres Weltwunder hervorgebracht, nämlich einen verkrüppelten Gelehrten genannt Hermannus Contractus, der vor allem auf dem Felde der Musik sowie der Astronomie Großes geleistet habe.

Betrachtet man jedoch die Bibliothek und das Kloster heute, so findet sich kaum mehr etwas vom einstigen Glanze. Einer der mit uns hierher gereisten Bischöfe erzählte uns, dass diejenigen, die die gestifteten Klosterschätze erhalten und pflegen sollten, die Klosterherren aus den verschiedenen Adelsgeschlechtern, von defensores *zu* raptores *geworden seien. Die Kirchengüter seien veräußert worden, das liturgische Lob nahezu verstummt und die Armenspeisung versiegt. Aber auch das geistige Leben scheint fast gänzlich erstorben, und war ich schon in der Bibliothek der Dominikaner enttäuscht gewesen wegen der vollständigen Abwesenheit interessanter Bücher, so hatte ich mir doch bei den Vertretern des ältesten Mönchsordens, bei den Anhängern des Heiligen Benedikt, etwas anderes erhofft. Doch da der jetzige Abt, ein Graf Friedrich von Zollern, kaum der Schrift mächtig ist, und es außer ihm nur noch einen weiteren Mönch auf der Insel gibt (der im Übrigen sein Neffe ist und ihn zum Abt gewählt hat) darf man sich nicht wundern, dass die Bibliothek weitgehend geplündert und das Skriptorium verwaist ist!*

So hielten wir uns dort auch nicht lange auf, denn der Abt – dem sein Mangel an Wissen wohl bewusst und etwas genierlich war – zog es vor, uns andere Schätze zu zeigen, mit denen er sich eher brüsten konnte: die Heiltümer des Klosters. Die Insel ist übersät von unterschiedlichsten Kirchenbauten, wovon die meisten der Form nach recht barbarisch sind, Stückwerk aus vielen Jahrhunderten und mit altmodischen Malereien geschmückt. Auf den Schlitten fuhren wir nun von einem Gotteshaus zum nächsten, um hier den Kopf des Heiligen Georg, dort ein Stück von der Haut des Heiligen Bartholomäus, in diesem einen Fetzen vom Rock des Heiligen Petrus, in jenem den kleinen Finger des Heiligen Adalbert zu bewundern. Der gute Abt erzählte so voller Eifer von all seinen Kreuzessplittern, Engelsfedern und Heiligengewändern, dass ich mehr als einmal glaubte, Frate Cipolla sei wieder auferstanden. Abschluss und Höhepunkt unseres Itinerars war die Kirche des Heiligen Markus, die Hauptkirche des Klosters, die wie die Bischofskirche zu Costentz das Münster genannt wird. Sie ist umgeben von weitläufigen, zum größten Teil leerstehenden und halb zerfallenen Klosterbauten. Im Inneren der Kirche jedoch gibt es neben einem riesigen Smaragd einen goldenen Schrein zu bewundern, in dem sich – so versicherte uns der Abt beim Leben aller Heiligen! – die Gebeine des Heiligen Markus befinden. Der Sekretär eines venezianischen Prälaten, der auch mit uns gekommen war, schüttelte nur verächtlich den

Kopf, aber der Abt erzählte voller Inbrunst, dass die Gebeine des Heiligen Valens vom Bischof von Verona hierher gebracht worden seien, und dass der Heilige kurz nach seiner Ankunft selbst seine wahre Identität als die des Heiligen Markus offenbart habe. Dies sei im Jahre 830 nach der Geburt des Herrn geschehen, worauf der Venezianer ein saures Gesicht machte, da doch der Heilige Markus zwar im Jahre 829 nach Venedig gebracht worden, dort aber nach dem Brand der Kirche verschwunden und erst im Jahre 1094 wieder erschienen ist, sodass der auf der Richenow befindliche Markus ältere Rechte zu haben scheint. Die wundersame Verwandlung des Valens in Markus ist auch auf dem goldenen Schrein sehr schön dargestellt, und ich konnte nicht umhin, mich zu fragen, warum die venezianische Version der Geschichte wahrer sein sollte als die deutsche.

Doch wir hatten langsam genug vom Heiligengebein, und als wir schon aufbrechen wollten, um wieder nach Costentz zurückzukehren, da hat uns der Abt noch aufs Eis geführt, und zwar nicht im sprichwörtlichen Sinne, sondern in der Wirklichkeit.

Es ist nämlich so, dass der See im Norden der Insel nur etwa zwei Bogenschuss in der Breite und höchstens drei Fuß in der Tiefe misst. So kommt es, dass er nach all der Kälte der letzten Wochen eine kräftige Decke aus Eis bekommen hat, die nicht nur einen schweren Mann, sondern sogar ein Pferd zu tragen vermag. Da dies wohl jeden Winter geschieht, haben die Bewohner der Insel, aber auch diejenigen des Städtchens Allenspach am Nordufer des Sees, ganz eigene Formen des Zeitvertreibs entwickelt.

Eine davon ist das Laufen auf dem gefrorenen Wasser. Ja, du hast richtig gelesen, wie einst Christus auf dem See Genezareth, so sind auch wir auf dem Wasser gewandelt! Mit zurechtgeschnittenen und durchbohrten Rinderknochen, die an die Stiefel angeschnallt werden, kann man pfeilschnell über das Eis gleiten, allerdings muss man erst lernen, mit den Armen das Gewicht des Körpers recht zu verteilen, weil man sonst ebenso pfeilschnell mit Körperteilen auf dem Eis landet, die ich lieber nicht beim Namen nennen möchte. Es war sehr drollig anzusehen, wie dürre Sekretäre und gewichtige Prälaten gerade eben noch elegant über dem Spiegel des gefrorenen Wassers schwebten und im nächsten Augenblick, hilflos mit den Armen rudernd, sich vergeblich um ihr Gleichgewicht bemühten, um am Ende schmerzhaft mit der harten Eisdecke Bekanntschaft zu schließen. Mir ist selbiges nur ein einziges Mal passiert, dann hatte ich verstanden, wie weit ich meinen Körper nach vorne beugen musste, um dem Wind und seinen Kräften gewachsen zu sein.

Eine andere Form der Kurzweil ist das Schleudern von kleinen, aus Holz geschnitzten Trögen, die mit Steinen befüllt sind. Man packt sie an einem oben angebrachten hölzernen Griff und stößt sie mit aller Kraft über das Eis. Derjenige, dessen Trog am weitesten flitzt, hat gewonnen. Andere Inselbewohner wiederum gleiten in kleinen Gruppen mit Stöcken über den See und versuchen sich dabei gegenseitig eine hölzerne Scheibe abzujagen. Die Kinder vergnügen sich indes damit, ihre Kreisel über die glatte, weite Fläche zu schnellen, dann jagen sie ihnen mit einer Leichtigkeit hinterher, als ob sie sommers wie winters nichts anderes tun würden, als auf dem Wasser zu laufen wie einst unser Herr Jesus.

So verbrachten wir wohl eine gute Stunde recht vergnüglich, auch wenn mich immer wieder ein unbehagliches Gefühl beschlich beim Gedanken, dass unter uns, in Neptuns Reich, gefräßige Hechte und Welse darauf warteten, dass jemand durch die eisige Schale breche und ihnen zum Fraß ins kalte Nass herabsinke. Doch als der Abt einen Knecht losschickte, um heißen Wein zu bringen, den er uns direkt auf dem Eis kredenzte, da war ich fast schon wieder mit der Kälte versöhnt.

Du siehst, mein lieber Niccolò, wir werden hier wieder wie die Kinder und suchen uns Zerstreuungen aller Art, um die Zeit bis zur nächsten Konzilssitzung, die für Ende Januar vorgesehen ist, zuzubringen. Dann wird hoffentlich Johannes als Papst bestätigt, und wir können nach Rom zurückkehren.

Es grüßt Dich mit rotgefrorener Nase

Dein Poggio

※

Cunrat hatte eine schlimme Nacht verbracht. In seinen Träumen hatte er in einer heißen Wanne gelegen oder sich über einem Feuer die Hände gewärmt. Dazwischen waren wütende Ungarn auf ihn eingestürmt, der tote Tettinger hatte sich vor seinen Augen in Würmer und Schlangen verwandelt, und am Ende hatte Hanns Hagen ihn mit rotem Gesicht angeschrien, warum er zu den Juden gehe. Schon beim ersten Morgengrauen war er zitternd erwacht. Was würde dieser Tag bringen? Würde der Vogt ihn einem peinlichen Verhör unterziehen? Er schien ihn nicht für den Mörder zu halten, aber offensichtlich glaubte er, Cunrat wisse etwas über die Verbrechen. Wie konnte er ihm nur klar machen, dass dem nicht so war? Dass er sich selber fragte, was der Tod dieser drei Menschen mit ihm zu tun hatte, aber keine Antwort darauf fand?

Es war schon heller Tag, als er die Wachen kommen hörte. Würden sie ihn jetzt zum Verhör holen? Würde man ihn aufziehen? Oder ihm Daumenschrauben anlegen? Er stellte sich auf die Beine. Der Riegel wurde zurückgeschoben, aber es war nicht der Wächter, sondern der Vogt selbst, der sein Verlies betrat. Finster starrte er den Gefangenen an.

»Nun, Cunrat Wolgemut, ist dir noch etwas eingefallen?«

Cunrat ließ den Kopf sinken.

»Nein, Herr.«

»Danke Gott, dass du einen hohen Fürsprecher gefunden hast. Du kannst gehen, aber ich werde dich im Auge behalten, darauf kannst du dich verlassen, Langer!«

Cunrat sah ihn erstaunt an. Der Vogt ließ ihn einfach so frei? Was war geschehen? Als er an Hanns Hagen vorbeigehen wollte, um diesen schrecklichen Ort zu verlassen, flüsterte der ihm zu: »Und gnade dir Gott, wenn du mit irgendjemandem über das redest, was du gesehen hast!«

Schnell lief Cunrat mit eingezogenem Kopf die schmale Holzstiege des Turms hinab. Vor dem Tor des Raueneggturms warteten zwei Personen auf ihn: Giovanni und der feine Italiener, den er vor den Ungarn gerettet hatte.

»Der Doktor Bracciolini hat für dich gebürgt, Cunrat!«, erklärte ihm Giovanni. »Er ist ein Sekretär des Papstes!«

Cunrat fiel vor Poggio Bracciolini auf die Knie und küsste ihm die Hand. Poggio machte eine Bemerkung zu Giovanni.

»Er sagt, es ist schon gut, nun seid ihr quitt.«

»Sag ihm, dass ich ihn auf einen Krug Wein einladen möchte!«

»Nein, lass nur, das ist ein feiner Herr, der trinkt nicht mit uns!«

Doch Cunrat ließ sich nicht beirren, und zu Giovannis Erstaunen war der Italiener einverstanden, mit ihnen in die Schänke zu gehen.

Sie marschierten quer durch die ganze Stadt zur Wirtsstube von Ruof Lämbli. Ihr Weg dorthin führte vorbei an der St.-Johann-Kirche und Richtung *Lörlinbad*. Giovannis Gesicht verfinsterte sich langsam. Bracciolini bemerkte es nicht, denn er war viel zu sehr beschäftigt, darauf zu achten, dass er sich auf den gefrorenen Wegen nicht die Beine brach oder auf seinen teuren Mantel trat. Doch Cunrat sah die Miene seines Freundes und ahnte, dass er an Lucia dachte. Um ihn abzulenken, fragte er ihn, wie ausgerechnet der Sekretär des Papstes dazu gekommen war, ihn aus dem Gefängnis zu holen. Giovanni berichtete ihm, wie perplex er gewesen war, als man Cunrat verhaftet hatte. Zusammen mit den anderen Bäckergesellen hatte er hin und her überlegt, was zu tun wäre, doch sie hatten keinen Rat gewusst. Als aber heute Morgen der Herr Bracciolini an ihren Stand gekommen war, um eine Pastete zu kaufen, da hatte sich Giovanni an Cunrats Bericht erinnert und ihm erzählt, wie es Cunrat ergangen war, der doch sein Retter vor den Ungarn gewesen war. Und er hatte vorsichtig angefragt, ob er nicht etwas für den Bäckergesellen tun könne, ohne große Hoffnung, dass der feine Herr sich wirklich kümmern würde. Doch der war zu seiner Überraschung einverstanden gewesen, und so hatte er ihn zum Rathaus begleitet und dort auch als Dolmetscher fungiert.

»Der feiste Vogt war gar nicht begeistert, dass er seine Beute wieder laufen lassen sollte, aber der Herr Bracciolini«, er lächelte dem Italiener zu, der bei der Nennung seines Namens aufhorchte, »der Herr Bracciolini hat ihm gesagt, dass er der Sekretär des Papstes sei und in dieser Eigenschaft zu wissen verlange, was man dir vorwirft. Hagen hat dann irgendetwas herumgestottert, dass du in verschiedene Todesfälle involviert seiest, zum Beispiel dem des Mailänder Übersetzers, und da hat der Herr Bracciolini heftig protestiert und gesagt, das sei gar nicht möglich, weil er an dem Abend, als der Übersetzer ums Leben gekommen war, mit dir zusammen gewesen sei. Und er werde die Garantie dafür übernehmen, dass du in der Stadt bleibst, falls der Vogt dich noch einmal als Zeugen brauche.«

Inzwischen waren sie am *Lamm* angekommen, wo heute allerdings keine Musik spielte. Nur wenige Leute saßen in der Schänke, darunter Kaspar Knutz, der unselige Weber, der den Eintretenden mit leicht glasigem Blick entgegenstarrte. Bracciolini strebte direkt an den abgelegensten Tisch in der Ecke, und Cunrat bestellte einen Krug guten Elsässer Wein und eine Platte mit Fleisch für alle. Giovanni sah ihn groß an wegen seiner Spendabilität, dann nahm er's freudig hin.

Als der Wein gekommen war und sie sich Gesundheit angewünscht hatten, wollte Giovanni endlich wissen, warum Cunrat verhaftet worden war. Der erzählte zwischen zwei Bissen Fleisch ein wenig maulfaul – die Abschiedsworte des Vogtes klangen ihm noch in den Ohren – dass es um die Todesfälle der letzten Monate gehe, und offensichtlich sehe Hanns Hagen einen Zusammenhang zwischen dem, was mit Tettinger und seiner Schwester geschehen war und dem Tod des Übersetzers. Der Letztere war wohl doch nicht von einem Ungarn erstochen worden, und nun müsse der Vogt dem König unbedingt einen Mörder präsentieren, und da habe er eben Cunrat verhaftet, weil er glaubte, dass der etwas darüber wisse.

Nur aus Höflichkeit, um ihn nicht aus der Konversation auszuschließen, nicht weil er glaubte, dass er sich tatsächlich dafür interessieren würde, übersetzte Giovanni Herrn Bracciolini, was Cunrat erzählt hatte. Doch der wurde plötzlich ganz hellhörig und begann Fragen über Fragen zu stellen, die Cunrat fast ein wenig an das Verhör des Vogtes erinnerten. Alles wollte er ganz genau wissen, wie man Tettinger gefunden hatte und was sie beim Tod von Karolina präzise gehört hatten, wie sie ausgesehen hatte am Morgen, und was der Übersetzer mit seinem Abortgenossen gesprochen hatte.

Cunrat wurde misstrauisch. Was für ein Interesse konnte der Sekretär des Papstes an den Todesfällen in Costentz haben? War er mit dem Mailänder befreundet gewesen? Anstatt zu antworten, fragte er daher – über den sprachlichen Umweg mit Giovanni – warum er all dies wissen wolle. Bracciolini schien zuerst peinlich berührt, doch dann lachte er und sagte, er sei ein neugieriger Mensch mit zu viel unausgefüllter Zeit. Und wenn Cunrat sich erkenntlich zeigen wolle für die Rettung aus dem Turm, dann möge er ihn doch an seiner Geschichte teilhaben lassen. Wenn es tatsächlich einen Mörder gebe, dann könne er ja vielleicht helfen ihn zu finden, dann würde der Vogt Cunrat in Zukunft gewiss in Ruhe lassen.

Außerdem, gab er zu bedenken, sei die Sache auch nicht ganz ungefährlich für Cunrat. Angenommen, der Mörder wisse von seiner Verhaftung durch den Vogt, die ja in aller Öffentlichkeit geschehen war, dann könne er mutmaßen, dass der Bäcker ein Zeuge seiner Taten sei und daher versuchen, auch ihn umzubringen.

Cunrat sah den Italiener groß an. Daran hatte er noch nicht gedacht. Aber er hatte auch nicht ernsthaft gedacht, dass die drei Todesfälle zusammenhingen. Es war eher ein Gefühl gewesen, dass Tettinger und seine Schwester sich nicht umgebracht hatten und dass der Tod des Mailänders irgendwie mit ihm selbst zu tun hatte.

»Cunrat, wir müssen unbedingt herausfinden, was für ein Schurke hier sein Unwesen treibt!«, stimmte nun auch Giovanni ein. »Und der Herr Bracciolini kann uns gewiss dabei helfen!« Cunrat spürte Giovannis Stiefelspitze an seinem Schienbein, die ergänzte: ›Wenn so ein großer Herr schon seine Hilfe anbietet, dann sei nicht unhöflich, sondern nimm sie an!‹

Vielleicht hatte Giovannis Stiefel ja recht und es war gut, Herrn Bracciolini einzuweihen, immerhin hatten sie sich beide schon gegenseitig aus der Patsche geholfen, und als Sekretär des Papstes hatte er eine wichtige Stellung, die in mancherlei Hinsicht hilfreich sein konnte, wie man ja an diesem Morgen gesehen hatte. Abgesehen davon, dass er lesen und schreiben konnte, was durchaus auch manchmal ein Vorteil war.

Also begann er mit Giovannis Unterstützung, der an entsprechenden Stellen ergänzte, ausführlich zu erzählen. Von Tettingers Tod und Karolinas Mauersturz, vom Abortbesuch mit dem Mailänder und den Fragen, die Hanns Hagen gestellt hatte. Bracciolini hörte ihm so ernsthaft und aufmerksam zu, dass Cunrat vollkommen seine Scheu verlor und am Ende sogar über die Besuche des Vogts bei dem jüdischen Arzt Ismael berichtete, von denen er zufällig einen mitbekommen hatte, und wie Hanns Hagen sie begründet hatte. Da hatte er allerdings schon den dritten Becher Wein getrunken und fügte schnell hinzu, das müsse unter ihnen bleiben.

»Ah, dann war es gar kein Ungar, der den Mailänder erstochen hat!«, stellte Bracciolini erleichtert fest. »Ich hatte mich schon anstelle des Toten gesehen; das ist noch im Nachhinein eine Beruhigung. Aber möglich wäre es wohl gewesen, wenn man bedenkt, wie die Ungarn gewütet haben! Und ihr glaubt nicht, dass der neue Wirt in Tettingers Weinstube mit der Sache zu tun hat, dieser Sebo Scioppo?«

»Sebolt Schopper«, berichtigte Giovanni seine Aussprache, »nein, der mag vielleicht sonst Dreck am Stecken haben, aber ich glaube nicht, dass er jemanden umgebracht hat, zumindest nicht diejenigen, um die es hier geht.«

»Und wie ist die tote Frau auf die Stadtmauer gekommen? Ist sie vom Tor aus hochgegangen? Aber dann hätten die Stadtwachen sie doch sehen müssen! Und warum ist sie überhaupt mitten in der Nacht auf die Mauer gestiegen?«

Cunrat und Giovanni zuckten die Schultern. Beide hatten sich diese Fragen auch schon gestellt und keine Antwort gefunden.

»Und alle Toten hatten einen Fledermausbiss, un morso di pipistrello, aber der Vogt sagt, es sei kein wirklicher Fledermausbiss. Und derjenige, der ihm das erklärt hat, ist ein Jude. In der Tat sind die jüdischen Ärzte bekannt für ihre medizinische Kunst; auch ich würde eher zu einem Juden gehen, als zu einem von euren barbarischen Quacksalbern. Euer Vogt scheint ein kluger Mann zu sein. Aber was haben die Fledermäuse zu bedeuten? Gibt es hier deren so viele?«

»Und wenn der Teufel hinter allem steckt?«, fragte Cunrat schüchtern.

»Il diavolo?« Bracciolini brach in schallendes Gelächter aus, und Cunrat schämte sich vor dem gelehrten Herrn. Seine Ohren wurden rot. Keiner wollte vom Teufel hören, nicht Giovanni und nicht der Vogt und nicht einmal der Sekretär des Papstes. Aber wenn doch die Prediger immer vom Teufel sprachen? Waren sie denn alle Dummköpfe? Und auch seine Mutter hatte ihn immer vor dem Teufel gewarnt. War sie denn nicht eine kluge, fromme Frau?

Giovanni spürte, dass sein schwäbischer Freund in Glaubensnöten war und versuchte, ihm zu erklären, dass der Teufel sicher im Jenseits die Sünder strafe, aber hier auf Erden seien es doch eher Unholde aus Fleisch und Blut, die andere Menschen umbrächten. Worauf dieser ein wenig beruhigt war.

Überhaupt war Giovanni derjenige, der am meisten redete, indem er vom Deutschen ins Italienische und vom Italienischen ins Deutsche übersetzte, manchmal ein Detail weglassend, manchmal aus eigener Anschauung etwas hinzufügend. Der Papstsekretär betonte zwar mehrmals, dass er regelmäßige Lektionen mit dem Herrn von Wolkenstein abhalte, um Deutsch zu lernen, aber Cunrat hatte nicht den Eindruck, dass er allzu viel verstand. Vielleicht lag es auch an der örtlichen Mundart, die er und Giovanni sprachen. Dennoch wussten am Ende des Gesprächs alle ungefähr gleich viel. Nur wussten sie nicht recht, was sie nun damit anfangen sollten.

Der Italiener hatte noch einen Krug Elsässer bestellt, »per voi, amici!«, und nachdem auch dieser geleert war, hatten sie Folgendes beschlossen: Giovanni würde mit dem neuen Wirt der *Haue*, mit dem er ohnehin regelmäßig in Kontakt stand, sprechen, um herauszufinden, ob er etwas über seinen toten Vorgänger wusste. Poggio Bracciolini wollte den jüdischen Arzt aufsuchen und ihn nach den Fledermausbissen fragen, und Cunrat sollte gar nichts tun, um sich nicht weiterer Gefahr vonseiten der Obrigkeit oder des Mörders auszusetzen. Am Samstag nach dem Bad wollten sie sich um die zehnte Abendstunde in Lämblis Schänke wieder treffen.

Als sie die Wirtsstube verließen, zog der Italiener seinen Beutel, um die Rechnung zu bezahlen, doch Cunrat ließ es nicht zu. »Ich bin kein reicher Mann, aber ich will meinen Dank nicht schuldig bleiben!«

Beeindruckt ließ Bracciolini ihn gewähren, und Giovanni dachte, dass Cunrat ihm dafür in dieser Woche wohl die Rückzahlung seines Kredits schuldig bleiben würde.

Giovanni wartete nicht lang mit seinem Auftrag. Noch am selben Abend begab er sich in die *Haue* zum Spielen. Cunrat wachte aus tiefem Schlaf auf, als sein Freund zurückkehrte.

»Hast du etwas herausgefunden?«, wollte er wissen, aber Giovanni winkte ab. »Morgen!«, sagte er nur. Dann fiel er ins Bett neben Jacopo, zog die Decke über sich und fing fast augenblicklich an zu schnarchen.

Cunrat hingegen konnte nicht mehr einschlafen. Die Nachtdämonen suchten ihn heim, alle schrecklichen Dinge, die in den letzten Wochen geschehen waren, drängten sich ihm auf, angefangen bei seinen Nächten mit Bärbeli, eine Erinnerung, die ihn gegen seinen Willen erregte, über den Anblick all der Toten bis zu seiner Nacht im Turm und Hanns Hagens drohenden Worten zum Abschied. Wie Mahlsteine wälzten sich die schweren Gedanken in seinem Kopf um und um. Hätte er doch nicht alles erzählen sollen? Einem wildfremden Menschen, einem Welschen? Was, wenn der zu Hanns Hagen ging und ihn verriet? Er stöhnte und warf sich hin und her, bis er plötzlich Gretlis grüne Augen und ihr lächelndes Gesicht mit den kleinen Grübchen vor sich sah. Er glaubte, ihren schmalen Körper in seinen Armen zu spüren, da erfasste ihn eine große Sehnsucht, und er fiel endlich in wohligen Schlaf.

Am nächsten Morgen wies Giovanni die drei Italiener an, schon mit den Backarbeiten zu beginnen, er selbst habe mit Cunrat noch etwas zu erledigen. Sie maulten, weil es schon der zweite Tag war, an dem sie ohne die beiden anfangen mussten, aber Giovanni beachtete ihr Murren nicht. Er zog Cunrat mit sich zum Oberen Markt und in die Rindportergasse, bis sie an der Ecke zwischen der *Haue* und dem Rindportertor standen. Dann zeigte er hoch zum Tor. Über dem Torbogen sprang die Wand des Turms über zwei Geschosse einen halben Meter vor und öffnete sich auf jedem Stockwerk in vier Fenstern zur Stadt hin. Das Tor unterbrach den Wehrgang, der rechts und links davon an der Stadtmauer weiterlief.

»Schau, der Wehrgang verläuft durch das Tor. Und dort, rechts vom Tor, gibt es eine Verbindung zwischen dem Gang und dem oberen Stock der *Haue*!«

Giovanni hatte recht. Das Gasthaus, das dicht an die Mauer gebaut war, besaß vier Stockwerke, in denen die Fremdenzimmer untergebracht waren. Im zweiten Stock befand sich zwischen Haus und Stadtmauer, genau auf der Höhe des hölzernen Wehrgangs, eine Art geschlossener Brücke. Cunrat hatte nie darauf geachtet, oder den kleinen Anbau für einen Abtritt gehalten.

»Von hier aus könnte Karolina auf die Mauer gelangt sein«, mutmaßte Giovanni.

»Und ist dann die ganze Mauer entlanggelaufen bis zum Emmishofertor?«

»Vielleicht ist sie vor ihrem Mörder geflüchtet!«

»Du meinst, er kam auch aus der *Haue*?«

»Womöglich. Warum hätte sie sonst nachts auf die Mauer steigen sollen?«

»Das bedeutet, Karolina hat ihren Mörder in der *Haue* getroffen, sie ist über den Verbindungsgang zur Stadtmauer gelaufen und hat so versucht, vor ihm zu flüchten.«

»Und er ist ihr nachgerannt und hat sie beim Emmishofertor schließlich eingeholt.«

»Aber wie konnte sie durch das Tor gelangen, ohne dass der Turmwächter sie gesehen hat?«

»Das ist eine gute Frage, mein lieber Cunrat. Du kanntest doch einen von denen, die sie gefunden haben. Könntest du ihn nicht mal ansprechen? Vielleicht hatten die ja gerade wieder Besseres zu tun, als ihren Dienst zu versehen.«

»Und du meinst, das würden sie mir erzählen?«

»Du musst halt vorsichtig fragen. Wie denn ihre Arbeit so ist, ob sie streng ist und wer wann wo und wie lang Dienst tun muss. Du kannst ja sagen, dass du überlegst, dich auch bei den Stadtwachen zu verpflichten, was weiß ich. Denk dir was aus. Heute Abend gehen wir in die *Haue*.«

»Ob Sebolt Schopper etwas mit all dem zu tun hat?«

»Ich hab ihn gefragt wegen dieses Verbindungsgangs, aber er behauptet, er wisse nicht, wo die Tür sei. Er habe die Brücke auch nur von außen gesehen, aber im Inneren keinen Zugang gefunden. Wahrscheinlich sei er zugemauert.«

»Glaubst du das?«

»Nein. Aber ich kann mir trotzdem nicht vorstellen, dass er der Mörder ist.«

»Oder willst du es nicht glauben, damit du weiterhin deine Spielchen machen kannst?«

Der Venezianer wurde ärgerlich.

»Darum geht es nicht. Überleg doch mal, Cunrat, selbst wenn Schopper die Tettingers umgebracht hätte, warum sollte er den Mailänder töten? Und der Vogt scheint ja anzunehmen, dass alle dem gleichen Mörder zum Opfer gefallen sind.«

»Vielleicht hat Ambrogio ja etwas entdeckt in der Schänke, was dem Wirt nicht passte? Ein Spielzimmer zum Beispiel?«

»Ach was, dann hätte er ihn höchstens eingeladen, mitzuspielen. Außerdem sieht man dem Raum nicht an, dass er zu gewissen Zeiten besonderen Zwecken dient. Nein nein, der Schopper hat mit den Morden nichts zu tun, glaub mir! Aber er ist ein Gauner, und ich traue ihm trotzdem nicht. Einweihen können wir ihn nicht. Deshalb will ich heute Abend mal nachschauen, ob wir den Zugang nicht doch finden, aber ohne sein Wissen. Und du kommst mit.«

Sebolt Schopper begrüßte Giovanni verhalten und brachte ihnen Eintopf und Wein, wie sie es bestellt hatten. Die zwei Bäckergesellen hatten sich in die Nähe des Kamins gesetzt, an den Tisch, an dem sich häufig die Stadtwachen zum Essen trafen, bevor sie ihren Nachtdienst antraten. Die beiden waren besonders früh erschienen, um hier noch Platz zu finden.

»Er will nicht, dass man merkt, dass wir uns näher kennen!«, erklärte Giovanni die Zurückhaltung des Wirts. »So ein Dummkopf! Damit macht er sich erst recht verdächtig.«

Sie aßen und tranken, während immer mehr Menschen hereinströmten. Die meisten setzten sich möglichst nahe ans wärmende Feuer. Schließlich kamen auch ein paar Wächter und nahmen wie erwartet am Tisch der beiden Gesellen Platz. Derjenige, der Karolina gefunden hatte, war zwar nicht dabei, aber auch die anderen waren regelmäßig Gast in der *Haue*, und einer von ihnen begrüßte den Bäckergesellen mit einem »Hoi, langer Lulatsch, sieht man dich auch wieder einmal!«

Ein anderer rief: »Hat der Vogt dich wieder laufen lassen? Was hast du denn angestellt? Zu leichte Brote gebacken?«

Alle lachten, und Cunrat und Giovanni lachten mit und prosteten ihnen zu.

»Eine Verwechslung«, erklärte rasch Giovanni, »nur eine Verwechslung! Aber meinem Freund haben die Ratsstube und der Turm so gut gefallen, dass er sich bei der Stadt melden und Turmwächter werden will!«

Nun lachten die Wachen noch mehr. »Der will Turmwächter werden? Bei der Größe sieht ihn der Feind doch schon von Weitem!« »So große Rüstungen haben wir gar nicht!« »Da muss er ja gar nicht erst auf den Turm steigen, sondern kann von unten Ausschau halten. Er sieht ja auch so über die Mauer hinweg!«

Geduldig ertrug Cunrat ihren Spott. Dann brachte der Wirt den Männern eine große Platte mit Fleisch und Brot, und das Gelächter verstummte zugunsten lauten Schmatzens. Giovanni stieß ihn wieder mit dem Stiefel an, und Cunrat verstand, dass er jetzt seine Fragen stellen musste, während sie in Ruhe speisten.

»Ich möchte wirklich gern Turmwächter werden«, sagte er mit Unschuldsmiene, als ob das Wachestehen bei Wind und Wetter für ein paar Pfennige Sold schon immer sein Traum gewesen wäre. »Wie viele Wächter gibt es denn? Was muss man da alles tun? Wie lang dauern die Dienste?«

Zwischen zwei Schmatzern erklärte ihm nun der neben ihm sitzende Mann, dass es 15 Gassenwächter und 13 Turmwächter gebe, die in der Nacht über die Sicherheit der Stadt wachten.

»Dann ist gar nicht auf jedem Turm einer?«

»Nein, auf dem ganzen Mauerring sind es 13. Der Türme sind 26, sodass auf jeden zweiten Turm ein Wächter kommt. Der muss dann seinen Abschnitt kontrollieren.«

»Und kann man weit sehen von dort oben?«, fragte Cunrat verträumt. »Sieht man bis ans andere Seeufer? Nach Meersburg? Und Weißenau?«

»Ah, da hat einer Heimweh!«, antwortete der Wächter gutmütig. »Nein, mein Freund, nach Meersburg und Weißenau sieht man nicht, da ist der Bodanrück dazwischen und das Horn, aber gen Westen, da sieht man im Sommer abends den Untersee, und wenn es klar ist, den Hegau mit seinen spitzen Bergen und den Burgen darauf. Und man kann die Kirchen auf der Insel Richenow erkennen. Aber wenn du noch weiter sehen möchtest, dann musst du bei Tag hoch auf den Wendelstein steigen, den Glockenturm beim Münster, zu Marti Kumpfli, dem Tagwächter, der dort wohnt.«

Cunrat dachte für einen Moment, dass es vielleicht tatsächlich schön wäre, ein Turmwächter zu sein und über die Gegend schauen zu können, oder sogar ein Tagwächter auf dem Wendelstein.

Aber dann besann er sich auf die Nacht, in der Karolina gestorben war, und überlegte, wie er den Wächter unauffällig dazu befragen konnte. Schließlich kam ihm eine Idee.

»Und ist euer Beruf auch gefährlich? Ich meine, außer bei Angriffen? Passiert es oft, dass jemand von der Mauer fällt?«

»Du meinst, so wie neulich die Tettingerin?«

Giovanni unterbrach sein eigenes Gespräch mit dem neben ihm sitzenden Wächter und horchte auf.

»Ja, die Tettingerin«, fuhr Cunrat fort. »Wie konnte das überhaupt passieren? Ich meine, dass sie zum Emmishofertor gekommen ist, ohne dass eine von den Wachen sie gesehen hat?«

Der Wächter wurde plötzlich vorsichtig. »Tja, das haben wir uns auch schon gefragt. Da drüben, der Andres Öchsli, der hatte Dienst auf dem Rindportertor an dem Abend, vielleicht weiß er ja mehr.«

Der so Angesprochene hob abwehrend die Arme. »Ich habe nichts gehört und nichts gesehen. Wenn du mich fragst, war sie eine Hexe und hat uns Turmwächter mit einem Bann belegt.«

»Ich verstehe, und so konnte niemand sie hindern zu springen, weil keiner etwas bemerkt hat.«

»Eben, da hat uns der Teufel ein Schnippchen geschlagen.«

Cunrat sah Giovanni an und zuckte die Schultern. Es war nicht seine Schuld, dass auch die Stadtwachen an das Wirken des Teufels glaubten.

»Sagt, und ist den Wachen an dem Abend kein besonderer, teuflischer Geruch aufgefallen?«, wagte er zu fragen.

Der erste Mann lachte. »An der Stadtmauer? Wo die ganzen Aborte der angrenzenden Häuser hingehen? Und die Schweineställe? Da stinkt's überall.«

Doch nun mischte sich Andres Öchsli wieder ein.

»Jetzt wo du es sagst, fällt mir ein, dass es tatsächlich besonders gestunken hat, und zwar in dem Durchgang auf dem Rindportertor. Ich hab noch gedacht, dass das Wetter wohl umschlagen muss, wenn es hier so stinkt.«

Cunrat bekam eine Gänsehaut. Er hatte nur aufs Geratewohl nach dem Gestank gefragt, aber nun glaubte er ihn wieder zu riechen, im Keller, als sie den toten Tettinger gefunden hatten, und das Bild des Erhängten trat ihm, getragen von der mächtigen Erinnerung an den Geruch, wieder überdeutlich vor Augen. Er sah Giovanni an, doch diesmal zuckte der die Schultern.

Schließlich erhoben sich die Wachen, weil sie ihren Dienst antreten mussten.

»Der Rat ist streng!«, erklärte einer. »Alle paar Stunden patrouilliert einer von den Herren und kontrolliert, ob wir auch unseren Dienst tun.« Fast schien es, als wolle er noch einmal deutlich machen, dass die Wachen keine Schuld am Tod von Karolina traf.

Als sie weg waren, meinte Giovanni kopfschüttelnd: »Ihr Schwaben seid schon ein einfältiges Völkchen. Der Teufel soll es mal wieder gewesen sein. Wenn du mich fragst, haben sie in einem Turm zusammengesessen und Karten gespielt oder tief geschlafen. Dazu braucht es keinen Bann nach den Mengen Wein, die sie vor dem Dienst zu sich nehmen.«

»Und der Gestank?«

»Du hast ihn ja gehört, überall gehen Abtritte raus!«

»Aber nicht dort!«, wandte Cunrat leise ein.

Giovanni schüttelte nur den Kopf, dann lachte er und begab sich zum Abort, nachdem er Cunrat noch einmal gegen das Schienbein getreten hatte, auf dass dieser ihm unauffällig folge, was er nach einer Weile auch tat.

»Ich glaube, die Gäste sind alle in der Wirtsstube. Und Sebolt Schopper ist auch beschäftigt. Jetzt ist der beste Zeitpunkt, um den Gang zu suchen!«, meinte Giovanni flüsternd, als sie sich am Abtritt trafen. »Komm mit!«

Die Treppe, von der die Aborttür abging, führte weiter in den Keller. Sie wandten sich jedoch in die andere Richtung und gingen die Wendeltreppe hoch zu den oberen Stockwerken. Giovanni hatte ein Öllicht mitgebracht, das er an einer Fackel entzündete, welche neben der Tür zum Abort in der Wandhalterung steckte. Damit ging er voraus, und Cunrat folgte seinem flackernden Schatten.

Auf jeder Etage ging von der Treppe aus dort, wo sich im Erdgeschoss die Tür zur Gaststube befand, ein Korridor ab, und von diesem rechts und links die Zimmer. Alle Wände bestanden hier aus Holzbohlen. Am Ende des Korridors öffnete sich jeweils ein Fenster zur Rindportergasse hinaus.

Als sie ins zweite Geschoss kamen, war der Kneipenlärm kaum mehr zu hören. In der Stille konnten sie ihren eigenen Atem und das Schlurfen ihrer Schritte wahrnehmen. Giovanni hatte recht gehabt, die Gäste waren wohl alle in der Schänke.

»Auf diesem Stockwerk müsste es sein, am Ende des Korridors, rechter Hand!«, flüsterte er nun. »Hör zu, du bleibst hier stehen und achtest darauf, dass mich niemand stört. Wenn einer die Treppe hochkommt, dann musst du mich warnen!«

»Wie soll ich das denn machen?«

»Was weiß ich, pfeif wie ein Mäuslein, kannst du das?«

Cunrat machte einen Versuch, und Giovanni war der Meinung, dass man ihm das Mäuslein leidlich abkaufen werde.

»Eine Katze kann ich besser«, verteidigte sich Cunrat, worauf Giovanni ungeduldig antwortete: »Ob Katze oder Maus, mir ist's einerlei, Hauptsache, du gibst mir irgendwie Bescheid!«

Dann ging er mit der Öllampe den dunklen Korridor entlang, die Türen eine nach der anderen für kurze Zeit in Licht hüllend, bevor sie in die Dunkelheit zurückfielen. So langte er schließlich am Fenster an, dort drehte er sich um und hielt die Öllampe so vor sich, dass Cunrat sehen konnte, wie er mit den Schultern zuckte. Offenbar hatte er nichts Besonderes entdeckt. Doch dann wandte er sich der letzten Tür rechts zu, und nun trieb die Neugier Cunrat ebenfalls dorthin. Er warf noch rasch einen Blick durchs Treppenauge hinab, aber dort tat sich nichts, der Schänkenlärm war immer noch gleich weit entfernt. So schlich er den Korridor entlang. Sein Freund machte sich gerade an der letzten Tür auf der rechten Seite zu schaffen.

»Aber Giovanni, wenn hier einer drin ist!«

»Hörst du etwas?«

»Nein, aber …«

»Wenn einer drin ist, stellen wir uns betrunken und sagen, dass wir uns in der Tür geirrt haben. Von diesem Zimmer aus muss der Gang zur Mauer gehen.«

Er hatte schon mit dem eisernen Ring den Riegel gehoben und die Tür einen Spaltweit geöffnet. Niemand protestierte gegen sein Eindringen. Als er mit der Lampe hineinleuchtete, sahen sie, dass das Zimmer offenbar nicht vermietet war. Auf dem Bett lag kein Strohsack, keine Kleider hingen an den Haken, alles wirkte leer und unbewohnt. Auch ein großer Schrank, der in der Ecke stand, war leer. Cunrat dachte, wie klein die Kammer war, kleiner noch als der Verschlag, in dem sie hausten, und dabei sicher nicht billig!

»Hier ist nichts«, sagte er flüsternd. »Lass uns wieder verschwinden!«

»Wir müssen bei Tageslicht wieder kommen. Bei diesem Licht kann man kaum etwas erkennen!«, stimmte ihm Giovanni zu.

Sie verließen das Zimmer und schlossen die Tür hinter sich. Als sie schon fast an der Treppe waren, hörten sie plötzlich ein lautes Miauen. Beide erstarrten, dann sah Giovanni seinen Freund fragend an. Der schüttelte den Kopf, er hatte nicht miaut. In diesem Augenblick kam eine Katze die Treppe hochgelaufen, gefolgt von den schweren Schritten eines Mannes. Giovanni löschte rasch das Licht, dann liefen die beiden so leise sie konnten zu dem leer stehenden Zimmer zurück. Ebenso leise öffneten sie die Tür, traten ein und schlossen sie wieder. Dann hielten sie die Luft an, bis der Unbekannte sich in sein Zimmer begeben hatte. Sie bildeten sich ein, ihn nebenan mit jemandem reden zu hören. Erst als nach einer Weile alles still war, trauten sie sich, ihr Versteck wieder zu verlassen. Cunrat erschrak noch einmal, als die Katze plötzlich schnurrend um seine Füße strich, aber ansonsten blieb alles ruhig.

Mit Unschuldsmiene kehrten sie in die Schankstube zurück, zuerst Giovanni, dann Cunrat.

Als Sebolt Schopper an ihren Tisch trat, um ihnen noch einen Krug Wein zu bringen, fragte Giovanni ganz harmlos: »Sebolt, habt ihr eigentlich noch Betten frei?«

Der Wirt sah ihn von oben herab an und grinste verächtlich: »Warum? Suchst du eine neue Schlafstatt? Ich glaube nicht, dass du dir ein Zimmer bei mir länger als eine Woche leisten könntest!« Und hinter vorgehaltener Hand fügte er hinzu: »Oder hast du soviel gewonnen beim letzten Spiel?«

»Nein nein«, beeilte sich Giovanni zu versichern, »ein vornehmer Herr ist zu unserem Bäckerstand gekommen und hat gefragt, ob wir nicht eine Herberge wüssten. Sollen wir ihn zu euch schicken, wenn wir ihn das nächste Mal sehen?«

Schopper schüttelte den Kopf. »Nicht nötig, mein Freund, hier ist jedes Bett doppelt belegt.« Dann wischte er den Tisch ab und ging zurück zum Tresen.

Am folgenden Samstag begaben sich die Bäckergesellen nach der Arbeit ins Badehaus. Obwohl Cunrat, Giovanni und die anderen drei Venezianer keinen Meister hatten, der ihnen den wöchentlichen Badpfennig bezahlte, wie sonst bei Handwerksgesellen üblich, gönnten sie sich einmal in der Woche einen ausgiebigen Badbesuch. Auf Giovannis Drängen gingen sie ins *Lörlinbad*, wo er hoffte, Lucia endlich wieder zu sehen und nach dem Bad vielleicht sogar den Abend mit ihr verbringen zu können.

Die Badestube befand sich im hinteren Teil des großen Hauses zum Rhein hin und hatte einen eigenen Eingang vom Ziegelgraben aus. Im ersten Raum hängte man Mäntel und Kleidung an Haken an der Wand oder legte sie auf Holzgestelle. Im Sommer kamen viele Badende nur mit einem Badetuch bekleidet von zu Hause ins Bad, aber jetzt im Winter fanden die Gesellen nur noch mit Mühe einen Platz für ihre Kleider.

Nachdem die Bäcker sich ausgezogen hatten, gingen sie durch einen Korridor zunächst in den linken Raum, wo sich das Dampfbad befand. Auf treppenartigen Holzgestellen saßen schon einige andere Männer, und der Bader und zwei Bademägde standen bereit, um den Ofen in der Ecke, auf dem heiße Steine aufgeschichtet waren, mit frischem Wasser zu übergießen und die Schwitzenden mit Reisigbündeln zu schlagen oder mit der Kardenbürste abzureiben. Cunrat und seine Bäckergenossen, die große Hitze gewöhnt waren, drängten gleich auf die obersten Bänke und schwitzten den Mehlstaub der ganzen Woche heraus. Danach wurden sie mit kaltem Wasser übergossen, und die Bademägde massierten ihnen Rücken und Schultern, die bei einem Bäcker immer besonders schmerzhaft verspannt sind.

Dann wechselten sie das Gemach. Auf der anderen Seite des Korridors, zur Trinkstube von Peter Rosshuser hin, lag der Raum mit den Badebottichen. Aufgereiht standen hier rechts und links je fünf große hölzerne Zuber, von denen noch zwei frei waren. Giovanni und Cunrat setzten sich gemeinsam in eine Wanne, ihre drei Kumpane in die andere. Nach dem kalten Schwall war das Wasser hier angenehm warm, und langsam fiel alle Mühsal der vergangenen Woche von ihnen ab. Der Bader Berthold Ortloff legte zwischen ihnen ein Brett über den Zuber und servierte Fleisch, Brot und Wein, die durch eine Verbindungstür direkt aus Rosshusers Schänke gebracht wurden. Während sie entspannt im warmen Wasser saßen und aßen und tranken, ließen sie sich vom Bader den Bart scheren, und Gentile verlangte sogar, zur Ader gelassen zu werden. In einem Zuber nebenan räkelten sich einige von Peter Rosshusers Frauen, die immer wieder zu ihnen herübersahen und kicherten. Antonello, Gentile und Jacopo begannen ein angeregtes Gespräch mit ihnen, doch Cunrat und Giovanni stand der Sinn nach anderen weiblichen Wesen. Giovanni hielt unablässig Ausschau nach Lucia, ob sie nicht auch durch die Tür käme, aber dort gingen nur die Bademägde ein und aus. Cunrat hingegen lag mit geschlossenen Augen im warmen Wasser und dachte an Gretli, bis er merkte, dass sich zwischen seinen Beinen etwas heftig regte. Erschrocken setzte er sich aufrecht hin. Morgen würde er Gretli treffen, allerdings waren sie zum Kirchgang verabredet.

»Giovanni, meinst du, der Herr Potscho wird nachher kommen?«, versuchte er sich abzulenken.

Sein Freund zuckte die Schultern.

»Warum nicht? Er hat das Treffen ja vorgeschlagen. Übrigens heißt es Poggio, dsch, dsch, ganz weich, nicht Potscho.«

Cunrat übte ein wenig den ungewohnten Laut, dsch, dsch, Poggio. Dann fragte er weiter: »Und was glaubst du, warum hat Sebolt Schopper uns angelogen?«

»Wenn ich das wüsste, mein Freund, dann wäre ich ein Hellseher. Das bin ich aber nicht. So weiß ich nur, *dass* er uns angelogen hat. Lass uns morgen zur Zeit der Messe die *Haue* besuchen. Ich weiß, dass Sebolt immer zur St.-Pauls-Kirche geht; wahrscheinlich glaubt er, dass er dadurch seine schwarze Seele retten kann. So werden wir ungestört sein und können uns das seltsame Zimmer genauer anschauen.«

Cunrat räusperte sich, dann sagte er: »Es tut mir leid, aber morgen kann ich nicht mit dir in die *Haue* gehen. Gretli und ich wollen gemeinsam den Gottesdienst bei den Minderbrüdern besuchen. Sie hat gestern Brot bei mir geholt, als du am Kornhaus warst, und da haben wir uns verabredet.«

Giovanni seufzte tief. »Wie schön für dich. Dann muss ich eben allein nachforschen.«

Das war Cunrat nun auch wieder nicht recht. Er wollte doch selbst herausfinden, wer Johann Tettinger und seine Schwester umgebracht hatte, und ob Karolina wirklich über den geheimen Gang auf die Mauer gelangt war. Außerdem hatte er das Gefühl, dass es eher seine Pflicht war, der Sache auf den Grund zu gehen, und nicht die Giovannis.

»Können wir das nicht ein andermal zusammen machen? Ich kann Gretli halt unter der Woche nicht so leicht treffen!«

Giovanni verstand das Dilemma seines Freundes.

»Gut, lass uns nächste Woche einmal um die Mittagszeit hingehen, wenn die Gäste beim Imbiss sind. Und Cunrat«, er begann zu grinsen, »wir anderen werden morgen sicher den ganzen Tag auswärts verbringen. Willst du Gretli nicht zeigen, wo du wohnst? Jetzt, wo du frisch rasiert bist? Und denk daran, vorher den Mund mit Wein auszuspülen und ein Lorbeerblatt unter die Zunge zu legen. Das gibt wohlschmeckende Küsse!«

Nachdem ihre Haut aufgeweicht und ihr Bedürfnis nach Sauberkeit gestillt war, beschlossen Giovanni und Cunrat, einen Schoppen Wein in der Trinkstube zu nehmen. Bis zu ihrem Treffen mit Poggio Bracciolini war noch etwas Zeit. Die übrigen drei Gesellen begaben sich in den Nebenraum des Bades, wo einige Ruhebetten standen, gefolgt von Rosshusers Damen, die in der Wanne nebenan gesessen hatten.

Das Lokal war um diese Zeit gut gefüllt. Viele Handwerksgesellen verbrachten ihren Samstagabend auf die gleiche Weise wie die fünf Bäcker mit Baden, Essen, Trinken und vielleicht noch ein wenig Liebeslust. Hier im *Lörlinbad* saßen vor allem Weber, aber an einem Tisch in der Ecke entdeckte Cunrat ein anderes, ihm bekanntes Gesicht, einen Blick, der ihn zu verfolgen schien: den dritten Mann von der Lädine. Er fiel auf, weil er älter war als die meisten hier und vornehmer gekleidet. Und weil er sich nicht im Geringsten zu vergnügen schien, im Gegenteil, sein Blick war finsterer denn je. Keine von Rosshusers Frauen wagte sich an seinen Tisch, und plötzlich fragte sich Cunrat, ob er vielleicht etwas mit den Morden zu tun hatte.

»Giovanni, siehst du den Mann dort drüben?«

»Welchen Mann? Da sind viele Männer!«

Giovanni hatte bei ihrem Eintreten mit einem Blick geprüft, ob Lucia im Raum war, und da er sie nicht erspäht hatte, starrte er nun unverwandt auf die Tür, die zu den Frauengemächern nach oben führte. Zerstreut wandte er sich kurz um und folgte Cunrats Blick zu dem Unbekannten.

»Ich meine den mit der Narbe über dem rechten Auge!«

»Na und, was ist mit dem?«

»Das ist der Mann, der mit mir auf der Lädine nach Costentz gekommen ist. Und ich habe ihn schon ein paar Mal in der Stadt gesehen.«

Giovanni musterte seinen Freund verständnislos.

»So groß ist Costentz halt nicht, da kann es schon passieren, dass man jemanden öfters sieht, oder?«

»Aber er schaut immer so grimmig drein, als ob er Böses im Schilde führte!«

»Ach, Cunrat, was soll das? Manchmal ist einem eben nicht nach Lachen zumute.«

Er seufzte und wandte sich wieder zur Tür.

»Und wenn er der Mörder wäre?«

»Was?«

»Der Mörder! Wenn er die Tettingers und den Übersetzer umgebracht hätte?«

»Warum glaubst du das?«

»Weil er mit mir in der Stadt angekommen ist. Und weil es kurz darauf den ersten Toten gegeben hat. Und weil ich ihn auch an der Beerdigung von Ambrotscho gesehen habe!«

»Ambrogio. Dsch, dsch. Du redest schon wie der Vogt. Das sind doch alles keine Gründe!«

Cunrat wurde klar, dass Giovanni nicht in der Stimmung war, sich mit seinem Verdacht zu beschäftigen.

Sie wollten schon einen zweiten Krug bestellen, da hörte man plötzlich Schritte auf der Treppe, von schweren Stiefeln, von einem Mann, der nicht mehr in die Gaststube kam, sondern das Haus auf direktem Wege verließ. Als er an der Stubentür vorbeiging, sah Cunrat im Dämmerlicht des Treppenhauses für einen Augenblick, wer der Besucher war, hinter dem Lucia die Treppe herabkam. Offenbar wusste auch der Conte Sassino ihre Dienste zu schätzen.

Endlich betrat sie die Gaststube, und Giovanni sprang auf. Einige der anderen Gäste drehten sich ebenfalls um. Lucia erkannte den Venezianer sofort, und als Cunrat den Blick sah, mit dem sie ihn bedachte, wusste er, dass die Gefühle seines Freundes erwidert wurden. Nicht anders hatte Gretli ihn angeschaut in der Christnacht und als er sie neulich nach Hause gebracht hatte, nur glühte in Lucias Augen noch etwas anderes, wie ein großer Hunger, eine überwältigende Sehnsucht, und über alle Köpfe und alles Murmeln hinweg, quer durch das ganze Lokal schienen die Augen der beiden Zwiesprache zu halten, sie schienen sich etwas zuzurufen, etwas schrecklich Schönes und zugleich Trauriges.

Rosshuser stand hinter seinem Schanktisch und beobachtete die Situation genau. Er war Geschäftsmann, ihm waren Liebesgefühle einerlei. Wenn der Venezianer bezahlte, konnte er den Abend mit seiner Angebeteten verbringen, sie war heute noch frei.

In diesem Moment stand auch der unbekannte Dritte von seinem Tisch auf. Cunrat sah, dass er ebenfalls Lucia anstarrte, und nun verstand er: Auch dieser Mann war vom Liebesschmerz gepackt! Vielleicht hatte er Lucia in der Kirche singen gehört oder war ihr hier im *Lörlinbad* begegnet, jedenfalls durfte er sich aufgrund seines Alters sicher keine Hoffnung auf Erwiderung seiner Gefühle machen. Aber vielleicht genügte es ihm ja, ein paar Stunden mit ihr zu verbringen, auch wenn er teuer dafür bezahlen musste. Doch Giovanni kam ihm zuvor.

Er war bereits zu Rosshuser gegangen und legte eine Münze auf den Tisch. Cunrat verstand nicht, was sie redeten, zu laut war der Lärm in der Schankstube, doch kurz darauf kehrte Giovanni an den Tisch zurück und sagte: »Ich habe zwei Stunden mit Lucia. Warte hier auf mich.«

Cunrat wollte widersprechen, dass sie doch bald schon ihre Verabredung mit Poggio Bracciolini hatten, aber als er das Leuchten in Giovannis Gesicht sah, hielt er seine Worte zurück. Das andere konnte warten.

Lucia nahm Giovannis Hand und führte ihn nach oben. Der unbekannte Verehrer war kreidebleich geworden und starrte ihnen voller Bitterkeit hinterher. Dann warf er dem Wirt ein paar Münzen hin, sagte: »Das ist wohl genug!«, und verließ das Lokal. Cunrat bestellte noch einen Krug. Bei ihrer gemeinsamen Schifffahrt nach Costentz hatte er den Fremden für einen Ausländer gehalten. Nun hatte er klares Deutsch gesprochen. Und wenn er doch der Mörder war?

Cunrat musste lange auf Giovanni warten, der Nachtwächter hatte schon die elfte Stunde ausgerufen, als er endlich auftauchte.

»Dein Bad hättest du dir aber sparen können!«, empfing Cunrat seinen Freund, denn der war verschwitzt und roch schon wieder. Aber er strahlte wie lang nicht mehr.

Gemeinsam liefen sie zur Schänke von Ruof Lämbli, doch Poggio Bracciolini war nicht mehr dort. Zuerst ärgerte sich Cunrat über Giovanni, dem die Verspätung zu danken war, doch dann erzählte ihnen der Wirt auf ihre Nachfrage, dass Bracciolini überhaupt nicht gekommen war. Lämbli erinnerte sich noch gut an den vornehmen italienischen Herrn aus dem Gefolge des Papstes, und er war sicher, dass er ihn nicht gesehen hatte.

»Porca Vacca, auf diese Italiener ist einfach kein Verlass!«, fluchte Giovanni. Cunrat sah ihn zweifelnd an, und als er sah, dass der Venezianer es ernst meinte, musste er grinsen. Schließlich beruhigte sich Giovanni jedoch wieder und meinte betont gelassen, die hohen Herren wären halt immer sehr beschäftigt, Poggios Ausbleiben hätte sicher nichts zu bedeuten. Und sie würden ihn wahrscheinlich schon morgen wieder am Brotstand treffen. Doch Cunrat war sich dessen nicht so gewiss.

Am nächsten Morgen stand Cunrat kurz vor Beginn des Gottesdienstes am Portal der Franziskanerkirche. Er hatte sich mit Gretli bei der Kirche der Barfüßer verabredet, wo sie ihre wundersame Christnachtmesse verlebt hatten.

Als sie nun nebeneinander im Mittelschiff standen und der Predigt lauschten – sie war nicht halb so spannend wie diejenige, mit der Stephan von Landskron ihn damals so erschreckt hatte – wanderten seine Gedanken fort zum letzten Abend.

Warum war der Sekretär des Papstes nicht gekommen? Hatte er sie neulich doch nur ausgehorcht? Was hatte er denn von ihnen gewollt, wenn ihm gar nicht daran gelegen war, den Mörder zu finden? Man hörte so viel von Spionen in der Stadt, vor allem aus dem Gefolge des Papstes. Was, wenn Bracciolini auch einer war? Aber was konnte er von einfachen Bäckergesellen wie ihnen schon wollen?

»Amen!«, riss ihn plötzlich Gretli aus seinen Gedanken, weil die Predigt zu Ende war. Da zog Cunrat das Mädchen mit nach draußen.

»Der Gottesdienst ist doch noch nicht zu Ende!«, protestierte sie.

»Ich habe heute etwas Wichtiges zu erledigen, und dafür ist es besser, wenn die Leute noch in der Kirche sind«, erklärte er.

Dann nahm er ihren Arm und führte sie auf den Klosterhof der Franziskaner. Dort hatten die Schreiber und Krämer ihre

Stände aufgestellt und begannen nun einer nach dem anderen ihre Zeltbuden zu öffnen und die Tische aufzustellen. Das sonntägliche Verkaufsverbot wurde während des Konzils nicht besonders streng gehandhabt, es gab mehr Ausnahmen als Regelfälle, aber dennoch schlenderten bisher nicht viele Menschen durch die Reihen der Stände, weil die meisten noch in der Kirche waren, so wie Cunrat es vorausgesehen hatte.

Bei einem älteren Schreiber, der ihm vertrauenswürdig erschien, hielt er inne.

»Könnt Ihr einen Brief für mich schreiben?«

»Aber Cunrat«, wandte Gretli ein, »kannst du denn nicht selber schreiben?«

Für einen Moment schämte er sich, als ihm klar wurde, dass Gretli offenbar die Schrift beherrschte, er aber nicht. Doch dann musste er daran denken, dass außer Giovanni keiner der Bäckergesellen, mit denen er je zu tun gehabt hatte, richtig schreiben konnte. Den Venezianer hatte er einmal in ihrer Hütte überrascht, wie er etwas niedergeschrieben hatte, aber er hatte das Blatt schnell weggesteckt, als Cunrat eintrat, so, als ob es ihm peinlich wäre. Cunrat vermutete, dass es ein Liebesbrief oder gar ein Liebesgedicht für Lucia war.

»Ich kann nur meinen Namen schreiben«, antwortete er nun, dann diktierte er dem Berufsschreiber einen Brief an seine Mutter. Er hatte sich einen Bogen feines Büttenpapier ausgesucht, und nun achtete er genau darauf, dass die Tinte schöne schwarze Zeichen auf das weiße Papier malte. Er wünschte der Mutter ein gutes Jahr und erzählte, dass er nicht mehr beim Onkel sei, sondern nun mit anderen Bäckergesellen arbeite, und dass er zu ihr zurückkehren werde, wenn das Konzil zu Ende sei, was alle bald erwarteten.

Da blickte der Schreiber hoch und sah ihn skeptisch an. »Glaubt Ihr das wirklich?«

Cunrat zuckte die Schultern und diktierte weiter. Dass er das schönste Mädchen der Welt kennengelernt habe und sie ihr nach dem Konzil vorstellen werde. Dabei sah er Gretli hoffnungsvoll an, aber die lächelte nur ein wenig und schaute zur Seite. Sie schämte sich, dass Cunrat ihr beider Glück vor diesem fremden Mann ausbreitete. Doch der war äußerst professionell und konzentrierte sich ganz darauf, die Feder flott über den Papierbogen zu bewegen. Am Ende setzte Cunrat seinen Namen darunter, doch seine Buchstaben wirkten im Vergleich zu den anderen zittrig und ungelenk. Dann ließ er den Brief falten und versiegeln und bezahlte die zehn Pfennige, die so eine Dienstleistung kostete.

»Nächstes Mal schreibe ich für dich«, sagte Gretli, »dann kannst du das Geld sparen!«

»Wie kommt es, dass du schreiben kannst?«, wollte Cunrat nun doch wissen.

Gretli senkte traurig den Kopf.

»Mein Vater war Goldschmied. Er hatte seine Werkstatt und den Laden in Überlingen, nicht weit von der Schiffslände. Meine Mutter arbeitete bei ihm mit, sie war sehr klug und half ihm vor allem beim Verkauf und wenn es ums Rechnen ging. Sie hat mir alles beigebracht. Da ich ihr einziges Kind war, sollte ich Werkstatt und Laden einmal übernehmen, aber dann ist mein Vater am Fieber gestorben. Die Mutter hat noch eine Weile versucht, das Geschäft weiterzuführen, aber es gab mehrere Goldschmiede in Überlingen, und schließlich hat sie an einen Konkurrenten verkauft. Kurz darauf ist auch sie gestorben, und da meine Tante in Costentz lebte, bin ich zuerst zu ihr und nach ihrem Tod zu den Mäntellerinnen gekommen.«

Cunrat fühlte Mitleid mit Gretli, die Heim und Familie verloren hatte, doch er dachte auch, dass ihr Unglück vielleicht eine göttliche Fügung war, damit sie ihn hatte treffen können, für den sie bestimmt war.

Er legte zärtlich den Arm um ihre Schultern, aber bevor sie gemeinsam zum Hafen spazierten, um zu sehen, ob am nächsten Morgen jemand nach Ravensburg reiste und seinen Brief mitnehmen konnte, wollte Gretli noch einen Botengang für die Familie Tettikover erledigen.

»Ich brauche Kindbetterwürze für die Frau Tettikoverin«, erklärte sie Cunrat. Der wusste einen Pulverkrämer, bei dem man alles Mögliche kaufen konnte: Speisewürze mit viel Pfeffer, safrangesättigte Gutwürze und natürlich auch die bewährte Kindbetterwürze mit Ingwer für die Kranken.

»Außerdem hält er noch viele andere Dinge feil: Quecksilber und Zinnober, gesottenen Wein, Gewandbesenlin, Handschuhe, Säckel, Nestel, Zwirn, Messingringlein und dergleichen mehr!«, zählte Cunrat auf. »Sein Stand ist direkt gegenüber der Stephanskirche, wo wir auch manchmal mit unserem Ofen stehen.«

Doch damit kam er bei Gretli schlecht an.

»Vor dem Lotter hat Schwester Elsbeth mich gewarnt! Er mag seine Spezereien zwar billiger verkaufen als andere, aber man weiß nie, womit er seine Würzen mischt, ob nicht auch Holzstaub, gebranntes Brot oder Ruß darin sind! Nein, ich kaufe das Gewürzpulver nur beim Krämer Muggenfuß in den Lauben beim Haus *Zum Elefanten*. Da weiß ich, dass in der Kindbetterwürze nur Ingwer, Zimt, Nelken, Muskatnuss und Pariskörnlein drin sind. Die bekommt Frau Tettikoverin in ihren gesottenen Wein, und das gibt ihr wieder Kraft. Sie hat selber gesagt, seit ich ihr die Würze kaufe, schmeckt sie viel besser und drückt ihr nicht mehr auf den Magen.«

Cunrat wunderte sich darüber, was Gretli alles wusste, und er folgte ihr ohne Widerrede in die Plattengasse, wo Krämer Muggenfuß auch am Sonntag seinen Laden geöffnet hatte. Nachdem Gretli zwei Leinensäckchen mit Speisewürze und ein Säckchen mit Kindbetterwürze erstanden hatte, schlenderten sie weiter zum Hafen wegen Cunrats Brief.

Tatsächlich wurde auch hier gearbeitet: Auf eine Lädine wurden Waren für die Ravensburger Handelsgesellschaft verladen. Cunrat fragte einen teuer gekleideten Mann, der das Einladen beaufsichtigte, ob er einen Brief an seinen Bruder, den Schuhmachermeister Wolgemut mitnehmen könne, damit der ihn an die Mutter weiterleite. Gegen drei Pfennige Handgeld war der Mann dazu bereit.

Vom See her wehte ein rauer Wind, und ihnen wurde langsam kalt. Cunrat fragte, ob Gretli etwas essen wolle, und schlug vor, ins *Lamm* zu gehen. Da die Gottesdienste nun überall zu Ende waren, strömte das Volk durch die Straßen und drückte sich durch die engen Gassen, die zwischen den Krämerbuden frei geblieben waren. Auch das Lokal von Ruof Lämbli war brechend voll, aber sie konnten sich noch an einen Tisch dazusetzen. Rasch wurde ihnen eine gehörige Portion dampfendes Fleisch serviert und ein Krug Wein dazu.

Nachdem sie sich gesättigt hatten, spazierte Cunrat mit seinem Mädchen zur St.-Johann-Kirche, weil er ihr sein Lieblingsfenster zeigen wollte. Zwar schien die Sonne nicht durch die Scheiben, denn es war ein Tag mit hohem Nebel, aber umso feiner erschien die graue Haube der Heiligen Margarethe. Andächtig schaute Gretli nach oben, und Cunrats Blick wanderte vom Fenster herab zu ihrem Profil und wieder hoch. Giovanni mochte recht gehabt haben, Gretli hatte eine größere Nase als die Heilige, aber Cunrat sah es mit wachsender Zärtlichkeit. Er fasste an seine eigene Nase und dachte, wie gut sie doch zusammenpassten. Sachte legte er seinen Arm um sie.

Anschließend führte er sie in die Gasse hinter der Kirche, um ihr sein Domizil zu zeigen. Antonello und Jacopo lagen auf zwei Betten, und er stellte sie Gretli vor. Da hatten es die Bäckergesellen plötzlich sehr eilig, murmelten etwas von »incontrare Giovanni«, zogen ihre Stiefel an und verschwanden.

So blieben Cunrat und Gretli allein. Er nahm ihr den Mantel ab, hängte ihn an einen Holzhaken neben der Tür und hieß sie auf seinem Bett Platz nehmen. Aus der Truhe nahm er eine süße Brezel, die noch vom Dreikönigstag übrig und mithin eine Woche alt war, und bot sie ihr an. Es war das Einzige, was er zu offerieren hatte. Sie versuchte hineinzubeißen, nagte ein wenig daran herum und legte sie dann verschämt zur Seite, mit der Begründung, sie sei nicht hungrig. Cunrat stand etwas unschlüssig in der Kammer herum und wusste nicht recht, wohin mit seinem langen Körper. Beide sagten eine Weile lang nichts. Schließlich setzte Cunrat sich auf das Bett neben sie. Sie sah ihn nicht an, aber er spürte, dass sie zitterte.

»Ist dir kalt?«, fragte er und wollte aufspringen, um ihr den Mantel zu geben. Doch sie hielt ihn am Arm zurück und sagte: »Willst du mich nicht wärmen?«

Er sah sie an und verstand.

Zärtlich legte er ihr einen Arm um die Schultern und begann mit der anderen Hand, rote Haarsträhnen aus ihrem Gesicht zu streichen. Sie erwiderte zum ersten Mal seine Liebkosungen, wenn auch schüchtern. Nach und nach wanderten ihrer beider Hände suchend über Gesichter und Körper, über Hälse und Schultern und Brüste. Cunrat küsste den grünen Anhänger, den er ihr geschenkt hatte, und verglich dessen Farbton mit der Farbe ihrer Augen, die ein wenig mehr ins Braune tendierten, zumindest im schwachen Licht der Öllampe. Sie sahen sich in die Augen, während ihre Hände die Erkundungen fortsetzten. Sanft zog Cunrat ihr schließlich das Kleid aus, legte seine Cotte und die Beinlinge ab, dann bettete er sich neben sie und deckte das Federbett über sie beide. Und ebenso sanft streichelte er ihren ganzen Körper, löste langsam ihre Anspannungen und Widerstände auf, und plötzlich war er Bärbeli unbeschreiblich dankbar für alles, was er bei ihr gelernt hatte über den weiblichen Körper und was ihm wohl tat. Als er sich schließlich behutsam in Gretli versenkte, jauchzte sie nur leise und drückte ihn fest an sich. Er verharrte eine ganze Zeit lang ruhig in ihr und genoss das Gefühl der Geborgenheit in ihrem Leib, bevor er vorsichtig anfing, sich zu bewegen. Sie begann schwerer zu atmen, und nach und nach fanden sie einen gemeinsamen Rhythmus, im Auf und Ab ihrer Körper, im Stöhnen und Keuchen der Münder, und endlich schloss er ihre Lippen mit den seinen, damit niemand ihr Schreien hörte.

Noch lange lagen sie beieinander und streichelten sich bedachtsam, ohne Worte.

Cunrat und Gretli erwachten, als Giovanni die Hütte betrat. Es war bereits dunkel geworden, und dem Lämpchen ging langsam das Öl aus, sodass es nur noch leise zuckte. Giovanni grinste frech, als er die beiden sah. Er schien betrunken. Gretli wollte rasch aufstehen, doch dann wurde ihr bewusst, dass sie immer noch nackt war, und sie zog die Decke wieder über sich. Cunrat bat Giovanni, für einen Moment draußen zu warten. Der Venezianer maulte, dass er schon viele Frauen nackt gesehen habe und er werde ihr schon nichts wegschauen, aber schließlich gab er nach, sodass Gretli ihr Kleid anziehen und den Mantel überstreifen konnte.

»Ich muss schnell zurück, Frau Tettikoverin wird schon in Sorge sein!«, sagte sie aufgeregt, während sie in ihre Stiefel schlüpfte. Cunrat schien es, als ob sie schon wieder weit fort wäre, ihre vorige Vertrautheit war wie weggeblasen.

»Ich begleite dich!«, entschied er.

Sie sah zu ihm hoch und zögerte einen Augenblick. Doch dann lächelte sie und drückte sich an ihn.

»Aber rasch!«

Erleichtert warf er seinen Mantel über und folgte ihr. Giovanni konnte gar nicht so schnell »Ciao« sagen, wie sie an ihm vorbeiliefen.

Die Ketten waren bereits über die Straßen gespannt worden, und im Dunkeln mussten sie aufpassen, nicht darüber zu stolpern. Cunrat verfluchte sich, dass er in der Eile wieder keine Fackel mitgenommen hatte, wie es Vorschrift war. Sie drückten sich an den Hausmauern entlang und zwischen den geschlossenen Krämerbuden hindurch, Cunrat voraus und Gretli an seiner Hand hinterdrein. Die Nacht war so neblig, wie es der Tag gewesen war, den Mond konnte man nur als fahlen Schimmer hinter dem Hochnebelgrau erkennen, und er leuchtete ihnen nicht wirklich heim. Immerhin war es auf dem Platz beim Münster so hell, dass die hohen Schatten der Kirchtürme sich schwarz vor dem Himmel abzeichneten, doch als die beiden bei Sankt Stephan in die Fischmarktgasse einbogen, wurde es zwischen den Häuserreihen wieder vollkommen finster.

Cunrat ging fast taumelnd unter den Arkaden entlang, sich von Säule zu Säule hangelnd, Gretli im Schlepptau, als er plötzlich von der Seite eine Bewegung wahrnahm. Bevor er erkannte, wer sich im Dunkel des Laubengangs verborgen hielt, bekam er einen Schlag an den Kopf. Er hörte noch, wie Gretli aufschrie, dann wurde es schwarz um ihn, schwärzer als die Nacht unter den Lauben.

Diesmal wachte Cunrat nicht im Spital auf. Er kam rasch wieder zu sich und stellte fest, dass er immer noch dort lag, wo er zu Boden gegangen war: unter den Arkaden gegenüber vom Hohen Haus. Immerhin war Gretli da, als sein Bewusstsein zurückkehrte.

»Cunrat, mein Liebster, Cunrat, wach auf!«, jammerte sie und tätschelte ihm die Wangen. Dann hörte er Männerstimmen.

»Was ist hier los?«, rief einer, und der Kopf eines Nachtwächters tauchte im Fackelschein vor Cunrats Nase auf. Der Mann half ihm auf die Beine. Sein Kopf schmerzte, und als er die Stelle befühlte, wo er getroffen worden war, spürte er etwas Feuchtes.

»Du blutest ja!«, rief Gretli entsetzt. Im flackernden Licht sah nun auch Cunrat, das seine Hand voll Blut war. Das Mädchen zog rasch ein großes, sauberes Schneuztuch aus seinem Kleid und drückte es Cunrat auf die Wunde.

»Das ist doch der lange Cunrat!«, stellte einer der Gassenwächter fest, ein Stammgast der *Haue*. »Was ist denn passiert?«

»Wir sind überfallen worden!«, klagte Gretli.

»Und habt ihr die Übeltäter erkannt?«

»Ich nicht!«, stöhnte Cunrat, noch immer ganz benommen.

»Ich auch nicht, aber«, und plötzlich wurde Gretlis Stimme hart, »ich habe ihm das Gesicht zerkratzt, diesem Unhold! Daraufhin ist er geflüchtet. Er wird noch lang an meine Krallen denken!«

Cunrat wunderte sich über diese neue Seite an seinem sanften Mädchen. Mit bloßen Händen hatte sie den Gewalttäter in die Flucht gejagt! Wer weiß, was der sonst mit ihm oder gar mit ihr angestellt hätte!

Cunrat und die Gassenwächter begleiteten sie nun gemeinsam bis zum großen Eingangstor des Hohen Hauses in der Fischmarktstraße. Im Piano Nobile im ersten Stock flackerte noch Licht, und auf ihr Klopfen wurde das schwere Holztor von einem Bediensteten geöffnet, der ihr zuflüsterte, dass die Herrin schon besorgt auf sie warte. Gretli drückte Cunrat noch einmal kräftig die Hand, dann schloss sich das Tor hinter ihr.

»Sollen wir dich auch heimbegleiten, langer Cunrat?«, fragten ihn die Wächter, aber er lehnte ab. Er würde schon allein zurechtkommen.

»Dann nimm wenigstens die Fackel!«, beschwor ihn einer, und dieses Angebot schlug er nicht aus. Mit dem Licht ging er rasch durch die kalte, düstere Stadt zurück in die Niederburg. Noch lange lag er wach, lauschte dem Schnarchen seiner Genossen und grübelte darüber nach, wer ihn wohl überfallen hatte und warum. Ob der Papstsekretär damit zu tun hatte?

Poggio Bracciolini an Niccolò Niccoli, am 14. Januarius, im Jahre des Herrn 1415

Ich, Poggio, entbiete Dir, meinem Niccolò, einen herzlichen Gruß!

So viele Dinge sind in den letzten Tagen geschehen, mein Freund, und das Rad der Fortuna scheint sich für unseren Papst Johannes und damit für uns alle nach unten zu drehen!

In dieser Woche ist die spanische Delegation mit den Gesandten des Häretikers Petrus de Luna, der sich Papst Benedikt XIII. nennt, hier eingetroffen, und Sigismund hat nichts dagegen unternommen, ja, er hat De Lunas Männer vor zwei Tagen sogar als offizielle Abgesandte eines Papstes empfangen! Jetzt werden plötzlich an Mauern und Kirchentoren Flugschriften angeschlagen, auf Latein und in der Volkssprache, die fordern, dass zur Erlangung der Einheit der Kirche auch Johannes zurücktreten soll!

Einer, der in dieser Sache Haken schlägt wie ein Hase, ist Pierre D'Ailly, der Kardinal von Cambrai. Nach seinem ungeheuerlichen Antrag vom Dezember, in dem er die Vorrangstellung des Papstes in Zweifel gezogen hatte, ließ Johannes ihm die Redefreiheit entziehen. Daraufhin wandte sich der Kardinal an König Sigismund mit der Forderung, allen Konzilsteilnehmern die volle Freiheit der Rede zu garantieren. Anfang Januar hat der Römische König seinem Antrag stattgegeben.

Dann schien es zunächst, als hätte D'Ailly sich auf seine Obödienz besonnen, denn in einem öffentlichen Vortrag forderte er, das Pisanum – und damit Johannes – zu bestätigen und die beiden anderen Päpste abzusetzen. Dafür hat ihn der Papst auch öffentlich gelobt.

Doch als schließlich immer mehr Schriften gegen Johannes auftauchten, reihte sich plötzlich auch der gute Pierre D'Ailly in die Schar derer ein, die die Abdankung aller drei Päpste forderten. Als ob es drei gleichberechtigte Päpste gäbe! Er begründete seine Ansicht mit dem Satz: »De duobus malis minus malum eligendum«, und da seiner Ansicht nach das Schisma das größere Übel ist, sollte zur Abwendung desselben der Papst zurücktreten. Was soll dann nur aus uns werden, mein lieber Niccolò?

Du kennst Johannes und daher kannst du dir vielleicht vorstellen, in welchem Humor er ist anlässlich dieser Situation. Von früh bis spät müssen die Knechte seines Gefolges durch die Stadt streifen und nach häretischen Schriften Ausschau halten und ihre

Ohren spitzen, ob etwa jemand ketzerische Reden im Munde führt, also solche wider ihn. Alles müssen sie ihm ganz genau vortragen, und wir Sekretäre müssen es schriftlich festhalten und entsprechende Antworten verfassen, die dann wiederum von den Knechten öffentlich angeschlagen werden. Es herrscht ein wahrer Krieg der Schriften, mein Freund, und ich stecke mittendrin! Dabei würde ich mich viel lieber einer ganz anderen Sache widmen.

In meinen letzten Briefen hatte ich dir hin und wieder von seltsamen Todesfällen hier in der Konzilsstadt berichtet, zuletzt dem des Mailänder Übersetzers, der von den Ungarn erstochen wurde. Nun scheint es jedoch plötzlich, dass sie alle zusammenhängen, was mich ehrlich gesagt sehr beunruhigt. Irgendetwas Unheimliches geht hier vor, und ich frage mich – bei all den zerstrittenen Parteien, die auf dem Konzil anwesend sind – wer ein Interesse am Tod dieser drei Menschen haben könnte.

Der Bäckergeselle, der mich vor den Ungarn gerettet hat, scheint auch auf irgendeine Art in den Fall verwickelt zu sein. Der städtische Vogt hatte ihn bereits in den Turm werfen lassen, woraus ich ihn befreit habe (nicht mit der Kraft meiner Hände, sondern meiner Worte). Daraufhin hat mir der lange Bäcker – sein Name ist Cunrat wie der jenes Heiligen, der in Costentz die römischen Kirchen hat bauen lassen – alles berichtet, was er über die Sache weiß. Ein anderer Bäckergeselle, ein Venezianer, dessen Muttersprache Deutsch ist, diente uns als Dolmetscher. Trotz meiner regelmäßigen Treffen mit dem Dichter Oswald fällt es mir immer noch schwer, diese barbarische Sprache zu verstehen. Aber der Venezianer machte seine Sache gut, und ich bin mir aufgrund seiner Erzählung sicher, dass Cunrat kein Mörder ist. Doch es scheint klar zu sein, dass in den Mauern der Konzilsstadt ein solcher sein Unwesen treibt.

Von den beiden Bäckern habe ich weiter erfahren, dass der Stadtvogt einen jüdischen Arzt zurate gezogen hat wegen des

Casus. Nun hatten wir vereinbart, dass ich mit diesem Arzt sprechen werde, um in Erfahrung zu bringen, was er darüber weiß, aber angesichts der Lage, die sich in den letzten Tagen ergeben hat, werde ich wohl schwerlich Zeit und Gelegenheit dazu finden. Ich muss dir sagen, dass ich dies außerordentlich bedaure, denn ich halte es für wichtig herauszufinden, wer oder was wirklich hinter diesen Todesfällen steckt. (Mein Lebensretter glaubt, es sei der Teufel! Er scheint mir ein wenig töricht zu sein.) Die Spione des Papstes täten wahrscheinlich besser daran, nach dem Mörder Ausschau zu halten als nach Häretikern.

Für heute muss ich es dabei belassen, mein Niccolò, denn der Papst ruft schon wieder nach mir!

Dein überarbeiteter Poggio

─♔─

»Das war der unbekannte Mörder!« Giovanni war sich sicher, dass der Angriff auf Cunrat kein Zufall gewesen war, als der ihm am nächsten Morgen davon erzählte. »Glaubst du wirklich?« Cunrat war nicht überzeugt. »Aber ich weiß doch überhaupt nichts! Warum sollte er mir etwas antun wollen? Das war bestimmt irgendein gemeiner Dieb.«

»Ein Dieb? Was sollte der denn bei dir stehlen? Das sieht sogar ein Blinder im Dunkeln, dass du ein Habenichts bist!«

Cunrat wusste zwar, dass Giovanni recht hatte, seine Schulden waren immer noch nicht abbezahlt, aber es gefiel ihm nicht, auf eine so direkte Art daran erinnert zu werden. Da klopfte ihm Giovanni freundschaftlich auf die Schulter.

»Komm, lass uns zum Vogt gehen, du musst die Sache anzeigen.«

»Zum Vogt?« Cunrat erschrak. »Der wird mich doch nur wieder einsperren und sagen, ich hätte mir das ausgedacht!«

»Der Vogt ist etwas übereifrig, und uns Welsche mag er auch nicht besonders, aber ich glaube nicht, dass er dumm oder ein schlechter Mensch ist. Wir gehen zusammen hin, und du erzählst ihm, was passiert ist. Du hast ja Zeugen: die Gassenwächter, die dich gefunden haben.«

»Und Gretli.«

»Naja, ob die für den Vogt eine zuverlässige Zeugin gibt, eine fortgelaufene Mäntellerin?«

Cunrat ärgerte sich über Giovannis abschätzigen Ton, aber auch diesmal musste er sich eingestehen, dass sein Freund recht hatte. Also machten sie sich gemeinsam auf den Weg zum Vogt, anstatt ihre Nachforschungen in der *Haue* fortzusetzen.

Hanns Hagen war nicht gerade erfreut, sie zu sehen. Er schüttelte müde den Kopf. Es musste anstrengend sein, als Vogt in der Konzilsstadt zu amtieren, vor allem, wenn der König und ein Mörder sich gleichzeitig hier aufhielten und außerdem noch eine Diebesbande die Stadt unsicher machte.

»Was willst du schon wieder, Langer? Hat's dir im Turm so gut gefallen, dass du jetzt freiwillig zurückkommst?«

»Nein, Herr …«

Giovanni stieß seinen Freund mit dem Ellbogen an, doch bevor der womöglich wieder anfing zu stottern, übernahm er selber die Anzeige: »Herr Vogt, mein Freund Cunrat Wolgemut ist heute Nacht unter den Lauben beim Hohen Haus überfallen und verletzt worden.«

Cunrat neigte seinen Kopf, damit der Vogt die Wunde sehen konnte, auf der immer noch Gretlis Tuch klebte.

Der Vogt war wenig beeindruckt.

»Die Stadtwachen haben mir von dem Vorfall berichtet. Was hattest du dort zu schaffen um diese Zeit, ohne Licht?«

»Ich …« Cunrat stotterte nicht mehr, er verstummte einfach, wenn ihm nichts mehr einfiel.

»Er hat eine Dame nach Hause geleitet, damit ihr nichts geschehe!«, sprang Giovanni ein.

»Soweit ich unterrichtet bin, war es besagte Dame, die *dich* gerettet hat, Cunrat Wolgemut, indem sie dem Übeltäter das Gesicht zerkratzte. Schöner Geleitschutz!«

Cunrat wagte vor Scham nicht, den Vogt anzuschauen, und er ärgerte sich über Giovanni, der ihn hierher geschleppt hatte. Der versuchte, die Situation zu retten.

»Herr, mein Freund ist aus dem Dunkel angegriffen worden, und dies war sicher kein Zufall. Wie Ihr wisst, treibt hier ein Mörder sein Unwesen, und gewiss war er der Angreifer.«

Die Augen des Vogtes wurden eng.

»Was erzählst du da von einem Mörder? Was weißt du denn darüber, du welscher Schelm?«

Da griff Cunrat ein.

»Herr, er hat nichts damit zu tun! Er will mir nur helfen. Wahrscheinlich war der Übeltäter nichts als ein gemeiner Dieb.«

Der Vogt musterte sie einen Augenblick, dann schüttelte er erneut den Kopf.

»Ihr seid mir ein schönes Paar!«

Nun wandte er sich an Giovanni.

»Gesetzt den Fall, es gibt einen Mörder in der Stadt, warum sollte er deinen langen Freund angreifen? Hat er doch etwas mit der Sache zu tun?«

Cunrat warf Giovanni einen Ich-habs-dir-ja-gleich-gesagt-Blick zu.

»Nein Herr«, antwortete der Venezianer schnell, »es ist nur so, dass der Mörder vielleicht denkt, Cunrat wüsste etwas, weil ihr ihn verhaftet habt. Und vielleicht ist mein Freund auch weiterhin in Gefahr. Deshalb wollten wir euch die Sache melden.«

»Es erforderte ja einigen Mut, dass ihr euch noch einmal hierher gewagt habt, daher will ich euch glauben«, lenkte der Vogt endlich ein. »Könnt ihr mir denn irgendeinen Hinweis geben, wer der Angreifer gewesen sein könnte? Hast du irgendetwas gesehen oder gehört, Langer?«

»Nein, Herr, das ist es ja, nichts! Es ging alles so schnell …

Aber Gretli, ich meine, Margarethe Sibenhar, die bei der Familie Tettikover als Kindsmagd arbeitet, hat ihm das Gesicht zerkratzt.«

»Das haben meine Wächter schon erzählt, und ich habe alle angewiesen, nach zerkratzten Gesichtern Ausschau zu halten.«

Da war Cunrat zufrieden. Der Vogt würde sich um die Sache kümmern, und damit war sie für ihn erledigt.

»Danke, Herr!«

»Ich tue, was ich kann. Aber mir wäre am liebsten, ich würde dich nicht so schnell wieder sehen, außer vielleicht an deinem Bäckerstand.«

Doch nicht der Vogt stand am nächsten Morgen vor ihrem Verkaufstisch am Stephansplatz, sondern Poggio Bracciolini. Cunrat machte eine Verbeugung und beobachtete den Italiener aus den Augenwinkeln, während dieser in gedämpftem Tonfall mit Giovanni sprach. Hatte der vornehme Papstsekretär doch etwas mit dem Überfall zu tun? Andererseits, warum hätte er ihn aus dem Gefängnis holen sollen, wenn er ihm Böses wollte?

Schließlich wandte sich Giovanni an Cunrat und übersetzte ihm, dass Bracciolini am Samstagabend nicht gekommen sei, weil er zu viel Arbeit gehabt habe. Aber nun hatte er von dem Überfall gehört, womit seine Befürchtungen bestätigt worden seien, und so wolle er sich die Zeit nehmen, ihnen bei der Suche nach dem Bösewicht zu helfen. Nach ihrer Verabredung sollte Bracciolini ja den jüdischen Arzt aufsuchen, um von ihm zu hören, was er dem Vogt über die Toten erzählt hatte. Allerdings wusste der Italiener nicht, wo Meister Ismael wohnte.

»Cunrat«, flüsterte Giovanni, weil eine alte Frau ihre Ohren spitzte und vor Lauschen beinahe vergaß, ihre Pastete mitzunehmen, »du weißt doch, wo der Arzt wohnt, du hast ja den Vogt bei ihm gesehen.«

Cunrat versuchte, Poggio den Weg in die Sammlungsgasse zu erklären, doch der winkte angesichts des für ihn unverständlichen Kauderwelschs und der verschiedenen Straßennamen rasch ab und erklärte Giovanni, dass er ohnehin nicht jetzt am helllichten Tag seine Mission erfüllen wolle. Cunrat solle ihn am darauffolgenden Abend zu Meister Ismael bringen. Sie vereinbarten, sich vor dem Portal der Bischofsburg zu treffen, eine Stunde nach dem Ave-Läuten, wenn es schon dunkel war, der Jude aber hoffentlich noch bereit sein würde, sie zu empfangen.

Zur vereinbarten Zeit warteten Cunrat und Giovanni auf den päpstlichen Sekretär. Der Venezianer war viel zu neugierig, als dass er seinen Freund allein mit Bracciolini zu der abendlichen Erkundung hätte gehen lassen.

»Ihr braucht doch einen Übersetzer, Herr!«, erklärte er auf Poggios überraschten Blick. Der schüttelte nur den Kopf – »non credo!« – aber er ließ seinen Landsmann gewähren. Dann führte Cunrat sie zum Haus des jüdischen Arztes, doch Giovanni hatte ihm eingeschärft, nicht den direkten Weg zu nehmen wegen all der Spione, die sich in der Stadt herumtrieben. So gingen sie durch die Arkaden beim Hohen Haus hinab zum Bleicherstaad und über die Brotlaube zur Marktstätte an der Metzig, von dort durch die Tirolergasse in die Sammlungsgasse. Cunrat musste daran denken, was man sich alles von den Juden erzählte und wie verstohlen auch Hanns Hagen das Haus von Meister Ismael verlassen hatte. Als sie vor dessen Tür standen, schien auch Giovanni plötzlich Bedenken zu haben.

»Wartet! Aspettate!«

Er hielt Bracciolini zurück, der ärgerlich seine Hand abschüttelte.

»Wir müssen erst sicher sein, dass uns wirklich niemand bemerkt hat oder gefolgt ist. Es ist nicht gut, mit Juden gesehen zu werden!«

Doch als er es auf Italienisch wiederholt hatte, lachte Bracciolini nur.

»Vado con chi mi pare!«

Dennoch vergewisserten sie sich, dass niemand in der Nähe war, dann klopften sie bei Meister Ismael an das Tor. Sie mussten lang warten, und Bracciolini sah bereits missmutig drein, weil er glaubte, Cunrat habe sich in der Tür geirrt. Doch Giovanni wies ihn auf ein kleines, längliches Holzkästchen hin, das schräg an den rechten Türpfosten genagelt war.

»Die *mezuza*. Hier wohnt mit Sicherheit ein Jude.«

Cunrat wunderte sich einmal mehr über Giovannis Weltkenntnisse, da öffnete endlich ein Knecht das schwere Holzportal einen Spaltweit und fragte barsch, wer sie seien und was sie um diese Zeit noch wollten. Giovanni erklärte ihm, dass der Sekretär des Papstes den Arzt dringend zu sprechen wünsche. Zunächst wurde die Tür wieder verschlossen, aber nach kurzer Zeit kam der Knecht zurück und bat sie herein. Giovanni und Cunrat folgten Bracciolini wie selbstverständlich, und auch der Knecht akzeptierte sie ohne Weiteres als Gefolge des Papstsekretärs.

Nachdem sie ihre Fackeln in die Steinlöcher neben der Tür gesteckt hatten, um sie zu löschen, wurden sie durch einen Korridor in einen Hof geleitet. Von dort führte eine Außentreppe hoch in das erste Geschoss des dreistöckigen Hauses. Der Knecht führte sie durch die Küche mit ihrem großen offenen Herd in eine Stube, wo der Jude sie empfing. Ein Kachelofen neben der Tür wärmte den Raum mit den Holzbohlenwänden und der Kassettendecke, mehrere Leuchter und Öllampen sorgten für Licht. An der linken Wand standen zwei mit Schnitzereien verzierte Truhen übereinander, während die rechte Wand von farbigen Teppichen mit Szenen aus dem Alten Testament geschmückt wurde: Umrahmt von Blumen und Ranken hielt Abraham seinem Sohn Isaak das Messer an die Kehle, und David schlug Goliath den Kopf ab. Cunrat war beeindruckt, so schöne Wandteppiche hatte er noch nie gesehen. Aus Wolle und Seide geknüpft, verbreiteten sie zusätzlich ein Gefühl von Wärme.

Meister Ismael mit dem langen Bart saß auf einem reich geschnitzten Lehnstuhl neben dem Ofen. Heute trug er nicht den Trichterhut, mit dem Cunrat ihn gesehen hatte, sondern eine rote Filzkappe. Vor ihm stand ein Tisch, darauf lag ein großes Buch mit bunten Bildern. Offenbar hatten sie den Arzt beim Studium der Heilpflanzen gestört. Dass sie im Hause eines Medicus waren, erkannte Cunrat auch an der Holztafel, die über einer kleineren Truhe an der gegenüberliegenden Wand zwischen zwei Fenstern hing. Darauf war ein nackter Mann dargestellt, und er wäre Cunrat fast lebendig vorgekommen, so genau hatte der Maler alle Teile seines Körpers gemalt, wäre dieser nicht von einer Vielzahl von Lebewesen entstellt gewesen, die mit ihm verschmolzen schienen. Ein Löwe entsprang seinen Rippen, den beiden Ellbogen jeweils zwei Kinder, aus seinem Kopf ragte der Kopf eines Widders, aus den Oberschenkeln Bogenschützen, aus den Knien Einhörner. Das Kinn stützte sich auf einen Stierkopf, darunter saß ihm eine Schildkröte auf der Brust, seine Waden wurden aus Wasserkrügen bespritzt und seine Zehen von Fischen benagt. Doch das Grässlichste war ein Skorpion, der sich in das männliche Glied gekrallt hatte, aus dem Blutstropfen rannen, wie überhaupt aus den verschiedensten Stellen des Körpers das Blut in Fontänen herausschoss. Cunrat griff sich unwillkürlich in den Schritt, auch wenn er wusste, dass es sich hier nur um ein Aderlassmännlein handelte, das dem Arzt die besten Zeiten für diese Behandlungsmethode aufzeigte. Beim Medicus des Klosters Weißenau hatte er Derartiges in einem Buch gesehen.

Der Bäckergeselle betrachtete noch ganz fasziniert die medizinische Lehrtafel, als plötzlich von den Truhen links etwas zu ihm herübersprang und zielsicher auf seiner Schulter landete. Er schrie vor Schreck auf und versuchte, das Wesen abzuschütteln.

Meister Ismael war bei ihrem Eintritt aufgestanden und ihnen entgegengekommen. Nun lachte er und sagte in einem für Cunrat seltsamen Deutsch mit stark rollendem R: »Verzeiht, wenn euch mein Veverkle hat erschreckt! Komm her, Schätzele!«

Das Tier machte einen weiteren Satz und landete diesmal auf der Schulter des Juden. Erleichtert sah Cunrat, dass es ein harmloses Eichhörnchen war.

»Meine Sara hat es aufgezogen, Gott hab sie selig!« Und mit ironischem Blick auf Cunrat fügte er hinzu: »Wahrscheinlich hat es gehalten euch für einen Baum.«

Dann wandte er sich jedoch an Poggio Bracciolini und fragte besorgt: »Seid Ihr krank, Herr? Oder womöglich der Papst?«, während er dem Eichhörnchen über den buschigen Schwanz strich.

Bracciolini antwortete ihm auf Latein. Der Arzt entgegnete etwas, ebenfalls auf Latein, zunächst erstaunt lächelnd, dann wurde sein Gesichtausdruck zunehmend misstrauischer, denn Poggio begann auf ihn einzureden, zeigte dabei mehrmals auf Cunrat und nannte auch dessen Namen, während Meister Ismael zunächst die Schultern zuckte und dann heftig den Kopf schüttelte. Doch Poggios Rede wurde immer beschwörender, immer karger die Antworten des Arztes, bis er schließlich Cunrat eindringlich ansah und tief Luft holte. Dann sagte er: »Und woher soll ich wissen, dass ich euch kann trauen? Dass ihr nicht seid Spione? Habe ich dich nicht schon gesehen mit der Tochter von Bäcker Katz? Wohnst du nicht sogar bei ihm? Diesem Judenhasser?«

»Nein nein, Herr«, bemühte sich Cunrat um eine Rechtfertigung, und beinahe hätte er wieder angefangen zu stottern, »ich habe das Haus von Meister Katz schon vor einiger Zeit verlassen!«

Dann wandte der Jude sich an Giovanni. »Und Ihr? Seid auch Ihr im Dienste des Papstes?«

Aus dem Klang seiner Stimme schloss Cunrat, dass er nicht begeistert war, mit Anhängern von Papst Johannes zu tun zu haben. Doch Giovanni versicherte ihm, dass er nur ein Freund von Cunrat sei und diesen hierher begleitet habe, damit ihm nichts geschehe.

»Es ist noch nicht so lang her, zur Zeit der großen Pest, da wurden meine Brieder und Schwestern aus Costentz verwiesen oder auf Scheiterhaufen verbrannt. Daher ihr versteht vielleicht mein Misstrauen. Aber nun gut, der Herr Sekretär ist ein kluger Mann und gewaschen mit allen Wassern der Rhetorik, und so will ich Euch denn erzählen, was ich weiß. Doch ich bin eben nur ein armer Jud, und wenn der Vogt erfährt, dass ich habe gesprochen mit Euch über die Sache, er wird mir viel Ärger machen. Also Ihr misst mir versprechen, dass alles, was ihr hier erfahrt, bleibt unter uns.«

Cunrat wusste zwar nicht, was Rhetorik bedeutete, aber ihm genügte es, dass Meister Ismael bereit war, ihnen zu helfen, und so versprach er beim Leben seiner Mutter, niemandem gegenüber je ein Wort verlauten zu lassen über das, was hier gesprochen wurde. Nachdem auch Giovanni und Poggio – Letzterer auf Latein – ihr Versprechen abgelegt hatten, bat der Arzt sie, am Tisch Platz zu nehmen. Ein Diener stellte ihnen Kastenhocker hin, dann rief Meister Ismael seine Tochter, sie solle Wein bringen.

»Ich habe eigenen Weinberg vor den Toren von Costentz. Es ist nicht Malvasier, aber er schmecket dennoch!«

Als Ismaels Tochter eintrat, schnappte Giovanni nach Luft. Sie war ein Mädchen von etwa 17 Jahren, außerordentlich hübsch, mit langen schwarzen Zöpfen und dunklen Augen. Ihr grünes Kleid mit der hohen Taille und den engen Ärmeln betonte die ruhigen, fließenden Bewegungen, mit denen sie die Gäste des Vaters bediente. Cunrat fragte sich, ob Giovanni wohl noch an Lucia dachte.

»Meine Tochter Hendlin!«, stellte Meister Ismael die junge Frau vor. »Seit dem Tod meiner Frau Sara sie führt das Regiment hier im Haus.« Mit einem verschmitzten Lächeln fügte er hinzu: »Ich und meine Söhne gehorchen brav ihren Geboten!«

Hendlin lächelte zuerst auch, aber dann bildete sich eine strenge Falte zwischen ihren Augenbrauen. Sie schien den Spott des Vaters nicht zu schätzen.

Cunrat indes interessierte sich mehr für den Wein, der mit Nelken und anderen Spezereien gewürzt und ordentlich heiß war, sodass ihm ganz warm wurde, sowie für die leckeren Süßigkeiten, die Hendlin dazu serviert hatte und die sogar ihm als Bäcker unbekannt waren, kleine Kuchen mit Mandeln, getrockneten Früchten und allerlei orientalischen Gewürzen. Er fragte sich, warum man immer so schlecht über die Juden sprach. Weil sie den Herrn Jesus ans Kreuz geschlagen haben, hatte Bärbeli gesagt, aber das war doch vor langer Zeit gewesen, und Meister Ismael und seine Tochter hatten gewiss nichts damit zu tun gehabt.

Der Arzt begann nun zu erzählen, für Poggio auf Latein, für die Bäcker in seinem seltsamen Deutsch, wobei Bracciolini manchmal etwas ungeduldig wirkte, wenn Meister Ismael sich gar zu lang auf Deutsch bei einem Thema aufhielt, das er schon auf Latein gehört hatte. Doch der Jude ließ sich dadurch nicht stören, in aller Ruhe erklärte er auch Giovanni und Cunrat, was er wusste, obwohl Letzterer nicht immer alles verstand und dies an seinem Gesichtsausdruck deutlich abzulesen war.

Am Ende bat sie der Arzt, mitzukommen, er wolle ihnen etwas zeigen.

Poggio Bracciolini an Niccolò Niccoli, am 20. Januarius, im Jahre des Herrn 1415

Ich, Poggio, entbiete Dir, meinem Niccolò, einen herzlichen Gruß!

Erst heute, am Sonntag, komme ich dazu, Dir wieder zu schreiben, denn es ereignen sich ständig unerhörte Dinge verschiedenster Art!

Weiterhin versuchen diverse Elemente und Gruppierungen, unserem Papst Johannes zu schaden. Vergangenen Montag wurde (natürlich anonym) ein Avisamentum veröffentlicht, angeblich im Namen mehrerer Prälaten und Doktoren, das direkt an den König gerichtet war. Darin wird Sigismund als der »Engel Gottes auf Erden« gepriesen, die einzige Hoffnung auf Einheit der Kirche. Die Autoren behaupten, Johannes kümmere sich nicht um diese Einheit, sondern nur um seinen Eigennutz. Seine Agenten würden Andersdenkende ausspionieren und einschüchtern. Und dann klagen sie ihn ungeheuerlicher Dinge an, unter anderem, dass er ein Mörder sei, die Gemahlin seines Bruders entehrt, Jungfrauen geschändet sowie Simonie und Ämterverkauf betrieben habe. Was den letzteren Vorwurf anbelangt, so mag durchaus Wahres daran sein, aber die übrigen Anklagen halte ich für frei erfunden, auch wenn es immer wieder Gerüchte in der einen oder anderen Richtung gegeben hat. So lange kenne ich den Papst noch nicht, um wirklich beurteilen zu können, was er in jüngeren Jahren getan hat, bin ich doch erst vor fünf Jahren in seinen Dienst getreten, aber ich halte ihn nicht für das Monstrum, als das sie ihn hinstellen. Zu guter Letzt verlangen die Schreiberlinge vom König, die Gesandten der beiden Gegenpäpste zuzulassen. Drei Päpste, um die Einheit der Kirche herzustellen! Warum begreifen sie nicht, dass nur durch den einen einzigen, rechtmäßigen Papst die Einheit kommen kann?

Natürlich hat Johannes nicht gezögert, auf den impertinenten Brief eine gepfefferte Antwort folgen zu lassen, die ich mehrfach abschreiben musste, damit sie überall in der Stadt angeschlagen werden konnte.

Es hat jedoch nichts genützt, prompt hat der König dafür gesorgt, dass in dieser Woche die Gesandten des zweiten Gegenpapstes Gregor nach Costentz einreiten durften, darunter der Bischof von Worms. Sie haben sich im Augustinerkloster niedergelassen, wo schon Dominicis Leute sitzen, wie du weißt. Zum

Glück sind letzte Woche noch weitere Anhänger von Papst Johannes gekommen, unter ihnen Niccolò von Bari, sein Haushofmeister, sowie Bertoldo Orsini, der Konzilsmarschall. Momentan stellen die Parteigänger von Johannes noch die Mehrzahl der Konzilsteilnehmer, zumal er in den letzten Wochen viele neue Prälaten und Titularbischöfe ernannt hat.

Aber trotz der vielen Schreibarbeit für den Papst habe ich mir nun doch die Zeit genommen, mich um die Todesfälle zu kümmern, von denen ich dir berichtet hatte. Auch wenn der lange Bäcker Cunrat nicht gerade ein Ausbund an Gelehrsamkeit ist, so macht es mir doch Freude, mich manchmal unter diese einfachen Menschen zu mischen und dem eitlen Geschwätz der Prälaten zu entfliehen, zumal ich ihn als meinen Lebensretter betrachten muss.

Nun ist er ebenfalls Opfer eines Überfalls geworden, bei dem er zwar nicht getötet, aber immerhin verletzt wurde, und mir scheint, dass dies kein Zufall war. Für umso dringlicher halte ich es, dass der unbekannte Mörder endlich gefunden wird. Und deshalb habe ich, wie ich es versprochen hatte, den jüdischen Arzt, Meister Ismael, aufgesucht. Cunrat und sein venezianischer Freund Giovanni haben mich begleitet, um mir den Weg zu weisen. Einen Dolmetscher habe ich in diesem Fall nicht gebraucht, denn der Jude ist als Arzt natürlich des Lateinischen mächtig. Mit den beiden Gesellen, die diese Sprache nicht können, hat er sich auf Deutsch unterhalten. Allerdings schien er mit einem seltsamen Akzent zu sprechen, wie ja überhaupt die jüdische Sprache einen sehr eigenwilligen Klang hat.

Zunächst musste ich jedoch die ganze Kraft meiner Rhetorik einsetzen, um sein Misstrauen zu überwinden, damit er einwilligte uns zu erzählen, was er über den Casus wusste, denn wie an vielen Orten, so wurden auch hier in Costentz die Juden zur Zeit der großen Pest aufgrund böswilliger Anschuldigungen ausgetrieben und verfolgt. Doch schließlich hatte er so viel Zutrauen gefasst, dass er nach etlichen Versprechungen und Verschwiegenheitsschwüren unsererseits sich endlich bereit erklärte, sein Wissen mit uns zu teilen.

Folgendes haben wir erfahren: Der Stadtvogt Hanns Hagen hat ihn wegen der drei Toten mehrfach rufen lassen und einmal auch persönlich aufgesucht, denn er misstraute den Feststellungen des städtischen Arztes, der ein rechter Tor zu sein scheint. Dieser – sein Name ist Steinhöwel, ich habe ihn einmal bei einem Gastmahl kennengelernt – hatte bei den ersten zwei Toten Selbstmord diagnostiziert, und den Mailänder Übersetzer glaubte er durch einen Stich mit einem ungarischen Soldatenmesser in die Brust getötet. Er hatte auch die Mär in die Welt gesetzt, dass die Toten von Fledermäusen gebissen worden seien, denn übereinstimmend wiesen alle drei unter den Haupthaaren kleine Bisswunden auf, wie Meister Ismael bei der Visitation der Toten, zu der ihn der Vogt jeweils heimlich des Nachts hatte kommen lassen, ebenfalls sehen konnte.

Doch der jüdische Arzt, der ein echter Kenner der Materie ist und sicherlich an anderem Orte sein Auskommen finden könnte als in diesem Nest hier, hat festgestellt, dass der tote Wirt zwar wohl noch am Leben war, als er erhängt wurde, und ebenso dessen Schwester, als sie von der Mauer stürzte, dass sie aber beide vermutlich vorher durch ein rasch wirkendes Gift betäubt worden und mithin unfähig waren, sich zu wehren. Der Messerstich des Mailänders wurde diesem sogar erst beigebracht, als er bereits tot war. Da es sich um ein ungarisches Messer handelte, sollte der Verdacht also offensichtlich auf König Sigismunds Mannen gelenkt werden, die ja auch prompt aus der Stadt abgezogen wurden. Diese Erkenntnis beruhigt mich nicht gerade, denn nun muss man weiterfragen, welche Partei ein Interesse daran hätte, eine noch tiefere Kluft zwischen Sigismund und den Herzog von Mailand zu treiben, als ohnehin schon vorhanden ist. Sind es die deutschen Fürsten, die bangen, der König könnte dem Mailänder den Herzogstitel verschaffen? Oder steckt womöglich sogar – ich wage den Gedanken gar nicht zu Ende zu denken – unser Herr, der Papst Johannes dahinter, der erkannt hat, dass Sigismund sich immer mehr seinen Feinden zuwendet? Und wie hängt dieser Mord mit den beiden Verbrechen an einem harmlosen Geschwisterpaar zusammen?

Fragen über Fragen, mein Niccolò, die uns aber auch der Jude nicht beantworten konnte. Wir wollten jedoch immerhin von ihm wissen, ob er uns sagen könne, welches Gift den unglücklichen Ermordeten verabreicht worden war.

Der erste Teil unseres Gesprächs hatte sich in einer angenehm geheizten, großen Stube abgespielt, die reich mit Wandteppichen und Kissen ausgestattet war. Dass wir bei einem Arzt waren, merkte man nur an einer ausgezeichnet gemalten Tafel, auf der ein homo signorum *mit einem* homo venarum *vereint dargestellt war. Die Tierkreiszeichen waren äußerst lebendig an den Stellen des Körpers eingezeichnet, die von ihnen beherrscht werden, und auch die Aderlasspunkte waren genauestens vermerkt, natürlich alles mit hebräischen Erklärungen.*

Doch nun bat uns der Jude – der übrigens ein gezähmtes Eichhörnchen besitzt, das nicht von seiner Schulter weicht –, ihm in einen anderen Teil des Hauses zu folgen. Ich glaubte zunächst, er werde uns in ein Studiolo führen, aber es ging durch den Hof in das Hinterhaus und dort über eine steile Stiege mehrere Stockwerke hoch in einen Raum des Dachgeschosses, der wesentlich kühler war als die Stube und kein Fenster besaß, sodass nur Fackel- und Lampenlicht ihn erhellen konnten. Als wir eingetreten waren und der Diener die Fackeln in ihre Halterungen gesteckt und etliche Öllampen entzündet hatte, da bot sich uns ein Anblick, den zu beschreiben ich fast nicht die Worte finde, mein lieber Freund.

Auf Gestellen, wie man sie sonst für die Aufbewahrung von Büchern verwendet, lagen und standen im flackernden Lichtschein Dutzende von Tieren aller Arten, einige präpariert, als ob sie lebendig wären, andere ihres Fells und ihres Fleisches beraubt und somit nur als Knochengerüste erhalten. Das größte der Skelette stand auf dem Boden vor der gegenüberliegenden Wand und schien uns bedrohlich entgegenzulaufen. Zu Lebzeiten war es wohl ein Wolf gewesen, Canis lupus, *wie der Besitzer der Sammlung auf einer kleinen Holztafel vermerkt hatte. Ohne seine verschlagenen Augen wirkte der Räuber jedoch nur halb so gefährlich. Auf den Regalen erkannte ich dann an den lateinischen Bezeichnungen das winzige Knochengerüst einer Maus, das eines Hasen, eines Hermelins, einer Katze und anderer Tiere mehr. (Insgeheim fragte ich mich, wie wohl dem Eichhörnchen auf der Schulter des Juden zumute sein musste bei diesem Anblick!) Auf einem der Bretter lag eine große Menge verschiedener Muscheln, gelbe, weiße, rote, runde und lange, flache und kunstvoll gewundene, auf einem weiteren rote Korallen sowie vielfarbige Steine und Mineralien. Dann fiel unser Blick nach oben zur Decke, wo man die Dachschräge entlang bis zu den Firstbalken sehen konnte. Hier schien sich die seltsamste Vogelschar auf uns herabzustürzen, die du dir vorstellen kannst. Der lange Cunrat zog unwillkürlich den Kopf ein, wie er überhaupt den Mund gar nicht mehr schließen konnte vor Staunen über all die wundersamen Dinge, die er hier zu sehen bekam. Der Jude hatte ausgestopfte Bälge und Skelette verschieden großer Vögel an Schnüre gehängt, sodass sie von der Decke baumelten und sich aufgrund des durch unseren Eintritt entstandenen Lufthauches in ihrem natürlichen Elemente zu bewegen schienen, ein Effekt, der nicht nur den törichten Bäckergesellen gruseln machte, wie ich dir offen gestehen muss.*

Meister Ismael betrachtete unser Staunen mit Freude und Stolz, wie mir schien, und in der Tat, nur an der Universität zu Bologna habe ich jemals eine Sammlung von Naturalien gesehen, die auch nur annähernd dem glich, was der Jude hier zusammengetragen hatte.

Er nahm nun das eine oder andere Objekt vom Gestell und erklärte uns, wo diese Muschel oder jenes Tierlein herstammte und wie er es erworben hatte, auf Reisen oder durch Freunde, die um seine Sammelleidenschaft wussten. Schließlich öffnete er einen speziellen, kostbar geschnitzten Kasten auf einem hohen Fuß, der durch ein Schloss gesichert war, und zeigte uns darin seine zwei wertvollsten Raritäten. Da starrte uns aus smaragdgrünen Augen ein Wesen an, wie ich es in der Tat noch nie gesehen hatte: Es besaß den Körper und den Kopf einer Katze, jedoch schienen seine hinteren Gliedmaßen und der Schnabel von einem Hahn geborgt, sein Schwanz war schuppig wie der eines Fisches, und aus seiner Stirn wuchs ein kleines Geweih wie bei einem Reh. Meister Ismael erklärte uns, dass ein Gewürzhändler aus Indien ihm dieses seltsame Wesen mitgebracht habe, der habe es aus dem Tiergarten eines Maharadschas erworben, wo sich noch andere außergewöhnliche Tiere getummelt hätten, wie Einhörner, Greifen, Basilisken und sogar ein Phönix. Er konnte mir den Namen des Tieres jedoch nur auf Indisch sagen – er klang wie Mukkukadum – weil es noch keinen lateinischen Namen habe, da es im Westen bisher vollkommen unbekannt sei. Wenn du mich fragst, ich glaube, dass mit etwas Leim ein hiesiger Gerber aus den Körpern der genannten Tiere ein ebenso schönes Mukkukadum *hätte herstellen können. Tatsächlich habe ich mich ein wenig gewundert, dass Meister Ismael, der mir ansonsten sehr gelehrt erschien, ein solches Wesen für bare Münze nehmen konnte.*

Wesentlich interessanter und glaubwürdiger, weil nicht so leicht zu fälschen, schien mir seine zweite Kostbarkeit, die er für uns sogar aus dem Kasten nahm. Zuerst konnte ich nicht richtig erkennen, worum es sich handelte, doch dann streckte uns der Jude die ausgestreckte Handfläche hin, und darauf befand sich etwas, das ich von den Anatomiebüchern her, die ich an der Universität gelesen habe, als Finger- oder Fußknochen eines Menschen identifiziert hätte, jedoch etwa zehnmal so groß. Meister Ismael erläuterte uns, dass es sich um einen Knochen aus dem Fußgerüst eines Riesen handelte! Man hatte ihn in einer Grube in den Herzynischen Wäldern gefunden, die offenbar in grauer

Vorzeit den Riesen als Friedhof gedient hatte, und ein Kölner Kaufmann, der sich das ganze Skelett eines solchen Giganten gesichert hatte, war bereit gewesen, gegen eine große Summe den Mittelknochen der kleinen Zehe an unseren Sammler abzugeben.

Über all diesen unglaublichen Dingen hätten wir beinahe vergessen, warum uns der Arzt hierher geführt hatte. Doch nun wies er auf ein kleines Skelett, das etwas abseits der Vogelschar ebenfalls von der Decke hing und langsam hin und her schwebte. Wäre es größer gewesen, so hätte man dieses Tierlein aufgrund seiner langen vorderen Gliedmaßen und des kräftigen Gebisses für das Knochengerüst eines fliegenden Drachen halten können.

»Dies ist eine Fledermaus«, belehrte uns hingegen Meister Ismael, »und schaut euch gut an ihr Gebiss. Seht ihr die vier starken Eckzähne? Welche Spuren, glaubt ihr, hinterlässt so ein Gebiss?«

Sein Tonfall missfiel mir ein wenig, fühlte ich mich doch belehrt wie ein Scholar, und das von einem Juden! Aber wie die beiden anderen verstand ich sofort, worauf er hinaus wollte: Ein Biss von einer Fledermaus hinterlässt gewiss vier Löchlein. Die Toten hatten jedoch deren nur zwei gehabt, wie er uns versicherte. Ergo konnten die Bisse nicht von einem dieser kleinen Vampire stammen. Folgerichtig lautete unsere nächste Frage, welches Tier denn dann solche Bisswunden hinterlasse, und nun führte uns Meister Ismael beinahe triumphierend ans Ende der Kammer, wo in einem länglichen, flachen Kasten das unheimlichste all der hier vorhandenen Wesen ausgestellt war. Ohne Extremitäten, nur aus einer Unzahl halbkreisförmiger Rippen bestehend, die zu beiden Seiten ihres in mehrfachen Krümmungen drapierten Rückgrates angebracht waren und mich an die gleichmäßigen Ringe eines Panzerhemdes erinnerten, doch dafür ausgestattet mit wahrhaft furchterregenden Fangzähnen im länglichen Schädel, präsentierte sich hier unzweifelhaft das grausige Knochengerüst einer Schlange.

Den langen Cunrat schauderte es sichtlich, er schien richtiggehend Angst vor dem Gerippe zu haben.

»Seht ihr die zwei Giftzähne?«, fuhr der Jude nun fort mit seiner Belehrung. »Die Bisswunden, die ich bei den Toten gesehen habe, wiesen zwei Löcher auf, gerade so, als ob die Unglücklichen von einer Schlange gebissen worden wären.«

Verwundert fragte ich ihn, ob es denn hier auch Schlangen gäbe, denn ich hatte immer nur in unseren Breiten von diesen teuflischen Tieren gehört. Und in der Tat antwortete Meister Ismael, dass er das auch nicht verstehe, denn es gäbe hier zwar Schlangen, doch diese seien höchstens für Mäuse giftig, nicht für Menschen. Und um diese Jahreszeit hätten sie sich ohnehin in unterirdische Höhlen zurückgezogen, weil sie in der Kälte ihren Körper nicht bewegen könnten.

Da mutmaßte der venezianische Bäcker, der mir einen recht klugen Eindruck macht, dass der Mörder die Schlangen vielleicht aus dem Süden mitgebracht habe.

Doch der Jude verwarf diese Hypothese mit dem Hinweis, dass keine Schlange in den kalten Herbst- und Wintermonaten den langen Weg über die Berge bis an den Costentzer See überlebt hätte. Und er schloss: »Es ist ein Rätsel, dessen Lösung ich euch nicht kann liefern. Ich kann euch nur geben die Prämissen. Die Schlüsse müsst ihr selber ziehen.«

Damit entließ er uns, und ich muss sagen, dass ich nicht unglücklich war, diese grausige Gruft, auch wenn sie nur von toten Tieren bevölkert war, verlassen zu können.

Nun denke ich in jedem Moment, den ich von Arbeit frei bin, über Meister Ismaels Rätsel nach, doch bin ich noch zu keiner Lösung gekommen.

Aus der Konzilsstadt grüßt Dich

Dein Poggio

Auch Giovanni und Cunrat diskutierten eifrig über das, was sie bei Meister Ismael gesehen hatten, wenn sie die Gelegenheit hatten, unter vier Augen zu reden. Cunrat gruselte sich noch nachträglich beim Gedanken an all die unheimlichen Dinge im Kabinett des jüdischen Doktors. Vor allem die Schlange hatte ihn an eine bedrohliche Situation erinnert, die er als Kind erlebt hatte. Gemeinsam mit seiner Mutter war er Erdbeeren sammeln gewesen, im Wald bei Weißenau, an einem besonders trockenen Hang, wo die Sonne schon früh im Jahr die weißen Rosettenblüten in süße Beeren verwandelte. Auf einem großen flachen Stein hatte im Sonnenlicht ein schwarzer Stock gelegen, und arglos hatte der Junge sich ihm langsam sammelnd genähert. Doch als er kaum noch eine Elle von dem Stein entfernt war, hatte der vermeintliche Stock sich plötzlich zischend aufgerichtet, und eine Schlange hatte wild züngelnd nach ihm geschnappt. Zwar erwischte sie ihn nicht und verschwand rasch seitwärts im Gebüsch, doch ihm war der Schreck in alle Glieder gefahren, und beim Anblick des grausigen Skeletts im Haus des Juden war ihm dieses Vorkommnis wieder in allen Einzelheiten ins Gedächtnis gekommen.

Doch da war noch etwas anderes, was ihn beunruhigte.

»Giovanni, glaubst du, dass der Jude Hexenwerk treibt mit den toten Tieren?«, fragte er eines Abends.

»Hexenwerk? Wie kommst du darauf?«

»Weil man doch sagt, dass die Hexen für ihre Salben auch Teile von Toten verwenden.«

»Ja, aber von toten Menschen, nicht von Tieren. Wenn du jemanden am Galgenhügel graben siehst, dann kannst du davon ausgehen, dass er ein Hexer und mit dem Teufel im Bunde ist, aber nicht wegen eines toten Tieres. Denk doch nur, Cunrat, dann müsstest du bei jedem Metzger Angst haben, dass er ein Hexer sein könnte. Außerdem glauben die Juden gar nicht an den Teufel. Insofern brauchst du nicht zu fürchten, dass er dich verhext haben könnte.«

»Haben dir diese toten Tiere keine Angst gemacht?«

»Angst? Nein, mir macht der Gedanke an den lebenden Mörder, der hier herumläuft, viel mehr Angst. Wir müssen unbedingt herausfinden, was es mit dem Zimmer in der *Haue* auf sich hat. Wenn du mich fragst, finden wir da des Rätsels Lösung!«

Doch gerade in diesen Tagen kamen viele neue Gäste nach Costentz, die Vertreter der Universitäten von Wien, Erfurt und Leipzig, der Pfalzgraf Ludwig von Baiern und die Bischöfe von Merseburg, Besançon und Basel. Und mit ihnen überfluteten Familiares und Reisige die Stadt, und alle wollten verpflegt werden. Die Bäcker schufteten von morgens bis abends und fielen nach der Arbeit wie tot in ihre Betten. Einzig Giovanni verschwand noch ab und zu, um Lucia im *Lörlinbad* aufzusuchen oder in der *Haue* ein Spielchen zu machen. Doch sie fanden keine Gelegenheit mehr, das betreffende Zimmer bei Tageslicht zu untersuchen.

Dann hörten sie, dass Hanns Hagen jemanden wegen des Überfalls auf Cunrat und Gretli festgenommen hatte. Giovanni brachte die Nachricht von der *Haue* mit, wo ihm die Stadtwachen davon erzählt hatten.

»Du wirst niemals glauben, wer der Übeltäter ist!«

»Nun sag schon!«

»Knutz! Kaspar Knutz, der Weber!«

»Der hat mich niedergeschlagen?«, wunderte sich Cunrat. »Dann ist er der Mörder von Johann Tettinger und seiner Schwester? Und von Ambrotscho?«

Giovanni schüttelte den Kopf. »Das glaube ich nicht. Warum sollte er die Tettingers und den Mailänder umbringen? Und wie soll er das angestellt haben? Auch wenn er dich überfallen hat, der Knutz ist höchstens ein Handlanger!«

»Aber von wem?«

Das wusste Giovanni auch nicht, er hatte nur gehört, dass Knutz im Turm saß und sogar Egli Locher zurate gezogen worden war. Das bedeutete, dass man Knutz einem peinlichen Verhör unterzogen hatte.

Am selben Abend noch gingen Cunrat und Giovanni trotz ihrer Müdigkeit ins *Lörlinbad*. Der Frauenwirt Rosshuser war immer gut informiert und kannte Knutz persönlich, vielleicht konnte er ihnen mehr verraten. Der Wirt erwies sich in der Tat als zuverlässige Quelle.

»Knutz ist einige Zeit nicht mehr aus dem Haus gegangen, wegen seines zerkratzten Gesichts. Aber dann hat er es wohl nicht mehr ausgehalten ohne Wein und wollte sich einen Krug voll holen bei Ruof Lämbli. Mit einem Tuch vor dem Gesicht. Der Lämbli war neugierig und hat ihn gefragt, ob er die Blattern habe oder den Aussatz, da ist Knutz wütend geworden und hat ihn beschimpft. Der Wirt hat sich das nicht gefallen lassen, und es ist zu einer Rauferei gekommen. Zwei Gassenwächter haben den Lärm gehört und den Knutz gleich mitgenommen und zum Vogt gebracht. Zuerst wollte er nicht sagen, woher er seine Kratzwunden hat, da hat ihn Hagen aufziehen lassen von Egli Locher, zweimal, und da hat er gesungen wie ein Vöglein.«

»Und was hat er gesagt?«, fragte Giovanni.

Rosshuser wies mit dem Kopf in die andere Ecke der Schänke. Allein an einem Tisch saß dort Egli Locher, der Henker, in seinem grünen Gewand, mit einem großen Krug Wein vor sich, und starrte in den Becher, als ob der Wein ihm etwas mitzuteilen hätte. Ohne die gnädige Kapuze glich sein Gesicht mit den dicken Augenbrauen, dem schiefen Mund und den wulstigen Lippen einer Fastnachtslarve. Nur seine Augen waren die eines traurigen Kindes, das nicht recht begreift, was geschieht. Zu seinen Füßen lag eine mächtige schwarze Dogge mit kurz geschnittenen Ohren.

»Immer wenn er ein peinliches Verhör oder eine Hinrichtung machen musste, sitzt er hier und betrinkt sich. Ich weiß nicht, ob er den richtigen Beruf hat. Aber vielleicht könnt ihr von ihm ja mehr erfahren.«

Der Scharfrichter hob den Kopf, als die beiden an seinen Tisch traten. Er war es nicht gewöhnt, dass normale Menschen sich zu ihm, dem Unehrlichen, gesellten. Der Hund begann zu knurren, doch mit einem rauen »Still, Falk!« brachte Locher ihn zum Schweigen. Die Bäckergesellen setzten sich vorsichtig und mit Abstand auf zwei Hocker, dann begann Giovanni, in munterem Ton drauflos zu reden. Er stellte sich und seinen Freund vor und erzählte, dass Cunrat der von Kaspar Knutz Überfallene gewesen sei, dann wies er seinen Genossen an, die Kopfwunde zu zeigen, die inzwischen jedoch schon fast verheilt war.

Egli Locher musterte Cunrat aufmerksam, doch er sagte nichts. Giovanni erzählte weiter, dass auch sie den Knutz kannten und ob Locher ihnen nicht sagen könne, was der Weber beim Verhör gestanden habe. Der Henker sah eine Weile wortlos von einem zum anderen, dann nahm er einen kräftigen Schluck Wein.

»Er hat es nicht lang ausgehalten, hat schon nach dem zweiten Aufziehen alles zugegeben«, sagte er schließlich langsam und mit heiserer Stimme.

Cunrat schluckte. Er stellte sich vor, dass man ihn an den auf den Rücken gebundenen Händen mit einem Seil hochziehen und sein ganzes Gewicht an den verdrehten Schultern hängen würde, vielleicht sogar noch mit schweren Steinen an den Füßen. Vermutlich würde er schon beim ersten Mal gestehen, was auch immer. Doch dann fiel ihm ein, dass seine Mutter ihm einmal gesagt hatte, dass derjenige, der unschuldig ist, von den Heiligen beschützt werde und die Folter ohne Schmerzen überstehe. Knutz war offenbar schuldig gewesen, sonst hätte ihn der Henker nicht zum Reden bringen können.

Giovanni fuhr fort: »Ihr müsst wissen, dass der Vogt uns persönlich zugesagt hat, er werde den Angreifer, der meinen Freund so böse zugerichtet hat, finden und zur Rechenschaft ziehen.« Er übertrieb ihre Freundschaft zu Hanns Hagen ein wenig, um Egli Locher weitere Informationen zu entlocken. Doch der schien unbeeindruckt und schüttelte nur traurig den Kopf.

»Was hat er denn nun gesagt? Warum hat er meinen Freund überfallen?« Giovanni ließ nicht locker.

»Eine feiste Bäckerstochter hat ihn dazu angestiftet!«, presste der Henker schließlich zwischen den Zähnen hervor.

Cunrat wurde blass.

»Bärbeli?«

»Barbara Katz, so heißt sie wohl. Es scheint, dass sie einen Korb bekommen hat, ich nehme an, von euch«, er wandte sich an Cunrat, »und das hat sie nicht verwunden. Sie hat Knutz beauftragt, euch und eure Buhle zu erschlagen, um einen Beutel Geld.«

Dann senkte der Scharfrichter wieder den Blick auf den Wein, um dort die Antwort auf seine Fragen an die Welt zu finden, während Cunrat wie benommen dasaß und erst einmal über das nachdenken musste, was er gehört hatte. Und sogar seinem redseligen Freund hatte es die Sprache verschlagen.

Jeden Montag und Freitag tagten die Ratsherren, um über die vielen Anklagen, die ihnen von Bürgern und Konzilsteilnehmern vorgetragen wurden, zu Gericht zu sitzen. An diesem Freitag saß Cunrat wieder im Ratssaal bei einem Prozess, allerdings diesmal nicht als Beklagter, sondern als Kläger. Man hatte ihn und Gretli auf einer Bank an der Seite des Saales Platz nehmen lassen. Die Ratsherren waren versammelt, unter ihnen auch Heinrich Tettikover, Gretlis Brotherr, der ihr freundlich zunickte. Schließlich gab Hanns Hagen dem Ratsknecht das Zeichen, die Angeklagten hereinzuführen.

Als Kaspar Knutz den Saal betrat, schrie Gretli leise auf. Knutz war in einen grauen Kittel gekleidet, sein Gesicht wirkte ebenfalls grau, die Haare waren verfilzte Zotteln, sein Kinn unrasiert, die Wangen eingefallen und immer noch leicht gezeichnet von Gretlis Fingernägeln. An seinen Seiten baumelten die Arme herab wie bei einer hölzernen Puppe, als ob sie nicht ihm gehörten, und als der Stadtknecht ihn grob an der Schulter auf die Bank drückte, stöhnte er vor Schmerzen auf. Doch das Schlimmste waren seine Augen. Cunrat und Gretli hatten sie gesehen in Momenten der Wut oder der Trunkenheit, doch nun konnte man nur noch Angst und Schmerz in ihnen lesen. Gretli zog ein Leinentuch aus einer Tasche ihres Kleides und schnäuzte sich, und auch Cunrat empfand keinen Groll mehr gegen seinen Angreifer, sondern Mitleid.

Auf Nachfragen des Vogtes gestand Kaspar Knutz vor dem Rat noch einmal seine Missetat ein und erklärte auch, dass er im Auftrag von Barbara Katzin gehandelt hatte, die von dem Überfallenen, dem Bäckergesellen Cunrat Wolgemut, verlassen worden war und sich rächen wollte.

Dann beschied man ihm, sich wieder zu setzen, und Bärbeli wurde hereingeführt, in Begleitung ihres Vaters. Cunrat senkte den Blick, trotz allem schämte er sich vor Meister Katz für das, was geschehen war. Der alte Bäcker setzte sich mit gramvoller Miene neben Knutz, der ängstlich ein Stück abrückte, während Bärbeli rot anlief, als sie Cunrat und Gretli gemeinsam auf der Bank sitzen sah. Noch bevor Hanns Hagen sie formal zu den Vorwürfen befragen konnte, begann sie zu kreischen: »Da sitzt sie, die Galgenhur! Verführt hat sie ihn, die fortgelaufene Mäntellerin, denn er wollte mich heiraten, aber die Vüdel hat ihn mir weggenommen! Sie hat ihn verhext!«

Der Ratswächter, der sie hereingeführt hatte, konnte gerade noch verhindern, dass sie sich auf Gretli stürzte, und drückte sie mit Gewalt auf die Bank neben ihren Vater. Die versammelten Herren machten betretene Gesichter ob Bärbelis Ausdrucksweise und ob der Anschuldigungen, die sie gegen Gretli vorbrachte.

Doch zunächst war nun die Reihe an Hanns Hagen, der Bäckerstochter die Anklage vorzulesen: Anstiftung zum Mord an den hier Anwesenden Cunrat Wolgemut und Margarethe Sibenhar. Ihr Wutausbruch war fast schon einem Geständnis gleichgekommen, doch nun antwortete nicht mehr sie, sondern ihr Vater ergriff als Fürsprech das Wort.

»Meine Tochter Barbara hat geglaubt, dass Cunrat Wolgemut sie heiraten werde, denn dieser hat Unzucht mit ihr getrieben, als er noch unter meinem Dach weilte. Und als er dann fortgegangen ist und sie ihn mit diesem … Weib dort gesehen hat, da konnte sie nicht mehr an sich halten vor Zorn und hat den Kerl hier«, er zeigte auf Knutz, »beauftragt, den beiden Angst zu machen. Niemals hat sie von ihm verlangt, er solle sie töten! Hohe Herren, Ihr seht, dass meine Tochter eine aufbrausende Natur hat, aber sie ist eine gottesfürchtige Maid und hat sich noch nie etwas zuschulden kommen lassen. Ich bitte Euch daher, von einer Strafe abzusehen.«

Der Vorwurf der Unzucht wog schwer, das wusste auch Cunrat, und er hatte ja nicht nur mit Bärbeli, sondern auch mit Gretli das Bett geteilt. Angst begann in ihm aufzusteigen, weniger seinetwegen, aber weil Gretli deswegen belangt werden konnte, doch dann sah er den Blick, den Heinrich Tettikover auf Bärbeli warf, und der beruhigte ihn ein wenig.

Der Vogt wollte nun von Cunrat wissen, was er zu den Vorwürfen zu sagen hatte. Cunrat dachte an all die Vergnügungen, die er mit Bärbeli erlebt hatte, vor allem aber an jene Nacht, in der sie von ihm verlangt hatte, auf das Gebetbuch zu schwören, dass er nichts mit Margarethe im Sinn habe, und er sich geweigert hatte.

»Herr, als ich im Hause von Meister Katz lebte, da …«, er senkte den Kopf, weil er sich schämte, vor allem vor Gretli, doch er konnte nicht die Unwahrheit sagen, »es ist wahr, ich habe seiner Tochter beigewohnt, aber …« Er überlegte, ob er den Herren von Bärbelis Verführungskünsten berichten sollte, und dass *sie* ihn hatte heiraten wollen, nicht umgekehrt, doch dann entschied er sich, ihre Situation nicht unnötig zu verschlimmern, die Anklage wegen des Mordversuchs wog schwer genug. So beendete er seine Rede mit einem kurzen: »Ich habe ihr nie etwas versprochen.«

»Seid Ihr bereit, dies zu beschwören?«

»Ja, Herr, beim Leben meiner Mutter!«

Bärbeli war während seiner Worte rot angelaufen und schickte sich an, wieder loszukreischen, doch ihr Vater hielt sie zurück.

Dann wollte der Vogt von Gretli wissen, was sie zu den Anschuldigungen zu sagen habe. Doch da hob Heinrich Tettikover die Hand.

»Herr Vogt, erlaubt, dass ich anstelle von Margarethe antworte!«

Alle wandten sich erstaunt zu dem reichen Patrizier, der mit seinem pelzgefütterten purpurroten Wams, den grünen Beinlingen und dem samtenen Barett über den langen braunen Haaren sehr vornehm wirkte. Cunrat sah, wie jede Farbe aus Bärbelis Gesicht wich.

Tettikover erhielt die Genehmigung, für Gretli zu sprechen, er stand auf und begann seine Verteidigungsrede.

»Meine Herren, diese junge Frau, Margarethe Sibenhar, ist schon als Kind nach dem Tod ihrer leiblichen Eltern zur Sammlung der Mäntellerinnen gekommen und hat dort viele Jahre frommen Dienst geleistet, im Spital zum Heiligen Geist, aber auch in Familien, wenn dort Not an einer versierten weiblichen Hand war. Auch zu uns wurde sie mehrfach von ihrer Oberin geschickt, um meine Frau im Kindbett zu betreuen, und dies hat sie immer so klug und treu getan, dass mein Eheweib keine andere Magd mehr für diesen Dienst haben wollte als sie. Vor nicht allzu langer Zeit, kurz vor Weihnachten, kam Margarethe weinend zu meiner Frau gelaufen, die eben vor der Niederkunft stand, mit einem Bündel in der Hand, und sagte ihr, dass sie von den Mäntellerinnen fortgeschickt worden sei wegen der falschen Aussage der Frau Katzin, der Mutter der dort sitzenden Barbara, Gretli habe ihrer Tochter den Ehemann abspenstig gemacht. Sie hatte den Cunrat Wolgemut zwar im Spital gepflegt, aber nichts Näheres über ihn gewusst oder ihn gekannt, geschweige denn ihn verführt. Vollkommen unschuldig musste sie das ihr Heimat gewordene Haus der Sammlung in der Wittengasse verlassen, und da wir sie als zuverlässige Helferin kannten, haben wir ihr gerne Obdach bei uns gewährt. Erst nach etlichen Wochen hat sie Cunrat Wolgemut durch Zufall wieder gesehen und sich von ihm ein paar Mal beim Kirchgang begleiten lassen. Weiter ist nichts geschehen.

Meine Herren, wir alle haben gesehen, was für ein Schandmaul Barbara Katzin hat und mit welchem Hass sie die beiden hier Anwesenden verfolgt. Ich bitte darum, ihr keinen Glauben zu schenken und sie wegen Anstiftung zum Mord zu verurteilen.«

Cunrat sah zu Boden, weil er wusste, dass die Geschichte nicht ganz der Wahrheit entsprach, aber er hoffte inständig, dass diese Rede Gretli vor Schlimmem bewahren und es den Ratsherren nicht auffallen würde, dass der Überfall auf sie beide bei Nacht und mithin lange nach der letzten Messe stattgefunden hatte.

Nachdem alle Beteiligten zu Wort gekommen waren, mussten sie den Raum verlassen. Die Angeklagten wurden von den Ratsknechten in das Zimmer geführt, in dem der Vogt auch Cunrat schon mehrmals empfangen hatte, während Gretli und Cunrat allein im Vorraum des Ratssaales zurückblieben.

Cunrat wusste nicht, was er sagen sollte, er schämte sich seines Verhältnisses mit Bärbeli. Gretli hatte ihm den Rücken zugewandt. Wie sollte er ihr nur erklären, was geschehen war?

»Gretli«, begann er und fasste sie von hinten an den Schultern, doch da fuhr sie energisch herum, stieß ihn von sich und sagte mit ungewohnter Härte: »Was bist du nur für ein Mensch, Cunrat Wolgemut? Nimmst du die Frauen nur zu Huren? Gestern Barbara Katzin, heute mich, und morgen?«

»Gretli, ich schwöre dir, ich wollte das mit Bärbeli nicht! Sie war es, die des Nachts an mein Lager kam, mit Lavendelduft ...«

»Mit Lavendelduft! Na und? Hättest du sie nicht fortschicken können?«

Cunrat zuckte verzweifelt die Schultern.

»Ich ... Gretli ... ich wollte, aber es war stärker ... und als ich dich getroffen hatte ... nie mehr, danach nie mehr, ich schwöre dir! Gretli, so glaub mir doch!« Er begann zu weinen. »Gretli, du bist doch mein Herzenslieb, du ...«

Bevor sie antworten konnte, öffnete sich die Tür des Ratssaales, und der Ratsdiener trat heraus. Schnell wischte sich Cunrat mit dem Ärmel die Tränen ab und folgte mit Gretli dem verdutzten Ratsknecht in den Saal. Sie nahmen auf ihrer Bank Platz, Gretli mit deutlichem Abstand zu Cunrat, und dann wurden auch Bärbeli, ihr Vater und Knutz hereingeführt.

Hanns Hagen begann das Urteil zu verlesen.

»Der hier anwesende Weber Kaspar Knutz wird nach eigenem Geständnis von einem ehrbaren Rat für schuldig befunden, den Bäckergesellen Cunrat Wolgemut und die Jungfer Margarethe Sibenhar überfallen zu haben mit der Absicht, sie zu ermorden. Da wegen der Wehrhaftigkeit der Jungfer der Anschlag nicht zur vollen Ausführung kam und besagter Knutz ihn nicht aus eigenem Antrieb verübt hat, wird er zu einer Geldbuße von zwölf Pfund Pfennig und drei Jahren Stadtverweisung auf fünf Meilen verurteilt. Und glaube er nicht«, des Vogts strenger Blick streifte kurz über Cunrat »dass er mit irgendeinem Fürsten wieder in die Stadt zurückkehren könne! Das werden wir zu verhindern wissen!«

Der Weber hatte mit stoischer Haltung den Beginn des Urteils gehört, doch am Ende sank er in sich zusammen. Er würde die Stadt verlassen müssen und außerdem sein Leben lang Schulden haben, denn Cunrat konnte sich nicht vorstellen, dass Bäcker Katz oder irgendein anderer für ihn bürgen würde. Für den Verwiesenen bedeutete das, dass er sich in die große Schar der Heimatlosen einreihen musste, die von Stadt zu Stadt und von Kloster zu Kloster zogen, um sich ein wenig Brot zum Leben zu erbetteln. Oder, wenn man sein hitziges Temperament bedachte, vielleicht würde er sich auch einer Räuberbande anschließen, wie der des Ritters von End, die in letzter Zeit die Bodenseegegend unsicher machte und die Reisenden entlang der Handelswege überfiel.

»Barbara Katzin«, fuhr der Vogt nun fort. Bärbeli schreckte auf und warf Cunrat einen zornigen Blick zu. Der sah schnell zu Boden. Alle Frauen hassten ihn, und sie hatten recht damit. Er fühlte sich als ein wahrhaft schlechter Mensch und erinnerte sich daran, dass er eine Bußwallfahrt nach Einsiedeln hatte unternehmen wollen. In diesem Moment erneuerte er sein Gelübde.

»Wegen der Anstiftung zum Mord an den hier anwesenden Cunrat Wolgemut und Margarethe Sibenhar wurdet Ihr von einem ehrbaren Rat für schuldig befunden.«

Bärbeli öffnete den Mund, um etwas zu erwidern, doch wieder hielt ihr Vater sie zurück.

»Doch da der Betroffene Cunrat Wolgemut ohne Not eingestanden hat, mit Euch Unzucht getrieben zu haben, wollen wir von der Höchststrafe absehen, die Ertränken gewesen wäre.«

Bärbeli schlug vor Entsetzen und Erleichterung die Hände vor den Mund.

»Wir verurteilen Euch daher zu einer Geldstrafe von 20 Pfund Pfennig, wovon fünf Pfund Pfennig an besagten Cunrat Wolgemut zum Ausgleich der erlittenen Unbill gehen soll. Außerdem werdet Ihr zu drei Jahren Stadtverweisung auf zehn Meilen verurteilt und sollt mit Ruten aus der Stadt gestrichen werden.«

Cunrat wusste, dass Vater Katz alles tun würde, um seiner Tochter die Stadtverweisung und die entehrende Prügelstrafe zu ersparen. Wahrscheinlich würde der Bäcker sich verschulden müssen, aber jetzt während des Konzils war es kein Problem, Geld zu leihen, und bei den guten Geschäften, die gerade das Backgewerbe mit den vielen Gästen machte, würde er diesen Kredit auch bald zurückbezahlt haben. Sein Onkel konnte nur hoffen, dass die Kirchenversammlung noch ein wenig andauern würde. Und dann wurde ihm plötzlich bewusst, dass er mit dem Geld, das ihm als Entschädigung zugesprochen worden war, seine eigenen Schulden bei Giovanni auf einen Schlag abzahlen konnte, und dass dennoch etwas übrig bleiben würde. Ein großer Stein fiel ihm vom Herzen, und er beschloss, von dem übrigen Geld ein schönes Geschenk für Gretli zu kaufen.

Doch der Vogt war noch nicht fertig.

»Des Weiteren sollt ihr, Barbara Katzin und Kaspar Knutz, den hier anwesenden Cunrat Wolgemut und Margarethe Sibenhar Urfehde schwören! Und solltet ihr euren Schwur jemals brechen, so wird eure Strafe auf den Tod lauten!«

Der Ratsdiener brachte eine Bibel herein, und nun mussten die beiden Verurteilten jeder für sich mit der Hand auf der Bibel schwören, dass sie in Zukunft mit ihren Opfern Frieden halten und sie in keiner Weise mehr belästigen, beleidigen oder ihnen gar nach Leib und Leben trachten würden. Bärbeli presste ihren Schwur fast unhörbar hervor, und auch Knutz konnte aufgrund seines schlechten Zustandes nur flüstern.

Nach Beendigung des Prozesses verließen Gretli und Cunrat zusammen das Rathaus, aber Gretli verschwand ohne Gruß. Als Cunrat sich unter dem Tor noch einmal umdrehte, sah er, wie die Angeklagten wieder in das Vogtszimmer geführt wurden, wo sie auf Hanns Hagen warten würden, um die Bedingungen ihrer Freilassung auszuhandeln. Vater Katz sah Cunrat an und spuckte aus. Er hatte keine Urfehde geschworen.

In den folgenden Tagen fühlte sich Cunrat elend wie noch nie zuvor. Durch eigene Schuld hatte er das Liebste verloren, was er in seinem Leben je gehabt hatte, Gretli, die Frau, die für ihn wie eine vom Himmel herabgestiegene Heilige gewesen war. Er konnte sich nicht vorstellen, wie er ohne sie weiterleben sollte, sein Dasein kam ihm vor wie das Fegefeuer auf Erden. Außerdem hatte er die Familie Katz, die ja doch seine Anverwandten waren, ins Unglück gestürzt, und sogar für das böse Schicksal des Webers Knutz fühlte er sich verantwortlich. Wie würde er jemals wieder seiner Mutter unter die Augen treten können, nach allem, was geschehen war? Abends weinte er sich in den Schlaf, in der Nacht suchten ihn Albträume heim, sodass er aufwachte und, von schlimmen Gedanken geplagt, nicht mehr in Morpheus' Arme zurück fand. Er mochte nichts mehr essen, dafür trank er umso mehr Wein.

Giovanni beobachtete mit Sorge, wie sein Freund zusehends mürrischer wurde, wegen der Schlaflosigkeit ständig müde war und schließlich kaum noch arbeiten konnte. Hinter dem Verkaufstisch schlief er fast ein, und wenn ein Kunde nicht die passenden Münzen hatte, reagierte er unwirsch. Manchmal redete er unsinniges Zeug vor sich hin, dann wieder liefen ihm plötzlich Tränen über die Wangen, sodass die anderen sich sorgten, dass das Brot nass werden könnte. Eines Morgens verbrannte er sich gar die Hand, weil er nicht aufpasste, als er den Ofen schürte. Doch es schien ihn nicht zu kümmern. Fast schien es, als ob Cunrat vor Liebeskummer den Verstand verloren hätte. Die Italiener begannen über ihren deutschen Kollegen zu tuscheln, und schließlich nahm sich Giovanni vor, mit ihm zu reden. Er lud ihn zu einem Mittagsimbiss in die *Haue* ein, unter dem Vorwand, endlich das geheimnisvolle Zimmer durchsuchen zu wollen.

Die Tische waren alle besetzt, doch sie fanden in einer Ecke drei Hocker, von denen sie einen zwischen sich stellten und als Tisch benutzten. Sebolt Schopper stellte eine Platte mit gebratenem Rindfleisch darauf und einen Krug Wein auf den Boden. Cunrat ließ das Fleisch liegen und griff gleich nach dem Krug, doch Giovanni fiel ihm in den Arm.

»Iss zuerst etwas!«

Ärgerlich schüttelte Cunrat den Freund ab und trank einen großen Schluck Wein direkt aus dem Krug, wobei ihm ein Gutteil über die unrasierten Wangen lief. Da wurde auch Giovanni zornig.

»Es ist genug, Cunrat! Das muss ein Ende haben!«

Cunrat starrte ihn wütend an.

»Was? Was muss ein Ende haben? Es hat kein Ende, ich bin ein elender Wurm, ein Fatzmann, einer, der sich und den anderen nur Unglück bringt! Es wäre besser gewesen, meine Mutter hätte mich niemals geboren!«

Und noch einmal packte er den Krug und stürzte ein großes Quantum Wein hinab. Da schlug ihm Giovanni den irdenen Krug aus der Hand, dass er auf dem gestampften Boden in 1000 Stücke zersprang. Cunrat sprang erschrocken auf, wie auch einige andere Gäste des Lokals. Sebolt Schopper schaute verärgert zu ihnen herüber.

»Bist du rasend geworden?«, schrie Cunrat seinen Freund an.

»Nein, aber du!«, schrie der zurück.

Da stürzte sich Cunrat auf Giovanni, packte ihn am Wams und hielt ihn hoch, dass seine Füße in der Luft baumelten. Sie starrten sich wütend in die Augen und verharrten so einen Moment lang, Aug in Auge. Dann kam Cunrat endlich zur Besinnung. Langsam setzte er Giovanni wieder auf seinen Stuhl und strich ihm das Wams zurecht. Schwer ließ er sich auf seinen eigenen Hocker fallen, stützte die Ellbogen auf den Knien ab und hielt sich den Kopf mit den Händen. Eine Weile lang rührte er sich nicht, während Giovanni seine Kleider in Ordnung brachte, bis er bemerkte, dass Cunrats langer Körper von Schluchzern geschüttelt wurde und ihm die Tränen herabliefen. Die Menschen an den anderen Tischen wunderten sich und begannen zu tuscheln wie vorher die Bäckergesellen.

Doch Giovanni legte dem Freund die Hand auf die Schulter, und nachdem Cunrat sich endlich ein wenig beruhigt hatte, sagte er: »Ich kenne das, mein Freund. Was glaubst du, wie viele Nächte ich wach liege und an Lucia denke? Dann stehe ich auf und komme hierher, weil mir alles sinnvoller erscheint, als mich von den schrecklichen Gedanken bedrücken zu lassen.«

»Aber es ist nicht deine Schuld, dass Lucia in der Hand von Rosshuser ist«, entgegnete ihm Cunrat, »während ich meine Situation selber zu verantworten habe. Das ist es, was mich so verrückt macht. Könnte ich nur die Zeit um ein paar Monde zurückdrehen! Was würde ich drum geben!«

Giovanni wusste, was Cunrat meinte, denn die Stadtwachen hatten genüsslich berichtet, wie Bärbeli sich selbst, aber auch ihn entlarvt hatte in der Gerichtssitzung und was sie Cunrat und Gretli entgegengeschleudert hatte.

»Ach, Gretli wird sich schon wieder beruhigen! Du hast ihr doch gar nichts Böses angetan, du hast mit der Bäckerstochter nur das gemacht, was alle Männer an deiner Stelle gemacht hätten. Wenn sie ein wenig darüber nachdenkt, wird sie es verstehen.«

Cunrat schüttelte traurig den Kopf. »Das glaube ich nicht, Gretli ist eine fromme Jungfer, und sie hat geglaubt, dass sie die einzige Frau für mich wäre. Nur deshalb hat sie an diesem Sonntag in unserer Hütte ... ich meine, nur darum ...«

»Ich weiß, was du sagen willst, aber das mit der Katzin war ja alles vorher, oder? Gretli kann dir nicht vorwerfen, dass du sie betrogen hast.«

»Sie versteht es trotzdem nicht.«

Eine Weile schwiegen beide. Dann sagte Cunrat: »Ich werde eine Bußwallfahrt zur Muttergottes von Einsiedeln unternehmen. Vielleicht kann sie mir helfen.«

»Das ist eine gute Idee, nur nicht gerade jetzt, wo wir so viel Arbeit haben!«

Zu Fuß nach Einsiedeln zu gehen, bedeutete mindestens drei Tage Hinmarsch und drei Tage Rückmarsch. Eine Woche konnten die Bäcker Cunrat nicht entbehren.

»Was mich übrigens wundert, mein lieber Cunrat, ist, dass Bärbeli kein Kind von dir bekommt, wenn ihr so oft gevögelt habt.«

Cunrat sah ihn verblüfft an.

»Wieso? Du meinst ... Werden Kinder denn beim Vögeln gemacht?«

Da begann Giovanni zu lachen, er konnte gar nicht mehr aufhören, dann erzählte er den Nachbarn am Nebentisch, was Cunrat soeben gefragt hatte, da begannen auch sie zu lachen und erzählten es weiter, und am Ende lachte die ganze *Haue* über den naiven Bäckerburschen, der nicht wusste, woher die Kinder kamen. Als der Lachsturm endlich abgeflaut war, saß Cunrat mit hochrotem Kopf auf seinem Hocker und sah Giovanni böse an.

Der wischte sich die Lachtränen aus dem Gesicht und sagte: »Ja, mein Lieber, beim Vögeln, da werden sie eingepflanzt, wie das Getreide, und dann wachsen sie neun Monate heran, bis sie schön reif sind und den gleichen Weg herauskommen, auf dem sie hineingelangt sind.«

»Ich habe Bärbeli kein Kind eingepflanzt!«, erwiderte Cunrat ärgerlich.

Da rief einer der Männer am Nebentisch: »Dabei siehst du aus wie ein waschechter Bauer, und einen ordentlichen Pflanzstab hast du bei deiner Größe bestimmt auch!« Dazu machte er eine obszöne Geste, sodass alle wieder zu lachen anfingen. Cunrat wandte sich ab.

Giovanni hingegen schien nun ernsthaft über die Sache nachzusinnen.

»Das ist wirklich seltsam, meistens geht das ganz schnell, und nur die Huren wissen, wie man sich davor schützen kann.« Er zuckte die Schultern. »Vielleicht ist sie ja unfruchtbar. Oder du. Wir werden ja sehen, was bei Gretli herauskommt.«

Im gleichen Moment biss er sich auf die Zunge und sah seinen Freund an, wie der auf die Nennung des Namens seiner verlorenen Liebsten reagieren würde, ob er wieder anfangen würde zu weinen. Doch Cunrat war zu sehr erschrocken bei dem Gedanken, dass Gretli womöglich ein Kind von ihm bekommen würde. Ledige Kindsmütter wurden meist unbarmherzig aus der Stadt verbannt, wenn nicht sogar mit Ruten gestrichen.

»Wenn sie ein Kind bekommt, Giovanni, was soll dann werden? Das hab ich nicht gewollt!«

»Na, weißt du, ihr habt ja nur einmal … Da wird schon nichts passiert sein.«

Zweifelnd sah Cunrat ihn an. Er würde seine Wallfahrt bald machen. Vielleicht half die Madonna von Einsiedeln ja auch gegen ungewollte Kinder. Egal, ob bei Bärbeli oder bei Gretli.

Doch seine Wallfahrt sollte zu spät kommen.

Inzwischen war Sebolt Schopper mit einem Besen herbeigeeilt, um den zerbrochenen Krug wegzuräumen.

»Wer bezahlt mir den?«, fragte er finster.

»Das erledige ich schon!«, antwortete Giovanni. Er war froh, dass sein Freund sich wieder ein wenig beruhigt hatte, und dafür erschien ihm der Preis eines irdenen Kruges vergleichsweise gering. Doch dann fiel ihm etwas anderes ein.

»Sebolt, ich hatte Euch schon einmal wegen eines Zimmers angesprochen. Heute ist der fremde Herr wieder da gewesen und hat nachgefragt. Und eine Eurer Mägde hat neulich gesagt, Ihr hättet noch ein Zimmer frei, im zweiten Geschoss. Was ist damit?«

Der Wirt hielt erschrocken inne. »Welche Magd hat Euch von dem Zimmer erzählt?«

»Ich erinnere mich nicht, irgendeine. Also, was ist nun damit?«

»Dieses Zimmer ist nicht zu vermieten.« Er wollte weitergehen, aber Giovanni gab nicht nach und hielt ihn am Ärmel zurück.

»Warum nicht? Der Herr würde sicher gut zahlen!«

»Das würde er nicht lange«, antwortete Schopper, riss sich los und wollte in den Keller verschwinden.

Doch Giovanni ließ immer noch nicht locker.

»Sebolt, sagt uns doch, was es mit dem Zimmer auf sich hat!«, rief er ihm laut nach.

Da hielt der Wirt inne und sah sich ängstlich um, ob jemand ihren Wortwechsel mitgehört hatte, dann sagte er: »Kommt mit!«

Die beiden folgten ihm aus der Schankstube ins Treppenhaus. Dort nahm Schopper sie beiseite. Da er und Giovanni ohnehin Geheimnisse hatten, schien er bereit zu sein, auch dieses Geheimnis mit ihm zu teilen, und so erklärte er ihnen flüsternd: »Damit Ihr endlich Ruhe gebt, sage ich es Euch: In diesem Zimmer geht ein Geist um.«

Giovanni sah ihn überrascht an, doch Cunrat wusste sofort, wessen Geister infrage kamen: »Johann Tettinger! Karolina!«

»Das weiß ich nicht«, fuhr Schopper fort, »ich weiß nur, dass keiner meiner Gäste es in diesem Zimmer länger als eine Nacht ausgehalten hat. Es ist verflucht! Ich hätte schon längst einen Exorzisten kommen lassen, aber wenn sich herumspricht, dass es in der *Haue* nicht geheuer ist, dann bin ich meine anderen Gäste vielleicht auch noch los. Also fragt mich nicht mehr danach und sprecht zu niemandem darüber, ich bitte Euch! Und meinen Mägden werde ich jetzt etwas erzählen!«

Dann kehrte er wütend mit den Resten des zerbrochenen Kruges zurück in die Schänke und begab sich zur Küche.

Auch die beiden Bäcker setzten sich wieder auf ihre Hocker in der Ecke. Giovanni bedauerte ein wenig, dass die Mägde nun seinetwegen Ärger bekommen würden, doch Cunrat war ganz aufgeregt: »Das ist der Beweis, dass Karolina und ihr Bruder sich nicht selbst umgebracht haben! Verstehst du, Giovanni, sie wurden getötet, und dieses Zimmer hat etwas damit zu tun, sonst würden sie sich nicht dort zeigen. Ihre Seelen suchen Hilfe! Sie sind nicht verdammt, sondern warten im Fegefeuer auf unser Gebet!«

Giovanni sah ihn zweifelnd an. »An diese Gespenster glaube ich erst, wenn ich sie selber gesehen habe.«

»Aber Giovanni, weißt du denn nicht, dass die Seelen im Fegefeuer auf unser Gebet angewiesen sind? Alle glauben, dass Karolina und Tettinger als Selbstmörder in der Hölle seien und kein Gebet der Welt ihnen noch helfen könne, aber so ist es nicht. Ich werde in Einsiedeln eine Messe für sie lesen lassen! Ich bekomme ja jetzt Geld.«

»Dann bezahl mir aber erst deine Schulden zurück, bevor du die Silberlinge der Kirche in den Rachen wirfst!«

Cunrats Gesicht verdüsterte sich. Es gefiel ihm nicht, wenn sein Freund despektierlich von heiligen Dingen sprach.

»Du bekommst dein Geld, keine Angst!«

Da lachte Giovanni und klopfte ihm auf die Schulter. »Ist ja schon gut, ich habe volles Vertrauen zu dir, Cunrat!«

Dann sah er sich in der Schänke um.

»Schopper ist noch in der Küche. Lass uns jetzt die Kammer genauer anschauen.«

Cunrat wurde bleich. »Die Spukkammer? Aber Giovanni ...«

Doch der war schon aufgestanden und hatte ein paar Münzen auf den Tisch gelegt.

»Komm!«

Cunrat blieb nichts anderes übrig, als seinem Freund zu folgen.

Wie schon beim ersten Mal begaben sie sich über die Wendeltreppe in das zweite Obergeschoss, nur dass sie diesmal keine Fackel brauchten, weil der Holzladen des Fensters zur Rindportergasse hin geöffnet war und somit Licht in den Korridor fiel. Allerdings drang damit auch Januarkälte herein, aber dafür war alles still, weil die Gäste entweder in der warmen Schankstube beim Imbiss saßen oder ausgegangen waren zu Geschäften.

Die beiden schlichen vorsichtig den Gang entlang, jedoch nicht bis zum Fenster, damit man sie nicht von außen sehen konnte. Vor der Tür des Spukzimmers blieben sie stehen.

»Giovanni«, begann Cunrat, »ich glaube, wir sollten besser nicht ...«

»Pst!«, zischte ihn der Venezianer an und schaute den Korridor entlang auf die Reihe von Türen rechter und linker Hand.

»Fällt dir nichts auf?«, fragte er flüsternd.

Cunrat folgte seinem Blick, dann schüttelte er den Kopf.

»Diese Tür«, Giovanni zeigte auf die Spukkammer, »hat mehr Abstand vom Fenster als die gegenüberliegende, und sie ist näher an der nächsten Tür dran.«

Cunrat schaute nach vorn und nach hinten und bestätigte Giovannis Beobachtung.

»Na und?«

In diesem Moment klopfte Giovanni an die Tür gegenüber dem Spukzimmer. Cunrat erschrak. Was hatte sein Freund nur vor? Hinter der Tür blieb jedoch alles ruhig. Giovanni drehte den Eisenring des Türriegels und drückte auf, sodass vom Korridor her etwas Licht ins Zimmer drang. Cunrat wurde bange, denn wenn jemand sie entdeckte, würde man sie für Diebe halten! Doch er konnte seinen Freund ohnehin nicht aufhalten, und so trat er hinter Giovanni ein. Offenbar schliefen hier mehrere Personen, denn es standen drei Betten und ebenso viele Truhen darin, und auf den Truhen und an Holzhaken lagen und hingen diverse Kleidungsstücke. Der Fensterladen war geschlossen, damit der Raum nicht zu sehr auskühlte, daher roch es muffig. Das Licht vom Gang her genügte, um die Ausmaße des Raumes deutlich zu machen.

»Siehst du, was ich meine? Dieses Zimmer ist größer als das auf der anderen Seite, und die rechte Wand hier ist die Außenmauer. Das Zimmer gegenüber geht nicht bis zur Mauer, dazwischen ist eine Bohlenwand, erinnerst du dich?«

Cunrat musste zugeben, dass Giovanni recht hatte, und nun fiel ihm auch wieder ein, dass ihm das andere Zimmer sehr klein vorgekommen war.

»Lass uns nachschauen, was sich dort drüben zwischen der Bohlenwand und der Mauer befindet.« Giovanni schloss leise wieder die Tür der Kammer, in die sie eingedrungen waren, dann öffnete er ebenso leise die Tür des gegenüberliegenden Raumes. Cunrat fühlte sich unbehaglich, er wäre am liebsten wieder in die Schankstube zurückgegangen. Auch in dieser Kammer waren die Läden geschlossen, sodass man nichts erkennen konnte. Doch Cunrat vermeinte, einen kalten Lufthauch im Nacken zu spüren.

»Giovanni, lass uns gehen!«, jammerte er. »Karolina …«

»Ach was, Karolina, mach den Fensterladen auf, damit wir Licht haben!«

Cunrat gehorchte nur widerwillig und öffnete den Laden, sodass ein Schwall eisiger Luft hereinströmte und mit ihm das Licht des trüben Tages. Giovanni schloss die Tür.

Cunrat musste zugeben, dass bei Tageslicht betrachtet das

Zimmer nicht sehr gespenstisch wirkte. Man sah nun, dass diese Kammer tatsächlich einen anderen Grundriss hatte als die gegenüberliegende, sie war viel schmaler, und so hatte auch nur ein Bettgestell darin Platz gefunden. Die Stirnwand zur Stadtmauer hin war verputzt, die übrigen drei Wände bestanden aus Holz. Giovanni klopfte gegen die Seitenwand, die zur Außenmauer ging, und dahinter klang es hohl.

»Da ist ein Raum hinter den Bohlen, hörst du?«, konstatierte er aufgeregt.

Ein Nebenraum bei einer Schlafkammer wäre an sich nichts Besonderes gewesen, oft lagen die Abtritte zwischen Schlafzimmer und Ehgraben, aber wenn hinter dieser Wand der Abort lag, dann durfte man kein dringendes Bedürfnis verspüren. Es gab nämlich keine Verbindungstür.

Giovanni klopfte jede einzelne Holzbohle ab, doch sie fanden keinen Durchgang. Dann betrachtete er den Schrank in der Ecke. Es war ein großer, zweitüriger, mit Schnitzwerk verzierter Schrank, wie ihn sich nur reiche Leute leisten konnten.

»So ein schöner Schrank! Dass er den hier stehen lässt, wo keiner wohnt!«, wunderte sich Cunrat.

Giovanni sah ihn an und begann zu lächeln. »Du hast vollkommen recht, mein Freund, ein viel zu schöner Schrank für so eine Kammer!«

Er öffnete beide Türen des Schrankes, sodass sie durch das Licht vom Fenster her sein Inneres deutlich sehen konnten. Doch sie sahen nichts. Der Schrank war leer.

»Beim Sterz Gottes, das ist doch nicht möglich!«, begann Giovanni zu fluchen. Cunrat bekreuzigte sich rasch und dachte dabei an Karolina und Tettinger, während sein Freund die Rückseite des Schrankes abklopfte wie vorher die Wand. Ohne Ergebnis. Seine Flüche wurden heftiger, sodass Cunrat sie schließlich nicht mehr mit anhören konnte. Er schob Giovanni beiseite und beugte sich selber in den Schrank hinein, um vielleicht irgendeine geheime Tür zu finden. Da rutschte er plötzlich mit seinen

Holztrippen auf dem Dielenboden nach hinten weg, schlug sich die Schienbeine am unteren Rand des Schrankes an und stieß mit dem Kopf heftig gegen das mittlere Brett der Schrankrückwand. Er schrie laut auf und versuchte verzweifelt, mit seinen Händen Halt zu finden. Dabei riss er das Brett zur Seite, und als er schließlich am Boden lag, sahen sie, dass sich hinter dem Brett eine Tür verbarg.

»Cunrat, du bist ein Genius!«, rief Giovanni aus. »Da ist die geheime Tür!«

Und während der Genius sich die Beule an der Stirn rieb, versuchte sein Freund, den Riegel der Tür beiseitezuschieben. Doch seine Mühe war vergeblich.

»Da ist ein Schloss dran! Dafür braucht man einen Schlüssel.«

»Der dritte Schlüssel!«, fiel es Cunrat ein.

»Welcher dritte Schlüssel?«

»Ich hab dir doch gesagt, dass Tettinger drei Schlüssel hatte. Aber Schopper hat nur zwei am Gürtel.«

Dann erklärte er seinem Freund hastig, wie nach Tettingers Tod der Vogt Karolina gefragt hatte, wozu der dritte Schlüssel diente.

»Sie hat ausweichend geantwortet, sie wisse es nicht, vielleicht sei er für eine Truhe. Wer weiß, was sich hinter dieser Tür verbirgt. Sie wollte jedenfalls nicht, dass der Vogt davon erfährt.«

»Soso, Karolina und ihr Bruder hatten also ein Geheimnis. Wer jetzt wohl den Schlüssel hat? Vielleicht hat Schopper ihn irgendwo versteckt? Und wenn nicht er, würde ich meinen Kopf verwetten, dass das Gespenst ihn hat! Komm, hier können wir nichts mehr ausrichten, lass uns verschwinden.«

Sie rückten das Brett wieder an seinen Platz und verließen die *Haue*.

Poggio Bracciolini an Niccolò Niccoli, am 30. Januarius, im Jahre des Herrn 1415

Ich, Poggio, entbiete Dir, meinem Niccolò, einen herzlichen Gruß!

Oh, mein teurer Niccolò, dunkle Wolken dräuen über uns herein, der Himmel verfinstert sich immer mehr!

Inzwischen ist Gregors wichtigster Mann, Kardinal Dominici, höchstpersönlich eingetroffen, mit großem Gefolge ist er in die Stadt eingeritten, seinen roten Kardinalshut – verliehen vom Gegenpapst – demonstrativ auf dem Haupte, in Begleitung des Pfalzgrafen Ludwig und des Elekten von Konstantinopel. Sigismund hat ihn und die anderen Anhänger Gregors offiziell empfangen, und sie sind sogar schon vor der Konzilsversammlung aufgetreten, wo sie eine Denkschrift vorgelegt haben, in der sie den Rücktritt von Gregor ankündigen, wenn dies der Einheit der Kirche diene. Gleichzeitig forderten sie, dass unser Papst Johannes, den sie nur unter seinem bürgerlichen Namen Baldassare Cossa erwähnen, nicht nur nicht den Vorsitz der Konzilssitzungen führe, sondern in keiner Weise gegenwärtig sei. Man stelle sich eine derartige Unverschämtheit vor!

Und um das Maß vollzumachen, ist nun auch eine englische Delegation zum Konzil gekommen, unter der Leitung des Kanzlers der Universität von Oxford und Bischofs von Salisbury, Robert Hallum. Obwohl der englische König Heinrich V. bisher immer ein Anhänger von Johannes war, hat sich Hallum in seiner Antrittsrede vor der Konzilsversammlung auf die Seite der Papstgegner gestellt. Er ist ein rhetorischer Fuchs, dieser Hallum, der dem Papst Honig um das Maul schmierte, indem er von seiner bonitas et pietas virtuosa *sprach, im gleichen Zug aber machte er ihn verantwortlich für das Schisma und die Missstände in der Kirche und forderte seinen Rücktritt. Dafür versprach er ihm himmlischen Lohn, als ob Johannes daran interessiert wäre!*

Eine ganz andere Sache hat sich auf erstaunliche Weise geklärt: Cunrat, der Bäckergeselle, der überfallen wurde, ist kein weiteres Opfer des unbekannten Mörders geworden, sondern – man höre und staune! – einer Liebesrache. Es scheint, dass eine schwäbische Medea, nämlich eine verschmähte Bäckerstochter, ihm einen gedungenen Meuchelmörder auf den Hals gehetzt hat, der sich aber derart tölpelhaft anstellte, dass ihm nicht nur der Mord nicht gelang, sondern er auch noch von der (neuen) Begleiterin des Opfers in die Flucht geschlagen und zerkratzt wurde. Aufgrund dieser verräterischen Spuren seines Überfalls im Gesicht wurde er ergriffen und hat dann unter der Folter den Namen seiner Auftraggeberin preisgegeben. Beide wurden zu Geldstrafe und Stadtverweisung verurteilt. Der lange Cunrat dürfte sehr erleichtert sein über diese Wendung der Dinge, ich aber frage mich, was die Frauen an ihm finden.

Ich grüße Dich von Herzen!

Dein Poggio

Narrenmond

Der Narrenmond hat viele Namen, so heißt er auch Schmelzmond oder Taumond, doch in diesem Jahr war von Tauwetter noch nichts zu spüren, eher machte er dem Namen Hornung Ehre: Wie die wilden Hirsche in dieser Zeit ihr Gehörn abstreifen, so hart streifte der kalte Westwind über Äcker, Wiesen und Städte. Eisig fuhr er durch die Gassen und rüttelte wütend an den hölzernen Fensterläden, mit denen die Menschen versuchten, die Wärme drinnen und die Kälte draußen zu halten.

Solang die Bäcker den Ofen heizten und den Teig bearbeiteten, spürten sie die Kälte nicht so sehr, doch diejenigen, die hinter dem Verkaufstisch saßen, hatten trotz der Wollhandschuhe steif gefrorene Finger, die kaum noch die Münzen zählen konnten.

Cunrat hatte seinen Mantel fest um sich gehüllt und die Kapuze bis in die Stirn gezogen, deshalb sah er zuerst auch nicht, wer da im schwarzen Mantel über dem blauen Kleid vor ihm stand. Erst als sie »Gott zum Gruß, Cunrat« sagte, richtete er sich ruckartig auf und schüttelte die Kapuze ab.

»Gretli!«

Sie lächelte ihn an, freundlich, abwartend, ein wenig verschämt.

»Gretli!«, wiederholte er. »Ich ... möchtest du eine Pastete? Sie sind mit Krammetsvögeln gefüllt und ganz frisch!«

»Nein, ich danke dir, ich muss Brot holen für die Herrschaft. Zwei Laibe!«

»Natürlich!«

Cunrat suchte die zwei schönsten Brotlaibe aus, während sie ihm die passenden Münzen hinstreckte. Sie hatte schon öfter bei ihm gekauft und kannte den Preis.

»Wie geht es dir?«, fragte sie, und er antwortete: »Gut! Sehr gut! Mir geht es sehr gut!« Das war die Wahrheit, denn seit sie vor ihm stand und freundlich mit ihm sprach, war er der glücklichste Mensch auf Erden.

»Morgen ist Lichtmess, und es heißt, dass der Papst persönlich nach dem Gottesdienst Kerzen verteilen wird. Da würde ich gern hingehen. Die Frau Tettikoverin gibt mir frei, wenn ich auch ein paar Kerzen für sie mitbringe. Würdest du mich begleiten?«

»Was? Ja natürlich, da wollte ich auch hingehen.« Auch das war die Wahrheit, obwohl es ihm eben erst in den Sinn gekommen war. Er lachte ungläubig. Wie war dieser Wandel möglich? Heimlich sah er auf ihren Bauch. Ob sie ein Kind unter dem Herzen trug und ihn deshalb aufgesucht hatte? Aber er konnte nichts Ungewöhnliches erkennen. So wiederholte er: »Natürlich werde ich dich begleiten! Soll ich dich beim Hohen Haus abholen?«

»Nein, es ist besser, wenn wir uns vor dem Portal der Kirche treffen.«

»Ja, ja, das ist besser! Treffen wir uns beim Portal!«

Bevor sie mit ihren Broten wieder fortging, erzählte sie ihm noch, dass am Sonntag König Sigismund zu Gast im Hause Tettikover sein würde. Der Burggraf von Nürnberg, der mit seinem Gefolge bei dem vornehmen Patrizier einquartiert war, hatte seinen Gastgeber darum gebeten, den großen Saal im Piano Nobile seines Hauses für ein Festmahl zur Verfügung zu stellen, zu dem der Graf nicht nur König Sigismund und seine Frau Barbara, sondern auch die Abgeordneten des polnischen Königs und der englischen Krone, die erst in der letzten Woche nach Costentz gekommen waren, eingeladen hatte.

»In der Küche haben sie heute schon angefangen mit den Vorbereitungen, da geht es drunter und drüber. Sie suchen dringend noch Helfer. Hättest du nicht Zeit? Außerdem brauchen wir eine Menge Brot. Das könnte ein gutes Geschäft für euch werden!«

Als Gretlis schwarzer Mantel in der Menschenmenge verschwunden war, stieß Cunrat einen Jauchzer aus, er packte Gentile, der ihm am nächsten stand, und küsste ihn heftig auf den Mund. Der stieß ihn weg – »Iii, che schifo, chi credi sono!« – doch Cunrat beachtete ihn nicht weiter, sondern lief Giovanni entgegen, der soeben vom Mehlholen zurückkam.

»Giovanni, sie ist mir wieder gut! Morgen gehen wir zusammen zum Münster, um beim Papst Kerzen zu holen, sie ist mir nicht mehr böse!«

»Soso, zum Kerzenholen geht ihr zusammen!« Giovannis Grinsen ließ einen Verdacht in ihm aufsteigen. »Hast du hier deine Hand im Spiel gehabt?«

»Mein lieber Cunrat, Gretli ist ein unerfahrenes Mädchen, manche Dinge muss man ihr erklären. Nichts anderes habe ich getan.«

Cunrat wurde misstrauisch. Es gefiel ihm nicht, dass Giovanni, der nach eigenem Bekunden wusste, was die Frauen liebten, sich hinter seinem Rücken mit Gretli getroffen hatte.

»Wo bist du ihr begegnet?«

»Nun schau nicht so sauertöpfisch drein! Ich bin zum Hohen Haus gegangen, um Brot abzuliefern, und da hab ich gesagt, dass ich die Jungfer Margarethe sprechen möchte. Zuerst war sie sehr abweisend, aber dann hab ich das Band um ihren Hals gesehen. Du hast mir dein Geschenk doch gezeigt, den grünen Stein mit dem Sammetband, und ich hab gesehen, dass sie ihn noch auf der Brust trug. Und da war mir klar, dass sie dich noch im Herzen trägt. Ich hab ihr erklärt, wie das ist mit den Männern, dass es nicht in ihrer Natur liegt zu widerstehen, wenn eine Frau sie verführt, und dass es dir mit Barbara Katzin so gegangen ist. Dann hab ich ihr geschworen, dass du keine andere Frau mehr angerührt hast, seit du sie kennst, und ich hab ihr berichtet, wie du mir immer von ihr vorgeschwärmt hast, und wie närrisch du sie liebst. Und zum Schluss hab ich ihr gesagt, dass es ihre Schuld ist, dass du den Verstand verloren hast und zum Säufer wirst, und dass wir dich fortschicken werden, wenn sich das nicht bald ändert.«

Cunrat wusste nicht, was er sagen sollte. Einerseits war er glücklich über das Ergebnis von Giovannis Freundschaftsdienst, andererseits fühlte er sich hintergangen und vor Gretli bloßgestellt. So zuckte er nur die Schultern.

»Ein wenig mehr Dankbarkeit hätte ich mir gewünscht, mein Freund, dass ich deine Buhlschaft zu einem guten Ende geführt habe!«, maulte Giovanni, und Cunrat überwand sich zu einem gemurmelten »Danke.«

Doch dann berichtete er seinem Kollegen von Gretlis Vorschlag, beim Gastmahl des Burggrafen auszuhelfen, und Giovanni entschied, dass sie sogleich im Hause Tettikover vorstellig werden würden. So kam es, dass Cunrat und Giovanni sich kurz darauf im Hohen Haus präsentierten und dort sogleich als Helfer für den Sonntag in Dienst genommen wurden. Außerdem bestellte der Küchenmeister 20 Brotlaibe und 15 gefüllte Pasteten bei ihnen. Wegen des Lichtmesstages am Samstag, einem Feiertag, an dem man normalerweise nicht arbeiten durfte, sollten sie sich keine Sorgen machen, sagte er, wer für den König arbeite, habe einen Dispens des Papstes. Da zogen sie mit ihrem Karren rasch weiter zum Kornhaus, um die entsprechende Menge Mehl zu kaufen.

Den ganzen Samstag waren sie mit Backen beschäftigt, damit die Brotwaren für Sonntagmorgen bereit waren. Nur Cunrat ging am Nachmittag zum Münster, um Gretli zu treffen, die ihnen ja diesen Auftrag verschafft hatte. Als er in die Nähe der Bischofskirche kam, wurde jedoch die Menschenmenge zwischen den Buden immer dichter. Alle schienen auf geweihte Kerzen zu warten, und es war nicht daran zu denken, bis zum Portal vorzudringen, geschweige denn in die Kirche hineinzugelangen. Wie sollte er jetzt Gretli finden? Zum Glück war er größer als die meisten Umstehenden, und so entdeckte er irgendwann in der Menge die leuchtend roten Haare seines Mädchens. Sie hatte ihre Kopfbedeckung abgenommen, vielleicht in der Absicht, ihm das Auffinden zu erleichtern. Mithilfe seiner langen Arme bahnte er sich mühsam einen Weg durch die Menschenmassen, bis er endlich bei ihr war.

»Cunrat, es sind so viele Leute hier, sie sagen, der Papst werde die schwedische Königin Birgitta heiligsprechen. Die Messe kann noch lange dauern, aber danach wird Johannes im Pfalzhof die Kerzen austeilen.«

Also versuchten sie, in den Pfalzhof zu kommen, aber auch dort standen schon Hunderte von Menschen bereit, auf die geweihten Gaben zu warten. Normalerweise reihten sich hier die Krämerbuden aus Zeltleinwand aneinander, doch für dieses Ereignis hatte man sie abgebaut, um Platz für die Menschenmassen zu schaffen.

Dank Cunrats Größe gelang es den beiden schließlich, sich langsam an der Mauer entlang durch das Tor in den Hof hineinzudrängen, wo sie dann in einer Ecke ein Plätzchen fanden. Cunrat lehnte sich an die Wand und hüllte seinen Mantel um Gretli, die sich wiederum an ihn lehnte. Er drückte sie so fest an sich, dass sie leise aufschrie. Eine ganze Weile standen sie eng umschlungen, wärmten sich gegenseitig und freuten sich ihrer wieder gefundenen Zweisamkeit.

Schließlich hob Cunrat an, ihr feierlich ins Ohr zu flüstern: »Gretli, ich schwöre dir ...«

Doch da drehte sie sich in seinen Armen und verschloss ihm den Mund mit einem Kuss, dann sagte sie: »Nicht schwören, es ist nicht gut, zu schwören. Sag mir einfach, ob du mir in Zukunft treu sein wirst!«

»Ja ja ja, ich schwöre nicht, aber beim Leben meiner Mutter und aller Heiligen, ich werde dir treu sein!«

Sie gab ihm einen Nasenstüber und lachte. »Jetzt hast du ja doch geschworen!«

Noch lang standen sie in ihrer Ecke und schützten sich gegenseitig vor der bitteren Kälte, bis sich endlich die Tür des Erkers im ersten Geschoss der Pfalz öffnete und der Papst in Begleitung etlicher Bischöfe auf den Balkon heraustrat. Er trug die Tiara und ein grünes Gewand. Mit behandschuhten Fingern segnete er die Menschen, die sich bei seinem Erscheinen alle hingekniet hatten.

Auch Cunrat und Gretli knieten nebeneinander auf den kalten Steinplatten des Hofes, und Cunrat flüsterte ihr zu: »Nun haben wir für unseren Bund den Segen des Papstes!«

Sie warf ihm ein Lächeln zu und lehnte sich an ihn, schaute aber schnell wieder nach vorn zum Erker.

Da begann Johannes, lange gedrehte Kerzen wahllos in die Menge zu werfen, und die Menschen erhoben sich, schrien bei jedem Wurf auf und versuchten, eines der wertvollen Stücke zu erhaschen. Der Papst war kein schlechter Werfer, er schleuderte die Kerzen in alle Richtungen, doch keine davon gelangte bis in die Ecke des Hofes. Als Cunrat Gretlis Gesicht bemerkte, das immer enttäuschter drein sah, kämpfte er sich mit seinen Ellbogen an den vor ihm Stehenden vorbei näher zum Erker. Gretli folgte ihm, und auch andere taten es ihm gleich. Nach und nach wogte die Menschenmenge wie in Wellen nach vorn und wieder zurück, nach links und nach rechts, je nachdem, wohin Johannes seine Kerzenwürfe platzierte. Immer aufgeregter wurden die Massen, immer lauter die Schreie der Gläubigen, die begierig darauf waren, eine vom Papst persönlich geweihte Kerze zu ergattern, um sie wie eine heilige Reliquie nach Hause zu tragen. Endlich gelang es Cunrat, eines der begehrten Kleinode aufzufangen, doch im gleichen Moment ertönte hinter ihm ein Schrei, der alle anderen übertönte. Durch das Drängen der Leute, die sich nach der gleichen Kerze wie er gestreckt hatten, war Gretli zu Fall gebracht worden. Sofort rückten die Menschen nach, und das Mädchen geriet unter ihre Beine. Cunrat versuchte, sich umzudrehen, er rief nach ihr – »Gretli«!« – packte sie am Arm und wollte sie hochziehen. Doch er wurde weggestoßen, die Leute sahen nicht zu Boden, nur nach oben auf die Kerze in seiner Hand und drückten und schoben wie Besessene, um danach zu greifen. Gretli versuchte indes, mit den Händen ihr Gesicht zu schützen, während trippenbewehrte Füße auf ihrem Bauch und ihren Beinen herumtrampelten. Da wurde Cunrat von Angst übermannt, er fing an zu brüllen – »Halt! Zurück! Geht zurück!« – und schlug mit der geweihten Kerze auf die Köpfe der Drängenden ein, dass sie zerbrach und nur noch vom Docht zusammengehalten wurde. Inzwischen war eine weitere Kerze bei einem Mann nicht weit von ihnen gelandet, und das war Gretlis Rettung, denn sofort wandte sich die Aufmerksamkeit der Kerzenjäger diesem zu und von Cunrat ab. So konnte er endlich das Mädchen am Arm packen und hochziehen. Sie stöhnte, und ihr Gesicht war zerschrammt. Verzweifelt krallte sie sich an seinem Mantel fest und drückte voller Panik ihren Kopf an seine Brust. Da fasste Cunrat sie energisch um die Taille und trug sie gegen den Widerstand der Menschenmenge aus dem Hof hinaus. Nach dem Tor wandte er sich nach links, wo hinter einer Krämerbude ein kleiner freier Platz war. Dort standen sie eine ganze Weile an die Mauer der Bischofsburg gelehnt, während im Münsterhof der Kampf um die Kerzen weitertobte. Gretli zitterte vor Kälte und überstandener Todesangst, sie weinte hemmungslos, während Cunrat sie mit seinem Mantel umfangen hielt und ihr mit der Wange übers Haar strich. Es dauerte lang, bis sie sich beruhigt hatte. Dann erst traute er sich zu fragen, ob sie ernsthaft verletzt worden war. Sie schüttelte den Kopf. Vermutlich würde sie erst morgen anhand der blauen Flecken und schmerzenden Beulen feststellen, wo der drängende Pöbel auf ihr herumgestampft war. Nur dass ihr Mantel zerrissen war, konnte man jetzt schon erkennen.

Langsam machten sie sich auf den Weg zum Hohen Haus. Als sie vor dem Portal Abschied nahmen, hielt Cunrat ihr die Kerze hin. Sie war in vier Teile zerbrochen, die traurig am Docht herabhingen. Sie sahen die Kerze an, sahen sich an und wieder die Kerze. Dann begannen beide zu lachen.

Der Sonntag nach Lichtmess war ein kalter, sonniger Tag. Während der König mit seinen Gästen im Münster die Messe besuchte, brachten die Bäcker früh am Morgen ihre Waren zum Hohen Haus. Die übrigen Venezianer zogen mit dem Karren wieder ab, Giovanni und Cunrat aber blieben im Hause der Tettikovers zurück, um in der Küche zu helfen.

Diese lag im hofseitigen Teil des Erdgeschosses hinter den Verkaufsräumen, in denen viele verschiedene Waren angeboten wurden. Tettikover war Fernhändler, und es hieß, er kaufe und verkaufe Waren aus aller Welt, sogar aus Afrika und Asia. Von der Küche aus ging man durch eine Tür in den Innenhof, gleich neben der Treppe, die sowohl in den Vorratskeller als auch in die Obergeschosse führte. Die Küche besaß einen gewaltigen Kamin, dessen Schlot meterhohe schwarze Wände hatte. Durch ihn wurde das ganze Haus geheizt. Wegen der Gluthitze trugen Köche und Helfer keine Beinkleider und keine Cotte, und auch die Mägde waren leichtgeschürzt. Giovanni schloss sofort Bekanntschaft mit einem besonders hübschen jungen Dienstmädchen, das ihm zuallererst riet, sich einiger Kleider zu entledigen. Das ließ er sich nicht zweimal sagen, auch wenn er als Bäcker solche Hitze durchaus gewöhnt war. Dann half er der Magd, von einem Bord hoch oben einen Topf herabzuholen und auf den Herd zu hieven.

Über der Holzglut des offenen Kaminfeuers, aus dem rechts und links noch dicke Äste hervorlugten, brutzelten an mehreren Eisenspießen ein Wildschwein, ein Spanferkel, drei Reiher, darunter ein besonders großer, außerdem ein halbes Dutzend Hühner, Gänse und Enten. Ein Küchenjunge war damit beschäftigt, sie ständig zu drehen.

»Legt noch einen Zahn zu, sonst wird das Wildschwein nie fertig!«

Der Küchenmeister Ulrich Holderstroh führte ein strenges Regiment, und folgsam halfen sogleich ein paar Knechte dem Jungen, den schweren Spieß um einen Zahn der geschmiedeten Metallständer nach unten zu verrücken.

Neben dem offenen Feuer gab es einen breiten gemauerten Herd mit mehreren kleinen Feuerstellen, auf denen in Grapen, den dreibeinigen Keramiktöpfen, diverses Fleisch gesotten wurde, ein großer Kupferkessel hing an einer Kette über dem Feuer, darin brodelte ein kräftiger Eintopf aus Bohnen, Erbsen, Kohl, Lauch, Fenchel und Speck, und an der seitlichen Wand befand sich sogar ein kleiner Backofen, allerdings wurde hier kein Brot gebacken, das hatten Giovanni und Cunrat mitgebracht, sondern süße Kuchen und Kleingebäck.

An den Wänden standen auf Ablageborden Keramiktöpfe, Kupferpfannen, Backformen, Waffeleisen, hölzerne Schüsseln und Platten, Messingkannen und Siebe, außerdem steckten in durchlöcherten Holzgestellen langstielige Holzlöffel, Beile, Fleisch-, Fisch- und Geflügelmesser. Mehrere Küchenmägde waren damit beschäftigt, gesottenes Fleisch oder gekochten Fisch im Mörser zu Brei zu zerstampfen. Mit vielen Gewürzen und saurem Wein vermischt, würde der Brei in Tonmodeln zu allerlei lustigem Getier gebacken oder als Galreide zubereitet werden.

Cunrat lief ob all der leckeren Essensdüfte das Wasser im Mund zusammen, doch der Küchenmeister wies ihn an, mit einigen weiteren Knechten die große Tafel im Saal des Piano Nobile herzurichten. Als er sich an der Tür nach Giovanni umsah, stand dieser bei der jungen Magd und half ihr, einen Kapaun zu füllen, wobei er immer wieder eine Handvoll von der Füllung in den Mund steckte und genüsslich hinunterschlang. Einen Moment lang blickte er über die Schulter zurück und zwinkerte Cunrat zu.

Der ging neidisch seufzend die Treppe hoch in das nächste Geschoss und betrat zum ersten Mal den Piano Nobile eines reichen Patriziers. Hier herrschte ein reges Kommen und Gehen, Knechte liefen treppauf, treppab, um hölzerne Böcke für die Tafel hochzubringen, Mägde bereiteten schon die Tischdecken vor und trugen Tafelgeschirr herbei.

Cunrat jedoch stand erst einmal da und schaute. Bereits bei Meister Ismael hatte er über die prächtige Ausstattung der Stube gestaunt, nun aber stand er in einem richtigen Saal, an dessen Stirnseite vier hohe, zweigeteilte rechteckige Fenster das Sonnenlicht einfingen und durch die Butzenscheiben in viele kleine Kreise zerlegt in den Raum verstreuten. Mit einem kurzen Blick rundum stellte Cunrat fest, dass der Saal fast die gesamte Grundfläche des Hauses einnahm, nur die Rückwand war nach innen versetzt, um Platz zu schaffen für die Treppe und den Kaminschlot. Das Hohe Haus war nicht nur das höchste Bürgerhaus der Stadt, sondern auch eines der größten, und so hatte der Saal enorme Ausmaße. Die gebogene Decke mit ihren langen behauenen Balken erinnerte Cunrat an einen Schiffsbug. Neben der Tür war auch auf diesem Stockwerk ein offener Kamin gemauert, der zwar nicht so groß war wie der in der Küche, dafür aber umso prächtiger ausgestaltet. Fabeltiere, Blumenranken und vor allem das Wappen der Tettikovers – ein stolzer weißer Schwan auf rotem Grund – waren in den Sandstein eingemeißelt und farbig bemalt. Auch hier brannte ein kräftiges Feuer, doch stand vor dem Kamin ein großer runder Metallschirm, der verhinderte, dass Funken gefährlich in die Stube fliegen konnten. Deren Boden war mit Binsenmatten bedeckt und die Wände bis auf halbe Höhe mit gewobenen Vorhängen verhüllt, sodass der Saal dem Bäckergesellen trotz seiner Größe angenehm warm vorkam.

Was Cunrat jedoch am meisten begeisterte, war die Ausmalung des Raumes. So etwas hatte er bisher nur in Kirchen gesehen. Waren schon im Untergeschoss die Wände mit nachgemachtem Pelzwerk und falschen Steinquadern bemalt gewesen, so schienen sie hier regelrecht belebt zu sein. Die hölzernen Bohlenträger der Deckenbalken an Vorder- und Rückseite des Saales waren mit zahnbewehrten Drachen geschmückt, deren Hälse ineinander geschlungen waren, während die Schwänze sich in Blumenranken verwandelten.

Das Mauerwerk unterhalb der Decke war verputzt und bis zur Höhe des Vorhangs reich bemalt. Auf der einen Seite des Saales erkannte Cunrat die Darstellungen der Monate. In rankenumkränzten Medaillons entdeckte er all die Tätigkeiten, die Herren und Bauern zu unterschiedlichen Zeiten des Jahres ausübten.

Als er den Februar suchte, sah er einen Herrn im feinen Gewand vor dem Feuer sitzen und sich wärmen. Über dem Medaillon waren die Sternzeichen aufgemalt, die das Schicksal der in diesem Monat Geborenen bestimmten: der Wassermann mit einem Krug und zwei Fische. Unterhalb der Medaillons stand jeweils ein Vers auf die Wand geschrieben, aber da der Bäckergeselle nicht lesen konnte, wandte er sich der anderen Seite des Saales zu, die mit Szenen aus dem Hofleben bemalt war: Cunrat sah in der Mitte zwei prächtig aufgeputzte Ritter auf ihren Pferden beim Lanzenstechen, der eine ganz in Weiß, der andere vollkommen schwarz. Es sah so aus, als ob der weiße Ritter siegen würde, der schwarze war im Sattel schon bedenklich nach hinten geneigt. Links von dieser Szene versuchte einer der beiden, eine Burg zu stürmen. Cunrat vermutete, dass es wieder der Weiße war, aber da er hier keine Rüstung trug, sondern ganz normale Kleidung, war dies nicht mit Gewissheit festzustellen. Nur mit einem Blumenkranz bewehrt stürmte er eine Leiter hoch, denn es war eine Liebesburg, die er zu erobern suchte. Offenbar mit Erfolg, denn auf halber Höhe empfing ihn eine edle junge Dame am Fenster, während oben auf den Zinnen des Turmes ihre Eltern aufgeregt in der Ferne nach dem frechen Eindringling Ausschau hielten. Cunrat musste lachen über die List der Liebenden. Gewiss hatte Gretli diese Bilder auch schon gesehen. Verstohlen sah er sich nach ihr um, aber er hatte sie noch nirgends entdecken können. So schritt er weiter die Wand entlang und entdeckte rechts von den kämpfenden Rittern abermals das Liebespaar. Diesmal standen sich der Ritter und die Dame zwischen zwei Bäumen gegenüber und redeten offensichtlich miteinander, denn sie trugen Schriftbänder in den Händen. Wieder einmal tat es Cunrat leid, dass er nicht lesen konnte, zu gern hätte er gewusst, was die beiden sich zu sagen hatten.

»Dû bist mîn, ich bin dîn. Des solt dû gewis sîn.«

Als Cunrat sich überrascht umdrehte, stand Gretli hinter ihm und lachte.

»Das steht da. Schön, gell?«

»Ja, das ist schön.«

Er strahlte sie an. Sie war heute als Dienstmädchen gekleidet, mit einem einfachen braunen Kleid und weißem Kopftuch, das nur ein paar Strähnen ihrer roten Haare hervorlugen ließ. Ihr gestriges Abenteuer hatte kaum Spuren hinterlassen, nur auf der rechten Wange sah man einen dunklen Fleck unter dem Auge. An jeder Hand hielt sie ein Kind. Die beiden, ein Mädchen und ein Junge von etwa vier und sechs Jahren – Cunrat konnte mangels Erfahrung nicht gut einschätzen, wie alt Kinder waren – schauten mit großen Augen zu ihm hoch.

»Willst du wissen, wie es weitergeht?«, fragte Gretli.

»Was?« Cunrat wusste nicht, was sie meinte.

»Das schöne Gedicht! Meine Herrin, die Frau Tettikoverin, hat es mir vorgesagt. Was da steht, ist nur der Anfang. Wenn du möchtest, sage ich dir auch den Rest.«

»Ja ja«, meinte er nur, denn er kannte sich nicht gut aus mit Gedichten, und sie interessierten ihn auch nicht besonders. Doch da sah Gretli ihm eindringlich in die Augen und sagte – nein, sie sang es fast, sodass plötzlich alle Umstehenden ihr zuhörten:

»Dû bist mîn,
ich bin dîn.
Des solt dû gewis sîn.
Dû bist beslozzen
in mînem herzen;
verlorn ist das sluzzelîn:
dû muost ouch immer darinne sîn.«

Cunrat verstand die Botschaft, er wischte sich mit dem Ärmel über die Augen, während die Kinder in die Hände klatschten.

»Gretli, ich helf dir das Schlüsselin suchen!«, sagte eifrig das kleine Mädchen, und Cunrat musste lachen. Vor allen Leuten traute er sich nicht, Gretli zu umarmen, so strich er ihr ungeschickt mit der Hand über den Ärmel, um sie wenigstens ein klein bisschen zu berühren.

»Gretli, wer ist der große Mann mit der großen Nase?«, fragte da der Junge.

Gretli lachte, und Cunrat schnitt den Kindern eine Grimasse, dann sagte sie: »Das ist Cunrat, der Bäcker, der uns jeden Tag das gute Brot macht. Cunrat, das sind Hans und Anna Tettikover. Den kleinsten Tettikover, Fränzli, hast du ja schon kennengelernt. Den haben wir oben in der Wiege gelassen.«

Cunrat musste lächelnd an die Christnacht denken, in der Franz Tettikover das Christkind bei den Franziskanern gewesen war, und er mit ihm Gretli wieder gefunden hatte. Er deutete eine Verbeugung vor den Kindern an, doch die schauten plötzlich abweisend.

»Cunrat? Der Bäcker?«

»Der dich zum Weinen gebracht hat?«, fragte der Junge. Er zog sein kleines Holzschwert aus dem Gürtel. »Soll ich ihn fordern, Gretli?« Und mutig wollte er sich auf Cunrat stürzen, dem er nicht einmal bis zum Hintern reichte. Doch Gretli hielt ihn lachend zurück.

»Mach dir keine Sorgen, Hänsli, jetzt weine ich nicht mehr! Aber ich danke dir für deinen Kampfesmut!«

Nicht ganz überzeugt steckte der Junge das Schwert wieder ein, und Cunrat sagte beschämt und ein wenig verlegen: »Keine Angst, Hänsli, sie wird nie mehr weinen. Ich werde sie ab jetzt beschützen.«

Dann fiel ihm etwas ein.

»Bitte, Gretli, sag mir doch, was dort bei den Monaten steht!«

Sie gingen auf die andere Seite des Saales und schritten langsam die Reihe der Monate ab. Gretli las Cunrat, den Kindern, aber auch den anderen Knechten die Verse vor, die in geschwungenen Bändern die Medaillons begleiteten. Alle lauschten so andächtig, als ob sie in der Kirche wären.

Der Jenner bin ich genant / Groß trunck sint mir wol bekant.
Und wirklich sah man einen Mann, der aus einem Krug trank.
Der Hornung haiß ich / Gestu nackent, es gereut dich.

Da quietschten die Kinder los.

»Gehst du nackend! Bei der Kälte! Hihihi!«

Ich bins, gehaißen Merz / Den Pflug ich aufsterz.

»Gretli, was heißt ›den Pflug aufsterz‹?«, wollte Anna wissen.

»Das heißt, der Pflug wird aufgestellt, hergerichtet, damit man die Felder umpflügen kann.«

Das kleine Mädchen schaute skeptisch, offenbar wusste es nicht, was ein Pflug war.

Ich, Apprill, zu rechtem Zil / Die Weinreben beschneyden wil.

Das Schneiden der Reben hingegen kannten die Kinder, denn auch Tettikover besaß einen Weinberg vor der Stadt, zu dem sie mit der Mutter schon hinausgefahren waren.

Hie fahr ich her, stolzer May / Mit zartten Blümblein mancherlay.

Ein junger Edelmann reichte einem vornehm gekleideten Mädchen einen Blumenstrauß.

»Gretli, das bist du, und das bin ich!«, sagte der Junge, auf die beiden Personen zeigend.

»Da hast du ja einen schönen Kavalier!«, scherzte Cunrat, was Hänsli mit einem zornigen Blick quittierte.

Der Brachmond bin ich genant / Der Pflug mus in mein Hand.

»Siehst du, Anna, jetzt ist der Bauer mit dem Pflug auf dem Acker!«

Welche Ochs nu zihen wil / Dem wil ich geben Heus vil.

»Zwei Ochsen!«, zeigte Hänsli an. »Und der hier zieht! Der bekommt viel Heu.«

Nu wolauff in die Ährn / Die schneiden wollen lern.

Das August-Medaillon zeigte zwei Bauern, wie sie barfuß, nur mit Bruche und Hemd bekleidet das Korn schnitten.

Gut Mosts hab ich vil / Wem ich sein geben wil.

Ein Mann pflückte Trauben in einen Korb, daneben stand ein hölzerner Bottich, in dem ein anderer die Trauben stampfte. Ein Krug neben dem Bottich verwies auf den fertigen Most.

In Aller Heiligen Namen / Sä ich hie neuen Samen.

Beim Gedanken an den Samen schielte Cunrat wieder auf Gretlis Bauch und bekam einen Schweißausbruch.

Mit Holcz sol man sich bewern / Der Wintter begynn her zu nähern.

Im November schlug der Bauer das Holz, mit dem sich die Herren noch im Februar am Feuer wärmten.

Mit Wursten und mit Bratten / Wil ich mein Haus beratten.

Ein Herr saß schmausend vor einer Festtafel, auf der gebratene Gänse und Würste aufgetischt waren.

»Das ist bei uns!«, rief das kleine Mädchen fröhlich, und die Erwachsenen lachten.

Doch da polterte plötzlich eine laute Stimme von der Treppe her. »Was steht ihr alle hier herum?«

Ulrich Holderstroh war nicht erfreut über Gretlis Vortrag, der seine Knechte von der Arbeit abhielt. »In Kürze treffen der König und seine Gäste hier ein, und ich sehe die Tafel noch nicht bereit! Los, an die Arbeit! Und du, Mäntellerin, verschwinde!«

Gretli warf Cunrat einen verschwörerischen Blick zu, dann zog sie dem Koch eine Schnute, nahm die Kinder an die Hand und verschwand auf der Treppe nach oben.

In der Tat hatten die Knechte erst die Holzböcke für den Tisch hochgetragen, nun liefen sie rasch wieder die Treppe hinab, um auch noch die Bretter zu holen, die zur Tafel aufgebaut werden sollten. Cunrat folgte ihnen und packte kräftig mit an. Im Vorbeigehen sah er in der Küche Giovanni einen Hasen ausnehmen, die hübsche Magd nahm die Eingeweide entgegen und warf sie in einen Eimer am Boden. Später würden sie im Ehgraben entsorgt werden.

Cunrat und die Knechte stellten im Saal die Tische in Hufeisenform auf, sodass der Ehrentisch nahe beim Kamin stand. Wenn die Gäste aus dem Münster kommen würden, waren sie bestimmt durchgefroren. An diesem Tisch wurden auch reich geschnitzte Stühle postiert, in der Mitte der Ehrensessel für den König mit einem prächtigen Brokatkissen, während die Gäste an den seitlichen Tischen mit Bänken vorliebnehmen mussten. Allerdings wurden diese von den Mägden ebenfalls mit weichen Kissen belegt.

Über die Tische wurden gewobene Tücher aus feinstem Leinen gedeckt, dann das Geschirr aufgetragen. An des Königs Platz stand ein goldener, daneben silberne und bronzene Pokale, auf den übrigen Tischen Noppengläser in unterschiedlichsten Farben. Keramikteller und Näpfe wurden bereitgestellt, dazwischen fabelwesen- und tiergestaltige Aquamanilien zum Waschen der Hände. Außerdem waren auf dem ganzen Tisch Brotkörbchen aufgestellt, die mit hübschem Stoff ausgeschlagen waren.

Dann kamen von der Küche schon die ersten Mägde hoch mit abgedeckten Platten, die auf den Tischen verteilt wurden. Cunrat wagte es, einen der Deckel zu lüften und sah darunter gekochte Frösche. Er schaute sich um, ob keiner ihn beobachtete, denn sein Magen knurrte schon bedenklich, doch das Glück war ihm nicht hold. Eben betrat Ulrich Holderstroh den Saal, um das Geschirr zu zählen, auf dass ihm am Ende kein Stück davon fehle. Seufzend schloss Cunrat den Deckel wieder und begab sich in die Küche, um beim Auftragen zu helfen.

Giovanni war immer noch sehr beschäftigt oder tat wenigstens so. Cunrat stellte sich neben ihn und fragte, ob er nicht etwas zu essen für ihn hätte. Rasch steckte der Freund ihm ein Hühnerbein zu, das der Bäckergeselle mit drei Bissen verschlang. Dann bekam er noch eine dicke Scheibe Brot, sodass sein ärgster Hunger gestillt war.

»Es sind viele fremde Knechte hier, auch einige aus des Königs Gefolge«, erklärte ihm Giovanni. Er wies auf ein paar Ungarn, die am Herd standen und sich in ihrer seltsamen Sprache unterhielten. »Da drüben, das sind zwei Italiener und ein Franzose, ebenfalls für heute angeheuert, hat mir Christin erzählt, und auch der dort am Kamin. Wenn du mich fragst, sind da ganz schön zwielichtige Burschen dabei.«

»Christin?«

»Die hübsche Magd dort!« Er zeigte auf das Mädchen, dem er vorher im wahrsten Sinne des Wortes unter die Arme gegriffen hatte und die nun zu ihnen herüberlächelte, als sie ihren Namen hörte.

»Und der da drüben macht unseren guten Küchenmeister rasend! Peter Rumler, der Leibkoch des Königs, der sich in alles einmischt.« Giovanni grinste, offenbar hatte er seinen Spaß daran, das Treiben in der Küche zu beobachten.

Peter Rumler war im Gegensatz zum hageren Holderstroh ein fetter Mann, dem der Schweiß in Strömen vom kahlen Haupte floss. Mit einer breiten Kelle versuchte er sich Luft zuzufächeln, während er bald dem, bald jenem Küchenburschen Befehle gab, was zu tun sei.

»Mehr Kümmel und Senf an die Soße! Du da, stampf das Fleisch noch kleiner! Spart nicht an Rosinen und Feigen im Kuchen, die liebt der König! He, gib mir noch von dem Wein!«

Dann sank er, von seiner Wichtigkeit erschöpft, auf einen Schemel, auch weil er merkte, dass die Bediensteten von Tettikover sich durch ihn nicht aus der Ruhe bringen ließen, sie gehorchten nur Holderstroh.

Endlich war es so weit. Der König zog mit seinen Gästen in das Hohe Haus ein, angekündigt von Herolden mit Businen und ehrerbietig begrüßt von Heinrich Tettikover, seiner Frau Anna und dem ganzen Gesinde, das sich neben der Küche aufgestellt hatte. Cunrat hatte den König noch nie von so Nahem gesehen, er verneigte sich tief. Dem Rex Romanorum, wie er angekündigt wurde, folgten seine Frau Barbara, außerdem die Königin von Bosnien, dann der eigentliche Gastgeber, Burggraf Friedrich von Hohenzollern aus Nürnberg sowie die englische Gesandtschaft und die Herren Gesandten des polnischen Königs. Außerdem kam ein Mann mit langem schwarzem Bart, der griechische Gelehrte Manuel Chrysoloras. Als Vertreter des Papstes, der auch eingeladen war, erschien Kardinal Odo Colonna. Offiziell hieß es, Johannes habe wegen einer Unpässlichkeit nicht kommen können, aber man munkelte, der alte Fuchs habe nicht mit den Engländern an einem Tisch sitzen wollen, nachdem der Bischof von Salisbury, Robert Hallum, ihm in seiner Antrittsrede vor dem Konzil die Schuld an der Kirchenspaltung und den bestehenden Missständen zugeschrieben hatte. Cunrat sah, dass unter den Begleitern des päpstlichen Kardinals auch Poggio Bracciolini war, der ihm freundlich und überrascht zunickte. Einige der hohen Herrschaften trugen wertvolle bodenlange Pelzmäntel, die von den polnischen Gesandten freigebig verteilt worden waren, damit der König und andere maßgebliche Personen ihnen im Streit mit dem Deutschen Orden etwas gewogener sein würden.

Die Gäste – mit Frauen, Dienern und Musikern etwa fünf Dutzend Personen – begaben sich ins Obergeschoss und setzten sich an die große Tafel, je nach ihrer Wichtigkeit näher beim König oder weiter entfernt. Neben ihm saßen die beiden Königinnen und sein Schwiegervater, Graf Hermann von Cilli, dann der Burggraf von Nürnberg, die Anführer der polnischen Gesandtschaft, Erzbischof Nikolaus Tramba, Bischof Kurdwanowo und der Elekt von Posen Andreas Laskary, auf der anderen Seite die Engländer, Bischof Hallum sowie die Bischöfe Nicholas Bubwith und John Catrick, und schließlich Kardinal Odo Colonna. Die übrigen Gäste verteilten sich an den Seiten der großen Tafel, mitten unter ihnen Heinrich Tettikover mit seiner Gemahlin. Die Söldner, die zum Schutz der illustren Gesellschaft mitgekommen waren, wurden an einem aufgebockten Tisch im Erdgeschoss neben der Küche mit Eintopf und Fleisch versorgt.

Dann begann das Festmahl.

Als ersten Gang gab es die bereits aufgetragenen Frösche, Krebse und kleine Fische, dazu warme Pasteten, die Tettikover bei den venezianischen Bäckern gekauft hatte, sowie Bratäpfel und gebackene Feigen. Zu trinken kredenzte man warmen, gewürzten Wein, aus dem Welschland, vom Rhein, und für Sigismund und seinen Tisch sogar den teuren griechischen Malvasier.

Dem König wurde nur aus abgedeckten Platten und Tellern serviert, damit auf dem Weg von der Küche kein Gift ins Essen gelangen konnte. Dennoch beobachtete Cunrat, wie Sigismund in jedes Gericht, das ihm hingestellt wurde, kurz mit einem Schäufelchen hineingriff, das aussah wie ein großer dunkler Zahn und an einer goldenen Kette von seinem Gürtel baumelte. Als er Giovanni in der Küche danach befragte, erklärte ihm der, das sei eine Natternzunge, ein wertvolles Amulett, das sich verfärbe, wenn Gift im Essen sei.

Als Nächstes wurden die Zwischengerichte gebracht: gebratene und gekochte Fische, Heringe, Stockfisch, Forellen, Hechte und Karpfen, als Galreide glibbernd mit viel Gewürz oder angerichtet auf Platten, bestreut mit Mandeln und kleinen weißen Maden, wie Cunrat geglaubt hatte, bis Giovanni ihm erklärte, dass dies eine Art Getreide war, das sich Reis nannte.

Nach dem Fisch kamen die Fleischgänge. Große Stücke vom gebratenen Wildschwein, mehrere Fasane, Kaninchen und Gänse, aber auch ein Berg kleiner Singvögel lagen auf den Holzplatten. Bei den Letzteren fragte sich Cunrat, wo Tettikover sie wohl um diese Jahreszeit aufgetrieben hatte. Gestampftes Fleisch war in unterschiedlichste Formen gepresst worden, sodass die Gäste vor Überraschung entzückt aufschrien, wenn sie sich ein Stück von einem vermeintlichen Fisch genommen hatten, dieser aber nach Lamm schmeckte, oder wenn ein Gericht in Form eines Löwen in Wirklichkeit aus Hasenfleisch gefertigt war.

Zum Fleischgang hatte sich der Burggraf von Nürnberg etwas ganz Besonderes einfallen lassen. Während zuvor Lautenspieler und Sänger das Essen begleitet hatten, traten nun Schauspieler ein, in prächtigen Gewändern mit silbernen und goldenen Spangen, die sogar ein paar kleine Kulissen mitbrachten, um Szenen aus dem Leben Jesu aufzuführen. Sie stellten sich am Ende des

Saales auf, vor die Fenster, sodass König Sigismund und Königin Barbara auf den Ehrenplätzen den besten Blick hatten.

Zu diesem Spektakel durften auch die Kinder von Heinrich Tettikover in den Saal kommen. Von Gretli an der Hand geführt, traten sie zunächst vor den König und die Königin. Hänsli war gekleidet wie ein kleiner Ritter, mit dunkelblauen Beinlingen und einer burgunderroten, fein gesäumten Cotte, während Anna ein dunkelblaues Kleid mit silbernem Gürtel trug. Ihre blonden Haare hatte Gretli zu einer kunstvollen Zopffrisur mit Perlen geflochten. Das kleine Mädchen machte einen tiefen Knicks und Hänsli eine Verbeugung. Der König lachte und fuhr ihnen übers Haar.

»Zwei schöne Kinder, Herr Tettikover, bei Gott! Setzt euch zu uns, ihr beiden, und schaut euch an, was dort vorne geschieht!«

Gretli führte die Kinder zu ihren Eltern, auf deren Schoß sie Platz nehmen durften, während sie selbst im Hintergrund stehen blieb. Gebannt starrten Anna und Hänsli auf das Spektakel, das sich nun vor ihnen abspielte.

Als Erstes wurde die Geburt im Stall vorgeführt, mit feinen Tüchern und Gewändern, allerdings nicht mit einem echten Kind wie in der Christnacht in der Franziskanerkirche, sondern mit einer Stoffpuppe. Dann folgte der Besuch der Heiligen Drei Könige, denen ein goldener Stern an einem langen, quer durch die Stube gespannten Eisendraht voranschwebte. Einer der Könige sah mit seinem angeklebten roten Bart und den langen Haaren aus wie König Sigismund, er verneigte sich besonders ehrerbietig vor Königin Barbara. Die nächste Szene zeigte die Flucht nach Ägypten mit einem hölzernen Esel auf Rädern, und anschließend trat König Herodes auf, der die Ermordung der unschuldigen Kinder befahl. Deren Tötung wurde mithilfe werggefüllter Stoffpuppen vorgeführt, die grausam von Schwertern durchbohrt wurden, und während die Prälaten und Fürsten schmatzten und ihren heißen Wein schlürften, weinten auf der improvisierten Bühne die Mütter um ihre Kinder. Die kleine

Anna begann ebenfalls zu weinen, da winkte ihre Mutter rasch Gretli heran, die Kinder wieder mit nach oben in die Privatgemächer zu nehmen. Hänsli protestierte und durfte noch bleiben, während Gretli das schluchzende Mädchen auf den Arm nahm und mit ihm den Saal verließ. In der hinteren Ecke stand Cunrat, und sie warf ihm im Vorbeigehen ein Lächeln zu.

Doch das Schauspiel ging noch weiter: Jesus zog auf dem hölzernen Esel nach Jerusalem ein, er wurde von Judas geküsst, gefangen genommen und schließlich gekreuzigt.

Die Gespräche am Tisch waren während der Aufführung kaum leiser geworden, und manche Szene wurde von den Anwesenden mit respektlosen Kommentaren begleitet.

»Hei, Joseph, mit dem Grautier wirst du aber lang brauchen bis nach Ägypten!«

»Nein, schau, jetzt hat er's schon bis Jerusalem geschafft!«

Als aber am Ende der bärtige, etwas magere Jesus theatralisch zwischen den zwei Schächern am Kreuz hing, klatschten alle begeistert Beifall, und der König warf den Schauspielern ein paar Münzen zu. Dann begaben sich diese in die Küche, wo sie ihren vereinbarten Lohn und ein Essen in Empfang nahmen. Cunrat hatte in einer Ecke des Saales gestanden und beim Anblick der heiligen Geschichten völlig vergessen, dass er zum Arbeiten hier war. Nur Gretlis Lächeln hatte für einen Augenblick seine Aufmerksamkeit abgelenkt. Am Ende hatte er am lautesten von allen geklatscht, so ergriffen war er von dem Schauspiel, und als die Darsteller der Könige an ihm vorbeigingen, verbeugte er sich ebenso tief wie zuvor bei König Sigismund. Zusammen mit der Truppe begab er sich in die Küche, um selbst etwas zu essen und die nächsten Gänge aufzutragen.

Unterdessen begannen die Musiker wieder zu spielen, die Herren Grafen, Kardinäle und Bischöfe aßen und tranken immer weiter, griffen mit ihren Fingern in Schüsseln und Näpfe, schnitten mit dem Messer Stücke von Fleisch und Geflügel ab, warfen Hühnerknochen und andere Reste hinter sich auf den strohbedeckten Boden, und Königin Barbara benutzte zum Essen sogar ein Instrument, das Cunrat nur als Vorlegebesteck kannte: eine zweizinkige Gabel, die allerdings winzig war im Vergleich zu denen, die man sonst verwendete.

Nach jedem Gang ließ man sich von einem Diener aus dem Aquamanile Wasser über die Hände gießen, das manchmal in den dafür vorgesehenen Schalen landete, manchmal auch daneben. Anschließend trocknete man die Hände am Tischtuch ab und griff nach dem nächsten Gang.

Alle waren schon recht angeheitert, es wurden Scherze gemacht und lustige Schwänke erzählt. Kardinal Odo Colonna gab eine Geschichte über die Venezianer zum Besten.

»Eine Hure, die von Leuten aller Länder Zuspruch hatte, wurde gefragt, welchem Lande wohl die Männer angehörten, die den größten Tröster hätten. Das Weib sagte sofort, das seien die Venezianer. Als man es fragte, weshalb, antwortete es: ›Selbst wenn sie weit weg sind, jenseits des Meeres, vögeln sie ihre Weiber und machen ihnen Kinder.‹«

Nach einem Augenblick des Nachdenkens lachten alle, auch die Frauen, und am lautesten von allen Königin Barbara, sodass Sigismunds Lachen schnell verstummte.

Doch da wurde der Höhepunkt des Mahles aufgetragen, von Cunrat, weil man dafür einen starken Mann brauchte. Ein so prachtvolles Gericht hatte der Bäckergeselle noch nie gesehen. Was er für einen besonders großen Reiher gehalten hatte, war in Wirklichkeit ein Schwan gewesen, und der Schlachter hatte ihn so gehäutet, dass das Federkleid unversehrt erhalten geblieben war. Nachdem er über dem Feuer gar geworden war, umhüllten die Köche den Vogel wieder mit seiner Haut, sodass er aussah wie lebendig. Sogar der gelbe Schnabel war noch an seinem Platz, und als Augen hatte man ihm zwei schwarze Keramikperlen eingesetzt. Die Platte, auf der Cunrat ihn nach oben trug, war mit einem roten Tuch bedeckt, sodass das Wappen der Tettikovers über dem Kamin im Hauptgericht seinen perfekten Widerhall fand.

Begeisterter Beifall empfing dieses kulinarische Kleinod, vor allem vonseiten der Damen, doch es wurde nicht mehr viel von dem weißen Vogel gegessen. Die meisten Anwesenden waren langsam satt, und viele suchten nach dem Abtritt, von denen es sogar zwei gab im Hause Tettikover. Trotzdem reichten sie nicht aus, es bildeten sich Schlangen davor, und einige Männer erleichterten sich an der Hauswand oder setzten sich auf den Misthaufen im Hinterhof.

Cunrat musste währenddessen in den Keller hinabsteigen, um Weinnachschub zu holen. Als er das düstere Kellergewölbe betrat, das nur von einem flackernden Öllämpchen erhellt wurde, glaubte er plötzlich Geräusche aus dem hinteren Teil des Kellers zu hören, ein Ächzen und Stöhnen. Neugierig und ein wenig beunruhigt ging er vorsichtig die Reihe der Vorratsgestelle und Weinfässer entlang, auf der Suche nach der Geräuschquelle. Er musste an die düsteren Ereignisse im Weinkeller von Tettinger denken. Die Töne wurden lauter, und als er am Ende des Gewölbes angekommen war, sah er in einer schmalen Nische zwischen dem letzten Fass und der Kellerwand zwei aneinander geklammerte menschliche Körper sich stöhnend auf und ab bewegen. Bevor er verschämt den Rückzug antreten konnte, erkannte er Giovanni und die junge Küchenmagd, und auch die beiden bemerkten ihn. Sofort unterbrachen sie ihr Tun, das Mädchen zog sich Hemd und Schürze zurecht und huschte an Cunrat vorbei, während Giovanni seufzend seine Bruche zunestelte.

»Cunrat, musste das sein?«

»Aber Giovanni, ich dachte, du liebst Lucia!«, Cunrat war empört.

»Lucia, Lucia, was glaubst du, was die gerade macht?«

»Ja, aber sie kann doch nicht anders. Ich meine, sie muss doch mit Männern vögeln, sie gehört doch Rosshuser!«

»Denkst du, das macht es einfacher für mich? Ständig daran denken zu müssen, dass sie die Beine breitmacht, mal für den, mal für jenen? Cunrat, wenn ich nicht mit anderen Frauen schlafe, dann halte ich es nicht aus! Verstehst du, es ist wie ein Ausgleich! Ich kann doch nicht wie ein Wurm vor ihr herumkriechen und nur noch an sie denken! Das ertrag ich nicht! So schaffe ich irgendwie … Gerechtigkeit zwischen uns. Verstehst du das nicht?«

Cunrat schwieg. Nein, er konnte Giovannis Vorstellung von Gerechtigkeit nicht wirklich nachvollziehen. Er hätte überhaupt keine Lust gehabt, noch mit irgendeiner anderen Frau das Bett zu teilen als mit Gretli. Offenbar war seine Liebe eine andere als die seines Freundes. Aber sein Gretli war auch nicht in Lucias Lage.

»Du musst es ihr ja nicht erzählen!«, bemerkte Giovanni noch im Vorbeigehen, und Cunrat wurde klar, dass wahrscheinlich auch Lucia für die Logik ihres Liebsten wenig Verständnis gehabt hätte, und der sich dessen durchaus bewusst war. Es ging nur um Giovannis eigenes Gerechtigkeitsgefühl. Aber wenn es ihm half … Von Cunrat würde Lucia jedenfalls nichts erfahren. Er füllte seine zwei Krüge mit Wein und kehrte zurück in den Festsaal.

Dort wurde gerade der letzte Teil des Hauptganges aufgetischt. Ein Diener stand neben dem König und hob mit schwungvoller Bewegung den Deckel von einer großen Silberplatte, auf der eine besonders leckere Galreide lag. Neben dem Schwan war sie das Schönste und Beste, was Ulrich Holderstroh für dieses Festmahl zubereitet hatte. Aus vier verschiedenen Fleischsorten hergestellt, die alle fein gestampft und am Schluss durch ein Tuch gepresst worden waren, hatte er ihr alle Gewürze hinzugefügt, die Orient und Okzident zu bieten hatten, Muskat, Nelken, Safran, Pfeffer, Ingwer, Anis und viele andere mehr. Was aber bei den Gästen ein allgemeines Ooooh auslöste, waren die Formen, in die das gelierte Fleisch gepresst worden war: In der Mitte prangte der königliche Adler, links daneben das englische Wappen Heinrichs V. mit den schreitenden Löwen und den Lilien, die den englischen Anspruch auf Frankreich symbolisierten. Diese beiden heraldischen Symbole waren wie auf den Wappenschilden mit feinstem Blattgold bedeckt. Das polnische

Wappen auf der rechten Seite hingegen, das normalerweise einen weißen Adler zeigte, hatte Holderstroh mit wertvollem Silber überziehen lassen. Stolz stand der Koch selber an der Treppe und beobachtete die Wirkung seines Gerichts.

Der König besah sich den Leckerbissen mit Wohlgefallen, und die Gäste klatschten wieder Beifall. Sigismund steckte seine Natternzunge in die gallertige Speise, und diese gab durch Nichtveränderung das Zeichen, dass die Galreide in Ordnung war. Der König atmete tief durch, offenbar war er satt und musste sich zwingen, noch etwas davon zu essen, doch höflichkeitshalber schnitt er schließlich das Krönchen des Adlers ab, steckte es in den Mund und lobte den Koch in den höchsten Tönen. Doch dann winkte er ab, er habe jetzt genug vom Fleisch, und man solle den Nachtisch bringen.

Der Diener bot noch den Engländern etwas an, aber die meisten lehnten ab, ihnen war das Essen ohnehin schon zu üppig gewesen. Nur Bischof Hallum nahm sich eine Lilie, vielleicht ebenfalls aus Höflichkeit, als Stellvertreter für die ganze Delegation. Danach machte der Servierer noch bei den Polen die Runde, doch auch diese waren satt, nur ein einziger Ritter, Johann von Tulischkowo, rief ihn zu sich: »Chodź tu!« Johann nannte einen mächtigen Bauch sein Eigen, und seinetwegen hatte man die Bank ein ganzes Stück vom Tisch abrücken müssen. Nun schaufelte er sich fast die Hälfte des silbernen Adlers auf ein Stück Brot und schlang es hinunter, als ob es das Erste wäre, was er an diesem Tage zu essen bekam.

Während Heinrich Tettikover dem König seinen Koch als den Schöpfer der originellen Kreationen vorstellte, trug der Diener die Platte mit den weitgehend unberührten Wappen zurück in die Küche.

»Na, das scheint dem König ja ausgezeichnet geschmeckt zu haben!«, lachte Peter Rumler hämisch, als er ihn kommen sah. »Kaum zwei Finger voll hat er sich genommen. Mir scheint, dieses Gericht ist gut für die Schweine! Los, werft es fort!«

»Was? Aber warum denn?«

Die Küchenbediensteten protestierten, denn normalerweise durften sie die Reste vom Tisch der Herrschaft aufessen. Doch schon hatte einer von Rumlers Knechten die Platte genommen und lief damit zum Misthaufen im Hinterhof, wo er die goldenen und silbernen Wappen zwischen Stroh und Schweinekot ablud. Zornig sahen Tettikovers Knechte dabei zu, doch sie trauten sich nicht, laut etwas gegen den Koch des Königs zu sagen.

Im Saal begann man währenddessen bereits den Nachtisch aufzutragen. Weißes Konfekt aus Venedig wurde gereicht, Käse und Birnen, verschiedene Kompotte, kleine Pasteten, gekochte Cremes, Feigen, Datteln, Weintrauben und Nüsse aufgetischt, dazu Krüge mit süßem Wermutwein. Vor allem die Damen griffen noch einmal tüchtig zu, und sogar König Sigismund nahm sich von der einen oder anderen Süßspeise etwas auf seinen silbernen Teller und leckte sich nach jedem Bissen gutgelaunt die Finger. Immer wieder füllte er seinen Pokal mit Wein, die Musikanten spielten Tanzweisen, der König wurde zusehends vergnügter, und schließlich erhob er sich, sprang über den Tisch und bat seine Königin zum Tanz. Diese blieb peinlich berührt sitzen, da nahm Sigismund dem nächststehenden Musiker die Leier aus der Hand und begann selber zu spielen und das Lied mitzusingen, das gerade vorgetragen wurde, obwohl er es nicht besonders gut konnte. Er stampfte mit den Füßen dazu, und die Gäste klatschten im Takt mit. Da kam der König erst richtig in Fahrt. Er sprang auf den Tisch und lief mit der Leier die Tafel entlang, die dort Sitzenden schoben rasch Schüsseln, Krüge und Gläser zur Seite, doch sie konnten nicht alles retten, ein paar der Noppenbecher landeten auf dem Boden, wo ihnen aber wegen der Strohmatten nicht viel geschah. Alle erhoben sich nun von ihren Sitzen und klatschten und sangen mit, sogar Barbara, auch wenn sie ihren Gatten dabei streng ansah.

Doch da wurde das lustige Spektakel jäh unterbrochen. Der Ritter, der den halben polnischen Wappenadler gegessen hatte, wurde mit einem Mal kreidebleich, sackte zusammen und fiel nach hinten von der Bank. Die Gäste hörten nach und nach auf zu klatschen, nur Sigismund und die Musiker sangen noch ein wenig weiter, weil sie nicht gleich bemerkten, was passiert war.

»Schnell, bringt Wasser!«, rief einer der Polen und versuchte, den am Boden Liegenden, der sich inzwischen in wilden Krämpfen hin und her warf, festzuhalten. Er zitterte, obwohl er schweißüberströmt war, er stöhnte und schrie: »Jest zimno! Jest zimno! Lód w krew!«

»Ihm ist kalt, bringt eine Decke!«, rief sein Landsmann, dann riss er selber einen Vorhang von der Wand und breitete ihn über dem bebenden Körper aus, doch da hörten die Beine des Mannes langsam auf zu zucken, danach die Arme, und schließlich lag er reglos ausgebreitet da. Aus seinem Mund liefen Speichel und Erbrochenes.

Es war still geworden im Saal. Langsam näherte sich Sigismund schwankend dem Polen. Die Frauen bekreuzigten sich. Der König starrte auf den bewegungslosen Körper, dabei wollte er die Leier auf den Tisch stellen, traf aber nicht, sodass sie mit einem hässlichen Misston zu Boden fiel.

Nun strömten alle herbei, um abwechselnd den leblosen Polen und den betrunkenen König anzustarren. Der Burggraf von Nürnberg kniete sich neben den am Boden Liegenden und berührte dessen Hals. Sigismund schüttelte den Kopf, als ob er den Suff und das, was er sah, abschütteln wollte.

»Ist er tot?«, fragte er dann leise.

Friedrich nickte.

»Gift?«

»Sieht so aus.«

Da zischelte es von Mund zu Mund, durch den ganzen Saal: »Gift, Gift, Gift ...«

Jemand rief: »Er hat von der Galreide gegessen.«

Doch Sigismund widersprach vehement: »Daran kann es nicht gelegen haben, ich habe ja auch davon gegessen, und außerdem hat mir meine Natternzunge gesagt, dass sie in Ordnung ist!«

Friedrich wandte vorsichtig ein, dass der König ja nur eine sehr geringe Menge davon gegessen, der Pole aber den halben Adler verspeist hatte. Da schien auch Sigismund seinem Wundermittel nicht mehr ganz zu trauen, er gab Befehl, die übrige Galreide zu holen. Sein Vorkoster sollte davon probieren, worauf dieser bleich wurde. Doch nicht nur er. Auch der königliche Leibkoch wurde blass und begann gleichzeitig zu schwitzen. Denn in der eisigen Februarkälte waren die Wappen inzwischen mit dem Schweinemist zu einem einzigen Haufen zusammengefroren, sodass es ein unmögliches Unterfangen war, sie noch einmal zu präsentieren. Als man dies dem König mitteilte, wurde er zornig.

»Wer hat angeordnet, dieses Gericht fortzuwerfen?«

»In der Tat scheint mir das sehr verdächtig!«, bestätigte Burggraf Friedrich.

Bevor einer von Tettikovers Küchenknechten etwas sagen konnte, warf sich Peter Rumler vor dem König zu Boden. »Herr, das war ich, aber ich wusste doch nicht ...«

Sigismund sah ihn verblüfft an. »Du? Wie kommst du dazu?«

»Ich dachte, die Galreide hätte Euch nicht geschmeckt, und deshalb hielt ich es für geboten, sie fortzuwerfen. Es ist doch eine Eurer Lieblingsspeisen, und da Ihr so wenig davon gegessen habt, glaubte ich, sie sei nicht gut gewesen.«

Der König schien einen Moment zu schwanken, was er denn nun mit seinem Leibkoch anstellen sollte. Dann gab er Rumler ein Zeichen, aufzustehen und sagte leise und drohend: »Nie wieder wirst du eine solche Entscheidung treffen, ohne mich zu fragen!«

»Nein, Herr, ganz gewiss nicht!«

Wie ein geprügelter Hund stand der Koch auf und ging bis zur obersten Stufe der Treppe, auf der er sich ächzend niederließ. Ulrich Holderstroh sah ihm kopfschüttelnd nach.

Nun ließ der König alle Bediensteten antreten, während die hohen Herrschaften sich wieder an ihre Tische setzten und den folgenden Szenen zusahen, als ob sie bei Gericht wären.

»Wer ist der Diener, der die Galreide serviert hat?«, wollte Sigismund wissen. Er hatte sich ebenfalls wieder auf seinem Sessel niedergelassen. Völlig eingeschüchtert trat der Mann vor, der das Silbertablett hereingetragen hatte. Er war einer von Holderstrohs Küchenknechten.

»Was hast du da reingemischt?«

»Nichts, Herr, ich schwöre!«

Da trat Holderstroh vor. »Verzeiht, Herr König, wir haben die Galreide in der Küche unten abgedeckt, nachdem ich sie mit Gold und Silber verziert hatte. Und der Marti hier hat den Deckel erst gelüftet, als er vor Euch stand. Ich hab von der Treppe aus zugesehen!«

»Und wer hat das Gericht zubereitet?«

Holderstroh riss die Augen auf. »Ich, Herr. Heute Morgen.«

Nun war es an ihm, sich Gnade heischend vor Sigismund aufs Stroh zu werfen.

Doch Heinrich Tettikover ließ seinen Dienstmann nicht im Stich. »Herr König, ich versichere Euch, Ulrich Holderstroh ist ein ehrlicher Mann und würde niemals wagen, etwas Ungebührliches zu tun!«

Dann wandte er sich an seinen Koch. »Steht auf, Holderstroh, und sagt mir, habt Ihr wirklich alles allein zubereitet?«

Zögernd kam Holderstroh wieder auf die Beine.

»Nur beim Stampfen der Gewürze hat mir einer der italienischen Knechte geholfen.« Er sah sich suchend um, konnte den Mann aber nirgends entdecken. »Ich hab ihn doch vorhin noch gesehen! Ein magerer Geselle mit dunklen, glatten Haaren. Er kam mit Eurem Gefolge, Peter Rumler.«

»Was sagt Ihr da?«, protestierte der königliche Koch und stand mühsam auf. »Niemals! In meinem Gefolge befinden sich nur ehrbare Leute! Darunter ist kein einziger Italiener!«

»Aber er kam mit Euch, daher dachte ich, er gehört zu Euch!«, wiederholte Holderstroh.

Rumlers Stimme war kläglich. »Er kam vielleicht zur gleichen Zeit wie wir, aber nicht mit uns! Ich erinnere mich an den Kerl, weil er schmutzige Beinkleider trug. Ich war sicher, dass Ihr ihn angeheuert habt!«

»Nein, das habe ich nicht!« Holderstroh stampfte mit dem Fuß auf.

»Offenbar ist es dem Giftmischer gelungen, sich unbemerkt zwischen euch zwei Streithähnen hereinzuschmuggeln!«, stellte der Burggraf von Nürnberg tadelnd fest, und die beiden Köche sahen betreten zu Boden. »Und danach hat er sich ebenso unbemerkt wieder davongeschlichen.«

Dann fragte er in die Runde: »Hat irgendjemand den Kerl gekannt?«

Giovanni trat vor: »Herr, ich kannte ihn vom Sehen, nicht näher.«

Er tat gut daran zu verschweigen, dass er dem Unbekannten schon beim Würfelspiel in der *Haue* gegenübergesessen hatte.

»Aber er ist mir aufgefallen, weil er etwas schreckhaft war. Als eine Magd aus Versehen« – in Wirklichkeit hatte Giovanni sie gekitzelt – »einen Kupfertopf hinter ihm zu Boden fallen ließ, machte er einen Satz, als ob der Leibhaftige aus der Erde gefahren wäre. Und im Übrigen glaube ich nicht, dass er Italiener war.«

»Warum nicht?«, wollte Holderstroh erstaunt wissen. »Ich habe zwar nicht viel mit ihm gesprochen, aber die paar Worte schienen mir Italienisch.« Und zu Sigismund gewandt, der für seine Sprachkenntnisse berühmt war, fügte er stolz hinzu: »Ich verstehe auch ein wenig Italienisch.«

Giovanni grinste. »Mag sein, aber als er geflucht hat, weil er so erschrocken ist, da kam eine ganz andere Sprache aus seinem Mund! Glaubt mir, wie ein italienischer Fluch klingt, das weiß ich!«

»Das glaube ich gern, du Schelm!« Auf der Treppe kündigten schwere Schritte das Kommen des Stadtvogtes an, und nun betrat Hanns Hagen in Begleitung von zwei Stadtwachen den Saal. Tettikover hatte einen Knecht nach ihm geschickt, und offenbar hatte der Vogt den Schluss des Gesprächs noch mitbekommen.

Giovanni antwortete ihm freundlich: »Gott zum Gruß, Herr Vogt, nun lässt man Euch nicht einmal mehr am Sonntag ruhen!«

Der Vogt begrüßte König Sigismund mit einer tiefen Verbeugung, dann sah er Giovanni kopfschüttelnd an. »Schon wieder du.« Und nach einem Blick in die Runde: »Und natürlich darf auch der lange Cunrat nicht fehlen!«

Da räusperte sich Burggraf Friedrich und begann dem Vogt zu schildern, was passiert war, sekundiert von den übrigen Gästen, die ihre Kommentare abgaben und nebenbei den restlichen Wein und die Süßspeisen verzehrten. Offenbar hatte das schaurige Ereignis sie wieder hungrig gemacht.

»Das Gift war also wohl im Gewürz«, murmelte Hanns Hagen. Der Tote lag immer noch dort, wo er hingefallen war. Der Vogt beugte sich zu ihm hinab und untersuchte ihn genau, ja er wühlte besonders gründlich in seinen Haaren, als ob er Läuse suche, was bei den Umsitzenden verständnisloses Kopfschütteln auslöste, nur Giovanni, Cunrat und Poggio wechselten wissende Blicke. Als er sich erhob, schien Hagen aus unerfindlichen Gründen erleichtert zu sein. Die drei verstanden, warum, er hatte keinen Bissabdruck gefunden. Doch hier war es auch nicht nötig gewesen, den Mann von einer Schlange beißen zu lassen, der Pole hatte das Gift ja übers Essen verabreicht bekommen. Dann sprach Hagen das aus, was alle dachten, aber noch keiner zu sagen gewagt hatte.

»Herr König, wäre es möglich, dass der Giftanschlag Euch gegolten hat?«

Vor Schreck ließ die Königin ihr Gäbelchen, mit dem sie gerade ein Stück Konfekt hatte aufspießen wollen, auf den Keramikteller fallen, sodass es laut klapperte und alle zu ihr hinsahen. Sie wurde rot. Auch Cunrat beobachtete die Szene, sah die zweizackige Gabel, wie sie im Teller landete, und plötzlich sah er einen anderen Zweizack vor sich, die zuckende Zunge der Schlange, die ihn als Kind beim Erdbeerpflücken angezischt hatte.

Anstelle des Königs antwortete nun aber Friedrich von Hohenzollern auf Hagens Frage: »Herr Vogt, das ist natürlich möglich, aber auf dem Silbertablett befanden sich drei Galreide-Wappen: das englische, das polnische und der Adler des Römischen Königs. Diesen hat der König mit seiner Natternzunge getestet, und das Amulett hat sich nicht verfärbt. Dann hat er etwas davon probiert, und wie Ihr seht, ist unser Herr wohlauf. Das englische Wappen wurde von Bischof Hallum immerhin ein wenig angebissen, und auch er zeigt keinerlei Anzeichen von Vergiftung. Nur der polnische Adler ist fast zur Hälfte dem Hunger« – alle dachten: der Fressgier – »des Ritters Tulischkowo zum Opfer gefallen, womit dieser selber zum Opfer wurde.«

»Dann scheint es so, als ob der Anschlag den Mitgliedern der polnischen Gesandtschaft gegolten hätte, für die ja offenbar dieser Leckerbissen bestimmt gewesen war. Herr Koch, habt Ihr denn für alle drei Wappenbilder dieselben Gewürze verwendet?«

»Nicht ganz«, gab Holderstroh zu. »Da Peter Rumler mir gesagt hatte, dass der König bestimmte Gewürze besonders liebt, habe ich seinen Adler noch stärker gewürzt als die anderen.«

»Und habt Ihr auch in das polnische Wappen Gewürze getan, die nur dort drin waren?«

Holderstroh nickte. »Ein paar. Majoran und Dill und Meerrettich. Nur das englische Wappen war weniger stark gewürzt, weil man ja weiß, dass die Engländer lieber fad essen.« Sein Tonfall machte deutlich, dass er stolz darauf war, die nationalen Eigenheiten zu kennen und in seiner Kochkunst zu berücksichtigen.

»Und war der fremde Küchengehilfe auch mit diesen Gewürzen beschäftigt?« Hagen wurde ungeduldig, Holderstrohs kochkünstlerische Überlegungen interessierten ihn nicht.

Alle warteten gespannt auf die Antwort des Kochs. Der überlegte einen Moment, dann sagte er: »Ja, Herr, er hat den Meerrettich klein gestampft.«

Erleichtert atmete der König auf.

»Meerrettich ist scharf, darin kann man wohl ein Gift verbergen, dass man es nicht mehr herausschmeckt, was immer es auch war«, konstatierte Hanns Hagen. »Es scheint mir klar zu sein, dass der Mordanschlag der polnischen Delegation galt.«

Auch ihm war es lieber, wenn nicht der König selbst im Visier des Giftmischers gestanden hatte.

Einige der Gäste schauten unauffällig auf ihre teuren Pelze, die sie von den Polen erhalten hatten. Dass der Konflikt mit dem Deutschen Orden so schnell eskalieren würde, hatte keiner gedacht. Was erwartete man nun von ihnen?

Der König reagierte trotz seines alkoholschweren Kopfes als Erster.

»Meine Herren, lasst uns in unsere Quartiere zurückkehren. Herr Tettikover, Graf Friedrich, wir danken Euch für die Einladung und das prächtige Essen. Und Ihr, Pipo Orozai« – er sah den Hauptmann seiner Leibgarde an, der ebenfalls hinzugekommen war – »bringt Johann von Wallenrode in mein Quartier. Heute Abend noch.«

Dann wandte er sich an Hanns Hagen: »Herr Vogt, lasst die Tore schließen und die Stadt durchsuchen! Ihr kennt Euch hier besser aus als wir alle und wisst, wo sich ein solcher Schurke verbergen könnte. Ich erwarte, dass Ihr ihn so rasch wie möglich dingfest macht!«

Damit war der Vogt entlassen, was ihm gar nicht recht war, gern hätte er den Gästen und dem Gesinde noch weitere Fragen gestellt. Doch alle hatten es nun eilig, sich vom König und den Gastgebern zu verabschieden. Sie wollten zurück in die Herbergen, um ihre Landsleute über das Ereignis zu informieren und untereinander zu diskutieren, wer wohl hinter dem Anschlag steckte und welche Konsequenzen er für das Konzil haben würde. Auch Odo Colonna und Poggio Bracciolini kehrten rasch zur Bischofspfalz zurück, um ihrem Herrn, dem Papst Johannes, Bericht zu erstatten.

Nur Holderstroh und Giovanni mussten noch bleiben, weil der Vogt sich von ihnen weitere Informationen über den Flüchtigen erhoffte. Doch mehr als eine ungefähre Beschreibung konnten sie ihm nicht liefern, und auch seine Nationalität blieb ungeklärt. Seufzend verließ Hanns Hagen das Hohe Haus und machte sich an die undankbare Aufgabe, im wimmelnden Ameisenhaufen der Konzilsstadt eine einzelne mörderische Ameise zu finden.

Poggio Bracciolini an Niccolò Niccoli, am 3. Februar, im Jahre des Herrn 1415

Ich, Poggio, entbiete Dir, meinem Niccolò, einen herzlichen Gruß!

Du wirst nicht glauben, was heute geschehen ist! Der Burggraf von Nürnberg, Friedrich von Hohenzollern, hat am heutigen Sonntag ein Essen gegeben für König Sigismund und einige besondere Gäste. Auch unser Herr Papst war geladen, aber er wollte nicht gehen, weil ihm die anderen Gäste, vor allem die Vertreter des englischen Königs, nicht genehm waren. So hat er als Stellvertreter den Kardinal Odo Colonna gesandt und mich als Begleitung. Stell Dir vor, auch der edle Manuel Chrysoloras war zu Gast! Leider hatte ich keine Gelegenheit, mit ihm zu reden, da er an der anderen Seite der Tafel saß. Außerdem war die eben erst in Costentz eingetroffene polnische Delegation zugegen. Das Gastmahl fand im Hause von Heinrich Tettikover statt, jenem Costentzer Patrizier, von dem ich Dir schon einmal berichtet hatte. Sein Haus ist sehr groß und prächtig ausgestattet. Auch das Essen selber befriedigte alle Gelüste des Gaumens wie auch der übrigen Sinne, gab es doch musikalische Darbietungen sowie die Darstellung biblischer Szenen durch Schauspieler. Sogar der König hat sich nach reichlichem Trunk als Musikus betätigt und auf dem Tisch getanzt. Und da geschah es: Auf dem Höhepunkt des Mahles brach plötzlich ein polnischer Ritter tot zusammen. Offenbar war er vergiftet worden. Zunächst wurde vermutet, dass der Anschlag womöglich dem König gegolten hatte, aber der Stadtvogt Hanns Hagen, der gerufen worden war, fand rasch heraus, dass wohl tatsächlich die Polen vergiftet werden sollten. Da das Gift aber in einem Gang versteckt worden war, der erst spät serviert wurde, waren die meisten Gäste schon satt, und nur der genannte Ritter wurde ein Opfer seiner Unersättlichkeit und des Meuchelmörders.

Ich hatte dir ja schon von meiner Befürchtung geschrieben, dass der Konflikt zwischen dem Deutschen Orden und den Polen auch in das Konzil hineingetragen würde, aber dass er so rasch eskalieren würde, hätte ich nicht für möglich gehalten. Der König ließ sofort den wichtigsten Vertreter des Deutschen Ordens beim Konzil, den Erzbischof von Riga Johann von Wallenrode, zu sich rufen. Dass ich ihn für einen Wolf im Schafspelz halte, weißt du ja bereits, und nun schien sich meine Vermutung zu bestätigen. Wallenrode hielt sich zu diesem Zeitpunkt bei Papst Johannes in der Bischofspfalz auf, wo sich die Neuigkeit vom Tode des polnischen Ritters in Windeseile herumsprach. Als die Soldaten Sigismunds hier auftauchten und Wallenrode baten, zum König zu kommen, gab Papst Johannes mir den Befehl, ihn als Schreiber und Vertreter der Kurie und gleichzeitig als Zeuge zu begleiten. So habe ich in prima persona miterlebt, was weiter geschah.

Wallenrode war sehr erbost darüber, dass er wie ein gemeiner Verbrecher zum König zitiert wurde. Grimmigen Mutes eilte er mit den ungarischen Soldaten an der Bischofskirche vorbei und durch die Münstergasse zum Freiburger Hof, wo der König inzwischen Quartier genommen hat. Sein Mantel mit dem schwarzen Tatzenkreuz sauste zornig im Wind. Hinter ihm lie-

fen seine Gefolgsleute durch das Menschengedränge und mussten sich sehr bemühen, mit ihrem Herrn Schritt zu halten, und ich wiederum versuchte, sie nicht aus den Augen zu verlieren.

Der König empfing den Erzbischof im Piano Nobile des Patrizierhauses, doch bevor Wallenrode Klage führen konnte über seine Behandlung, fuhr ihm Sigismund, noch erhitzt vom Wein und vom Tod des Polen, in die Parade. Wie der Orden dazu komme, den Frieden in der Konzilsstadt zu stören, für den er, der Römische König, höchstpersönlich im Wort stehe, wollte er mit drohender Gebärde wissen.

Doch Wallenrode ließ sich nicht beeindrucken, mit hocherhobenem Haupt nahm er die Anschuldigungen des Königs entgegen, dann hob er den Arm und schwor bei allen Heiligen des Himmels, vor allem bei der Jungfrau Maria, der Heiligen Elisabeth und dem Heiligen Georg, dass der Deutsche Orden nichts mit dem Giftanschlag auf den polnischen Ritter zu tun habe. Irgendeiner von den Dreien muss ihn gehört haben, denn Sigismund beruhigte sich tatsächlich und glaubte ihm, dass die Deutschritter für diesmal unschuldig seien.

Da tauchte plötzlich auch noch der Inquisitor Johannes Falkenberg auf. Offenbar hatte ein Bediensteter von Wallenrode ihn zur Verstärkung rufen lassen. Als er zu reden begann, ließ mir seine leise, hohe Stimme eiskalte Schauer über den Rücken rieseln, sodass ich mir unwillkürlich vorstellte, wie sich arme ketzerische Sünder vor diesem Inquisitor fühlen mochten. Er fragte nun, ob Sigismund wirklich glaube, die Deutschordensritter seien so dumm, einen Anschlag direkt vor den Augen des Königs zu verüben, ja, er stellte sogar die Vermutung auf, die Polen selbst hätten womöglich den Giftmord inszeniert, um dem Orden zu schaden und die Konzilsteilnehmer auf ihre Seite zu bringen, so wie sie das ja auch mit reichen Geschenken versuchten. Dabei fiel sein Blick auf den Pelzmantel, den Sigismund achtlos auf eine Truhe geworfen hatte, während ein falsches Lächeln seinen dürren Mund umspielte.

Das war dem König aber nun wohl zu viel der Spekulation

und der Verdächtigungen. Auch hatte ich den Eindruck, dass er Falkenberg nicht besonders mochte. Etwas ärgerlich und ratlos entließ er die deutschen Ritter und ihren dominikanischen Inquisitor, und damit auch mich als ihren Begleiter und Zeugen. Zum Abschied sagte er nur noch: »*Herr Wallenrode, Euer Wort genügt mir fürs Erste, alles andere wird der Vogt klären.*«

Aber wenn nicht die Ordensritter für den Tod des Polen verantwortlich sind, wer dann?

Obwohl der Tote anscheinend nicht das Mal der Schlange aufwies, frage ich mich, ob womöglich der Mörder, der die anderen Unglücklichen auf dem Gewissen hat, nicht auch hier seine Hand im Spiel hatte. Wieder ist jemand durch Gift ums Leben gekommen.

Aber warum? Warum mussten all diese Menschen sterben? Was bezweckt der Attentäter damit? Will er um jeden Preis dieses Konzil stören? Oder Sigismund bloßstellen?

Oder haben die Morde in Wirklichkeit doch nichts miteinander zu tun, und der Pole ist – wie zunächst von Sigismund vermutet – dem Hass der deutschen Ritter zum Opfer gefallen? Um ehrlich zu sein, der grimmige Schwur des Erzbischofs hat mich nicht wirklich überzeugt.

Sigismund wäre wahrscheinlich froh gewesen, wenn sich gleich herausgestellt hätte, dass einer der Deutschritter den Polen umgebracht hat. Nun muss auch er sich weiter fragen, ob und wie all diese Todesfälle zusammenhängen.

Die Stimmung in der kleinen Stadt ist gedrückt. Bei den vielen Menschen, die sich gegenwärtig hier aufhalten, ist es äußerst fraglich, ob der Stadtvogt den Täter so leicht finden wird.

Ich möchte nicht in des Vogtes Haut stecken!

Aus dem mörderischen Costentz grüßt Dich

Dein Poggio

Der einzige Tisch, an dem es noch Platz gab, war der des Scharfrichters. Da die Menschen seine Nähe scheuten, drängten sie sich lieber in dichten Trauben um die anderen Tische, doch Giovanni ließ sich weder durch Egli Lochers unehrbaren Beruf noch durch dessen düstere Miene oder die große Dogge abschrecken. Nachdem er sich bei Rosshuser einen Krug Wein und eine Platte gebratenes Fleisch geholt hatte, steuerte er mit Cunrat im Schlepptau direkt auf die freien Plätze in der Ecke zu. Der Wirt hatte ihm versprochen, dass Lucia am späten Abend für ihn frei sein würde, vorher hatte sie noch einen feineren Herrn zu bedienen. So saßen sie beim Wein und aßen und redeten über das Festgelage im Hause Tettikover, während Giovanni nervös die Treppe zum Obergeschoss im Blick behielt.

Egli Locher würdigte sie keines Blickes, er starrte wie immer in seinen Weinkrug und tätschelte nur hin und wieder seinem Hund den Kopf. Fast sah er noch melancholischer drein als gewöhnlich. Als sie aber über den Giftmord an dem polnischen Ritter zu reden begannen, hob er den Kopf.

»Wisst ihr etwas darüber?«, fragte er plötzlich interessiert.

Sie sahen ihn überrascht an.

»Wir waren im Hause Tettikover und haben den Mörder gesehen, aber er ist verschwunden!«, antwortete Giovanni.

»Wie sah er aus?«

»Schmal, mit langen dunklen Haaren. Warum?«

Der Henker zögerte einen Moment, dann senkte er den Kopf.

»Nur so.«

Da rückte Giovanni näher zu ihm hin, um ihm noch etwas Wein aus ihrem Krug nachzuschenken. Die Dogge begann zu knurren, doch Cunrat warf ihr ein paar Knochen zu, die von seinem Mahl übrig geblieben waren, und redete begütigend auf sie ein. Er mochte Hunde, und es gefiel ihm, wie dieser nun seine beschnittenen Ohren spitzte, die Leckerbissen in der Luft schnappte und mit einem freudigen Wedeln seines Stummelschwanzes quittierte. So konnte Giovanni in Ruhe den Herrn des Hundes ausfragen.

»Meister Egli, sagt doch, warum wollt Ihr das wissen? Gehört es inzwischen zu den Aufgaben eines Nachrichters, schon vorher Erkundigungen zu einem Verbrecher einzuziehen? Oder denkt Ihr bereits an das Salär, wenn Ihr den Bösewicht aufs Rad flechten könnt? Zuvor muss Hanns Hagen ihn aber finden!«

Egli Locher lachte freudlos auf. »Das wird ihm kaum gelingen.«

Giovanni warf Cunrat einen erstaunten Blick zu.

»Warum nicht? Was wisst Ihr denn darüber?«

Doch der Scharfrichter schüttelte nur den Kopf, und soviel Giovanni auch nachfragte, er sagte nichts mehr. Schließlich stand er auf, rief seinen Hund, der sich inzwischen von Cunrat hatte sogar streicheln lassen, und verließ das Lokal.

»Cunrat, der weiß doch irgendetwas. Wir sollten Hanns Hagen benachrichtigen!«

»Was? Nein, ich nicht. Du weißt genau, dass der Vogt mich nicht sonderlich mag. Und was sollte so einer denn wissen?«

Doch Giovanni trank schnell seinen Becher Wein aus und stand auf.

»Komm mit!«

»Und Lucia?«

»Wir sind sicher bald zurück! So muss ich wenigstens nicht ständig die verdammte Treppe anstarren!«

Als sie aus der Tür traten, sahen sie, wie Egli Locher zunächst zu seinem Haus am Ziegelgraben ging, dort aber nicht eintrat, sondern den Weg Richtung Schottentor nahm. Es war schon Nacht, und der Henker trug kein Licht bei sich, doch der halbvolle Mond ließ immerhin schemenhaft seine Gestalt zwischen den Häusern und der Stadtmauer erahnen. Doch plötzlich verschwand er einfach im Dunkel. Als die beiden ihm nachgingen, hörten sie, wie er in der Feuergasse direkt neben seinem Haus mit irgendetwas hantierte und dabei leise fluchte. Sie schlichen vorsichtig näher, da fing plötzlich der Hund an zu knurren.

Der Henker verstummte, dann rief er scharf: »Fass, Falk!«

Aus der Finsternis hörten sie die Bestie bedrohlich auf sich zu schnaufen, und für einen Moment blitzten im Licht des Halbmondes die gewaltigen Fangzähne des schwarzen Ungeheuers auf. Giovanni wollte in Panik davonlaufen, doch Cunrat blieb stehen wie ein Baum und rief den Hund beschwörend an: »Na, du Schöner! Komm doch her, hast doch einen leckeren Happen von mir bekommen! Komm, mein Braver, lass dich klopfen!«

Verblüfft blieb der Hund tatsächlich vor ihm stehen, begann mit seinem Stummelschwanz zu wedeln und sah Cunrat erwartungsvoll an. Als dieser ihm die Flanken tätschelte, ließ er es sich gern gefallen. Da fasste auch Giovanni wieder Mut und kam näher.

»Hurenhund!«, ertönte hingegen ein Fluch aus der Dunkelheit. Da der Scharfrichter nun ohnehin wusste, dass sie ihm gefolgt waren, wagten sie es, sich ihm zu nähern. Vor ihm am Boden lag etwas wie ein nasser Sack, doch dann erkannten sie im Mondlicht, dass der Sack ein Mensch war, ein toter Mensch. Egli Locher drehte den Körper um, sodass man sein Gesicht sehen konnte. Lange schwarze Haare waren zu Eistroddeln gefroren und umrahmten eine im Todeskampf eingefrorene Fratze, die aussah wie eine schaurige Fastnachtslarve.

»Der fremde Küchenknecht!«, entfuhr es Giovanni. »Der Giftmörder!«

Der Henker seufzte tief.

»Dann ist er es also tatsächlich. Ich hatte es mir fast gedacht.«

»Was ist passiert, Meister Egli?«, fragte Giovanni aufgeregt. »Habt Ihr ihn umgebracht?«

»Ich?« Der Henker sah drein, als ob er gleich auf ihn losgehen würde. »Seid ihr verrückt? Ich hab ihn gefunden, den verdammten Kerl, und erst dachte ich, dass er ertrunken sei. Aber dann hab ich das hier entdeckt.«

Er drehte den Toten wieder auf den Bauch, und nun sahen sie im Mondlicht etwas blinken. Bei näherem Betrachten erkannten sie, dass aus seinem Rücken der kupferbeschlagene Schaft eines Bolzens herausragte, genau an der Stelle, wo das Herz war.

»Der Mörder hat seinen Richter schon gefunden, und der Rhein sollte ihn wohl mit sich forttragen, aber er hat den Körper nur bis zum Paradies geschwemmt.«

»Seine Seele schmort aber gewiss in der Hölle!«, sagte Cunrat, der an den grässlichen Tod des polnischen Grafen denken musste.

»Wahrscheinlich haben ihn die Stadtwachen erwischt, als er über die Rheinbrücke fliehen wollte, und mit der Armbrust versucht, ihn aufzuhalten«, mutmaßte Giovanni. »Wir müssen sofort dem Vogt Bescheid geben. Diesmal wird er sich über unsere Nachricht freuen, Cunrat!«

Doch da baute sich der Henker drohend vor ihnen auf, und sogar der Hund begann wieder zu knurren. »Das werdet ihr nicht tun!«

Erschrocken wich Giovanni zurück. »Was habt Ihr denn, Meister Egli, wenn Ihr Euch nichts habt zuschulden kommen lassen, warum sollen wir den Fall nicht melden?«

»Dieser Bolzen stammt nicht von einer städtischen Armbrust«, erklärte der Scharfrichter. »Das ist ein Kriegsbolzen! Und wer den abgeschossen hat, wusste genau, was er tat. Zwischen den Rippen hindurch hat er ihn ins Herz getroffen. Von hinten. Und dann wollte er die Leiche im Rhein verschwinden lassen.«

»Haben die Polen Rache genommen für den toten Grafen?«

Egli Locher zuckte mit den Schultern. »Ich weiß es nicht.«

»Aber das ist noch kein Grund, seinen Tod nicht dem Vogt anzuzeigen«, beharrte Giovanni.

Da bat der Scharfrichter sie, mitzukommen. Sie ließen den Toten im dunklen Ehgraben zurück und betraten das Haus. Cunrat fühlte sich unbehaglich, seinen Fuß in die Behausung eines Henkers zu setzen. Locher lebte allein mit einer alten Magd, und das sah man der Einrichtung an. In der niedrigen Stube standen nur wenige grob behauene Möbel, ein Tisch, eine Bank, eine Truhe und zwei Stühle. Immerhin gab es einen Ofen, der noch warm war und den er jetzt nachheizte. In einer Ecke lag eine strohgefüllte Matratze für den Hund. Der rollte sich sofort darauf ein. Dann holte der Scharfrichter drei Becher und einen Krug mit Wein, bevor er langsam und stockend zu erzählen begann, unter welchen Umständen er den Toten gefunden hatte.

Am Nachmittag desselben Tages hatte ihn der Herr von Weißenstein zum großen Stall beim Schottenkloster im Paradies rufen lassen. Eine seiner Stuten hatte ein Fohlen bei Fuß, und mit dem Tier stimmte etwas nicht, es schäumte und die Hinterbeine waren gelähmt, sodass es nicht mehr aufstehen konnte. Dem Henker, der auch als städtischer Schinder amtierte, war sofort klar, dass es die stille Wut hatte. Der Besitzer musste wohl so etwas geahnt haben, dass er ihn hatte rufen lassen. Locher blieb nichts anderes übrig, als das Füllen abzustechen. Doch der Herr von Weißenstein wollte nicht, dass jemand davon erfuhr, denn womöglich hätten die Besitzer der anderen Pferde im Stall ihm Ärger gemacht, aus Angst vor Ansteckung. Also gab er dem Abdecker drei Rheinische Gulden, damit er das Tier heimlich auf dem Schindanger begrabe. Sie deckten es mit Stroh ab, und als es dunkel wurde, fuhr Locher mit dem Schlitten vor. Seinem Pferd Schneeflocke hatte er ein Tuch umgebunden, damit es sich nicht anstecken konnte. Dann lud er mithilfe des Besitzers das tote Fohlen auf den Schlitten.

»Aber dann hatte ich keine Lust, das Vieh auf dem steinhart gefrorenen Schindanger zu begraben. Also hab ich beschlossen, es in den Rhein zu werfen. Versteht ihr? Das ist nicht erlaubt, aber was hätte ich denn tun sollen bei dem Frost? Ich bin den Fluss entlang gefahren bis zum Bach beim äußeren Paradieser Wall, der in den Rhein fließt. Dort war das Wasser offen, also hab ich die Mähre von der Böschung geworfen, und der Fluss hat sie mitgenommen. Den einen Kadaver war ich los, aber dann hat Falk plötzlich laut gebellt, weil er am Ufer die andere Leiche gefunden hatte.«

»Warum habt Ihr sie nicht einfach wieder in den Fluss geworfen?«, fragte Giovanni.

»Ja, warum?« Egli Locher zuckte die Schultern. »Weil ich dachte, das ist ein anständiger Christenmensch, der im Wasser zu Tode gekommen ist, und nun soll er wenigsten ein christliches Begräbnis erhalten. Ich wollte ihn zu meinem Freund Stoffel Zip bringen, der für die Josephsbruderschaft die Armen begräbt. Also hab ich ihn auf den Schlitten geladen, ein paar Holzstämme darauf, falls ich jemanden treffe, und dann hab ich ihn hierher gebracht. Die Wachen am Schottentor kennen mich und haben mich eingelassen. Doch als ich mir den Toten bei Licht angeschaut hab, da hab ich den Bolzen gesehen. Und da wusste ich nicht mehr, was ich tun sollte, denn eigentlich hätte ich die Sache dem Vogt anzeigen müssen. Aber dann hätte er gefragt, was ich um diese Zeit am Rhein zu tun hatte, und was hätte ich ihm sagen sollen?«

Cunrat dachte, dass Giovanni an Lochers Stelle bestimmt keine Schwierigkeiten gehabt hätte, eine Geschichte zu erfinden, aber er verstand den Henker, ihm wäre es ähnlich ergangen.

»Ich an Eurer Stelle würde es trotzdem melden«, insistierte Giovanni. »Hagen sucht seit gestern die ganze Stadt nach ihm ab, die Wachen durchkämmen jedes Lokal und glauben, hinter jedem dunkelhaarigen Konzilsbesucher den Mörder zu finden. Ihr müsst ihm den Toten zeigen!«

Egli Locher schien ratloser als zuvor.

»Ihr müsst jetzt gehen!«, beendete er das Gespräch.

Giovanni und Cunrat kehrten ins *Lörlinbad* zurück. Zu ihrem großen Erstaunen saß an dem Tisch, den sie kurz zuvor verlassen hatten, Poggio Bracciolini. Er winkte sie heran und begrüßte sie mit einem erfreuten »Gutten Abend!« Inzwischen hatte der Papstsekretär ernsthaft angefangen, Deutsch zu lernen, und obwohl Cunrat oft Mühe hatte, dieses Deutsch zu verstehen, war Bracciolini ungeheuer stolz auf jeden Satz, den er hervorbrachte. Wenn es aber um kompliziertere Sachverhalte ging, kehrten sie zu Cunrats Erleichterung zum alten System zurück: Poggio erzählte auf Italienisch, und Giovanni übersetzte.

Der Papstsekretär begann nun zunächst über das Wetter zu reden, und wie schön so ein warmes Bad in der Badstube sei bei dieser Kälte. Dann erzählte er ihnen von Wallenrodes Vorladung bei König Sigismund, und dass der Erzbischof den König von der Unschuld des Deutschen Ordens überzeugt hatte.

»Mich allerdings nicht. Diesen schwarzen Brüdern würde ich alles zutrauen!«, fügte er mit verachtungsvoller Miene hinzu.

Cunrat forderte Giovanni auf, Bracciolini von der Entdeckung des Scharfrichters zu erzählen.

»Vielleicht weiß er einen Rat für Meister Egli.«

Zerstreut berichtete der Venezianer, was sie kurz vorher erlebt hatten, wobei er immer wieder einen Blick auf die Treppe zum Obergeschoss warf. Bracciolini horchte auf.

»Ein Kriegsbolzen steckt in seinem Rücken? Ich sage euch, das waren die Deutschen Ritter! Sie haben einen Mörder gedungen, den sie dann verschwinden lassen wollten, damit er sie nicht beschuldigen kann! Wo ist der Tote jetzt?«

»Immer noch bei Egli Locher. Wer weiß, was der mit der Leiche macht!«

»Er sollte sie zum Stadtvogt bringen. Dann könnte man feststellen, ob es ein Bolzen von einer Ordensarmbrust war oder nicht.«

»Das traut er sich aber nicht, er hat Angst, dass Hanns Hagen ihm etwas anhängt.«

»Und ihr?«

»Ich will mit dem Vogt nichts zu tun haben!«, stellte Cunrat klar.

Poggio sah nun Giovanni an, ob der dazu bereit wäre, doch der war während ihres Gesprächs immer unruhiger geworden und hatte schließlich die Treppe nicht mehr aus den Augen gelassen. Nun sprang er auf und lief zu Rosshuser, der an der Theke stand. Cunrat sah, wie dieser die Schultern zuckte und ein paar Worte sagte, wonach Giovanni sich furchtbar aufregte. Schäumend vor Wut kam er wieder an ihren Tisch zurück.

»Der reiche Kerl ist fertig, und ich habe sie verpasst! Jetzt ist ein anderer bei ihr! Verflucht seien sie alle, die Hundsfotte!«

Poggio war neugierig, wollte wissen, wen Giovanni verfluchte, denn auch wenn er die Worte nicht genau verstanden hatte, so war ihm doch das wütende Gebaren des Bäckers nicht entgangen. Als ihm dieser kurz auf Italienisch erklärt hatte, worüber er so erzürnt war, wurde der Papstsekretär ganz still und trank rasch einen Schluck von seinem Rotwein. Dann schenkte er den beiden Bäckern nach und begann von etwas anderem zu sprechen. Ob sie wegen der übrigen Mordopfer noch etwas in Erfahrung gebracht hätten, wollte er wissen. Die Opfer mit dem Schlangenbiss. Da fiel Cunrat seine Vision beim Festmahl ein, als Königin Barbara ihr Gäbelchen fallen ließ und dieses ihn an die schauerliche Schlange seiner Kindheit erinnerte. Und plötzlich kam ihm eine Idee.

»Und wenn der Mörder gar keine lebende Schlange genommen hätte?«

»Was meinst du damit?«, fragte Giovanni, aber er war nicht wirklich bei der Sache.

»Vielleicht war die Schlange eine – Gabel.«

»Eine Gabel? Una forchetta? Was erzählst du denn da für einen Unsinn?«

Doch Poggio war plötzlich ganz Ohr. Als Cunrat ihnen von seiner Vision erzählte und Giovanni sie – wenn auch widerwillig – übersetzte, da erhellte sich das Gesicht des Papstsekretärs und er spann Cunrats Gedanken fort.

»Der Mörder hat die Gabel in das Gift getaucht und seinen armen Opfern in die Haut gedrückt, um sie zu vergiften. Oder zu betäuben, damit er sie danach ganz einfach umbringen konnte.«

Giovanni schüttelte den Kopf.

»Eine kleine Gabel, um Menschen zu töten. Das wäre zu teuflisch!«

»Eine Gabel?«, ertönte da plötzlich eine warme Frauenstimme hinter ihnen. Alle drei wandten sich um und sahen Lucia neben dem Tisch stehen. Offenbar war ihr letzter Kunde fertig. Giovanni sprang auf und wollte sie umarmen.

»Lucia!«, sagte er heiser.

Doch sie hielt ihn zurück und begrüßte die anderen am Tisch.

»Cunrat, Gott zum Gruße, und Ihr, Herr Poggio, seid auch noch hier?«

Sie schenkte dem Papstsekretär ein vertrauliches Lächeln, und Poggio Bracciolini grüßte sie etwas verlegen. Giovanni sah von ihr zu Poggio und wieder zu ihr.

»Was heißt das, Lucia, kennst du ihn?«

»Herr Poggio war vorhin mein Gast«, erklärte sie mit größter Selbstverständlichkeit.

»Was, er? Du hast mit ihm gevögelt?«

Ihr Blick versteinerte. Leise und hart antwortete sie: »Das ist meine Arbeit, Giovanni, und Herr Poggio ist sehr großzügig.«

Cunrat bot Lucia schnell seinen Hocker an, um die Situation zu beruhigen, und suchte sich selbst einen neuen. Anmutig nahm sie Platz, während Giovanni sich langsam wieder auf seinem Stuhl niederließ und Poggio zornig anstarrte. Der zuckte entschuldigend die Schultern. Obwohl er von ihrer Unterhaltung nicht viel verstanden hatte, konnte er sich denken, worum es gegangen war, und Giovannis Blick genügte ihm zur Bestätigung.

»Was ist das für eine Geschichte mit der Gabel?«, wollte Lucia nun aber wissen.

Poggio erzählte ihr rasch auf Italienisch, welche Spuren der Mörder bei seinen Opfern hinterlassen hatte, und dass sie aufgrund der Aussage eines weisen Arztes geglaubt hatten, es müssten Schlangenbisse sein. Dann erläuterte er ihr, wie Cunrat die Königin Barbara beim Essen mit einer Gabel beobachtet und dann den Schluss gezogen hatte, die Bissspuren könnten von einer solchen Gabel herrühren.

Da schlug Lucia erschrocken eine Hand vor den Mund. Giovanni erwachte aus seiner Wutstarre und wollte wissen, was das zu bedeuten habe.

»Ich kenne dieses Zeichen!«, antwortete sie entsetzt. »Als ich noch in Mailand lebte, gab es eine Reihe von Toten, die scheinbar von Schlangen gebissen worden waren. Es heißt, sogar Giovanni Maria Visconti, der Bruder des jetzigen Herzogs, sei darunter gewesen. Dem hat zwar kein Mailänder eine Träne nachgeweint, doch der Stadtarzt, ein Freund meines Vaters, hat uns im Vertrauen erzählt, dass die Schlangenbisse vermutlich nur vorgetäuscht waren und in Wirklichkeit von einer vergifteten Gabel stammten.« Sie schluchzte kurz auf. »Nur wenige Wochen darauf ist Vater von den Piraten verschleppt worden.«

Da Giovanni sich weigerte, für seinen Nebenbuhler zu übersetzen, erzählte sie selbst dem Sekretär des Papstes noch einmal alles auf Italienisch.

»Wann war das?«, wollte nun Giovanni wissen.

»Visconti ist 1412 gestorben!«, antwortete Poggio, und Lucia bestätigte es auf Deutsch.

»Also vor drei Jahren. Und nun sterben die Menschen hier in Costentz auf die gleiche Art. Treibt der Gabelmörder jetzt hier beim Konzil sein Unwesen?«

»Ob deswegen der Mailänder Übersetzer sterben musste?«

»Und die Tettingers?«, warf Cunrat ein. »Was haben die damit zu tun?«

»Vielleicht hat Tettinger ja mit den Mailändern Handel getrieben? Und seine Schulden nicht bezahlt? Oder er ist jemandem in die Quere gekommen?«

»Und das geheime Gemach?«

»Welches geheime Gemach?«

Nun war es doch an Giovanni, Lucia und Poggio von ihrer Entdeckung in der *Haue* zu berichten, dass es dort eine verborgene Kammer gebe, durch eine Tür mit richtigem Schloss gesichert, von der aus ein Verbindungsgang zur Stadtmauer führe. Und dass Karolina Tettingerin vielleicht über diesen Gang vor ihrem Mörder auf die Stadtmauer geflüchtet war, wo er sie dann eingeholt und getötet hatte. Und dass der neue Wirt Sebolt Schopper glaubte, in dem Zimmer, von wo aus man in das Geheimgemach gelangte, spuke es.

»Hatten die Tettingers denn Gäste aus Mailand?«, wollte Lucia wissen.

»Nur in der Schänke, nicht zum Schlafen, soviel ich weiß«, antwortete Giovanni. »Es haben sich vor allem Deutsche und Böhmen dort einquartiert.«

»Und der Conte!«, warf Cunrat ein.

»Ja, aber der kommt aus San Marino, nicht aus Mailand, und er war mit den Tettingers befreundet.«

»Böhmen? Boemi?«, fragte da Poggio. Auf Giovannis Nicken meinte er aufgeregt, die Sache habe womöglich etwas mit dem Ketzer Jan Hus zu tun.

»Gehörten vielleicht Tettinger und seine Schwester zu seinen Anhängern?«

»Das glaube ich nicht«, antwortete Cunrat, nachdem Lucia die Frage übersetzt hatte. »Und wenn, es gibt viele Costenzer, die zu seinen Predigten gingen, als er noch nicht gefangen war, und die seine Worte schätzten.« Er musste an Bärbeli denken.

Giovanni stimmte ihm zu. »Außerdem würden die Gegner wohl eher den Ketzer selber umbringen als seine Anhänger.«

Dagegen wusste Poggio nichts zu sagen. Giovanni stand auf und nahm Lucias Hand.

»Wie auch immer, würdest du jetzt mit mir nach oben kommen? Sonst schließt Rosshuser.«

Er warf Poggio noch einen feurig-warnenden Blick zu, dann stand Lucia lächelnd auf und folgte ihm die Treppe hoch in ihre Schlafkammer. Rosshuser, Poggio und Cunrat sahen den beiden nach, wobei jeder sich seine eigenen Gedanken machte.

Nach einer Weile fragte Poggio: »Giovanni liebt viel Lucia?«
Cunrat nickte. »Ja, viel!«
Poggio seufzte, dann wechselte er das Thema. Unter Zuhilfenahme von Händen und Füßen versuchte er Cunrat auf Deutsch klarzumachen, dass er ihn zum Haus von Egli Locher führen solle. Der Bäckergeselle begriff schließlich und machte sich mit dem Papstsekretär auf den Weg.

⁓⊙⁓

Poggio Bracciolini an Niccolò Niccoli, am 8. Tag des Februars, genannt der Narrenmond, im Jahre des Herrn 1415

Ich, Poggio, entbiete Dir, meinem Niccolò, einen herzlichen Gruß!

Narrenmond nennt man hierzulande den Februar, und mir scheint, dass dieser Name angemessen ist. Immer närrischer werden die Forderungen der Gegner unseres Papstes Johannes.

Kardinal Fillastre hat öffentlich den Rücktritt aller drei Päpste gefordert, und Pierre D'Ailly hat gar bereits eine Zessionsformel für Johannes vorgelegt, mithin ein Dokument, das diesem den Rücktritt erleichtern soll. Und stell dir vor, er fordert, dass bei den Sitzungen des Konzils nicht nur Kardinäle und Bischöfe ein Stimmrecht haben sollten, sondern auch Könige und Fürsten, ja sogar Universitätsgelehrte! Als ob man bei Entscheidungen in genuin kirchlichen Fragen ohne Weiteres irgendwelche weltlichen Würdenträger mit heranziehen könnte! Und gestern haben die drei anderen Nationen, die englische, die deutsche und die französische, tatsächlich die Abstimmung nach Nationen beschlossen! Natürlich hat sich die italienische Nation dem nicht angeschlossen, aber man glaubt sich wirklich in einem Tollhaus.

Johannes reagiert auf seine Weise. Er ernennt viele neue Prälaten und verspricht ihnen Geld und Pfründen, in der Hoffnung, dass seine Anhängerschaft immer noch genügend groß sein wird, wenn die anderen tatsächlich versuchen sollten, ihre Vorstellungen von Gerechtigkeit und Proporz beim Konzil durchzusetzen. Das gibt natürlich viel Arbeit für uns Sekretäre, weil wir all die Ernennungsurkunden ausfertigen müssen. Unsere Lügenküche ist daher schon seit einiger Zeit geschlossen, nur noch selten treffe ich die Freunde in der Pfalz, aber hin und wieder stehle ich mich fort, um meinem überarbeiteten Gemüt entweder die Tröstungen einer Frau zu gewähren oder meine neuen Costentzer Freunde zu treffen.

Die beiden Bäckergesellen sind sehr interessiert an der Aufklärung der unheimlichen Morde, und als ob sie den Tod gleichsam anziehen würden, sind sie nun auf eine weitere Leiche gestoßen, nämlich den mutmaßlichen Mörder des Polen. Der Scharfrichter hatte ihn tot am Flussufer gefunden und in die Stadt gebracht. Dabei haben ihn die Bäcker beobachtet und mir anschließend davon berichtet.

So bin ich mit Cunrat (sein Kumpan vergnügte sich währenddessen mit einer Frau, die ich kurz zuvor genossen hatte, aber das ist eine andere Geschichte) zum Hause des Scharfrichters gegangen. Es war schon spät abends, der Nachtwächter rief bereits die elfte Stunde aus. Der Henker staunte nicht schlecht, dass wir um diese Zeit noch an seine Tür klopften, aber als er mich sah, erkannte er offensichtlich den Gefolgsmann des Papstes Johannes, und so wagte er nicht, uns fortzuschicken. Cunrat machte ihm klar, dass ich den Toten sehen wollte, worauf er uns hinter sein Haus führte, wo er den Leichnam unter einem Haufen Reisig verborgen hatte. Der Tote hatte einen Armbrustbolzen im Rücken stecken, und zwar einen teuren Drehbolzen mit Kupferblättchen am Schaft, was mich natürlich sofort in meiner Skepsis hinsichtlich der Unschuld der Deutschordensritter bestärkt hat. Da der Scharfrichter wegen einer anderen Sache Angst hatte, den Leichenfund dem Stadtvogt anzuzeigen, erklärte ich mich bereit, dies für ihn zu übernehmen.

So brachten die beiden den toten Mörder zum gefrorenen Wasserlauf am sogenannten Ziegelgraben direkt an der Stadtmauer, nicht weit von der Badstube entfernt, in der ich mich an jenem Abend entspannt hatte. Dann verschwanden sie, während ich den nächsten Stadtwächter anrief, dessen ich habhaft werden konnte, und ihm erzählte, dass ich soeben eine Leiche gefunden hätte, und dass sie den Stadtvogt Hanns Hagen informieren sollten, was auch umgehend geschah. Der Vogt kam nur kurze Zeit darauf heftig schnaufend angelaufen. Er nahm den Toten in Augenschein und wollte genau von mir wissen, wo und unter welchen Umständen ich ihn gefunden hatte. Ich erklärte ihm, dass ich aus dem Bad gekommen war und mich am Ziegelgraben hatte erleichtern wollen, wobei ich fast auf den Leichnam getreten wäre. Er nahm mir die Geschichte ab, und als er das Antlitz des Toten sah, muss er sofort begriffen haben, dass er den Mörder des polnischen Ritters vor sich hatte. Einerseits schien er erleichtert, dass er die Suche nach dem Unbekannten nun einstellen konnte, aber andererseits war auch dieser auf unnatürliche Weise ums Leben gekommen, was die Sache für den Vogt wohl nicht vereinfachte. Sicherlich hätte er dem König lieber einen lebenden Schuldigen präsentiert, den man dann vor aller Augen hätte aufs Rad flechten können, um den Leuten zu zeigen, dass in der Stadt Costentz Sicherheit und Gerechtigkeit herrschen. Übellaunig gab er seinen Männern Anweisung, den Toten unauffällig fortzuschaffen, doch ich fragte ihn, ob dies nicht der Mörder des Polen sei, mir schiene es so, als habe der Zeuge ihn derartig beschrieben. Da sah er mich misstrauisch an, und in seinem holprigen Latein erwiderte er, das sei möglich, aber nicht sicher. Er müsse den Zeugen erst noch einmal befragen. Und als ich noch wissen wollte, was für ein Bolzen es seiner Meinung nach sei, der im Rücken des Opfers steckte, und die Vermutung äußerte, dass das doch ein Kriegsbolzen sei, vielleicht von einem Deutschordensritter, da wurde er unhöflich laut und sagte, er müsse den Bolzen erst entfernen und genauer in Augenschein nehmen, bevor er dazu ein Urteil abgeben könne.

Und nun solle ich mich um meine eigenen Angelegenheiten kümmern. Dem fügte er einige deutsche Worte hinzu, die ich nicht verstand, was vermutlich auch besser war. Offensichtlich gefiel es ihm nicht, dass ich mich in seine Nachforschungen einmischte. Sie sind einfach ein Volk von barbarischen Grobianen, diese Deutschen! Aber immerhin hatte ich mein Ziel erreicht, dass der Vogt sich um die Sache annahm. Wenn die Herren Ritter vom Deutschen Orden etwas mit dem Anschlag zu tun haben, dann wird er es vielleicht herausfinden, denn bei aller Grobheit halte ich ihn doch für einen klugen Mann.

Wie übrigens auch mein tumber Bäckergeselle sich zunehmend als gar nicht so dumm erweist. Stell Dir vor, er hat das Rätsel des Juden um das seltsame Mal, das die ersten Toten trugen, gelöst! Beim Festmahl fiel ihm nämlich auf, dass Königin Barbara mit einem ungewöhnlichen Essinstrument ihren Kuchen zu sich nahm: Sie benützte eine winzige Gabel mit zwei Zinken. Nun stelle dir vor, man taucht eine solche Gabel in Gift und drückt sie einem armen Opfer in die Haut. Ich würde meinen Kopf verwetten, dass sie genau dieselben Einstichlöcher hinterlässt wie der Biss einer Schlange!

Wir haben es also mit einem Meuchelmörder zu tun, der mit perfiden Methoden seine Opfer vergiftet und es so aussehen lässt, als ob sie auf andere Weise gestorben wären.

Es grüßt Dich aus dem Land der klugen Barbaren

Dein Poggio

Der Mann nahm ein Messer zwischen seine Zehen und warf es auf eine Holzscheibe, wo es genau in der Mitte stecken blieb. Die Umstehenden klatschten begeistert Applaus. Dann setzte er einen Humpen auf seinen Kopf und schenkte sich mit dem Fuß aus einem Krug Wein hinein, ohne einen einzigen Tropfen zu vergießen. Und schließlich fädelte er gar mit den Zehen einen Faden in eine Nadel und fertigte eine Naht.

»Was für ein Wunder! Gott hat ihm die Arme genommen und dafür seine Zehen zu Fingern gemacht!« Cunrat konnte seine Augen gar nicht von dem Fußakrobaten abwenden.

»Es war wohl eher der Krieg, der ihm die Arme genommen hat!«, meinte Giovanni sarkastisch, aber auch er applaudierte, als der Armlose die Figuren auf einem Schachbrett mit äußerster Präzision hin und her schob.

Es war der Beginn der Fasten, die Fastnacht, und in der Stadt wimmelte es mehr noch als sonst von Gauklern, Tierbändigern, Taschenspielern, Seiltänzern, Musikanten und Sängern. Petrus war der närrischen Gesellschaft wohl gesonnen und hatte das Wetter angenehm gestaltet. Der eisige Wind war dem Föhn gewichen, der aus dem Rheintal herabwehte und die Berge nah an die Stadt rückte. Sonnenschein und blauer Himmel begleiteten das wilde Treiben.

Die Bäckergesellen hatten ihr Tagewerk früher beendet, nachdem sie ein gutes Geschäft mit in Schmalz gebackenen Küchlein gemacht hatten, denn nicht umsonst hieß der erste Tag der Fastnacht der Schmalzige Donnerstag. Nun ließen sie sich von der Menge durch die Gassen treiben. Viele Menschen hatten sich maskiert, manche mit Teufelsfratzenlarven aus Holz, andere mit Stofflappen, in die sie Gesichter gemalt und Augenlöcher geschnitten hatten. Viele hatten sich die Gesichter mit Farbe beschmiert, rot wie der Teufel, oder mit schwarzen Flecken wie Pestkranke. Vor diesen hielten die Leute respektvollen Abstand, denn manchmal konnte man nicht recht unterscheiden, ob sie wirklich Sieche waren oder sich nur als solche verkleidet hatten.

Giovanni hatte bei einem Händler eine schwarze Augenmaske mit langer Nase erstanden.

»Solche trägt man bei uns in Venedig!«

Cunrat hingegen hatte sich damit begnügt, sein Gesicht mit Mehlstaub weiß zu pudern, sodass er aussah wie ein lebender Toter.

Er fühlte, wie plötzlich etwas gegen seinen Schenkel stieß. Als er nach unten blickte, sah er ein winziges Weibchen, das offensichtlich zu der Gauklertruppe um den Fußkünstler gehörte und ihm nun einen Beutel mit der Bitte um ein Almosen hinhielt. Sie lächelte ihn an, und er staunte darüber, dass sie wie ein echter Mensch aussah, ja sogar wie eine richtige Frau mit hübschen, blitzenden Augen und freundlich fragenden Lippen, obwohl sie ihm nicht einmal bis zum Schritt reichte. Er hätte sie eher für eine Holzpuppe oder eine bemalte Statue gehalten. Nun zückte er schnell seinen Beutel und gab ihr einen Pfennig. Sie bedankte sich mit gurrender Stimme wie ein Vögelchen und ging weiter zu Giovanni. Der winkte nur kurz ab und legte die Hand auf seinen Beutel. Da streckte sie ihm die Zunge heraus und schlüpfte an ihm vorbei, um den nächsten Zuschauer um Geld zu bitten. Cunrat lachte, doch Giovanni sagte ärgerlich: »Hier musst du deinen Beutel gut festhalten, denn jeder trachtet danach, ihn dir zu erleichtern. Wenn du überall großzügig bist, dann ist er bis zum Abend leer. Aber ich will auch noch einen Schoppen guten Wein trinken und nachher mit Lucia den Karneval feiern!«

Sie hatte den Tag über einige Kunden zu bedienen, doch Giovanni hatte mit Rosshuser vereinbart, dass er ihm einen schönen Batzen Geld dafür zahlen würde, wenn er sie gegen Abend in die Stadt führen durfte, um mit ihr das bunte Treiben zu genießen.

Zunächst aber zogen die beiden Gesellen weiter vom Münsterplatz zur Stephanskirche. An manchen Häusern hingen Fahnen, an anderen bunte Stofffetzen, die den Gassen ein festlichfröhliches Gepränge gaben.

Die Bäckergesellen sahen einem Bärenbändiger mit einem gewaltigen braunen Tanzbären zu, der von zwei Flötenspielern und einem Trommler begleitet wurde, dann stockte ihnen der

Atem, als sie einen Seiltänzer entdeckten, der sein Seil vom Ostgiebel der St.-Stephans-Kirche zum Giebelfenster des nächstgelegenen Patrizierhauses gespannt hatte und mit einem langen Balancierstab in den Händen von einer Seite zur anderen spazierte, als ob er nicht in luftiger Höhe, sondern auf der Gasse neben ihnen unterwegs wäre.

Doch während sie noch die Hälse reckten und dabei von allen Seiten gestoßen und geschoben wurden, fluchte Giovanni plötzlich los. Ein magerer Junge mit rußbeschmiertem Gesicht und schwarzem Lockenschopf drängte sich hinter ihm durch die Menge davon.

»Haltet den Dieb!«, schrie Giovanni. »Er hat meinen Beutel geklaut!«

Cunrat sah den Burschen in den Arkaden der Plattengasse verschwinden und mühte sich, ihm hinterherzukommen. Giovanni lief parallel dazu auf der Straße in die Richtung, in die der Beutelschneider geflüchtet war. Am Oberen Markt trafen sich die beiden Bäckergesellen wieder, doch der Junge war in der Menge verschwunden.

»Verflucht seien Gott und alle seine Heiligen!« Giovanni konnte sich gar nicht mehr beruhigen. Cunrat dachte, dass der Venezianer mit seinem Fluch wahrscheinlich gar nicht so unrecht hatte, gewiss war der Diebstahl die Strafe Gottes oder eines seiner Heiligen gewesen, weil Giovanni sich der Zwergin gegenüber als geizig erwiesen hatte. Geiz war eine der sieben Todsünden.

»War denn soviel Geld in dem Beutel? Ich kann dir etwas geben, wenn du brauchst.«

Cunrat war sehr stolz gewesen, als er von dem Geld, das ihm ein Stadtwächter im Namen von Bärbeli überbracht hatte, endlich seine Schulden bei Giovanni hatte vollständig tilgen können, und nun sah er sich sogar in der Lage, Darlehen zu gewähren.

»Geld, Geld, es geht nicht nur ums Geld!« Giovanni schüttelte seine Hände auf typisch welsche Art und sah Cunrat zornig an ob seiner Begriffsstutzigkeit. »Meine kleinen Freunde waren da drin, verstehst du?« Dann machte er eine Handbewegung, als ob er mit Würfeln spielte.

Cunrat verstand. Die Würfel waren eine von Giovannis Haupteinnahmequellen gewesen, um Lucia freizukaufen.

»Dann musst du dir eben wieder welche besorgen! Costentz ist bekannt für seine Würfelmacher.«

Nun wurde der Blick des Venezianers fast mitleidig. Er schüttelte den Kopf. »Cunrat, solche Würfel kann man hier nicht kaufen. Ein Freund hatte sie für mich angefertigt, sie sind einzigartig, verstehst du?«

Da war auch Cunrat mit seinem Helferlatein am Ende.

»Lass uns in die *Haue* gehen, einen Becher trinken, bevor wir Gretli abholen. Ich lade dich ein!«

Auch sein Mädchen würde heute den Abend freihaben, um mit ihnen den Karneval zu feiern.

Giovanni blieb nichts anderes übrig, als ihm zu folgen. Als sie in die Nähe der *Haue* kamen, entdeckte Cunrat plötzlich zwischen den Köpfen der Leute vor ihnen einen schwarzen Lockenschopf.

»Giovanni, pass auf!«, sagte er leise zu seinem Freund, um den Dieb nicht vorzuwarnen. »Da vor uns ist dein Beutelschneider. Er kommt uns entgegen. Geh du ein Stück da rüber, dann kann er uns nicht entwischen.«

Tatsächlich sah sich der Junge plötzlich dem langen Bäckergesellen gegenüber, wollte kehrt machen und lief dabei Giovanni direkt in die Arme. Der packte ihn an Arm und Haaren und hielt ihn fest.

»So, du nichtswürdige Kreatur, du Galgenstrick!«, rief er triumphierend. »Jetzt wirst du mir sofort meinen Beutel wiedergeben!«

Da begann der Junge laut zu schreien, sodass die Umstehenden aufmerksam wurden.

»Was wollt Ihr von mir? Ich hab nichts getan, ich bin unschuldig! Hilfe, so helft mir doch, ich werde überfallen!«

Einige Leute blieben stehen, um zu beobachten, was weiter geschehen würde. Giovanni wies Cunrat an, den Übeltäter festzuhalten, damit er ihn durchsuchen konnte. Doch er fand nichts. Der Junge hatte nicht einmal einen eigenen Beutel bei sich, auch kein Messer, nur die Kleider, die er auf dem Leib trug. Während sie ihn abtasteten, fuhr er fort lautstark zu jammern.

»Herr, ich sag Euch doch, dass ich nichts habe. Ich bin unschuldig, nur ein armer Weberlehrling. Lasst mich los!«

Dann begann er heftig zu weinen, dicke Tränen liefen ihm über die Wangen. Dennoch ließ Giovanni noch nicht ab.

»Wo hast du meinen Beutel gelassen, du Höllengauch?«

»Ich schwöre Euch, Herr, ich weiß nicht, wovon Ihr redet!«

Am Ende blieb den beiden nichts anderes übrig, als den vermeintlichen Dieb laufen zu lassen.

»Vielleicht war es ja doch ein anderer«, meinte Cunrat, doch Giovanni fluchte weiter vor sich hin. Als der lange Bäckergeselle sich noch einmal nach dem Jungen umsah, bemerkte er, dass auch der sich umgedreht hatte und ihm nun frech grinsend eine Feigenhand zeigte. Dann tauchte er endgültig in der Menge unter. Cunrat seufzte, doch behielt er seine Beobachtung lieber für sich.

»Lass uns jetzt Gretli abholen, es ist Zeit.«

Während sie sich durch die Menschenmassen zum Hohen Haus durchkämpften, kam Giovanni noch einmal auf Cunrats Angebot zurück.

»Hör mal, mein Freund, wegen des Geldes ...«

»Sag mir, wie viel du brauchst!« Cunrat zückte seinen Beutel, doch Giovanni hielt rasch seine Hand darüber.

»Nicht hier, unter all den Leuten. Gib es mir nachher im *Lörlinbad*, wenn wir Lucia treffen.«

Gretli stand schon parat am Tor des Hohen Hauses. Sie hatte sich als Alte verkleidet, mit Mehl auf den roten Haaren, rußgemalten Falten um den Mund und einer dicken roten Warze aus einem Stück Fleisch an der Nase, dazu trug sie ein zerschlissenes

Kleid und einen löchrigen Mantel. Schwer stützte sie sich mit gebeugtem Rücken auf einen Stock und sprach die beiden mit hoher, heiserer Stimme an: »Gott zum Gruß, ihr jungen Herren! Habt Mitleid mit einer alten Frau!«

Giovanni lachte: »Hei, du geile Alte! Komm mit uns, wir werden dich wieder jung machen!« Cunrat hingegen war ein wenig erschrocken, er konnte nicht umhin, sich vorzustellen, ob Gretli in etlichen Jahren vielleicht tatsächlich so aussehen würde. Doch als das Mädchen ebenfalls zu lachen begann und ihre grünen Augen ihn anblitzten, war der Spuk verschwunden und er sah nur noch seine junge Liebste vor sich. Zärtlich fasste er sie an der Hand und ließ sich auf das Maskenspiel ein.

»Komm, Mütterchen, ich stütze dich!«

In diesem Augenblick öffnete sich das Tor des Hohen Hauses. Ein vollkommen behaartes Wesen trat auf die Fischmarktgasse heraus.

»Herr Tettikover!«, rief Gretli erschrocken.

Heinrich Tettikover war Mitglied der Patrizierzunft *Zur Katz* und hatte sich dementsprechend verkleidet: Er war über und über mit Katzenfellen bedeckt und hatte sich von seiner Frau eine Katzenschnauze, Schlitzaugen und Schnurrbarthaare ins Gesicht malen lassen. Lachend grüßte er die Drei mit einem »Miau!« und ging durch das Enge Gässlein davon Richtung Sammlungsgasse, wo sich das Zunfthaus *Zur Katz* befand. Dort würde er seine patrizischen Zunftgenossen treffen, um mit ihnen die Fastnacht zu feiern.

Währenddessen überließen sich auch Cunrat, Gretli und Giovanni dem Karnevalstreiben, sie blieben dort an einem Stand stehen, um einen Becher Wein zu trinken, lachten da über eine besonders lustige Maske, ja sie tanzten sogar zur Musik von Dudelsäcken unter den Arkaden der Plattengasse. Langsam bewegten sie sich durch die Stadt Richtung *Lörlinbad*.

Am Münsterplatz gab es ein besonderes Spektakel. Dort hatte man aus Brettern einen Pferch errichtet und ein Schwein darin eingesperrt. Nun wurden fünf blinde Männer, mit Harnisch und Knüppeln ausgerüstet, hineingeschickt, um das Tier totzuschlagen. Zunächst standen sie noch alle beisammen, während das junge Schwein in einer Ecke vor sich hin grunzte. Als sie das hörten, stürzten zwei der Männer in Richtung der tierischen Laute und schlugen mit ihren Knüppeln auf den Boden, doch natürlich entwich das Ferkel in eine andere Ecke des Pferchs. Erstes Gelächter unter den Zuschauern ertönte, dann begannen einige von ihnen das Grunzen des Schweins nachzuahmen, sodass die Blinden das Tier plötzlich auf allen Seiten des Pferchs vermuteten. Nun lief der eine in diese, der andere in jene Richtung, immer mit dem Knüppel vor sich auf den Boden schlagend, und es dauerte nicht lange, bis einer der Männer getroffen wurde und hinfiel. Er schrie auf, einem Schwein nicht unähnlich, und sofort liefen die anderen vier herbei und hieben auf ihn ein. Nur mit einem lautem »Ich bin nicht das Schwein!« konnte er die Angreifer zur Vernunft bringen, und die Zuschauer grölten vor Lachen. Giovanni hieb sich auf die Schenkel, und Cunrat lachte ebenfalls, bis Gretli sagte: »Das ist ein grausames Spektakel! Lasst uns weitergehen!«

Überrascht fragte Giovanni: »Aber warum denn? Sie haben doch gerade erst angefangen!«

»Und am Ende dürfen die Fünf sich doch den Braten teilen, den müssen sie sich halt verdienen!«, hielt auch Cunrat dagegen.

»Dennoch ist es nicht richtig, sich an den Gebrechen anderer zu belustigen«, insistierte Gretli, und die Verkleidung als Alte ließ ihre Miene noch strenger erscheinen, »wir sollen den Armen und Bresthaften Almosen geben, aber nicht über sie lachen!«

In dem hölzernen Gatter ging unterdessen das Schauspiel weiter, einer hatte wirklich das Schwein getroffen, das lauthals quiekte, sodass alle anderen ebenfalls in diese Richtung schlugen, wobei mancher Hieb das Schwein, mancher die menschlichen Leidensgenossen traf.

Gretli zog Cunrat am Arm fort, sie hatte genug. Da er kein Geld mehr hatte, folgte Giovanni ihnen gezwungenermaßen, wobei er kopfschüttelnd etwas vor sich hin murrte, das wie »So sind sie eben, die Mäntellerinnen!« klang. Das Schreien, Quieken und Johlen folgte ihnen noch ein ganzes Stück über den Münsterplatz hinweg.

Mit Mühe kämpften sie sich durch die engen Gassen der Niederburg, in denen sich ebenfalls ein wild gemischtes Fastnachtsvolk tummelte: ungarische Soldaten, die schon betrunken waren und obszöne Lieder grölten, italienische Prälaten in eleganten Kostümen, wie sie in ihrer Heimat Karnevalsbrauch waren, Polen und Litauer mit gewaltigen Schnurrbärten, schweren Pelzmänteln und Fellmützen, ja sogar Mohren mit dunkler Haut, verschlungenen Kopfbedeckungen und langen weiten Gewändern, bei denen man nicht wusste, ob ihr Aussehen der Fastnacht geschuldet war oder ob dies ihr alltägliches Erscheinungsbild war. Dazwischen tummelten sich die Huren, zu erkennen an den gelben Tüchern um den Oberarm. Die meisten hatten ihre Gesichter mit Stoffmasken bedeckt, die ihrer Koketterie einen besonderen Reiz verliehen.

Kurz bevor sie das *Lörlinbad* erreichten, kam plötzlich aus einer Seitengasse ein Mann, der sich nicht verkleidet hatte, weshalb Cunrat ihn sofort wieder erkannte. Es war der Mann mit der Narbe und dem langen, grauen Bart, der schweigsame Passagier auf der Lädine, der perfekt Deutsch sprach und dennoch vorgab, nichts zu verstehen. Sein Weg schien ihn ebenfalls zum *Lörlinbad* zu führen.

»Giovanni!«, sagte Cunrat aufgeregt, »da ist wieder der Mann von der Lädine! Der, der neulich auch im *Lörlinbad* war, und so wie er Lucia angeschaut hat, ist er gewiss in sie verliebt!«

Der Fremde wandelte unter all den fröhlichen Maskierten wie ein Gespenst, traurig und grau, was wiederum Gretli ins Auge fiel. Während Giovanni seinen Rivalen feindselig musterte, sagte sie leise: »Er schaut drein, als ob er etwas Liebes verloren hätte.«

»Ja, das hat er, wenn es das ist, was auch mir das Liebste ist!«, bestätigte Giovanni unerbittlich, »da braucht er sich keine Hoffnungen machen!«

Gretli schmiegte sich an Cunrat, sie dachte daran, wie wenig oft genügte, dass man das Liebste verlor, ein böses Wort, ein böser Gedanke, eigene oder die von anderen.

Fast gleichzeitig mit dem Graubart kamen die Drei an Rosshusers Gaststube an. Als der Fremde ihrer gewahr wurde, blieb er abrupt stehen. Einen Augenblick sah er sie an, als ob er etwas sagen wollte, dann machte er kehrt und verschwand.

Giovanni schickte ihm eine obszöne Geste hinterher. »Du alter geiler Bock, es genügt dir wohl mein Anblick, dass du den Schwanz einziehst und dich davonmachst!« Mit einem befriedigten Lachen ging er ihnen voraus in die brechend volle Gaststube. Hier ging es noch turbulenter zu als an anderen Tagen. Männlein und Weiblein, Maskierte und Unkostümierte, alles saß, stand, lief oder tanzte durcheinander, nebeneinander, übereinander und untereinander, es wurde gelacht, geschrien und gesungen, und heute war es nicht einmal nötig, dass die Dirnen ihre Kunden mit auf das Zimmer nahmen, ungezügelt trieben es manche in den Ecken des Lokals miteinander.

Cunrat schämte sich dafür wegen Gretli, er hatte schon beim Eintreten den besten Überblick über das wilde Treiben. Überhaupt machte er sich ein wenig Sorgen, wie Gretli und Lucia wohl miteinander auskommen würden. Die beiden Frauen hatten sich noch nie getroffen, und sie waren so unterschiedlich wie Feuer und Eis.

»Lass uns wieder gehen!«, raunte er Giovanni zu, »es ist zu voll heute.«

»Warum denn? Die Stimmung ist doch fantastisch! Jetzt muss nur noch Lucia bereit sein, dann essen wir hier etwas und trinken einen Becher Wein dazu. Siehst du, Froschmaul ist auch da!«

Tatsächlich spielte der Sänger heute keine traurigen Liebeslieder, sondern lustige Tanzweisen für die karnevalsnärrische Gesellschaft.

Wie üblich mussten sie auf Lucia warten. Doch es dauerte nicht lange, bis sie die Treppe herabstieg, in ihrem tief ausgeschnittenen roten Kleid, eine kleine, weiße Augenmaske über der Nase. Giovanni war hingerissen, wie auch viele andere Männer im Lokal, die Beifall johlten oder pfiffen. Doch sie gesellte sich zu den Bäckergesellen, und als sie neben Giovanni stand, fand Cunrat, dass die beiden das schönste Paar in Costentz waren, schöner noch als der König und seine Frau.

Gretli bemerkte seine Blicke wohl und auch die all der anderen Männer, und plötzlich fühlte sie sich mit ihren Rußfalten und zerrissenen Kleidern tatsächlich alt und hässlich im Vergleich zu Lucias strahlender Schönheit. Cunrat hatte ihr vom traurigen Schicksal der Mailänderin erzählt, und Gretli hatte sogar Mitleid gehabt, doch nun dachte sie nur noch: Die Hure! Mit einem Mal war ihre Karnevalsfröhlichkeit verschwunden, sie sah sich im Lokal um, sah überall grölende Männer und schamlose Frauen, sah nur Sünde und Verderben, und plötzlich fragte sie sich, wie sie hatte hierher geraten können, sie, die ehemals fromme Mäntellerin. Wie hatte Cunrat ihr das antun können, sie in diese Lasterhöhle zu schleppen? Sie wünschte sich, Anna Tettikoverin hätte sie nicht ermutigt, auf die Fastnacht zu gehen, hätte ihr nicht geholfen, sich zu schminken und noch einen Zehrpfennig mitgegeben. Es war das erste Mal in ihrem Leben, dass sie die Fastnacht erlebte, sonst hatte sie höchstens im Spital die Betrunkenen versorgt und sich vor ihnen geekelt. Nun war sie mittendrin, und sie ekelte sich vor sich selbst. Sie wollte fortlaufen, doch in diesem Augenblick nahm Giovanni ihren Arm und sagte stolz: »Gretli, das ist meine Lucia! Ist sie nicht wunderschön?«

Lucia streckte ihr die Hand hin, die sie zögernd nahm. Der Händedruck der Mailänderin war herzlich und ihr Blick freundlich und offen. In gutem Deutsch mit leichtem Akzent sagte sie: »Ich freu mich so, dich endlich kennenzulernen! Giovanni hat mir schon so viel von dir erzählt, und Cunrat ist für alle anderen Frauen verloren, seit er dich kennt!«

Gretli errötete unter ihrer Schminke und wusste nicht, was antworten.

»Cunrat, kommst du mit mir zum Abtritt?«, fragte Giovanni augenzwinkernd, und Cunrat, der verstand, dass es wegen des Geldes war, das er dem Freund leihen sollte, ging sofort mit. Die Frauen sahen sich verwundert an. Doch dann sagte Lucia: »Komm, wir warten draußen auf die beiden. Ich hole nur meinen Mantel.« Offenbar hatte sie die seelische Not der anderen erkannt.

Kurz darauf standen die beiden Frauen vor dem Eingang der Schankstube, fest in ihre Mäntel gehüllt, und beobachteten das närrische Treiben. Es wurde schon dämmrig, doch immer noch drängten sich die Menschen in unterschiedlichsten Kleidungen und Masken durch die engen Gassen. Wegen des Karnevals hatte man an den Häusern Fackeln in die dafür vorgesehenen Eisenhalterungen gesteckt, sodass das Hin und Her der Narren in ein gelbliches, unruhig flackerndes Licht gehüllt war.

Ab und zu traten Männer neben ihnen in die Tür des *Lörlinbades*, manche sprachen sie auch an, doch Lucia wies sie sofort mit deutlichen Worten zurück.

»Dies ist kein Haus für eine Frau wie dich!«, sagte sie zu Gretli. »Cunrat hätte dich nicht hierher bringen sollen!«

»Und für dich?«, fragte Gretli. »Ist es denn ein Haus für dich?«

Lucia sah zu Boden und seufzte tief. Dann zuckte sie die Schultern.

»Es ist, wie es ist.«

Doch das ließ Gretli nicht gelten.

»Der Magister Hus sagt, dass man sich immer von der Sünde abkehren kann.«

Da hob Lucia den Kopf und antwortete mit zorniger Stimme: »Der Magister Hus sagt auch, dass alle Frauen Heuchlerinnen sind und vom Satan gesandt, um die Männer zu verführen!«

Gretli erschrak über die Heftigkeit von Lucias Reaktion und über diese Ansichten des Magisters.

»Das wusste ich nicht, das habe ich noch nie gehört. Ich kenne nur seine Predigten, in denen er sagt, die Priester sollten mild gegen die Armen und demütig sein. Verzeih, wenn ich dich gekränkt habe.«

Da wurde Lucia wieder sanft.

»Nein, ich muss um Verzeihung bitten. Ein hoher Prälat hat mir von Hus erzählt, und es war nichts Gutes an dem, was er sagte. Aber du musst wissen, dass ich nicht freiwillig in diesem Haus bin. Wenn ich könnte, würde ich es heute noch verlassen.«

Mit gespielter Fröhlichkeit begrüßten sie Giovanni und Cunrat, die eben aus der Tür kamen. Offenbar hatten sie ihre Geschäfte untereinander und mit dem Wirt erledigt.

»Warum wartet ihr hier draußen in der Kälte auf uns?«, fragte Giovanni. »Wir wollten doch noch etwas trinken und essen!«

»Bringt uns lieber fort von hier!«, antwortete Lucia und hakte sich bei Giovanni ein. »An den schönsten Ort von Costentz!«

Sie fragte nicht, wie viel er dafür bezahlt hatte, dass sie einfach so zusammen losziehen konnten wie ein normales Liebespaar. Cunrat wusste es, denn er hatte fast den ganzen Beutel leeren müssen, um seinem Freund dieses Vergnügen zu ermöglichen. Es hatte ihm den Atem verschlagen.

Giovanni legte nun den Arm um Lucia, küsste sie und sagte vollkommen ernsthaft: »Der schönste Ort ist immer der, an dem du bist, mein Herzenslieb!«

Da schmiegte sich Lucia noch enger an ihn, Gretli stiegen die Tränen in die Augen, und sie schämte sich wegen ihrer vorherigen bösen Gedanken. Etwas unbeholfen tat Cunrat es seinem Freund gleich und nahm sein Mädchen ebenfalls in den Arm.

So zogen sie gemeinsam los, ein weißgesichtiger Bäcker mit einer abgerissenen Alten und ein langnasiger Venezianer mit einer hinreißend schönen Maskierten. Sie verlebten einen vergnüglichen Karnevalsabend und bemerkten nicht, dass sie fortwährend beobachtet wurden, wo immer sie auch hingingen in der Stadt.

Die närrischen Tage endeten am Fastnachtsdienstag mit einem großen Turnier beim Münster. Man hatte den Hof zwischen Kirche und Bischofspfalz mit Sand aufgeschüttet, sodass er einigermaßen eben wurde, und darauf ein Geviert von doppelten, hölzernen Schranken errichtet. Vor dem südlichen Seitenschiff des Münsters waren Tribünen aufgebaut worden, die mit kostbaren Tüchern und Teppichen geschmückt waren. Hier saßen die vornehmsten Prälaten und die Damen des Adels, während der Papst es vorgezogen hatte, das Spektakel gemeinsam mit seinem Gefolge vom Fenster der Pfalz aus zu verfolgen. Auf einer Seite der Abschrankung befanden sich hohe und niedere Sitzgelegenheiten, je nach Rang der Zuschauenden, und der Rest des Hofes bot Stehplätze für das einfache Volk.

Schon Tage vorher war der Herold mit seinem Federhut und dem weißen Stab von Haus zu Haus gezogen, um die Adligen, die in der Stadt weilten, zum Turnier zu bitten. Städtische Patrizier waren von der Teilnahme ausgeschlossen, wurden aber als Zuschauer geladen.

Einen Tag vor dem eigentlichen Turnier hatte man in der Pfalz und den umstehenden Gebäuden die Helm- und Wappenschau veranstaltet. Jeder Ritter musste seine Turnierfähigkeit bekunden, indem er Schild, Helm und Zimier öffentlich zur Schau stellte. Nur wer adlige Vorfahren und einen ehrlichen Lebenswandel vorweisen konnte, hatte das Recht, sich mit den anderen Adligen im Turnier zu messen. Der Herold, der Turniervogt, sowie drei Frauen aus ritterbürtigem Geschlecht – eine Witwe, eine verheiratete Frau und eine Jungfrau – waren für die Beurteilung der Turnierfähigkeit eines Ritters verantwortlich.

Zum Turniervogt war der Sohn von König Ruprecht, Ludwig Pfalzgraf bei Rhein bestimmt worden. Er führte das Turnierbuch und konnte so feststellen, wer bereits an früheren Turnieren teilgenommen und damit seine Turnierfähigkeit nachgewiesen hatte. Manche Ritter brachten auch Turnierbriefe bei, die von Vögten in anderen Städten erstellt worden waren. Je mehr und je ältere dieser Briefe ein Ritter vorweisen konnte, desto eindeutiger fiel die Entscheidung zugunsten seiner Turnierfähigkeit aus.

Im Erdgeschoss der Pfalz und in den Nebengebäuden prangten schließlich die heraldischen Symbole von weit über 100 Rittern aus dem ganzen Reich. Auf Schilden und Zimieren sah man Adler in Schwarz, Blau, Rot oder Gold, Löwen mit lachenden Gesichtern oder herausgestreckten roten Zungen, trabende Pferde, tanzende Bären, übermütige Steinböcke, Schweine, Kühe, Schwäne, Hunde, Hühner, Enten und Fische, ja sogar Elefanten und menschenfressende Schlangen, aber auch Sterne, Kreuze, Geweihe, Hufeisen, Lilien, Blätter, und der von Diessenhofen führte gar einen Henkeltopf im Schilde.

Vogt und Herold wunderten sich indes, dass sie in der gesamten Helmschau nirgendwo das Wappen Sigismunds entdecken konnten: den rot-weiß gestreiften Schild mit dem bekrönten Doppeladler. Dabei war bekannt, dass der König ein guter Turnierkämpfer war und kaum eine Gelegenheit zum Gestech ausließ.

»Vielleicht will er ja inkognito antreten!«, mutmaßte Pfalzgraf Ludwig. »Es wäre nicht das erste Mal.«

Doch so sehr sie sich auch bemühten, es gelang ihnen nicht, unter all den Gemeldeten einen herauszufinden, dessen Turnierbriefe ihnen verdächtig erschienen. Wie auch, der König konnte in seiner Kanzlei jederzeit so viele Turnierbriefe erstellen lassen, wie er wollte, die sich von echten nicht unterschieden.

»Wir werden ja sehen«, meinte achselzuckend der Herold.

Dann kam der Morgen des Turniers. Am Himmel jagte der Wind Wolkenfetzen über das Blau, und auf den Wegen knirschte das Eis unter den Füßen. Nachdem der Föhn am Freitag zusammengebrochen war und es zwei Tage geregnet hatte, war der Winter mit Macht zurückgekehrt. Der Regen war in Schnee übergegangen, doch heute schien es, als hätten die Wolken sich fürs Erste ihrer Last entledigt, sodass sie zur leichten Beute der Windböen wurden, die sie vor sich hertrieben. Die oberste Schicht des Sandplatzes im Hof der Pfalz war hart gefroren.

Nach dem Morgengottesdienst füllte sich der Turnierplatz langsam mit Gästen. Die Bäcker hatten sich mit ihren Pasteten und Fastnachtsküchlein an der Kirchenmauer zwischen Münsterportal und Hoftor postiert, wobei sie sich mit ein paar Bettlern anlegen mussten, die auf den Treppen des Münsters ihren Stammplatz hatten und nun befürchteten, dass die Kirchgänger ihre Pfennige lieber in leckeren Küchlein anlegen würden, als mit einem Almosen etwas für ihr Seelenheil zu tun. Doch nachdem Cunrat dem am lautesten Protestierenden – einem Mann mit verkrümmten und vom Antoniusfeuer verbrannten Gliedmaßen – einen ordentlichen Batzen in die Hand gedrückt hatte, beruhigte sich dieser, und auch die anderen hörten auf zu murren. In der Tat wollte sich fast jeder, der den Pfalzhof betrat, noch einmal mit etwas Essbarem eindecken, sodass ihre Backwaren reißenden Absatz fanden.

Schließlich kam, von Fanfaren angekündigt, der Pfalzgraf bei Rhein die Plattengasse entlang geritten. Neben ihm saß seine Dame auf einem weißen Zelter, in einen blauen Mantel mit goldenen Stickereien gehüllt. In langem Zug folgten ihm die Ritter, die sich für das Turnier gemeldet hatten, mit ihren prächtigen Harnischen und Helmen, jeweils begleitet von ihren Damen. Pferde und Reiter waren mit Seidenstoffen in den Farben ihrer Wappen umkleidet und boten einen prächtigen Anblick. Cunrat hatte noch nie ein solches Spektakel gesehen und war ganz begeistert von den bunten Standarten, Mänteln und Helmfiguren.

»Aber wo bleibt der König?«, fragte er, als die Parade zu Ende war und alle Kämpfer den Turnierplatz erreicht hatten.

Auch Giovanni schüttelte den Kopf. »Seltsam, so etwas lässt er sich doch sonst nicht entgehen.«

Doch nur noch Zuschauer drängten sich durch das Tor, und schließlich beendeten auch die Bäcker ihren Verkauf. Die zwei Brote, die übrig geblieben waren, schenkten sie den Bettlern, dann zwängten sie sich mit den anderen Schaulustigen in den Pfalzhof. Der war schon zum Bersten voll. Nur mit Mühe gelang es den Grieswärteln und Turnierknechten, die zwischen den doppelten Schranken standen, mit Stöcken und langen Stangen die Menge hinter den Holzgattern zu halten. Giovanni stellte sich auf die Zehenspitzen, aber alles, was er sehen konnte, waren die Damen und Prälaten auf den erhöhten Zuschauertribünen, während Cunrat wie immer den Kopf über den anderen und damit auch den Turnierplatz im Blick hatte. Am Fenster der Pfalz erschien nun der Papst, und in seinem Gefolge erkannten sie Poggio Bracciolini. Die Menschen fielen vor Ehrfurcht auf die Knie, als sie Johannes erblickten, und er segnete mit weitem Gestus die Menge. Dann nahm an seiner Seite die Königin Barbara Platz. Nun brach die Menge in Jubel aus, die Leute klatschten und winkten der schönen Ungarin zu.

»Die würde ich auch gern einmal trösten!«, meinte Giovanni bei ihrem Anblick.

»Aber Giovanni, sie ist doch die Königin!«, antwortete Cunrat entrüstet.

»Na und?« Sein Freund lachte. »Glaubst du, Königinnen sind keine Frauen? Und nach allem, was man von ihr hört, ist sie männlichen Tröstungen nicht abgeneigt! Wenn der König sie aber auch immer allein lässt!«

In der Tat war Sigismund immer noch nicht aufgetaucht. Cunrat schüttelte nur den Kopf über Giovannis Respektlosigkeit und wandte seine Aufmerksamkeit lieber den Damen auf der anderen Seite des Turnierplatzes zu. Jeder Ritter, der zum Gestech antrat, musste laut Turnierregeln mindestens eine Dame als Zuschauerin hier haben, für die er in den Kampf zog. Diese saßen auf den Tribünen an der Südseite des Münsters, in drei Reihen, die in Stufen übereinander angeordnet waren, sodass man jede einzelne der Schönen mit ihrer prächtigen Festtagshaube und dem farbigen Mantel begutachten konnte. Cunrat fragte sich, ob alle Ritter ihre Ehefrauen mit zum Konzil gebracht hatten, oder ob sich nicht mancher von ihnen hier eine Dame angelacht hatte, edel oder nicht. Eine von ihnen glaubte er sogar im *Lörlinbad* schon einmal gesehen zu haben.

Auf einer weiteren Tribüne ganz im Osten saßen die Kardinäle, Bischöfe und Ordensgeneräle, die an den Fenstern der Pfalz keinen Platz gefunden hatten oder mit dem Papst nicht so gut standen, dass er sie dorthin eingeladen hätte. Sie trugen zwar keine Hauben wie die Damen, aber fast ebenso prächtige Hüte und Infuln, dazu reich bestickte Gewänder und teure Pelzmäntel.

Cunrat bedauerte, dass Gretli nicht mitgekommen war, denn all die Farben und schönen Stoffe hätten ihr sicher gefallen.

Da kündigten endlich Fanfaren den Beginn des Turniers an. Bevor jedoch die ersten Kämpfer zur Tjost in die Schranken ritten, musste ein Ritter zu Fuß den Turnierplatz betreten. Dort warteten schon sechs weitere Geharnischte mit Turnierkolben in der Hand.

»Er wird empfangen! Wer ist es denn?«, wollte Giovanni von Cunrat wissen und reckte sich in die Höhe, um besser zu sehen.

»Was meinst du mit ›empfangen‹?«

»Sie empfangen ihn mit Prügeln. Du wirst es gleich sehen. Er hat sich irgendetwas zuschulden kommen lassen. Eigentlich wäre er gar nicht turnierberechtigt, aber wenn er sich jetzt verprügeln lässt, sind ihm seine Missetaten verziehen und er kann teilnehmen. Kannst du sein Wappen erkennen?«

»Ja, ein weißer Löwe auf blauem Grund. Weißt du, wer er ist?«

Da antwortete ein Mann vor ihnen zornig: »Der Ritter Jörg von End, dieser Schweinehund. Der sitzt auf der Burg Grimmenstein im Sankt Gallischen, die er von Herzog Friedrich von Österreich zum Lehen bekommen hat. Von dort aus überfällt er die Leute, um sie auszurauben. Meinem Herrn hat er auch Waren gestohlen und zwei Knechte umgebracht. Zu Tode prügeln sollte man ihn!«

Die sechs Ritter, die bereitstanden, dem von End einen entsprechenden Empfang zu bereiten, schienen derselben Meinung zu sein. Nachdem der Herold verkündet hatte, um wen es sich handelte und wessen er beschuldigt wurde, schonten sie den Missetäter nicht und hieben mit ihren Turnierkolben heftig auf ihn ein. Wäre er nicht durch Harnisch und Helm geschützt gewesen, so hätte er wohl mehr als blaue Flecken und zerbeultes Blech davongetragen. Die Menge applaudierte bei jedem Schlag, den er erhielt, und erst, als er am Boden lag, ließen seine Peiniger von ihm ab. Mühsam schleppte er sich vom Platz, doch dann gesellte er sich mit hoch erhobenem Haupt zu den anderen Rittern, die ihm freundlich auf die Schulter klopften und ihn als Gleichgestellten wieder in ihre Reihen aufnahmen.

Erneut tönten die Fanfaren, dann ritten die ersten beiden Kämpfer zur Tjost in die Schranken. In Schwarz-Weiß, mit einem Steinbock als Helmzier, galoppierte Graf Hans von Stoffeln die Mittelschranke entlang, von der anderen Seite kam Graf Heinrich von Salm in rot-goldenem Mantel mit zwei Lachsen auf dem Wappen herangestürmt. Die Lanzen mit den Turnierkrönlein prallten auf die Harnische, doch dann rutschten sie ab, und die beiden Kämpfer ritten weiter bis zum Ende des Platzes. Dort parierten sie die Pferde hart durch, kehrten um und galoppierten wieder aufeinander los. Bei jedem Aufprall der Lanzen schrie die Menge laut auf, und als schließlich Heinrich von Salms Lanze zersplittert war, stiegen sie ab und kämpften mit Keulen weiter. Am Ende lag von Salm auf dem Rücken im Sand, die Menschen schrien und applaudierten dem Sieger Hans von Stoffeln, der vom Turniervogt auf der Mitteltribüne zum Sieger erklärt wurde. Seine Dame reichte ihm ein seidenes Tüchlein mit seinen Farben und dem Steinbockwappen von der Tribüne herab. Abends bei der Siegerehrung im Festsaal der Pfalz würde dann der Ritter mit den meisten Siegen in der Tjost den Stecherdank in Form einer goldenen Kette erhalten.

Nun kamen die nächsten beiden Ritter zum Gestech, dann wieder zwei, und so ging es einige Stunden lang. Die Menschen rund um den Turnierplatz spürten vor lauter Aufregung und Enge die Kälte nicht. Nur die Zuschauer auf den Tribünen wurden vom Wind geschüttelt, sie hüllten sich fest in Pelze und Decken, und mancher Prälat musste mit beiden Händen seinen Hut festhalten.

Die Sieger jeder Paarung traten wieder gegeneinander an, bis schließlich nur noch ein Paar übrig war, die beiden stärksten Kämpfer des Tages. Diese Ritter waren besonders prächtig gekleidet. Ein silberner Hase erhob sich von der Helmzier des Kämpfers, der vom Herold als Herzog von Schlaffanien angekündigt wurde. Über dem Harnisch trug er einen rot-silbernen Wappenrock mit wehendem Mantel, den der Wind aufbauschte, sodass der darauf gestickte Hase in wilden Sätzen hinter dem Reiter her zu hetzen schien. Sein Gegenüber war der Graf von Tegenburg, der einen schwarzen Hund auf goldenem Schilde trug.

Spöttisch rief der Graf seinem Gegner vor Beginn des Gestechs zu: »Hat ein Hase nicht Angst vor einem Hund?«

Der antwortete ruhig und in bestem Deutsch: »Manchmal wird der Hund auch vom Hasen gejagt. Ihr wisst, es ist Karneval, verkehrte Welt!«

Dann stürmte er los. Der andere setzte sich ebenfalls in Bewegung, doch der von Schlaffanien war so schnell und ungestüm, seine Lanze krachte mit solcher Wucht gegen den Harnisch des Tegenburgers, dass dieser schon bei der ersten Runde aus dem Sattel gehoben wurde. Auch beim anschließenden Fußkampf konnte er den mächtigen Schlägen des Hasengewappneten nicht lange standhalten. Dieser wurde vom Herold schließlich zum Sieger erklärt.

Da nahm er seinen Helm ab, und alle Anwesenden erhoben sich von ihren Sitzen und schrien und klatschten vor Begeisterung. Sigismunds roter Bart leuchtete in der Sonne, als er die

Menschen rundherum grüßte und dann seinem gefallenen Gegner die Hand hinstreckte.

Der fiel ehrfürchtig auf die Knie vor dem König, doch Sigismund lachte und zog ihn hoch.

»Ich hab euch doch gesagt, es ist Karneval. Da müssen sich die Hunde vor den Hasen in acht nehmen!«

Wieder applaudierte die Menge, und unter dem Schall der Fanfaren schritt der Sieger zu den Fenstern der Pfalz, von wo ihm Königin Barbara ein silbernes Tuch herabreichte. Dann ging er nach oben, um neben ihr Platz zu nehmen.

Nach der Tjost wurde ein Buhurt angekündigt. Alle Kämpfer begaben sich noch einmal in die Schranken, um bei Formationsritten und Schildkämpfen ihre Geschicklichkeit unter Beweis zu stellen. Doch nun waren sie nicht mehr mit ihren Wappen und deren Farben bekleidet, sondern zum großen Vergnügen der Zuschauer trugen sie Maskenhelme und Kostümharnische. Türken ritten ein, Tataren, Jäger, Vogelsteller, Narren, Riesen, Wilde Männer, Mönche, Nonnen und Jakobsbrüder, ja die Herren kamen gar als Knechte und Bauern in die Arena.

Die Menschen jubelten über den Mummenschanz, dazu bliesen die Fanfaren, Trommeln wurden gerührt, und schließlich erhoben sich auch die vornehmen Gäste auf den Tribünen von ihren Sitzen und klatschten und stampften den Takt mit. Doch das hätten sie besser nicht getan.

Mit lautem Ächzen knickte plötzlich eine Stützstange unter der rechten Tribüne wie ein Strohhalm ein, worauf die gesamte Holzkonstruktion zur Seite hin absackte. Auf dieser Tribüne befanden sich vor allem Bischöfe und hohe Ordensvertreter, deren eben noch fröhliche Gesichter sich nun in entsetzten Schreien verzerrten, jeder packte das, was ihm am Nächsten war, um Halt zu finden, das Geländer, einen Hocker oder die Gliedmaßen eines neben ihm Stehenden, dann fielen sie in einem Gewühl von Gewändern und Decken übereinander und rutschten langsam aber unaufhaltsam von der Holzplattform herab, die sich immer mehr neigte, manche schafften es noch, sich festzuklammern, andere rollten über die Liegenden hinweg und stürzten dann ab.

Nun begannen auch die Pferde der Ritter unmittelbar bei der Tribüne zu scheuen, es kam zu einem Tumult, zunächst unter den Reitern und ihren Knechten, dann auch unter den Zuschauern rund um die Schranken, die fürchteten, unter die Hufe zu kommen. Die Bläser und Trommler verstummten, als sie sahen, was geschehen war, sodass man nur noch das angstvolle Wiehern der Pferde und das panische Schreien der Menschen hörte, die nun zum Ausgang drängten. Doch das Tor war zu klein, um die anstürmenden Massen durchzulassen, und der Herold versuchte vergeblich, sie mit Aufrufen zur Ruhe zurückzuhalten. Seine Stimme ging im wilden Geschrei unter.

Giovanni und Cunrat waren aufgrund ihrer Position in der Nähe des Tores rasch aus dem Hof gelaufen, als sie begriffen hatten, was geschehen war. Wie ein unaufhörlicher Strom quollen nun die Menschen aus der Pfalz, um dann auf der Plattengasse stehen zu bleiben, weil sie sehen wollten, was weiter geschah und darüber sprechen wollten, was überhaupt geschehen war.

Nach den Zuschauern kamen die Ritter einer nach dem anderen heraus geritten. Einige Pferde lahmten, die Rüstungen waren teilweise verbeult, die Maskenhelme zerbrochen, die farbenfrohen Kostüme zerfetzt. Auch hatte manch ein Kämpfer selber im Gewühl Hiebe abbekommen. Erst nach einer langen Zeit verebbte die Flut, und schließlich wollten die Knechte des Bischofs das Tor schließen. Doch vorher berichteten sie noch den Umstehenden, dass durch den Sturz von der Tribüne ein Prälat getötet worden sei, weil viele andere auf ihn gestürzt seien und sein Körper wohl das große Gewicht nicht ausgehalten habe. Einige weitere hätten sich ernsthaft verletzt, und ebenso seien einige Zuschauer von panischen Pferden überrannt oder von ihresgleichen im Gedränge zu Boden getrampelt worden, sodass am Ende ein Toter und etwa zwei Dutzend Verletzte zu beklagen waren. Das abendliche Fest für die Preisverleihung war abgesagt worden, es herrschte Trauer.

»Wisst ihr, wer der Prälat war, der getötet wurde?«, wollte Giovanni wissen.

»Es heißt, einer vom Deutschen Orden. Ich habe das schwarze Kreuz auf seinem Mantel gesehen, aber mehr weiß ich auch nicht«, antwortete der Knecht, dann schob er die schwere Flügeltür des Portals zu.

Poggio Bracciolini an Niccolò Niccoli, am 27. Tag des Februars, zur Zeit der Fasten, im Jahre des Herrn 1415

Ich, Poggio, entbiete Dir, meinem Niccolò, einen herzlichen Gruß!

Mein lieber Freund, die Zeit der Fasten ist gekommen, der Karneval ist vorüber, der hierzulande Fastnacht genannt wird, aber die Menschen sind toller denn je.

Alle Welt erwartet, dass Johannes als Pontifex Maximus zurücktritt. Also hat er in Absprache mit Francesco Zabarella, dem überaus gelehrten Bischof von Florenz und päpstlichen Referendar, eine Zessionsformel aufgestellt und am 16. dieses Monats öffentlich verlesen lassen. Doch sowohl der König als auch die Vertreter der anderen Nationen verwarfen die Formel. Ihrer Meinung nach enthielt sie nur vage Andeutungen und ließ nicht wirklich den Willen zum Rücktritt erkennen.

So haben sie selber einen Vorschlag erarbeitet, doch diese Formel gefiel wiederum dem Papst nicht, womit er sich gezwungen sah, seinerseits einen zweiten Entwurf vorzulegen. Dieser wurde am 21. Februar den Nationen verkündet, jedoch erneut abgelehnt. Die Vertreter der Nationen behaupteten, er unterscheide sich kaum vom ersten Entwurf und sei zudem beleidigend für die anderen beiden Päpste, weil Johannes sie so tituliert hat, wie er sie nun einmal sieht: als Schismatiker und Häretiker.

Außerdem wird nun in der Stadt verbreitet, der Papst tue alles, um seinen Rücktritt zu verhindern, ja er suche vor allem durch Bestechung und Geschenke seine Stellung zu halten. Und seine Gegner schrecken nicht davor zurück, auch uns, seine Gefolgsleute, zu verunglimpfen. Denk nur, Magister Dietrich von Nieheim, der ja mit Johannes zum Konzil gekommen ist und maßgeblich am Zustandekommen des Pisanums beteiligt gewesen war, mithin ein Mann, auf den wir uns verlassen zu können glaubten, hat einen geradezu unverschämten öffentlichen Antrag gestellt, in dem er fordert, das Konzil müsse bis Ostern alle Arbeiten der Kurie suspendieren, es müsse ferner alle Titularbischöfe sowie die Mendikanten vom Konzil ausschließen. Nur diejenigen, die sich für eine Union der Kirche einsetzen, könnten bleiben.

Seine erste Forderung zielt ganz klar auf uns, die Sekretäre, Prokuratoren, Sollizitatoren, Abbreviatoren und Schreiber von Papst Johannes. Er untersteht sich zu behaupten, dass wir zu nichts anderem Zeit hätten, als einer Unzahl von ›Ambitiosi‹, pfründenjagenden Prälaten und Klerikern, zu Diensten zu sein, die nur zu dem Zwecke nach Costentz gekommen seien, sich vom Papst alte Privilegien bestätigen und neue ausfertigen zu lassen. Und natürlich unterstellt er, dass wir diese nicht ohne Gegenleistung herausgeben, uns mithin der Simonie schuldig machen.

Mein lieber Niccolò, was soll ich dazu sagen? Was sollen wir armen Beamten denn tun, wenn wir von allen Seiten bedrängt werden? Es wäre wohl gut, wenn es in einer Welt voller Schafe keine Wölfe gäbe, aber solange es deren so viele gibt, muss man wohl oder übel mit ihnen heulen!

Wenigstens sind in dieser Woche zwei Gesandtschaften eingetroffen, die auf der Seite von Papst Johannes stehen: die Legaten des Burgunderherzogs Johann Ohnefurcht sowie der österreichische Herzog Friedrich in personam, der durchaus über eine gewisse Macht in dieser Region verfügt, gehört ihm doch viel

Land in den Alpen und rund um den Bodensee. Außerdem hat ihn Papst Johannes im Oktober in einer Geheimbulle zum Generalkapitän der Kirche ernannt. Um seine Stärke zu demonstrieren, zog er mit 600 Reitern in die Konzilsstadt ein und bot dabei ein eindrückliches Schauspiel, nahm jedoch anschließend außerhalb der Mauern im Kloster Kreuzlingen Quartier. Mit diesen beiden einflussreichen Delegationen im Rücken erhofft sich Johannes eine Wendung seiner Sache zum Guten. Vielleicht lässt sich der König umstimmen in seinem Vorhaben, unseren Papst auf jeden Fall zum Rücktritt zu zwingen, und womöglich wird sich dieser Gordische Knoten dann endlich lösen.

Denn es harren noch so viele andere Dinge der Lösung: Der Ketzer Johannes Hus sitzt weiterhin auf der Insel in Haft, die Morde an den Wirtsleuten, dem Mailänder und dem Polen sind immer noch nicht aufgeklärt, auch von dem Toten, den der Henker gefunden hat, hört man nichts mehr. Und nun ist gar noch weiteres Unheil über die Stadt gekommen!

Im Hof der Bischofspfalz wurde das an Fastnachtsdienstag übliche Turnier zur Beendigung der närrischen Zeit abgehalten. Papst Johannes war schon Tage vorher schlechter Laune, weil zu all den Schwierigkeiten, denen er sich durch das Konzil ausgesetzt sah, nun auch noch das Hämmern der Handwerker, die für den Aufbau der Tribünen zuständig waren, das Schreien der Fuhrleute, die Sand und Sägemehl heranschafften, um den am Hange gelegenen Platz einzuebnen, sowie das Rumoren des Turniervogts und des Herolds bei der Aufstellung der Helmschau hinzu kamen und ihn in seiner Andacht und Ruhe störten, wie er sagte. Wie viele Male hat er die Krakeeler und Lärmmacher verflucht!

Am Turniertage selber zeigte er sich dann aber leutselig am Fenster der Pfalz und nahm die Huldigungen der Zuschauer entgegen. Neben ihm hatte gar Königin Barbara Platz genommen, die ich somit ganz aus der Nähe betrachten konnte, denn ich saß mit den anderen Sekretären auf einer Bank hinter dem

Papst. Sie ist wirklich eine außerordentlich schöne Frau, und es fällt mir schwer zu begreifen, warum Sigismund sie gar so vernachlässigt. Zu Beginn des Turniers war er gar nicht anwesend, sodass alle Welt sich fragte, wo denn der König geblieben sei. Doch er hatte sich – passend zur Karnevalszeit – einen Spaß ausgedacht, indem er die Rüstung eines anderen angelegt hatte und unter falschem Namen in die Giostra ritt. Nur durch seine Bravour und Tapferkeit im Kampf gab er sich schließlich zu erkennen, und vielleicht wäre er sogar als Sieger aus diesem Turnier hervorgegangen, hätte sich nicht kurz vor dem Ende, bei den Reiterspielen, ein Unglück ereignet. Als ob der Teufel die Flüche von Johannes erhört hätte, brach eine der hölzernen Tribünen mit Krachen und Tosen in sich zusammen. Allerdings saßen auf diesem Teil der Zuschauerränge zum Glück keine Damen, sondern nur weidlich gepolsterte Prälaten, sodass die Schäden sich zumeist auf blaue Flecken und gebrochene Glieder beschränkten. Einer jedoch blieb tot auf dem Turnierplatz zurück: Kaspar Schuwenpflug, ein Domherr des Deutschen Ordens! Fast könnte man glauben, die Polen hätten die Tribüne zu Fall gebracht, denn die deutschen Ritter hatten noch vor wenigen Tagen mit allen Mitteln versucht, den Papst von deren Heidentum zu überzeugen.

Dieses Unglück trägt nicht gerade zur Beruhigung der Menschen in Costentz bei. Zu frisch ist noch die Erinnerung an die anderen Opfer, die in den letzten Wochen eines unnatürlichen Todes gestorben sind. Und mancher fragt sich, ob nicht vielleicht doch der Teufel umgeht in der Konzilsstadt, um Unheil und Zwietracht zu säen.

Eine Delegation ist sogar schon wieder abgereist: einige Engländer unter Graf Warwick, die mit König Sigismund gekommen waren. Nun hat ihr König Heinrich sie offenbar zurückbeordert, geblieben sind nur die englischen Bischöfe. Das ist kein gutes Zeichen, die Engländer rüsten offenbar zum Krieg gegen die Franzosen. Ich wundere mich nur, dass es hier in Costentz noch keine offenen Auseinandersetzungen zwischen den beiden Nationen gegeben hat!

Die lustige Karnevalszeit ist nun vorüber, mein Niccolò, aber sonderlich lustig war sie nicht, wie Du siehst. Wie viel lieber hätte ich diese Zeit in Rom verbracht! Was für wundervolle Karnevalstage habe ich dort erlebt, auf der Piazza Navona oder dem Testaccio! Hier, unter den Barbaren, gibt es keine Kostümbälle und Feuerwerke, keine Pferderennen und Stierhatzen, gar nicht zu reden von den vielerlei Masken und all der sonstigen Kurzweil, die in der Tiberstadt geboten werden. Einmal habe ich mich hier – verhüllt mit einer schwarzen Maske – unter das Volk gemischt, das hier vor allem den Donnerstag als den Schmalzigen oder Unsinnigen begeht, wo dies bei uns der Dienstag ist. Doch abgesehen von der entsetzlichen Kälte erschien mir das närrische Gebaren der hiesigen Bevölkerung unerträglich plump und die Fantasie der Maskierten ausgesprochen kümmerlich. Wenn schon – wie es bei den Alten heißt – »semel in anno licet insanire«*, dann doch wenigstens so wie am römischen Karneval, der an die antiken Saturnalien erinnert. Ich hoffe so sehr, dass ich die nächste Maskerade wieder dort erleben werde!*

Es grüßt Dich bar jeder Narretei

Dein Poggio

Am letzten Februartag traf noch einmal eine große Delegation in Costentz ein. Es war die offizielle Gesandtschaft des Mailänder Herzogs Filippo Maria Visconti, der sich die Herzogswürde vom König bestätigen lassen und sich daher gut mit ihm stellen wollte. Der Ritter Gasparo de' Visconti, der Advokat Antonio de' Gentili und der Abt von Sant'Ambrogio, Manfredo della

---

* Einmal im Jahr darf man verrückt spielen.

Croce, kamen mit großem Gefolge und einem langen Zug von Wagen, die wertvolle Fracht transportierten. Die Mailänder als die wichtigsten Handelspartner der Patrizier von Costentz wurden fast ebenso ehrenvoll empfangen wie der österreichische Herzog Friedrich wenige Tage zuvor. Allerdings bestand ihre Ehrengarde vorwiegend aus Costentzern, während Friedrich vor allem von den Anhängern des Papstes begrüßt worden war.

Es war ein trüber Donnerstag, als die Mailänder am späten Nachmittag über die St.-Pauls-Gasse in die Stadt einritten, um am Oberen Markt mit ihren Wagen Richtung Marktstätte und Kaufhaus abzubiegen, ein Weg, den viele von ihnen schon früher genommen hatten. Die italienischen Bäcker hatten ihren Karren mit dem Ofen und den Auslagetischen wieder einmal an diesem Kreuzungspunkt platziert. Es herrschte Fastenzeit, und wenn auch die vielen Fastentage, die es das ganze Jahr über gab, während des Konzils nicht so streng eingehalten wurden, so galten für die Zeit vor Ostern doch die üblichen strengen Fastenregeln. Mithin liefen die Geschäfte nicht mehr so gut, und das galt nicht nur für die Bäcker, sondern auch für andere Gewerbetreibende, welcher Art ihr Gewerbe auch immer sein mochte. Nur einige wenige Leute, die es geschafft hatten, gegen entsprechende Gaben vom Papst einen Dispens vom Fasten zu erlangen, wagten noch, ihr normales Leben weiterzuführen. Für das Volk hingegen verkündigten die Prediger allenthalben das Kommen des Jüngsten Gerichts und entsetzliche Höllenstrafen für Völlerei, Hurerei, Geldgier und andere Sünden, und so kauften die Menschen keine gefüllten Pasteten mehr, sondern nur noch schwarze Brote, sie tranken keinen Rheinwein, sondern höchstens Knechtewein, und selbst die Huren in ihren Bade- und Frauenhäusern hatten Umsatzeinbußen zu verzeichnen. Deshalb konnte Lucia an diesem Tag durch die Stadt schlendern und machte Halt bei Giovanni, um ein Brot zu kaufen.

Die beiden unterhielten sich, dann zog der Venezianer sie in den Schatten der Laubengänge am Haus zum Hohen Hafen, um ihr etwas näher zu kommen. Als jedoch Herolde die Mailänder Gesandtschaft ankündigten, unterbrachen sie ihre Zärtlichkeiten und schauten neugierig dem Zug der vornehmen Reiter und reich bepackten Wagen zu.

Giovanni musste an den Tod des mailändischen Übersetzers denken. »Jetzt wird der Vogt noch einmal Ärger bekommen!«, mutmaßte er. »Und Visconti wird sich die Gelegenheit nicht entgehen lassen, den König unter Druck zu setzen!«

Doch da schien Lucia plötzlich zu erstarren, dann schlug sie die Hand vor den Mund, um nicht zu schreien, und sah so entsetzt auf den Zug der Welschen, als ob dort eine Horde von Teufeln vorüberzöge.

»Lucia, was ist? Was hast du?«, fragte Giovanni, doch sie schüttelte nur den Kopf. Giovanni schaute nach den Mailändern, aber er sah nur Pferde, Wagen, Knechte und reich gekleidete Gesandte. Einer von ihnen, ein hagerer Mann mit langen Haaren und pelzverbrämter Mütze, schien zu ihnen herüberzublicken, doch dann scheute sein Pferd vor einem Betteljungen, den es fast unter die Hufe genommen hätte, und der Reiter wandte seine Aufmerksamkeit wieder dem Tier zu. Kurz darauf war der Zug in der Gasse Unter den Säulen verschwunden.

Noch einmal fragte Giovanni seine Geliebte, was los sei, doch Lucias Stimme versagte den Dienst, sodass der Bäcker sie bei den Armen nahm, um noch drängender Auskunft zu fordern. »Sag doch, was mit dir ist? Was ist denn passiert? Was hast du gesehen?«

Aber sie seufzte nur noch »O Dio!«, dann riss sie sich von ihm los und eilte durch die Menge davon.

Lenzmond

AM 1. MÄRZ AKZEPTIERTE PAPST JOHANNES die Zessionsformel, die ihm die Nationen und der König am Tag zuvor unterbreitet hatten. An diesem Tag verschwand Lucia.

Am 2. März versprach Papst Johannes bei der zweiten öffentlichen Konzilssitzung im Münster, er werde abdanken, wenn die beiden Gegenpäpste es ihm gleichtun würden. An diesem Tag wurde Giovanni verhaftet.

⁂

Sie kamen zu viert, vor Sonnenaufgang. Die Bäcker waren gerade dabei, sich für ihr Tagwerk fertig zu machen, als es plötzlich an die Tür ihrer Hütte polterte.

»Aufmachen, im Namen des Vogtes! Macht auf!«

Antonello öffnete die Tür, und die Stadtwachen drängten mit ihren Hellebarden in den kleinen Raum.

»Wer von euch ist Giovanni Rossi?«, rief ihr Anführer, den Cunrat einmal in der *Haue* gesehen hatte.

Giovanni trat vor. »Der bin ich. Was gibt's?«

»Ihr seid verhaftet. Kommt mit!«

»Aber warum denn? Was wirft man mir vor?«

Cunrat dachte sofort an die Würfel, doch dann sagte der Oberste der Wache: »Ihr werdet vom Frauenwirt Peter Rosshuser beschuldigt, ihm eine seiner Frauen geraubt zu haben. Die wertvollste obendrein!«

»Die wertvollste?«, fragte Giovanni ahnungsvoll. »Meint Ihr Lucia? Was ist mit ihr? Ist sie denn verschwunden?«

Doch der Mann gab ihm keine Antwort mehr, sondern sah sich suchend in der engen Hütte um, als hoffte er, zwischen den drei Betten und der Truhe die geraubte Frau zu finden. Nach kurzem Augenschein begriff er, dass sich in dieser beengten Düsternis niemand verstecken konnte.

»Führt ihn ab! Er wird schon noch auspacken.«

»Aber was redet Ihr denn da?«, mischte sich jetzt Cunrat ein. »Giovanni hat Lucia doch nicht geraubt! Er liebt sie und spart jeden Pfennig, um sie freizukaufen!«

»Ach ja?«, lachte der Wächter hämisch. »Nun, da scheint mir eine Entführung der billigere Weg zu sein!«

Cunrat begriff, dass er Giovanni mit seinem Hilfsversuch geradewegs noch weiter in die Klemme gebracht hatte, und verstummte. Sein Freund konnte nur noch den Mantel greifen, dann stießen ihn die Wachen unsanft aus dem Schuppen und nahmen ihn mit. Die übrigen Gesellen blieben sprachlos zurück.

Als sie sich etwas von der Überraschung erholt hatten, fingen die Italiener an, hektisch in ihrer Sprache zu debattieren, was sich für Cunrat anhörte wie aufgeregtes Gänseschnattern. Schließlich machte er ihnen mit Händen und Füßen und den inzwischen gelernten italienischen Brocken klar, dass sie wie immer den Ofen heizen und backen sollten. Er werde sich um Giovanni kümmern. Wie selbstverständlich übernahm er das Kommando, und seine Genossen schienen froh darüber zu sein, denn ihr Deutsch war immer noch mangelhaft und ohne Giovanni kamen sie nur schwer zurecht.

Cunrat musste daran denken, wie der Freund ihn mit Poggios Hilfe aus dem Turm geholt hatte nach jener grässlichen Nacht in Kälte und Angst, und er schwor sich, nicht eher zu ruhen, bis er ihm diesen Freundschaftsdienst vergolten haben würde.

Sein erster Weg führte zum *Lörlinbad*. Er wollte Rosshuser zur Rede stellen. Doch hier war alles dunkel und still. Die Frauen lagen wohl noch im Schlaf, und man hörte durch die geschlossenen Fensterläden das Schnarchen von Rosshuser oder einem seiner Knechte. Wie vorher die Stadtwachen hieb Cunrat mit der Faust gegen das Tor. Das Gefühl, für einen anderen einstehen zu müssen, gab ihm Mut.

»Macht auf! Sofort! Rosshuser! Öffnet die Tür!«

Nach einer Weile hörte er Geräusche und Stimmen im Inneren. Eine Magd öffnete ihm, nur halb bekleidet, und fragte mit verschlafener Stimme: »Was wollt Ihr denn hier um diese Zeit? Wir haben noch geschlossen! Seid Ihr betrunken?«

»Ich bin nicht betrunken! Wo ist dein Herr?«

»Der schläft noch. Hört Ihr ihn denn nicht?«

Im Inneren des Hauses klang das Schnarchen noch lauter.

»Rosshuser! Wacht auf! Warum habt Ihr Giovanni angezeigt?«, versuchte Cunrat den Lärm zu übertönen.

»Deswegen seid Ihr hier?«, fragte die Magd ängstlich.

»Ja, weißt du etwas darüber? Wo ist Lucia?«

Das Schnarchen war verstummt, und das Mädchen antwortete schnell und leise: »Sie ist seit gestern verschwunden. Keiner weiß, wo sie ist. Rosshuser ist sehr wütend. Geht, ich glaube, er ist wach.«

Doch in diesem Augenblick setzte das Schnarchen mit unverminderter Lautstärke wieder ein. Die Magd schien erleichtert, und Cunrat beschloss, sie noch ein wenig auszufragen.

»Weißt du etwas über Lucias Verschwinden? Hat sie etwas gesagt? Hat sie jemanden getroffen?«

Er musste an den Graubärtigen denken. Ob der sie entführt hatte?

»Ich weiß nichts, nur, dass sie am Donnerstagabend sehr aufgeregt war, als sie aus der Stadt zurückkam. Und am Freitag, also gestern, ist sie schon früh fortgegangen, zur Messe, wie sie sagte, und danach hat sie keiner mehr gesehen. Ihre Sachen hat sie hier gelassen, aber Rosshuser sagt, das war ein Trick, damit wir nicht merken, dass sie abhauen wollte mit dem Welschen. Er ist wirklich sehr wütend. Sie war doch so teuer! Und sie hat die meisten Kunden gehabt, sogar jetzt noch, in der Fastenzeit. Bitte geht jetzt!«

Cunrat hatte genug gehört, und so befolgte er ihre Bitte und ließ sich zur Tür hinausschieben. Das Schnarchen folgte ihm noch den ganzen Ziegelgraben entlang bis zum Bischofstörle.

Ratlos schlenderte er durch die erwachende Stadt. Es begann zu regnen, ein kalter Sprühregen, und die Wege weichten langsam auf. Wie von selbst trugen ihn seine Beine in die St.-Johann-Kirche, zum Altar unter dem Fenster der Heiligen Margarethe. Er wusste nicht recht, welcher Heilige für verschwundene Personen zuständig war, also betete er einfach zu allen Heiligen um Erleuchtung und Hilfe.

Doch jeden Gedanken, der ihm in den Sinn kam, verwarf er sofort wieder. Zu Poggio brauchte er nicht zu gehen, sie konnten sich ja ohnehin nicht richtig verständigen. Den Vogt aufzusuchen, würde nichts nützen, der war ihm nicht wohl gesonnen, zumindest glaubte er das. Das Beste wäre gewesen, Lucia wieder zu finden, aber wie und wo? Was konnte mit ihr geschehen sein? Ob ihr Verschwinden etwas mit den Morden zu tun hatte? War sie womöglich auch umgebracht worden?

Wenn er wenigstens mit Giovanni hätte sprechen können, dem wäre gewiss etwas eingefallen, aber ihm, Cunrat, schien alles verworren und ausweglos, als ob die Welt ein Buch wäre, das zu lesen er nicht imstande war.

Die Erleuchtung blieb auch nach längerem Beten aus, und so verließ er die Kirche und ging zum Platz bei der Stephanskirche, wo die Bäcker an diesem Tag ihre Waren verkaufen wollten. Für solch regnerische Tage hatten sie eine Plache aus wachsbeschichteter Leinwand, die sie mit ein paar Stangen über ihrem Tisch und dem Ofen aufspannten. In der Tat waren seine Genossen schon an der Arbeit, sie hatten bereits eingeheizt, Mehl geholt und die ersten Brezeln gewunden. Erwartungsvoll sahen die Drei ihn an, doch er schüttelte nur den Kopf. Da wandten sie sich enttäuscht wieder ihrem Teig zu. Auch Cunrat griff sich einen Klumpen und schlug und knetete ihn, als ob er die Lösung des Rätsels aus ihm herausklopfen könnte. Den ganzen Tag über machte er sich Gedanken, wie er seinen Freund aus der Haft befreien konnte. Wo er wohl einsaß? Wann würde man ihm den Prozess machen? Ob man ihn einem peinlichen Verhör unterzog? Plötzlich fiel ihm ein, dass man dafür ja den Henker brauchte. Und der war ihnen noch einen Gefallen schuldig, weil sie ihm geholfen hatten, den Leichnam loszuwerden.

Es war schon gegen Abend, als er seinen Genossen klarmachte, dass er noch einmal fortgehen musste, wegen Giovanni. Sie nickten nur, während er die Kapuze seines Umhangs über die Bundhaube zog und durch den unaufhörlichen Regen losmarschierte Richtung Ziegelgraben. Am Haus des Scharfrichters angekommen, klopfte er heftig gegen die Tür. Doch nur die alte Magd schaute nach einer Weile aus dem Fenster und fragte mürrisch, was er wolle. Auf Cunrats Frage nach ihrem Herrn sagte sie, der sei nicht zu Hause, sondern ins *Lörlinbad* zu seinem wöchentlichen Bad gegangen. Cunrat hatte zwar keine Lust, Rosshuser zu begegnen, aber der war ja nicht der Bader und hielt sich vermutlich im Schankraum auf. Da ohnehin Samstag war, beschloss er, ebenfalls baden zu gehen.

Egli Locher saß schwitzend auf dem mittleren Gestell des Dampfbades, als Cunrat sich zu ihm gesellte.

»Einen guten Abend wünsch ich Euch, Meister Egli!«

Der Henker hob den Kopf und brummte etwas vor sich hin, das wie »Abend« klang.

»Habt Ihr meinen Freund Giovanni gesehen, Herr Egli?«

Locher schlug sich mit einem Bündel Birkenreisig auf den Rücken und pustete laut.

»Er sitzt im Raueneggturm«, antwortete er schließlich undeutlich, dann erhob er sich und rief nach einer Bademagd, die ihn kalt abspritzte. Anschließend begab er sich in den Raum mit den Zubern.

Cunrat wartete noch ein wenig, bis ihm ebenfalls der Schweiß vom Rücken zwischen die Pobacken rann, dann ließ er sich abkühlen und folgte dem Scharfrichter in die Badstube. Die Zuber waren alle gut mit Badegästen gefüllt, nur Egli Locher saß allein im warmen Wasser. Offenbar war es hier wie in der

Schänke: Niemand wollte sich zum Henker gesellen, auch wenn in Rosshusers Badehaus nicht gerade die Oberschicht verkehrte. Cunrat war es recht, so konnte er sich zu Locher in die Wanne setzen und ungestört mit ihm reden. Er hievte seinen Körper auf die andere Seite des Brettes, das quer über dem Zuber lag und auf dem ein Becher Wein und eine Platte mit Geflügel standen. Seine langen Beine musste er eng an den Körper ziehen, sodass die Knie aus dem Wasser stachen.

Der Henker war nicht begeistert von seinem neuen Badegenossen, vielleicht hatte er sich ja inzwischen so an das Alleinsein gewöhnt, dass ihm jede Gesellschaft lästig war. Aber vielleicht mochte er auch Cunrats Fragerei nicht leiden.

»Meister Egli, habt Ihr ihn … ich meine, wurde er …«

Nach einem tiefen Seufzer half ihm Locher: »Ihr meint, ob ich ihn aufgezogen habe?«

»Habt Ihr?«

»Nein, heute hat nur der Vogt ihn verhört. Und morgen ist Sonntag. Aber wenn er bis Montag nicht redet, wird man wohl nach mir rufen.«

»Aber er kann Euch nichts sagen, er hat Lucia nicht entführt! Das schwöre ich!«

»Das hab ich lieber nicht gehört, du weißt, dass Schwören verboten ist. Außerdem sprichst du mit dem Falschen. Ich bin nicht für die Wahrheit zuständig, nur fürs Aufziehen.«

Dann nahm er einen kräftigen Schluck Wein und einen Bissen vom Huhn, bevor er seinen Kopf auf den Zuberrand zurücklegte und die Augen schloss.

Cunrat verstand, dass er nicht weiterreden wollte. So rief er die Magd und bestellte sich gleich einen ganzen Krug voll Wein und auch eine Platte mit Fleisch. Während er auf Speis und Trank wartete, sann er darüber nach, wie Egli Locher ihm helfen konnte. Immerhin war er ein wenig beruhigt, dass Giovanni noch nicht gefoltert worden war. Sie hatten noch einen Tag Schonfrist. In dieser Zeit musste ihm etwas einfallen. Die

Magd brachte sein Mahl, er aß und trank, aber er hatte immer noch keine Idee. Egli Locher schien zu schlafen.

Als die Magd einen Eimer heißes Wasser nachschüttete, fielen einige Spritzer dem Henker ins Gesicht und er schrak auf. Schnell ergriff Cunrat die Gelegenheit.

»Meister Egli, darf ich Euch noch etwas Wein nachschenken?« Und schon hatte er den Becher des Scharfrichters bis zum Rand gefüllt. Der nahm ihn, sah Cunrat an, schüttelte den Kopf und trank ihn in einem Zug leer.

»Was willst du noch von mir? Ich kann deinem Kumpan nicht helfen. Dem Frauenwirt eine Frau zu rauben, ist Diebstahl, schließlich hat er für sie bezahlt, sie ist sein Eigentum. Und auf Diebstahl steht nun einmal der Galgen.«

»Aber er hat es nicht getan, das sage ich Euch doch! Sie ist verschwunden, aber keiner weiß, wie und wohin. Wenn ich sie doch nur finden könnte!«

»Tja, dann wäre dein Freund gerettet. Aber so lang sie verschwunden bleibt, lastet der Verdacht auf ihm.«

»Giovanni wüsste bestimmt einen Ausweg. Wenn ich wenigstens mit ihm sprechen könnte! Herr Egli, könnt Ihr mir nicht helfen? Habt Ihr keinen Schlüssel zum Turm?«

»Was redest du da? Ich bin der Nachrichter, nicht der Gefängniswächter!«

»Aber Ihr kennt doch die Wächter! Bitte, Meister Egli!«

Als der Henker nicht reagierte, sagte Cunrat leise: »Wir haben Euch doch auch geholfen. Denkt nur an die Sache mit dem Leichnam, den Ihr gefunden habt. Und mit dem toten Pferd! Wir haben keinem etwas davon gesagt.«

Egli Locher wandte langsam den Kopf.

»Noch nicht!«, fügte Cunrat noch leiser hinzu und schämte sich, aber er sah keinen anderen Ausweg.

»Ich verstehe«, nickte der Henker. »Du willst mich erpressen.«

»Nein, Herr, gewiss nicht, aber ich brauche doch so dringend Eure Hilfe! Ich weiß nicht, an wen ich mich sonst wenden soll.«

Locher atmete tief durch, dann sagte er: »Komm morgen Abend um die zweite Stunde nach dem Ave-Läuten, wenn es dunkel ist, zum Raueneggturm.« Dann ließ er seinen Kopf wieder auf den Rand der Wanne sinken und schloss die Augen.

Der Sonntag begann ohne Regen, wenn es auch immer noch unangenehm kalt war. Gretli begleitete Cunrat zum Gottesdienst bei den Barfüßern. Als sie anschließend noch durch die Reihen der Krämerbuden bummelten, erzählte ihr Cunrat, was geschehen war.

»Ich mache mir solche Sorgen um Giovanni. Der Henker sagt, wenn er morgen nicht redet, wird er vielleicht peinlich verhört. Dabei hat er doch nichts getan!«

»Und du bist sicher, dass er Lucia nicht entführt hat?« Gretli konnte sich offenbar durchaus vorstellen, dass der Venezianer zu solch einem Mittel greifen würde.

»Das ist unmöglich, wir waren ja praktisch die ganze Zeit zusammen. Und wenn er es getan hätte, dann wäre er mit ihr aus der Stadt geflohen und hätte sich nicht seelenruhig mit uns anderen schlafen gelegt.«

Das leuchtete ihr ein.

»Hör zu, ich hab eine Idee. Ich werde mit Frau Tettikoverin reden. Sie soll ihren Mann bitten, dass er zum Vogt geht und mit ihm spricht, damit Giovanni wenigstens nicht unter die Folter kommt. Vielleicht finden wir ja in der Zwischenzeit etwas heraus.«

Cunrat war froh über ihre Hilfe, dennoch erzählte er ihr nicht, dass er am Sonntagabend eine Verabredung mit dem Henker am Turm hatte.

Es war den ganzen Tag trocken geblieben, aber als Cunrat sich zum Raueneggturm aufmachte, begann ein heftiger Ostwind durch die Stadt zu ziehen, er pfiff und heulte um die Häuser und durch die Laubengänge. Nach kurzer Zeit setzte starker Regen ein.

Cunrat zog den Mantel dicht um sich, damit seine wertvolle Last nicht nass wurde: eine warme Decke und etwas zu essen und zu trinken für Giovanni.

Egli Locher erwartete ihn schon am Fuße des Raueneggturms, wo eine steinerne Treppe zur Tür hoch führte.

»Hast du Geld dabei?«, fragte er als Erstes.

»Warum denn? Ja, ein wenig.«

»Weil du dem Wächter etwas zahlen musst. Hug Strigel will zehn gute Costentzer Pfennige haben. Für den Nachrichter tut keiner etwas umsonst.«

Cunrat öffnete seinen Beutel und zog zehn Pfennige heraus, die er dem Henker reichte. Der klopfte an die Tür oberhalb der Treppe, worauf sie einen Spaltweit geöffnet wurde. Von drinnen fiel der Lichtschein einer Fackel heraus. Egli Locher hielt dem Mann das Geld hin, und als der nachgezählt hatte, öffnete er die Tür so weit, dass Cunrat eintreten konnte. Der Henker verschwand ohne ein Wort in der Dunkelheit.

»Geh die Treppe nach oben, ich habe die Tür der Zelle angelehnt. Er trägt sowieso Fußfesseln und kann nicht abhauen. Aber bleib nicht zu lang und mach keinen Lärm. Ich will nicht, dass der Wächter von der Mauer euch hört. Sonst kannst du gleich bei deinem Freund dort drin bleiben, und ich bin auch dran! Heute Nacht hat Jakob Mutz auf diesem Mauerabschnitt Dienst, der ist ein ganz scharfer Hund!«

Vorsichtig erklomm Cunrat Stufe um Stufe der engen Holztreppe, die innen an der Mauer entlanglief. Der Wind heulte unheimlich durch Turm und Wehrgang. Das Licht der Fackel aus der Wachstube verdämmerte allmählich, je weiter er nach oben kam. Einmal rutschte er beinahe ab, doch schließlich gelangte er auf das obere Stockwerk. Von einem Absatz aus Holzbrettern gingen zwei Türen ab. Eine war ins Mauerwerk eingelassen, die andere führte in einen hölzernen Verschlag. Das war das Verlies für die Gefangenen. Er öffnete die angelehnte Tür und musste zuerst mit dem Gestank von Exkrementen kämpfen, der in seine empfindliche Nase drang. Dann rief er mit gedämpfter Stimme ins Dunkel: »Giovanni!«

Offenbar hatte seine Freund trotz Kälte und Gestank geschlafen, denn er murmelte verwirrt: »Was? Wer ist denn da? Bist du das, Cunrat?«

Schnell trat Cunrat ein und zog die Tür hinter sich zu.

»Ja, ich bin's, hier, ich hab dir eine warme Decke und etwas zu essen gebracht.«

»Hoffentlich auch etwas Gescheites zu trinken, das geht mir mehr ab!«

»Sicher.«

Cunrat reichte ihm den Krug mit Wein, den er mitgebracht hatte, und Giovanni tastete im Dunkeln danach. Dann hörte Cunrat ihn in kräftigen Schlucken trinken. Er blieb in der Hocke zusammengekauert auf seinen Füßen, weil er sich nicht aus Versehen in Giovannis Hinterlassenschaften setzen wollte.

»Wie bist du hier hereingekommen? Was tust du überhaupt hier? Kannst du mir raus helfen?«

Wie üblich sah sich Cunrat durch die vielen Fragen seines Freundes überfordert. Eine nach der anderen versuchte er sie zu beantworten. Langsam erzählte er, was seit Giovannis Verhaftung geschehen war, wie er den Henker und die Wache dazu gebracht hatte, ihn ins Verlies zu lassen, und dass er mit ihm habe sprechen wollen, weil er nicht wisse, was tun.

»Du hast zehn Pfennige bezahlt, weil du nicht weißt, was tun? Mein armer Cunrat, deine Dummheit bringt dich noch an den Bettelstab!«

»Ich bin nicht dumm, und ich wollte dir helfen!«, erwiderte Cunrat trotzig.

»Ja, schon gut, entschuldige, ich bin ja auch sehr froh, dass du gekommen bist! Und die zehn Pfennige bekommst du zurück, sobald ich hier heraus bin.« Cunrat hörte ihn noch einige Schlucke nehmen. »Auf dein Wohl, mein lieber Freund!«

Da war Cunrat wieder versöhnt.

»Giovanni, kannst du dir erklären, warum Lucia verschwunden ist?«

»Ich weiß es wirklich nicht, Cunrat, ich hab viel darüber nachgedacht, aber ich weiß es einfach nicht. Ich habe große Angst, dass ihr etwas zugestoßen ist! Am Donnerstag sind wir das letzte Mal zusammen gewesen, erinnerst du dich? Da kam sie an unseren Stand und hat Brot gekauft, und danach standen wir noch ein wenig unter den Lauben. Als sie dann die Mailänder gesehen hat, die in die Stadt eingeritten sind, hat sie äußerst seltsam reagiert. Vielleicht hat ihr Verschwinden damit zu tun. Es war, als ob sie furchtbar erschrocken wäre, als sie die Reiter gesehen hat, sie hat dreingeschaut, als ob ihr der Leibhaftige erschienen wäre. Cunrat, versuch sie zu finden, es wäre furchtbar, wenn ihr etwas passiert wäre!«

Plötzlich hörte man durch das Gellen des Sturms auf dem Wehrgang die schweren Schritte des Mauerwächters. Die beiden Bäcker verstummten augenblicklich. Langsam öffnete der Wächter die Tür, die von der Mauer in den Turm führte. Sie sahen das Licht seiner Fackel unter der Zellentür hindurchkriechen. Beide hielten den Atem an. Zum Glück hatte Cunrat die Tür zugezogen.

Nun hörten sie den bestochenen Gefängniswächter Hug Strigel von unten übertrieben laut und freundlich hoch rufen: »Jakob Mutz, seid Ihr das? Kommt herab, ich habe einen guten Schluck Wein!«

Der Turmwächter stiefelte nach unten, der Fackelschein unter der Tür verschwand.

Die beiden Bäcker atmeten tief durch. Von unten hörte man das Gemurmel der Wächter, die sich unterhielten. Nach einer Weile konnte Cunrat nicht mehr länger so zusammengekauert stehen, seine Beine waren eingeschlafen. Als er vorsichtig aufstand, war sein linkes Bein taub geworden und versagte den Dienst, er suchte im Dunkeln nach Halt, fiel dabei über Giovanni, der aufschrie und den Krug auf den Boden scheppern ließ. Der Wein ergoss sich glucksend ins Stroh, bis Giovanni rasch nach dem Gefäß griff, das zum Glück nicht zersprungen war, und es wieder aufrichtete.

»Was war das?«, hörten sie den Turmwächter rufen, dann polterten schwere Schritte die Treppe hoch.

Cunrat klaubte so schnell es ging seine mitgebrachten Gaben zusammen und stellte sich hinter die Tür. Da hörten sie auch schon, wie der Gefangenenwärter geräuschvoll den Schlüssel im gar nicht abgeschlossenen Schloss drehte und dann die Tür halb öffnete. Mit der Fackel leuchtete er ins Innere und schrie Giovanni an: »Was treibst du hier, du Lump? Warum hast du so geschrien?«

Giovanni tat, als ob er gerade erwacht wäre. »Ich habe schrecklich geträumt, Herr!«

Der Turmwächter lugte seinem Kollegen neugierig über die Schulter, doch der war zum Glück recht breit und füllte den Türrahmen fast völlig aus. Cunrat hielt hinter der Tür die Luft an und mühte sich, auf seinen langen Beinen ruhig stehen zu bleiben, die inzwischen wie von 1000 Ameisen kribbelten. Er hoffte, dass der Turmwächter Mutz über dem Abortgestank den Weingeruch nicht wahrnehmen würde.

»Na, das wundert mich nicht«, lachte der nun hämisch, »morgen wartet der Nachrichter auf dich. Der wird dich schon zum Reden bringen!«

»Weiterhin schöne Träume!«, fügte der Gefangenenwärter hinzu und lachte ebenfalls, ein Lachen, das jedoch angestrengt klang. Dann schloss er die Tür ab und verabschiedete seinen Kollegen, dessen Schritte sich auf dem Wehrgang entfernten. Als sie endgültig verklungen waren, hörten sie den Schlüssel wieder im Schloss drehen.

»Los, verschwinde jetzt! Das war knapp!«, fauchte der Wächter mit dem Wind um die Wette. Cunrat legte seine Gaben wieder in Giovannis Nähe auf den Boden. Der flüsterte ihm zu: »Geh zum *Lörlinbad*. Frag nach Els Sailerin. Die war mit Lucia befreundet. Vielleicht weiß sie etwas.«

Doch da wurde Hug Strigel grob. Er gab Giovanni einen Stiefeltritt, dass der sich krümmte, und stieß Cunrat zur Tür hinaus.
»Ich hab gesagt, du sollst verschwinden!«
So schnell er konnte, lief Cunrat die Treppe hinab und verließ den ungastlichen Turm.

»Irr abt eine ässlike Nase!«
»Habt mit h, und hässlich, h,h,hässlich!«
Cunrat versuchte, seinem italienischen Kollegen Antonello den Satz beizubringen: »Ihr habt eine hässliche Nase!«
Antonello war der Kleinste und Schnellste unter den Bäckergesellen, und er sollte Rosshuser ablenken, damit Cunrat sich unbemerkt mit Els Sailerin unterhalten konnte. Doch so flink seine Beine auch sein mochten, seine Zunge war eher schwerfällig, und obwohl Cunrat selbst nicht der Allerschnellste war beim Reden, gab er sich erst nach langem Üben einigermaßen mit Antonellos Äußerung zufrieden. Schließlich zogen die beiden los zum *Lörlinbad*.

Es war Montagabend, und Gretli war nach Mittag zum Bäckerstand gekommen, um Cunrat mitzuteilen, dass sie mit der Tettikoverin gesprochen hatte, und dass diese ihren Mann sogleich zum Vogt geschickt habe, um Fürsprache für Giovanni einzulegen. Cunrat war überrascht, dass der reiche Patrizier so schnell bereit war, einem kleinen Bäckergesellen zu helfen, und er dachte bei sich, dass man daran deutlich sehen konnte, wer im Hause Tettikover wirklich das Sagen hatte. Aber er war sehr froh über den Einfluss der beiden Frauen, denn sie hatten immerhin erreicht, dass man mit dem hochnotpeinlichen Verhör noch warten würde, bis der Vogt einer anderen Spur nachgegangen war. Welcher, wusste Gretli nicht. Cunrat fragte sich, ob Giovanni dem Vogt beim Verhör auch von den Mailändern erzählt hatte. Vielleicht war dies die Spur, die Hanns Hagen verfolgte.

Er selbst wollte an diesem Abend mit Els Sailerin sprechen. Er wusste genau, dass Rosshuser ihn als besten Freund von Giovanni sofort aus dem Lokal werfen würde, wenn er es wagen sollte, dort zu erscheinen, und aufgrund seiner Größe würde es auch nichts nützen, sich auf irgendeine Art zu verkleiden, der Wirt würde ihn auf jeden Fall erkennen. Deshalb hatte er sich das Ablenkungsmanöver mit Antonello ausgedacht.

Als die beiden zum *Lörlinbad* kamen, stellte sich Cunrat hinter die Hausecke und schickte Antonello in die Schankstube. Dort war nicht besonders viel los, ein paar Weber saßen zusammen an einem Tisch und redeten über die Tuchpreise, an anderen Tischen versuchten die Damen des Hauses mit den wenigen Gästen ins Gespräch zu kommen und handelseinig zu werden. Antonello mit seinen dunklen Haaren und Augen fiel sofort auf, als er den Raum betrat.

»Willkommen in meinem Haus! Was wünscht Ihr, welscher Freund? Eine hübsche Frau, fast wie in der Heimat?«, rief ihm Rosshuser vom Schanktisch her mit schmeichelnder Stimme entgegen. Antonello antwortete nicht, weil er gar nicht richtig verstanden hatte, was der Wirt meinte, und ging auf ihn zu.

Da machte Rosshuser eine Feigenhand, lachte dreckig und sagte dann auf Italienisch: »Bella fica! Bella fica!« Dann zeigte er in die Runde, worauf einige Frauen aufmerksam herüberschauten.

Antonello stand nun direkt vor dem Tresen, und nachdem er sich noch kurz umgesehen hatte, um sich über den Fluchtweg zu vergewissern, sah er den Wirt an und sagte seinen Satz:

»Ihr abt eine ässlike Nase!«

Rosshuser schüttelte den Kopf, als ob er falsch gehört hätte. »Was?«

Antonello wiederholte den Satz, wobei er sich bemühte, noch deutlicher zu sprechen. Und da Rosshuser ja offenbar auch Italienisch verstand, fügte er denselben Satz noch in seiner Sprache hinzu: »Eine hässliche Nase! Un brutto nasone, eh sì, bruttissimo! Siete un mostro!«

Rosshusers Gesicht wurde rot.

»Du Zwerg wagst es, mir so etwas zu sagen? Du elender Wurm?«
Seine Stimme zitterte vor unterdrückter Wut, dann wurde sie immer lauter, bis er schließlich nur noch Schimpfworte aneinanderreihte, während er hinter dem Schanktisch hervorstürzte und gleichzeitig das Messer zog, das er am Gürtel trug.

»Brutto nasone! Brutto nasone!«, neckte ihn Antonello, dem das Spiel nun richtig Spaß machte, da er das Objekt seines Spotts in der eigenen Muttersprache hänseln konnte. Langsam wich er zurück Richtung Tür, wobei er sich vergewisserte, dass der Frauenwirt ihm tatsächlich folgte.

»Brutto nasone!«, sang er noch, während er die Schankstube verließ, und draußen tänzelte er gemächlich vor dem vierschrötigen Peter Rosshuser her, der ihm in blindem Zorn nachlief. Erst als er ihn bis zum Bischofstörle gelockt hatte, zeigte er ihm mit einem letzten »Brutto nasone!« ebenfalls eine Feigenhand, dann rannte er richtig los und war rasch in einer Seitengasse verschwunden. Zähneknirschend blieb der Frauenwirt stehen und hielt sich die stechende Seite, bevor er schwer keuchend und gedemütigt den Heimweg antrat.

Im *Lörlinbad* hatten sich einige Gäste erhoben und waren nach draußen gelaufen, um zu sehen, wie das Schauspiel enden würde, und in diesem Tumult war Cunrat durch die Tür geschlüpft und gleich die Treppe hoch zu den Frauengemächern gegangen. Er pochte an die Tür der ersten Kammer, doch alles blieb still. Also öffnete er, trat aber nicht ein, denn das Zimmer war offenbar leer. Ob dies Lucias Gemach gewesen war?

Er versuchte es bei der nächsten Kammer, und dort rief eine Frauenstimme: »Was wollt ihr?« Als er die Tür öffnete, musste er allerdings erkennen, dass die Frau nicht allein war. So schaute er schamvoll zur Seite und fragte: »Seid ihr Els Sailerin?«

»Nein, sie hat die vierte Kammer auf dieser Seite. Aber bei ihr ist auch ein Kunde!«

Cunrat zog sich ans Ende des dunklen Korridors zurück, um zu warten, bis Els Sailerin fertig war. Dabei musste er an das geheimnisvolle Zimmer im Gasthaus zur *Haue* denken, das er mit Giovanni auf der Suche nach dem Verbindungsgang zur Stadtmauer erkundet hatte. Es war ihnen nicht gelungen, noch einmal dorthin zu gehen und dem Geheimnis und damit vielleicht dem Mörder der Tettingers auf die Spur zu kommen. Er fragte sich, ob sie dieses Rätsel jemals lösen würden.

Da öffnete sich die Tür der vierten Kammer und ein Mann trat heraus. Als er über die Treppe verschwunden war, klopfte der Bäcker bei Els Sailerin an. Erstaunt öffnete das Mädchen, das gerade dabei war, sich wieder anzuziehen. Cunrat konnte im Licht eines Öllämpchens ihre langen Haare und die kräftigen Brüste ausmachen.

»Wie kommt Ihr hier herauf?«, fragte sie überrascht. »Hat Rosshuser Euch hochgeschickt?«

Dann schien sie ihn erst zu erkennen.

»Ach, das ist doch der lange Cunrat! Der Freund von Giovanni! Was machst du denn hier? Dass du dich überhaupt her traust!«

Sie sah sich vorsichtig um, dann zog sie ihn in die Kammer und schloss die Tür.

»Hat Rosshuser dich gesehen? Er ist momentan nicht gut auf dich und deinen Kumpan zu sprechen. Seit Lucia verschwunden ist, brüllt er ständig herum, dass er euch Mehlwürmer alle aufhängen lässt!«

Sie lachte glucksend bei dieser Vorstellung, doch Cunrat war nicht zum Lachen. Außerdem hatte sie wohl etwas falsch verstanden, denn nun begann sie sich wieder auszuziehen.

»Beeil dich, wenn du schnell machst, merkt er nichts, danach zeige ich dir den Weg über den Hof.«

Sie legte sich nackt aufs Bett, und angesichts ihrer appetitlichen Rundungen drückte Cunrats Tröster heftig gegen die Nesteln seiner Bruche. Nur mit äußerster Überwindung und festen Gedanken an Gretlis strahlend grüne Augen gelang es ihm, der Versuchung zu widerstehen.

»Ich bin nicht deswegen hier! Ihr wart doch Lucias Vertraute. Giovanni hat mir aufgetragen Euch zu fragen, ob Ihr irgendetwas über ihr Verschwinden wisst.«

Dabei schaute er angestrengt zu Boden, was sie erneut zum Lachen brachte. Doch dann nahm sie ihr Hemd und zog es sich über den Kopf.

»Da kann ich dir leider nicht helfen. Sie war am Abend vor ihrem Verschwinden ziemlich aufgeregt, das ja. Aber dann hatte sie noch zwei Kunden, ich einen, und schließlich sind wir alle schlafen gegangen. Während der Fasten ist hier nicht so viel los.«

»Und am Morgen? Bevor sie fortgegangen ist?«

»Da hab ich noch geschlafen. Sie ist ganz früh schon zur Messe gegangen. Jedenfalls hat das die Küchenmagd gesagt, die am Morgen einheizt. Die ist die Erste, die aufsteht hier im Haus.«

Cunrat erinnerte sich an die Frau. Mit ihr hatte er schon gesprochen, und sie hatte auch nichts Besonderes bemerkt. Niedergeschlagen musste er feststellen, dass er vergeblich hergekommen war. Els Sailerin hatte sich inzwischen fertig angekleidet und wollte wieder nach unten in die Schankstube gehen, um vielleicht doch noch einen weiteren Kunden für diesen Abend zu gewinnen.

»Sagt mir noch eins«, hielt Cunrat sie zurück. »Hat sie je von einem Mailänder gesprochen?«

»Sie hat öfter von Mailand gesprochen, da kam sie ja her. Auf die Männer dort hatte sie allerdings einen großen Zorn. Sie hat mir nie genau gesagt, was ihr passiert ist. Ich erinnere mich nur, dass sie einmal gesagt hat, Mailand sei der Garten des Teufels. Sie hat manches Mal so blumige Worte verwendet. Das tun die Welschen ja gern.«

Da hörte man plötzlich Rosshusers wütende Stimme vom Treppenhaus her rufen: »Els Sailerin, wo bleibst du? Bist du eingeschlafen? Komm sofort runter, sonst mach ich dir Beine!«

»Bleib noch einen Augenblick hier drin, dann nimmst du die letzte Tür auf der rechten Seite, dort ist die Treppe zum Hof.«

»Sag mir noch, welches war Lucias Kammer?«

»Die erste an der Treppe links!«

Dann verschwand sie rasch aus dem Zimmer, wobei sie das brennende Öllämpchen zurückließ. Dies kam Cunrat gelegen. Als im Korridor alles still war, griff er nach der Lampe und verließ den Raum, doch er wandte sich nicht zum Hof, sondern ging zurück zur ersten Kammer. Vorsichtshalber klopfte er noch einmal, aber es rührte sich immer noch nichts. Also trat er ein, schloss schnell die Tür wieder hinter sich und legte zur Sicherheit den hölzernen Riegel vor.

Wenn dies Lucias Reich gewesen war, dann würde er vielleicht irgendeinen Hinweis finden, der ihr Verschwinden erklärte. So begann er die Truhe zu durchwühlen, in der sie ihre bei Rosshuser teuer erworbenen Kleider aufbewahrte, darunter auch das rote Kleid, das sie an jenem Abend getragen hatte, als Rosshuser sie ihnen vorgestellt hatte. Dann suchte er unter der Matratze und hinter dem Bett, aber er fand nichts, was ihm irgendeinen Aufschluss gegeben hätte. Alles, was persönlich gewesen war, hatte sie offenbar mitgenommen. Oder hatte Rosshuser die Sachen beiseitegeschafft? Viel war es wahrscheinlich ohnehin nicht gewesen. Cunrat wunderte sich, dass der Hurenwirt die teuren Gewänder noch nicht an seine anderen Frauen weitergereicht hatte, aber vielleicht hoffte er ja noch, dass Lucia wiederkommen würde.

Da hörte man draußen Schritte und gedämpfte Stimmen, die sich von der Treppe her näherten. Els Sailerin war mit einem Freier auf dem Weg in ihre Kammer. Vorsichtig setzte Cunrat sich auf das Bett und überlegte, was er nun tun sollte. Dann hörte er lauteres Reden, offenbar hatte Els bemerkt, dass ihre Lampe verschwunden war. Doch dem Kunden genügte es anscheinend, ihre Reize zu ertasten, es wurde wieder still.

Als Cunrat aufstand, um das Zimmer zu verlassen, hob er das Öllämpchen noch zu einem letzten Blick in die Runde. Da war es ihm, als ob er auf dem Baldachin des Bettes, der Staub und Ungeziefer fernhalten sollte, etwas liegen sähe. Vermutlich hatte Rosshuser dort oben nicht nachgeschaut, als er die Kammer durchsucht hatte, weil er nicht groß genug war, aber Cunrat, dessen Kopf fast an die Holzbohlendecke anstieß, sah, dass dort ganz am Rande, hinter der Stange, die den Baldachin spannte, ein kleiner rechteckiger Lederbeutel lag. Er nahm ihn herunter und öffnete ihn. Ein Büchlein lag darin, kaum spannenlang, ebenfalls in feines Leder gebunden. Warum hatte Lucia es hier oben abgelegt? Wahrscheinlich war dies in dem karg möblierten Raum die einzige Möglichkeit gewesen, etwas vor den Blicken des neugierigen Wirts zu verstecken. Oder lag das Buch womöglich schon länger hier und stammte gar nicht von der Mailänderin? Cunrat beschloss, es auf jeden Fall mitzunehmen. Er steckte es zurück in den Beutel und hängte ihn an seinen Gürtel, dann löschte er die Lampe und verschwand auf dem Weg, den Els Sailerin ihm gewiesen hatte. Nun würde er doch Poggio Bracciolini aufsuchen müssen.

Durch die dunklen Gassen hastete er zurück zu seiner Behausung. Er war wieder einmal ohne Licht unterwegs und wollte sich nicht von den Gassenwächtern erwischen lassen. Außerdem wartete sicher Antonello schon gespannt darauf, zu hören, wie ihre Unternehmung ausgegangen war.

Doch als er in die St.-Johann-Gasse einbog, griff plötzlich jemand nach seinem Mantel. Er schrie auf vor Schreck und wirbelte herum. Dann erstarrte er. Der Graubärtige mit der Narbe über dem Auge stand vor ihm und hielt seinen Mantel fest. Da stürzte sich Cunrat auf ihn, packte ihn am Hals und drückte ihn gegen die Hauswand, wie es Giovanni einmal mit ihm gemacht hatte.

»Wer seid Ihr? Was wollt Ihr von mir? Habt Ihr Lucia entführt?«

Der Mann würgte und zappelte unter seinem Griff, aber er schien nicht gewalttätig, sodass Cunrat ein wenig locker ließ.

Der andere krächzte: »Lass mich los. Ich hab Lucia nicht entführt! Ich muss mit dir reden.«

Vorsichtig ließ Cunrat ihn aus, doch er blieb auf der Hut. Der Unbekannte hustete, dann sagte er: »Lass uns einen Becher trinken, ich will dir alles erklären.«

»Da vorn ist die Schänke von Ruof Lämbli.«

»Dann lass uns dort hingehen.«

»Nach euch.«

Im *Lamm* war es ebenfalls ruhig wie schon vorher im *Lörlinbad*, die Spielleute durften in der Fastenzeit ihre Kunst nicht ausüben, und so saßen nur einige Gesellen beim Wein. Die beiden suchten sich einen abgelegenen Tisch, und der Fremde bestellte einen Krug mit Rheinwein.

»Wer seid ihr?«, wollte Cunrat noch einmal wissen.

»Das tut nichts zur Sache. Sag mir, hat dein Freund Lucia entführt?«

»Nein, das hat er ganz gewiss nicht! Er macht sich große Sorgen um sie.«

Der Graue schüttelte bekümmert sein zottiges Haupt. »Das habe ich befürchtet.«

»Was meint Ihr damit?«

»Ich hatte gehofft, dass er sie entführt hätte, aus Liebe. Aber das wäre zu schön gewesen.«

Cunrat verstand gar nichts mehr.

»Seid Ihr denn nicht in sie verliebt?«

»Ich? Ha! Ich liebe sie, ja, aber nicht so, wie du denkst.«

»Wie dann?«

Der Mann sah ihn einen Moment lang prüfend an, dann seufzte er: »Sie ist meine Tochter.«

Cunrat war verblüfft.

»Ihr seid der Vater von Lucia? Der von den Piraten entführt wurde?«

»Ja ja, von Piraten entführt. Sag mir, was weißt du über Lucia?«

»Aber sie hat doch gesagt, Ihr seid tot!«

»Das dachte sie wohl. Hast du eine Vorstellung, wo sie sein könnte?«

»Ach, Herr, ich bin ja selber auf der Suche nach ihr, um Giovanni zu helfen. Der sitzt im kalten Raueneggturm, vollkommen unschuldig.«

Das Schicksal von Giovanni schien Lucias Vater jedoch nicht sonderlich zu berühren.

»Und? Hast du etwas über meine Tochter herausgefunden?«

Doch Cunrat war vorsichtig. Er traute dem Fremden nicht. Wenn er doch der Mörder war? Oder irgendein Spion, der ihn aushorchen wollte?

»Wie soll ich wissen, dass Ihr die Wahrheit sagt?«, fragte er.

Da zuckte der Mann resigniert die Schultern. »Mein Name ist Simon Ringlin, einst Kontorverwalter der Ravensburger Handelsgesellschaft in Mailand, heute ein Niemand. Ich habe alles verloren, was mir lieb und teuer war, mein ganzes Hab und Gut, ich kann dir nichts beweisen, mir ist nichts geblieben.«

Als Cunrat darauf nicht antwortete, zog der Bärtige seinen Beutel hervor und machte Anstalten zu bezahlen. »Dann muss ich eben weiter allein nach meiner Tochter suchen.«

Da kam Cunrat eine Idee.

»Sagt mir, Simon Ringlin, wenn Ihr es denn seid, was wäre Eurer Tochter das Wichtigste gewesen, das sie auf jeden Fall mitgenommen hätte, als sie ihr Vaterhaus verlassen musste, von all den Dingen, die die Familie besaß?«

Ringlin verstand, dass dies eine Prüfung war, die Cunrat ihm auferlegte. Er dachte angestrengt nach, dann sagte er: »Als sie zehn Jahre alt war, da hat ihr meine Frau ein Amulett geschenkt, das sie von ihrer Mutter und diese wieder von ihrer Mutter bekommen hatte, ein Kleinod aus Elfenbein, das sie immer um den Hals trug. Ein Adler war darauf eingraviert, und es hieß, ein Urahn meiner Frau habe das Amulett einst in Palermo vom großen Kaiser Friedrich persönlich bekommen, für seine treuen Verdienste.«

Cunrat konnte sich nicht erinnern, dieses Amulett gesehen zu haben, aber es war natürlich möglich, dass sie es bei sich trug oder dass Rosshuser es an sich genommen hatte. Vielleicht hatte sie es auch einfach verloren. Dennoch verriet seine Miene, dass die Prüfung nicht bestanden war.

Ringlin biss sich auf die Lippen. Dann stieß er plötzlich hervor: »Das Stundenbuch! Meine Frau, Pina, sie ist gestorben, und vielleicht, nein, gewiss hat Lucia es an sich genommen! Das Stundenbuch, das ich Pina geschenkt hatte. Hast du ein Buch bei ihr gesehen?«

Da erhellten sich Cunrats Züge. Zwar wusste er nicht genau, was ein Stundenbuch war, aber über ihrem Bett war ein Buch versteckt gewesen. Er nestelte den Buchbeutel von seinem Gürtel los und legte ihn auf den Tisch.

»Hier, das hab ich heute Abend in Lucias Kammer gefunden.«

Der Bärtige nahm das Buch aus dem Beutel und strich liebevoll darüber.

»Das ist es. Das Buch, das ich Pina zur Geburt unserer Tochter geschenkt habe! Lucias Mutter war eine so wunderschöne Frau!«

Mit Tränen in den Augen begann der Mann in dem kleinen Buch zu blättern. Cunrat sah, dass es in vollkommen gleichmäßiger Schrift geschrieben war und zwischen den beschriebenen Seiten immer wieder leuchtend farbige Bilder eingefügt waren.

»Das habe ich bei den Zisterziensern von Chiaravalle anfertigen lassen. Es hat mich ein Vermögen gekostet. Siehst du? Hier vorn stehen mein Name und der von Pina. Simon Ringlin und Giuseppina Sanseverino, mit unseren Heiligen.«

Er zeigte auf ein Bild mit den Heiligen Petrus und Joseph, die Cunrat an ihren Symbolen erkannte, den Schlüsseln und dem Jesuskind. Vor den Heiligen knieten ganz klein zwei Personen, ein Mann und eine Frau, und darunter stand etwas geschrieben, wohl ihre Namen und die der Namenspatrone.

»Das seid Ihr?«, fragte Cunrat überrascht. Es erschien ihm seltsam, dass normale Menschen in einem Buch abgebildet waren, wie Heilige.

»Ja, das soll ich sein. Damals war ich noch jünger, ich trug keinen Bart, und meine Haare waren anders.«

Dann strich er zärtlich mit schwielig-schmutziger Hand über das Bild seiner Frau, ohne das Buch zu berühren, und nun liefen ihm die Tränen wie ein Bach in den Bart.

»Sie ist tot«, schluchzte er, »und wenn wir Lucia nicht bald finden, wird es ihr nicht besser ergehen.«

Cunrat wusste nicht, wie er Simon Ringlin trösten konnte. Unbeholfen nahm er die Hand des Älteren, aber der zog sie verlegen zurück.

»Hilf mir, Lucia zu finden, mein Kind, bitte, hilf mir!«

Als er sich etwas beruhigt hatte, fuhr er fort: »Du heißt Cunrat, nicht wahr? Du und ich, wir haben uns auf dem Schiff getroffen, auf dem Weg nach Costentz, erinnerst du dich?« Cunrat nickte zustimmend. »Seitdem habe ich Lucia gesucht, ich wusste, dass sie hierher gezogen war, doch erst in der Christnacht habe ich sie endlich gefunden, als sie gesungen hat in der Kirche des Heiligen Johannes, mit einer Stimme so schön, wie Pina sie hatte. Aber ich habe Angst um sie, darum habe ich sie bisher nur von Ferne beobachtet.«

»Wovor habt Ihr Angst? Warum habt Ihr nicht mit ihr gesprochen? Sie vermisst Euch so sehr. Das hat sie Giovanni gesagt!«

Zum ersten Mal huschte so etwas wie ein Lächeln über das Gesicht des Bärtigen.

»Ich hätte nichts lieber getan. Doch es ist alles nicht so einfach. Es wäre zu viel, dir das jetzt zu erklären. Ich bitte dich, hilf mir, sie wieder zu finden!«

»Wie soll ich Euch helfen, wenn ich nicht weiß, welche Gefahr ihr droht? Warum sagt Ihr mir nicht, wovor Ihr solche Angst habt, dass Ihr es nicht gewagt habt, Euch Eurer Tochter zu nähern?«

Nach kurzem Zögern bestellte Simon Ringlin noch einen Krug und begann zu erzählen.

»Ich hatte ein gutes Auskommen in Mailand. Du musst wissen, der Gelieger der Ravensburger Handelsgesellschaft in Mailand ist einer der größten von allen, und sein Oberhaupt ist ein angesehener Mann. Ich habe in den höchsten Kreisen verkehrt, war mit Patriziern und Adligen befreundet, ja, ich galt sogar als Familiare von Giovanni Maria Visconti, dem Herrn von Mailand. Er ist vor drei Jahren ermordet worden. Kurz bevor ich von den Piraten gefangen wurde.«

»Lucia hat gesagt, Ihr hattet auch einen Medicus zum Freund.«

»Das hat sie auch erzählt?« Der Mann schluckte schwer, dann fuhr er fort: »Ach, meine Lucia! Wir waren so glücklich, Pina, Lucia und ich. Doch Fortuna ist launisch, und so viel Glück weckt den Neid der weniger Glücklichen. Mein Stellvertreter wollte meinen Platz einnehmen, und wie ich gehört habe, ist es ihm auch gelungen.«

»Und die Piraten?«, fragte Cunrat neugierig.

»Tja, die Piraten. Wir waren auf dem Weg von Genua nach Valencia in Spanien. Dort wollten wir Verhandlungen führen, um ein neues Kontor zu gründen. Weil ich auch ein wenig Spanisch spreche, war der Gesellschaft daran gelegen, dass ich mitfahre. Dann kamen die Piraten. Aber sie kamen schon kurz nach Genua, wo sie sich normalerweise nicht hin trauen, denn dort haben sie kaum eine Rückzugsmöglichkeit in eines ihrer Inselnester. Und es waren seltsame Piraten. Nachdem sie unsere Ware an sich genommen hatten, wollten sie uns alle töten, anstatt Lösegeld für uns zu fordern. Findest du nicht auch, dass das ein seltsames Verhalten für Piraten ist?«

Cunrat hatte noch nie mit Piraten zu tun gehabt, deshalb wusste er nicht, wie sie sich normalerweise benahmen, doch er nickte bestätigend.

»Wirklich seltsam!«

Der andere sah ihn zweifelnd an, dann sagte er bitter: »Ja, weil es gar keine Piraten waren. Oder zumindest waren sie in diesem Fall nicht auf normale Piratenbeute aus. Sie waren bezahlt! Bezahlte Mörder! Sie sollten uns alle umbringen und ins Meer werfen. Doch da hab ich mit ihnen verhandelt. Ich hab versucht ihnen klar zu machen, dass sie viel Geld mit uns machen könnten, wenn sie Lösegeld fordern. ›Von wem denn?‹, haben sie gefragt. ›Von der Ravensburger Handelsgesellschaft!‹, hab ich geantwortet. ›Ich bin eine wichtige Person dort und denen viel Geld wert!‹ Da haben sie nur gelacht. ›Ausgerechnet die Handelsgesellschaft!‹, haben sie gesagt. Verstehst du? Es muss mein Stellvertreter gewesen sein! Er hat sie bezahlt, damit sie uns auflauern und es wie einen Piratenüberfall aussehen lassen. Aber allein hätte er sich das niemals erlaubt. Da muss noch jemand anderes seine Hand im Spiel gehabt haben, jemand sehr Mächtiges.«

Cunrat lauschte gespannt, ohne irgendeinen Kommentar abzugeben.

»Wie auch immer, dass die Piraten kein Lösegeld für mich und meine Begleiter fordern wollten, bedeutete, dass wir alle des Todes waren. Wir waren verzweifelt, doch schließlich kam mir eine Eingebung. Alles war besser, als hier auf dem offenen Meer den Fischen zum Fraß vorgeworfen zu werden, ohne dass jemals einer unserer Lieben davon erfahren würde. So habe ich ihnen vorgeschlagen, uns als Sklaven zu verkaufen. Wir waren lauter starke Männer, da konnten sie eine Menge Geld verdienen. Sie haben eine Weile darüber disputiert, dann hat ihre Gier die Oberhand gewonnen. Dante hatte recht, die gierige Wölfin ist die schlimmste aller Bestien, doch in diesem Fall hat sie uns gerettet! An der korsischen Küste haben sie uns an ein Schiff von Muselmanen verkauft, und das ist mit uns ins Heidenland gesegelt. Dem unmittelbaren Tod waren wir somit entronnen, doch nun wussten wir nicht, ob uns nicht ein weit grausameres Schicksal erwartete, als Galeerensklave, in einem Bergwerk unter Tage oder im harten Frondienst eines ungläubigen Herrschers. Schon auf der Fahrt nach Ägypten bekamen wir einen Vorgeschmack dessen, was auf uns zukam. Wir waren unter Deck angekettet, hatten wenig zu essen und zu trinken. Einer unserer Männer ist bereits hier gestorben.

In Kairo haben sie uns dann auf dem Sklavenmarkt feilgeboten. Du müsstest diese Märkte einmal sehen! Männer, Frauen und Kinder werden dort wie Vieh gehandelt, und während die Männer fast nackt sind, damit man auch sieht, dass sie recht kräftig sind und zum Arbeiten taugen, sind die Frauen im Gesicht mit einem zarten Seiden- oder Baumwolltuch bedeckt. Will nun einer eine schöne Jungfrau für seinen Leib oder sonst von nützlichen Fähigkeiten erwerben, dann darf er ihr zunächst unter das emporgehobene Tuch ins Gesicht schauen. Bleibt er interessiert, und meint man, dass es zu einem Kauf kommen könnte, so wird ihm gestattet, mit den Händen ihre Brüste zu greifen. Darauf muss der Kauf abgeschlossen werden oder sie wird einem anderen zuteil.«

Cunrat schüttelte verwundert den Kopf über diese seltsamen Gebräuche.

»Ich stand mit meinen Gefährten zusammen, stumm, denn sobald wir nur ein Wort in unserer Sprache sagten, wurden wir erbarmungslos geschlagen. Wir trugen schwere Eisenfesseln an den Beinen und litten unter der großen Hitze. Schließlich kam ein vornehmer Araber vorbei, mit weiten Gewändern und einem gewaltigen Turban, der zeigte Interesse an zweien von uns, und nach einigem Feilschen zwischen einem unserer Bewacher und dem Diener des vornehmen Herrn musste ich mit ihm gehen. Doch noch einmal zeigte Fortuna ihre Launen, diesmal zu meinen Gunsten, denn meine Furcht, nun schwere körperliche Arbeit verrichten zu müssen, war unbegründet gewesen. Der Mann, er hieß Yussuf Miranschach, war ein reicher Kaufmann, und er hatte mich erworben, weil ich verschiedene Sprachen spreche, denn er suchte einen Dolmetscher, um mit den Kaufleuten aus dem Westen besser verhandeln zu können.«

»Könnt Ihr denn auch Arabisch?«

»Damals noch nicht sehr gut, nur ein paar Brocken, die ich von arabischen Kaufleuten auf Sizilien gelernt hatte. Aber es genügte, dass Miranschach mich allen anderen Sklaven auf dem Markt vorzog. Er stellte mir dann einen Lehrer zur Seite, von dem ich die Sprache und die Schriftzeichen rasch so weit lernte, dass ich Gespräche führen und Briefe lesen konnte. So lebte ich mit in seinem Palast. Obwohl er nur ein Kaufmann war, lebte er doch in einem Palast, zusammen mit seinem Harem.«

»Was ist ein Harem, Herr?«, fragte Cunrat.

»Die Muselmanen haben, sogar unter Handwerkern, die Sitte, zwei, drei bis vier Frauen zur Ehe zu nehmen. Reiche und Wohlhabende nehmen mehr. Und was Regenten sind, wie die Paschas, Beys oder Kadis, die haben wohl zehn bis zwanzig Frauen, je nachdem, wie viele einer mit seinem Vermögen erhalten kann.«

Cunrat staunte. »Und uns Christen gebührt nicht mehr als ein Eheweib!«

Ringlin lachte.

»Yussuf Miranschach hatte deren elf. Aber ich bin mir nicht sicher, ob er immer so glücklich war mit ihnen. Soweit ich mitbekommen habe, waren die Frauen recht zerstritten untereinander.«

»Uh! Elf Frauen wie Bärbeli, da würde der frömmste Muselman zum Christen werden!«, sinnierte Cunrat. »Und Frauen wie Gretli gibt es ohnehin nur einmal, da braucht man keine weitere!«

Simon Ringlin sah ihn an und lächelte. Zum ersten Mal schien er sein Gegenüber wirklich wahrzunehmen.

»So bist du also verliebt, Cunrat?«

»Ja, Herr Ringlin, sehr.«

»In eine schöne Jungfrau?«

»Die schönste! Sie hat Augen wie grüne Edelsteine.«

»Die Augen! Auch meine Pina hatte wunderschöne Augen, aber wie glühende Kohlen. Und wenn sie wütend war, dann sprühten sie Feuer! Dann war es besser, schnell das Weite zu suchen!«

Er lachte in Erinnerung an manchen Streit mit seiner Angetrauten, doch dann wurde er schnell wieder ernst. Beide waren ein wenig verlegen, weil sie sich ihre Herzen so weit geöffnet hatten, obwohl sie sich doch kaum kannten.

Cunrat räusperte sich. »Und wie ist es Euch weiter ergangen?«

»Ich will es kurz machen. Im Palast von Miranschach lebte ich wohl. Ich hatte genug zu essen und gute Kleider. Nur meine Haare und den Bart musste ich mir wachsen lassen, wie es der Brauch ist bei den Muselmanen. Miranschach setzte mich in seinem Kontor ein, er gab mir Briefe zu übersetzen und Verträge zu schreiben und entdeckte bald, dass ich nicht nur für Sprachen begabt war, sondern auch etwas vom Rechnungswesen verstand. Schließlich vertraute er mir mehr als seinen eigenen Landsleuten, bei denen er immer befürchten musste, dass sie mehr zu ihren eigenen Gunsten rechneten als zu den seinen. So verbrachte ich einige Monate mit Tätigkeiten, die sich von denen im Mailänder Kontor nicht so sehr unterschieden. Es hätte eine angenehme Zeit sein können, wenn ich nicht so furchtbares Heimweh nach Pina und Lucia gehabt hätte. Immer dachte ich daran, wie sehr sie um mich trauern mussten, denn mir war klar, dass die angeblichen Piraten zu Hause das Gerücht verbreiten würden, wir seien auf hoher See umgekommen.«

»Lucia glaubt das bis heute und trauert um Euch! Ihr hättet Euch ihr offenbaren müssen!«, sagte Cunrat streng.

Ringlin seufzte. »Vielleicht hast du ja recht. Am Ende ist man immer klüger. Aber ich wusste nicht, was für Leute um sie sind, auf wessen Seite beispielsweise du und dein Freund standen. Ein paar Mal hab ich sogar versucht, sie anzusprechen, aber dann kam immer etwas dazwischen.«

»Giovanni.« Cunrat erinnerte sich an jenen Abend im *Lörlinbad*, an dem er Ringlin gesehen hatte, bevor Giovanni sich mit Lucia zurückzog.

»Ja, zum Beispiel dein Freund Giovanni.«

»Aber was geschah Euch dann weiter? Wie seid Ihr hierher gekommen?«

»Eines Tages begab sich Miranschach auf Geschäftsreise, und ich musste ihn begleiten. Wir reisten mit anderen Kaufleuten zusammen, wohl an die 30 Mann, meist zu Pferd und zum Teil auch auf Mauleseln. Wir hatten über 40 mit Wollkleidern und anderer Ware beladene Maultiere in unserem Zug. Von Kairo ging die Reise nach Jerusalem, dann weiter nach Damaskus im Lande Syrien bis zur Stadt Aleppo. Unterwegs wurden wir immer wieder von Räubern aufgehalten, denen wir ein Entgelt bezahlen mussten, damit sie uns weiterziehen ließen. Einmal griffen sie uns sogar an, und einer stach mit dem Spieß nach mir. Zum Glück konnte ich dem Stoß ausweichen, sodass die Waffe abrutschte und mir nur einen Riss über dem Auge beibrachte. Meinen Turban schleuderte es mir vom Kopf und ich blutete heftig, aber die Muselmanen kennen allerlei Kräuter und Salben, mit denen sie die Blutung stillten und den Schmerz linderten.«

Mit der linken Hand wies er auf seine Narbe, dann bestellte er noch einen weiteren Krug Wein. Cunrat hatte nichts dagegen. Es gefiel ihm, den Älteren erzählen zu hören von seinen Abenteuern in fernen Ländern. Fast hatte er das Gefühl, mit ihm auf dem Schiff zu segeln oder gegen eine Räuberbande zu kämpfen. Auch schien es ihm, als spreche der andere gern über seine Abenteuer, ja es kam ihm beinahe so vor, als vertraue Ringlin zum ersten Mal einem anderen Menschen seine Erlebnisse und Leiden an, so aufgeregt und ausführlich beschrieb er entgegen allem Vorsatz der Kürze seine Fahrt.

»In Jerusalem wollte ich gern die heiligen Stätten besuchen, ja, ich bat meinen Herrn inständig darum, wenigstens eine Stunde in der Grabeskirche Jesu Christi verweilen zu dürfen. Doch zunächst lehnte er es rundweg ab, mir einen in seinen Augen so heidnischen Götzendienst zu gewähren. Dann besann er sich jedoch, denn er hatte die Absicht, in der Heiligen Stadt mit venezianischen Kaufleuten zu verhandeln, die bei ihm Gewürze kaufen wollten. Er versprach mir, dass ich eine Nacht in der Grabeskirche verbringen dürfte, wenn er einen guten Geschäftsabschluss erzielen würde. Da ich die Venezianer gut kenne und inzwischen auch einigermaßen des Arabischen mächtig war, gelang es mir in der Tat, einen für Miranschach äußerst günstigen Preis auszuhandeln. So ließ er mich einen Abend und eine Nacht die Heiligen Stätten besuchen.«

»Aber hättet Ihr da nicht fliehen können?«

»Miranschach war nicht dumm. Ich musste einen heiligen Eid schwören, dass ich nicht die Gelegenheit zur Flucht ergreifen würde.«

»Gilt denn ein Schwur auch einem Ungläubigen gegenüber?«

»Du bist auch nicht dumm, mein lieber Cunrat, natürlich hätte ich den Schwur nicht einhalten müssen. Aber so weit dachte Miranschach auch. Und deshalb gab er mir zusätzlich noch einen Wächter mit, einen freundlichen jungen Mann aus seinem Gefolge, und er befahl ihm, mich unter allen Umständen zurückzubringen, andernfalls würde er seinen Kopf verlieren. Da ich nicht zum Mörder des Jungen werden wollte, bin ich also zurückgekehrt.«

»Herr Ringlin, sagt mir, wie es in der Grabeskirche war!«

Cunrat hatte im Kloster Weißenau immer wieder die ehrfürchtigen Berichte von Leuten gehört, die eine Pilgerfahrt ins Heilige Land unternommen und dort all die Heiligen Stätten besucht hatten. Der heiligste all dieser heiligen Orte war jedoch das Grab Jesu, es war der Nabel der Welt.

Simon Ringlin begann seine Schilderung mit einigen Abschweifungen.

»Jerusalem liegt zwischen zwei Bergen und hat einen großen Mangel an Wasser. Die Heiden nennen Jerusalem Kurtzi Chalil, die Griechen Hierosolima. Bevor ich die Nacht in der Grabeskirche verbracht habe, besuchte ich viele andere heilige Orte dieser Stadt. Neben der Grabeskirche liegt der Kalvarienberg mit einem weißen Stein, wo unser Herr gekreuzigt wurde.

Auf dem gleichen Berg befindet sich ein Altar mit der Säule, an der Jesus angebunden war, als man ihn geißelte. Beim selben Altar, 42 Stufen unter der Erde, ist das heilige Kreuz und das der zwei Schächer gefunden worden. Vor der Kirchentür, 18 Stufen hinauf, hat unser Herr am Kreuz die Worte gesprochen: ›Frau, nimm wahr, dies ist dein Sohn‹. Diese Stufen ist er auch hinaufgegangen, als er das Kreuz trug. Vor der Stadt steht die Kirche des Heiligen Stephanus, wo dieser gesteinigt worden ist. Dem Tal Josaphat zu ist die Goldene Pforte. Nicht weit von der Kirche, in der das Heilige Grab ist, befindet sich das große Spital von Sankt Johannes, wo man sieche Leute pflegt. Das Spital hat 134 Säulen. Gleich in der Nähe ist eine Kirche, die ›Zu unserer Frau‹ heißt. Dort rauften Maria Magdalena und Maria Kleopha die Haare, als sie Gott am Kreuze sahen. Hinwärts vor der Kirche mit dem Heiligen Grab liegt der Tempel unseres Herrn. Das ist ein gar schöner Tempel, hoch, rund und weit und mit Zinn überdacht. Auf der linken Hand ist ein Palast, den man Salomons Tempel heißt. Nicht weit davon ist eine schöne Kirche zu Ehren der Heiligen Anna erbaut, und hier wurde unsere Frau empfangen. In dieser Kirche gibt es einen Brunnen, und wer sich darin badet, wird gesund, welche Krankheit er auch haben mag. In der Nähe befindet sich des Pilatus' Haus, daneben das Haus von Herodes, der die Kinder töten ließ. Ein wenig weiter ist eine Kirche, die heißt ›Zu Sankt Anna‹, und dort hat man einen Arm von Sankt Johann Chrisostimus und den größeren Teil von Sankt Stephanus' Haupt. In der Gasse, durch die man zum Berg Sion hinaufgeht, ist die Kirche des Heiligen Jakob. Nicht weit entfernt am Berg befindet sich die Kirche Unserer Frau, dort war ihre Wohnung und dort starb sie auch. Geht man den Berg Sion hinauf, so findet man die Stelle, wo unser Herr seinen Jüngern die Füße wusch. Ganz in der Nähe wurde Sankt Stephan begraben. Da ist auch der Altar, wo unsere Frau die Engel Messe singen hörte. In derselben Kapelle, am großen Altar, saßen die zwölf Apostel am Pfingsttag, als der Heilige

Geist zu ihnen kam. An gleicher Stelle beging unser Herr mit seinen Jüngern den Ostertag. Jenseits des Sionberges steht das Haus, wo unser Herr die Jungfrau vom Tod erweckt hat. Dort ist auch der Prophet Isaias begraben. Der Prophet Samuel liegt auf einem Berg vor der Stadt begraben. Zwischen dem Ölberg und Jerusalem nähert sich das Tal Josaphat der Stadt, es fließt ein Bach dort. Talaufwärts ist das Grab unserer Frau, 40 Stufen geht man unter die Erde zum Grab hinunter …«

Ein lautes Röcheln unterbrach plötzlich die Erzählung von Simon Ringlin, und Cunrat schrak hoch. Er war ob all der Schilderungen von Kirchen und heiligen Stätten eingenickt, denn sein Tag hatte früh begonnen und nun ging es schon auf Mitternacht. Als sein Kopf vornüber gesackt war, hatte er einen lauten Schnarcher von sich gegeben, von dem er selber wieder erwacht war.

Ringlin sah ihn milde an. »Du bist müde, mein Freund, und ich rede und rede. Lass uns schlafen gehen, das heißt, du solltest schlafen, mir ist schon seit langer Zeit kein Schlaf mehr vergönnt.«

Cunrat kratzte sich am Kopf. »Verzeiht mir, Herr Ringlin. Ihr habt wohl recht, ich werde Euch noch zu Eurer Herberge begleiten. Wo befindet sich denn Euer Quartier?«

»Ich bin bei einer guten Frau untergekommen, der Frau Pfisterin, in der Plattengasse.«

Cunrat erinnerte sich vage, dass Bärbeli einmal von dem Böhmen Hus erzählt hatte, der im Hause der Pfisterin seine Predigten hielt, als er noch in Freiheit war. Ob die Bäckerstochter wohl immer noch eine Anhängerin seiner Ketzereien war, jetzt, wo er im Kerker saß? Und Simon Ringlin? Hatte er vielleicht etwas mit Hus zu tun? Aber seine Schilderungen der heiligen Orte des Heiligen Landes waren so voller Inbrunst und Glauben, dass es Cunrat unwahrscheinlich vorkam, dass er ein Ketzer sein sollte.

Als habe er seine Gedanken gelesen, sagte Ringlin: »Der Prager Magister Hus hat auch dort gewohnt, jedenfalls einige Wochen, dann wurde er verhaftet. Ich bin erst vor Kurzem bei der Frau Pfisterin eingezogen. Sie ist wirklich eine gute Frau, und ich hoffe, dass das Los des armen Hus kein böses Omen für mich ist!«

Immerhin schien Ringlin den Ketzer zu bedauern.

»Ihr sagt ›armer Hus‹. Aber wenn er doch ein Ketzer ist!«, antwortete Cunrat. »Glaubt Ihr denn, was er sagt?«

»Manches ist vielleicht gar nicht so falsch, aber ehrlich gesagt, mein lieber Cunrat, habe ich andere Sorgen, als mich um das Abendmahl in beiderlei Gestalt zu bekümmern.«

Cunrat verstand, dass er damit die Sorge um Lucia meinte, und ihm wurde bewusst, dass er an diesem Abend zwar viel über Simon Ringlin erfahren hatte, aber seinem eigentlichen Ziel, dessen Tochter zu finden, nicht viel näher gekommen war. Doch in dieser Nacht konnten sie ohnehin nichts mehr unternehmen.

»Herr Ringlin, ich begleite Euch noch nach Haus.«

»Das ist nicht nötig, mein Junge. Ich werde mir beim Wirt eine Fackel holen. Dann finde ich schon allein zurück.«

»Kommt doch morgen zum Platz bei der Kirche des Heiligen Stephan, wo wir mit unserem Ofen stehen. Dann könnt Ihr mir weiter berichten, vor allem aber müssen wir überlegen, wie wir Lucia finden.«

Ringlin lächelte etwas verlegen. »Und dann werde ich mich kürzer fassen.«

Mit dem Dienstag hub ein erneuter Regentag an. Simon Ringlin stand schon früh vor dem Bäckerstand unter der Plache und wartete ungeduldig, bis Cunrat mit den Venezianern den Ablauf des Tages besprochen hatte. Wieder sollten sie backen und verkaufen, während er den Tag dazu verwenden würde, etwas für Giovannis Freilassung zu unternehmen. Schließlich schleppte Cunrat seinen neuen Freund, der es offensichtlich kaum erwarten konnte, mit seiner Erzählung fortzufahren, zur *Haue*, er wusste selbst nicht recht, warum. Cunrat hatte tief geschlafen in dieser Nacht, nach all den ungewohnten Aktivitäten und fremden Eindrücken des vergangenen Tages, aber es hatten ihn wilde Träume von Gretli und Lucia und Turban tragenden Piraten geplagt, und jetzt war ihm nach einem Schoppen Wein in vertrauter Umgebung zumute.

Angesichts des trüben Wetters war die Gaststube der *Haue* selbst zu so früher Stunde schon recht gut gefüllt. Auch der Conte saß am gewohnten Tisch und aß seine Bohnensuppe. Als er Cunrat sah, erkannte er ihn und grüßte mit freundlichem Kopfnicken. Ein wenig stolz über die Aufmerksamkeit des vornehmen Herrn grüßte Cunrat zurück, dann steuerte er einen Tisch in der Ecke hinter dem Kamin an, in dem ein helles Feuer loderte. Hier waren sie unter sich und konnten in Ruhe reden. In der Wärme begannen ihre regenfeuchten Mäntel zu dampfen, der Geruch von Schafwolle vermischte sich mit dem Duft des Rinderbratens, dem Weindunst und dem Gestank nach Schweiß und Bohnenfürzen.

Sebolt Schopper war nicht zu sehen, aber eine Magd brachte ihnen den gewünschten Krug Wein. Cunrat musste unwillkürlich an Karolina Tettinger denken, an den ermordeten Weinhändler und den geheimnisvollen Übergang von der *Haue* zur Stadtmauer. Doch mit den Toten konnte er sich jetzt nicht befassen, im Augenblick waren die Lebenden, Giovanni und Lucia, wichtiger.

Bevor Simon Ringlin seinen Becher hob, fragte er: »Wer ist denn der vornehme Herr, der dich so freundlich gegrüßt hat?«

Cunrat sah zum Conte hinüber und antwortete geschmeichelt: »Der Herr ist ein Graf, ein guter Mensch. Er war mit den Tettingers befreundet, den früheren Besitzern der *Haue*.«

Dann wollte er von Simon Ringlin wissen, wie das Heilige Grab sei. Getrieben von der Sehnsucht, sich endlich jemandem mitzuteilen, fing Ringlin wieder zu erzählen an.

»Wo das Heilige Grab ist, da steht eine schöne Kirche, hoch und rund und ganz mit Blei gedeckt, einst vor, jetzt in der Stadt gelegen. Unter der Kuppel der Kirche befindet sich ein Tabernakel, genau über dem Grab. Man lässt niemanden in das Grab selber hinein, außer es ist ein hoher Herr. Aber ein Stein des Heiligen Grabes ist in der Mauer des Tabernakels eingemauert, den küssen die Pilger und bestreichen sich damit. Es gibt auch eine Lampe, die von selber das ganze Jahr über brennt – bis zum Karfreitag, wo sie bis zum Osterabend erlischt und sich dann wieder von selbst entzündet. Am Osterabend geht aus dem Heiligen Grab ein Schein wie Feuer hervor. Dann kommt viel Volk aus Armenien, Syrien und des Priester Johannes' Land dorthin, um den Schein zu sehen. Als ich dort war, schien es mir, dass vom Grabe des Herrn ein wunderbarer, ungewöhnlicher und alle Spezereien übertreffender Duft ausging. Viele Pilger verbringen dort die Nacht in Andacht vor der Grabkapelle, ja, sie streiten sich geradezu um die Plätze, die dem Grabe am nächsten sind. Mithilfe meines jungen Wächters und seiner kräftigen Arme fand ich jedoch einen guten Platz, von dem aus ich die ganze Heiligkeit des Ortes erleben konnte. Doch hatten wir während der Nacht viel Unruhe wegen des Lärms, den die vielen Krämer und Kaufleute im Tempel machten. Mit denen trieben die Pilger Handel, denn sie kauften von ihnen Edelsteine und Pater Noster, kleine Ringe, Kreuzchen und andere Waren, die sie an die heiligen Stätten strichen und für ihre Lieben nach Hause mitnehmen wollten. Außerdem« – hier senkte er die Stimme vor Entrüstung – »haben wir Pilger beobachtet, Adlige, die mit kleinen Fäusteln und Meißelchen ihre Namen, Wappensprüche oder Wappenbilder in die Marmorsäulen und Wände schlugen. Andere wiederum waren so begierig und versessen, von allen Stätten kleine Stücke und Steinchen mit nach Hause zu bringen, dass sie vom Heiligen Grab, das von den alten, seligen Christen mit poliertem Marmor schön geschmückt worden ist, Ecken und Stückchen abgeschlagen haben!«

Cunrat schüttelte entsetzt den Kopf. Doch dann kam ihm seine geplante Wallfahrt nach Einsiedeln in den Sinn, und er dachte, dass er gewiss auch einige geheiligte Dinge mitbringen würde, für Gretli und Giovanni und natürlich für seine Mutter.

Ein wenig konnte er die Jerusalempilger verstehen, aber natürlich hätte er es niemals gewagt, Stücke vom heiligen Grab abzuschlagen!

Da fuhr Simon Ringlin fort.

»Doch du glaubst nicht, wie schwer es mich ankam, die fröhlichen Christen aller Nationen zu sehen, die von ihrer Pilgerfahrt in die Heimat zurückkehren konnten, während ich weiter als Sklave von Yussuf Miranschach leben musste und meine Lieben vielleicht nie wieder sehen würde. Heiße Tränen habe ich auf den Marmor des Grabes Christi vergossen und manche Stunde mit mir gekämpft, ob ich nicht doch mit einer Pilgergruppe die Flucht ergreifen sollte, aber dann dauerte mich mein junger Begleiter, der im übrigen kein Auge von mir ließ, galt es doch sein eigenes Leben. So bin ich am Morgen in die Herberge zurückgekehrt, in der Miranschach abgestiegen war.«

»Aber wie ist Euch dann die Flucht gelungen?«

»Über ein Jahr musste ich mit Miranschach reisen, in viele Städte und Länder des Orients. Wir sind über den Libanon gezogen, wo ich die großen, schneebedeckten Zedern gesehen habe, Bäume mit Ästen, die sich schnureben in die Länge und Breite ausstrecken. Sie sind unserem Fichtenholz gleich und tragen sommers wie winters ihr schönes, kleines, ziemlich spitzes Laub. Dazu haben sie recht dicke Zapfen, die sich nach oben wenden. Dann sind wir nach Syrien weitergereist, in die Stadt Aleppo, und von dort durchs Land der Armenier bis ans Schwarze Meer, das man auch das große Meer heißt. Die Donau fließt dort hinein und auch viele andere große Wasser. Bei Trabesanda haben wir ein Schiff bestiegen, das uns ins seldschukische Reich zur Stadt Sinopia geführt hat. Dort gab es viele Kaufleute aus Florenz, Genua und Venedig, die die rote Erde dieser Stadt kaufen wollten, weil sie von unseren Malern so geschätzt wird, um ihre Wandbilder vorzuzeichnen. Von hier segelten wir nach Norden, denn mein Herr wollte nach Kaffa, einer prächtigen Handelsstadt auf der Halbinsel Kerim. Dort herrschen die Genueser, aber es kommen auch muselmanische, venezianische und viele andere Kaufleute hierher, ja, man pflegt sechserlei Glauben in dieser Stadt. Ein halbes Jahr blieb Miranschach dort und trieb viel Handel. Dabei musste ich oft mit Italienern Gespräche führen, doch mein Herr war immer auf der Hut, dass ich keine Gelegenheit bekam, andere Themen als die auf dem Markt üblichen anzusprechen. Keiner seiner Geschäftspartner ahnte wohl, dass ich nicht freiwillig als Übersetzer in seinen Diensten stand, vielleicht wollten sie es auch nicht wissen, denn sonst hätte ihnen womöglich die christliche Nächstenliebe geboten, mich freizukaufen. In der Nacht musste ich Fußfesseln tragen, so sehr misstraute er mir.«

»Wie seid Ihr dann entkommen?«

»Eines Abends war Miranschach zu einem Fest geladen bei einem reichen Araber, einem Pascha, der einen Palast am Stadtrand von Kaffa besaß. Auch er hatte mehrere christliche Sklaven, einen Bayern und zwei Pisaner. Mit dem Deutschen gelang es mir, ins Gespräch zu kommen, als ich den Abort aufsuchte. Und da hat Gott meine Tränen, die ich an Jesu Grab geweint hatte, doch noch erhört, denn Schiltberger, so hieß der Mann, erzählte mir, dass er und die beiden Italiener just für diesen Abend ihre Flucht geplant hätten. Sie wollten den Wachen am Palasttor ein Pulver in den Tschai schütten, sodass sie schlafen würden.«

»In den Tschai? Was ist das, Herr?«

»Du musst wissen, dass die Muselmanen keinen Wein trinken dürfen, das hat ihnen ihr Prophet Machmet verboten.«

»Keinen Wein?«, fragte Cunrat ungläubig und nahm rasch noch einen Schluck aus seinem Becher.

»Nein, keinen Wein und kein Bier und kein anderes Getränk, das Alkohol enthält.«

»Aber warum denn nicht?« Der Bäckergeselle war fassungslos.

»Sie haben mir erzählt, dass Mahmet eines Tages mit seinen Dienern an einem Weinhaus vorbeiging, in dem viel Volk war und große Freude herrschte. Da fragte Machmet, warum das Volk so fröhlich wäre. Einer seiner Diener sagte zu ihm, sie seien vom Wein so fröhlich. Am Abend ging Machmet wieder am Weinhaus vorbei – und da schlugen Mann und Weib aufeinander ein, und zwei wurden erschlagen. Machmet fragte, was das sei. Da sagte einer seiner Diener, das vorige Volk, das so fröhlich gewesen sei, schlage nun aufeinander ein. Sie wären von Sinnen, weil sie zu viel Wein getrunken hätten, und sie wüssten nicht, was sie täten. Da sprach Mahmet: ›Nun verbiete ich all jenen, die in meinem Glauben sind, Hohen wie Gemeinen, seien sie geistlich oder weltlich, gesund oder siech, jemals Wein zu trinken‹. So hab ichs von den Heiden gehört, und so halten sie es auch. Und stattdessen trinken sie Tschai.«

»Und was ist dieser – Tschai?«

»Dafür werden getrocknete Kräuter mit heißem Wasser überbrüht, und diesen Sud trinkt man. Es schmeckt sehr bitter und man muss viel Süße hineingeben.«

Cunrat musste schon wieder den Kopf schütteln über die seltsamen Sitten der Muselmanen. In der Zwischenzeit hatte sich das Lokal gefüllt, mit Wachen, Handwerkern und Konzilsgästen, die vor dem Regen in die warme Schänke geflüchtet waren. Sie brachten feuchten Kleiderdampf und reges Gemurmel mit in die niedrige Stube. Immer wieder sah Cunrat auf, ob er vielleicht einen der Wächter erkennen und Neuigkeiten von Giovanni hören würde. Doch er sah nur einige Torwächter vom Rindportertor und wandte sich wieder Simon Ringlin zu.

»Und so seid Ihr also geflohen?«

»Ja, während des Tanzes. Drei Frauen hatte der Pascha für dieses Fest bestellt, die zur Musik von Lauten, Trommeln, Flöten und Zimbeln einen Schleiertanz vorführen sollten, so wie es bei den Arabern üblich ist. Dann sitzen alle Männer da und können ihren Blick nicht von den Tänzerinnen wenden. So auch mein Herr, Miranschach. Er glaubte mich sicher im streng bewachten Palast des Paschas und ließ mich ohne Arg frei umhergehen. Doch kaum hatten die Frauen mit ihrem Tanz begonnen, da tat das Schlafmittel bei den Wächtern seine Wirkung, und wir vier verließen den Palast durch das Haupttor. Der Bayer, der schon am längsten als Sklave in Kaffa war, kannte alle Wege. Er führte uns zu einem christlichen Kloster vom Orden des Heiligen Franziskus, wo wir um Asyl baten. Die Brüder nahmen uns freundlich auf. Als wir dem Prior unsere Lage schilderten, hielt er es für das Beste, dass wir vorerst in der klösterlichen Gemeinschaft verbleiben würden. Wir mussten Haare und Bärte scheren, was wir nur allzu gern taten, dann gaben sie uns graue Kutten mit Kapuzen, wie sie von den Brüdern des Heiligen Franz getragen werden. Sogar das Cingulum legten sie uns um …«

»Das Cingulum?«

»Der hanfene Gürtel der Franziskaner mit den drei Knoten für die drei Gelübde, die sie beim Eintritt ins Kloster ablegen, Armut, Keuschheit und Gehorsam. So tauchten wir im Kloster unter und blieben einige Wochen dort. Unser Verschwinden war natürlich rasch bemerkt worden, doch war der genuesische Statthalter nicht bereit, seine Soldaten zum Aufspüren geflohener christlicher Sklaven in Marsch zu setzen. Also suchten die Wachen des Paschas und die Diener Miranschachs nach uns, aber als Muselmanen durften sie es nicht wagen, in ein christliches Kloster einzudringen, und nach einiger Zeit fanden sich unsere Herren wohl damit ab, dass sie uns verloren hatten.«

»Und wie seid Ihr dann nach Hause gekommen?«

»Meine Mitflüchtigen hatten bei ihrem Pascha noch so viel an Gold mitgenommen, wie sie finden konnten. Das sei ihr wohlverdienter Lohn für viele Jahre Sklavenarbeit, sagten sie. Sogar mir gaben sie einen Teil ab, davon lebe ich jetzt noch. Damit konnten wir auch den Prior bezahlen, damit er uns vier Pferde besorgte. So ritten wir eines Nachts aus der Stadt heraus und am Meer entlang und gelangten ins Kerimgebirge, durch das wir vier Tage ritten, ehe wir auf einen Berg kamen, von wo aus wir im Meer, wohl acht Meilen von der Küste entfernt, eine Kogge liegen sahen. Wir blieben auf dem Berg, bis die Sonne unterging. Als es dunkel wurde, machten wir ein Feuer, und das sah man auf der Kogge. Der Schiffsmann schickte Knechte auf einem Boot zum Berg, um zu schauen, wer dort wäre. Da wir sie in der Dunkelheit heranfahren und am steinigen Ufer anlegen hörten, riefen wir sie an. Sie fragten uns, wer wir seien. Da erzählten wir ihnen, dass wir Christen seien und wie wir als Gefangene in die Heidenschaft geraten und mit der Hilfe Gottes hierher gekommen wären, auf dass man uns zurück brächte in die Christenheit und wir wieder in unsere Heimat gelangten. Sie wollten nicht glauben, dass wir Christen waren, und fragten uns, ob wir nicht den Pater Noster könnten und das Glaubensbekenntnis. Da mussten wir den Pater Noster und das Glaubensbekenntnis aufsagen. Sie hießen uns auf dem Berg warten, fuhren zu ihrem Herrn zurück und erzählten ihm, was wir gesagt hatten. Anschließend fuhren sie wieder her und brachten uns auf die Kogge. Diese nahm zunächst Kurs auf Samastria, eine Stadt am Südufer des Schwarzen Meeres, wo wir drei Tage verweilten. Danach stach sie wieder in See und wollte nach Konstantinopel fahren. Wir waren schon auf hoher See und sahen nur noch Himmel und Wasser, als ein Sturm aufkam. Nun konnten wir anderthalb Monate kein Land mehr erreichen. Uns gingen die Speisen aus, sodass wir nichts mehr zu essen und zu trinken hatten. Da kamen wir im Meer an einen Felsen, wo wir Schnecken und Meeresspinnen fanden; die klaubten wir auf und ernährten uns vier Tage davon.«

Cunrat schüttelte sich. »Schnecken und Spinnen!«

»Ja, das war wahrlich kein Zuckerschlecken. Endlich sichteten wir ein anderes Schiff, das uns von seinen Vorräten verkaufte. So fuhren wir zwei Monate auf dem Meer herum, bis wir gen Konstantinopel kamen. Ah, Konstantinopel!«

Simon Ringlins Augen begannen zu leuchten.

»Konstantinopel ist die größte und prächtigste Stadt des Erdkreises. Sie ist von einer 18 welsche Meilen langen Stadtmauer umfangen, und diese Ringmauer hat 1500 Türme!«

»So ist sie größer als Costentz!«, warf Cunrat ein, und er musste an Giovannis Beschreibung von Venedig denken.

»Costentz!« Nun lachte Ringlin sogar. »Costentz ist ein Dorf im Vergleich zu Konstantinopel! In Konstantinopel gibt es eine Kirche, das ist die schönste Kirche, die man auf der ganzen Welt finden mag. Sie heißt Santa Sophia und ist ganz mit Blei eingedeckt; innen an der Mauer sieht man sich wie in einem Spiegel, so klar und fein ist die Lasur gemacht. In der Kirche ist der Patriarch mit seiner Priesterschaft, und da wallfahrten die Griechen hin, so wie wir nach Rom. Santa Sophia hat auch noch 300 Türen, alle aus Messing. Der christliche Kaiser von Konstantinopel hat zwei Paläste in der Stadt, und der eine ist gar schön und wohl verziert mit Gold und Lasur und Marmor. Vor dem Palast steht auf einer hohen Marmorsäule das Bildnis des Kaisers Justinian zu Ross. Es ist aus Glockenspeise, Ross und Reiter aus einem Guss, und steht wohl schon 1000 Jahre da. Vor Zeiten hatte er einen goldenen Apfel in der Hand gehabt, was bedeutete, dass er ein gewaltiger Kaiser über Christen und Heiden gewesen ist. Die Stadt selber ist dreieckig und an zwei Seiten vom Meer umgeben. Gegenüber liegt die Stadt Pera, und zwischen diesen beiden Städten ist ein Meeresarm, der ist wohl drei welsche Meilen lang und eine halbe oder mehr breit. Den Meeresarm nennen die Griechen Hellespandt, die Heiden Pogas. Nicht weit von Konstantinopel lag auf einer schönen Ebene am Meer Troja, und man sieht noch gut, wo die Stadt gewesen ist.«

»Troja, Herr?«

Ringlin sah Cunrat kurz an. »Troja, ja «, murmelte er dann, und ihm war klar, dass dies doch eine zu lange Abschweifung geworden wäre, wenn er dem Bäckergesellen nun die *Ilias* hätte erzählen müssen.

»Troja ist nicht wichtig«, fuhr er daher fort und versuchte nun, sich wirklich kürzer zu fassen. »Jedenfalls stieg mein bairischer Mitreisender in Konstantinopel aus, um über Land zurück in seine Heimat zu gelangen, während wir übrigen drei Schicksalsgenossen nach einigen Tagen mit der Kogge weitersegelten, die Kurs auf Venedig nahm. Von dort bin ich mit einem Kaufmannsschiff den Po und den Ticino hochgefahren, über den großen Kanal bis Mailand. Ich war jedoch vorsichtig und habe keinem gesagt, wer ich bin. Meinen Bart und die Haare hatte ich während der langen Reise wieder wachsen lassen, sie waren grau geworden im Vergleich zu früher. Die Narbe über meinem Auge und die schlechten Kleider taten ein Übriges, um mein wahres Ich zu verbergen.«

Simon Ringlin machte eine Pause. Der abenteuerliche Teil seiner Reise war zu Ende erzählt, nun kam jener Teil, der ihn wohl am meisten von allen schmerzte. Er nahm noch einen Schluck aus seinem Weinbecher, bevor er weiter sprach.

»Im Gefolge einer kleinen Gruppe von Kaufleuten bin ich zum Ravensburger Kontor gegangen. Niemand hat mich erkannt. Ich habe mich vorsichtig umgeschaut, ob ich Pina oder Lucia irgendwo sehen würde. Doch weder sie noch eine ihrer Mägde ließen sich blicken. Es gab viele neue Gesichter im Gelieger, und ein Knecht führte uns schließlich zu Jakob Schwarz, dem Prokurator der Ravensburger Handelsgesellschaft in Mailand, wie er sich vorstellte.«

Ringlin trank noch einen Schluck, dann fuhr er bitter fort: »Er war mein Stellvertreter gewesen, und nun saß er an meinem Schreibpult und gab die Befehle. Während die anderen mit ihm verhandelten, hielt ich mich im Hintergrund, immer darauf hoffend, die Frauen irgendwo zu sehen. Doch vergebens. Unverrichteter Dinge verließ ich den Gelieger. In der nächsten Schänke, wo die Ravensburger im Allgemeinen verkehrten, bestellte ich einen Krug Wein und kam mit einer Magd ins Gespräch. Ich gab mich als Kunden der Handelsgesellschaft aus, der vor Jahren zum letzten Mal hier gewesen sei. ›Hieß der Verwalter damals nicht Ringlin?‹, fragte ich sie. Da erzählte sie mir, Ringlin sei vor drei Jahren von Piraten entführt und ermordet worden, und daraufhin habe sein Stellvertreter, dieser junge, deutsche Aufschneider den Posten übernommen. Die Frau habe er auch übernehmen wollen, aber die habe das nicht mitgemacht. Da sei dessen Begierde in Hass umgeschlagen, und Ringlins Frau habe heimlich die Stadt verlassen müssen, um seinen Nachstellungen zu entgehen. Mit ihrer Tochter sei sie fortgezogen. ›Hier an diesem Platz hat er danach gesessen‹, hat sie gesagt, ›da, wo Ihr jetzt sitzt, und hat alle Heiligen des Himmels auf die arme Frau und ihre Tochter herabgeflucht, nachdem er zwei Krüge Wein getrunken und einen an der Wand zerschmettert hatte, und er hat ihr Rache geschworen auf ewig.‹ Als ich sie fragte, ob sie wisse, wohin die Frauen gegangen seien, hat sie mich angeschaut und gefragt, wer ich denn sei. Ich würde sie an Ringlin erinnern. Da habe ich mich ihr zu erkennen gegeben, und sie hat meine Hand genommen und geweint, denn sie hatte den beiden bei ihrer Flucht geholfen. Dann hat sie mir geschildert, wie sehr Pina um mich getrauert und dass sie keinen Lebensmut mehr gehabt habe. Nur wegen Lucia sei sie fortgegangen, sonst hätte sie sich wohl noch hier in der Stadt das Leben genommen. Die gute Frau war voller Mitleid, und sie wusste, wohin die beiden gezogen waren, nämlich nach Pavia. Sie hat mich noch beschworen, der Deutsche – sie meinte Jakob Schwarz – dürfe nichts davon erfahren, dass sie den Frauen und mir geholfen habe, sonst sei sie ihres Lebens nicht mehr sicher. Da ich aufgrund meines Erlebnisses mit den Piraten wusste, zu welch teuflischen Taten mein Nachfolger fähig war, versprach ich ihr hoch und heilig, dass ich keinem Menschen ihre Komplizenschaft preisgeben würde. Dann bin ich mit dem Schiff nach Pavia gefahren. Dort erinnerte man sich an Pina, doch ich erfuhr nur, dass sie weiter gezogen war, mit dem fahrenden Volke, als Sängerin und …«

Mit zitternder Hand erhob er den Becher und trank ihn leer.

»Sie hatte eine wundervolle Stimme, meine Pina. Ich hab versucht, ihrer Spur zu folgen, und nach einigen Wochen hatte ich sie endlich gefunden.«

Er schenkte sich nach und trank gleich wieder leer.

»Auf einem Friedhof in Ferrara. Bei den Barfüßern. Die Brüder erzählten mir, dass die Frau am Fieber gestorben sei, und die Tochter ihr ganzes Geld dafür gegeben habe, dass sie ein anständiges Begräbnis und einen schönen Stein bekomme. Sie hatte in der Tat einen schönen Stein, meine Pina, wahrlich, einen schönen Stein.«

»Und Lucia?«

»Die Fratres haben mir berichtet, dass sie bei einem gutherzigen Mann untergekommen sei, der für sie sorgte. Als ich diesen nach ihr befragte, hat er gesagt, sie sei eben erst als Sängerin mit einer Gruppe von Fahrenden zum Konzil nach Costentz gezogen. Und hier habe ich dann erfahren müssen, dass sie gar nicht mehr bei den fahrenden Leuten ist, sondern in einem Frauenhaus arbeitet.«

Offenbar wusste Simon Ringlin nicht, dass Lucia nicht freiwillig dort gelandet war, sondern von dem gutherzigen Mann aus Ferrara an Rosshuser verkauft worden war. Doch Cunrat sah keine Notwendigkeit, ihn hierüber aufzuklären.

»Aber sagt mir, warum glaubt Ihr, dass sie hier in Gefahr sei? Warum wolltet Ihr Euch nicht zu erkennen geben?«

Nach kurzem Zögern sagte Ringlin: »Ich hatte dir ja gesagt, dass hinter dem Piratenüberfall jemand sehr Mächtiges stecken muss. Das hat nicht Jakob Schwarz allein bewerkstelligt. Du musst wissen, Cunrat, in der Ravensburger Gesellschaft gibt es seit einigen Jahren Streit. Schlimmen Streit. Ich war vom guten Joß Humpis eingestellt worden, aber dessen Gegenspieler, Frick Humpis, lässt nichts unversucht, um ihm zu schaden. Er ist ein böser Mensch, dieser Frick, nicht umsonst sind die Hunde auf seinem Wappenschild schwarz, so schwarz wie seine Seele. Jakob Schwarz ist sein Mann, nomen est omen, und er hat sogar einige Mitglieder der Familie Muntprat hier in Costentz auf seine Seite gebracht. Deshalb bin ich so auf der Hut und hab mich Lucia nicht gleich genähert. Man kann nie wissen, wer von Frick gekauft ist und wer nicht!«

Cunrat nickte, er verstand. Und er fragte sich, ob der Mörder, der die Tettingers umgebracht hatte, wohl etwas mit der Handelsgesellschaft zu tun hatte. Aber Tettinger hatte nie von Kontakten zu den Humpis oder Muntprat berichtet, und seine Schänke war auch keine gewesen, in der so hohe Herren verkehrt hätten. Allerdings stand das Wohnhaus der Muntprats ebenfalls am Oberen Markt, nicht weit von der *Haue* entfernt. Hatte Tettinger seine Nachbarn doch näher gekannt?

Da fuhr Ringlin fort: »Außerdem sind viele Mailänder hier beim Konzil. So wie ich damals zahlreiche geschäftliche und private Kontakte hatte, so wird wohl auch Jakob Schwarz sie haben. Und wenn einer von seinen Kumpanen Lucia wiedererkennt, dann wird seine Rache vielleicht auch sie treffen. Einer meiner ehemaligen Freunde ist ihr schon zum Opfer gefallen.«

»Hier in Costentz?«

»Ja, mein Lieber, auch du warst bei seiner Beerdigung. Ambrogio, der mit Ser Martino nach Costentz gekommen war.«

»Der Übersetzer!«

»Ja, der. Kanntest du ihn näher?«

Cunrat wurde verlegen, weil er daran denken musste, wie er Ambrogio auf dem Abort der *Haue* kennengelernt hatte.

»Nicht soo nah«, antwortete er nur. »Er war ein Freund von euch?«

»Ja, ein Freund. Ein feiner Mensch.«

»Warum glaubt Ihr, dass der Ravensburger an seinem Tod schuld sei?«

»Eben weil er mein Freund war. Ich habe gesehen, wie Ambrogio hier ankam, im Gefolge von Ser Martino. Eines Abends habe ich ihn in einer Trinkstube nicht weit von hier angesprochen, und als er mich wiedererkannt hat, da war er zunächst sehr froh, dass ich noch lebte. Doch dann hat auch er mir noch einmal erzählt, wie es Pina und Lucia ergangen war, wie grausam Jakob Schwarz sie behandelt habe, und dass er, Ambrogio, deshalb selbst mit ihm einmal in Streit geraten sei. Darum habe der Deutsche ihn nach Pinas Verschwinden verdächtigt, ihr geholfen zu haben, und er habe ihm gedroht. Ambrogio sagte, Jakob Schwarz werde sicher noch zum Konzil kommen, und dann fürchte er den Jähzorn und die Rachsucht des Deutschen, denn in Mailand könne man sich aus dem Weg gehen, aber in der kleinen Konzilsstadt müsse man sich früher oder später über den Weg laufen.«

»Und ist Jakob Schwarz denn tatsächlich hierhergekommen?«

»Ich weiß es nicht. Bisher sind zwei Mailänder Delegationen hier eingetroffen. Bei der ersten, in der sich Ambrogio befand, war er nicht dabei, das ist sicher. Und die zweite Gruppe von Mailändern ist erst vor Kurzem hierher gekommen. Ich habe nur davon gehört, habe sie nicht gesehen.«

»Da war Ambrogio ohnehin schon tot.«

»Ja, aber wie ich dir sagte, Jakob Schwarz hat viele gute Kontakte! Der brauchte nicht in persona hier sein, um meinen armen Freund umzubringen. Der Mörder hat es geschickt gemacht. Es sollte so aussehen, als ob Ambrogio einem Ungarn zum Opfer gefallen wäre, erinnerst du dich? Und um der Heuchelei die Krone aufzusetzen, wurde der Erzbischof Benedetti als Grabredner engagiert. Ich möchte nicht wissen, was der gekostet hat! Der venezianische Fuchs ist oft in Mailand, als enger Freund des Visconti. Jakob Schwarz kennt ihn sicher gut.«

Aber Cunrat wusste, dass Ambrogio dem Gabelmörder zum Opfer gefallen war. War womöglich Jakob Schwarz der Mörder, den sie suchten? War er doch schon früher nach Costentz gekommen? Simon Ringlin hatte sicher nicht alle Leute gesehen, die sich in den letzten Wochen und Monaten in der Stadt eingefunden hatten. Und hatte Lucia nicht erzählt, der Gabelmörder habe auch in Mailand sein Unwesen getrieben? Andererseits, was hätte der Mailänder Kontorverwalter der Ravensburger Handelsgesellschaft mit den Tettingers zu schaffen gehabt? Cunrat überlegte noch, ob er Ringlin in die Mordgeschichte einweihen sollte, als plötzlich draußen Fanfaren ertönten.

»Der König, der König!«, rief es auf dem Oberen Markt. Obwohl die Costentzer sich inzwischen an das fast tägliche Erscheinen wichtiger Delegationen in ihrer Stadt gewöhnt hatten und kaum noch den Kopf hoben, wenn wieder reich gekleidete Herren mit ihrem Gefolge durch das Tor ritten, so war es doch immer noch etwas Besonderes, wenn König Sigismund persönlich einer Abordnung voranritt, wie in diesem Fall. Die Gesandten des französischen Königs waren endlich zum Konzil gekommen, Persönlichkeiten von hohem Rang, denen Sigismund die Ehre erwiesen hatte, ihnen gemeinsam mit Herzog Ludwig von Baiern auf einige Meilen vor die Stadt entgegenzureiten und sie persönlich nach Costentz zu geleiten. Die Menschen in der *Haue* erhoben sich und traten trotz des Regens hinaus ins Freie, um vom Oberen Markt aus den spektakulären Einzug mit Trompetern, Pfeifern und vielen gewappneten Männern zu beobachten.

»Herr Ringlin«, sagte Cunrat, als sie zusammen unter den Arkaden am Haus zum Hohen Hafen standen, »gerade so ist vor wenigen Tagen die mailändische Gesandtschaft eingeritten. Und als Lucia sie sah, ist sie erschrocken, als ob sie einen Geist gesehen hätte, so hat Giovanni es mir berichtet.«

»Dann hat sie *ihn* gesehen. Jakob Schwarz.«

»Und am nächsten Morgen ist sie verschwunden.«

»Ich habe gedacht, ich könnte sie beschützen, wenn ich nur immer in ihrer Nähe bleibe, so wie an Fastnacht, als ich euch den ganzen Abend gefolgt bin. Ich habe gedacht, mich erkennt sowieso niemand, so kann ich ihr Schutzengel sein. Aber in den entscheidenden Momenten war ich nicht da! Ich habe die Mailänder Delegation nicht einreiten sehen, sonst hätte ich gewusst, welche Gefahr ihr drohte. Und an dem Morgen, als sie verschwand, ist sie zu früh fortgegangen, und ich war noch nicht zur Stelle.«

Ringlin drückte Cunrats Arm, dass es schmerzte.

»Cunrat, hilf mir, wir müssen sie wiederfinden! Er darf ihr nichts antun!«

Wenn es nicht schon zu spät ist!, dachte der Bäckergeselle, doch als er Ringlin ins Gesicht sah, bemerkte er, dass das Wasser in dessen Bart nicht nur Regen war. So sagte er feierlich: »Herr Ringlin, ich verspreche Euch, dass wir sie finden werden!«

Doch er hatte nicht die geringste Vorstellung, wie er dieses Versprechen halten sollte.

Als Cunrat zum Bäckerstand zurückkehrte – mit Ringlin im Schlepptau, der nicht wusste, wohin mit sich – stand Poggio Bracciolini bei dem fahrbaren Ofen und wärmte sich die Hände. Er war in ein Gespräch mit den venezianischen Bäckern verwickelt, die ihm klar zu machen versuchten, dass es während der Fastenzeit keine Pasteten mit Krammetsvögeln gab, sondern nur Brot und Brezeln. Der Papstsekretär wirkte niedergeschlagen und wandte sich schließlich resigniert zum Gehen. Als er Cunrat sah, kam er auf ihn zu und begrüßte ihn auf Deutsch.

Bracciolini beschwerte sich noch einmal über das magere Angebot des Bäckerstandes, doch dann wollte er wissen, was mit Giovanni passiert sei. Offenbar hatten die anderen Bäcker ihm keine genaue Auskunft geben können oder wollen.

Cunrat berichtete ihm kurz von Lucias Verschwinden und Giovannis Verhaftung und stellte ihm Simon Ringlin als Lucias Vater vor. Poggio wirkte leicht verlegen, hatte er doch Lucias Dienste ebenfalls in Anspruch genommen. Es war eine Sache, zu einer weitgehend anonymen Hure zu gehen, eine andere, plötzlich deren Vater vor sich zu haben, welcher sich Sorgen um seine Tochter machte.

Doch Cunrat ließ ihm keine Zeit, sich zu schämen. Er dachte daran, wie Poggio ihn aus dem Gefängnis geholt hatte. Warum sollte dasselbe nicht bei Giovanni möglich sein? Der Papstsekretär war so mächtig, wie sollte ein städtischer Vogt sich da widersetzen? Er überlegte kurz, wie er mit möglichst klarem, einfachem Deutsch seine Bitte vortragen konnte, doch dann bat er lieber Simon Ringlin, sie ins Italienische zu übersetzen.

Doch kaum hatte Bracciolini Cunrats Anliegen gehört, lachte er bitter, und sein Gesicht nahm wieder den Ausdruck von Niedergeschlagenheit an, den es zu Beginn ihres Gesprächs gehabt hatte. Als Ringlin seine Antwort ins Deutsche übertrug, schwand Cunrats Hoffnung so schnell dahin, wie sie über ihn gekommen war.

»Der Papst hat seinen Rücktritt angekündigt. Und wenn er kein Papst mehr ist, bin ich auch kein Papstsekretär mehr.«

Natürlich hatte auch Cunrat mitbekommen, dass Papst Johannes verkündet hatte, er werde von seinem Amt zurücktreten, überall in der Stadt war darüber geredet worden, in der Bischofspfalz ebenso wie in den Bordellen, unter Prälaten wie unter Marktweibern. Doch Cunrats Denken war in diesen Tagen mehr vom schwäbisch-venezianischen Hans beherrscht worden als vom römischen Johannes, und so hatte er bei Poggios Anblick ganz vergessen, dass dessen Stellung durch die Ankündigung des Papstes womöglich eine andere geworden war. Vom Sekretär eines bald schon ehemaligen Papstes würde sich der Vogt wohl tatsächlich nicht sonderlich beeindrucken lassen. Was konnten sie also noch tun?

Da fragte Ringlin leise auf Deutsch: »Cunrat, vertraust du diesem Mann?«

Cunrat wusste nicht, worauf der Graubärtige hinauswollte, doch er sah Poggio einen Moment lang an, bevor er sagte: »Ja, Herr Ringlin, ich vertraue ihm, er ist doch, ich meine, er war doch der Sekretär des Papstes!«

Ringlin verzog das Gesicht. »Das hat nicht viel zu bedeuten. Aber noch ist der Papst nicht wirklich zurückgetreten. Vielleicht kann sein Sekretär uns ja doch helfen.«

»Glaubt Ihr? Wie denn?«

»Er verkehrt trotz allem immer noch in gehobenen Kreisen. Es wäre ihm sicher möglich, Kontakt zu den Mailändern aufzunehmen, um zu erfahren, ob Jakob Schwarz bei ihnen ist. Vielleicht gelingt es ihm so, etwas über Lucias Verbleib herauszufinden.«
»Und Giovanni?«
»Wenn wir Lucia finden, kommt auch Giovanni frei.«

~~~

Poggio Bracciolini an Niccolò Niccoli, am 6. März, dem Mittwoch nach Oculi, im Jahre des Herrn 1415

Ich, Poggio, sende Dir, meinem Niccolò, einen freudlosen Gruß!

Nun ist es also geschehen, mein Freund. Papst Johannes hat am vergangenen Samstag die ihm vom König überreichte Zessionsformel öffentlich verlesen. Darin hat er feierlich geschworen, abzudanken, für den Fall, dass auch die anderen beiden Päpste es ihm gleichtun werden. Wenn das passiert, ist er die längste Zeit Papst gewesen, und wir, seine Diener und Sekretäre, sind wieder einmal in den Zustand völliger Ungewissheit über unser Schicksal versetzt. Der eine Gegenpapst, Gregor, hat sich schon zum Rücktritt bereit erklärt, und Ende Juni will König Sigismund nach Nizza reisen, um sich mit Petrus de Luna, dem zweiten Gegenpapst mit Namen Benedikt, sowie mit dem König von Aragon zu treffen. Sigismund wird dem aragonesischen König zwar einige Zugeständnisse machen müssen, damit der ›seinen‹ Papst fallen lässt, aber es scheint, dass er dazu bereit ist.

Und dann? Dann will man einen neuen Papst wählen, und das wird gewiss nicht unser Herr Johannes sein, obwohl er in der Stadt noch viele Anhänger hat. Wer aber wird der neue Papst werden? Wird er uns Sekretäre übernehmen? Ich wünsche mir nur, mein Niccolò, dass die Wahl rasch stattfinden wird, damit wir bald aus dieser äußerst misslichen Situation befreit werden.

Natürlich hofft Johannes noch, dass er vielleicht irgendwie von hier verschwinden kann. Dann wäre seine Rücktrittsankündigung null und nichtig, ohne ihn wäre das Konzil kein Konzil mehr, seine italienischen Anhänger würden ebenfalls abreisen, und die schöne Versammlung würde sich einfach auflösen. Mithilfe des Herzogs Friedrich von Österreich könnte er weiterhin Papst sein, und König Sigismunds Mission wäre gescheitert. Doch der ist auf der Hut und lässt Costentz gut bewachen, er kennt den alten Fuchs und weiß, dass der sich am liebsten durch ein Schlupfloch davonschleichen würde.

Ich weiß ehrlich gesagt nicht recht, ob ich wünschen soll, dass Johannes die Flucht gelänge, denn der Schreiber eines Papstes auf der Flucht zu sein, scheint mir nicht sonderlich erstrebenswert. So warten wir alle einfach ab, wie es nun weitergehen wird.

Wir Sekretäre haben die Gewohnheit der Lügenküche wieder aufgenommen, um uns die Zeit zu vertreiben, und sitzen abends vor dem Ofen zusammen beim Wein. Doch will sich die heitere Stimmung, die unsere Zusammenkünfte vormals charakterisierte, nicht mehr so recht einstellen. Zu angespannt sind alle, zu ungewiss ist unser aller Zukunft.

Währenddessen treffen ständig neue Delegationen in Costentz ein. Die Gesandten des französischen Königs sind vorgestern angekommen, darunter auch der Bruder der Königin, Herzog Ludwig von Baiern, einer der Schlächter von Soissons. Eine wahrhaft monströse Sache, die Plünderung von Soissons im Mai letzten Jahres! Auch wenn die Stadt von Burgundern und Engländern besetzt war, so hätten die französischen Angreifer doch niemals alle Einwohner massakrieren dürfen, einschließlich aller Frauen und Kinder, dazu ihre eigenen Landsleute! Man weiß nicht, was daran schlimmer ist, der Krieg unter Brüdern oder der Tod der vielen Unschuldigen. Ich kann mir kaum vorstellen, dass die Burgunder und Engländer hier in Costentz friedlich mit den Franzosen verhandeln können, nach dem, was in Soissons geschehen ist!

Weiterhin sind die offiziellen Vertreter des mailändischen Herzogs Filippo Maria Visconti eingetroffen, mit reichem Gepäck. Damit will Visconti sich gewiss den König gewogen stimmen, damit der ihm die Herzogswürde bestätigt. Sigismund steht zwar ohnehin in seiner Schuld wegen des immer noch ungeklärten Mordes am Übersetzer der Mailänder, doch es kann nie schaden, wenn man seine Gesandten mit Geschenken ausstattet.

Der Herzog selbst hat sich wohl nicht in persona hierher getraut, wo er sich in all seiner Hässlichkeit einem so erlauchten Publikum hätte aussetzen müssen. Man sagt, er habe schon Leute umbringen lassen, nur weil sie es wagten, in seiner Gegenwart zu lachen, und er glaubte, es sei wegen seiner übergroßen Nase geschehen. Auch ist nicht klar, ob sein Bruder Giovanni Maria wirklich von ghibellinischen Parteigängern umgebracht wurde, wie es offiziell heißt, oder ob nicht doch Filippo Maria hinter dem Mordanschlag steckte. Dem Visconti ist alles zuzutrauen.

Es scheint auch, als ob einer aus der Mailänder Delegation etwas mit der Entführung einer jungen Frau, genauer gesagt einer Prostituierten zu tun hätte, die seit einigen Tagen verschwunden ist. Jedenfalls glauben das mein Bäckerfreund Cunrat und der Vater der Frau, der auch zum Konzil gekommen ist. Giovanni Rossi, der Kumpan von Cunrat, wurde verhaftet, weil der Hurenwirt ihn beschuldigt hat, er habe die betreffende Frau aus Liebe entführt. Zutrauen würde ich es dem Heißsporn, aber sein Freund hat mich mit vehementen Worten davon überzeugt, dass der Venezianer unschuldig sei. Und gleichzeitig hat er mich gebeten, mich bei den Mailändern umzuhören, ob irgendjemand etwas über den Verbleib der jungen Frau weiß.

So werde ich nun also zum Spion werden, nicht auf des Papstes Johannes Geheiß, sondern auf des Bäckers Cunrat Geheiß. Was für ein Aufstieg! Doch wenn ich ganz ehrlich sein soll, dann ist es mir nicht unrecht, dass ich etwas für die jungen Leute tun kann, denn so fühle ich mich nicht völlig unnütz hier in der Kon-

zilsstadt, zumal es sich bei der verschwundenen Hübschlerin um eine Frau von außergewöhnlicher Schönheit handelt.

Es grüßt Dich

Dein Poggio

⁂

Cunrat erkannte ihn fast nicht wieder. Im strömenden Regen stand er vor ihm, die Kapuze tief ins Gesicht gezogen, die Lockenhaare zottig verknotet, das Gesicht von einem schwarzen Krausbart zugewuchert. Die Augen waren dunkel umrandet und eingefallen. Er zitterte und stank.

»Mein Gott, Giovanni! Wie kommst du hierher? Hat der Vogt dich freigelassen? Wie ist es dir ergangen?«

»Gib mir eine Brezel!«, brummte der Angesprochene, dann stellte er sich unter die Plache, die über dem Verkaufstisch ausgespannt war, und verschlang das Gebäck in Windeseile.

»Noch eine!«

Cunrat reichte ihm die zweite Brezel, dann fragte er noch einmal: »Wie kommt es, dass du hier bist? Ist Lucia wieder da?«

Mit vollem Mund erwiderte Giovanni: »Ich weiß es nicht, Cunrat, du musst sofort zu Rosshuser gehen und nach ihr fragen. Die Wachen haben mir nichts gesagt, sie haben mir einfach gesagt, ich solle verschwinden!«

»Ich kann mich bei Rosshuser nicht mehr blicken lassen, schick einen anderen. Aber nicht Antonello, auf den ist er auch nicht gut zu sprechen.«

»Wieso denn?«

Cunrat und Antonello erzählten Giovanni von der List, mit der sie Rosshuser übertölpelt hatten. Cunrat war mächtig stolz auf seine Idee, und Antonello lachte herzlich, als er noch einmal sein »Ihr abt eine ässlike Nase!« zum Besten gab.

Doch Giovanni war nicht zum Lachen zumute.

»Verflucht, Cunrat, da muss jemand hingehen, der Rosshuser zum Reden bringen kann, wie soll ich sonst erfahren, ob es Lucia gut geht?«

»So wie du aussiehst, könntest du selbst hingehen, und er würde dich nicht erkennen!«

»Ja ja, ich weiß, ich muss dringend zum Bader. Aber das ist jetzt nicht mein größter Kummer. Rosshuser würde mich trotzdem erkennen und sofort die Wachen rufen.«

»Und wenn wir eine von Rosshusers Frauen abpassen, um sie nach Lucia zu fragen?«

»Nein, ich hab eine bessere Idee! Poggio Bracciolini! Er soll hingehen, der alte geile Bock, er hat es mit ihr getrieben, nun soll er sich darum kümmern! Dem feinen Papstsekretär wird Rosshuser die Auskunft nicht verweigern.«

»Aber Giovanni, so darfst du nicht über ihn reden! Poggio Bracciolini ist ein edler Herr, und er hat versprochen, wegen Lucia bei den Mailändern nachzufragen.«

Dann erzählte Cunrat seinem Freund, der währenddessen wärmeheischend die Hände an den Ofen legte, was alles geschehen war, seit er ihn im Gefängnisturm besucht hatte, wie er nach seiner Durchsuchung von Lucias Kammer auf ihren Vater gestoßen war, was dieser ihm alles erzählt hatte über das Mordkomplott gegen ihn und über das Schicksal von Lucias Mutter, und wie sie schließlich mit Poggio vereinbart hatten, dass er bei den Mailändern nachforschen würde wegen Jakob Schwarz.

»Aber Lucia muss wieder zurück sein!«, wandte Giovanni ein. »Warum hätte der Vogt mich sonst freilassen sollen? Der feine Herr Poggio soll lieber zu Rosshuser gehen und dort nachforschen!«

Da tauchte plötzlich Simon Ringlin am Bäckerstand auf.

»Gott zum Gruß, Herr Ringlin!«, begrüßte ihn Cunrat. »Giovanni ist wieder da!«

Die beiden bärtigen Männer, einer grau, der andere schwarz,

starrten sich einen Moment lang an. Dann rief Ringlin voller Hoffnung: »So ist auch Lucia zurückgekehrt?«

»Es scheint so, Herr Ringlin«, sagte Giovanni. Dann streckte er dem Älteren die Hand hin. »Ihr seid Lucias Vater!«

Der ergriff sie und drückte sie fest. »Ja, und Ihr seid der Mann, den sie liebt?«

»Das will ich wohl meinen! Sie mich und ich sie! Giovanni Rossi!«

»Sag mir, Giovanni Rossi, wo ist meine Lucia?«

»Ich weiß es nicht, bei Gott, aber da man mich freigelassen hat, ist sie wohl wieder bei Rosshuser!«

»Dann werde ich dort nachfragen.«

Simon Ringlin zog sich die Kapuze ins Gesicht und marschierte entschieden los. Giovanni folgte ihm, er wollte den Alten wenigstens bis zum Ziegelgraben begleiten. Das *Lörlinbad* zu betreten, hätte er im Augenblick nicht gewagt. Cunrat und die anderen Bäcker blieben beim Ofen zurück und bedienten die Kundschaft, die jetzt um die Mittagszeit zahlreicher wurde.

Als Ringlin in der Tür verschwunden war, zog sich Giovanni ins *Lamm* zurück und bestellte einen Krug Wein und einen Rindsbraten. Zu lang hatte er solche Köstlichkeiten entbehren müssen. Endlos erschien ihm die Zeit, bis Lucias Vater wie vereinbart ebenfalls ins *Lamm* kam. Giovanni war schon beim zweiten Krug.

»Und?«, rief er ihm entgegen, als der dunkle Mantel in der Tür erschien. Doch die Gestalt war zu gebückt, um gute Nachrichten zu bringen.

»Sie ist nicht da. Ich habe mit einer Magd gesprochen. Sie sagte nur, dass Rosshuser so wütend sei wie noch nie. Sie haben alle Angst vor ihm und gehen ihm aus dem Weg. Mehr habe ich nicht erfahren.«

»Verflucht! Aber warum hat man mich dann freigelassen? Da stimmt doch etwas nicht!«

Es dauerte genau einen und einen halben Tag, bis sie erfuhren, warum Giovanni freigekommen war.

Poggio Bracciolini war gegen Abend an ihren Stand gekommen. Die Bäcker hatten kaum noch Brot und wollten gerade ihr Tagwerk beenden. Sie waren schon dabei, den Tisch abzubauen und die Plache einzurollen. Inzwischen hatte es aufgehört zu regnen.

In dem Moment, als Poggio zu ihnen stieß, kehrte Giovanni aus dem Bad am Rindermarkt zurück, wo er sich Haare und Bart hatte scheren lassen. Bei seinem Anblick räusperte sich Poggio und fragte überrascht, wie es komme, dass er frei sei. Ob Lucia wieder aufgetaucht sei.

Doch Giovanni erklärte ihm, dass er auch nicht wisse, was seine Freilassung verursacht habe, Lucia sei jedenfalls immer noch verschwunden.

Poggio murmelte kopfschüttelnd »Strano!«, dann fing er an zu erzählen, dass er sich mit einigen Mailänder Schreibern getroffen hatte, offiziell, um über die Situation nach dem Rücktritt des Papstes zu sprechen. Lucias Vater hatte richtig vermutet, zur Delegation gehörte auch ein gewisser Jakob Schwarz, der allerdings bei den meisten unbeliebt war wegen seiner Arroganz und Grausamkeit. Dennoch wagte niemand etwas gegen ihn zu sagen, weil er in engem Verhältnis zu Herzog Filippo Maria stand. Außerdem sprach er als Vertreter der Ravensburger Handelsgesellschaft Deutsch und war für die Delegation von unschätzbarem Wert bei allen Verhandlungen in der Konzilsstadt, da ja Ambrogio als Übersetzer ausgefallen war.

Die Mailänder wohnten im Salmansweiler Hof am Fischmarkt. Das mehrstöckige Gebäude gehörte dem Zisterzienserkloster Salem, das weit im Hinterland des Bodensees lag und über reichen Grundbesitz verfügte. Getreide, Obst und Wein, aber auch Salz aus den Bergwerken von Hallein in Tirol, die ebenfalls im Besitz des Klosters waren, wurden über diesen

Stadthof vertrieben. Über den Seeweg gingen die Waren bis Rhineck am südöstlichen Ufer des Bodensees, dann wurden sie auf Maultiere geladen und von Station zu Station das Rheintal hochgebracht, wobei sie jedes Mal verzollt und umgeladen werden mussten, um schließlich über den Septimer- oder Lukmanier-Pass in den Süden nach Chiavenna, Como und Mailand zu gelangen. Die wichtigsten Handelspartner der Salemer Mönche waren die Mailänder, und so kam es, dass der Abt des Klosters eingewilligt hatte, die Delegation aus der norditalienischen Stadt im klostereigenen Gebäude unterzubringen.

Vorsichtig hatte Poggio auch nachzufragen versucht, ob jemand eine schöne junge Frau bei Jakob Schwarz gesehen hatte, doch keinem war etwas aufgefallen. Alle berichteten übereinstimmend, dass Schwarz zwar häufig die örtlichen Frauenhäuser besuchte, sich in seinem Gefolge aber kein weibliches Wesen befinde.

»Also wissen wir nichts!«, kommentierte Giovanni bitter, was Poggio mit ärgerlichem Schnaufen quittierte, bevor er sich kurz angebunden verabschiedete.

Auf Cunrats Insistieren übersetzte Giovanni ihm in wenigen Sätzen, was Poggio gesagt hatte.

»Aber warum haben sie dich freigelassen, Giovanni?« Diese Frage beschäftigte Cunrat, und ohne dass er hätte sagen können, warum, dünkte ihn, dass sie, wenn sie eine Antwort darauf fänden, auch Lucia wiederfinden würden. Doch Giovanni zuckte nur die Schultern.

»Ich werde Egli Locher fragen«, beschloss Cunrat.

»Seid ihr inzwischen so enge Freunde geworden?«, fragte Giovanni bissig, doch Cunrat antwortete nicht darauf. Nach fünf Tagen im Turm hatte jeder das Recht auf schlechte Laune und etwas Boshaftigkeit. Das würde wieder vergehen, dessen war er sich sicher.

Als sie all ihre Habseligkeiten verstaut hatten, machte er sich allein auf den Weg zum Ziegelgraben. Doch er war noch keine zehn Ellen weit gegangen, da rief Giovanni hinter ihm her: »Warte, Cunrat, ich komme mit!«

Cunrat blieb stehen. Er konnte sich ein Lächeln nicht verbeißen. Als Giovanni ihn eingeholt hatte und sein Gesicht sah, fügte er schnell hinzu: »Ich habe ja sonst nichts zu tun. Außerdem kann ich dich nicht allein zu diesem Ungeheuer mit seinem Monstrum von Hund gehen lassen.«

Cunrat klopfte ihm zustimmend auf die Schulter, dann gingen sie gemeinsam durch die Niederburg zum Ziegelgraben.

Im Haus des Scharfrichters brannte Licht, und als Cunrat klopfte, bellte zunächst der Hund mit tiefem Grollen, dann fragte die fast ebenso tiefe Stimme von Egli Locher, wer um diese Zeit noch etwas von ihm wolle. Cunrat bat um Einlass, und schließlich öffnete der Henker widerwillig die Tür. Der Hund schnupperte zunächst knurrend an Cunrats Mantel, dann ließ er ihn und Giovanni, der sich vorsichtshalber erst einmal im Hintergrund gehalten hatte, vorbei in die Stube, wo ein loderndes Feuer im Kamin brannte.

»Werden eure Besuche bei mir jetzt langsam zur Gewohnheit?«, fragte Egli Locher, doch er schien nicht unerfreut, dass ihn überhaupt jemand besuchen kam. Er bot den beiden heißen, kräftig gewürzten Wein an, den sie gern nahmen, und hieß sie auf zwei Schemel beim Kamin sitzen, während er sich einen Stuhl holte. Falk zog sich auf sein Lager zurück, ohne die Besucher aus den Augen zu lassen.

Keiner der beiden Bäcker wusste recht, wie anfangen, sie redeten ein wenig über das Wetter, wie sehr es geregnet hatte und dass es jetzt endlich aufgehört hatte zu regnen, und dass es ein langer, harter Winter gewesen war und ob das Wetter jetzt wohl besser werden würde.

Schließlich fragte der Henker: »Und was hat euch jetzt zu mir getrieben? Gewiss nicht meine Schönheit oder Falks Freundlichkeit!«

Bei der Nennung seines Namens spitzte der Hund die Ohren.

»Oder wolltet ihr, dass ich euch das Wetter voraussage?«
»Nun, Herr Egli ...«, begann Cunrat, doch viel zu langsam für Giovanni.

»Man hat mich heute Morgen aus dem Turm entlassen«, erklärte er rasch, »aber ohne mir zu sagen, warum. Ich dachte, Lucia wäre wieder aufgetaucht, denn wegen ihres Verschwindens hatte man mich ja eingesperrt. Aber das ist nicht so, sie ist weiterhin unauffindbar. Also frage ich mich, warum man mich freigelassen hat! Was steckt dahinter? Da stimmt doch etwas nicht! Was ist mit Lucia passiert? Wisst Ihr etwas darüber?«

Egli Locher seufzte tief.

»So viele Fragen! Warum man Euch entlassen hat? Alle anderen wollen wissen, warum man sie einsperrt, aber Ihr fragt, warum man Euch freigelassen hat. Verkehrte Welt!«

Kopfschüttelnd trank er einen großen Schluck Wein.

»Es geht mir nicht nur um meine Freiheit, Herr Egli, ich habe Angst um Lucia. Was ist mit ihr geschehen? Jemand muss es wissen, sonst hätte man mich nicht entlassen, versteht Ihr?«

Nun nickte der Scharfrichter langsam.

»Ja, ich verstehe Euch. Ihr seid ein kluger Mann, mein Freund, aber vielleicht solltet Ihr Eure Klugheit besser nützen. Dann würdet Ihr die Frau vergessen und Euch ein anderes hübsches Hürlein suchen.«

Da sprang Giovanni mit einem zornigen »Nennt sie nicht Hure!« von seinem Schemel auf, doch der Hund war mit einem Satz bei ihm und fletschte bedrohlich die Zähne.

»Platz, Falk!«, wies ihn der Henker auf sein Lager, dann wandte er sich dem jungen Bäcker zu, der vor der Rage des Hundes erstarrt war. »Seht Ihr, dass Ihr manchmal doch unklug seid? Ihr solltet Eure Lage besser einzuschätzen wissen und nicht diejenigen reizen, die stärker sind als Ihr. Setzt Euch nur, der Hund wird Euch nichts tun.«

Langsam ließ sich Giovanni wieder auf seinem Schemel nieder, dann fragte er in flehentlichem Ton: »Herr Egli, ich bitte euch, sagt mir, was das zu bedeuten hat? Was ist mit Lucia geschehen? Wisst Ihr, wo sie ist und bei wem?«

»Nein, das weiß ich nicht. Das Einzige, was ich Euch sagen kann, ist, dass Rosshuser heute Morgen zu Hanns Hagen kam und sagte, er habe sich getäuscht wegen Euch. Er wisse nun mit Sicherheit, dass die verschwundene Hure – ich meine, die Frau – mit einer Gruppe von fahrenden Leuten durchgebrannt und wohl schon auf dem Weg nach Straßburg sei. Er werde sich mit den dortigen Stadtoberen in Verbindung setzen.«

»Nach Straßburg?«

»Mit fahrenden Leuten? Lucia?«

Die beiden Bäckergesellen waren überrascht. Dann schüttelte Giovanni energisch den Kopf. »Das glaube ich niemals!«

Egli Locher fuhr fort: »Hanns Hagen hat ihm auch nicht geglaubt. Aber was hätte er tun sollen? Er hat Euch freigelassen, und damit ist die Sache für ihn erledigt. So hat es mir einer der Wächter berichtet. Hagen glaubt, dass jemand mächtig Druck auf Rosshuser gemacht hat, damit er dafür sorgt, dass Ihr freikommt.«

»Aber warum? Was sollte Rosshuser oder sonst jemand für ein Interesse an mir haben?«

»Nicht an Euch, mein Freund, aber daran, dass der Vogt aufhört, das Verschwinden der Frau zu untersuchen.«

»Dann ist Lucia tatsächlich entführt worden.«

»Möglich.«

»Oder es ist ihr noch Schlimmeres geschehen.«

»Auch möglich.«

Giovanni hieb stumm die geballte Rechte in die linke Hand. Einmal, zweimal, dreimal. Dann sah Cunrat, wie seinem Freund die Tränen übers Gesicht liefen. Auch Egli Locher sah es und zog die Nase hoch.

»Giovanni!« Cunrat nahm Giovannis Arm und hielt dessen Faust im Schlagen fest. »Wir werden sie finden. Du wirst schon sehen.«

Wieder gab er ein Versprechen, von dem er nicht wusste, wie er es halten sollte.

Giovanni schwieg den ganzen Weg vom Ziegelgraben in die St.-Johann-Gasse. Dafür redete Cunrat in einem fort. Das Schweigen des Freundes schien bei ihm zu erhöhtem Sprachfluss zu führen.

Er beteuerte, dass sie Lucia wieder finden würden, und dass Poggio ihnen bei der Suche helfen würde, und dass der die Mailänder ja schon kannte, und vielleicht würde man einen Spion dort hinschicken können, und es würde sicher alles gut werden … bis Giovanni irgendwann stehen blieb und sagte: »Ist gut, Cunrat!«

Da traute der sich nichts mehr zu sagen, und schweigend erreichten sie ihr Quartier.

Doch Cunrat lag noch lang wach und dachte darüber nach, was sie jetzt wirklich tun konnten. Wahrscheinlich war es am besten, mit Lucias Vater und Poggio darüber zu sprechen.

»Wir müssen den Salmansweiler Hof überwachen!« Simon Ringlin war überzeugt, dass Jakob Schwarz etwas mit Lucias Verschwinden zu tun hatte. »Im Klosterhof selber hat er Lucia gewiss nicht untergebracht, aber wenn wir ihm folgen, sobald er das Haus verlässt, führt er uns vielleicht zu ihr!«

Giovanni und Cunrat stimmten ihm zu, und sogar Poggio, der sich am Mittag mit ihnen im *Lamm* getroffen hatte, war einverstanden, auch wenn er nicht bereit war, in eigener Person Wache zu schieben. Er versprach aber, den Kontakt zu den Mailändern zu halten, um auf diese Weise vielleicht noch weitere Informationen über Jakob Schwarz zu bekommen.

So begannen sie, das Stadthaus des Salemer Klosters zu beobachten. Das Gebäude war eines der größten der Stadt. Es ragte sechs Stockwerke hoch, wovon sich drei unter dem steil aufstrebenden Dach befanden. Der Giebel zeigte zum Fischmarkt

Richtung Kaufhaus und Konradstor. Als es im Jahre 1312 gebaut worden war, stand das Haus noch direkt am Wasser, ja man hatte sogar den Bodensee zurückgedrängt, um den mächtigen Bau zu errichten, hatte ihn gegründet auf Hunderten von Eichen- und Erlenpfählen, die in gewaltigen Bündeln in den schlammig feuchten Grund hinabgetrieben worden waren und Balken und Mauern seit über 100 Jahren geduldig trugen. Durch drei Tore konnte man hineingelangen: Im Norden betrat man das Haus durch ein kleines Tor von der Salmansweiler Gasse aus, im Süden, zur Sammlungsgasse hin, befand sich der repräsentative Eingang für Gäste und Kaufleute, während sich das größte Tor im Osten zum See hin öffnete. Von dort war der Weg kurz über den Fischmarkt zum Konradstor mit dem Steuerhaus, hinter dem am Steg die schwer beladenen Schiffe anlegten. Durch das östliche Tor konnten sogar größere Wagen hindurchfahren, den ganzen Tag über verkehrten hier immer wieder Fuhrwerke, Karrenschieber und Träger.

Simon Ringlin postierte sich an der Brücke zum Konradstor, nicht weit vom Münzturm, wo ihm die Verkaufsstände der Fischhändler und die vielen Passanten eine gute Deckung boten. Wie er so am Brückengeländer lehnte, die regennasse Kapuze ins Gesicht gezogen, hielten ihn viele für einen Bettler, und der eine oder andere warf ihm sogar eine Münze zu, die er aber verächtlich liegen ließ. Von hier aus konnte er das Ost- und Nordtor im Blick behalten und genau beobachten, wer aus und ein ging. Giovanni, der vor lauter Sorge um Lucia nicht in der Lage war, seine Arbeit wieder aufzunehmen, beteiligte sich an der Beobachtung. Er nahm einen Aussichtsplatz in der Sammlungsgasse ein, nicht weit vom Mäntellerinnenhaus, um das dritte Tor zu überwachen, das sich über einer kleinen Treppe öffnete. Hier war die Wahrscheinlichkeit am größten, dass die feinen Herren aus Mailand das Haus verließen. Außerdem konnte er von hier aus auch Ringlin im Blick behalten, der ihm ein Zeichen geben würde, falls Jakob Schwarz durch eines der anderen Tore ins Freie trat. Lucias Vater hatte ihm den Prokurator der Ravensburger Handelsgesellschaft genau beschrieben, und die Beschreibung passte zu dem hageren, langhaarigen Mann, der ihm im Zug der Mailänder aufgefallen war, an dem Tag, bevor seine Geliebte verschwunden war.

Doch es dauerte lange, bis die beiden Wachtposten den mutmaßlichen Entführer zu Gesicht bekamen. Erst am nächsten Tag hatten sie Erfolg.

Der Tag war regnerisch wie die vorhergehenden, und wenn der Regen einmal für eine Weile aussetzte, dann pfiff ein kalter Wind vom See her über den Fischmarkt und die Sammlungsgasse hoch und trieb neue regenschwangere Wolken heran. Giovanni kauerte sich an die Hauswand neben dem Mäntellerinnenhaus und schlang den dicken Wollmantel wie ein Zelt um sich, auch er in Bettlerposition. Hin und wieder stand er auf und ging ein paar Schritte, um sein Blut wieder in Gang zu bringen, das ihm einzufrieren schien, ohne jedoch dabei das Tor des Salmansweiler Hofes aus den Augen zu lassen. Auch Ringlin marschierte manchmal auf dem Fischmarkt auf und ab, und einmal kam er zu Giovanni herüber, um zwei Worte mit ihm zu wechseln und ein Brot von ihm zu holen, das er sofort gierig verschlang. Giovanni hatte sich Proviant vom Bäckerstand mitgenommen.

Ansonsten verharrten die beiden an ihren Plätzen, in einem Zustand zwischen Wachen und Schlafen, der sie Kälte und Nässe weniger spüren ließ, ihre Aufmerksamkeit nur darauf gerichtet, wer das Haus der Zisterzienser betrat und verließ. Immer wenn eines der Tore sich öffnete, durchzuckte sie ein kleiner Schreck – ob er jetzt wohl auftauchte? – doch immer waren es andere Personen, die rasch ihrer Wege gingen.

Erst lang nach Mittag, als es schon dämmerte, trat endlich ein hagerer Mann durch das südliche Tor und sah sich vorsichtig um. Dann schlug er den Mantel um sich, zog die Kapuze über den Kopf und stiefelte die Treppe herab.

Giovanni war sofort hellwach und sprang auf die Beine. Er machte Ringlin ein fragendes Zeichen mit beiden ausgestreckten Zeigefingern und Daumen, in der Manier der Welschen. Der andere hob den Kopf, erkannte Jakob Schwarz und nickte aufgeregt. Schwarz war inzwischen bereits an Giovanni vorbeigelaufen und ging raschen Schrittes über den Fischmarkt Richtung Kaufhaus und weiter zur Marktstätte. Seine beiden Beobachter folgten ihm durch die Menge, traten hier einer vornehmen Matrone auf den Mantel und schubsten dort einen Karrenschieber unsanft zur Seite, um nur den Mailänder nicht aus den Augen zu verlieren. Der ging die Marktstätte hoch, bog dann in die Mordergasse ein und gelangte durch das Schlachthoftor nach Stadelhofen. Mit Mühe gelang es Ringlin und Giovanni, ihm zu folgen, und Giovanni fluchte mehr als einmal darüber, dass er nicht Cunrats Statur hatte, mit der er die Menschenmenge besser hätte überblicken können. Schließlich verließ Schwarz die Stadt durch das Kreuzlinger Tor. Seine beiden Verfolger sahen noch, wie er linker Hand im Kloster verschwand. Ob er Lucia bei den Augustiner-Chorherren versteckt hatte? Die Sache kam ihnen seltsam vor, denn hier waren viele Menschen einquartiert, die davon gewiss etwas mitbekommen hätten.

Doch kurze Zeit später tauchte Schwarz wieder auf, diesmal auf dem nervös tänzelnden Pferd, auf dem Giovanni ihn vor einigen Tagen hatte in die Stadt einreiten sehen. Offenbar hatten die Mailänder ihre Pferde in den Stallungen des Klosters untergebracht so wie Herzog Friedrich von Österreich. Schwarz gab seinem Tier die Sporen, dass es Richtung Süden davon galoppierte und beinahe einen der Aussätzigen beim Siechenhaus unter die Hufe genommen hätte.

Giovanni und Ringlin hatten das Nachsehen.

»Wo ist er hin geritten?« Das war die Frage, die sie alle beschäftigte. Sie saßen abends zusammen im *Lamm* und überlegten, was sie weiter tun konnten, Giovanni, Ringlin und Cunrat.

Verschiedene Orte wurden erörtert, die für Schwarz von Interesse sein konnten.

»Wenn er zu Lucia gegangen ist, dann hat er sie vielleicht bei irgendeinem der vielen Adligen im Thurgau versteckt!«

»Aber kennt er denn Adlige aus der Region? Kaufleute ja, aber Adlige?«

»Und wenn er sie doch in einem Kloster untergebracht hat?«

»Wenn, dann bei frommen Frauen, da würde sie nicht so auffallen.«

»Was gibt es denn für Frauenklöster im Thurgau?«

»Das nächste ist Münsterlingen. Möglich wäre es. Das Kloster der Augustinerinnen liegt nicht weit vor der Stadt, aber doch genügend abgelegen, dass es vor neugierigen Nachfragen sicher ist.«

»Aber würden die frommen Frauen das mitmachen?«

»Frommen Frauen ist alles zuzutrauen!«

Der so despektierlich von den Nonnen sprach, war Giovanni. Cunrat wies ihn zurecht: »Manche Frauen sind wirklich fromm!«

»Ja ja, heiliger Cunrat, so wie dein Gretli. Die war auch einmal eine fromme Frau. Und jetzt?«

Cunrat wurde rot und schwieg.

»Man müsste ein Pferd haben, dann könnte man ihm nächstes Mal folgen!«, versuchte Ringlin das Gespräch in eine andere Richtung zu lenken.

»Der Einzige, den ich hier kenne, der ein Pferd hat, ist Egli Locher, der Henker«, meinte Giovanni finster, »aber ich glaube nicht, dass er es uns leihen wird.«

»Poggio hat ein Pferd!«, warf Cunrat ein und dachte daran, wie er den Italiener zum ersten Mal gesehen hatte, als er im Gefolge des Papstes in die Stadt eingeritten war, die Packtaschen voller Bücher. »Nein, kein Pferd, ein Maultier!«

»Dann soll der Maulheld doch nach Münsterlingen reiten und die frommen Frauen ein wenig aushorchen!«, meinte Giovanni und fügte sarkastisch hinzu: »Mit Frauen kennt er sich ja aus. Und Frauen tratschen gern, ob fromm oder nicht.«

Poggio Bracciolini an Niccolò Niccoli, am 13. März, dem Tag des Heiligen Ansovinus von Camerino, im Jahre des Herrn 1415

Ich, Poggio, sende Dir, meinem Niccolò, einen Gruß!

Mein lieber Niccolò, Du würdest nicht glauben, mit welcher Bravour ich meine Aufgabe als Spion wahrnehme! Und wenn ich Dir sage, dass ich beim Versuch, eine junge Frau aus der Gefangenschaft im Kloster zu befreien, stattdessen einen antiken Autor aus den dunklen Mauern klösterlicher Ungelehrsamkeit erlöst habe, so wirst Du mich gewiss für einen Aufschneider und Fazetienerzähler halten! Doch setze Dich in Ruhe ans Kaminfeuer und schenke Dir ein Glas Malvasierwein ein, denn mein Brief ist lang genug, um Dir den Abend zu verkürzen.

Von der verschwundenen Frau hatte ich dir bereits geschrieben, und dass ihre Freunde einen Mailänder im Verdacht haben, sie womöglich entführt zu haben. Bei dem Verdächtigen handelt es sich übrigens um einen Deutschen, nämlich den Kontorverwalter der Ravensburger Handelsgesellschaft in Mailand. Der Vater des unglücklichen Mädchens und ihr Buhle haben den Mann verfolgt und sind zu dem Schluss gekommen, dass er die Entführte vermutlich in ein nahes Frauenkloster mit Namen Münsterlingen gebracht hat. Nun war es an mir, dort vorstellig zu werden und herauszufinden, ob sich Lucia, so der Name der jungen Frau, wirklich dort befand oder nicht.

Einen Vorwand für meinen Besuch auszudenken, fiel mir nicht schwer, hieß es doch, das Kloster besitze ein Skriptorium und sogar eine kleine Bibliothek. Also holte ich mein treues Maultier aus seinem Winterquartier im Stadtteil Paradies und ritt etwa eine Meile in südöstlicher Richtung am Costentzer See entlang bis zu einer Landzunge, die ein Stückweit in das Wasser hineinragt und auf der die frommen Frauen ihr Kloster errichtet haben, sodass es auf drei Seiten durch den See von der Welt abgeschirmt ist. Mein Weg führte durch nüchterne Weinäcker und winterliche Wiesen mit kahlen Obstbäumen. Die krakeligen Äste der uralten Apfelbäume waren von gelbgrünen Flechten überzogen. Es regnete nicht, aber der Himmel war von einem gleichmäßigen Grau, und das andere Seeufer durch den feuchten Dunst nicht zu erkennen. Als Begleiter hatte ich meinen Diener Antonio ausgewählt, denn auch wenn ich deutsche Texte inzwischen recht gut lesen kann, so tue ich mir mit der Konversation doch noch ein wenig schwer, während Antonio bereits fast so schnell Deutsch zu reden imstande ist wie Italienisch. Meine Ohren und Zunge hingegen sind im Kampf mit gewissen barbarischen Lauten dieser Sprache manchmal immer noch unterlegen. Dass die Nonnen womöglich Latein könnten, wagte ich nicht zu hoffen.

Als man uns am Tor empfing, gab ich an – was noch nicht gelogen war – dass ich der Sekretär des Papstes sei und – hier wich ich ein wenig vom Weg der Wahrheit ab – dass er mich auf Visite geschickt hatte, um zu sehen, ob im Kloster der Heiligen Walburga die klösterliche Zucht gewahrt werde, aber vor allem wolle ich die Schreib- und die Bücherstube besuchen.

Beflissen führte man unsere Reittiere in einen Unterstand, dann brachte uns eine Novizin zur Pförtnerin, einer recht korpulenten, verdrießlich dreinblickenden Frau. Diese teilte uns mit, dass die Mutter Oberin nicht im Kloster sei, ihr Bruder, der Costentzer Kaufmann Luitfried Muntprat, habe sie in dringenden Familienangelegenheiten nach Costentz rufen lassen. Sie werde wohl erst in zwei Tagen wieder zurückkehren.

Ich wusste nicht, ob dieser Bescheid für mein Anliegen güns-

tig war oder nicht, doch ich bat die Pförtnerin, mich also in die Schreibstube zu führen.

So ging sie uns voran in das Kirchlein, das wie alle Kirchen hier noch im alten Stile gebaut ist, mit runden Bögen und geschmückt mit ungelenken Bildern. Von dort gelangten wir durch eine Tür neben der Apsis über eine steile Treppe hinauf in ein armseliges Kämmerlein, das gleichzeitig als Schreibstube und Bibliothek diente. Es roch stark nach dem Hopfen, den man auch hier hinter die Bücher gestreut hatte.

Zwei Nonnen saßen an ihren Schreibpulten und kopierten im Licht des grauen Tages, das von Öltüchern gefiltert ins Zimmer fiel, und beim zusätzlichen Schein zweier flackernder Öllämpchen, mit ihren Gänsekielen mühsam über das Pergament kratzend, eine Heiligenvita und verschiedene Gebetstexte. Ein sehr junges Mädchen machte mit seinem hölzernen Griffel Schreibübungen auf einem Wachstäfelchen.

Wirkte schon das Skriptorium recht kümmerlich, so war meine Enttäuschung noch größer beim Anblick der sogenannten Bibliothek. Sie bestand aus zwei Büchergestellen an den fensterlosen Wänden der Schreibstube, auf deren einem etliche schwerwiegende Folianten mit dem Buchrücken nach oben auf ihren hölzernen Einbänden ruhten, während sich im anderen verschiedene Sammelwerke auftürmten.

Die Pförtnerin stellte uns die Schwester vor, der die Fürsorge für die geistige Nahrung der Nonnen oblag, und betonte, dass ich ein Abgesandter des Papstes sei und mich über Zucht und Ordnung des Klosters informieren wolle. Dabei schien sie der anderen in heimlichem Einverständnis Zeichen zu geben, die zu entschlüsseln mir allerdings erst später gelang.

Die Bibliothekarin wurde mir als Schwester Relindis vorgestellt. Sie war eine ältere Frau, was ich zwar nicht an ihrem grauen Haar erkennen konnte, das vollständig unter dem Nonnenschleier verborgen war, aber an den Runzeln und Unmutsfalten in ihrem Gesicht, die durch die Strenge des Habits noch verstärkt wurden. Ihr Antlitz wirkte wie einer jener schrumpeligen Äpfel, die ich beim Herreiten noch vereinzelt an den Bäumen gesehen hatte, und ihr Mund sah aus, als ob sie in eine Zitrone gebissen hätte. Darüber hinaus schien sie mir etwas verwachsen zu sein, klein und bucklig, mithin ein Mensch, der nicht mit Schönheit begabt war und dessen Qualitäten zur Gänze innerlich sein mussten. Vielleicht hatten diese Gaben und Ungaben sie dazu gebracht, ihr Leben nicht in der Welt zu verbringen, sondern Gott zu weihen. Wie ernst es ihr damit war, sollte ich rasch erfahren.

Schwester Relindis sprach zu meinem großen Erstaunen Latein, sodass ich Antonio fortschicken konnte, der nur zu gern der Pförtnerin in die Küche folgte.

Nachdem wir uns die wenigen Bücher angeschaut hatten, die sich in den Regalen der Bibliothek aufhielten, und ich ihr bestätigt hatte, dass all die Heiligenbücher, Gebetssammlungen, Psalter und Antiphonare die Billigung des Papstes, ja seinen ausdrücklichen Segen fänden, bekräftigte sie, dass sie in ihrer Bibliothek – wobei sie stolz das Possessivpronomen betonte – niemals heidnische Schriften dulden würde, was ich ihr zu meinem Bedauern sofort glaubte.

Da ich jedoch den Eindruck hatte, dass die Nonne einiges auf dem Herzen trug, was sie dem Visitator des Papstes gern erzählt hätte, und gleichzeitig die Hoffnung hegte, von ihr vielleicht etwas über die verschwundene Frau zu erfahren, lobte ich ihre Büchersammlung in den höchsten Tönen, des Weiteren ihr gutes Latein (das mir, je länger wir sprachen, um so jämmerlicher erschien), sodass sie mir sehr geschmeichelt verriet, sie sei die Tochter eines Adligen aus dem Thurgau, habe aber schon als Kind die Berufung zum Kloster gefühlt und sei folglich bei den Augustinerinnen eingetreten. Sie habe immer fleißig gelernt in der Klosterschule, die zu ihrer Jugend noch in voller Blüte gestanden habe, nicht so wie heute, wo keiner sich mehr um richtiges Latein bemühe und die Jugend nicht mehr die alten Schrif-

ten auswendig, geschweige denn das Schreiben lerne. Die junge Novizin, die auf ihrem Wachstäfelchen herumkratzte, stelle eine große Ausnahme dar.

Dann bat sie mich in einen kleinen Nebenraum, damit sie ungestört mit mir reden könne.

Dort stand ein weiteres Schreibpult, hinter dem sie sich niederließ, während sie mir einen Stuhl davor anbot.

Sie schien sich wie bei der Beichte zu fühlen, und ich sah keine Veranlassung, sie darüber aufzuklären, dass ich keinerlei priesterliche Befugnis habe. So fuhr sie – nun ohne Zeugen – fort, sich über die Sitten im Kloster zu beklagen, und vermutlich war sie sich darin mit der verdrießlichen Pförtnerin einig.

Sie bemängelte das schlechte Essen, das der Konvent bekäme – das ganze Jahr sauren Wein, saures Kraut und saure Rüben, höchstens ab und zu ein Stückchen Rindfleisch, Fisch oder ein Ei, ansonsten Gerstensuppe, gekochte Apfel- und Birnenschnitze, und graues Brot dazu. Auch würden alle Speisen für den Konvent ohne Gewürz gekocht, außer in der Zeit der Aderlässe ein wenig oder an der Frau Mutter Namenstag. Sonst bestünde alles Gewürz in Salz und Erbsenbrühe. Mit diesen weißen Erbsen werde schier alles gekocht. Für die Gäste und die Äbtissin hingegen sei Essen im Überfluss da, auch Gewürz, Zitronen und Kapern.

Sie fasste immer mehr Vertrauen, und so erfuhr ich, dass sie eigentlich bei ihrem Eintritt ins Kloster geglaubt hatte, zu gegebener Zeit selbst Äbtissin zu werden, dass aber dann der reiche Kaufmann Muntprat dem Bischof von Costentz, dem das Kloster unterstand, eine ordentliche Summe gezahlt hatte, damit dieser seine Tochter zur Leiterin des Konvents erhob. Dieselbe war ebenfalls schon in jungen Jahren nach Münsterlingen gekommen, allerdings war sie wohl um zehn Jahre jünger als die arme Relindis und hatte auch keine Berufung gefühlt, sondern war von ihrem Vater zu diesem Leben bestimmt worden, damit wenigstens eine seiner Töchter versorgt wäre, ohne dass er ihr eine zu große Mitgift bezahlen musste.

Nachdem sie sich noch einmal vergewissert hatte, dass die Tür zum Skriptorium gut verschlossen war, öffnete sie mir noch weiter ihr Herz und gab mir ihre geheimsten Kümmernisse preis.

Die Frau Mutter, deren Klostername Maria Magdalena war, sei immer schon anmaßend gewesen und habe von Anfang an die Regeln des Konvents nicht respektiert. Der Name, der ihr von der vorigen Äbtissin verliehen worden war, sei wie ein Omen gewesen, nur dass sie bisher nicht wie Maria von Magdala Reue über ihren Lebenswandel zeige. Eine gewisse Klugheit könne man ihr nicht absprechen, sie habe auch Latein gelernt, aber sie mache schlechten Gebrauch von den Gaben, die Gott ihr verliehen habe. So zögere sie nicht, unsittliche Werke, ja gar Schriften von verwerflichen Dichtern des Altertums zu lesen, die sie in der Äbtissinnenwohnung horte, wohl wissend, dass Relindis solche Auswürfe der Hölle niemals in ihrer Bibliothek dulden würde.

Meine Neugier auf die Mutter Oberin wurde durch diesen Bericht erst richtig geweckt, wie du dir denken kannst, schien sie mir doch wenigstens im Hinblick auf die alten Schriften eine Schwester im Geiste zu sein. Und natürlich fragte ich mich, welche antiken Schätze sich wohl in der Wohnung der Klostervorsteherin verbergen mochten und wie ich dort hineingelangen könnte. Über meiner wiedererwachten Jagdbegierde hätte ich beinahe den Grund meines Besuches vergessen. Dem Ziel, vielleicht etwas über das Schicksal der armen Lucia zu erfahren, war ich noch um keinen Deut näher gekommen. Zumindest schien es mir so.

Doch die schwäbische Megäre war noch nicht am Ende ihres Furors angelangt. Sie begann nun, mir zu schildern, welch abscheuliche Missbräuche an der Fastnacht im Kloster getrieben worden waren. Vom Unsinnigen Donnerstag bis zum Dienstag, der auch Bauernfastnacht genannt werde, seien viele Gäste in der Wohnung der Äbtissin aus und ein gegangen, Männer wie Frauen, alle der Welt gehörig, und dem ganzen Konvent und den Fremden seien im Überfluss Küchlein, Leberwürste, Sülze und gesottene Hühner aufgetragen worden, dazu vom besten Wein, und man habe gegessen und getrunken von Mittag bis Mitternacht, dazu habe es Musik und alle erdenkliche Kurzweil gegeben. Wie es hernach bei der Mette jeweils zugegangen sei, könne man sich denken.

Ich dachte mir, dass wahrscheinlich die meisten geschlafen hatten, und mir schienen die harmlosen Karnevalsvergnügungen der Äbtissin kein Teufelswerk zu sein, wenn ich daran dachte, wie manche Prälaten diese Tage gefeiert hatten, doch ich bestätigte meiner Denunziantin mit gramvoll gebeugtem Haupt die Verwerflichkeit solchen Wandels, was sie schließlich dazu brachte, ihren höchsten Trumpf auszuspielen.

Sie sei, so erzählte sie mir dicht an mein Ohr gebeugt, vor Kurzem in der Wohnung der Äbtissin gewesen, um ihr ein Buch zu bringen. Diese habe aber noch auf dem Abort verweilt, sodass sie Zeit gehabt habe, sich etwas umzusehen. Auf eine Eingebung Gottes hin habe sie eine Truhe geöffnet, und man könne sich nicht vorstellen, was sie dort gesehen habe: Spitze Frauenschuhe, Hemden, die nicht dem Orden gleichsahen, Kordeln für Gürtel mit goldenen Anhängern, ein Mieder, um die Brust aufzuschirren, Männerbadehemden und verschiedene Schlüssel. Daneben seien mehrere Briefe gelegen, von denen sie rasch einen an sich genommen habe, bevor Magdalena zurückgekommen sei.

Dann zog Relindis, die mir im Zucken des Öllichtleins mit ihrem zerfurchten Gesicht immer mehr einer Rachegöttin zu gleichen schien, ein zusammengefaltetes Pergament aus ihrem Gewand und legte es mir aufgefaltet hin. Es war ein Brief mit einem roten Siegel daran, in einer schönen, geschwungenen Handschrift verfasst, allerdings auf Deutsch. Bevor ich ihn genauer betrachten konnte, nahm sie ihn zur Hand und begann, mir seinen Inhalt ins Lateinische zu übersetzen, und zwar erstaunlich flüssig. Offensichtlich hatte sie sich auf ihren Verrat gut vorbereitet, hatte in Gedanken schon viele Male ihre

Beichte abgelegt und dem Vertreter des Papstes oder des Bischofs die schändlichen Worte dieses infamen Briefes auf Lateinisch wiedergegeben.

Es handelte sich um einen Liebesbrief und ein daran angehängtes Liebeslied, geschrieben von einem Costentzer Franziskanerbruder mit Namen Jodocus Suntheim an die Äbtissin Magdalena Muntprat. Da ich ihn hernach übersetzen und kopieren ließ, will ich dir diese launigen Worte, die meine gute Bibliothekarin so in Rage versetzten, nicht vorenthalten:

›Einen guten, seligen Tag und eine fröhliche Woche und alles, was dich, mein allerliebstes Herzenslieb erfreuen mag und damit auch mich, wünsche ich dir aus dem tiefsten Grund meines dir immer treuen Herzens. Freundliches, begehrliches Lieb, dass dich mein letztes Schreiben gefreut hat, ist mir wahrlich auch eine Freude und ein Trost. Und du sollst wissen, dass wahr ist, was ich dir heuer auf Jacobi versprochen habe: Sollt ich wohl hundert Weihnachten leben, so wollte ich dir immer die Treue halten. Du sagst immer, mein herzensliebes und freundliches Mägdelin, ich soll dir treu sein, denn du seiest noch eine saubere Alte. Das ist wohl wahr, und ich wollte, wenn ich dich nach Herzenslust genossen habe und dann von dir wegginge, dass man mir gleich das Haupt abschlüge. Ich sende dir auch Röslein aus unserem Garten, setz sie in Sand, damit du sie immer vor dir siehst. Gott danke dir recht treulich für deine Lebkuchen und alle Tugend.

Vale, mein liebes Lieb. Joß von Suntheim, dein allerliebster und herzenstreuer Gevatter.‹

Auch das Liedlein, das sich an den Brief anschloss, fand keineswegs die Billigung der gestrengen Relindis:

*›Mich freuet, Lieb, dein Aneblick,
davon bin ich besessen.*

*Ich bin gejagt an deinen Strick,
und kann dich nicht vergessen.
Tag und Nacht hab ich kein Ruh,
daran sollst du gedenken
und sollst die Lieb erkennen nun,
von dir will ich nicht wenken.*

*Ohn arge List, so mein ich dich,
zart Frau, und anders keine.
Deine Gestalt bezwinget mich,
dass ich dich lieb alleine.
Und hätt ich aller Wünsch Gewalt,
nichts Liebres würd ich wünschen,
allein, zart Frau, deine gute Gestalt,
die lass mich, Frau, genießen.*‹

Das Liedlein hatte noch manch weitere Strophe, doch was ich dir zitiert habe, scheint mir deutlich genug, um zu verstehen, dass die sittenstrenge Bibliothekarin ein unschätzbares Dokument wider die Äbtissin in der Hand hatte.

Nun kamen mir tausend Möglichkeiten in den Sinn. Wenn Magdalena Muntprat solch ein unsittliches Leben führte, dann war es durchaus vorstellbar, dass sie mit jemandem wie Jakob Schwarz bezüglich seiner Sittenlosigkeit gemeinsame Sache machte. Simon Ringlin, der Vater der unglückseligen Lucia, hatte erzählt, dass Schwarz Kontakt zur Familie Muntprat hatte. Warum also nicht auch zu Magdalena, der Schwester von Luitfried Muntprat? Ob Lucia tatsächlich hierher ins Kloster verschleppt worden war? Wenn ja, wo befand sie sich jetzt?

    Doch meine weiteren Überlegungen gingen in eine andere Richtung. Wenn Magdalena Muntprat Werke von antiken Autoren in ihrer Wohnung aufbewahrte, konnte man ihr vielleicht einen Tausch vorschlagen? Den Brief gegen einen Kodex?

Dieser Brief schien mir plötzlich der Schlüssel zu allem, was man von der Äbtissin verlangen mochte, ob es sich um die Freilassung einer jungen Frau oder die Herausgabe eines alten Dichters handelte.

Du kannst dir vorstellen, lieber Niccolò, dass mir sehr daran gelegen war, das Corpus Delicti an mich zu bringen, was allerdings auch nicht wirklich schwer war. Ich versicherte der Bibliothekarin die übergroße Dankbarkeit des Papstes dafür, dass sie uns gegenüber so offen gewesen war, was Zügellosigkeit und Missstände im Kloster, besonders hinsichtlich der Äbtissin anbelangte. Auch ließ ich durchscheinen, dass eine solche Klostervorsteherin untragbar sei und wir uns wohl Gedanken über eine Nachfolgerin machen müssten, natürlich jemanden, der ohne jeglichen Fehl und Tadel wäre, darüber hinaus gebildet und des Lateinischen mächtig. Der zornig-neidische Ausdruck auf dem Gesicht von Schwester Relindis machte langsam einem tiefinnerlichen Strahlen Platz, auch wenn ihre faltigen Lippen noch von einer gewissen Häme umspielt wurden. Am Ende bat ich sie in wichtigem Tone, mir den Brief auszuhändigen, damit ich ihn dem Heiligen Vater persönlich vorlegen könne. Beim Gedanken daran, wie sehr Johannes über solche Herzensergüsse lachen und wie er über die unerbittlich korrekte Bibliothekarin den Kopf schütteln würde, konnte ich mich selbst eines Lachens nur mit Mühe enthalten. Doch nach kurzem Zögern übergab sie mir feierlich das inkriminierte Schriftstück.

Bevor ich die staubige Stube verließ, fragte ich noch, ob man im Kloster in den letzten Tagen eine junge Frau gesehen habe, die nicht hierher gehöre, ich hätte Gerüchte gehört, dass jemand versucht habe, eine stadtbekannte Prostituierte hier zu verstecken. Bestürzt erwiderte Schwester Relindis, es seien immer wieder Fremde im Kloster, gerade jetzt zur Konzilszeit, aber ihr sei niemand speziell aufgefallen.

Das musste aber nichts heißen, denn die Gute sitzt wie ein Maulwurf in ihrer Bücherstube und bekommt wohl nicht viel mit von dem, was sich außerhalb des Skriptoriums und vor allem in der Äbtissinnenwohnung abspielt. Außer, wenn sie sich im Namen der Tugendhaftigkeit als Spionin betätigt.

Nun hielt es mich nicht länger in dem engen Gemach, ich ließ Antonio rufen, und wir ritten nach Costentz zurück. Noch am gleichen Abend traf ich meine Freunde – so möchte ich sie inzwischen nennen, denn der lange Cunrat und der pfiffige Giovanni sind mir wahrlich ans Herz gewachsen, und auch der traurige Herr Ringlin scheint mir ein rechtschaffener Zeitgenosse zu sein – und erzählte ihnen, was ich erlebt und erfahren hatte, ohne ihnen jedoch den Namen des verliebten Klosterbruders zu nennen oder den Brief zu zeigen. Manche Dinge behält man besser für sich.

Der fromme Cunrat war entsetzt über das Gehörte, er ist so gutherzig und glaubt immer noch, alle Menschen seien wie er selbst. Manchmal ergötzt mich seine Arglosigkeit, und er erscheint mir wie ein Kind, obwohl ich seiner Größe wegen an ihm hochschauen muss. Sein Kumpan Giovanni hingegen sah sich in seinen Ansichten über die Sitten frommer Frauen bestärkt. Simon Ringlin wiederum dachte nur an seine Tochter und verlieh seiner Hoffnung Ausdruck, dass wir sie mithilfe des Briefes wiederfinden würden. Am übernächsten Tage wollte ich erneut nach Münsterlingen reiten, wenn die Mutter Oberin zurückgekehrt sein würde, und sie wegen Lucia zur Rede stellen. Und nebenbei wollte ich sie auch nach ihren Bücherschätzen fragen.

Und so geschah es. Am gestrigen Dienstag erfuhren wir, dass König Sigismund nun ein festes Treffen mit König Ferdinand von Aragon und dem Gegenpapst Petrus de Luna für den Juni in Nizza vereinbart hat und dass das Konzil auf jeden Fall bis September dauern wird. Also hatte ich alle Zeit der Welt und ritt wieder mit Antonio im Gefolge den See entlang nach Münsterlingen. Diesmal war die Äbtissin zugegen, und man hatte ihr wohl auch schon mitgeteilt, dass ein Abgesandter des Papstes sie hatte besuchen wollen und stattdessen mit der Bibliothekarin gespro-

chen hatte. Sogleich wurde ich in ihre Wohnung geleitet, die an der seezugewandten nordöstlichen Seite des Klosters im ersten Geschoss liegt, sodass man einen wunderbaren Blick übers Wasser auf die Türme von Costentz hat.

Mutter Magdalena ließ mir heißen Wein kredenzen und hieß mich auf einem weich gepolsterten Stuhl am Ofen Platz nehmen. Sie selbst setzte sich auf einen ebensolchen Stuhl mir gegenüber, sodass ich sie im Lichte, das durch die Butzenscheiben hereinfiel, genau betrachten konnte. Sie trug dasselbe strenge Ordensgewand, wie ich es bei Schwester Relindis gesehen hatte, eine schwarze Kutte mit Kapuze, das Gesicht umrahmt von einem streng gebundenen weißen Schleier und weißem Kinntuch. Keine Haarlocke lugte darunter hervor, und wie sie so mit verschlungenen Händen vor mir saß, schien sie die frömmste Frau der Welt zu sein. Dem widersprachen jedoch ihr Mund und die Augen. Jener besteht aus einem Paar fleischiger Lippen, denen die Frivolität von Natur aus innezuwohnen scheint, und ihre blitzenden Augen musterten mich mit einem Blick, der weniger den Qualitäten des päpstlichen Visitators als denen des Mannes, der ich nun einmal bin, zu gelten schien. Ihr Alter konnte ich schwer einschätzen, sie muss schon um die 30 sein, aber der Briefeschreiber hatte recht gehabt, sie ist noch eine saubere Alte, ja, man könnte sie fast als Schönheit bezeichnen, wenn sich nicht zwei harte Falten von den Winkeln ihrer Nase zu denen des Mundes hinab ziehen würden, wie sie nur ein liederliches oder ein unglückliches Leben in das Gesicht gräbt.

Freundlich aber wachsam begrüßte sie mich und fragte nach meinem Begehr. Ich sagte ihr frei heraus, mir seien verschiedene Dinge über dieses Kloster zu Ohren gekommen, über die ich mir im persönlichen Gespräch mit ihr Gewissheit verschaffen wolle. Da lachte sie und sagte, sie habe schon gehört, wer meine Zuträgerin gewesen sei. Sie nannte Schwester Relindis eine vom Neid zerfressene Schlange und fragte scheinbar leichthin, während sie mir Wein nachschenkte, was die Bibliothekarin mir denn erzählt *hätte. Ich berichtete von den Missständen im Kloster, was das Essen anbelangte, und über die Vergnügungen zur Fastnachtszeit, ließ das eigentliche Skandalon jedoch noch unerwähnt.*

In der Tat schien sie erleichtert, dass nur diese Dinge zur Sprache gekommen waren.

›Mein lieber Herr Visitator‹, antwortete sie mir in scherzhaftem Ton, das lieber betonend, ›scheinen Euch diese Vergehen wirklich so schwerwiegend? Eine gute Klostervorsteherin muss das Jahr über haushalten, wir können nicht ständig in Saus und Braus leben. Umso wichtiger erscheint es mir, dass meine lieben Schwestern im Herrn wenigstens vor den langen Osterfasten, am Karneval, ein bisschen Vergnügen haben und sich noch einmal satt essen können.‹

Ich bestätigte ihr diese Ansicht, sagte auch, dass der Heilige Vater in solchen Dingen wohl nachsichtig sei, sodass sie sich schon gerettet glaubte.

Dann begann ich von der Literatur zu sprechen, lobte ihr Latein und sagte, dass es mir fast an den Alten geschult erschiene, und dass ich gehört hätte, sie zeige großes Interesse für die ehrwürdige Dichtkunst unserer antiken Vorfahren.

Da begann sie herzlich zu lachen und sagte, sie habe ebenfalls schon von mir gehört, vor allem von meiner Vorliebe für die antiken Autoren, ja, ich sei in den Klöstern rund um den Bodensee verschrien als Büchermarder, und ich solle doch frei bekennen, dass dies der Grund für meine Visitation gewesen sei. Ich tat, als ob ich mich ertappt fühlte, erwiderte ihr Lachen und fragte in kokettem Tone, ob denn meine Vermutung richtig sei.

Da ging sie zu einer Truhe – ich fragte mich, ob es die von Relindis geöffnete war – und entnahm ihr ein in Leder gebundenes Buch. Sie streckte es mir hin, doch als ich es nehmen wollte, zog sie ihre Hand rasch zurück und sah mich herausfordernd an. Dann wollte sie wissen, was ich ihr bieten würde für dieses wertvolle Stück. Ich entgegnete, dass ich nichts bieten könne, bevor ich es nicht gesehen und seinen Wert taxiert hätte.

So übergab sie es mir, und als ich es aufschlug, stockte mir der Atem. Ich blätterte durch die Pergamentseiten, ließ meinen Blick hier und da auf einigen besonders gelungenen Zeilen ruhen, und vergewisserte mich so, dass ich tatsächlich die Komödien des Plautus vor mir hatte. In den Schriftzeichen der Zeit des großen Karl niedergeschrieben fand ich hier das Spiel von Amphitruo, der vom geilen Zeus betrogen wird, die Komödie um die beiden Zwillinge Menaechmi, die Geschichte um den betrügerischen Sklaven Tranio in der Mostellaria und nicht zuletzt die Irrungen um die schöne Hetäre Bacchis, deren Geliebter sie von einem Soldaten freikaufen muss.

Bei der Letzteren fiel mir Lucia ein, deren Geliebter Giovanni sie ebenfalls hatte freikaufen wollen, bevor sie entführt wurde, und ich rief mir ins Gedächtnis, dass ich ja nicht nur als ein Liebhaber antiker Bücher hierher geritten war, sondern auch als Spion für einen verliebten Bäckergesellen.

Mutter Magdalena hatte mich die ganze Zeit mit einem Lächeln im Mundwinkel beobachtet und fragte schließlich, ob ich das Buch nun genügend taxiert hätte und was es mir denn wert wäre. Noch wollte ich meinen Trumpf nicht ausspielen und fragte gespannt, was sie denn dafür haben wolle.

›Eine arme Klostervorsteherin wie ich hat viele Verpflichtungen, die sie außer Haus wahrnehmen muss, und sie hat viele Arbeiten, die körperliche und geistige Anstrengungen von ihr erfordern. Oft ist es schwierig, die Fasten einzuhalten, und auch die Residenzpflicht ist manchmal ein schier unüberwindliches Hindernis bei der Wahrnehmung meiner Pflichten.‹

Ich erwiderte, dass sie doch gerade eben erst ihren Bruder in Costentz besucht habe und dies offenbar ohne Schwierigkeiten möglich gewesen sei.

Doch sie bestand darauf, dass sie unbedingt einen generellen Dispens von der Residenzpflicht und vom Fasten brauche, um auch weiterhin ihren Pflichten angemessen nachkommen zu können.

›Wenn Ihr mir das vom Papst unterschriebene Dokument hier auf den Tisch legt, dann bekommt Ihr den Plautus‹, lautete ihr Handel.

Da entgegnete ich, den Brief aus meiner Tasche ziehend: ›Was haltet Ihr davon, wenn ich dem Papst dieses Dokument nicht vorlege und dafür den Plautus bekomme?‹

Als sie den gefalteten Papierbogen sah, verschwand ihr Lächeln, und als ich ihn auffaltete und sie die Schrift und die Liedstrophen erkannte, ohne dass ich ihr jedoch Gelegenheit gab, den Brief zu greifen, wurde sie bleich und sank auf ihren Stuhl.

Mit tonloser Stimme fragte sie, woher ich dieses Schreiben hätte, doch als ich stumm blieb, seufzte sie und gab sich selbst die Antwort. Sie vermutete richtig. Nun wurde ihr Blick giftig wie der einer Otter. Sie begann, Schwester Relindis zu verfluchen, was ich als Sekretär des Papstes lieber nicht zur Kenntnis nahm.

Doch schon nach kurzer Zeit hatte sie sich wieder gefasst und gleich einer Füchsin sagte sie: ›So, Ihr seid also der Sekretär des Papstes? Welches Papstes? Dessen, der seine Abdankung angekündigt hat? Dem nachgesagt wird, dass er die Bordelle besser kennt als die Kirchen? Dass er seinen Kardinalshut mit Gewalt erworben hat und auch später vor keiner Art von Sünde zurückgeschreckt ist?‹

Offenbar kannte sie den Klatsch, der auf dem Konzil verbreitet wurde und sogar die neuesten Entwicklungen. Doch ich blieb hart.

›Auch wenn er seine Abdankung angekündigt hat, ist er immer noch der rechtmäßige Papst. Und die Lügen, die über ihn verbreitet werden, werden nicht wahrer dadurch, dass nicht nur der Pöbel sie erzählt. Gerade jetzt steht Johannes hoch in der Gunst von König Sigismund, weil er bereit war, die Zessionsformel zu verlesen. Und denkt an den Ketzer Hus, den man bei den Dominikanern eingesperrt hat, weil er genau die Zustände angeprangert hat, die in dem Brief hier zutage treten. Was glaubt Ihr, würde geschehen, wenn in dieser Situation ein Skandal ans Tageslicht käme, in den nicht nur eine beliebige Nonne, sondern gar die Schwester des reichsten und mächtigsten Costentzer Kaufmanns *verwickelt ist? Euch wird womöglich nicht einmal viel passieren, aber welches Schicksal, glaubt Ihr, wird den so beredten Jodocus Suntheim erwarten?‹*

Meine Argumente waren gut, und sie war genügend über die Konzilspolitik informiert, um das zu erkennen. Nun kam alles darauf an, welchen Stellenwert der Franziskaner tatsächlich in ihrem Leben einnahm, aber die Worte in seinem Brief, die eine Entgegnung auf ihre Eifersucht darzustellen schienen, machten mir Hoffnung. Und in der Tat ging das Spiel zu meinen Gunsten aus. Die sittenlose Klostervorsteherin mochte in der Tiefe ihres Herzens doch noch echter Gefühle für einen Mann fähig sein, doch auch wenn es nur sinnliche Begierde war, so reichte sie doch aus, dass sie mir nun wortlos den Plautus hinstreckte. Ich nahm ihn, und sie wiederum hielt ihre Hand auf, in Erwartung, dass ich ihr den Brief übergeben würde. Doch noch hielt ich ihn zurück, worauf sie wütend von ihrem Stuhl aufsprang und fragte, was das zu bedeuten habe, ob man in diesen Zeiten nicht einmal mehr dem Sekretär eines Papstes vertrauen könne.

Ganz ruhig fragte ich, ob sie einen Jakob Schwarz kenne, was sie nach anfänglichem Zögern zugab. Sie hatte ihn bei ihrem Bruder kennengelernt, während eines Banketts, das zum Empfang der Mailänder bereitet worden war. Als ich nach Lucia fragte, leugnete sie zunächst, etwas über die Unglückliche zu wissen. Doch als ich drohte, den Brief nicht nur Johannes, sondern auch dem König zu unterbreiten, gestand sie, dass Schwarz die junge Frau vor einer Woche zu ihr gebracht hatte. Nach dem Ave-Maria-Läuten früh am Morgen war er mit ein paar Rittern im Kloster erschienen und hatte die Gefangene mit verbundenen Augen und gefesselt an Händen und Füssen zu ihr geführt. Er hatte sie gebeten, die Verängstigte in ihrer eigenen Wohnung zu verstecken, damit im Kloster niemand etwas bemerke, ein Gefallen, den sie ihm – nach ihren Worten – nur widerstrebend und nach reichlicher Überredung getan hatte. Ich fragte nicht, wie hoch das Entgelt gewesen war, mit dem der Mailänder sie überredet hatte. Lucia sei bis vor drei Tagen im Kloster gewesen, dann sei Schwarz mit einem Adligen aus dem Thurgau zurückgekommen und habe sie abgeholt.

Auf meine Frage nach dem Namen dieses Adligen begann sie teuflisch zu lachen und sagte, es sei der am meisten gefürchtete und gehasste von allen gewesen, der Ritter Jörg von End, der habe die Dirne mitgenommen, in dessen Burg Grimmenstein sitze nun mein Vögelchen im Käfig, und ich könne ja sehen, wie ich es dort herausholte. Dann bestand sie darauf, dass ich ihr den Brief aushändigte, was mir nach ihrem Geständnis auch billig schien.

Als ich mich schon verabschiedet hatte und zur Tür ging, sagte sie noch mit Häme in der Stimme: ›Vielleicht hätte ich ihr sogar geholfen zu fliehen, wenn sie mich darum gebeten hätte, aber die Hure war zu hochmütig. Sie hat ihr Schicksal selbst verschuldet.‹

Da antwortete ich ihr in fast ebensolchem Tone, dass ich noch eine Kopie des Briefes besäße. Als ich die Türe schloss, saß sie stumm in ihrem Stuhl.

Du kannst dir vorstellen, wie traurig meine Freunde waren, als sie meine Nachrichten vernahmen. Zwar wussten wir nun, dass Lucia noch am Leben war, aber unter welchen Umständen! Sie erzählten mir, wer der Ritter Jörg von End sei, dass er im ganzen Bodenseegebiet als Raubritter gefürchtet werde, und dass seine Burg Grimmenstein uneinnehmbar sei. Ich erinnerte mich dann auch, dass dieser Ritter beim Turnier an Fastnacht mit Schimpf und Schande empfangen worden war. Doch nachdem er seine Strafe erlitten hatte, wurde er ja wieder in den Kreis der angesehenen Adligen aufgenommen. Was kann man da noch tun?

Es grüßt Dich

Dein Poggio

»Er ist immerhin der Vogt, ihm obliegt es, für Frieden in der Stadt zu sorgen!«

»Er wird uns niemals glauben!«

Die Bäckergesellen, Poggio und Lucias Vater diskutierten darüber, ob sie bei Hanns Hagen um Hilfe gegen den Ritter von End bitten sollten. Simon Ringlin sah keine andere Möglichkeit, Lucia zu befreien, aber Giovanni und Cunrat scheuten sich, schon wieder mit dem Vogt zu tun zu haben. Außerdem gab Giovanni zu bedenken, dass Jörg von End ein Lehnsmann des Herzogs Friedrich von Österreich war und somit nicht der Costentzer Gerichtsbarkeit unterstand.

Den Ausschlag gab schließlich Gretli.

Am nächsten Tag, als sie wie üblich zum Bäckerstand kam, um Brot zu holen, erzählte Cunrat von ihren Beratungen, und sie stellte sich entschieden auf Ringlins Seite.

»Was habt ihr denn für andere Möglichkeiten? Glaubt ihr, ihr könnt allein gegen einen Mann wie Jörg von End antreten? Hanns Hagen ist ein gerechter Mann, und wenn er euch helfen kann, wird er es tun. Und selbst wenn er nichts täte, so hättet ihr es wenigstens versucht!«

Cunrat war nicht begeistert von der Idee. Er wusste zwar im Grunde seines Herzens, dass sie recht hatte, doch bisher waren seine Begegnungen mit Hanns Hagen immer unangenehmer Natur gewesen.

So riet er den beiden anderen, den Vogt aufzusuchen, da die Sache ja vor allem sie betreffe, er selbst werde in der Zwischenzeit den Bäckerstand bedienen. Giovanni und Ringlin waren einverstanden, bestanden aber darauf, dass Poggio mitkommen solle. Sie suchten ihn in der Bischofspfalz auf, wo die Wachen sie nach einigem Hin und Her eintreten ließen, und baten ihn, sie als Zeuge zu Hanns Hagen zu begleiten. Der Papstsekretär war froh über die Abwechslung von den eintönigen Kanzleigeschäften und ging mit ihnen zum Rathaus.

Nach gut zwei Stunden kamen die Drei zum Bäckerstand

zurück, mit geröteten Gesichtern, vom Ärger und vom Wein, den sie getrunken hatten, um den Ärger hinab zu spülen.

»Er könne nichts tun, behauptet der Vogt!«

»Wir hätten keine Beweise, sagt er!«

»Es stünde Aussage gegen Aussage!«

Poggio war besonders erzürnt darüber, dass sein Wort kein größeres Gewicht haben sollte als das eines Hurenwirts, war es doch Rosshuser gewesen, der behauptet hatte, Lucia sei mit den Fahrenden nach Straßburg gezogen.

»Er hat Angst«, kommentierte Gretli, als sie bei ihrem nächsten Besuch vom Ausgang der Unternehmung hörte. »Die Mailänder um Jakob Schwarz sind eng mit den Muntprats verbandelt, das hat mir Frau Tettikoverin erzählt, und die Muntprats sind die mächtigste und reichste Familie in Costentz. Dazu ein adliger Ritter, denn auch wenn der Ritter von End nur ein verhasster Raubritter ist, so fürchten sich doch viele vor ihm, auch hier in der Stadt. Hanns Hagen mag noch so gerecht sein, er ist nun einmal der Wachhund dieser Leute, und wenn sie ihn zurückpfeifen, dann muss er kuschen.«

»Wie die Dogge von Egli Locher«, meinte Cunrat trocken, während er gleichzeitig seine Liebste für ihren Scharfsinn und ihre Kenntnisse der Costentzer Verhältnisse bewunderte.

Doch aus welchem Grund auch immer der Vogt sich weigerte, etwas zu unternehmen, nun waren sie auf sich gestellt und mussten sich etwas Neues ausdenken, wenn sie Lucia befreien wollten.

»Ich werde allein hin reiten und den Kerl stellen!«, ereiferte sich Giovanni, doch das konnten ihm die anderen schnell ausreden. Es wäre sein sicherer Tod gewesen, und als Toter hätte er Lucia nichts mehr genützt.

Da hatte Poggio einen Einfall: »Am 20. des Monats veranstalten Herzog Friedrich von Österreich und Graf Friedrich von Cilli ein großes Frühjahrsturnier vor der Stadt. Man hat Ritter aus dem ganzen Reich dazu eingeladen, und vielleicht wird auch Jörg von End daran teilnehmen. Bei dieser Gelegenheit könnte man versuchen, mit seinen Knechten zu reden, ob sie etwas über Lucia wissen.«

»So ein Verbrecher wie der dürfte niemals an einem Turnier teilnehmen, er ist überhaupt nicht turnierfähig!«, schimpfte Giovanni bitter. »Aber das scheint keinen der hohen Herren zu kümmern! Eine Krähe hackt der anderen kein Auge aus, wenn die Geschädigten arme Leute sind wie wir.«

Dennoch fieberten sie nun dem 20. März entgegen, dem Tag, an dem das Turnier stattfinden würde. Diesmal war als Austragungsort nicht mehr der Hof der Bischofspfalz vorgesehen, sondern eine große Wiese vor den Toren der Stadt, im Paradies, dort, wo die Armbrustschützen ihren Übungsstand hatten.

Schon Tage zuvor wurden eine Menge Handwerker rekrutiert, um Tribünen und Unterstände zu errichten. Diesmal wollte man sichergehen, dass nicht wieder etwas zusammenbrechen würde. So hörte man tagelang das Hämmern und Klopfen, das Sägen und Schreien der Zimmerleute und ihrer Gesellen.

Zum Glück hatte sich das Wetter endlich zum Besseren gewendet. Der Wind wehte nun lauer von Süden über den See herein, die Bergspitzen ragten klar umrissen über die Stadtmauern, und überall sprosste erstes Grün: auf den Wiesen vor der Stadt, in den Hinterhöfen, auf den Misthaufen und in allen Mauerritzen. Cunrat entdeckte beglückt hie und da sogar Schneeglöckchen und Märzenbecher, denn als Kind vom Dorfe hatte er ein schärferes Auge für jede Veränderung der Natur als die Bäcker aus der Lagunenstadt Venedig, die fast nur Wasser und Mauern kannten.

Am Sonntag vor dem Turnier traf er sich mit Gretli zum Gottesdienst in der Johanneskirche, dann machten sie einen Spaziergang. Gretli führte ihn hinaus aus der Stadt, über die Brücke nach Petershausen und durch das dortige Tor ins Grüne. Sie gingen ein Stück den See entlang fast bis zum Horn, das waldig ins Wasser hineinragte und die Costentzer Bucht vom Überlinger See trennte. Hier lagen Obstgärten, Weinberge und bäuerliche

Anwesen, doch gehörten die meisten von ihnen reichen Stadtbürgern, die sie auch zur Sommerfrische nutzten.

Der Bodensee enthielt wenig Wasser, noch hatte die Schneeschmelze nicht richtig eingesetzt, und vor dem Schilfgürtel am Ufer konnte man auf einem Bett aus grauen, runden Kieselsteinen das Wasser entlang laufen.

In einer kleinen Bucht machten sie Halt, denn ein Bach, der aus den umliegenden Hügeln herab in den See strömte, versperrte ihnen den weiteren Weg. Cunrat legte seinen Mantel auf die Steine, sodass sie sich in die Sonne setzen konnten. In einem Beutel hatten sie sich zu essen und zu trinken mitgebracht. Nachdem sie gesättigt waren, legten sie sich hin und ließen sich von den Sonnenstrahlen wärmen.

»Ist es nicht wunderschön hier?«, fragte Gretli. » Letzten Sommer bin ich mit Schwester Elsbeth einmal hierhergekommen, als wir Kräuter gesucht haben. Von hier sieht man den See und die Berge.«

In der Tat genoss auch Cunrat den Anblick des blauen Wassers und der Schneeberge in der Ferne. Wenn man in der Stadt war, sah man nichts von alledem, gerade nur die Spitzen der höchsten Gipfel, ansonsten Häuser, Mauern und schmutzigbraune Straßen. Auch das Klosterdorf, in dem er aufgewachsen war, besaß eine Mauer, aber sie war klein im Vergleich zur hiesigen Stadtmauer, und man gelangte schnell nach draußen auf die Wiesen und in den Wald.

»Schau, dort drüben, das ist das Kloster Münsterlingen«, fuhr Gretli fort und zeigte auf das kleine Kirchlein mit dem Dachreiter, das Richtung Südosten von einer Landzunge emporragte.

»Ist es weit von hier zur Burg Grimmenstein?«, wollte Cunrat wissen.

»So genau kann ich dir das nicht sagen. Sie liegt im Sankt Gallischen, habe ich gehört, dem Rheintal zu, in der Herrschaft des Herzogs Friedrich von Österreich.«

Dann schwiegen sie, lauschten auf die Vögel, die die Costentzer Bucht bevölkerten, kreischende Möwen, grell pfeifende Blässhühner und hell tirilierende Haubentaucher. Ganze Schwärme von Enten wiegten sich auf dem ruhigen Wasser, auf den Pfählen des Palisadenzaunes vor dem Hafen saßen bucklige Graureiher, und direkt vor ihnen führte ein Schwanenpaar einen Liebesreigen auf. Cunrat musste daran denken, wie er nach Costentz gekommen war, vor wenigen Monaten nur, doch ihm schienen Jahre vergangen. Damals hatte er geglaubt, das himmlische Jerusalem zu sehen, doch er hatte bitter erfahren müssen, dass diese Stadt auch die Hölle sein konnte, mit ihrem engen Nebeneinander unzähliger Menschen, von denen viele eher Teufel als Engel waren. Wie sich alles in kürzester Zeit gewandelt hatte! Vom Guten zum Schrecklichen und dann doch wieder zum Guten. Er sah die lieblichen Schwäne und dachte an den toten Schwan, den er bei Tettikover serviert hatte, und an den vergifteten Polen. Alles schien zwei Seiten zu haben, die Stadt, die Menschen, die Dinge. Früher, in Weißenau, war alles einfach gewesen, da hatten seine Mutter und der Abt gesagt, was gut und was böse war. Hier in Costentz stritten sich sogar die Männer der Kirche über falsch und richtig. Wie sollte ein einfacher Bäckergeselle sich da noch auskennen? Dann sah er vorsichtig Gretli von der Seite an. Ob sie wohl auch eine schreckliche, eine böse Seite hatte? Langsam wurde er schläfrig vom Wein und den sanften Sonnenstrahlen, aber auch vom vielen Denken. Er legte sich lang hin und zog Gretli auf sich. Da war es jedoch rasch vorbei mit der Schläfrigkeit, sie begannen sich innig zu umarmen, immer heftiger, bis Gretli sich plötzlich zurückzog.

»Zur Unzeit, Cunrat, es geht nicht.«

Cunrat verstand nicht, was sie damit meinte, und sie erklärte ihm, dass die Frauen jeden Monat eine Zeit haben, in der sie nicht bei einem Manne liegen können. Kopfschüttelnd ob dieser seltsamen Neuigkeit beugte er sich ihrem Willen und überlegte, ob das wohl auch wieder mit dem Kinderkriegen der Frauen zusammenhing. Am Ende schlief er doch noch ein.

Gretli war nicht müde, sie nutzte die Gelegenheit, einige

Kräuter zu sammeln, die saftig grün aus der Erde drängten. Doch weit entfernte sie sich nicht von dem Schlafenden.

Bald neigte sich die Sonne wieder gen Westen, und es wurde rasch kühl. Noch war es zu früh im Jahr, als dass die Wärme lang angehalten hätte. Gretli weckte ihren Geliebten, und die beiden machten sich auf den Heimweg.

Es begann schon zu dämmern und sie mussten achtgeben, auf welche Steine sie ihre Füße setzten. So gingen sie langsam und schweigend das Ufer entlang. Da hörten sie plötzlich Stimmen hinter dem Schilf. Sie verharrten und duckten sich, denn man konnte nie wissen, wer in diesen Zeiten hier draußen unterwegs war, wo die Stadtwache weit weg und Diebsgesindel allgegenwärtig war.

»War da nicht gerade etwas im Schilf?«, hörten sie einen Mann sagen. Dann sausten Schwerthiebe durch das Röhricht, und eine Ente flog ärgerlich quakend davon.

»Nur eine Ente!«, antwortete ein zweiter Mann.

»Schade, dass du sie nicht erwischt hast, das hätte einen schönen Braten gegeben!«, lachte der erste wieder.

»Von dem Geld, das Ihr mir bezahlen werdet, kann ich mir viele Entenbraten kaufen«, erwiderte der andere.

»Zuerst will ich die Auskünfte haben, die du mir versprochen hast. Dann werden wir sehen, wie viele Entenbraten sie wert sind!«

»Einige, Herr Richental, einige!«

»Lass hören!«

Cunrat und Gretli lauschten nun neugierig, wenn auch angestrengt, denn der Mann senkte, als es an die Auskünfte ging, seine Stimme, als ob er ahnte, dass er unverhoffte Mithörer hatte. Sie konnten nur Bruchstücke verstehen.

»Also, passt auf. Der König ... am Mittwoch ... Turnier ... Aber Ihr wisst ja, wie er ist ... in Szene setzen ... Wappen und Helmzier ... falschem Namen ... burgundischen Ritter ... Rot und Schwarz.«

»Und diese Nachricht hältst du eines Entenbratens für würdig? Das macht Sigismund doch häufig so! Was soll daran des Aufschreibens wert sein?«

»Aber Herr Richental, Ihr seid nun der einzige Mensch in der Stadt außer mir, seinem Knappen, und dem burgundischen Ritter, der darüber Bescheid weiß!«

»Solche Nachrichten interessieren mich nicht, die kannst du einem anderen feilbieten!«

Dann entfernten sich die beiden, doch der ungebetene Spion ahnte nicht, dass sein Geheimnis soeben zwei weitere Mitwisser bekommen hatte.

Als Cunrat am Abend seine Bäckergesellen wieder traf, fragte er Giovanni, ob er einen Herrn Richental kenne.

»Ja, natürlich, den Herrn Ulrich kenne ich wohl!« Der Venezianer begann zu lachen. »Ein Tor, wenn du mich fragst! Ein reicher Mann mit viel Geld und übriger Zeit, der es sich in den Kopf gesetzt hat, ein Conciliumbuch zu schreiben. Er bezahlt eine Menge Spione, damit sie ihm Nachrichten liefern, die er aufschreiben kann, weil er meint, so für die Nachwelt unsterblich zu werden. Man kann ihm alles erzählen, er glaubt jede noch so verrückte Mär. Ich habe neulich zehn Pfennige von ihm dafür erhalten, dass ich ihm erzählt habe, wie viele Hübschlerinnen es in Costentz gibt. Er hat mich im *Lörlinbad* angesprochen und gesagt, der Herzog von Sachsen selbst habe ihn losgeschickt, all die unendlichen Frauen zu zählen, die in den Frauenhäusern leben, ebenso wie diejenigen, die in ihren eigenen vier Wänden den Männern zu Diensten sind. Er meinte, ich sähe so aus, als ob ich darüber Bescheid wüsste, womit er natürlich nicht unrecht hatte, aber der Narr hat wirklich geglaubt, ich hätte die Frauen im Einzelnen gezählt. Die Dirnen in den Häusern seien ziemlich genau 700, habe ich ihm gesagt, aber was die heimlichen angehe, so müsse er schon selber losziehen und sie zählen!« Nun lachte Giovanni laut. »Da hat er gesagt, er habe Angst, sie würden über ihn herfallen! So ein Fatzmann! Hat er dich auch um Auskünfte gebeten?«

»Nein, aber ich habe ein Gespräch belauscht, zwischen ihm und einem seiner Spione, offenbar ein Knappe des Königs.«

»Ein Knappe des Königs? Wo denn das?«

Cunrat berichtete von seinem Spaziergang mit Gretli am Seeufer.

»Ja, der Herr Richental hat ein Gut dort draußen am Horn. Wahrscheinlich seid ihr, ohne es zu merken, an seinem Garten vorbeigegangen. Und was hat der Knappe ihm erzählt?«

Cunrat versuchte, das Gehörte so gut es ging wiederzugeben, aber die Geschichte war in seiner Erinnerung derart wirr, dass er fast wieder zu stottern anfing.

»Herr Richental hat ihm nichts dafür bezahlt, er hat gesagt, sie sei nicht des Aufschreibens wert«, endete er schließlich.

Giovanni zuckte die Schultern. »Dann wird es wohl so sein.«

Dass dem nicht so war, sollten sie bald erfahren.

Diesmal fand die Helmschau im Saal des Rathauses am Fischmarkt statt. Wieder hatte sich eine große Anzahl Ritter angekündigt, und alle hatten ihre Wappen und Zimiere zum Nachweis ihrer Turnierfähigkeit auf den Tischen und Bänken rund um den Ratssaal ausgestellt.

Mit vielen anderen Neugierigen waren auch Cunrat, Giovanni und Simon Ringlin gekommen, um zu sehen, wer alles an dem Spektakel teilnehmen würde. Langsam schritten sie die Reihen der bunten Bilder entlang, bis sie endlich fanden, wonach sie Ausschau hielten: den weißen Löwen auf blauem Grund, das Wappen des Ritters Jörg von End.

»Er ist dabei«, stellte Giovanni fest, »und wir werden keine Ruhe geben, bis wir von seinen Knechten erfahren haben, wo sich Lucia befindet.«

Endlich war der Morgen des Turniers da, ein prächtiger Morgen. Die Sonne strahlte, der Himmel zeigte kein Wölkchen, und vor der Stadt spross überall frisches Grün auf Wegrainen und Wiesen. Der Winter schien endgültig vertrieben.

Schon vor Tagesanbruch drängte das Volk aus der Stadt hinaus, um einen guten Platz rund um die Turnierabschrankungen zu ergattern. Diesmal war genügend Raum gewesen, um die Tribünen für die Damen sowie die geistlichen und weltlichen Herren alle an einer Längsseite des Turnierplatzes anzubringen, mit Blick auf die Stadt, deren mächtige Befestigungsanlagen eine imposante Kulisse für die Kriegsspiele boten. Die Damen saßen in der Mitte, rechts und links neben den baldachinbekrönten Ehrenplätzen des Königs und der Königin, während die hohen Herren weiter außen Platz nahmen. Dort befanden sich auch die Mitglieder des Stadtadels und die Familien der Patrizier. In der ersten Reihe der äußersten Tribüne, da, wo den Zuschauern Dreck und Gras um die Ohren flogen, saßen die Schreiber, Sekretäre und sonstigen Gefolgsleute der hohen Herren, darunter Poggio Bracciolini.

Die Unterstände der Armbrustschützen hatte man erweitert und für die Ritter reserviert, die hier ihre Harnische anlegen und sich auf Tjost und Buhurt vorbereiten konnten.

Gegenüber der Tribüne lag zur Stadt hin eine freie Wiese, auf der sich nun das Volk drängte, zwischen den Ständen und Zelten der vielen Händler, die sich bei diesem Fest ein gutes Einkommen erwarteten. Auch die Bäcker nutzten die Gelegenheit, in der Fastenzeit ein wenig zusätzlichen Umsatz zu machen. Sie hatten am Tag zuvor große Mengen an Brot und Pasteten gebacken, die sie nun zwischen der hölzernen Verkaufsbude eines Kleinkrämers und dem Zelt einer Wahrsagerin feilboten.

Um die zehnte Stunde hörte man den Klang von Trommeln und Fanfaren langsam aus der Stadt näher kommen, und in einer langen Reihe ritten die Turnierkämpfer mit ihren Damen durch das Rindportertor heraus über die Weiße Straße zum Wettkampfplatz. Die Menschen liefen am Rand der Straße mit und jubelten den prächtigen Rittern und schönen Frauen zu, an deren Spitze Königin Barbara und König Sigismund lächelnd die Huldigungen entgegennahmen. Für einen Augenblick hielten selbst die Bäcker inne und schauten sich das Spektakel der bunten Fahnen und Gewänder vor dem Hintergrund der mächtigen Stadtmauer und des alles überragenden Rindportertores an. Doch dann drängten sich zu viele Menschen vor ihrem Stand, die alle noch rasch etwas zu essen kaufen wollten, bevor die Wettkämpfe anfingen.

Diesmal begannen die Spiele mit dem Buhurt. Zwei große Haufen von Rittern stürmten aufeinander los, nachdem die Turnierknechte die Seile durchschlagen hatten, und bekämpften sich mit ihren stumpfen Turnierkeulen, um dann am Ende der Bahn wieder kehrt zu machen und erneut gegeneinander zu reiten. Wenn sie aufeinandertrafen und mit ihren Waffen auf die Schilde der Gegner einhieben, dröhnte jedes Mal das Echo von den Wänden der Stadtmauer wider, dass man fast glauben konnte, im Stadtgraben finde ein zweites Turnier statt. Doch obwohl die Gefechte martialisch wirkten, tat sich niemand weh. Alles war nur Schau.

»Für uns ist erst das Gestech interessant«, bestimmte Giovanni. »Wenn der Ritter von End sich im Unterstand vorbereitet, schleiche ich mich hinein, um zu sehen, wer seine Knechte sind. Und während er kämpft, werde ich mit ihnen reden. Sie müssen mir sagen, wie es Lucia geht und wo er sie versteckt!«

»Ich komme mit!«, sagte Simon Ringlin, der sich auch an diesem Tag beim Bäckerstand aufhielt.

»Ich auch!«, ergänzte Cunrat eifrig.

Giovanni sah die beiden zweifelnd an, dann meinte er: »Cunrat, du bist viel zu auffällig mit deinem langen Gestell und deiner Visage. Dich erkennt man hinterher sofort wieder, wenn irgendetwas schief gehen sollte und es womöglich Ärger mit den adligen Herren gibt. Und auch Ihr, Herr Ringlin, habt ein

Gesicht, das sich dem Gedächtnis einprägt. Ich hingegen sehe aus wie tausend andere, und wenn ich meine Locken mit Wasser an den Kopf klebe, erinnert sich hinterher keiner mehr an mich, egal, was geschieht.«

Cunrat wusste nicht recht, ob er beleidigt sein sollte ob dieser Beschreibung, aber schließlich entschied er, dass sein Freund recht hatte, und auch Simon Ringlin sah ein, dass es besser war, wenn Giovanni während der Tjost allein in den Unterstand ging.

Nach dem Buhurt war es schon gegen Mittag, Ritter und Damen verlangte es erst einmal nach einem Imbiss, und auch die übrigen Zuschauer ließen sich mit Decken auf der Wiese nieder, wo sie ihre mitgebrachten oder an den Buden gekauften Mahlzeiten zu sich nahmen. Die Sonne wärmte schon recht ordentlich, und mancher hielt, vom Stehen und vom Wein ermüdet, einen kleinen Mittagsschlaf, auf seiner Decke oder gegen eine der hölzernen Buden gelehnt.

Die Schläfer wurden unsanft geweckt vom neuerlichen Spiel der Fanfaren. Der Herold kündigte an, dass vor dem zweiten Teil des Turniers die Knappen der anwesenden Ritter sich in einem Ballspiel messen würden.

Giovanni stieß Cunrat an. »Komm, das schauen wir uns an!«

Von ihrem Bäckerstand aus konnten sie wegen der vielen Leute nicht sehen, was sich auf der Kampfbahn abspielte, aber da ihre Waren ohnehin fast ausverkauft waren, gab Giovanni den anderen Venezianern den Beutel mit den Einnahmen zur guten Verwahrung und stürzte sich in die Menge, um sich einen Platz in vorderster Reihe zu erkämpfen. Cunrat folgte ihm neugierig, denn er hatte zwar schon von diesem Spiel gehört, aber noch nie eines gesehen. So lange das Ballspiel lief, würde das Gestech noch nicht anfangen, sie hatten also immer noch Zeit für ihren Plan. Ringlin ging mit ihnen.

Die Turnierwiese war inzwischen nicht mehr grün, sondern schlammig braun. Zwar schien die Sonne schon seit einigen Tagen, der sumpfige Untergrund in der Vorstadt Paradies war jedoch immer noch feucht, und die Pferde der Buhurtkämpfer hatten mit ihren Hufen die Grasnarbe binnen kürzester Zeit zu einem Acker umgepflügt. Dieser bildete nun das Kampffeld der Knappen. Zu jeweils zehn traten sie in zwei Mannschaften gegeneinander an. Sie waren nackt bis auf ihre weißen, geschnürten Bruchen, die diese Farbe jedoch nicht lang behielten, und ein farbiges Band am Arm, das sie als zur roten oder weißen Mannschaft gehörig auswies. Das Spiel bestand darin, einen riesigen ledernen Ball über den Platz zu befördern und am Ende zwischen zwei bewimpelten Stangen hindurchzuschieben. Diese Übung sollte die Knappen auf den Kriegsfall vorbereiten, wenn sie nicht einen Ball, sondern einen gewappneten Ritter nach einer Verletzung aus dem Schlachtgetümmel wegschleppen und in Sicherheit bringen mussten. Cunrat staunte über die gewaltige Größe der Kugel.

»Drei Kuhhäute braucht man dafür!«, erklärte Giovanni kenntnisreich. »Die wiegt über zwei Zentner!«

»Und was ist innen drin?«

»Lärchenzapfen. Alles andere wäre so schwer, dass man sie nicht mehr bewegen könnte.«

Es waren fast durchwegs junge Kerle, die hier ihre Geschicklichkeit maßen, athletische Burschen, manche mit langen, zum Zopf gebundenen Haaren, andere kahl rasiert. Sie wurden von den Frauen auf der Stadtseite des Platzes mit Johlen und Pfeifen begrüßt, manch obszöne Geste wurde ihnen entgegengeschleudert, manch ein Angebot für die Nacht, und einige sahen drein, als ob sie diesem nicht abgeneigt wären. Falls die adligen Damen auf der Tribüne ebenfalls fasziniert waren, so zeigten sie es nicht, sie waren ja ihrer Ritter wegen gekommen.

Cunrat entdeckte auf der Tribüne bei den Patrizierfamilien auch die Tettikovers, die sogar ihre Kinder mitgebracht hatten. Und neben der kleinen Anna saß Gretli mit dem jüngsten Spross der Familie auf dem Arm. Cunrat winkte ihr zu, und sie lächelte zurück.

»Schau, da drüben sitzt Gretli!« Er stieß Giovanni in die Seite. Als der das Mädchen entdeckt hatte, verdüsterte sich plötzlich sein Gesicht.

»Und weißt du, wer der Mann neben Tettikover ist? Luitfried Muntprat, der reichste Mann von Costentz, und die Nonne neben ihm ist gewiss seine feine Schwester, die Äbtissin Magdalena. Und, seht Ihr ihn, Herr Ringlin?« Er stieß Lucias Vater an. »Neben den Muntprats sitzt ihr Mailänder Freund Jakob Schwarz. Verdammt, wenn nur die Tribüne unter ihnen zusammenbrechen würde!«

»Giovanni, das darfst du nicht sagen, dann wäre Gretli ja auch tot!«, wandte Cunrat entsetzt ein.

Der Venezianer schaute seinen Freund an und verdrehte die Augen.

»Cunrat, ich bin kein Zauberer, der Tribünen durch Magie zusammenbrechen lassen kann. Mein unfrommer Wunsch wird sicher nicht in Erfüllung gehen, also mach dir mal keine Sorgen!«

Endlich gab der Herold wie bei den Ritterkämpfen das Startzeichen für das Ballspiel. Unter dem Lachen der Zuschauer stürzten sich die Knappen in den Kampf, sie zogen und zerrten an dem gewaltigen Ball und an ihren Gegnern, sie rissen und stießen ohne Rücksicht Arme, Beine, Köpfe und hin und wieder auch den Ball umher, sodass schließlich alle zusammen in einem wilden Knäuel am Boden lagen, bevor sie sich wieder hoch rappelten, um erneut den Kampf um den Ball aufzunehmen. Da wurde mancher Zahn ausgeschlagen, Rippen knackten und Augen wurden blau. Besondere Lacher ernteten diejenigen, deren Bruchenband zerriss, sodass die Unterhose verrutschte und plötzlich ihre Männlichkeit freilegte. Rasch begaben sich die Entblößten zur Seite, um alles wieder festzubinden, weniger aus Scham als vielmehr aus Angst, dass einer der Gegner sich womöglich an ihrem Knüppel festhalten könnte.

Es dauerte nur kurze Zeit, bis die Spieler vollkommen von Schlamm bedeckt waren, sodass man kaum noch sehen konnte, wer welcher Mannschaft angehörte. Erst als der Ball endlich durch eines der Tore rollte, erkannte man am Jubel, welche Kämpfer Teil des erfolgreichen Haufens waren. Auch die Zuschauer schrien auf und rissen ihre Arme hoch, jedenfalls diejenigen, die sich von Beginn an auf die Seite der roten Mannschaft gestellt hatten.

Am Ende gewann jedoch die weiße Mannschaft, sie beförderte den Ball drei Mal zwischen den Stangen hindurch, die rote nur zweimal. Die Kämpfer stellten sich noch einmal in einer Reihe auf, schlamm- und blutverschmiert, damit der Herold die Siegermannschaft küren konnte. Dann liefen die Weißen die Turnierschranken entlang, um sich vom Publikum feiern zu lassen, dessen weiblicher Teil noch einmal kreischend aufjubelte und die Arme ausstreckte, um womöglich einen von ihnen berühren zu können. Schließlich verschwanden sie im Unterstand der Armbrustschützen.

Nun kam endlich der Höhepunkt des Turniers, die Tjost.

»Schaut, Sigismund ist verschwunden!«, rief Giovanni plötzlich. In der Tat war der Platz neben Königin Barbara auf einmal leer. »Also wird er wohl auch am Gestech teilnehmen. Was hat sein Knappe noch mal erzählt?«

»Irgendetwas von einem burgundischen Ritter und den Farben Rot-Schwarz.«

»Ja, stimmt. Aber der Ritter, der uns interessiert, trägt die Farben Blau-Weiß. Ich gehe jetzt zum Unterstand.«

Damit verschwand der Venezianer in der Menge, und Cunrat blieb zurück, um weiter die Tjost zu verfolgen, immer abwechselnd nach Gretli und einem Ritter mit weißem Löwen auf dem Zimier Ausschau haltend. Nach einer guten Stunde war tatsächlich der Ritter von End an der Reihe. Er ritt seinen Gegner hart an, doch der hielt zunächst stand. Der Kampf dauerte eine ganze Weile. Cunrat war froh darüber, weil dies Giovanni genügend Zeit gab, die Knechte des Kämpfers anzusprechen.

Doch sein Freund kam noch vor dem Ende des Kampfes mit nassen Haaren, aber unverrichteter Dinge zurück. Mürrisch erzählte er ihnen, dass er es zwar geschafft hatte, in den Unterstand zu kommen und die Knechte des Ritters von End auch gesehen hatte, aber dann war er von den Wachen entdeckt und unsanft wieder hinausbefördert worden.

»Wahrscheinlich gibt es besondere Sicherheitsmaßnahmen wegen des Königs«, suchte er verdrießlich nach einer Erklärung für seine gescheiterte Mission. »Nach dem Turnier schauen wir, wo sich der Ritter und seine Knechte hinbegeben, vielleicht können wir sie in einer Weinstube treffen.«

Doch dann geschah etwas, das sie zumindest für kurze Zeit den Ritter von End vergessen ließ.

Der Nachmittag neigte sich schon dem Abend zu, und der Rang der Herren, die sich im Kampf maßen, wurde immer höher, die Zuschauer immer gespannter.

Als eines der letzten Paare wurde Guillaume de Vienne angesagt, ein burgundischer Graf, gegen den Herzog Friedrich von Österreich höchstpersönlich in die Bahn ritt.

»Schau, der Burgunder trägt die Farben Schwarz-Rot!«, bemerkte Giovanni aufgeregt. »Ob sich Sigismund unter der Rüstung befindet?«

Die beiden Gewappneten galoppierten aufeinander zu, Guillaume oder wer auch immer den rot-schwarz geschmückten Rappen ritt, gab seinem Pferd heftig die Sporen und hielt seine Lanze kerzengerade vor sich, sodass er seinen Gegner schon beim ersten Mal fast aus dem Sattel hob. Keiner glaubte, dass Herzog Friedrich den zweiten Angriff überstehen würde, doch dann geschah das Unfassbare: Im Moment des Zusammenpralls riss der rot-schwarze Ritter plötzlich seine Lanze hoch in die Luft, sodass sein Widersacher ihn ohne Weiteres vom Pferd stoßen konnte. Guillaume lag rittlings am Boden und rührte sich nicht mehr, während Friedrich von Österreich in Siegerpose sein Pferd durchparierte. Der Grieswärtel und seine Knechte liefen herbei, um dem gefallenen Ritter auf die Beine zu helfen, in der Annahme, dass er dies wegen des Schocks und der schweren Rüstung nicht allein schaffen würde.

Doch plötzlich standen die Knechte auf, und in ihren Gesichtern zeigte sich Entsetzen. Die Zuschauer konnten zunächst nicht verstehen, was auf dem Feld gesprochen wurde, aber dann lief der Grieswärtel zur Haupttribüne, um Bericht zu erstatten, und von dort verbreitete sich die Nachricht wie eine Welle rund um den Turnierplatz: »Er ist tot!«

»Oh, mein Gott, der König!«, flüsterte Giovanni.

⸻

Poggio Bracciolini an Niccolò Niccoli, am 20. März, dem Mittwoch vor Sankt Benedikt, im Jahre des Herrn 1415

Ich, Poggio, sende Dir, meinem Niccolò, einen entsetzten Gruß!

In den letzten Tagen wurde heftig gestritten darüber, wie das Konzil weitergehen solle, Johannes hat vorgeschlagen, die Kirchenversammlung nach Avignon zu verlegen, weil ihm Costentz zu klein, das hiesige Klima zu schlecht und die Turniere zu lärmig seien, doch es wurde entschieden, das Konzil in Costentz zu belassen. Dennoch waren viele Prälaten schon heimlich abgereist, weshalb der König zeitweise die Stadttore schließen ließ, was wiederum Johannes zu heftigem Protest veranlasste, und schließlich beschloss der Generalausschuss des Konzils auf Antrag von Kardinal Fillastre, in Nizza eine Zusammenkunft zum Rücktritt aller drei Päpste zu organisieren. Diese sollten sich jedoch durch Prokuratoren vertreten lassen, weil man fürchtete, ein direktes Zusammentreffen der drei Prätendenten würde womöglich ein schlimmes Ende nehmen. Johannes weigerte sich zunächst, Prokuratoren zu ernennen, er bestand darauf, persönlich nach Nizza zu reisen, aber nach vielen wei-

teren Diskussionen und Streitgesprächen zwischen Generalausschuss, Nationen, Kardinälen, König und Kurie hat er sich heute überraschend bereit erklärt, seine Vertreter für die Verhandlungen mit den Gegenpäpsten in Nizza zu ernennen. Die Konzilsversammlung reagierte sehr erfreut darauf, doch ich glaube, dass der alte Fuchs immer noch auf Flucht sinnt, ich traue ihm nicht. Im Augenblick sind wir päpstlichen Schreiber vor allem damit beschäftigt, die Eingaben von Adligen und Klerikern zu bearbeiten, die sich noch rasch ihre Privilegien und Pfründen sichern oder bestätigen lassen wollen, bevor Johannes endgültig abgesetzt wird. Wir stellen ihnen saftige Rechnungen aus, sodass die päpstliche Kasse gut gefüllt ist. An Freuden ist bei dieser Arbeit nicht viel geboten.

Daher sagte ich nicht nein, als Herzog Friedrich von Österreich, der Generalkapitän der päpstlichen Truppen, die ganze Kurie einlud, einem Turnier beizuwohnen, das er zusammen mit dem Schwager des Königs, Graf Friedrich von Cilli, am heutigen Mittwoch vor den Toren der Stadt ausgerichtet hat. Der Sieger des Gestechs sollte 50 goldene Ringe erhalten.

Um die zehnte Stunde begaben wir uns zum Turnierplatz vor der Stadt. Johannes blieb mit wenigen Wachen in der Pfalz zurück, er sagte, er sei krank, und ohnehin pflegt er eher am Tage zu schlafen als in der Nacht.

Es schien zunächst auch alles ganz angenehm zu werden, wir saßen in der ersten Reihe, den Blick auf die Stadt gerichtet, die von hier aus mit der hohen Mauer und den vielen Türmen recht stattlich wirkte, und die Sonne verwöhnte uns mit frühlingshafter Wärme. Doch das Turnier begann mit dem Buhurt, und wir mussten feststellen, dass dafür unser Platz nicht ideal war, denn noch bis vor Kurzem hatte es geregnet, und du kannst dir vorstellen, was die Hufe der über 100 Ritter mit dem Felde anstellten und wem die Brocken um die Ohren flogen.

Etwas erfreulicher war dann das Spiel, bei dem die Knappen um einen großen Ball kämpften, den sie zwischen zwei Stan-

gen hindurchbefördern mussten. Mir schien fast, dass das einfache Volk sich dafür am meisten begeisterte, vielleicht ist dies ja ein Spiel mit Zukunft.

Und dann kam die Tjost. Ein Kämpferpaar um das andere ritt gegeneinander an, jeweils nur mit einer Lanze, damit alle angemeldeten Ritter die Möglichkeit hatten, sich zu messen. Es war ein durchaus fesselndes Spektakel, jedenfalls so lange, bis der burgundische Graf Guillaume de Vienne gegen den Herzog Friedrich von Österreich anritt. Der Burgunder schien der Stärkere zu sein, doch beim zweiten Lauf zog er plötzlich die Lanze nach oben und wurde von seinem Gegner ohne Schwierigkeiten aus dem Sattel gehoben. Die Zuschauer schüttelten den Kopf ob des ungeschickten Kampfverhaltens des Unterlegenen, doch dann verkündete der Grieswärtel, dass er tot sei. Du kannst dir die Bestürzung vorstellen, die uns alle ergriff, denn normalerweise geht die Tjost mit ein paar Beulen zu Ende, und es kommt höchstens im Anschluss manchmal zu tödlichen Kämpfen, wenn die Besiegten ihren Bezwingern den Sieg nicht gönnen wollen.

Da ich in der ersten Reihe saß, konnte ich nicht an mich halten und lief zu dem Verunglückten hin, um zu sehen, ob er wirklich tot sei und was seinen Tod verursacht hatte. Und als ich seinen Brustpanzer etwas anhob, sah ich es: In seiner Brust steckte nicht die Spitze einer Lanze, was auch unmöglich gewesen wäre, denn die Turnierlanzen tragen ja nur Krönchen, welche zerbrechen und sich eben nicht in die Rüstung bohren. Nein, in seiner Seite steckte unterhalb der Achsel, beim liegenden Körper durch den Panzer dem Blick verborgen, ein Armbrustbolzen. Der arme Guillaume von Vienne war nicht seinen mangelnden Kampfkünsten, sondern einem Mörder zum Opfer gefallen, und meine Bestürzung wuchs noch, als ich sah, welcher Art der Bolzen war, der ihn getötet hatte. Es war ein Drehbolzen, mit Kupferblättchen am Schaft, genau wie derjenige, der den Mörder des Polen getroffen hatte. Der Schuss musste von der

Stadtmauer gekommen sein, denn das Geschoss steckte in der linken Seite des Toten, die er bei seinem Ritt der Stadt zugewandt hatte, und er muss von einem unglaublich guten Schützen abgegeben worden sein, denn ihn in vollem Laufe tödlich zu treffen, war ein wahres Kunststück.

Der städtische Vogt Hanns Hagen kam rasch hinzu und versuchte, mich und einige andere zu vertreiben, die den Toten näher betrachteten. Allerdings war ich wohl der Einzige unter ihnen, der die wahre Todesursache bemerkt hatte. Ich hatte indes keine Lust, mich schon wieder mit dem Vogt auseinanderzusetzen, und so hob ich, als er sich neben mich kniete, nur kurz den Brustpanzer des Toten an und fragte, ob er den Bolzen wiedererkenne, bevor ich ihn seiner Arbeit überließ. Er erbleichte unter seinen flachsfarbenen Haaren und gab mir zu verstehen, dass er begriffen hatte, bat mich aber, niemandem etwas davon zu sagen, dann schickte er mich fort und ließ den Toten rasch in den Unterstand tragen, während er mit lauter Stimme verkündete, den burgundischen Ritter habe wohl wegen der vielen Sonne der Schlag getroffen.

Der Sieg des Österreichers wurde nicht anerkannt, worauf dieser ein saures Gesicht zog und den Turnierplatz verließ. So oblag es Sigismunds Schwager Friedrich von Cilli, das Turnier für beendet zu erklären und die Zuschauer nach Hause zu schicken.

Mein Gott, Niccolò, was geht in dieser Stadt nur vor? Was für ein Dämon treibt hier sein Unwesen? Und warum wurde diesmal ein Burgunder getötet? Stecken die Franzosen dahinter? War es Rache für Louis von Orleans, den der Burgunderherzog Johann Ohnefurcht hat ermorden lassen? Aber warum hätte der gleiche Mörder denjenigen töten sollen, der den Polen vergiftet hat? Was für eine Absicht steckt dahinter? Die Menschen in der Stadt reden schon wieder vom Teufel ...

Es war noch stockdunkel, als die Glocken vom Münster Sturm läuteten. Die Bäcker schreckten auf, verwirrt und verkatert, denn ihre Nacht war kurz gewesen.

Die Nachricht vom Tod des burgundischen Ritters hatte sich nach dem Turnier wie ein Lauffeuer in der Stadt verbreitet, allerdings schaffte es Hanns Hagen tatsächlich, die Ursache seines Todes geheim zu halten. Die Menschen schenkten seiner Aussage offenbar Glauben, dass der Ritter am Schlagfluss gestorben war.

Auch Giovanni und Cunrat erfuhren bald, dass der Anschlag nicht Sigismund gegolten hatte.

»Richental hatte recht, diese Information war wirklich nicht viel wert!«, kommentierte Giovanni, während Cunrat nur die Schultern zuckte.

Um die Zeit des Ave-Läutens war das Turnier ohne Sieger für beendet erklärt worden, und sie gingen mit der Menschenmenge in die Stadt zurück. Die Venezianer schoben das Ofenkärrlin und den Wagen mit dem abgebauten Verkaufsstand zu ihrer Unterkunft, während Giovanni, Cunrat und Ringlin in der *Haue* nachschauen wollten, ob sich hier nicht die Knechte des Ritters von End aufhielten.

»Der Ritter geht gewiss noch mit zu den Muntprats, und die wohnen gleich neben der *Haue*, da wird er wohl seine Knechte in die Schänke schicken. Und wenn wir sie genügend betrunken machen, werden sie uns vielleicht verraten, wo dieses Schwein Lucia versteckt hält!«

Giovanni hatte den richtigen Riecher gehabt. In einer Ecke entdeckte er fünf Mann, die dem Ritter geholfen hatten, sich auf das Turnier vorzubereiten.

»Der dort mit den Narben auf der Wange gehört auch dazu!«

In dem Augenblick, als Cunrat Giovannis Fingerzeig folgte und den Mann mit den Narben entdeckte, blickte der zu ihnen herüber und schaute Cunrat direkt ins Gesicht. Der Bäcker erschrak, dann schüttelte er resigniert den Kopf.

»Von denen werden wir nichts erfahren!«

»Warum denn nicht? Ich bezahle ihnen den einen oder anderen Krug, wir freunden uns ein wenig an, und dann …«

»Wir können uns nicht mit ihnen anfreunden, Giovanni, der Mann mit den Narben ist Kaspar Knutz, der Weber, der versucht hat, mich in Bärbelis Auftrag umzubringen und dann aus der Stadt verbannt wurde. Eigentlich dürfte er gar nicht hier sein. Aber wir sind ja damals auch zurückgekommen.«

»Sag, dass das nicht wahr ist, Cunrat!«, erwiderte Giovanni bestürzt, fasste sich jedoch schnell wieder und meinte: »Das macht nichts. Er kennt ja nur dich. Ich könnte trotzdem versuchen …«

»Er hat uns längst gesehen und weiß, dass wir zusammengehören. Lass uns lieber verschwinden, sonst hetzt er noch seine Kumpane auf uns!«

In der Tat schauten nun alle Knechte des Ritters von End zu ihnen herüber, während Knutz mit hasserfülltem Gesicht etwas sagte und auf Cunrat zeigte. Da sah auch Giovanni ein, dass es keinen Sinn hatte, hier weiter sein Glück zu versuchen, und sie verließen zusammen mit Ringlin die *Haue*.

Enttäuscht von den verschiedenen Niederlagen dieses Tages wollte Giovanni jedoch unbedingt seinen Kummer im Wein ertränken, und Simon Ringlin schlug vor, in eine Schänke in der St.-Pauls-Gasse nicht weit von seinem Quartier bei der Witwe Pfister zu gehen, in der sich vor allem die Gesellen der Zimmermanns- und Schreinerzunft trafen. Dort saßen sie bis weit nach Mitternacht und sprachen bei mehreren Krügen Wein über die Geschehnisse des Tages. Cunrat musste Ringlin von seinem Abenteuer mit Bärbeli und Knutz erzählen, was ihm recht peinlich war. Dann mutmaßten sie darüber, wohin König Sigismund wohl gegangen sein könnte, da er ja nicht in der Rüstung von Guillaume de Vienne gesteckt hatte, sie rätselten, warum den Ritter der Schlag getroffen hatte und stellten fruchtlose Überlegungen an, wie sie etwas über Lucia erfahren und sie befreien konnten.

Schließlich wankten sie ihren Behausungen entgegen, wieder einmal ohne Licht, die Hauswände entlangtastend. Simon Ringlin hatte es nicht weit, doch die Bäcker mussten die Plattengasse entlang bis zum Münster gehen und den Münsterplatz überqueren. Dort angekommen sahen sie, wie plötzlich aus dem Tor der Bischofspfalz ein Grüppchen Männer heraustrat. Giovanni machte leise »Pst« und drückte Cunrat in den Schatten. Im Schein der Fackeln, die von zwei Soldaten vorangetragen wurden, erkannten sie den Herzog Friedrich von Österreich, dem ein paar Knappen mit Armbrüsten folgten. Die Männer gingen die Plattenstraße hinab.

Als sie verschwunden waren, meinte Cunrat lachend: »Die Knappen des Herzogs können jedenfalls heute nicht am Ballspiel beteiligt gewesen sein. Hast du den kleinen, dicken Kerl mit der Armbrust hinter Friedrich gesehen? Den hätten sie selber als Ball nehmen können, so fett war der!«

Giovanni antwortete nichts, er machte im Dunkeln nur nachdenklich »Hm!«.

Als die Glocken sie aus dem Schlaf rissen, dachten sie zunächst an einen Brand. In einer Stadt wie Costentz schien dies das Naheliegendste zu sein, wenn Sturm geläutet wurde. So viele Häuser, so eng aneinander gebaut, die meisten aus Holz, überall offenes Feuer und Licht, und dazu die vielen Bäcker in der Stadt – es grenzte an ein Wunder, dass bisher noch nichts passiert war. Cunrat war der Erste, der seinen Kopf aus der Tür streckte und einen vorbeieilenden Soldaten fragte, was denn passiert sei.

»Der Papst ist weg!«, rief der Mann und war schon verschwunden.

Cunrat verstand nicht recht, warum die Glocken geläutet wurden, wenn der Papst weg war, doch auch Giovanni hatte den Ruf gehört.

»Der Papst ist weg! Wisst ihr, was das bedeutet?« Er sprang auf. »Das Konzil ist zu Ende! Aus und vorbei! Jetzt können wir unsere Sachen packen und den Heimweg antreten, Freunde, das Fest ist aus.«

»Aber warum denn?«, wollte Cunrat wissen.

»Weil ein Konzil ohne Papst kein Konzil ist, darum!«

»Und was geschieht jetzt?«

»Ich kann dir sagen, was jetzt geschieht: Johannes wird nach Avignon gehen und sich von seinen Leuten als rechtmäßiger Papst bestätigen lassen. Er hat ohnehin die größte Anhängerschaft von allen Dreien, und er sagt sich: ›Gregor ist ein alter Mann und wird nicht mehr lang leben, Benedikt sitzt irgendwo in Spanien und ist nur noch Papst, weil der König von Aragon ihn stützt. Am Ende werde nur ich übrigbleiben und allein Papst sein.‹ Sigismund hat die Rechnung ohne den Wirt gemacht!«

Cunrat nickte verstehend. Wieder einmal bewunderte er seinen Freund dafür, was er alles wusste.

»Wie ist er nur fortgekommen?«, fragte er sich. »Die Stadttore sind doch nachts so streng bewacht!«

Da erhellte sich plötzlich Giovannis Gesicht. Er schlug sich mit der flachen Hand gegen die Stirn.

»Cunrat, der dicke Knappe! Das war der Papst! Er ist einfach als Knappe verkleidet mit dem Herzog aus der Stadt marschiert. Friedrich wohnt im Kloster Kreuzlingen, ihn mussten die Wachen hinauslassen, verstehst du? Dieses alte Schlitzohr! Wenn wir das geahnt hätten, dann hätten wir dem König Bescheid geben und einen ordentlichen Batzen kassieren können.« Bedauernd schüttelte er den Kopf. Dann fuhr er resigniert fort: »Aber jetzt ist es zu spät, lasst uns packen, für uns gibt es hier nichts mehr zu tun. Ihr könnt nach Hause zurückkehren, ich werde mich auf den Weg zur Burg Grimmenstein machen.«

Cunrat freute sich einerseits darauf, sein Weißenauer Klosterdorf und die Mutter wiederzusehen, andererseits ging ihm alles zu schnell, er wollte die Stadt nicht ohne Gretli verlassen, und Giovanni allein nach Grimmenstein ziehen lassen wollte er auch nicht. So seufzte er unschlüssig, doch noch während sie ihre wenigen Habseligkeiten aus der Truhe kramten, kam der Herr des Hauses, der Patrizier Sebald Pirckamer, herein und begann auf sie einzureden.

»Aber hört doch, ihr Gesellen, überstürzt jetzt nichts. Wer weiß, was nun geschieht! Ihr könnt doch nicht einfach fortgehen. Außerdem schuldet ihr mir noch die Miete im Voraus für drei Monate. Die müsst ihr mir zuerst bezahlen, sonst lasse ich euch nicht weg!«

Während Giovanni mit ihm zu streiten begann, hörten sie Schreien und Hufgetrappel, dann Fanfarenstöße. Sie liefen vor die Tür, um zu sehen, was dies nun wieder zu bedeuten hatte. Es begann bereits zu dämmern, dennoch trugen die Soldaten, die durch die Predigerstraße ritten, Fackeln bei sich. Es waren acht Mann einschließlich der Businenbläser. Zwischen ihnen ritt auf einem großen Maultier ein Herold mit einer Schriftrolle in der Hand. Er wartete, bis die Leute aus den umliegenden Häusern zusammengelaufen waren oder zu den Fenstern und Türen herausschauten. Dann verlas er mit lauter Stimme seinen Text: »Sigismund, von Gottes Gnaden Römischer König, zu allen Zeiten Mehrer des Reiches, König zu Ungarn, zu Böhmen, Dalmatien und Kroatien, tut kund und offenbart mit diesem Briefe allen, die ihn lesen hören, dass das Concilium nicht zu Ende ist, obwohl Papst Johannes heute Nacht aus Costentz geflüchtet ist. Er tut weiter kund, dass die Tore der Stadt geschlossen wurden und dass kein Bürger oder Besucher die Stadt verlassen darf, bis die Ruhe wieder hergestellt ist. Des Weiteren tut er kund, dass männiglich Ruhe bewahren soll, denn jeder Tumult, jedes Plündern und jedes Zusammenrotten wird strengstens bestraft!«

Dann ritt der Trupp weiter und riss mit lauten Fanfarenstößen diejenigen Anwohner der Webergasse aus dem Schlaf, die durch das Glockengeläut noch nicht geweckt worden waren. Die Bäcker sahen sich ratlos an, während Sebald Pirckamer triumphierte: »Nun habt ihr es gehört, Gesellen, ihr dürft euch nicht von der Stelle rühren, sonst muss ich die Soldaten holen, und mit den Ungarn ist nicht gut Kirschen essen, das wisst ihr wohl selbst!« Dann ließ er sie in ihrem Bretterverschlag zurück, ging rasch ins Haus und verriegelte sorgfältig die Tür hinter sich.

»Und nun?«, fragte Cunrat.

»Was ›und nun‹?«, gab Giovanni unwillig zurück. »Was schaut ihr mich alle so an? Ich weiß auch nicht, was wir tun sollen. Lassen wir halt unsere Sachen erst einmal hier. Gentile, Antonello und Jacopo passen darauf auf, damit keine Plünderer hier eindringen, und wir zwei gehen zum Münsterplatz, um zu sehen, was weiter geschieht.«

Die Venezianer waren zufrieden, dass sie sich wieder auf ihre Strohsäcke werfen konnten und unverhofft sogar einen freien Tag hatten. Sie legten ihre Messer neben sich bereit, falls tatsächlich jemand versuchen würde, in ihre Hütte einzudringen, und nach kurzer Zeit schnarchten sie wie zuvor.

Giovanni und Cunrat hingegen machten sich auf den Weg zum Münster. Dort hatte sich trotz des Verbots der Zusammenrottung eine große Menschenmenge versammelt, die meisten von ihnen fremde Handwerker, Kleriker und Händler, die wie die beiden Bäcker wissen wollten, wie sich die Situation entwickeln würde. Ein babylonischer Stimmenteppich schwebte über dem Platz, die Menschen disputierten auf Deutsch, Italienisch, Französisch, Spanisch, Portugiesisch, Irisch, Englisch, Litauisch, Tschechisch, Polnisch, Schwedisch, Dänisch oder Griechisch. Viele der Krämerbuden um das Münster waren geschlossen, denn wie die Bäcker schwankten auch die Budenbesitzer zwischen Aufbruch und Verweilen, manche waren schon am Einpacken ihrer Waren, andere standen unschlüssig vor ihren Zelten und hölzernen Verkaufsständen. Man sah etliche Kardinäle und Bischöfe mit ihrem Gefolge auf gepackten Pferden den Stadttoren zureiten, wohl in der Hoffnung, dass man sie doch aus der Stadt hinaus lassen würde. Es hieß, der König habe den fremden Bankiers und Kaufleuten die Geschäftsbücher beschlagnahmt, um sie an der Abreise zu hindern. Die einheimischen Bürger indes hatten ihre Häuser verriegelt und die Läden geschlossen, aus Furcht, dass jemand das Chaos ausnützen und sich an ihrem Gut vergreifen würde. Es wimmelte von Soldaten, die grimmige Gesichter und damit den Leuten Angst machten, und von überall her klangen die Fanfaren der Herolde, die in der Stadt unterwegs waren, um die Botschaft des Königs zu verkünden.

Dann erschien der König selbst. Er kam mit dem neuen Konzilsprotektor Ludwig von der Pfalz und einem großen Trupp Soldaten über die Plattengasse geritten, gerade aus der Richtung, in die am Abend zuvor der Papst verschwunden war. Die Menschen auf dem Platz traten ehrfürchtig zurück und bildeten eine Gasse, durch die er zum Münster reiten konnte. Dort stieg er von seinem Ross und ging die Treppe hoch bis zum Portal, während seine Leibgarde sich auf den Treppenstufen platzierte. Sein persönlicher Herold Paulus Romrich blies auf der Busine, um die Aufmerksamkeit noch zu steigern. Dann wandte der König sich an die Menge.

»Ihr Gäste des großen Conciliums! Heute Nacht ist Papst Johannes aus Costentz geflohen. Entgegen seinen Versprechungen hat er damit nicht nur mich, den Römischen König, sondern die ganze hohe Konzilsversammlung in die Irre geführt und betrogen. Noch wissen wir nicht, wie ihm die Flucht gelungen ist, doch wir werden es herausfinden und alle bestrafen, die ihm dabei geholfen haben. Und wir werden dafür Sorge tragen, dass Johannes hierher zurückgebracht wird!«

Die Menschen begannen erregt zu schimpfen.

»Dieser Hundsfott!«

»So ein Höllengauch!«

»Erzschelm!«

Sigismund hielt inne und hob seine Arme, um die erregte Menge wieder zum Schweigen zu bringen.

»Aber! Ich sage euch, das Concilium wird weitergehen! Die Kardinäle sind noch hier! Die hohen Herren haben mir zugesagt, dass sie nicht eher fortgehen werden, als bis wir einen neuen

Papst haben. Und ich verspreche euch, dass ich alles tun werde, damit das gegenwärtige Schisma, diese Schande der Christenheit, getilgt wird!«

Die Zuhörer brachen in Jubel aus.

»Hoch Sigismund!«

»Es lebe der König!«

Der ergriff noch einmal das Wort.

»Geht jetzt zurück in eure Quartiere! Bleibt ruhig! Nehmt euer Tagwerk wieder auf! Ihr habt mein Wort, dass alles ins Lot kommen wird!«

Während sich die Menge langsam zerstreute, nahm Giovanni Cunrat am Arm und zerrte ihn hinter sich her zur Münstertreppe.

»Komm, wir müssen dem König sagen, was wir gesehen haben! Er wird es uns gewiss reichlich lohnen. Vielleicht kann er uns sogar gegen den Ritter von End helfen!«

»Aber Giovanni, die Soldaten!«

In der Tat bildeten die Soldaten auf der Treppe einen dichten Ring um ihren König, während dieser sich bereits seinem Konzilsprotektor zugewandt hatte und eindringlich mit ihm sprach. Giovanni versuchte trotzdem, durchzukommen, wurde aber sofort von einem Ungarn mit mächtigem Schnurrbart zurückgestoßen.

»He, du Grobian! Ich habe eine wichtige Nachricht für deinen König!«

Der Soldat grunzte etwas auf Ungarisch, offenbar verstand er kein Deutsch.

»Herr König!«, begann Giovanni laut zu schreien, »ich habe eine wichtige Nachricht für Euch!«

Doch erst beim dritten Zuruf drehte Sigismund seinen Kopf und gab dem Soldaten ein Zeichen, Giovanni vor ihn zu bringen. Zwei Ungarn packten den kleinen Italiener an den Armen und schleppten ihn vor den König.

»Was willst du?«, fragte Sigismund.

»Ich weiß, wie der Papst geflohen ist!«

»Was?«

Der König fuhr die beiden Soldaten in deren Sprache an, worauf sie den Bäcker losließen.

»Herr, auch mein Freund Cunrat hat ihn gesehen!«

»Der lange Kerl dort?«

»Ja.«

Ein erneuter Befehl auf Ungarisch, und auch Cunrat durfte die Münstertreppe erklimmen. Als er vor dem König stand, fiel er auf die Knie, vor Ehrfurcht und damit Sigismund nicht zu ihm hochschauen musste. Der König runzelte dennoch die Stirn.

»Kenne ich euch nicht von irgendwo her?«

»Ja, Herr«, bestätigte Giovanni und trat hinter den am Boden kauernden Cunrat, »wir haben Euch beim Festmahl im Hohen Haus bedient.«

»Ach ja.« Sigismund nickte verdrießlich, die Erinnerung an den toten Polen war ihm wohl nicht besonders angenehm, zumal der Grund für den Giftanschlag immer noch unklar und der eigentliche Urheber nicht überführt war. »Und was habt ihr mir heute zu sagen?«

Da sprudelte Cunrat hervor, dass sie gestern Nacht genau hier auf dem Münsterplatz den Papst gesehen hatten, als Knappe verkleidet, mit einer Armbrust, im Gefolge von …

Doch bevor er den Namen sagen konnte, trat ihm Giovanni mit der Spitze seiner hölzernen Trippe in den Hintern. Cunrat stöhnte auf, und der Blick des Königs wurde misstrauisch.

»In wessen Gefolge?«

»Herr!«, antwortete Giovanni schnell. »Es war sehr dunkel, mitten in der Nacht, da kann man nie sicher sein, was einem die Sinne vorgaukeln. Aber wir vertrauen ganz auf Eure große Güte, wir sind nur zwei arme Bäcker, denen übel mitgespielt wurde, und Ihr werdet sicher dafür sorgen, dass uns Gerechtigkeit widerfahren wird, wenn wir Euch dafür berichten, was wir gesehen haben!«

Der König musterte ihn prüfend. Dann fragte er: »Was wollt ihr von mir?«

»Herr, meine Buhle wurde entführt, sie wird von einem Raubritter auf einer Burg im Thurgau festgehalten. Ihr seid der Einzige, der mir helfen kann.«

»Was soll ich deiner Meinung nach tun?«, fragte Sigismund spöttisch. »Statt mich um den Papst zu kümmern, einen Feldzug gegen einen Raubritter veranstalten? Wegen einer Frau?«

Ludwig von der Pfalz, der daneben stand, begann herzlich zu lachen, dann wurde er plötzlich ernst und wollte Giovanni über den gebeugt kniendem Cunrat hinweg zornig am Hals packen wegen seines dreisten Ansinnens, doch gerade in diesem Augenblick richtete sich der lange Bäcker auf, sodass der Konzilsprotektor in seinen Armen landete. Es dauerte einen Augenblick, bis er sich aus Cunrats unfreiwilliger Umarmung gelöst hatte, dann befahl er wütend dem Anführer der Leibgarde, dem Grafen Pipo Orozai von Temesvar, Giovanni festzunehmen.

Doch bevor der schnurrbartbewehrte Graf den Bäcker abführen konnte, schritt der König ein.

»Wartet! Sag mir deinen Namen und den des Entführers, ich will sehen, was ich tun kann. Aber vor allem sag mir, wer dem Papst zur Flucht verholfen hat! Ich kann es mir zwar schon denken ...«

»Es war Herzog Friedrich von Österreich«, antwortete Giovanni nun rasch, in der Hoffnung, dass Sigismund ihm helfen würde.

Der König und der Konzilsprotektor sahen sich an und nickten.

»Wie wir gedacht haben!«

Dann wandte Sigismund sich wieder an Giovanni.

»Und nun zu dir! Wer hat deine Liebste entführt?«

Mit einem gewaltigen Wortschwall schilderte Giovanni, was mit Lucia passiert war, er redete sich alles von der Seele, nannte alle Teilnehmer der Verschwörung, doch Cunrat sah, dass die Gesichter Sigismunds und Ludwigs immer verschlossener wurden, je länger sein Freund sprach. Nur hin und wieder machten sie eine Bemerkung wie »Ach, die Muntprats, soso, und die Frau Äbtissin, aja, und ein Mitglied der Mailänder Delegation, gar deren Dolmetscher, und die Ravensburger Handelsgesellschaft, mhm …«

Am Ende sah Giovanni den König erwartungsvoll an, doch dieser sagte nur mit leicht säuerlichem Lächeln: »Wir werden sehen, was wir tun können.« Dann fuhr er mit strenger Miene fort: »Euch beide brauchen wir aber als Zeugen, wenn es zum Prozess gegen Friedrich kommt. Sagt Pipo Orozai, wo wir euch finden, und hütet euch, die Stadt zu verlassen!«

Dann drehte er sich um und ging mit seinem Gefolge in das Münster, um mit den Kardinälen zu sprechen, nur der Graf von Temesvar blieb noch bei den beiden Bäckern und ließ sich von ihnen erklären, in welchem Haus sie wohnten.

Costentz, am 24. März, Palmsonntag

Mein guter Niccolò, nun erst komme ich dazu, mit dem Schreiben des Briefes fortzufahren, bei dem ich in der Nacht vor dem Sankt-Benedikts-Tag jählings unterbrochen worden bin. Du wirst fragen, was mich denn abgehalten hat, dir, meinem Freund, noch mehr von den neuesten Ereignissen des Konzils zu berichten. Es war ein Novum, das die anderen Neuigkeiten noch an Neuheit übertraf, obwohl es doch von allen Seiten längst erwartet worden war.

Während meine Feder über den Papierbogen flog, um die Worte, die mein Herz Dir sagen wollte, festzuhalten, war mir plötzlich, als ob ich Schritte und Flüstern auf den Gängen der Bischofspfalz hörte, dann klopfte es an meine Tür. Als ich öff-

nete, trat mein Diener Antonio in die Kammer und berichtete mir, dass soeben der Papst zusammen mit dem Herzog Friedrich von Österreich die Pfalz verlassen habe. Er sei als Knappe verkleidet mit dem Herzog fortgegangen und wohl mit dessen Hilfe aus der Stadt geflüchtet.

Nun hatte ich dir ja schon mehrfach geschrieben, dass ich wohl vermutete, dass Johannes etwas im Schilde führte, aber dass er so dreist einfach das Weite suchte, ohne uns Sekretären und Skriptores darüber Bescheid zu geben, empört mich doch einigermaßen. Es scheint, dass der päpstliche Kämmerer, Bischof Stefano di Geri aus Volterra, als einer der wenigen über seine Pläne im Bilde war und ihm mit der Kasse der Apostolischen Kammer schon am Nachmittag jenes Tages vorausgereist war.

Manches Vorkommnis erklärt sich nun: die plötzliche Bereitschaft des Papstes, Vertreter für Nizza zu ernennen, um das Konzil in Sicherheit zu wiegen, seine vorgebliche Krankheit, die ihm erlaubte, in Ruhe alle Vorbereitungen für die Flucht zu treffen, und das Turnier, das der Herzog organisiert hatte, um die Menschen abzulenken. Einer der päpstlichen Diener – es ist nicht bekannt, welcher – soll jedoch dem Konzil noch am Mittag die Fluchtpläne verraten haben, und es heißt, dass der König deswegen das Turnier um die Vesperzeit verlassen habe, um Johannes ins Gewissen zu reden. Der habe sich jedoch hinter seiner Krankheit versteckt, dem König etwas vorgehinkt und alle Fluchtpläne weit von sich gewiesen. Dennoch ließ Sigismund die Wachen verstärken, doch es hat am Ende nichts genützt, Johannes hat ein Schlupfloch gefunden, um diese ihm so verhasste Stadt zu verlassen.

Du kannst dir das Chaos nicht vorstellen, das in der Pfalz ausbrach, als wir alle begriffen, was geschehen war. Ein Durcheinanderschreien und Hinundherlaufen, Kardinäle, die ihre Diener riefen, Knechte, die mit Packen begannen, Kuriale, die sich bald hier, bald dort trafen, um die Situation zu bereden – in einem Hühnerstall, in den soeben der Fuchs eingefallen ist, könnte es nicht schlimmer zugehen. Nur, dass unser Fuchs den Stall verlassen hatte!

Am Morgen sah es in der Stadt nicht besser aus. Überall begannen die Menschen, die von weither zu diesem Konzil gekommen waren, ihre Sachen zusammenzuräumen, Pferde und Wagen strebten voll bepackt den Toren zu, Geldeintreiber und Wechsler liefen umher in Sorge, dass ihre Schuldner die Stadt verlassen würden, ohne ihre Verbindlichkeiten zu begleichen.

Nachdem er früh am Morgen von des Papstes Flucht erfahren hatte, ließ König Sigismund rasch die Stadttore schließen, aber ein Großteil der Kurie und auch viele andere Kardinäle mit ihrem Gefolge waren bereits abgereist. So versuchte er zu retten, was zu retten war. Mit seinen Soldaten zog er von Haus zu Haus, um persönlich mit den weltlichen und geistlichen Würdenträgern, aber auch mit den Geldwechslern und Kaufleuten zu sprechen. Er schickte Herolde in der ganzen Stadt umher, die den Menschen verkünden mussten, dass das Konzil nicht zu Ende sei und sie Ruhe bewahren sollten, denn der König werde persönlich dafür sorgen, dass Papst Johannes in die Stadt zurückkehre. Wenn er da den Mund nur nicht zu voll genommen hat!

Am Freitag hat dann der Kanzler der Pariser Universität, der hochgelehrte Jean Gerson, im Münster eine Predigt gehalten. In langer, sehr gewählter Rede legte er dar, dass das Generalkonzil über dem Papst stehe und der Papst die Beschlüsse des Konzils akzeptieren und einhalten müsse, selbst wenn es ihn zum Amtsverzicht auffordere, sei er verpflichtet, diesen zu leisten. Damit hat Gerson deutlich gemacht, dass das Konzil in Costentz auch ohne den Papst Johannes fortgesetzt wird, und in der Tat sind die meisten Bewohner und Besucher der Stadt schon wieder zu ihren gewohnten Tätigkeiten und Lustbarkeiten zurückgekehrt.

Am heutigen Palmsonntag hat dann der König den Böhmen Jan Hus nach Gottlieben bringen lassen, einem Schlosse des Bischofs von Costentz, das etwa eine halbe Meile den Rhein hinab liegt. Er begründete diesen Schritt damit, dass der Ketzer im Kloster der Dominikaner nicht mehr sicher genug sei, womöglich könne er es dem Papst gleichtun und zu fliehen versuchen. Ich glaube eher, dass Sigismund die Aufmerksamkeit der Konzilsteilnehmer von Johannes' Flucht weg auf ein anderes Thema lenken wollte, und für so etwas eignen sich Ketzer immer besonders gut.

Was nun mein Schicksal anbelangt, so muss ich dir gestehen, dass ich zunächst sehr schwankend war, was ich tun sollte. Zum einen hat es mich gekränkt, dass Johannes mich, einen seiner wichtigsten Sekretäre, im Dunkeln gelassen hat über seine Flucht. Außerdem sind einige Personen, die mir Vorbild und Meister sind, in Costentz geblieben, wie Francesco Zabarella oder Manuel Chrysoloras. Andererseits gehöre ich zu den Familiares des Papstes, er hat mir mein Amt verliehen und bezahlt meinen Sold. Den Ausschlag für meine Entscheidung gab nun ein Aufruf des Papstes, in dem er heute hat verkünden lassen, dass wir Kurialen ihm alle binnen sechs Tagen an seinen derzeitigen Zufluchtsort Schaffhusen folgen sollen. Wer diesem Aufruf nicht nachkommt, verliert sein Amt. So werde wohl auch ich mich nun mit den anderen auf den Weg machen und diese kleine Stadt verlassen, mit einem lachenden und einem weinenden Auge. Zum einen bin ich froh, die düsteren, engen Mauern, in denen ich so oft vor Kälte gezittert habe, verlassen zu können, zum anderen weiß ich nicht, was mich erwartet. Schaffhusen soll noch kleiner sein als Costentz, und ob dem Papst die Flucht nach Avignon gelingen wird, steht in den Sternen. Außerdem ist es mir auch leid um die Freunde, dich ich hier zurücklassen muss, so wenige es waren, doch haben mir der lange Cunrat und der muntere Giovanni manch kurzweilige Stunde beschert, auch wenn wir das finstere Geheimnis, das über der Stadt schwebt, nicht lösen konnten.

So grüße ich Dich voller Ungewissheit über das Schicksal, das Fortuna mir weiterhin zugedacht hat. Mein nächster Brief wird Dich wohl aus Schaffhusen oder von irgendeinem anderen Ort erreichen.

Dein Poggio

Der März endete in diesem Jahr mit dem Ostersonntag. Es war wieder Ruhe eingekehrt in der Stadt, und die Menschen freuten sich, dass die Fastenzeit endlich vorüber war. Das Wetter tat ein Übriges, um zur guten Stimmung beizutragen, es war in den letzten Tagen stetig wärmer geworden, und der Winter schien endgültig überwunden.

König Sigismund führte rastlos Verhandlungen mit allen Delegationen über die Fortführung des Konzils, und man war sich schließlich einig, dass es bei dem geplanten Treffen der Papstvertreter unter Leitung des Königs in Nizza bleiben sollte. Einige Kardinäle waren dem flüchtigen Papst Johannes hinterhergeschickt worden, um ihn zur Rückkehr und zur versprochenen Entsendung von Prokuratoren zu bewegen.

Außerdem ernannte Sigismund am Karsamstag den Burggrafen von Nürnberg, Friedrich von Zollern, zum Kurfürsten von Brandenburg, eine Ehre, die der König sich mit 400 000 Gulden bezahlen ließ. Gleichzeitig verhängte er die Reichsacht über Herzog Friedrich von Österreich, und so musste der Nürnberger Friedrich ein Heer zusammenstellen und gegen den österreichischen Friedrich, der die Flucht von Johannes ermöglicht und sich zu dessen Beschützer aufgeschwungen hatte, ins Feld ziehen. Der frischgebackene Kurfürst ritt den Rhein hinab und eroberte unterwegs alle Dörfer und Städte, die vormals dem Österreicher gehört hatten. So schmolz dessen Machtbasis dahin, und immer mehr geflüchtete Anhänger von Papst Johannes überlegten sich, ob sie weiterhin auf die römisch-österreichische Karte setzen oder doch lieber zum Konzil nach Costentz zurückkehren sollten.

Dort hatten die Bäcker ihr Ofenhandwerk wieder aufgenommen. Für den Karfreitag hatten sie Holzmodel mit dem Bild des Gekreuzigten und für die Ostertage Formen für Osterlämmer besorgt. Obwohl viele Prälaten und Gesandte die Stadt mit ihren Gefolgsleuten verlassen hatten, gab es immer noch genügend Kundschaft. Wer sich indes nicht mehr sehen ließ, war Poggio Bracciolini.

»Er wird mit Johannes abgehauen sein«, meinte Giovanni missfällig, doch Cunrat war betrübt, dass der Papstsekretär fortgegangen war, ohne sich von ihnen zu verabschieden. Immerhin hatte Poggio ihn aus dem Gefängnis befreit und trotz des Standesunterschiedes wie einen Menschen behandelt, nicht wie einen Knecht. Das hatte ihn mit heimlichem Stolz erfüllt. Andererseits wusste er, dass Giovanni nicht wegen Bracciolini verärgert war, sondern hinter dem barschen Wesen, das er in diesen Tagen zeigte, nur seine Trauer und Ohnmacht wegen Lucia verbarg. Zur gedrückten Stimmung des Venezianers trug auch Simon Ringlin bei, der sich wie ein Schatten immer in der Umgebung des Bäckerstandes aufhielt, als ob Giovannis Nähe ihm wenigstens ein Fünkchen Hoffnung einflößen würde, während dieser sich durch den Anblick von Lucias Vater unablässig daran erinnert fühlte, dass seine Geliebte nicht da war, so wie einem ein abgehacktes Körperglied ständige Schmerzen bereitet.

Um ihn auf andere Gedanken zu bringen, schlug Cunrat vor, wieder einmal in die *Haue* zu gehen, um vielleicht endlich etwas über den Tod der Tettingers herauszufinden. Doch damit kam er schlecht an.

»Lass mich doch mit den Toten in Frieden!«, fuhr Giovanni ihn an. »Ich muss mir etwas überlegen, wie ich Lucia befreien kann!«

Alles Überlegen nützte jedoch nichts. Keiner wollte ihnen gegen Jakob Schwarz und Jörg von End beistehen, allein gegen die beiden anzutreten, wäre Selbstmord gewesen, und außerdem hatte der König den beiden Bäckern verboten, die Stadt zu verlassen. So buken sie weiter Gekreuzigte und Osterlämmer, und am Ostersonntag gönnte sich Cunrat einen Spaziergang mit Gretli, deren Unzeit vorbei war, sodass die beiden wenigstens ein bisschen Auferstehungsfreude genießen konnten.

Ostermond

ANFANG APRIL SCHLUG DAS WETTER WIEDER UM. Es begann zu regnen und hörte nicht mehr auf. Aus den Bergen ergossen sich nun auch die Schmelzwässer in den See, und so stieg dessen Spiegel unaufhaltsam an. Bald kam es zu ersten Überschwemmungen, man hörte von Lindow und Buchhorn, dass dort das Wasser bereits in die Stadt eingedrungen sei und die dem See nächstgelegenen Häuser unterspült habe.

Dann kam das Holz. Der mächtig aufgeschwollene Rhein führte von den Höhen mitgerissene Baumstämme und Äste heran, die in dichten Teppichen auf dem Wasser trieben und manche Lädine zum Kentern brachten, sodass sich nur noch die allerbesten Kapitäne trauten, den See mit schwerer Ladung zu überqueren. Da nur solche Seeleute Kapitän werden durften, die nicht schwimmen konnten, damit sie im Seenotfall ihre Ladung bis zum bitteren Ende verteidigten, kam es zu einigen Todesfällen. Es wurden Gelübde für den Heiligen Nikolaus abgelegt und Prozessionen zum Heiligen Otmar von Sankt Gallen veranstaltet, doch der Wasserspiegel stieg stetig weiter.

In Costentz hatten sich die Straßen in Schlammgräben verwandelt, alle außer der Plattenstraße zwischen Münster und Oberem Markt, deren steinerner Belag noch aus römischer Zeit stammte, wie man sich erzählte. Auf den übrigen Wegen und Gassen war kaum mehr ein Fortkommen, Menschen, Tiere und Wagen sanken in den Schlamm ein, was vor allem Egli Locher und den Stadtknechten viel Arbeit abverlangte. Wagen mussten wieder herausgezogen, die schlimmsten Schlammgruben mit Kies aufgefüllt und vielerorts Stege ausgelegt werden. Dazu kam die Angst vor der Überflutung der Stadt und vor dem Holz, das sich an der Rheinbrücke aufstauen konnte. Die Menschen in den klammen Häusern scharten sich um die ständig geheizten

Öfen, und die römischen und florentinischen Prälaten sehnten sich einmal mehr nach dem milden Frühling ihrer Heimat. Nur die Mailänder scherten sich kaum um das Wetter, sie waren neblige und regnerische Frühjahrswochen gewöhnt. Und die Engländer fühlten sich wie zu Hause.

Für die Bewohner der linksrheinischen Gebiete zwischen Costentz und Basel, die unter der Herrschaft von Friedrich von Österreich gestanden hatten, brachte dieser Frühling dennoch eine frohe Botschaft: König Sigismund entband sie alle von österreichischer Untertänigkeit und erklärte sie für reichsfrei. Die Berner bekamen sogar explizit den Auftrag, alle Besitzungen des Herzogs ans Reich zu ziehen. Friedrich selber wurde aufgefordert, sich unverzüglich dem Gericht in Costentz zu stellen. Am 6. des Monats erließ die Konzilsversammlung ein Dekret, das wie üblich nach seinen Anfangsworten ›Haec Sancta‹ genannt wurde. Darin verkündete die ›Heilige Synode‹, dass das Konzil seine Vollmacht direkt von Christus habe und jedermann der Synode zu Gehorsam verpflichtet sei, egal welchen Stand oder welche Würde er habe, und wenn es die päpstliche wäre.

Die Lage für den Papst und seinen Friedrich wurde demnach immer kritischer, nach und nach wandten sich alle Kardinäle von Johannes ab und kehrten nach Costentz und in den Schoß des Konzils zurück. Mit ihnen kamen ihre Wächter, Köche, Ärzte, Schreiber und Sekretäre.

Die Bäcker saßen unter der großen Plache, von deren Rändern der Regen in Rinnsalen zu Boden floss. Sie hatten ihre Kapuzen tief ins Gesicht gezogen, denn an manchen Stellen tropfte es auch innen herab, den absolut trockenen Teil hatten sie ihrem Auslagentisch und dem Ofen vorbehalten. Es war Montagmorgen, der Beginn einer neuen Woche, und diese begann grau und nass, wie die vorangegangene zu Ende gegangen war.

»Gebt mir von dieser Fleischpastete dort!«, sagte plötzlich eine Stimme auf Italienisch, die sie aufhorchen ließ. »Endlich ist die Fastenzeit vorüber und es gibt wieder ordentliches Backwerk!«

»Herr Poggio!«, riefen Giovanni und Cunrat wie aus einem Mund. »Ihr seid wieder hier!«

»Ach, was sollte ich in diesem Schaffhusen, das ist ja ein noch schlimmeres Nest als Costentz! Der Papst ist inzwischen nach Freiburg geflüchtet, und wer weiß, ob er es schaffen wird, nach Avignon zu entkommen oder ob er nicht auch bald wieder hierher zurückkehren wird, ob freiwillig oder unter Zwang. So habe ich mich den Kardinälen angeschlossen und bin diesmal den Rhein hinauf geritten. Ein wahrhaft schöner Fluss, euer Rhein, aber es hätte mir genügt, das Wasser in seinem Bett zu betrachten. Die Reise wurde mir doch recht verleidet durch Wasser, das vom Himmel fiel!«

Sie beschlossen, das Wiedersehen mit einem Krug Wein in der *Haue* zu feiern, Poggio, Giovanni, Cunrat und der unvermeidliche Herr Ringlin. Wie immer übersetzte Giovanni die Konversation für seinen schwäbischen Freund, obwohl beide, Poggio und Cunrat, inzwischen schon recht viel von der Sprache des anderen verstanden.

Poggio erzählte von seiner Reise nach Schaffhusen, 24 Meilen den Rhein hinab, zunächst zu Pferd und ab Steckborn mit dem Schiff. Er berichtete vom Städtchen Stein am Ende des Sees, wo der Fluss wieder zum Fluss wurde, mit seinem Kloster, das direkt am Wasser stand, und von Schaffhusen, das ebenfalls ein stattliches Benediktinerkloster besaß sowie einen großen Hafen, weil man den Fluss hier verlassen musste.

»Danach stürzt sich das Wasser nämlich in die Tiefe, über Felsvorsprünge und schroffe Gesteinsmassen, mit einem Grollen, das den ganzen Ingrimm des Rheins über diese Hindernisse auszudrücken scheint! Als ich die Wasserkaskaden betrachtete, musste ich an die Fälle des Nils denken, und es wunderte mich nicht mehr, dass die Menschen, die in der Nähe jener Katarakte leben, ihr Gehör verlieren wegen des starken Lärms, wenn schon ein so kleiner Fluss, den man im Vergleich zum Nil als Bach bezeichnen könnte, auf eine halbe Meile Entfernung zu hören ist!«

Die Bäcker lauschten gespannt, und vor allem Cunrat, der noch nie einen Wasserfall gesehen hatte, war gefesselt von der Erzählung.

»Und was ist mit dem Papst, Herr Poggio?«, fragte plötzlich Lucias Vater mit bedrückter Stimme. Die Schilderung der Naturgewalten schien ihn nicht sonderlich zu interessieren, eher die politischen Neuigkeiten. Vielleicht erhoffte er sich durch die Veränderungen eine Möglichkeit, seine Tochter zu befreien. »Wie kommt es, dass Ihr als sein Sekretär hier seid, er aber nicht?«

Etwas ärgerlich antwortete Bracciolini: »Unser Herr Johannes ist nach Freiburg gegangen, das habe ich schon gesagt. Dorthin konnten wir ihn nicht alle begleiten. So bin ich im Gefolge des neuen Konzilspräsidenten, des Kardinalbischofs von Ostia, zurückgekommen und vorübergehend in dessen Dienste getreten.« Er trank seinen Becher aus, dann erhob er sich. »Der mich im Übrigen erwartet. Es gibt viel Arbeit für mich.«

Dann warf er dem Wirt eine Münze auf den Tisch und verließ das Gasthaus. Die drei Zurückgebliebenen saßen noch eine Weile schweigend beieinander. Sebolt Schopper brachte ihnen einen weiteren Krug Wein, doch das Gespräch wollte nicht mehr recht in Gang kommen.

Nach einer Weile fragte Cunrat: »Wir wissen immer noch nicht, ob Sebolt Schopper etwas mit dem Tod der Tettingers zu tun hatte …«

»Ach Cunrat,«, unterbrach ihn Giovanni sofort, »lass doch endlich diese Geschichte ruhen. Wir haben wahrhaftig andere Sorgen!«

Simon Ringlin pflichtete ihm nickend bei, dann verfielen

beide wieder in Trübsinn. Seufzend sagte Cunrat: »Ich geh zum Bäckerstand, kommst du dann auch, Giovanni?«

Der nickte nur und gab seinem Freund ein Zeichen, er möge verschwinden.

༄

Poggio Bracciolini an Niccolò Niccoli, am 12. April, dem Tag des Heiligen Zeno, im Jahre des Herrn 1415

Mein lieber Niccolò,

nun hat Fortuna mich doch wieder an den Ort meines letzten Briefes zurückgeführt. Zwar bin ich unserem Papst Johannes bis nach Schaffhusen gefolgt, habe dort auch einige Schriftstücke verfasst, weil er weiterhin fleißig Pfründen und Privilegien verteilt, doch habe ich schließlich erkennen müssen, dass der alte Fuchs sich immer mehr in den Schlingen verfangen hat, die seine Gegner für ihn ausgelegt haben. Glaubte er zunächst noch, es werde genügen, Costentz zu verlassen und in die Gefilde seines Generalkapitäns Friedrich von Österreich zu flüchten, so musste er doch bald erkennen, dass diesem auf Geheiß des Königs immer mehr Städte und Landschaften abtrünnig wurden. Also hoffte er, den Schergen zu entkommen, indem er versuchte, den Rhein in Richtung Burgund zu überqueren, doch auch dieser Fluchtweg wurde ihm verwehrt. Sein letzter Schritt war nun die Flucht nach Freiburg im Breisgau, von wo aus er immer noch hofft, das rettende linke Ufer des Rheins zu erreichen, um dann nach Avignon weiterzureisen. Doch muss ich dir gestehen, dass ich nicht mehr daran glaube, wie es übrigens auch die meisten Bischöfe und Kardinäle seiner Obödienz nicht mehr tun, denn sie sind ausnahmslos alle nach Costentz zurückgereist.

Ich selbst habe mich dem Gefolge des Kardinalbischofs von Ostia, Johannes Alarmet von Brogny, angeschlossen und bin von diesem als Schreiber angestellt worden, zumindest vorübergehend. Er ist noch gleichzeitig Bischof von Viviers und päpstlicher Kanzler, inzwischen auch Präsident des Konzils, und wohnt im Hof des Dekans Albrecht von Büttelsbach, direkt neben dem ›Stauf‹ gelegen, wie das Gasthaus der Domherren in der hiesigen Sprache genannt wird, eine wahrlich nicht unangenehme Lokalität neben dem Nordportal der Bischofskirche, die einen gewaltigen Weinkeller ihr Eigen nennt. Manchen Abend haben Leonardo Bruni, Benedetto da Piglio, Cencio de Rustici und ich mit einem oder mehreren Gläsern Elsässer dort verbracht. Ich selbst wohne wieder in meiner alten Kammer in der Bischofspfalz, denn dort hat man diejenigen, die von ihrer Reise zu Papst Johannes zurückgekehrt sind, recht freundlich empfangen. Offenbar ist man froh über jeden ›Abtrünnigen‹, auch wenn ich selbst mich nicht so bezeichnen würde, denn ich bin als päpstlicher Sekretär dem Papst jederzeit treu, nur scheint es so, als ob Johannes nicht mehr lange Papst sein wird.

In der Tat läuft das Konzil auch ohne ihn weiter. So hat gestern eine denkwürdige Sitzung stattgefunden, allerdings nicht offiziell im Münster, sondern in der Wohnung von Pierre D'Ailly, der im Kanonikatshaus des Stiftes Sankt Johann zwischen der Bischofs- und der Sankt-Johann-Kirche Herberge gefunden hat. Johann von Brogny war bei dem Treffen zu Gast, so wie viele weitere Prälaten und Theologen, und ich habe ihn begleitet.

Die Wohnung D'Aillys befindet sich im zweiten Stock eines Hauses mit Namen ›Zur Kunkel‹ in der St.-Johann-Gasse, das von einem der Vorbesitzer mit Fresken ausgeschmückt wurde, welche Wandteppiche imitieren sollen. Offenbar konnte er sich keine echten Teppiche leisten, obwohl diese angesichts des ständig schlechten und kalten Wetters in der Konzilsstadt sicher bessere Dienste leisten würden. An einer der Wände wird eine farbenprächtige Rittergeschichte erzählt, allegorische Szenen schmücken eine andere, an einer dritten sind Frauen bei ihren Alltagsverrichtungen dargestellt. Der Maler hat sie beim Spinnen und

Weben abgebildet, woher wohl der Name des Hauses rührt, aber auch nach getaner Arbeit im Bade, ja, ich konnte gar einen der hier so beliebten Kachelöfen erkennen. Allerdings sind die Darstellungen recht altmodisch, ohne große Tiefe und nicht nach der Natur gemalt, wie eben die nordische Malerei allgemein etwas Barbarisches hat. Einen Giotto kennt man hier nicht, auch keinen Lorenzetti oder Simone Martini, geschweige denn einen Ghiberti oder Donatello.

Doch ich wollte dir ja von dem Disput berichten, der in diesen Räumen stattfand.

Es begann alles ganz harmlos, D'Ailly ließ fein gewürzten Wein und süßes Gebäck servieren, es wurde geplaudert und gelacht. Dann kam das Gespräch auf die Tyrannen, einige begannen zu sticheln, einen Tyrannen dürfe man ja bekanntlich ermorden, es flogen Worte hin und her, der Herzog von Burgund Johann Ohnefurcht habe es vorgemacht, als er den Hochverräter Ludwig von Orleans ermorden ließ, bis plötzlich Jean Gerson, der Kanzler der Pariser Universität, aufsprang und voller Zorn eine Cedula mit Disputationsthesen zu verlesen begann, die er offenbar vorbereitet und mit sich geführt hatte. Wütend wies er darin die These vom gerechtfertigten Tyrannenmord zurück. Nicht einmal ein ordentlicher Richter habe das Recht, ohne ein ordentliches Verfahren ein Todesurteil zu verhängen, wie viel weniger dann ein Privatmann! Die Ansichten des verstorbenen Doktors der Sorbonne Jean Petit, dass der Mord des Burgunders an Herzog Ludwig von Orleans gerechtfertigt gewesen sei, weil dieser ein Komplott gegen den König geplant und der Burgunder ihn als Tyrannen und Hochverräter deshalb zurecht habe ermorden lassen, sei bereits im Frühjahr 1414 von der Sorbonne offiziell verurteilt und das odiose Libell verbrannt worden. Dies sei nötig gewesen wegen der vielen Ärgernis erregenden Irrtümer bezüglich des Glaubens und der Sitten, die dieses Machwerk enthalten habe. Die genannten Irrtümer müssten ausgerottet und die Irrenden gebessert werden, und wer dieser Sentenz wider-

spreche, sei ein Begünstiger der Häresie und gehöre ebenso verbrannt wie das Pamphlet von Petit!

Dann schleuderte Gerson seinem Landsmann und ehemaligen Lehrer D'Ailly seine Schrift vor die Füße und verließ wutschnaubend den Raum. Es war ganz still geworden, und die Versammlung der Prälaten benötigte einige Augenblicke, um sich angesichts des erlebten Furors wieder zu fassen. Nach kurzer Zeit aber begannen alle durcheinanderzureden, es klang wie ein Bienenschwarm, und jeder versuchte seiner Meinung Ausdruck zu verleihen, warum der gestrenge Kanzler der Pariser Universität die Burgunder mit solch unbändigem Hass verfolgte. Die Einen waren der Ansicht, dass der Verlust seines Kanonikats in Brügge ihn zu solcher Verbitterung geführt habe, Andere mutmaßten, die Verfolgungen durch die burgundischen Parteigänger während des Bürgerkriegs in Paris hätten ihn zu seiner Haltung getrieben, doch Pierre D'Ailly kannte seinen Schüler besser. Er meinte, die Thesen Petits würden die Fundamente von Gersons theologischen Glaubensvorstellungen erschüttern, und das könne er nicht zulassen.

Wie auch immer, ich sage dir, mein Freund, ich habe selten soviel Feindseligkeit und Hass gesehen wie in den Augen dieses doch so gelehrten und gebildeten Mannes. Was Wunder, dass mir plötzlich ein unerhörter Gedanke kam! Wenn Gerson hinter dem Mord an dem burgundischen Ritter steckte? Hatte er womöglich einem Meuchelmörder den Auftrag erteilt, den verhassten Burgunder zu erschießen, der als Bote für seinen Herzog zum Konzil gekommen war? Oder steckte vielleicht nicht der Kanzler selbst, aber irgendein anderes Mitglied der französischen Delegation hinter dem Attentat?

Solche Gedanken gingen mir durch den Kopf, als ich später mit Johannes von Brogny über den Münsterplatz zum Stauf *ging, wo wir noch einkehrten und die Angelegenheit besprachen. Ich sagte ihm nichts von meinem Verdacht, dafür erschien er mir zu ungeheuerlich, doch Brogny verriet mir, er wisse aus sicherer Quelle, dass sowohl die französische wie die burgundische Delegation viele Wagen mit französischem Wein und wertvollen alten Handschriften nach Costentz gebracht hätten, um die vom Konzil eingesetzte Kommission zur Klärung der Petit-Frage in ihrem Sinne zu salben. So habe er gehört, dass eines der Kommissionsmitglieder, der Kardinal Giordano Orsini, nach D'Ailly und Brogny selbst der wichtigste Kardinal des Konzils und früher als Anhänger von Petit aufgetreten, von den Franzosen eine ganz besondereHandschrift bekommen solle, wenn er in ihrem Sinne und gegen Petit entscheide. Brogny sagte, sein französischer Gewährsmann habe ihm erzählt, es handle sich um eine Abschrift bisher nicht bekannter Reden von Cicero, die aus der alten Abtei Saint Wandrille in der Normandie stamme.*

Mein lieber Niccolò, kannst du dir meine Erregung vorstellen, als ich dies hörte? Nicht im staubigen Turmgefängnis irgendeines heruntergekommenen Klosters im hintersten Winkel dieses barbarischen Landes, sondern mitten in der Konzilsstadt selbst, hier in meiner Nähe, sollte Cicero zu finden sein? Bisher unbekannte Reden? Ich kenne den Kardinal Orsini gut, er ist einer, der Bücher sammelt wie andere Menschen Bilder oder erlesene Weine. Eine Handschrift mit Cicero-Briefen dürfte in der Petit-Frage die Waagschale deutlich zugunsten der Franzosen senken.

In der letzten Nacht habe ich kaum geschlafen, so sehr beschäftigte mich der Gedanke an den Cicero. Ich überlegte hin und her, wie es mir gelingen könnte, an Orsinis Stelle diese Handschrift in meinen Besitz zu bringen. Und dann kam mir eine Idee. Wenn herauskäme, dass die Franzosen hinter dem Mord an dem burgundischen Ritter stecken, dann könnten die Burgunder sie vor König und Konzil verklagen, und damit wäre nicht nur die moralische Integrität der französischen Gelehrten in Frage gestellt, sondern auch ihre theologische Autorität, ganz abgesehen von dem Mordprozess, dem sie sich ausgesetzt sähen. Das können sie unmöglich riskieren. Außer dem städ-

tischen Vogt weiß nur ich, dass der burgundische Ritter nicht einem Sonnenstich, sondern einem Mordanschlag zum Opfer fiel. Vielleicht sollte ich den französischen Gesandten einen Besuch abstatten.

Es grüßt Dich Dein hoffnungsfroher

Poggio

Am Montag darauf starb einer der größten Gelehrten, die das Costentzer Konzil bis dahin gesehen hatte: der Grieche Manuel Chrysoloras. Er war schon über 60 Jahre alt, als er im Auftrag des oströmischen Kaisers zum Konzil nach Costentz reiste, um hier als Vermittler zwischen Ost und West aufzutreten. Die Strapazen der langen Reise hatten ihn so sehr geschwächt, dass er nach kaum sechs Wochen von einem Fieber dahingerafft wurde.

Bereits am folgenden Tag wurde er im Kloster der Dominikaner unter großem Wehklagen der versammelten Trauergemeinde beigesetzt. Die Leichenrede hielt sein Schüler Pier Paolo Vergerio.

Am Abend des nächsten Tages saßen die Bäcker und Simon Ringlin im *Lamm*. Sie aßen und tranken und lauschten den melancholischen Liedern von Peter Froschmaul. Zu fortgeschrittener Stunde kam auch Poggio Bracciolini in die Schänke. Er war sichtlich betrübt und passte damit ausgezeichnet zu dem Trio, das wieder einmal fruchtlos über eine Befreiungsmöglichkeit für Lucia nachsann.

»Herr Poggio, was ist geschehen?«

»Habt ihr es nicht gehört? Manuel Chrysoloras ist gestorben.«

Er bestellte einen Krug Wein und schenkte sich einen Becher voll. Dann goss er auch ihnen ein und wollte auf das Gedenken des Toten anstoßen. Als sie ihn etwas verlegen ansahen, merkte er, dass keiner von ihnen wusste, wessen Gedenken sie begießen sollten. Sie hatten den Namen noch nie gehört. Poggio seufzte.

»Ich war noch ein junger Mann von kaum 16 Jahren, als Manuel Chrysoloras nach Florenz kam. Nie werde ich sein würdiges Angesicht und seine ernste Rede, in der man den Philosophen erkannte, vergessen. Mit ihm kam die griechische Sprache und Weisheit in den Okzident. Er hat uns nach 700 Jahren, in denen niemand mehr hier Griechisch verstand, wieder an die Quellen der griechischen und lateinischen Bildung geführt! Er hat uns gelehrt, Homer und Platon, Aristoteles und Demosthenes und alle Dichter und Philosophen endlich im Original kennenzulernen! Durch sein Verdienst ist der Eifer für die griechischen Wissenschaften in uns allen entzündet worden! Aber er war nicht nur ein außergewöhnlich begabter Lehrer, sondern auch ein Mensch von milder Humanität, von mäßigem und völlig unbescholtenem Lebenswandel. Er war ein Anhänger des oströmischen Glaubens, doch wenn ich mir so manchen weströmischen Prälaten anschaue, der hier am Konzil von Gottesfurcht und Häresie redet, dann kommt mir Chrysoloras vor wie ein Sonnenstrahl in der Finsternis, ja wie ein wahrhaft göttlicher Mensch!«

Seine Verehrung für den Verstorbenen konnte Poggio nur in seiner Muttersprache angemessen ausdrücken, und bevor Giovanni übersetzen konnte, sagte plötzlich hinter ihnen eine leicht spöttische Stimme auf Italienisch: »Du hättest die Leichenrede halten sollen, mein lieber Poggio!«

Alle richteten ihre Blicke auf den Neuankömmling. Ein hochgewachsener Mann mit kurzen dunklen Haaren und Lachfalten um die Augen stand an ihrem Tisch.

»Pier Paolo, setz dich zu uns! Freunde, dies ist Pier Paolo Vergerio, ein Sekretarius wie ich, jedoch im Dienste Papst Gregors hierher gekommen. Doch nun sind unser beider Päpste weit fort, und heute eint uns die Trauer um einen Mann, dem wir beide viel verdanken. Nein, mein Freund, deine Rede war makellos, ich hätte ihr nichts hinzuzufügen gehabt. Was zu sagen war, hast du gesagt. Chrysoloras wäre auch des höchsten Priesteramtes würdig gewesen.«

»Ja, das wäre er, doch nun ruht er für immer bei den Dominikanern. Ich kann mich nicht zu euch gesellen, ich bin gekommen, um dich zu holen. Dein Diener sagte mir, dass ich dich hier finde, denn der Kardinal ruft nach dir. Es scheint, dass du einen Brief für ihn schreiben und überbringen musst.«

»Mitten in der Nacht?«, fragte Giovanni ungläubig.

»Ja, er arbeitet häufig nachts«, bestätigte Poggio. »Aber das bin ich gewöhnt, bei Johannes war es nicht anders. Warum kannst nicht du ihm diesen Dienst erweisen, Pier Paolo?«

»Er sagte, es gehe um etwas, worüber er mit dir gesprochen habe. Aber er wollte mir nicht sagen, was es damit auf sich hat.«

Ahnungsvoll stand Poggio auf und machte sich auf den Weg zu seinem neuen Arbeitgeber, um den nächtlichen Auftrag auszuführen.

Zwei Tage später wurde die Stadt überschwemmt. Am Abend des Donnerstags hatte der Himmel noch für kurze Zeit mit Regnen innegehalten und bald den einen, bald den anderen Stern durch die Wolken blitzen lassen, sodass mancher schon zu hoffen begann, das Unwetter sei endlich vorüber. Doch es war nur ein Kräftesammeln gewesen. Um Mitternacht drehte der Wind erneut, es kam Ostwind auf, ein Sturmwind, der eine ganze Armee von schwarzen Wolken vor sich her über den See auf Costentz zu trieb. Mond und Sterne versanken, und als es dämmern sollte, schien selbst das Morgenlicht von der Schwärze aufgefressen. Die finstere Nacht wollte nicht zu Ende gehen, und die Menschen dachten in banger Erinnerung an die Passionsgeschichte, die sie vor noch nicht langer Zeit am Karfreitag gehört hatten, »und von der sechsten Stunde an kam eine Finsternis über das Land bis zur neunten Stunde«. Die einfachen Leute glaubten, dass nun der Hochmut der Prälaten und die Freveltaten der Ketzer bestraft würden, während die hochmütigen Prälaten sehnsüchtig daran dachten, wie viel angenehmer es jetzt wäre, einen Sonnenaufgang in südlichen Gefilden zu erleben. Regen setzte ein, kalter, stechender, peitschender Regen, der von Osten her über die Stadt fegte, aber der Sturm jagte nicht nur die Wolken vor sich her, sondern auch die Wellen des Sees, die zu immer höheren Wogen anwuchsen, je näher sie der Stadt kamen, und auf ihnen tanzte das Holz, Baum an Baum, so viele Stämme, dass man zehn mächtige Häuser damit hätte bauen können. Mit Grausen hörten die verängstigten Menschen in der Stadt, wie das Heulen des Windes übertönt wurde vom Grollen der Stämme, die gegen den Palisadenzaun am Hafen donnerten, sie hörten, wie das Wasser seine hölzerne Fracht mit dumpfem Poltern die Pfosten entlang schleuderte, wo einzelne Bäume sich verhakten, von anderen eingeklemmt und weiter gestoßen wurden, sodass sie schließlich die ächzenden Pfähle mit sich fortzerrten, bis am Ende mit einem entsetzlichen Knall die Kette zerriss, die den Zaun zusammenhielt. Der Wächter im Luckenhäusle läutete in höchster Not das Nebelglöcklein, doch keiner wagte es, ein Boot zu besteigen, um ihn in Sicherheit zu bringen. Das Holz tobte triumphierend weiter, der gewaltigen Strömung des Rheins folgend, zur Brücke, wo es an den wuchtigen Pfählen zum ersten Mal einen echten Widerpart fand, sodass es sich verkeilte. Die ersten Stämme legten sich kreuz und quer vor die nachfolgenden, bis sie schließlich einen undurchdringlichen Damm bildeten. So fand das wilde Wasser keinen Ausgang mehr, es toste und strudelte und wirbelte herum und suchte sich schließlich seinen Weg nach anderen Seiten. Die niedere Mauer, die das Klosterdorf Petershausen am Nordufer des Rheins schützen sollte, war bald überflutet, doch die hohe Costentzer Mauer hielt dem Wasser stand, sodass es zurückströmte, an der Predigerinsel vorbei in den Hafen vor dem Kaufhaus. Dort befand sich die Achillesferse der Stadt, besser gesagt, sie hatte deren zwei: Auf den beiden Seiten des Kaufhauses befanden sich Brücken, die das

Gebäude mit den daneben stehenden Toren verbanden. Ihre steinernen Bögen waren zwar durch Fallgitter gegen den Einfall menschlicher Feinde gesichert, dem Wasser konnten diese jedoch keinen Widerstand bieten. So strömte das Seewasser in die Stadt, stieß in den inneren Graben vor, der vom Regenwasser schon übervoll war, und schwappte, vom Wind getrieben, die Marktstätte und den Bleicherstaad hoch. Die meisten Häuser dort besaßen keine Keller, weil sie auf Pfahlrosten erbaut waren, doch das Wasser floss in die Werkstätten und Warenlager im Erdgeschoss, es überschwemmte die Marktstände und Krämerbuden auf Plätzen und Straßen und trug alles mit sich fort, was in seinen Weg kam.

Die Menschen versuchten, ihre Habe vor den gefräßigen Fluten in Sicherheit zu bringen. Im Licht der Fackeln befahlen die Kaufleute brüllend ihren Knechten, die verderblichen Waren schnell in höhere Gefilde zu tragen, die Mägde kreischten, um ihre Angst und das Pfeifen des Windes zu übertönen, während sie Lebensmittel, Wäsche und Kleinkinder in die oberen Stockwerke der Häuser beförderten, die Träger im großen Kaufhaus schleppten im Laufschritt die Tuchballen und Getreidefässer unter das gewaltige Dach des Gebäudes, überall hörte man Schreien und Weinen, Beten oder Fluchen.

Als es doch noch irgendwann Tag wurde, mit trübem, grauem Dämmerlicht, standen die Krämer und Marktleute entsetzt vor den armseligen Überresten ihrer Buden. Mühsam suchten sie im schmutzigen Wasser Stangen und Plachen und Bretter zusammen, um sie vorläufig an irgendeinem trockenen Fleck zu lagern, wo sie abwarten wollten, bis der Sturm vorüber sein würde.

Der Stadtvogt rief eine Truppe aus Knechten und Handwerkern zusammen, die versuchen sollten, den hölzernen Damm an der Rheinbrücke zu beseitigen, zum einen, um die Fluten in ihre natürliches Bett zurückzuleiten, zum anderen, um ein Einknicken der Brückenpfeiler vor den anstürmenden Holzmassen zu verhindern. Unter strömendem Regen marschierten an die 20 Mann mit Flößerhaken und Äxten bewaffnet durch die Niederburg zur Brücke. Von dort ließen sich die Mutigsten von ihnen an Seilen hinab und hieben und hackten auf die glitschigen Stämme ein, doch es war, wie wenn ein Vöglein seinen Schnabel an einem diamantenen Berg wetzt, und eine Ewigkeit schien zu vergehen, bis es ihnen gelang, auch nur einen einzigen Baum zu zerhacken und die einzelnen Stücke an Seilen nach oben zu geben, damit sie fortgebracht werden konnten. Nach und nach traf Verstärkung ein, die umliegenden Klöster schickten Knechte, der König seine Soldaten, ja sogar aus Allenspach und Gottlieben kamen Männer, die an verschiedenen Stellen versuchten, den Wall aus Treibholz zu durchbrechen und dem Wasser einen Weg zu bahnen. Für einmal gab es keine Ranküne unter den verschiedenen Gruppen, Deutsche schufteten neben Ungarn, Costentzer neben Klosterleuten, leibeigene Knechte neben freien Bürgern. Regen und Unbill ließen sie zusammenstehen und zusammen kämpfen, und obwohl der Wind nicht nachließ und das gepeitschte Wasser immer weitere Baumstämme herantrieb, gelang es ihnen nach vielen Stunden mühseligen Schuftens, wenigstens einen Teil der Brücke von der gefährlich drückenden Masse zu befreien, sodass das Wasser hier endlich seinen Weg fand. Mehrere Männer blieben an Seilen über dem Wasser schweben und stießen neu herandrängende Stämme mit langen Bootshaken zwischen den Brückenpfeilern hindurch, um ein erneutes Verkeilen abzuwehren. Sie wechselten sich häufig ab, denn nach kurzer Zeit blieb ihnen von der beschwerlichen Arbeit und dem Hängen am Seil die Luft weg.

Auf der Brücke hatten sich trotz des fortdauernden Regens viele Menschen eingefunden, die von dem schrecklichen Damm gehört hatten und diesen nun mit eigenen Augen sehen wollten. Sie sahen den Arbeiten interessiert zu und gaben Kommentare ab, wie alles besser zu machen sei. Schließlich verlor Hanns Hagen die Geduld und wies einige seiner Knechte an, die Schaulustigen fortzuschicken und an beiden Seiten der Brücke darauf zu achten, dass nur solche Leute auf die Brücke gelangten, die tatsächlich zur anderen Seite gehen wollten.

Einer dieser Passanten war Poggio Bracciolini, der rasch von Petershausen zurück in die Stadt eilte.

⸻

Poggio Bracciolini an Niccolò Niccoli, am 21. April, dem Tag des Heiligen Januarius, im Jahre des Herrn 1415

Mein lieber Niccolò,

es scheint fast, als ob Gott die Costentzer dafür bestrafe, dass das Konzil den Papst in die Flucht getrieben hat. Seit Tagen schon regnet es ununterbrochen, und am vergangenen Freitag ist eine wahre Sintflut über die Stadt hereingebrochen. Der Sturm trieb mit dem Wasser eine große Menge Holz über den See herbei bis an die Rheinbrücke, wo es sich zu einem regelrechten Damm auftürmte, der wiederum das Wasser zurückstaute, sodass es in die Stadt hinein floss. Auch unser geliebtes Florenz hat ja oft unter Hochwassern zu leiden, du kennst wie ich die Tafel am Ponte Vecchio, die von der Flut des Jahres 1333 berichtet, bei welcher der Arno alle Brücken niedergerissen und viele Häuser in der Stadt überschwemmt hat. Unsere Brücken und Häuser waren jedoch aus Stein, während die Rheinbrücke hier in Costentz gänzlich aus Holz gebaut ist, wie auch die meisten Häuser nicht nur hölzerne Pfahlfundamente, sondern auch Mauerverstrebungen aus Holz haben. So mussten die Menschen hier einerseits zittern, weil sie Angst hatten, der wilde Strom und seine Fracht aus Bäumen könnten ihre Brücke fortreißen, andererseits mussten sie hilflos zusehen, wie das Wasser in die Stadt eindrang, um ihre Häuser zu unterspülen und die gelagerten Waren zu zerstören. Der

Stadtvogt hat mit einer großen Kompanie von Helfern versucht, wenigstens die Gefahr für die Brücke zu beseitigen, indem die Männer an Seilen hängend die Balken zerschlugen, und am Ende ist es ihnen auch gelungen, wenigstens einen Teil der Brückenpfeiler freizubekommen und dem Wasser wieder einen Durchgang zu verschaffen.

Doch nicht alles Unglück kommt nur, um zu schaden. Welch ein Glücksfall die Überschwemmung für mich war, sollst du nun hören.

Ich hatte Dir ja von meinem Plan berichtet, den Franzosen einen Besuch abzustatten, um auf irgendeine Weise in den Besitz der Cicero-Reden zu gelangen. Doch denselben Gedanken hatte auch der Kardinalbischof von Ostia, Johann von Brogny, mein derzeitiger Arbeitgeber. So ließ er mich vor einigen Tagen, noch vor der Überschwemmung, mitten in der Nacht zu sich rufen.

An dieser Stelle muss ich einen Exkurs machen, um Dir eine traurige Nachricht zu überbringen: Manuel Chrysoloras ist gestorben. Ich weiß, dass Deine Verehrung für ihn in den letzten Jahren nachgelassen hat, dass Du ihn einige Male sogar mit spöttischen Worten bedacht, ja einen Lausebart genannt hast, doch bin ich überzeugt, dass hier mein Niccolò den Juvenal gemimt und seiner satirischen Ader freien Lauf gelassen, während er doch in Wahrheit den alten Griechen als Lehrer und Befruchter der westlichen Kultur hoch geschätzt hat. Pier Paolo Vergerio hat die Leichenrede gehalten, und er hat den Toten in seiner ganzen Bedeutung gewürdigt.

An jenem Abend nun saß ich mit meinen hiesigen Freunden in der Schänke, um auf das Seelenheil von Chrysoloras anzustoßen, als ich zu Brogny gerufen wurde. Pier Paolo selbst war es, der mir die Nachricht überbrachte, dass der Kardinal mich unbe-

dingt sprechen wolle, und nur mich. Verwundert ob dieser Exklusivität – ich bin ja erst seit Kurzem in seinen Diensten – ging ich rasch zum Stauf, wo ich schon ungeduldig erwartet wurde. Zunächst schmeichelte Brogny mir mit lobenden Worten wegen meiner Bücherfunde in verschiedenen Klöstern. Er sagte, wenn die Alten dem Äskulap einen Tempel geweiht hätten, dafür, dass er den Hippolytos aus der Unterwelt heraufbeschwor, welcher Ehre wäre dann ich würdig, der schon so viele herrliche Männer aus dem Grabe errettet habe? Ein derart eifriger Freund antiker Schriften wie ich werde sicher verstehen, dass eine so wertvolle Handschrift wie die Cicero-Schrift aus Saint Wandrille nicht in falsche Hände geraten und schnöde zum Spielball politischer Händel werden dürfe. Dann begann er – wohl wegen der in der Konzilsstadt allgegenwärtigen Spione – zu flüstern. Er habe soeben erfahren, wer der Hüter des Ciceronischen Schatzes bei den Franzosen sei, verriet er mir, nämlich der Abt von Saint Wandrille selbst, Jean de Bouquetot. Der habe bei seinen benediktinischen Brüdern im Kloster Petershausen Unterkunft gefunden, wo er im Gästehaus direkt neben der Rheinbrücke wohne. Dann drückte mir Brogny einen prall gefüllten Beutel in die Hand und bat mich, Bouquetot sofort aufzusuchen und ihm den Beutel für den Cicero zu bieten.

Du kannst dir meine Bestürzung vorstellen darüber, dass ausgerechnet ich mit dieser Aufgabe betraut wurde. Ich fühlte mich wie ein Wolf, der zum Hüten der Schafe abgeordnet wird und dabei das ganze Vertrauen des Hirten genießt. Zunächst versuchte ich Zeit zu gewinnen, indem ich zu bedenken gab, dass um diese nächtliche Stunde der Abt sicher schon zur Ruhe gegangen sei und, so jählings aus dem Schlafe gerissen, womöglich schlechter Laune und damit weniger geneigt sein könnte, einer solchen Rettungstat zuzustimmen. Der Kardinal insistierte jedoch, dass ich sogleich gehen müsse, denn wir müssten uns eilen, damit uns nicht jemand anderer zuvorkäme. Außerdem würden manche Taten nach dem gnädigen Schutze der Nacht verlangen. So wagte ich nicht abzulehnen, und vielleicht hatte die Situation ja auch ein Gutes. Ich glaubte nicht wirklich, dass der Abt von Saint Wandrille auf den Handel eingehen würde, egal, wie viele Dukaten sich in dem Beutel befinden mochten (es waren übrigens um die 300). Aber ich würde dem Cicero näher kommen und vielleicht doch irgendeine Möglichkeit finden, ihn an mich zu nehmen. Also erklärte ich mich zu der Mission bereit.

Noch in derselben Stunde machte ich mich trotz Regens mit einer Fackel und einem Geleitbrief des Kardinals auf den Weg durch die Niederburg nach Petershausen. Meine Müdigkeit und Trauer waren wie weggeblasen, die Aussicht, womöglich schon bald den Cicero in meinen Händen zu halten, gab mir wundersame neue Kräfte. So verließ ich die Stadt, deren Tore immer noch streng bewacht werden, aber mit meinem Sendschreiben, das die Torwächter zwar nicht lesen konnten, dessen Siegel sie aber erkannten, ließ man mich passieren. Ich eilte über die Brücke und sah an deren Ende am rechten Ufer ein großes steinernes Haus stehen. Doch um diese Zeit waren alle Fenster dunkel und die Läden gegen das Eindringen von Kälte und Regen geschlossen. Was sollte ich tun? Wie sollte ich herausfinden, in welchem Stockwerk der Abt von Saint Wandrille logierte, ohne das ganze Haus aufzuscheuchen, und wie ohne Aufsehen zu ihm gelangen?

Als ich die Brücke überquert hatte, unter der das Wasser toste und an den Pfählen rüttelte, sah ich, dass im Torbogen, der in den Innenhof des Gästehauses führte, zwei Bewaffnete standen, oder sollte ich eher sagen, halb schlafend am Gewände lehnten und sich an ihren Lanzen festhielten. Ich verharrte und nahm mir einen Augenblick Zeit, um zu überlegen, was ich ihnen sagen sollte. Im Grunde hatte ich nicht erwartet, dass der Petershauser Abt in diesen unruhigen Zeiten des Konzils auf eine Wache verzichten würde, vor allem seit Sigismund mit seinen Ungarn in Petershausen einquartiert war, doch war ich nicht wirklich auf diesen Fall vorbereitet. Schließlich fasste ich mir ein Herz und sprach die beiden an, die sofort ihre Lanzen kreuzten und erschrocken nach meinem Begehr fragten. Offenbar hatten sie tatsächlich geschlafen, im Stehen, wie die Pferde.

Ich zeigte auch ihnen den Brief und versuchte, diesen Barbaren, die natürlich weder Latein noch Italienisch sprachen, durch Handzeichen und mit meinen inzwischen doch recht annehmbaren Deutschkenntnissen klar zu machen, dass ich eine sehr eilige Nachricht des Kardinalbischofs von Ostia für den Abt von Saint Wandrille hatte. Sie unterhielten sich einen Augenblick, dann gaben sie den Weg frei, und einer von ihnen ging mir durch den Innenhof voraus zu einer ebenerdigen Kammer, die zum Rhein hin lag. Dort klopfte er an das Tor, aus dem nach einiger Zeit ängstlich ein verschlafener Diener hervorlugte. Der Wächter zog sich wieder ans Tor zurück, und ich versuchte nun dem barfüßigen Jüngling mit der Tonsur zu erklären, dass ich unbedingt seinen Abt sprechen müsse. Der junge Benediktiner verstand glücklicherweise Latein, sodass ich mich schon am Ziel glaubte, doch trotz einwandfreier Verständigung weigerte er sich hartnäckig, mich zu seinem Herrn vorzulassen. Der schlafe schon tief und fest und werde sehr wütend, wenn man ihn vor der Prim wecke. Dies wäre wiederum nicht sehr förderlich für mein Anliegen gewesen, sodass ich mich endlich entschloss, ihm den Brief dazulassen, in welchem Brogny zwar nicht konkret geschrieben hatte, worum es ging, aber die Bitte aussprach, seinem Sekretarius, also mir, in einer gewissen Sache zu Diensten zu sein. Der vor Kälte zitternde Jüngling versprach, den Brief zu übergeben und riet mir, nicht schon am folgenden, sondern am übernächsten Tag wiederzukommen. Am nächsten Tag sei eine Versammlung aller beim Konzil anwesenden Benediktineräbte geplant. Aber am Freitag sei sein Abt zu sprechen, am besten eine Stunde nach Laudes.

So kehrte ich unverrichteter Dinge zu Brogny zurück, worüber der gar nicht erfreut war, aber ich tröstete ihn mit der Hoffnung auf einen erfolgreichen Ausgang unseres Unternehmens am Freitag.

Doch da kam die große Flut. Früh am Morgen schon wurde

von den Kirchtürmen Sturm geläutet, Wind und Regen heulten und tosten um die Häuser. Ich war froh, auf dem Münsterhügel zu wohnen, dazu noch im ersten Stock der Bischofspfalz, sodass zumindest das Hochwasser mir und meinen Büchern nichts anhaben konnte. Die Fensterläden hatte ich fest verschlossen, dennoch hatte ich die Nacht über kaum geschlafen, wegen des Sturms und weil ich meine Gedanken nicht von Cicero abwenden konnte, den ich am folgenden Morgen endlich in Empfang zu nehmen hoffte.

Trotz des fürchterlichen Wetters machte ich mich zur vereinbarten Stunde auf den Weg. Die Brücke zu überqueren war der schwierigste Teil. Die Wächter am Rheintor wollten mich diesmal einfach nicht passieren lassen, denn der Stadtvogt Hanns Hagen hatte sie instruiert, die Passanten vom Betreten der Brücke abzuhalten, wohl um sie vor der Gefahr durch Regen und Sturm zu schützen. Schließlich gelang es mir jedoch, den Vogt auf mich aufmerksam zu machen, und da er mich kannte, gab er seinen Leuten ein Zeichen, sodass ich endlich meinen Weg fortsetzen konnte. Doch auf der Brücke selber wehte der Sturmwind so heftig, dass ich meinen Mantel festhalten und mich selbst gleichzeitig an das Brückengeländer klammern musste, damit wir beide nicht vom Wind fortgetragen wurden.

Zuguterletzt stand ich wieder vor dem Gästehaus. Die Wächter hatten ihre Posten verlassen, und noch bevor ich in den Torbogen trat, verstand ich auch, warum. Die Wasser des Rheins hatten die kleine Mauer überwunden, die das Kloster vom See trennt, und waren durch Mauerritzen und über Abwasserkanäle in Haus und Hof eingedrungen. Alles war kniehoch von einer schmutzigen Brühe bedeckt, in der wie in einem Suppenkessel allerlei unflätige Dinge schwammen. Wie wir das aus Venedig kennen, hatte man versucht, rund um den Innenhof und durch den Torbogen bis zur etwas höher gelegenen Straße ein paar hölzerne Bohlen über aufgestapelte Ziegel und Holzblöcke zu legen, damit man wenigstens trockenen Fußes aus dem Haus gelangen konnte. Alles lief und schrie durcheinander. Das Gebäude war offenbar über und über mit Benediktineräbten aus aller Herren Länder belegt, sodass man sie nicht nur in der Abtswohnung im ersten Stock einquartiert hatte, sondern auf allen Geschossen, auch ebenerdig, wo sich sonst Küchen, Lagerräume und Ställe befanden. Eben hier hatte auch Jean de Bouquetot mit seinen Brüdern aus Saint Wandrille Logis gefunden, in einem Raum genau neben der Küche, der sonst als Speiseraum für das Gesinde genutzt wurde und den Vorteil hatte, dass er von der Küche ein wenig mitgewärmt wurde.

Doch an diesem Tag war alles anders. Nachdem ich vorsichtig über den Holzsteg in den Innenhof balanciert war, sah ich, dass das Tor, an dem ich mich zwei Nächte zuvor mit dem zitternden Jüngling unterhalten hatte, weit offen stand, während Mönche mit hochgebundenen schwarzen Kutten durch das Wasser stapften und versuchten, Möbel und andere Gegenstände zu retten, indem sie sie über eine hölzerne Treppe ins Obergeschoss trugen. Ich gelangte über den Steg bis zum Tor und schaute in den Raum hinein. Dort stand ein kräftiger Mann mit breiten Schultern und langen Armen breitbeinig im Wasser und versuchte, eine schwere Truhe hochzuheben, was ihm trotz seiner Statur eines Herkules jedoch nicht gelang. Auch er hatte sein schwarzes Habit hochgeschürzt. Offenbar glaubte er, ich sei ein weiterer Helfer und schrie mich an, ich solle gefälligst an der anderen Seite anpacken. Sein Latein hatte wie das des Jünglings vom Vorabend einen typisch französischen Akzent. Noch bevor ich ihm erklären konnte, wer ich sei und dass ich aufgrund meiner Gicht keine schweren Lasten heben dürfe, kam eben jener Jüngling die Treppe herabgelaufen, sprang ins Wasser und watete durch das Tor. Als er meiner gewahr wurde, rief er aus: ›Herr Abt, Herr Abt, das ist der Mann, dessen Brief ich Euch übergeben habe!‹, und nun schauten wir beide verwundert drein, ich, weil der Herkules offenbar Jean de Bouquetot war, den ich mir ganz anders vorgestellt hatte, und er, weil ihn in diesem Chaos ein Gesandter des Kar-

dinalbischofs von Ostia aufsuchte. Doch er fing sich schnell wieder und sagte, er habe jetzt keine Zeit, ich sähe ja wohl, was hier los sei. Dann schrie er den jungen Mönch an, er solle ihm helfen mit der Truhe, worauf jener schnell gehorchte. Zumindest versuchte er es, doch sein Bemühen war umsonst, die Truhe bewegte sich nur auf Bouqetots Seite ein wenig, als sie stöhnend versuchten, sie hochzuheben. Darauf schrie der Abt seinen Adlatus an, er solle Bruder Antoine holen, er selber sei nur gut zum Federkielespitzen, worauf der Junge rasch mit ängstlicher Miene durch das Tor wieder nach draußen watete. Bouquetot wischte sich den Schweiß von der Stirn, dann fragte er, was ich denn nun wolle. Nachdem ich mich durch einen Blick rundum vergewissert hatte, dass niemand unser Gespräch belauschte, sagte ich ihm, dass er etwas habe, wofür mein Herr bereit sei, einen schönen Batzen auszugeben.

Nun weiß man ja, mein lieber Niccolò, dass Saint Wandrille in jenem Lande liegt, das in grauer Vorzeit von den Normannen besiedelt worden ist, aber mir scheint, dass dieses barbarische Geschlecht auch heute noch dort herrscht. Bouquetot fragte mich spöttisch, was das denn sei, was der Kardinalbischof so sehr begehre, dass ein feiner Pinsel wie ich bei solchem Wetter losgeschickt werde. Gekränkt ob dieser Respektlosigkeit antwortete ich ihm, dass es um das Manuskript mit den Cicero-Reden gehe, und dass Brogny bereit sei, 200 Gulden dafür zu bezahlen. Einen Augenblick lang sah er mich ungläubig an und ich dachte schon, dass der Vorschlag ihn begeistern würde. Doch dann begann er zu lachen, so laut und vulgär, dass ich mich ängstlich umsah, ob irgendjemand auf uns aufmerksam würde. Nach und nach wurde sein Lachen leiser, bis er endlich verstummte und sich unter Kopfschütteln die Tränen aus den Augen wischte. ›Sagt Eurem Kardinalbischof, dieses Manuskript sei für andere Zwecke vorgesehen, es stehe nicht zum Verkauf, und schon gar nicht für 200 Gulden.‹ Ich erwiderte ihm, dass wir eventuell auch bereit wären, auf 250 Gulden zu erhöhen. Doch da klopfte er immer noch lachend auf die Truhe und bemerkte in äußerst sarkastischem Ton: ›Mein lieber italischer Freund! Warum, glaubt Ihr, ist diese Truhe so schwer, dass mein Adlatus und ich sie nicht von der Stelle bewegen können? Warum, glaubt Ihr, schwimmt sie nicht auf dem Wasser fort, obwohl sie doch aus Holz gefertigt ist? Eure paar Gulden würden ihr Gewicht nicht wesentlich vergrößern. Da aber angesichts der Gier mancher Prälaten wahrscheinlich auch diese Menge Gold und Preziosen für unsere Zwecke nicht ausreichen wird, benötigen wir den guten Cicero. Manche von euch Italienern sind ja geradezu fanatisch hinter diesem alten Plunder her!‹

Noch einmal schüttelte er den Kopf und murmelte verächtlich etwas von Bücherwürmern und Kielnagern. Trotz meines immer größeren Ärgers über seine Geringschätzung des großen Orators (von der Geringschätzung meiner Person will ich gar nicht sprechen!) gab ich nicht auf und bat ihn untertänig, wenigstens einen Blick auf den Codex werfen zu dürfen. ›Wozu?‹, fragte er herausfordernd. ›Ihr werdet ihn ohnehin nicht bekommen. Diese Schafhaut liegt im Trockenen, und ich habe nicht die Absicht, sie jedem Dahergelaufenen vorzuführen.‹

Da wurde ich zornig. Solch ein Barbar besaß einen der wertvollsten Bücherschätze, die auf dieser Welt existieren, so ein feister Ochse und gemeiner Verächter jedes Gelehrten, der selbst wahrscheinlich gar nicht verstand, wen und was er da in seiner Obhut hatte, und er wollte ihn mir nicht einmal zeigen! Mich packte der Mut der Verzweiflung und ich hörte mich sagen: ›Da gibt es noch etwas anderes.‹ Es war wohl etwas in meiner Stimme, das ihn aufhorchen ließ. So fuhr ich fort: ›Ihr wisst, dass beim letzten Turnier ein burgundischer Ritter zu Tode gekommen ist.‹ ›Guillaume de Vienne!‹, bestätigte er. ›Dieser Schwächling! Ich hätte nicht gedacht, dass er sich so leicht aus dem Sattel heben lässt. Die Burgunder sind alle Großmäuler und Aufschneider!‹ Doch da unterbrach ich ihn: ›Ich weiß‹, – und dabei betonte ich das ›Ich‹ – ›dass er sich nicht einfach hat aus dem Sattel heben las-

sen. Er wurde ermordet, mit einer Armbrust, und zwar mit einer französischen Armbrust!‹ Letzteres war pure Spekulation, aber bei manchen Spielen muss man eben auch die eine oder andere gezinkte Karte unter das Blatt mischen. ›Wenn der König das erfährt‹, fuhr ich fort, ›dann kann die französische Delegation den Prozess zur Verurteilung von Jean Petit vergessen. Dann, mein lieber normannischer Freund, nützt Euch die ganze Truhe dort nichts!‹ Ich konnte den Triumph in meiner Stimme nicht verbergen.

Bouqetot schaute für einen Augenblick verblüfft drein, und wieder glaubte ich mich kurz vor dem Ziel. Doch da wurden seine Augen zu schmalen Schlitzen, seine Adern an Hals und Stirn schwollen an, und sein Gesicht bekam eine bedenklich rote Farbe, bis er schließlich losbrüllte: ›Wenn Ihr glaubt, Ihr könnt mich erpressen, habt Ihr euch getäuscht! Wer auch immer eine Rechnung mit diesem burgundischen Schwachkopf zu begleichen hatte, war ganz sicher keiner von unseren Leuten! Und nun geht mir aus den Augen, Bücherwurm, sonst werde ich Euch das Schwimmen lehren oder Ihr werdet von den Fischen gefressen!‹ Mit drohenden Gebärden wankte er auf mich zu, ein rasender Herkules, und ich fühlte mich wie Lichas, der Verursacher der Raserei, doch zum Glück behinderte das Wasser den Abt in seinen Bewegungen, sodass ich dem Schicksal des herakleischen Dieners entging, der ja bekanntlich ins Meer geschleudert wurde. Außerdem kam, noch während ich zurückwich, von oben der junge Adlatus mit einem weiteren Bruder angelaufen, der etwas kräftiger und größer schien als er selbst, um dem Abt beim Forttragen der Truhe zu helfen. Durch das Erscheinen der beiden jungen Mönche wurde Bouqetot wieder an seine Arbeit erinnert, er schnaubte noch einmal verächtlich, dann wandte er sich von mir ab und dem Geldschrein zu. Die beiden Brüder begannen nun auf der einen Seite an den Griffen der Truhe zu zerren und zu ziehen, während der Abt die schwere Lade auf der anderen Seite anhob. Alle drei ächzten und stöhnten unter der Last, *die sie Fingerbreit um Fingerbreit Richtung Tür bewegten. Ich wandte mich eben zum Gehen, als plötzlich der junge Benediktiner ins Straucheln kam. Seine hochgebundene Kutte hatte sich gelöst und war ihm zwischen die Beine geraten, sodass sie ihn im knietiefen Wasser behinderte. Er suchte mit den Händen fuchtelnd nach Halt und schrie vor Schreck auf, doch das war nichts gegen das Brüllen, das sein Abt fast gleichzeitig ausstieß. Die Truhe war den beiden jungen Mönchen nämlich entglitten und offenbar auf dem Fuß ihres geistlichen Vaters gelandet, der nun ganz ungeistliche Flüche ausstieß, zum Glück in seiner Volkssprache, sodass ich sie nicht verstand. Die beiden Jungen versuchten verzweifelt, die schwere Lade von ihm fortzuzerren, was ihnen jedoch nur mit Mühe gelang, während er immer weiter brüllte, sodass Leute herbeiliefen, um zu sehen, welches Unglück hier das allgemeine Unheil noch übertraf.*

Ich gestehe, mein guter Niccolò, dass ich ein klammheimliches Lächeln nicht verbergen konnte darüber, dass dieser Berserker nun vom Objekt seines eigenen Hochmuts zu Fall gebracht worden war. Es eilten immer mehr Leute hinzu, vom Hof über die Holzstege und von oben die überdachte Treppe herab, fast alle im schwarzen Habit, und bildeten eine dichte Traube um den Verletzten. Die Sache schien gravierend zu sein, auch wenn sein Schreien jetzt in ein Stöhnen und Jammern übergegangen war. Er konnte sich schlecht bewegen, und man musste ihn wohl in die Infirmaria bringen. Da war mir plötzlich, als ob eine Stimme mir zuflüstere: ›Rette den Cicero!‹, ja es kam mir geradezu wie eine himmlische Fügung vor, dass Bouqetot dieses Unglück zugestoßen war, damit ich die Reden des großen Philosophen vor so einem Esel in Sicherheit bringen und wieder den Menschen zugänglich machen konnte, die die große Redekunst der Alten zu würdigen wissen. So drängte ich mich an den Herabströmenden vorbei und hastete die Treppe hinauf, als ob ich Hilfe holen wollte. Im ersten Geschoss lief ein hölzerner Gang um den ganzen Hof, von dem aus man in die einzelnen Räume gelangte. In einer der Türen hatte ich zuvor den jungen Benediktiner verschwinden sehen. Sie stand offen, man hatte wohl die Truhe ebenfalls dorthinein bugsieren wollen und die Tür deshalb nicht geschlossen. Niemand befand sich in dem Raum, in dem jedoch ein großes Durcheinander herrschte. Stühle, Tische, Kästen und Kisten in allen Größen und Formen hatte man eilig irgendwohin gestellt, darüber Teppiche und Felle gestapelt, wo man Platz gefunden hatte, und irgendwo in diesem Chaos war mit Sicherheit mein Cicero verborgen. Ich hielt den Atem an und überlegte, wo ich suchen sollte. Auch wenn der Abt kein Interesse für die Schönheit ciceronianischer Reden zeigte, so hatte er doch wohl verstanden, wie wertvoll der Codex war. Also würde er ihn bestimmt gut gegen Mäuse und andere Unbill geschützt in einer Truhe aufbewahren. Ich erschrak für einen Moment. Und wenn das Buch sich in der Truhe im Erdgeschoss befand? Doch Bouquetot hatte mir ja gesagt, dieses Pergament liege im Trockenen, also wohl doch hier oben. Ich stürzte mich auf die erste Lade, die mir unterkam, und durchwühlte ihren Inhalt. Doch sie enthielt nur Messgewänder, die sicher sehr wertvoll, für mich aber nicht von Interesse waren. Ähnlich zwei weitere Kästen. Zwischen meinen Durchsuchungen lauschte ich immer wieder nach draußen, ob sich niemand auf den Holzplanken des Ganges näherte, doch scheinbar waren die Menschen immer noch damit beschäftigt, dem verletzten Abt beizustehen. Nur der Regen prasselte unbarmherzig auf das Dach des umlaufenden Ganges. So suchte ich weiter. Ich zerrte Kisten von Truhen und Teppiche von Kästen, bis ich schließlich eine kleine Lade entdeckte, die in der hintersten Ecke zwischen Stapeln von Fellen und verschiedenen Gerätschaften verborgen war. Doch sie war mit einem richtigen eisernen Schloss gesichert. Was nun? Unterschiedlichste Gedanken schossen mir durch den Kopf. Ich sah mich um auf der Suche nach einem Instrument, um das Schloss aufzustemmen, ein Eisen, ein Schwert, eine Axt. So groß war meine Begier, den Cicero endlich in Händen zu halten, dass ich schließlich mangels anderer Möglichkeiten die Kiste hochnahm, wobei ich bemerkte, dass sie nicht sehr schwer war, also wohl tatsächlich kein Metall, sondern andere Schätze enthielt. Dann schleuderte ich sie wie einst Zeus seine Blitze mit dem Schloss gegen eine andere, größere Truhe. Das Schloss verbog sich jedoch nur ein wenig, sodass ich innehielt. Außerdem bekam ich Angst, den Cicero zu verletzen, wenn ich das Behältnis so roh behandelte. Da kam mir eine bessere Idee. Ich zog mein Messer aus dem Gürtel und bohrte seine Spitze unter die eisernen Bänder, die die Truhe umfingen und an denen das Schloss hing. Nach und nach gelang es mir, einen Nagel nach dem anderen aus dem Holze zu lösen, sodass das Schloss zwar intakt blieb, die Truhe sich aber dennoch am Ende öffnete.

Kannst du dir mein übergroßes Glück vorstellen, als ich nicht nur eines, sondern mehrere Bücher vor mir liegen sah, Pergamente zwischen hölzerne Buchdeckel gebunden, die nicht sehr reich verziert, aber immerhin nicht von Wurmlöchern durchbohrt waren? Ich öffnete den obersten, kleinen Kodex, der ein wunderschönes Stundenbuch mit den herrlichsten Illustrationen enthielt, doch ich hatte keine Zeit, die Bilder zu studieren. Auch waren sie ja nicht der eigentliche Gegenstand meines Interesses. Ein zweites, etwas größeres Buch lag darunter. Ich traute meinen Augen kaum: Auf den Pergamentseiten waren unterschiedliche Schriften zusammengefasst, und in der Eile konnte ich einen Lukian ausmachen. Doch der eigentliche Schatz lag ganz unten in der Truhe: In unverschnörkelten, klaren karolingischen Lettern leuchtete mir da die ebenso klare Sprache des großen Orators entgegen, in der Rede zur Verteidigung von Gaius Rabirius Postumus und anderen. Die Versuchung war groß, mich zwischen all dem Gerümpel, das herumstand und lag, niederzulassen und unverzüglich in die Lektüre zu vertiefen. Doch die Zeit drängte. Von draußen drangen Stimmen an mein Ohr, und nun hörte ich auch Schritte auf der Treppe. So wickelte ich rasch die drei Bücher, die zum Glück alle nicht übermäßig groß waren, in ein Stück Pelz, das ich aus dem Stapel neben der Truhe zog, und steckte das Bündel in den linken Ärmel meines Gewandes. Ich hatte an diesem Tag eine Cotte mit besonders weiten Ärmeln angezogen, sodass ich die wertvolle Last ohne Mühe verstauen konnte. Damit man die gewaltsam aufgebrochene Truhe nicht entdecken würde, öffnete ich den Fensterladen und warf sie in hohem Bogen ins Wasser, das sie forttrug und unter dem übrigen Holze begrub. Dann schloss ich den Laden wieder, schlug meine Kapuze übers Haupt und verließ die chaotische Kammer, so leise und schnell ich konnte. Die Mönche, die nun wieder auf der Treppe und dem Laufgang hin und her liefen, konnten weder mein Gesicht sehen noch erkennen, dass ich etwas im Ärmel mit mir führte. Ich eilte die Stufen hinab und über die Holzstege zum Tor, ohne zu schauen, wo Jean de Bouquetot und seine Gehilfen geblieben waren. Dann überquerte ich schnell die Brücke, wo die Männer des Vogtes noch immer mit dem Holz und den Fluten kämpften.

In der Pfalz angekommen, verstaute ich die Bücherschätze zuunterst in meiner Kiste, dann eilte ich zu Brogny und brachte ihm sein Geld zurück, wobei ich ihm haarklein schilderte, wie der Abt von Saint Wandrille auf meine Anfrage reagiert hatte, und mein allergrößtes Bedauern darüber ausdrückte, dass meine Mission gescheitert war.

Verstehst du nun, warum die Überschwemmung ein Glück für mich war? Und nicht nur für mich, mein lieber Niccolò, sondern auch für dich und die anderen Humanisten, ja für ganz Italien, in dessen Schoß die Schriften des großen Orators nun zurückkehren werden! So schnell ich kann, werde ich die Reden abschreiben und einem vertrauenswürdigen Boten mitgeben, damit du sie ebenfalls lesen und verbreiten kannst. Natürlich darf niemand wissen, dass ich den Kodex habe, sonst könnte ich Ärger mit Jean de Bouquetot und Johannes von Brogny bekommen. Momentan glauben beide noch, er befände sich zwischen all dem anderen Gerümpel in der Klosterkammer, doch sobald sie erfahren, dass er verschwunden ist, könnte ihr Verdacht durchaus auf mich fallen. Andererseits hatten beide böse Absichten mit dem Cicero-Kodex: Der eine wollte heimtückisch ein Gerichtsurteil damit erkaufen, der andere ihn hinterlistig des Nachts erschleichen, sodass wohl keiner von ihnen ein großes Geschrei darüber machen wird. Aber mir könnten sie gleichwohl auf ebenso heimliche Weise Unannehmlichkeiten bereiten, und eine Begegnung mit dem normannischen Herkules unter solchen Umständen mag ich mir lieber nicht vorstellen.

Du wirst recht bald wieder von mir hören!

Bis dahin grüßt Dich Dein glückseliger

Poggio

In der darauf folgenden Woche besserte sich langsam das Wetter, und König Sigismund wagte es, die Stadt zu verlassen und mit dem Schiff rheinabwärts über den Untersee bis Ratolfzell zu fahren. Dort wollte er die Huldigungen der Stadtoberen entgegennehmen, die er vom Joch des Herzogs Friedrich von Österreich befreit und direkt dem Reich unterstellt hatte. Mit Königin Barbara und dem weiteren Gefolge würde er für einige Tage in der Stadt des Heiligen Zeno weilen.

Die Menschen in Costentz atmeten auf, nicht weil der König fortgegangen war, sondern weil auch das Hochwasser sich den Rhein hinab verflüchtigt hatte. Die letzten Baumstämme an der Brücke wurden fortgeschafft und zu Feuerholz zerkleinert. Nun konnte man die Schäden begutachten, die die Überschwemmung angerichtet hatte, und mit Aufräumen und Reparieren beginnen. Die Arbeiter von der Stadtmauer in Stadelhofen wurden abgezogen und mussten, anstatt Mauerzinnen aufzurichten, die Pfähle der Hafeneinfahrt wieder fest im Seegrund verankern und die Kette neu befestigen. Überall wurde Schlamm fortgeschaufelt, Böden und Wände wurden geputzt, Waren und Möbel wieder an ihre vorherigen Orte zurückgebracht. Die Menschen waren gemeinsam an der Arbeit und froh, dass das Schlimmste überstanden war. In den Kirchen wurden Kerzen angezündet und Dankgebete gesprochen dafür, dass die Schäden und Verluste doch nicht so groß waren, wie man befürchtet hatte.

Nur im Kloster Petershausen, so hieß es, habe man abscheuliches Fluchen vernommen, und die Mitbrüder des Abtes von Saint Wandrille, so sagte man, seien noch tagelang verstört durch das Gästehaus geschlichen, immer auf der Suche nach etwas, das sie jedoch nicht nennen durften.

An einem dieser Abende saßen die Bäckergesellen mit Simon Ringlin im *Lamm*, als plötzlich Poggio Bracciolini hereinkam und sich freudestrahlend zu ihnen an den Tisch setzte.

»Meine Freunde, ich lade euch zu einem Glas Elsässer ein, denn ich habe gerade einen Boten mit einer wirklich frohen Botschaft auf den Weg in die wunderbare Stadt Florenz geschickt!«

Obwohl ihnen nicht sonderlich fröhlich zumute war, ließen sie sich doch ein wenig anstecken von seiner guten Laune. Er verriet ihnen nicht, worum es sich bei der frohen Botschaft handelte, sondern sprach nur geheimnisvoll von einem alten Freund, den er nach langen Jahren des Exils in seine Heimat zurückgesandt habe, wo er schon sehnsüchtig erwartet werde.

Dann begannen sie über König Sigismund zu sprechen und seine Fahrt nach Ratolfzell. Giovanni murrte, anstatt Ausflugsfahrten zu unternehmen, solle der König lieber endlich gegen den Ritter von End vorgehen, und Herr Ringlin pflichtete ihm bei. Poggio gab zu bedenken, dass Sigismund so viel zu tun habe, immerhin habe er dafür gesorgt, dass das Konzil nach der Flucht des Papstes weitergegangen sei.

»Nachdem er ihn vorher hat entwischen lassen!«, antwortete Giovanni gereizt.

»Ja, aber Johannes hat ihm auch etwas vorgespielt, bevor er geflohen ist«, wandte Poggio ein. »An jenem Tag hat der König zur Vesperzeit extra das Turnier verlassen, um mit dem Papst zu sprechen, weil ein Diener ihm zugetragen hatte, dass Johannes fliehen wollte. Nur hat der Papst sich geweigert, ihn zu empfangen, hat eine Krankheit vorgeschützt, sodass Sigismunds Intervention leider nichts genützt hat und alles noch schlimmer geworden ist als vorher.«

»Darum ist Sigismund also von seinem Platz weggegangen!«, bemerkte Cunrat. »Und wir dachten, es sei wegen des Rüstungstausches!«

»Rüstungstausch?«, fragte Poggio verständnislos.

Inzwischen waren die Sprachkenntnisse unter ihnen so weit gediehen, dass nicht mehr ständig hin und her übersetzt werden musste. Cunrat verstand aufgrund der täglichen Arbeit mit den italienischen Bäckern die meisten einfachen Sätze ihrer Sprache, und auch Poggio brauchte trotz seiner ständigen Klagen über die barbarische deutsche Sprache nicht mehr für alles einen Dolmetscher. Aber ein Wort wie *Rüstungstausch* war doch zu schwierig. Giovanni übersetzte es ihm und erzählte dann, dass sie geglaubt hatten, Sigismund werde mit dem burgundischen Ritter die Rüstung tauschen, so wie er es bereits am Fastnachtsturnier getan hatte. Er berichtete auch, wie Cunrat das Gespräch zwischen Herrn Richental und dem königlichen Knappen belauscht hatte und daher wusste, in welcher Rüstung der König auftreten wollte.

»Vielleicht hätte er es ja getan, wenn er nicht zum Papst gerufen worden wäre«, beendete er seine Ausführung.

Poggios Gesicht zeigte während Giovannis Ausführungen eine wachsende Bestürzung, und am Ende rief er aus: »Gewiss hätte er es getan! Und der Mörder dachte das auch!«

»Welcher Mörder?«

Nun war es an den anderen, bestürzt dreinzublicken.

»Der Mörder des burgundischen Ritters!«

»Aber der ist doch am Schlagfluss gestorben. Wegen der Hitze!«

»Das hat Hanns Hagen verbreiten lassen. Aber es ist nicht die Wahrheit. In Wahrheit wurde er mit einer Armbrust erschossen. Und nach dem, was ihr mir jetzt erzählt habt, ist klar, dass nicht der Burgunder das Ziel des Anschlages war. Dieser Pfeil galt dem König!«

Einen Augenblick wurde es ganz still. Dann fragte Simon Ringlin: »Ihr meint, jemand wusste, dass der König die Rüstung tauschen wollte, aber er hat nicht mitbekommen, dass er stattdessen zum Papst ging, sodass er den Falschen erschossen hat?«

»Ja, so muss es gewesen sein. Und es waren nicht die Franzosen, die haben kein Interesse an Sigismunds Tod.« Und mehr zu sich selbst fügte er hinzu: »Da hat Jean de Bouqetot also wohl die Wahrheit gesagt.«

»Aber wer wusste von dem Tausch?«, fragte Simon Ringlin.

»Die Burgunder, der Knappe des Königs und Herr Richental«, antwortete Cunrat.

»Herr Richental verübt sicher keinen Mordanschlag auf Sigismund«, wandte Giovanni ein. »Und sein Knappe auch nicht.«

»Womöglich waren es die Burgunder selbst? Johann Ohnefurcht ist nicht besonders gut auf Sigismund zu sprechen, denn der ist als König selbstverständlich kein Unterstützer von Tyrannenmördern.«

»Sind die Burgunder denn Tyrannenmörder?«, fragte Cunrat.

Poggio erklärte ihnen kurz, wie es zu dem Konflikt um Jean Petit und dem Tyrannenmord gekommen war, und diesmal übersetzte Giovanni der Einfachheit halber wieder.

»Der Burgunder Johann Ohnefurcht hat 1407 Ludwig von Orleans, den Bruder des französischen Königs, ermorden lassen, und Jean Petit, Doktor der Sorbonne, hat diesen Mord damit gerechtfertigt, dass Ludwig ein Komplott gegen den

König geplant habe und deshalb wie ein Tyrann zu behandeln gewesen sei. Und Tyrannenmord sei gerechtfertigt. Das haben die Orleans natürlich nicht auf sich sitzen lassen, und so haben andere Doktoren der Pariser Universität, zum Beispiel der hoch gelehrte Kanzler Jean Gerson, Gegengutachten verfasst und sogar die Schrift von Petit öffentlich verbrannt. Nun wollen sowohl die Burgunder als auch die Franzosen das Thema beim Konzil von einem Schiedsgericht endgültig geklärt haben. Und der König wird dabei vermutlich nicht aufseiten der Burgunder stehen.«

»Aber wenn Johann Ohnefurcht sich schon wegen des Mordes an Ludwig von Orleans so viel Ärger eingehandelt hat, dann wird er nicht auch noch den Römischen König umbringen lassen«, wandte Giovanni ein, und Cunrat wunderte sich wieder einmal, wie gut sein Freund in diesen Dingen Bescheid wusste. »So viele Gutachten könnte er gar nicht schreiben lassen, um dies zu rechtfertigen! Und Sigismund als Tyrannen darzustellen, wo er gerade das Konzil einberufen hat, um die Einheit der Kirche wieder herzustellen, dürfte auch nicht einfach sein!«

Cunrat gab ganz praktisch zu bedenken: »Außerdem, wenn die Burgunder über den geplanten Tausch Bescheid wussten, dann wussten sie doch gewiss auch, dass er nicht wirklich zustande kam.«

Dies leuchtete auch den anderen ein. Sie schienen in eine Sackgasse geraten mit ihren Mutmaßungen, und Giovanni meinte: »Wer weiß, wem Sigismunds Knappe sonst noch davon erzählt hat! Der Mörder wusste jedenfalls darüber Bescheid.«

»Da ist noch etwas«, sagte Poggio plötzlich, dann sah er sich um, ob ihnen auch niemand lauschte. Doch in der Schänke achtete keiner auf das Grüppchen in der Ecke, das nun die Köpfe zusammensteckte, damit das Folgende unter ihnen blieb.

»Der Pfeil!«, begann Poggio flüsternd. »Der Armbrustpfeil, mit dem der Burgunder erschossen wurde, war der gleiche, wie der, der den Polenmörder getroffen hat!«

»Was?«

Giovanni war der Erste, der begriff, was das bedeutete. »Also hat auch der Giftanschlag beim Festmahl Sigismund gegolten und nicht dem Polen! Das heißt, dass das Gift doch auch in der Galreide mit dem Adler war und nicht nur im polnischen Wappen, wie wir geglaubt haben. Und damit der Giftmörder das wahre Ziel des Anschlags nicht verraten konnte, hat ihn sein Auftraggeber erschießen lassen.«

»Oder selber erschossen.«

»Dann müsste er aber ein guter Schütze sein.«

»Der Mörder des Burgunders war sogar ein unglaublich guter Schütze«, stellte Poggio fest. »Er hat von der Stadtmauer aus geschossen und sein Ziel sicher getroffen.«

»Sigismund also war das Ziel der Anschläge«, konstatierte Giovanni noch einmal. Alle schwiegen betroffen, doch nach einer Weile fuhr Giovanni fort: »Und er ist es womöglich immer noch!«

»Ja, denn bisher hat der Mörder keinen Erfolg gehabt, er hat immer die Falschen getroffen.«

»Aber wer könnte ein Interesse an Sigismunds Tod haben?«

»Papst Johannes und Friedrich von Österreich natürlich!«, rief Giovanni aus.

»Aber doch nicht zum Zeitpunkt des Festmahles. Damals war auch Johannes mit eingeladen. Er hatte sich nicht wohlgefühlt und deshalb den Kardinal Odo Colonna geschickt, und auch ich war als sein Vertreter zugegen. Und Friedrich von Österreich ist sogar erst danach in die Stadt gekommen. Nein nein, das passt nicht.«

»Aber wer könnte dann der Auftraggeber sein?«

Poggio sah Giovanni etwas schief von der Seite an. »Deine Landsleute, mein Lieber! Der Stadt Venedig wäre ein toter König lieber als alles andere!«

»Das ist nicht wahr!«, protestierte Giovanni. »Wir haben einen Waffenstillstand geschlossen!«

»Waffenstillstand!« Poggio winkte ab. »Was ist ein Waffenstillstand in diesen Zeiten schon wert? Heute verbündet sich Florenz mit Mailand gegen Venedig, morgen schließen die Mailänder mit dem Papst gegen Florenz einen Bund, und übermorgen gibt es eine Allianz von Venedig, Florenz und Mailand gegen den Papst. So wankelmütig wie Fortuna ist auch der Bündniswille der italienischen Herren und Städte. Waffenstillstand!« Er lachte verächtlich und nahm noch einen kräftigen Schluck Wein.

Etwas beleidigt brummte Giovanni: »Außerdem bin ich gar kein richtiger Venezianer. Meine Eltern waren von Ulm.«

Poggio lachte und klopfte ihm auf die Schulter. »Ist ja gut, mein Freund, ich habe ja auch nicht gesagt, dass du persönlich für die Anschläge verantwortlich bist.« Dann wurde er jedoch wieder ernst. »Ihr Herren, mir scheint, dass wir im Augenblick die Einzigen sind, die von den Mordplänen wissen, auch wenn wir nicht wissen, wer dahinter steckt. Wir sollten den König warnen.«

»Aber wie? Er ist ja zurzeit gar nicht in der Stadt!«

»Es wäre gut, Hanns Hagen Bescheid zu geben«, meinte Simon Ringlin. »Der könnte dann die nötigen Maßnahmen ergreifen.«

Doch da widersprachen die anderen heftig. Poggio und Giovanni waren immer noch beleidigt wegen Hagens Reaktion auf ihren Vorstoß zur Rettung von Lucia, und Cunrat mochte ohnehin nichts mit dem Vogt zu tun haben.

»Nein«, schlug Giovanni stattdessen vor, »wir müssen den König direkt warnen. Vielleicht wird er dann auch endlich etwas gegen den Ritter von End unternehmen.«

So beschlossen sie, bei Sigismund im Freiburger Hof vorzusprechen, sobald er wieder aus Ratolfzell zurückkehren würde, um ihm mitzuteilen, was sie herausgefunden hatten. Sie ahnten nicht, welche Überraschung sie dort erwartete.

Am folgenden Freitag begaben sich Poggio, Giovanni und Cunrat zum Freiburger Hof und baten um eine Audienz bei König Sigismund. Hier herrschte ein reges Kommen und Gehen. Gesandte, Unterhändler und Bittsteller bevölkerten den Innenhof und das Treppenhaus des Stadtpalastes sowie alle Räume, in denen die Schreiber und Sekretäre der königlichen Kanzlei ihre Tische aufgestellt hatten, um Urkunden jedweder Art auszustellen. Da Poggio einen der Sekretäre kannte und diesem die Dringlichkeit ihres Anliegens glaubhaft machen konnte, wurden sie nach mehrstündiger Wartezeit tatsächlich zum König vorgelassen.

Sigismund war zunächst überrascht, Cunrat und Giovanni vor sich zu sehen und glaubte, sie seien wegen des Ritters von End gekommen. Schon wollte er mit schlechtem Gewissen losdonnern, dass er Wichtigeres zu tun habe, als sich um Raubritter und von diesen geraubte Hübschlerinnen zu kümmern, aber da kam ihm Poggio zuvor. In raschen Worten schilderte er dem König auf Italienisch, was sie herausgefunden und sich zusammengereimt hatten. Was Sigismund nicht sofort verstand, ergänzte Giovanni auf Deutsch.

»So wollten wir Euch vor dem Mörder warnen, Herr König! Drei Menschen sind ihm schon zum Opfer gefallen, er ist wirklich gefährlich!«, beendete Poggio seine Ausführungen.

Das Gesicht des Königs verdüsterte sich immer mehr, und am Ende stieß er hervor: »So hat er es also doch versucht, der Bube!«

Verwundert über diese Reaktion sahen sich Poggio, Giovanni und Cunrat an, doch ihr Erstaunen wuchs noch, als Sigismund einen seiner Soldaten zu Hanns Hagen sandte mit der Nachricht, er möge sofort den Gefangenen aus dem Raueneggturm holen lassen und mit ihm in den Freiburger Hof kommen.

»Euer Mörder ist bereits gefasst!«, verkündete der König triumphierend, doch auf ihre erstaunten Nachfragen gebot er ihnen, sich zu gedulden. Sie würden den Bösewicht gleich sehen. Während sie warteten, setzte sich das Kommen und

Gehen auch im Audienzsaal fort; Sigismund unterzeichnete mehrere Urkunden, die ihm seine Sekretäre vorlegten. So verging eine geraume Zeit, bis Hanns Hagen mit wehendem Mantel in Begleitung von zwei Stadtwachen auftauchte, die einen Gefangenen zwischen sich führten. Der Mann war von seinem Aufenthalt im Turm zerzaust und stank heftig nach Urin. Seine Hände waren gefesselt.

»Hier sind drei Männer, Herr Vogt, die bezeugen können, dass dieser Kerl lügt!«, sagte Sigismund scharf.

Der Gefangene riss die Augen auf, während Hanns Hagen Poggio, Giovanni und Cunrat finster ansah, was diese mit einem nicht minder finsteren Blick quittierten.

»Diese drei Herren?«, fragte er sarkastisch. »Na, da bin ich gespannt, was sie vorzubringen haben.«

Doch dann erzählte Giovanni für Hanns Hagen auf Deutsch die Geschichte vom Anschlag beim Festmahl und dem anschließenden Tod des Mörders durch einen Armbrustpfeil, der demjenigen aufs Haar glich, mit dem der Burgunder an Sigismunds statt erschossen worden war. Der Vogt wischte sich den Schweiß von der Stirn und wurde immer bleicher. Bis auf die Tatsache des Rüstungstausches waren ihm all diese Fakten ja längst bekannt, aber er hatte sich offenbar gehütet, den König darüber zu informieren.

»Versteht Ihr?«, fragte Sigismund nun provokant. »Wenn der Diener des Papstes mir nicht gesagt hätte, dass Johannes vorhatte zu fliehen, und ich daraufhin nicht auf den Tausch der Rüstungen verzichtet hätte, um stattdessen den Papst von der Flucht abzuhalten, dann säße ich heute nicht hier, sondern wäre anstelle des Burgunders erschossen worden! Und zwar von diesem Kerl dort!« Sigismunds ausgestreckte Hand wies auf den Gefangenen, der die Arme hochriss und schrie: »Das ist nicht wahr! Damit habe ich nichts zu tun!«

»Und Ihr, Herr Vogt«, fuhr der König zornig fort, »wusstet von der Sache, aber Ihr habt mir nichts berichtet!«

»Herr König«, antwortete Hanns Hagen erschrocken, »ich wusste nicht, dass Ihr die Absicht hattet, mit dem Burgunder die Rüstung zu tauschen! Ich konnte keinen Zusammenhang zwischen den Morden erkennen, und der Gedanke, dass die Anschläge Euch gegolten hätten, kam mir nicht einen Augenblick in den Sinn! Sonst hätte ich Euch die Sache natürlich sofort gemeldet!«

»Der Rüstungstausch sollte ein allgemeines Gaudium werden, wie an Fastnacht, deshalb durfte auch keiner davon wissen außer dem Burgunder und meinem Knappen.« Der König schlug sich an die Stirn. »Mein Knappe! Nun verstehe ich, warum er seit einigen Tagen verschwunden ist. Ich glaubte, er sei wegen irgendwelcher Liebeshändel fortgegangen, doch langsam ahne ich, dass er andere Gründe hatte! Ich würde meinen Kopf verwetten, dass er jetzt irgendwo bei Friedrich von Österreich sitzt und es sich dort von seinem Judaslohn wohl sein lässt!«

Während der ganzen Zeit hatte der Gefangene heftig den Kopf geschüttelt, und nun platzte er los: »Herr König, das ist nicht wahr! Herzog Friedrich hat mich beauftragt, Euch mit der Armbrust zu erschießen, aber das war erst nach seiner Flucht! Er war doch am Turnier noch selber zugegen!«

»Schweig, Peter Riffon!«, fuhr der Vogt ihn an, und einer seiner Bewacher versetzte ihm eine Ohrfeige, dass ihm das Blut aus der Nase schoss.

»Lasst ihn reden, Hanns Hagen!«, entgegnete Sigismund. »Die drei Zeugen sollen hören, welch verwegene Geschichte mir hier aufgetischt wird.«

Schnell fuhr der Gefangene fort: »Herr, ich sage die Wahrheit! Ich bin doch gekommen, um Euch vor Friedrich zu warnen! Ich habe nichts getan, ich sollte Euch töten, in seinem Auftrag, aber ich habe nichts getan, außer Euch zu warnen!«

»Deine Geschichte passt aber nicht zur Geschichte dieser Zeugen. Drei Menschen sind getötet worden beim Versuch, mich umzubringen. Doch du hast Pech gehabt, mein Freund, denn deine Pfeile sind verräterisch!« Dann fragte er streng: »Herr Vogt, habt Ihr die Armbrustpfeile des Gefangenen mit dem verglichen, der in dem toten Burgunder steckte?«

Hagen schwitzte noch mehr, und sein Teiggesicht sah aus, als ob es aus weißem Mehl gemacht wäre.

»Nein, Herr König, aber ich werde es sofort tun. Die Wächter im Raueneggturm bewahren seine Sachen auf.«

»Gebt mir Bericht, was Ihr herausgefunden habt. Und in Zukunft wünsche ich über solche Dinge früher informiert zu werden. Und zwar von Euch, Herr Vogt, nicht von irgendwelchen ...« Er wusste offenbar nicht recht, wie er Poggio und seine Gefährten titulieren sollte.

Da schrie der Gefangene dazwischen: »Aber warum hätte ich zu Euch kommen sollen, wenn ich tatsächlich versucht hätte, Euch zu töten?«

»Vielleicht, weil du die Falschen getroffen hast und nun Angst hattest, dass man dich fassen würde? Hast du geglaubt, dich mit deiner angeblichen Warnung als Unschuldslamm hinstellen zu können? Oder hat dich einfach die Reue gepackt? Ach, was weiß ich, was in so einem Kopf vorgeht! Vogt, führt den Mann ab! Übergebt ihn dem Scharfrichter, der wird schon wissen, wie er die Wahrheit aus ihm herausbekommt! Und dann soll er die Strafe erhalten, die ihm ziemt.«

Hanns Hagen gab seinen Wachen ein Zeichen, den Gefangenen wegzuführen, was diese sogleich recht unsanft taten. Man hörte noch eine ganze Weile seine verzweifelten Unschuldsbeteuerungen. Der Vogt machte eine tiefe Verbeugung, dann verließ er ebenfalls den Raum.

Auch Poggio wollte sich nun verabschieden, doch Giovanni hielt ihn zurück. Er sank vor dem König in die Knie und hub an: »Herr, ich wollte Euch noch fragen ...«

»Ja ja«, unterbrach ihn Sigismund ungeduldig. »Ich weiß, der Raubritter und die Hübschlerin. Ich werde sehen, was ich tun kann. Ihr sollt nicht sagen, der König sei undankbar gewesen.

Wenn ihr mir als Zeugen gegen Herzog Friedrich dient und er verurteilt wird, dann werde ich mich auch um euer Anliegen kümmern.«

Dann beschied er auch ihnen zu gehen. Als sie draußen waren, sagte Poggio: »Was für eine Ironie der Geschichte! Ein Burgunder, der zum Konzil gekommen ist, um den Tyrannenmord zu rechtfertigen, fällt versehentlich selber einem geplanten Tyrannenmord zum Opfer!«

Venedig, im April 1415

»Zweimal hat Er es schon versucht und es hat nicht geklappt, zweimal!«

Nicolò Venier wirft erregt die Arme in die Luft und läuft im Zimmer auf und ab. Seine rot-weißen Haare stehen wirr um den ganzen Kopf und verleihen den harten Zügen seines Gesichts etwas Dämonisches.

»›Es gibt keinen Besseren!‹, habt Ihr damals gesagt, Prioli. Und nun? Ist das das Werk des Besten?« Venier lacht höhnisch. »Da hätten wir jeden dahergelaufenen Stümper nehmen können für eine Handvoll Scudi! Der Erfolg wäre der Gleiche gewesen!«

»Beruhigt Euch, Venier, Ihr habt ja recht. Aber Fortuna hat zweimal ihre Hand über …«

»Scht!«, unterbricht Venier brüsk und verzieht das faltige Gesicht, als ob er einen Schlag erhalten hätte, »Ihr sollt seinen Namen nicht nennen, das bringt Unglück!«

Mit beiden Händen macht er das Cornuto-Zeichen gegen den Boden, um die bösen Mächte zu bannen.

Den Kopf schüttelnd über so viel Aberglauben fährt Prioli fort: »Meine Gewährsmänner haben mir versichert, dass es Schicksal war, niemand hätte etwas daran ändern können. *Er* scheint unter dem Schutz besonders starker Heiliger zu stehen.«

»Oder besonders starker Teufel!«, entgegnet Andrea Dandolo ärgerlich.

Er ist schlechter Laune, denn der harte Winter hat ihm Gelenkschmerzen beschert, seine Geliebte Violetta ist während des Karnevals zum Neffen des Dogen Tommaso Mocenigo übergelaufen, wodurch er, Dandolo, sich zu einem peinlichen Auftritt hat hinreißen lassen, und der Senat beginnt zu murren.

»Tatsache ist, Prioli, dass Euer Mann die Anzahlung kassiert, seinen Vertrag aber bis heute nicht eingehalten hat. Ihr habt die

Senatoren bei der letzten Sitzung gehört, sie wollen endlich einen Erfolg sehen für das viele Geld, das sie bezahlt haben.«

»Und der Doge ist nicht auf unserer Seite, das wisst Ihr so gut wie ich«, ergänzt Venier verdrießlich.

Vor allem nicht auf meiner Seite, denkt Dandolo, seit ich seinem Neffen eine Ohrfeige versetzt habe, vor allem nicht auf meiner Seite. Doch der Gedanke an Violetta und den Karnevalsball im Palazzo Loredan ist bitter wie Galle, und er versucht ihn rasch zu verscheuchen, indem er zur Sicherheitslage der Serenissima zurückkehrt.

»Mocenigos Einfluss im Senat nimmt täglich zu. Er will den Friedensengel spielen, und früher oder später wird er uns zurückpfeifen.«

»Die Frage ist nur, ob wir unseren Bluthund dann auch noch zurückpfeifen können.«

Weidemond

Der Weidemond, auch Wonnemond genannt, begann in diesem Jahr mit Sonnenschein und einer grausamen Hinrichtung. Nachdem der Henker den wegen versuchten Königsmordes angeklagten Peter Riffon mehrfach aufgezogen, an den Stricken gerüttelt und ihn sogar mit einem Gewicht beschwert hatte, gestand der Beschuldigte schließlich nicht nur den Mord an dem Burgunder, sondern erklärte sich auch schuldig an der Erschießung des Giftmörders im Februar. Er bestätigte weiterhin, dass hinter all diesen finsteren Taten der Herzog Friedrich von Österreich steckte, der ihn und den Giftmörder beauftragt hätte, den König umzubringen. Den endgültigen Beleg für seine Taten fand Hanns Hagen bei der Durchsuchung von Riffons Sachen in seinem Köcher: einen Pfeil, der aufs Haar denen glich, die den burgundischen Ritter und den Giftmörder getötet hatten. Da der Missetäter alles zugegeben hatte und die Beweise eindeutig waren, musste die Rota, das päpstliche Gericht in der Kirche zum Heiligen Stephan, keine weiteren Zeugen vernehmen, sodass Poggio, Giovanni und Cunrat dem Prozess nur als Zuschauer beiwohnten. Wegen der Schwere seiner Taten wurde Peter Riffon am Ende zum Tod durch Rädern verurteilt, der schimpflichsten und grausamsten aller Hinrichtungsarten.

So begab sich am 4. des Monats, einem Samstag, gegen Mittag eine große Menschenmenge zum Schindanger vor dem Emmishofertor. Hanns Hagen ritt voran, hinter ihm einige Prälaten, Ratsherren und Stadtknechte. Unter dem Johlen der Zuschauer wurde der Mörder auf einem Brett zur Richtstätte geschleift, das einem Pferd an den Schweif gebunden war. Wer nicht gekommen war, um der Hinrichtung seines Attentäters beizuwohnen, war König Sigismund. Er hatte andere Verpflichtungen, das Konzil lief weiter, und so überließ er den Vollzug des Urteils dem Stadtvogt und seinem Henker.

Auch die Bäcker zogen mit einem Karren voller Brezeln und Brote durch das Kreuzlingertor vor die Stadt. »Hängen macht hungrig!«, hatte Giovanni gesagt, und auf Cunrats Einwand, dass Riffon doch gerädert würde, hatte er ergänzt: »Dann müssen wir eben Radbrote machen!« So hatten sie den ganzen Morgen auf Vorrat gebacken, weil sie den schweren Ofenkarren nicht zur Richtstätte hochschleppen wollten. Cunrat hatte auch Gretli gefragt, ob sie Lust habe, mitzukommen, doch sie hatte abgelehnt, weil sie nicht bei einem so schrecklichen Schauspiel dabei sein wollte.

»Aber er ist doch ein Mörder!«, hatte Cunrat ihr erstaunt geantwortet.

»Aber er ist auch ein Mensch«, hatte sie ihm entgegnet.

Auf dem Schindanger wartete schon Egli Locher auf den Delinquenten. Er trug wieder sein offizielles Henkergewand: den grünen Rock und roten Mantel mit der Kapuze, die sein Gesicht verbarg. Am Galgen lehnte ein großes Wagenrad mit neun Speichen und scharfkantigem Eisenbeschlag. Die Stadtknechte führten das Pferd mit dem Mörder heran, und die Menge scharte sich um den Galgenhügel, wo jeder den besten Platz ergattern wollte. Die Bäcker postierten sich nicht weit von der Hütte, in der Cunrat mit Joß und Giovanni jene Nacht der Verbannung zugebracht hatte, die Nacht, in der er glaubte, die Seelen der Hingerichteten zu hören, dabei war Karolina ermordet worden. Cunrat seufzte. Den Mörder seiner Freunde hatte man noch nicht gefunden.

Der Mann, der hingegen versucht hatte, den König zu ermorden, wurde nun von den Stadtknechten mit ausgestreckten Armen und Beinen auf den Boden gelegt, Hände und Füße wurden an Pflöcken festgebunden, und unter die Glieder und den Körper wurden Hölzer gelegt, sodass er völlig hohl lag. Im Urteil waren jeweils zwei Stöße auf Arme und Beine sowie drei Stöße auf das Rückgrat festgelegt worden. Das Rädern sollte von unten beginnen, was bedeutete, dass der tödliche Stoß auf den Hals erst ganz am Ende geführt würde.

Als Egli Locher mit beiden Armen das Rad ergriff und hoch in die Luft hielt, verstummte die Menge in gespannter Erwartung. Dann schlug er es mit Kraft auf das linke Schienbein des Mörders, das mit einem lauten Knacken zerbrach. Der Schrei des Gemarterten ging im Gejohle der Zuschauer unter, dann wurden sie wieder still und warteten auf den nächsten Stoß. Wieder schrien sie jubelnd Beifall, als das zweite Bein zerschmettert wurde, und wurden wieder still, dann ein Schlag auf den linken Oberschenkel, und die Menschen schrien ihre Genugtuung heraus darüber, dass der König dem Papst und seinem Generalkapitän Friedrich die Stirn geboten hatte und wenigstens dessen Gehilfen angemessen bestrafte; sie wurden wieder still, ein Schlag auf den rechten Oberschenkel, und die Leute schrien vor Erleichterung, dass der unheimliche Mörder endlich gefasst war und bestraft wurde, der die Stadt in Angst und Schrecken versetzt hatte, dann wurde es wieder still, und bei jedem weiteren Schlag des Scharfrichters geriet die Menge mehr in Ekstase, sie jubelten auf und wurden still und jubelten erneut, voller Schadenfreude, voller Freude, dass der König sie erlöste von allen Übeln, dass sein war das Reich und die Macht und die Herrlichkeit. Peter Riffon indes konnte nicht mehr schreien, er stöhnte nur noch bei jedem Schlag und wartete auf den erlösenden letzten Stoß gegen den Hals, der ihm das Genick brach und endlich sein Martyrium beendete. Als er sein Leben aushauchte, brach unbeschreiblicher Jubel los, und die Stadtknechte hatten alle Mühe, die Menschen mit Seilen zurückzuhalten, damit sie nicht den Richtplatz stürmten. Egli Locher legte nun den toten Körper auf das Rad und flocht die gebrochenen Glieder durch die Speichen. Dann steckten seine Knechte das Rad auf eine Stange und richteten sie neben dem Galgen auf. Dort würde der Hingerichtete langsam verwesen, als Fraß für die Raben und mahnendes Beispiel für die Menschen.

Nur wenige Menschen hatten auf die letzten Worte des Sterbenden geachtet, die er in einem Moment der Stille zwischen zwei Radstößen herausgepresst hatte: »Heilige Maria, du weißt, dass ich unschuldig bin.« Poggio Bracciolini war einer von ihnen.

Wieder saßen sie im *Lamm*, um das gute Geschäft dieses Tages zu begießen. Giovanni hatte recht behalten, das Hinrichten hatte die Leute hungrig gemacht, alle ihre Brote waren verkauft, und sie hätten noch viele mehr verkaufen können, wenn sie mehr gehabt hätten.

»Nächstes Mal fangen wir einen Tag vorher mit Backen an!«, rief der Venezianer eifrig.

»Ich hoffe, dass es kein nächstes Mal gibt, bei dem wir so ein Spektakel erleben müssen!«, erwiderte Poggio mürrisch. Ihm war die Hinrichtung aufs Gemüt geschlagen, er hatte die Gesellschaft der anderen gesucht, um den Abend nicht allein mit seinen düsteren Gedanken verbringen zu müssen. Doch nun ging ihm Giovannis geschäftstüchtige Kaltblütigkeit angesichts des grässlichen Todes von Peter Riffon auf die Nerven.

»Aber Herr Poggio, er war ein Mörder, er hat zwei Menschen umgebracht, vielleicht sogar mehr, und versucht, den König zu töten!«

Auch Cunrats Naivität, die er zu anderen Zeiten erfrischend fand, war ihm heute unerträglich. Es waren die letzten Worte von Peter Riffon, » ... du weißt, dass ich unschuldig bin«, die ihn verfolgten, die ohne Unterlass in seinem Kopf widerhallten, Worte, in der Todesstunde ausgesprochen, der Stunde, in der man die Wahrheit sagt.

Poggio trank einen großen Schluck Wein, dann fragte er: »Und wenn er nicht der Mörder gewesen wäre?«

Die anderen sahen ihn überrascht an.

»Was ist nur los mit Euch, Herr Poggio?«, ergriff schließlich Giovanni das Wort. »Im peinlichen Verhör hat Riffon doch alles gestanden!«

»Ja ja, im peinlichen Verhör. Hast du schon einmal Folter erlebt? Glaubst du nicht auch, dass du alles erzählen würdest, wenn man dich am Strick hochzieht?«

Giovanni zuckte die Schultern, doch Cunrat antwortete: »Meine Mutter hat gesagt, wenn einer unschuldig ist, gibt Gott ihm die Kraft, jede Folter zu ertragen!«

Nun sahen ihn alle ungläubig an, Poggio, Giovanni und sogar Simon Ringlin, der zwar nicht bei der Hinrichtung dabei gewesen war, sich am Abend aber wieder zu ihnen gesellt hatte.

»Du glaubst wohl auch an die fliegenden Hühner von Santo Domingo!« Giovanni schüttelte den Kopf über so viel Einfältigkeit.

Dann sagte Ringlin zu Poggio gewandt: »Wenn er nicht der Mörder wäre, dann müsste König Sigismund immer noch um sein Leben bangen. Und vielleicht nicht nur er! Aber sagt, Herr Poggio, warum glaubt Ihr das?«

Da erzählte ihnen Poggio von Peter Riffons letzten Worten. Betroffen schweigen sie zunächst, dann wandte Giovanni ein, dass man doch den Armbrustbolzen bei ihm gefunden hatte, der seine Mordtaten bewies.

»Ja, das ist richtig, zumindest scheint er sie zu beweisen. Aber was, wenn der eigentliche Mörder die Gelegenheit genutzt hat, um von sich abzulenken, und ihm den Pfeil zugesteckt hat?«

»Wie hätte er denn von der Verhaftung Riffons erfahren sollen? Und wie ihm den Pfeil in den Köcher stecken?«

»Ach, das ist in dieser Stadt wirklich keine Schwierigkeit! Es gibt so viele Spione, und wenn die Stadtwachen davon wissen, weiß es bald jeder.«

Cunrat stimmte zu: »Ja, und wenn man nur genug bezahlt, kann man den Gefangenen auch besuchen, so, wie ich dich besucht habe, Giovanni. Und dann könnte der Mörder ihm den Pfeil untergeschoben haben.«

»Man hatte ihm den Köcher abgenommen, der war bei den Gefängniswächtern.«

»Und ihr glaubt, es sei ein Problem, die Wachen betrunken zu machen und dann den Pfeil in den Köcher zu schmuggeln?«

»Man müsste die Wärter fragen, ob jemand in den Turm gekommen ist.«

»Wir könnten in der *Haue* nachfragen«, schlug Giovanni vor, der nun doch auch skeptisch geworden war, »dort treffen sich die Stadtwachen immer.«

Poggio fuhr fort: »Außerdem habe ich mich die ganze Zeit gefragt, ob dieser Peter Riffon wirklich ein so guter Schütze war.«

»Immerhin hat ihm Friedrich von Österreich den Mordauftrag erteilt, demnach muss er von seinem Können als Armbrustschütze überzeugt gewesen sein.«

»Aber auch das passt alles nicht zusammen. Der erste Anschlag auf den König fand statt, bevor Friedrich überhaupt in Costentz war.«

»Den Mordauftrag konnte er trotzdem erteilen.«

»Ja, aber zu dieser Zeit gab es für ihn noch gar keinen Anlass, dem König nach dem Leben zu trachten, das hat sich erst im Laufe der letzten beiden Monate ergeben.«

Simon Ringlin schüttelte langsam den Kopf. »Dann scheint es wirklich möglich zu sein, dass der Mörder noch frei herumläuft. Und heute hat er ein weiteres Verbrechen auf sich geladen. Der arme Peter Riffon!«

»Gott sei seiner Seele gnädig!«, flüsterte Cunrat, dem dämmerte, dass Gott womöglich doch nicht so direkten Einfluss auf die weltliche Gerichtsbarkeit nahm, wie seine Mutter es sich vorgestellt hatte. Und wieder einmal fasste er den Entschluss, endlich eine Wallfahrt nach Einsiedeln zu unternehmen, um unter anderem für Peter Riffon zu beten. Und für Johann Tettinger und Karolina und Ambrogio.

»Vielleicht ist es ja doch der Gabelmörder«, sagte er dann, mehr für sich.

»Der Gabelmörder?«, fragte Simon Ringlin erschrocken.

Da wurde ihnen bewusst, dass sie ihm noch gar nichts von dieser Sache erzählt hatten, obwohl er nun doch schon einige Zeit zu ihrem Kreis gehörte und sie von Lucia wussten, dass dieser Mörder auch in Mailand sein Unwesen getrieben hatte. So berichtete Giovanni ihm rasch, dass die Tettingers und Ambrogio mit dem Mal der vermeintlichen Schlange aufgefunden worden waren.

»Wie damals in Mailand!«, bestätigte Simon Ringlin. »Das ist ja furchtbar! Dann ist er hier. Es muss Jakob Schwarz sein. Er hat Ambrogio umgebracht, davon bin ich überzeugt!«

»Aber nein, Herr Ringlin«, wandte Giovanni ein, »das ist nicht möglich, Karolina und ihr Bruder wurden schon im November umgebracht und Ambrogio Ende Dezember, Jakob Schwarz ist aber erst Ende Februar nach Costentz gekommen! Ich werde nie Lucias Blick vergessen, als sie ihn gesehen hat. Ach, Lucia!« Traurig schüttelte er den Kopf und führte rasch seinen Becher an den Mund.

»Das Wichtigste scheint mir im Moment zu sein, dass wir den König warnen«, sagte Poggio.

»Ja, macht Ihr das, Herr Poggio«, stimmte Giovanni zu, »und wir gehen morgen Abend in die *Haue*, um die Stadtwachen zu befragen, ob jemand Peter Riffon im Turm besucht hat.«

So begaben sich Giovanni, Cunrat und Simon Ringlin nach ihrem samstäglichen Bad in die Schänke von Sebolt Schopper. Sie war voll wie immer, und die Stadtwachen saßen am üblichen Tisch. Ungeniert drängte Giovanni sich zu ihnen auf die Bank, während Herr Ringlin und Cunrat sich zwei Hocker heranzogen. Sie begannen ein harmloses Gespräch über die Fortschritte beim Bau der Stadtmauer in Stadelhofen, und Giovanni machte einen Witz über die Kleriker, die dort herumstolperten und ihre feinen Schreiberhände schmutzig machten. Alle lachten, sie tranken einen Krug Wein nach dem anderen, und schließlich lenkte Giovanni geschickt das Gespräch auf den toten Peter Riffon.

»So viele Leute waren bei seiner Hinrichtung! Kam er eigentlich aus Costentz? Hatte er hier Familie?«

Die Stadtwachen verneinten, er sei ein Tiroler gewesen, im Gefolge von Herzog Friedrich von Österreich zum Konzil gekommen.

»Aha, ein Tiroler, ja, die Tiroler, die sind bekanntlich gute Schützen. Was war er denn so für ein Kerl?«

Die Wachen wunderten sich ein wenig über Giovannis Fragen, aber sie schrieben sie allgemeiner Neugier über den grässlich Hingerichteten zu, und verwiesen ihn an einen der Turmwächter, der am Ende des Tisches saß.

»Hier ist einer, der etwas über den Gefangenen wissen will, Hug Strigel. Er bezahlt dir auch einen Becher Wein!«, riefen sie lachend.

Hug Strigel war ein junger Bursche mit Topffrisur und vielen Sommersprossen im bartlosen Gesicht. Cunrat überlegte, wo er den Wächter schon einmal gesehen hatte, dann fiel ihm ein, dass Hug Strigel im Raueneggturm Wache gehalten hatte, als er dem dort einsitzenden Giovanni Wein und Brot vorbeigebracht hatte. Zehn Pfennige hatte Strigel damals kassiert dafür, dass Cunrat seinen Freund besuchen durfte. Nun stand der Wächter von seinem Platz auf, um sich neben Giovanni zu setzen. Er war schon nicht mehr ganz sicher auf den Beinen, schien aber einem weiteren Becher Wein nicht abgeneigt. Giovanni schenkte ihm aus ihrem Krug ein und fragte ihn dann über den Gefangenen aus. Aus reiner Neugier, wie er sagte, weil er als guter Christenmensch wissen wolle, warum einer eine so verstockte Seele habe, dass er den König umbringen wolle. Aufmerksam lauschten sie der Erzählung des Turmwächters, der sich nach anfänglichem Zögern nicht ohne Stolz in seine Rolle als Berichterstatter aus erster Hand hineinfand und ihnen mit wachsender Ereiferung schilderte, was für ein teuflischer Mensch dieser Peter Riffon gewesen sei, und dass gewiss ein Dämon ihm die Hand geführt habe bei seinen Untaten. Seine Hörer nickten zustimmend und äußerten ihre Bewunderung über den Mut der Turmwächter, die diesen Unmenschen hatten bewachen und in Schach halten müssen.

»Sagt, und hat er auch einmal Besuch bekommen? Womöglich vom Satan selber?«, fragte nun Giovanni ganz ernsthaft, worauf Cunrat ihn überrascht ansah. Sonst stritt sein Freund das Wirken des Teufels doch immer ab.

Hug Strigel senkte den Kopf und sagte: »Nicht vom Satan, aber von …«

Doch da hielt er plötzlich inne und sah erschrocken auf.

»Von wem?«, drängte Giovanni, doch der Turmwächter blickte sich ängstlich in der Schänke um, als ob er jemanden suche, dann schüttelte er den Kopf, trank noch einen Schluck Wein und sagte: »Von niemandem. Er hatte keinen Besuch. Von niemandem.«

Ohne ein weiteres Wort stand er auf und verließ die Schänke.

»Giovanni, glaubst du wirklich, dass der Teufel den Peter Riffon besucht hat?«, fragte Cunrat zweifelnd, als der Turmwächter verschwunden war. Um ungestört weiterreden zu können, hatten die drei sich von den übrigen Stadtwachen weggesetzt in die Ecke hinter dem Kamin.

»Mein lieber Cunrat, das war doch nur, um ihn zum Reden zu bringen. Aber wenn ihr mich fragt, der Kerl hat gelogen! Da war ganz gewiss jemand, der zu Besuch kam, er wollte nur nicht darüber reden.«

»Wahrscheinlich wollte er keine Schwierigkeiten mit Hanns Hagen bekommen. Vielleicht war es ja ein heimlicher Besuch. Er hat damals auch Wache gehalten im Raueneggturm, als ich dich besucht habe, erinnerst du dich?«, fragte Cunrat.

»Und er hat reichlich dafür abkassiert, ich erinnere mich sehr gut! Ganz sicher war es auch diesmal ein heimlicher Besuch, aber der hatte nicht vor Hanns Hagen Angst. Der hatte vor jemand anderem Angst! Habt ihr gesehen, wie er sich umgeschaut hat? So als ob er fürchtete, der heimliche Besucher könnte ihn beobachten!«

Nun sahen auch die drei sich um, ob sie jemanden entdeckten, der wie ein Mörder aussah. Doch da war niemand, es saßen nur die üblichen Wachen, Handwerker, Kaufleute und Herbergsgäste da, nicht Jakob Schwarz, kein anderer Mailänder und auch sonst niemand Verdächtiger.

Da öffnete sich die Tür, und Poggio Bracciolini trat in die Schänke. Er wusste, dass sie hier saßen, und kam nun rasch an ihren Tisch.

»Nun, Herr Poggio, was hat der König gesagt?«

Poggio machte eine saure Miene.

»Gar nichts hat er gesagt. Man hat mich nicht zu ihm vorgelassen, es waren lauter wichtigere Leute bei ihm. Stellt euch vor, Friedrich von Österreich ist auf dem Weg nach Costentz! Er soll morgen hier eintreffen. Sein Vetter, Herzog Ludwig von Baiern, hat ihn überredet, die Gefolgschaft von Johannes aufzugeben und sich dem König zu stellen.«

»Herzog Friedrich kommt nach Costentz?«, fragte Giovanni aufgeregt. »Er begibt sich zum König? Dann wird er ja vielleicht verurteilt, und der König kann sein Versprechen einlösen, sich danach um den Ritter von End zu kümmern!«

»Mach dir mal nicht zu viele Hoffnungen, mein Freund, Sigismund ist nicht gerade berühmt dafür, dass er seine Versprechen hält.«

»Dann habt Ihr den König nicht warnen können?«, wollte Cunrat wissen.

»Nein, er glaubt ja, der Mörder sei gerichtet! Und nun wird er auch noch den Auftraggeber in seine Hände bekommen. Wovor sollte man ihn da noch warnen? Seine Leibwachen haben mich nur ausgelacht, diese ungarischen Barbaren!«

»Also müssen wir ihn beschützen!«, sagte Cunrat mit großem Ernst.

Giovanni antwortete missmutig: »Wenn er seine Versprechen nicht hält, müssen wir gar nichts für ihn tun.«

»Wie sollten wir ihn denn beschützen?«, hielt auch Simon Ringlin resigniert dagegen. »Vor so einem Mörder!«

»Was wissen wir denn überhaupt von diesem Mörder?«, fragte Poggio nun.

»Er ist böse«, antwortete Cunrat sofort.
»Und schlau.«
»Ein guter Schütze.«
»Ein hervorragender Schütze!«
»Dann kann es aber nicht Jakob Schwarz sein«, meinte Simon Ringlin nachdenklich. »Der war immer ein lausiger Schütze.«
»Falls der Gabelmörder und der Armbrustschütze ein und dieselbe Person sein sollten, muss er ohnehin schon seit Beginn des Konzils in Costentz sein.«
»Das glaube ich nicht, dass der Tod der Tettingers und von Ambrogio mit den Anschlägen auf Sigismund zu tun hat«, meinte Giovanni.
»Aber möglich wäre es schon«, entgegnete Simon Ringlin. »Damals in Mailand, da war es ähnlich. Der Mörder hat den Tod seiner Opfer auf unterschiedlichste Art inszeniert. Der eine war unter einen Wagen gekommen, ein anderer von einem Pferd unter die Hufe genommen worden. Wieder ein anderer war von Räubern erstochen worden. Und der Herzog Giovanni Maria Visconti ist angeblich bei einem Handgemenge mit Ghibellinen ums Leben gekommen. Aber all diese Opfer hatten zwei kleine Wundmale irgendwo am Schädel. Mein Freund Antonio Lorenzini war zu dieser Zeit Stadtarzt, er hat die Toten untersucht. Zuerst dachte er an einen Fledermaus- oder Schlangenbiss, doch die Position der Wunden schien ihm dafür zu ungewöhnlich. So kam ihm schließlich der Gedanke, dass jemand mit einer kleinen Gabel Gift in die Wunden geträufelt und die Opfer auf diese Weise in Schlaf versetzt haben musste, sodass er in Ruhe ihren Tod in Szene setzen konnte.«
»Und hat man je herausgefunden, warum er all diese Menschen umgebracht hat?«, fragte Poggio.
»Nicht offiziell, aber mein Freund und ich haben vermutet, dass das Hauptziel des Mörders von Anfang an der Visconti war und die anderen ihm wohl irgendwie dabei in die Quere kamen. Es wurde viel geredet damals, wer dahinter steckte. Alles spricht

dafür, dass der Auftraggeber der Bruder des toten Visconti war, der jetzige Herzog Filippo Maria. Das durfte man natürlich nicht laut sagen, aber der hat am meisten profitiert.«

»Und nun hat er seine Gesandten geschickt, damit der König ihm den Herzogstitel bestätigt.«

»Ja, und genau deshalb ist es unwahrscheinlich, dass er Sigismund umbringen lassen wollte. Mit den Anschlägen hier hat der Visconti gewiss nichts zu tun. Aber die ganze Situation erinnert mich an damals.«

»Vielleicht hat ein anderer denselben Mörder beauftragt.«

»Nur wer?«

Sie überlegten hin und her, wer hinter den Anschlägen stecken könnte, der Deutsche Orden, die Venezianer, die Burgunder, doch sie fanden keine schlüssige Antwort. Also bestellten sie noch einen Krug Wein bei Sebolt Schopper, dann sagte Cunrat: »Was ich immer noch nicht verstehe, wenn der Mörder den König umbringen wollte, wieso soll er die Tettingers getötet haben? Und Ambrogio?«

»Vielleicht wussten sie etwas über ihn.«

»Bei den späteren Opfern, dem Polen und seinem Mörder, und bei dem Burgunder, hat man aber keine Wundmale gefunden«, wandte auch Giovanni ein. »Vermutlich war es doch nicht der gleiche Täter.«

»Da hatte er sich eben andere Todesarten ausgedacht, Gift und Armbrustbolzen.« Poggio tendierte zu Ringlins Theorie. »Dafür braucht man niemanden vorher in Schlaf versetzen.«

Doch Giovanni blieb weiterhin skeptisch.

Schließlich stand Simon Ringlin auf, um seine weingefüllte Blase zu erleichtern. Er blieb lang weg, und nach einer Weile bemerkte Cunrat: »Wenn Herr Ringlin recht hat, dann ist er selber bestimmt auch in Gefahr, weil er so viel weiß!«

Erschrocken sahen ihn die anderen an, dann begriff er und lief los, Giovanni und Poggio hinterher. Doch es war zu spät. Als sie zum Abtritt kamen, lag Simon Ringlin leblos am Boden.

Auf der Treppe hörte man jemanden nach oben weglaufen, und während Poggio sich um Ringlin kümmerte, packte Giovanni eine Fackel, die neben der Aborttür in einer Halterung steckte, dann hasteten er und Cunrat die Wendeltreppe hoch, dem Unbekannten hinterher. Sie hörten ihn im zweiten Stock den Korridor entlangrennen, eine Tür schlug zu, dann war Stille.

»Der geheime Raum!«, keuchte Giovanni und lief ebenfalls den dunklen Korridor entlang. Sie erreichten fast gleichzeitig die Tür zu dem Spukzimmer, rissen sie auf und standen in der Kammer, die im Fackelschein immer noch gleich aussah, wie sie sie in Erinnerung hatten: leer bis auf das Bett und den Schrank. Doch der Schrank stand offen, und diesmal war es auch nicht nötig, mit dem Kopf gegen das Brett in der Rückwand zu stoßen, hinter dem sie bei ihrem letzten Besuch die geheime Tür entdeckt hatten. Der Zugang war bereits frei. Doch die Tür selber war immer noch oder wieder verschlossen, jedenfalls gelang es ihnen nicht, sie zu öffnen, wie sehr sie auch dagegen schlugen und traten.

»Verflucht!«, schimpfte Giovanni. »Er muss hier durchgelaufen sein! Wie konnte er so schnell die Tür wieder verschließen?«

»Mit einem Schlüssel geht das ganz rasch«, erklärte ihm Cunrat, der seinem Freund Johann Tettinger einmal beim Abschließen der Schänkentür zugeschaut hatte. »Aber vielleicht holen wir ihn noch ein, wenn wir schnell runter laufen!«

»Ach was, der ist längst fort«, erwiderte Giovanni. »Von der Mauer aus kann er in alle Richtungen entkommen und irgendwo in der Stadt verschwinden.«

So kehrten sie unverrichteter Dinge nach unten zum Abort zurück. Dort stand Sebolt Schopper vor dem Eingang und schaute Poggio zu, wie er sich um Simon Ringlin kümmerte. Alle Gäste, die neugierig oder mit voller Blase zum Abort drängten, schickte er unter einem Vorwand in die Gaststube zurück. Offenbar wollte er nicht, dass sie mitbekamen, was sich an diesem heimlichen Ort abspielte.

»Lebt er noch?«, fragte Giovanni, und Sebolt Schopper nickte.

»Er wird im Suff hingefallen sein und sich den Kopf angeschlagen haben. Da seht ...«

Er leuchtete mit der Fackel an einen Mauervorsprung der seitlichen Wand, an dem tatsächlich so etwas wie Blut und Haare zu kleben schienen. Poggio zuckte die Schultern, er hatte mit einem weißen Schneuztuch das Blut von Ringlins Hinterkopf weggewischt und barg nun dessen Kopf auf seinem Schoß. Der Verletzte war nicht bei Sinnen, er hatte die Augen geschlossen, aber immerhin atmete er.

Als sie hinzutraten, hielt Cunrat sich unwillkürlich die Nase zu. »Riecht ihr den teuflischen Gestank?«, fragte er.

»Das ist ein Abort, Cunrat, da stinkt es immer«, antwortete Giovanni.

»Kommt, portiamolo via, wegbringen«, sagte Poggio.

»Zum Doktor?«, wollte Sebolt Schopper wissen.

»Ja, ja, zum Doktor.«

»Dann geht aber durch den Keller, nicht durch die Schankstube!«

Offenbar wollte der Wirt kein Aufsehen erregen. Er ging ihnen voraus die Kellertreppe hinab, Giovanni und Cunrat trugen den ohnmächtigen Simon Ringlin, und Poggio folgte ihnen mit einer Fackel. Als sie am Ende des Ganges angekommen waren, zog Schopper seinen Schlüsselbund hervor und öffnete mit einem der beiden Schlüssel die Tür, die zum Oberen Markt hinausführte. Cunrat musste an jenen Tag im November denken, an dem man den toten Johann Tettinger gefunden hatte und diese Tür unverschlossen gewesen war.

Als das schwere Tor hinter ihnen wieder zugefallen war, sagte Poggio: »Zu Meister Ismael!«

»Dem Juden?«, fragte Cunrat.

»Ja, nur er kann Herrn Simon helfen.«

Sie mussten lange im Dunkeln vor dem Haus des jüdischen Arztes warten, bis ihnen der Knecht schlaftrunken die Tür öffnete, zunächst nur einen Spalt, aus Angst vor einem nächtlichen Überfall. Als er sie erkannte und sah, dass sie einen Verletzten bei sich hatten, öffnete er jedoch die Tür ganz und ließ sie eintreten. Gleichzeitig lief er los, um seinen Meister zu wecken. Der empfing sie in dem Gemach im ersten Stock, wo sie schon einmal mit ihm gesprochen hatten. Offenbar hatte er eilig einen Hausmantel über das Hemd geworfen, als er hörte, dass jemand verletzt war, und war von der Schlafkammer direkt in die Stube gekommen. Seine Haare standen in alle Richtungen und auch der lange Bart wirkte ein wenig zerzaust. Auf seiner Schulter saß das Eichhörnchen.

Er wies sie an, den Verletzten auf eine Bank zu legen, und schob ein Kissen unter dessen Kopf. Poggio erklärte ihm auf Latein, was geschehen war und wie sie Simon Ringlin gefunden hatten.

»Ist er auch vergiftet worden wie die anderen?«

»Das wissen wir nicht.«

Darauf führte der Arzt seine Nase an den Mund des Ohnmächtigen und schnupperte, schüttelte dann aber den Kopf.

»Kein besonderer Geruch, außer nach Wein.«

Dann untersuchte er Ringlin vorsichtig am ganzen Körper, bis er am rechten Arm schließlich gefunden hatte, wonach er Ausschau hielt: zwei kleine rötliche Löcher.

»Tatsächlich! Das gleiche Zeichen wie bei den anderen. Der Schlangenbiss! Schnell!«

Er wies den Knecht an, seine Tochter zu holen.

»Hendlin kennt sich nicht nur gut aus mit Gewürzen für den Wein, sondern auch mit Gift. Aber als Erstes wir missen mit einem Schröpfkopf saugen das Gift aus der Wunde.«

Der Arzt holte aus einem Schrank einen runden Schröpfkopf aus Glas und ein feines Messer.

»Halt fest!«

Giovanni fasste wie befohlen den Arm von Simon Ringlin, sodass Meister Ismael die Stelle mit dem Schlangenbiss aufschneiden konnte. Dann hielt er den Schröpfkopf über eine Kerzenflamme und setzte ihn anschließend auf die gebissene Stelle. Die

Haut rundherum wurde angesaugt und das Glas füllte sich langsam mit Blut. Cunrat sah erstaunt zu, denn das Schröpfen kannte er zwar aus der Badstube, aber da war es nie blutig zugegangen. Für den Aderlass verwendete man dort Blutegel.

»So saugen wir hoffentlich das Gift heraus. Wenn es noch nicht zu spät ist! Aber es ist gut, dass der Schlangenbiss ist nur am Arm, da ist die Wirkung vielleicht nicht so stark wie am Kopf.«

»Kein Schlangenbiss, Meister Ismael!«, antwortete Giovanni. »Wir glauben, dass er es anders gemacht hat. Mit einer Gabel, einer kleinen Gabel mit zwei Zinken, die er in das Gift getaucht hat.«

»Eine Gobel?« Meister Ismael zog die Augenbrauen zusammen und überlegte. »Na, ich weiß nicht. Ob man damit so viel Gift bringen kann in den Körper, wenn man sie nur eintaucht? Allerdings es steht im Buch der Gifte von Gabir Ibn Hayyan, dass es ist der Speichel der Schlange, der mit dem Biss in die Wunde kommt, die Zähne sind nur benetzt davon. Vielleicht geht das ja auch mit einer Gobel. So habt ihr also das Rätsel gelest!«

Anerkennung klang in seinem letzten Satz mit, doch Giovanni berichtete ehrlicherweise, dass es Cunrat gewesen war, der die Idee mit der Gabel anstelle des Schlangenbisses gehabt hatte. Erstaunt sah der Jude den langen Bäcker an.

»Also bist du gar nicht so ein Nudnik, wie ich dachte!«

Cunrat fühlte sich geschmeichelt, auch wenn er nicht wusste, was ein Nudnik war.

»Aber dann muss es auch nicht sein Gift von einer Schlange, was er hat bekommen.« Meister Ismael wiegte seinen Kopf hin und her. »Mit einer Gobel man kann ihm geben jedes Gift! Das würde erklären, warum sein Atemgeruch hat mir nichts gesagt.«

Er erklärte den Besuchern, was seiner Meinung nach mit Simon Ringlin geschehen war.

»Seht Ihr, hier der Mörder hat also die Gobel gestochen in den Arm, dann ist der Mann wahrscheinlich ohnmächtig geworden, und so es war einfach zu nehmen seinen Kopf und zu schlagen gegen die Wand. So!« Er tat, als ob er Ringlins Kopf in der Hand hielte und auf die Kante des kleinen Tisches neben dem Ofen schmettern würde. »Bomm, bomm! Und die Leute glauben, er ist gefallen und hat sich angeschlagen den Kopf.«

Cunrat zuckte bei jedem »Bomm« zusammen, und Giovanni fragte: »Meister Ismael, wird er es überleben?«

»Das kann ich nicht sagen. Wir müssen ihm einfließen etwas gegen das Gift, und ich weiß nicht, ob der Schädel ist gebrochen.«

Als seine Tochter Hendlin schließlich ins Zimmer kam – ihre schwarzen Haare hatte sie zu einem langen Zopf geflochten – bekam Giovanni wieder große Augen, denn obwohl man ihr ansah, dass der Knecht auch sie aus dem Schlaf gerissen hatte, war sie doch außerordentlich liebreizend anzuschauen, in ihrem langen Mantel über dem Nachthemd und den weichen Filzpantoffeln an den Füßen.

Nachdem sie die Gäste höflich begrüßt hatte, erklärte ihr Meister Ismael auf Jiddisch, was geschehen war. Mit langen schmalen Händen streichelte sie sanft über Simon Ringlins Kopf. Der atmete stoßweise und auf seiner Stirn standen Schweißperlen, obwohl er gleichzeitig zitterte. Hendlin nahm sein Handgelenk, um den Herzschlag zu überprüfen.

»Wir wissen also nicht, was für ein Gift er hat bekommen. Das ist schlecht. Sein Herz schlägt sehr schwach. Wir müssen ihm auf jeden Fall eine Stärkung geben. Hol aus der Küche einen Becher mit Fleischbrühe!«, wies das Mädchen den Knecht an, der sofort loslief und gleich darauf mit dem Gewünschten wiederkam. Dann setzte sie sich auf die Bank und flößte dem Ohnmächtigen Schluck für Schluck die Brühe ein.

»Ich werde bereiten ihm einen Trank gegen Schlangengift«, erklärte das Mädchen. »Aber wenn es war anderes Gift ...«

Cunrat musste an das Amulett von König Sigismund denken, das Gift im Essen anzeigte.

»Habt Ihr denn kein Gegengift?«, fragte er. »So ein Amulett, wie der König es besitzt? Wie ein großer Zahn?«

»Ach, Ihr meint eine Natternzunge!« Meister Ismael machte eine wegwerfende Handbewegung. »Das ist alles Schmonzes! Aberglaube! Nein, hier braucht es andere Mittel, Theriak oder Ähnliches. Hendlin kann machen solche Sachen. Aber!«

Er sah die Drei streng an und hob einen Finger. Im Fackelschein erschien er Cunrat mit seinen wehenden Haaren und dem langen Bart wie Gottvater höchstpersönlich.

»Ihr dürft niemals, ich sage niemals! jemandem davon erzählen. Unter den Gojim sind viele dumme Menschen, die glauben an Teufel und Hexen. Wenn sie hören von solchen Dingen, Hendlin ist in Gefahr. Dann sie sagen, dass sie ist eine jüdische Hexe.«

Cunrat fühlte sich heftig betroffen von diesen Worten, und er beteuerte mit noch mehr Inbrunst als die anderen, dass er zu niemandem ein Wort davon sprechen werde.

Hendlin verschwand daraufhin, um den rettenden Trank für Simon Ringlin zu bereiten, während ihr Vater dem Verletzten den Schröpfkopf abnahm, das Blut abwusch, die Wunden mit einer Salbe bedeckte und Kopf und Arm mit Leinenbinden umwickelte.

»Ihr müsst ihn lassen hier, wir werden schauen, was mit ihm geschieht. Ich kann euch nicht versprechen, dass er wird ieberleben. Aber wir versuchen alles!«

Damit waren sie entlassen. Poggio bat seinerseits den Juden beim Abschied, niemandem von Simon Ringlin zu erzählen. Und seinen Freunden schärfte er dasselbe ein.

»Ringlin war offenbar auf der richtigen Spur. Der Gabelmörder und der Attentäter auf den König sind ein und dieselbe Person! Wenn wir Ringlin retten wollen, muss der Mörder glauben, dass er gestorben ist.«

Auf dem Weg zurück in ihre Unterkunft fing Cunrat an zu frieren. Er hatte bei ihrem eiligen Aufbruch seinen Mantel in der Schänke zurückgelassen. Also gingen sie noch einmal zurück in die *Haue*. Sebolt Schopper sah bei ihrem Eintreten neugierig auf und machte eine fragende Geste zu Giovanni. Der senkte den Blick und schüttelte traurig den Kopf. Schopper zuckte bedauernd die Schultern, er hatte verstanden, der Gestürzte hatte nicht überlebt.

Sie bemerkten nicht, dass ihr stummer Dialog mit Argusaugen und großer Genugtuung verfolgt wurde.

⁓⊚⁓

Poggio Bracciolini an Niccolò Niccoli, am 9. Mai, dem Tag des Heiligen Lukas, im Jahre des Herrn 1415

Mein lieber Niccolò,

Cicero ist auf dem Weg! Ich habe diesmal alles selber abgeschrieben, denn den großen Orator wollte ich nicht dem deutschen Schreiber überlassen, welcher mir in den letzten Monaten manchmal beim Kopieren von Texten geholfen hat, weil ich leider feststellen musste, dass er über die Maßen dumm ist und kein Jota von dem versteht, was er abschreibt, sodass sich unzählige und völlig groteske Fehler eingeschlichen haben. Also habe ich einige Nächte mit Kopieren zugebracht, bis mich meine von der Gicht geplagten Finger schmerzten.

Der Bote, der unseren Schatz transportiert, wurde mir als absolut vertrauenswürdig empfohlen und ich habe ihn besonders gut bezahlt, also hoffe ich, dass die Abschrift bereits bei Dir eingetroffen sein wird, wenn Dich dieser Brief erreicht. Bitte schreibe mir bald, ob Du sie in treuen Händen hältst!

Inzwischen zieht sich die Schlinge um Papst Johannes immer weiter zu. Sein Generalkapitän Herzog Friedrich von Österreich hat ihn fallen lassen und sich freiwillig zurück nach Costentz zum König begeben. Wir alle glaubten, er würde nun ver-

urteilt, denn gleich zu Beginn des Monats wurde ein Mann auf das Rad geflochten, weil er angeblich mehrere Attentatsversuche auf König Sigismund im Auftrage des Herzogs Friedrich unternommen hatte. Meine Costentzer Freunde und ich sollten sogar als Zeugen vernommen werden. Doch höre nur, was dann geschah.

Zunächst muss ich dir sagen, dass ich nicht glaube, dass der arme Hingerichtete tatsächlich der Verursacher der diversen Anschläge war, welche – wie du weißt – in den letzten Monaten diese kleine Stadt erschüttert haben. Dir zu erklären, warum ich dieser Meinung bin, wäre zu aufwändig. Nur so viel: Nach der Hinrichtung hat es einen weiteren Anschlag gegeben, bei dem unser Freund Simon Ringlin beinahe getötet wurde. Der Mörder hat es so aussehen lassen, als ob er gestürzt wäre, sodass nur wir, die engsten Freunde und der jüdische Arzt, der ihn behandelt hat, die Wahrheit kennen. Der König hingegen glaubt an die Schuld des Geräderten, und wir hatten noch keine Gelegenheit, ihn vom Gegenteil zu überzeugen.

Am Nachmittag des 5. Mai nun, dem Sonntag Rogate, versammelten sich im Kloster der Franziskaner etwa 40 Bischöfe, Kardinäle, Äbte und fürstliche Gesandte, weil König Sigismund hier den abtrünnigen Herzog Friedrich von Österreich empfangen wollte. Der König hatte darauf geachtet, dass vor allem Gesandte aus Mailand, Genua, Florenz und Venedig anwesend waren. Offenbar wollte er den unbotmäßigen italienischen Republiken und Herrschaften zeigen, dass er auch seinen stärksten Widersacher unterwerfen kann. Ich war im Gefolge des Kardinalbischofs von Ostia ebenfalls zugegen, wunderte mich jedoch, dass ich keine Aufforderung vonseiten des Königs erhalten hatte, als Zeuge gegen Friedrich aufzutreten, erwartete ich doch, dass es nun zum Prozess kommen würde. Denn wenn ich auch glaube, dass der Hingerichtete kein Mörder war, so scheint *es doch sicher, dass Friedrich einen Mordauftrag erteilt hat, und als meine Freunde und ich beim König waren, um ihn zu warnen, schien er sehr erzürnt und verlangte ausdrücklich von uns, dass wir uns als Zeugen für den Prozess gegen den Österreicher bereithalten sollten.*

Umso größer war nun mein Erstaunen darüber, dass Sigismund zwar eine Reihe von Anklagen gegen Friedrich vortrug, darunter Beihilfe zur Flucht des Papstes, Übergriffe auf Bistümer und Abteien sowie Beraubung von Witwen und Waisen, aber mit keinem Wort den Auftrag des Königsmordes erwähnte. Nun weiß man, dass er schon im Vorfeld Verhandlungen mit Friedrich und seinen Fürsprechern geführt und dabei vor allem eine Verabredung getroffen hatte: Frieden zu schließen, wenn dafür Johannes ausgeliefert würde. Und für dieses Ziel musste er offenbar die Kröte schlucken und auf die unverzeihliche Anklage des geplanten Königsmordes verzichten. Vielleicht hat er sich selbst ja damit beschwichtigt, dass der tatsächliche Mörder bereits seine Strafe erhalten habe und damit dem Recht Genüge getan worden sei. Außerdem wollte er wahrscheinlich angesichts der unseligen Debatte um den Tyrannenmord kein weiteres Öl in das Feuer gießen, das zwischen den Burgundern und den Franzosen lodert. Faktum ist, dass er all die Dinge, die wir hätten bezeugen sollen, mit keinem Wort erwähnte.

Nachdem er seine Anklagen formuliert hatte, bat er um den Rat der Versammelten, was er angesichts der Vorwürfe tun solle, jetzt, wo Friedrich um Versöhnung bitte. Er habe doch geschworen, niemals mit dem Österreicher Frieden zu schließen.

Noch nie hat sich jemand so leicht überzeugen lassen, seinen Schwur zu vergessen. Es genügten einige wenige Worte vonseiten der Bischöfe, dann wurde Friedrich hereingeführt, und mit ihm kamen seine Vettern Herzog Ludwig von Baiern und der Burggraf von Nürnberg, Friedrich von Hohenzollern. Sie fielen alle vor dem König auf die Knie, baten um Gnade für den Österreicher und versprachen im Gegenzug, Johannes an das Konzil auszuliefern. Dann erneuerte Friedrich mit einem langen Brief seinen Treueid gegenüber dem König. Dies alles wurde schriftlich festgehalten, und fast noch in derselben Stunde wurde eine Abordnung von Kardinälen mit dem Burggrafen von Nürnberg und seinen Truppen nach Freiburg gesandt, um Johannes zurückzuholen.

So wird es nun also zum Prozess gegen den ehemaligen Papst kommen, während Friedrich sich seinem eigenen Prozess entzogen hat, indem er seinen Herrn ans Messer liefert. Mein lieber Niccolò, auch ich habe mich von Johannes abgekehrt, als die Lage für uns alle aussichtslos geworden war, aber zu einer solchen Infamie wäre ich niemals in der Lage!

Doch auch wenn Friedrich der höchsten Strafe, sein Leben zu verlieren, entronnen ist, so wurde sein Vergehen dennoch grausam bestraft. Nicht nur, dass der König ihn vor den versammelten Gesandten demütigte, er zog auch seine Schlösser und Besitzungen an sich, außerdem gewährte er den Städten des Österreichers, deren Abgeordnete an diesem Tag ebenfalls vor ihn getreten waren, die Reichsfreiheit. Ich muss dir gestehen, Niccolò, dass der Herzog mir in diesem Augenblick fast leidtat. Er ist noch so jung, und ich glaube nicht, dass er sich wirklich der Folgen seiner Tat bewusst war, als er dem Papst zur Flucht verholfen hat. Der alte Fuchs hat ihn benutzt, und es ist ihnen beiden schlecht bekommen. Nun muss Friedrich wegen seines Verrats zwar nicht den Tod, aber eine wahrhaft prometheische Strafe erdulden!

Doch damit war es noch nicht genug. Sigismund hat an diesem Tag seine Macht eindrucksvoll demonstriert! Vor den versammelten Delegierten der italienischen Republiken hat er dem mailändischen Herzog Filippo Maria Visconti endlich die Herzogswürde verliehen, worauf dieser schon so lange vergeblich gewartet hatte. Dessen Abgesandter, Gasparo de' Visconti, nahm

Banner und Fahne aus den Händen des Königs entgegen und schwor im Namen seines Herrn, dem Römischen Reich zu dienen wie alle anderen Herzöge und Fürsten.

Was mit denen geschieht, die einen solchen Schwur brechen, hat ihnen Sigismund am Beispiel von Friedrich von Österreich unmissverständlich vorgeführt. Der König versteht sich wirklich zu inszenieren, auch wenn ich mir nicht sicher bin, wie ernst er es mit der Verleihung der Herzogswürde an den Mailänder wirklich gemeint hat. Doch mir scheint, dass er fester im Sattel sitzt als je zuvor. Die italienischen Fürsten und Städte sollten sich gut mit ihm stellen! Und vielleicht wird es ihm tatsächlich gelingen, die Kirche zu einen.

Wenn ihn der unbekannte Mörder nicht vorher umbringt!

Dein Poggio

❦

»So ein Hundsfott!«

Giovanni knirschte vor Wut mit den Zähnen. Poggio hatte ihnen im *Lamm* vom Friedensschluss zwischen dem König und dem österreichischen Herzog berichtet und ihnen auch deutlich gemacht, dass Sigismund angesichts der neuen Lage ja nun auf ihre Zeugenschaft verzichtet hatte und sich mithin gewiss nicht mehr in der Pflicht fühlen würde, etwas für sie zu unternehmen, zum Beispiel gegen den Ritter von End.

»So ein Lügner! So ein Genshenker!«

»Pssst, Giovanni!«, versuchte Cunrat den Freund zu bremsen. »Sei doch still, es sind überall Spione unterwegs! Und er ist der König!«

»König hin oder her, wozu ist ein König gut, wenn er seine Versprechen nicht hält?«

Poggio lachte. »Mein lieber Giovanni, er wird das anders sehen. Da er dich nicht als Zeugen in Anspruch genommen hat, fühlt er sich dir auch nicht mehr verpflichtet.«

»Vielleicht ist es gut, dass wir ihn nicht gewarnt haben«, stieß Giovanni hervor. »Soll der Mörder doch zu seinem Ziel kommen! Ich werde mich nicht mehr weiter um die Sache kümmern, sondern nur noch überlegen, wie ich Lucia befreien kann!«

»Aber Giovanni«, wandte Cunrat ein, »der Mörder hat vielleicht auch andere Menschen umgebracht, die Tettingers, Ambrogio ...«

»Was gehen mich die Tettingers an? Ich will Lucia wiederhaben!«

Zornig sprang Giovanni auf und verließ die Schänke. Cunrat und Poggio blieben konsterniert zurück.

»Dein Freund ist sehr ... wie sagt man ... impulsiv?«

Cunrat wunderte sich manchmal über Poggios Deutsch, das abgesehen von dem rollenden R inzwischen fast makellos gewesen wäre, hätten die Worte nicht oft eine seltsame Ordnung gehabt. Außerdem verwendete der Italiener hin und wieder so hochgelehrte Ausdrücke, dass nur ein gebildeter Deutscher sie verstehen konnte, für einen einfachen Bäckergesellen wie Cunrat waren sie zu schwierig.

»Er ist furchtbar traurig«, übersetzte er schlicht.

Poggio nickte. Er verstand.

»Und er hat sich große Hoffnungen gemacht, dass der König ihm helfen würde. Der hatte es doch versprochen!«

»Der König verspricht alles allen, wenn es ist gut für ihn«, antwortete Poggio achselzuckend.

Dann wollte er wissen, ob Cunrat etwas von Ringlin gehört hatte. Cunrat erzählte ihm, dass er am Sonntag mit Gretli spazieren gegangen war, wie zufällig in der Sammlungsgasse, und als sie sicher waren, dass niemand sie beobachtete, hatte er bei dem Juden an die Tür geklopft und Einlass erhalten. Gretli war ohne Umstände mitgekommen, nachdem er ihr erzählt hatte, was mit Simon Ringlin geschehen war. Offenbar war es ihr egal, dass sie ein Judenhaus betraten.

Ringlin war noch nicht wieder erwacht, aber Meister Ismael versicherte ihnen, dass das Gift besiegt sei. Nur müsse man jetzt abwarten, ob auch die Schädelverletzungen heilen würden. Seine Tochter flößte dem Bewusstlosen Brühe und Wein ein, um seine Körpersäfte wieder ins Gleichgewicht zu bringen und damit er nicht völlig von Kräften kam, und der schluckte auch das Eingeflößte, was nach Meinung des Arztes ein gutes Zeichen war.

»Diese jüdischen Ärzte sind wahre Künstler!«, sagte Poggio anerkennend. »Aber auch wenn Ringlin wieder kommt zu sich und wird gesund, dann sollte er so lange sich verbergen, bis der Mörder ist gefangen.«

»Wenn er denn gefangen wird«, erwiderte Cunrat düster. »Jetzt, wo Giovanni uns nicht mehr hilft.«

»Ach der! Er hat heißes Blut, aber er kommt gewiss wieder.«

An diesem Abend kam er jedoch nicht wieder, und Cunrat vermutete, dass er in die *Haue* gegangen war, um seinen Zorn beim Würfelspiel zu vergessen.

Poggio bezahlte schließlich die Zeche, und als er sich von Cunrat verabschiedete, ermahnte er den jungen Bäcker noch einmal eindringlich, auf sich achtzugeben.

»Wenn der Mörder den Ringlin für gefährlich ansieht, dann gilt das auch für uns andere, vor allem für dich, Cunrat. Erinnere dich, wie auch der Vogt hat geglaubt, du seiest verwickelt in die Sache. Der Mörder ist gut informiert über das, was geschieht in dieser Stadt. Er kennt auch dich!«

Cunrat versprach, vorsichtig zu sein, doch es gelang Poggio nicht, ihm wirklich Angst einzuflößen. Seine Mutter hatte ihn dem Heiligen Cunrat anvertraut, und er fühlte sich von ihm beschützt. Sein Vertrauen in die Macht des Heiligen war schier unerschöpflich. Hatte er ihn nicht bisher auf seinem Weg geleitet?

Aber vielleicht wurde der Heilige in diesen Tagen von zu vielen Gläubigen beansprucht, was kein Wunder war bei seiner Prominenz und der großen Anzahl von Menschen in der Stadt.

Am darauffolgenden Sonntag bat Gretli ihren Cunrat, mit ihr den Gottesdienst in St. Johann zu besuchen. Sie schien sehr aufgeregt, sagte ihm aber nicht, warum. Nach dem Ende der Messe, als die Gläubigen noch in Grüppchen in der Kirche beisammen standen und über die neuesten Entwicklungen beim Konzil disputierten, nahm sie ihn am Arm und führte ihn ins linke Seitenschiff, wo an einer Säule die Statue der Madonna mit dem Kind huldvoll auf die Menschen herabblickte. Cunrat erinnerte sich, dass er Lucia zum ersten Mal vor dieser Marienfigur kniend gesehen hatte.

»Schau sie dir an, Cunrat«, sagte Gretli, »ist sie nicht wunderschön? Eine Mutter, die ihr Kind liebt. Und damit die ganze Welt, uns alle! Und das Kind, siehst du, wie liebevoll es die Mutter anlächelt?«

Cunrat nickte. Er hielt Gretli umfasst und hätte mit ihr jede Statue in jeder Kirche wundervoll gefunden. Allerdings wusste er nicht recht, warum sie ihn gerade vor dieses Madonnenbild geführt hatte.

»Ja, sehr schön!«, bestätigte er.

Da sah Gretli zu Boden und fragte mit zitternder Stimme: »Cunrat, würdest du mich auch noch lieb haben, wenn ich wie sie ein Kind hätte?«

Ohne Zögern antwortete er: »Ja, aber natürlich!«

Dann erst dachte er über ihre Worte nach. Und plötzlich wurde ihm siedend heiß.

»Gretli, was heißt das? Bist du denn … Ich meine, hast du … Woher weißt du …?«

Er konnte keinen klaren Satz mehr formulieren, so erschrocken war er über ihre Worte.

Da sagte Gretli: »Seit dem Ostersonntag – du erinnerst dich

an unseren Spaziergang? – ist meine Frauenzeit nicht mehr gekommen, zweimal ist sie schon ausgeblieben. Und in den letzten Wochen war mir morgens oft unwohl. Ich weiß von Frau Tettikoverin, dass es bei ihr auch so war, als sie schwanger war.«

Also war es so gekommen, wie Giovanni vorausgesagt hatte. Er hatte Gretli seinen Samen eingepflanzt, und der würde nun Frucht bringen, die Frucht ihres Leibes. Cunrat schluckte stumm. Was würde nun werden? Würde Gretli bestraft werden? Und er ebenfalls? Mit Rutenstreichen? Stadtverweisung?

Dann hob er seinen Blick zum Bild der Madonna. Gretli sagte nichts mehr. Sie schaute abwartend und bang zu ihm hoch. Maria schaute zu ihm herab. Das Jesuskind lächelte.

Da packte er das Mädchen mit seinen langen Armen und drückte sie an sich, und eine Woge von Zärtlichkeit durchflutete ihn, für sie und für das Kind, das sie haben würden, und plötzlich war er sicher, dass sie unter dem Schutz der Madonna standen und dass alles gut werden würde, irgendwie.

Doch auch die Madonna hatte in dieser Zeit viel zu tun.

Es war knapp eine Woche vergangen seit jenem Abend, an dem Poggio ihn vor dem Mörder gewarnt hatte, und wenige Tage, seit Cunrat wusste, dass er Vater wurde. Er schwankte zwischen Stolz und Bangigkeit und hatte bisher nur Giovanni von der Neuigkeit berichtet. Noch wusste er nicht, wie er es anstellen sollte, dass er Gretli heiraten konnte. Er war zwar Geselle und verfügte auch über ein ordentliches Einkommen, aber momentan hatte er weder einen Meister noch war er Mitglied einer Zunft, und eine Kammer oder ein Haus, wo er mit Frau und Kind hätte wohnen können, besaß er auch nicht.

Giovanni hatte verhalten reagiert.

»Dann bist du also doch nicht unfruchtbar, Langer, meinen Glückwunsch!«

Besonders erfreut schien er nicht zu sein. Aber solange Lucia verschwunden blieb, gab es nichts, worüber Giovanni sich wirklich gefreut hätte.

Cunrat war an diesem Abend in der Badestube gewesen und fühlte sich behaglich und sauber. Mitten unter der Woche hatte er sich den Badbesuch gegönnt, ohne die anderen Bäckergesellen, weil er am nächsten Tag Gretli treffen würde. Es war ihr Namenstag, der Tag der Heiligen Margarethe von Cortona, den die Franziskaner am 16. Mai hielten, und die Tettikoverin hatte versprochen, ihr zu diesem Anlass unter der Woche für den Kirchgang freizugeben. So war Cunrat nachts allein auf dem Rückweg zu seinem Quartier. Er trug eine Fackel bei sich, sah sich jedoch immer wieder um und lauschte auf fremde Tritte in den nächtlichen Gassen. Poggios Warnung vor dem unbekannten Mörder klang ihm im Ohr, aber vor allem hatte er Gretli versprechen müssen, auf sich achtzugeben, denn nun trug er nicht mehr nur für sich allein Verantwortung.

Ohne Zwischenfälle gelangte er jedoch vom *Lörlinbad* in die St.-Johann-Gasse, stieg im Dunkeln über die gespannte Kette, deren Lage er genau kannte, und wollte soeben die Tür des Schuppens aufstoßen, in dem er mit den anderen Bäckern wohnte. Da wurde er plötzlich von hinten gepackt und zu Boden geworfen, und ehe er sich wehren konnte, hatte man ihm einen Sack über den Kopf gezogen, sodass er nichts mehr sah und sein Schreien gedämpft wurde. Gleichzeitig wurden seine Arme von mehreren Männern gepackt und hinter dem Rücken zusammengebunden. Dann zogen sie ihn auf die Beine und stießen ihn vorwärts, und ihm blieb nichts anderes übrig, als zu marschieren und der Madonna von Einsiedeln eine weitere Wallfahrt zu geloben.

Er wusste am Ende nicht mehr, wie lang sie gegangen waren. Auch gelang es ihm nicht, den Weg, den er in absoluter Finsternis zurücklegen musste, nachzuvollziehen. Die Männer, die ihn führten, unterhielten sich kaum, und wenn, dann konnte er unter dem Sack nichts verstehen. Der roch nach Getreide und nahm ihm fast den Atem.

Verzweifelt fragte Cunrat sich, was der Mörder mit ihm vorhatte. Warum hatte er ihn nicht mit der Gabel betäubt wie die anderen und dann auf irgendeine scheinbar unauffällige Art getötet? Warum der Aufwand mit dem Sack und mehreren Männern, die als Mitwisser gefährlich werden konnten?

Aber vielleicht war Cunrat einfach zu groß, als dass ihn ein Mann allein hätte überwältigen können. Vermutlich brachte man ihn aus der Stadt heraus, damit man seine Leiche besser entsorgen konnte, und bei seiner Größe war es allemal leichter für seine Häscher, wenn er diesen Weg auf eigenen Beinen zurücklegte, als wenn sie ihn hätten tragen müssen.

Er überlegte noch, wie er entkommen konnte, da wurde er über eine Schwelle gestoßen, sodass er ins Stolpern kam, und dann eine Treppe hinab geführt. Er spürte, dass es kühl wurde, und durch das Sackleinen hindurch stieg ihm Modergeruch in die Nase.

Seine Peiniger drückten ihn schließlich in einer Ecke zu Boden, wo er sich einfach hinsetzte. Was blieb ihm auch anderes übrig?

Doch dann schreckte er hoch. Eine Stimme, die er kannte, sagte: »So sieht man sich wieder, Cunrat.«

Gleichzeitig wurde ihm der Sack vom Kopf gerissen.

Poggio Bracciolini an Niccolò Niccoli, am 18. Mai, dem Tag des Märtyrerpapstes Johannes, im Jahre des Herrn 1415

Mein lieber Niccolò,

heute feiert die Christenheit den Tag des Papstes Johannes, der in grauer Vorzeit von Theoderich, dem König der Ostgoten, in Ravenna gefangen wurde und dort im Gefängnis das Martyrium erlitt. Auch unser Papst Johannes ist gefangen worden, durch den Römischen König Sigismund, aber ich hoffe, dass er nicht als Märtyrer sterben wird. Dazu hat er wohl auch nicht das Naturell.

Man hat ihn nun nach Ratolfzell gebracht, einer kleinen Stadt am nordwestlichen Ufer des Costentzer Sees, nicht weit von der Insel Richenow gelegen. Die Stadt wurde von einem ehemals veronesischen Bischof mit Namen Ratoldus gegründet, so hat man mir erzählt, und dieser habe aus Verona ein Fragment vom Schädel des Heiligen Zeno mitgebracht, das nun in der Ratolfzeller Kirche ruht. (Gerne würde ich einmal schauen, ob im Haupte des Heiligen zu Verona tatsächlich ein entsprechendes Stück fehlt!) Die Stadt stand bis vor Kurzem unter der Herrschaft des Herzogs Friedrich von Österreich und ist nun wie viele andere reichsfrei geworden, sodass König Sigismund hier ohne Gefahr seinen Gefangenen festhalten lassen kann.

Inzwischen wurde eine Kommission mit Vertretern aller Nationen unter dem Vorsitz des Erzbischofs von Aix, Guillaume Fillastre, eingesetzt, um die Vergehen des Papstes zu untersuchen. Johannes selbst hatte den Franzosen vor einigen Jahren noch zum Kardinal ernannt, und nun ist er einer derjenigen, die Beweise für den Prozess gegen den Papst sammeln. Es heißt, binnen weniger Tage seien über 50 Zeugen gehört worden, und die Liste der Anklagepunkte werde immer länger. Ich bin gespannt, mein lieber Niccolò, was dabei herauskommen wird!

Außerdem – ahimé! – hat der unbekannte Mörder offenbar wieder zugeschlagen. Diesmal hat es Freund Cunrat getroffen, den langen Bäckergesellen. Sein Kumpan Giovanni kam aufgeregt zu mir und sagte, er sei verschwunden. Er war in die Badestube gegangen und ist nicht mehr zurückgekehrt. Der Bader bestätigte wohl, dass er dort gewesen war, aber danach hat ihn keiner mehr gesehen. Dabei hatte ich ihn noch eindringlich gewarnt, dass sicher auch er bedroht sei. Nun ist es jedoch zu spät, ich kann nicht mehr helfen. Ich hoffe nur, dass wir den armen Cunrat nicht bald mit einem Messer in der Brust und einem Schlangenbiss am Haupt wiederfinden werden!

Der Stadtvogt ist informiert worden, sagt aber, dass er nichts tun könne. Ich muss dir ganz ehrlich gestehen, dass ich mich inzwischen ohne meinen Diener Antonio nicht mehr aus dem Haus zu gehen traue.

Doch es geschehen auch noch erfreuliche Dinge. Das Wetter hat sich endlich gebessert, die schrecklichen Frühlingsstürme sind vorüber, und der Lenz zeigt sich in seiner ganzen Pracht. Es sind vor allem die Apfel- und Birnbäume, die die Gärten rund um Costentz mit weißen und rosenfarbenen Blüten schmücken und damit nicht nur die Augen, sondern auch die Nase erfreuen. Hin und wieder unternehme ich einen Ausritt, zum einen, um mein treues Maultier zu bewegen, zum anderen, um die heitere Luft und den Blick über den blauen See zu genießen und meinem Geist etwas Ablenkung von all den beklemmenden Ereignissen beim Konzil und in der Stadt zu verschaffen.

Es grüßt Dich aus dem gefährlichen Costentz

Dein Poggio

Cunrat wusste nicht, ob Tag oder Nacht war. Er war von einem Geräusch erwacht, aber in seinem Kellerverlies war es finster. So lauschte er ins Dunkel, um zu hören, ob jemand die Treppe herabkam. Doch alles blieb still. Vermutlich war eine Ratte durch das Stroh gelaufen, das man ihm hingeworfen hatte. Er war verzweifelt, seine Situation war ausweglos. Wie hatte er jemals hoffen können, dass alles gut würde? Dass er mit Gretli glücklich werden könnte? Dass die Madonna auf seiner Seite wäre? Er war ein Sünder, der alle um sich herum ins Unglück gestürzt hatte, er hatte kein Recht auf Glück, nur auf Bestrafung. Es war richtig, dass er in diesem dunklen Kerker saß und nie mehr herauskommen würde. Oder dass sie ihn vielleicht sogar töten würden.

Er hatte gewusst, wessen Stimme es war, noch bevor der Sack von seinen Augen verschwand, noch bevor er ihn im dämmrigen Licht der Fackeln sehen konnte. Ein Blick voller Hass war das Letzte gewesen, was er von ihm gesehen hatte, damals, im Rathaus, als Bärbeli und Knutz Urfehde schwören mussten, doch dieser Mann hatte nicht geschworen.

»So sieht man sich wieder, Cunrat.«

Meister Katz war klein von Wuchs, dennoch musste Cunrat nun zu ihm aufschauen. Einerseits war er erleichtert, dass es nicht der Gabelmörder war, der ihn hatte entführen lassen, aber andererseits wusste er, dass in Meister Katz ein unbändiger Hass loderte, weil Cunrat seine Tochter entehrt hatte und schuld daran war, dass der Bäckermeister zur Rettung Bärbelis vor der Verbannung bei den lombardischen Wechslern einen Kredit hatte aufnehmen müssen, den er wahrscheinlich noch lange abzahlen würde. Cunrat war ihm und seiner Tochter seit jenem Tag aus dem Weg gegangen, hatte sorgfältig jeden Gang vermieden, bei dem er ihnen hätte begegnen können. Er war überzeugt gewesen, dass dieses Kapitel seines Lebens abgeschlossen sei.

Weshalb hatte der Bäcker ihn jetzt nach so langer Zeit noch verschleppen und in den Keller unter seinem Haus bringen lassen? Es waren doch schon mehrere Monde vergangen seit jenem Prozess. Cunrat versuchte aufzustehen, doch zwei Männer, die er nicht kannte, drückten ihn sofort wieder zu Boden. Mit seinen auf den Rücken gefesselten Armen konnte er sich nicht dagegen wehren.

»Bleib da unten, Cunrat, und sieh mich an. Du bist der Sohn meiner Base, aber ich habe dich hier aufgenommen wie einen eigenen Sohn, und du? Du hintergehst mich schamlos, vögelst meine Tochter, und als es Folgen hat, weigerst du dich, sie zu heiraten und überlässt sie der Schande. Doch so einfach kommst du mir nicht davon!«

Mit keinem Wort erwähnte Hans Katz, dass Bärbeli ihren Liebhaber beinahe hatte umbringen lassen. Aber was meinte er mit Folgen?

»Bärbeli wird immer dicker, es ist nicht mehr zu übersehen. Die Leute zeigen schon mit dem Finger auf sie. Und daher frage ich dich noch einmal, Cunrat Wolgemut: Bist du bereit, meine Tochter zu heiraten? Beim Namen deiner Mutter, die immer eine fromme Frau war, wenn du noch einen Funken Anstand in dir hast, wirst du jetzt nicht mit nein antworten!«

Doch Cunrat hatte es schlichtweg die Sprache verschlagen.

Als er auch nach längerem Abwarten nichts sagte, gab der Bäckermeister den anderen Männern ein Zeichen, zu verschwinden.

Dann trat er ganz nahe an Cunrat heran und flüsterte: »Ich gebe dir Zeit zum Nachdenken. Doch wisse: Hier führt dich nur eine Antwort lebend wieder heraus.«

Cunrat schwieg.

Da nahm Hans Katz die Fackel, verließ den Kellerraum und schob den Riegel vor. Hinter sich ließ er totale Finsternis.

Cunrats Arme schmerzten. Es war ihm nicht gelungen, sich von den Fesseln zu befreien. Die ungewohnte Haltung verursachte ihm Krämpfe. Außerdem litt er Hunger und Durst, und seine Bruche war durchnässt.

Doch all dies war nichts gegen die Kämpfe, die seine Seele auszustehen hatte. Zwei Frauen bekamen ein Kind von ihm. Die eine liebte er und wollte sie ehelichen, die andere fand er abstoßend und hätte sie am liebsten nie mehr wiedergesehen. Wenn er seine Liebe verriet, winkten ihm Meistertitel, Ansehen und ein geregeltes Familienleben. Doch wenn er seinem Herzen folgte und sich weigerte, Bärbeli zu heiraten, würde er in Hans Katzens Keller verkommen. Er hatte die Wut und Verzweiflung in dessen Augen gesehen, und wusste, dass er ihn verhungern lassen oder auf andere Weise töten würde. Cunrat fühlte sich vollkommen verlassen, nicht nur von der Welt, sondern auch von Gott und allen Heiligen. Er würde hier, in absoluter Finsternis, ohne dass irgendeiner seiner Freunde ahnte, wo er sich befand, seine Seele aushauchen. Ohne priesterlichen Beistand und die Sakramente der Kirche würde er sterben. Und er stellte sich vor, wie dann – so wie er es im Osterspiel einmal gesehen hatte – ein Engel und ein Teufel kämen, die um seine Seele stritten, und wie der Teufel gewinnen und seine Seele mit sich fortreißen und in die tiefsten Tiefen der Hölle tragen würde.

Doch auch wenn er sich für das Leben und damit für die Heirat mit Bärbeli entschied, Gretli, sein geliebtes Mädchen, und ihr Kind, das er sich wie das Jesuskind in Sankt Johann vorstellte und auf das er sich gefreut hatte, würden auf jeden Fall in Schande und Unglück gestürzt.

Und das andere Kind? Das er in Bärbeli gepflanzt hatte? Würde er dieses Kind vielleicht auch lieben können? Doch im Finstern sah er immer nur Bärbelis Lückenzähne vor sich, wenn er daran dachte, und er glaubte, ihren Lavendelgeruch in der Nase zu spüren, was ihm einen Würgereiz verursachte.

Cunrat konnte nicht einmal mehr beten. Und an Wallfahrten glaubte er auch nicht mehr.

So blieb er stumm, als Hans Katz wiederkam und eine Antwort von ihm forderte.

Und er konnte ihm auch nichts sagen, als er ihn zum dritten Mal aufsuchte.

Und als der Bäckermeister schließlich sogar Bärbeli in das dunkle Verlies brachte, die weinte und die noch viel dicker geworden war, als Cunrat sie in Erinnerung hatte, brachte er immer noch kein Wort heraus. Zumindest stellte sie ihm etwas

Brot und einen Krug Wein auf den Boden und löste seine Fesseln, bevor ihr Vater die Tür wieder verriegelte.
Die Finsternis blieb.

Cunrat dämmerte zwischen Schlafen und Wachen dahin. Wenn er bei Sinnen war, wollte er am liebsten wieder schlafen, um nicht nachdenken zu müssen, doch wenn der Schlaf ihn dann empfing, quälten ihn schreckliche Träume, sodass er schweißgebadet hochschreckte. Schließlich war er so weit, dass er auch im wachen Zustand glaubte, Stimmen zu hören. Es waren gewiss die Stimmen der Verdammten, die ihn riefen, ganz leise, nur für ihn hörbar.
»Cunrat!«
Er schüttelte den Kopf, um sie loszuwerden. Doch da flüsterten sie wieder: »Cunrat!«
War er wach oder träumte er?
Und noch einmal: »Cunrat!«
Nun richtete er sich auf und sprach zum ersten Mal wieder.
»Wer ist da?«
Doch die einzige Antwort war ein schabendes Geräusch, als der Riegel seines Verlieses langsam zurückgeschoben wurde. Dann hörte er leise Schritte, die sich entfernten.
Cunrat war sich immer noch nicht sicher, ob er das Ganze nur geträumt hatte. Vorsichtig kroch er Richtung Tür und stieß mit der Hand leicht dagegen. Tatsächlich gab sie nach. Jemand hatte ihm den Kerker geöffnet.

Im ersten Moment schrak Cunrat zurück. War das eine Falle? Hatte Hans Katz sein Zaudern satt, seine stumme Weigerung, ihm zu antworten? Wollte er ihn zur Flucht veranlassen, um ihn dann umzubringen? Aber dann hätte er ihn auch einfach im Verlies töten oder verrotten lassen können.
Vielleicht hatte Bärbeli ihm die Pforte aufgemacht. Womöglich liebte sie ihn wirklich und hatte entschieden, ihn nicht wei-

ter leiden zu lassen. Oder sie hatte sich auf ihren Stolz besonnen und wollte keinen Mann heiraten, der sie nicht auch wollte. Doch am Ende schien ihm auch dies unwahrscheinlich, sie würde wohl nicht wagen, gegen den Willen ihres wütenden Vaters zu handeln, obwohl sie dem Gefangenen gegenüber mehr Gnade gezeigt hatte als Meister Katz.

Über all diesen Gedanken kamen ihm plötzlich Zweifel. Hatte er womöglich nur geträumt und die Tür war gar nicht offen?

Rasch stieß er sie noch einmal an. Sie gab immer noch nach.

Da wagte er endlich, an sein Glück zu glauben und drückte sie ganz auf. Ihm war völlig egal, wer ihm zur Freiheit verhalf, ob Engel oder Teufel, jetzt, wo er eine Möglichkeit zur Flucht sah, wollte er nur noch weg.

So stand er vorsichtig auf und machte ein paar unsichere Schritte, zu lang hatte er sich seiner Beine nicht mehr bedient. Außerdem war es immer noch vollkommen dunkel. Er stützte sich an der Wand ab und ging Schritt für Schritt tastend den Gang entlang. Dabei kam er an mehreren Kellertüren vorbei, und als er die Treppe erreichte, wurde ihm klar, wo er sich befunden hatte: im hintersten Abteil des Bäckereikellers, dort, wo sie kein Mehl und kein Holz hatten lagern dürfen, weil es zu feucht war.

Immer noch sah er kein Licht. So quälte er sich die Treppe hoch, denn bei jedem Schritt schmerzten seine Knie und drohten nachzugeben. Oben blieb er stehen, um zu verschnaufen. Er lauschte ins Dunkel, aber außer einem fernen Schnarchen blieb das Haus ruhig. Also wandte er sich nach links, wo er das Haustor wusste. Stück um Stück schob er den Riegel zurück und beim kleinsten Knarren hielt er inne. Am Ende öffnete sich auch diese Tür, und Cunrat entkam ins Freie.

Doch auch hier war es dunkel. Es musste tiefe Nacht sein, denn über sich sah er einen blitzenden Sternenhimmel. Dankbar schickte er ein Gebet hoch zum Firmament. Doch noch war er nicht in Sicherheit. Wenn Bäcker Katz erwachte und seine Flucht bemerkte, würde er sicher die Gesellen, die Cunrat gefangen hatten, hinter ihm herschicken. Zum einen, um ihn wieder einzufangen, aber auch, um ihn daran zu hindern, dass er zum Vogt ging und Anzeige wegen der Entführung erstattete.

Doch Cunrat dachte nicht an eine Anzeige, er dachte nur daran, in sein Bett zu kommen. So schnell er konnte, schleppte er sich im Schutz der Dunkelheit die Mordergasse entlang zur Marktstätte und weiter über den Oberen Markt und die Plattengasse zum Münster bis in die St.-Johann-Gasse, wo ihn die vier Venezianer in ihrem Schuppen mit lautem Schnarchen empfingen.

Cunrat war am Ende seiner Kräfte, als er die Tür aufstieß. »He!«, konnte er nur noch rufen, dann sank er erschöpft auf sein Bett. Ein Schrei ließ ihn wieder hochfahren, denn inzwischen hatte Giovanni es sich darin bequem gemacht. Als der erkannte, wer da schwer auf ihn gefallen war, zog er Cunrat an sich und umarmte ihn heftig.

»Cunrat, du bist wieder da! Wo warst du denn?« Dann fügte er schnell hinzu: »Mensch, wir wollten schon deine Sachen zu Geld machen!« Doch Cunrat schien es, als ob er ihn im Dunkeln schnäuzen hörte.

Auch die anderen Bäcker waren inzwischen aufgewacht und begrüßten den verlorenen Genossen mit Schulterklopfen und Umarmungen.

Schließlich sagte Giovanni lachend: »Du stinkst wie die Füchse im Oktober, mein Freund! Hat man dich denn nicht gebadet und gesalbt, da wo du warst? Wir dachten, du hättest dich für ein paar Tage in einem Freudenhaus verkrochen!«

Doch so sehr sie auch in ihn drangen, er erzählte ihnen nicht, wo er sich die vergangenen drei Tage aufgehalten hatte. Dafür war er viel zu müde, und außerdem musste er erst darüber nachdenken, was er nun weiter tun sollte.

Poggio Bracciolini an Niccolò Niccoli, am 24. Mai, dem Tag des Heiligen Simeon Stylites, im Jahre des Herrn 1415

Mein lieber Niccolò,

im letzten Brief hatte ich Dir von der Gefangenschaft unseres Papstes Johannes berichtet. Nun ist auch ein anderer gefangen und direkt nach Costentz gebracht worden, wo ihm als Ketzer der Prozess gemacht werden soll: der Böhme Hieronymus von Prag, ein Glaubensgenosse des Johannes Hus. Er war im April bereits in Costentz gewesen, hatte dann aber angesichts von Hussens Schicksal die Flucht ergriffen, doch umsonst. Die Gegner von Hus, Michael de Causis, Stephan Palec und ihre Anhänger, allesamt Böhmen, haben dafür gesorgt, dass Hieronymus offiziell vor das Konzil zitiert wurde. Herzog Johann von Baiern hat ihn auf seinem Weg in die Heimat abgefangen und zurück nach Costentz gebracht. Hier wurde er in Ketten durch die ganze Stadt gezerrt und dann im Franziskanerkloster der Konzilsversammlung zum Verhör vorgeführt. Ich war als Sekretarius des Kardinalbischofs von Ostia auch anwesend, und ich muss dir gestehen, mein Niccolò, dass ich niemals jemandem begegnet bin, der beim Vortrag seines Anliegens – aus dem Stegreif heraus! – an Beredsamkeit den antiken Vorbildern näher gekommen wäre, die wir so bewundern. Es war wunderbar zu erleben, mit welch ausgesuchten Worten, welcher Vortragskunst, welcher Argumentationskraft, mit welchem Mienenspiel, welcher Stimmgewalt, welchem Selbstvertrauen Hieronymus seinen Gegnern – allen voran Jean Gerson – Antwort gab und zum Schluss sein Anliegen in freier Rede vortrug. Es ist ein wahrer Jammer, dass ein so edler und herausragender Geist sich mit so nichtswürdigem Häresientrödel abgibt – wenn es denn stimmt, was man ihm vorwirft! Die Absurdität der gegen ihn erhobenen Klagen kennt indes kaum Grenzen. Ich will dir nur ein Exempel nennen: Am Dienstag in der Pfingstoktav des Jahres 1411 habe er die päpst-

lichen Ablassbullen einigen Huren an die Brüste hängen und so in der Stadt herumführen lassen. Bewaffnete Wyclifisten hätten den Wagen umgeben und auf sein Geheiß gerufen, dass die Bullen eines Häretikers und Hurenwirts verbrannt würden. Wenn du diesen Mann erlebt hättest, würdest du mir beipflichten, dass solche Anschuldigungen wohl nur von einem besonders perfiden Gegner ausgedacht worden sein können.

Einem Redner wie Hieronymus würde ich gerne öfter lauschen, denn die meisten Predigten, die man in den Kirchen der Stadt zu hören bekommt, sind von unendlicher Ödheit. Da geht es um Zänkereien und Streitigkeiten verschiedener theologischer Schulen, um die Unbefleckte Empfängnis Mariens oder die kleinliche Auslegung der Heiligen Schrift. Und viele Prediger tadeln das Bestreben von Geistlichen, die sich – wie sie es nennen – profane Wissenschaften aneignen und weltliche Studien betreiben, da dies nicht um der Ehre Gottes oder der Erbauung der Gläubigen willen, sondern aus Kuriosität, eitler Ruhmbegierde oder des Gelderwerbs wegen geschehe! Dies gilt ihnen erst recht von den Humanae Litterae, *unseren humanistischen Studien, von denen sie sagen, sie seien ein ungesundes und verfängliches Unternehmen, gepflegt von hochmütigen Welt- und Ordensgeistlichen. Durch das Vordringen der heidnischen Dichter und der alten Philosophen werde die Kirche nur verpestet, behaupten sie, statt wahrer, echter Wissenschaft kämen leichtfertige und abgeschmackte Grundsätze zur Geltung, ja, die Philosophie der Alten sei voller Gift.*

Ach, mein Niccolò, was soll man dazu sagen? Es ist eine verkehrte Welt. Ein Mann wie Hieronymus wird als Ketzer verfolgt, und solche weihrauchvernebelten Dummköpfe halten Reden auf den Kanzeln und werden bejubelt. Zum Glück gibt es auch andere, wie zum Beispiel den Kardinal Amadeo von Saluzzo. Stell dir vor, er hat gerade eine Übersetzung der Göttlichen Komödie *von Dante Alighieri in lateinische Prosa in Auftrag gegeben. Fra Giovanni Bertoldi von Serravalle, der Bischof von Fermo, wird sie anfertigen, und sie soll dann an verschiedenen Orten der Stadt öffentlich vorgetragen werden, sodass sich Gelehrte aus ganz Europa an den Versen unseres Dichters werden erfreuen können.*

Eine gute Neuigkeit kann ich dir auch von unseren Bäckern berichten: Der lange Cunrat ist wieder da! Er war drei Tage verschwunden, weigert sich aber zu erzählen, wo er sich aufgehalten hat. Ich weiß nicht, was man ihm angetan hat, aber jedenfalls ist er kein Opfer des Gabelmörders geworden. Er behauptet, er sei drei Tage in der Finsternis gewesen, und ein Engel habe ihn schließlich befreit. Nun will er unbedingt eine Wallfahrt machen zu einem Marienheiligtum, das etwa drei Tagesreisen von hier im Süden gelegen ist. Manchmal hege ich leichte Zweifel an seinem Verstand.

Der unbekannte Mörder hingegen läuft nach wie vor frei herum, und der König weiß nichts davon. Herr Ringlin hat sich inzwischen zwar etwas erholt, doch es geht ihm immer noch sehr schlecht. Immerhin ist er wieder bei sich, aber er hat weder eine Erinnerung an das, was mit ihm geschehen ist, noch hat er denjenigen erkannt, der versucht hat, ihn umzubringen.

Und der junge Giovanni wird langsam verrückt vor Sorge und Kummer wegen seiner verschwundenen Geliebten Lucia, die er in den Händen eines bösartigen Raubritters weiß. Ihn interessiert die Gefahr durch den Mörder nicht, die sicher auch über ihm schwebt wie über uns allen, die mit dem Casus beschäftigt sind. Wie ein gefangenes Tier bewegt er sich im Käfig dieser kleinen Stadt, weiß nicht ein noch aus und verflucht seine eigene Ohnmacht und die Tatenlosigkeit des Himmels angesichts solch schreiender Ungerechtigkeit.

Es grüßt Dich aus dem sonnigen und bisweilen doch trüben Costentz

Dein Poggio

Doch irgendein Heiliger im Himmel hatte Giovannis Klagen gehört. Zumindest schien es so.

Am 25. des Monats, einem Samstagmorgen, kam Gretli schon sehr früh zu den Bäckern gelaufen. Seit Cunrat wieder zurück war, kam sie jeden Tag an den Bäckerstand, um sich zu vergewissern, dass ihr Geliebter noch da war. Auch ihr hatte er nichts Genaues über seine Gefangenschaft berichtet. Er hatte beschlossen, seine dreitägige Leidenszeit im dunklen Keller von Meister Katz als Strafe für seine Verfehlungen anzusehen. Deshalb dachte er auch nicht daran, Anzeige gegen den Bäckermeister zu erstatten. Cunrat war überzeugt, dass ein Engel ihm die Tür des Verlieses mitten in der Nacht geöffnet hatte, sodass er im Schutz der Dunkelheit aus dem Haus in der Morderstraße hatte entfliehen können, wie einst der Heilige Petrus aus dem Kerker in Rom. Und da der Himmel selbst ihn befreit hatte, nahm er dies auch als Zeichen, dass er sich für Gretli entscheiden sollte. Die Heiligen hatten ihn geprüft und ihm den richtigen Weg gewiesen. Nur diesen Schluss hatte er ihr erzählt. Allerdings hatte Cunrat seither Angst im Dunkeln, denn die Wut von Hans Katz war sicher nicht verraucht, und nun musste der Bäckermeister auch noch befürchten, dass Cunrat ihn an den Vogt verraten könnte. So fühlte er sich von zwei Seiten bedroht: durch den unheimlichen Mörder und durch die Gesellen des Bäckers. Manchmal dachte er daran, Costentz zu verlassen und mit Gretli anderswo ein neues Leben zu beginnen. Doch das wollte gut durchdacht sein.

Nun bot sich jedoch eine Gelegenheit für eine wenigstens zeitweilige Abwesenheit von Costentz. Gretli berichtete nämlich aufgeregt, dass die Männer des Ritters Jörg von End zwei Tage zuvor ein Schiff gekapert hatten, eine große Lädine, vollgeladen mit Waren von Feldkircher und Costentzer Kaufleuten. Auch ihr Herr, Heinrich Tettikover, hatte einige Fässer voller Malvasier, Getreide und Stoffen verloren. Die Räuber hatten alles auf die Burg Grimmenstein geschafft.

»Aber wie ist das möglich?«, fragte Cunrat erstaunt. »Den Ritter von End habe ich doch gestern noch am Oberen Markt gesehen, in Begleitung von Herrn Muntprat.«

Giovanni sah ihn finster an. »Und du hast mir nichts davon gesagt? Den Schweinehund hätte ich mir vorgeknöpft!«

Gretli fuhr eilig fort: »Das wundert mich nicht. Es heißt, die Muntprats hätten keine Waren auf dieser Lädine gehabt. Aber Jörg von End war tatsächlich so unvorsichtig, sich hier nach Costentz zu begeben, während seine Männer den Überfall verübt haben. Er ist bereits verhaftet worden, nur einer seiner Knechte ist geflüchtet, mit einem Boot. Hanns Hagen hat ihm einige Bewaffnete hinterher gesandt. Mein Herr sagte, nun werde dem Ritter gewiss der Prozess gemacht!«

»Und Grimmenstein gestürmt?«, fragte Giovanni hoffnungsvoll.

Doch das wusste Gretli nicht.

Jörg von End wurde im Raueneggturm eingesperrt, aber seinem Knecht erging es noch schlechter. Die Männer, die ihn in Hanns Hagens Auftrag verfolgten, holten ihn kurz nach Romishorn ein. Sie waren in einer kleinen Lädine mit acht kräftigen Ruderern unterwegs, während Jörgs Knecht nur zwei Mann hatte, die sein Boot voranbrachten. Angesichts seiner Verfolger hielt er auf das flache Ufer zu, in der Hoffnung, dort irgendwo an Land zu kommen, um sich zu verstecken. Doch er war noch gut 100 Schritte vom Ufer entfernt, als die Costentzer Lädine längsseits ging und das kleinere Boot stoppte. Sofort sprangen Hagens bewaffnete Söldner an Bord und überwältigten die Flüchtenden, obwohl Jörg von Ends Gefolgsmann eine Rüstung trug und schwer bewaffnet war.

Was danach geschah, konnte nie ganz aufgeklärt werden. Die Costentzer sagten, der Gewappnete habe im Handgemenge den Halt verloren und sei über Bord gegangen. Seine schwere Rüstung habe ihn sofort unter Wasser gezogen, und er sei einfach verschwunden. Zwar hätten sie noch nach ihm gesucht, ihn aber nicht mehr gefunden.

Etwas anders stellten die Männer des Ritters die Sache dar. Die Ruderer behaupteten, Jörgs Knecht sei von zwei Söldnern gepackt und ins Wasser gestoßen worden, wo er elendiglich ertrunken sei.

Sein Leichnam wurde erst am fünften Tag gefunden, nachdem sein Eheweib bei Hanns Hagen vorstellig geworden war, dass man ihn suchen solle. Am Fronleichnamstag begrub man ihn auf dem Friedhof von Sankt Johann. Da hinsichtlich seines Todes Aussage gegen Aussage stand, kam der Rat überein, die Sache als ein Unglück zu werten, sodass die beteiligten Söldner keine Folgen zu befürchten hatten für ihre Tat, jedenfalls nicht in diesem Leben.

Sein Herr jedoch sollte als Räuber vor Gericht gestellt werden. Doch da zeigte sich, dass Jörg von End gute Freunde in der Stadt hatte.

Gretli berichtete den Bäckern am Morgen des letzten Tages im Mai, einem Freitag, dass Heinrich Tettikover am Abend zuvor sehr wütend von der Ratssitzung zurückgekommen sei.

»Diese scheinheiligen Muntprats!«, habe er ausgerufen. »Sie stecken nicht nur mit den Ravensburgern und den Mailändern unter einer Decke, sondern machen mit den übelsten Räubern gemeinsame Sache!«

Der mächtigen Kaufmannsfamilie war es mithilfe mehrerer Advokaten gelungen, den Ritter Jörg von End vor der Verurteilung zu bewahren. Dafür musste er Urfehde schwören und seine Festung Grimmenstein ausliefern.

»Am Montag soll die Burg besetzt und zerstört werden!«

»Und ich bin dabei!«, rief Giovanni begeistert. »Dann werden wir endlich Lucia befreien!«

Poggio Bracciolini an Niccolò Niccoli, am 31. Mai, im Jahre des Herrn 1415

Mein lieber Niccolò,

Du würdest nicht glauben, wem ich jahrelang gedient habe: dem ›Teufel in Menschengestalt‹! So wird Papst Johannes gleich zu Beginn der Anklageschrift bezeichnet, welche die Untersuchungskommission unter dem Vorsitz von Guillaume Fillastre nun in größter Eile erstellt hat. Man hält es kaum für möglich, welche Anklagepunkte in dieser Schrift erhoben werden: Johannes sei von Jugend an völlig charakterlos und verdorben gewesen, seine kirchliche Karriere habe er mit Hilfe von Simonie gemacht, er habe, um selbst Papst zu werden, seinen Vorgänger Alexander V. vergiftet, als Papst habe er Gebet, Gottesdienst und Fasten vernachlässigt, seine Sittenlosigkeit durch Ehebruch mit der Frau seines Bruders, Unzucht, ja Sodomie in zahllosen Fällen an den Tag gelegt, er habe Kirchengut verschleudert, den Klerus bis zur Verarmung besteuert und nicht zuletzt die Auferstehung Christi und das ewige Leben geleugnet. Er sei also, kurzgefasst, ein Mörder, Ehebrecher, Simonist und Häretiker, und damit als Papst untragbar geworden.

Mir scheint, dass die Untersuchungskommission den Kanon der Zehn Gebote gründlich studiert und sich dann diejenigen Vergehen ausgesucht hat, die am meisten dazu angetan sind, einen Menschen vollkommen zu diskreditieren. Der Zweck dieser meines Erachtens unheiligen Mittel ist klar: Johannes soll ebenso abgesetzt werden wie die anderen beiden Päpste, damit der Weg frei wird für einen neuen Papst.

Nun finde ich weder diesen Zweck verwerflich, noch halte ich Johannes für einen Heiligen, denn ich kenne ihn vermutlich besser als die meisten Mitglieder der besagten Kommission, dennoch erscheint mir die schiere Anzahl der Anklagepunkte vollkommen übertrieben, vornehmlich dazu geeignet, aller Welt deutlich zu machen, dass Johannes als Papst wirklich untragbar geworden ist.

Ihr Ziel haben Fillastre und seine Mitstreiter jedenfalls erreicht: Johannes ist am vergangenen Mittwoch, dem Tag vor Fronleichnam, offiziell abgesetzt worden. Ohne Gegenzeugen und Gegenstimmen wurde er vom Konzilspräsidenten Brogny, dem Kardinalbischof von Ostia, für schuldig erklärt. Seinen Anhängern wurde verboten, ihm weiter Gehorsam zu leisten. Dies betrifft mich ja nun nicht mehr, da ich ohnehin schon seit einiger Zeit in Brognys Diensten stehe und mich nicht mehr zu Johannes' Gefolge zähle.

Was mich allerdings sehr verwundert, ist, dass Johannes sich mit allem einverstanden erklärt hat. Sollte er plötzlich doch noch zum guten Hirten geworden sein, der es ehrlich meint mit seinen Lämmern? In seinen ganzen Regierungsjahren war er gewöhnlich mehr auf das Scheren als auf das Weiden der Lämmer bedacht, wenn er sie nicht gleich mit Haut und Haar verspeist hat. Oder hat er sich zuguterletzt im Angesicht des Unausweichlichen doch noch auf die Grundlagen seines Amtes besonnen? Aber vielleicht hat er auch einfach nur eingesehen, dass das Spiel für ihn zu Ende ist und er besser daran tut, sich mit dem König und den Kardinälen zu arrangieren.

Da auch die Anhänger der beiden anderen Päpste im Urteil aufgefordert wurden, sich von ihren Obödienzen zu trennen, kann man nun wenigstens hoffen, dass bald ein neuer Papst gewählt wird und dieses unselige Schisma, das die Christenheit schon so lange erschüttert, ein Ende findet.

Eine Nachricht ganz anderer Art wurde heute von Reitern aus Basel mit nach Costentz gebracht: Die große Stadt am Knie des Rheins ist von einem schrecklichen Erdbeben heimgesucht worden. Viele Häuser seien eingestürzt, und die Menschen voller Angst aus den Mauern geflüchtet. Sofort kamen Stimmen auf, dies sei Gottes Strafe für die Verderbtheit der Prälaten und den starrköpfigen Widerstand der Kirchenfürsten gegen die Einigung der Kirche. Doch dann, mein lieber Niccolò, hätte wohl in Costentz die Erde beben müssen und nicht in Basel. Auch entsinne ich mich, dass mir im August letzten Jahres ähnliche Dinge vom Erdbeben zu Florenz berichtet wurden, und auch dort befand sich weder ein Konzil noch ein Papst. Wenn nicht natürliche Ursachen für die Erschütterung der Erde verantwortlich sind, so muss es wohl die Bosheit aller Menschen sein, die Gott zu solcher Strafe veranlasst.

Eine andere Sache scheint sich indes zum Guten zu wenden. Der Raubritter, der dem jungen venezianischen Bäcker die Geliebte entführt hat, hat den Bogen nun doch überspannt. Er ließ ein Costentzer Schiff, voll beladen mit Waren für die hiesigen Kaufleute, von seinen Leuten aufbringen und ausrauben. Und da verstehen die Bürger dieser friedlichen kleinen Stadt keinen Spaß. Solange nur fremde Kaufleute überfallen und beraubt wurden, konnte der Ritter sich noch relativ frei in der Stadt bewegen, doch nun ist er zu weit gegangen, man hat ihn festgenommen und wird sein Räubernest ausräuchern. Dabei wird hoffentlich unser Bäcker seine Geliebte wieder finden.

Es grüßt Dich aus Costentz, der Stadt der mutigen Kaufleute,

Dein Poggio

Venedig, im Juni 1415

Wieder haben sich die Drei versammelt, Prioli, Dandolo und Venier, Senatoren nur noch, nicht mehr Capi des Rates der Zehn, so wie es das venezianische Gesetz will, das niemandem zu lange zu viel Macht zugesteht.

Nach längerem Schweigen eröffnet Dandolo das Gespräch.

»Ihr habt den Dogen gehört. Wir sollen alles abblasen.«

Venier schüttelt fassungslos den Kopf.

»Johannes ist abgesetzt, Sigismund plant den Marsch auf Rom, dem Visconti hat er den Herzogstitel versprochen, und Mocenigo will, dass wir alles abblasen? Dabei sagt sogar das Sprichwort: ›Uomo morto non fa guerra‹*. Und alles nur, weil der Luxemburger mit ihm aus der Schlacht von Nikopolis geflüchtet ist!«

Prioli zuckt die Schultern.

»Und weil Euer Mann versagt hat!«, fährt Venier bitter fort. »Die Sache könnte längst zu unseren Gunsten entschieden sein.«

»Ich habe Euch gesagt, dass es Schicksal war, Venier.«

»Schicksal, Schicksal!«

»Ja, Schicksal! Mein Mann ist zuverlässig, er hat sein Können schon zweimal unter Beweis gestellt, 1403 in Florenz und 1412 in Mailand. Und er wird es auch diesmal schaffen, wenn wir ihn nur lassen.«

»Das können wir nicht, Prioli«, erwidert Dandolo sachlich. »Sonst kostet es unseren eigenen Kopf. Wir können uns nicht dem Beschluss des Senats widersetzen.«

»Ihr meint, des Dogen.«

»Der den Senat überzeugt hat. Ihr habt ihn gehört: ›Hütet euch wie vor dem Feuer, einen ungerechten Krieg zu führen, sonst wird Gott euch vernichten!‹ Der Senat ist nicht mehr bereit,

---

* Nur ein toter Mann führt keinen Krieg.

auch noch den zweiten Teil der Geldsumme zu bezahlen. Wir müssen unseren Mann zurückrufen.«

Prioli nickt.

»Ja, und genau da liegt das Problem. Das wird er nicht akzeptieren.«

Venier fährt wütend herum.

»Was heißt das nun wieder? Er hat seinen Auftrag nicht erfüllt, da kann er nicht verlangen, auch noch bezahlt zu werden!«

»Er hat seinen Auftrag *bisher* nicht erfüllt, aber das wird er noch tun. Und da er schon so weit gegangen ist, wird er es nicht hinnehmen, dass wir einfach von dem Vertrag zurücktreten, ohne ihm den versprochenen Lohn zu bezahlen.«

»Was meint ihr mit ›so weit gegangen‹?«

»Meine Spione haben mir mitgeteilt, dass es bereits mehrere Opfer in der Konzilsstadt gegeben hat. Ich habe Euch ja gesagt, er sichert sich ab. Und diese Leute sind ihm offenbar gefährlich geworden. So hat er sie beseitigt und damit einen Teil des Vertrages erfüllt.«

Nun springt auch Dandolo auf.

»Prioli, das ist verrückt. Wir haben ihm nur einen Mordauftrag erteilt, nicht mehrere. Alles andere ist sein Problem.«

Prioli zuckt die Schultern.

»Für ihn ist alles, was er in Costentz tut, Teil seines Auftrages. So war es auch in Mailand.«

Venier fährt mit der Hand durch die Luft, als ob er einen Schlussstrich ziehen wolle.

»Genug, es ist unmöglich, ihm den zweiten Teil auszubezahlen. Das wird der Senat niemals genehmigen.«

»Und er wird trotzdem darauf bestehen.«

Da lacht Venier höhnisch.

»Nun, dann soll er sich doch hierher trauen, um sein Geld persönlich abzuholen!«

Prioli lacht nicht.

»Ich wünsche Euch, Venier, dass er das niemals tun wird.«

»Es ist Eure Sache, Prioli, ihm die Situation klarzumachen«, pflichtet nun auch Dandolo dem Alten bei. »Ihr müsst ihn kontaktieren und …«

»Ich kann ihn nicht einfach kontaktieren!«, unterbricht ihn Prioli. »Wie stellt Ihr Euch das vor?«

»Wie habt Ihr ihm denn den Auftrag erteilt?«

»Über den Mann, der ihn mir empfohlen hat.«

»Und der wäre?«

Ungern nennt Prioli schließlich den Namen.

»Erzbischof Benedetti. Er hatte ihn schon für den Mailänder angeheuert.«

»Dann sagt Erzbischof Benedetti, dass er ihn zurückpfeifen soll.«

Prioli zögert einen Moment, dann sagt er leise: »Das habe ich schon versucht.«

»Ihr habt *was*?«, rufen Venier und Dandolo wie aus einem Mund.

»Ja, ich habe den Erzbischof über einen Boten benachrichtigt, dass wir mit Mocenigo Probleme bekommen könnten. Und dass er im Notfall den Auftrag zurückziehen muss.«

»Und was hat der Erzbischof geantwortet?«, fragt Dandolo.

Da zieht Prioli ein Schreiben aus seiner Börse und faltet es auf, damit die beiden es lesen können:

›Ich würde es nicht wagen, diesem Mann den Vertrag aufzukündigen, dazu ist er zu gefährlich. Er wäre niemals damit einverstanden, auf die Erfüllung des Vertrages zu verzichten‹, schreibt Benedetti. ›Nur der Tod könnte ihn davon abhalten.‹

Dandolo atmet tief durch.

»Dann wird der Tod ihn abhalten.«

Brachmond

AM ERSTEN JUNITAG LIEFEN DREI SCHIFFE am Luckenhäusle vorbei aus dem Costentzer Hafen aus. Der Wind kam von Westen und trieb die Lädinen kräftig voran, die diesmal nicht mit Waren, sondern mit Menschen voll beladen waren. Über 60 Mann hatten sich freiwillig gemeldet, um gegen ein gutes Entgelt die Burg des verhassten Raubritters Jörg von End zu plündern und ein für allemal zu zerstören. Dazu kamen einige Wachen, die Hanns Hagen entsandt hatte, sowie ein Trupp ungarischer Söldner. Die Burg Grimmenstein lag auf ehemals österreichischem Herrschaftsgebiet und unterstand nun dem König selbst, der es sich nicht hatte nehmen lassen, auch eigene Leute zu dieser Strafaktion zu entsenden. Der Plünderungszug fuhr unter dem Oberkommando des Patriziers Wigand Kramer.

Auch Cunrat und Giovanni waren mit an Bord. Nachdem sie von Gretli erfahren hatten, dass der Vogt eine Freiwilligentruppe zusammenstellte, waren sie noch am Freitag zum Rathaus gelaufen und hatten sich gemeldet.

Hanns Hagen hatte sie mit skeptischer Miene begrüßt.

»Der lange Cunrat und sein welscher Freund! Was wollt ihr denn hier?«

»Wir wollen an der geplanten Expedition gegen den Ritter von End teilnehmen!«, hatte Giovanni ganz förmlich geantwortet.

»Und darf man fragen, warum ihr an der Expedition gegen den Ritter von End teilnehmen wollt?«

»Wir haben unsere Gründe.«

»Die kann ich mir schon denken, die Gründe. Ihr wollt mal wieder bei einer Rauferei dabei sein, das ist alles!«

»Nein, Herr, wir wollen ...«

Giovanni fiel Cunrat ins Wort. »Wir haben unsere Gründe und basta!«

»Und basta! Deine welschen Dreistigkeiten kannst du dir sparen, mein Lieber!«, erwiderte der Vogt ärgerlich. »Hier geht es nicht um Messerzücken und Wirtshausstreitigkeiten, Burg Grimmenstein muss geschleift werden. Das ist schwere Arbeit! Versteht ihr?«

Giovanni kaute auf einer frechen Antwort herum, doch Cunrat antwortete schnell: »Ja, Herr, das verstehen wir. Wir können hart arbeiten! Deswegen sind wir hier.«

Noch nicht ganz überzeugt trug Hagen ihre Namen dennoch in die Freiwilligenliste ein.

»Am Montag in der Frühe, um die siebte Stunde an der Fischbrücke. Da laufen wir aus. Und ich will keine Klagen über euch hören!«

Nun waren sie auf dem Weg nach Rhineck, das ganz am anderen, östlichen Ende des Bodensees lag, dort wo der Rhein sich in die Weite des Sees ergoss. Langsam glitten die Lädinen das Südufer entlang. Die Schiffer vermieden es, zu sehr in die Seemitte zu geraten, wo die Gegenströmung stärker und der Wellengang höher war. Es war ein klarer Tag, weiße Wolken wie Federkissen zogen mit den Lädinen vor dem Wind her, und deutlich konnte man den Gipfel des Säntis erkennen. Cunrat saß in seinen Mantel gehüllt auf einem Brett neben Giovanni und zwei Stadtknechten, so wie er bei seiner letzten Schifffahrt neben Johann Tettinger gesessen hatte. Wie viel Zeit schien seitdem vergangen! Wie damals sah er die verschiedenen Klöster und Dörfer vorbeigleiten: Kreuzlingen, Münsterlingen, auf der Nordseite die Meersburg und Hagnau zwischen den Weinbergen, doch diesmal ging die Fahrt in die andere Richtung, nach Osten. Landschlacht, Altnau und Güttingen, Kirchberg und Immenstaad tauchten nacheinander am südlichen oder nördlichen Ufer auf, und einer der Mitreisenden, der als Knecht für die Tettikovers arbeitete und häufiger Waren auf dieser Strecke begleitete, erzählte ihnen zu jedem Ort, welcher Bach dort in den See mündete, welche Kirche die wirksamsten Reliquien beherbergte und wo es die besten Gasthäuser gab. Zwischen den Ortschaften war das nahe Ufer von Röhricht und Weiden gesäumt, Sumpf und dichtes Gestrüpp ließen dort jeden Landgang unmöglich erscheinen.

In der Costentzer Bucht führten die Männer noch lebhafte Gespräche. Einer erzählte, wie er bei einem Überfall des Ritters von End nur mit knapper Not dem Tod entronnen war, ein anderer berichtete, wie viele Fässer Wein und Ballen wertvollen Tuches sein Herr bei einem Gewaltstreich des Ritters verloren hatte; es wurde spekuliert, was wohl auf der Burg alles an Schätzen gehortet und wie hoch der Anteil eines jeden von ihnen sein würde. Ein paar Steinmetze, die mit an Bord waren, dämpften ein wenig die Begeisterung, indem sie erklärten, wie das Schleifen der Burg vor sich gehen und wie mühsam dies sein würde. Nur Cunrat und Giovanni beteiligten sich kaum an der Diskussion, denn den Schatz, den sie sich von der Plünderung erhofften, erwähnten sie lieber nicht.

Gegen Mittag flaute der Wind ab, ebenso die Unterhaltung. Das schlagende Segel wurde um den Mast geschlungen und festgebunden, nun musste gerudert werden. Die Sonne brannte lotrecht auf die Schiffe, die Männer entledigten sich ihrer Mäntel und Cotten und waren froh über jeden Wasserspritzer, den die Ruderer am Bug der Lädine zu ihnen hochwirbelten. Nun verstummten die Gespräche endgültig, nur noch das Glucksen des Wassers unter dem Schiff und das gleichmäßige Klatschen der Ruder waren zu hören. Weinschläuche wurden herumgereicht, und manch einer lehnte den Kopf an des Nachbarn Schulter, um zu schlafen. Nur hin und wieder wurde das glitzernde Einerlei des Sees unterbrochen von einem Fischerboot oder einer anderen Lädine, die ihren Weg kreuzte. Dann grüßte man kurz von Schiff zu Schiff, um gleich wieder in träge Lethargie zu versinken.

Während die Landschaft wie ein Strom von Bildern an Cunrat vorüberfloss, dachte er darüber nach, wie still es hier war.

In der Stadt war es niemals still, dort herrschte immer Lärm: Hufgetrappel und Rattern von Karrenrädern, das Schreien der Marktfrauen und Händler, das Hämmern und Sägen der Handwerker, Kinderkreischen, Hundebellen, Singen, Lachen, Weinen, ja, selbst in der Nacht wurde es selten wirklich ruhig, immer hörte man in den engen Gassen und durch die dünnen Wände jemanden schnarchen oder furzen oder stöhnen. Cunrat, der im stillen Dorf aufgewachsen war, genoss die Ruhe auf dem Wasser und überließ sich ganz seinen Gedanken. Doch diese landeten unweigerlich bei den Toten. Tettinger, Karolina, Ambrogio, der Pole und sein Mörder, der Burgunder – warum hatten sie alle sterben müssen? Wer hatte sie auf dem Gewissen? Und plötzlich kam ihm ein neuer Gedanke. Ob der Ritter von End womöglich mit den Morden zu tun hatte? Vielleicht würden sie auf Burg Grimmenstein ja nicht nur Lucia, sondern auch eine Antwort auf ihre Fragen finden!

Gegen Abend erreichten sie die breiteste Stelle des Bodensees, zwischen Buchhorn und Romishorn. Cunrat staunte über diese unendlichen Weiten, er dachte an das Meer, von dem ihm Simon Ringlin erzählt hatte, es konnte nicht größer sein, die Berge im Osten waren nur Schemen im abendlichen Dunst, und ihm wurde schwindlig beim Gedanken an die ungeheuren Tiefen, über die sie dahinglitten.

Schließlich dirigierte Wigand Kramer die Schiffe in den Hafen von Romishorn, damit die Männer dort an Land etwas essen und die Nacht auf dem Trockenen verbringen konnten. Giovanni wäre am liebsten weitergefahren, er sah sich kurz vor dem Ziel, Lucia wieder zu finden, und war deshalb ungeduldiger als alle anderen. Als sie abends ums Feuer saßen, erzählten einige der Schiffer jedoch, was ihnen bei ihren Fahrten schon alles zugestoßen war, wie schnell das Wetter umschlagen und der Wind drehen konnte, wie schwer es war, sich in der Nacht auf dem schwarzen See zu orientieren, wie viele Schiffe schon untergegangen waren und welche Ungeheuer auf dem Grunde des Sees nur darauf warteten, dass die toten Körper der Ertrunkenen zu ihnen hinabsanken, sodass sie sie verschlingen konnten. Da war Cunrat heilfroh, sich über Nacht auf festem Boden zu befinden, zumal ihn während der ganzen Fahrt eine leichte Übelkeit begleitet hatte, die wohl vom Schaukeln des breiten Kahns herrührte. Und obwohl Giovanni ihm noch zuflüsterte: »Alles Unsinn!«, schien auch er nicht wirklich unglücklich über die nächtliche Rast an Land zu sein.

Am nächsten Morgen fuhren sie weiter, vorbei an der Bischofsburg von Arbon und der Rorschacher Bucht, von wo der graue Stein kam, mit dem die Mauern von Costentz aufgebaut wurden. Nun nahm der See doch langsam ein Ende, vor ihnen tauchten immer deutlicher die Bregenzer Berge aus Wasser und Dunst auf, zur Linken grüßte der Turm von der Insel des Lindower Frauenstiftes herüber, während sich rechts dunkel eingeschnitten das Rheintal zwischen den Hügeln des Appenzeller Landes und den höheren Bergen dahinter abzeichnete. Dann schrien die Männer in der Lädine vor ihnen plötzlich begeistert auf, denn ein Stück hinter der Rheinmündung ragte endlich die mächtige Feste Grimmenstein empor.

»Lucia!«, flüsterte Giovanni heiser, und Cunrat sah, wie er seine Hände zu Fäusten ballte.

Die Ruderer wechselten sich noch einmal ab, denn nun hieß es, gegen die heftige Strömung des großen Flusses anzukämpfen, der gewohnt war, alles mit sich in den See zu reißen. Langsam ging es voran, immer nah am Ufer entlang. Schließlich tauchten Männer mit Pferden auf, die ihnen zuriefen, ob sie ihre Schiffe treideln lassen wollten. Wigand Kramer winkte sie heran und verabredete den Treidellohn bis nach Sankt Margrethen, dem Ort, der am nächsten an Burg Grimmenstein lag.

So wurde vor jedes Schiff ein Pferd gespannt. Am Kummet war ein Seil befestigt, das zuoberst an den Mast des Schiffes gebunden wurde. Langsam zogen die Pferde an, und langsam bewegten sich die Schiffe gegen die Strömung den Rhein hinauf. Nach etwa einer halben Meile passierten sie Rhineck.

Das Städtchen Rhineck hatte in längst vergangener Zeit direkt am See gelegen, dort, wo der Rhein rasch eilend sein Bett verließ und im großen Wasser zur Ruhe kam. Doch im Lauf der Jahrhunderte hatte der Fluss dieses Bett immer weiter mit sich in den See getragen, hatte es angefüllt mit Kies und Geröll, die er in jedem Frühling während der Schneeschmelze aus den Bergen herabführte, zur Zeit der ›Rheinnot‹, wie die Bewohner des Rheintals die Überschwemmungen und Zerstörungen nannten, denen sie alle Jahre aufs Neue unbarmherzig ausgeliefert waren. Die Mündung war auf diese Weise immer weiter in den See hineingewachsen, das Städtchen am Ufer des Flusses zurückgeblieben. Dennoch war es der wichtigste Umschlagplatz für Waren, die von den kleineren Segnern, die den Fluss befuhren, auf die großen Lädinen für die Seefahrt umgeladen wurden oder umgekehrt. Manchmal wurden Fässer, Ballen und Säcke auch gleich auf Maultiere gepackt, die sie trittsicher auf schmalen Pfaden bis zur nächsten Zollstelle trugen. Zwei Festungen waren zum Schutz der Stadt und der Kaufleute errichtet worden, doch Burg Rhineck war schon vor Jahren von den Appenzellern zerstört worden, und der Herr von Burg Grimmenstein, Jörg von End, hatte die dominierende Position seiner Feste nur genutzt, um die Kaufleute auszurauben, nicht um sie zu schützen.

So kamen, als die Costentzer Lädinen an den Stadtmauern vorbeiglitten, aus allen Gassen der Stadt die Menschen zum Kai gelaufen, um die Schiffe zu begrüßen, deren Besatzungen mit Schaufeln, Pickeln, Hacken, Keilen, Hämmern und Pecheimern bewaffnet waren. Die Menschen am Ufer winkten freundlich, denn die Nachricht von der Verhaftung Jörgs von End hatte sich bereits herumgesprochen, und nun warteten die Rhinecker nur noch darauf, dass endlich sein Räubernest ausgeräuchert würde.

Gegen Abend langten die Männer in Sankt Margrethen an, wo sie ebenfalls schon erwartet wurden. Wigand Kramer hatte entschieden, dort noch eine Nacht zu verbringen, bevor sie am nächsten Tag zur Burg hochziehen würden. Von den schwankenden Planken sprangen sie auf festen Boden, und Cunrat war froh, seine langen Beine endlich wieder ausstrecken zu können.

Nachdem die Schiffe festgezurrt waren, verteilten sich die Männer in den Gasthöfen der Stadt. Hübsche Mädchen und eifrige Wirte zeigten ihnen den Weg, und Wigand Kramer gab ihnen nur noch mit auf den Weg, sich am nächsten Morgen wieder am Kai einzufinden.

Cunrat und Giovanni folgten einem Mädchen, das sie in das Wirtshaus zum *Pfauen* geleitete. Dort wartete ein Schwein am Spieß auf sie, dessen fette Kruste ihnen nach dem mageren Tag auf See prächtig den Magen füllte. Dazu leerten sie binnen kürzester Frist zwei Krüge Wein. Nun glaubte das Mädchen, seine Zeit sei gekommen und setzte sich zu Giovanni auf die Bank. Sie ließ ihre Hand zwischen seine Beine gleiten, doch er packte ihren Arm und hielt sie auf. Zu nah glaubte er Lucia, als dass eine andere Frau ihn in dieser Nacht hätte erobern können. Die Zärtlichkeiten der Frau blieben dennoch nicht ohne Wirkung.

»Cunrat, lass uns aufbrechen!«, sagte er plötzlich und trank seinen Becher aus.

»Was? Wohin denn?«, jammerte Cunrat, der ahnte, was in Giovanni vorging. »Wir haben doch ein günstiges Nachtlager hier!«

»Ich brauche kein Nachtlager, ich brauche Lucia. Ich kann keinen Augenblick länger ohne sie leben! Außerdem, wer weiß, was passiert, wenn die Costentzer Horde morgen in die Burg einzieht und sie sieht! Du weißt ja, wie es bei solchen Plünderungen zugeht.«

»Aber Giovanni, das ist verrückt, wir können Lucia nicht allein befreien!«

»Wir gehen zur Burg und sagen, dass wir die Vorhut sind und dass sie uns einlassen müssen, im Namen der Stadt Costentz!

Jörg von Ends Burgvogt weiß gewiss schon, dass die Costentzer im Anmarsch sind.«

»Wir kennen aber doch den Weg überhaupt nicht!«

»Den werden wir schon finden. Und sonst nehmen wir einen Einheimischen mit.«

Giovanni ließ seinen Blick durch das Lokal schweifen, dann zeigte er auf einen Jungen, der neben dem Kamin saß und im Feuer stocherte. Offenbar gehörte er zur Wirtsfamilie.

»Den fragen wir, ob er uns führt!«

Cunrat war unglücklich über Giovannis Entschluss, denn er war müde und ermattet und betrunken und hätte sich gern auf sein Lager geworfen. Doch er sah seinem Freund an, dass dessen Entscheidung nicht mehr rückgängig zu machen war. Giovanni verhandelte bereits mit dem Jungen, der wohl nicht viel älter war als Mathis, der Lehrjunge von Bäckermeister Katz. Nach einigem Hin und Her erklärte er sich gegen ein Entgelt von drei Pfennigen bereit, die beiden durch die Nacht zur Burg zu führen.

Nach einem mühseligen Aufstieg durch Weingärten und Wälder im Schein einer Fackel hatten sie Grimmenstein endlich erreicht. Die Burg lag auf einem schmalen Felsgrat, sodass sie zur Talseite nicht nur von den starken Mauern, sondern auch durch den steilen Abhang geschützt war. Nach Süden hin lag etwas unterhalb der Mauern der Wirtschaftshof für die Versorgung der Burg mit Vieh und Getreide. Zwischen dem Hof und der Festung zog sich ein Weinberg den Hang hinauf zum Felssporn, der in ostwestlicher Richtung das Tal mit der Rheinmündung dominierte.

Der gewaltige Turm, den sie schon vom See aus gesehen hatten, lag am obersten Punkt der Felsennase, während sich nach Osten zur Spitze hin die Vorburg mit dem Torbau erstreckte. Das letzte Stück Wegs führte die Drei hart an der südlichen Mauer entlang, über einen schmalen Pfad, der jeglichen Angreifern ihr Werk erschweren sollte. Schließlich standen sie vor dem äußeren Tor. Der Junge nahm seine drei Pfennige und die Fackel und verschwand schnell wieder in der Nacht, während Giovanni mit einem Stock an das Holztor klopfte.

Auf der Mauer bewegte sich eine Fackel zum Tor hin.

»Wer ist da?«

»Costentzer Leute!«

»Wieso kommt ihr mitten in der Nacht?«, rief der Wächter, der zwischen den Zinnen der Mauer hindurch versuchte zu erkennen, wer da im Dunkel unten stand.

»Ihr seid gewiss keine Costentzer, ihr seid Wegelagerer, die hier plündern wollen! Verschwindet, sonst hetze ich die Hunde auf euch!«

»Und jetzt?«, flüsterte Cunrat ratlos.

»Hier gibt es keine Hunde!«, flüsterte Giovanni zurück. »Die hätten längst angeschlagen!«

Dann rief er dem Wächter zu: »Öffnet das Tor, im Namen der Stadt Costentz, und lasst uns ein! Wir sind die Vorhut und sollen euch die Nachricht überbringen, dass morgen 60 Mann hier hochkommen, um die Burg zu plündern und zu schleifen!«

»Vorhut! Dass ich nicht lache! Verschwindet! Sonst werde ich euch lehren, was schleifen heißt! Dann werdet ihr am Schweif meines Rosses über den Schotterweg geschleift!«

Ein anderer Mann auf der Mauer lachte.

»Hört zu«, änderte Giovanni seine Taktik, »Jörg von End selber schickt uns, wir sollen euch warnen.«

»Warnen wovor? Dass die Costentzer kommen? Das wissen wir längst, mein Freund, damit kannst du uns nicht einwickeln. Der Bote von Ritter Jörg ist nämlich schon gestern gekommen. Und es täte mich sehr wundern, wenn er noch weitere Boten geschickt hätte. Also verschwindet!«

Nun wusste auch Giovanni nicht mehr weiter. Cunrat sah sich schon nach einer geeigneten Stelle für ein Nachtlager um. Am nächsten Morgen würden die Costentzer kommen, dann konnten sie mit der großen Schar in die Burg gelangen.

Doch da hörte er plötzlich etwas klimpern.

»Hört ihr das?«, fragte Giovanni zur Mauer hoch.

»Was habt ihr da?«, wollte der Wächter wissen.

»Das sind blanke Gulden. Drei Stück davon für euch, wenn ihr uns helft.«

Cunrat horchte auf. Hatte Giovanni wieder Geld beim Spiel gewonnen?

»Drei Gulden?«, wunderte sich auch der Wächter. »Und was sollen wir dafür tun?«

»Das sage ich euch, wenn ihr uns einlasst.«

»Das können wir nicht tun. Wir haben Befehl, nur den offiziellen Beauftragten von Costentz einzulassen, der mit einem gesiegelten Dokument hier erscheint. Der seid ihr gewiss nicht!«

»Dann soll einer von euch herauskommen, damit ich ihm sagen kann, was ich will.«

Die beiden Männer auf der Mauer flüsterten miteinander, dann fragte einer: »Und woher sollen wir wissen, dass das wirklich Gulden sind?«

»Ich werfe euch einen hoch, dann könnt ihr euch überzeugen. Und wenn ihr uns helft, dann bekommt ihr die anderen zwei.«

»Also wirf!«

Der Wächter hielt eine Fackel hoch, damit Giovanni sah, wo er hinzielen musste, und von unten sah man ein unrasiertes Helmgesicht mit leicht glasigen Augen. Der Helm wurde abgenommen und wie ein Topf zwischen die Zinnen gehalten.

»Ziel hier rein!«

Giovanni zielte nicht schlecht, das Geldstück sauste nur knapp an dem Helm vorbei und landete auf dem Boden des Mauerumgangs. Nach kurzer Suche hatten die beiden es gefunden und offenbar auch überprüft.

»Also gut, wartet, wir kommen.«

Man hörte sie die Holztreppe herabtrampeln und die Riegel des inneren Tores zur Seite schieben.

»Hör zu, Cunrat«, flüsterte Giovanni rasch. »Halt dich hier an der Seite im Hintergrund. Wenn sie uns reinlegen wollen, dann packst du einen von hinten, ich nehme mir den anderen vor!«

Bevor Cunrat etwas einwenden konnte, öffnete sich das äußere Tor, und Fackelschein drang heraus. Schnell trat er ins Dunkel zurück, sodass die Wächter nicht sehen konnten, wie viele Männer draußen standen. Einer von ihnen kam vor das Tor, und Giovanni ging langsam auf ihn zu.

Der Wächter sah sich um, ohne Cunrat zu bemerken, und fragte misstrauisch: »Wo ist denn nun die große Delegation?«

»Ich bin allein«, antwortete Giovanni sehr ernsthaft. »Also, was ist? Helft ihr mir?«

Da lachte der Wächter laut und zog plötzlich sein Schwert. Der zweite stürzte ebenfalls mit blanker Waffe vor das Tor und auf Giovanni zu. Zu zweit glaubten sie, ihn ohne Gegenleistung um seine Gulden erleichtern zu können.

Doch da tauchte jählings aus dem Dunkel ein Riese auf. Cunrat schlug dem völlig verblüfften zweiten Wächter das Schwert aus der Hand und packte ihn gleichzeitig von hinten, sodass er sich nicht mehr rühren konnte. Der erste hielt überrascht einen Moment inne, den Giovanni nützte, um ihn mit einem Fußtritt ebenso seines Schwertes zu entledigen, während er zugleich seinen Dolch zog. Mit einem Satz bekam er den Mann am Arm zu fassen und drückte ihm den Dolch an die Kehle. Der Wächter schluckte.

»So, mein Freund«, knurrte Giovanni zwischen den zornig zusammengebissenen Zähnen hindurch. »Nun führt ihr uns zu Lucia!«

»Welche Lucia?«, wimmerte der Wächter, während der Dolch sich in die Haut an seinem Hals drückte.

»Meine Lucia! Die Frau, die euer Ritter in seiner Räuberhöhle gefangen hält!«

»Die ist nicht mehr da!«

»Was sagst du da?«

Giovanni war in seiner Wut kaum mehr zu bändigen, und Cunrat befürchtete, dass er den Wächter erstechen würde.

Da bestätigte der zweite Mann: »Man hat sie fortgeholt, nachdem der Ritter Jörg in Costentz verhaftet wurde.«

»Wer?«, schrie Giovanni und drückte den Dolch noch weiter in den Hals des Wächters, »wer hat sie fortgeholt? Wohin?«

»Ich weiß nicht«, antwortete verzweifelt der Bedrohte, »Welsche … Mailänder … fort … weiß nicht, wohin …«

Nach jedem Wort schluckte er heftig, um seinen Adamsapfel vor der Dolchspitze in Sicherheit zu bringen.

»Was?«, keuchte Giovanni. »Mailänder? … Jakob Schwarz …«

Lucia war nicht mehr da, all seine Hoffnungen und Anstrengungen waren umsonst gewesen, und für einen Augenblick sah es so aus, als ob er den Überbringer der schrecklichen Botschaft mit dem Tod bestrafen würde.

Doch da sagte Cunrat mit fester Stimme: »Giovanni, lass ihn los!«

Alle standen atemlos still, dann kam der Venezianer langsam zu sich und ließ die Hand mit dem Dolch sinken. Der Wächter atmete erleichtert auf und entwand sich rasch seinem Peiniger, der es geschehen ließ und wie betäubt stehen blieb. Auch Cunrat löste nun seinen harten Griff, und die beiden Männer traten unter Zurücklassung ihrer Schwerter den Rückzug an. Sie verriegelten das Tor, so schnell sie konnten.

Giovanni stand für einen Moment noch fest wie ein Baum, dann sank er in die Knie, und als Cunrat sich ihm näherte und ihn an der Schulter berührte, spürte er, wie sein Freund vom Weinen geschüttelt wurde.

Die beiden verbrachten den Rest der Nacht in ihre Mäntel gehüllt unter den herabhängenden Ästen einer großen Buche in der Nähe der Burg. Die wertvollen Schwerter hatten sie mitgenommen. Am nächsten Morgen wäre Giovanni am liebsten gleich nach Costentz zurückgekehrt, doch eingedenk dessen, was der

Vogt ihnen zum Abschied gesagt hatte, überredete ihn Cunrat, sich wieder dem Costentzer Trupp anzuschließen und bei der Plünderung und der Zerstörung der Burg mitzumachen wie alle anderen. Immerhin konnte man dabei ein viertel Pfund Pfennig verdienen. Und von dem geplünderten Gut würde ja auch etwas auf sie fallen.

»Außerdem ist das gut für deine Wut!« erklärte Cunrat seinem deprimierten Freund. Er hatte sich nämlich erinnert, dass seine Mutter diesen Satz einmal zu ihm gesagt hatte, als der Vater ihn als Kind geschlagen und zum Holzhacken verdonnert hatte. Nachdem er eine große Beige Holz zerkleinert hatte, war seine Wut wegen der Schläge tatsächlich verschwunden gewesen.

So warteten sie, bis gegen Mittag ein Zug von Männern und Maultieren, die man offenbar in Sankt Margrethen geliehen hatte, den Berg hoch marschiert kam. Wigand Kramer an der Spitze hatte ein Dutzend Bewaffnete bei sich, dahinter kamen die Freiwilligen mit ihren Brechwerkzeugen. Ihnen hatten sich noch einige Bewohner von Rhineck und Sankt Margrethen angeschlossen.

Auf der Mauer erschien nun der Burgvogt mit ein paar Soldaten. Als der Zug am Tor angekommen war, begehrte der Patrizier im Namen der Stadt Costentz Einlass. Er zog ein Dokument aus der Tasche und begann es vorzulesen. Darin war festgelegt, dass Ritter Jörg von End seine Burg den Costentzern übergab und diese geschleift würde. Die Freiwilligen jubelten und reckten ihre Werkzeuge in die Höhe.

Der Vogt bestätigte das Gehörte und gab seinen Männern Anweisung, das Burgtor zu öffnen.

Doch Wigand Kramer war noch nicht fertig. Als er zum letzten Punkt des Dokuments kam, wechselte die Stimmung abrupt.

»Das Plünderungsgut ist samt und sonders in Sankt Margrethen beim Pfarrer abzuliefern, wo die bestohlenen Kaufleute ihr Eigentum abholen können. Der Rest geht an Jörg von End.«

Nun verstand Cunrat auch, warum der Patrizier so viele Bewaffnete mit sich führte, obwohl klar war, dass die Burg ohne

Kampf übergeben würde. Dieser Passus war den Freiwilligen vorher nicht mitgeteilt worden, und jeder von ihnen hatte auf reiche Beute aus Jörg von Ends angehäuften Schätzen gehofft. Protestgeschrei erhob sich, und einige machten sich daran, das Burgtor, das inzwischen geöffnet worden war, zu stürmen. Doch Kramers Soldaten, darunter ein paar grimmige Ungarn, legten ihre Lanzen über Kreuz und ließen keinen durch.

»Männer, ihr bekommt alle einen guten Sold für eure Arbeit, aber die Abmachung lässt nicht zu, dass ihr Plünderungsgut mitnehmt!«, erklärte Kramer den Freiwilligen. »Wir räumen die Burg aus und schleifen sie, aber nicht mehr.«

Nach längerem Murren fanden die Freiwilligen sich schließlich damit ab. Vielleicht hofften sie, beim Abtransport der Waren doch das eine oder andere einstecken zu können.

Als die Costentzer schließlich in die Vorburg einmarschierten, mischten sich Cunrat und Giovanni unter die Menge, als ob nichts geschehen wäre. Doch da hatten sie die Rechnung ohne den peniblen Kaufmann Wigand Kramer gemacht.

»He, du Bohnenstange!«, rief er Cunrat an. Vielleicht wäre Giovannis Abwesenheit beim Morgenappell gar nicht aufgefallen, aber dass Cunrat nicht da war, hätte auch ein weniger aufmerksamer Führer bemerkt.

»Wo kommst du jetzt her? Wo warst du heute Morgen?«

»Herr, ich …« Cunrat fiel keine Ausrede ein, doch Giovanni antwortete trotz seiner traurigen Verfassung rasch: »Mir war fürchterlich schlecht, ich musste mich übergeben, wahrscheinlich war ich seekrank, da hat Cunrat sich um mich angenommen. Aber wir sind euch nachgeeilt und soeben eingetroffen.«

Kramer sah sie skeptisch an, doch angesichts von Giovannis bleichem Gesicht und den dunklen Ringen unter den Augen schien er ihnen schließlich zu glauben.

So betraten sie mit den anderen Burg Grimmenstein, den Ort, der für Wochen Lucias Gefängnis gewesen war. Neben dem Vogt hielten sich nur noch fünf Soldaten dort auf, darunter die beiden nächtlichen Wachen, die Cunrat und Giovanni schief ansahen, ohne jedoch etwas zu sagen. Das übrige Gesinde war schon fortgezogen und hatte offenbar alles, was wertvoll war, mitgenommen.

Die Burg war erstaunlich klein im Inneren. In der Mitte des Burghofes befand sich eine große Zisterne, die aus dem Fels gehauen war. Daneben stand ein längliches Steingebäude, als Unterkunft für die Wachen und deren Waffen. Von dessen Dach wurde das Regenwasser durch das Maul eines blechernen Ungeheuers in die Zisterne geleitet. Rundum waren allerlei hölzerne Verschläge die Mauer entlang gebaut, als Hühnerstall, Lagerschuppen oder Werkstätten. Der Pferdestall war von außen an die Vorburg angebaut. Alles wurde jedoch überragt vom mächtigen Wohnturm, einem Gebäude aus grauem Sandstein, das 20 Schritt in der Länge und in der Breite maß und vier Stockwerke hoch aufgetürmt war. In der Nacht hatten Giovanni und Cunrat seine gewaltige Größe zwar erahnt, doch erst jetzt erkannten sie die wahren Dimensionen dieses Verteidigungsbaues.

»Den hätten die Costentzer niemals einnehmen können!«, staunte sogar Giovanni. »Zum Glück hat man den Schweinehund in der Stadt festgenommen, und er musste die Burg freiwillig übergeben!«

In den Felsenkellern des Turms fanden sich noch Lebensmittel wie Wein, Brot, Fleisch und Korn. Trotz Plünderungsverbots machten die Männer erst einmal ein Feuer im Hof und aßen und tranken sich satt. Was übrig blieb, wurde in Kisten und Fässern auf die Maultiere verladen, dazu einige Möbelstücke wie Bänke und Truhen sowie die darin befindlichen Kleider. Diese hatte man in der Kemenate und in anderen Räumen des Turms gefunden. Als Giovanni die steilen Holztreppen hochstieg, fragte er sich bei jeder Kammer, ob hier seine Lucia die letzten Monate verbracht hatte, ob sie von hier aus sehnsüchtig durch die schmalen Fensterschlitze über das Land geschaut und auf Rettung gehofft hatte. Oder war sie im Kellerverlies neben den Lagerräumen gefangen gewesen? Was auch immer er sich vorstellte, es steigerte seine Wut.

Gegen Abend war die Burg leergeräumt, bis auf einen Vorrat an Lebensmitteln, die Wigand Kramer den Männern für die nächsten Tage zugestanden hatte. Eine Schar Freiwilliger führte die Maultiere in Begleitung der Bewaffneten hinunter ins Tal nach Sankt Margrethen, wo sie die Waren wie verabredet zum Pfarrhaus brachten.

Die anderen Costentzer verbrachten die letzte Nacht von Grimmenstein in den Holzschuppen der Vorburg und im Stall, wo man überall Stroh ausgebreitet hatte.

Am nächsten Morgen begann die Zerstörung.

Zunächst sollte der Wohnturm ausgebrannt werden. Angesichts der an manchen Stellen über 10 Fuß dicken Mauern mussten die Costentzer dafür eine besondere Methode anwenden.

Die Zimmerleute unter ihnen sägten und schlugen zunächst die hölzernen Zwischendecken der einzelnen Stockwerke heraus, sodass der Turm innen völlig leer war. Nur das Dach war ihm geblieben. Gleichzeitig hatten andere Männer alle Fenster und Schlitze fest verstopft. Dann schichtete man das Holz der Decken und dürres Reisig am Boden des Turms auf, dazwischen wurde Pech geschmiert, und am Ende zündete man alles von unten an. Der trockene Haufen entflammte in Windeseile, und die Männer, die sich unterhalb des Burgberges in gutem Abstand postiert hatten, hörten, wie das Feuer mit heftigem Brausen rasend schnell auflöderte. Und dann geschah etwas, was Cunrat und selbst der welterfahrene Giovanni noch nie gesehen hatten: Der Turm explodierte. Die plötzliche Hitze dehnte die Luft aus, und da diese keinen schnellen Ausweg durch die Fenster fand, sprengte sie die Mauern und warf sie um, jedenfalls die Teile, die nicht ganz so mächtig waren. Einzelne Steine und Mauerteile flogen weithin durch die Luft.

Da erhob sich großes Geschrei und Jubeln, und am meisten von allen jubelte Giovanni. Erleichtert beobachtete Cunrat, wie mit den pechbrennenden Trümmern auch ein wenig von der Wut seines Freundes verrauchte.

Wigand Kramer trieb seine Leute jedoch bald wieder an die Arbeit. Nach dem Turm mussten die übrigen Holzbauten der Burg verbrannt werden. Mit Pech beschmiert widerstanden auch sie nicht lang den Flammen.

Damit war das erste Tagewerk der Zerstörung verrichtet, und die Männer kehrten nach Sankt Margrethen zurück, um dort die Nacht zu verbringen.

Giovanni und Cunrat suchten wieder den Gasthof auf, in dem sie schon einmal hatten nächtigen wollen. Die Familie begrüßte sie herzlich, doch obwohl er Lucia nicht gefunden hatte, widerstand Giovanni auch in dieser Nacht den Annäherungsversuchen der Wirtstochter, wenn auch mehr aus Müdigkeit wegen der vorherigen kurzen Nacht.

Am nächsten Morgen fragte Wigand Kramer die Männer, wer denn nun bei den Mauerabbrucharbeiten an der Burg mitarbeiten wolle. Er hatte begriffen, dass nicht alle Freiwilligen sich für diese mühsame und anstrengende Tätigkeit mit Brecheisen, Hämmern und Stangen eigneten. Und in der Tat zogen es einige von ihnen vor, mit einer der Lädinen, die Richtung Costentz fuhren, nach Hause zurückzukehren. So erhielten sie zwar kein Viertelpfund Pfennig, aber wenigstens zwölf Pfennige, die sie sich nach ihrer Rückkehr bei Hanns Hagen auszahlen lassen mussten. Unter den Heimkehrern waren auch Cunrat und Giovanni, die nach der Enttäuschung des vorangegangenen Tages keinen Sinn darin sahen, noch mehr Zeit auf der ruinierten Burg Grimmenstein zu verbringen. Außerdem hoffte Giovanni, in Costentz Jakob Schwarz zu finden und ihn wegen Lucia zur Rede stellen zu können.

Ein kräftiger Südostwind trieb die Ledi innerhalb eines einzigen Tages über den ganzen See bis Costentz. Müde und etwas seekrank verließen die beiden Bäcker das Schiff und gingen direkt zu ihrer Behausung.

Doch als sie dort ankamen, wartete eine Nachricht von Meister Ismael auf sie. Sie sollten den jüdischen Arzt dringend noch am selben Abend aufsuchen.

Im Dunkeln hasteten Cunrat und Giovanni quer durch die Stadt in die Sammlungsgasse. Ob etwas mit Simon Ringlin geschehen war? Oder wurde der Arzt nun selber bedroht?

Als sie vor dem Tor standen und vorsichtig umherschauten, ob jemand sie bemerkte, kam es ihnen vor, als hörten sie Musik. Erstaunt sahen sie sich an.

Es war derselbe misstrauische Knecht wie beim letzten Mal, der ihnen öffnete, doch als er sie sah, erhellte sich sein Gesicht und er bat sie freundlich herein. Cunrat schnupperte in die Luft. Täuschte er sich oder roch es hier nach Gebratenem?

Die Musik war lauter geworden, und als sie durch den Korridor in den Innenhof kamen, sahen sie, dass dort ein Fest stattfand. Rundherum steckten Fackeln in Eisenhalterungen an den Hauswänden und dazwischen hingen Öllämpchen. Im Hof standen Bänke und Tische mit weißen Tüchern gedeckt, darauf Kerzenleuchter, und im hinteren Teil saßen auf ein paar Hockern drei Musikanten, die mit Flöte, Laute und Drehleier die Festgesellschaft unterhielten. Diese bestand vorwiegend aus Männern, viele von ihnen mit langem Bart. Doch auch einige Frauen waren zugegen, darunter Hendlin, die Tochter von Meister Ismael. Sie lächelte grüßend zu ihnen herüber.

Dann kam ihnen ein junger Mann mit akkurat geschorenem Bart entgegen, der ihnen die Hand gab und sich als Meister Ismaels Sohn Gabriel vorstellte.

»Ihr seid gewiss die beiden fleißigen Bäckergesellen, die mein Vater unbedingt zum Fest einladen wollte! Wir freuen uns, dass ihr noch gekommen seid. Setzt euch, wir bringen euch zu essen und zu trinken!«

Cunrat und Giovanni hatten auch Poggio Bracciolini entdeckt, der wohl schon länger dem Trunk zusprach. Rotwangig winkte er die beiden zu sich und verschaffte ihnen Platz auf der Bank gegenüber.

»Kommt, Freunde, der Wein von Meister Ismael schmeckt vorzüglich, auch wenn er nicht ist gekocht!«

Dann erzählte er ihnen, was der Grund für das fröhliche Fest war: Die im Römischen Reich wohnenden Juden hatten an diesem Tag einen Freiheitsbrief von König Sigismund bekommen.

»Ja«, ließ sich da plötzlich eine Stimme hinter ihnen vernehmen, »und deshalb sind Freunde aus der ganzen Judenscheit vom Bodensee gekommen, um zu feiern!« Meister Ismael schenkte ihnen höchstpersönlich Wein in die Becher und stieß mit ihnen an.

»Auf die Freiheit!«

»Auf die Freiheit!«, antworteten alle drei, und obwohl Cunrat nicht wirklich wusste, was das in diesem Fall zu bedeuten hatte, war er erleichtert, dass sie zu einem freudigen Anlass geladen worden waren und nicht zu einem neuen Unglück.

Giovanni jedoch sah sich um und fragte bedrückt: »Wo ist Herr Ringlin?«

Meister Ismael senkte die Stimme und antwortete: »Es ist besser, wenn er sich nicht zeigt in der Öffentlichkeit. Wenn ihr gegessen habt, sollt ihr mitkommen.«

Doch zunächst wollte Poggio wissen, wie ihre Mission ausgegangen war, ob sie Lucia gefunden hatten. Sie mussten gar nicht erst erzählen, Giovannis düstere Miene genügte als Antwort auf seine Frage. »Die Wachen auf Grimmenstein haben gesagt, dass sie von Mailändern abgeholt wurde. Da steckt Jakob Schwarz dahinter, und wenn ich heute Abend nicht hierher gekommen wäre, weil ich glaubte, dass etwas Schlimmes passiert sei, dann wäre ich in den Salmansweiler Hof gegangen, um ihn zur Rede zu stellen!«

»Gut, dass du nicht gegangen bist, Giovanni«, wandte Cunrat ein, »du wärst gewiss im Turm gelandet!«

»Er hat recht, junger Freund, man muss andere Wege finden!«, pflichtete ihm Poggio bei, und auch Meister Ismael nickte, dann ließ er sie allein und verschwand im Haus.

Während sie sich gefüllte Fische und gebratene Hühner von einer großen Metallplatte nahmen, die vor ihnen auf dem Tisch stand, wurden sie von den übrigen Anwesenden neugierig gemustert.

»Die schauen uns alle so komisch an!«, stellte Cunrat unbehaglich fest.

»Bestimmt fragen sie sich, warum ein jüdischer Arzt auch Gojim zum Fest geladen hat!«, erklärte ihm Giovanni.

»Gojim?«

»Das sind wir, die Nichtjuden. Jedenfalls für einen Juden.«

»Meinst du, alle anderen, die hier sind, sind Juden?«

»Natürlich, mein Freund. Siehst du nicht ihre Hüte? Und die langen Bärte?«

Cunrat fühlte sich immer fremder. Er musste an die unheimlichen Tierbälge unter Meister Ismaels Dach denken und fragte sich, was sich wohl sonst noch alles in diesem Haus verbarg.

»Hoffentlich tun sie uns nichts!«

Da sah ihn Giovanni kopfschüttelnd von der Seite an.

»Mein lieber Cunrat, wir sind zu Gast bei Meister Ismael, der mir einer der klügsten und liebenswürdigsten Menschen in Costentz zu sein scheint. Du glaubst doch nicht, dass er jemals zulassen würde, dass uns etwas passiert!«

Und Poggio ergänzte: »Juden sind gute Leute, auch wenn ihre Sprache ist komisch. Sie schauen uns nur an, weil wir sind fremd.«

Als Cunrat sich noch einmal umsah, bemerkte er in der Tat, dass in den Augen der Männer an den anderen Tischen nur Neugier zu sehen war, höchstens ein wenig Misstrauen, aber kein Hass oder gar Angriffslust. Er atmete tief durch und dachte, dass vielleicht die Juden sich so fremd fühlten wie er, wenn sie nicht gemeinsam in einem schönen Innenhof saßen wie an diesem Abend, sondern allein durch die Straßen der Stadt gehen mussten, wo jedermann sie an ihrem Hut und ihren Kleidern erkennen konnte. Und wieder einmal kam ihm Bärbeli in den

Sinn und ihre böswillige Bemerkung, als sie Meister Ismael in der Mordergasse getroffen hatten, damals an seinem ersten Tag in Costentz. Wie hatte er dieser Frau nur jemals so nahe kommen können?

Schon wollten die schlimmen Erinnerungen an seine Kellerhaft, die er in den letzten Tagen erfolgreich zur Seite gedrängt hatte, zurückkehren, da wurde er aus seinen Überlegungen gerissen. Der Arzt war zu ihnen getreten und gab ihnen ein Zeichen, ihm zu folgen.

Sie stiegen die Treppe des rückwärtigen Hauses hoch, und Cunrat befürchtete, sie würden wieder bei der Sammlung von Tierskeletten landen, doch der Arzt führte sie im zweiten Geschoss durch mehrere Räume bis vor eine einfache Holztür. Vom Hof klang die Musik zu ihnen herauf.

Bevor er die Tür öffnete, bat Meister Ismael sie noch, Herrn Ringlin die schlimmen Neuigkeiten vorsichtig beizubringen, weil er noch nicht vollständig genesen sei. Dann ließ er sie in eine kleine Kammer treten, die nur von einem Öllämpchen beleuchtet war. Ein Bett, ein Tisch mit Hocker und eine Truhe füllten den Raum fast völlig aus. Herr Ringlin saß aufrecht auf seiner Schlafstatt, doch sie hätten ihn fast nicht erkannt. Seine Haare waren kurz geschoren, und der Bart war vollständig abrasiert. Zum ersten Mal sahen sie sein eigentliches Gesicht, ein graues, trauriges Antlitz, von Falten zerfurcht und durch die Narbe über dem Auge gezeichnet. Vor sich hatte er eines der Bücher von Meister Ismael. Die Augengläser, die dieser ihm zum Lesen geliehen hatte, legte er bei ihrem Eintreten mit der linken Hand rasch auf das Buch, richtete sich auf und blickte ihnen hoffnungsvoll entgegen.

»Giovanni, Cunrat, Herr Poggio! Bringt Ihr mir Nachrichten von meiner Lucia? Habt Ihr sie gefunden?«

Alle drei zögerten und überlegten, wie sie ihm die schlechte Nachricht entsprechend der Weisung von Meister Ismael vorsichtig beibringen konnten, doch mit ihrem Zögern erübrigte sich die Antwort. Matt ließ der enttäuschte Vater sich zurücksinken. Sein rechter Arm lag kraftlos auf der Bettdecke.

»Also nicht. Sagt mir dennoch, was habt Ihr auf Burg Grimmenstein gefunden?«

»Wir wissen, dass sie lebt, Herr Ringlin«, antwortete Cunrat rasch. Ihm tat der alte Mann leid. Cunrat hatte seinen Vater vor langer Zeit verloren, doch wenn er sich einen Vater hätte wünschen dürfen, dann einen, der sein Kind so liebte wie Simon Ringlin seine Lucia.

Der fragte nun verzweifelt: »Aber wo?«, dann etwas leiser: »Und wie?«

Da ließ sich Giovanni neben dem Bett auf die Knie nieder, nahm die Hände des Alten und sagte: »Herr Ringlin ... Vater! Wir werden sie finden. Und wir werden diesen Hundsfott bestrafen!«

»Wen denn? Wenn es nicht der Ritter von End war, wer hat sie dann entführt?«

»Wir wissen nicht, ob der Ritter unschuldig ist. Vielleicht waren es seine Leute, die sie geraubt haben. Aber es scheint wohl so, als ob letztendlich doch die Mailänder dahinter steckten.«

»Ihr meint, Jakob Schwarz!«

»Morgen werde ich ihn aufsuchen!«, antwortete Giovanni kämpferisch.

Doch da schaltete sich Poggio ein. Auf Italienisch erklärte er Herrn Ringlin und Giovanni, dass König Sigismund zum Johannisfest auf das Landgut von Ulrich Richental eingeladen worden war. Er selbst würde im Gefolge des Konzilspräsidenten Brogny ebenfalls zugegen sein, und er hatte gehört, dass auch die Familie Muntprat und die Mailänder Delegation geladen waren. Bei dieser Gelegenheit konnte man vielleicht dem König die Sache noch einmal vortragen.

»Dem König!« Giovanni schnaubte verächtlich. »Dem haben wir die Sache schon mehrfach vorgetragen, und er hat sich trotzdem nicht darum gekümmert!«

»Aber jetzt ist der Ritter von End gefangen genommen, Sigismund hat selber Soldaten geschickt, um Burg Grimmenstein zu schleifen, das bedeutet, dass die Situation sich geändert hat. Und dort bei Richental werden alle zugegen sein: Jakob Schwarz, die Mailänder, die Muntprats. Da könnt ihr an die Clementia, die Großherzigkeit des Königs appellieren!«, insistierte Poggio.

»Es sind noch 14 Tage bis Johannis. So lang kann ich nicht warten!«

»Mein lieber Giovanni, du hast jetzt schon länger als drei Monate gewartet, da kannst du vielleicht auch noch zwei Wochen überstehen.«

»Versteht Ihr denn nicht, dass es nicht um mich geht? Lucia übersteht womöglich keine zwei Wochen mehr! Wer weiß, was sie mit ihr anstellen! Ich halte das nicht mehr aus!«

Doch da sagte Simon Ringlin: »Er hat recht, Giovanni, es hat keinen Sinn, dass du auf eigene Faust gegen Jakob Schwarz vorgehst. Lucia lebt, das ist das Wichtigste. Tritt noch einmal vor den König. Und ich werde dich begleiten! Ich will mich nicht weiter hier verstecken. Wenn es hilft, Lucia zu finden, werde ich dich unterstützen, auch wenn dadurch vor aller Welt klar wird, dass ich den Anschlag überlebt habe und ich erneut in Gefahr komme. Klage ihn an, diesen Jakob Schwarz, den falschen Hund, der glaubt, er sei listiger als alle anderen, klage ihn direkt vor dem König an! Dann werde ich mich zu erkennen geben, und diesmal wird der König uns glauben, ich weiß es!«

»Wenn er das Fest überlebt!«, gab Poggio zu bedenken. »Dort draußen im Garten von Herrn Richental hätte der Mörder leichtes Spiel.«

Giovanni lachte höhnisch. »Er lässt sich ja nicht warnen, der hohe Herr. Glaubt, dass er allmächtig ist!«

»Ja, aber auch deshalb ist es gut, wenn wir dort sind«, erklärte Poggio, »wir wissen um die Gefahr für den König und können die Augen offen halten. Und sollten wir ihm womöglich das Leben retten, wird er dir seine Hilfe gewiss nicht mehr verweigern.«

Schließlich verabschiedeten sich die drei Besucher von Lucias Vater, und Giovanni erklärte seinem schwäbischen Freund in Kürze auf Deutsch, was auf Italienisch verabredet worden war. Doch den beschäftigte noch etwas anderes.

»Meister Ismael, sagt doch, Herr Ringlins rechter Arm, was ist damit? Er lag auf der Decke wie tot.«

Der Arzt seufzte. »Das Gift, mein junger Freund, das Gift. Wahrscheinlich wird bleiben seine rechte Seite fier immer lahm. Es ist schon ein Wunder, dass er ieberhaupt noch lebt.«

Die drei wollten in den Hof zur Festgesellschaft zurückkehren, doch stattdessen führte Meister Ismael sie noch weiter die Stiege hinauf, dann durch einen engen Gang und wieder eine Stiege hinab, bis plötzlich im Fackelschein eine Gruppe von Männern mit langen Bärten und dunklen Augen vor ihnen stand. Cunrat erschrak, doch die Männer grüßten freundlich, und Meister Ismael sagte: »Ihr müsst nun Euren Kopf bedecken. Hier!«

Er reichte Giovanni, der als Einziger unter ihnen barhäuptig war, eine kleine Kappe. Cunrat trug wie immer seine Bundhaube, Poggio Bracciolini hatte eine Gugel elegant um den Kopf drapiert. Widerspruchslos setzte sich Giovanni das Käppchen auf die krausen Locken. Cunrat wunderte sich, dass sein heißblütiger Freund so ohne Weiteres gehorchte.

Dann schritt Meister Ismael durch den Kreis der bärtigen Männer, die alle einen Trichterhut oder eine Gugel trugen, und öffnete eine reich verzierte Tür. Sie betraten einen hohen Saal, in dem nun langsam im Schein der Fackel und eines Leuchters, den der Arzt auf einem Podest entzündete, eine Reihe Säulen aus dem Dunkel trat. Der Boden war mit schwarz-weißen Fliesen ausgelegt, die Wände im unteren Teil mit grünen, goldverzierten Brokattüchern behängt, während darüber eine Reihe doppelbögiger Fenster die Wand entlanglief. Die Kassetten der flachen Holzdecke waren mit Sternen bemalt. Auf der gegenüberliegenden Seite des Raumes stand ein geschnitzter Schrein mit einem Lesepult, an den seitlichen Wänden waren Bänke und Tische aufgestellt.

»Die Judenschule!«, flüsterte Cunrat in plötzlicher Erkenntnis.

»Ja, das ist die Synagoge, hier darf man nur mit Kopfbedeckung eintreten.«

Giovanni hatte wohl geahnt, wo der Jude sie hinführen würde.

Die bärtigen Männer setzten sich hinter die Tische an der Seite und boten auch den drei Nichtjuden einen Platz an. Meister Ismael hingegen begab sich zum Pult vor dem Schrein, auf dem bereits ein Buch lag.

Dann begann er zu sprechen.

Poggio Bracciolini an Niccolò Niccoli, am 13. Juni, dem Tag des Heiligen Antonius von Padua, im Jahre des Herrn 1415

Mein lieber Niccolò,

es ist erstaunlich, welch neue Horizonte sich in dieser kleinen Stadt Costentz, die mir am Anfang einfach nur barbarisch erschien, immer wieder auftun.

Denke nur, vor genau einer Woche habe ich eine halbe Nacht mit einer ganzen Schar von Rabbinern in einer Synagoge gesessen und – nein, nicht gebetet, wie du nun vielleicht denken könntest, sondern versucht, dem unbekannten Mörder auf die Spur zu kommen. Lass Dir berichten!

Am letzten Donnerstag, dem 6. Juno, hat König Sigismund den Juden des Römischen Reiches einen Freiheitsbrief ausgestellt.

Nun möchte ich bei des Königs Wankelmut nicht weissagen müssen, wie lange sie sich dieser Freiheiten erfreuen werden, dennoch war es für die hiesige Gemeinde ein Grund, zu feiern. Und zu diesem Feste hatte der jüdische Arzt Ismael auch die beiden Bäckergesellen und mich geladen.

Ich hatte mich schon früh eingefunden und brachte dem Hausherrn als Gastgeschenk die Abschrift einiger Fabeln des Äsop mit, die ich von Leonardo Bruni zugesandt bekommen hatte. Meister Ismael bedankte sich artig für die Gabe und wies mir einen Ehrenplatz am Tische seiner Familie an. Das Fest fand angesichts der milden Temperaturen im Innenhof seines Hauses statt. Es gab Musik und reichlich zu essen, Lamm, Geflügel, Kalbsbraten und Fische, alles nach jüdischer Art bereitet, aber sehr wohlschmeckend, dazu recht guten Wein von des Juden eigenem Weinberg. Seine Tochter bediente uns, sie ist wirklich eine anmutige Jungfrau, die zur Frau zu bekommen sich jeder Mann glücklich schätzen kann!

Ich weiß nicht, ob ich dir schon berichtet habe, dass ich selbst angefangen habe mit Hebräischstudien. Nachdem ich mich inzwischen zu meinem eigenen Erstaunen dank des Herrn von Wolkenstein doch recht passabel in dieser Barbarensprache Deutsch zu verständigen gelernt habe, hatte ich mir in den Kopf gesetzt, auch die Ursprache der Bibel, eben das Hebräische, zu studieren, vor allem, um die Bibelübersetzung des Heiligen Hieronymus besser verstehen zu können. Allerdings bin ich damit nicht sehr weit gediehen, denn der Konvertit, der mir Lektionen in Hebräischlektüre erteilen sollte, ist ein wahrer Leichtfuß, unzuverlässig, dumm und wankelmütig. Selbst die Schriften, die er mit mir bisher gelesen hat, kamen mir roh, unkultiviert und bäurisch vor.

Ich berichtete Meister Ismael von dieser misslichen Erfahrung, doch als ich ihm den Namen meines vermeintlichen Leh-

rers nannte, lachte er nur und nannte ihn einen ›Nudnik‹, von dem nichts anderes zu erwarten gewesen sei.

Ich erwiderte ihm, dass Hebräischstudien mit ihm als Meister gewiss angenehmer wären, doch da hielt er mir entgegen, er habe leider keine Zeit für derlei Vergnügungen. Auf meine Frage, mit welchen jüdischen Schriften ich mich denn seiner Meinung nach beschäftigen sollte, antwortete er, dass es am besten wäre, zunächst einmal den babylonischen Talmud in der Form zu lesen, die ihm Hillel der Ältere gegeben hatte. Darin befände sich der zentrale Satz ›Tue deinem Nächsten nicht das, was du nicht willst, dass man es dir tue!‹ Der Rest sei Kommentar.

Ich muss sagen, mein Niccolò, dass dieser Satz mich sehr beeindruckt hat und mich in meinen Gedanken seither immer wieder beschäftigt. Was, wenn wir diese Idee zur Grundlage eines Gemeinwesens machen könnten?

Doch dann erschienen auch die beiden Bäcker auf dem Fest. Ich hatte dir ja berichtet, dass das Räubernest, in dem die junge Lucia gefangen gehalten wurde, ausgeräuchert werden sollte. Dies ist auch geschehen, und Giovanni und Cunrat haben an der Expedition teilgenommen, doch das Vögelchen war bereits aus dem Käfig ausgeflogen, wenn auch nicht freiwillig, sondern wohl auf Geheiß eines Mailänders namens Jakob Schwarz, der die Entführte damals auch in das Kloster Münsterlingen gebracht hatte. So berichteten zumindest die beiden jungen Männer, welche direkt nach ihrer Rückkehr von der missglückten Fahrt zum Fest des Juden stießen.

Als auch sie ihren – vor allem beim langen Cunrat wahrlich gewaltigen – Appetit gestillt hatten, bat uns Meister Ismael, mit ihm zu kommen. Zuerst führte er uns in eine kleine Kammer, in welcher der arme Simon Ringlin seine Tage zubringt. Er ist zwar wohl auf dem Wege der Besserung, muss aber immer noch das Bett hüten, zumal wir alle es für besser befinden, wenn er sich vorläufig verborgen hält, damit der Mörder ihn tot glaubt. Natürlich hat ihn die Nachricht, dass seine Tochter noch nicht befreit werden konnte, sehr erschüttert. Als wir ihn verließen, wirkte er furchtbar niedergeschlagen, obwohl ich ihm und den Bäckern versprochen habe, dass wir am Fest des Heiligen Johannes bei König Sigismund vorstellig werden in dieser Sache.

Doch nachdem wir unser barmherziges Werk des Krankenbesuches verrichtet hatten, führte uns der Jude nicht etwa zurück zum Fest, sondern in die im selben Hause gelegene Synagoge. Dort erwartete uns die besagte Schar von Rabbinern. Meister Ismael stellte sie uns der Reihe nach vor: Rabbi Seligman aus Ulm, Rabbi Lemlen aus Stein am Rhein, Rabbi Salomon Spira aus Überlingen, Rabbi Simlin aus Nürnberg, Rabbi Jesaia aus Schaffhusen, Rabbi Mardochai aus Ravensburg und zuletzt den blinden Rabbi Eleazar aus Zürich. Sie alle waren nach Costentz gekommen, um mit ihren Glaubensbrüdern das Fest der Freiheit zu feiern.

Und nun hatte Ismael, der in Costentz neben seiner Tätigkeit als Arzt auch die Aufgabe des Rabbiners innehat, diese Gäste zu einer geheimen Sitzung in der Synagoge zusammengerufen, in der Hoffnung, wie er sagte, dass sie uns helfen könnten, das Rätsel der teuflischen Morde zu lösen. Als er ihnen eingehend geschildert hatte, auf welche Weise die Tettingers und der Mailänder Übersetzer, aber auch der Pole und sein Mörder und schließlich der Burgunder zu Tode gekommen waren, schienen die anderen Rabbiner bestürzt und zunächst nicht sonderlich geneigt, uns beizustehen. In ihrem eigenwilligen Deutsch disputierten sie untereinander mit abweisenden Mienen und Gesten, bis Meister Ismael ihnen sagte, seine Bitte sei auch aus der Angst geboren, dass am Ende die schlimmen Taten des Unholds den Juden zur Last gelegt werden könnten. Da verstummten alle, und nach einem Augenblick der Stille fragte einer von ihnen, der Rabbi

Seligman, wenn ich mich recht erinnere, wie Ismael sich ihre Hilfe denn vorstelle.

Da sagte dieser: ›Es ist einer unter uns, der nicht sieht und dennoch ist er ein Seher. Jahwe hat ihm genommen das Augenlicht und ihn dafür erleuchtet mit seinem göttlichen Licht. Rabbi Eleazar soll auswählen mit Gottes Hilfe eine Stelle im Tanach, und wir alle werden darüber sprechen, was sie hat zu bedeuten. Vielleicht wird Jahwe uns so den Weg zur Klärung der Morde weisen.‹

Nun huben erneute Diskussionen unter den Rabbinern an, einige wandten ein, dass Jahwe das Weissagen verboten habe, andere meinten, dass man überhaupt nicht weissagen könne, aber schließlich erhob der blinde Rabbi Eleazar selber seine Stimme. In heiserem, aber klarem Tone sagte er äußerst bescheiden, dass er in der Tat nicht fähig sei zu weissagen, dass Jahwe in seiner unendlichen Macht ihn aber vielleicht soweit erleuchten würde, eine Stelle des Tanach auszuwählen, aus der all die anwesenden weisen Männer die richtigen Schlüsse ziehen könnten.

Da nickten die anderen Rabbiner beifällig, und so half Meister Ismael dem gebrechlichen alten Mann an das Lesepult, das vor dem Tora-Schrein stand. Auf dem Pult lag ein Buch bereit, wohl der Tanach, die Heilige Schrift der Juden. Alles wurde still, man hörte nur das Knistern der Kerzen.

Der blinde Rabbi murmelte zuerst einige Gebete, dabei richtete er seine milchweißen Augen gen Himmel, sodass sie im Kerzenlicht unheimlich schimmerten. Dann griff er langsam nach dem Tanach, strich mit seinem langen rechten Daumennagel sachte über die Stirnseite des Buchblocks und fuhr wie spielerisch zwischen einzelne Blätter, bis er den Codex plötzlich mit einem Ruck öffnete. Meister Ismael hielt den Leuchter neben das Pult, um zu sehen, welche Seite Eleazar aufgeschlagen hatte.

›Bereschit!‹ verkündigte er laut.

Ein Raunen ging durch die Reihe der Rabbiner. Ich bemerkte, wie mein armer Cunrat verständnislos auf seinen Freund Giovanni blickte. Der flüsterte ihm zu: ›1. Buch Mose‹, was mich bass erstaunte, denn das hatte selbst ich nicht gewusst. Dieser venezianische Bäcker ist mir manchmal fast unheimlich.

Dann gab Ismael dem alten Mann einen feinen Holzstab in die rechte Hand, an dessen Spitze eine kleine silberne Zeigehand befestigt war. Mit dem ausgestreckten Zeigefinger dieser Hand strich der Blinde langsam die rechte Seite des Blattes entlang. Endlich hielt er inne, und Ismael las vor, was an jener Stelle geschrieben stand.

›Und Jakob kochte ein Gericht. Da kam Esau vom Feld und war müde.

Und sprach zu Jakob: Lass mich essen das rote Gericht; denn ich bin müde.

Daher heißt er Edom.

Aber Jakob sprach: Verkaufe mir heute deine Erstgeburt.

Esau antwortete: Siehe, ich muss doch sterben; was soll mir da die Erstgeburt?

Jakob sprach: So schwöre mir zuvor.

Und er schwor ihm und verkaufte so Jakob seine Erstgeburt.

Da gab ihm Jakob Brot und das Linsengericht, und er aß und trank und stand auf und ging davon. So verachtete Esau seine Erstgeburt.‹

Mein lieber Niccolò, ich habe dir das alles so genau geschildert, damit du verstehst, was dann geschah. Eine Art Sturm brach los. Auf Hebräisch und Jiddisch und Lateinisch wurde nun diskutiert und gestritten. Wir drei Nichtjuden verstanden höchstens das eine oder andere Wort, obwohl Giovanni bei dem Namen Jakob natürlich zusammengezuckt war und ich von seinen Lippen ›Jakob Schwarz!‹ ablesen konnte. Nach langem Hin und

Her präsentierte uns Meister Ismael schließlich das Ergebnis der gelehrten Disputationen seiner Rabbinerkollegen. Gemeinsam waren sie zu folgenden Schlüssen gekommen:

Mit dem roten Gericht sei wohl das Schlangengift gemeint, mit dem die Opfer betäubt worden waren. Ein außerordentlich listenreicher Mann habe es zubereitet, denn der Name Jakob bedeute auf Hebräisch ›der Listige‹.

Das Erstgeburtsrecht meine das Recht auf Leben überhaupt, das er mit seinem Gericht den anderen weggenommen habe.

Das Schwören hingegen bedeute, dass die Opfer eine geheime Verbindung zu ihrem Mörder gehabt hätten. Doch so wie Esau die Erstgeburt nicht wichtig genommen habe, so hätten sie diese Verbindung nicht wichtig genug genommen. Deshalb hätten sie sterben müssen.

Am Ende sah uns Meister Ismael erwartungsvoll an. Doch auch er hatte verstanden, dass das jüdische Orakel nicht wirklich Neues zutage gefördert hatte. Es hätte mich auch gewundert, wenn es zuverlässiger gewesen wäre als die Orakel von Delphi, Ephyra und Didyma, als jene der Haruspices und Flamines, der Propheten und Sibyllen. All diese Versuche, höheres Wissen zu erlangen, sind doch letztendlich nichts anderes als Scharlatanerie, und auch die Auslegung durch die weisen jüdischen Männer brachte uns nicht die gewünschte Erleuchtung. So versuchten wir, uns die Enttäuschung nicht anmerken zu lassen und verließen die Synagoge auf demselben verschlungenen Weg, über den wir gekommen waren.

Übrigens nimmt auch die Vorsehung verschlungene Wege, wie allgemein bekannt ist. Stell dir vor, am Montag der vergangenen Woche wurde der Papst – oder genauer – der ehemalige Papst Johannes von Ratolfzell in das bischöfliche Schloss nach Gottlieben verlegt, wo zur gleichen Zeit der Böhme Jan Hus einsaß. Für immerhin zwei Tage saßen die beiden Johannese – denn Jan bedeutet nichts anderes als Johannes – am gleichen Ort gefangen, womöglich Wand an Wand. Welch eine Ironie des Schicksals! Der ehemalige Papst und der von ihm bekämpfte Ketzer! Inzwischen wurde Hus jedoch ins Minoritenkloster nach Costentz überführt, wo zurzeit Verhöre stattfinden. Dreimal wurde der Böhme den Konzilsvätern vorgeführt. Doch in der ersten Sitzung vom 5. Juni hat man den Angeklagten gar nicht zu Wort kommen lassen, sondern in unwürdiger Weise niedergeschrien. Statt ›Verhör‹ hätte man diese Verhandlung auch ›Verstör‹ nennen können! Erst in der zweiten und dritten Sitzung konnte Hus seinen Standpunkt darlegen, weil Sigismund anwesend war, der dafür sorgte, dass auch der Beschuldigte zu Wort kam. Vor allem seine Befürwortung der Ideen Wyclifs wurde dem böhmischen Magister zum Vorwurf gemacht. Sein Landsmann Stephan Palec hat eine Reihe von Artikeln aus Hussens Schriften zusammengestellt, deren Widerrufung man von ihm verlangte. Doch so sehr Kardinal D'Ailly, Kardinal Zabarella und selbst der König in ihn drangen, ja ihn inständig beschworen, sich dem Konzil zu unterwerfen, dann werde man barmherzig mit ihm verfahren, so nützte es doch nichts, Hus weigerte sich zu widerrufen, mit der Begründung, dass er viele Artikel der Anklageschrift so gar nicht geschrieben habe. Als man ihm entgegenhielt, dann könne er ja dieser Artikel abschwören, wenn sie ohnehin nicht seine Meinung widerspiegelten, erwiderte er, ein solches Abschwören wäre kein wirkliches Abschwören, sondern eine Lüge, und er wolle nicht lügen, denn das wäre eine Sünde.

Bei der Gefahr, die ihm droht – der Tod auf dem Scheiterhaufen – erscheint mir diese Spitzfindigkeit in der Begriffsdefinition ein wenig eigenartig. Mein Eindruck war, dass Jan Hus überhaupt nicht abschwören will, er sucht vielmehr nach einer Gelegenheit, seine Ideen vor den Konzilsvätern zu präsentieren und zu diskutieren, wohl wissend, dass sie ihn danach für seine Häresien verurteilen müssen. Seine Anhänger, die inzwi-

schen zu des Königs Verdruss über Böhmen hinaus auch in Polen und in anderen Ländern zu finden sind, erwarten, dass Hus stark bleibt und sich opfert. Und wenn nicht noch ein Wunder geschieht, wird er dieses Opfer bringen müssen.

Es grüßt Dich aus Costentz, der Stadt der verschlungenen Wege,

Dein Poggio

⚜

Giovanni war nach ihrem Erlebnis in der Judenschule ganz aufgeregt und redete auf dem Heimweg in die Niederburg ununterbrochen.

»Das ist doch klar, dass mit Jakob der Mailänder gemeint ist! Das Orakel hat recht, nur haben sie es nicht wirklich verstanden. Gott hat dem blinden Seher die Hand geführt und ihn auf Jakob Schwarz gebracht. Er ist der Gabelmörder, auch wenn er nicht von Anfang an in Costentz war. Auf jeden Fall hat er damit zu tun. Ein Mörder und Entführer! Und vielleicht ist er auch an den Anschlägen auf den König beteiligt. Wenn wir nur den König überzeugen könnten!«

Cunrat hörte ihm zu, war aber ein wenig abwesend. Ihn beschäftigte etwas anderes, etwas, was er in diesem Orakel gehört hatte, etwas, von dem niemand gesprochen hatte. Doch immer, wenn er glaubte, den richtigen Gedanken gefunden zu haben, entwich er wieder, so wie wenn man versucht, Rauch in der Luft zu greifen.

So fieberten sie dem 24. Juni, dem Tag des Heiligen Johannes, entgegen, an dem König Sigismund bei Herrn Richental eingeladen war. Doch schon einige Tage vorher gab der König bekannt, dass er in längstens einem Monat nach Nizza abreisen werde, und setzte Pfalzgraf Ludwig als seinen Stellvertreter ein.

»Ihr werdet sehen, dass der Mörder an Johannis zuschlagen wird«, mutmaßte Poggio, als er zu ihnen an den Stand kam, um eine Pastete zu kaufen. »Jetzt steht er unter Zeitdruck, wenn er den König noch töten will.«

Es war noch eine ganze Woche bis zum Johannisfest, als Cunrat und Giovanni mit ihrem Karren unterwegs zum Kornhaus waren, um Mehl zu kaufen. Während sie sich durch die Menge zwischen den Ständen an der Marktstätte drängten, hörten sie vor sich plötzlich Geschrei und Kreischen. Dann sahen sie, dass am Stand eines Tuchhändlers ein vornehm gekleideter Mann und eine junge Frau offenbar in heftigen Streit geraten waren. Die Frau beschimpfte ihr Gegenüber lauthals mit derben Schimpfworten, während der Mann, dessen Mantel elegant über den Rücken herabfiel, zwischen Verachtung und peinlicher Berührtheit zu schwanken schien.

»Sie sagt, er hat ihr an den Hintern gegriffen«, erklärte ihnen ein Bettler, der neben ihnen stand und die Szene genüsslich beobachtete. Giovanni grinste.

Da wandte sich der Beschuldigte um, wohl, weil er genug von dem Disput hatte und verschwinden wollte, doch als sie sein Gesicht sahen, hörte Giovanni auf zu grinsen.

»Jakob Schwarz!«

So laut hatte sein überraschter Ausruf durch die Menge geklungen, dass Schwarz ihn ebenso überrascht ansah. Da er den Venezianer jedoch nicht kannte, ging er einfach davon, Richtung Kornhaus und Fischmarkt, wo er ja bei den Salemer Mönchen zu Gast war. Doch Giovanni ließ sich diese Gelegenheit, den Entführer von Lucia zur Rede zu stellen, nicht entgehen. Cunrat wollte ihn zurückhalten, war aber nicht schnell genug. So ging er seufzend mit dem Karren weiter die Marktstätte hinab und ließ den Freund laufen.

Der hatte seinen Widersacher just beim Kornhaus eingeholt.

»Jakob Schwarz, bleib stehen!«, rief er ihn an.

Verwundert hielt der Angesprochene tatsächlich inne und drehte sich um.

Giovanni fackelte nicht lang, er stürzte sich auf ihn und packte ihn mit beiden Händen am Wams.

»Wo ist Lucia?«, schrie er. »Was hast du mit ihr gemacht, du elender Hundsfott?«

Jakob Schwarz wurde völlig überrascht von der Attacke, in Gedanken war er wohl noch mit seinem vorhergehenden Streit beschäftigt gewesen.

Giovanni schüttelte ihn. »Sag mir, wo sie ist, oder du wirst diesen Tag nicht überleben!«

Der Venezianer hatte in seiner blinden Wut jedoch übersehen, dass Schwarz mit einem Diener unterwegs war. Dieser war zunächst nicht weniger überrascht gewesen als sein Herr, doch nun warf er sich von hinten auf den Angreifer und riss ihn zu Boden. Giovanni wehrte sich so gut er konnte, doch der andere war bedeutend größer als er und setzte sich schließlich auf seine Brust. Mit Gewalt drückte er die Arme des kleinen Bäckers auf die Erde.

Inzwischen hatte Schwarz offenbar begriffen, wer sein Gegner war und was er von ihm wollte. Er grinste den hilflos auf dem Rücken Liegenden von oben an und trat dann mit einem Stiefel genüsslich auf dessen Finger. Giovanni schrie laut auf.

»Du erbärmlicher Wurm wagst es, mich anzugreifen?«, fragte ihn Schwarz mit gefährlich leiser Stimme.

Gleichzeitig hob er langsam sein Bein und stampfte dann mit dem Stiefel noch einmal so heftig auf Giovannis Finger, dass sie mit einem hässlichen Knirschen brachen. Der Schrei des Gequälten gellte über die Marktstätte.

Dann gab Schwarz dem Diener ein Zeichen, sodass er von Giovanni abließ und sich erhob. Der Verletzte wälzte sich stöhnend am Boden.

»Deine Hure wirst du nie wieder sehen! Und wenn du es wagen solltest, zum Vogt zu gehen, mein Freund«, Schwarz'

Stimme klang bedrohlich, »dann werde ich dich ebenfalls anzeigen. Wegen Messerzückens! Mein Diener Bartolomeo ist mein Zeuge, dass du versucht hast, mich umzubringen.«

Bartolomeo lachte Giovanni höhnisch an und machte das Feigenzeichen. Dann verschwanden die beiden in der Menge der neugierigen Zuschauer.

Stöhnend hielt sich Giovanni seine gebrochene Hand, als Cunrat endlich zu ihm durchdrang. Er hob den Freund auf und brachte ihn ins Spital gegenüber dem Kornhaus. Schwester Elsbeth versah dort wie immer ihren Dienst an den Armen und Kranken, und als Cunrat ihr schilderte, was dem Venezianer widerfahren war, wusch sie kopfschüttelnd dessen verletzte Hand, strich eine Salbe darauf und legte ihm einen Verband an.

»Diese hitzköpfigen Welschen!«, schimpfte sie dabei ununterbrochen, »wenn es irgendwo eine Prügelei gibt, sind sie mit dabei! Es ist immer dasselbe! Ihr könnt von Glück sagen, dass hier an der Marktstätte kein Steinboden ist, sondern gestampfter Lehm, sonst wären eure Finger nur noch Mus!«

Giovanni ließ alles über sich ergehen, ohne ein Wort zu sagen. Seine Hand war dick angeschwollen und hatte sich blau verfärbt, während sein Gesicht im Kerzenlicht des Spitals mehlweiß schimmerte. Als Schwester Elsbeth den Verband festzurrte, wimmerte er leise vor sich hin.

»Jammert nicht, das ist notwendig, damit Eure Finger wieder gerade zusammenwachsen! Oder wollt Ihr für ewig eine bresthafte Hand haben?«

Mit Tränen in den Augen schüttelte Giovanni den Kopf.

Am Ende legte Schwester Elsbeth den Arm in eine Schlinge, die sie um seine Schulter drapierte. Dann verlangte sie zehn Pfennige von ihm. »Für unsere Armen!«

Cunrat zog rasch seinen Beutel hervor und bezahlte für den Freund, der kaum aufrecht stehen konnte vor Schmerzen. Doch bevor Cunrat ihn wegführte, fragte Schwester Elsbeth noch: »Sag mir doch, Langer, wie geht es meinem Gretli?«

Cunrat wurde etwas verlegen. Er wusste nicht, ob er ihr von der Schwangerschaft erzählen sollte und ließ es dann lieber sein. »Es geht ihr gut. Sie ist bei den Tettikovers als Kindsmagd«, sagte er nur.

»Ja, ich weiß.« Schwester Elsbeths Stimme wurde plötzlich ganz weich. »Pass mir gut auf sie auf!«

»Ich versprech es Euch.«

Dann nahm Cunrat seinen Freund am Arm und führte ihn zurück auf den Platz vor dem Kornhaus, wo immer noch ihr Karren stand. Anstatt eines Mehlsackes lud er Giovanni auf die Ladefläche, denn dessen Beine trugen ihren Herrn nicht mehr.

Die anderen Bäcker waren entsetzt, als sie die beiden zum Stephansplatz kommen sahen, wo an diesem Tag das Brot verkauft werden sollte. Rasch machten sich nun Antonello und Gentile auf den Weg zum Kornhaus, während Jacopo beim Ofen blieb. Cunrat nahm Giovanni über die Schulter und trug ihn in ihre Hütte. Bei jedem holprigen Schritt stöhnte der Verletzte auf, doch der Schmerz in seiner Hand war nichts gegen den ohnmächtigen Zorn, der in seinem Herzen tobte.

Am Freitag vor dem Johannisfest tauchte plötzlich ein wohlbekanntes Gesicht vor Cunrat am Bäckerstand auf. Der kleine Mathis, der Lehrjunge von Meister Katz, lachte ihn an und sagte augenzwinkernd: »Na, Cunrat, wie geht's? Schon wieder ans Tageslicht gewöhnt?«

Cunrat erschrak und sah den Jungen erstaunt an. Woher wusste Mathis von seiner Gefangenschaft im dunklen Kellerverlies? Meister Katz hatte den Lehrling sicher nicht in sein Geheimnis eingeweiht. Doch dann fiel ihm ein, dass Mathis alles mitbekam, was im Hause Katz vor sich ging. Und ihm dämmerte etwas.

»Mathis, warst du das? Hast du mir die Tür aufgesperrt?«

»Ich musste Wein aus dem Keller holen, vielleicht hab ich den falschen Riegel erwischt.« Mathis lachte.

Cunrat war ein wenig enttäuscht, dass nicht der Engel Gottes, an den er fest geglaubt hatte, sondern dieser sommersprossige Bengel ihn befreit hatte, doch dann fiel ihm ein Satz ein, den er in einer Predigt bei den Dominikanern gehört hatte: ›Gott kann alles und jeden zu seinem Werkzeug machen‹. Also – so seine Schlussfolgerung – auch einen mehlbestäubten Bäckerlehrling.

Der Bote Gottes war jedoch heute in einer weltlichen Mission unterwegs.

»Cunrat, ich soll dir eine Einladung überbringen!«

»Eine Einladung? Wofür?«

»Bärbeli heiratet!«

»Sie heiratet? Wen denn?«

»Den Joß natürlich! Als du vor Weihnachten abgehauen bist, hat sie wieder mit ihm weitergemacht. Und nun bekommt sie ein Kind, und Meister Katz war zuerst fürchterlich wütend. Der wollte dich doch gern als Tochtermann haben. Aber als du nun auch aus dem Keller verschwunden warst, hat Bärbeli gesagt, besser den Joß als keinen.«

»Dann ist das Kind von Joß?«

»Das weiß ich nicht. Wahrscheinlich weiß Bärbeli es selber nicht so recht.«

»Und warum wollen sie ausgerechnet mich einladen?«

Cunrat war misstrauisch. War das womöglich eine Falle, um ihn wieder in die Bäckerei zu locken?

»Joß wollte es. Das Fest ist morgen im Hof des Katzhauses.«

»Joß? Und der Meister? Will Meister Katz auch, dass ich komme? Und Bärbeli?«

»Joß würde gewiss nicht wagen, jemanden einzuladen, mit dem der Meister nicht einverstanden ist«, versicherte ihm Mathis. »Also komm morgen zum Essen, nach Feierabend!«

Cunrat wunderte sich über die Maßen, er hatte geglaubt, dass die Katzsippe ihm ewig feind sein würde.

»Für Joß ist das ein Triumph!«, erklärte ihm Giovanni, der das Gespräch mitgehört hatte.

Der Venezianer hatte sich rasch wieder erholt, zumindest vom körperlichen Schmerz. Dazu hatte vor allem Gretli beigetragen, die ihn mit Ringelblumensalbe und einem Trunk aus schmerzstillenden Kräutern versorgt hatte. Zwar konnte er noch nicht wieder backen, denn sein Arm baumelte in der Schlinge, aber dafür saß er am Verkaufstisch und zählte die Einnahmen.

»Joß will dir zeigen, dass er gewonnen hat«, erklärte er Cunrat. »Obwohl du mit der Jungfer Bärbel gevögelt hast, hat er sie bekommen!«

»Aber ich wollte sie ja gar nicht haben!«, wunderte sich Cunrat dennoch.

»Du nicht, aber die Katzfamilie wollte dich! Umso wichtiger ist es für Joß, dass du bei seiner Hochzeit dabei bist. Damit du ein für alle Mal weißt, dass du dich von ihr fernzuhalten hast.«

Kopfschüttelnd dachte Cunrat, dass er ohnehin nicht die Absicht gehabt hatte, sich Bärbeli jemals wieder anzunähern, dafür brauchte es nicht den Anblick des Brautpaares. Aber vielleicht wollten Bärbeli und ihr Vater sich mit ihm versöhnen bei der Hochzeit, damit die junge Ehefrau ihr neues Leben nicht mit Groll und Angst vor einer Anzeige beginnen musste. Und immerhin war Bäcker Katz der Vetter seiner Mutter. Nach einigem Überlegen beschloss Cunrat, am Samstag nach dem Bad zum Katzhaus zu gehen.

Laute Dudelsackmusik empfing ihn, als er durch die offen stehende Haustür trat und den Weg durch die Backstube in den Hinterhof des Katz'schen Hauses nahm. Ganz wohl war ihm nicht dabei, vor allem, als er rechter Hand die Kellertreppe sah. Er erwartete jeden Moment, von kräftigen Händen gepackt und hinabgeschleppt zu werden. Doch im Hof war bereits eine lustige Festgesellschaft versammelt. Er war sauber gefegt, die Schweine eingesperrt und der Misthaufen beseitigt worden. Unter der Galerie, auf der sich die Tür zur Gesellenstube befand, hatte man die Festtafel aufgebaut, davor im Hof weitere Tische für die Gäste aufgestellt. Zwei Dudelsackpfeifer spielten, und die Hochzeitsgäste saßen teils noch beim Essen, andere drehten sich bereits im Tanz.

Bärbeli saß an der Festtafel in der Mitte. Ein grüner Vorhang schmückte die Wand hinter ihr, über ihrem Kopf hatte man die perlenbestickte Brautkrone aufgehängt. Sie selbst trug ein blaues Samtkleid, unter dessen weitem Ausschnitt und den locker geschnürten Nähten ihr weißes Unterkleid hervorschien, dazu einen weißen Schleier mit bestickten Borten. Ihre Wangen glänzten rot, und Cunrat schien es, als ob sie noch dicker geworden wäre. Vor allem unterhalb des Gürtels wölbte sich ihr Kleid weit nach vorn. Neben der Braut saßen ihre Eltern, außerdem ein Mönch – die kirchliche Zeremonie hatte wohl in der gegenüberliegenden Kirche der Augustiner stattgefunden – und einige vornehm gekleidete Herren, vermutlich die Mitglieder der Bäckerzunft.

Cunrat blieb unter der Hoftür stehen. Er fühlte sich unbehaglich und wünschte, er wäre nicht gekommen. Doch da hatte Joß, der gerade mit einem Krug Wein aus dem Keller kam, ihn schon entdeckt und kam auf ihn zu.

»Gott zum Gruß, Cunrat! Komm herein in unser Haus!«

Dann nahm er ihn am Arm und führte ihn vor die Festtafel. Verlegen streckte Cunrat der Braut sein Geschenk hin, einen irdenen Teller mit farbiger Glasur und einer Verzierung, die zwei ineinander verschlungene Hände zeigte. Dies sei das ideale Geschenk für eine Hochzeit, hatte ihm der Krämer versichert, an dessen Stand er morgens etwas Passendes gesucht hatte.

Bärbeli freute sich offenbar, ihn wiederzusehen; ihr Blick kam ihm unheilvoll bekannt vor, wie sie ihn von oben bis unten musterte. Cunrat hatte für das Fest extra seine neue rote Cotte angelegt, die er zusammen mit Gretli gekauft hatte, dazu blaue Beinlinge. Das bereute er nun.

»D-das Unglück soll immer von eurem Hause fernbleiben!«

Fast hätte er wieder zu stottern begonnen, als er seine Glückwünsche und das Geschenk übergab. Dann schüttelte er der stolzen Braut und ihren Eltern die Hand. Mutter Katz drückte die seine in alter Herzlichkeit, die Freude des Festes überdeckte bei ihr jeden Groll, und Cunrat fragte sich, ob sie überhaupt etwas von seiner Gefangenschaft mitbekommen hatte. Bärbelis Vater hingegen sah ihn düster und gleichzeitig schuldbewusst an, er erwiderte seinen Händedruck kaum und murmelte nur ein paar schwer verständliche Worte, aus denen Cunrat »wegen deiner Mutter« heraushörte.

Er war froh, als Joß ihm schließlich einen Platz am Gesellentisch zuwies. Dort standen noch Platten mit Fleisch von im Ofen gebackenen Ferkeln und Schüsseln mit Kraut. Cunrat ließ sich nicht zweimal bitten und lud sich eine kräftige Portion von beidem auf den Holzteller, den ein Knecht ihm gereicht hatte. Dazu schenkte ihm Joß einen Becher voll Wein, dann ließ er ihn mit den anderen Gesellen allein. Er hatte seinen Triumph gehabt.

Neben Cunrat saß Uli Riser, den er noch von seiner eigenen Zeit im Hause Katz her kannte, außerdem zwei neue Gesellen, die nach ihm gekommen waren, und der kleine Mathis. Sie hatten offenbar alle schon recht viel getrunken. Der Lehrbub stieß seinen Becher gegen Cunrats und verschüttete dabei die Hälfte des Weins.

»Prosit! Das Ofenschwein schmeckt wunderbar, gell?«

Cunrat erwiderte den Trinkspruch, da fuhr Mathis zwinkernd fort: »Hast du gesehen, Cunrat, wie Bärbeli dir nachgeschaut hat? Du hast auch so eine schöne Cotte! Und deine Beinlinge!«

»Schöne Cotte!«, mischte sich da Uli Riser ein, der bisher geschwiegen hatte, und begann obszön zu lachen. »Beinlinge! Auf das, was dazwischen hängt, hat sie geschaut! Das geht ihr ab! Da kann Joß nicht mithalten!«

Cunrat erwiderte nichts darauf, er trank seinen Wein und dachte an die Nächte mit Bärbeli auf der Bank in der Stube, an ihr Stöhnen und Schreien, an ihre tanzenden Brüste. Ohne dass er etwas dagegen tun konnte, wurde ihm die Bruche eng. Doch Uli war noch nicht fertig.

»Aber jetzt wird der gute Joß zum Herrn im Haus, das ist ihm das Wichtigste, da spielt es keine Rolle, dass das Balg sich in der Wiege den Kopf stoßen wird.«

Alle lachten hämisch, und Cunrat wurde rot. Die Hausgenossen waren offenbar nicht besonders glücklich darüber, dass Joß Bärbeli heiratete und damit plötzlich über ihnen stand. Und dass das Kind von Cunrat war, schien für alle klar zu sein.

Da kam einer der Knechte mit einem Kessel zu ihrem Tisch.

»Will noch jemand von der Suppe haben?«

Da Cunrat zu spät gekommen war, hatte er die ersten Gänge des Festessens verpasst.

»Hier, iss, Langer!« Ein Schwall Suppe ergoss sich in Cunrats inzwischen geleerten Teller. »Eine gute Linsensuppe! Ein paar Bohnen schwimmen auch noch darin und eine schöne, fette Schwarte!«

Cunrat begann die Suppe zu löffeln, da feixte Uli: »Davon kannst du schön furzen!«

Und einer der anderen Gesellen ergänzte: »Was müssen das für gewaltige Fürze sein, von so einem Riesen!«

Alle lachten. Cunrat dachte einen Augenblick über das Gesagte nach, dann legte er plötzlich den Löffel zur Seite und lachte auch.

Er hatte den Rauch zu fassen gekriegt, der ihm so lang durch die Finger geglitten war.

Rasch lief er durch die nächtliche Stadt zurück zu seinem Quartier. Er hatte sich nach seiner plötzlichen Erkenntnis ohne weitere Umstände von Familie Katz und den Gesellen verabschiedet und wollte nun so schnell wie möglich mit Giovanni sprechen. Die Bäckergesellen waren nach dem Bad noch ins *Lamm* gegangen, wo Cunrat sie nach einigem Suchen aufstöberte.

Aufgeregt setzte er sich zu ihnen an den Tisch, doch den angebotenen Becher lehnte er ab.

»Ich weiß nun, wer der Mörder ist!«

»Was? Cosa?«, riefen die Venezianer wie aus einem Mund.

Dann begann er ihnen seine Vermutung darzulegen.

»Der Gestank! Es hat immer so fürchterlich gestunken bei den Toten. Im Keller beim armen Johann Tettinger, und auf der Mauer, als Karolina gestorben ist. Und bei Herrn Ringlin, auf dem Abort, weißt du nicht mehr, Giovanni?«

Der sah ihn nur verdrießlich an.

»Cunrat, was soll das? Kommst du jetzt wieder mit dieser Teufelsgeschichte daher?«

»Ja, am Anfang dachte ich, dass es der Teufel sei, weil man von ihm doch sagt, dass er einen höllischen Gestank macht. Aber manchmal machen auch Menschen einen höllischen Gestank. Zum Beispiel, wenn sie Linsen oder Bohnen gegessen haben!«

Er sah in vier verständnislose Gesichter und wusste nicht recht, wie er fortfahren sollte.

»Es war die Linsensuppe, versteht ihr?«

»Mein lieber Cunrat, ich verstehe gar nichts mehr«, antwortete Giovanni streng. »Wie viel Wein hast du getrunken bei der Hochzeit?«

»Die Linsensuppe in der Geschichte mit Jakob! Gott hat uns mit dem blinden Rabbi tatsächlich ein Zeichen gegeben, aber er meinte nicht Jakob Schwarz, er meinte die Linsensuppe! Ich habe es nur nicht gleich verstanden, aber heute bei der Hochzeit, da gab es Suppe mit Linsen und Bohnen, und da hat einer gesagt: ›Davon kannst du schön furzen!‹ Und da habe ich es verstanden, Linsen und Bohnen, Bohnensuppe! Wisst ihr, wer immer Bohnensuppe isst?«

Gebannt sahen ihn alle vier an.

»Der Conte!«

»Der Conte?«

»Ja, der Conte Sassino! Er wohnt in der *Haue*, schon seit der Zeit, als Tettinger erhängt wurde. Und er isst immer Bohnensuppe. So einer kann fürchterlich furzen! Er war es, er hat den höllischen Gestank bei den Toten gemacht! Er ist gewiss der Mörder.«

Da begannen die Gesellen zu lachen, so heftig, dass ihnen die Tränen über die Wangen liefen.

»Der Conte!«

»Wegen seinen Fürzen!«

»Che idea!«

Giovanni schüttelte den Kopf.

»Mein lieber Cunrat, warum sollte so ein feiner Herr immer nur Bohnensuppe essen? Der kann sich gewiss etwas Besseres leisten.«

»Ja, er isst auch manchmal Fleisch, aber fast jedes Mal, wenn ich in der *Haue* war, habe ich ihn Bohnensuppe essen sehen. Es hat mich auch gewundert!«

»Und wenn schon, eine Bohne macht noch keinen Mörder!«, erwiderte Giovanni. »Außerdem glaube ich immer noch, dass Jakob Schwarz dahintersteckt, dieses Schwein! Und an Johanni werden wir ihn kriegen! Dann wird Simon Ringlin ihn beim König anklagen, und er wird für alles büßen. Für alles!«

Mit seiner gesunden Faust hieb er auf den Tisch.

Doch Cunrat war nicht überzeugt.

»Dass er Lucia entführt hat, mag schon sein, aber die Morde?«

»Ach Cunrat, lass gut sein mit deinen absonderlichen Ideen. Hier!« Giovanni schenkte ihm noch einen Becher Wein ein.

Da stand Cunrat auf.

»Wo willst du hin?«, wollte Giovanni wissen.

»In die *Haue*«, antwortete Cunrat trotzig.

Giovanni seufzte und stand ebenfalls auf.

»Dann komme ich halt mit, du sturer Esel. Bevor du uns wieder verloren gehst!«

Sie liehen sich von Ruof Lämbli eine Fackel und machten sich auf den Weg.

In der *Haue* waren die üblichen Gäste versammelt, der Platz, an dem der Conte sonst saß, war jedoch leer. Cunrat sah Giovanni vielsagend an.

Dann nahmen sie sich zwei Schemel und setzten sich in ihre

Ecke beim Kamin. Sebolt Schopper brachte ihnen ungefragt einen Krug Wein.

»Wollt ihr auch etwas essen?«

»Habt Ihr Bohnensuppe da?«

Der Wirt sah Cunrat erstaunt an.

»Ja, aber wieso wollt ihr eine Bohnensuppe, wenn ich euch ein schönes Stück gebratenes Fleisch bringen kann?«

»Der Conte isst auch immer Bohnensuppe, oder? Ich sehe ihn heute gar nicht.«

Da beugte sich Sebolt Schopper zu ihnen herab und sagte flüsternd: »Ja, stellt euch vor, er ist überfallen worden!«

Cunrat und Giovanni blickten ihn ungläubig an.

»Was? Wo denn? Und wann? Hat er es überlebt?«

»Vor einer guten Stunde. Hinter dem Haus, beim Kellertor. Er kam gerade vom Bad zurück. Mein Knecht kam zum Glück hinzu und hat die Angreifer verjagt.«

»Es waren mehrere Angreifer?«

»Ja, er hat gesagt, vier. Als sie ihn gesehen haben, sind sie fortgerannt. Dann hat er den Conte nach oben in seine Kammer getragen, und ich habe den Arzt holen lassen. Es scheint, dass er überlebt hat, aber Heinrich Steinhöwel ist immer noch bei ihm.«

Doch in diesem Moment kam der Stadtarzt die Treppe herab und betrat die Gaststube. Herablassend schaute er in die Runde, dann entdeckte er Sebolt Schopper und kam an ihren Tisch.

»Und? Wie sieht es aus?«, fragte der Wirt besorgt.

»Er wird es überleben, aber sie haben ihn böse zugerichtet. Ein Messerstich im Arm, eine Beule am Kopf, seine Rippen – ich weiß nicht, wahrscheinlich sind ein paar davon angeknackst. Macht ihm morgen früh eine klare Suppe, die soll sein Diener ihm einflößen.«

»Ist er denn bei Sinnen?«

»Zurzeit schläft er, das ist gut. Sein Diener hält Wache bei ihm.«

Da schaltete sich Giovanni ein.

»Herr Medicus, sagt mir, der Verletzte hatte nicht vielleicht Bissspuren am Kopf?«

Steinhöwel maß ihn mit einem verächtlichen Blick, der besagte: ›Wie kommt so ein Tölpel wie du dazu, mit mir, einem Arzt, fachsimpeln zu wollen?‹ Sein Mund sagte: »Was meint ihr mit Bissspuren? Von einem Hund?«

»Nein, kleiner, wie von einer Fledermaus … Oder von einer Schlange.«

Der Arzt sah ihn einen Augenblick lauernd an, vielleicht dachte er an den Tod von Johann Tettinger, doch dann schüttelte er ungehalten den Kopf.

»Schlangen? Hier gibt es doch keine Schlangen! Im Keller hat es vielleicht Fledermäuse, aber ich glaube nicht, dass sie bis in die Schlafkammern hochkommen. Außerdem habe ich euch gesagt, dass er zusammengeschlagen und mit einem Messer verletzt wurde, nicht gebissen.«

Dann schwang er seinen Mantel um sich und verließ kopfschüttelnd und ohne weiteren Gruß das Lokal und dessen Gäste, die seiner nicht würdig waren. »So was! Schlangen!«, war das Letzte, was sie von ihm hörten.

»Der Dummkopf weiß also gar nichts«, konstatierte Giovanni. »Der Verletzte könnte das Mal haben oder nicht, er könnte dem Mörder oder einfachen Räubern zum Opfer gefallen sein.«

»Wenn es Räuber waren, dann könnte er trotzdem der Mörder sein«, beharrte Cunrat.

»Warum sollte er der Mörder sein, nur wegen ein wenig Bohnensuppe?« Giovanni schüttelte unwillig den Kopf.

»Er war von Anfang an da, er kannte die Tettingers und war an dem Abend in der Schänke, als Ambrotscho umgebracht wurde. Und er hat Simon Ringlin mit mir hier gesehen.«

»Das besagt alles nichts, das gilt für viele andere Menschen auch. Glaub mir, es war Jakob Schwarz!«

»Und warum sollte der etwas mit den Morden zu tun haben?«

»Weil er aus Mailand kommt, und weil dort eine ähnliche Mordserie geschehen ist.«

»Aber er ist erst später nach Costentz gekommen.«

»Es gibt Handlanger.«

Cunrat war nicht überzeugt. Da meinte Giovanni: »Gut, dann lass uns halt nachschauen, ob der Conte das Mal hat oder nicht.«

»Wie willst du nachschauen? Sein Diener bewacht ihn doch!«

Da rief Giovanni Sebolt Schopper zu sich.

»Sebolt, habt ihr nicht ein wenig klare Brühe fertig? Vielleicht sollten wir dem armen Herrn Conte doch heut Abend schon einen Teller voll bringen.«

»Ihr wollt ihm Suppe bringen? Warum? Was habt ihr mit ihm zu schaffen?«

»Das lasst meine Sorge sein. Ich bezahle euch die Suppe auch.«

Murrend ging der Wirt in die Küche und kam kurz darauf mit einem Holzteller voll Brühe zurück, den er vorsichtig mit einer Hand balancierte, um nichts zu verschütten.

»Also gut, versucht euer Glück. Er wohnt im zweiten Stock, die zweitletzte Kammer auf der rechten Seite.« Dann senkte er die Stimme. »Neben dem Spukzimmer, ihr wisst schon!«

Kurze Zeit später standen Cunrat und Giovanni vor der Kammertür des Conte. Giovanni trug eine Fackel, und Cunrat balancierte mit beiden Händen den Teller, nicht ganz so vorsichtig wie Sebolt Schopper, weshalb er auch schon etwas leerer geworden war. Sie klopften.

Im Inneren hörte man Schritte, dann ging die Tür einen Spaltweit auf. Ein unheimliches Gesicht erschien im Fackellicht. Cunrat schrak zurück. Dem Mann fehlte das rechte Auge, dafür zog sich über seine ganze rechte Gesichtshälfte eine hässliche Narbe. Er musterte sie misstrauisch mit seinem linken Auge. Mit starkem, italienischem Akzent fragte er: »Werr seid ihr? Was wollt ihr?«

»Der Wirt schickt uns, wir sollen Eurem Herrn eine klare Suppe bringen. So hat Doktor Steinhöwel es ihm aufgetragen«, erklärte Giovanni.

»Er kann jetzt nicht Suppe essen, er schläft, und ich werde ihn nicht wecken. Verschwindet!«

Ihre Mission schien beendet, bevor sie richtig begonnen hatte, und sie wandten sich zum Gehen. Doch da rief der Einäugige plötzlich: »Wartet! Gebt mir die Suppe! Ich habe noch nicht gegessen.«

Er öffnete die Tür ganz, und die beiden sahen den Conte auf seinem Bett liegen. Er war mit einem Fell bis zum Kinn zugedeckt, offenbar hatte er gefroren. Ob er Fieber hatte? Oder war das die Wirkung des Gifts?

»Gebt mir den Teller!«, befahl der Diener und nahm ihn mit der rechten Hand entgegen, während er mit der Linken versuchte, die Tür wieder zuzudrücken. Doch Giovanni hatte einen Fuß in die Tür gestemmt, sodass sie offen stehen blieb. Da platzierte der Einäugige den Suppenteller vorsichtig auf dem Tisch neben einer großen Truhe. Trotz des Halbdunkels war er geschickter als Cunrat, es gelang ihm, den Teller abzustellen, ohne auch nur einen Tropfen zu verschütten. Als er beide Hände wieder freihatte, versuchte er die Besucher zur Tür hinaus zu drängen. Doch Giovanni stemmte sich immer noch dagegen.

»Hat Euer Herr denn kalt?«, fragte er harmlos.

»Was interessiert euch das?«, erwiderte der andere unfreundlich. »Verschwindet jetzt!« Offenbar hielt er sie für neugierige Knechte von Sebolt Schopper. Doch Giovanni ließ sich immer noch nicht vertreiben. Auf Italienisch fragte er: »Hat Euer Herr eine kleine Verletzung am Kopf, wie von einem Schlangenbiss?«

»Ein Schlangenbiss? Er hat einige Verletzungen, am Kopf und an den Armen ... aber ...«

Da hielt er inne, und plötzlich schien er zu verstehen. »Meint ihr vielleicht zwei kleine Löcher? Nebeneinander?« Er nickte. »Ihr habt recht, es sieht aus wie der Biss einer Schlange!«

Giovanni sah Cunrat an und sagte: »Er hat das Mal.«

Also war auch der Conte ein Opfer des Gabelmörders geworden.

»Hört zu, wenn Ihr Euren Herrn retten wollt, dann solltet Ihr sofort Meister Ismael rufen, den jüdischen Arzt in der Sammlungsgasse!«, riet Giovanni dem Einäugigen. »Der ist der Einzige in dieser Stadt, der ihm helfen kann.«

»Meister Ismael. Ist gut. Ich danke euch!«

»Sollen wir ihn benachrichtigen?«

»Nein, nicht nötig, ich gehe.« Dann sah er hungrig auf die Suppe. »Gleich.«

Eilig verabschiedete er die beiden und schloss die Tür.

Cunrat und Giovanni gingen zurück in die Schankstube. Sie setzten sich auf ihre Schemel und leerten den Rest aus dem Weinkrug in ihre Becher.

Da kam Sebolt Schopper mit zwei Tellern heran.

»Hier ist eure Bohnensuppe.«

»Aber wir haben doch keine Bohnensuppe bestellt!«, protestierte Giovanni.

Sebolt sah ihn ärgerlich an.

»Dein Freund hat mich nach Bohnensuppe gefragt. Und hier ist eure Bohnensuppe.«

Schuldbewusst nahm Cunrat ihm die Teller ab und stellte sie auf den Schemel, der als Tisch zwischen ihnen stand. Schopper zog zwei hölzerne Löffel aus seinem Gürtel und legte sie dazu. Dann verschwand er.

»Du mit deinen Furzideen!«, sagte Giovanni zu Cunrat, nahm aber mit seiner gesunden Hand einen Löffel und begann die Suppe zu schlürfen.

»Er hätte es sein können«, erwiderte Cunrat maulend zwischen zwei Löffeln Suppe.

»Hätte, hätte ... Wenn wir nur wüssten, wer die Angreifer waren! Aber immerhin wissen wir jetzt, dass der Mörder nicht allein agiert. Er hat Helfershelfer. Also könnte es doch Jakob Schwarz sein.«

»Vielleicht kann Sebolts Knecht uns etwas über die Männer sagen.«

Als der Wirt die leeren Teller wieder einsammelte, meinte Giovanni: »Schmeckt gar nicht schlecht, Eure Bohnensuppe! Sagt Sebolt, hat Euer Knecht denn die Männer erkannt, die den Conte angegriffen haben?«

»Ich glaube nicht, aber ihr könnt ihn ja fragen.«

Er winkte einen Mann heran, der gerade aus der Küche kam.

»Haintz, die beiden wollen wissen, ob du die Angreifer erkannt hast, die den Herrn Conte verletzt haben.«

Haintz konnte sich jedoch nicht erinnern, die Männer schon jemals gesehen zu haben.

»Waren es Italiener oder Deutsche oder Ungarn? Wie waren sie gekleidet? Wie haben sie gesprochen?«, fragte Giovanni ungeduldig.

»Es war dunkel, und sie hatten alle Mäntel um. Ich konnte sie nicht richtig sehen, aber einer hat gesprochen. Kam mir spanisch vor.«

»Spanisch? Könnt Ihr Euch denn an etwas erinnern, was er gesagt hat?«

»Nicht genau, es klang wie ›bato‹ und ›capelo‹. Klingt spanisch, oder?«

»Sagte er vielleicht: 'te bato par el capelo‹?«

»Ja, das könnte sein!«

Giovannis Gesicht verdüsterte sich, doch er nickte nur und fragte nicht mehr weiter.

Als sie später auf dem Heimweg waren, wollte Cunrat wissen, was denn dieser Satz zu bedeuten habe. Da seufzte Giovanni tief, bevor er antwortete: »Ich hau dir auf den Hut. Auf venezianisch.«

Poggio Bracciolini an Niccolò Niccoli, am 25. Juni, dem Tag nach Johanni, im Jahre des Herrn 1415

Ich, Poggio, entbiete Dir, meinem Niccolò, einen herzlichen Gruß!

Gestern war Johannistag, wie Du weißt, das Fest unseres Stadtpatrons, und ich bin mir sicher, dass ihr prächtig gefeiert habt, mit Fußballspiel auf der Piazza Santa Croce und großem Feuerwerk! Doch in diesen Tagen, mein lieber Freund, habe ich mich auch hier ein wenig wie in unserem heimischen Florenz gefühlt. Oder genauer: Ich habe mich als Florentiner zu Gast in einer Stadt gefühlt, die mir für eine kleine Weile so wunderbar vorkam wie Florenz.

Nun musst Du wissen, dass in Costentz zahlreiche Geldwechsler und Bankiers ihr Auskommen gefunden haben, seien sie Juden, Lombarden oder sonstiger Nation. Die meisten von ihnen stammen jedoch aus Florenz. Man findet hier Vertreter der Medici und der Bardi, der Alberti und der Spini. Und so wie ich werden wohl auch sie immer wieder vom Heimweh nach unserer schönen Stadt geplagt. Daher haben sie keine Kosten gescheut, um für den großen florentinischen Festtag dieser kleinen schwäbischen Stadt florentinischen Zauber einzuhauchen.

Es begann schon am Tag zuvor. Man ließ fünf Posauner und drei Pfeifer durch die Stadt blasen. Die Posaunen waren mit unserem Banner behängt, der roten Lilie im weißen Felde, und ein Knecht, der hinter den Bläsern herging, rief in der ganzen Stadt aus, dass wir Florentiner in der darauffolgenden Nacht und am Morgen das Fest des Heiligen Johannes begehen würden. Am Abend hatten die Wechsler alle Florentiner in Costentz, aber natürlich auch den König und andere wichtige Konzilsteilnehmer zum Festmahl geladen. Wir aßen und tranken, es gab Musik und *kleine Szenen, und ich erinnerte mich unwillkürlich der prächtigen Tafeln, die wir am Johannistag während unserer Studienzeit im Hause Coluccio Salutatis erleben durften.*

Doch zu meinem Erstaunen stellte ich fest, dass die hiesige Bevölkerung dieses Fest ebenfalls feiert, mit allerlei Gebräuchen, die mir teilweise etwas heidnisch vorkommen.

So hatten meine Costentzer Freunde mich eingeladen, sie nach dem Festmahl zu treffen und mit ihnen vor die Stadt zu spazieren, wo in dieser Nacht die Johannisfeuer abgebrannt wurden. Mir war zunächst nicht ganz wohl bei dem Gedanken, im nächtlichen Dunkel unterwegs zu sein, doch ließ ich mich schließlich überzeugen, zumal Antonio, mein treuer Diener, mich begleitete.

Jenseits des Klosters Petershausen liegt ein Weinberg, auf dessen Spitze ein großer Holzhaufen aufgeschichtet war, ähnlich denjenigen der Köhler in den Wäldern des Casentino. Als wir gegen Mitternacht dort ankamen, waren schon viele Menschen versammelt. Dudelsackbläser, Lautenspieler und Pfeifer hatten sich eingefunden, darunter auch Peter Froschmaul, der Sänger, der vor Neujahr fast seine Zunge hätte drangeben müssen. Vor allem aber sah ich junge Frauen und Männer. Die Frauen trugen Festtagsgewänder mit weiten Ärmeln und hatten den Busen mit Blumensträußen geschmückt. Auch mein langer Bäckerfreund hatte sein Mädchen mitgebracht.

Schließlich wurde der pechbestrichene Holzstoß mit einer Fackel entzündet. Mein Niccolò, du kannst dir nicht vorstellen, welch ein Schauspiel nun anhob. Es war eine mondhelle Nacht, und vom Weinberg aus sah man weit über den Bodensee und den Rhein, ja bis zur Insel Richenow. Am Horizont erhoben sich rundherum die schwarzen Schatten der Thurgowischen und Hegowischen Berge, während der Mond auf dem größeren Teil des Costentzer Sees eine silberne Spur zog. Und plötzlich, wie von Zauberhand entzündet, erschienen auf allen Bergen Feuer-

zeichen, denn überall hatte man Johannisfeuer entfacht, so wie auf dem Costentzer Weinberg. Die Musiker begannen nun eine lebhafte Melodie zu spielen, die Flammen prasselten fröhlich, und die jungen Menschen huben an, im Reigen um den Scheiterhaufen zu tanzen. Man hatte wohl von überall das trockenste Holz gesammelt, sodass das Feuer zu Beginn heftig aufloderte, es jedoch nicht lange dauerte, bis der Stapel in sich selbst zusammenfiel. Und nun begannen die Mutigsten unter den jungen Männern mit einem kräftigen Anlauf über die züngelnden Flammen hinwegzuspringen. Einer nach dem anderen unterzog sich dieser Probe, und auch mein Freund Cunrat setzte mit einem weiten Sprung über das Feuer hinweg. Giovanni weigerte sich zunächst. Angesichts der vielen hübschen Mädchen und glücklichen Paare fühlte er seinen Kummer wegen der entführten Geliebten wohl noch heftiger als sonst. Außerdem ist er an der Hand verletzt, die er in ein Tuch gebunden trägt. Die Bäcker haben mir berichtet, er habe versucht, den Mailänder zur Rede zu stellen, der mit dem Verschwinden des Mädchens zu tun hat, und der habe ihm die Hand gebrochen. Doch Cunrat erklärte seinem Freund sehr ernsthaft, dass dieser Sprung eine heilsame Wirkung habe: Er überwinde Unheil, reinige von Krankheit und wirke umso besser, je mehr Männer über das Feuer sprängen. So ließ der Venezianer sich schließlich darauf ein und kam ebenfalls heil über die Flammen.

Zum Glück konnte ich selbst darauf verweisen, dass ich mit 35 Jahren schon in der Mitte meines Lebensweges angekommen war und mich daher nicht mehr zu den jungen Männern zählte. So gelang es mir, ohne Gesichtsverlust von dieser Vorstellung Abstand zu nehmen.

Als alle jungen Männer ihren Mut bewiesen hatten, und das Feuer zu einem ungefährlichen Herdfeuer herabgebrannt war, nahmen diejenigen, die nicht unbeweibt gekommen waren, ihre Begleiterinnen und sprangen zu den Klängen einer besonders fröhlichen Tanzweise zu zweit über die Flammen. Die Frauen stießen spitze Schreie aus und ließen sich nach bestandener Gefahr in die Arme ihres Geliebten sinken, ja, manche schafften es sogar, die Hand ihres Begleiters während des ganzen Sprunges nicht loszulassen. Dann war der Jubel unter Umstehenden besonders groß, denn – so erklärte mir Cunrat – dies sei ein gutes Zeichen für eine bald bevorstehende Hochzeit. Er selbst verzichtete jedoch darauf, mit seiner Buhle Margarethe den Sprung zu wagen. Als ich Giovanni deswegen ansprach, verriet er mir im Vertrauen, dass die junge Frau guter Hoffnung sei und deshalb nicht springen wolle.

Als das Feuer schließlich kurz vor dem Erlöschen war, warfen die Mädchen ihre Blumensträuße, die sie zum Festkleid trugen, in die rote Glut und sprachen: »Wie diese Blumen möge all mein Missgeschick verbrennen und in Nichts zerfallen.«

Am Ende war nur noch ein Rest von Glut übrig, die einen roten Schein auf alle Gesichter malte, was bei einigen Mädchen sehr reizvoll wirkte, manchen Männern aber ein geradezu dämonisches Aussehen verlieh. Plötzlich kam mir inmitten all der Fröhlichkeit wieder unser Mörder in den Sinn. Die Bäcker hatten mir erzählt, dass er mit einigen Gehilfen einen italienischen Grafen überfallen hat, dem glücklicherweise jemand zu Hilfe eilte, doch nun liegt er mit zerbrochenen Gliedern darnieder. Keiner scheint vor ihm sicher zu sein, und ich betrachtete den Kreis der erregten Gestalten rund um das Feuer, ob ich womöglich sein teuflisches Antlitz unter den Anwesenden erkennen könnte. Es schienen aber nur fröhliche junge Menschen den Weg hoch auf den Weinberg gefunden zu haben. Dennoch wurde ich das Gefühl nicht los, dass das Böse unter uns weilte, in welcher Gestalt auch immer.

Schließlich löschten die jungen Männer den letzten Schimmer des Feuers mit ihrem Wasser. Dann traten wir in einer langen Prozession den Heimweg an. Mit Fackeln stapften wir den Weinberg hinab, durchquerten das Klosterdorf des Heiligen Petrus und kehrten schließlich über die Brücke zurück in die Stadt.

Die Torwachen lachten über die erhitzten Gesichter der Feuertänzer und ließen uns ohne weitere Nachfrage in die Stadt ein. Sie kannten den Brauch und hatten in anderen Jahren wohl selber daran teilgenommen. So hätte im Schutz der Johannisprozession jedermann, ob gut oder böse, in die Konzilsstadt eindringen können. Trotz aller Fröhlichkeit war ich daher froh, als ich in meinem Bette lag, wo ich mich endlich in Sicherheit wähnte.

Der Johannistag zog strahlend herauf, und die nächtlichen Dämonen schienen weit fortgebannt. Die Kirche des Heiligen Johannes in der Niederen Burg war von den Florentinern reich geschmückt worden, die Wände hatte man mit den kostbarsten Tüchern behängt und in der ganzen Kirche Tannenreisig und Maien verteilt, die voller Backwerk hingen. Im Chor der Kirche war ein Schild mit dem Florentiner Wappen angebracht, und überall brannten große und teure Kerzen.

Früh am Morgen waren bereits die Gassen von der Barfüßerkirche bis Sankt Johann mit frischem Gras bestreut und zu beiden Seiten des Weges Maien aufgestellt worden. Alle Florentiner, aber auch viele andere Italiener, darunter die Mailänder sowie der König und sein Gefolge trafen sich an der Barfüßerkirche, ja, sogar der Bischof von Costentz war anwesend, dem der König am gestrigen Tage noch offiziell den Blutbann über die Stadt verliehen hat. Man ließ wieder dreimal durch die Stadt blasen, und beim dritten Mal machten sich alle auf den Weg über die grasbestreuten Straßen zur St.-Johann-Kirche. Jedermann in der Prozession trug in seiner Hand eine brennende Kerze, die zwei Pfund wog. Manche gaben sie auch ihren Knechten zu tragen. Ich schätze, dass etwa ein halbes Tausend Kerzen zum Heiligen Johannes getragen wurden, ohne die, die in der Kirche bereits brannten. Dort hielt mein Herr, der Kardinalbischof von Ostia, als Konzilspräsident die Messe und gab danach allen Anwesenden den Segen.

Dann unternahmen der König und die Königin wie vorgesehen einen Spaziergang aus der Stadt hinaus über die Brücke durch das Klosterdorf des Heiligen Petrus zum Hard, einer lieblichen Gegend, wo die Landschaft in weichen Hügeln vom Seeufer hochsteigt. Bächlein fließen dort in den See, es gibt kleine Wäldchen, Weinberge und Wiesen, und hier und da erhebt sich ein stattliches Gebäude, als Landgut eines städtischen Patriziers oder als Gasthaus genutzt. Herr Ulrich Richental hatte zum Imbiss auf sein dortiges Gut geladen. Er scheint einer der vermögendsten Patrizier in Costentz zu sein, besitzt in der Stadt verschiedene Häuser und hat nun diesen Landsitz mit Weinberg erworben, wohl erst vor kurzer Zeit, denn es waren allerlei junge Bäume rund um das Haus gepflanzt worden. Einige Männer aus dem Gefolge des Königs banden ihre Rosse an diese zarten Pflänzchen, sodass etliche davon ausgerissen wurden. Als der König dies sah, wies er sie an, ihre Tiere stattdessen an die kräftigen Weiden zu binden, die dem Ufer zu standen, ja er löste sogar eigenhändig drei Rosse und übergab sie ihren Besitzern, damit sie sie anderweitig festbänden. Wahrlich ein König, der sich um das Eigentum seiner Untertanen sorgt, vor allem, wenn er von ihnen Geld leihen will, wie man hört! So viele Gäste waren zu dem Fest geladen, dass am Ende alle Weiden am schilfigen Seeufer als Haltestangen für Rosse dienten.

Auch ich spazierte im Gefolge des Kardinalbischofs zu Herrn Richentals heiterem Garten. Unterwegs sah ich Cunrat und Giovanni am Straßenrand stehen, und bei ihnen befand sich Herr Ringlin, der Vater der entführten Lucia. Er war noch sehr bleich im Angesicht, und seine rechte Seite ist immer noch lahm, wohl von der Wirkung des Giftes, wie der jüdische Arzt uns erklärt hat. Wir grüßten einander, hatten wir doch verabredet, dass sie sich am Ende in die Prozession einreihen und mit zu Herrn Richental spazieren würden, denn der König hatte angekündigt, dass er auf dem Landgut nach dem Mittagsimbiss allerlei Bittstel-

ler empfangen würde. Dann wollten sie vor ihn treten, um ihre Anklage gegen Jakob Schwarz vorzubringen, und ich sollte sie wenn nötig unterstützen. Doch ebenso wie ich wollten die drei auch schon vorher Ausschau halten, ob sie etwas Verdächtiges bemerken würden, um dem König im Notfall gegen den Mörder beizustehen. Vor allem hatten wir vereinbart, auf Jakob Schwarz zu achten, der uns nach seinem Verhalten dem jungen Giovanni gegenüber als der Verdächtigste erschien. Doch muss ich gestehen, mein Niccolò, dass ich selber nicht recht wusste, wie ich Sigismund gegen einen Armbrustpfeil oder einen erneuten Giftanschlag hätte verteidigen sollen. Er wähnte sich ja nicht in Gefahr und bewegte sich unter seinem Volk wie einer, der sich von Gott beschützt und im Recht glaubt.

Herr Richental hatte indes keine Kosten und Mühen gescheut, um dem König und seinen Gästen den Aufenthalt so angenehm wie möglich zu gestalten. So gab es vor dem Imbiss noch ein lustiges Intermezzo zur Unterhaltung der illustren Besucher. Dazu hatte man Dirnen aus der Stadt geladen, die nach der Art des Palio von Siena ein Wettrennen um ein Stück Tuch veranstalteten. Doch fand dieser Wettlauf nicht auf edlen Pferden statt, sondern die gemeinen Töchter liefen auf ihren eigenen Beinen. Auf einer großen Wiese in der Nähe von Herrn Richentals Haus war mit Pfählen und Seilen ein Turnierplatz abgesteckt worden. Rund um diesen Platz versammelten sich nun die Zuschauer, vor allem diejenigen männlichen Geschlechts. Dann traten die Dirnen in einer Reihe an. Es hatten sich wohl die hübschesten zu diesem Wettkampf gemeldet, und sie trugen alle ihre schönsten Kleider mit tiefen Ausschnitten, jedoch keine Strümpfe oder Schuhe, sodass ihre Füße und Beine nackt unter den Gewändern hervorschimmerten. Haare und Busen hatten sie mit Blumen geschmückt.

Als alle parat waren, betätigte sich ein Posauner des Königs als Turnierherold und gab den Frauen das Zeichen zum Start. Augenblicklich liefen sie los, mit geschürzten Kleidern, um besser ren-

nen zu können, und wie beim Palio die Pferde, so wurden hier die einzelnen Läuferinnen von den Zuschauern angefeuert, mit Pfeifen und Johlen, umso mehr, je höher die Röcke gerafft wurden, und als einer Wettkämpferin vor heftiger Bewegung eine Brust aus dem Ausschnitt sprang, fand der Jubel der anwesenden Männer keine Grenzen. Auch wenn am Ende nur eine einzige Dirne das Stück Barchent gewann, so bin ich mir sicher, dass auch die anderen einen Gewinn davontrugen, denn mit ihren freizügigen Bewegungen fachten sie die Lust der Zuschauer gehörig an, und gewiss hatte am Ende manch einer seine Gespielin für den Rest des Tages bereits ins Auge gefasst. Nachdem die Siegerin mit einem Blumenkranz gekürt und ihr der Preis ausgehändigt worden war, mischten sich die Frauen ganz unverblümt unter die hohen Gäste beim Hause Ulrich Richentals, wo die Küchenknechte inzwischen einen Ochsen am Spieß gebraten hatten. Neben dem Torkel war eine richtige Küche aufgebaut worden, und die Herdflammen loderten derart hoch, dass man Angst haben musste, der Torkel könnte Feuer fangen. Außer dem Rind wurden noch viele weitere wohlschmeckende Gerichte angeboten, und ich muss sagen, dass der gute Patrizier sich den Besuch des Königs eine Menge kosten ließ. Es heißt, er wolle ein Conciliumbuch schreiben, und dafür ist es sicher kein Nachteil, wenn man über einen Besuch des Königs auf dem eigenen Gut berichten kann.

Doch ich konnte all die Freuden für Gaumen und Sinne nicht wirklich genießen, wusste ich doch, dass wahrscheinlich unter all den fröhlichen Festgästen einer war, der Böses im Schilde führte, und dass dieser vergnügte Aufenthalt rasch ein furchtbares Ende nehmen konnte. Und was mich fast noch mehr verstörte, war die Tatsache, dass außer mir und meinen Costentzer Freunden keiner mit einem grausamen Anschlag rechnete. Seit dem Tod des Geräderten glaubt sich der König in Sicherheit, und so hatte ich keinen Moment Ruhe, denn ohne Unterlass hielt ich die Augen offen, ob ich irgendwo etwas Verdächtiges entdecken würde, und die

Bäckergesellen taten es mir gleich. Sie hielten sich am Rande des Festes, da sie ja nicht zu den geladenen Gästen zählten, aber wie ich versuchten sie vor allem, Jakob Schwarz beständig im Blick zu haben. Doch der ergötzte sich mit geradezu epikuräischer Freude am Anblick der nackten Dirnenbeine und am Geschmack des gebratenen Ochsen, sodass mir Zweifel kamen, ob ein so gestimmter Mensch gleichzeitig Mordgedanken hegen könnte.

Nach dem langen Imbiss ließ der König die Tafel unter dem Vordach des Hauses aufheben, sodass nun vor seinem Stuhl genügend Platz für die Bittsteller war, die sich schon seit Längerem eingefunden hatten. Viele Prälaten und Fürsten, vor allem die üppigeren unter ihnen, zogen sich hingegen zurück und suchten in den umliegenden Obstwiesen und Weinbergen nach abgeschiedenen Orten, wo sie sich auf Decken niederließen, um ihren von der Sommerwärme und dem reichhaltigen Essen müden Körpern ein wenig Ruhe zu gönnen. Manche von ihnen begaben sich auch in die nahen Gasthäuser, wieder andere befahlen ihren Dienern, mitgebrachte Zelte aufzustellen, um den Blicken der Allgemeinheit entzogen dort ihre Mittagsruhe zu halten. Auch die eine oder andere Dirne sah ich hinter Zeltbahnen verschwinden.

Dem König war deutlich anzumerken, dass er sich – schwer von Wein und Essen – am liebsten wie die anderen eine Zeitlang hingelegt hätte, doch benahm er sich wie ein wahrer König, der seinem Volk zu Diensten ist. Er ließ durch seinen Herold Paulus Romrich ankündigen, dass er nun bereit sei, jedermann zu empfangen, der etwas vorzubringen habe. Verschiedene Menschen traten daraufhin vor ihn, um ihr Leid zu klagen, über diesen oder jenen, der ihnen Unrecht getan, über Verträge, die nicht eingehalten und Versprechen, die nicht eingelöst worden waren.

Sigismund versuchte, den Menschen zuzuhören, zu schlichten, wo es möglich war, zu vertrösten, wo eine Schlichtung unmöglich schien, und bei alledem nicht einzuschlafen.

Schließlich waren Cunrat, Giovanni und Herr Ringlin an der Reihe. Ich gesellte mich zu ihnen, und gemeinsam traten wir vor den König. Der sah nicht sonderlich erfreut aus über den Anblick der beiden Bäckergesellen, und seine Müdigkeit schien sich noch zu steigern. Er seufzte tief und fragte, was sie wollten. Wenn es immer noch um die entführte Dirne gehe, fügte er gleich hinzu, so gebe es dafür ja heute wahrlich genug Ersatz. Dazu lachte er und sah seine ungarischen Gefolgsleute an, die um ihn herumstanden, worauf diese ebenfalls lachten. In Giovannis Augen blitzte schon wieder Wut auf, doch Herr Ringlin fasste ihn am Arm, um ihn vor unüberlegten Äußerungen zu bewahren.

Dann warf der Alte sich vor Sigismund auf die Knie und trug sein Anliegen vor in einer Weise, die alle Umstehenden rührte. Er stellte sich dem König als Lucias Vater vor, er berichtete, wie er, seine Frau und seine Tochter ins Unglück gestürzt worden waren durch die Ränke eines Mannes, der hier beim Konzil anwesend war, erzählte auch von ihrem Versuch, Lucia zu finden, und von dem Mordanschlag in Costentz, den er nur dank der Hilfe seiner Freunde lebend überstanden hatte. Schließlich bat er mit tränennassen Augen beim Grabe seiner verstorbenen Frau den König um Schutz und Genugtuung. Sigismund lauschte dem vom Leben Gezeichneten mit wachsender Aufmerksamkeit, und man sah ihm an, dass er dem Unglücklichen jedes Wort glaubte und seine Empörung sich steigerte, je länger er zuhörte. Dabei erwähnte Ringlin nicht einmal, dass wir Schwarz im Verdacht haben, in die Mordanschläge auf ihn, den König, verwickelt zu sein. Ich hatte ihm abgeraten, davon zu sprechen, weil Sigismund ja nicht glauben möchte, dass der Mörder immer noch am Leben sei.

Am Ende von Ringlins Bericht schimmerten auch des Königs Augen von Tränen, und er gelobte, dem gepeinigten Vater zu helfen, wenn es ihm möglich wäre. Da nannte Ringlin ihm den Namen des Beschuldigten, und Sigismund gab seinen Knechten ein Zeichen, Jakob Schwarz zu suchen. Der hatte sich mit einer Dirne in ein Gasthaus zurückgezogen, wie Cunrat und Giovanni beobachtet hatten. So dauerte es nicht lange, bis er vor uns stand, zwischen den beiden Ungarn, mit seinem schwarzen Kinnbart und dem ihm eigenen hochmütigen Blick. Hinter ihm sah ich, wohl zu seiner Unterstützung gekommen, den jungen Luitfried Muntprat, den Bruder der Münsterlinger Äbtissin. Schwarz fühlte sich sehr sicher und grüßte den König mit fast übertriebener Höflichkeit, der man den mühsam beherrschten Ärger wegen der Unterbrechung seines nachmittäglichen Liebesspiels anmerkte.

Doch dann wies der König auf Simon Ringlin, der etwas abseitsstand und seinen grauen Hut bescheiden in den Händen hielt. Sigismund fragte den Mailänder, ob er diesen Mann kenne. Schwarz wandte sich um, und in diesem Augenblick fiel alle Beherrschung von ihm ab. Er erbleichte, sein Blick hätte als Geständnis vollkommen genügt, auch wenn er kein einziges Wort gesprochen hätte, doch bevor sein Verstand der Zunge Zügel anlegen konnte, stieß er mit einer Stimme, die an einem Faden zu hängen schien, hervor: »Ihr seid nicht tot?«

Damit hatte er sich vor allen Anwesenden verraten und die Schilderung Simon Ringlins bestätigt.

Der König verlangte von ihm zu wissen, ob die Beschuldigungen von Simon Ringlin, die er ihm der Reihe nach aufzählte, wahr seien oder nicht. Besonders eindringlich fragte er, wo sich Lucia befinde. Doch je länger er redete, desto mehr schien sich Schwarz zu verhärten. Er schüttelte heftig den Kopf und behauptete, er habe nichts mit den Verbrechen zu tun, derer er beschuldigt werde. Vielleicht habe er einmal versucht, sich Ringlins Frau nach dessen Verschwinden anzunähern, auch habe er dessen Posten im Kontor übernommen, jemand habe die Arbeit ja tun müssen, doch trage er keinerlei Verantwortung für die Anschläge auf das Leben von Simon Ringlin und wisse auch nicht, wo Lucia sei. Am Ende erklärte er sich mit weinerlicher Stimme sogar bereit, dies zu beschwören, sodass alle Umstehenden sich über die Erbärmlichkeit dieser Jammergestalt entrüsteten. Aus dem Augenwinkel sah ich, wie Luitfried Muntprat unauffällig zwischen den Zuschauern verschwand.

Da konnte ich mich nicht mehr zurückhalten. Ich trat vor Sigismund und berichtete ihm, was ich von der ehrwürdigen Schwester des Herrn Muntprat, der eben noch hier gewesen sei, erfahren hatte, dass nämlich der vor ihm stehende Jakob Schwarz die junge Lucia zu ihr ins Kloster gebracht hatte, wo sie nach einer Woche vom Ritter Jörg von End fortgeholt worden war.

Da befahl der König voller Zorn, den verstockten Missetäter in den Turm zu werfen und ihn einem peinlichen Verhör zu unterziehen, damit er seine Verbrechen gestehen und das Versteck der armen Lucia preisgeben würde. Jakob Schwarz schrie auf, als er dies hörte, und beteuerte weiter seine Unschuld, doch die ungarischen Söldner führten ihn ab.

Nun scheint also die ganze Sache sich endlich zu lösen. Unter der Folter wird Schwarz wohl verraten, wo die junge Frau sich befindet, und so wird der venezianische Bäcker seine Geliebte und Simon Ringlin seine Tochter wiederfinden. Und wenn das jüdische Orakel recht hatte, dann dürfte auch Sigismund wieder vor Mordanschlägen sicher sein. Obwohl mir noch nicht ganz erklärlich ist, warum Jakob Schwarz den König hätte töten sollen.

So hat mir dieser Johannistag nicht nur ein prächtiges Festmahl auf Kosten der florentinischen Bankiers, ein rauschendes Fest im Grünen auf Kosten eines Costentzer Patriziers sowie das Erlebnis eines unschuldigen, wenn auch heidnischen Brauches beschert, sondern darüber hinaus noch die Entlarvung eines gemeinen Entführers und Mörders.

Mit großer Genugtuung grüßt Dich aus dem (fast) florentinischen Costentz

Dein Poggio

Doch Poggio hatte zu früh das Siegeslied angestimmt.

Am Tag nach Johanni fuhr der König mit Frau Barbara und seinem ganzen Gefolge nach Überlingen. Die dortigen Stadtoberen hatten ihn eingeladen, auch ihre Stadt zu besuchen, die zwar noch kleiner war als Costentz, aber dennoch frei und nur dem Kaiser untertan. Auch wenn des Königs Sänger, Oswald von Wolkenstein, sich vor seiner Abreise bitter über die teuren Gasthäuser in Überlingen, die schlechte Bewirtung und die hässlichen Huren beklagt hatte, ließ es sich der König doch nicht nehmen, auch diesen Teil des Costentzer Sees zu besuchen und seinen direkten Untertanen seine Aufwartung zu machen.

In Costentz hatte indes der Vogt die Aufgabe übernommen, Jakob Schwarz zum Reden zu bringen. Selbstverständlich delegierte er diese Aufgabe an Egli Locher, den Henker. Deshalb hatten Giovanni, Cunrat und Ringlin beschlossen, diesen am Abend aufzusuchen und zu befragen, was Schwarz im peinlichen Verhör preisgegeben hatte. Sie glaubten zunächst, sie könnten vor dem *Lörlinbad* auf ihn warten, weil er wie üblich seine Folter-Melancholie in Rosshusers Wein ertränken würde. Doch Ringlin, der als Einziger das Lokal betreten konnte, ohne den Zorn des Hurenwirts herauszufordern, kehrte nach kurzem Augenschein wieder nach draußen zurück und zuckte die Schultern. Egli Locher war nicht da.

Also begaben sie sich zu seinem Haus ein Stück den Ziegelgraben hoch. Tatsächlich sah man dort Licht durch das ölgetränkte Pergament des Stubenfensters schimmern. Sie klopften an die Haustür, und augenblicklich begann der Hund zu bellen. Es dauerte nicht lang, da öffnete ihnen der Henker. Die grollende Dogge hielt er am Stachelhalsband fest.

»Ach, ihr!«, seufzte er nur, während sein Hund beim Anblick von Cunrat mit dem ganzen Hinterteil wedelte. Egli Locher indes drehte sich einfach um und ging zurück ins Innere des Hauses. Fast schien es, als ob er sie erwartet hätte. Sie betrachteten die offen gelassene Tür als Einladung und folgten ihm in die Stube, wo er sich wieder auf die Bank an den Tisch gesetzt hatte. Die Drei hatten ihn wohl bei seinem Abendmahl gestört. Vor ihm lag ein Holzbrett mit gebratenem Fleisch, von dem er nun ein großes Stück abschnitt und in den schiefen Mund steckte, dabei stand ein Krug Wein. Sein Becher war halb gefüllt.

Kauend wies er ohne ein Wort auf die Stühle am Tisch, und gehorsam ließen sie sich nieder. Im Schein zweier Öllämpchen sahen sie ihm beim Essen zu. Keiner wusste recht, wie anfangen, nicht einmal Giovanni, der sonst nie um einen Ausspruch verlegen war. Der selbstverständliche und dennoch stumme Empfang machte sie ratlos.

»So schmeckt es Euch, Herr Locher?«, fragte schließlich Cunrat. »Wohl bekomms!«

»Warum sollte es mir nicht schmecken, Langer?«, erwiderte der Henker zwischen zwei Bissen Fleisch. Dann trank er einen großen Schluck Wein.

»Ich dachte nur … es heißt, wenn Ihr einen Verbrecher aufgezogen habt, hättet Ihr keinen Hunger.«

Der Henker sah ihn einen Augenblick verblüfft an. Offenbar war er erstaunt, dass jemand seine Essgewohnheiten so genau beobachtet und mit seinen sonstigen Lebensumständen in Zusammenhang gebracht hatte.

»So, heißt es das. Schon möglich.«

Dann nahm er ein Stück Brot, wischte sich das Fett von Mund und Kinn ab und aß es auf, bevor er fortfuhr: »In der Tat habe ich niemanden aufgezogen.«

Die Drei sahen ihn überrascht an.

»Aber hättet Ihr heute nicht Jakob Schwarz einem peinlichen Verhör unterziehen müssen?«, fragte Simon Ringlin und fügte fast vorwurfsvoll hinzu: »Der König hat es doch befohlen!«

»Der König kann viel befehlen, wenn es dem Teufel nicht gefällt.«

»Was hat das zu bedeuten, Egli Locher?«

»Der Teufel hat den Mailänder heute Nacht geholt. Er hat sich aufgehängt.«

Für einen Augenblick war es ganz still in Egli Lochers Stube. Dann heulte Simon Ringlin los. »Dieser Höllengauch! Dieser Galgenstrick! Er hat sich einfach davongemacht, ohne uns zu sagen, wo Lucia ist. Möge er für immer in den tiefsten Tiefen der Hölle braten, der feige Hund! Meine Lucia, mein Mädchen! Er war der Einzige, der uns hätte sagen können, wo sie ist!«

Er weinte hemmungslos, doch Egli Locher schüttelte den Kopf. »Das glaube ich nicht.«

»Was glaubt Ihr nicht?«, Giovanni weinte nicht, aber seine Stimme bebte vor Zorn.

»Ich glaube nicht, dass er der Einzige ist, der weiß, wo sich die Frau befindet.«

»Wie kommt Ihr darauf?«

Bevor er antwortete, trank der Henker noch einmal einen großen Schluck Wein. Er schien zu bedenken, wie viel er ihnen verraten konnte, ohne Ärger mit dem Vogt zu bekommen. Aber angesichts von Simon Ringlins Tränen entschied er sich.

»Ich war schon gestern Abend bei ihm im Turm. Die erste Stufe des peinlichen Verhörs. Ich habe ihm die Folterwerkzeuge gezeigt und gesagt, er solle doch zugeben, wo die Frau versteckt sei. Er hat nicht mehr gejammert, aber zugegeben hat er auch nichts. Da habe ich ihm erklärt, er habe eine Nacht Bedenkzeit, dann würden die Werkzeuge zum Einsatz kommen. Als ich die Tür schließen wollte, hat er gelacht wie ein Narr und mir nachgerufen: ›Ich werde euch auch morgen nichts sagen können. Es gibt einen Mächtigeren als mich, der die Frau in seiner Gewalt hat. Ringlin weiß nicht, mit wem er sich da angelegt hat!‹ Das waren seine letzten Worte.«

Dann wandte sich Egli Locher an Lucias Vater: »Ringlin seid doch Ihr, oder?«

»Ja, der bin ich«, antwortete der Angesprochene mit dünner Stimme.

»Hat er Euch keinen Namen genannt?«, wollte Giovanni wissen.

»Ich habe euch alles gesagt, was ich weiß«, antwortete der Henker. »Als ich heute Morgen zum Turm kam und Hug Strigel die Tür des Verlieses aufmachte, sahen wir, dass Schwarz sich aufgehängt hatte.«

»Hug Strigel?«, fragte Cunrat.

»Ja, der Turmwächter, der letzte Nacht Wache hatte.«

»Der hatte auch Wache, als ich Giovanni besucht habe.«

»Und bei Peter Riffon, dem angeblichen Königsmörder!«, ergänzte Giovanni.

»Na und?« Egli Locher verstand nicht.

»Hug Strigel lässt sich kaufen, Meister Locher, das wisst Ihr ja am besten«, erklärte Giovanni. »Ich würde jede Wette eingehen, dass Ihr nicht der Letzte wart, der Jakob Schwarz gestern besucht hat. Und wenn es wahr ist, was er gesagt hat, dann glaube ich auch nicht, dass er sich selbst getötet hat.«

»Was redet ihr denn da? Ich weiß, dass Hug Strigel einen Beutel Pfennige nicht verachtet. Aber Jakob Schwarz hatte Angst vor der Folter, das ist alles. Es wäre nicht das erste Mal, dass ein Schurke es vorzieht, seinem Leben selbst ein Ende zu setzen, bevor er peinlich verhört wird. Zumal so ein feiger Kerl wie er.«

»Habt Ihr die Leiche genau angeschaut?«

»Warum hätte ich das tun sollen?«

»Ihr habt nicht zufällig gesehen, ob der Tote Bisswunden am Kopf hatte, wie von einer Schlange?«

Der Henker schüttelte den Kopf. »Seid ihr vollkommen närrisch geworden? Im Raueneggturm gibt es doch keine Schlangen!«

»Wo ist der Leichnam jetzt?«

»Den hab ich heute nach Mittag auf dem Schindanger am Brühl begraben. Wie es der Vogt mir aufgetragen hat. Bei der Hitze halten sich die Leichen nicht lang, da ist es besser, man begräbt sie gleich.«

Ruof Lämbli fragte die Drei, ob sie ein Stück vom gebratenen Schwein haben wollten, aber keiner hatte Appetit. Was sie von Egli Locher gehört hatten, hatte ihnen auf den Magen geschlagen. Das Einzige, was sie vertragen konnten, war Wein. Als sich nach einiger Zeit Poggio Bracciolini zu ihnen gesellte, berichteten sie ihm, was sie erfahren hatten. Er war so enttäuscht wie sie darüber, dass der Mörder offenbar immer noch nicht gefasst war.

»Wenn wir nur wüssten, ob Jakob Schwarz das Mal hatte!« Giovanni war ärgerlich. »Wenn wir wenigstens die Leiche hätten sehen können! Warum musste Egli Locher ihn gleich begraben?«

»Ach, was hätte das denn noch genützt?«, erwiderte Cunrat. »Jakob Schwarz ist in jedem Fall tot und kann uns nichts mehr sagen.«

»Aber dann wüssten wir, ob er sich selber umgebracht hat, oder ob der Gabelmörder auch hinter seinem Tod steckt. Und wir wüssten, ob Jakob Schwarz die Wahrheit gesagt hat, dass es noch einen Mächtigeren gibt, der Lucia in seiner Gewalt hat!«

Giovanni schlug mit seiner gesunden Faust auf den Tisch. Den anderen Arm trug er immer noch in der Binde.

»Ich glaube, Jakob Schwarz wusste, dass er sterben würde«, antwortete Cunrat nachdenklich, »deshalb hat er gelacht wie ein Narr. Ich habe einmal einen Dieb am Galgen erlebt, im Kloster Weißenau, als Kind. Meine Mutter hatte mir verboten, zu der Hinrichtung zu gehen, aber es war das einzige Mal während meiner ganzen Kindheit, dass es im Kloster eine Hinrichtung gab, und ich wollte unbedingt dabei sein. Also bin ich heimlich hingeschlichen und habe zugesehen. Es war unheimlich. Als er nämlich auf der Leiter stand und der Priester zu ihm kommen wollte wegen der Beichte, da hat der Verbrecher angefangen zu lachen. Er hat gelacht wie ein Narr, weil er wusste, dass er sterben würde. Das war schrecklicher, als wenn er geweint hätte. So als ob der Teufel aus ihm lachen würde. So wie bei Jakob Schwarz.«

»Wenn du recht hast, Cunrat, dann hat er vielleicht tatsächlich die Wahrheit gesagt. Im Angesicht des Todes lügt man nicht mehr. Aber was meinte er dann damit, dass es noch einen Mächtigeren gebe als ihn? Mächtig in welchem Sinne? Ein Kardinal? Ein Adliger? Wer könnte das sein? Herr Ringlin, was könnte das bedeuten, dass Ihr nicht wisst, mit wem Ihr Euch angelegt habt?«

Simon Ringlin hatte nichts mehr gesprochen, seit sie das Haus des Scharfrichters verlassen hatten. Er war vor Kummer in sich selbst versunken. Nun zuckte er verzweifelt die Schultern.

»Ich war so sicher, dass Jakob Schwarz hinter all dem steckte, meine Entführung durch die Piraten, die Art, wie er Pina und Lucia behandelt hat, die Übernahme des Kontors, der Anschlag hier in Costentz und die Entführung von Lucia – es schien alles zu passen. Aber wenn er die Wahrheit gesagt hat, dann war auch er nur ein Werkzeug in der Hand eines anderen.«

»Aber wer ist dieser andere? Ihr müsstet ihn doch kennen, Herr Ringlin, wenn er Euch all diese Dinge angetan hat!« Giovanni schrie den alten Mann an: »Denkt doch nach!«

Aber Simon Ringlin war in keiner guten Verfassung, er begann wieder zu weinen. »Ich weiß nicht ... ich erinnere mich nicht ...«, stammelte er.

»Eines ist auf jeden Fall klar, Herr Ringlin«, mischte sich Poggio ein, »wenn Jakob Schwarz nicht der Mörder war, dann seid Ihr weiterhin in Gefahr! Ihr müsst Euch in Eurer Kammer bei Meister Ismael verborgen halten. Bei ihm seid Ihr sicher.«

»Aber Meister Ismael ist doch gar nicht da!«, jammerte Simon Ringlin ängstlich.

»Was? Wo ist er denn?«

»Er ist schon vorigen Mittwoch nach Überlingen gefahren, zusammen mit seiner Tochter und seinem Sohn. Hendlin soll mit dem Sohn von Rabbi Salomon verheiratet werden. Das haben sie am Tag des Freiheitsfestes vereinbart.«

»Die schöne, sanfte Hendlin!« Giovannis Stimme klang bedauernd. »Dann wird sie jetzt einen dieser schwarzbärtigen Gesellen heiraten.«

»Na, dich hätte sie ohnehin nicht genommen!«, entgegnete Poggio. »Eine Heirat mit einem Goi hätte Rabbi Ismael ihr gewiss nicht erlaubt.«

Auch Simon Ringlin war entrüstet: »Ich dachte, du liebst meine Lucia!«

»Vater Ringlin«, sagte Giovanni beruhigend und lächelte sogar ein wenig dabei, »ich liebe Lucia, dessen könnt Ihr sicher sein. Sie ist die schönste Blume in Gottes Garten, aber auch wenn der Gärtner nur die eine Blume gießt, so darf er die anderen doch zumindest betrachten, seid Ihr nicht auch dieser Meinung?«

Simon Ringlin sah weiterhin säuerlich drein, doch Poggio konnte ein Lächeln nicht verbergen. Cunrat wälzte indes ganz andere Gedanken.

»Dann seid Ihr jetzt vollkommen allein im Haus, Herr Ringlin?«

»Nein, zwei Knechte und eine Küchenmagd sind noch da.«

Da wurde auch Poggio wieder ernst.

»Sagt ihnen, sie sollen keinem Menschen verraten, dass Ihr dort wohnt.«

»Er ist schon am Mittwoch nach Überlingen gereist, sagt Ihr?« Cunrat überlegte. »Dann hat der Diener des Conte ihn gar nicht mehr angetroffen.«

»Welcher Diener? Welcher Conte?«, wollte Poggio wissen.

Während Giovanni schweigend daneben saß, berichtete Cunrat den beiden in wenigen Worten, dass sie am Freitag vor Johanni Zeugen geworden waren, wie auch der Conte Sassino einem Anschlag des Mörders zum Opfer gefallen war, diesen aber dank des Eingreifens von Sebolt Schoppers Küchenknecht überlebt hatte.

»Und wegen des Gifts haben wir seinen Diener zu Meister Ismael geschickt.«

»Davon habt ihr mir am Johannistag gar nichts gesagt!«, sagte Simon Ringlin vorwurfsvoll.

»Es schien uns nicht so wichtig«, antwortete Giovanni.

»Nicht so wichtig?«, hielt ihm Ringlin entgegen. »Ein weiteres Opfer des Gabelmörders, und ihr hieltet das für nicht so wichtig?«

»Es wäre auch möglich gewesen, dass er von Räubern überfallen wurde«, wiegelte Giovanni ab.

»Aber warum unternimmt der Mörder einen Anschlag auf den Conte Sassino?«, fragte Poggio dazwischen.

»Vielleicht wusste der Conte etwas über ihn und seine Pläne«, mutmaßte Giovanni. »Er wohnt in der *Haue*, dort, wo auch Tettinger und seine Schwester umgebracht wurden. War sein Diener denn nun bei Meister Ismael oder nicht?«

»Ist es ein Einäugiger?«, fragte Simon Ringlin.

»Ja, dann habt Ihr ihn also getroffen?«

»Nein, aber ein Knecht von Meister Ismael hat erzählt, dass ein Einäugiger nach dem jüdischen Arzt gefragt und er ihm geantwortet habe, dass dieser auf Reisen sei. Der Knecht hat sich gewundert, weil der Einäugige sehr aufgeregt gewesen sei und unbedingt habe wissen wollen, wo sich Meister Ismael denn aufhalte und wann er wieder zurückkehre. Er war wohl sehr in Sorge um seinen Herrn.«

»Wir werden morgen bei Sebolt Schopper nachfragen, wie es dem Herrn Conte geht«, schlug Giovanni vor, dem das Thema des Überfalls auf den Conte nicht recht zu behagen schien. Er wechselte abrupt das Thema. »Herr Poggio, glaubt Ihr, dass der Ketzer Hus noch vor des Königs Abreise hingerichtet wird?«

Poggio Bracciolini sah den Venezianer ob dessen plötzlichem Interesse für die Konzilspolitik misstrauisch an.

»Ich vermute schon, aber das werden wir ohnehin bald erfahren. Mich würde viel mehr interessieren, ob ihr etwas über den Angreifer wisst, der den Conte überfallen hat.«

»Es war nicht einer, es waren mehrere, deshalb hätten es ja auch Räuber sein können«, antwortete Giovanni ungeduldig.

»Und sie haben Venezianisch gesprochen«, ergänzte Cunrat.

Der Blick, den Giovanni seinem Freund zuwarf, war medusengleich.

»Venezianisch?«, nahm Poggio sofort den Faden auf. »Dann waren wir mit dem Mailänder Jakob Schwarz also von Anfang an auf der falschen Fährte!«

»Das muss nicht sein!«, widersprach Giovanni und funkelte Cunrat wütend an. »Einer von ihnen hat Venezianisch gesprochen, von den anderen wissen wir es nicht. Wenn es ein Überfall durch den Gabelmörder war, dann hat er vielleicht einen Helfer, der Venezianisch spricht. Das besagt gar nichts!«

»Aber wir können auch nicht ausschließen, dass der Mörder, oder besser gesagt *die* Mörder aus deiner geliebten Heimatstadt Venedig kommen, nicht wahr?«

Poggio genoss Giovannis Ärger ganz offensichtlich.

»Ach was, warum sollten die Venezianer all diese Menschen umbringen?«

»Es wird wohl sein, wie wir vermutet haben. Sie haben es auf den König abgesehen. Sigismund ist Venedigs ärgster Feind!«

»Tommaso Mocenigo, unser Doge, hat den König nach der Schlacht von Nikopolis auf seinem Schiff in die Heimat zurückgebracht! Er war als Gesandter Venedigs viele Male bei Sigismund, bevor er Doge wurde. Er würde gewiss keinen Mordauftrag für den König erteilen.«

Doch Poggio war nicht überzeugt.

»Was macht dich da so sicher? Du als einfacher Bäckergeselle kannst doch gar nicht wissen, was deine Oberen alles im Schilde führen!«

Da biss sich Giovanni ärgerlich auf die Lippen und schwieg.

Heumond

Der Juli brachte grosse Hitze über das Land. Schon früh am Morgen brannte die Sonne auf die Welt, sie erhitzte die Luft und das Wasser und die Dinge, und wo man sich aufhielt und was man berührte, alles verströmte heißen Odem. Wer es sich leisten konnte, der verlegte seine aushäusigen Geschäfte auf den Abend oder sogar in die Nacht und verschloss tagsüber Fenster und Türen vor der heißen Luft. Die Damen der besseren Gesellschaft und die Prälaten in ihren schweren Gewändern fächelten sich ununterbrochen Kühle zu, oder sie ließen fächeln, je nach Wohlstand und Dienerschaft.

Dabei waren die Menschen der Stadt in den schattigen Gassen noch gut daran, denn die Bauern, die auf dem freien Feld arbeiten mussten, um Heu und Getreide einzubringen, fanden allenfalls unter ein paar Bäumen oder in einer traurigen Hütte ein wenig Schatten, ansonsten waren sie der unbarmherzig brennenden Sonne ausgesetzt. Mancherorts versiegten die Brunnen oder man konnte ihr Wasser höchstens noch zum Waschen verwenden, weil es warm war oder stank, und auch die Zisternen hielten ihre Fracht nicht mehr kühl. Um sich zu erfrischen, tranken die Menschen dennoch mehr als sonst, am liebsten Wein aus tiefen Kellern. Wenn ihnen dieser zu Kopf stieg, kam es häufig wegen einem Nichts zu Streit und Handgreiflichkeiten.

Auch die Teilnehmer des Konzils blieben nicht von der Hitzewelle verschont. Sie reagierten unterschiedlich darauf, je nach ihrer Herkunft. Während die Prälaten aus dem Mittelmeerraum wussten, dass man sich am besten in leichte, weite Gewänder kleidete, regelmäßig mit kalten Wassergüssen den Körper kühlte, geeiste Getränke mit leichten Aromen zu sich nahm und ansonsten im schattigen Haus blieb, schwitzten die Männer des

Nordens ohne Unterlass und wussten sich kaum zu helfen. Ein Theologieprofessor aus Münster behauptete gar, ihm sei die Predigt wegen der großen Hitze schlecht geraten. So blieb es nicht aus, dass sich auch in den Köpfen die Hitze staute und manch einer streitlustiger war als zu normalen Zeiten.

Vielleicht war es auch deshalb ein schlechter Zeitpunkt für den Prozess gegen Jan Hus. Am frühen Morgen des 6. Juli hatten sich die Konzilsväter zu einer feierlichen Sitzung im Münster versammelt, in der das endgültige Urteil über ihn gesprochen werden sollte. Da schon Wochen vorher die Befürworter und Gegner des böhmischen Magisters ihre Ansichten in Plakaten an Mauern und Kirchentüren kundgetan hatten, wussten die Menschen in Costentz genau, dass dies die entscheidende Sitzung in der Causa Hus war. So kamen viele auf dem Münsterplatz zusammen, um den Ausgang der Verhandlung mitzuerleben, heimliche und offene Anhänger seiner Lehre, wobei die Letzteren ein kleines Häufchen bildeten, Gegner, die über den Häretiker schimpften, oder einfach Neugierige, die darauf warteten, dass es womöglich eine Hinrichtung gab.

Die Bäcker ließen sich diese Gelegenheit nicht entgehen und positionierten sich schon früh am Morgen auf dem Münsterplatz gegenüber dem Tor zur Bischofspfalz. Die Plache, die ihnen bei schlechtem Wetter als Regenschutz diente, schützte sie nun gegen die Sonne, die rasch steil emporstieg. Auch mancher Umstehende war froh, ein Eckchen Schatten unter ihrem Dach genießen zu dürfen, und kaufte ihnen dafür gern eine Brezel oder eine Pastete ab. Die vor dem Münster wartenden Söldner des Königs und des Konzilsprotektors Ludwig von der Pfalz waren ebenfalls dankbare Abnehmer für die Backwaren, und auch der städtische Vogt Hanns Hagen hatte sich mit einigen Stadtwachen in der Nähe des Kirchenportals postiert, um für alle Eventualitäten parat zu sein. Allerdings warf er nur hin und wieder einen kritischen Blick zu den Bäckern hinüber.

Das Warten dauerte bis um die zehnte Stunde, als endlich

die Glocken des Münsters zu läuten begannen. Das Kirchenportal öffnete sich, und Jan Hus erschien, neben ihm zwei Diener Herzog Ludwigs. Die Menschen strömten vor dem Portal zusammen in der Erwartung, den Teufel höchstpersönlich zu erblicken. Was sie jedoch zu sehen bekamen, war ein dürrer bartloser Mann im schwarzen Gewand mit verziertem Gürtel, an dem zwei kleine Messer und ein Geldbeutel hingen. An den Füßen trug er lederne Schuhe, seine Hände waren nicht gebunden. Nichts an ihm hätte auf einen verurteilten Ketzer schließen lassen, wenn er nicht auf seinem Haupt eine weiße hohe Krone aus Papier getragen hätte, die mit drei Teufeln bemalt war und die Inschrift *Heresiarcha* trug.

»Erzketzer«, übersetzte ein Kleriker, der gerade eine Hühnerpastete gekauft hatte, für die Bäcker. »Sie haben ihn also verurteilt. Dann wird es heute noch ein Feuerchen geben!«

In der Menge erhob sich Geschrei: »Tod dem Ketzer! Auf den Scheiterhaufen mit ihm!«, und den königlichen Söldnern gelang es nur mit Mühe, die Menschen am Fuß der Kirchentreppe zurückzuhalten.

Das kleine Häuflein seiner Getreuen stand traurig und verloren abseits auf der Plattengasse, und überrascht sah Cunrat, dass auch Gretli unter ihnen war. Er erinnerte sich, dass Bärbeli zu den Predigten von Jan Hus gegangen war, aber Gretli hatte ihm gegenüber nie ein Wort über den Böhmen und seine Ideen verloren.

Rasch ging er zu ihr und nahm sie beiseite.

»Gretli, was machst du hier?«

»Ach Cunrat, heute ist ein schwarzer Tag. Siehst du den Herrn Magister? Man hat ihn verurteilt, weil er es gewagt hat, seine Stimme gegen Unrecht und Falschheit zu erheben!«

»Du bist eine Anhängerin des Ketzers?«

Gretlis Blick wurde hart.

»Er ist kein Ketzer! Was er sagt, steht in der Heiligen Schrift!«

»Woher weißt du das?«

»Frau Tettikoverin hat mir seine Schriften zu lesen gegeben. Ihr Mann hat ihr verboten, sich offen zu ihm zu bekennen, darum ist sie heute auch nicht hergekommen, aber sie hat mich geschickt, damit ich ihr berichten kann, welches Schicksal man dem Magister bereitet hat.«

»Er wird sterben, und es ist gefährlich, zu seinem Anhang zu gehören! Hörst du nicht, wie die Leute nach seinem Tod schreien?«

Gretli ließ ihren Blick über die Menschenmenge schweifen, wo sie Gesichter voller Hass und Erregung sah, aufgerissene Münder, verzerrte Züge, zornschwarze Augen, obszön gestikulierende Hände.

Jan Hus ließ sich von dem wütenden Geschrei jedoch nicht beeindrucken. Seine Lippen bewegten sich im Gebet.

»Schau ihn dir an, Cunrat, seine Augen! Siehst du, wie viel Liebe und göttliche Glut aus ihnen leuchtet?«

Cunrat sah Augen, die wie im Fieber glänzten, während das Geschrei der Menge immer heftiger wurde.

Da erschien der König vor dem Kirchenportal, im prächtigen Ornat, und mit ihm die wichtigsten Kardinäle und Fürsten. Im Gefolge des Kardinalbischofs von Ostia befand sich auch Poggio Bracciolini.

Die Menge verstummte, und Sigismund begann: »Die ehrwürdigen Väter des Conciliums haben das Urteil über diesen Mann, den Magister Jan Hus aus Böhmen, gesprochen und ihn aufgrund der Verstocktheit, mit der er seinen Ideen anhängt, als Ketzer verurteilt.«

Wieder schrien die Menschen los. Gretli fing an zu weinen, und Cunrat legte tröstend den Arm um sie.

Dann wandte sich der König an Herzog Ludwig von der Pfalz.

»Da ich derjenige bin, der das weltliche Schwert führt, so nehmt Ihr ihn, Herzog Ludwig, unseres und des Heiligen Römischen Reiches Kurfürst und unser Erztruchsess, und tut ihm, wie einem Ketzer gebühret, an unserer Stelle!«

Herzog Ludwig verneigte sich, und der König kehrte mit den anderen Prälaten in das Münster zurück, wo die Konzilssitzung fortgeführt wurde.

»Ich glaube, er ist ganz froh, dass er bei der Verbrennung nicht dabei sein muss!«, stellte Giovanni fest, der zu Gretli und Cunrat getreten war. »So ganz wohl scheint ihm nicht zu sein bei der Sache.«

Nun winkte Pfalzgraf Ludwig den Vogt Hanns Hagen herbei und übergab ihm die Aufgabe, Jan Hus zur Hinrichtung vor die Stadt zu führen, auf den Brühl, eine große Wiese in der Paradieser Vorstadt. Dort fanden die Hinrichtungen durch das Feuer statt, und wie am Galgenhügel gab es auch hier einen Schindanger.

Die Nachricht von der bevorstehenden Verbrennung des Ketzers verbreitete sich rasend schnell in der Konzilsstadt. Während Hus ohne Handfesseln im Geleit vieler gewappneter Männer durch die Plattengasse Richtung Oberer Markt schritt, strömten von allen Seiten die Menschen herbei, um dem Spektakel seines Todes beizuwohnen. An der Stelle, wo sich die Plattengasse nach der Bischofspfalz zu einem kleinen Platz erweiterte, hatte man links schon einen Haufen mit seinen Schriften aufgeschüttet, der nun in Brand gesteckt wurde. Hus lächelte nur im Vorbeigehen.

Als der Tross mit dem Verurteilten zum Oberen Markt kam, war schon fast kein Durchkommen mehr, und Hanns Hagens Stadtwachen mussten mit Gewalt einen Weg frei machen, damit der Delinquent durch das Rindportertor hinaus ins Paradies gebracht werden konnte. Vor der Brücke, die hinter dem Tor über den Stadtgraben führte, musste man die Menschen zurückhalten, nur truppweise wurden sie durchgelassen, weil man befürchtete, dass das hölzerne Gewölbe zusammenbrechen könnte.

Auch die Bäcker mit ihrem brotbeladenen Wagen gelangten nur mit Mühe zur Hinrichtungsstätte, die nicht weit von der nach Gottlieben führenden Weißen Straße zwischen den Gärten lag. Gretli war ins Hohe Haus zu Frau Tettikoverin zurückgekehrt, um ihr die traurige Nachricht von der Verurteilung zu überbringen. Bei der Vollstreckung des Urteils wollte sie nicht dabei sein. Cunrat war froh darüber, denn er machte sich Sorgen um sein Mädchen, umso mehr, als die Gegner des Magisters immer aufgepeitschter ihren Hass herausschrien.

Als die Bäcker endlich einen guten Verkaufsplatz in der Nähe des Schindangers gefunden hatten, war es schon um die elfte Stunde. Die Menschen hatten Hunger, und so gingen die Brotvorräte noch vor Hussens Tod zur Neige.

Der Henker Egli Locher hatte mit seinen Helfern schon seit dem frühen Morgen alles vorbereitet. Ein dicker Balken von der Stärke eines halben Fußes war an einem Ende angespitzt und in den Boden des Schindangers gerammt worden. Rund um den Pfahl lagen Holzbündel bereit, die mit Stroh vermischt waren. Zwei Wagen voll waren herangeschafft worden.

Als Jan Hus den Haufen sah, versagten ihm die Knie, doch dann fing er an, laut zu beten: »Herr Jesus Christus! Diesen entsetzlichen, grausamen und schändlichen Tod will ich um deines Evangeliums und um der Predigt deines Wortes willen auf das geduldigste und demütig ertragen.«

Danach führte man ihn an den Umstehenden vorbei, und er bat sie, nicht zu glauben, dass er die ihm durch falsche Zeugen aufgebürdeten Artikel gepredigt und gelehrt habe. Die Menschen reagierten unterschiedlich. Manche fielen auf die Knie und bekreuzigten sich, andere versuchten, sein Gewand zu berühren, viele aber lachten ihn aus oder verhöhnten ihn mit obszönen Gesten. Cunrat wusste nicht recht, was er davon halten sollte, er hatte sich den Ketzer ganz anders, dämonischer vorgestellt. Giovanni hingegen schüttelte nur den Kopf: »Warum hat er nicht widerrufen? So ein Verrückter, sich wegen ein paar Artikeln verbrennen zu lassen!«

Als dem Verurteilten die Schandkrone mit den gemalten Teufeln vom Kopf rutschte, riefen ein paar Söldner, man solle sie ihm wieder aufsetzen, damit er zusammen mit den Herren, denen er gedient habe, den Dämonen, verbrannt werde.

Zum Schluss fragte man Hus, ob er beichten wolle, doch fand sich kein Priester, der einem Ketzer die Beichte abnehmen wollte, und so sagte er: »Es ist nicht nötig, ich bin kein Todsünder.«

Nun wartete alles in der sengenden Sonne auf die Verbrennung. Cunrat und Giovanni hatten sich mithilfe von Cunrats Ellbogen bis in die vorderste Reihe durchgekämpft, sodass sie alles aus nächster Nähe beobachten konnten.

Hus wurde mit dicken Tauen an die Holzsäule gefesselt, die Hände auf dem Rücken, unter den Füßen zwei Bund Holz. Zunächst war sein Gesicht nach Osten ausgerichtet, doch es erhob sich Protest dagegen, dass ein Häretiker in die Richtung schauend verbrannt werden sollte, aus der man das Kommen Christi erwartete. So wurde er auf die andere Seite der Säule gestellt, nach Gottlieben zu.

Dann legte Egli Locher ihm eine rußige Kette um den Hals, die wohl noch von der letzten Verbrennung stammte. Hus lächelte nur darüber und sagte: »Der Herr Jesus Christus ist mit einer härteren und schwereren Kette gefesselt worden, und ich Armer scheue mich nicht, um seines Namens willen diese Kette zu tragen.«

Als die Leute diese Worte hörten, fingen viele an zu beten. Auch Cunrat bekreuzigte sich und sagte zu Giovanni: »Ich weiß nicht, was man ihm alles vorwirft, das er gesagt und getan haben soll, aber was er jetzt gesagt hat, sind heilige Worte! Gretli hat recht, dass sie sich zu ihm bekennt!«

»Ach Cunrat, manchmal ist es besser, sich von den Heiligen fernzuhalten«, entgegnete der Venezianer nur.

Der Henker und seine Helfer schichteten nun Holz- und Strohbündel auf, dicht um den Verurteilten herum bis zum Kinn.

Bevor das Feuer an den Stoß gelegt wurde, fragte Pfalzgraf Ludwig den Verurteilten ein letztes Mal, ob er nicht widerrufen wolle. Doch Hus wandte den Blick zum Himmel und antwortete: »Gott, du bist mein Zeuge, dass ich all die Dinge, die mir vorgeworfen werden, niemals gepredigt habe. So will ich denn in der Wahrheit des Evangeliums heute fröhlich sterben.«

Der Pfalzgraf schlug die Hände über dem Kopf zusammen über so viel Unvernunft, dann gab er den Henkersknechten ein Zeichen. Sie gossen Pech über die Holzstöße und zündeten den Scheiterhaufen an.

Hus begann zu singen: »Christus, erbarme dich meiner!«, doch die Flammen loderten so heftig auf, dass Rauch und Feuer den Zuschauern bald die Sicht auf ihn verdeckten. Sie hörten ihn husten, dann laut schreien. Cunrat hielt sich die Ohren zu. Doch seine Nase konnte er nicht schützen, in der Luft hing der Geruch von verbranntem Fleisch. Erst nach einer langen Zeit wurde der Hingerichtete endlich still, sodass man nur noch das Prasseln der Flammen vernahm.

Die Menschen zerstreuten sich schnell, schweißgebadet von Sonne und Feuershitze, aber tief beeindruckt vom Todesmut des böhmischen Magisters. Die Bäcker räumten ihren Stand zusammen, doch immer wieder musste Cunrat zu der Hinrichtungsstätte hinüberschauen. Ihm war zum Weinen zumute.

Als der Rauch sich weitgehend verzogen hatte, sah er, dass der Pfahl immer noch aufrecht stand und eine schwarze Masse daran hing, mit der Kette um den Hals festgezurrt. Egli Locher und seine Helfer stießen nun den Holzstamm mitsamt den Körperresten zu Boden. Mit einer dritten Fuhre Holz entfachten sie erneut ein Feuer, um den Ketzer vollständig zu verbrennen, wie es ihnen von Hanns Hagen aufgetragen worden war. Sie gingen um den brennenden Haufen herum und schoben die Knochen mit Stangen und Heugabeln zusammen, damit sie schneller zu Asche würden. Als sie den Schädel des Toten fanden, zerschlugen sie ihn mit einer Eisenstange und warfen die Stücke ins Feuer.

Einer der Knechte hatte inzwischen das Herz aus der dunklen Körpermasse herausgenommen und spießte es auf eine eiserne Heugabel, die er johlend wie einen Fleischspieß über dem Feuer drehte. Da schlug ihm der Henker voller Zorn die Gabel aus der Hand, sodass das Herz in die Flammen fiel und mit dem übrigen Körper zu Asche verbrannte.

Doch da erhob sich plötzlich ein furchtbarer Gestank. Egli Locher und seine Knechte wichen entsetzt vor der schwarzen Grube zurück, die durch das Feuer, das Umstürzen des Pfahls und durch ihr Stochern entstanden war. Einer der Knechte musste sich übergeben, die anderen bekreuzigten sich.

Erstaunt näherten sich auch die Bäcker dem Schindanger, um zu sehen, was die hartgesottenen Henkersknechte so aus dem Konzept gebracht hatte.

»Oddio!«, sagte Giovanni, als sein Blick in die Grube fiel, und auch er musste an sich halten, nicht zu speien. Voller Grauen sahen sie, dass das Feuer einen zweiten Toten freigelegt hatte, der offenbar den fürchterlichen Gestank verbreitete. Deutlich konnte man Rippen und einen Schädel erkennen; vermodernde Fleischreste, ja sogar Haare klebten noch daran. Für Cunrats feine Nase war der Geruch so abscheulich, dass er einen Moment lang glaubte, ohnmächtig zu werden.

»Was ist das?«, fragte Giovanni bestürzt.

Egli Locher, der seine rote Kapuze inzwischen abgelegt hatte, antwortete mit kaum vernehmbarer Stimme: »Das ist Jakob Schwarz.«

An diesem Abend hielten sich die Bäcker besonders lang im Bad auf. Ihnen kam es so vor, als ob nichts den grausigen Gestank von Jakob Schwarz' Leiche abwaschen könnte. Giovanni ließ sich von der Bademagd dreimal den ganzen Körper mit der Bürste abschrubben, denn er war dem Toten besonders nahe gekommen.

Als ihm klar geworden war, wessen sterbliche Überreste vor ihm lagen, hatte er ohne groß nachzudenken einem der Henkersknechte eine Stange entrissen und damit den Schädel des Toten aus der Erde gehebelt. Dann hatte er ihm einen so heftigen Stoß versetzt, dass er sich vom Rest des Körpers getrennt hatte und ein Stück über die Wiese geflogen war. Bevor sich die Henkersknechte von ihrer Überraschung erholt hatten und ihn in seinem leichenschänderischen Tun aufhalten konnten, war er hingelaufen und hatte den Kopf wie ein heißes Ei mit den Fingerspitzen um und um gedreht. Die Binde, die er immer noch an einer Hand trug, wurde dabei schwarz, schließlich zerrte er sie los und warf sie weg.

Das Gesicht des Toten war völlig vom Feuer zerstört, weil er mit der Vorderseite nach oben begraben worden war, aber der Hinterkopf war nur durch die Verwesung beschädigt. Der größte Teil von Jakob Schwarz' langen Haaren war im lehmigen Boden erhalten geblieben. Giovanni wühlte darin wie ein Wahnsinniger, dann hielt er plötzlich inne.

»Da ist es, Cunrat, das Mal!«

Triumphierend hielt er den Schädel hoch, die Finger zwischen den Haaren, um seinem Freund die beiden Löcher zu zeigen, die man trotz der Verwesung noch als dunkle Flecken erkennen konnte. Cunrat schüttelte nur entsetzt den Kopf, er glaubte Giovanni auch ohne Augenschein, dass er den Abdruck der Gabel gesehen hatte. In diesem Augenblick kam auch schon Egli Locher hinzugelaufen und packte den Schädel, um ihn wieder in sein schwarzes Grab zurückzubefördern. Dann schaufelten die Knechte Asche und Erde über die Gebeine, während der Henker Giovanni ansah, als ob er ihn am liebsten mit in die Grube versenken würde.

»Hast du vollkommen den Verstand verloren? Bist du vom Teufel besessen?«

Nur mit Mühe konnte Cunrat den Henker davon abbringen, Giovanni durch seine Knechte in den Turm führen zu lassen. Er erzählte etwas von einem Sonnenstich, während er seinen Freund am Arm nahm und wegführte. Doch der schrie noch im Fortgehen Egli Locher zu: »Ihr habt unrecht gehabt, Meister Egli, Jakob Schwarz hat sich nicht umgebracht, er wurde ermordet!«

Auf dem ganzen Heimweg hörte Giovanni nicht auf, über die Bedeutung seiner Entdeckung laut nachzusinnen.

»Verstehst du, Cunrat? Das war der Beweis! Der Gabelmörder hat auch Lucia entführt! Er ist der Mächtige, vor dem Jakob Schwarz sich gefürchtet hat und der ihn umgebracht hat. Wie bei Tettinger! Erst hat er ihm das Gift verabreicht, dann hat er es so aussehen lassen, als ob Schwarz sich aufgehängt hätte. Wer ist der Kerl, Cunrat? Wie können wir ihn nur finden?«

»Einer seiner Helfer hat jedenfalls Venezianisch gesprochen«, wagte Cunrat einzuwerfen, was ihm einen bösen Blick von Giovanni eintrug.

Als sie an ihrer Behausung ankamen, konnte der lange Bäcker nicht mehr an sich halten.

»Giovanni, wir müssen ins Bad. Ich halte deinen Gestank nicht mehr aus!«

Nun saßen sie gereinigt und rasiert gemeinsam in der Wanne und aßen Braten und tranken Wein. Sogar Giovannis Hand war neu verbunden worden. Einige Finger konnte er schon wieder bewegen. Doch auch wenn sie den Gestank losgeworden waren, der innere Eindruck des Erlebten wirkte noch fort und beherrschte ihr Gespräch.

»Nur ein Verbrecher, der vom Teufel geholt wurde, verbreitet so einen Gestank!«, sagte Cunrat. »Es ist gut, dass die Asche von Hus nicht auch dort begraben, sondern in den Rhein gestreut wurde, ins klare Wasser. Dort wird der Engel Gottes ihn finden!«

»Der vielleicht schon, aber die Böhmen haben dafür keine Reliquien von ihrem Märtyrer! Kein Haupt, keinen Arm, nicht einmal einen kleinen Finger!« Giovanni konnte schon wieder sarkastisch sein. »Darum hat man ihn in den Rhein gestreut, mein lieber Cunrat, nicht weil das Wasser dort so sauber ist.«

»Ja, das ist ein Jammer. Sogar seinen Mantel haben sie mit ihm verbrannt. Aber er wird in den Herzen weiterleben!«

»Das sag mal nicht zu laut, einem soeben verbrannten Ketzer nachzutrauern, scheint mir in dieser Stadt nicht das Klügste zu sein. Sag mir lieber, wie wir den Mörder und Lucia finden!«
»Vielleicht bringt es ja etwas, mit Hug Strigel, dem Turmwächter, zu sprechen!«
Giovanni sah Cunrat überrascht an.
»Manchmal hast du richtig gute Ideen!«
Doch diese Idee hatte auch ein anderer.

⁓⊙⁓

Poggio Bracciolini an Niccolò Niccoli, am 8. Juli, dem Tag des Heiligen Aquila, im Jahre des Herrn 1415

Mein lieber Niccolò,

das Ende der Kirchenspaltung rückt näher! Vor vier Tagen hat der Abgesandte des Gegenpapstes Gregor, Carlo Malatesta, die Abdankung seines Herrn bekannt gegeben. Allerdings hält immer noch der zweite Gegenpapst Pedro de Luna an seinem Amte fest, weshalb der König bald zu einer Reise ins ferne Spanien aufbrechen wird, um auch ihn noch zum Abdanken zu bewegen. Sigismund hat versprochen, das Konzil nicht eher aufzulösen, als bis ein neuer Papst gewählt ist.

Ein anderer Konflikt hat sich indes in Rauch aufgelöst: Der Ketzer Jan Hus ist vorgestern verbrannt worden. Alle Versuche, ihn zum Abschwören seiner Thesen zu überreden, sind gescheitert. Sogar mein Herr, der Kardinalbischof von Ostia, hatte sich zum Schluss noch für ihn eingesetzt. Mehrfach hat er ihn in seinem Gefängnis bei den Barfüßern besucht und ihm Formeln vorgelegt, mit denen er sich dem Konzil unterwerfen sollte, mit dem Hinweis, dass jeder irren könne, und dass es keine Schande sei, seinen Irrtum einzusehen, wie man von Augustinus, Origenes oder Petrus Lombardus lernen könne. Doch der Böhme weigerte sich hartnäckig, darauf einzugehen, mit der Begründung, ein Widerruf von Thesen, die er nicht formuliert habe, wäre ein Meineid. Außerdem würde er damit seinen Anhängern ein Ärgernis geben, die von ihm das Gegenteil gehört hätten, und wie der greise Eleazar des Makkabäerbuches würde er lieber sterben, als seinen Glaubensgenossen ein Ärgernis zu geben.

Diese Haltung hat er auch nicht aufgegeben, als sein ehemaliger Freund und inzwischen erbittertster Ankläger, der Böhme Stephan Palec, ihn im Gefängnis aufsuchte und beschwor, sich dem Konzil zu unterwerfen, um sein Leben zu retten. Es heißt, beide hätten bitterlich geweint bei dieser Begegnung, doch Hus blieb hart.

So fand am 6. des Monats in einer Sessio Solemnis der Prozess gegen ihn statt. Die Sitzreihen des Costentzer Münsters waren kaum je so voll wie zu diesem Ereignis. Und wie schon mehrfach, kam es auch gestern wieder zu Streitigkeiten über die Sitzordnung der Prälaten und Fürsten.

Dazu musst du wissen, dass es im hölzernen Gestühl, welches extra drei Stufen hoch für das Konzil gezimmert wurde und das ganze Mittelschiff der Kirche vom Lettner bis zum Portal einnimmt, natürlich bessere und schlechtere Plätze gibt. Die allgemeine Regel lautet: Oben ist besser als unten, beim Altar ist besser als beim Portal, und rechts ist besser als links. Wären nur Prälaten hier anwesend, dann könnte man sie einfach entsprechend ihrer Weihegrade und ihrer Ränge in der kirchlichen Hierarchie setzen: Kardinäle in besserer Position als Erzbischöfe und Bischöfe, und unter ihnen wieder die Kardinalbischöfe vor den Kardinalpriestern und den Kardinaldiakonen. Aber so einfach ist es ja nicht, denn hier auf dem Konzil müssen sich die kirchlichen Ränge mit den weltlichen messen, also mit den Kurfürsten, Herzögen und Grafen. Außerdem sind sich, wie du meinen bisherigen Briefen schon entnehmen konntest, viele der hier anwesenden Nationen nicht besonders gewogen, was bedeutet, dass die Burgunder Vorrang vor den Franzosen beanspruchen und umgekehrt, die Franzosen vor den Engländern, die Italiener vor den Deutschen, die Mailänder vor den Venezianern, der Deutsche Orden vor den Polen, und so fort. Und aus allen Nationen sind Abgesandte von Städten und Universitäten hier anwesend, die ebenfalls Sitze im Plenum beanspruchen. Sind aber die Rangstreitigkeiten unter all diesen geklärt, so hat man immer noch keine endgültige Lösung gefunden, denn seit der Absetzung unseres Papstes Johannes erheben auch die Gesandten der beiden anderen Obödienzen Ansprüche auf entsprechende Positionen.

Manchmal wundere ich mich, wie es überhaupt möglich ist, eine Sitzung zu beginnen, und der Kardinalbischof von Ostia, der als Konzilspräsident vor dem Lettner sitzt, hat sich schon manches Mal die Haare gerauft und mir sein Leid geklagt über die Unvernunft und Empfindlichkeit mancher Prälaten.

Diesmal hat es wenigstens eine Stunde gedauert, bis unter Geschrei und Gerangel alle Anwesenden einen Platz gefunden hatten, und wenn am Ende nicht der König ein Machtwort gesprochen hätte, dann wäre es zwischen dem Abgesandten des Herzogs von Burgund und einem französischen Bischof wohl zu Tätlichkeiten gekommen.

Der König selbst saß im vollen Kaiserornat auf seinem Thron neben dem Altar. Uns Schreibern und Sekretären hatte man einfache Hocker auf dem Boden des Mittelschiffes zugewiesen, und so saßen wir nächst dem Angeklagten, der schließlich hereingeführt wurde. Offenbar hatte man ihm am Morgen noch den Bader in die Zelle geschickt, denn sowohl Kinn und Wangen wie auch seine Tonsur waren frisch geschoren.

Nun hielt der Bischof Arrigoni aus Lodi die Predigt, über die er das Motto gestellt hatte: Destruatur Corpus Peccati, *der Leib der Sünde soll zerstört werden. Darin legte er dar, warum es so wichtig sei, die Häresie auszurotten und die verstockten Häretiker zu bestrafen.*

Anschließend verlas Kardinal D'Ailly noch einmal die Artikel, die Hus zur Last gelegt wurden, und verlangte von ihm ein letztes Mal, ihnen abzuschwören. Man nennt D'Ailly auch ›den Adler von Frankreich und Hammer der Ketzer‹, und diesem Namen machte er alle Ehre, so scharf trafen seine Hiebe und so schlagkräftig waren seine Argumente! Hus weigerte sich jedoch nach wie vor, zu widerrufen, ja, er unterbrach den Ankläger immer wieder und versuchte erneut, mit der Konzilsversammlung über die Inhalte zu disputieren. Kardinal Zabarella gebot ihm mehrfach zu schweigen, doch vergebens. Ein erregter Wortwechsel ging so dem Urteil voraus, das nun nicht mehr anders lauten konnte als: Tod auf dem Scheiterhaufen. Als D'Ailly es verlesen hatte, verstummte Jan Hus endlich und bat nur noch um Vergebung für seine Feinde.

Danach traten sieben Bischöfe ins Mittelschiff, wo auf einem Tisch die Priestergewänder des Verurteilten bereitlagen. Diese wurden ihm nun angelegt und danach Stück für Stück wieder abgenommen, bis er nur noch in seinem schwarzen Rock da stand. Bei jedem Teil, das man ihm abnahm, wurde er von den Bischöfen verflucht. Als letzten Akt der Degradation nahmen sie eine Schere und zerschnitten ihm grob die Haare um die frisch rasierte Tonsur. Immerhin verzichtete man darauf, diese entwürdigende Zeremonie mit einem Messer durchzuführen, wie das sonst bei Ketzern gemacht wird, wobei regelmäßig Stücke der Kopfhaut mit abrasiert werden. Doch nun war er seines geistlichen Standes enthoben und der weltlichen Gewalt unterstellt. Man setzte ihm eine Papierkrone auf, die mit drei Teufeln bemalt war, und führte ihn aus dem Münster. Dort übergab ihn der König dem weltlichen Arm, sprich dem Konzilsvogt Ludwig von der Pfalz, der ihn wiederum dem Stadtvogt Hanns Hagen zur Vollstreckung des Urteils anheimstellte.

Die anschließende Verbrennung habe ich nicht erlebt, denn die Sitzung ging noch weiter. Man hat mir jedoch erzählt, dass die Sonne mit den Flammen um die Wette brannte, und auch die

Zuschauer mit Blasen auf der Nase in die Stadt zurückkehrten. So ist das Gänslein nun also geröstet worden, und Sigismund hat eine Sorge weniger.

Doch auch der zweite Teil dieser Sessio war höchst bemerkenswert. Der König ist nämlich bestrebt, die Causa Fidei noch vor seiner Abreise nach Narbonne zu lösen, und dazu zählt auch der Fall um die Tyrannenmordartikel von Jean Petit. Dieser Konflikt zwischen Burgundern und Franzosen ist weiterhin am Schwelen. Die Burgunder haben in den vergangenen Wochen immer wieder gegen die Verurteilung der Petit'schen Schrift durch die Pariser Universität protestiert, vor allem aber dagegen, dass der Kanzler der Sorbonne, Jean Gerson, die Petit'schen Sätze verfälscht habe, damit sie dann verurteilt werden konnten. Sowohl die Deputiertenversammlung der Nationen als auch die Glaubenskommission, die im großen Saal des Augustinerklosters zu tagen pflegt, und natürlich der noch von Papst Johannes eingesetzte Ausschuss, bestehend aus den Kardinälen Orsini, Zabarella und De Challant, haben sich mit dem Thema auseinandergesetzt. Den Ergebnissen all dieser Disputationen folgend, hat nun die Konzilsversammlung ihr Urteil gesprochen.

Natürlich erwarteten die Franzosen, allen voran Gerson, dass die inkriminierten Sätze zum Tyrannenmord nicht nur verurteilt, sondern deren Verfasser Jean Petit beim Namen genannt und die Burgunder damit vor aller Welt als Mörder gebrandmarkt würden.

Die Burgunder wiederum forderten, dass nicht Petit, sondern der wahre Autor der verfälschten Sätze, Gerson, genannt werde, sodass auf Petits Andenken kein Schatten falle.

Am Ende haben die Konzilsväter einen vermeintlichen Kompromiss gefunden, doch bei genauerem Hinsehen hat sich die Waagschale zugunsten der Burgunder gesenkt.

Ohne einen Urheber zu nennen, wurde folgender allgemeine Satz verurteilt: ›Jeder Tyrann kann von jedem Untertanen getö-

tet werden, auch mithilfe eines Hinterhalts, ohne Eide zu beachten und ohne jedes richterliche Urteil‹.

Der Verurteilung dieses Satzes konnten sogar die Burgunder zustimmen, so selbstverständlich erscheint sie, und damit war der Angriff der Franzosen ins Leere gestoßen.

Nach dem Urteilsspruch sah Gerson aus, als ob er zu Stein erstarrt wäre, und der Adler Frankreichs saß mit hängenden Flügeln an seinem Platz.

Gestern Morgen hat Gerson dann in einer Predigt, die ihn wahrscheinlich seine gesamte Nachtruhe gekostet hat, auf das Urteil geantwortet. Wie ein waidwundes Tier klagte er, beim Konzil würde die Wahrheit verdreht und das Recht missbraucht, man setze juristische Spitzfindigkeiten über göttliches Recht und katholische Wahrheit, dazu werde das Unrecht noch öffentlich verteidigt und gelobt. Durch Schmeichelei, Bestechung, Parteilichkeit und Drohungen habe man Lügenprofessoren und Prälaten gewonnen, welche die Gültigkeit der Zehn Gebote zugunsten eines Menschen eingeschränkt hätten. Man nehme den Bischöfen ihre Autorität und Gewalt, und wer noch die Wahrheit verteidigen wolle, werde verlacht oder sogar bedroht. Die großen Füchse lasse man frei herumlaufen, während die guten Hunde – damit meinte er wohl sich selbst und D'Ailly – gemaßregelt würden.

Fast hätte ich Mitleid mit ihm bekommen, aber dann musste ich an seinen Zornesausbruch im Hause von D'Ailly denken, bei dem er gefordert hatte, Petits Schriften müssten verbrannt werden und alle, die dem widersprachen, gleich mit. Da konnte ich mein Mitleid mit dem hitzköpfigen Franzosen wieder bezähmen.

Es heißt übrigens, die treibende Kraft hinter dem Urteil der Konzilsversammlung sei Kardinal Orsini gewesen, der aus einem nicht näher bekannten Grund seine Gunst plötzlich von den Franzosen abgezogen und den Burgundern zugewandt habe ...

Hast du die Reden Ciceros schon kopieren lassen, lieber Freund? Wie gerne wäre ich jetzt bei dir in unserem geliebten Florenz, erinnert mich doch die Hitze hier in Costentz an manch heißen Sommer in unserer Ebene! Doch wer weiß, wie lange das Konzil noch dauern wird, wenn der König jetzt erst einmal aufbricht Richtung Nizza!

Für ihn ist es jedenfalls gut, wenn er die Konzilsstadt möglichst schnell verlässt, denn meine Zuversicht hinsichtlich des gefassten Mörders war leider verfrüht. Der Mailänder, von dem wir glaubten, er hätte all die Anschläge verübt, ist inzwischen selber Opfer eines Attentats geworden. Wie mir meine Bäckerfreunde heute Morgen berichtet haben, wurde er heimtückisch in seiner Haftzelle umgebracht, und das bedeutet, dass des Königs Leben weiterhin in Gefahr ist.

Aus dem brandheißen Costentz grüßt Dich

Dein Poggio

Seit Tagen versuchten Cunrat und Giovanni, Hug Strigel zu finden, doch er schien wie vom Erdboden verschwunden. Weder tauchte er in der *Haue* auf, wo die Turmwächter für gewöhnlich beisammensaßen, noch trafen sie ihn im Hause seiner Mutter an. Diese wies ihnen zunächst wortkarg die Tür, und erst als Giovanni ihr erzählte, dass sie gute Freunde ihres Sohnes und in Sorge um ihn seien, und ihr außerdem eine Hühnerpastete versprach, rückte sie damit heraus, dass ihr Sohn sich aus Angst versteckt halte, und dass schon ein anderer Mann nach ihm gefragt habe. Natürlich wollten sie wissen, wie dieser Mann ausgesehen habe, doch ihre Beschreibung war sehr vage: groß, stattlich, bartlos. Er sei kein Deutscher gewesen, sondern habe mit einem starken Akzent gesprochen, wahrscheinlich ein Welscher.

»Vielleicht ein Venezianer!«, ergänzte Cunrat, als sie später im *Lamm* saßen und Wein tranken.

Zornig antwortete ihm Giovanni, er solle endlich damit aufhören, die Venezianer zu verdächtigen, die hätten nichts damit zu tun, doch es klang nicht sehr überzeugend.

Hug Strigels Mutter war trotz Giovannis Angebot, die Belohnung auf drei Pasteten zu erhöhen, nicht bereit gewesen, ihnen zu sagen, wo genau sich ihr Sohn versteckte, und so rätselten sie weiter und überlegten, wie sie auch ohne den Turmwächter die Identität des Mörders herausfinden konnten.

»Wenn wir mit dem Conte sprechen könnten, der hat vielleicht einen seiner Angreifer erkannt!«, meinte Cunrat.

»Wir haben ja nach ihm gefragt in der *Haue*, aber du hast Sebolt Schopper gehört: Sein Diener lässt niemanden zu ihm, weil es ihm noch nicht so gut geht.«

»Wenigstens hat er den Angriff überlebt.«

»Ja, obwohl Meister Ismael nicht da war, um ihm zu helfen.«

»Vielleicht war das Gift bei ihm nicht so stark.«

»Oder der Mörder ist durch Sebolt Schoppers Knecht gestört worden und konnte ihn nicht so tief verletzen. Wie bei Simon Ringlin. Jedenfalls können wir von ihm nichts erfahren.«

»Und wenn wir Egli Locher fragen, ob er etwas über Hug Strigels Versteck weiß? Er kennt ihn recht gut.«

»Egli Locher?« Giovanni lachte sarkastisch. »Nach dem, was am Brühl passiert ist? Der würde höchstens seinen Hund auf mich hetzen!«

Doch Cunrat verstand sich gut mit Egli Lochers Hund, und so fasste er einen Plan.

Am nächsten Tag, einem Freitag, besorgte er sich auf dem Markt einen Krug Wein und einen großen Rinderknochen. Beides tauschte er um Hühnerpasteten ein.

Mit diesen Gaben bestückt, marschierte er abends zum Henkershaus am Ziegelgraben. Der Duft des Knochens, den er in ein Stück Sackleinwand gewickelt und an seinen Gürtel gehängt hatte, schien ihm zu folgen, denn plötzlich heftete sich ein kleines Hündchen an seine Fersen und sprang kläffend immer wieder an seinen Beinen hoch.

Cunrat blieb stehen und musste lachen. »Dieser Knochen ist nicht für dich, den brauche ich für eine Bestechung!«, erklärte er dem zerzausten Gesellen, der sich prompt hinsetzte und ihn erwartungsvoll ansah. Er hatte seine Ohren gespitzt, jedenfalls eines davon, das andere hing nach unten. Sein Pelz war weder lang noch kurz, sondern struppig, seine Farbe schwankte zwischen schmutzigem Braun und weißlichem Grau, die Augen waren dunkel umrandet, als ob das Tier eine Maske trüge, seine Beine kurz und krumm wie die eines Dachshundes. Cunrat strich ihm über den Kopf, worauf er freudig mit dem dünnbehaarten Schwanz wedelte.

Als der Bäcker weiterging, trippelte das Hündchen trotz des abschlägigen Bescheids hoffnungsvoll hinter ihm her, bis vor Egli Lochers Haus.

Doch nicht der Henker öffnete auf Cunrats Klopfen die Tür, sondern dessen Magd. Sie war alt und ihr Gesicht voller Runzeln, und mit zahnlosem Mund sagte sie, ihr Herr sei krank. Im Inneren des Hauses hörte man die Dogge knurren, sodass das Hündchen ängstlich den Schwanz einzog und ein paar Schritte zurückwich.

Cunrat ließ sich durch die Worte der Magd nicht entmutigen.

»Was hat er denn?«

»Seit er den Ketzer verbrannt hat, plagt ihn ein Fieber«, sagte sie barsch. »Gewiss will der Teufel sich an ihm rächen, weil er einen seiner Anhänger vernichtet hat!«

Obwohl Cunrat selber manchmal den Teufel am Werk glaubte, war er inzwischen der Meinung, dass Jan Hus eher ein Heiliger gewesen war als ein Ketzer, und Gretli hatte ihn noch darin bestärkt, als sie am Sonntag gemeinsam zur Kirche gegangen waren und er ihr von den Ereignissen auf dem Brühl erzählt hatte. Doch ihm war klar, dass es nichts bringen würde, mit der Magd einen religiösen Disput anzufangen.

So sagte er in freundlichem Ton: »Wenn er krank ist, würde ich ihn gern besuchen. Ich habe ihm auch etwas mitgebracht!«

Da begannen die Augen der Frau zu leuchten. Sie hatte wohl geglaubt, er komme vom Vogt, um ihren Herrn zum Dienst zu rufen. Wahrscheinlich bekam der Henker nicht viel Krankenbesuch, und umso willkommener war Cunrat nun mit seinen Gaben. Freundlich bat die Magd ihn herein. Die Dogge begann zu bellen, während das Hündchen vor der Tür stehen blieb und traurig winselte.

Als die Magd die Tür zur Schlafkammer von Egli Locher öffnete, stürzte der mächtige Hund heraus, doch als er Cunrat sah und den Knochen, den dieser inzwischen ausgepackt hatte, kannte seine Begeisterung keine Grenzen. Zuerst sprang er an seinem Freund hoch und leckte ihm das Gesicht, dann packte er das Rinderbein und schleppte es in die Ecke der Kammer, wo er sein Lager hatte.

Egli Locher stöhnte auf seiner Bettstatt. Offenbar war er nicht in der Lage, den Hund zur Ordnung zu rufen, wie er es gewünscht hätte. Cunrat näherte sich dem Bett des Henkers. Die hölzernen Fensterläden der Kammer waren geschlossen, wohl um die Hitze draußen zu halten, sodass nur das Öllämpchen, das die Magd in der Hand trug, ein wenig Licht gab. Dennoch erkannte Cunrat auf den ersten Blick, welcher Art das Fieber war, das Egli Locher plagte. Er konnte es riechen. Der Teufel hatte nichts damit zu tun, sondern neben dem hölzernen Bettkasten standen mehrere leere Krüge, die nach Wein und Branntwein rochen. Cunrat hatte Mühe, in der Kammer zu atmen, wo sich die Alkoholwolken aus den Krügen mit den Ausdünstungen des Betrunkenen und dem Geruch des Hundes mischten. Offenbar hatte er das falsche Geschenk gebracht. Er beschloss, seinen Weinkrug wieder mitzunehmen.

»Herr Egli!«, rief er den Liegenden an. Der stöhnte nur zur Antwort.

»So geht das schon seit der Verbrennung des Ketzers!«, jammerte die Magd. »Er isst nicht mehr, er badet nicht, er geht nicht mehr vor die Tür. Er ist wie verhext und trinkt nur noch. Was soll ich denn tun? Könnt Ihr nicht helfen, Herr?«

»Mein Name ist Cunrat.«

»Ich heiße Pelagia, Herr.«

»Pelagia, habt Ihr irgendwo einen Krug mit kaltem Wasser? Und vielleicht etwas Brühe?«

»Gewiss, Herr, der Kessel mit der Brühe hängt über dem Feuer!«

»Dann bringt zuerst das kalte Wasser, danach einen Becher Brühe.«

Als sie mit dem Wasserkrug zurückkam, packte Cunrat den Henker unter beiden Armen und zerrte ihn vom Bett hoch. Egli Locher protestierte stöhnend, doch er war zu schwach, um sich wirklich zu wehren.

»Jetzt schüttet ihm das Wasser über den Kopf!«, befahl Cunrat, während er den Betrunkenen von hinten umfasste.

Ängstlich tat die Magd, wie ihr befohlen wurde. Egli Locher schrie auf.

»Auch ins Gesicht!«

Als ihn der kalte Schwall in Mund, Augen und Nase traf, prustete der Henker und versuchte sich zu entwinden, doch Cunrat hielt ihn fest, bis der Krug ganz geleert war.

»Ich bringe dich um, wenn ich dich erwische!«, geiferte der Betrunkene seiner Magd nach, die verschwand, um die Brühe zu holen.

»Wenigstens könnt Ihr schon wieder sprechen, Herr Egli!«, stellte Cunrat fest und lachte, während er den wild zappelnden Henker festhielt.

»Und dich mit, wenn du mich nicht sofort loslässt!«, brüllte Egli Locher.

»Wenn ich Euch aber nicht loslasse, könnt Ihr mich auch nicht umbringen!«, neckte Cunrat weiter.

Der Henker knirschte mit den Zähnen, aber sein Körper war schon wieder erschlafft von der Anstrengung des Brüllens.

Nun kam Pelagia mit einem Becher Brühe in die Kammer, die sie ihrem Herrn vorsichtig einflößte, während Cunrat ihn immer noch festhielt. Egli Locher trank, zunächst widerwillig, dann begierig den salzigen Sud.

Schließlich sagte er in ruhigerem Ton zu der Magd: »Hol mir noch einen Becher, aber schnell!«, und zu Cunrat, »du kannst mich jetzt loslassen.«

Cunrat tat wie ihm geheißen, da kam Pelagia auch schon mit einem zweiten Becher Brühe zurück, die der Henker in einem Zug hinabstürzte, wobei ihm ein Gutteil über den Bart lief. Dann rülpste er laut und blieb schlaff sitzen. Nach einer Weile atmete er tief durch und fragte: »Was willst du, Langer?«

Cunrat sah die Magd an, die verstand und die Kammer verließ.

Dann begann er zu sprechen. »Herr Egli, es ist nicht Eure Schuld, dass Meister Hus verbrannt wurde. Ihr habt zwar den Scheiterhaufen errichtet, aber Ihr seid nicht verantwortlich für seinen Tod. Schuld sind die großen Herren, die böhmischen Fürsten und die Prälaten, die ihn verurteilt haben. Ihr habt nur Eure Arbeit getan.«

Cunrat hatte gut zugehört, was Gretli ihm erzählt hatte.

Langsam hob Egli Locher den Kopf.

»Bist du gekommen, um mir eine Ketzerpredigt zu halten?«

»Nein nein, ich dachte nur, weil Ihr so viel trinkt deswegen, und ...«

»Woher weißt du, warum ich trinke? Was geht es dich an, dass ich trinke?«

Er brüllte wieder, doch danach ließ er sich ermattet auf das Bett zurück fallen. Cunrat schüttelte ihn.

»Meister Egli, ich muss etwas von Euch wissen!«

Der Henker knurrte etwas Unverständliches.

»Wisst Ihr, wo Hug Strigel sich versteckt hält?«

»Wer?«

»Hug Strigel, der Turmwächter. Wo ist er?«

»Woher soll ich das wissen? Lass mich in Frieden!«

»Er ist verschwunden. Wo könnte er sich verborgen haben? Gibt es irgendwo ein Versteck in einem Turm?«

»Einem Turm?«

»Ein Versteck, Meister Egli, in einem der Türme! Oder sonst irgendwo! Wisst Ihr etwas?«

»Hast du Wein mitgebracht?«

Cunrat war überrascht, dass der Henker trotz seines Zustandes und des schlechten Lichts das Geschenk gesehen hatte. Widerwillig zeigte er ihm den Krug, den er eigentlich hatte wieder mitnehmen wollen. Egli Locher packte ihn und trank genauso zügig daraus, wie vorher aus dem Becher mit der Brühe.

»Die Hütte beim Galgenhügel«, sagte er dann und wischte sich den Mund. »Im Winter bewahren sie Rebstangen darin auf. Jetzt ist sie ein gutes Versteck. Aber sag nicht, dass du das von mir weißt.«

Dann setzte er den Krug wieder an die Lippen.

Seufzend stand Cunrat auf und verabschiedete sich von der Magd. Die Dogge wackelte zum Dank für den Knochen noch einmal mit dem Hinterteil, ohne ihr Geschenk aus den Zähnen zu lassen.

Als der Bäcker vor die Tür trat, lief ihm der kleine Hund entgegen. Mit leuchtenden Augen sah er zu ihm hoch, und mit seiner schwarzen Schnauze stupste er ihn ans Bein. Cunrat streichelte ihn, dann machte er sich auf den Weg durch die Niederburg zum *Lamm*. Er war hungrig. Obwohl es schon spät war, dämmerte es erst und er brauchte keine Fackel, um den Weg zu finden. Der Hund folgte ihm, auch ohne Knochen.

Das *Lamm* war voll wie meistens, Musiker unterhielten die Gäste, an einem Tisch spielte man Karten, an anderen wurde gegessen. Cunrat setzte sich an den einzigen freien Platz zu einer

Gruppe von Söldnern und bestellte einen Schweinebraten, aber nur Wasser zu trinken. Der Weingestank aus Egli Lochers Kammer hing ihm noch in der Nase.

Während er es sich schmecken ließ, stupfte ihn plötzlich etwas am Bein. Das Hündchen war ihm bis in das Gasthaus gefolgt und hatte sich zwischen ihn und den Söldner neben ihm gedrängt.

»Verdammtes Mistvieh!«, rief dieser und versetzte dem Hund einen Fußtritt, dass er winselnd unter den Tisch flog.

Cunrat wurde zornig und stieß seinen Nachbarn in die Seite.

»Was fällt dir ein? Das arme Tier hat dir doch nichts getan!«

Da sprang der Söldner streitlustig auf und schrie Cunrat erbost an, wieso er diesen verlausten Köter mit in die Schänke bringe. Doch nun erhob sich auch der Bäckergeselle, und als sie beide standen, überragte er den anderen um mehr als Haupteslänge.

»Was ist?«, fragte er ruhig und schaute von oben auf seinen Gegner herab.

Der überlegte einen Moment, dann murmelte er etwas wie »elendes Hundevieh« und setzte sich wieder hin. Der Stein des Anstoßes war unterdessen aus der Schänke geflüchtet.

Cunrat aß noch etwas von seinem Braten, dann nahm er den Rest, warf eine Münze auf den Tisch und begab sich ebenfalls nach draußen, wo sein neuer Freund schwanzwedelnd auf ihn wartete. Die Bratenreste, die Cunrat ihm hinwarf, schlang er rasend schnell hinab, und als der Bäcker weiterging, folgte er ihm fröhlich kläffend. Am Brunnen bei der Tulengasse hielt er sich kurz auf, um aus dem Sudeltrog zu trinken, doch dann lief er schnell wieder Cunrat hinterher.

Der war inzwischen an seiner Behausung angekommen, kurz bevor die Nacht ganz hereinbrach. Die anderen Bäcker hatten sich schon zur Ruhe gelegt, und Cunrat beschloss, sie nicht zu wecken, sondern Giovanni am nächsten Tag zu berichten, was er von Egli Locher erfahren hatte. Leise schloss er die Tür und ließ den Hund draußen sitzen.

Doch damit war dieser nicht einverstanden. Er kratzte am Holz und winselte. Besorgt um die Nachtruhe seiner Kollegen, öffnete Cunrat schließlich und ließ den zerzausten Gesellen herein, der sich sofort auf sein Bett legte. Doch das war selbst ihm zu viel. Er setzte ihn wieder zu Boden und legte sich schlafen.

»Was macht dieser Flohsack hier?«

Giovannis Schrei weckte Cunrat kurz vor Sonnenaufgang. Er stellte fest, dass der Hund sich in der Nacht wieder auf das Bett geschlichen und in seinen Kniekehlen eingerollt hatte. Giovanni, der eine unbezähmbare Angst vor Hunden hatte, konnte sich nicht beruhigen.

»Wie kannst du nur so ein Vieh hierher bringen, Cunrat? Der bringt nichts als Flöhe herein!«

»Ach, Giovanni, er ist mir nachgelaufen. Es ist ein armes Tier, das keiner Seele etwas zuleide tut!«

Wie um ihn Lügen zu strafen, begann der Hund Giovanni anzuknurren, der sich ihm bedrohlich genähert hatte.

»Siehst du, wie arm er ist? Ein räudiger Köter ist er, und ich will so etwas nicht in unserer Hütte haben!«

»Aber denk doch an den Heiligen Franz! Der hat den Vögeln und Fischen gepredigt, er sprach die Sprache der Tiere. Auch sie sind Geschöpfe Gottes!«

»Der hier sieht eher aus wie ein Geschöpf des Teufels, so hässlich ist er! Hässlicher als der dreiköpfige Höllenhund Zerberus!«

»Hässlich?«, erwiderte Cunrat trotzig. »Dann passt er ja zu mir. Und Zerberus ist ein schöner Name, er soll Zerberus heißen!«

»Es ist mir vollkommen egal, wie du ihn nennst, ich will ihn hier nicht haben.«

Cunrat stand auf und zog sein Hemd und die Beinlinge an. Dann verließ er mit dem Hund die Hütte.

»Komm, Zerberus, wir gehen an den Rhein, dir die Flöhe auswaschen. Dann erfährt eben keiner, was der Henker mir gestern über Hug Strigel erzählt hat.«

»Was?«

Giovanni lief ihm nach und packte ihn am Ärmel. Zerberus knurrte.

»Verdammt, Cunrat, was hast du erfahren?«

Cunrat blieb stehen.

»Und er?« Er wies auf den Hund.

»Von mir aus, dann behalt ihn. Aber ich will keine Flöhe in meinem Bett haben, und ihn schon gar nicht! Jetzt erzähl!«

Da erzählte Cunrat seinem Freund, wo der Turmwächter sich versteckt hielt. Zerberus hörte interessiert zu und wedelte zustimmend mit dem Schwanz.

Da sie abends nach Torschluss die Stadt nicht verlassen konnten, beschlossen sie, am nächsten Tag, dem Sonntag, noch vor der ersten Messe zum Galgenhügel zu gehen, weil es um diese Zeit noch nicht so heiß war. Giovanni und Cunrat kannten den Weg, die Hütte war dieselbe, in der sie damals eine Nacht als Verbannte verbracht hatten. Cunrat dachte mit Grauen daran, wie er geglaubt hatte, die Toten vom Schindanger seien auferstanden, während in Wirklichkeit Karolina Tettingerin auf der Mauer um ihr Leben kämpfte.

Gretli hatte er vertrösten müssen. Sonst ging er sonntags immer mit ihr zum Gottesdienst, doch heute würde er sie später am Tag beim Hohen Haus abholen.

Nun marschierte er mit Giovanni durch die Stadelhofer Vorstadt zum Emmishofer Tor, dann durch die Obstgärten Richtung Galgenhügel. Das Rad mit Peter Riffon schwankte immer noch auf dem hohen Pfahl neben dem Galgen, und ein paar Krähen zankten sich um die wenigen Überreste, die noch dort hingen. Cunrat versuchte, nicht hinzusehen.

Hätten sie nicht gewusst, wo die Hütte sich befand, es wäre schwer gewesen, sie zu finden, denn sie war vollkommen zugewuchert. Ein großer Birnbaum breitete seine Äste tief über das Dach, und ringsherum standen dicht belaubte Holunderbüsche.

Die Blüten der Sträucher waren bereits zu schwarzblauen Beeren geworden, bereit zur Ernte, um Sirup zu bereiten, der im Winter gegen Katarrh half.

Zerberus lief freudig neben ihnen her, schnupperte hier an einem Busch, grub dort in einem Mauseloch oder hob sein Bein an einem Baum. Giovanni ignorierte ihn, doch Cunrat warf immer wieder ein Stöckchen fort, das der Hund begeistert zurückholte.

Als sie in die Nähe der Hütte kamen, blieb er plötzlich mit erhobener Pfote und aufgerichtetem Ohr stehen und begann leise zu knurren.

»Siehst du, da ist Hug Strigel, Zerberus kann ihn riechen!«, flüsterte Cunrat und legte dem Hund einen Strick um den Hals, damit er nicht vorauslaufen und sie verraten würde. Vorsichtig gingen sie weiter und sahen nun auch zwischen den Sträuchern hindurch die Tür der Hütte, die geschlossen war. Sie lauschten, doch man hörte nur Grillen zirpen und das Geschrei der Krähen.

Giovanni klopfte und rief: »Hug Strigel!«

Nichts rührte sich, nur Zerberus knurrte weiter vor sich hin.

»Hug, macht auf, wir wissen, dass Ihr da seid!«

Nun hörte man ein kaum wahrnehmbares Geräusch von drinnen, und der Hund begann zu bellen. Giovanni hieb mit der Faust gegen die Tür, doch sie war von innen fest verriegelt. Da wandte Zerberus plötzlich den Kopf nach rechts, als könne er dort etwas hören oder riechen.

»Lass den Hund los!«, befahl Giovanni, und Cunrat nahm ihm rasch den Strick ab. Wie ein Blitz schoss Zerberus durch das Gras davon um die Hütte herum. Die beiden folgten ihm so schnell sie konnten und sahen, dass Hug Strigel offenbar durch ein loses Brett an der Rückseite die Hütte verlassen hatte und nun zwischen den Obstbäumen davonlief. Zerberus rannte ihm laut bellend hinterher, und es dauerte nicht lang, bis er ihn eingeholt hatte und sich mit kräftigem Biss an seine Wade hängte. Der

Flüchtende schrie auf und versuchte den Hund abzuschütteln, aber der ließ nicht los und wurde durch Hugs wilde Bewegungen herumgeschleudert. Knurrend hielt er sich fest, bis Cunrat und Giovanni herangekommen waren und Hug Strigel packten. Dann musste Cunrat mit seiner ganzen Kraft dem Hund den Kiefer auseinanderdrücken, damit er seinen Biss lockerte. Er nahm ihn wieder an die Leine, doch Zerberus hörte nicht auf zu knurren, bis es selbst Cunrat zu viel wurde und er laut »Aus!« rief. Da duckte sich der Hund, winselte noch ein wenig und wurde schließlich still.

Hug Strigel setzte sich ins Gras und jammerte wegen seiner blutenden Wade. »So ein verdammter Mistköter!«

»Wärt Ihr nicht abgehauen, hätte Zerberus Euch nichts getan«, antwortete Giovanni, »Ihr seid selbst schuld!«

»Ich wusste doch nicht, dass Ihr es seid, ich dachte …«

»Was dachtet Ihr?«

»Nichts.«

»Warum habt Ihr euch hier versteckt? Vor wem seid Ihr geflüchtet?«

Doch Hug Strigel hielt sich sein Bein und jammerte nur leise vor sich hin.

»Hug, wir wissen, dass Ihr bei Peter Riffon und bei Jakob Schwarz Wache hattet, und beide sind tot. Wer hat die beiden im Turm besucht? Wer war bei Jakob Schwarz in seiner letzten Nacht?«

Hug Strigel wand sich noch immer. Mit erbarmungswürdiger Stimme sagte er: »Es geht nicht, ich kann Euch nichts sagen! Sonst bin ich auch tot!«

Da zerrte Giovanni den Turmwächter auf die Füße, sie nahmen ihn in ihre Mitte und drängten ihn zum Schindanger hoch. Die Krähen flogen protestierend davon, als die drei Menschen sich dem Galgen näherten. Nur eine blieb sitzen und beäugte sie misstrauisch mit schief gelegtem Kopf. Am Boden unter dem Rad sah man einzelne Knochen liegen.

Hug Strigel hielt den Blick gesenkt. Da packte ihn Giovanni am Kinn, während Cunrat von hinten seine Arme festhielt, und zwang ihn, nach oben zum Rad zu schauen, auf die traurigen Überreste von dem, was einst ein Mensch gewesen war.

»Dieser Mann«, sagte Giovanni eindringlich, »war unschuldig. Er ist eines grausamen Todes gestorben, und das ist auch Eure Schuld! Wollt Ihr, dass noch mehr Menschen sterben?«

Der Turmwächter wimmerte.

»Wollt Ihr, dass der König stirbt?«, schrie Giovanni.

Cunrat dachte, dass das Wohl Sigismunds Giovanni wenig interessierte, ihm ging es um Lucia, aber auf Hug Strigel machte der Hinweis auf den König großen Eindruck.

»Nein!«, rief er erschrocken mit weinerlicher Stimme und schüttelte heftig den Kopf. »Das will ich nicht! Ganz gewiss nicht! Hört auf! Lasst mich los! Ich sage Euch, was ich weiß.«

Cunrat lockerte seinen Griff, und auch Giovanni ließ den Wächter los.

Hug Strigel schlug die Hände vors Gesicht. »Ich wollte auch das hier nicht, das schwöre ich bei Gott!«

»Hör auf zu schwören und sag uns lieber, wer bei Jakob Schwarz war!«

»Das kann ich Euch nicht sagen.«

Giovanni packte ihn erneut am Hals, doch Hug Strigel wehrte ihn ab. »Ich würde es Euch sagen, aber ich kann nicht, weil ich ihn nicht gesehen habe! Er trug eine Kapuze!«

»Eine Kapuze? War es Egli Locher?«

»Nein nein, keine rote, eine schwarze Kapuze. Es war so unheimlich.« Der Turmwächter schauderte noch in der Erinnerung. »Er kam um Mitternacht, sprach kaum ein Wort, flüsterte nur und gab mir Zeichen, ihn einzulassen.«

»Und einen Beutel Münzen!«

»Ja, auch einen Beutel Münzen, das will ich gar nicht abstreiten. Aber ich wusste doch nicht, was er vorhatte! Euch habe ich damals ja auch eingelassen!«

Er sah Cunrat verständnisheischend an.

»Und ich hatte Angst. So etwas hatte ich noch nie gesehen. Um Mitternacht, ein Mann mit schwarzem Gewand und schwarzer hoher Kapuze, wie ein Geist, wie der Teufel. Aber das Unheimlichste war ...«

Er stockte erneut, als ob er sich zwingen müsste, diese Erinnerung in sein Gedächtnis zurückzuholen. Giovanni sah ihn drohend an.

»Das Unheimlichste war, dass die Kapuze nur ein Augenloch hatte!«

Sie ließen Hug Strigel mit seiner Angst in der Hütte zurück. Durch das Emmishofertor gingen sie zurück in die Stadt.

»Der Sänger Oswald von Wolkenstein hat nur ein Auge«, sagte Cunrat.

»Der hat Costentz doch schon vor einer Weile verlassen. Aber ich weiß einen anderen, der einäugig ist.«

»Der Diener des Conte!«

»Genau, der Diener des Conte!«

»Aber wie kann er der Mörder sein, wenn sein Herr selber überfallen wurde? Das passt doch nicht zusammen!«

»Vielleicht waren es doch Räuber, die den Überfall ausgeführt haben.«

»Sein Diener hat aber gesagt, dass auch er das Mal hatte. Er ist sogar extra zu Meister Ismael gegangen, um Hilfe für seinen Herrn zu holen. Auch wenn der dann ohne Hilfe überlebt hat.«

Da blieb Giovanni stehen und schlug sich an die Stirn.

»Und wenn er gar keine Hilfe holen wollte? Wenn sein Herr das Mal gar nicht hatte?«

»Aber er hat doch gesagt ...«

»Ja, nachdem wir danach gefragt hatten! Aber wenn er der Mörder ist, dann hat er uns auf diese Weise geschickt von sich abgelenkt!«

Nun begriff auch Cunrat.

»Wir hatten den Conte im Verdacht, aber es ist sein Diener! Wenn er wirklich der Mörder ist, dann war es vielleicht ganz gut, dass Meister Ismael nicht da war, als der Einäugige zu ihm gegangen ist.«

»Das war nicht nur gut, sondern Meister Ismaels Rettung! Der Einäugige hat nicht nach ihm gefragt, weil er Hilfe wollte, sondern weil der Jude sein Geheimnis kennt und weiß, dass all die Menschen mit dem Schlangenmal sich nicht selbst umgebracht haben. Er wollte ihn gewiss auch töten!«

»Und wir haben ihn hingeschickt!«

»Ja, aber wir konnten ja nicht wissen, dass wir den Mörder vor uns hatten.«

Cunrat blieb stehen.

»Auch wir kennen sein Geheimnis, Giovanni!«

»Aber vielleicht ahnt er nicht, wie viel wir wissen. Wahrscheinlich hält er uns für dumme Bäckertölpel, vor denen man sich nicht in acht nehmen muss.«

»Herrn Ringlin hat er schon einmal angegriffen und er weiß, dass wir zu dessen Freunden gehören.«

»Ja, und zum Glück hat er ihn nur am Arm erwischt mit der Gabel, sodass die Wirkung des Giftes nicht so stark war. Aber du hast recht, im Grunde ist es schon verwunderlich, dass uns noch nichts geschehen ist! Das heißt …«

Giovanni war stehen geblieben und sah Cunrat eindringlich an: »Dir ist ja etwas geschehen. Du bist entführt worden. Was ist damals passiert? Willst du mir nicht endlich die Wahrheit sagen?«

Cunrat seufzte tief, doch dann berichtete er Giovanni mit wenigen Worten, wie die unbekannten Gesellen ihn zu Meister Katz in den Keller geschleppt hatten, wie der Bäckermeister versucht hatte, ihn mit Todesandrohungen zur Heirat mit seiner schwangeren Tochter zu zwingen, und wie er schließlich mit Hilfe des kleinen Mathis hatte fliehen können.

Trotz der ernsten Situation musste Giovanni lachen.

»Cunrat und die Frauen! Es ist nicht zu glauben! So wirst du nun also doppelter Vater werden.« Er hob den Finger und sagte mit Predigerstimme: »An ihren Nasen werdet ihr sie erkennen!«

Cunrat war nicht zum Lachen.

»Das weiß man nicht genau, vielleicht ist auch Joß der Vater von Bärbelis Kind, aber ich beschwöre dich, sage es keiner Menschenseele, vor allem Gretli darf nichts davon erfahren!«

»Ich werde schweigen wie ein Grab!«

»Was sollen wir denn nun tun, Giovanni? Zum Vogt gehen und ihm alles erzählen?«

»Zum Vogt? Was sollen wir dem sagen? Herr Vogt, Ihr habt den falschen Attentäter rädern und den falschen Entführer einsperren lassen, der Mörder läuft immer noch frei herum und ist einäugig wie der Costentzer Bischof? Er würde uns in den Turm werfen lassen! Nein, wir gehen selber in die *Haue* und stellen den Kerl zur Rede!«

Doch Cunrat bremste Giovannis Hast. Abgesehen davon, dass er mit Gretli verabredet war, machte ihm ihre neue Erkenntnis Angst.

»Du hast doch gesehen, wozu er imstande ist! Wie viele Menschen hat er schon getötet! Lass uns zuerst mit Poggio Bracciolini und Herrn Ringlin darüber sprechen, was wir tun sollen.«

Giovanni schnaubte unwillig und brummte etwas von »Angsthase«, doch schließlich willigte er ein.

Vom Schnetztor kommend hatten sie inzwischen den Oberen Markt erreicht. Misstrauisch äugten sie zum Rindportertor hinüber, neben dem die *Haue* lag. Dann liefen sie rascher als sonst die Plattenstraße hoch, und bis zu ihrer Behausung hatten sie gewiss hundertmal den Kopf gewandt, um zu sehen, ob in der Menge hinter ihnen irgendwo ein Einäugiger ging.

Es war schon dämmrig, als Cunrat und Gretli die St.-Pauls-Kirche verließen. Da sie den Frühgottesdienst in Sankt Johann verpasst hatten, hatte Gretli darauf bestanden, die Abendandacht in der Kirche beim Schnetztor zu besuchen. Während des Gottesdienstes beobachtete Cunrat, wie Gretli hie und da jemanden grüßte, verstohlen und unauffällig. Es waren alles Personen, die Cunrat bei der Hinrichtung von Hus gesehen hatte, aber nur solche, die geweint hatten. Eingedenk des Feuertodes von Hus trauten sie sich nun wohl nicht mehr, sich offen zu dessen Lehren zu bekennen, doch Cunrat hatte den Eindruck, dass die Andacht in Sankt Paul einem heimlichen Treffen von Husgetreuen gleichkam. Selbst der Priester am Altar hatte einen Evangelientext gewählt, der Cunrat an die Forderungen von Hus gemahnte: die Vertreibung der Händler aus dem Tempel in Jerusalem. Der Bäcker schwankte zwischen Zustimmung und Sorge um Gretli. Wie gefährlich solche Ideen waren, hatte man bei Hus gesehen, und dabei war Hus nicht der Einzige gewesen. Es waren noch weitere Personen verhaftet worden, unter ihnen sogar der Dominikaner Nicolaus Venceslai, der Ketzerinquisitor des Papstes, weil er den Prager Magister nach Meinung des Konzils zu wohlwollend beurteilt hatte. So war Cunrat froh, als die Andacht zu Ende ging und sie die Kirche verlassen konnten.

Zerberus hatte nicht mit zum Gottesdienst kommen dürfen, Cunrat hatte ihn neben dem Brunnen auf dem kleinen Kirchplatz angebunden. Nun begrüßte der Hund seinen Herrn mit lautem Gekläff. Gretli hatte er seinen neuen Freund erst präsentiert, nachdem er ihn in der Rheinströmung von seinen Flöhen befreit hatte. Lachend hatte sie ihn gescholten: »So hast du ihn von dem einen Übel befreit, aber ihn dafür fast ersäuft! Ein schöner Freundschaftsdienst! Beim Gewürzkrämer Muggenfuß hättest du gewiss ein Pülverchen gegen die Flöhe bekommen.«

Sie banden den Hund los, der voller Begeisterung an Cunrat hochsprang, sodass er ihn kaum abwehren konnte. Dabei wäre ihm um ein Haar entgangen, dass auf der anderen Straßenseite Giovanni rasch vorbeieilte und in die Neugasse einbog. Cunrat rief ihm nach, doch da war der Freund schon um die Ecke verschwunden.

Cunrat wunderte sich, dass der Venezianer ihn nicht bemerkt hatte, denn bei seiner Größe war es kaum möglich, ihn zu übersehen. Außerdem hatte der Hund mit seinem Gebell die Aufmerksamkeit der Passanten auf sich gezogen. Hatte Giovanni ihn nicht sehen wollen? War sein Freund wieder zu einem heimlichen Spiel unterwegs?

Er konnte seine Neugier nicht unterdrücken.

»Komm, Gretli, lass uns schauen, wohin Giovanni so eilig geht!«

Er nahm sie bei der Hand, das Seil, an das der Hund gebunden war, in die andere, und zog sie rasch zur Hausecke, um die der Venezianer gebogen war. Sie sahen gerade noch, wie er im Eingang eines prächtigen Hauses in der Neugasse verschwand.

»Weißt du, wem dieses Haus gehört, Gretli?«, fragte Cunrat.

»Ja, das ist das Haus der Familie Sunnentag, einer der vornehmsten Familien der Stadt. Ich kenne die Frau, sie ist eine Freundin von Anna Tettikoverin. Eine wirklich feine Person!«

»Aber was kann Giovanni von der Familie Sunnentag wollen?«

»Vielleicht will er seinen Landsmann besuchen, den Erzbischof Benedetti. Der wohnt bei den Sunnentags.«

Auf dem Weg zum Hohen Haus schwärmte Gretli ununterbrochen von Jan Hus und seinen großartigen Ideen. Sie war der Ansicht, dass man ihn heiligsprechen müsse wie die Heilige Birgitta.

»Bist du nicht auch dieser Meinung?«, wollte sie zum Abschied von Cunrat wissen.

»Was sagst du? Ich ... ich ...«

Gretli zog eine Schnute. »Du hast mir gar nicht zugehört!«

»Doch doch, ja, heiligsprechen!«

Er nahm sie in die Arme und drückte sie vorsichtig, dann klopfte sie an die Tür des Hohen Hauses, und ein Knecht der Tettikovers ließ sie ein.

Doch Gretli hatte recht gehabt, Cunrat hatte ihr kaum zugehört. Seine Gedanken kehrten ständig zu Giovanni zurück. Hatte sein Bäckerfreund wirklich den venezianischen Erzbischof besucht? Was hätte er sonst im Haus einer Costentzer Patrizierfamilie zu suchen gehabt? Und wenn das Ziel seines Besuches der Erzbischof war, woher kannte er ihn? Warum ging er heimlich zu diesem Treffen? Cunrat konnte sich keinen Reim darauf machen.

Außerdem beschäftigte ihn noch etwas anderes. Die Mutter von Hug Strigel hatte ihnen erzählt, dass ein Welscher nach ihrem Sohn gefragt habe. Von einem Einäugigen war nicht die Rede gewesen. Giovanni hatte diesen Umstand nicht mehr erwähnt. War der Besucher vielleicht ein Venezianer gewesen? Hatten die Venezianer doch etwas mit den Morden zu tun, wie Poggio Bracciolini vermutet hatte? Und welche Rolle spielte Giovanni?

Am nächsten Abend begaben sich Cunrat, Giovanni und Poggio Bracciolini zu Meister Ismael, dem Juden. Die Bäcker hatten Poggio um ein Treffen gebeten, als er morgens an ihrem Stand bei der Stephanskirche vorbeigekommen war, weil sie die Neuigkeiten mit ihm und Simon Ringlin besprechen wollten. Um Lucias Vater nicht zu gefährden, hatten sie verabredet, sich nicht in einem Gasthaus zu treffen, sondern bei dem jüdischen Arzt zusammenzukommen, der inzwischen aus Überlingen zurückgekehrt war.

Nun saßen die fünf Männer in der Stube des Juden beisammen, wo es angenehm kühl war, und genossen den ebenfalls kühlen Wein, wobei Giovanni bedauerte, dass er nicht von Hendlin serviert wurde, die inzwischen verheiratet und in Überlingen geblieben war.

Auf Deutsch, mit vereinzelten italienischen Erklärungen für Poggio, erzählte er ausführlich, was sie von Hug Strigel über den nächtlichen Besucher im Turm erfahren und welche Schlüsse sie daraus gezogen hatten.

Cunrat tätschelte währenddessen seinem Hund den Kopf, um ihn ruhig zu halten, denn der musterte mit allzu aufmerksamer Miene das Eichhörnchen, das auf der Schulter des Juden saß und ängstlich zurückstarrte. Nur mit säuerlicher Miene hatte Meister Ismael zugestimmt, dass der Hund mit ins Haus durfte, doch sogar Giovanni hatte ein gutes Wort für Cunrats neuen Freund eingelegt, und bei seiner Erzählung über das Gespräch mit Hug Strigel versäumte er auch nicht, den Einsatz von Zerberus gebührend zu würdigen.

Cunrat musste lächeln, als er die lobenden Worte hörte, dennoch nagte in seinem Herzen ein Zweifel. Er hatte noch keine Gelegenheit gefunden, den Freund auf seinen seltsamen Besuch im Haus der Familie Sunnentag am Abend zuvor anzusprechen.

Giovanni beendete seinen Bericht mit der Schlussfolgerung, dass es sich bei dem Mörder wohl um den einäugigen Diener des Conte Sassino handeln musste.

Doch da fragte Poggio Bracciolini skeptisch: »Ein Einäugiger?«

»Ja, der einäugige Diener des Conte. Alles weist auf ihn als Mörder.«

Poggio wiegte zweifelnd den Kopf hin und her.

»Habt ihr schon einmal mit ihm gesprochen?«

»Damals in der *Haue*, als der Conte überfallen worden war.«

»Und habt ihr ihn auch hantieren sehen?«

Giovanni sah Poggio an, als ob er einen Schwachsinnigen vor sich hätte.

»Ob wir ihn hantieren sahen? Was meint ihr mit *Hantieren*?«

»Habt ihr ihn schreiben sehen, eine Waffe führen, mit seinen Händen etwas tun?«

Die beiden Bäcker wechselten einen erstaunten Blick, dann antwortete Giovanni unwillig: »Er hat mit einem Suppenteller hantiert, wenn Ihr so etwas meint. Und zwar geschickter als unser lieber Cunrat hier. Der hatte die Hälfte der Suppe verschüttet, bis wir vor der Tür des Conte standen. Aber ich weiß nicht, was die Suppe in der *Haue* mit dieser Sache zu tun haben soll.«

»Mit welcher Hand hat er die Suppe genommen?«

»Mit welcher Hand? Mein lieber Herr Bracciolini, ich verstehe Eure Fragen wirklich nicht.«

»Es ist aber wichtig. Ich werde es euch gleich erklären. Mit welcher Hand hat er den Teller genommen?«

Giovanni atmete tief durch, dann stellte er sich hin und versuchte, die Szene aus dem Gedächtnis nachzuspielen.

»Also, er hat uns die Tür geöffnet, dann hat er die rechte Hand herausgestreckt, den Suppenteller genommen und ihn auf den Tisch gestellt.«

Mit einer raschen Drehung imitierte er die Bewegungen des Einäugigen.

»So war es doch, Cunrat?«

Der nickte.

»Und welches Auge fehlt ihm?«, wollte Poggio noch wissen.

Nach kurzem Nachdenken antwortete Giovanni: »Das rechte.«

»Dann kann er nicht der Mörder sein.«

»Was redet Ihr denn da? Warum nicht?«

»Hat einer von euch schon mit einer Armbrust geschossen?«

Alle sahen sich an, dann schüttelte einer nach dem anderen den Kopf.

»Meine Waffe ist zwar normalerweise die Feder, aber die Armbrust ist eine Schusswaffe, die mich interessiert. Deshalb habe ich mit vielen Balestrieri, wie die Armbrustschützen bei uns heißen, gesprochen. Stellt euch einmal vor, ihr würdet mit einer Armbrust zielen.«

Poggio streckte den linken Arm nach vorn und bildete eine Mulde mit der Hand, um die Armbrust zu stützen, während er die Finger der rechten Hand vor sein Gesicht hielt, als ob er damit zielen würde. Zögerlich ahmten die anderen seine Gesten nach.

»Jeder Mensch hat ein starkes und ein schwaches Auge. Und das dominante Auge, mit dem ein Balestriere zielt, befindet sich auf der Seite, mit der er gewöhnlich hantiert.«

Neben Poggio hatten auch Meister Ismael, Giovanni und

Cunrat den linken Arm nach vorn gestreckt und die rechte Hand zum Zielen vor das Gesicht gehoben. Dabei drückte jeder von ihnen das linke Auge zu, als ob er mit dem rechten sein Ziel fixieren würde. Nur Simon Ringlin hatte die Arme umgekehrt angeordnet und das rechte Auge geschlossen.

»Schreibt Ihr mit links, Herr Ringlin?«, fragte Poggio.

»Für gewöhnlich ja.«

»Seht ihr? Wenn man euch anderen Dreien das rechte Auge blenden würde, dann könntet ihr nicht mehr mit einer Armbrust zielen. Jedenfalls nicht so präzise, wie der Mörder es kann. Der Einäugige war es also sicher nicht.«

Giovanni wollte noch etwas sagen, er holte tief Luft, doch dann schwieg er. Allen am Tisch war klar, dass Poggio recht hatte. Es folgte eine Stille, in der jeder fieberhaft überlegte.

Meister Ismael sprach als Erster wieder.

»Na gut, wenn diese Schlussfolgerung ist falsch, dann muss man ieberlegen andere Meglichkeiten«, sagte er. »Vielleicht wir haben es nicht nur mit einem Mörder zu tun, sondern mit zwei. Einer kennt sich aus mit Gift, da geniegt ein Auge, der zweite mit der Armbrust!«

»Vielleicht sind es sogar mehrere!«, meldete sich nun auch Cunrat zu Wort. »Die Männer, die den Conte überfallen haben, waren vielleicht Komplizen des Einäugigen.« Dann fügte er noch hinzu: »Und mindestens einer der Angreifer hat Venezianisch gesprochen!« Dabei vermied er es, Giovanni anzusehen.

Doch der ließ sich nicht provozieren, im Gegenteil, er schien immer noch in Gedanken versunken, und Cunrat kam es fast so vor, als ob er den Seitenhieb gar nicht gehört hätte.

Dann begann der Venezianer vor sich hinzumurmeln: »Eine Verwechslung, ich dachte, es sei eine Verwechslung gewesen, aber nein, es war keine Verwechslung!«

Die anderen sahen ihn verständnislos an.

Da hob er plötzlich den Kopf und sagte: »Ihr habt vermutlich recht, Herr Poggio, der Mörder ist nicht der Einäugige.«

»Oha, woher der plötzliche Sinneswandel? Was glaubst du denn nun, wer es ist?«

»Conte Sassino!«

»Der Conte?«

»Wegen des Überfalls. Wir hatten ja gehört, dass einer der Männer, die den Conte überfallen haben, Venezianisch sprach, da hat Cunrat recht. Und das hat mir keine Ruhe gelassen, ich habe Erkundigungen eingeholt.«

Cunrat staunte. Vor Kurzem hatte sein Freund noch jeden Zusammenhang zwischen dem Überfall und dem Mörder vehement zurückgewiesen.

»Bei wem denn?«, wollte Simon Ringlin wissen.

Giovanni wiegte seinen Kopf hin und her, als ob er überlegte, wie viel er ihnen erzählen konnte.

»Sagen wir, bei … Freunden.«

»Freunde!«

Poggio lachte kurz auf, doch Giovanni fuhr ungerührt fort: »Dort habe ich erfahren, dass die Männer, die den Conte überfallen haben, kein Attentat auf den König geplant hatten, sondern dass sie im Gegenteil ein solches verhindern wollten. Die Venezianer haben durch Zufall von Anschlagsplänen auf den König gehört und wollten diese vereiteln, daher der Überfall auf den Conte. Ich hab versucht, ihnen zu erklären, dass der Einäugige der Attentäter sei, aber sie haben nur gesagt, ich solle mich nicht einmischen, das sei besser für mich. Versteht ihr? Ich wollte ihnen klarmachen, dass sie den Falschen überfallen hatten, aber sie wussten genau, was sie taten, der Conte war der Richtige! Er muss der Mörder sein, der Einäugige ist nur sein Handlanger!«

Die anderen sahen Giovanni schweigend und zweifelnd an, und nur Cunrat ahnte, wer dessen angebliche Freunde waren. Wieder fragte er sich, wie sein Bäckerfreund zu solchen Freundschaften kam. Welches Geheimnis verbarg Giovanni?

»Das ist eine seltsame Geschichte, mein lieber Giovanni«, sagte Poggio skeptisch. »Wenn die Venezianer von Anschlagsprojekten auf den König wussten, warum haben sie ihn nicht einfach gewarnt? Warum schicken sie eigene Leute?«

»Hört Sigismund denn auf Warnungen?«

Simon Ringlin strich sich über das Kinn. »Du meinst also, der Conte Sassino sei der Mörder? Irgendwoher kenne ich diesen Mann! Erinnerst du dich, Cunrat? Als wir in der *Haue* waren und ich dir von meiner Reise berichtet habe, hat er dich gegrüßt. Und ich hatte da schon das Gefühl, er sei mir bekannt. Ein ungutes Gefühl!«

»Woher kennt Ihr einen Mörder, Herr Ringlin?«

»Er muss aus Mailand sein.« Lucias Vater überlegte angestrengt. »Seine Statur, die Art, sich zu bewegen und zu sprechen … wenn ich nur wüsste … dieser seltsame Name …«

»In der Tat, ein seltsamer Name«, bestätigte Poggio. »Sassino … wie ist denn sein Taufname?«

Cunrat versuchte sich zu erinnern. Er war sich sicher, dass Johann Tettinger ihm den Namen genannt hatte, als er stolz über den Conte erzählt hatte, dass er viele Sprachen spreche, sich mit Alchemie auskenne und sogar den Stein der Weisen besitze. Der Name hatte ihn an eine Geschichte erinnert, die ihm einst ein Mönch in Weißenau erzählt hatte, von einem großen König, der alle seine Feinde besiegt hatte, und vor dem nur ein einziger Mann keine Angst hatte, ein Philosoph, dem der König einen Wunsch freigab, und der Wunsch, den er äußerte, war, dass der Herrscher ihm aus der Sonne gehen sollte.

»Alexander!«, rief Meister Ismael.

»Alessandro!«, übersetzte Giovanni.

»Ja!«, rief Cunrat. »So hat Johann Tettinger ihn genannt. Conte Alessandro Sassino.«

Da begann Poggio zu lachen. Die anderen sahen ihn verwundert an.

»Was ist so lustig an einem Mörder?«, fragte Simon Ringlin ärgerlich.

»Er mag ein Mörder sein, aber er hat Sinn für Wortspiele, das muss man ihm lassen«, antwortete Poggio. »Alessandro Sassino, A Sassino, das bedeutet ›assassino‹, der Mörder, versteht ihr?«

Da schlug sich Simon Ringlin an die Stirn.

»Ja, aber natürlich, jetzt erinnere ich mich! Er muss es sein! Er hat sich verändert, ist grauer geworden, seine Haare sind länger, und er hat sich einen Bart wachsen lassen. Alessandro – Sandro, so nannte er sich auch in Mailand. Allerdings trug er einen anderen Familiennamen.«

Alle sahen ihn gespannt an.

»Er nannte sich Sandro Icario!«

»S Icario, ›sicario‹, der Meuchelmörder!«, folgerte Giovanni.

»Oh mein Gott, was für ein Hohn!« Ringlin war entsetzt. »Er verhöhnt seine Opfer!«

»Jedenfalls spricht dies auch dafür, dass er der Mörder ist«, sagte Meister Ismael. »Was bin ich froh, dass ich war in Ieberlingen, als sein Knecht mich wollte besuchen!«

»Das jüdische Orakel hatte also doch recht!« Cunrat dachte an seinen aus dem Orakel abgeleiteten Verdacht mit der Bohnensuppe. Die anderen sahen ihn verwundert an, und Giovanni erklärte ihnen in spöttischem Ton, wie Cunrat den Mörder an seinem Gestank erkannt hatte. Er erntete allgemeines Kopfschütteln, doch Simon Ringlin konnte sich gar nicht beruhigen.

»Was für ein Teufel! Sicario! Das kann nur bedeuten, dass er auch der Mörder des Herzogs Giovanni Maria Visconti war! Es hieß immer, Visconti sei von ghibellinischen Partisanen überfallen und getötet worden, aber ich habe nie daran geglaubt. So wenig wie mein Freund, der Mailänder Stadtarzt Lorenzini.«

»Ist Euer Freund noch in Mailand?«, fragte Poggio.

»Er ist tot, zumindest hat man mir das gesagt. Am Fieber gestorben. Kurz, nachdem ich von den Piraten entführt worden war.«

»Und wenn es kein Fieber war?«

Nach einem Augenblick des Überlegens flüsterte Simon Ringlin: »Womöglich ist er auch dafür verantwortlich! Wer außer Lorenzini hätte schon feststellen können, ob jemand durch Gift getötet wurde und nicht durch Fieber! Ein Satan! Dieser Mann ist ein Satan!«

»Aber wer war der Auftraggeber für die Morde in Mailand?«

»Ich würde meinen Kopf verwetten, dass es Giovannis Bruder Filippo Maria Visconti, der jetzige Herzog, war.«

»Eine gute Referenz für einen Meuchelmörder«, spottete Poggio. »Hier in Costentz wurde der Assassino auf den König angesetzt, und ich würde mein Hinterteil verwetten, dass die Venezianer dahinterstecken. Wie hätten deine ›Freunde‹ denn sonst von den Anschlagsplänen erfahren, mein lieber Giovanni?«

Der Bäcker schaute Poggio verdrießlich an, erwiderte aber nichts.

»Hat nicht der venezianische Erzbischof Benedetti die Grabrede für den Mailänder Übersetzer gehalten, der umgebracht wurde?«, stichelte Poggio weiter. »Er scheint gute Kontakte nach Mailand zu haben, der fromme Benedetti!«

Cunrat horchte auf, doch da sagte schon Simon Ringlin: »Erzbischof Benedetti? Ihr habt recht! Das ist mir auch aufgefallen, als der arme Ambrogio begraben wurde. Ich kenne nämlich auch Benedetti aus Mailand. Er war für einige Wochen als Gesandter Venedigs am Hof der Visconti. Das war zu der Zeit, als Giovanni Maria ermordet wurde.«

»Seht ihr?«, meinte Poggio triumphierend. »Nun wissen wir auch, wer die Dienste des Herrn Assassino empfohlen hat!«

Und zu Giovanni gewandt, fügte er hinzu: »Ich hatte dir ja gesagt, dass ein einfacher Bäcker nicht über alles im Bilde sein kann, was seine Oberen zu tun beabsichtigen. Selbst wenn er … ›Freunde‹ hat!«

»Wenn all dies so wäre, warum sollten die Venezianer dann jetzt versuchen, den Mörder zu töten? Das scheint mir nicht logisch, Herr Poggio!«, gab Giovanni ärgerlich zurück.

Poggio lächelte. »Mein lieber Giovanni, es ist allgemein bekannt, wie rasch die Venezianer ihre Koalitionen wechseln. Vielleicht haben sie es sich ja anders überlegt.«

»Dann würde es wohl genügen, den Mordauftrag zurückzuziehen. Nein nein, auch wenn der Conte Sassino der Mörder ist, damit ist noch lang nicht erwiesen, dass die Venezianer dahinterstecken!«

Da sagte Simon Ringlin bitter: »Wer immer die Auftraggeber sein mögen, jedenfalls verstehe ich jetzt, was Jakob Schwarz damit meinte, ich wisse nicht, mit wem ich mich angelegt habe. Wenn Sassino der Mörder von Giovanni Maria Visconti war und jetzt den König töten soll, dann ist er tatsächlich viel mächtiger als Jakob Schwarz es je war. Er hat Unterstützer von ganz oben, wer sie auch seien. Aber warum nur hat er meine Lucia entführt?«

Giovanni seufzte. »Ach Herr Ringlin, Lucia ist so wunderschön, sie ist wie ein Engel, der vom Himmel herabgekommen ist! Da fragt Ihr noch, warum er sie entführt hat?«

Cunrat musste an Lucias rotes Kleid denken, und wie er den Conte einmal im *Lörlinbad* gesehen hatte, als dieser von einem Besuch bei ihr kam. Vielleicht hatte Giovanni recht und auch Sassino war dem Liebreiz der Mailänderin verfallen, allerdings wohl weniger ihren himmlischen als den irdischen Reizen.

»Wenn wir nur wüssten, wo er sie gefangen hält«, seufzte Simon Ringlin.

Cunrat hatte eine Idee. »Das geheime Gemach in der *Haue*!«

Doch Giovanni sah ihn kopfschüttelnd an. »Das ist ein kleiner Raum, nicht mehr als ein Durchgang zur Stadtmauer. Da kann man niemanden längere Zeit gefangen halten. Die Gefahr wäre viel zu groß, dass die Stadtwachen auf der Mauer oder andere Gasthausbewohner etwas mitbekommen.«

»Vielleicht hat er sie wieder nach Münsterlingen gebracht?«

»Das glaube ich nicht«, entgegnete Poggio. »Die Äbtissin würde sich wohl kaum trauen, noch einmal ein solch gefährliches Unterfangen einzugehen, nachdem ihre Hilfe für Jakob Schwarz sogar dem König angezeigt worden ist.«

Doch auch er hatte keine Idee, wo die arme Lucia versteckt sein konnte.

»Was machen wir denn jetzt?«, fragte Simon Ringlin. »Den Vogt informieren? Oder gleich dem König Bescheid geben?«

»Der Vogt hat schon einen Attentäter hinrichten lassen. Er wird es nicht hinnehmen, wenn wir ihm nun plötzlich einen anderen präsentieren.« Giovanni schüttelte den Kopf. »Und der König wird uns ohnehin nicht glauben. Dass er Jakob Schwarz verhaften ließ, war das Äußerste, was wir von ihm verlangen konnten. Nein, wir müssen selber handeln!«

»Aber was willst du tun? In die *Haue* gehen und den Conte zur Rede stellen?«

»Das ist unmöglich, das weiß ich auch. Wenn wir an Sebolt Schopper und seinen Knechten vorbeikämen, müssten wir mit Waffengewalt in die Kammer des Conte eindringen, und wir können davon ausgehen, dass er und sein einäugiger Diener sich gut zu verteidigen wüssten! Wir würden den Konzilsfrieden brechen, und die Stadtwachen, die ohnehin meist in der *Haue* sitzen, hätten leichtes Spiel, uns zu verhaften.«

»Was sollen wir dann tun?«

»Wir müssen ihm eine Falle stellen, ihn irgendwie aus seiner Kammer locken.«

Da schnalzte Poggio mit den Fingern.

»Ich weiß auch schon, wer das für uns übernehmen wird!«

Gespannt sahen sie ihn an.

»Der König selbst!«

»Der König?«

»Letzten Samstag hat er vor dem Konzil seine Abschiedsrede gehalten und angekündigt, dass er am Tag der Heiligen Ottilie, dem kommenden Donnerstag, Costentz verlassen wird. Er will sich nach Nizza begeben, um den König von Aragon und den Gegenpapst Pedro de Luna zu treffen. Dabei wird er zunächst nach Schaffhusen reisen, so wie damals Papst Johannes bei seiner Flucht. Es heißt, dass er mit dem Schiff den Rhein hinabfahren will, während sein Tross mit den Pferden über Land nach Schaffhusen marschieren wird. Da die Stadtoberen ihn bei seinem feierlichen Auszug aber noch begleiten wollen, wird er das Schiff erst beim Schloss Gottlieben besteigen und die Stadt zu Pferd durch das Rindportertor verlassen.«

»Vorbei an der *Haue*.«

»Ja, und das ist die letzte Möglichkeit für den Assassino, sein Attentat zu vollenden, denn bis zu Sigismunds Abreise wird es sonst wohl keine Gelegenheit mehr für einen Anschlag geben. Außer zur Messe wird der König den Freiburger Hof kaum mehr verlassen, so viele Urkunden muss er noch unterzeichnen, und ein Giftanschlag dürfte ebenfalls schwierig sein, dafür sind Sigismunds Köche und Vorkoster inzwischen zu sehr auf der Hut.«

»Also bleibt dem Conte nur die Möglichkeit, den König von ferne mit der Armbrust zu erschießen, so wie damals beim Turnier, als er versehentlich anstatt des Königs den Burgunder erwischt hat.«

»Ja, und zwar am besten von der Stadtmauer aus.«

»Und um auf die Mauer zu gelangen, wird er gewiss den geheimen Gang von der *Haue* zum Wehrgang nehmen.«

Simon Ringlin wandte ein: »Es werden aber viele Menschen unterwegs sein, um den König zu verabschieden. Wenn der Conte über den Verbindungsgang zur Stadtmauer geht und von der Mauer aus schießt, ist er für alle sichtbar. Der Wehrgang ist nach innen offen, und man sieht von der Gasse alles, was dort oben vor sich geht.«

»Ihr habt recht«, antwortete Giovanni. »Er muss einen geschützten Ort haben, von dem aus er auch wieder verschwinden kann. Ein gedungener Mörder will ja nicht sterben bei der Ausführung seines Auftrages.«

»Und wenn er vom Turm aus schießt?«, fragte Cunrat. »Eine bessere Aussicht auf den Weg, den der König nehmen wird, gibt es wohl nicht, als vom Dachgeschoss des Rindportertores aus. Und dort sieht ihn keiner.«

»Vom Rindportertor aus? Mein lieber Cunrat,« Giovannis Stimme wurde sarkastisch, »dazu müsste er durch die Wachstube gehen. Stell dir doch einmal vor: Er nimmt seine Armbrust unter den Arm, betritt die Stube und sagt zum Torwächter: ›Mein Herr, entschuldigt, ich müsste einmal kurz hier durchgehen in das Dachgeschoss des Turms, damit ich den König erschießen kann.‹«

Poggio grinste, während Cunrat die Schultern zuckte. »Ich dachte ja nur.«

Da mischte sich Meister Ismael ein. »Wenn dies die letzte Gelegenheit fier ihn ist zu töten den König und er will dies unbedingt tun, dann wird er finden einen Weg. Wir müssen lernen zu denken wie er. Cunrat hat recht, der beste Ort zu schießen ist das Dachgeschoss auf dem Tor. Also wir müssen ieberlegen, wie man kann bringen eine Armbrust und einen Mann auf den Turm, ohne dass er wird gesehen. Wie, wenn er geht nicht direkt vor dem Attentat, sondern schon frieher? Sind in dieser Wachstube immer Wächter? Auch in der Nacht?«

»Normalerweise schon, denn das Rindportertor ist das größte von allen Toren. Aber insgesamt sind es 26 Türme und nur 13 Torwächter!« Cunrat erinnerte sich noch gut an sein Gespräch mit den Wachen in der *Haue*, als er und Giovanni versucht hatten, Näheres über den Tod von Karolina Tettingerin in Erfahrung zu bringen. »Und in der Nacht patrouillieren sie von einem Turm zum anderen. Zumindest sollten sie das.«

»Aber oft sitzen auch mehrere von ihnen in einem Turm zusammen und spielen Karten«, fügte Giovanni hinzu.

»Und manchmal schlafen sie einfach. Als der Mörder Karolina über den Wehrgang bis zum Emmishofertor verfolgt hat, hat auch keiner etwas bemerkt.«

»Also müsste der Conte nur einen Augenblick in der Nacht abwarten, in dem keiner sich befindet auf dem Rindportertor«, schlussfolgerte Meister Ismael, »dann er könnte hochsteigen auf den Turm und dort warten auf den Tag.«

»Oder er beauftragt seinen Diener, die Wache abzulenken. Wenn so wenige Wachen auf den Mauern sind, dann wäre auch das eine Möglichkeit«, meinte Simon Ringlin.

Giovanni war noch nicht überzeugt. »Also gut, angenommen, er schafft es, ungesehen in das Dachgeschoss des Rindporterturmes zu gelangen, wie will er aber nach dem Anschlag wieder wegkommen?«

Doch Meister Ismael fand auch dafür eine Erklärung. »Stellt euch vor, der König wird getroffen von einem Bolzen und fällt vom Pferd. Da werden alle Menschen schreien und hinzulaufen und man wird läuten die Glocken und es wird geben ein großes Schlamassel, und da werden vielleicht auch die Wachen verlassen ihren Posten und nachschauen, was ist los. In diesem Durcheinander er kann abhauen.«

»Und über den geheimen Gang rasch in der *Haue* verschwinden«, ergänzte Giovanni das Szenario des jüdischen Arztes.

»Aber wie sollen wir ihn dann abpassen, wenn wir gar nicht wissen, wann er sich auf den Turm begeben wird?«, fragte Cunrat ratlos.

»Wenn er es so anstellt wie wir glauben, dann wird er gewiss erst in der Nacht vor des Königs Abreise auf den Turm steigen«, überlegte Poggio. »Wenn wir also die Möglichkeit hätten, in dieser Nacht in der Wachstube zu sein, dann könnten wir ihn aufhalten. Gemeinsam müssten wir es schaffen, ihn zu überwältigen.«

»Und ihn zur Rede zu stellen wegen Lucia!«

»Aber wir sind keine Stadtwachen.« Cunrat schüttelte den Kopf. »Wir können nicht einfach in die Wachstube gehen.«

Da hatte Giovanni eine Idee. »Hug Strigel! Er muss uns helfen! Er soll den Dienst in dieser Nacht übernehmen, dann werden wir ihm Gesellschaft leisten.«

»Und ihr meint, dass er das einfach so tun wird?«

»Einfach so nicht, aber für einen schönen Beutel Pfennige sicher.«

»Und woher sollen wir die nehmen?«, fragte Cunrat zweifelnd.

Giovanni blickte fragend in die Runde. Simon Ringlin nahm seinen Beutel vom Gürtel und legte einen Gulden auf den Tisch.

»Das ist mein letzter Goldgulden. Nun bleibt mir nicht mehr viel zum Leben, aber wenn es hilft, Lucia zu finden …«

Poggio Bracciolini wollte wissen, wie viel so ein Wächter denn verdiente und wie viel Geld also nötig sein würde, um ihn zu bestechen.

»Drei Gulden müssten wohl genug sein«, meinte Giovanni.

Da verwies Poggio darauf, dass er seit der Abreise des Papstes weniger Einkommen habe und finanziell nicht besonders gut dastehe, deshalb könne er nicht mehr als 50 Pfennige beisteuern. Soviel gab auch Meister Ismael, der betonte, er sei kein Geldverleiher, sondern Arzt, und er könne Giovanni höchstens an einen seiner Glaubensbrüder verweisen, welche aber alle recht hohe Zinsen nähmen, weil sie ja auch hohe Steuern zahlen müssten.

Giovanni zählte das Geld, dann sagte er trotzig: »Ich werde schon genug zusammenbekommen.«

In der Tat war der Beutel, den sie Hug Strigel vor die Füße warfen, prall gefüllt, und Cunrat fragte sich wieder einmal, woher Giovanni wohl das fehlende Geld bekommen hatte und was hinter dessen Kontakten zu den Venezianern steckte.

Sie hatten den Turmwächter in seiner Hütte in den Obstgärten aufgesucht. Nach dem ersten Schreck hatte er sie eingelassen, nicht ohne einen kritischen Blick auf Zerberus zu werfen, der sich ebenfalls noch an ihn erinnerte und knurrte. Allerdings genügten weder die bedrohliche Haltung des Hundes noch die vielen Pfennige, damit er sich einverstanden erklärte mit ihrem Plan. Sie benötigten all ihre Überredungskunst, und am Ende war es wohl vor allem die Aussicht, dass der Einäugige, der ihn so sehr ängstigte, auch gefangen würde und er zu seinem normalen Leben zurückkehren konnte, die ihn zustimmen ließ. Die Verabredung war, dass er für die Nacht vom Mittwoch auf den Donnerstag den Dienst des Torwächters vom Rindportertor übernehmen und sie in die Wachstube einlassen würde.

So fanden sich am späten Mittwochabend, als es bereits dunkel war, vier vermummte Gestalten beim Rindportertor ein. Giovanni, Cunrat, Simon Ringlin und Poggio Bracciolini hatten sich trotz der lauen Julinacht schwere Kapuzenmäntel umgelegt, die beim Gang durch die Stadt vor allem die verschiedenen Waffen verdecken sollten, die sie mit sich führten. Im Gürtel steckte bei jedem das übliche Messer, aber darüber hinaus hatte sich Cunrat bei einem Wagner einen Holzknüppel besorgt, und Simon Ringlin führte gar einen Krummsäbel mit, eine Erinnerung an das von ihm unfreiwillig bereiste Morgenland. Selbst Poggio trug ein Schwert bei sich, das er von einem Wächter des Bischofs geliehen hatte und das für seine Schreiberhände eigentlich viel zu schwer war. Nur Giovanni hatte keine zusätzliche Waffe, seine malträtierte Hand war noch nicht wieder voll funktionsfähig, und so genügte ihm das Messer. Dennoch fühlten sie sich für den Kampf gegen den Conte Assassino und seinen einäugigen Adlatus gewappnet. Zerberus war winselnd in der Obhut der anderen Bäcker zurückgeblieben.

Sie stiegen eine Holztreppe neben dem Turm zum Wehrgang empor, der nach rechts weiterführte, während er links vom Rindportertor unterbrochen wurde. Leise klopften sie an die Tür der Wachstube. Hug Strigel öffnete sofort und ließ sie ein. Im Schein seiner Laterne mussten sie noch einmal fünf Treppenstufen hochsteigen, bis sie in einen rechteckigen Raum über dem Torgewölbe kamen. Nach Westen, zum Paradies hin, befanden sich mehrere schmale Schießscharten in der Wand, während zur Stadtseite eine Reihe von größeren Rechteckfenstern am Tag das Licht einfallen ließ. Gegenüber dem Eingang war die Kammer durch eine Trennwand aus Weidengeflecht abgeteilt, in der sich wiederum zwei Türen öffneten: eine in eine Passage, die weiterführte zum Wehrgang, eine zweite kleinere wohl zum Abtritt. Der ganze Raum diente als Durchgang, die eigentliche Wachstube befand sich im Geschoss darüber.

Cunrat stellte sich vor, wie Karolina Tettingerin damals vor ihrem Mörder geflüchtet war, wie sie hier hoch gelaufen war, in der Hoffnung, der Wächter könne ihr beistehen, doch dieser war nicht da gewesen oder er hatte in der Stube im oberen Geschoss geschlafen, und so war sie weitergelaufen in ihrer Angst, am Schnetztor vorbei und durch den Lienhardsturm, durch den der Wehrgang ohne Türen verlief, bis zum Emmishofertor. Dessen Tür war vielleicht verschlossen gewesen, womöglich saßen die Wachen dort beisammen, spielten Karten und wollten nicht gestört werden, oder der Mörder hatte Karolina schon vorher eingeholt und sie nach einem heftigen Disput unbarmherzig niedergestochen mit der vergifteten Gabel, um sie dann durch eine der Maueröffnungen vom Wehrgang aus in den Stadtgraben zu werfen. Was er nicht ahnen konnte, war, dass kaum eine Viertelmeile davon, in einer Hütte in den Obstgärten, zwei Bäckergesellen den Atem anhielten und der unheimlichen Szene lauschten. Cunrat lief es bei der Erinnerung kalt den Rücken hinab.

Rasch schloss der Wächter nun die Tür hinter ihnen, dann brachte er sie über eine steile Stiege in den zweiten Stock des Turms. Die Treppe führte an der Süd- und Ostwand entlang, die Stufen bestanden aus ellenlangen Stücken von halbierten Baumstämmen. Cunrat musste den Kopf einziehen, als sie hochstiegen, um ihn nicht an die Holzdecke anzuschlagen. So gelangten sie in die eigentliche Wachstube. Der Raum entsprach von der Größe her dem unteren, allerdings fehlten die zwei Türen rechts und links zum Wehrgang. Die schmalen Fenster zur Außenseite hin waren mit Spitzbögen versehen. Mächtige Eichenbalken trugen hier die Decke, strahlenförmig vereinigten sie sich auf einem besonders starken Eichenträger. An der einen Seite befand sich ein großer, gemauerter Kamin, der schwarz verrußt war. Die Stube war nur spärlich möbliert mit einem groben Tisch und ein paar einfachen Schemeln. An der Wand hatte man Holz aufgestapelt, unter dem Kamin standen mehrere Dreibeine mit Kesseln. Man konnte noch den Rauchgeruch wahrnehmen, obwohl wahrscheinlich schon länger nicht mehr geheizt worden war.

»Hier wird das Pech heiß gemacht, wenn es einen Angriff gibt«, erklärte ihnen Hug Strigel, »das wird dann von da oben durch die Pechnase auf die Angreifer hinabgeschüttet.«

Dabei zeigte er auf die Treppe, die an der Nord- und Westwand weiterlief zum letzten Geschoss. Er ging wieder voraus und drückte, oben angekommen, eine hölzerne Falltür in die Höhe. Die Männer folgten ihm in das letzte Geschoss. Für einen Augenblick bewunderten alle die gewaltige Holzkonstruktion, die das zeltförmige Dach trug. Wie Bäume im Wald, so dicht standen die eichenen Pfosten nebeneinander, und das Licht der Laterne reichte kaum aus, die Spitze zu beleuchten, in der die Balken zusammenstrebten. Das Zeltdach war asymmetrisch, an der Ostseite, zur Stadt hin, zog es sich bis zum Boden herab, während es an der Westseite über einem nach außen vorspringenden Bretterverschlag mit kleinen Fensterlöchern endete. Die Julihitze hatte sich unter den Ziegeln gesammelt, es roch nach trockenem Holz und Juteseilen, die am Boden lagen oder zwischen den Balken verspannt waren.

»Dieser Holzvorbau, das ist die Pechnase«, erklärte ihnen Hug Strigel. »Seht ihr die schrägen Luken dort am Boden? Die kann man öffnen und von hier aus das Pech hinabschütten. Zum Glück mussten wir sie noch nie benutzen, wir haben es nur einmal ausprobiert!«

Sie traten nahe heran, um aus den Fenstern zu schauen, wobei sie achtgaben, nicht auf die Luken zu treten. »Keine Angst, man muss sie hochziehen, um sie zu öffnen, wie die Falltür. Ihr könnt ruhig draufstehen«, beruhigte sie der Wächter.

Durch die Fenster erkannten sie nun im Licht des Mondes unter sich die Brücke über den Hirschgraben und die Weiße Straße, die durch das Paradies Richtung Gottlieben führte. In der Ferne sah man schemenhaft das Satteldach des äußeren Paradieser Tores.

»Dies ist der perfekte Ort für einen Anschlag!«, konstatierte Poggio.

»Ja«, ergänzte Hug Strigel, »und hier könnte sich jemand auch eine Nacht lang verbergen, ohne dass einer von uns Wächtern etwas bemerken würde. Normalerweise ist die Falltür geschlossen, keiner von uns geht hier hoch.«

»Aber er wird nicht bis hierher kommen«, erwiderte Giovanni, »wir werden ihn unten abfangen.«

So gingen sie zurück in die Wachstube. Die Falltür ließen sie offen stehen, damit etwas mehr Luft in den erhitzten Räumen kreisen konnte. Jeder suchte sich einen Stuhl. Hug Strigel hatte einen Krug Wein besorgt, den sie von einem zum anderen reichten. Nur Poggio lehnte den sauren Knechtewein ab.

»Wie sollen wir denn nun wissen, wann er kommt?«, fragte Simon Ringlin leise.

»Er wird sicher abwarten, bis Hug seinen Rundgang macht«, antwortete Giovanni, »erst wenn er glaubt, die Wachstube sei leer, wird er sich aus der Deckung wagen.«

Doch wie um ihn Lügen zu strafen, hörten sie schon nach kurzer Zeit ein Kratzen an der Tür des Turms. Alle vier erstarrten. Versuchte der Mörder, jetzt schon einzudringen? Aber warum öffnete er dann nicht einfach die Tür? Sie hatte kein Schloss, mit dem man sie verschließen konnte, nur einen einfachen Riegel, den man auch von außen hochdrücken konnte. Da erklang ein leises Winseln.

»Zerberus!«, rief Giovanni und sah Cunrat strafend an. Der zuckte die Schultern und stieg die Treppe hinab, um vorsichtig zu öffnen. Freudig stürmte der Hund herein, doch bevor er seine Wiedersehensfreude laut kundtun und sie womöglich verraten konnte, hielt ihm Cunrat die Schnauze zu und ermahnte ihn, still zu sein.

»Er hat sich wohl losgerissen«, entschuldigte der Bäcker leise das Auftauchen des struppigen Gesellen.

Giovanni fluchte, doch Poggio meinte anerkennend: »Ein sehr intelligentes Tier, dass er dich hier gefunden hat!«

»Hoffentlich intelligent genug, die Schnauze zu halten, wenn der Conte kommt!«, erwiderte Giovanni ärgerlich, doch für den Moment lag der Hund zufrieden zu Cunrats Füßen und wedelte nur hin und wieder mit dem Schwanz, wenn er spürte, dass von ihm die Rede war.

Schließlich machte Hug Strigel sich auf seinen Kontrollgang zum Bündrichstor, dem nächsten Wehrturm Richtung Rhein. Dabei musste er an der *Haue* vorbeigehen. Er nahm die Laterne mit, schlug die Tür heftig zu und trampelte besonders laut den Wehrgang entlang. Wenn jemand in der *Haue* auf der Lauer lag, dann konnte der Wächter nicht unbemerkt bleiben. Giovanni hatte ihn angewiesen, seinen Gang möglichst lang auszudehnen.

Die vier Männer in der Wachstube machten sich bereit. Sie stiegen in den unteren Raum hinab. Dann wurde die Laterne, die sie mitgebracht hatten, angezündet und unter einen Kessel gestellt, sodass es in dem Raum dunkel war, sie aber im Notfall rasch Licht machen konnten, indem sie einfach den Kessel wegnahmen. Im Dunkeln reihten sie sich an der Wand rechts und links der Treppe über der Eingangstür auf, mit angehaltenem Atem, sodass sie den Conte und seinen Helfer überraschen konnten, wenn diese heraufstiegen. Den Hund hatte Cunrat hochgenommen, um ihm notfalls die Schnauze zuzuhalten, doch für den Moment lag er ganz entspannt in seinem Arm. Dies änderte sich erst, als Hug Strigel nach längerer Zeit wieder zum Rindportertor zurückkam. Der Wächter lärmte entsprechend, um ihnen zu verstehen zu geben, dass nur er es war, der in den Turm zurückkehrte. Zerberus spitzte sein Ohr und knurrte, doch Hug Strigel sagte nur: »Alles ruhig!«

Einerseits waren die Männer froh, dass sie sich wieder in die Wachstube setzen und normal atmen konnten, andererseits spürte man die Enttäuschung darüber, dass niemand gekommen war.

Poggio Bracciolini meinte, dass sie vielleicht falsch gedacht hätten und der Conte doch nicht der Mörder war, Simon Ringlin glaubte, er verfolge womöglich einen ganz anderen Plan, Cunrat hingegen mutmaßte, dass er sein Vorhaben, den König zu ermorden, am Ende ganz aufgegeben habe.

Nur Giovanni blieb eisern: »Er wird kommen! Die Nacht ist noch nicht zu Ende.«

Kurz nach Mitternacht brach Hug Strigel zu seinem zweiten Kontrollgang auf. Wieder polterte er lautstark die Treppe hinab und den Wehrgang entlang. Wieder begaben sich die Vier in den Eingangsraum des Turmes, bedeckten die Laterne mit dem Kessel und stellten sich an der Wand auf. Und wieder nahm Cunrat seinen Hund auf den Arm. Schließlich waren Hug Strigels Schritte verklungen. Alles blieb still, man hörte nur das vorsichtige Atmen der Männer und das Knacken der Dielenbretter, die sich in der Nachtkühle entspannten.

Da begann Zerberus leise zu knurren.

Poggio Bracciolini an Niccolò Niccoli, am 27. Juli, dem Tag der Sieben Schläfer, im Jahre des Herrn 1415

Mein lieber Niccolò,

nun ist der König fort, er hat mit einem großen Gefolge von über tausend Mann die Konzilsstadt verlassen, um sich mit Pedro de Luna und dem König von Aragon in Nizza zu treffen. In der letzten feierlichen Versammlung vom 15. Juli, in der er sich vom Konzil verabschiedete, sprach er noch einmal von seinen Plänen. Dabei ging es vor allem um den Frieden. Er will in Zukunft Frieden stiften zwischen England und Frankreich, zwischen dem Deutschen Orden und den Polen, zwischen der Ostkirche und der Westkirche. Da hat er sich allerhand vorgenommen! Doch zuallererst will er Pedro de Luna, der sich

Papst Benedikt nennt, zum Rücktritt veranlassen. Das Konzil darf sich derweil nicht auflösen, es muss seine Rückkehr erwarten, wie lange sich diese auch immer hinziehen wird. So hat er sich also Geld geliehen von Markgraf Friedrich von Brandenburg und ist losgezogen.

Dass der König überhaupt heil die Stadt verlassen konnte, ist jedoch nicht selbstverständlich. Du wirst mir gewiss Superbia unterstellen, wenn ich dir sage, dass er dies nur meinen Bäckerfreunden und mir zu verdanken hat. Dennoch schreibe ich Dir die reine Wahrheit.

Von Dankbarkeit seinerseits kann indes keine Rede sein, aber das ist auch schlecht möglich, denn er weiß gar nichts davon, wie nahe der Tod ihm gekommen ist. Lass mich Dir von seiner wundersamen Rettung berichten!

Giovanni und Cunrat hatten über zahlreiche Umwege, deren genaue Schilderung ich dir ersparen will, festgestellt, wer der Attentäter ist, der für all die Anschläge in der Konzilsstadt verantwortlich zeichnet. Es handelt sich um einen Italiener, der wohl auch hinter einer Anschlagsreihe in Mailand steckte. Seinen Namen kann ich Dir nicht nennen, weil er Decknamen trägt, die allerdings bei genauerer Betrachtung auf sein Handwerk hindeuten: Sandro Icario und Alessandro Sassino. Deinem Intellekt muss ich die Bedeutung dieser Namen nicht erklären, Du wirst das Rätsel selbst lösen.

Meine Freunde wussten, wo er sich versteckt hielt, und ich konnte immerhin in Erfahrung bringen, von wo aus er vermutlich seinen letzten Attentatsversuch starten würde: vom Stadttor aus, durch welches der König Costentz verlassen wollte. Auch ahnten wir, dass der Mörder schon in der Nacht zuvor sich unter dem Dach dieses Tores, genannt Rindportertor, postieren würde. Diese Mutmaßung gab uns die Möglichkeit, ihm zuvorzukommen und ihn am Anschlagsort zu erwarten.

So begaben wir uns am späten Abend vor der Abreise König Sigismunds in die Wachstube des genannten Tores. Ein bestochener Torwächter ließ uns ein. Wir waren vier Männer, außer mir die zwei Bäcker und der Vater der entführten Lucia, alle schwer bewaffnet. Zunächst wollten sie mich nicht dabei haben, sie sagten etwas von Schreiberhänden, die kein Schwert führen könnten, aber ich wollte es mir nicht nehmen lassen, nach unserer langen Jagd zugegen zu sein, wenn wir das Wild stellen würden. Von einem Wächter des Bischofs hatte ich mir ein Schwert geliehen, das mir, auch wenn ich es nicht recht zu handhaben wusste, doch eine gewisse Martialität verlieh. Der lange Bäcker hatte außerdem einen Hund bei sich, der zwar ein Ausbund an Hässlichkeit ist, aber recht klug zu sein scheint.

Während der Torwächter also nach Mitternacht seinen üblichen Kontrollgang unternahm, warteten wir vier gespannt auf das Erscheinen des Übeltäters. Und in der Tat begann nach einer kurzen Spanne der Hund zu knurren ...«

⁂

Cunrat hielt Zerberus die Schnauze zu, während sich leise knirschend der Türriegel nach oben schob. Dann sahen sie, wie an der Tür ein senkrechter, heller Spalt entstand, der langsam breiter wurde. Draußen schien der Mond, vor dessen fahlem Licht sich nun eine dunkle Gestalt im Türrahmen abzeichnete. Offenbar traute sich der Eindringling nicht, eine Laterne oder Fackel mitzutragen, um niemanden auf sich aufmerksam zu machen, sondern er wollte im Dunkeln den Turm besteigen. Gespannt warteten die Männer, ob der Conte allein kommen würde oder in Begleitung seines einäugigen Dieners. Doch die Gestalt schloss die Tür wieder hinter sich. Er war allein.

Sie warteten noch, bis er die fünf Stufen hochgekommen war, dann ließ Cunrat den Hund los, der sich grollend auf den Eindringling stürzte, während gleichzeitig die beiden Bäcker ihn von der Seite packten. Der Mann schrie auf vor Schreck, doch Giovanni drückte ihm mit der gesunden Hand sein Messer an die Kehle, und als er die kalte Klinge spürte, verstummte er augenblicklich. Zerberus bellte wütend. Simon Ringlin hob den Kessel, da sahen sie im Licht der auflodernden Laterne einen kräftigen, wohlgekleideten Mann, bartlos, mit kurzgeschorenen Haaren und dunklen Augen. Er trug hohe Stiefel und braune Lederhandschuhe. Vor ihm am Boden lag ein unförmiger Sack, den er bei ihrem Angriff hatte fallen lassen.

»Das ist nicht der Conte Sassino!«, rief Cunrat überrascht.

Der Überfallene fragte keuchend: »Wer seid ihr? Was wollt ihr von mir?«

Simon Ringlin näherte sich langsam mit der Laterne, sodass man das Gesicht des Fremden besser sehen konnte. Ungläubige Fassungslosigkeit zeichnete sich darin ab.

»Nicht Sassino, aber Conte Sandro Icario aus Mailand!«, sagte Ringlin. »Er hat sich wieder zurückverwandelt.«

»Simon Ringlin?« Der Conte hatte sein Gegenüber erkannt. »Was soll dieser gemeine Überfall?«

»Sagt Ihr uns doch, Conte Assassino oder Sicario, wie immer es beliebt, was soll denn Euer Besuch um diese nächtliche Stunde hier im Turm?«, fragte Giovanni.

Inzwischen hatte Zerberus begonnen, an dem Sack zu zerren, der zu Füßen des Conte lag. Poggio Bracciolini trat hinzu. In der rechten Hand hing sein Schwert, mit der linken öffnete er umständlich den Sack. Dann legte er das Schwert zu Boden und zog eine große Armbrust und eine eiserne Kurbel heraus.

»Ooh!«, rief er bewundernd aus und strich mit seinen schmalen Händen sanft über das Holz. »Eine wunderbare Arbeit! So eine habe ich bisher nur einmal gesehen, beim besten Armbrustschützen von Rom.«

Dann sah er dem Conte ins Gesicht. »Euer Schuss auf den Burgunder war eine Meisterleistung! Und nun wolltet Ihr den König treffen, nicht wahr?«

Der Conte antwortete nicht auf die Frage, doch konnte er ein feines Lächeln angesichts von Bracciolinis Lob nicht verbergen. Offenbar hatte er sich wieder etwas gefasst.

»Wahrhaftig ein Meisterschütze!«, empörte sich hingegen Giovanni. »Ein gemeiner Mörder seid Ihr, nichts weiter, aber diesmal sind wir Euch zuvorgekommen! Im Übrigen ...« Er sah kurz in die Runde. »Im Übrigen haben Eure Auftraggeber den Mordauftrag zurückgezogen. Sie haben auch nicht die Absicht, Euch die noch ausstehenden Gelder zu bezahlen.«

»Was redest du da, Bäckerlein?«

Auch die anderen Männer sahen Giovanni überrascht an, und sogar Cunrat, der der italienischen Unterhaltung nicht in allen Details folgen konnte, verstand, dass sein Freund über die Hintergründe der Anschläge viel mehr wusste, als sie alle bisher geahnt hatten. So hatte sein Gefühl ihn nicht getrogen, Giovanni hegte ein dunkles Geheimnis. Cunrat war bestürzt. War sein Freund womöglich sogar in die Morde an den Tettingers verwickelt? Aber warum hätte er ihm dann helfen sollen, den Mörder zu suchen?

»Ich rede von Eurem Auftrag, König Sigismund zu ermorden, Conte Assassino«, antwortete der Venezianer nun. »Aber ich sage Euch, er wurde zurückgezogen!«

Poggio glaubte, in den Augen des Gefangenen ein kurzes Zucken wahrzunehmen. Doch der sagte nur: »Du musst irre sein! Ich weiß nichts von einem Mordauftrag.«

»Nein? Und was hattet Ihr dann mit der Armbrust vor, hier im Turm? Tauben erschießen?«

Als der Conte schwieg, fuhr Giovanni fort: »Aber der Wind hat sich gedreht, Conte Sicario, man will Eure Dienste nicht mehr. Was glaubt Ihr, warum wir hier sind? Euren einstigen Auftraggebern wäre es am liebsten, wenn Ihr tot wärt! Einmal haben sie es schon versucht, aber es ist ihnen nicht gelungen, Sebolt Schoppers Knecht kam ihnen dazwischen.«

Der Conte weitete die Augen in plötzlicher Erkenntnis. »Porcodio! Ich glaubte, es seien gemeine Räuber!«

Da lächelte Giovanni. »Wie viel würden die Herren in Venedig mir wohl bezahlen, wenn ich ihnen heute diesen Gefallen tun würde? Was glaubt Ihr?«

Dann drückte er sein Messer noch stärker an den Hals des Gefangenen. Eine feine, rote Blutlinie wurde sichtbar.

Der Bedrängte schien jedoch vor lauter Wut seine Ruhe wiedergefunden zu haben. »Dann werdet ihr die Frau nie wieder sehen!«, erwiderte er mit leiser Stimme.

Da packte ihn Simon Ringlin am Gewand. »Es ist also wahr! Ihr habt Lucia entführt!«

»Ich habe sie nicht entführt. Jakob Schwarz, dieser Dummkopf, hat es für mich getan.«

»Aber warum?«

»Ach, Simon Ringlin!« Der Conte bedachte den Alten mit einem mitleidigen Lächeln. »Von den Fischen seid Ihr nicht gefressen worden, und das Gift hat Euch auch nicht erledigt. Ihr seid wie eine Katze mit sieben Leben!«

Ringlin ließ ihn verblüfft los. »So wart Ihr es, der die Piraten beauftragt hat, mich zu töten, nicht Jakob Schwarz?«

»Das habt Ihr Eurer Neugier zu verdanken. Ihr und Euer Freund, der Arzt, habt herumgeschnüffelt wie zwei jagdwütige Hunde!«

»Und Lucia?«, fragte Ringlin leise. »Warum sie?«

Der Conte machte keine Anstalten, zu antworten, da stieß ihn Giovanni an. »Ringlin hat Euch etwas gefragt!«

Nun wurde die Stimme des Conte plötzlich unerwartet weich.

»Sie hatte mich schon damals in Mailand fasziniert, eine Stimme wie ein Engel, aber den Teufel im Leib! Doch nach Eurem Verschwinden war sie plötzlich auch fort. Als ich sie hier wiedergesehen habe, in der Christnacht, habe ich das als Geschenk des Schicksals betrachtet. Sie ist noch schöner geworden, und es schien mir ein Verbrechen, sie solchen Kerlen wie diesem Mehlwurm hier zu überlassen.«

Giovanni zog tief die Luft ein vor Wut, aber der Conte blieb ganz ruhig, er wusste genau, dass er sie nun in der Hand hatte, ja, es bereitete ihm Vergnügen, den Bäcker noch mehr zu reizen.

»Außerdem bist du mir zu oft in der *Haue* gewesen, Mehlwurm, da hab ich mir gedacht, es kann nicht schaden, wenn man ein Pfand hat. Für alle Fälle.«

Bevor der Venezianer sich zu einer unbedachten Tat provozieren ließ, griff Poggio Bracciolini ein.

»Woher sollen wir wissen, dass Ihr die Wahrheit sagt?«, fragte er zweifelnd. »Vielleicht ist Lucia ja tatsächlich mit Spielleuten nach Straßburg gefahren, so wie es der Hurenwirt dem Vogt berichtet hat!«

Der Conte lachte kurz auf, dann sagte er: »Schaut in meinen Beutel!«

Während Cunrat und Giovanni ihn weiter festhielten, nahm Simon Ringlin den Lederbeutel, der am Gürtel des Mannes hing, und öffnete ihn. Zuerst fand er einen kleinen, verschnörkelten Schlüssel.

»Der Schlüssel zum Geheimgang!«, entfuhr es Cunrat.

Ringlin warf ihn zu Boden und zog einen zweiten, größeren Schlüssel heraus.

»So habt Ihr auch den anderen Schlüssel genommen? Zur Kellertür?«, wollte Cunrat wissen. »Ihr wart es also, der sie geöffnet hat an dem Abend, als Johann Tettinger starb!«

Sassino lächelte. »Der Vogt ist darauf hereingefallen. Er hat zwar nicht an den Selbstmord geglaubt, aber daran, dass der Wirt einen Fremden eingelassen hatte, der ihn dann umbrachte.«

»Aber Sebolt Schopper hat doch diesen Schlüssel! Er trägt ihn immer am Gürtel.«

Achselzuckend erwiderte der Conte: »Dann hat er wohl einen Zwilling bekommen.«

Doch Simon Ringlin interessierte sich nicht für die Schlüssel. Er warf auch diesen achtlos fort und wühlte weiter in dem Beutel. Schließlich fand er ein Amulett an einer Lederschnur und hielt es ins Licht der Laterne: Auf einem honiggelben Elfenbeintäfelchen breitete ein Adler seine Schwingen aus.

»Das Amulett des Kaisers Friedrich von Schwaben! Es gehört Lucia! Ein Erbstück ihrer sizilianischen Familie, weil einer ihrer Vorfahren für den Kaiser gekämpft hat!« Ringlin packte den Conte am Wams und schüttelte ihn. »Wo ist sie?«

Der ließ sich jedoch nicht mehr aus der Ruhe bringen. »Meine Freiheit gegen Lucia.«

Giovanni hielt immer noch sein Messer an die Kehle des Gefangenen, doch nun sah Lucias Vater ihn eindringlich an.

»Bitte, Giovanni!«

Einen Augenblick zögerte der Bäcker noch, dann nahm er das Messer weg. Er zog den Dolch, den der Conte in seinem Gürtel trug, heraus und warf ihn in eine dunkle Ecke. Danach ließ er den Gefangenen los und hielt ihm nur noch die Spitze des Messers von hinten gegen die Rippen, damit er keinen Fluchtversuch unternehmen konnte.

»Also, wo ist sie? Rede!«

Der Conte strich sich über das bleichrasierte Kinn, immer noch lächelnd. »Ich habe Durst.«

Offenbar genoss er seine Überlegenheit angesichts der vier bewaffneten Männer.

Giovanni stieß ihn an. »Nach oben.«

Poggio Bracciolini und Simon Ringlin gingen voraus die Treppe hoch, Giovanni und Cunrat hielten sich hinter dem Conte. Zerberus folgte ihnen schwanzwedelnd. In der Wachstube drückte Giovanni den Gefangenen mit Gewalt auf einen Hocker, dann reichte Bracciolini ihm den fast leeren Weinkrug. Er nahm einen kleinen Schluck.

»Also, wo ist Lucia?« Giovanni stand hinter dem Conte, und seine Messerspitze berührte dessen Nacken.

»Und wenn ich es euch sage? Was passiert dann? Stichst du zu?«

»Das wirst du schon sehen, du Hundsfott!«

»Giovanni, ich bitte dich!« Simon Ringlin sah ihn beschwörend an.

Daraufhin zog der Bäcker sein Messer ein wenig zurück, hielt sich aber angriffsbereit. Ringlin setzte sich auf einen Hocker gegenüber dem Conte.

»Wo ist meine Tochter?«

»Ich verlange meine Freiheit!«, antwortete Sassino. »Meinen Auftrag brauche ich ja offenbar nicht mehr auszuführen, wie wir inzwischen von diesem kleinen venezianischen Schlitzohr erfahren haben, aber ich will aus der Stadt herauskommen, und zwar weit genug, bevor ihr dem Vogt Bescheid gebt. Ich habe keine Lust, auf dem Rad zu enden.«

Simon Ringlin sah zu Giovanni, dieser schluckte und sagte dann: »Va bene.«

Doch da protestierte Cunrat. »Was heißt hier: Va bene? Ist gut? Was ist gut? Dieser Mann hat die Tettingers auf dem Gewissen und den Übersetzer Ambrogio und all die anderen. Wir können doch nicht zulassen, dass er einfach verschwindet! Er muss bestraft werden! Oder ist dir das völlig gleichgültig, Giovanni? Steckst du womöglich mit ihm unter einer Decke?«

Der Conte sah ihn an und lächelte boshaft. »Werr weiß, Bohnenstange, werr weiß! Aber es bleibt dabei, Lucia gegen meine Freiheit.«

»Was haben Euch Johann Tettinger und Karolina getan? Und der arme Ambrogio? Warum mussten sie sterben? So grausam, mit Schlangengift?«

Nun begann der Beschuldigte sogar zu lachen.

»La curiosità, mein Frreund, ihre Neugier hat sie getötet. Tettinger wollte unbedingt sehen, wie man Gold mackt, und hat dabei meine Waffen entdeckt, und seine Schwester warr angenehm im Bett, dock auch sie habe ick eines Nachts an meiner Trruhe erwischt. Sobald mein Diener nickt aufgepasst hat, haben die beiden herrumgesucht. Das konnte ick doch nicht zulassen! Und der gute Ambrogio, ihn hatte ick schon in Mailand getroffen, am Hof der Visconti, so wie Euch, Ringlin, aber er hat mick gleich wiedererkannt, trotz langer Haare und Bart, während Ihr nur einen vagen Verdackt hattet, nicht wahr?«

»Trotzdem habt Ihr versucht, auch mich zu töten.«

Der Conte breitete in einer scheinbar hilflosen Geste seine Arme aus und redete auf Italienisch weiter. »Sieben Leben habt Ihr. Wie eine Katze!«

»Nein, es waren Meister Ismael und seine Tochter, die mich gerettet haben, mit ihrer Heilkunst.«

»Die jüdische Heilkunst, jaja, sie ist berühmt im ganzen Erdkreis!«, spottete der Conte. »Der gute Meister Ismael hätte sein Deuteronomium besser lesen sollen, dann hätte er gewusst, dass er es hier nicht mit einfachem Schlangengift zu tun hatte. Dort heißt es nämlich von den Wassertieren: Was aber keine Flossen und Schuppen trägt, dürft ihr nicht essen. Die das geschrieben haben, wussten, wovon sie sprachen.«

Neugierig geworden, fragte Poggio Bracciolini: »Was meint Ihr damit? Was war das für ein Gift, das Ihr verwendet habt?«

»Fragt doch euren Juden.«

»Ihr seid nicht nur ein Meisterschütze, sondern auch ein großer Alchemist und Giftmischer, nicht wahr?«

Der Conte sah ihn lauernd an. »Ihr wollt mir schmeicheln! Damit könnt Ihr mich nicht fangen. Von mir erfahrt Ihr nichts mehr.«

»Das ist auch nicht nötig. Ich weiß, welches Gift Ihr benutzt habt.«

Alle wandten sich erstaunt Simon Ringlin zu.

»Im Roten Meer lebt ein kleiner, stacheliger Fisch ohne Schuppen, der sich aufblasen kann zu einer runden Kugel. Er ist tausend Mal giftiger ist als alle Schlangen der Welt. Ein Pulver aus seinen Eingeweiden in Wasser gelöst und unter die Haut gegeben lähmt rasch alle Glieder, obwohl das arme Opfer noch bei wachem Verstand ist. Am Hofe von Miranschach war dies das am meisten gefürchtete Gift. Wie ist es nur möglich, dass ich überlebt habe?«

Der Conte zuckte die Schultern.

»Es war dunkel da auf dem Abort und eng. Ich habe Euch nur am Arm erwischt und auch da wohl nicht richtig. Euer Glück!«

Dann bückte er sich, als ob er sich am Bein kratzen wolle, doch plötzlich zog er aus seinem Stiefel etwas hervor. Blitzschnell sprang er auf, drehte sich um, stieß den Stuhl beiseite und packte den völlig überraschten Giovanni von hinten um den Hals. Der ließ vor Schreck sein Messer fallen. Im Flackerlicht der Laterne sahen seine Freunde die silbernen Giftzähne einer kleinen Gabel unter Giovannis Ohr aufblitzen.

»Und nun werdet ihr mich gehen lassen, sonst wird euer Freund das Schicksal der anderen Unglücklichen teilen. Du hast ja jetzt gehört, was dich erwartet, nicht wahr, Bäckerlein?«

Die Männer standen wie erstarrt, nur Zerberus begann zu knurren, dann packte er den Conte am Bein.

»Nimm den Flohsack da weg!«, schrie der Gebissene und schleuderte den kleinen Hund mit einem Fußtritt von sich, dass er in eine Ecke flog, wo er winselnd liegen blieb.

Da konnte Cunrat nicht mehr an sich halten, er stürzte sich auf den Conte und stieß ihn so heftig zur Seite, dass er das Gleichgewicht und die Gabel verlor und zu Boden fiel. Dabei musste er Giovanni loslassen, worauf dieser wie tot zusammensackte. Ringlin und Bracciolini stürmten auf den Conte los, um ihn zu packen, doch sie stießen die Laterne um, die Flamme erlosch und sie konnten nicht mehr richtig sehen, wo die Stühle standen. Sie stolperten und fielen übereinander, Ringlin erwischte zwar noch ein Bein des Mörders, doch der konnte es ihm entwinden und davonkriechen. Dann lief er die Treppe hoch ins Dachgeschoss. »Porcodio, ihr werdet noch an mich denken ...«, keuchte er wütend. Cunrat rannte hinter dem Flüchtigen die Stufen hinauf, doch im Dunkel stieß er sich den Kopf am Deckenbalken über der Stiege, und bis er endlich das Dachgeschoss erreicht hatte, sah er nur noch im einfallenden Mondlicht, dass der Conte eine Falltür an der Pechnase geöffnet hatte und nach unten hindurchschlüpfte. So schnell er konnte, lief Cunrat hinzu, aber es war zu spät. Im fahlen Mondschein sah er am Fuße des Turms eine dunkle Gestalt am Boden liegen, die Arme in Kreuzform ausgebreitet.

»Er hat sich selbst gerichtet!«, verkündete Cunrat, als er in die Wachstube zurückkehrte. Dann wandte er sich Zerberus zu, der hinkend und winselnd auf ihn zugelaufen kam. Er nahm ihn auf den Arm, und der Hund leckte ihm übers Gesicht.

Inzwischen war Hug Strigel mit seiner Laterne vom Kontrollgang zurückgekommen. Simon Ringlin und Poggio knieten neben Giovanni, der immer noch am Boden lag. Sie versuchten, ihm den letzten Rest Wein einzuflößen. Langsam öffnete er die Augen, ohne sich zu bewegen.

»Bin ich tot?«, hauchte er.

»Nein, er hat Euch nicht stechen können, der Hund ist ihm dazwischen gekommen!«, erklärte Simon Ringlin. »Ihr habt nur vor Angst die Sinne verloren.«

Da richtete sich Giovanni entrüstet auf: »Was redet Ihr denn da! Vor Angst! Er hat mich zu Boden geschlagen!«

»Schaut euch das an, hier liegt sein Mordinstrument!« Poggio hatte die Gabel gefunden, die der Conte im Handgemenge verloren hatte, und hielt sie mit zwei Fingern ins Licht.

Sie sahen, dass in jedem der zwei feinen Nadelzinken ein kleines Loch war, während der runde Stiel eine größere Öffnung hatte.

»Er hat die Gabel nicht nur mit dem Gift benetzt, er hat es über den Stiel eingefüllt«, stellte Poggio fachmännisch fest. »So konnte er größere Mengen verwenden.«

»Wahrscheinlich hat er es sogar hineingepumpt«, ergänzte Simon Ringlin, der am Hof von Miranschach offenbar einiges über Giftmorde gelernt hatte. »Vermutlich mit einer kleinen Blase, von einer Ratte oder einer Maus.«

»Aber jetzt war die Gabel nicht gefüllt, sie ist ganz trocken.« Poggio strich den silbernen Stiel entlang. »Es war nicht wirklich gefährlich, Giovanni.«

»Was heißt das, nicht wirklich gefährlich?« Der Venezianer versuchte, wieder auf die Beine zu kommen. »Auch ohne Gift kann man mit so einer Gabel jemanden in den Hals und zu Tode stechen!«

»Jedenfalls ist jetzt er tot«, sagte Cunrat, und seine Stimme klang erleichtert, »er ist vom Dach gesprungen. Die Tettingers, Ambrogio und all die anderen sind gerächt!«

»Aber wir wissen immer noch nicht, wo Lucia ist!«, rief Simon Ringlin und sprang auf. »Er sei verflucht!«

Dann packte er die Laterne des Turmwächters, nahm seinen Krummsäbel und lief die Treppen hinab, in der blinden Hoffnung, dass der Conte vielleicht doch noch lebte und ihm sagen konnte, wo seine Tochter war. Der Turmwächter und die anderen folgten ihm, Giovanni als Letzter, denn er war noch nicht ganz sicher auf den Beinen. Das Stadttor war verschlossen, der Tote lag außerhalb. Umständlich öffnete Hug Strigel das kleine Mannloch, das normalerweise dazu diente, verspätete Reisende einzulassen, ohne das große Holzportal aufschließen zu müssen. Doch als sie nach draußen kamen, blieben sie wie vom Schlag getroffen stehen. Die Brücke, die Weiße Straße, alles konnten sie im Mondlicht deutlich erkennen. Nur den Toten sahen sie nicht. Er war verschwunden.

»Er muss mit dem Teufel im Bund sein!«, flüsterte Cunrat, doch Giovanni erwiderte ärgerlich: »Ach was, Teufel, du hast falsch gesehen, das ist alles, er war eben nicht tot!«

»Aber er lag da wie tot!«, verteidigte sich Cunrat.

»Vielleicht war er einen Moment lang benommen, so wie du, Giovanni«, versuchte Poggio Bracciolini eine Erklärung, »dann ist er wieder zu sich gekommen und davongelaufen.«

»Wie kann jemand den Sturz aus so einer Höhe überleben?

Das ist doch nicht möglich ohne die Hilfe des Teufels!«, beharrte Cunrat.

Da zeigte Hug Strigel nach oben. Sie folgten seinem Blick. Von der Pechnase baumelte ein Seil herab, das etwa zwei Mann hoch über dem Boden endete.

»Ich hatte mich schon gewundert über die Stricke, die dort oben gespannt waren und am Boden herumlagen, die hatte ich beim letzten Mal, als ich da war, nicht gesehen. Aber ich dachte, einer der Wächter hätte sie angebracht.«

»Der Conte war schlau, er ahnte, dass er in eine schwierige Lage kommen könnte«, bemerkte Giovanni. »Er hat sich offenbar schon länger auf diesen Tag vorbereitet. Mit seinen dicken Lederhandschuhen konnte er sich pfeilschnell abseilen.«

»Und dann ist er einen Augenblick liegen geblieben, damit wir denken, er sei tot«, ergänzte Cunrat und fügte trotzig hinzu: »Ich hab also nicht falsch gesehen!«

»Wir müssen den Vogt benachrichtigen, damit er mit den Stadtwachen das Paradies absucht!«, sagte Simon Ringlin aufgeregt.

»Ach, Herr«, wandte da Hug Strigel ein, »das wird er wohl nicht tun. Er hält nicht allzu viel von Euch, ich meine, von den beiden, Giovanni und Cunrat ...«

Da wurde Giovanni wütend. »Ach ja? Hat er das gesagt? Ehrlich gesagt halte ich auch nicht allzu viel von ihm! Was hat er denn schon getan in dieser Sache? Hätte er unsere Hinweise ernst genommen, dann hätte er nicht den falschen Mann aufs Rad geflochten!«

»Es würde auch nicht viel bringen, das Paradies abzusuchen«, wandte Poggio ein. »Von hier aus kann er überallhin flüchten, zu Pferd, mit dem Schiff ...«

»Wir sollten nicht so laut sein, sonst lenken wir noch die Aufmerksamkeit der anderen Wachen auf uns!« Hug Strigel drängte die vier Männer durch das Mannloch hinein, sodass er wieder abschließen konnte.

»Ja«, erregte sich Giovanni weiter, wenn auch leiser, »ein wenig laut sein, das wird streng bestraft in dieser Stadt, aber Menschen zu töten und zu entführen, das wird nicht verfolgt!«

Doch da stellte sich Cunrat seinem Freund in den Weg und sagte mit gequälter Stimme: »Und du, Giovanni? Was hast du mit dieser Geschichte zu tun? Woher wusstest du von dem Mordauftrag und dass er zurückgezogen wurde?«

Sie standen im Kreis hinter dem Tor. Hug Strigel hielt die Laterne in der rechten Hand, in der linken die Hellebarde. Vier bewaffnete Männer starrten Giovanni an. Es war vollkommen still, alle warteten auf seine Erklärung.

Zuerst sah Giovanni in die Runde von fragend gespannten Gesichtern, dann räusperte er sich, doch endlich richtete er sich auf, holte tief Luft und sagte mit fester Stimme: »Was ich euch jetzt sage, dürft ihr keinem Menschen weitererzählen.«

Er wartete auf eine Reaktion, doch keiner rührte sich.

»Ich stehe in Diensten der Republik Venedig. Ich bin hier, um dem Dogen und dem Senat zu berichten, was beim Konzil alles geschieht.«

»So bist du ein venezianischer Spion, der sich nur als Bäcker ausgibt!« Cunrat war tief getroffen, dass Giovanni ihn so getäuscht hatte.

»Sagen wir, ich bin ein Bäcker, der noch zusätzlich als Spion tätig ist. Ihr müsst das verstehen!« Giovannis Stimme wurde beschwörend. »Unsere Stadt ist umgeben von Feinden! Mailand, Florenz, der Papst, der König, die Türken … Wenn wir nicht ganz genau wissen, was sie planen, sind wir verloren! Es ist von größter Wichtigkeit, dass die Serenissima Augen und Ohren hier am Konzil hat. Und ich diene ihr als solche!«

»Und manchmal auch als Hand, wenn es darum geht, jemanden zu töten«, ergänzte Poggio.

Da wurde Giovanni laut: »Mit diesen Morden habe ich nichts zu tun, das schwöre ich!«

Alle blieben still, die Hände an den Waffen.

Nun flehte der Venezianer Cunrat an: »Du kennst mich doch, Cunrat, du bist doch mein Freund! Du weißt doch, dass ich kein Mörder bin! Ich habe auch erst vor Kurzem erfahren, dass es den Mordauftrag gab!«

Poggio hob eine Augenbraue. »Das habt Ihr von Euren ... Freunden erfahren!«

»Von Kardinal Benedetti!«, sagte Cunrat und sah Giovanni fest in die Augen.

Der war verblüfft.

»Woher weißt du ... Ach, du meinst, weil er die Grabrede gehalten hat. Nein nein ...«

»Ich meine, wegen deinem Besuch im Haus der Sunnentags.« Cunrats Stimme war so kalt wie das Wasser des Bodensees im Januar, und er wunderte sich selber, wie sehr ihr Klang seinem augenblicklichen Gefühl für Giovanni entsprach.

Der zögerte, dann gab er zu: »Ja, von Benedetti hab ich erfahren, dass der neue Doge, Tommaso Mocenigo, übrigens ein wirklich guter Doge und Freund des Königs, darauf bestanden hat, den Auftrag zurückzuziehen. Aber offenbar hatten die Auftraggeber nicht den Mut, es dem Conte offen zu sagen. Der Überfall auf ihn war ein Versuch, ihn auf andere Art davon abzubringen, nur ist er schief gegangen.«

»Und so haben sie dich beauftragt, ihn zu töten!«, mutmaßte Poggio.

»Sie haben mich gebeten, ihnen in dieser Angelegenheit zu helfen, weil ich mich vor Ort auskenne, sie haben nicht gesagt, ich müsse ihn töten.«

»Wie viel haben sie dir dafür geboten?«, fragte Cunrat. »Hat es sich wenigstens gelohnt, dafür deine Freunde zu hintergehen und sie in Gefahr zu bringen?«

»Cunrat, ich schwöre dir, ich habe das nur wegen Lucia getan!«

»Und warum konntest du uns dann nicht einfach die Wahrheit sagen?«

»Versteht ihr denn nicht?«, rief Giovanni verzweifelt. »Wenn irgendjemand erfährt, dass ich ein Spion bin, dann werde ich sofort eingesperrt. Cunrat, weißt du nicht mehr, wie der Herr des Übersetzers Ambrogio, Ser Martinus, verhaftet worden ist? Nach Weihnachten? Aber der König konnte es sich nicht leisten, einen Abgesandten des Herzogs Visconti aus Mailand als Spion gefangen zu halten. Bei einem einfachen Bäcker wie mir ist das etwas ganz anderes! Da wird kurzer Prozess gemacht!«

Ein wenig verunsichert sah Cunrat zu Boden. »Ich hätte dich nicht verraten.«

»Du vielleicht nicht, aber ihr müsst wissen, da ist noch etwas anderes. Ich bin nicht der einzige Spion der Stadt Venedig hier in Costentz. Ich weiß nicht, wie viele es sind, und ich weiß nicht, wer die anderen sind. Benedetti ist mein einziger Kontakt. Im Grunde könnte jeder von euch auch ein venezianischer Informant sein. Wir sind zu absolutem Stillschweigen verpflichtet. Wenn einer von euch im Dienst der Serenissima steht, ist die Tatsache, dass ich euch so viel erzählt habe, mein Todesurteil! Verräter der Republik enden am Galgen zwischen den Säulen der Piazzetta.«

Er schaute sie einen nach dem anderen an. Einen Moment war es noch still, dann berührte Cunrat seinen Freund zum Zeichen der Versöhnung etwas unbeholfen am Arm.

Als Erster sprach Poggio wieder. »Gelöst hast du die Angelegenheit der Serenissima ja nun, der Anschlag auf den König ist verhindert. Der Conte Sassino dürfte nicht mehr so schnell nach Costentz zurückkehren.«

»Aber was ist mit seinem Diener?«, fragte Hug Strigel ängstlich.

»Der ist bestimmt noch in der *Haue* und wartet auf seinen Herrn!«, mutmaßte Poggio.

Da hob Giovanni den Kopf. »Vielleicht kann er uns sagen, wo Lucia ist!«

Die Schänke war längst geschlossen, doch mit Hug Strigels Hilfe konnten sie Sebolt Schopper überzeugen, sie einzulassen. Leise liefen sie die Treppen hoch in das zweite Geschoss und schlichen zu dem Zimmer, in dem der Conte mit seinem Diener gewohnt hatte, direkt neben der Kammer, die zum Geheimgang führte.

Giovanni legte sein Ohr an das Holz der Tür, zuckte dann aber die Schultern.

»Nichts zu hören«, flüsterte er. »Sebolt, klopft Ihr! Wenn er etwas fragt, sagt ihm, dass der Herr Conte einen Boten mit einer Nachricht geschickt hat.«

Der Wirt war nicht begeistert von dem Ansinnen, traute sich aber angesichts der fünf Männer nicht, nein zu sagen.

Er klopfte einmal, zaghaft, dann noch einmal, heftiger, und ein drittes Mal, mit ganzer Kraft. In der Kammer rührte sich nichts.

Vorsichtig öffnete er die Tür. Hug Strigel leuchtete mit der Laterne hinein.

»Dieser Höllengauch!«, schrie der Wirt zornig.

Neugierig drängten nun auch die anderen durch die Tür. Doch alles, was sie sahen, war ein leeres Zimmer, in dem sich außer Betten, Truhe, Tisch und Stühlen nichts mehr befand.

»Er ist abgehauen, ohne mir den Mietzins für die letzte Woche zu bezahlen!«, jammerte der Wirt.

Giovanni durchsuchte rasch das Zimmer, ob vielleicht irgendetwas zurückgeblieben war, was ihnen einen Hinweis auf Lucias Aufenthaltsort hätte geben können, aber der Einäugige hatte gründlich ausgeräumt.

»Offensichtlich hat der Conte seinen Diener rechtzeitig weggeschickt, um ihn nach dem Anschlag irgendwo außerhalb der Stadt zu treffen, damit sie gemeinsam fliehen konnten«, folgerte Giovanni.

Hug Strigel atmete hörbar auf.

»Aber dann hätte ich den Einäugigen doch sehen müssen, mit all dem Gepäck!«, erwiderte Sebolt Schopper ärgerlich.

»Habt Ihr denn den ganzen Tag die Treppe im Blick?«

»Nein, aber den Ausgang der Gaststube.«

»Und wenn er durch den Keller abgehauen ist?«, fragte Cunrat. »Die Treppe zu den oberen Stockwerken führt doch direkt weiter nach unten. Der Conte hatte ja den Schlüssel.«

»Welchen Schlüssel?« Sebolt Schopper griff sich an den Gürtel, wo die seinen hingen. »Was meint Ihr damit?«

»Ach nichts«, antwortete Giovanni schnell. »Cunrat hat sich wohl getäuscht.«

Die anderen sahen ihn erstaunt an, hatten sie doch alle den Zwilling von Schoppers Schlüssel gesehen, doch in diesem Augenblick erhoben sich in den anderen Zimmern der Schänke angesichts des Lärms, den sie zu fortgeschrittener Stunde vollführten, ärgerliche Stimmen. »Seid endlich still, ihr besoffenes Gesindel! So einen Radau zu machen, mitten in der Nacht!«

Der Wirt schloss schuldbewusst die Zimmertür und begleitete die anderen schweigend zum Ausgang.

Simon Ringlin folgte ihnen wie ein im Schlaf Wandelnder. Er hatte nur auf das leere Zimmer gestarrt und nichts mehr gesagt. Ohne Gruß ging er davon. Der König war gerettet, aber sein letzter Hoffnungsfunke, Lucia wiederzufinden, war erloschen.

Am Ende waren es Giovannis Würfel, die sie zu Lucia führten.

Der König hatte Costentz heil verlassen und mit ihm seine Ungarn sowie viele Prälaten und deren Gefolge. Die Konzilsbesucher, die in der Stadt zurückgeblieben waren, richteten sich auf einige beschauliche Monate bis zu Sigismunds Rückkehr ein. Regelmäßig kamen Boten, die die neuesten Nachrichten vom königlichen Reisetross übermittelten. Soeben war er in Basel eingetroffen, nun war er schon nach Solothurn weitergereist, dann war er in Lyon angekommen.

Die Bäcker hatten ihr Tagwerk wieder aufgenommen. Sie waren alle übereingekommen, mit niemandem darüber zu sprechen, was passiert war. Zum einen hätte ihnen wohl kaum jemand geglaubt, andererseits wäre Giovanni in Gefahr gekommen. Sogar Hug Strigel bewahrte Stillschweigen, denn er hatte kein Interesse daran, dass Hanns Hagen von seinen heimlichen Machenschaften erfuhr.

Doch Giovanni war nur noch ein Schatten seiner selbst. Mechanisch verrichtete er alle Tätigkeiten, entweder war er melancholisch oder wütend. Er ging nicht mehr zur Badestube und roch entsprechend. Wenn Simon Ringlin hin und wieder zu ihnen an den Stand kam, schien er ein Spiegelbild des Venezianers zu sein. Dennoch sprachen die beiden kaum miteinander, es gab nichts, womit sie sich hätten trösten können. Lucia war für immer verschwunden. Sie mussten davon ausgehen, dass der Conte seine Flucht so geplant hatte, dass er sie irgendwo außerhalb der Stadt aufgenommen und mit sich geführt hatte.

Auch Cunrat wusste nicht, wie er seinem Freund helfen sollte. Es hatte trotz dessen Erklärungen noch eine Weile gedauert, bis er ihm nicht mehr gram gewesen war, dafür, dass er sein Doppelleben so lang verschwiegen hatte. Schlussendlich hatte er sich damit getröstet, dass er sich nun wenigstens keine Gedanken mehr über Giovannis Geldquellen und seine nächtlichen Ausflüge machen musste. Wer im Dienst der Stadt Venedig stand, erhielt sicher einen guten Sold. Auf der anderen Seite fragte er sich nun bei jedem Welschen, den er traf, ob er nicht vielleicht auch ein venezianischer Spion war.

Dabei war Cunrat selber unglücklich, denn sie hatten zwar den König gerettet und den Mörder seiner Freunde gefunden, aber der hatte sich seiner gerechten Strafe entzogen. Cunrat hatte sein Gelübde nicht halten können.

»Im Grunde war der Conte ja nur ein Werkzeug!«, versuchte Gretli ihn zu trösten.

Sie hatte ihn zwei Tage nach den nächtlichen Ereignissen, am Tag der Heiligen Margarethe von Antiochien, gebeten, mit ihr die St.-Johann-Kirche zu besuchen. Dort hatten sie unter dem Margarethenfenster, wie Cunrat es nannte, gebetet, obwohl dies der Heiligen Margarethe von Ungarn geweiht war und Gretli eigentlich die Heilige Margarethe von Cortona als ihre Namensheilige betrachtete. Doch sie war der Meinung, dass es nicht schaden konnte, auch den Schutz der anderen beiden Margarethen für sie beide und das Kind, das in ihr wuchs, zu erbitten.

Für Cunrat aber war gerade dieser Gang besonders schwer gewesen, hatte er doch im Angesicht dieser Heiligen geschworen, den Mörder seiner Freunde zu finden und deren Tod zu rächen.

Gretli spürte seinen Kummer und drang so lang in ihn, bis er ihr trotz Giovannis Bitte um Verschwiegenheit erzählte, was passiert war.

Am Ende stand er mit hängenden Armen und gesenktem Haupt neben ihr.

»Verstehst du? Der Mörder ist geflüchtet und hat Lucia bei sich, er wird nicht bestraft werden und kann sich mit dem Blutgeld, das er schon bekommen hat, ein gutes Leben machen, irgendwo auf der Welt!«

»Auch er war nur ein Werkzeug, glaube mir!«, antwortete sie mitfühlend. »Die wirklichen Mörder sind seine Auftraggeber, Kardinal Benedetti und dessen Hintermänner. Und um die zur Rechenschaft zu ziehen, würde selbst die Macht des Königs nicht ausreichen!«

In der Tat hatte Benedetti überraschend die Stadt verlassen und war nach Venedig zurückgekehrt, zumindest hatte es Frau Sunnentag so ihrer Freundin Anna Tettikover berichtet. Damit hatte der Kardinal sich jeglicher Jurisdiktion außerhalb Venedigs entzogen.

»Aber wie kann Gott das zulassen?« Cunrat ballte die Fäuste. »Giovanni kommt fast um vor Kummer, weil er Lucia verloren hat, die Tettingers, Ambrogio und all die anderen sind durch Mörderhand gestorben, und die feinen Herren, die daran schuld sind, leben in Saus und Braus und kennen keine Not! Und wir können nichts dagegen tun!« Verzweifelt schüttelte er seine Fäuste hoch zur Heiligen Margarethe, die mit immer gleicher Güte auf ihn herabblickte. »Gibt es denn keine Gerechtigkeit für uns kleine Leute?«

Gretli erschrak über die Heftigkeit seiner Anklage.

»Cunrat, versündige dich nicht!«, sagte sie mit fester Stimme. Dann zog sie seine Arme herab und legte sie um ihren Leib, sodass seine Hände auf ihrem gewölbten Bauch zu ruhen kamen.

»Fühl doch, wie es sich rührt! Mach ihm keine Angst! Wir alle sind in Gottes Hand, und Er wird wissen, was Er tut. Wir können nicht alles begreifen.«

Doch auch wenn ihn die Bewegungen seines Kindes rührten, so linderten sie doch nicht seine Zweifel an der Gerechtigkeit Gottes. Im Gegenteil, ihm wurde bewusst, dass er bald würde Verantwortung tragen müssen für dieses kleine Geschöpf, und die Unsicherheit über ihrer aller Zukunft verstärkte noch seine Bedrängnis.

In einer der folgenden Nächte kehrte Giovanni noch wütender heim als er ohnehin ständig war. Ohne Rücksicht auf seine schlafenden Genossen polterte er weit nach Mitternacht in die Hütte, warf die Stiefel in eine Ecke und schimpfte vor sich hin.

»Dieser Galgenvogel, dieser elende Lotter, ich werde ihn umbringen!«

»Was hast du denn, Giovanni, was ist passiert?«, fragte Cunrat schlaftrunken.

»Gar nichts ist passiert, mein lieber Cunrat, fast gar nichts, ich hab nur eine Kleinigkeit verloren, die Kleinigkeit von fünf Gulden! Dieser Hundsfott hat jedes Spiel gewonnen, es war wie verhext!«

Cunrat war mit einem Schlag wach.

»Fünf Gulden?«

»Schlaf weiter, du hast gut schlafen, du hast alles, was du brauchst, hast nichts verloren. Ich hab alles verloren.«

Dann warf er sich auf das Bett zu Jacopo, der missmutig aufstöhnte.

»Aber Giovanni, fünf Gulden, so viel Geld ... Wie konnte das geschehen?«, flüsterte Cunrat so laut er konnte.

»Er hat dauernd gewonnen ... wie verhext ...« Giovanni war schon beinahe eingeschlafen.

Da bemerkte Cunrat spöttisch: »Man könnte fast glauben, er hätte deine Würfel gehabt!«

»Was sagst du da?« Giovanni richtete sich abrupt auf.

»Nichts, nur ein Scherz. Du hast mit deinen Würfeln doch auch immer gewonnen, oder?«

»Cunrat, weißt du was? Vielleicht hat er tatsächlich meine Würfel! Womöglich ist er der Dieb!«

»Nein, den haben wir doch gesehen, das war ein Junge von 14 Jahren!«

»Trotzdem, den werde ich mir morgen vorknöpfen, den Galgenstrick!«

Wenigstens lenkt ihn das von seiner Trauer um Lucia ab, dachte Cunrat, bevor er wieder einschlief.

Der Galgenstrick war ein Schreiber des Florentiner Bankiers Bardi. Mit seinem Herrn und dessen Gefolge wohnte er in der Paulsgasse im Haus *Zum Delphin*.

Am nächsten Abend schleppte Giovanni seinen Freund dorthin. Er war nicht mehr von dem Gedanken abzubringen, dass der Florentiner im Besitz seiner Würfel war. Nun wollten sie ihn abpassen, um Giovannis Geld zurückzufordern, aber vor allem, um zu erfahren, wo er seine Glücksbringer herhatte. Zerberus hatten sie bei ihren Bäckerkollegen gelassen, damit er sie nicht vorzeitig verraten würde. Diesmal hatte Cunrat ihn sogar am Ofenkärrlin angebunden.

Tatsächlich brauchten sie nicht lang in der Ehgasse neben dem Haus zu warten. Der Florentiner, von kleinem Wuchs, drall und mit einem Spitzbart am Kinn, verließ das Gebäude bei Einbruch der Dunkelheit. Vielleicht wollte er wieder zum Spielen in die *Haue* gehen.

Für Cunrat war es kein Problem, ihn von hinten zu packen, seinen Mund zuzuhalten und ihn in die Ehgasse zu zerren. Der Mann wehrte sich redlich, aber angesichts von Cunrats langen Armen gab er bald auf. Als er stillhielt, nahm Cunrat die Hand von seinem Mund weg, und Giovanni leuchtete ihm mit der Fackel, die sie mitgetragen hatten, ins Gesicht.

Als der Mann ihn erkannte, sagte er: »Sieh an, mein Mitspieler von gestern Abend! Bei uns gelten Spielschulden als Ehrenschulden, in Venedig offenbar nicht.«

»Wenn es beim Spiel mit rechten Dingen zugeht, gelten sie auch bei uns als solche. So sagt mir doch, Ihr Ehrenmann, woher habt Ihr Eure Würfel?«

»Meine Würfel? Ah, ich verstehe, Ihr wollt Euch auch solche besorgen! Tut mir leid, mein Freund, die sind einmalig!«

»Das glaub ich Euch gern!«

Giovanni öffnete den Beutel, den der Mann am Gürtel trug. Der wand sich wieder, konnte aber immer noch nichts gegen Cunrats Umklammerung ausrichten. Tatsächlich fand der Bäcker die fünf kleinen Elfenbeinwürfel und wog sie auf seiner Hand.

»Du hattest recht, Cunrat, es sind meine. Dass ich das nicht sofort gesehen habe!«

»Was heißt das, das sind Eure?«, protestierte der Florentiner. »Die gehören mir, die habe ich ehrlich erworben!«

»Hier in Costentz, nehme ich an.«

»Ja, vor ein paar Wochen.«

»Und von wem?«

»Was kümmerts Euch? Es gibt viele Würfelmacher hier!«

Giovanni wurde wütend und packte den Mann am Bart.

»Wenn Ihr es mir nicht gleich sagt, wird es *Euch* kümmern!«

Der Florentiner schrie auf. »Lasst meinen Bart los, seid Ihr närrisch geworden?«

Giovanni lockerte seinen Griff. »Also?«

Da murmelte der andere leise: »Sebolt Scioppo.«

»Vom Wirt der *Haue*? Dort, wo wir uns zum Spiel getroffen haben?«

»Ja, von dem.«

»Ihr habt also mit gezinkten Würfeln gespielt. Das heißt, Ihr habt mich ehrlos um fünf Gulden erleichtert. Die will ich wiederhaben!«

»Euer Pech, dass ich sie nicht hier habe. Die liegen in meiner Truhe oben im Haus, und wenn Ihr es wagt, dort auch nur einen Schritt hineinzusetzen, dann werden Euch die Wächter meines Herrn in Stücke hauen!«

Giovanni kramte weiter in dem Beutel, fischte einige Münzen heraus, die er an sich nahm, dann gab er Cunrat ein Zeichen, den Mann loszulassen.

Der streckte die Hand aus. »Die paar Kröten könnt Ihr behalten. Gebt mir jetzt aber meine Würfel wieder! Ihr könnt Euch selbst welche kaufen!«

»Hört zu, diese Würfel wurden mir vor einiger Zeit gestohlen. Ihr habt also Diebesgut gekauft. Deswegen könnte ich Euch beim Vogt anzeigen, aber ich habe heute gute Laune, darum werde ich es nicht tun. Dafür behalte ich meine Würfel!«

Der Florentiner wurde ärgerlich. »Was erzählt Ihr denn da? Das kann jeder behaupten. Würfel sehen doch alle gleich aus! Gebt mir meine wieder!«

Da zog Giovanni aus seinem eigenen Beutel die Würfel, mit denen er inzwischen zu spielen pflegte. Dann nahm er die Hand seines Gegenübers und legte sie ihm auf die Handfläche.

»Wenn sie ohnehin alle gleich aussehen, dann könnt Ihr ja auch diese nehmen!«

Sprachlos schaute der Mann auf die Würfel in seiner Hand.

Giovanni grinste. »Arrivederci!« Dann ließen die beiden Bäcker den Florentiner stehen und liefen im Dunkel davon.

»Die paar Pfennige legen wir für Wein an, um die Rückkehr meiner Würfel zu feiern!«
Giovanni hatte Cunrat schnurstracks in die *Haue* geführt, wo sie nun überlegten, was die Aussage des Florentiners zu bedeuten hatte. Dabei hielten sie beständig den Wirt im Auge.
»Entweder Schopper hat die Würfel bei jemandem gekauft und sie dann weiter verhökert, oder er hat etwas mit der Diebesbande zu tun.«
»Erinnerst du dich, Giovanni, damals, als der Junge dich bestohlen hat, da ist er in Richtung *Haue* gerannt.«
»Aber als wir ihn zur Rede gestellt haben, hatte er nichts mehr bei sich. Das heißt, er muss seine Ware hier irgendwo losgeworden sein.«
»Bei Sebolt Schopper!«
»Und der verkauft das Diebesgut.«
»Dann muss es hier im Haus irgendwo ein Lager geben! Wir müssen Hanns Hagen Bescheid sagen!«
»Aber erst, wenn ich das Geld wieder habe, das mir dieser Beutelschneider damals zusammen mit den Würfeln gestohlen hat!«
»Das hat Schopper wahrscheinlich längst ausgegeben.«
»Und wenn, irgendetwas werde ich schon finden, was meinen Verlust ausgleicht.«
»Und wie willst du das machen?«
In diesem Moment verkündete der Wirt das Nahen der Sperrstunde. »Letzte Runde! Dann wird abgeschlossen!«
»Lass uns gehen!«

Als sie draußen waren, dirigierte Giovanni seinen Freund in den Hinterhof der *Haue*, dort, wo das Kellertor war. Sie stellten sich an die Wand des Nachbarhauses und warteten im Dunkel, bis alle Schankgäste fortgegangen waren.

»Heute soll es noch eine Würfelrunde geben, Sebolt erwartet heimliche Gäste«, sagte Giovanni. »Wir warten, bis alle drin sind, danach gehen wir auch hinein.«

»Wie willst du denn da ungesehen reinkommen?«

Giovanni griff in seinen Beutel, dann sah Cunrat im Nachtlicht etwas Helles in seiner Hand schimmern.

»Der Schlüssel!«

»Er lag am Boden im Turm, ich hab ihn nur aufgehoben!«, erklärte Giovanni mit vollkommen harmloser Stimme.

Da näherten sich Schritte vom Oberen Markt her, und die beiden drückten sich noch mehr in den dunklen Häuserschatten. Sie hielten die Luft an, als sich das Kellertor öffnete, dann sahen sie eine Gestalt hineinschlüpfen. Noch drei weitere Männer fanden sich zum nächtlichen Spiel ein, danach blieb es ruhig.

»Jetzt sitzen sie alle in einer Kammer hinter der Schankstube beisammen, und wir können in Ruhe den Keller durchsuchen. Nur dort kann er ein Lager angelegt haben.«

So leise wie möglich öffnete Giovanni das schwere Schloss der Kellertür, dann drückte Cunrat gegen den Portalflügel, der langsam zurückwich. Vorsichtig betraten sie im Dunkeln die feuchten Kellerstufen. Giovanni schloss das Tor wieder ab, damit Sebolt Schopper keinen Verdacht schöpfen würde, sollte doch noch ein Nachzügler zum Würfeln kommen.

Mithilfe seines Feuerstahls entzündete er eine Fackel, die er vorher in der Schänke mitgenommen hatte. Ihr Licht zeigte ihnen nun rechts und links des Mittelganges mehrere Räume mit tiefhängenden Steingewölben. Die Wände waren feucht und schwarz, es roch nach Schimmel. Wie in einer Schänke nicht anders zu erwarten, fanden sie vor allem Weinfässer, große und kleine, alle säuberlich beschriftet und aufgestapelt, mit Keilen dazwischen, damit sie nicht wegrollen konnten.

Cunrat musste an den Tag denken, an dem man Tettinger gefunden hatte, aufgehängt im Kellerraum für die kleinen Fässer mit teurem Rheinwein gleich nach der Treppe. Als sie diesen

Raum betraten, sah er wieder das blaue Gesicht des Erhängten vor sich, mit den herausquellenden Augen und der dickgeschwollenen Zunge. Erneut packte ihn ein Gefühl von Schuld, weil der Mörder seines Freundes entkommen war und er sein Gelübde nicht hatte halten können.

Am Ort der Untat erinnerte inzwischen nichts mehr an den Toten außer den Weinfässern, die immer noch hier aufgestapelt waren. Es waren mehr Fässer geworden, offenbar wurde heute mehr vom teuren Wein getrunken als zu Beginn des Konzils. Waren die Fässer damals nur rechts und links an den Seiten aufgestapelt gewesen, so hatte man jetzt auch eine Wand aus Fässern zur Außenmauer hin errichtet, sodass der verbleibende Raum sehr eng geworden war. Der dicke Tettinger hätte hier nur noch schwerlich aufgehängt werden können.

Sie machten einen kompletten Rundgang durch alle Kellerräume, doch am Ende hatten sie nichts gefunden außer Weinfässern, Essensvorräten und Spinnen.

»Vielleicht hat er sein Lager irgendwo in den oberen Geschossen«, überlegte Cunrat.

»Das kann nicht sein, hinter der Schänke befinden sich die Küche und daneben die Kammer, in der man sich zum Würfeln trifft. Dort gibt es keine weiteren Räume. Und weiter oben sind die Schlafkammern, die hat er alle vermietet.«

»Bis auf die Kammer, die zum Geheimgang führt. Und wenn er sein Diebesgut in dem Raum hinter dem Schrank gelagert hat?«

»Ich hatte den Eindruck, dass er tatsächlich glaubt, in der Kammer mit dem Schrank spuke es. Wenn du mich fragst, kennt er den Raum gar nicht. Außerdem hat er auch keinen Schlüssel dafür, an seinem Gürtel hängen ja nur zwei. Den dritten hatte der Conte. Den hat er wohl der Schwester von Tettinger weggenommen, bevor er sie von der Mauer stürzte.«

»Aber wie kommt es, dass der Conte einen zweiten Kellerschlüssel hatte? Sebolt Schopper hat den seinen doch noch! Was meinte er damit, dass er einen Zwilling bekommen hat?«

»So einen Schlüssel kann man nachschmieden, Cunrat. Wenn er ihn in einen Wachsstock gedrückt hat, konnte er ihn leicht nachmachen lassen, ohne dass es jemandem aufgefallen wäre. So hatte er immer Zugang zur *Haue*. Aber den Schlüssel zum geheimen Durchgang, den wollte er allein haben, da bin ich mir sicher. Diesen Fluchtweg hat er für sich gesichert. Und damit niemand nachforscht, hat er die Legende mit dem Spukzimmer in die Welt gesetzt. Nein nein, in dem geheimen Raum befindet sich gewiss kein Lager.«

»Was ist mit dem Dachgeschoss?«

»Da hat Sebolt Schopper weitere Betten aufgestellt, einer der Würfelspieler hat mir das erzählt. Bei der Hitze muss es direkt unter dem Dach heiß sein wie in der Hölle, aber Schopper versucht, jeden Zoll seines Hauses zu Geld zu machen.«

»Und die Konzilsgäste sind froh, wenn sie überhaupt ein Dach über dem Kopf haben, auch wenn sie sich dort wie im Dampfbad fühlen.«

»Das Lager muss hier unten sein, Cunrat, wir haben irgendetwas übersehen! Du warst doch dabei, als man Tettinger gefunden hat. Fällt dir denn nichts auf? Ist irgendetwas anders als damals?«

»Es wird mehr Rheinwein getrunken, das ist das Einzige, was anders ist.«

Im Fackellicht versuchten sie, hinter die neue Wand aus Fässern mit Rheinwein zu schauen, aber sie war durch die Keile nahezu undurchdringlich.

»Entweder sind hier mehrere Reihen Fässer gestapelt, oder dahinter verbirgt sich etwas ganz anderes!«

Giovanni leuchtete die aufgetürmten Fässer und den Boden davor noch einmal genau ab.

»Sieh nur, Cunrat, hier auf dieser Seite ist der Boden dunkler, da scheinen mir mehr Füße darüber gelaufen zu sein. Nimm doch mal das oberste Fass ganz außen herab.«

Cunrat packte das Fass und wunderte sich, wie leicht es war.

»Das ist leer!«

»Aha, und das darunter?«

Der lange Bäcker tat, wie ihm geheißen, und es war für ihn ein Leichtes, sämtliche Fässer in der äußersten Reihe wegzunehmen. Sie waren alle leer.

»Die sind so gestapelt, dass man sie forträumen kann, ohne dass der Rest wegrollt!«, stellte Giovanni fest.

Schließlich hatte Cunrat einen schmalen Durchgang freigemacht, durch den Giovanni sich mit der Fackel zwängte. Mit Mühe gelang es auch dem langen Bäcker, hinter die Fassreihe zu gelangen, dabei musste er sich aber tief bücken, weil das Gewölbe zur Mauer hin steil abfiel. Dennoch sah auch er schließlich, was sein Freund mit offenem Mund anstarrte: zwei große Truhen, gefüllt mit Diebesbeute. Giovanni hatte die Deckel angehoben, und im Fackelschein funkelten Münzen aus Gold und Silber, silberne Löffel und reichverzierte Messer, Perlen, Goldschmuck, Haarnadeln und Ringe mit Edelsteinen, ja sogar fein ziselierte Kelche und Reliquienbehälter.

»Die Bande hat auch Kirchen beraubt!«, rief Cunrat entsetzt.

»Und sie mal, was hier liegt!«

Giovanni leuchtete hinter die zweite Truhe. Dort war ein grauer, unförmiger Sack gegen die Wand gelehnt. Der Bäcker zerrte mit seiner freien Hand daran.

»Erkennst du ihn? Da ist die Armbrust des Conte drin. Sie ist im Turm liegen geblieben, als er geflüchtet ist, und offenbar hat Hug Strigel sie gleich zu Silber gemacht.«

»Dann wusste er, dass man bei Sebolt Schopper Diebesgut loswird!« Cunrat schüttelte fassungslos den Kopf. »Der Kerl ist durch und durch verkommen!«

In diesem Augenblick hörten sie Schritte auf der Treppe. Cunrat verstummte, und Giovanni trat schnell mit dem Stiefel das Fackellicht aus. Mit den Schritten näherte sich auch der Schein einer Laterne. Sebolt Schoppers Knecht wollte Weinnachschub für die Spieler holen. Dabei fiel sein Blick auf die lose am Boden liegenden Fässer im ersten Keller. Er leuchtete hinein, während die beiden Bäcker den Atem anhielten.

Da begann der Knecht zu fluchen und lief rasch zurück zur Treppe.

»Jetzt holt er den Wirt, los, wir müssen hier raus!«, flüsterte Giovanni und griff sich noch rasch ein paar Münzen aus einer der Truhen. Cunrat zwängte sich mühsam durch den Spalt in der Fasswand, sein Freund schob ihn von hinten, dann tappten sie in völliger Finsternis zum Kellertor. Hastig fingerte Giovanni den Schlüssel aus seinem Beutel, doch vor lauter Eile rutschte er auf der feuchten Treppe aus und fiel hin. Dabei entglitt ihm der Schlüssel, und sie hörten ihn die Stufen hinabklimpern.

»Verflucht!«

Giovanni tappte mit den Händen über die Stufen, um den Schlüssel zu finden, aber vergebens.

Schon hörten sie leise, aufgeregte Stimmen auf der Treppe. Offenbar wollte Sebolt Schopper kein großes Geschrei machen vor den Würfelspielern. Laternenlicht wackelte die Stiege herab.

»Komm!«

Giovanni zog Cunrat in den nächsten Kellerraum.

Der Wirt und sein Knecht begaben sich in den Rheinweinkeller, um nachzuschauen, ob ihre Beute noch an Ort und Stelle war.

Da drängte Giovanni seinen Freund aus dem Versteck.

»Jetzt! Nach oben! Zum Geheimgang!«

Der Widerschein von Schoppers Laterne zeigte ihnen den Weg zur Treppe. Sie rannten los, doch als sie am Weinkeller mit dem Diebesgut vorbeiliefen, bemerkte sie der Knecht, der im vorderen Teil stehen geblieben war. Er stieß einen Schrei aus und nahm die Verfolgung auf.

Mit der Hand immer am Treppenauge und dem sich nähernden Lichtschein im Nacken keuchten Giovanni und Cunrat die Wendeltreppe hoch bis zum zweiten Geschoss, dann liefen sie zu der Kammer, in der sich der Zutritt zum Geheimgang befand. Das Fenster am Ende des Korridors stand offen, sodass von draußen etwas Nachtlicht einfiel und sie zumindest erkennen konnten, welche Tür sie nehmen mussten.

Als sie diese wieder hinter sich zugeschlagen hatten, wies Giovanni seinen Freund an: »Nimm das Bett und stemm es gegen die Tür!«

Cunrat ertastete mit seinen großen Händen das Holzgestell von beiden Seiten und hob das Bett in die Höhe. Dann ließ er es schräg gegen die Tür krachen und trat mit dem Fuß kräftig darauf. Inzwischen waren Schopper und sein Knecht auch zu der Kammer gelangt. Sie rüttelten am Eisenring, mit dem man den Riegel anheben konnte, aber die Bettbretter stemmten sich hart gegen die Dielen und hielten die Tür fest.

»Hol eine Axt!«, befahl der Wirt.

Währenddessen hatte Giovanni im Schrank das Schloss zum Geheimgang gefunden. Cunrat hörte, wie er den Schlüssel darin drehte. Er hat im Turm auch den zweiten Schlüssel an sich genommen, dachte er. Gewiss lernen Spione, solche Dinge zu tun!

Dann folgte er ihm, stieg vorsichtig in den Schrank hinein, ohne sich die Schienbeine anzuschlagen, und gelangte schließlich in den Raum dahinter. Giovanni zerrte ihn ungeduldig zur Seite, um die Geheimtür wieder zu verschließen.

Dann tasteten sie sich in Richtung Stadtmauer durch die Kammer. Sie war schmal und länglich, ohne Fenster. Cunrat spürte mit seiner linken Hand, dass die Außenseite aus grobem Mauerwerk bestand, mit der rechten berührte er die Holzbohlenwand, an die der Schrank angebaut war. Am Ende gelangten sie zu einer Holztür an der Schmalseite, die zum Wehrgang führen musste.

»Verflucht, hier ist auch ein Schloss!«, rief Giovanni.

Die Axt hatte bereits die Zimmertür durchschlagen, man hörte das Geschrei des Wirts aus dem Raum jenseits der Geheimtür und die Protestschreie der Gäste, die schon wieder im Schlaf gestört wurden. Nur ließ Sebolt Schopper sich diesmal nicht davon abhalten, weiter nach den beiden zu suchen, denn ihm war eines klar geworden: Wenn bekannt wurde, dass er der Kopf der Diebesbande war, dann war ihm der Galgen gewiss. So begann sein Knecht auch die Innenseite des Schrankes mit der Axt zu bearbeiten.

»Vielleicht passt der kleine Schlüssel auch zu dieser Tür?«, rief Cunrat verzweifelt.

Giovanni stocherte eine Weile in dem metallenen Beschlag herum, dann hörten sie, wie der Riegel sich hob. Die Tür öffnete sich und sie flüchteten auf den Wehrgang, von wo aus sie rasch die Treppe hinablaufen wollten, um das Weite zu suchen, ganz so, wie es wohl der Conte nach seinem Überfall auf Simon Ringlin gemacht hatte.

Doch kaum hatten sie den Wehrgang betreten, hörten sie eine laute Stimme: »Halt, wer da?«

Abrupt blieben sie stehen. Vom Bündrichstor her näherte sich mit Hellebarde und Laterne der Stadtwächter. Als er näher kam, erkannten sie Hug Strigel.

»Ah, Ihr seid es, Hug!«, seufzte Giovanni erleichtert.

Aus dem Augenwinkel sahen sie eine Bewegung hinter der halb offenen Tür des Geheimganges. Sebolt Schopper und sein Knecht waren ebenfalls in den Raum hinter dem Schrank gelangt, doch angesichts des Wächters trauten sie sich nicht, die beiden Bäcker noch weiter zu verfolgen. Die Tür wurde geschlossen.

»Was treibt ihr hier mitten in der Nacht?«

Auch Hug Strigel hatte gesehen, wo sie herkamen.

Giovanni antwortete ihm in leicht spöttischem Ton: »Wir haben Euch gesucht!«

Cunrat sah seinen Freund überrascht an, während Hug Strigel vorsichtig fragte: »Mich? Warum denn?«

»Lasst uns in die Wachstube gehen, dann können wir darüber reden.«

»Also gut, kommt mit!«

Sie folgten ihm in das Obergeschoss des Rindportertores.

Dort bot er ihnen Wein aus einem Krug an und bat sie freundlich, Platz zu nehmen.

»Nun, weshalb habt ihr nach mir gesucht?«

»Könnt Ihr Euch das nicht denken?« Giovanni sah den Wächter über seinen Becher hinweg an.

»Äh ... nein!«

»Wo ist denn die wertvolle Armbrust des Conte Sassino geblieben?«

Hug Strigel drehte nervös den Weinbecher zwischen den Händen.

»Ach die! Die hab ich verkauft. Hanns Hagen weiß ja nichts von der ganzen Geschichte, ich konnte ihm die Waffe schlecht abliefern, sonst hätte er unangenehme Fragen gestellt. Was hätte ich denn sonst tun sollen?«

»Wem habt Ihr sie denn verkauft?«

»Einem Liebhaber.«

»Sicher einem guten Armbrustschützen.«

»Gewiss!«

Giovanni wandte sich zu Cunrat und sagte: »Ich wusste gar nicht, dass Sebolt Schopper ein so guter Armbrustschütze ist. Wusstest du das?«

Die Bäcker lachten, während Hug Strigel zu schwitzen begann.

Dann wurde Giovanni todernst. »Ihr habt sie dem Kopf der schlimmsten Diebesbande von Costentz verkauft!«

»Was? Wovon redet ihr?« Hug Strigel schien wirklich überrascht.

»Von Sebolt Schopper!«

Nun lachte der Wächter. »Diebesbande! Ihr seid ja verrückt. Schopper verscherbelt hie und da ein paar Sachen, deshalb hab ich ihm die Armbrust angeboten.«

»Sachen wie goldene Kelche und Reliquienschreine!«, empörte sich Cunrat.

»Was redet ihr denn da?«

»Mein lieber Freund,« senkte Giovanni die Stimme, »das, was wir im Keller der *Haue* gefunden haben, bringt nicht nur Sebolt Schopper an den Galgen, sondern all seine Handlanger und Lieferanten gleich mit!«

Hug Strigel fuhr sich ängstlich mit der Hand über das Gesicht. »Das hab ich nicht gewusst, ich schwöre es!«

Giovanni leerte seinen Becher, dann sagte er: »Ihr habt eine Menge Geld von uns kassiert. Drei Gulden, wenn ich mich recht erinnere.«

Der Wächter sah ihn einen Augenblick an, dann verstand er. »Ich hab das Geld nicht mehr, das schwör ich!«

»Wohnt Ihr nicht bei Eurer Mutter? Wofür braucht Ihr so viel Geld? Ihr habt keine Frau, keine Kinder …«

Hug Strigel wand sich eine Weile. Dann sagte er: »Ich hab beim Spiel verloren.«

»Ihr spielt? Wo? Bei Schopper?«

Der Wächter nickte.

»Ich hab euch da noch nie gesehen.«

»Für uns Wächter gibt es eine eigene Spielrunde, damit wir keinen Ärger bekommen.«

»Und da habt Ihr auch die Armbrust verloren.«

Nicken.

Giovanni stand auf.

»Nun denn, wir wünschen Euch noch eine gute Nacht!«

Er wandte sich zur Treppe, und Cunrat folgte ihm.

»Wartet!«, rief der Wächter verzweifelt. »Wollt ihr zu Hanns Hagen gehen?«

»Ja, noch heute Nacht. Vielleicht wird er ja dann in Zukunft eine bessere Meinung von uns haben.«

»Das könnt ihr nicht machen! Wenn er erfährt, dass ich mit der Sache zu tun hatte, wird er mich einsperren oder sogar hängen lassen! Ich hab euch doch auch geholfen!«

Sie gingen die Treppe hinab, doch Hug Strigel lief ihnen hinterher.

»Lasst mir eine Nacht Zeit!«

»Wofür? Um Schopper zu warnen? Damit der Hundsfott die Stadt verlässt?«

»Ich habe kein Geld, aber ich gebe euch etwas Anderes dafür!«

»Was könntet Ihr uns schon geben?«

Hug Strigel sah von einem zum anderen. Er zögerte einen Moment, dann sagte er: »In dem Sack war nicht nur die Armbrust. Ganz unten habe ich eine Ledertasche mit Papieren gefunden.«

»Papiere?« Giovanni war plötzlich ganz Ohr. »Papiere des Conte? Stand etwas über Lucia darin?«

»Das weiß ich nicht, ich kann ja nicht lesen. Aber sie sahen sehr wichtig aus.«

»Warum hast du uns das nicht gleich gesagt? Wo hast du sie, du Höllengauch?« Giovanni packte den Wächter zornig am Wams.

»Sie sind nicht hier! Lasst mich los!«

Der Bäcker nahm seine Hände weg.

»Eine Nacht!«, wiederholte Hug Strigel.

»Gut. Eine Nacht, bevor wir zu Hanns Hagen gehen. Und jetzt die Papiere.«

»Ich hab euch gesagt, dass ich sie nicht hier habe. Morgen bekommt ihr sie.«

»Du wirst sie jetzt holen, und ich begleite dich.«

»Das geht nicht«, jammerte der Wächter, »ich kann doch meinen Platz hier nicht einfach verlassen!«

»Cunrat vertritt solang deine Stelle hier. So gut schlafen wie du kann er allemal!«

⁃⁃⁃

»Er hatte die Tasche bei seiner Mutter in einer Truhe versteckt!«, berichtete Giovanni seinem Freund auf dem Heimweg durch die nächtliche Stadt. »Lauter lateinische Dokumente, die kann ich nicht so gut lesen. Damit werden wir morgen zu Poggio

Bracciolini gehen. Aber Deutsch«, fügte er hinzu, »Deutsch kann ich gut lesen und sogar schreiben. Eine Nacht haben wir ihm gegeben!«

Am nächsten Morgen erschien ein kleiner Junge mit einer geschriebenen Nachricht beim Vogt Hanns Hagen. Als der die Botschaft gelesen hatte, lief sein Gesicht rot an. Er rief seine Wachen zusammen und machte sich auf den Weg zur *Haue*. Doch dort traf er nur eine in Tränen aufgelöste Magd, die ihm berichtete, dass ihr Herr, der Schankwirt Sebolt Schopper, noch spät in der Nacht Besuch bekommen habe. Daraufhin habe er eilig gepackt und mit seinen Leuten die Stadt verlassen. Er werde nicht mehr zurückkommen, und so habe sie jetzt keine Arbeit mehr und die Schänke keinen Wirt.

Etwa zur selben Zeit meldete ein Knecht dem ehemaligen päpstlichen Sekretär Poggio Bracciolini, dass zwei Männer mit einem Hund ihn zu sprechen wünschten. Es war das erste Mal, dass Cunrat und Giovanni ihrem gelehrten Freund einen Besuch in der Bischofspfalz abstatteten. Sie kannten ansonsten nur den Hof vor dem Palast, vom Fastnachtsturnier und von der Kerzenverteilung durch den Papst her, und auch als sie Poggio einmal abgeholt hatten, waren sie nicht über den Eingangsbereich hinausgekommen.

Nun führte der Knecht sie über Treppen und Gänge ins zweite Geschoss der Kaplanei, die direkt neben der Bischofspfalz stand, und klopfte an die Tür von Poggios Kammer. Der wunderte sich über den Besuch, bat sie jedoch erfreut herein und bot ihnen Platz an einem großen Tisch an, der mit vielen Papieren bedeckt war. Er räumte sie vorsichtig zur Seite und legte einige davon in eine Truhe zu den Büchern, die sich dort stapelten. Weitere Bücher standen auf einem kleinen Holzgestell daneben, mit dem Buchrücken nach oben auf ihrem hölzernen Einband wie auf Stelzen. Cunrat musste daran denken, wie er Poggio bei seinem Einritt nach Costentz im Gefolge des Papstes gesehen hatte, die Packtaschen des Maultieres voller Bücher. Sein wandernder Blick entdeckte im Hintergrund des großen Zimmers einen Alkoven, dessen Vorhänge zugezogen waren, an dessen Fußende ein quergestelltes Bett, wohl für den Diener, und in der Ecke einen Kachelofen, um den er ihn beneidete, obwohl Sommer war, denn der nächste Winter würde gewiss kommen.

Poggio schickte seinen Diener um einen Krug Wein in den *Stauf*, die Schänke für die Prälaten. Doch Giovanni sagte, sie wollten ihn nicht lang aufhalten in seinen sicher wichtigen Geschäften, sie hätten nur die Bitte, dass er ihnen bei der Übersetzung einiger Dokumente behilflich sei. Dann zog er eine schmale Ledertasche heraus, die mit einer goldenen Fibel verschlossen war, und öffnete sie. In feinstes Seidenfutter gehüllt, lag in der Tasche ein gutes Dutzend Pergamente. Manche trugen Wappen und Siegel, andere waren einfach nur beschrieben. Bevor er sie an Poggio weiterreichte, schilderte er ihm, wie sie über seine Würfel darauf gekommen waren, dass Schopper Diebesgut hortete, wie sie dort eingedrungen waren und die Armbrust entdeckt hatten, und wie Hug Strigel ihnen im Austausch gegen ihr Schweigen die Mappe mit den Pergamenten des Conte übergeben hatte.

»Vielleicht finden wir darin irgendeinen Hinweis auf Lucia!«, erklärte Giovanni ihr Interesse an den Schriftstücken.

»Schade um die schöne Armbrust!«, seufzte indes Poggio, machte sich dann aber bereit, die Pergamente in Augenschein zu nehmen. Dazu setzte er sich ein paar Augengläser auf, die Cunrat in höchstes Erstaunen versetzten. Hinter den runden Gläsern wirkten die Augen des Sekretärs wie die eines riesigen Käfers.

»Meine Augen sind schneller gealtert als ich!«, erklärte er lächelnd. »Die Gläser helfen mir, trotzdem klar zu lesen.«

Dann besah er sich die Papiere eines nach dem anderen, zunächst diejenigen mit Siegel.

»Das sind Geleitbriefe! Vom König, vom Herzog von Mailand, vom Herzog von Österreich. Alle ausgestellt für Conte Alessandro Sassino. Sieh an! Hier ist sogar einer von Papst Johannes!«

Er präsentierte ihnen das Schriftstück mit dem angehängten Siegel. Dieses zeigte ein Wappen mit einem länglichen Gebilde in der oberen Hälfte und schrägen Streifen in der unteren.

»Ist das ein Menschenbein?«, fragte Cunrat und deutete auf den oberen Teil des Siegels.

»Die coscia, der Schenkel, das Zeichen seiner Familie. Baldassare Cossa – so hieß der Papst vor seiner Wahl – stammte aus Neapel, da hießen sie noch Coscia. Im Dialekt des Nordens ist Coscia dann zu Cossa geworden. Diese Papiere sind gewiss Fälschungen, aber perfekt gemacht. Die haben dem Conte alle Türen geöffnet!«

Dann nahm er die übrigen Schriftstücke aus der Tasche.

»Briefe. Lasst uns schauen, mit wem er in Kontakt stand.«

Er überflog die Unterzeichner der Briefe.

»Ein Frick Humpis aus Ravensburg. Sagt euch das etwas?«

»Simon Ringlin hat mir von ihm erzählt«, sagte Cunrat. »Er war derjenige, der Jakob Schwarz die Stelle Ringlins im Mailänder Kontor gegeben hat. Ringlin meinte, er sei ein böser Mensch.«

»Ah, seht euch das an!« Poggio hatte bereits weitergelesen. »Ein Brief von meiner Freundin Magdalena Muntprat, der Äbtissin des Klosters Münsterlingen! Sie hat ihm Anfang Juni geschrieben. Hört zu!

Hochverehrter Herr,

es ist alles so geschehen, wie wir besprochen haben. Das Kleinod ist vor einigen Tagen wohlbehalten bei uns eingetroffen. Weil es jedoch in unserem Hause nicht sicher ist, wurde es an den vereinbarten Ort überstellt. Dort wird man es sicher für Euch ver-

wahren, bis Ihr kommt, es abzuholen. Das Kästchen mit dem Fuß des Heiligen Petrus, das wir dem dortigen Herrn in Eurem Auftrag mitgesandt haben, hat er sehr geschätzt und wird Euch dafür immer zu Diensten sein.

Ich bitte Euch nun, Euren Teil unserer Vereinbarung zu erfüllen und das Juwel, das man mir bösartig entrissen hat, aus der Höhle des Fuchses zu holen und mir wiederzubringen.

In dankbarer Erwartung verbleibe ich Eure

Magdalena Muntprat, Äbtissin zu Münsterlingen«

»Die interessiert sich nur für Geschmeide! Schöne Äbtissin!«, stellte Cunrat empört fest.

Poggio sah ihn durch die Augengläser spöttisch an, und plötzlich fühlte Cunrat sich, als ob er ein Käfer wäre, der von einem Gelehrten genauestens in Augenschein genommen würde.

»Mein lieber Cunrat, sie würde sich mit dem Conte Sassino gewiss nicht über Geschmeide austauschen. Das ist eine kryptische Sprache!«

Cunrat sah ihn verständnislos an.

»Eine Geheimsprache«, erklärte Giovanni. »Die Äbtissin will etwas ganz anderes sagen als sie schreibt, etwas, was nur der Empfänger verstehen kann. Er kennt die geheime Bedeutung der Worte.«

»So schwer sind sie nicht zu entziffern«, meinte Poggio großspurig. »Mit dem Kleinod dürfte wohl Lucia gemeint sein. Dann hat die feine Magdalena also ein zweites Mal geholfen, das Mädchen zu verstecken.«

»Als die Mailänder sie von Burg Grimmenstein fortgebracht hatten!«

»Aber wegen meines früheren Besuches war sie gewarnt. Sie musste damit rechnen, dass wir sie verdächtigen würden. Deshalb hat sie Lucia gleich wieder fortschaffen lassen.«

»An den vereinbarten Ort … Wo kann das sein?«

»Bei einem Herrn, der Reliquien schätzt.«

»Das tun viele.«

»Aber ich kenne einen, der Reliquien in unglaublicher Menge anhäuft. Außerdem wohnt er an einem Ort, wo früher viele Menschen gelebt haben, heute aber nur noch wenige sind, sodass es leerstehende Räume ohne Zahl gibt, in denen man jemanden verstecken kann. Dabei ist es so abgelegen, dass niemand auf die Idee käme, dort nach einem verschwundenen Menschen zu suchen.«

»Wo ist das? Hört auf, in Rätseln zu sprechen wie die Äbtissin!« Giovanni wurde ungeduldig.

»Ich spreche vom Kloster Richenow.«

»Richenow?«

»Dann lasst uns dorthin fahren!«, rief Cunrat und wunderte sich, dass Giovanni, der eben noch voller Hoffnung gewesen war, plötzlich eine düstere Miene annahm und in sich zusammensackte.

»Auch wenn Lucia dort versteckt war, dann ist sie jetzt gewiss nicht mehr da. Die Insel Richenow war der ideale Ort für den Conte, um sie bei seiner Flucht mitzunehmen. Er musste nur vom Paradies aus ein Boot nehmen, Lucia auf der Insel abholen und dann mit ihr rheinabwärts flüchten.«

»Du hast recht«, pflichtete Poggio ihm bei, »sie ist sicher nicht mehr dort.«

Inzwischen war Poggios Knecht Antonio vom *Stauf* zurückgekehrt. Er stellte den Weinkrug auf den Tisch und verteilte gläserne Noppenbecher. Kaum hatte er eingeschenkt, stürzte Giovanni seinen Wein hinab.

»Stecken denn diese Pfaffen alle mit dem Bösen unter einer Decke?«, rief er erbost. »Um ein paar alte Knochen!«

»Aber Giovanni! Der Fuß des Heiligen Petrus!«, wandte Cunrat ein.

»Geh mir fort mit deinem Fuß!«

Cunrat verstummte, aber Poggio sah nachdenklich auf den Brief.

»Nicht nur wegen der Reliquie. Die Äbtissin spricht von einer Vereinbarung. Der Conte sollte etwas für sie zurückholen, was man ihr entrissen hat.«

Er nahm die Augengläser ab und tippte damit auf das Papier.

»Aus der Höhle des Fuchses ... Wen meint sie mit dem Fuchs?«

Plötzlich warf er Brief und Gläser auf den Tisch, lief zu seiner Truhe und begann wie wild darin zu wühlen. Papiere flogen nach allen Seiten fort, er hob Bücher heraus und öffnete sie, nur um sie rasch wieder zu schließen, und als er geendet hatte, fing er an, alles erneut zu durchsuchen. Schließlich hielt er inne, auf dem Boden sitzend, ernüchtert wie nach einem Rausch.

»Er ist fort«, sagte er.

Ebenso plötzlich, wie er sich auf die Truhe gestürzt hatte, erhob er sich nun und ging entschlossen auf seinen Diener zu. Der wurde bleich.

»Antonio, hast du einen Brief aus meiner Truhe genommen? Deutsch geschrieben, ein Liebesbrief mit einem Lied dabei?«

»Nein, Herr, ganz gewiss nicht, das würde ich niemals tun!«, verteidigte sich der Diener.

»Aber er ist verschwunden! Ich war mir sicher, dass er dort unten in der Truhe lag. Wie ist das möglich? Du hast doch immer hier gewacht, wenn ich unterwegs war, oder?«

»Natürlich, Herr, immer!«

»War jemand hier in meiner Abwesenheit?«

»Nein ... gewiss nicht ... außer ... vielleicht ...«

»Was stotterst du so? Ja oder nein?«

»Einmal kam ein feiner Herr ... Ihr wart soeben ins Bad gegangen.«

»Was für ein Herr? Was wollte er?«

»Er war Italiener, ein Graf, und er sagte, er sei mit Euch aus Rom geflüchtet, als der Pöbel den Papst ergreifen wollte. Ihr wäret Freunde. Da habe ich ihm gesagt, er könne hier auf Euch warten. Er war sehr freundlich, hatte Wein mitgebracht und sogar mir davon angeboten.«

»Wie hieß er?«

»Seinen Namen hat er nicht genannt.«

»Was wollte er von mir?«

»Er bestand darauf, es Euch persönlich zu sagen.«

»Und hast du ihn im Zimmer allein gelassen?«

Antonio sah zu Boden. »Ich musste plötzlich so dringend zum Abort. Als ich zurückkam, war er nicht mehr da.«

Poggio gab seinem Diener eine schallende Ohrfeige. »Verschwinde!«

Wie ein geprügelter Hund verließ Antonio das Zimmer.

»Der Conte hat sich den Brief geholt.«

»Welchen Brief?«, wollte Giovanni wissen.

»Den Brief von Mutter Magdalenas Geliebtem. Ich hatte ihn von ihrer Bibliothekarin bekommen und mir eine Kopie gemacht, um etwas gegen sie in der Hand zu haben. Nun war sie doch die schlauere Füchsin!«

»War dieser Brief denn so wichtig für Euch?«, fragte Cunrat.

»Ach, im Grunde nicht mehr. Sonst wäre Antonio auch nicht mit einer Ohrfeige davongekommen.«

»Wahrscheinlich hat der Conte Euch beobachtet und gewartet, bis Ihr zum Bad gegangen seid«, überlegte der lange Bäcker. »In dem Wein, den er Eurem Diener eingeschenkt hat, war gewiss irgendein Würzpulver, das ihn zum Abort getrieben hat.«

»Und aus Scham hat der Kerl nichts gesagt.«

Giovanni wischte sich mit dem Ärmel über die Augen. »Lucia um einen Liebesbrief verkauft!«

Betroffen sah Poggio ihn an und schwieg. Nach einer Weile stand der Venezianer auf, und es schien ihm so schwer zu fallen, als ob er einen großen Mehlsack auf den Schultern trüge.

»Was ging Euch denn dieser Liebesbrief an, Herr Poggio? Vielleicht hätten wir Lucia längst gefunden, wenn Ihr die Äbtissin nicht so gereizt hättet!«

Dann strich er Zerberus, der ihn wie zum Trost mit dem Schwanz anwedelte, über den Kopf.

»Komm, Cunrat, lass uns gehen.«

Giovanni schleppte seinen Freund ins *Lamm*, wo er seinen Kummer in elsässischem Wein ertränken wollte. Wie üblich waren Spielleute da, darunter Peter Froschmaul.

»Heute keine Liebeslieder!«, rief Cunrat ihm zu und bestellte einen Krug Wein für die Musiker.

Peter Froschmaul verneigte sich und begann Tanzweisen, Sprüche und Balladen zu singen. Er begleitete sich dazu auf der Laute, ein anderer Musiker spielte die Fiedel, ein dritter gab mit Schlaginstrumenten den Takt. Die Bäcker lauschten dem Gesang und tranken, ohne viel zu reden. Innert kürzester Zeit hatte Giovanni zwei Krüge geleert.

Schließlich machte Cunrat noch einen Versuch, seinen Freund aufzumuntern.

»Und wenn wir trotzdem mit dem Abt von Richenow reden würden? Vielleicht weiß er ja, wo der Conte mit Lucia hingehen wollte!«

Zornig, aber bereits schwerzüngig, antwortete Giovanni: »Mit dem Abt von Richenow willst du reden? Meinst du, der würde uns empfangen? Zwei Bäckergesellen? Ich scheiße auf den Abt von Richenow!«

Den letzten Satz hatte er laut hinausgerufen und dazu mit der Faust auf den Tisch geschlagen. Besorgt schaute der Wirt Ruof Lämbli zu ihnen herüber und gab Peter Froschmaul ein Zeichen. Der kam an ihren Tisch und fragte freundlich: »Ihr wollt ein Liedlein zur Richenow hören? Da weiß ich euch ein schönes! Ich habe es erst vor Kurzem geschrieben!«

»Lass mich in Ruhe mit deinem Lied!«, erwiderte Giovanni und schlug mit dem Arm durch die Luft, als ob er alle Welt um sich fortwischen wollte, dann sank er mit dem Kopf auf den Tisch.

Peter Froschmaul begann dennoch zu singen:

Es kommen neue Märn gerannt
von einem Graf aus welschem Land,
der hatt ein Buhl mit Äuglein klar,
viel krausem Haar
und rosenroten Wangen.
Ihr Mund war rot wie ein Rubin,
weiß waren Haut, Nas, Kehl und Kinn
und adelich ihr Gangen.

Doch musst er fliehen übern See,
er ließ zurück mit Ach und Weh
sie in des Klosters Hort.
Der Abt von Zollern gab sein Wort,
sie sei bei ihm beschlossen.
Die Richenow ist ihr Verlies,
ihr Buhle sie alleine ließ
des sie so lang genossen.

Nun klingt ihr süße Stimm so hell,
beklagt ihr Los mit feiner Kehl,
so Leide unde Schmerzen.
Ihr Buhl mit steinerm Herzen
ist lange schon in fremde Land.
Im Kloster klingt ihr sehnlich Klag
zu stiller Nacht wie auch am Tag.
Zu Richenow kein Glück sie fand.

Giovanni war inzwischen eingeschlafen, doch Cunrat hatte der Musik aufmerksam gelauscht.

»Was ist das für ein seltsames Lied, Peter Froschmaul?«, fragte er den Sänger.

Der antwortete stolz: »Ein schönes Lied, nicht wahr? Ich

habe es selber geschrieben.« Mit Blick auf Giovanni fuhr er fort: »Vielleicht ein wenig zu traurig für Euren Freund.«

»Diese Geschichte über die Richenow und den Graf aus dem welschen Land, was hat es damit auf sich?«

Doch da schien Peter Froschmaul plötzlich auf der Hut zu sein. Er verbeugte sich und sagte im Weggehen: »Ach nichts, das hab ich mir so ausgedacht.«

»Ausgedacht?« Nun kam der Fiedelspieler zu Cunrat an den Tisch. Mit wichtiger Stimme sagte er: »Habt Ihr noch nichts von der Frau gehört, die man seit einiger Zeit auf der Richenow singen hört? Es heißt, ein welscher Graf habe sie im Kloster zurückgelassen, und sie sei dort als heimliche Gefangene. Niemand hat sie je gesehen, aber mancher, der ins Kloster kommt, um Wein oder Fische zu liefern, hat ihren Gesang vernommen. Sie sagen, er sei süß wie der einer Nachtigall!«

»Und wer hat euch das erzählt?«

»Eine Fischhändlerin unten am Konradstor, und die hat es von einem Fischer von der Richenow gehört, nicht wahr, Froschmaul? So hast du mir's doch berichtet!«

Peter Froschmaul winkte ärgerlich ab.

»Alles nur Gerede!«

Doch Cunrat fragte sich, wie es kam, dass Peter Froschmaul die Frau so genau beschreiben konnte, wenn noch niemand je die Gefangene gesehen hatte. Die Beschreibung passte genau auf Lucia. Hatte der Conte sie gar nicht mit sich fortgenommen? War sie womöglich immer noch auf der Insel? Und was wusste Peter Froschmaul darüber?

»Frag doch die Fischhändlerin!«

Am Morgen nach Giovannis Absturz war Gretli an den Bäckerstand gekommen, um wie jeden Tag das Brot für die Familie Tettikover einzukaufen. Giovanni lag noch im Bett, sein Rausch hatte für den Rest des Tages und die folgende Nacht gereicht, und auch am nächsten Morgen war er noch nicht in der Lage, sich zu erheben. So berichtete Cunrat dem Mädchen ausführlich, was geschehen war, von Giovannis Enttäuschung darüber, dass Lucia wahrscheinlich auf der Richenow gewesen war, von wo der Conte sie leicht hatte mitnehmen können, und von Peter Froschmauls Lied.

»Aber vielleicht ist es doch nur ein Lied, vielleicht steckt gar nichts dahinter!«

Cunrat hatte Giovanni nichts davon erzählt, der Freund hatte das Lied nicht gehört, und er wollte ihm nicht neue Hoffnungen machen, Lucia zu finden, die sich vielleicht wieder als trügerisch erweisen würden, zumal Peter Froschmauls Reaktion auf seine Nachfrage so abwehrend gewesen war. So lag es nun allein an ihm, zu entscheiden, wie ernst er das Gesungene nehmen und ob er deshalb etwas unternehmen sollte.

Doch Gretli riet ihm, die Fischhändlerin zu fragen. »Das kostet dich nichts, und danach weißt du mehr!«

Also ließ er seine venezianischen Freunde allein und ging zum Fischmarkt am Konradstor. Die Frau bestätigte Peter Froschmauls Geschichte von der geheimnisvollen Sängerin mit der Nachtigallenstimme, auch wenn sie nicht die Details kannte, mit denen er sein Lied ausgeschmückt hatte. Cunrat beschloss, noch am selben Tag zur Insel Richenow zu fahren, um mit dem Abt zu sprechen. Er glaubte nicht, dass dieser ihn abweisen würde. Der Abt in seinem Klosterdorf Weißenau hätte dies jedenfalls nicht getan, den hatte er als gütigen Herrn über alle Seelen des Dorfes kennengelernt, jederzeit bereit, auch dem Geringsten seiner Untertanen Gutes zu tun, ganz so, wie Jesus es im Matthäusevangelium gefordert hatte. Cunrats Plan war, den Abt um Lucias Freilassung zu bitten, wenn sie noch auf der Richenow war. Sollte die singende Frau aber doch nur eine erfundene Mär sein, dann hatte er Giovanni wenigstens nicht damit belästigt.

Noch vor Mittag war Cunrat mit einer Lädine auf dem Rhein unterwegs. Das Schiff hatte Rebstangen geladen, die nach Diessenhofen verschifft werden sollten. Unterwegs war auch ein Halt auf der Richenow vorgesehen, um einen Teil der Stangen für die dortigen Rebberge abzuliefern.

Es war ein heller Sommertag. Zum ersten Mal fuhr der Bäcker mit einem Schiff unter der Rheinbrücke hindurch. Zerberus saß neben ihm. Sie glitten mit der Strömung die Stadtmauer entlang, die am Ziegelturm endete, danach begann das Paradies mit seinen Gehöften, dem kleinen Fischerdorf und den Obstgärten. Rechter Hand erhoben sich die Mauern des Klosters Petershausen. Dann ließen sie die Stadt hinter sich, und der Rhein zog sich in weiten Schleifen nach links, nach rechts und wieder nach links. Cunrat sah den Strom vor sich hinab fließen, an seinen Ufern begleitet von Schilf und Weiden, von Eschen, Erlen und Birken. Ab hier war ihm die Landschaft unbekannt, und als links Schloss Gottlieben auftauchte mit seinen zwei mächtigen Türmen, fragte er den Steuermann, wem denn dieses Schloss gehöre. Bereitwillig erzählte ihm der Schiffer, dass es das Schloss des Bischofs sei, in dem noch vor Kurzem ein Papst und ein Ketzer gefangen gewesen seien, und die Halbinsel, die vor ihnen in der Ferne lag, sei die Bischofshöri, weil auch sie dem Bischof gehöre.

Dahinter schwappten die Wellentürme der Hegowberge im blauen Dunst von einer Uferseite zur anderen; auf jedem Hügel erhob sich eine Burg. Der Rhein wurde nun breiter, wurde wieder zum See, und der Blick weitete sich. Links grüßten vom steilbewaldeten Seerücken herab die Burg Castel, darunter das Kirchlein von Tägerwilen, der Flecken Triboltingen, und danach lag am Ufer das Dörfchen Ermatingen mit seinem Hafen und der großen Kirche. Auf der rechten Seite öffnete sich eine schilfbewachsene Bucht, in der Cunrat Dutzende von weißen Schwänen sah. Richtung Nordwesten erhob sich eine Burgruine.

»Dort ist die Insel!«, erklärte ihm der Steuermann, dem er fünf Pfennige für die Fahrt bezahlt hatte. »Und an der Spitze, die Ruine, das war die Festung Schopflen. Aber die wurde schon vor vielen Jahren von den Costentzern geschleift, nachdem die Abtsleute einen Costentzer Fischer umgebracht hatten!«

Die Ufer drängten nun wieder dichter zusammen, und die Lädine hielt sich rechts, denn linker Hand sperrten eine Reihe von Fischreusen den Fluss. Man hatte sie wie große Pfeile in die Strömung gelegt, sodass die Fische unweigerlich zur Spitze getrieben wurden und dort leicht gefangen werden konnten.

»Diese Aale solltest du dir nicht entgehen lassen, mein Freund«, schwärmte der Steuermann. »In Weißwein gekocht sind sie eine wahre Gabe Gottes!«

Cunrat mochte keine Aale, sie erinnerten ihn zu sehr an Schlangen, doch er nickte.

»Und diese Kirche dort?«

Auf der Insel erhob sich zwischen den Weinbergen eine alte Kirche mit einem gedrungenen quadratischen Turm, der wie ein schwerer Prälat auf der Vierung hockte.

»Die ist dem Heiligen Georg geweiht. Sein Haupt ruht hier in der Krypta. Aber es gibt noch viel mehr Reliquien auf der Richenow. In einem Schrein im Münster liegt sogar der Apostel Markus!«

»Und der Fuß des Heiligen Petrus?«, fragte Cunrat.

»Das weiß ich nicht, der befindet sich gewiss am Ende der Insel, in der Kirche von Petrus und Paulus. Du erkennst sie an den zwei Türmen. Bist du denn auf Pilgerfahrt?«

»Nein, ich suche … Hast du von der Frau gehört, die hier manchmal singen soll?«

Der Steuermann hatte zwar von ihr gehört, ihrem Gesang selbst aber noch nie gelauscht. Als Cunrat ihm jedoch sagte, er wolle mit dem Abt sprechen, begann er zu lachen.

»Du Habenichts willst mit Friedrich von Zollern sprechen? Der Abt stammt aus einem alten Grafengeschlecht, der ist ein hoher Herr!«

»Keine Angst, ich habe etwas bei mir, wofür er mich gewiss empfangen wird.«

»Was könntest du ihm wohl mitbringen? Da musst du schon mit Gold und Silber kommen oder noch besser mit einer Reliquie!«

Cunrat stieg trotzdem am Hafen aus und verabschiedete sich. Die Schiffsknechte begannen die Rebstecken auszuladen, danach würde die Lädine weiterfahren nach Diessenhofen, um dort die Nacht zu verbringen. Aber auf dem Rhein herrschte ein reger Schiffsverkehr, sodass Cunrat sicher ohne Mühe ein Boot für den Rückweg nach Costentz finden würde. Mit Zerberus an seiner Seite machte er sich auf den Weg über die Insel zum Kloster Richenow.

Die Straße führte ihn durch Weinberge und blühende Wiesen quer über die Insel, vorbei an Feldscheunen und Rebhäuschen. Rechter Hand zogen sich Reihen von Weinstöcken den Hang hinauf, am höchsten Punkt der Insel stand ein grob gemauerter Wachturm. Dann sah Cunrat das Kloster vor sich liegen. Der Weg endete in einem rechteckigen, auf drei Seiten ummauerten Hof, von dem aus mehrere Pforten in den Klosterbezirk führten. Rechts erhob sich hinter der Mauer eine Kirche, links sah man einige Fachwerkgebäude über den Mauerrand ragen.

Als er einen Bauern fragte, wo er den Abt finde, sah dieser ihn von oben bis unten an, bemerkte seinen ausgebleichten Strohhut über der Bundhaube und den groben Bäckerkittel, die knielange nicht mehr ganz saubere Hose und die staubbedeckten Lederschuhe. Sein Blick schien zu fragen: ›Was will denn so ein ärmlicher Geselle von unserem Herrn Abt?‹, aber dann antwortete er: »Im Abtshaus, wo sonst?«

»Und wo finde ich das Abtshaus?«

»Beim Münster des Heiligen Markus.«

»Ist das die Kirche hier rechts?«

»Nein, das ist die Kirche des Heiligen Johannes.«

»Und wo ist dann das Markusmünster?«

»Beim Marienmünster.«

Plötzlich verstand Cunrat, dass Giovanni manchmal ungeduldig wurde.

»Und das Marienmünster, wo finde ich das?«

Der Bauer wies auf die Pforte in der mittleren Mauer, dann ging er kopfschüttelnd weiter.

»Habt Dank!«, rief Cunrat ihm nach, doch der Mann war schon auf seinem staubigen Weg in die Weinberge.

Cunrat durchquerte das angezeigte Tor. Dahinter fiel die Straße wieder hinab zum See Richtung Norden, wo man auf der anderen Seite des Wassers den Kirchturm des Städtchens Allenspach sah. Links lagen Felder, rechts verlief die Mauer des Klosterbezirks. Ein großes Tor führte auf den Vorplatz des Münsters, das sowohl der Muttergottes wie dem Heiligen Markus geweiht war. Ein breiter Westturm, dessen Fassade mit Bändern aus rotem Stein und kleinen Rundbögen geschmückt war, begrüßte den Besucher.

Bevor er den Abt aufsuchte, wollte Cunrat dem Heiligen seine Aufwartung machen, und er betrat durch eine der beiden seitlichen Eingangshallen neben dem Turm den angenehm kühlen Kirchenraum. Auch im Inneren hatten die Bauherren verschiedenfarbige Steine zur Verzierung der Bögen verwendet, was dem Raum ein freundliches Gepräge gab. Cunrat sah, dass es im Grunde zwei Kirchenräume waren, ein großer nach Osten zu und ein zwar ebenso hoher, aber viel kürzerer im Westen. Die Vierung und die Säulen der östlichen Kirche waren mit vielen Malereien geschmückt. Den Altarraum konnte er wegen der Chorschranke nicht sehen. Besonders staunenswert fand der Bäcker jedoch die Holzdecke, die ihm vorkam wie der umgekehrte Bauch einer riesigen Lädine.

Als er sich nach Westen wandte, gewahrte Cunrat den wertvollen Schrein, in dem die Gebeine des Heiligen Markus verwahrt wurden. Durch ein großes Fenster im Turm fiel himmlisches Licht auf die golden schimmernden Bilder, die von dem Wunder erzählten, mit dem der Heilige Valens sich als Markus offenbart hatte. Andächtig sank Cunrat auf die Knie und flehte den Heiligen im Gebet an, ihm beizustehen, damit er Giovanni seine geliebte Lucia zurückbringen konnte. Zerberus setzte sich brav neben ihn und betrachtete den Schrein fast ebenso andächtig wie sein Herr. Vielleicht stieg ihm der Geruch der jahrhundertealten Gebeine in die Nase.

Nach kurzem Gebet stand Cunrat wieder auf und überlegte, wie er jetzt wohl am besten zum Abtshaus käme. Da sah er in der Vierung vor einer Statue der Gottesmutter, die Cunrat an diejenige in der St.-Johann-Kirche zu Costentz erinnerte, einen Mönch knien. Er näherte sich ihm leise und wartete, bis der Mann sein Gebet beendet hatte.

Als er sich umwandte, grüßte Cunrat ihn freundlich.

Der Mönch erschrak, offenbar hatte er den Besucher gar nicht bemerkt, so versunken war er in seine Zwiesprache mit dem Marienbild gewesen. Er war mittleren Alters und recht fett. Die blonden Haare um seine Tonsur fielen ihm weich auf die Schultern. Sein fleischiger Mund konnte sich nicht zu einem Lächeln entschließen, auch seine Augen blickten traurig aus ihren Fettpolstern.

»Könnt Ihr mir vielleicht sagen, wie ich zum Abtshaus komme?«

»Ihr müsst wieder durch den Haupteingang hinausgehen, dann haltet Euch rechts, geht zwischen den alten Gebäuden hindurch, dann seht Ihr ein Haus stehen, das über einen Gang mit der Kirche verbunden ist«, antwortete der Benediktiner mit unerwartet hoher Stimme. »Das ist das Abtshaus.«

Cunrat dankte für die Auskunft und verließ die Kirche. Nördlich davon standen in der Tat Gebäude verschiedener Größe. Sie hatten alle eins gemeinsam: ihren Zerfall. Der Putz blätterte ab, die Fensterläden hingen schief an ihren verrosteten Angeln, teilweise fehlten die Türen. An einem war das Dach eingestürzt, und ein großer Holunderbusch wuchs heraus. Früher hatten hier sicher Mönche gewohnt oder waren zur Schule gegangen oder im Hospital versorgt worden. Jetzt lebten in den alten Mauern nur noch Eidechsen und Ratten.

Cunrat erkannte das Abtshaus sofort, es war das einzige, das noch nicht verfallen war.

»Ich bin ein Diener des Herrn Poggio Bracciolini und habe eine Nachricht für euren Abt!«, erklärte er dem Bruder, der ihn an der Pforte des Abtshauses nach seinem Begehr fragte.

»Potscho wer? Wer soll das sein?«, fragte der Pförtner missmutig. Er war sehr alt und hatte kaum noch Zähne, aber er schien durchaus nicht gewillt, jeden zu seinem Herrn vorzulassen, schon gar nicht einen staubigen Gesellen wie Cunrat. Dieser bereute einen Augenblick, dass er nicht sein Festtagsgewand angezogen hatte.

Doch nun zog er seinen Trumpf aus der Tasche: ein Pergament, das er heimlich aus der Ledermappe mit den Dokumenten des Conte genommen hatte. Giovanni hatte die Mappe nach ihrer Rückkehr wütend in die Truhe geworfen, und da er immer noch schlief, als Cunrat vor seiner Fahrt noch einmal in die Hütte gekommen war, hatte er in aller Ruhe das Schreiben heraussuchen können, auf dessen Siegel der Schenkel des Papstes abgebildet war.

»Der Herr Bracciolini ist einer der wichtigsten Herren an der Kurie des Papstes!«, antwortete er dem Pförtner nun mit fester Stimme. »Dieses Dokument hat er mir mitgegeben.«

Unbeeindruckt erwiderte der alte Mann: »Soviel ich weiß, sitzt der Papst im Kerker, bis vor Kurzem sogar noch direkt am anderen Seeufer, in Gottlieben.«

Cunrat überlegte einen Moment.

»Ja, der eine, aber es gibt ja noch andere!«

Etwas verunsichert sah der Pförtner nun das Schreiben an und drehte es hin und her. Offenbar konnte er so wenig lesen wie Cunrat, vielleicht hatte er auch nur aufgrund seines Alters Mühe mit dem Sehen.

»Seht Ihr hier diesen Schenkel?« Cunrat wies auf das angehängte Wappen. »Das ist das Wappen des Papstes!«

Der Mann zögerte noch einen Augenblick, dann sagte er endlich: »Also gut, warte hier, ich werde dem Herrn Abt sagen, dass du ihn sprechen willst.«

Mit dem Geleitbrief in der Hand ging er für sein Alter erstaunlich behände die Treppe hoch in das obere Geschoss des Abtshauses. Cunrat lächelte und tätschelte Zerberus den Kopf.

Poggio hatte recht gehabt, diese Dokumente öffneten alle Türen.

»Euch schickt also ein Sekretär des ehemaligen Papstes«, empfing ihn Abt Friedrich von Zollern in seiner Stube im ersten Geschoss des Abtshauses.

Es war ein großer, freundlicher Raum. Ein dicker Holzpfeiler stützte die hölzerne Decke, die mit farbig gefassten Schnitzereien verziert war. Cunrat erkannte verschiedene Heilige, darunter seinen eigenen Namenspatron mit Kelch und Spinne.

Der Abt saß in einer Nische am offenen Fenster, das auf einen Garten ging. Vögel zwitscherten herein. Er trug das schwarze Benediktinerhabit mit weiten Ärmeln, sein bleiches Doppelkinn ruhte auf dem Kragen des Ordenskleides. Die Ohren flankierten sein rundes Gesicht wie zwei Henkel einen Topf, und um seine Tonsur waren nur noch ein paar spärliche graue Haare zu sehen. Das Schreiben mit dem Papstwappen hielt er in der Hand.

»Herr Poggio Bracciolini schickt mich«, bestätigte Cunrat.

Mit unsicherem Blick taxierte der Abt den Geleitbrief, um den Namen zu entdecken, seine Augen flogen unstet vom Anfang zum Ende, ohne irgendwo zu verweilen, und plötzlich verstand Cunrat: Auch er konnte nicht lesen, jedenfalls nicht Latein. Das bedeutete, dass er gewiss auch nicht begriffen hatte, für wen dieser Geleitbrief eigentlich ausgestellt worden war, nämlich für den Grafen Alessandro Sassino und nicht für den Bäcker Cunrat Wolgemut. Umso besser, dachte Cunrat, obwohl es im Grunde keine große Rolle mehr spielte, wichtig war, dass er überhaupt zum Abt vorgelassen worden war.

»Und was will dieser Herr Branciolini von mir?«

»Ehrwürdiger Abt«, begann Cunrat feierlich und verneigte sich, »es wird erzählt, dass sich in den Mauern dieses Klosters eine Frau befindet, die sehr schön singen kann. Ich glaube, dass sie die Braut meines Freundes Hans Roth ist, die entführt wurde. Ich bitte Euch, wenn sie hier ist, übt Barmherzigkeit und lasst sie mit mir gehen!«

Die eben noch aufmerksam gespannte Miene des Abtes verdüsterte sich mit einem Schlag.

»Was redest du da? Eine Frau? Was interessiert den Sekretär des Papstes eine Frau? Wir sind ein Kloster, ein Ort des Herrn! Hier befindet sich keine Frau!«

»Sie sollte ja auch nur für kurze Zeit hier sein und dann wieder abgeholt werden. Aber es heißt, der Mann, der sie holen wollte, der Conte Sassino, sei ohne sie fortgefahren.«

»Conte Sassino ...?« Beim Klang dieses Namens erschienen auf der Stirn des Abtes kleine Schweißperlen, er lockerte mit zwei Fingern den Kragen entlang seines Kinns. »Der Name sagt mir gar nichts. Ich weiß nichts von einer Frau. Und jetzt geh!«

»Aber verschiedene Leute haben sie singen hören.«

»Mein Neffe hält sich eine Nachtigall, wahrscheinlich haben die Leute das Vögelchen gehört!«

»In Costentz singen die Spielleute aber Lieder über Euch und diese Frau.«

»Über mich? Und diese Frau?«

Der Abt sprang auf, und seine Henkelohren wurden krebsrot.

»Was immer diese Schwachsinnigen sich ausgedacht haben, ich sage Euch noch einmal, hier gibt es keine Frau! Und jetzt verschwindet! Bruder Severin!«

Der Bruder Pförtner erschien in der Tür.

»Begleite diesen Boten des Herrn Wieauchimmer hinaus!« Mit harscher Geste zeigte der Abt auf die Tür.

Cunrat war enttäuscht. Seine Fahrt zur Richenow war vergeblich gewesen. Er wusste immer noch nicht, ob Lucia wirklich hier war, und wenn ja, dann war der Abt offensichtlich nicht gewillt, sie gehen zu lassen. Es blieb ihm nur, sich zu verbeugen und zu verabschieden.

Doch als er sich eben zum Gehen wandte, hörte man plötzlich, wie von Ferne übers Wasser her schwebend, ein Singen, eine Stimme wie geschmolzenes Silber, hell und klar, deren Lied voller Melancholie und Schmerz sich in den Klostermauern fing, wo es langsam verhallte.

Die drei Männer erstarrten, Zerberus stellte sein Ohr auf, selbst die Gartenvögel hatten aufgehört zu zwitschern. Es schien, als ob die ganze Welt den Atem anhielte, um dieser Stimme zu lauschen.

Als die Melodie verklungen war, sprach Cunrat als Erster wieder.

»Herr Abt, mit Verlaub, das war keine Nachtigall.«

Der Abt ließ sich schwer auf die Bank in der Fensternische zurückfallen, dann sagte er zum Bruder Pförtner: »Sag Hans, er soll hierher kommen!«

Kurze Zeit später betrat ein Mönch das Abtszimmer. Cunrat erkannte ihn wieder, es war der traurige Benediktiner aus der Kirche, der ihm den Weg gewiesen hatte.

»Was wünscht Ihr, Onkel?«, fragte er den Abt.

Auch ohne die vertrauliche Anrede hätte Cunrat vermutet, dass die beiden verwandt waren, so ähnlich waren sich die Gesichter. In 20 Jahren würde Hans so aussehen wie der Abt heute.

Der wandte sich nun an Cunrat und bat ihn, draußen zu warten. Cunrat setzte sich auf eine Bank, die neben der Tür im Korridor stand; offenbar mussten öfters Leute hier auf Einlass warten. Zerberus legte sich auf die kühlen Fliesen aus Terrakotta, in deren jede das Benediktuskreuz eingebrannt war.

Da rief von unten jemand nach dem Bruder Pförtner. Der stieg die Treppe hinab, und Cunrat blieb allein zurück. So störte es niemanden, dass er sein Ohr an die Tür hielt und das Gespräch im Abtszimmer belauschte.

Er hörte, wie der Abt streng fragte: »Hans, wo ist die Frau?«
»Warum?«
»Ich hatte dir gesagt, dass du sie nach Costentz gehen lassen sollst! Sie bringt uns nur Ärger!«
Der andere schwieg eine Weile, dann antwortete er leise: »Ich kann sie nicht gehen lassen.«
»Warum nicht?«
»Weil ich sie liebe!«
»Du bist ein Narr! Liebe! Auch wenn du kein Mönch wärst, ein Mann darf sich nicht zum Narren machen wegen einer Frau!«
Wieder schwieg der andere, sodass der Abt mit drohend gesenkter Stimme fortfuhr: »Der Conte Sassino hat mir schon genug Ärger bereitet, als er sie abholen wollte und nicht vorfand. Zum Glück hatte er es eilig und musste schnell verschwinden. Aber jetzt kommt einer aus Costentz und will sie mitnehmen. Und du wirst sie herausgeben!«
»Wer ist denn der Kerl, dass er sie holen will? Irgendein dahergelaufener Geselle! Warum sollte er größere Rechte an ihr haben als ich?«
»Weil du ein Mönch bist! Und diese Frau ist der Welt gehörig!«
»Was spielt das denn für eine Rolle?«
»Mein lieber Hans, ich bin immer noch der Abt dieses Klosters, auch wenn du der einzige Konventuale bist außer mir. Und es gefällt mir nicht, dass in Costentz die Spielleute Spottlieder auf mich singen wegen dieser Frau! Du wirst sie sofort hierherbringen, damit dieser Kerl sie mitnehmen kann, das befehle ich dir als dein Abt!«
Das erneute Schweigen seines Neffen nahm der Abt offenbar für eine zustimmende Antwort. Cunrat hörte entschlossene

Schritte im Zimmer und setzte sich schnell wieder auf die Bank. Die Tür öffnete sich, und der Abt bat ihn hinein.

»Mein Neffe hat die Frau beschützt, als der Welsche sie gegen ihren Willen abholen wollte. Er hat es in bester Absicht getan. Doch nun wird er sie hierherbringen, damit sie Euch zurück nach Costentz begleiten kann.«

Er gab seinem Neffen einen Wink, doch dieser rührte sich nicht. Er biss nur die Zähne zusammen und starrte zu Boden.

Da versuchte Cunrat, ihn zu überzeugen: »Herr, diese Frau ist einem Mann in Costentz versprochen, meinem Freund Hans Roth. Ich bitte Euch, lasst sie mit mir gehen! Sie kann nur mit ihm glücklich werden. Habt Ihr nicht gehört, wie traurig sie gesungen hat?«

»Wenn sie mich nur ein wenig näher kennenlernt, wird sie *mich* lieben!«, presste der Mönch zwischen den Lippen hervor.

Cunrat überlegte fieberhaft. Er war so kurz vor dem Ziel! Der Abt war bereit, Lucia herauszugeben, nur sein Neffe war so liebesverstockt, dass er sie weiterhin für sich behalten wollte. Nicht dass Cunrat ihn in seinem Kummer nicht verstanden hätte, aber Lucia liebte Giovanni, und diesen fetten Kerl würde sie in 100 Jahren nicht lieben, wahrscheinlich je weniger, je besser sie ihn kannte. Da fiel ihm etwas ein.

»Herr, wisst Ihr denn, dass sie eine entlaufene Hure ist? Ihr Hurenwirt hat beim Vogt in Costentz Anklage erhoben. Wenn er erfährt, dass die Frau hier im Kloster versteckt wird ...«

»Hast du gehört, Hans? Eine Hure!« Die Ohren des Abtes wurden feuerrot, und er begann zu schreien. »Du wirst jetzt sofort losgehen und sie holen! Ich habe keine Lust, zu erleben, dass die Costentzer noch einmal eine Strafaktion hierher unternehmen, und unser Kloster dann in Ruinen liegt wie Schopflen!«

Mit drohend erhobenem Arm ging er auf seinen Neffen los, worauf dieser sich endlich aufmachte, Lucia zu holen.

»Wie du willst, Onkel.«

Während sie warteten, ging der Abt unruhig im Zimmer auf und ab. Es war ihm sichtlich peinlich, dass der Jüngere seine Autorität vor diesem Fremden infrage gestellt und Cunrat den Eindruck vermittelt hatte, er sei nicht Herr im eigenen Hause.

»Dieses Kloster ist riesig, müsst Ihr wissen. Früher haben hier Dutzende von Mönchen gelebt und viele Konversen und noch mehr Bauern. Heute bewohnen wir nur noch einen winzigen Teil all der Räumlichkeiten, und Vieles steht leer. Jetzt während des Konzils haben wir zwar ein paar Kammern vermieten können, aber wir sind zu weit weg von Costentz, das geht nicht an, jeden Tag mit dem Schiff den Rhein hochzufahren, das ist den hohen Herren zu unbequem. Nicht einmal die Pferde bringen sie zu uns, denn es sei zu beschwerlich, sie jedes Mal aufs Schiff zu laden, wenn man sie braucht. So viele Zellen und Lagerräume und Ställe und Weinkeller und sonstige Gebäude! Da war es nicht schwer für Hans, die Frau zu verstecken. Ihr müsst ihm verzeihen, er hat immer im Kloster gelebt, seit er ein Junge von neun Jahren war, und diese Frau ist die erste Frau, die er gesehen hat, außer den alten Mägden und derben Bäuerinnen, die man sonst hier zu Gesicht bekommt. Der Teufel hat ihm ins Ohr geflüstert, dass seine Begierde Liebe sei, und mit ihrem Gesang hat diese Hure die kleine Flamme seiner Zuneigung zu einem wahren Johannisfeuer angefacht, auch wenn es wohl nur ein Strohfeuer sein dürfte.«

Cunrat antwortete nichts, er fragte sich nur, wie lang es wohl noch dauern würde, bis der Mönch mit Lucia zurückkam. Die Schritte des Abtes wurden immer nervöser.

»Das ist doch nicht möglich! Wo bleibt er denn? Er müsste längst wieder hier sein! So groß ist das Kloster nun auch wieder nicht. Man könnte meinen, er hätte sie bei Sankt Peter und Paul versteckt!«

Schließlich riss er die Tür auf und rief nach dem Bruder Pförtner. Als dieser kam, wies er ihn an, nach seinem Neffen zu suchen und ihn und die Frau auf der Stelle ins Abtshaus zu bringen.

Es dauerte eine Weile, bis Bruder Severin unverrichteter Dinge zurückkam. Ratlos breitete er seine Arme aus.

»Ich kann ihn nirgends finden, Herr Abt! Nicht in der Kirche, nicht in seiner Wohnung, nicht in der Küche, auch nicht im Keller oder im Torkel – nirgends! Er ist verschwunden!«

»Dieser Lotter! Dieser Fatzmann!« Dem Abt lief der Schweiß in Strömen über das Gesicht. »Er ist mit ihr fortgegangen! Aber wohin? Ich werde nicht noch einmal zulassen, dass er sich meinen Befehlen widersetzt! In den tiefsten Kerker werde ich ihn verbannen!«

»Dafür müsst Ihr ihn aber erst einmal haben, Herr«, wagte Cunrat einzuwenden, »lasst mich suchen, mit meinem Hund! Der kann so etwas!«

»Was? Dieser Bastard?«

»Lasst es mich versuchen, Herr!«

Der Abt überlegte einen Augenblick, ob er diesem dahergelaufenen Kerl wirklich erlauben sollte, die Klostergebäude nach seinem Neffen zu durchsuchen, andererseits wusste er nicht, was er sonst hätte tun können, außer selber nach ihm zu forschen. Und das schien ihm zu viel Anstrengung angesichts der Tatsache, dass ihn das Schicksal dieser Frau eigentlich nicht im Geringsten interessierte, sondern nur sein eigenes.

»Also gut, versucht euer Glück!«

Damit winkte er Cunrat und Bruder Severin hinaus, bevor er schweißgebadet auf seinen Platz am Fenster niedersank.

»Bringt mich zu seiner Zelle!«, befahl Cunrat seinem Begleiter.

»Ha, Zelle! Ihr glaubt doch nicht, dass Hans von Fürstenberg in einer Zelle leben würde!«, erwiderte der Pförtner und führte Cunrat zu einem Haus, das direkt an die Nordwand der Kirche angebaut war.

»Das war früher die Wohnung des Schulvorstehers, aber diese

Zeit ist lang vorbei. Keine Novizen, keine Schule, kein Schulvorsteher. Nicht einmal richtig lesen und schreiben kann er, der feine Pater Hans!«

Dann schwieg er plötzlich, als ob er über seine eigenen Worte erschrocken wäre.

»Verzeiht, ich wollte nicht ohne Not seine Fehler aufzeigen. Ich kann ja auch nicht lesen. Aber es ist traurig zu sehen, was aus dem Kloster geworden ist. Während der goldenen Ära der Richenow, zur Zeit des großen Karl, haben hier 80 Mönche gelebt, und sogar noch zur silbernen Zeit, als der geniale Hermannus Contractus den Ruhm des Klosters in aller Welt verbreitet hat, sind noch 50 Konventualen in diesen Gebäuden zusammengekommen! Und nun?«

Nun hallten die Mauern nur noch vom schrillen Pfeifen der Mauersegler wider, die Häuser zerfielen, und überall lagen Staub und Dreck.

Der Neffe des Abtes hatte sich seine Wohnung allerdings recht angenehm eingerichtet, mit Wandteppichen und Vorhängen um den Alkoven.

Cunrat hob Zerberus auf das Bett, damit er den Geruch des flüchtigen Mönchs aufnehmen konnte.

»Such ihn, Zerberus, such den Mann!«

Der Hund stellte aufmerksam sein Pinselohr auf, blieb aber sitzen und sah seinen Herrn verständnislos an.

»Such!«

Da reichte ihm der Pförtner eine Bruche, die er in der Ecke gefunden hatte, und die offenbar zum Waschen bestimmt gewesen war.

»Vielleicht kann er hier mehr riechen.«

Cunrat hielt seinem Hund den stinkenden Stoff vor die Nase. Interessiert schnüffelte Zerberus daran.

»Such!«

Da sprang der Hund vom Bett und lief los, die Nase am Boden entlangführend. Bruder Severin und Cunrat folgten ihm ins Freie zwischen den halb zerfallenen Häusern hindurch, über einen grasbewachsenen Hof zu einem Schuppen aus Holz, der recht windschief aussah, aber immerhin noch ein intaktes Dach hatte.

»Hier werden die Schlitten für den Winter aufbewahrt«, erklärte Bruder Severin. Als sie die Schuppentür öffneten, rannte Zerberus in die hinterste Ecke und bellte laut. Was er verbellte, war aber nur ein leerer Strohsack mit ein paar Decken, die dort hinter den abgedeckten Schlitten am Boden lagen. Ein Weinkrug und ein Korb mit Äpfeln standen daneben.

»Hier hat er sie also gefangen gehalten«, sagte Cunrat.

»Ein idealer Ort, denn im Sommer kommt hier nie jemand herein.«

»Und durch dieses Fenster hat man sie singen gehört!« Cunrat zeigte nach oben, wo unter dem Dach eine kleine Öffnung in der Bretterwand war, durch die ein wenig Licht einfiel und ab und zu eine Schwalbe hereinkam.

Zerberus saß da und sah die beiden Männer erwartungsvoll an. Cunrat griff in seine Tasche und brach ein Stück von dem Brot ab, das er sich als Proviant mitgenommen hatte. Er warf es dem Hund zu, und dieser fing es mit einem Sprung in die Luft auf, um es in einem Stück hinabzuschlingen.

»Braver Hund! Aber wo sind sie jetzt? Zerberus, such weiter!«

Doch der Hund schien ihn nicht mehr zu verstehen. Er hatte seine Aufgabe erfüllt und legte sich auf den Strohsack.

Cunrat sah den Pförtner ratlos an. »Bruder, wenn Ihr an seiner Stelle wärt, wohin würdet Ihr fliehen?«

»Ich würde ein Boot nehmen unten am Hafen und versuchen, nach Allenspach zu rudern.«

»Dann bringt mich zum Hafen!«

Sie durchquerten das Klostergelände, liefen am ehemaligen Hospital und am unkrautüberwucherten Kräutergarten vorbei und kamen schließlich an ein kleines Tor in der Mauer. Es war kein

Schlüssel nötig, um hinauszugelangen, denn die hölzerne Tür hing nur noch schief an einer Angel. Nun hatte auch Zerberus den Geruch wieder aufgenommen, er lief voraus zum Seeufer. Als sie dort ankamen, sahen sie tatsächlich ein Boot mit zwei Personen an Bord, das schon ein ganzes Stück auf dem Weg nach Allenspach war. Es war unschwer zu erkennen, welche der beiden Personen Hans von Fürstenberg und welche Lucia war: Auf der einen Seite lag der kleine Nachen viel tiefer im Wasser.

»Lucia!«

Cunrat schrie aus Leibeskräften. Die Frau wandte sich um und erkannte ihn.

»Cunrat!«

Sie sahen, wie Lucia aufstand und das Boot damit gefährlich zum Wackeln brachte. Der dicke Mönch versuchte sie zu beruhigen, um ein Kentern zu verhindern, dabei erhob er sich selber und erreichte so das Gegenteil: Der schwankende Nachen bog sich zur Seite, Lucia stieß einen Schrei aus, das Boot kippte um, und beide fielen ins Wasser.

»Lucia!«, schrie Cunrat noch einmal und lief in den See hinein.

Lucia und der Mönch zappelten im Wasser wie Fische an Land, denn natürlich konnten beide nicht schwimmen. Hans von Fürstenberg versuchte, sich an das hölzerne Boot zu klammern, das kieloben auf dem Wasser trieb, aber er fand keinen Halt und rutschte immer wieder ab. Lucia hingegen schlug wie wild um sich und schrie in Panik.

Auch Cunrat konnte nicht schwimmen, aber er merkte, dass der See auf dieser Seite der Insel nicht so tief war. Also stürzte er sich hinein und watete auf das Boot zu. Das Wasser reichte ihm zunächst bis an die Knie und behinderte ihn in seinem Lauf, dann stieg es bis zur Hüfte, dann bis zum Bauch und zur Brust. Nun konnte er sich nur noch mithilfe seiner langen Arme vorwärts bewegen. Er sah, dass Lucias panisches Umsichschlagen nachließ, ein paarmal tauchte ihr Kopf noch aus dem See auf, um aber gleich wieder unterzugehen. Cunrat bekam nun selber

langsam Angst, denn das nasse Element berührte schon seinen Hals, und es waren noch einige Meter bis zu der Frau. Da sah er einen Ast vor sich im Wasser liegen. Er packte ihn und schob ihn Lucia hin. Als sie die Berührung spürte, griff sie verzweifelt nach dem glitschigen Holz. Cunrat gelang es, sie zu sich heranzuziehen und ihren Körper zu umfassen, doch sie krallte sich panisch in seinen Haaren fest und drückte ihn dabei unter Wasser. Ihm blieb nichts anderes übrig, als die Luft anzuhalten, sich umzudrehen und mit Lucia Richtung Ufer zu gehen. Nach Luft schnappend gelangte er schließlich in flachere Zonen, und als der See nur noch seine Knie bedeckte, lockerte Lucia endlich ihren Klammergriff, er nahm sie auf die Arme und trug sie an den rettenden Strand. Dort legte er sie vorsichtig auf die Wiese. Sie hatte die Augen geschlossen, ihre prächtigen schwarzen Haare klebten um ihr Gesicht, der nasse Rock war über die Knie hochgerutscht. Sie röchelte. Bruder Severin wusste jedoch, was zu tun war. Während Cunrat völlig erschöpft ins Gras sank, drückte der alte Mann mit geübten Händen auf Lucias Bauch, so lang, bis sie plötzlich Wasser spuckte. Sie prustete und hustete, blieb noch ein wenig liegen, dann schlug sie endlich die Augen auf und sah um sich.
»Giovanni?«
Cunrat schnaufte immer noch heftig.
»Der ... wartet ... auf dich.«

Nachdem er Lucia wieder ins Leben geholt hatte, ging Bruder Severin zum Ufer, um nach Hans von Fürstenberg Ausschau zu halten. Doch dieser war endgültig vom See verschluckt worden. Cunrat hatte sich getäuscht, er würde nie so aussehen wie der Abt. Erst Wochen später zogen Fischer ein Netz aus dem Wasser, das besonders schwer war, worauf Pater Hans doch noch in geweihter Erde bestattet werden konnte und nicht gänzlich den Fischen zum Fraß diente.

Verkatert saß Giovanni auf seinem dreibeinigen Hocker und beobachtete den Brotverkauf. Seine venezianischen Kollegen hatten heute gebacken, er selbst war erst lange nach Mittag zum Bäckerstand gekommen, und nun war er vor allem damit beschäftigt, aufrecht zu sitzen und seinen schmerzenden Kopf mit einem nassen Lappen zu kühlen. Cunrat war verschwunden; er hatte niemandem gesagt, wohin er ging. Es kümmerte Giovanni in seinem Zustand auch nicht, was sein Freund erledigen musste, er hatte genug mit sich selber zu tun.

Als er schließlich den blonden Kopf über der Menschenmenge auftauchen sah, nahm er es mit Gleichmut hin, und sogar, als Cunrat direkt vor ihm stand und ihn ansprach, rührte er sich nicht.

»Schau Giovanni, wen ich dir mitgebracht habe!«

Neben Cunrat tauchte eine Person auf, die in einen schwarzen Mönchsumhang gehüllt war. Langsam zog sie ihre Kapuze ab.

Da fiel Giovanni rücklings von seinem Hocker.

Erntemond

Poggio Bracciolini an Niccolò Niccoli, am 25. August, dem Tag des Heiligen Ludovico, im Jahre des Herrn 1415

Mein lieber Niccolò! Verzeih, dass ich Dir lange nicht geschrieben habe. Mein letzter Brief wurde unterbrochen und ich kann ihn erst heute weiterführen. Nun sollst Du auch erfahren, weshalb.

Der König hat am 18. Juli Costentz verlassen, wie Du zu Beginn des Briefes erfahren hast, und daher hält es auch etliche der Konzilsteilnehmer nicht mehr in den engen Mauern der kleinen Stadt. Vor allem für uns Schreiber und Sekretäre ist gegenwärtig nicht mehr viel zu tun, und so hatten sich einige meiner Freunde entschieden, für eine Zeitlang der Konzilsstadt den Rücken zu kehren und zum Thermen in ein Bad zu fahren, das sich sinnigerweise Baden nennt. Es liegt etwa drei Tagereisen von hier nach Südwesten. Dafür fährt man zunächst ein ganzes Stück den Rhein hinab, danach einen Fluss namens Aare hinauf.

Nun hatten meine Freunde schon länger ihre Abreise beschlossen, als ihnen einfiel, auch mich von ihrem Reiseplan zu unterrichten, sodass ich mich rasch entschließen und noch rascher vorbereiten musste. So kam es, dass ich gezwungen war, alles stehen und liegen zu lassen und sogar das Schreiben meines Briefes an Dich zu unterbrechen. Erst am Tag der Heiligen Helena, dem 18. August, bin ich wieder nach Costentz zurückgekehrt.

Über die epikuräischen Sitten in diesem Bade mitten in den waldigen Hügeln des Aargaus werde ich Dir ein ander Mal berichten, heute nur soviel: Die dort verbrachten Tage waren ein Segen für meine geplagten Schreiberhände und meinen Rücken, und ich fühle mich nach diesem Aufenthalt gewappnet für Unternehmungen jeglicher Art. In der Tat werde ich demnächst erneut *aufbrechen, um ein deutsches Kloster weiter nördlich zu besuchen, von dem man mir in Baden berichtet hat, es stamme noch aus der Zeit des großen Karl und besitze eine überaus reiche Bibliothek. Vielleicht werde ich dort mehr finden als in den kümmerlichen Klosterbibliotheken der Konzilsstadt.*

Was sich in Costentz in den letzten Wochen ereignet hat, möchte ich Dir nur grob berichten, denn ich weiß, wie kostbar bemessen Deine Zeit ist.

Dass wir den König gerettet haben, hatte ich schon erwähnt. In einem heroischen Kampf haben wir den Mörder überwältigt, am Ende konnte er leider dennoch entkommen. Wo er jetzt sein Unwesen treibt, weiß Gott allein!

Der venezianische Bäcker, Giovanni, war darüber untröstlich, denn mit dem Conte Sassino war auch seine Geliebte Lucia endgültig verschwunden. Auf fast wundersame Weise fand sie sich dann aber doch wieder ein! Höre nur, wie unvorhersehbar das Schicksal hier wieder einmal gewirkt hat.

Lucia war tatsächlich von Jakob Schwarz entführt worden, er hatte sie frühmorgens noch vor der Messe abgepasst und von seinen Männern in das Münsterlinger Kloster bringen lassen. Doch als der Conte Sassino davon erfuhr, sorgte er dafür, dass Schwarz sie seiner Obhut überließ, denn er war nicht weniger von ihr besessen als der Mailänder.

Die Schönheit dieser Frau ist wahrlich ihr Fluch! Lucia ist ein Kind des Südens, sie scheint die Winde Afrikas in dieses kühle Land zu bringen, mit ihrem Haar so schwarz wie Ebenholz, ihren lachenden Lippen, dem Körper so geschmeidig wie der eines Leoparden, vereint mit edlem Gebaren und einem feurigen Geist, dazu ihre engelsgleiche Stimme – ich kann die Liebesgier dieser Männer verstehen, auch wenn ich nur einige Stunden mit ihr verbracht habe.

Auf Geheiß von Sassino wurde sie in die Burg des Ritters von End verbracht. Bevor Jakob Schwarz jedoch den wahren Entführer verraten konnte, ließ Sassino ihn ermorden. Doch am

Ende hat er Lucia dem Kloster Richenow anvertraut, und das war sein Fehler, denn dort befand sie sich nicht unter der Fürsorge neidischer Frauen, sondern liebesgeiler Mönche. Einer von ihnen entbrannte in derart heftiger Liebe für das Mädchen, dass er nicht mehr auf sie verzichten wollte und sie auf dem weitläufigen Klostergelände versteckte. Als der Mörder sie bei seiner eiligen Flucht dort abholen wollte, war sie nicht aufzufinden, und er musste ohne sie weiterziehen.

Durch meine kluge Kombinationsgabe und das Lied eines zwielichtigen Sängers – ich frage mich, ob er nicht ein Spion des Mörders war, denn er ist seit einigen Tagen spurlos verschwunden – konnten die Bäcker schließlich Lucias Aufenthaltsort ausfindig machen und sie in die Stadt zurückholen. Hier wartete indes der Hurenwirt Peter Rosshuser darauf, sie wieder in seinen Dienst zurückzuzwingen, anstatt sie für ihren Geliebten freizugeben.

Doch da hat Fortuna ihr Rad gedreht und den Vater von Lucia, Herrn Ringlin, der vom Schicksal wahrlich schwer gepeinigt worden war, wieder nach oben geführt.

Man hatte ihn seiner Frau und seines Postens im Kontor einer großen Handelsgesellschaft in Mailand beraubt, ihm nach dem Leben getrachtet und in die Sklaverei verkauft. Nachdem er sich befreit und sogar seine Tochter hier in Costentz wiedergefunden hatte, glaubte er sich endlich wieder auf der besseren Seite des Lebens angelangt. Wie tief sein Sturz war, als Lucia endgültig verschwunden schien, kannst du vielleicht ermessen. Er verfiel in schwärzeste Melancholie.

Nun aber war mit Jakob Schwarz sein bösartiger Nachfolger tot und der Posten in Mailand freigeworden, und als Herr Ringlin seine Tochter wieder in die Arme schließen konnte, fiel alle Traurigkeit von ihm ab, ja, ihm erwuchs soviel neue Kraft, dass er bei den Herren der Handelsgesellschaft in Ravensburg vorsprach, sich zu erkennen gab und sie überzeugen konnte, ihn wieder als Kontorverwalter einzustellen. Damit verfügte er auch über genügend Geldmittel, um seine Tochter aus den Händen des Hurenwirts freizukaufen.

So werden Herr Ringlin und Lucia wieder nach Mailand zurückkehren, aber nicht allein. Der neue Kontorverwalter machte dem venezianischen Bäcker Giovanni, der, wie sich gezeigt hat, über weit mehr Fähigkeiten verfügt, als einem einfachen Bäcker anstünden, das Angebot, nicht nur seine Tochter zu ehelichen, sondern mit ihm nach Mailand zu gehen und dort als Sekretär im Kontor zu arbeiten. Dieser scheint sehr froh zu sein, dass er die Konzilsstadt verlassen kann, um wieder in Italien zu leben, auch wenn Mailand nicht Venedig ist.

Du siehst also, manchmal schüttet Fortuna ihr Füllhorn über die Richtigen aus, auch wenn mir soviel Glück fast ein Grund zur Besorgnis scheint, denn die Götter sind neidisch, wie wir alle wissen.

Ich selbst zähle dennoch ebenfalls auf Fortunas Hilfe, wenn ich mich nun aufmache gen Norden. Mein nächster Brief wird Dich von einem anderen Ort erreichen, und ich hoffe sehr, dass er nicht allein zu Dir kommen wird, sondern begleitet von weisen, alten Männern, die ich dort aus ihrer jahrhundertelangen Kerkerhaft zu befreien hoffe.

Dein unternehmungslustiger Poggio

Es war der letzte Augusttag, als sie sich Lebewohl sagten.

Simon Ringlin, Lucia und Giovanni wollten sich einem Kaufmannszug anschließen, der über den Bodensee, durch das Rheintal und über den Septimerpass nach Mailand zog. Dort, in der größten lombardischen Stadt, würden sie im Dienste der Ravensburger Handelsgesellschaft das Deutsche Kontor führen.

Poggio Bracciolini hingegen beabsichtigte, mit seinem Diener Antonio nach Norden zu reiten, um eine Abtei namens Fulda zu besuchen.

Doch auch Cunrat und Gretli waren aufbruchbereit. Cunrat hatte beschlossen, endlich sein oft erneuertes Gelübde einzulösen und eine Pilgerfahrt nach Einsiedeln zu unternehmen. Gretli hatte eigens von Frau Tettikoverin die Erlaubnis bekommen, ihn zu begleiten. Sie wollte dort vor dem Gnadenbild der Muttergottes den Segen für ihr Kind erbitten, während Cunrat vorhatte, für seine toten Freunde zu beten, der Madonna für die Errettung aus verschiedenen Unbilden zu danken und sie allgemein um Hilfe für die Zukunft anzuflehen. Außerdem wollte er mit dem Heiligen Meinrad wegen einer Bestrafung des Mörders verhandeln; dies schien ihm eher eine Aufgabe für einen Mann als für die Madonna zu sein, weshalb er besonders große Kerzen für ihn gekauft hatte.

Nun trafen sich alle ein letztes Mal in der *Haue*, die inzwischen wieder einen neuen Wirt bekommen hatte. Ruof Lämbli hatte so lange mit den Stadtoberen verhandelt, bis ihm die Schankrechte für das leer stehende Gasthaus zugesprochen worden waren. Der Stadtvogt Hanns Hagen hatte ihm beide Schlüssel für das Haus überreicht, der Gang zur Stadtmauer war zugemauert worden.

Die sechs Reisewilligen prosteten sich gegenseitig zu, dann fragte Poggio den angehenden Kontorssekretär Giovanni spöttisch: »Erlaubt Euch denn Euer neues Amt in Mailand auch, gewisse Nebentätigkeiten auszuführen? Als Auge und Ohr für eine andere Stadt?«

Giovanni sah sich um und senkte die Stimme. »Wenn es so wäre, würde ich es Euch nicht sagen! Aber eines kann ich Euch versichern: Sollten jene Herren einmal in Costentz nicht nur Auge und Ohr, sondern eine Nase brauchen, dann würde ich sie an Cunrat verweisen!«

Alle lachten, und Gretli sah Cunrat stolz an. Unter der weit geöffneten Knopfleiste ihres Schwangerenkleides wölbte sich schon ein breiter Streifen des weißen Untergewandes hervor.

»Für solche Herren würde ich meine Nase nicht in den Wind halten!«, antwortete indes Cunrat, der immer noch nicht recht verwunden hatte, dass der Mörder seiner Freunde und dessen venezianische Auftraggeber ungestraft davongekommen waren. »Jetzt, wo wir die Stadt verlassen, können wir ihm ja davon erzählen!«

»Wie soll euer Kind denn heißen?«, wollte nun Herr Ringlin wissen.

»Giovanni«, sagte Cunrat. »Jan«, ertönte es gleichzeitig von Gretli.

»Also ein Hans!«, freute sich Giovanni über seine Namenspatenschaft.

»Ja, wenn es denn ein Junge wird«, antwortete Gretli.

»Und wann werdet ihr heiraten, Freund Cunrat?«, fragte Poggio.

Cunrat zuckte die Schultern. »Wenn ich wieder eine Stelle bei einem Meister habe. Nach dem Konzil vielleicht.«

»Das kann aber noch eine Weile dauern mit dem Konzil! Hoffentlich wird das Kind dann nicht schon seine zweiten Zähne bekommen!«

Während noch alle lachten, trat ein vornehm gekleideter Mann in die Schänke.

»Seht doch, da ist Richental!«, rief Poggio. »Gott zum Gruß, Herr Ulrich! Setzt Euch zu uns!«

Leise sagte Giovanni: »Für die Geschichte über das verhinderte Attentat auf den König muss er uns aber ordentlich etwas bezahlen!«

Da griff Lucia nach seinem Arm. Sie trug ein blaues Kleid, und auf ihrer Brust leuchtete das Elfenbeinamulett mit dem Adler des Kaisers.

»Bitte erzähl ihm nichts!«, bat sie flehend. »Wer weiß, was er in seinem Conciliumsbuch sonst alles über uns schreibt! Es sind Dinge geschehen, von denen ich nicht möchte, dass alle Welt sie erfährt.«

Nach kurzem Zögern antwortete Giovanni: »Na gut, mein Herzenslieb, wie du willst. Dann bleibt die Sache also unter uns. Und für den Herrn Richental gibt es diesmal nur Wein, keine Geschichte. Jedenfalls nicht diese!«

Herbstmond

Gretli und Cunrat sassen auf der Lädine hinter einem hohen Stapel von Fässern. Zu ihren Füßen lag Zerberus und hechelte, neben ihm lag ein großer Sack mit all ihren Habseligkeiten. Sie konnten wegen der Fässer nicht erkennen, was sich vor ihnen befand, aber wenn sie sich umdrehten, sahen sie hinter sich die Mauern und Türme von Costentz, das große Kaufhaus und das Münster mit der hohen Fassade immer kleiner werden.

Vor einer guten Woche waren sie von ihrer Wallfahrt nach Einsiedeln zurückgekehrt. Für Gretli war der Weg schon etwas beschwerlich gewesen, aber sie hatte mit dem Segen der Muttergottes und Cunrats tatkräftiger Hilfe die Reise gut gemeistert. Zusammen mit einer größeren Pilgergruppe waren sie über Märstetten, Fischingen und Rapperswil nach Jona gewandert, hatten dort mit dem Schiff über den Zürichsee gesetzt und waren endlich nach Einsiedeln gekommen, wo sie das Grab des Heiligen Meinrad und die Wallfahrtskirche mit dem Bild der wundertätigen Madonna besucht, viele Gebete gesprochen, Kerzen geopfert und etliche geweihte Andenken erworben hatten.

Und dann war das Wunder geschehen.

Kurz nach ihrer Rückkehr hatte Cunrat unerwarteten Besuch erhalten. Sie hatten das Ofenkärrlin an diesem Tag bei der Stephanskirche aufgestellt. Da stand plötzlich Barbara Katz vor ihm. Sie trug ein dunkles Leinenkleid und eine teure Haube zum Zeichen ihres verheirateten Standes. In einem Tuch, das sie schräg über die Schulter und um den Leib gebunden hatte, drückte sie einen Säugling an die Brust. Mit ihrer freien Hand streckte sie Cunrat einen Brief hin.

»Von deiner Mutter! Gestern hat ihn ein Bote gebracht. Sie wusste offenbar deine neue Unterkunft nicht.«

Cunrat nahm das Schreiben und betrachtete dabei neugierig Bärbelis Kind. Man sah nur ein kleines, rundes Gesicht aus dem Tuch schauen, mit dicken Backen und großer Nase.

»Meinen Glückwunsch zur Geburt!«, sagte Cunrat. »Wie heißt er denn?«

»Sie!«, antwortete Barbara. »Es ist ein Mädchen, und wir haben sie Änneli getauft.«

»Änneli! Anna!«, freute sich Cunrat. »Was für schöner Name! So heißt meine Mutter.«

Bärbeli lächelte ihn vielsagend an. »Eben!« Dann drehte sie sich um und verschwand mit dem Kind in der Menge. Nachdenklich blieb Cunrat zurück.

Er schaute sich den Brief an, aber er konnte ihn so wenig lesen wie seine Mutter ihn geschrieben haben konnte. Vermutlich hatte sie einen der Weißenauer Mönche gebeten, ihr behilflich zu sein. Es musste etwas Schlimmes passiert sein, wenn sie diese Mühe auf sich genommen hatte. Voller Bange lief Cunrat zum Hohen Haus und bat Gretli, ihm den Brief vorzulesen. In der Tat war etwas passiert.

»Mein Sohn!«, schrieb die Mutter. »Ich bitte dich, komm rasch nach Weißenau zurück. Der Klosterpfister ist gestern verstorben. Er ist letzte Woche von einem Pferd getreten worden und seither krank darniedergelegen, bevor Gott ihn zu sich geholt hat. Nun hat der Herr Abt mich gefragt, ob du nicht seine Stelle übernehmen möchtest. Er glaubt, dass du mit den Erfahrungen, die du beim Heiligen Concilium gesammelt hast, der Richtige dafür wärst. Eile dich und komm schnell nach Hause. Deine Mutter.«

»Der arme Pfister«, sagte Cunrat mitleidsvoll. »Bei ihm hab ich mein Handwerk gelernt. Was für ein schrecklicher Tod!«

»Vor einer Woche!«, antwortete Gretli aufgeregt. »Verstehst du nicht, Cunrat? Unsere Gebete wurden erhört! Die Heilige Jungfrau von Einsiedeln hat ein Wunder gewirkt!«

Cunrat sah sie ungläubig an.

Ob Wunder oder nicht, Cunrat hatte beschlossen, dem Ruf seiner Mutter zu folgen und das Angebot des Weißenauer Abtes anzunehmen. Mit Gretli an seiner Seite war er auf Schifffahrt gen Norden.

Nun warf er einen letzten Blick zurück auf die Stadt Costentz. Nicht mehr lange, dann würde die Lädine in Meersburg anlegen, und von dort aus würden sie noch etwa eine Tagesreise zu Fuß bis Weißenau unterwegs sein. Er freute sich darauf, seine Mutter wiederzusehen. Doch die goldleuchtenden Scheiben an der Fassade des Münsters blinkten zum Abschied spöttisch in der Sonne wie Münzen. Wo ist dein Beutel mit Gold?, schienen sie zu fragen. Wo sind all die Reichtümer, die du bei deiner Ankunft in Costentz zu finden hofftest? Wo die Schätze, die du deiner Mutter mitbringen wolltest?

Cunrat wandte sich seufzend ab, und sein Blick fiel auf den Sack mit ihren Habseligkeiten. Immerhin befand sich darin ein Geschenk für die Mutter. Es war ein Pilgerabzeichen aus Einsiedeln in einem Stoffsäckchen: Aus Glockenspeise fein geschmiedet zeigte es die Kapelle mit dem Gnadenbild der Jungfrau, davor einen Engel und den Heiligen Bischof Cunrat. Außerdem hatten sie eine Schabmadonna aus gebranntem Ton gekauft, von der man im Krankheitsfall kleine Krümel ins Essen schaben konnte. Auch eine warme, wollgewebte Decke von Schwester Elsbeth für das Kind war in dem Sack, weiter ein Backmodel mit dem Jesuskind, das Abschiedsgeschenk der venezianischen Bäcker für Cunrat und ein seidenes Tuch von Anna Tettikoverin für Gretli. Der Abschied von den drei Kindern der Tettikovers war Gretli besonders schwer gefallen. Die beiden größeren hatten ihr jeweils ein Andenken mitgegeben: Hänsli einen kleinen Ritter aus gebranntem Ton, bunt bemalt und mit abnehmbarem Helm – »er wird dich an meiner statt beschützen« – und Anna ein gesticktes Bild mit einem Schlüsselchen.

Weiterhin befand sich zwischen den anderen Dingen ein kleines Holzkästchen, ein Geschenk von Giovanni. »Mach es erst auf, wenn du dich in Not befindest!«, hatte er gesagt, doch Cunrats Neugier war zu groß gewesen, er hatte gleich den Deckel gehoben und fünf kleine, elfenbeinerne Würfel darin liegen sehen. Auf seinen Protest, er sei doch kein Spieler, und Giovanni solle seine geliebten Würfel ruhig behalten, hatte der gelacht und ihm zugeflüstert: »Keine Angst, Langer, ich hab meine Würfel noch, das hier sind Zwillinge! Wer weiß, was noch für Zeiten kommen, ob du nicht mal froh sein wirst darüber!«

Sorgfältig zusammengerollt und mit einer Kordel gebunden war daneben ein Pergamentblatt verstaut, auf das eine Fabel des Äsopus geschrieben und gemalt war über ein Kamel, das den Menschen zunächst ob seiner Größe und Hässlichkeit gefährlich und abscheulich erschien, dessen Gutmütigkeit und Nützlichkeit sie aber schließlich doch erkannten. Poggio hatte ihm das Blatt in die Hand gedrückt mit der Bemerkung, es schiene ihm ein passendes Geschenk für Cunrat, und er möge ihn in guter Erinnerung behalten.

In diesem Augenblick spritzte ein Wasserschwall vom Ruderblatt über sie hoch, Gretli schrie auf und lachte, und Zerberus schüttelte sich. Da schien es Cunrat, dass er Schätze genug mit nach Hause bringen würde.

Niccolò Niccoli an Poggio Bracciolini, am 29. September, dem Tag des Heiligen Michael, im Jahre des Herrn 1415

Mein lieber Poggio,

ich danke Dir für Deinen letzten Brief aus Costentz. Mit großer Freude erwarte ich die Resultate Deiner unermüdlichen Suche nach den Alten!

Auch unser Freund Francesco Barbaro aus Venedig hat mir geschrieben, dass er es kaum erwarten kann, die Schätze zu sehen, die nur Du den düsteren Mauern der nordischen Klöster zu entreißen imstande bist.

Im Übrigen denkt er darüber nach, die Lagunenstadt zu verlassen. Es scheint, dass sich dort in der letzten Zeit beunruhigende Dinge ereignet haben. In kürzester Frist ist eine ganze Reihe von wichtigen Persönlichkeiten eines unnatürlichen Todes gestorben, und etliche Bewohner der Serenissima mutmaßen bereits, dass der Teufel seine Hand im Spiel habe. Mir scheint, dass nicht nur in Costentz die Menschen bereit sind, angesichts rätselhafter Ereignisse in törichten Aberglauben zu verfallen, sondern selbst in einer weltoffenen Stadt wie Venedig. Aber auch unser Freund Barbaro kann sich trotz aller Verstandeskraft diese Geschehnisse nicht erklären. Ein Senator namens Venier wurde in seinem eigenen Haus tot aufgefunden, und niemand weiß, woran er gestorben ist, ein anderer Senator mit Namen Prioli hat sich scheinbar ohne jeden Grund erhängt. Erzbischof Benedetti, der eben erst vom Konzil in Costentz zurückgekehrt war, ist tot aus dem Canal Grande gefischt worden, und sogar ein Mitglied der berühmten Familie Dandolo hat sich unerklärlicherweise vom Dach seines Palastes gestürzt.

Angesichts dieser Schreckensmeldungen wird unser Francesco vielleicht schon bald nach Florenz zurückkehren.

Und wann dürfen wir Dich wieder hier erwarten?
Es grüßt Dich aus der Stadt am Arno
Dein Niccolò.

Fiktion und Realität – Historische Bemerkungen zum Roman

DIESES BUCH IST EIN ROMAN. Die Eigenart historischer Romane ist jedoch, dass man die Erwartung hat, die beschriebene politische Großwetterlage, das Rahmengeschehen, die Örtlichkeiten sowie die Sitten und Gebräuche seien möglichst authentisch geschildert. Wir haben uns bemüht, diese Erwartung zu erfüllen, manchmal jedoch bewusst dagegen verstoßen, wenn es mit der Logik der Geschichte kollidierte.

Wie steht es also mit dem historischen Rahmen?

Während des Konzils zwischen 1414 und 1418 war die wohlhabende Handelsstadt Konstanz mit ihren sechs- bis achttausend Einwohnern mehr als nur ein regionales Zentrum. In Spitzenzeiten weilten über 10 000 Gäste in der Stadt am Bodensee. Wie kam es zu diesem kirchlichen, politischen und kulturellen Großereignis?

Zwischen 1378 und 1417 gab es nicht nur einen, sondern zwei, zuletzt sogar drei Päpste. Dieses *Schisma* bedeutete für Europa ein politisches, theologisches und kirchenrechtliches Chaos. Der damalige römisch-deutsche König Sigismund und der mit der größten Anhängerschaft ausgestattete Papst Johannes XXIII. beschlossen daher im Jahr 1413 nach langen Verhandlungen im lombardischen Lodi, ein allgemeines Konzil in Konstanz zu veranstalten, um das Problem zu lösen. Sigismund forderte auch die anderen beiden Päpste Gregor XII. und Benedikt XIII. auf, das Konzil zu besuchen. Sie kamen allerdings nicht persönlich, sondern nur einige ihrer Anhänger.

Die Reichsstadt Konstanz bot sich für das Konzil an, denn sie unterstand König Sigismund als Oberherrn. Hinzu kamen die verkehrsgünstige Lage am Rhein, intensive Handelsverbindungen nach Italien, gesicherte Lebensmittelzufuhr (Fisch, Wein, Getreide, Fleisch) und einigermaßen stabile politische Verhältnisse. Die Stadt lag nicht in Italien, denn ein Veranstaltungsort in der Nähe des Machtbereiches von Mailand oder Venedig wäre für den König und viele Fürsten nördlich der Alpen zu gefährlich gewesen. Gleichzeitig war Konstanz auch nicht zu weit von Italien entfernt, d. h. auch für italienische Bischöfe und Kardinäle ohne zu großen Aufwand erreichbar. Außerdem machte Papst Johannes XXIII. den Herzog Friedrich von Österreich zu seinem Generalkapitän, sprich zum Oberbefehlshaber der päpstlichen Truppen. Und dieser Herzog war der Landesherr weit ausgedehnter Gebiete in der Umgebung von Konstanz (heutiger Kanton Thurgau, Aargau, die Städte Schaffhausen und Freiburg i. B.). Sollte es also gefährlich für Johannes werden, standen ihm sicher geglaubte Fluchtwege offen.

So begann in Konstanz mit Zustimmung von Papst und König am 5. November 1414 der größte kirchliche, aber auch politische Kongress des Mittelalters in Europa. Über 30 Kardinäle sowie Hunderte von Bischöfen, Äbten, Fürsten und Grafen versammelten sich in Konstanz. Hinzu kamen Tausende von Mitgliedern des niederen Klerus, Handwerker, das Gefolge der großen Herrschaften, Gesandte ausländischer Höfe sowie Vertreter von über zwei Dutzend Universitäten und Städten. Selbst eine Delegation des byzantinischen Kaisers weilte in Konstanz.

Somit wurde Konstanz zeitweilig zur Hauptstadt des Deutschen Reiches, das ja nicht wie etwa Frankreich und England über eine permanente Residenz des Königs verfügte. Wo sich der Hof des Königs befand, wo Reichstage stattfanden, weltliche und kirchliche Potentaten zusammenkamen, dort wurden wichtige Entscheidungen für das ganze Reich und – im Falle des Konstanzer Konzils – auch für ganz Europa getroffen. Etliche Parteien, die sich im Krieg miteinander befanden, so z. B. England und Frankreich oder der Deutsche Orden und Polen führten in Konstanz politische Verhandlungen und fochten Rechtsstreitigkeiten aus. Konflikte wie zwischen dem Herzogtum Burgund und dem Königreich Frankreich wurden auf komplizierte Art und Weise in Form von Gerichtsprozessen, Schlichtungsverhandlungen vor dem König unter Herbeiziehung Dutzender von Rechtsgelehrten oder schlicht durch Verteilung von Geschenken an maßgebliche Protagonisten und Richter auf dem Konzil ausgetragen. Informationen über den Stand der jeweiligen Verhandlungen, über aktuelle politische Ereignisse in Europa und über das Ränkespiel verfeindeter Gruppen waren daher überlebensnotwendig. So gehörten Spionage und Bestechung zu den wichtigsten, aber auch kostspieligsten Geschäften auf dem Konzil.

Das Konstanzer Konzil war also nicht nur ein kirchlicher, sondern auch ein wichtiger politischer Kongress. Darüber hinaus zog dieses Ereignis auch viele Intellektuelle an, so z. B. etliche italienische Humanisten. Einer von ihnen, Poggio Bracciolini, unternahm von Konstanz aus Ausflüge zu verschiedenen Klosterbibliotheken, um dort verloren geglaubte antike Texte zu *retten*. Damit wurde das Konstanzer Konzil auch zu einem großen Büchermarkt und einem Ort des Austausches von Wissen und neuem Gedankengut. Es wurden nicht nur zahlreiche zeitgenössische Texte in Konstanz vervielfältigt, sondern z. B. auch Dantes *Göttliche Komödie* in die damalige Verkehrssprache Latein übersetzt und in mehreren Exemplaren hergestellt, womit ihre Bekanntheit außerhalb Italiens erst begann.

Die religiös-politische Haupttätigkeit des Konzils bestand jedoch darin, drei schwierige Probleme zu lösen: Zunächst ging es um das schon seit Jahrzehnten bestehende Schisma (Causa Unionis), zum Zweiten um den Kampf gegen die Ketzerei (Causa Fidei) und zuletzt um die Reform der Kirche an ›Haupt und Gliedern‹ (Causa Reformationis).

Das erste Problem wurde gelöst, indem Papst Johannes XXIII. abgesetzt wurde (nach einer aufregenden Flucht aus Konstanz). Heutzutage anerkennt die katholische Kirche Gregor XII. als legitimen Papst, der freiwillig zurücktrat. Johannes XXIII. gilt als Gegenpapst, er wird also nicht mehr mitgezählt, sodass 1958 Angelo Roncalli ebenfalls den Namen Johannes XXIII. annehmen konnte.

Nach zähen Verhandlungen des Königs in Spanien (Abwesenheit vom Konzil Juli 1415 – Januar 1417) mit den wichtigsten Anhängern des verbliebenen Papstes Benedikt XIII., den Vertretern der Kronen von Aragon und Kastilien, konnte auch Benedikt auf dem Konstanzer Konzil in Abwesenheit abgesetzt werden.

Die zweite Aufgabe, den Kampf gegen die Ketzerei, meinte das Konzil am Ende gelöst zu haben. Johannes Hus, der Prager Reformator, war – versehen mit einem königlichen Geleitbrief – nach Konstanz gekommen, um sich gegen den Vorwurf der Ketzerei zu verantworten. Er wurde allerdings bald verhaftet und nach einem siebenmonatigen Prozess im heutigen Stadtteil Paradies wahrscheinlich in der Nähe des sogenannten Hussensteins verbrannt (6. Juli 1415). Ein knappes Jahr später erlitt der hochgebildete, humanistisch gelehrte Hieronymus von Prag das gleiche Schicksal. Diese Prozesse waren Auslöser der über 20 Jahre dauernden blutigen Hussitenkriege.

Die dritte Aufgabe, eine grundlegende Reform der Kirche, wurde zwar angegangen; es wurde jedoch viel diskutiert, wenig beschlossen und noch weniger umgesetzt.

Nach der Rückkehr des Königs und der Absetzung des verbliebenen Papstes Benedikt XIII. wurde lang darüber gestritten, wer denn nun eigentlich den nächsten Papst wählen sollte. Den Kardinälen wollte man diese Aufgabe nicht allein überlassen, hielt man sie doch für die Hauptverantwortlichen des Abendländischen Schismas. So wurde letztlich beschlossen, dass Delegierte aller fünf Nationen, Deutschland, Frankreich, Spanien, Italien und England, zusammen mit den Kardinälen den neuen Papst küren sollten. Der Begriff *Nation* ist damals allerdings noch etwas anders zu verstehen, gehörten doch zur deutschen Nation u. a. auch Polen, Dänemark und der Deutsche Orden. Als Ort für das bevorstehende Konklave wurde das große Kaufhaus (das heutige *Konzil*) am See gewählt, da es einerseits genügend Platz für die 53 Papstwähler einschließlich ihrer Diener bot, andererseits auch gut abzuschotten war, sodass niemand das Konklave beeinflussen konnte. Das Gebäude war damals auf drei Seiten von Wasser umgeben, und Bogenschützen wachten darüber, dass keine Unbefugten sich auf Rufweite nähern konnten. Nach nur drei Tagen, am 11. November 1417, fiel die Wahl auf den italienischen Kardinal Oddone Colonna, der den Namen des Tagesheiligen Martin annahm (Martin V.). Da Colonna kein Priester war, musste er vor seiner Krönung noch schnell zum Diakon, danach zum Priester und schließlich zum Bischof geweiht werden. Mit diesem Papst hatte die katholische Christenheit wieder ein von allen Mächten anerkanntes Oberhaupt.

Wenn auch die meisten Gäste nicht die gesamte Zeit des Konzils in Konstanz und Umgebung weilten, platzte die Stadt dennoch allzu oft aus allen Nähten. Konstanz war in dieser Zeit natürlich auch eine Hochburg für Zeitvertreib und Amüsement. Oder wie es Dieter Kühn in seiner hervorragenden Biographie von Oswald von Wolkenstein formulierte: »Konstanz, ein lockendes Las Vegas am Bodensee«. Für die Freizeitgestaltung waren – laut dem Chronisten Ulrich Richental – 700 *gemeine Damen* zuständig, ohne dass er die sogenannten *Heimlichen*, also Teilzeitkräfte, auch noch gezählt hätte.

So ging im April des Jahres 1418 das größte Ereignis der Konstanzer Stadtgeschichte zu Ende. Die Stadt hatte gut verdient, mehr Einfluss im benachbarten Thurgau erhalten, man durfte fortan mit rotem Wachs siegeln und als Zeichen für die neu hinzugewonnene Blutgerichtsbarkeit im heutigen Petershausen einen roten Streifen dem eigenen Wappen hinzufügen. Die Bewohner hatten viel gesehen, sogar *Mohren* gab es laut dem Konzilschronisten Ulrich Richental zu bestaunen. Nur auf den hohen Schulden des Königs Sigismund blieb man sitzen. Man sieht: Auch Könige können Zechpreller sein.

Bei der Abfassung unseres Romans war ein großer Vorteil, dass die Quellenlage bezüglich des Konstanzer Konzils so reichhaltig ist. Da gibt es zum einen die bebilderte Chronik des Konstanzer Bürgers Ulrich Richental, der gewissermaßen die Perspektive eines von außen auf die Geschehnisse blickenden Zeitgenossen abdeckt. Ihm und anderen Quellen zur Topographie des damaligen Konstanz sind wir bei Straßen- und Häusernamen gefolgt (Dank an dieser Stelle an Ruth Wieser mit ihrem Häuserbuch und an Daniel Groß für sein Gegenlesen). Die allermeisten Namen von Konstanzern im Roman stammen aus den überlieferten zeitgenössischen Konstanzer Steuerlisten. Darüber hinaus existieren u.a. Tagebücher des Kurienjuristen Giacomo Cerretani, des einflussreichen Kardinals und Papstwählers Guillaume Fillastre sowie die umfangreichen Berichte des hochrangigen Vertreters des Deutschen Ordens beim Konstanzer Konzil, Peter von Wormditt. Außerdem liegen buchstäblich Hunderte von Briefen, mehr oder weniger umfangreiche Berichte und andere Aufzeichnungen der Vertreter der verschiedenen europäischen Höfe, Universitäten, Städte und Bistümer vor.

Unser Roman deckt zeitlich genau ein Jahr dieses religiös-politischen Megaereignisses *Konstanzer Konzil* ab. Wir haben uns jedoch die eine oder andere chronologische Freiheit erlaubt. So haben wir z.B. die Reisen eines der wichtigsten Protagonisten der Erzählung, des italienischen Humanisten und päpstlichen Sekretärs Poggio Bracciolini, zeitlich etwas vorgezogen. Seine Bibliothekstouren fanden in Wahrheit mehrheitlich ab 1416 statt. Sein Besuch im Kloster Münsterlingen ist eine Hommage an Conrad Ferdinand Meyer, der dieses Thema in seiner fiktiven Erzählung *Plautus im Nonnenkloster* auf vergnügliche Weise dargestellt hat. Ansonsten haben wir – auch was den Stil der Briefe betrifft – auf die immer noch maßgebliche Poggio-Biographie von Ernst Walser (mit zahlreichen Dokumenten), die zahlreichen überlieferten Briefe Poggios an seinen Freund Niccoli und die sogenannten Fazetien (Schwänke und Anekdoten) von Poggio Bracciolini zurückgegriffen. *Erschwindelt* haben wir allerdings seine sich ständig verbessernden Deutschkenntnisse. Hier musste die historische Wahrheit der Fiktion weichen.

Manche haben sich bei der Lektüre vielleicht gewundert, warum der Fall von Jan Hus nur relativ beiläufig beschrieben wird. Aus der Perspektive eines Bäckergesellen, eines päpstlichen Sekretärs oder eines städtisches Vogtes war die Verbrennung von Jan Hus am 6. Juli 1415 oder auch die von Hieronymus von Prag am 30. Mai 1416 tatsächlich nur – wie Cerretani es den König in einem Tagebucheintrag nennen lässt – eine »minder wichtige Sache«. Ihre historische Bedeutung erhielten diese Ereignisse erst aus der späteren Perspektive der schrecklichen Hussitenkriege.

Ausgangspunkt des Romans ist der Auftrag für den Mord an König Sigismund durch die Republik Venedig. Am 3. Juli 1415 – also später als in unserer Geschichte – lag dem venezianischen Senat tatsächlich ein Angebot für einen doppelten Mordanschlag vor: König Sigismund und Brunoro della Scala sollten innerhalb von vier Monaten ab Auftragserteilung für die sagenhafte Summe von 35 000 Dukaten umgebracht werden. Ob diese Anschläge allerdings tatsächlich ausgeführt wurden und sie nur nicht erfolgreich waren, ist nicht überliefert. Dass wir überhaupt davon wissen, verdanken wir der pedantischen Bürokratie Venedigs und den im Archiv erhaltenen Sitzungsprotokollen des venezianischen Senats.

Venedig und Sigismund als König von Ungarn und ab 1411 auch römisch-deutscher König befanden sich vor und nach dem Konzil von Konstanz ständig im Krieg miteinander. Grund waren territoriale Auseinandersetzungen in Dalmatien und im Friaul, die beide Seiten für sich beanspruchten. Während des Konzils gab es zwar einen brüchigen Waffenstillstand, doch gleichzeitig verbreiteten sich – wohl wahre – Gerüchte, dass Venedig einen Angriff osmanischer Truppen auf die ungarische Grenze 1415 logistisch unterstützt habe. Darüber hinaus war die Regierung in Venedig bekannt dafür, politische Probleme mittels Mord zu lösen, und man könnte die venezianische Geheimpolizei ohne Weiteres als spätmittelalterliche Stasi bezeichnen. Überhaupt waren Attentate kein seltenes Mittel der Politik im 14. und 15. Jahrhundert. Am spektakulärsten war gewiss die Ermordung von Ludwig von Orléans, dem Bruder des französischen Königs Karl VI. im Jahre 1407 im Auftrag des Herzogs von Burgund Johann Ohnefurcht. Aber auch eine Stadt wie Florenz war in dieser Hinsicht nicht zimperlich. Im Herbst 1400 wurde gegen Antonio und Gerardo degli Alberti wegen Konspiration mit Giangaleazzo Visconti, dem Herrscher Mailands, ein Hochverratsprozess durchgeführt. Sämtliche Alberti wurden des Landes verwiesen. Auf Gerardo setzte Florenz ein Kopfgeld aus, und im Jahre 1403 wurde er tatsächlich »von unbekannter Hand« in Bologna ermordet. Und wie wir von Sigismunds zeitgenössischem Biographen Eberhard Windeck wissen, gab es auch auf den König zahlreiche Attentatsversuche.

Andere Episoden im Roman haben wir ebenfalls zeitgenössischen Quellen und ihrer Aufarbeitung in neuerer Literatur entnommen. Hier einige Beispiele:

Der Weihnachtsgottesdienst am Heiligen Abend 1414, in der Ankunftsnacht von König Sigismund und seinem Gefolge, hat sich im Wesentlichen wahrscheinlich so abgespielt, wie wir ihn beschrieben haben. Der Historiker Hermann Heimpel hat diese Nacht minutiös analysiert *(Königlicher Weihnachtsdienst auf den Konzilien von Konstanz und Basel)*.

Auch die Erstürmung der Burg Grimmenstein des Ritters Georg von End trug sich laut Richental ähnlich zu. Nur fand sie 1416 und nicht 1415 statt. Gleiches gilt für die Prozession der italienischen Bankiers am Johannesfest (24. Juni).

Was das Festessen angeht, haben wir u.a. auf eine *Einkaufsliste* des königlichen Rates Konrad von Weinsberg für verschiedene Gastmähler Anfang 1418 zurückgegriffen.

Viele Details des Aufenthalts von Simon Ringlin im Orient entnahmen wir der umfangreichen Beschreibung von Johann Schiltbergers 30jährigem Aufenthalt beim türkischen und ägyptischen Sultan in Johann Schiltbergers *Irrfahrt durch den Orient*. Er war 1396 in der Schlacht bei Nikopolis in Gefangenschaft geraten, und erst 1427 gelang ihm die Flucht. Im gleichen Zusammenhang haben wir auch auf die Beschreibung der Reise ins Heilige Land des Dominikaners Felix Fabri (1483/84) zurückgegriffen.

Die Quelle für den damaligen Umgang mit Giften, insbesondere Schlangengiften, bildete neben neuerer Literatur das *Buch der Gifte* des Gabir Ibn Hayyan (hrsg. von Alfred Siggel), angeblich aus dem 9. Jahrhundert. An dieser Stelle sei auch den modernen Giftspezialisten Prof. Dietrich Mebs, Dr. Horst Linzmeier und Dr. Robert Damrau für ihre Informationen gedankt.

Durch den Gebrauch von Originaltexten, sei es in verarbeiteter Form, sei es als Zitate, haben wir versucht, dem modernen

Leser das Denken und Fühlen der spätmittelalterlichen Menschen näherzubringen. Was uns heute vielleicht derb, naiv, gar infantil oder grausam erscheint, war damals normal, und zwar nicht nur für die Unterschicht, wie die Fazetien von Poggio Bracciolini zeigen. Das Erleben der Menschen war viel emotionaler als heute, lautes Lachen und Weinen in der Öffentlichkeit nicht verpönt, Gefühlsäußerungen unmittelbarer und extremer.

Eine wahre Fundgrube für Texte aus jener Zeit ist der Katalog zur Ausstellung *Schwabenspiegel I – Literatur vom Neckar bis zum Bodensee 1000 – 1800*, der 2003 von Ulrich Gaier, Wolfgang Schürle und Monika Küble herausgegeben wurde. Daraus stammt u.a. das schöne Minnelied, das der Sänger Peter Froschmaul im Kapitel *Narrenmond* zum Besten gibt. Es wurde vom schwäbischen Minnedichter Meinloh von Sevelingen verfasst; zum besseren Verständnis haben wir im Text die neuhochdeutsche Übersetzung von Ulrich Gaier verwendet, dem wir an dieser Stelle herzlich danken. Hier das Original von Meinloh:

»Ich sach boten des sumers, daz wâren bluomen alsô rôt.
weistu, schoene frouwe, waz dir ein ríttèr enbôt?
verholne sînen dienest; im wart líebèrs nie niet.
im trûrèt sîn herze, sît er nu jungest von dir schiet.
nu hoehe im sîn gemüete gegen dirre sumerzît.
frô wírt er niemer,
ê er an dînem arme sô rehte güetlîche gelît.«

Aber auch Liebesbrief und Liebeslied der Münsterlinger Äbtissin sowie die Klagen der Münsterlinger Bibliothekarin über die Zustände im Kloster haben wir dem *Schwabenspiegel* entnommen.

Das Lied von Oswald von Wolkenstein über das paradiesische Konstanz hat Monika Küble in die moderne Form gebracht, und beim letzten Lied *Es kommen neue Märn gerannt* hat sie sich – gemäß den Vorgaben der Zeit – selbst als Dichterin betätigt.

Die Monatssprüche an der Wand im Saal der Tettikovers stammen aus dem Artikel von Ortrun Riha: *Die diätetischen Vorschriften der mittelalterlichen Monatsregeln*. Es war damals durchaus üblich, Festräume mit solchen Darstellungen zu schmücken, wie auch die übrigen beschriebenen Wandbilder Originalvorbilder in Konstanz haben.

Für die Informationen zum Bruchenballspiel danken wir Marc Steidle von LivIn History.

Zum Schluss noch eine kleine Auswahl an Texten und Sekundärliteratur, auf die wir ebenfalls zurückgegriffen haben (die Liste ist nicht erschöpfend!):

Allgemein zu Konstanz: Maurer, *Konstanz im Mittelalter*. Zum Konzil: Faktenreich aber tendenziös in der Bewertung: Brandmüller, *Das Konzil von Konstanz 1414-1418*. Immer noch gut zu lesen: Gill, *Konstanz und Basel-Florenz*.
Als Augenzeuge: Richental, *Chronik des Konstanzer Konzils 1414-1418*, hrsg. von Thomas M. Buck. Zu Jan Hus: Mladoniowitz, *Hus in Konstanz*. Immer wieder herangezogen: Patschovsky, *Ketzer, Juden, Antichrist* (online verfügbar).
Zum jüdischen Leben in Konstanz: Burmeister, *Medinat Bodase – Zur Geschichte der Juden am Bodensee 1350 – 1448* und Metzger, *Jüdisches Leben im Mittelalter*. Das Los der Prostituierten beschreibt B. Schuster in: *Die unendlichen Frauen*. Zu Fragen der in Konstanz üblichen Gerichts- und Strafpraxis gibt P. Schuster detailliert Auskunft in: *Eine Stadt vor Gericht*.

Bevor wir zum Ende kommen, sei zwei Frauen ganz besonders gedankt: Anke Gaier und Agnes Schlensag haben den Roman mit Adleraugen gelesen und dabei noch manchen Rechtschreib-, Stil- oder Konsistenzfehler entdeckt.

Außerdem möchten wir uns bei Ruth Bader von der Konzilstadt Konstanz bedanken für die allgemeine Unterstützung und dafür, dass sie uns den Stadtplan zur Verfügung gestellt hat.

Dank geht aber auch an unsere Lektorin Claudia Senghaas und unseren Verleger Armin Gmeiner, der nicht nur bereit war, sein bisher dickstes Buch mit dem von uns gewünschten Namen zu drucken, sondern auch bei der Präsentation hilfreich zugegen war.

Schließen möchten wir unser Buch mit einem Zitat aus einem Bericht der Gesandten des byzantinischen Kaisers an ihren Herrn: »In Konstanz, da ist das Leben den Guten, der Strick den Bösen bereitet.«

Aber manchmal überleben auch die Bösen.

Glossar

Abbreviator	Wichtigste Beamtenfunktion der päpstlichen Kanzlei. Abbreviatoren waren seit Mitte des 14. Jahrhunderts vor allem für die Anfertigung von Entwürfen für die päpstlichen Bullen zuständig.
Antiphonar	Gesangbuch für den Chordienst
Beginen	Frauen, die in christlicher Gemeinschaft zusammenlebten, sogenannten Sammlungen, ohne einem Orden angeschlossen zu sein
Beinlinge	Vorläufer der Hosen. Zwei unabhängige Beinkleider, die mit Schnüren an der Bruche, am Gürtel oder an der Weste befestigt wurden
Bereschit	Erster Teil des Tanach, der Heiligen Schrift der Juden
Bruche	Weite Unterhose aus ungebleichtem Leinen.
Buhurt	Der Buhurt war ein Reiterspiel im Rahmen eines Turniers, bei dem es vor allem auf die Geschicklichkeit der Reiter ankam, eine Art Schaureiten.
Busine	Trompete des Mittelalters; Naturtrompete mit langgestrecktem, geradem Rohr
Cedula	Mittellateinisch für schedula: Zettel
Cornuto	Der Gehörnte. Italienisches Schimpfwort, meist von einer Geste (Faust mit ausgestrecktem Zeigefinger und kleinem Finger) begleitet
Cotte	Die Cotte war ein kittelartiges Kleidungsstück, das mit einem Gürtel über der Bruche getragen wurde, meist aus Wolle, seltener aus Leinen.
Ehgraben	Auch Wuostgraben oder Feuergässlin. Kleine

	Gasse zwischen den Häuserreihen, die das Übergreifen von Feuer von einem Haus zum anderen verhindern sollte, vor allem aber der Entsorgung der Latrinen und des Mülls diente.
Empfangen	Der Brauch des *Empfangens* wurde bei Turnierteilnehmern angewendet, die sich hatten etwas zuschulden kommen lassen. Der Schuldige musste vor den Schranken erscheinen und wurde von den anderen Turnierteilnehmern mit Kolben geschlagen. Nach der Bestrafung war die Schuld gesühnt und der Gebüßte konnte wieder am Turnier teilnehmen.
Feigenhand	Obszöne Geste, bei der der Daumen zwischen Zeige- und Mittelfinger gesteckt wird
Fuß	Auch Schuh. Maßeinheit. Entspricht ungefähr 30 cm
Galreide	Sülze aus gestampftem Fisch, seltener Fleisch
Gelieger	Niederlassung, Kontor
Gemeine Frau	Prostituierte
Gestech	Siehe Tjost
Giostra	Italienisch für Tjost
Glockenspeise	Gussmaterial für Glocken, meist eine Zinnbronze aus 76–80 Prozent Kupfer und 20–24 Prozent Zinn
Grapen	Dreibeinige Keramiktöpfe, mit denen über dem offenen Feuer gekocht wurde
Grieswärtel	Auch Kreiswärtel. Streitbeobachter und Wärter des Turnierkampfplatzes
Gugel	Vor allem von Männern getragene, allgemein übliche Kapuzenhaube mit Schulterkragen und Zipfel, die jedoch auch in Form einer Sendelbinde oder eines Chaperons elegant um den Kopf drapiert werden konnte.

Hübschlerin	Prostituierte
Hurenwaibel	Der für den Tross zuständige Feldwebel bei einem Heereszug. Da sich im Tross immer auch Huren befanden, trug er diese Bezeichnung.
Infirmaria	Krankenstation eines Klosters
Inful	Die Inful war die Mitra eines Bischofs oder Abtes.
Kemenate	Beheizbarer Wohnraum, vor allem in Burgen
Krammetsvögel	In Schlingen gefangene Singvögel, meist Drosseln
Lanze	Militärische Einheit: ein Ritter mit mehreren Gefolgsleuten
Ledi, Lädine	Lastschiff auf dem Bodensee, meist sehr breit, mit einem einzigen Mast und einem rechteckigen Segel
Libell	Schrift, Büchlein, Eingabe
Matutin	Nachtgebet der katholischen Liturgie
Megäre	Eine der drei Erinyen (Rachegöttinnen der griechischen Mythologie), den neidischen Zorn repräsentierend
Mäntellerinnen	Beginensammlung in Konstanz, die von einer Frau Mäntellerin gegründet wurde
Mezuza	Kleine Pergamentrolle mit zwei Passagen des Deuteronomiums (VI, 4-9 und XI, 13-21), die in ein Kästchen aus Holz oder Metall gesteckt und am rechten Türpfosten des jüdischen Hauses befestigt wird. Beim Betreten und Verlassen des Hauses berührt man kurz die Mezuza mit der rechten Hand. Auch heute noch teilweise in Gebrauch.
Nachrichter	Scharfrichter, Henker
Natternzunge	Amulett aus fossilem Haifischzahn, das sich angeblich verfärbte, wenn es mit Gift in Berührung kam

Nikopolis	In der Schlacht bei Nikopolis (heute in Bulgarien) am 25./28. September 1396 wurde ein mehrheitlich aus ungarischen und französisch-burgundischen Kreuzfahrern bestehendes Heer unter der Führung von König Sigismund durch eine osmanische Streitmacht vernichtend geschlagen.
Nudnik	Jiddischer Ausdruck für Nichtsnutz
Orator	Redner
Pfisterei	Bäckerei
Pfühl	Federbett, in der hiesigen Gegend damals üblich. Wird auch bei Richental erwähnt.
Pisanum	Synode von Pisa. 1409 wurden hier die beiden Päpste Benedikt XIII. und Gregor XII. abgesetzt und ein neuer Papst (Alexander V.) gewählt. Dessen Nachfolger war Johannes XXIII. (Baldassare Cossa).
Psalter	Buch mit allen 150 Psalmen
Schindanger	Ort an Hinrichtungsstätten, wo die Hingerichteten, aber auch Selbstmörder sowie an Krankheiten verstorbene Tiere begraben wurden.
Schinder	Abdecker, Pferdemetzger
Schritt	Maßeinheit. Entspricht ungefähr 75 cm
Sollizitator	Jurist in der päpstlichen Kanzlei; vor allem als Beistand und Berater für Bittsteller tätig
Spataferarius	Persönlicher Leibwächter des Königs, der sein Schwert über ihn hält
Sudeltrog	Flaches Becken am Fuß der städtischen Brunnen, in denen man auch etwas waschen oder Tiere tränken durfte, was in den normalen Brunnenbecken verboten war
Tanach	Heilige Schrift der Juden, bestehend aus drei Teilen: Tora (Weisung), Nevi'im (Propheten)

	und Ketuvim (Schriften). Diese werden in insgesamt 24 Bücher eingeteilt.
Tjost	Die Tjost (auch Gestech) war ein Zweikampf mit Speer oder Lanze während eines Turniers.
Treppenauge	Lichte Öffnung oder Luftraum, der von Treppenläufen und Absätzen gebildet und umschlossen wird.
Trülle	Die Trülle war eine besondere Art des Prangers: ein Käfig auf einer runden Holzscheibe, den man drehen konnte. Vor allem Betrunkene wurden hier eingesperrt und dem Spott der Passanten ausgeliefert.
Unendliche Frau	Prostituierte
Visierer	Städtischer Weinkontrolleur. Da es trotz strengen Verbots häufig zu Weinpanscherei kam, um den Wein wohlschmeckender oder haltbarer zu machen, hatten die Städte eigene Kontrolleure, die nach entsprechenden Indizien in den Kellern der Weinschänken suchten.
Vüdel	Obszönes Schimpfwort für Frauen
Wuostgraben	Siehe Ehgraben
Zession	Rücktritt
Zimier	Das Zimier wird auch Helmzeichen oder Helmkleinod genannt. Es ist das Wappenzeichen auf dem Turnierhelm, an dem man den Kämpfer erkennen konnte.

Personen

Cunrat Wolgemut Bäckergeselle aus Oberschwaben
Giovanni Rossi alias Hans Roth venezianischer Bäcker und Freund von Cunrat
Antonello, Gentile, Jacopo drei venezianische Bäckergesellen
Hans Katz Bäckermeister, Cunrats Oheim
Barbara Katz, gen. Bärbeli Tochter des Bäckermeisters Katz
Margarethe Sibenhar, gen. Gretli ehemalige Mäntellerin
Lucia Ringlin Hübschlerin
Simon Ringlin ihr Vater
Peter Rosshuser Hurenwirt
Sebolt Schopper, Ruof Lämbli Wirte
Peter Froschmaul Musiker
Poggio Bracciolini italienischer Humanist im Gefolge des Papstes
Meister Ismael jüdischer Arzt
Hanns Hagen Stadtvogt
Johann Tettinger Wirt und Weinhändler, Freund von Cunrat
Karolina Tettinger Johann Tettingers Schwester
Heinrich Tettikover reicher Konstanzer Kaufmann und Besitzer des Hohen Hauses
Anna Tettikover seine Frau und Arbeitgeberin von Gretli
Luitfried Muntprat reicher Konstanzer Kaufmann
Magdalena Muntprat seine Schwester und Vorsteherin des Klosters Münsterlingen
Georg von End Raubritter
Ulrich Richental Bürger von Konstanz und Konzilschronist
Benedetto da Piglio, Leonardo Bruni, Pier Paolo Vergerio, Cencio de Rustici italienische Humanisten
Odo Colonna, Giordano Orsini, Francesco Zabarella, Johannes Dominici, Johannes-Allarmet von Brogny Kardinäle

Ser Martino, Ambrogio, Jakob Schwarz mailändische Konzilsteilnehmer
Manuel Chrysoloras, Alessandro Sassino, Giovanni Benedetti, Oswald von Wolkenstein, Johann Wallenrode, Johannes Falkenberg, Pierre d'Ailly, Jean Gerson weitere Konzilsteilnehmer

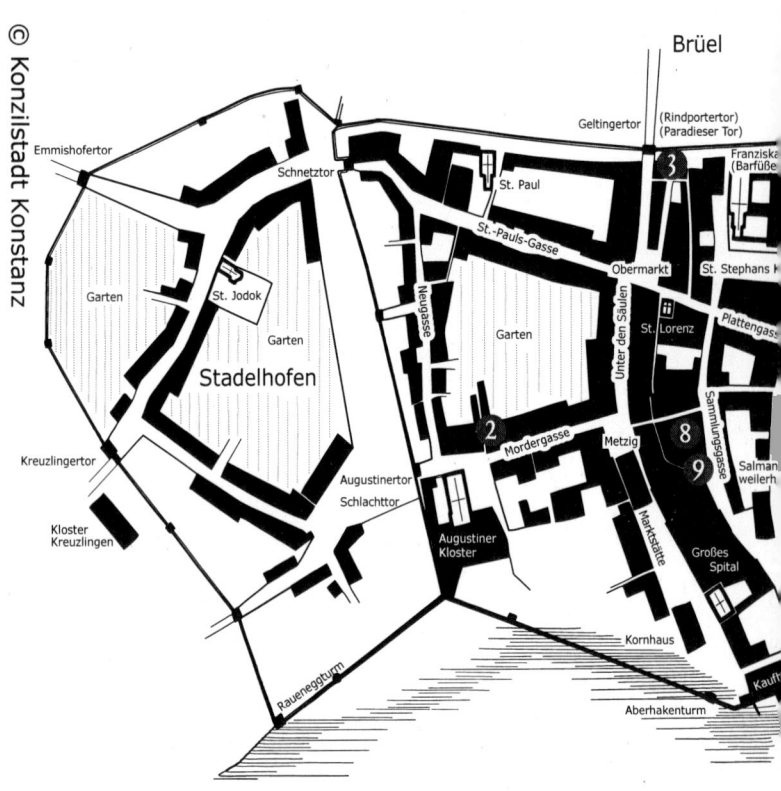

1. Hütte der Bäcker
2. Haus von Bäcker Katz
3. Schänke zur ›Haue‹ von Meister Tettinger
4. Lörlinbad
5. Haus des Scharfrichters
6. Schänke zum ›Lamm‹

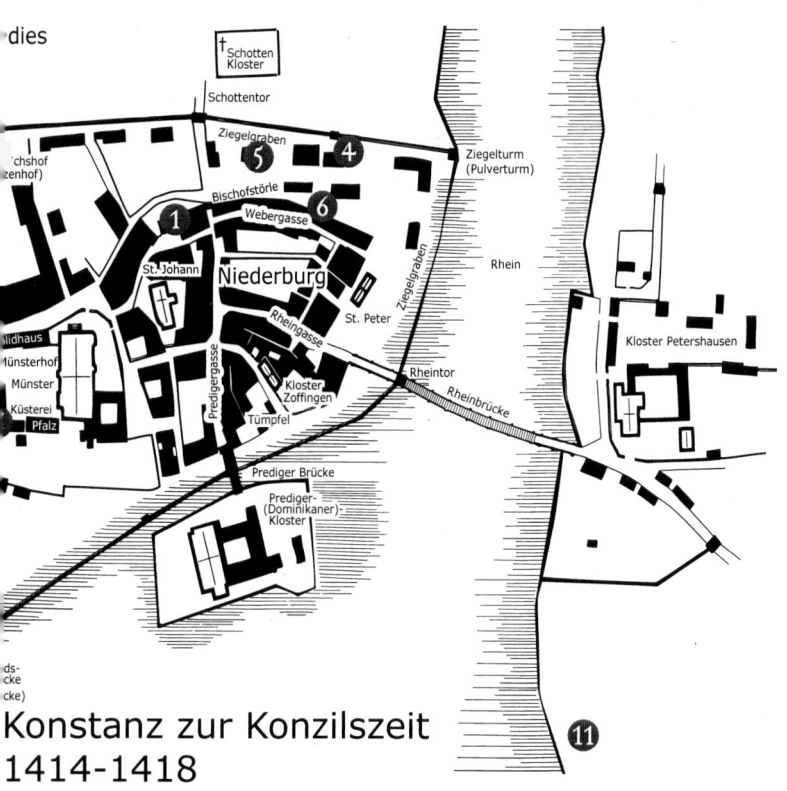

Konstanz zur Konzilszeit 1414-1418

7 Küsterei, Wohnort von Poggio Bracciolini
8 Synagoge
9 Haus des Mäntellerinnen-Sammlung
10 Haus der Familie Tettikover, in dem Gretli wohnt
11 Richentals Garten

*Weitere Titel finden Sie auf den
folgenden Seiten und im Internet:*

WWW.GMEINER-SPANNUNG.DE

Alle Bücher von Monika Küble:

In Nomine Diaboli
ISBN 978-3-8392-1465-7

Das Geheimnis der Ordensfrau
ISBN 978-3-8392-1995-9

Brennende Wahrheit
ISBN 978-3-8392-2014-6

Das Geheimnis des Klosterplans
ISBN 978-3-8392-0332-3

**Erschienen unter dem Pseudonym Helene Wiedergrün:
Blutmadonna**
ISBN 978-3-8392-1397-1

Der arme schwarze Kater
ISBN 978-3-7349-9250-6 (epub)

Der Tote in der Grube
ISBN 978-3-7349-9248-3 (epub)

WWW.GMEINER-VERLAG.DE
Wir machen's spannend

Birgit Rückert
**Der Abt von Salem –
Im Bann der Medici**
Historischer Roman
384 Seiten, 12,5 x 20,5 cm,
Broschur
ISBN 978-3-8392-0855-7

Anno Domini 1498. Eine beunruhigende Nachricht erreicht Johannes, den Abt von Salem: In Florenz predigt ein Dominikanermönch die Apokalypse, während seine Gegner die Rückkehr der Medici betreiben. Plötzlich verschwindet Markus, Sohn eines Salemer Steinmetzen und Lehrling eines Florentiner Malers. Von Salem aus macht sich Johannes gemeinsam mit Markus' Vater und dem jungen Mönch Amandus auf die Suche. Dabei geraten sie mitten in die blutigen Machtkämpfe zwischen Anhängern des Bußpredigers und Medici-Freunden.

GMEINER SPANNUNG

WWW.GMEINER-VERLAG.DE
Wir machen's spannend